知覺 文学精品阅读丛书·第2辑
格尔玛 主编

我草原上的亲人们

乌力吉 著

首都师范大学出版社
CAPITAL NORMAL UNIVERSITY PRESS

图书在版编目（CIP）数据

我草原上的亲人们 / 乌力吉著. —北京：首都师范大学出版社，2013.6
（知觉文学精品阅读丛书 / 格尔玛主编. 第2辑）
ISBN 978-7-5656-1561-0

Ⅰ.①我… Ⅱ.①乌… Ⅲ.①散文集－中国－当代 Ⅳ.①I267

中国版本图书馆CIP数据核字(2013)第120613号

知觉文学精品阅读丛书
WO CAOYUAN SHANG DE QINREN MEN
我草原上的亲人们
乌力吉　著

责任编辑　张慧芳
首都师范大学出版社出版发行
地　址　北京西三环北路105号
邮　编　100048
电　话　010-68418523（总编室）　68982468（发行部）
网　址　www.cnupn.com.cn
印　刷　北京集惠印刷责任有限公司印刷
全国新华书店发行
版　次　2013年7月第1版
印　次　2013年7月第1次印刷
开　本　787mm×1092mm 1/16
印　张　21.75　插　页　2
字　数　286 千
总定价　140.00 元（全4册）

版权所有　违者必究
如有质量问题　请与出版社联系退换

目 录

001　序一

003　出走，即回归——一个蒙古男人的行与思（序二）

001　岳父

005　一个善良的人

008　小可

010　表哥五十五

013　乌日塔

016　乌日更达赖

018　阳光般的乌兰高娃

021　画画的乌拉

026　乌恩

030　陶格斯

032　斯琴

035　顺子爷

038　双山的青春

041　少女图雅

045　铁哥们三余

048　骑马的三虎

050　其劳

053 外甥女诺敏

056 女儿慕容

058 "原始人"尼玛次仁

062 刘大

065 梁子哥

068 我老婆

070 少布和慕容

073 吉雅大妈

076 吉雅的命运

079 呼和的父亲

082 黑虎

085 父亲

089 二平

092 二连

095 二姐其其格

098 儿子少布

101 额吉

105 队友友玲

108 高娃姑姑

111 喇嘛道尔吉

114 队友"大侠"

117 大师兄

121 大妈

126 大哥达林泰

130 大爸

133　空气一样的朝鲁

137　朝克和他的羊群

141　黑熊巴图

144　巴根大哥

147　敖日格勒

151　阿茹娜姨

155　老聂

158　吉日格朗

161　三姐

165　巴雅尔

167　家在额吉的身上

170　等待

174　我家有儿初长成

176　成长的烦恼

178　家有儿女

181　总是你的模样

183　祝福

185　少布成长小记

190　行走康巴什

193　婚姻危机

196　破嘴

198　遍地乡愁

201　长调深深

203　穿越沙漠

205　从此天涯

207 带着梦想上路

210 风雨同舟

212 酒鬼的尊严

214 告别酒鬼时代

216 告别罗纳尔多

218 歌里人生

220 关于爱人

222 归故乡

225 好好爱自己

227 蒙古人的坦诚

229 河流与乡愁

231 回到银川

233 活在民间的佛

236 记得那年雪落草原

238 记忆中的旋律

241 寂寞

243 金钱的概念

246 酒疯

249 离开

252 老家

254 聆听一位长者的歌唱

256 一起去旅行

260 母亲的力量

262 画一幅目光

265 柔软的心

267 男人如茶

269 佛语中的前世今生

271 亲人

273 青涩年华

275 蛇缘

277 谁能认出我的遗骨?

279 寺庙里的树

281 图克的月亮

283 挽留宁静

285 牧区的幸福

288 男人的相貌

290 信任是一条河

293 相遇

295 行走陕西

298 烟火人间的佛

300 行走在男人的季节

304 兄弟

306 学习与骂人

308 艳遇

311 爷们儿

313 情人节里说爱

315 额吉的树

317 忧伤的草原

319 有甚了

321 与一首歌曲相逢

323 月之夜

325 遇见仓央嘉措

327 远方有多远

330 远行

332 在路上

序一

我一直存着一张特殊的照片,是今年年初在乌力吉的新年"摊仗"上拍的。我穿着不太称身的蒙古袍,站在气宇轩昂的乌力吉身旁,笑得有些不知所措。然而在昏黄的灯光里,两个年龄、民族、生活文化背景都截然不同的人,居然出奇地和谐成了一对兄弟,我看着这张奇异而亲切的照片,心里总是默默地说——我们俩。

第一次见到乌力吉的人,都会很快在他身上找到所有传说中的蒙古人的特征:体格健壮、正直豪爽、善良大方;假如再喝上一次酒,那么乌力吉带给你的蒙古人的热情和纯真,即使是在酒后,也将会温暖你很长一段时间。从2002年的第一场酒开始,到后来的无数场酒里,乌力吉让我领略到了喝酒的真谛,原来酒是真的能帮助一个人成长,发现自我、认清朋友,当然,前提是你要跟乌力吉喝。

蒙古族也有与生俱来的忧郁和细腻的感情,这是无法从以前看过的书本上认知的,但是在读了乌力吉的文字后,却真切地感受到了。我第一次听到蒙古长调的时候,就被那种悠长深厚的感情所震慑,那里面有一种来自上古的绵长的乡愁,对亲人的怀念、对情人的思念、对羊群的爱怜、对高山河流的崇敬,这个马背上诞生的粗犷彪悍的民族,也有至情至性的另一面。而这个从草原上走出来的牧民家的少年,后来也居然喜欢上看《红楼梦》,还拿起笔来写,这不是天赋是什么?记得我第一次读到乌力吉的文章时,惊喜的心情是非常难抑的。没有接受过任何写作的训练的乌力吉笔下的这群草原上的人们，就像泉水一样朴实无华，而他们每个人的命运，却像额尔古纳河一样委婉曲折。如同是一个无助的旁观者，乌力吉带我们参观了草原上这些人们的最真实的喜怒哀乐，也不着痕迹地把他们身上的哪怕是最微小的人性光辉完整地呈现出来。这种精微的观察，无非是因为心中一份悲天悯人的情怀，用最直白的笔写出来，却更加富有最真切的感染力。是一个情字贯穿了乌力吉的文字，是一个真字给了这些文字力量。

这些在博客里曾经感动过无数网民的文字，听说后来又通过电台广播而拨动了更多听众的心弦，而如今真的可以变成白纸黑字的一本书了，我感到由衷的高兴和自豪。这里的每一位人物、每一段故事，都是乌力吉心里的一个角落、一段风景，他想与我们分享的，其实是一种蒙古族特有的深情，一个蒙古男人独有的解读生命和生活的方式，我非常幸运，能成为其中的一个角落。是长生天赐给我们的兄弟缘分，这篇序言一定要我来写，送给这位仍然胸怀理想和敬畏的草原之子。为乌力吉的文字喝彩，为那些草原上的人们喝彩，为那片草原喝彩！

梁晓新
于北京正观堂
2012年初夏

出走，即回归——一个蒙古男人的行与思（序二）
——致我的兄弟乌力吉

初识他，是因为他博客里的几幅图片，它们来自我所关注的那片草原，与那里相关的一切都能吸引我的目光。就此，开始对他的阅读，开始邂逅他文字下的内心世界。

他是孤独的，他的孤独是与生俱来的，不断地游走，是在寻找自我，寻找孤独的根源，是为了回归，回归心中的家园。他的经历，造就了他，生来就是离开故土的游者，不论身在何处，那种天然的孤独感萦绕在心头，无法淡漠。他曾说，我们蒙古族是没有根的民族，我们生来就是游走，不断地寻找故乡。故乡，到底在哪里？在远方，在歌声里。他，来自土尔扈特，这个西迁与东归的部族。土尔扈特人大部分聚居在新疆维吾尔族自治区，少部分在内蒙古自治区阿拉善地区。他，生在阿拉善，因为生活的变故七岁离开了出生地，来到另一片草原。之后，再次出走，开始了体育生涯。再之后经历了人生的坎坎坷坷，退役、读书、行走蒙古、再回归，娶妻生子，落在鄂尔多斯，做了公务员……他的经历，如同他的来处，一样地颠沛流离，充满了出走与回归的孤独。

他是一个普普通通的蒙古人，有着悲喜苦乐的男人，他用自己的人生寻找着游走与回归的本原。同时，他又是一个在行走中不断拷问和反思的思想者。他的文字有担当，有向往，有忧思，更有人性最美的表达。

他的文字里，充满了对草原无法割舍的爱，对远方无法割舍的眺望。他关照草原上的风雪云雨，关照那里的生灵，更关照那里的亲人们。

每个蒙古人心里都有一片自己的草原。不论想象的还是建构的，不论是曾经的还是消逝的，不论是无边无际的还是围栏遍布的，不论是广袤无垠还是寸草不生的……那片草原已成为一个情感的媒介，成为一个无法割舍的情结。草原，让蒙古人真正感觉到自由，感觉到自己的存在和人世间的无常，真正让自己辨别方向，回望北方。唯有在草原的怀抱里，蒙古人最柔软的神经被唤醒，变得温柔而细腻。但不言说，满含在眼睛里，唱在歌声里。蒙古人，是沉默的，深信语言的魔力。所有的表达在一举一动中，不多说不多问。如阿妈端着奶桶为远行的孩子，向天地敬献纯白的牛奶，这哪是千言万语所能表达得了的呀。母亲所有的担忧、不舍、祝福、祈祷全部浸在无声的敬献中，望向远方的目光里写满了怜与爱。

蒙古人的目光，最有故事。如果真能"画"一幅目光，我们读到的也许是一部长篇。读冉平先生的《蒙古往事》，深深记住的就是他所言蒙古人眺望的目光。不论是面对白色的墙壁还是辽阔的草原，蒙古人的目光一直是向着远方。仅凭这一点，我认定冉平是位读懂了蒙古人的外族。眺望的目光，隐含着的一定有忧伤与孤独。

天上的云朵，还是曾经的那一朵吗？
我唱给你的祝愿，你听到了吗？
牧场的骏马，还是曾经的那一匹吗？
我讲给你的心思，你还记得吗？

是不是走得太远，岁月已经改变了我的容颜？
是不是等得太久，思念风干了我的泪眼？

我背着你的方向游走,却听不到你的挽留。
你给了我流浪的自由,为什么不把我的思念带走?

请为我唱一首故乡的歌,让我的心儿流回故乡的河。
请为我唱一首故乡的歌,让我的梦里看到你的欢颜。

"故乡成了出发的借口和归来的理由。故乡是不可割舍的寻找。不断出走与归来之间,故乡的风物,即便是一抹艾蒿的淡香,一片孤独的羊群,就足以让人肝肠百转。而每次踏上异乡的土地,当说出自己的故乡又生怕因自己的放肆而牵连了故乡。相反每次回到故乡,又变得异常地挑剔和刻薄,容不得半点瑕疵。"这就是深深爱着故乡的人才会有的矛盾心理啊。因为在意,才小心,因为它好,才会挑剔的吧。

故乡,让人不舍,而故乡的那些人们更是让人牵肠挂肚。

乌力吉抒写的那些"草原上的亲人们",个个鲜活灵动,个个都有着说不完的故事,但每个故事都贯穿着爱与孤独,艰辛与智慧。我一直坚信,真正的智慧在民间。一句朴实无华的话语,就可把人生的那些高深玄妙的道理讲得痛彻淋漓。他们的故事,就是我们日常的生活,就是我们内心的声音。

塔拉是乌力吉认识20多年的朋友,他读中学的时候父母因车祸双双遇难,他一个人流浪了多年,结婚不久新娘死于非命,再婚,女儿却是先天性智障……听他的经历,有种让人窒息,无法过活的感觉。后来,他去了新疆,之后再无联络。有一日,无意间在朋友的宴会上见到他,却发现他一脸的阳刚,面色红润。问他,他说"带着梦想上路,再苦也可以熬过。"是啊,多么素朴的人生道理啊!人只要怀揣着梦想,简单地过活,离快乐就最近。

黑塔似的玲平日是不太爱说的,不管是多么复杂的长句,经他之口都能简练成几个字的短语,加之他的口语里夹杂着浓重的方言,常成为同学们取笑的把柄。毕业的时候,玲激动地宣布,他终于结束喝炒米的时代!也是在那天,从玲断断续续的醉话中得知:大学四年,他是一边读书,一边供养着自己和叫秀的弟弟读书。因此,经常喝着羊油炒米填饱肚子。毕业后的玲,去了偏远的乡村执教,简单地过着生活。而他供读的秀在毕业的那天,过马路时,被疾驰的车流带走了……再次见到玲的时候,他在玫瑰色的傍晚,护着孩子们在游戏……因为,不论怎样,生活还在继续……

朝克不善言辞,见人总是羞涩地躲在身后,看着自己的脚尖,一副无所适从的样子。总喜欢眯着眼睛,如同一辈子只开了半扇窗子。这样一个隐忍、沉默的人,却有着自己的坚守,固执地坚守着自己的草原,坚守着那片属于自己的土地。

阿茹娜姨外表风风火火,言语犀利,却是个从容淡定,冷静果敢,有着博大胸怀,在漫漫长夜里捻着佛珠悟透了祖先传下来的智慧的人。只有顿悟人生的人,才能豁达,才能有如阿茹娜姨那样的气度。

又如乌恩,因为家境,没能读书,却有着过人的智慧与勇气。经营着自己的生活,始终怀揣着自己的梦想,直到年龄很大,梦想依然。

其其格二姐、吉雅大婶,一生劳累,忍辱负重,却坚守着善良与仁爱。

而,父亲的爱是深沉的,是无声的。他可以不爱自己的女人,但却深深爱着自己的儿女。父亲是孤独的,他放牧时吟唱的长调,仿佛能揉碎草原上冗长的风,寂寞而空灵,沧桑而惆怅。

乌力吉的大爸,少年丧母,兄妹四个一疯一死,就剩下大爸和父亲两兄弟。他对父亲的爱,无边无际,永远是父亲的保护神。即使父亲已经儿孙满堂,兄弟俩独坐时,大爸偶尔还会爱怜地抚摸父亲的头或者手。因为这种爱,大爸健在的时候,父亲无论遇到多小的事情都会不厌其烦地去请示他这唯一的亲人,也因此让孩子们觉得父亲的软弱。直到大爸走了以后,看着父亲落寞的样子,才懂得有大爸在的日子父亲是多么的幸福。大爸，是伟大的，他不仅是父亲的神，也是孩子们心中的神。三十多岁的时候大妈去世，留下六个半大不小的孩子，最大的只有16岁，最小的只有一岁多。大爸一人将孩子们拉扯大，拼命地工作。却发现，孩子因为营养不良全身浮肿，命在旦夕，因此不得已把最小的两个孩子送给了别人，这种亲人的别离是一种什么样的心境呀。可是，大爸从来不言说，却面带笑容地照顾着自己所有的亲人。他自己的那些伤心事一定都说给了原野、说给了风、说给了那漫长的黑夜。大爸，走了，在一个灰蒙蒙的早晨，从此往后，天涯海角每一个角落里都充满了记忆中那个灰蒙蒙痛苦离别的回忆……

人生经历着无数个分分离离，最亲最爱最懂自己的人，都这样一一地开始了另一段旅程。这样的离别对于生者，是无法触及的伤痛，每一个不经意间的点滴，都能触痛深深的思念。这种痛，不经历是无法知晓，也无法用言语来表达。心，空了一大块儿，永远无法填补。这是最隐秘的伤疤，只有独自一人在路上，在夜深人静万籁俱静的时候，默默舔着伤口，泪水决堤。而在太阳升起时，笑容已挂在脸上，继续为生计奔波。

当亲人离去时，蒙古人不会哭出声，不会让眼泪模糊了亲人走向另一世界的路途。不会让往者为生者担忧，牵挂不舍。默默地将悲痛吞进肚里，安顿该做的一切，但思念，却在原地，永不停息。

这些都是我从乌力吉的那些故事里读出来的，我想所有的故事都从他的心里流出来，没有任何夸饰的痕迹。这些故事，仿佛也让我看到了自己的故事，自己的前世今生。也让我深深懂得我们蒙古人的隐忍、坚毅、豁达与智慧。

文字中的乌力吉，细腻忧伤。现实中，却是风风火火，极具行动力，想做什么，瞬间付诸行动。比如他要做个深度游，居然在一两月内就能组团成行。比如他要出本书，居然书稿在一个月内就可交编辑。他这种执行力让我赞叹不已，也由此询问他为何。他说对于运动员而言时间意味着什么？是啊，他是一个对时间如此敏感的一个人。时间，似有似无，其实，我们每天都在与它赛跑。即便，草原上的时间，放缓了脚步，但它是换了一种样态在行进。时间，是我们无法逃脱的宿命。蒙古人，也许是对时间赋予最多意义的一个民族，时间也由此缥缈梦幻起来。对人生的嗟叹，对生命的感怀，无不是在勾勒时间的脉象，时间的无常。

他又是一个有着深深兄弟情结的人。他心中的兄弟是超越朋友，近似亲人的"安达"，如同曾经的铁木真与扎木合。兄弟，是两棵树，可以相互依伴，为彼此抵挡风雪的。兄弟，不在言语多少，而是心的相通。兄弟不在于性别，在于那份情义。兄弟，是永远不会背叛的。如果背叛，带来的是无尽的苦痛，但永远不会怨恨。让一切交给时间来愈合，让自己慢慢释怀，而不会去计较缘由。这就是蒙古男人，有铁塔般魁梧的身躯，却有着比丝绸还细密柔软的内心。包容，是血液里无法更改的特质，延续到现代，延续到未来。当然，包容，并不意味着纵容。乌力吉又是个路见不平拔刀相助的人。看到街上不道德的事情，他一定冲将出来，打抱不平，乐于相助。他，就是这样一个活生生的饱含了蒙古大爱，充满孤独，却又热情而担当的普普通通的现代蒙古男人，一个在出走与回归中用心感受生命，用文字表达着现实中无法言说的情感与思索的人，一个在文字中让我遇见的好兄弟。祝愿我的兄弟，永远安康！

乃林郭勒
二〇一二年六月二十六日于大都城外

岳父

岳父去世已经整整三年了。我现在还清晰地记得他临终时的样子，消瘦而无助，像个无辜的孩子。他们给我描述岳父快不行时候的绝望，他们哄他说，你的三女婿正在北京找最好的大夫给你看病，马上就有好消息。岳父就痴痴地望着窗外等待我的消息。我能想象出岳父那无辜的眼神和对生的渴望。但即使这样，岳父也是沉默的，从来不和任何人交流他的等待和绝望，哪怕是对我们无理地发泄也好，从不，这样的等待和沉默更让我们做儿女的心疼。

我虽然很少和任何人讲起岳父，但岳父在我的心里永远是一座沉默的大山，是值得敬重的长辈。他会像草原一样给你力量和警醒。我有时候也会梦见岳父，梦见他沉默地干活，沉默地抽烟，沉默地望着远方……说起来也奇怪，梦见岳父的时候，一般都是我的工作或者生活上遇到迷茫的时候。我常常和老婆说，岳父一定在很远的地方祝福着他疼爱的这对最小的儿女。

我和老婆成家有14个年头了。

第一次去见岳父，是在我们还没成家前。岳父正在牧羊，岳父的脸很黑，浓眉大眼，身材魁梧，是典型的蒙古汉子的长相。我老婆介绍我们的关系后，岳父几乎没有什么表情，他沉默着带我看他的牧场和牲畜，最多会指着远处的马或者羊群，骄傲地说：那是咱们的。显然他已经把我当成这个家庭里的人。在和岳父相处的那几天，他知道我爱喝酸奶，每天会在黎明的时候就去舀一大碗酸奶放在我的床头，最多会说：牧区就有这个好处。他的话当然我能理解，他的意思是在牧区可以喝上骄傲的酸奶。岳父说话很简略，很多时候是一个词，但我理解他表达的意思。一个一辈子生活在草原上，和自然和天空和动物对话远远多于和人对话交流的人，让他说那么冗长的话是对他的一种折磨。他也从来没有问过我的家庭或者工作上的事情。直到我再次去岳父家商量娶亲的事情的时候，岳母因为我的家庭条件不好多少有些微词，沉默的岳父突然说：穷没有根。岳母是个很强势的女人，家里不管什么事情，都必须经过她的同意后才能执行，否则她会毫无顾忌地打击岳父，在我们成为一家之后，对这种了解更深。唯一这一次，岳父在很多人面前驳斥了岳母的看法。这让我很是吃惊，也深深地感谢岳父。

我和老婆成家后，岳母的很多做法我是不认同的，特别是岳母对自己娘家的礼遇和对岳父这边亲戚朋友反差之大很让我反感。我不知道他们过去有什么恩怨，但哪怕是看在岳父的名下也应该给予同等的待遇。岳父作为一个家族的老大，他一定在心里对他的兄弟姊妹们的生活很是牵挂，那些牵挂和无助令他很是无奈，他一定在他牧羊的时候说给了自己心爱的头羊或者骏马去听。好多次我看见岳父对着羊群或者马群发呆或者叹息。可惜这种现实直到他临终的时候也没有得到改变。我一直以为每棵树都会遇到自己的季节，但我感觉唯独岳父没有等到自己的季节。我觉得这是岳父的悲哀，也是岳母的不幸。一个女人太强势了，不好。

沉默的岳父每天要做很重的活儿，他把自己的牧场打理得非常好，即使在大旱年的时候岳父家也从来没有因为牧场干旱而委屈了自己的羊群。岳父的勤快是出了名的，这一点他和草原上的很多男人有本质的区别，他对时间有很明确的概念。

岳父是一个善良的人，周围的牧民哪家有要紧的事情做，总喜欢来找岳父，因为他们知道，岳父从来没有拒绝过任何一个人的请求。岳父就是给别人家帮忙也是做最重的活儿，有好几次帮助别人家储蓄牧草，因为负重而挫伤了腰。岳父去世后，有好多牧民站在远处哭泣，我觉得这是对岳父最真的怀念。前年，我路过岳父曾经的草原办事，遇到一个陌生的牧民，知道我和岳父的关系后，一定邀请我去他家喝茶，谈到岳父，那人突然沉默，眼里含着泪花，给我伸大拇指：你岳父，好人。一个人如果死后还被人这样深情地想起，那这个人的好一定留在了别人的心间。

岳父也喜欢喝酒，岳父喝了酒之后喜欢在自己的草场上溜达，有时候就一个人站在沙丘上望着远方，像冬日暖阳下反刍的老牛，安详而沉静。我不知道一个沉默的人，他的内心有多少波澜，有多少悲喜。岳父生病后，在我家小住过几天。我试图想和岳父多一些交流，但岳父很是不安的样子，仿佛他的生病给我们带来很多麻烦，后来我发现让岳父一个人安静地呆着对他来说是一种安慰。

我一直觉得岳父是天生在草原上生活的人，他与天与地交流远远比与人交流自如和幸福。这之前我们却一直不能理解。我的妻哥出于孝顺硬是把他们从草原接到镇上生活，离开了草原，岳父很快老去了，头发花白，眼睛也开始迟缓。即使这样岳父也闲不住，每天找一些活儿来干，直到检查出得了肝癌。

听到这样的消息，我们是不相信的，这样一个强壮的人怎么会突然倒下？他还给自己谋划开春要回草原种树和养羊的。后来我决定去北京给岳父复查。北京的医生看了岳父的片子，很是埋怨我们做儿女的：怎么会这么晚才发现？！言外之意是我们做儿女的不孝顺，我只好一再解释，岳父真的一点也没有表现出生病的迹象。后来大夫感慨说：你的岳父是个坚强的男人。肝癌是很疼的，他一个人在无数个夜晚和白天怎么度过的？听了大夫的话，我的心里莫名地疼，眼泪忍不住掉了下来。我的岳父呀，这个坚强的老人总是把所有的苦痛都一个人咽下。

岳父去世后，按照当地的风俗，下葬的最后一刻最早来到他墓前任何生灵，就意味他已经转世。那天，我清晰地记得，他的墓前第一个飞过的是一只小鸟。我宁愿相信岳父就变成了一只小鸟，从此后可以自由地飞翔。我觉得在这个世界上只有飞翔的鸟儿才能活得有尊严，才能与树，与草原，与天挨得最近。与天挨得最近的人，一定是被长生天亲吻过的人。

谨以此文纪念我的岳父，一个让人尊敬的长辈。

一个善良的人

自从家里的亲人相继搬走了之后,那片牧场便常常在我的梦里出现,我的梦境里总是出现草原被别人抢走的景象,我一个人孤零零地被抛在荒原,四处是铺天盖地的马头琴声。多次出现这样的梦境之后,便决定回去看看草原。

那天下午,我没有通知任何人,一个人开车回草原,准备回去打理一下自己的牧场。路过一个小镇的时候,正准备买一些水和吃的,突然接到一个陌生的电话,但电话的那头仿佛和我很熟悉的样子,开口就说,哥,我看见你了,我也在小镇,你等我。说完就把电话挂了。

出来一看,才知道是他。我和他其实不是很熟悉,他是我一个队友的同学,曾经在我们做运动员的那个城市读书,经常过来看我的队友,一起吃过几次饭。十几年前的一天夜里,我的队友突然哭着冲回宿舍,说,他同学车祸失血过多,需要输血,请我们过去帮帮忙。后来我们一起去的八个人里只有我的血型是符合他同学的,那天我就稀里糊涂地给输了两次血。输第二次的时候,医生知道我是做运动员的,犹豫了一下说,可能会影响我的运动寿命。我那时年轻,身体也壮,没有迟疑。后来,有三四个月我的成绩一直上不去,教练知道我输血过多后,就让我回家休假,那次休假中途心也野了,就萌生了退役的想法。从此再没有见过这位同学。

世事沧桑，想不到居然在这里碰到了他。他好像对我很熟悉的样子，直接坐到我的车上，说，我和你一块儿走吧。他看我惊诧的样子，忙解释道：你的事我都清楚，是你队友、我的同学告诉我的，知道你今天回草原，我在这里等你一天了。

路上，他简单地告诉了我他这十几年来的经历：毕业后教书，第一个老婆跟人跑了，刚又成家，现在教书的地方离我的牧场很近。那所小学校我是知道的，我问他一些我记忆中的人，他基本能说出他们的近况。

因为不是很熟悉，我也没有讲我这十几年的变故，有一段路程我们就不再说话，我的车里始终放一首古老的蒙古长调，他像一只安静的羔羊，静默着，听着。快到牧场的时候，他才突然说，今天晚了，明天再去你的牧场吧，现在去我的学校吃饭，那里有朋友等着。

果然，在暮色中，隐约看见有一群人在向这里张望着，他解释说，都是这里的牧民和学校里的同事，他们都知道你。

我们车刚停稳，人群就拥了过来，很热情，叫我的蒙古名字，让我觉得莫名的亲切和感动。我很惊讶。草原上的人我是知道的，他们都话少、腼腆，对一个不熟悉的人不会这么主动，他们只会远远站着笑。可是今天，他们迎接我这样一个陌生人，却好像是他们非常熟悉的朋友一样。

席间，他一直在忙。我们开始喝酒，几杯酒下肚，话就多了，等他出去以后，有几个人看着我笑，说：我们早听说你了，你是草原上的英雄。他们开始讲我在运动队里的种种故事，开始讲我的运动成绩，讲我的经历，讲我和朋友间的故事……当然很多故事已经被他们演绎得连我自己都不知道了。

后来才知道，这一切都是他每天讲给他们听的，我在这里突然成了一个传奇式的人物。后来，有个牧民样子的人说，他人很好，他不知道怎么感激你，就义务看护你家的牧场，他觉得这是报答你的一种途径。

那一刻，一股暖流弥漫了我的心头。

第二天，我早早地走进自己的牧场。虽然牧场还是老样子，但沿着我的牧场有一条清晰的小路让我明白了一切，我的脑海里闪现出他那敦实的身躯，他一定是在无数个白天夜晚，像一个忠实的卫士为了牧场主人，虔诚地看护着。

原来生活是如此的奇妙，你可能在人生的某一个十字路口无意中帮助过他，你也不曾奢望得到什么，但你不知道那颗感恩的种子早已深种心间。

爱就是无数个感恩的心汇集成的一片郁郁葱葱的牧场。

小可

小可是我楼下邻居的女儿，今年3岁。长得很有特点，眼睛仿佛是用刀片轻轻划开一对小缝，粗心的人不仔细看，根本找不到她的眼睛跑哪里去了。当然这些对小可长相的评论，千万不能让她的妈妈知道，要不会和我们拼命的。我亲耳听到，小可妈妈有一天惊喜地对我们说：你们发现没有，我家小可越长越像唱歌的林忆莲。

不过，有一句话好像是专门为小可创造的：女人是因为可爱才美丽，而不是因为美丽才可爱。当然小可现在还没有性别意识。她根本不屑于什么美丽什么可爱，那些问题对小可来说一定感觉太俗。

每次我看到小可那悠长而不屑一顾的眼神就知道小可想的一定不是这些。

她背着手，举重若轻的神态，太像电视里那些公务繁忙的国家领导人。仿佛在思考什么南水北调、三峡建设等重要的国家大事。

有一次，我很早回家，在街口碰到小可。小可十分专注地在玩儿一堆泥沙，眼睛瞥了我一眼，只一眼，用肥肥的小手指着我，惜字如金地判断说：酒鬼。我足足愣了半天：谁教你的？？眼睛又是瞥了我一眼，只一眼，很简练：干妈，收拾你。之后便不屑和我说第二句话。绝对领导的风范。

还有一次，更印证了小可的领导风范。那天3岁的小可领着比她还矮半头的小表妹蹒跚地从外面回来，看样子十分的尽兴，一人拎一个雪糕。进楼门的时候，小表妹闪身先进去了，我听见小可在外面很不满意地对小表妹喝斥道：不懂事，让姐姐先进，重来。声音不容置疑。我看到小表妹吃力地退出门外，小可闪身进去了，姐姐的派头十足。

2008年奥运会结束，我北京的兄弟给我搞到一套奥运冠军领奖服，我在小区里很是炫耀地穿上。那时，人们的奥运情结正是最浓的时候，小区里大人小孩对我很是羡慕的样子，一些不明真相的人，还以为我参加比赛去了，真有找我签名的。小可踱着方步来到我的面前，上下打量一番后十分肯定地说：假的。差点把我气晕过去。

那天，我问小可，长大做什么呀？你猜小可说什么？坐车。回答简洁果断。

小可的姿态，我有时很是羡慕，我们大人应该向小可学习。

表哥五十五

五十五是我二姑家的四儿子。长得像极了维族的人，190厘米的个子，200多斤的身体，体格健硕，力大无比。最辉煌的事情是在一次群殴中，一个人打倒十个据说是在江湖上混得不错的黑社会的，从此臭名远扬。

二姑阿拉塔似乎一生的主要工作就是为了生孩子而来的，从老大四十五到老十达拉，听说带上夭折的共生了十三个孩子，活了十个，其中有七个黑塔一般的儿子。五十五就是排行第七的孩子。今年四十六岁。

二姑家的生活在我记忆里，永远像破败的口袋四处露风。秋天一过，二姑就开始四处向亲戚家借粮，一直持续到第二年的秋天。即使是这样的生活，二姑家的这七个儿子仍然个个健硕无比，英俊无比，贫困都丝毫不能阻拦他们健康地生长。其中老八老九是在我的眼皮底下双双领走了苏木里最美丽的女孩，而且都是以私奔的方式逃离草原，现在生活得风生水起。

我和老十达拉年龄相仿，关系最好，那时候从体校回来，总喜欢去二姑家小住一段时间。那时候陪同他们兄弟几个做了很多恶心的事情，比如给别人家的毛驴尾巴上拴上炮仗，看那些受惊的毛驴呼啸着往沙漠跑去；比如被达拉怂恿上去偷别人家的鸡蛋，被恶狗追得跑丢了鞋等等。更主要的工作就是专门给五十五送情书。用五十五的话说，我跑得比快递还快。当然那时候不清楚情书意味着什么，直到最后，那家人家的姑娘放出话来：你要是再敢给五十五做这些事情，我就放出我家的狗不让你上门。后来才知道，人家姑娘根本没有看上五十五。

说也奇怪，二姑家的七个儿子最不难的就是找老婆，只有五十五是个例外，要说五十五的容貌也绝不输于其他兄弟，但五十五的婚姻就像死水一池，怎么努力都不见起色。眼见比他小的兄弟都领着最漂亮的姑娘出双入对，只有他形单影孤得像匹野马在草原上孤独地过自己的冬天。每次听到关于他的消息就是又和别人打架了，后来社会上索性把五十五传说成是李元霸式的人物，徒有一身力气，野蛮得很。

后来，草原上来了几个四川人，说想给他们随行的妹妹找个婆家，条件就是给随行的一个自称是妹妹表哥的人2万元钱。五十五那时候肯定饥不择食了，看看女方长得不错，就一口答应了下来。我父亲听说此事，专程骑马赶了过去劝说，因为之前不久我们这片草原就发生过几起四川人来骗婚的事情，拿上钱之后，这群人就想办法把女人接出去，逃之夭夭。一般情况是女人和自称表哥的是夫妻，唱双簧的，主要的目的就是骗钱。

可是无论父亲怎么劝说，五十五像吃了秤砣一样铁了心，而且明眼人已经发现这群人肯定是骗婚的，那个四川女人和那个自称表哥的眉目传情，有点脑子的人就能看出所以然来。

五十五结婚的第二天，果然发现不妙，那个女人谎称上厕所，就一溜烟跑了。五十五哪能容得这种事情发生，追上那个女人就是一顿暴打，吓得那几个男人跑得杳无踪影。

后来这女人自己交代果然是出来骗婚的，家里还有一个小孩，表哥是他男人。五十五也想过放弃，说你还了钱就放人，那女人已经无法和自己的男人联系上，只好将就过日子。谁也能想明白，这种媳妇就是马尾巴上的媳妇，随时有跑的危险。

后来五十五就决定陪这个女人回四川离婚。这种决定立刻在亲戚中掀起轩然大波，这不是狼入虎口吗？人们都替五十五的生命担心。二姑哭得更是死去活来。

五十五提着一把刀只身跟那女人去了四川。事情和我们想象的一样，下了火车，就围过来40多个男人抢人，五十五一个人放倒12个人，然后逮住一个据说是这个女人的弟弟的男人，把刀架在他脖子上。那女人看到这个黑塔是不要命的，就求告自愿离婚和五十五做夫妻。

不几日，五十五就领着自己的合法妻子回到了草原，四川那边就传开了，千万不能去内蒙古骗婚，那边的男人都不要命，会出人命的。

现在这个女人就是五十五的老婆。我有时候也开玩笑，你一共骗了几次？那女人就羞涩地说：也是穷没办法。

现在五十五生活富裕，开着自己的小车牧羊，像个西部的牛仔。老婆坐着飞机去住娘家，风光无限。

我有时候好奇，那个吃了自己种下来的苦果的四川男人现在怎么样了？五十五十分潇洒地说：吃软饭的当然瘫了。我知道这是五十五恶意的祝愿。

今年春节，五十五听说我回家过年，专程开车过来，喝了一场酒，像讲别人的故事一样讲他在四川的经历。我大哥听着听着，就流出了眼泪。

五十五干了一杯酒，说：都过去了，没事。

突然想起一句话：每个人的一生都是为了在美好的年华遇见一个人或者一件事，五十五遇到他的四川媳妇，不知道算不算一件美好的事。但五十五男人的骨头是在关键的时候能看得见的。

乌日塔

能让一个成年人永远保持率直的性格其实也是一种奇迹。

堂姐乌日塔就是这样的一个人。比如邻居妇女兴高采烈地穿一件新衣服问乌日塔好不好看，乌日塔十分认真地上下打量后说，你穿这件衣服不好看。倘若旁边有人打圆场说，乌日塔是说你今天的鞋搭配得不好，改天穿一定好看。这时候的乌日塔就十分较真地纠正说，这件衣服你哪天穿也不好看。全场晕倒。

我小的时候，没少受过乌日塔的这种待遇。我第一次比赛挣钱回来，周围的牧民都夸奖我本事大，只有乌日塔撇着嘴说，有本事你做个文化人，跑步的和放羊的有什么区别？！为这事情，我也挑衅地嘲讽堂姐是个没有喜气的乌鸦。这话不幸被我说中，第二年堂姐离婚，并且很快就有了新姐夫。我的新姐夫是个绵羊一样的人，无论堂姐如何斥责，他照样雷打不动地喝茶，眯着眼睛望着远方或者和旁边的人悠闲地拉话，去集市照样会给堂姐买一些礼物回来，绿色的纱巾。粗笨的球鞋等等。这些东西不仅堂姐看不上眼，在我看来也确实土得没有样子。但谁劝也不管用，在他的世界观里可能这就是美的。用我堂姐的话说：让他妈重新生一次也还是这样子。

堂姐有很长一段时间的主要工作就是无休止地斥责姐夫，大爸为这事情也没少批评堂姐，我的父亲劝大爸说，你让乌日塔斥责吧，骂够了就不骂了，反正女婿也不会因为这些生气。

　　堂姐有了孩子后，父亲的话果然应验了，堂姐像换了一个人似的对姐夫非常好。我有时候回家和堂姐开玩笑说：大姐能对姐夫好简直就是一个奇迹。堂姐居然当着姐夫的面说：我这辈子没看上他，对他好是因为他是孩子的父亲。这么直接的话，弄得我们在场的人都很尴尬。我说，姐，可以不这么直接吗？乌日塔的逻辑是：有话就说，有屁就放。

　　有人说，不爱自己就不会爱别人。这话好像专门说给堂姐乌日塔的。有段时间乌日塔老闹病，用我二堂姐的话说：她那是习惯性想象病，别人不能在她面前说病，别人一说，她马上感觉自己就是这种病。不知道的药名问乌日塔总知道，多难的外国名字乌日塔像背儿歌一样流畅。我给乌日塔的孩子说，你妈现在是大夫，中西医结合还带点妇科。乌日塔从草原上搬到镇上居住后，这种毛病更是有过之而无不及。后来我们兄弟姐妹几个聚到一块儿出了一个主意，由我这个搞体育的出面告诉乌日塔，有个保健医生告诉我，长寿的秘诀是：不能吃药，每天早上晚上各慢跑一公里能活九十九。乌日塔信以为真。过几天，姐夫打来电话说，你们出的什么馊主意，你姐中午也在慢跑，身体哪能受得了。

　　存在就是理由。有几次我和堂姐夫喝酒，看他眯着眼睛的醉态样子，故意引他评价一下堂姐，我以为他可能有一肚子的苦水要倒，这个绵羊居然说了一句充满哲理的话：刀子嘴豆腐心，和这样的女人生活不累。后来，我给他起了一个名字叫：贱男春，他也欣然接受。

　　现在堂姐一家生活好了，孩子都大学毕业成家了，姐夫被聘在一个单位下夜看大门。姐夫是个勤快的人，在单位有土的地方都种上了美人蕉，一到夏天整个园子都艳丽得像个新娘。

　　大姐每天雷打不动给姐夫送饭，知道姐夫爱喝茶，自己出去焊了一个小炉子，生火温着热茶，风雨无阻给姐夫送去，真是让人羡慕。

　　恩爱的夫妻也不过如此吧，这个绵羊般的男人心里肯定一直明镜似的知道，最有营养的那种草，一定不是艳丽的醉马草。

我们家住楼上，草原上的亲戚多，经常有人来家小住，每天都很热闹。那天下楼碰到一个邻居，羡慕地说，你们家人气很高，有那么多的亲戚来来去去真是热闹。我儿子抢先说，我姑姑乌日塔来了，今天我们吃炖羊肉。邻居坏坏地笑，我想他肯定在想，这家人和狼一样，每天吃肉。

堂姐乌日塔经常来我家小住几天，那几天一定是欢乐的日子，我儿子十分喜欢他这个姑姑，她的率直很有喜剧效果。

蒙古人有句谚语：好面耐水，好人耐心。可能就是说堂姐两口子。

乌日更达赖

善良和朴素是一棵长在心里的大树。乌日更达赖心里就长着这样一颗大树。

达赖是我腾格里草原上的小老乡，整整小我8岁，学法律的本科生，在首府呼和浩特工作，会讲一口流利的普通话。好多年前，我去首府办事，我一个队友请吃饭，叫了几个他的朋友，其中就有达赖小子，安静得像一湖水。可能是听我的口音，他突然激动起来，用我家乡的话问我是哪里的人，后来确定我们就是一块草原上的人，高兴得像个孩子。那一晚上我们全部用家乡的话对话，唱我们当地的民歌，不管不顾的样子，很是亲切。

这小子心细，后来每一个节日总要给我发来问候的祝福短信，我也托这个小兄弟给我办过一些事情。有时候朋友的交往真的是一种感觉，像草原上刮过的风，流畅而随性。

前几天去首府见一个朋友办事，想到很久没有见乌日更达赖，便在临去的时候给他打了一个电话，这小子听说我去，下午就在路口等我。晚上刚开始吃饭的时候，他的领导找他加班，我们一再劝说他才离开，很不好意思的样子。他一直觉得不能陪我喝酒，仿佛是他做错事情一样，很是不安。

听说我们第二天要回去，他早上五点就赶到我居住的酒店，一定要请我吃早点，把没有陪我喝酒的遗憾弥补回来。他的这种热情弄得和我随行的人都很感动，我也觉得过意不去。谁知道去了饭店，他执意要了一瓶烈酒，说一定让我陪他喝酒。早上喝酒对我这个酒鬼也是少有的事情，但感觉不陪他喝点真的对不起他的一片诚心，后来我们不知不觉就喝了一瓶。毕竟是早上喝酒，我看他已经不胜酒力，劝他回去休息，他还是要送送我们，刚出店门就出酒了，他像做错事情的孩子一个劲地说丢人了。

  回来的路上，我随行的朋友一个劲感慨，能交到这样的朋友一辈子值了。酒品看人品，我也是这样认为的。达赖就像我们草原上的胡杨，活得坚强而有尊严，他对朋友的好像一汪清澈的水，这样的尘世交到这样的朋友是我的幸运。

  回家后他给我来了一个短信，说：家乡已经没有亲人，我就是他家乡的亲人。我很感动，这是我亲情世界里的一条哈达，温暖而吉祥。我约他8月份回去看看自己的草原，他给我回话说：一定。

  家乡有句谚语：从西边刮来的风一定经过了我的家乡，从睡梦里叫出来的名字一定经过了心里。

  我的好兄弟，这棵长着善良和朴素的大树，我向你致敬。

  从现在起做一个善良如树的人，长满诚实的果子。

阳光般的乌兰高娃

乌兰高娃是我的红颜知己,做媒体工作的。

我常常开她的玩笑,老当着别人的面说她:你看起来和电视上那些卖假药的没什么区别。她就很有挫败感地挥着粉拳冲了过来。很惭愧,我们相识快7年了,却没有认真地看过她主持的节目,我总觉得那个正经八百、说着遥远的事情的主持人感觉怪怪的。

生活中的她真实、知性,有着蒙古女人的豪爽和优雅。我一直认为女人的美分两种,一种像烟花,炫目、惊艳,但过去了就过去了,往往缺少美的内涵;另一种美就像初春的垂柳,舒展而柔美,每一片叶子中都渗透着整个春天的气息,那种美是慢慢溢出来的。乌兰高娃就属于这样的女人。

乌兰高娃是东部草原过来的,一口标准的普通话与我们有本质的区别,最可笑的是教她用普通话的语调说当地的方言土语,她说出来念诗一样,很有喜剧效果。聚会的时候,我们老站在她的语境里学她说话,真的是欢歌笑语。更可笑的是,有一次,我故意给她上升到理论高度,总结了普通话的好处与坏处,普通话一定用在表述情感上,显得优雅而温柔;但是人一旦要骂人,发泄心中怒火的时候,还是方言有力度和解恨,并很夸张地现场示范给她听。当时人们也就一笑了之。谁知道,有一天高娃突然风风火火地来找我,让我教她两句最恶毒的土话:"我要骂人，我郁闷死了！"后来才问清楚，原来是被一个小人无端地诽谤和诋毁，被她当面撞到，结果却还是被人家像泼妇一样给骂了一个底朝天。愤怒之下才想起我的损招，就急急忙忙过来让我支招。我当然义不容辞地教她几句恶毒的话语，并让她当我的面示范应用一下。我的天呀，她用普通话骂人差点笑死我们，这哪里是骂人，分明是新闻联播里报道一场体育盛况。我就绝望地告诉她，你真是没有做泼妇的天赋。这成了我们的一个段子，在朋友中间被广而告之。

乌兰高娃酒量惊人，我们的认识就是缘于一场豪饮。她的一个朋友在谈一个重要的生意，对方别有用心地不断劝酒，话外之意是不喝酒这笔生意就有可能黄。那是我第一次认识她，也真正领教了一个女人喝酒的声势浩荡，后来那天基本成了她的一场个人演出秀，优美，大方，不容拒绝。更称奇的是第二天上午，我居然在一个大型活动的现场，看到她穿着蒙古袍优雅地主持节目，毫无漏洞。我的朋友当时就感叹乌兰天生就是做媒体的材料。酒品看人品，一点不假。

和乌兰高娃相处，不用担心小女人的那种任性和小心眼。她做事情的知性和思维的缜密，是一种用文化撑起来的东西，是别人不能比拟的。有段时间，她工作上遇到很大的变故，我们都为她遭遇的不公鸣不平，就像一个种地的农民眼看收获了却转身离开，我一直认为她会很痛苦和纠结，谁知道她轻描淡写地告诉我们，其实那就是一份工作，名利都是身外的东西，伤了自己多对不起自己。我开玩笑地骂她，那就是自恋。但是心里很佩服她这样的生活态度，心中有草原，还愁看不到蓝天吗？说的可能就是这个意思。我工作上的事情遇到困惑，她总能一语道破，那种举重若轻的样子，其实很值得我学习，这是一种人生的态度。忧愁也是一天，快乐也是一天，为什么不选择豁达和从容呢？

女人有时候不一定非要强势才能显得独立，乌兰高娃就是这样的，她往往在很多事情面前不强求，舍得放下，享受生活，纠结有时候真的是人生的一种缺陷。

那天无意听她的节目，听她讲一个女人的心结，我知道那里有她的影子，原来每个人内心都有一个自己的世界。我喜欢她的一句话，来世就做故乡草原上的一只羔羊，懒散地生活。

每一个人都有故事，做个善待自己的人也挺好的。

蒙古谚语说的好，把冻僵的蛇揣在怀里，迟早会受到伤害；把阳光迎进怀里，一定能感到温暖。

灿烂的生活，是一种姿态。

画画的乌拉

一

乌拉出家了。我听到这样的消息后脑海里一片空白。

那时我站在北国寒冷的雪夜里，任凭泪水在风中恣意地飞。我沉浸在深深的自责中，在他迷茫的时候，拉他一把那是我的责任呀。

乌拉是我的兄弟。他对画画有着惊人的天赋，他笔下的草原永远是无边无际的蓝色，风像美女的发丝，那一片一片的羊群都长着硕大的尾巴和蓝宝石一样的眼睛。那时候，我常常用俗人的眼光取笑他想发财想得魔怔了。他也常常在老乡面前夸张地学我竟走的样子，像个泰国的人妖。那时候，我们的青春岁月就是在这样的记忆中度过的。

后来，我见过他一次，那次我去他所在的城市比赛，听老乡说他在那里读书，后来就约出来吃饭。记忆中好像我们吃饭的地方很吵，他和他的同学一起过来，那时候他带着眼镜，穿破牛仔裤，文文静静得像个大姑娘，心事重重的样子。

年轻的时候，心是浮躁的，有那么几年，我们心比天高，各自飞翔，很少见面。我像烂棉花一样飞得头破血流后，终于发现自己无非就是一个普普通通的男人，于是从一个学校的教练改行去一个文化单位工作。那时候，我装逼似的戴上眼镜，想往文人的路上走，还起了一个汉人的名字。有人问我，我就斯文地说：学中文的。这事也成了朋友取笑我的把柄，戳穿我的鬼把戏的人就是乌拉。

世界真小，我和乌拉居然在新单位的门口碰见。那时候，他已经没有了文艺青年的痕迹，单位有几个小青年见他都恭敬地叫他老师。后来我才知道乌拉原来是这个单位的美术编辑，和我一个办公室。再后来我才知道他毕业后去了北京，据说在圆明园附近漂了几年，他的老婆就漂给了别人再没有回来。他很痛苦地一个人回来了，然后就在小镇的这个单位工作，成家，不再画画。

我们真正的交往从这里开始。星期天，我们喜欢骑车到附近的草原上玩，听他讲一些不咸不淡的玩笑。乌拉是那种扔在人堆最不显眼的那一个，但假如当天的聚会中没有他，马上就会有人发现他没有来。他在一切事情面前永远保持着画家的气场，安静而充满张力。

有段时间，我们几个受到单位领导的挤压和陷害，除了乌拉之外，我们几个早沉不住气像炮仗一样一点就着，已经公然和领导当面锣对面鼓地干起来了，我更是如此，用领导的话说，我是那种滴一点冷水也要跳三跳的主儿。我们做点出格的事情，早在人们的想象中，也就见怪不怪。可是谁也没有想到，乌拉这个闷骚型的男人，有一天喝了点酒，居然半夜把领导家的玻璃全部给碎了。派出所的当夜就把他抓走了。领导更是差点气死，说：当了一辈子的老鹰，临了却让小家雀把眼掏了。据说就是因为这，半年后就主动退休下来了。

我因为打架的缘故，只在这个单位呆了半年，后来就成为待业人员呆在家里。那段时间，我在小镇几乎和臭狗屎一样，无人敢和我接近。也就从在那时起，乌拉几乎每天来我家陪我，给我宽心。

其实很多时候，我们几乎是沉默，老实说，我和乌拉没有什么共同语言。乌拉投我所好，很委屈地陪我打猎。他害怕杀生，我们因得到猎物而庆幸的时候，他总是闭上眼睛问旁边的人：死了没有？死了没有？

后来我从小镇离开，乌拉就很少给我电话，我也太浮躁了，忽略了乌拉。其实我是可以多一点时间关心乌拉的，问问他为什么不再画画，问问他是不是还忘不了前妻？问问他漫长的黑夜是不是有过很多细腻的向往？这一切我却忽略了，我只自私地想自己的冷暖，想自己的得失，想自己受到的不公平等等。

那一个能把草原画得极美的男人，其实内心有多么细腻的想法呀，我却自私地忽略了。

后来我才知道，乌拉在出家前是多么的不能释怀，没有人能理解他的情怀，理解他发丝一样草原上的风……

乌拉出家了，他说他找到了生命的出口。

我专程去他所出家的寺庙看他，他的眼睛里没有悲喜和相逢，他用眼睛告诉我我们之间的距离。他的嘴角有一丝不易觉察的笑。那笑，像草原上无声的风，从我的前心凉到后背。

我不再探听乌拉出家的原因，有些东西不是用世俗的眼光能丈量出前因后果。

我开始相信命运，命运或许就是我们不经意间忽略了的那一个熟悉的人。

二

从来没有见到这么爽朗的冬日暖阳，寺庙的顶部被渲染成金黄的颜色，我和老乡站在寺庙的大门口，等待乌拉。

这是一个汉人的寺庙，游客不多，僧侣也很少，院子里杂草丛生，看门的是一个年龄比较大的长者，一口生硬的当地方言，我们好不容易沟通成功，才知道乌拉和他的师父出去化缘了，估计晚上回来。

我的心里充满了莫名的自责，在我想来，乌拉一定是遇到什么解不开的心结才出家的。看破人生。老乡说，估计一时半会儿回不来，还是回去吧，我的心里总是被这种莫名的情绪困扰着，说什么也要等他回来。

太阳快落山的时候，我远远地看到那熟悉的身影，是乌拉，他比我想象中胖了一点，带着眼镜，穿着僧服。见我，他好像没有什么惊喜或者诧异，只是轻声地问候我们。我差点流出眼泪，他的眼角却露出一点不易察觉的微笑。

我问他为什么要做出这样的决定，他用沉默回答我，我问他的家人怎么安顿？他还是沉默。

那时候，我不争气地哭出声来。想想他可怜的年轻的老婆和孩子，想想他年迈的父母如何度过剩下的时光？

我上去给了他一拳，高声斥责他不负责任。他还是沉默。

晚上吃饭，他彻底吃素了。无论我们说什么，他都是安静地听，不悲不喜。念经的时候，他不厌其烦地做着那些繁杂的程序，声音空灵。

老乡说，他走远了。

我也是这种感觉。

后来我们就决定离开，他把我们送出来，依然安静的样子。走出老远，我看见他还在门口望着这边。

一路沉默。那一望呀，像一条绝望的河流，原来这就是此岸和彼岸。

三

听说乌拉回来了，做了居士。我心里很是安慰。

再次见他，淡定，豁达。我们谈到很晚，我还要求他给我的新房子做设计，他满口答应。

每次和他谈话就像一次精神上的沐浴，你会忘记怨恨，忘记忧伤，活在自己的世界里，安静，随性。

乌拉一再说，我是他的贵人，很多次得道的高僧指出我是他的贵人。其实，他哪里知道，他才是我的知己。每次在我最难度过的时候，最落魄的时候，最灰暗的时候，他总是第一个陪伴在我的身边。

君子之交淡如水，我深深地理解了一种情，锦上添花和雪中送炭的区别。

乌拉永远站在我身后，陪着我度过这些烟火一样的日子。

乌恩

昨天下午突然接到一个陌生的电话，我问他你是谁了，他开口就说：你猜？几次三番下来，我已毫无耐心，破口就骂了几句粗话：你是个球，我哪有那闲心陪你玩小时候的游戏！

那边显然很是失落，讽刺我：住城里了，有钱了，连我的声音也听不出来了……听着听着，我那个火气就压不住了，最后警告他：你再不把名字报上来，爷把你拉在黑名单！就在我正要挂机的时候，他用我家乡的母语一字一顿地对我说：齐勒旺胡芒奈乌力吉（我的蒙古名字全称），无么很夫（蒙古语，意为臭小子）！我脱口而出：乌恩哥！

乌恩是我二姑家的五板定（蒙古语，意为小子），比我年长六岁，小时候是我和他家六板定的标杆，那时候感觉他无所不能，他会做女人会做的一切细活，比如帮二姑做鞋子补衣服，也可以像爷们一样一个人去遥远的盐湖拉盐，打猎。我二姑一口气生了十三个娃娃，活了十个，其中六个男孩，一个比一个健硕和英俊，其中英俊中的极品就是乌恩！小时候，只要我们犯任何一个错误，大人训斥我们的唯一参照就是：看人家乌恩！乌恩那时候就是我们头上的紧箍咒，我去二姑家首先问乌恩在不在，要是他在，打死我也不去！其实人就怕比较，经过和乌恩的比较，我还不如那驴粪蛋光彩。

说也奇怪，我可以不去乌恩家，那些年，乌恩却经常来我们家。

二姑家的生活一直像一条破败的口袋，羊毛下来就开始借粮食，一直到第二年的秋天。现在想来也能理解，十个孩子都要吃饭，况且这六个儿子，压也压不住的身材魁梧和能吃，也难为可怜的二姑了。时间长了，二姑都不好意思出面了，借粮食一般都是乌恩出面，那时候乌恩也就是十五、六岁的样子，已经担当起全家的重任。

那时候整个嘎查的人好像都认识乌恩，尤其是那些和乌恩年龄相仿的男的女的见我总会问：最近乌恩来不来？后来等我进入青春期，才知道乌恩曾经是我们嘎查里很多姑娘的梦中情人。

我和乌恩打交道最多的时候是我们一起在宁夏打工，那时候，我刚去体校，放假时为了开学的费用就决定去宁夏打工，乌恩为了贴补家用是最积极的响应者。乌恩没有读书，不识字，汉语当然也一塌糊涂，这下让我在乌恩面前很有优越感，第一次有了和乌恩平起平坐的感觉。

我们在一个饭馆里打杂，乌恩很快就学会了炒菜那些有技术含量的活儿，我年龄小，主要负责洗碗和扫地。记忆里，乌恩很爱唱歌，每天我们回到住的地方，想起草原乌恩就开始唱歌，一首一首，像绸子一样从他略带忧伤的情绪里抽出来，海海漫漫。

那时候我和乌恩憧憬着未来，他不断给我描述他的梦想，他的梦想是开一个饭馆，现在想来，他描述的就是电影《龙门飞甲》里的样子，进入他店里的都是有着神秘气质和充满江湖味道的人。说这些的时候，他就十分鄙视我去体校的理想，他觉得我的理想比在草原上放羊的人还低微！从那时候，我就无限地崇拜他。他的审美他的梦想就成了我追求的目标，一度我还差点要去当厨师。这当然是后话！

不过那时候乌恩已经情窦初开了，闲暇的时候，他最喜欢站在街口看美女，他喜欢那种高挑、比较丰满的女人，这也成了我对女人的衡量标准。像巩俐这样的女人总能激起我无限的幻想。

我们打工的地方有一个露天的游泳场，偷空我和乌恩去过一次，仅有的一次。不过发生了一件十分龌龊的事情——我和乌恩玩得非常兴奋的时候，我突然内急，乌恩给我出主意就在池子里解决，这么多的人没有人会发现。当然乌恩肯定以为我是小解，其实我是大型的。那排泄物很恶心地腾地就浮在水面上，被管理人员当场抓住，骂我们是哪里来的野孩子，并且警告要逮捕、罚款。当听懂那人说的什么的时候，平时沉默的乌恩，不知哪里来的力量和勇气，用一半蒙语一半汉语辩驳着，像一个护犊子的老牛一样挡在我的前面，用头顶在那个人的怀里，泼皮一样。经过乌恩这么反常的一闹，那些人反而面面相觑不知该如何是好。乌恩拉着我趁机从人群里出来，一声令下：跑！我们顿时消失在人海里。从此再没敢去游泳。不过，那次让我见识了乌恩的担当和智慧。

人有时候真是奇怪，在特定的时间经历过一些特定的事情，这个人就从此长在你心里，挥之不去。好长时间，我的苦恼和忧伤，我的犹豫和徘徊，总喜欢说给乌恩，乌恩一度是我精神的引领。

和乌恩逐渐减少联系是在我参加工作以后。那时候，他成家了有了三个孩子，全家迁移到另外一个城市生活。在不同的环境里生活，我们便渐渐地没有联络了，但是每年遇到二姑家的亲人时，总要打听一下乌恩的近况。

乌恩凭着自己的智慧和善良、勤劳和勇敢，生活过得十分优越。这也是老人们早先预料到的，三岁看大，七岁看老，母亲说起乌恩总是这样评价，言语里有无限的骄傲。

上次老六聘闺女，我工作正忙，没有走开。乌恩半夜给我打来电话，斥责我："你掏上灯油钱，你坐在灯后面？"我知道他说这些话的原因是想见我。

乌恩有一次喝醉了酒给我电话，说他最大的遗憾就是没有读书，他心里有很多的梦想不能讲出来。我知道这些年在外打拼的乌恩，一定也遇到无数难堪的事情留在了心里。

乌恩，每个人都有遗憾和梦想，在我们这个年龄，我们早已经没有了期待和幻想，而你还有梦想，那其实也是一种富有，是你的幸福！

我现在还记得乌恩喜欢唱一首歌："西北方向升起黑云，是不是要下雨了？我心里像打鼓一样不安稳，是不是达古拉要和我离分？"每次唱完，他总一个人感慨，你说达古拉那个时代就是可怜，苦啊……之后便沉浸在遥远的思绪里不能自拔。

现在我才明白，乌恩为什么矫情地打电话让我猜他是谁啦，他一定认为，我是他心里生长的一个人，无论多久没有见面。

陶格斯

我和陶格斯是死对头,这在伙伴们中间是公开的秘密,当然现在说来那已经是二十年前的事了。差不多有十几年没见陶格斯了吧?

来图克草原的第三天就和陶格斯打了一场恶仗,我没有占到一点便宜。原因是她拿着一块冰糖,向我炫耀,远远地伸着舌头舔着,还发出讨厌的"丝溜"声。那种状态很容易点燃一个男孩的怒火。

陶格斯和我同岁,比我早出生几天,女孩,跑步的姿势像羚羊,两条长腿要是正常发育下去,做一个模特肯定不亚于马艳丽。她的肤色是天生的古铜色,撒丫子跑开去时一条辫子在身后像蛇一样摆动。

从那一仗之后,我们就不共戴天,我们每天生活的目标就是如何整治一下对方,假如今天双方中间有一人没有出现在对方目光能及的地方,一定会在黄昏之前翻过沙梁飞一样去打探一下虚实。

打蛇要打七寸,治人要找短处,这是我们共同总结出来的。一般情况下,都是我败下阵来,原因是陶格斯的嘴异常锋利,骂人的时候,风雨不漏,根本插不上话,我要动手打她又追不上她。不过我发现陶格斯的弱点就是嘴馋,终于有一天,我设计了一个天大的阴谋,我被自己的聪明高兴得一晚上没睡着。

第二天我早早地来到她家,十分真诚地表示俯首称臣,并送上三块珍贵的牛奶糖。要知道在那样的年代,奶糖算得上糖中之糖了,显然陶格斯已经抵挡不住这样的诱惑，竟然毫无掩饰地笑出声来，并且骄傲地在我的面前挑衅一样把一块糖送入口中。当然她就中了我的阴谋诡计，我在糖纸里包了一颗硕大的骆驼粪蛋。陶格斯为这事在我家门前等了三天，听宝音说，陶格斯杏目圆睁，手里拿着马鞭，凶悍极了。

我们的打架基本持续到我去了体校后，而陶格斯读到三年级就退学了，在家放羊。说也奇怪，我在体校的时候，要是想家，陶格斯的影子就在我的眼前晃着，陶格斯成了我的乡愁中最具体的影像，慢慢地沉淀在我内心最柔软的地方。

十六岁那年，听说陶格斯得了阑尾炎，因交通不便差点出了人命，后来身体一直不好。

十八岁的秋天，我探亲回去见过一次陶格斯，那时她已经找下对象，对方在遥远的乌拉特草原。我们都很激动，她组织过去的伙伴和我喝了一场酒，席间，她的话很少，文静地听我们说话，脸上有着淡淡的哀愁，手指间不断把玩着自己的发梢。

我想对她说，你就是我对整个图克草原的记忆，但终究没有开口。

今年春节，我从巴根大哥那里探听到，陶格斯现在病彻底好了，生活不错，成了三个孩子的母亲，上次回来还问起我的情况。听说她初八回草原看她的母亲，很想见她，但因我要赶回城里上班没能等上。

陶格斯，你好吗？

我乡愁里最生动的影像。

斯琴

前几天斯琴给我来短信说：如果时间可以倒转，我一定要和你再回到童年，我们捉迷藏，偷地瓜，然后我揍你，你哭，我就会哄你，你高兴了我们一起玩，我再揍你。我给她回短信，只有两个字：做梦。我知道这两个字足以摧毁她的梦想。哈哈。

斯琴，长我一岁，两小无猜的伙伴，胖胖的样子。斯琴的父母是我们那片草原上少有的知识分子，因此，斯琴她们姊妹几个身上总有一种我们不具有的文雅气质。比如，我们对自己向往的东西，特别是好吃的东西，眼睛会毫无遮拦地盯着，放射出贪婪的光芒，甚至还会没有收敛地流出讨厌的哈喇子。但斯琴不会，她永远高昂着头，目光望向远处，你不知道她此时在想什么。另外，斯琴从来不说粗话，见到年长的人总会像大人一样行一个优雅的大礼，不卑不亢。她也不会像陶格斯那样连男孩子也敢追着打。因为这种种优点，斯琴就成了大人们眼里的好孩子的标本，每当我们淘气的时候，大人们总会喝斥我们要向斯琴学习。那时，斯琴就成了我们几个野孩子的敌人。我们天真地认为我们所受到的一切"礼遇"都是因为斯琴做得太好，才比照出我们的不懂事，我们几个便结成稳固的联盟，常常无故去找斯琴的茬。陶格斯明知道斯琴怕一切爬行的动物，居然想方设法给斯琴的鞋里放了一只"粪把牛"（草原上的一种爬行小动物）。因为这，我常听年迈的喇嘛训斥我们：懒羊才讨厌骆驼长得高。我们就远远跑开，故意高声地笑着，那状态谁也知道是一种挑衅。

斯琴好像从来没有意识到这一点，每天照样早早地打扮得花枝招展地出现在我家门口。那时，一定是我最威武的时候，我像将军一样，用眼睛的余光看着斯琴，发号施令。有一天，我居然心血来潮对斯琴说：你对他们说你是我的布斯贵（蒙语媳妇的意思），我就永远保护你。

斯琴居然骄傲地向所有伙伴这样说了。后来我就和斯琴一起成了陶格斯她们排斥的人。

因为这，我和斯琴在图克草原度过一段行单影孤的日子。不过那时候，我的确勇敢地保护过她。我指使斯琴去偷布赫大爷家的西瓜，被活捉在地，我硬是咬住布赫大爷的手救出斯琴。

我上树打沙枣，挂破衣服，怕被大人训斥，斯琴硬是偷出她家的针线给我缝得破绽百出。

我去体校的时候，斯琴她们随着父母调到旗里了。不过，我们好像从来没有断了联系，只是见面的机会少了。

斯琴很早就考上了大学，后来成了一个幼教老师。十八、九岁的时候，斯琴还是胖胖的样子。斯琴总是自我解嘲说，女大十八变，我快变成美女呀。

没等到斯琴变成美女，我就成家了。

斯琴27岁才成家，对象是一个汉人。斯琴说，民族无所谓，只要对我好，他就是萨达姆也嫁呀。这话让斯琴说准了，斯琴老公对斯琴非常好。那年斯琴得了一个怪病，暴饮暴食，但就不长肉，后来医生说，因为肚子里有了寄生虫，这病是传染的。想象有很多虫子在肚子里，谁听了都恶心，但斯琴老公不离不弃，后来居然用了一个偏方，治好了。我们都无比的感动。

再见斯琴，斯琴果真变成了一个美女，长发披肩，穿着得体的时装，即使在巴黎，斯琴也没输给那些整过容的美女。斯琴的优雅是从骨子里渗出来的，美轮美奂的蒙古族礼仪，和着她水一样柔情的眼神，淡定而庄重。

有一次，我们在草原聚会，有人问，你们那么好咋就没有成为夫妻呢？斯琴脱口而出，他是我哥，那不是乱伦了吗？语气很是坚定。

那一刻突然语塞，是呀，我怎么就从来没有想过这个问题呢？有些人，其实在意识里，就是我的有着血缘的亲人，这就是缘分。

斯琴和她丈夫，现在就在我曾经居住的小镇，遇到一点小事也会给我打电话：哥，咋办？

那时候，我是很幸福的。

有些人就是你血液里的亲人，没有任何非分之想，很自然地成为你青春的见证和分享者。

顺子爷

很喜欢一句蒙古谚语：别因为落了一根牛毛，就把一锅油都扔了。这话也成了今年激励我的动力。不然我这个心里不藏事情的人，可能在遇到很难协调的事情或者是很恶毒的人的时候早撂了挑子。哈哈，其实已经撂过了挑子。好在在工地，遇到很多淳朴的人，很有感触，其实大智慧大哲理大悟透的人总在民间，他们善良的狡猾和执着，总会让人警醒。今天写写我工地的房东——顺子爷。

我来这里做工程临时租用一个工棚，房东就是顺子爷。顺子爷七十多岁，是从陕西过来的，现在的生活习惯好像还是典型的汉人做派，比如头上缠着羊肚子手巾，喜欢唱山曲儿等等，是个在河道上靠摆渡生活的人。

刚住进来的时候，感觉这老汉很难接触，吝啬、狡猾、冷漠。比如我随手抽他几根柴火做饭，就过来问我要钱，没有一点不好意思。我工地上的车带回来一些土，他就动员老婆孩子出来耍赖，说要污染费等等。对他这种做法，我深恶痛绝，半夜起来专门把狗的牛车推在沟里面。这引起了他的警觉。

好在后来住的时间长了，我只要下到工地，看样子他还是喜欢和我说话，老问我一些城里的事情。我要是能回答上来，他很敬佩的样子，认为我是一个很有阅历的人。

我们的关系后来发展到无话不谈的程度是源于他老向我打问一个人。之后我才知道他的一个心结，听后很是感动。

省晋剧团在很多年前文化下乡曾来这个小村义演过。实习生小桃红就在那次临时被团里指派出演《白蛇传》中的白素贞，行里的人当然看出了门道，因为她演得并不专业。但对小村里的人来说，小桃红演的白素贞仍然美轮美奂到了极致。

艄公顺子爷就在那次对小桃红有了痴迷般的挂念。特别是剧中白素贞被迫离开许仙的那一场戏。顺子爷说，他分明看见小桃红那双眼睛中透出的无助，听到那从心口喷发出的失望——顺子爷每次讲到这里，就仿佛已经浸润在一片白衣飘飘的仙境中，双眼不再看远山近水，目光淡淡如流水一般了。

那次小桃红她们在小村里唱了七场就走了，是顺子爷送他们过的黄河。顺子爷至今难忘，演白素贞的小桃红就坐在船头，文文静静的，一袭白衣，河风吹起，显现出她袅娜的身姿。那时，太阳正在落山，整个河滩，整个黄河面上，呈现出一派非常壮观的玫瑰色，黄河就像流淌着一河黄金。靠岸后，顺子爷说什么也不要过渡费，文文静静的小桃红就站在岸边，给顺子爷唱了一小段《白蛇传》：

百年修得同船渡

千年修得共枕眠

……

之后的日子，顺子爷就常做一个相似的梦，梦见不知是白素贞还是小桃红就坐在他的船头，无助地望着他，然后突然转身消失在水天之中。做梦的日子，顺子爷就不厌其烦地向城里回来的渡船客们打听小桃红的消息，结果总是令他失望。后来有个渡船客说，省晋剧团早解散了，况且你说的小桃红又是一个艺名，茫茫人海哪里有人能晓得的吆。

那些日子，顺子爷瘦了，也明显变得沉默了。有时他望着一河的波涛，一呆就是半天。慢慢地，村里的人就传说，顺子爷的魂儿被唱戏的戏精勾走了。顺子爷的儿女们眼瞅着父亲一天天地消瘦下去，心疼地劝慰：还是亲自去城里看看，散散心也好，兴许还能遇见呐。

顺子爷就为了那个梦，有生以来第一次离开了小村。城里真大，但喧嚣的都市令顺子爷窒息。他跌跌撞撞找到晋剧团时，已经是华灯初上了。

晋剧团的确成了娱乐城，顺子爷进大门的时候，就被几个流里流气的小青年挡了回来。顺子爷说："我找小桃红。"小青年们放肆地笑着，阴阳怪气地说："我们这里还有小凤仙呢，你找吗？"然后就把顺子爷推了出来。幸好旁边有个摆小吃摊的胖女人，听见了顺子爷的问话，就热心地叫住他，问他找哪个小桃红，样子好像对晋剧团很熟悉。顺子爷就把那次小村演出的经过细说了一遍。女人的表情突然就黯淡下来："我也是晋剧团的，你说的小桃红已经唱通俗去了。我尽力帮你转达吧。"然后女人就发了一通人情冷暖的感慨，最后劝顺子爷还是回村去吧。

失望归来的顺子爷比以前更沉默了，也不再摆渡。闲暇时顺子爷常坐在暖阳中打盹，从此再没有提起小桃红。日子缓慢而冗长，但小村依然如故。

直到我的出现，又勾起他的思绪。他的这种牵挂让我觉得不可思议而又莫名地感动。

讲故事的时候，顺子爷的眼神是悠长的，若有所思的样子，期间他会深深地贪婪地吸烟，样子像一头老牛，沉浸在深深的记忆里。

听顺子爷的事情，我常常想起自己，想起自己的人生，爱情，甚至是命运……

念想有时真是一尊佛。

双山的青春

阿拉坦姑姑家的小儿子双山和我年龄相仿。小时候，每年入冬的时候，阿拉坦姑姑就从遥远的乌拉尔草原来阿拉善看我的父亲。要知道，阿拉坦姑姑是父亲的继母带来的女儿，和父亲没有一点血缘关系，但这一切也不能阻止阿拉坦姑姑对父亲的疼爱。

姑姑长得特别慈祥，什么时候眼睛里都溢满了盈盈的笑，即使是训斥孩子们的时候也是这样。

姑父是一个眼睛有问题的人，天一黑，就什么也看不见。滑稽的是，即使这样他还装作什么都看得清的样子。有一天邻居的长辈来家里办事，刚一开门，姑父就十分认真地对双山说："羊进来了，你们也不管。"弄得邻居的长辈有很大的误会，为了消除邻居的误会，我着急地用手势在姑父的眼前比划，意思是姑父的眼睛是看不见的。谁知道姑父这回不紧不慢又说了一句话："哦，进来的不是羊？是狗呀。"邻居彻底生气，愤愤而去。

阿拉坦姑姑一口气生了六个儿子，可想而知，生活相当拮据。阿拉坦姑姑每年来看父亲的另一个意图就是来借粮食。但这一切并不影响父亲对她这个没有血缘关系的亲人的牵挂。每年到了这个季节，就一个人絮絮叨叨地说，阿拉坦还不来呀，遇到什么事情了吗？

姑姑一来，总要带着双山。双山比我只大一岁，性格爱好都差不多，我们很能玩在一起。我们一起带着猎狗追野兔，掏鸟蛋，或者故意惹怒吉日格朗大爷让他追着打我们。我们当然知道六十多岁的吉日格朗大爷肯定追不上我们的。那时候也不知道为什么就喜欢看吉日格朗大爷气急败坏的样子，特别是双山，每次都笑得喘不过气来，好几天都要耍宝一样学大爷的样子。父亲和姑姑无论怎么呵斥都不管用。我们另外有一个爱好就是骑驴，我就奇怪，那时候我们为什么不喜欢骑马而喜欢骑驴呢？现在想来可能就是驴性格中的狡黠和敏感激起了我们的斗争欲望。孩子的心灵世界真是一个奇怪的世界。

这样无忧无虑的日子直到我家里发生了变故。后来我去了体校，有一次双山骑自行车穿越300公里草原来看我，人突然变得很矜持，话少，总是若有所思的样子。那时候，他读初中，好像是汉校，像怀春的少女一样，说很文艺的话，小时候骑驴时的影子一点也没有了。

有一天他很突然地问我：你知道三毛吗？弄得我不知所措。

后来他给我讲撒哈拉，讲三毛的爱情，讲远方，讲橄榄树……他的叙述很纯情，很忧郁。我朦朦胧胧感觉到那个骑驴的小子长大了，长出了满腹的心思。

后来我才知道他喜欢上了一个邻班的女孩。

后来我也到了青春期，才明白这就是青春期的共性，三毛成了我们青春的一个符号。

很多年后，我们都已经有了自己的孩子，我和双山无意中讲起三毛，有那么一刻，已是中年男人的双山眼睛里闪出晶莹的泪珠。我理解他的动情，那是他对自己青春时期的纪念。这与沧桑没有关系，与爱情没有关系，只是那个三毛一定承载着他所有的青春岁月。

也就是那么一段时间后，双山又恢复了曾经的活泼和好动，原来每个人都会有自己的雨季。

双山19岁就成家了，女方是心甘情愿跟双山私奔的。双山有这样的本事让一个女人死心塌地爱上他。

现在双山家的日子过得不错，买了小车，据说开车的主要用途就是放羊。这是我们曾经的梦想，像西部牛仔一样。

姑姑家生活条件不好，奇怪的是姑姑家的六个儿子个个长得黑塔一样，而且英俊极了，都是人家姑娘看上追着跟回来的。

在姑姑家的草原上，当地人训斥自己儿子没本事的时候总要说句口头禅：有本事像双山他们一样自己把老婆领进门，那才是男人。

这是双山做的最出名的事情。估计没有人能知道双山曾经也是一个三毛迷。

这与文艺没有关系，那是我们真实的青春。

少女图雅

父亲骑着骆驼,带图雅去城里看病,那年她16岁。

城市里喧闹的声响,石阶上拥挤的常春藤,街角口那飘着香味的小吃,城市人们脸上荡漾着的优越的笑脸,以及父亲像一个做错事的孩子,卑微地对着每一个陌生的人点着头、笑着的神态……城市给予她的震动绝不亚于草原上每年盛大的朝圣。那时她骑在骆驼上感觉自己就像一捆被风干了的草。后来父亲在十字路口被一个警察模样的人挡在了路边,她听见父亲用半通不通的汉语解释道:"红灯灯、绿灯灯,我们草原上没灯灯。"她第一次感觉到了惆怅,人懂得了惆怅,梦就开始生长了。在这之前,她一直以为整个世界就是草原上冗长的风和寂静的夜晚。

后来,她终于和父亲跌跌撞撞地住进了飘着来苏水味的病房。父亲因为语言不通,每天除了到病房后面的杂草丛中放他的骆驼,就是聚精会神地聆听液体一滴一滴掉下来的声音,或者就蹲在冬日的暖阳中像一只反刍的骆驼沉浸在无与伦比的安静中。那时她望着空洞的白色,慢慢地就进入了一个梦境,梦境中的她总是在行走,穿越葱茏的草原,穿越汩汩的流水,后来她在无边无际的空旷中一个人歌唱,那歌声总能感动得连她自己都热泪盈眶。这样的梦境她几乎每天都在重复。

又有一天,一样的梦境、一样的空旷、一样的歌唱,只是多了一些嘈杂。她睁开眼,惊愕地发现自己的身边多了很多年轻的护士,正兴奋地看着她谈论着什么。她在无助中寻找父亲的身影时,居然发现父亲第一次像在草原上那样从容地眯着眼望着她。

"草原上百灵的歌声有多么婉转,我女儿图雅的歌唱就有多么动听,唱吧。"父亲的话给了她少许的安慰,也让她知道了护士们突然围拢的原因。

"你的声音是用什么做的,是金子吧?"

"把你的声音给我吧,这简直就是天籁之音呀。"小护士们看她清醒了,索性声音也大了起来。这是16岁的图雅第一次听见城市里有人和她说话,她十分羞涩地用小手绢遮住了自己的脸。

以后的日子,她慢慢习惯了那些年轻的脸,她们给她讲城市里的故事和传奇的时候,她也给她们唱草原上的风、草原上的羊群、草原的天空……

后来整个医院都传遍了:有一个草原上来的小姑娘歌唱得真好。

有一天,她的病房里来了一个打扮古怪的男人,其中一个护士向她介绍,这是音乐学院的某教授,慕名而来的。某教授录了她的很多歌曲后,沉默良久,后来就有些激动地说:"这是我从教30年来听到的最真实、最美妙的民歌,你们听听现在民歌界中唱的是些什么狗屁,这是对民歌的侮辱!对生活的亵渎!你给我上了生动的一课呀。我很惭愧,我们早就应该下到生活的最底层,到民间去,那里才有真正的音乐和生活。"教授激动的眼里似乎有了泪水。末了,教授十分恳切地对图雅的父亲说:你们要允许,我想请她到我们学院读书。父亲还没有反应过来,旁边的护士已经羡慕得尖叫起来。

有了这次经历,一个人的时候,她开始憧憬、向往,也做梦,但她的梦里多了很多的人,梦里也有了城市的繁华和喧闹……

在这些梦想与歌唱的日子里,她的病好了。

临走的那天，威严的老护士长握着她的手说："回去好好唱歌，你会回来的，某教授会找你去的，那是多么幸运的事呀。"那神态是很认真的。她的父亲甚至要感动得掉下泪来。

回到草原的日子，她也常常想起在城市里看病的那段时光。她有时在挤奶或牧羊发愣的一刹那，恍惚中看见护士们微笑着向她走来，"走，和我去城里吧。"

等待的日子是多么的漫长。草原上的草黄了又绿了，草原上的风依然冗长而沉默，她有时站在风里觉得自己像一只迷路的鸿雁，茫然而遥遥无期。

夜里，她喜欢躺在奶奶的怀里，痴痴地想着自己心事，有时她也忘记自己究竟在想些什么。那时奶奶就用温暖的手抚摩着她光滑而柔软的头发自言自语："秃鹰大了就要飞向远方，姑娘大了目光就要眺得像风一样，我的孙女是真的大了。"这个时候她从来不和奶奶搭话，她喜欢奶奶温润的呼吸声扑到她的发际上。那是一种无比的安然。

更多的日子，她喜欢在牧羊时对着去往城市的方向歌唱，她几乎是看见什么就唱什么，她唱夕阳、唱花朵、唱天空飞过的小鸟、空气中飘落的一片叶子……她觉得它们都在专注地听她诉说，她的歌唱仍然悠长而嘹亮，只不过是她的歌声里有了很多的忧伤和茫然。有时她也想不明白祖祖辈辈生活的草原与生活过一个多月的城市哪里对她更具有吸引力。

终于有一天，她在歌唱中又一次进入了一种忘我的境界时，额吉突然披头散发地寻来，声嘶力竭地告诉她："养活全家的100只羊都跑了，羊丢了，你们全得饿死。"她惊慌地从梦境一样的歌唱中醒来，茫然地去寻找羊群。

起初她还知道自己在寻找什么，后来迎着温暖的晚风，沿着干涸的河床一直向前，慢慢地她竟然忘记了自己在做什么，她突然感觉迎着风行走的感觉真好,她穿过夕阳、穿过黑夜,直到晨露打湿了她的头发……她听见奶奶和额吉焦急地高一声、低一声呼唤她的名字。

再次回到家里,她沉默了。从此不再歌唱。

22岁那年,她像草原上所有姑娘一样经人介绍嫁给另一个草原上只见过几面的一个男人。出嫁的前夜,她再次依偎在奶奶的怀里,她喜欢奶奶温润的呼吸声扑到她的脸上,那种安然让她痴迷。奶奶一边抚摩着她的头发一边问她:"我的孙女儿图雅明天就要出嫁了,在想什么呢?"

她本来是想告诉奶奶,她少女时代曾经痴痴地相信了一个戏言,她的梦破了。想不到她说出来的居然是:"我会好好地服侍好我的丈夫,管理好我的草原……"期间她听见奶奶不经意中叹了口气。

那天,她终究没有想明白奶奶那一声叹息是对她少女时代结束的怀念,还是也突然想起了自己少女时代一个同样的梦……

铁哥们三余

三余是我一铁哥们，从他变声期开始我们相交至今。

三余这个名字一直让我很纠结，估计是他没文化的老子，等他出生的时候都懒得再动脑子了，索性连多余都懒得叫就叫"三余"。所以三余说他没文化是先天注定的，因为关于他想不想读书的事情，他父亲总是站在他的一边。一次三余旷课时长超过三天，老师找到他的父亲希望给予三余一些警告，谁知道他父亲倒过来把老师骂了个狗血喷头。他父亲纵容三余说："吃好，没病，娃娃想干甚干个甚，读几个字有甚用了？"老师从此把他马放南山。

三余不爱学习是我学生时代所有同学都一致认可的。三余之所以能在老师放弃的情况下仍坚持到初中毕业，对外解释的理由是：为了陪乌力吉。所以三余至今认为我和他一样没什么文化。

现在三余出息了当了老板了，也人模狗样地装了台电脑，不亦乐乎地上网，有一天还加了我的QQ。哪想第二天一早就急急忙忙打电话给我，兴师动众地批评我没有职业道德，原因是他的空间里转个别人的医用偏方笑话什么的还表明转摘之类的话，我怎么转人家空间的文章连个出处都不写。用三余的话说：这是"剽窃"。他的一个"剽窃"让我笑了好几天，我没好意思告诉他那些都是我自己写的，原创的！我怕说出来吓死那孙子，俺也是有文化的人。

三余虽然没文化，但脑瓜子相当聪明。我一直遗憾三余没去当个演员屈才了，不然说不定现在就是姜文姜武之类的一线演员。我是见识过他眼睛一转鬼把戏层出的伎俩的。前几年，有一次三余无证驾车，拉着我们一群朋友大摇大摆进入市区，正好遇到交警大查被堵在路上。他拉开车窗就可怜兮兮地说："交警大叔，实在不好意思，家里我妻奶奶刚刚去世，这不妻爷爷也不行了，急送医院。忘带证件，通融一下哇。"

交警是个年轻的小伙子，对家里同时两位老人病故这不幸的事情，十分同情，一直目送我们消失在拐弯处。我们正惊讶他的镇定和那种装出来的悲痛，他的老婆不干了，大骂："为什么说我爷爷奶奶遇到不幸，怎么不说你爷爷奶奶不行了？"三余狡黠地辩解道："我爷爷奶奶活着了哇，你爷爷奶奶已经死了20年了。"全车爆笑。

三余人耿直，办事十分讲义气。有一件事情我一直记到现在。

有一年三余在我体校的附近打工，那时候，我已经有一点比赛的奖金了。有一天晚上，三余来找我，开门见山地说：有紧要的事情，需要500元，一个月后还。要知道，那时候的500元是一个大数字了，我那点奖金远远不够，看他着急，又向队友和教练借了一些才凑够。过了几天，遇到一老乡，说起这事，那老乡给我分析，百分之九十是让骗了，三余在社会上名声十分狼藉。之后果然一月内毫无他的消息。我其实偷着去他出租房侦察过，房东说，三余从借钱那天就再没回这个地方。后来我就不再抱什么希望，一直感叹500元买了一个教训，无非是多比赛几场。月底的一个晚上，已经十点多了，我们的楼门已锁，三余却翻墙偷爬进我们宿舍，灰头土脸，十分疲惫的样子。见了面二话不说，从怀里掏出一摞面值很小的钱来，气若游丝地说："还钱。"他像一个马拉松选手，那么的努力就是为了赶到终点似的。他说："男人说话要算数。"

后来我才知道，这小子看准一个生意，去做，赔了。后来为了还钱去砖窑拉煤。

三余没有文化，但他把承诺看得比什么都重。这样的男人值得信赖。三余现在发达，很多人不理解。但我能理解他成功的背后是什么在支撑着他。

这些年三余挣了一些钱，但三余不张扬，见他总是穿着一身工装，毫不讲究。我们也多次开他老婆的玩笑："求求你上帝，让三余老婆给他丈夫换一身新衣裳再来见我们哇，阿门！"三余总是毫不在意地说："我爱吃，至于穿的上只要不露肉就行。"这算个什么逻辑！

去年，三余给我说，买了一块草场，种树呀，老了就去放羊。这和我的想法一样。十分赞同。

前一段时间，打他电话不通。过了很长时间给我回话：种树，不能错过季节。其他都可以让别人代替，种树是生命的事情，必须亲力亲为……居然给我上起了关于人生的课。我表面嗤之以鼻，心里还是有一些温暖。据说身价已经上了千万的人，依然这么看重生命，看重诚信，说明这个家伙一直接着地气，是个朴素的人。

蒙古族有句谚语：借奶还黄油，借牛还骏马。一个人不管有没有文化，只要诚实地善待每一件事情，人生总会还他的比付出的多。

骑马的三虎

三虎，男人，今年估计有40岁了吧。我不知道他的父亲为什么给他起一个汉人的名字。听长辈们说，他家是蒙古族里的黄金贵族，过去非常显赫，从他爷爷那辈上落魄了。三虎是独子，在我的记忆里，他总是被他的三个姐姐打扮得花枝招展，和女孩没什么两样。而且他还爱在女孩儿堆里玩一些"抓骨牛牛"（草原上的一种游戏，以羊骨头为道具）之类的游戏，以至于我们上小学后才知道他是男孩。这也常常使他成为伙伴们取笑的把柄。

三虎比我大，却一直叫我哥。原因是学校里老有同学在他的背后叫他"二姨子"，那时他已经懂得了羞耻，常常为此哭泣。有一次，我实在看不下去，在回家的路上，用马鞭帮他教训了那些同学。后来学校里便传开了，说那个黑脸的板定（小子），是三虎的哥哥老虎。三虎好像很受用这样的误解，一直管我叫哥。我为这还臭美了好一段时间。

我去体校的时候，三虎去当兵。好像在中蒙边境。

有一年元旦，我突然收到一份从满洲里寄来的信。汉语写的，字很秀气，像女孩子的。那时我正在恋爱。为这，我的前前女朋友醋海翻波，大闹一场。她深信这一定是一个女人的来信。闹了很多误会。

信是三虎写来的，信上说很想念我，让我想开点，做一个快乐的人，记得自己是蒙古人等等。

果然，三虎临退伍的时候，专程来看我，人很壮实，脸黑黑的，但是说话的神态里依然有女人的气息。他话少。因为生活在不同的环境里，我们突然没有共同的话题。

只记得他一直嘱咐我，现在年轻，不要找女朋友等等。

我那时正在备战一场重要的比赛，训练的强度很大，回到宿舍连放屁的力气都没有了。他一般都是自己说，自己回答。他在我们宿舍住了两天就走了，临走的时候很失望的样子。

他会讲一口流利的汉语，长相也很像汉人，给我宿舍的小师弟们倒是留下很好的印象。每次等我们训练回来，他一个人把我们宿舍的所有床单都给洗得干干净净的，并像部队里一样叠得像砖头一样。见我们，腼腆地笑，用纯正的普通话说："我们部队习惯了"，像赵忠祥解说的《动物世界》，后来这句话成了我们取笑同学的口头禅，在做事情之前或之后，表示炫耀一定会说：某某习惯了。

之后，我们很长时间没有联系。听说他退伍后，没有回草原，一直在北京打工。

六、七年前，我去北京办事。在我另一个老乡那里，见到他，还是单身。瘦了很多，脸很苍白，留着很长的头发，说是做钢材生意。但我看到他那小辫子总有一种想上去剪掉的冲动。怪怪的。

今年春节回草原竟然碰到了他，领着一个四川女人，说是他老婆。当然他已经不再叫我哥了。正月去拜年，居然看见他骑着马和亲戚们一起拜年，骑马的样子很潇洒，从后面看，要是穿上黑风衣，还真有点周润发的感觉。

后来他才说，当兵的时候，在仪仗队里他喂了五年马，和马的感情很好。

见他的那天晚上，我居然梦见他，样子是他小时候的样子，在草原上赶着一群马，黄昏的夕阳笼罩着他瘦小的身影，孤独而无助。

原来每个人都有一片自己的草原，只是无缘的人从来不曾来过……

其劳

其劳是我的同事,年长我20多岁,彼此了解后才知道他也是从图克草原走出来的牧民。他的经历和我差不多,15岁时从一个放羊的穷小子当兵,转业来到这个单位当司机至今。驾龄比我年龄还大,这常常是他引以为荣的地方。

其劳身材魁梧,眼睛像柳树叶一样细长,皮肤很黑,牙齿很白。话少,一说话就喘着粗气,很庄严的样子。特别是他走路的姿势更是滑稽,永远像博克手上场时的状态,夸张极了。

我和其劳成为朋友是源于一场声势浩大的喝酒。

我从来到这个单位的第二天,就感到单位里人们的排外情绪相当严重,有几个人老在我的面前像善斗的公鸡,挑衅似的哼着小曲,用眼睛的余光不屑地瞅我。我才知道这个单位之所以十多年水泼不进,是因为人员基本都是子弟兵,这个人的姑父冷不丁就是那个人的科长,已经结成稳固的联盟。

那次喝酒,单位里的那几只"公鸡"通知我,说要专门为我组织一次欢迎宴会,一大桌,差不多有十五、六个人,其劳就在其中。宴会快开始的时候,我听见其劳接了一个电话,我估计他是不知道我能听懂蒙语,因为他用蒙语肆无忌惮地给对方汇报了宴会的用意。我才知道这是一次鸿门宴。我们从下午五点钟一直喝到凌晨五点,平均每人干进了二斤也多。喝酒基本从一开始的少言寡语到后来的豪言壮语，直至最后的胡言乱语、沉默不语。等到最后，放眼望去，只剩下我和其劳端坐在桌前，其他人全部在桌下瘫成一堆。那是我喝酒生涯中的极品壮举。

那时其劳呲着一口白牙不停地笑，那也是第一次听到一个中年男人如婴儿一样干净的笑声。我每喝一杯酒，他就作拍手状定格在半空，直到我干掉最后一滴酒，才长出一口气，仿佛从梦境中惊醒过来，吸着气，夸张地惊呼，嘴里含糊不清地说着一个词：奥扎嗨（蒙古人表示惊叹的语气）。那天，我才理解一个人要表达敬佩或者是不可思议的事情时，什么语言都是苍白的，唯有这个词才能表达出他要表达的极致。

就因为这次喝酒我们成为好朋友。后来我才知道，他早知道我是蒙古人，所以那天他故意用蒙语打电话是想让我有个心理准备。

其实我在那个单位仅仅工作了两年半。哪怕我早已经离开那个单位，但其劳对我的好已经超越了年龄，哪怕我和他儿子只差两岁，他也固执地让他儿子叫我叔叔。他儿子结婚时，其劳十分固执地要求按照我们蒙古人的风俗，将我当作他儿子的长辈来礼待。

我刚学开车那会儿，老去蹭他的车，因为不得要领，差点撞在树上。我记得其劳当时就跳起来嚷道："仇人，真是仇人，我的饭碗差点儿就被你毁了。"后来我们有机会一块儿出差，大约在乡下半个多月，每天黄昏，我就开着他的车在草原上驰骋，也就是从那时我学会了开车。从这个意义上说，他也算我的师傅。可惜我驾照被吊销至今没有办出，无证驾车使他这个师傅的脸上很没光彩。

其劳不喝酒时，大部分时间是沉默的，像一棵树，不论悲伤还是欢乐，脸上总是挂着婴儿一样的笑容。其劳对车的热爱让我感动，他常对我说，车是有生命的。所以不论春夏秋冬，只要车在他的旁边，他总是怜悯一般地在侍弄车。总还要自言自语，譬如用骂孩子一样的语气骂车：这个东西不懂事，坏蛋等等。那样子就像童话里的人物一样，纯粹极了。和他粗犷的外形对比起来，我有时很难相信这些话语是从他博克手一样的身躯里发出来的。

我是个喜欢四处跑的人，有次和一个同学去天津港口接车，知道其劳爱车，本来是想送他一个车模型，但同学建议我给他买一个导航系统配在他的车上，实用。其劳先前没有接触过这些高科技的东西，那天，等同学给装好后，我们专门开车到郊区试车，每一次导航系统语音提示，他都仿佛发现了惊天秘密一样，婴儿一样肆无忌惮地笑，手舞足蹈地笑，嘴里时而蹦出一个两个我也不懂的象声词。有一次，导航系统语音提示错误，他仿佛终于发现了天大的漏洞，对着提示系统幸灾乐祸地坏笑着："自大了吧？自大了吧？不学好。"那神态极认真，像对一个活生生的人说话一样。

有时，我看着他的状态，很是羡慕。想来，其劳是幸福的——一个人永远生活在单纯和童话里，少了那些得失的困扰，也是一种幸福。

其劳的母亲去世，我去了。出殡的那天，我第一次看到一个50多岁的男人送他80多岁的老母亲，居然像一个孩子一样毫无掩饰地哭着叫着"妈妈，妈妈"，很是让我感动。

他母亲的葬礼，来了很多人，很多市里体面的人都来了，那天我才知道，其劳的很多战友和同学现在不是企业的老总，就是当地的一个大官，身份都很显赫。只有他一辈子开车，而且永远开着被别人淘汰下来的车，他的主要工作就是负责一般职工出去办事时临时调用开车。

其劳今年57岁，离退休剩下三年了。前一段时间还忧心忡忡地说，他的女儿至今工作都没有落实，说差一个很重要的章。管事的人正好是我最铁的哥们，一个电话就给他办了。我想，这也是缘分。

其劳喏喏地看着我，很艰难很羞涩的样子说，想请我喝酒。

我当场就答应了，我知道想让一棵树开口说话，已经是为难他了。

至今，我来了朋友，其劳是我最好的陪酒员。

沉默，大酒量，憨憨的笑，这就是其劳。

外甥女诺敏

每逢佳节倍思亲。看着外甥女诺敏的照片，想着已经长成窈窕淑女的她今年要在很远的地方过年，想起去年送她走的时候，她孤孤单单消失在人海里的样子，心里很是难受。人生最大的悲哀是你不能掌控亲人的命运，眼看着她远远地离开。

下面是几年前写给诺敏的一篇短文，那时她还是一个几岁的孩子：

诺敏是我二姐的女儿，大名诺敏，在汉语里是玛瑙的意思。诺敏的父亲是汉人。但诺敏在能歌善舞的方面却是完全继承了蒙古人的基因。那年诺敏芳龄6岁。尽管离开草原上她姥姥的家回老家已经有一年多了，但现在仍然是她姥姥全家20多口人谈话的主题。不过，这种不可思议的现象引起了比她小两岁的小表弟的强烈不满，小表弟常常噘着嘴说："诺敏姐姐最讨厌，她没我厉害。"我看到小表弟这种挑衅的神态总会想起诺敏"那盏也不是什么省油的灯"来。

第一次见到诺敏是在我所居住的小镇上，那时诺敏已经一周岁多了。她爸爸和妈妈的婚姻冷战到了极端。为了缓解他们的矛盾，她妈妈经过我的游说正筹备在小镇上开一个理发店。见到她时，她正趿拉着她妈妈的高跟鞋学着她姥爷的样子在院子里背着手溜达，像一个牧羊人。见我，她用十分不屑的口吻对我说："我知道你是谁，我在照片上看见你了。"随即就仿佛是戳穿了一个不可告人的秘密似的,用一双小手捂着嘴胜利地笑着。那段日子,我几乎天天能见到诺敏。时间过去很久,哪怕现在和诺敏已经有三年时间没见面了,但闭上眼睛还是能十分准确地想起她欢乐时的眼神生气时的娇态来。

诺敏是一个有着极强归宿感的孩子,她对"家"的认定是异常地执著。经过她妈妈拾掇的那个充其量仍然只是一个理发馆的地方,被诺敏认定了那是她的家,白天你可以带她去任何地方玩耍,但只要到了夜晚或者是她该睡觉的时候,无论你给她多么大的诱惑或威胁,她对家的认定竟然这样准确而坚决。这种感觉对我的触动很大,特别是她妈妈的理发店经营惨淡准备关门的那天,我们都忙着收拾着搬家,她也是悠然地和小朋友在玩耍,但就在我们要离开的时候,她居然像大人那样沉沉地叹了口气说:"我们没有家了吗?"那刻,诺敏的那一份落寞,那一份无助,那种对家的渴望让我怦然一动,忍了很久,泪还是流了下来。

佛说前生五百年的回眸才能换来今生擦肩而过的缘分,更何况能在一起生活,那需要多少年的等待和累积呀。而我们成年人往往在很多时候却不懂得珍惜这种缘分——那一声空空茫茫的叹息直到现在还总在我的梦里出现。

再见到诺敏是在她姥姥家,诺敏在她姥姥家大约断断续续住了一年。这一年中,诺敏是最有争议的人了,也是我们全家的开心果。她的出现使她姥姥和舅舅们分成了鲜明的两派。她常常在别人猝不及防的时候,用她妈妈的化妆品给自己化一个很恐怖的妆,然后就优雅地走过来,哪怕她头上还只有数得清的几缕头发,她也会强烈地对她姥姥提出抗议:不要让我披头散发好吗?还有,她一天要把自己的小手绢洗无数次——她对美的追求简单而直接,她还没有学会掩饰自己的欲望,这些纯粹而细腻的生活状态常常让我们这些已经学会伪善的人羡慕不已。但这些对于裹过小脚的她姥姥来说,统统都是"臭美"。她姥姥有时戏谑地对诺敏说:"再这样臭美,长大跟上人走呀。"诺敏当然不知道"跟上人走"的真正含义是什么,那时电视上正在谴责美国总统布什的强权政策,每每这时,诺敏总振振有词十分正义地对她姥姥说:"我跟上人走也不跟外国人。"这一老一小的对话常常成了我们家"失话西游"的经典对白。

现在思念诺敏时,总会有人提起那些经典对白。特别是诺敏的姥姥,我们从来都不敢在她面前过多地提起诺敏,那样她会被思念燃烧得一塌糊涂的。

女儿慕容

女儿开始有自己的思维了，尽管她还咿咿呀呀不能用语言表达自己的意思，但我们已经能看懂她的肢体语言了。

生命真是一个值得敬畏的东西。女儿每天一睁开眼睛，对每一个人都是灿烂的笑容，那种笑让你感到无比的幸福和充满了希望。

女儿对外面的世界充满了向往，每天即使是六点起床，一睁眼的第一件事情就是咿咿呀呀指着门的方向，身体前倾手舞足蹈要求出门，假如此时你故意没有听懂她的意思，她就着急地用她的肥肥的小手扳你的脸，指着门又是一通咿咿呀呀的叫嚷。只要让她出门，那便是一件极幸福的事情，她会把她所有的本事给你做一遍，譬如摇摇头、飞吻、再见、拍手手等等。这一切动作做罢，她就安静地望着门外，满脸是兴奋和期待。就像一个超级戏迷期待一场豪华演出开始似的。

在庭院里溜达，女儿一般很是安静，恬淡而慵懒，倘若此时有人逗她，她也总是面无表情，哪怕她妈妈使出浑身解数也休想让她分神看看你。而天空上的云朵、随意的一棵草或者风中刮过的一片纸屑足以让她痴迷，乐此不疲。

对于一个孩子，没有比发现更能带来快乐了。那天，女儿一个人坐在地毯上玩，有那么一段时间，突然很安静很安静地专注地看自己的手背，我发现后，悄悄地站在她的身后：原来她的小手上有一滴水珠，很小很小的水珠。她专注地看着，仿佛发现珍宝一样，小心翼翼地端着小手。我想，在她看来，小水珠也一定是有生命的东西，好像一只随时有可能被吓飞的蜻蜓。我看她有几次想用另一只手去逗逗这个小水珠，但又是犹豫不决的样子，很是滑稽。终于她仿佛下了决心了，用小手指轻轻触碰了一下小水珠，小水珠立刻变成了几瓣散落开来，显然对于我可爱的女儿这是一个惊天的发现，她咯咯咯地笑出声来，那笑声是从心底里喷发出来的，流畅而清脆。

她的这些举动让我生出很多的感慨，让我真切地分享到女儿的快乐。对于一个童稚的孩子，快乐原来是这样的简单和直接，快乐是没有成本的。而我们成年人总是在患得患失中忘记了本真。真不应该。

女儿和儿子的关系出奇的好，每天她哥哥放学回来，女儿总能像迎接贵宾一样发出惊喜的尖叫。无论儿子以什么姿势抱她，她都能泰然处之。那天我看见儿子像夹着一个枕头一样臂弯里夹着女儿，女儿却不哭不闹，安静地玩着一个玩具。

女儿的天真娇憨，常常让我们哑然失笑。她妈妈说该给女儿吃奶了，然后在她妈妈弄奶瓶的时候，女儿会突然扔掉玩具，自己找一个舒服的姿势躺下，等着奶瓶的到来。那一刻，我觉得是女儿给予了我们莫大的幸福。

我给女儿起了一个响亮的名字叫慕容，翻译成汉语是浩瀚的江河。当我在三十多岁得到这个女儿的时候，我不会期待她去承担我们的梦想和光宗耀祖的重任，我只希望她快乐、健康地生活，有着水一样的柔美和秀丽，并且像水一样率性地、自由地流淌。

"原始人"尼玛次仁

收到尼玛的信我一点也不奇怪，我知道只有尼玛这个"原始人"才能在这个物欲横流、已经进入信息化的时代，仍然能静下心来给我写一封长长的信，谈他的生活感悟。

收到信的时候，我正因为工地上的一些琐事而小题大做装逼似的故作深沉。其间，乡村的日暮余辉淡淡地散进来，让我平生许多感慨。尼玛的汉语显然是没有长进的，那些只有我们几个最好的朋友才能读懂的"倒装句"贯穿全文。比如说："我很想念你，生活好吗？"他一定写成"想念你我，好生活吗？"读着尼玛的信，我很惭愧，我和尼玛大约有十年没有见面了。只是偶尔打个电话，说一些不咸不淡的事情，除此之外，便没有一点消息。想不到，在遥远的甘肃藏区有一个好兄弟从来没有忘记我，尽管他自己生活得也不是很如意，却还牵挂着我，让我少喝酒，少冲动，真情溢满信纸。

尼玛不是我的队友，他和我练的项目基本没有交叉。更准确地说我们是难友，我们的共同的经历是一起走穴。我在退役的前三年，为了能弄点外快收入，常常违反队里的规定，替一些地区去打一些不入流的比赛。这样做的结果是荒废了专业，但能为家里多些补贴。有着满脸高原红的尼玛家境和我相当，所以我们常常不谋而合出现在一样的场合，有时我们是对手有时我们是搭档。这样我们就有了很多的时间在一起，也更多地了解了对方。那时我们常常坐在宿舍高高的床铺上畅想自己的未来。我们俩居然有着惊人的相同愿望：老了要拥有一片自己的草场，放羊。可能也就是从那一时刻，我们有了更多的交流。他拗口的汉语基本成了我关于他的记忆符号。

有一年，我们几个因为不遵守队里的规定，被放逐在某个城市，只好找一个临时的教练训练了半年多。尼玛是那种很有天赋的运动员，用我们教练的话说，尼玛是一个用脑子打比赛的人。我一直遗憾如果不是因为家境的原因，尼玛有可能现在是国内家喻户晓的体育名人，他的专业都荒废在走穴的路上了。

尼玛是智慧的人。我的莽撞和冲动与尼玛的聪明细心常常会碰撞出很多火花。我一般是一切行动的制造者和实施者，而尼玛永远是我的拥护者和修正者。

我们在异地训练的时候，接触的都是一些城市里长大的人，当知道我们是从草原上来的蒙古族和藏族，他们会不断地问一些古怪的问题，譬如说：你们那里是不是一个男人可以有很多的老婆？出门是不是就要骑马？等等。他们口口声声说喜欢草原，有人还说估计前世就是草原上的人。起初我们是很认真地给他们做解释，后来才知道，他们之所以天真状地问这样的问题，是想对比出他们比我们文明。他们是叶公好龙式的人物。

明白了他们的用意，我就决定考验这些矫情的家伙。我和尼玛说了我的想法后，尼玛差点被这个好主意乐坏。正好有了一次一起出去的机会，我们就带他们回了一次尼玛的草原——那也是我唯一一次去尼玛老家。那是一片干净的草原，有点像蒙古国西端的草原，醇美而低调。事实上，我们根本没有刻意安排什么，看他们怕脏怕累怕吃苦的样子，连尼玛七岁的妹妹都用鄙视的眼光看他们，就考验出他们心中的"小"来。城市里最能滋长一些矫情的人。那些人临走的时候，让我们教他们几句祝福的蒙古语或者藏语，我突发灵感，告诉他们蒙古语里最恶毒的骂人话说这是祝福的意思。想不到，他们离开的时候，就用这些话和我们热情地告别，结果受伤的是我们自己，接受了一堆的恶语，这也算是一种报应吧。这是我史上最失败的一次恶作剧，常常成了尼玛笑话我的一个话柄。

尼玛的家境比我想象的还要困难，父母都已年迈，家里最小的妹妹才七岁，在他之上还有五个孩子，其中有两个出家作了喇嘛，家里最大的支柱就是尼玛。这些尼玛从来没有和我说起。

有一年，我们在野外训练。之前几天我就发现河的对岸是诱人的西瓜地，我把这个惊天秘密告诉尼玛，尼玛的眼睛都绿了，我们决定付诸行动。尼玛的智慧在这次行动中发挥了作用，他潜入瓜地后的第一个动作不是去偷瓜，而是跑到瓜棚前从容地将瓜棚的门反锁住，断了看瓜人的后路。直到我们满载而归的时候，才听见看瓜人气急败坏的叫骂，那时是尼玛最得意的时候，包括他脸上的高原红都神采飞扬得仿佛长上了翅膀。坏笑着，对我挤着眼睛。

尼玛还喜欢吹牛，他的吹牛一般不是建立在标榜自己的层面上，他的吹牛往往让我去给他作证，譬如他总会对半信半疑的人说：不信你问乌力吉。有一天，他突然对我的教练说，我们老家有一条河，饮用了河里的水，就会怀孕。不信你问乌力吉，他上次去我家就见过这事情。我赶忙说，是呀，那水是蓝色的，天蓝色的，我不小心喝了一口，三天后，肚子就鼓起来了，去医院做的手术，才没有丢人。你看我的肚子上的伤疤。当然我是不会掀起衣服让教练看的。教练半信半疑，回去和自己的老婆说了这事情，他老婆嘴快，不几日，整个训练馆包括做饭的师傅都知道尼玛老家有条神奇的河，喝了能让人怀孕。

我和尼玛是同一批退役的队员，尼玛还算有一个好的归宿，他回去后就找到了工作，现在在当地一个体育部门工作，日子过得很悠闲，我想这符合尼玛的心愿。

　　大约在2010年的时候,他来内蒙办事,我们聚过一次,那时候,他的脸上已经没有了高原红,见我,他仍然毫无距离地开口用我教他的骂人话和我打招呼,没有一点正经。我知道,他仍然是那个我们一起走穴的尼玛,没变。

刘大

我和刘大一家认识，完全是因为一次冲突。傍晚时分，工地上有人反映：当地有个农民挡住工程不让施工，我就急急忙忙赶了过去，从那时就认识了刘大一家。后来为了化解矛盾，多次去他家走访，接触多了，他们把我当成了朋友。偶尔他们在一起喝酒，刘大总会让他儿子给我打电话，邀请我过去，我也请他们一家来城里玩了几天。

那里的工程结束后，我们一直没断了联系。和刘大一家相处，我常常被他们泥土一样的朴素感染。他们的善良狡猾，能生出很多喜剧一样的幽默；他们是一杯苦咖啡，会慢慢地从心底里溢出豁达和宽容，甚至是淡定和美好来。生活原来不是没有美好，只是我们缺少了发现美好的眼睛和心灵。

刘大对牲口的喜欢，用他老婆的话说："我们家的牲口比我金贵，那是老刘亲肝亲肺的娘呀！"也难怪，农村家庭小门小户的，侍弄个牲口又不是养宠物，还不是为了物尽其用养家糊口。刘大倒好，哪个牲口进了他家，就是掏粪堆的鸡子也能上麦垛。

这不，刘大家养了一头母牛，快十岁了，身体吃得像大家闺秀通身散发着红光，十年不仅没有给刘大下一个小牛犊子，愣是连一根牛毛也没生过。但刘大还美其名曰：我家的牛牛抱的是独身主义。这话别人听了不要紧，刘大的老婆听了，差点气死。眼瞅着别人家念着牛经已经奔小康了,你睡着牛屁股还有雅兴吹牛皮。刘大老婆那个气哟,一狠心,趁刘大走亲戚的时候,两千元把牛给卖了,又多添了四千元直奔外地买了一头黑白花奶牛,索性来个生米煮成熟饭。

　　刘大回来时,刘大老婆正望着这头膘肥体壮吊着两个大奶的牲畜乐开了花,她仿佛已经看见牛的奶头正汩汩不断地往出流着白花花的钞票呢。此时的刘大脸拉得像根油条,趴在牛槽上捶胸顿足,无比愤怒。刘大的老婆才不理他的这些过激反应,无事人一样哼着小曲儿,扛着锄头下地了。

　　直到中午时分,仍不见刘大到地里来,刘大的老婆心里多少有点担忧,便扔下锄头直奔家里。毕竟是多少年的夫妻呀,是灰总比土热吧。

　　不过,见到刘大,她忍不住笑了。那时刘大正蹲在牛槽边上,牛一边吃草一边不住地用长长的舌头舔着刘大的手,样子十分亲热。刘大看见自己的老婆,不好意思地笑着:"这牛犊子,天生是个马屁精,缘分呀"……刘大老婆戏谑道:"这可好,走了个你牛爹,又来个你牛妈,刘大呀,你天生是个养牛专业户。"

　　之后的日子,村里人也发现,刘大家的这头奶牛就是与别人家的不一样,按理说,牲畜来到陌生的地方,总要有一段的生分,可刘大家的奶牛不仅自己知道哪里是喝水的地方,哪里是吃草的地方,而且更让人称奇的是它对刘大的那种亲切。那天刘大喝醉了酒,竟然是这只在他家还没呆够五天的大奶牛,把他从二十里外的地方完璧归赵地驮回了家。怪不得村里人说:这是刘大修来的福气。更有迷信的人猜测,刘大是牛郎转世。刘大听到这些传闻,心里像喝了蜜似的,整天咧着嘴对别人笑,样子幸福极了。

　　入夏时分,要不是那场大雨,也许刘大的幸福生活还能延续得更长。半夜里还没有下雨的一点征兆,刘大是望着满月幸福地睡过去的,可等他早上一睁眼才发现,昨晚下了一场大雨。他下意识地想起那头牛——那头还在草地上吃草的大奶牛。

夫妻俩一推门，立刻就呆了。院子里竟然站着他家先前卖掉的那头大家闺秀般的肉牛。如果不是刘大老婆眼尖，突然发现那和黑白花奶牛一样又鼓又胀的大乳房，以及身上依稀还有的黑白花痕迹，刘大还以为自己真的是牛郎转世，天上掉馅饼呢。

刘大老婆望了望灰蒙蒙的天，她什么都明白了，自己买了一条被自己卖掉，却被染了毛、隆了胸，一场雨又淋成了那头光吃不生的大肉牛。想想那多花的四千元钱，刘大老婆哇的一声哭晕了过去……

刘大倒好，安慰老婆说："这是缘分呀……"

刘大给我们讲这事情，眼睛还瞟着老婆，坏笑着，得了宝一样。仿佛是发生在别人家里的事情。

古话说：诗在民间。我突然感悟到，这可能就是生活的真谛，他们快乐的原因，是因为他们脚踏着广袤的大地。

尽管刘大一家一生也不知道，简单的生活也挺好的。

梁子哥

从来没有觉得男人也可以用优雅这样的词语描述,但我的好兄弟梁子就是这样的人,他无论是与街头的乞丐交流,还是与省部级的高官交流,都能做到从容、淡定、超脱、潇洒。这一切都缘于他对生命的尊重。他的优雅仿佛是醇香的奶皮子,一点一点从骨子里缓缓地渗透出来、弥漫开来,绵长而深刻。时间长了我才明白,有时候男人的阳光也可以这样。

他是出生在新疆的香港人,父亲是个精明的商人,母亲是个懦弱的女人,他是孩子中的老大,父亲在他很小的时候就一个人回香港了,留下他和母亲还有两个弟弟。母亲没有多少本事,除了哀怨就是哭泣。这样的环境,我能理解一个男孩在少年时期的那种无助和恐慌。他一边要安慰母亲,一边还要照顾两个弟弟,那是一种怎样的境况!

很多年后,他一个人重新踏上童年的土地,深夜两点多兴奋地给我打来电话:弟弟,你知道我在什么地方?然后不管不顾地给我介绍,这是我的小学学校,这是家门口的那条小河,这是我家门前的电影院……他的激动我能理解,他可能又想起那些苦涩的过往。有那么一刻,我的脑海里清晰地印出那样一幅画面:一个孤独的瘦弱的脑袋大大的仿佛小萝卜头一样的小男孩,每次离开家门前都要无数次不停地回望家的方向,他沿着小河行走,脚下不安分地踢着一块小石子,孤独得像离群的狼崽。后来他给我发来他很多童年的照片，居然和我所想象的情景惊人的一样。后来我才明白在遥远的草原和大海那边，我们兄弟之间有着同样的命运。

十七八岁的时候，他的母亲和弟弟终于回到父亲的身边，他一个人远走国外求学，这一走就是十三年。他说那时候他就像断线的风筝，没有牵挂，也没有人挂念，在漂泊的日子里，他学会了隐忍和淡定，学会了享受孤独。也就是在那样的境遇里，他与佛教与历史结缘，他说，他给心灵找到了归宿。从此以后，在西藏、在新疆、在青海、在内蒙，人们不期然会遇到一个背着行囊，不停行走的人，他的草原歌曲唱出了境界，唱出了经历，感动着草原上的人们。我一直认为，男人的性感是沧桑之后的淡定。

他的内心肯定是渴望亲情的，这成了他一生的痛。三十二岁，他被骗得倾家荡产；三十六岁，他经历了一次生死考验，医生认定他的双腿要截肢，但这并不是他的痛，他的痛是躺在病床上却没有亲人为他签字做手术，后来他的父亲来了，签了字就走了。他望着父亲的背影，突然意识到他不能没有双腿，没有亲人的日子只能靠自己，后来他居然奇迹般地好了。当一个人从心里藐视病魔的时候，人反而是强大的。

2008年他的父亲在去往新疆的路上意外去世了，知道这个消息后，他给我打来电话，我第一次听到他那压抑的哭泣，我决定和他一起去新疆处理后事。那几天他像一个做错事情的小学生，茫然而无助，我一遍遍地告诉他，不怕，有兄弟在，没事的。我不知道在暗夜里，他在想什么，我总能听到他沉沉的叹息声。父亲在时，他总还有一丝对亲情的向往，可现在命运却决绝地把这种向往给彻底地剥夺了。

十几年前，我认识他的时候，正是我人生最低谷的时候，我的桀骜不驯和粗鲁让我在小镇上臭名远扬。后来我决定远走，在他乡，我找到了一份做向导的工作，说穿了就是保镖的工作。那段日子灰色而黯淡。

也就在那时认识了他,他对蒙古人的了解和尊重让我莫名地对他充满了信任。我给他讲我的经历和人生,讲我的困惑和忧伤,他总能安静地认真倾听,他是我灰色人生时段一缕温暖的阳光。也是他讲的那些外面的世界,让我对自己的生活重新有了规划和向往。

他答应我冬天来草原看我。我开始隆重地准备他的到来,我专门回草原打到野兔野鸡,放在门洞里风干;我买上最好的酒等待远方的客人到来。那是一场豪华而又豪爽的酒宴,十多个人,从晚上五点钟一直喝到凌晨,喝了27瓶酒,由一个人的歌唱变成了后来的大合唱。喝了酒的蒙古人不再羞涩,话语和感情都放在歌曲里了。最奇怪的是喝了那么多的酒,居然没有人醉。他悄悄地问我,我怎么不醉呀。他的状态很像一个回家的孩子,连坐的姿势都很蒙古。

用他的话说,他是我的精神垃圾桶和心理理疗师。每次喝醉了,喜欢给他打电话,听他在电话里给我歌唱。喜欢用拗口的普通话对他说:"我是鸟,草原上的鸟,兄弟什么时候来草原上看我?"很长时间,我都被这样的感觉温暖着,像草原上冬日里的暖阳。

那天,我儿子和几个小朋友吹牛,好像由头是互相吹自己家里有的东西,我儿子被小朋友比到绝境的时候,突然说,你们家有香港的亲戚吗?我们家的梁叔叔是香港人。我听到了差点笑出声来。

人生有一知己是幸运的事情。好兄弟像两颗树,彼此守望,彼此牵挂。

我老婆

我的老婆是我的同事，同一年毕业分配。

不过我的初恋不是她，那时候只把她当成我的亲人，我常常领着别的女孩骄傲地从她身边走过，炫耀般地捏着她肉肉的脸蛋说："叫嫂子。"当然她总是十分夸张地说："又换新的嫂子了？"然后看着我身边的女孩发绿的脸，她站在一边坏坏地笑。

二十多岁的时候，我在结束了与第N个女朋友的恋情之后，突然发现自己像一只候鸟，经常一个人回草原，发呆，孤独而寂寞。

那时，她总是花枝招展地出现在我的面前，有一天发现，我身边这个肉肉的小女孩已经长大，挺拔而俊秀。原来她一直就在我的身边。后来她就成了我的老婆．

成了我老婆后，她一直在我面前为自己鸣冤喊屈："总是我在吃别人的剩饭。"我当然至今都信誓旦旦地说，我一直守身如玉。

老婆比我还大大咧咧，总是丢三落四，幸亏脑袋长在自己头上，不然她真能做到出一次门丢一次的不朽纪录。不过这样的人也好，从来没有忧愁，省得每天哄着让着。有了一对儿女之后，更是以我家的功臣自居，伙同一对儿女共同对付我，使我在家中的地位每况愈下。更要命的是，我家白眼狼儿子居然替她妈妈跟踪我，并添油加醋说我和一个女人样子很亲密，实实被审问了三天。

当然老婆也会做出一些意想不到的事情，让我很是感动。我这个人脾气火爆，有一次上街购物，不知因为什么纠纷和保安打起来了。眼看我方人少，寡不敌众要吃大亏，我老婆不知道从哪里知道这个消息，急忙赶了过来，像一个护犊的老牛，亡命一般护在我的面前，把一群保安镇得目瞪口呆，当然把我也吓着了。那次我真正知道了我在老婆心里的位置。

我老婆大大咧咧，口无遮拦，但她对我的兄弟和朋友却是倾尽全力给予帮助，她在我的朋友圈中很有威信。有一次我兄弟家里出事，我连夜赶去，路上一摸口袋，老婆给多装了2000元钱，还留言说：兄弟可怜，你好好帮帮他，钱可以慢慢挣到。这个情意我一直记得。当然不能和她说，不然怕她烂棉花飞上天，不知道天高地厚。

老婆的很多兴趣和我很是一样，野外旅游，她是我最好的搭档。

有一年我突然钱迷心窍，要回老家挖古墓挣钱，老婆是我最大的支持者。后来古墓没挖着，差点让鬼吓死，后来才知道是一只死骆驼。在逃跑中，老婆把一只鞋丢了，至今没有找到。

还有一次，我们一家和我队友一家出去旅游。半夜，老婆心血来潮要捉弄队友一家，我们一会儿扮成小姐一会儿扮成警察去查队友的房间，队友胆小，被诈出很多实话，一度成了我们威胁他的段子。

今年我们结婚15年，我兄弟知道消息，说，一定会来庆贺，并给老婆夸口说，有国际上最好的减肥饮料送她。我老婆于是开始肆无忌惮地海吃，体重噌噌地往上蹿，还一边自己安慰自己说："有兄弟的减肥饮料，马上会降下来的，还能开怀大吃一段时间的。"这个傻女人！

不过这样的女人也好，好养活，不用操心。

少布和慕容

自从去年儿子少布以优异的成绩回报我们给他组织的12岁生日宴会后,我就认为终于把儿子领上正常的轨道,就放任自流了。谁知道今年一开学到现在,老师便隔三差五地叫,这一周"微型家长会"召开的更是惊人,居然突破四次。老师从我进门那一刻起就分别用了冷嘲热讽式、忆苦思甜式、举一反三式、劈头盖脸式等等方式把我教训了一个风雨不漏,把我这个老脸羞得没地方放。

后来经过老师的叙述,终于知道,儿子成绩下滑的速度那是相当的惊人,刺溜一下就是倒数第一,简直是冰火两重天,没个过渡。除此之外,儿子在学校还有种种不良表现,比如迟到、上课乱讲话等等。最后老师语重心长地告诫我:"你儿子的性格可是得好好改改了,他不是简单的调皮,是宠辱不惊,你懂不懂?"老师更进一步地说:"宠辱不惊就是表扬和批评没有什么区别,这叫漠视。懂吗?!!!"

我晕晕乎乎地保证,一定好好教育儿子,然后在一片学生蓝中找到了这个"宠辱不惊"的家伙。经过一番语重心长的长谈后,发现自己的工夫根本就是白做,儿子说他之所以漠视,就是觉得他们当然包括老师做的那些都是幼稚的事情,不屑于同流合污!几句话把我给顶回来了。

晚上我找了一套哲学书,命令他:从现在开始,你每天给我读这些不幼稚的书,你不是说别人都幼稚就你不幼稚吗?我看你高深到什么程度了。结果他读了三行错了七个字,抓耳挠腮地冲我尴尬地笑,看上去可怜兮兮的。不过等我从卫生间洗了个澡出来一看,先前尴尬的那一幕已不复存在,人家四仰八叉早睡过去了,还流了一脸的涎水。我的天呀,怎么遇到这么一个儿子。我赶紧追溯我的家族史,看祖上有没有傻子,我父亲居然说:是了,你叔伯二老爷就是傻子。我的天,崩溃,这就是传说中的隔代遗传?

再说我的女儿慕容,也不是什么省油的灯。尽管刚刚学会走路,正在呀呀学语,那个调皮的基因已经凸现出来。那天下班回来,一看电视机上站着一个小人儿,向我显摆她的能耐,吓得我一个箭步跳过去给抱下来。一米高的台子怎么爬上去的?我至今都想不明白。

昨天,推掉了所有应酬,发誓在家教育儿女,我就不信教育不出个好来。儿子写作业的时候,忙里偷闲看了一会儿电视,女儿可好,一会儿风一样站我面前转一个圈,一会儿小鸟一样叫一声,我们都没有理会。最后终于把这个小女子惹恼了,拧着屁股扑上来把电视关了,然后毫不羞涩地在不远处给我转圈。她姑姑说:"原来是让你看她表演了。"还有这等显能的女女了?

女儿爱水,家里不能让她听到水声,更不能让她看到水。据她姑姑反映,女儿尿下的尿也得赶紧擦掉,不然一会儿工夫就把自己的手给洗了。这个我能证明,确有其事——星期天我帮老婆带了一会儿女儿,喝水的工夫就不见了她,再听洗手间里水声哗哗,等我赶过去一看,她妈妈早上擦地板的水桶里,女儿倒正在沐浴着了。

那天她姑姑带她去小广场晒太阳,看见人家老太太锻炼身体,女儿站在旁边义愤填膺地呵斥老太太动了她的健身器材。这小东西居然认为所有的东西都是她的。那天还摸上了老虎屁股,动了她哥哥的玩具,还呵斥她哥哥。她哥哥正因为我的教训心情不爽,转身喊了她两嗓子,女儿就委屈地哭了起来,可怜兮兮地看着我,看我佯装训斥她哥哥,高兴得泪水都没擦就换成了笑脸。我老婆说,这个女子,长大肯定是个挑事的小姑子,每天告她嫂嫂的状。我看有这个苗头。

唉,用我妈的话说:自己结出的果就得自己育着,遇上这么两个不省事的儿女,我还是自己担着吧。

教育是一件多么艰难的事情,我深深地理解了。

吉雅大妈

吉雅大妈在图克草原算是一个名人。

一是因为吉雅大妈结婚以来一口气生了七个儿子,这样的业绩在图克草原上空前绝后。更主要的是吉雅大妈对孩子们的爱充沛得像自来水,嘎查里的人们流传吉雅大妈亲孩子的一句口头禅是:"亲得额吉活不成了"。瞧瞧这样极致的爱谁能比得上。怪不得吉雅大妈家的七个孩子个个生得像黑塔似的。二是吉雅大妈骂人的功夫好生了得,吉雅大妈亲口对我说过,她年轻时的骂功比现在还要好,连续骂上七天,中途还不用喝水。当然这样的阵势我是没机会见识了。不过我听说,吉雅大妈全家是文革时唯一一家没有被批斗的牧主成分的家庭,大概就是因为她骂功了得的缘故吧。而且,吉雅大妈家的草场上,别人家的牲口是万万不敢去的,那是要连牲口和牲口的主人都要被骂个狗血喷头的。

吉雅大妈常常对我说:马善被人骑,人善被人欺。很有道理。

听草原上上了岁数的人说,其实吉雅大妈刚嫁过来时文文静静、漂漂亮亮的,见谁都是笑笑的,不说话。但是道尔吉大叔是那种八打("打",蒙古语意为巴掌)也打不出一个响屁的男人,竟然能娶到这么一个好女人,这让草原上的男人们很是愤愤不平,也让草原上的女人们嫉妒不已,所以吉雅大妈家就经常受到人们的欺负。不过自从吉雅大妈有了孩子后,她就从一个文静的小媳妇变成了一个彪悍的女人。受过大妈骂的人说：女人变坏，比牲口还赖。但是我后来反思，觉得大妈的变化是为了保护她的孩子们和她的家庭不受人欺负。

我和吉雅大妈家的六班定同岁，一块上学，关系很好。我们上小学的时候，正是饥饿的年代，最让我羡慕小六的是，每次放学回家，牧羊回来的大妈总能变戏法似的给小六变出一把沙枣、一个蔓菁或者一个馍什么的。我们年龄相仿的小伙伴中间，小六是唯一打着饱嗝上学的人。

我亲眼见过嘎查长划分草场少给小六家几亩时，被吉雅大妈一顿臭骂的情景。大妈几乎是款款走来，那样子非但不像要骂人，倒有点像害羞的小媳妇怕生。不过，真正领略大妈骂人的功夫在高潮部分，那时的吉雅大妈骂词已经如行云流水，抑扬顿挫，不但言简意赅，而且铿锵有力。直骂得平时谁也不敢得罪的嘎查长脸拧得像一块奶豆腐，最后很不情愿地更改了结果。吉雅大妈一看达到目的了，几乎是戛然而止，转身就走，将一场纷争收拾得干净利索。

但吉雅大妈对小孩子们是很温和的。那时吉雅大妈家门口有一棵老榆树，三月刚过，正是榆钱纷飞的季节，每天放学，老榆树上总爬满了摘榆钱的小伙伴。不忙的时候，吉雅大妈也到榆树下来，看着我们笑，有时冷不防就一把把其中一个小子揽到怀里，伸手就探到裤裆里，戏谑着说："我看看小东西是不是丢了。"惹得我们咯咯地笑。

吉雅大妈老年时的境遇却不佳。那时候我已经工作，见过大妈两次，印象极深，心口里常隐隐作痛。

第一次是吉雅大妈家的小六成家时，我专程回了一次老家。那时吉雅大妈年岁已经很大了，背有点驼，但走路还是像风一样快。整个婚礼场面总是大妈在忙，大叔倒像没事人一样在冬日的暖阳下懒懒地坐着。那时吉雅大妈前面的五个子女都已成家，吃正席的时候，我和大妈的子女们坐在一起，直到我们吃完饭也没见大妈的影子。我忍不住问大妈的子女："大妈呢？"大妈的儿子们说是在厨房忙着了，而大妈的几个媳妇却七嘴八舌地在数落着婆婆,大概是婚宴安排不周全,对待几个儿子的婚事不公之类,话里话外渗着不满,让人听出了一丝丝凉意来。

后来我试探地问吉雅大妈:"子女都成家了,该享清福了吧。"

吉雅大妈定定地看着我说:"我前世欠他们家的债了,都成家了也不让我消停。"那样子像没有完成作业的小学生,十分的无助。

第二次见吉雅大妈是在前两年。那次我回家,听说小六成了酒鬼,吉雅大妈在一次放羊时摔了一跤,瘫了。我无法想象那个走路像风一样的人突然瘫了会是怎样的痛苦,我也很担心小六怎么会变成一个酒鬼,所以专程去探望他们。

我在小六家的毡包里刚坐下,就听见外面一阵吵闹声。我听见一个媳妇用高八度的声音嚷:"还有两天怎么就送来了?"另一个声音也是高八度:"老五家就是提前两天送来的……"

推开门,我看见吉雅大妈在两个女人中间像一块破抹布被推来搡去。

那时,小六家的包里为了招待我的到来,宴席已经开始,我听到他们在唱一首古老的民歌:

朝那山梁上上来了一个人

黑衣黑脸黑脑袋的人

这可能就是每天想念的

出了门朝南走不回家

哎不回家的人

……

这是一首母亲等待儿子归来的歌,装满了一个母亲的期待、挂念和忧伤。

吉雅的命运

有些人像这草原上醇美的烈酒，只有品尝才能感受到他的深刻和绵长。吉雅兄弟就是这样的人。走近他，才知道这是一个值得深交的兄弟。

吉雅是我的队友，他的体育成绩一般，话少，中规中矩。读书的日子，尽管他每天像影子一样跟随在我们的身边，但是因为他的沉默我们很多时候忽略了他的存在。以至于退役很多年后一次聚会上，每个人都有自己的故事成为我们队友记忆的印记，唯有说起他来，有那么一刻大家都很沉默，他成了我们最熟悉的陌生人。

聚会的晚上，我们一个宿舍的几个人专门找地方单独聚会，吉雅也在。那天我们喝了很多酒，吉雅也一样。但他话依然很少，很专注地听我们说话。那天我们说起读书时候遇到的一个人，这几年没少骗过我们中间一些人的钱，特别是曾经伤害过吉雅，差点害他留下终身残疾。这样历数下来，我们便都义愤填膺，开始群起而攻之。只有吉雅就那样安静地听着，不劝也不插话。看他这种不悲不喜的样子，我有那么一刻很恶作剧地问他："你有没有思想？空心人一个？"即使这样说他，他也是嘿嘿的笑着，仿佛做了错事一样，用手指抠自己的手指缝，完全一个"面人"。我一向十分鄙视两种人，一是不分善恶的人，遇到曾经伤害过自己的人却一如往常的懦弱和忍让；二是不懂得拒绝的人，这种人无论多么善良，但不懂得拒绝，迟早会和坏人为伍的。之后也是因为这个原因，我们很少往来。

去年，开车去赛罕草原办事。事情办得相当顺利，一时得意，只顾享受空旷草原上飙车的刺激，忘了加油。黄昏时分被困在茫茫的戈壁草原，看着天色渐渐暗了下来，心里开始发慌。我太熟悉草原上的气候了，夜晚我要是离不开这里，那就是冻死都无人知道了。给我三百公里以外的同学去电，让火速救援。同学也很着急，但远水解不了近渴。我突然想起吉雅就在这片草原上生活，于是像发现救命稻草一样，给吉雅去电话。吉雅正好在家里休假，让我原地不动，他弄一些油就来。大约一个多小时后，我就看见远远的一点灯火，果然是吉雅。

吉雅的家就在草原深处，我们回去的时候，他的老婆已经炖好了羊肉，在炉火上温着，热气腾腾的，很温暖。回到家才看清楚，吉雅一身的泥水，问他，才知道路上摔了一跤，所幸是没有什么大碍。

吉雅依旧是个沉默的人，寒暄过后就是沉默，反而他的老婆倒是话多，很热情的样子。谈话中才知道，吉雅老婆没有工作，在草原上牧羊，吉雅在不远的学校教书，周末就回家。孩子已经上了高中，在千里之外的城市读书。吉雅老婆和我说话的时候不时回头看看吉雅，仿佛母狼在环视自己的狼崽子一样。吉雅就沉默地喝茶，吉雅喝茶的声音很响，像老牛饮水一样，很享受的样子。这些年，这小子在牧区呆着，已经看不出曾经在城市上过学的印记了。

只有问到吉雅的父母是否健在的时候，吉雅才显得有些激动，他嘴角抽动着，克制着自己的悲伤。吉雅说："父母没有福气，我们兄弟姊妹都过好了，他们却都走了，来这个世界上就是为我们受苦来的，没享一天福。"说完他很长时间沉浸在一种莫名的遐想里，让人动容。吉雅老婆告诉我说，吉雅妈妈前几年癌症去世了，吉雅得知他妈妈得了癌症，带母亲去北京上海看过，把自己的羊群都卖了也没有治好他妈妈的病。妈妈去世后，有一年的时间，吉雅就沉浸在这种悲伤里不能自拔，老埋怨自己粗心，发现得晚了。为了缓和这种悲伤的气氛，吉雅老婆说，还是让我们多想想快乐的事情吧，自告奋勇要给我们唱歌。

在他老婆唱歌的时候，我和吉雅讲起一些在一起时候的事情，吉雅大多数都不记得了，问起曾经伤害过他差点让他留下残疾的那个人，吉雅也是一脸的茫然，仿佛那事情是发生在别人的身上。那天我非常感慨，一个内心没有仇恨的人，其实是一个幸福的人。

从那天起，我才发现，我对吉雅了解得真少，十分的惭愧。

生活中我们往往喜欢扎堆，喜欢繁华和热闹，喜欢被关注和记住仇恨。而我们恰恰忽略了那些温暖的记忆，那些没有仇恨的人原来活得多么真实和幸福。在他们的心里，开满了鲜花和善良，充盈着自己的一生。

我走的时候，一再要求吉雅有什么需要我帮助的事情，一定打招呼，因为我们曾经一起生活过，一起度过自己的青春。吉雅就很感动地说，一直觉得那些同学是他的亲人，从来没有忘记。他也十分真诚地说："下次来草原困住车，一定打电话给我。"他老婆在他后面戳了一下，意思是这话说得多么不得体。

但我想这话只有吉雅说出来才那么自然，那是从他心里说出来的话，他是希望能在我需要的时候帮助我。

现在我们很少联系，我不知道和这个沉默的人交流需不需要语言。

有机会带上队友们去看他，看一个沉默的人听你说话，也是一件快乐的事情。

这个世界上有些东西是需要用心去感受的，譬如感受草原，语言就显得苍白。

"吉雅"翻译过来最准确的意思是命运，他的父母有这样的儿子是他们的命运，一个好的命运。

呼和的父亲

蒙古谚语说，有草的地方就可能有蛇，有人群的地方就可能有坏人。呼和的母亲是草原上的人们眼里的坏人，这一方面是因为她对呼和父亲的无情，另一方面是因为她总在背后说人坏话。

前几天，我在街上碰见我草原上的邻居呼和。呼和说，他父亲脑血栓，摔了一跤半瘫了。呼和虽然和我年龄相仿，但我对他没什么好感，因为他和他母亲一样，总喜欢在背后说别人的坏话，喜欢分派系斗争。小时候，有他在的时候，小伙伴们总是容易闹出大矛盾。倒是他的父亲，是一个和善的人，在草原上人缘很好，如今却遭遇这样的不幸，令人感慨命运不公。

那天，我正好路过呼和家，便专门停车去探望呼和的父亲。看见熟悉的乡亲，老人咧了咧嘴，终究没有忍住，还是哭出声来。他消瘦的身体像一片落叶，我顿感一阵悲凉像风一样漫过心底。

我用蒙语安慰他，他一直在哭。临走时，他一再让我替他恳求他的儿子和老婆，让他死在腾格里草原。而此时，他那花枝招展的老婆，正十分冷漠地看着我们，表情里全是厌烦和不屑，而呼和的父亲像做错事的孩子。这个女人不停地抽着烟，夸张的动作极像风尘女人。她每抽完一根烟都会狠狠地把烟头按在烟缸里用力地搓，仿佛在搓自己善良的男人，还露出不易察觉的坏笑。在我进门时，她就一直在埋怨自己的男人只带给她不幸和晦气。突然，我看到呼和的父亲像释放了的囚徒，惊喜地找到烟灰缸里的烟蒂抽了起来，那幸福的样子令我有想流泪的感觉。我知道他不能自己花钱，就请随行的同事出去替我买些吃的东西回来，并特意叮嘱他一定买一条好烟。按常理，探望病人是不能买烟和酒的，但我想让他有尊严地活上几天。呼和的父亲听我示意他别让他老婆看见，要自己偷着享受时，再次哭了起来。

呼和的父亲是个善良的人，有着绵羊一样的心肠，且任劳任怨、忍辱负重。但他总得不到呼和与他母亲的尊重，不管人多人少，不管什么场合，总是遭到像斥责野狗一样的谩骂，他还默默地忍受着自己的老婆放肆地与别的男人厮混的事实。

听父辈们讲，呼和的父亲是孤儿，一直在呼和母亲的娘家放羊、干活，后被招成上门女婿，做长工一样的重活，受长工一样的难堪和侮辱。

在我们看来，呼和的父亲和母亲很不般配，呼和的母亲一边享受着呼和父亲对她无微不至的照顾，一边却用最恶毒的语言和态度对待这个不幸的男人，这是不道德的。是灰总比土热，这么多年就是一块石头捂在怀里也应该热了，怎么就有这么铁石心肠的人，这样对待一个善良的人？

我和呼和的父亲也很少说话，所以不能算是亲近的人。那年，在我热闹的婚礼上，我看见呼和的父亲站得远远地望着我，几次仿佛有话要对我说。后来，等到我们给他敬酒的时候，他吃力地从怀里掏出一条皱皱巴巴的蓝色哈达，很慎重地搭在我的脖子上，嘴里念念有词，大意是说，长生天还是能看得见的，我善良的孩子终于长大了，是雄鹰终究会上蓝天的，唱诗一般。显然，这条哈达在他的怀里揣了很久，他的声音也淹没在一片嘈杂声中，但他的祝福温暖了我很久。这个如此善良的人。之后，我们很少正面接触，只是每次回到草原，听到的都是呼和母亲的风流事及她的儿女们做下的糊涂事。

回到家，我与妻子讲了他的境遇，心里多少有点悲伤。

一个人的命运如同草原上的风，刮过去了，又有谁还能记得他的过往?

黑虎

黑虎是一条狗，它是我童年最亲密的朋友，它陪我走过童年最苦涩的时光。

昨夜，我梦见我的黑虎了，它远远地站着，吐着舌头，大口大口地喘着气，任凭我怎么叫它就是不肯过来，仿佛跋山涉水地赶来就是为了能远远地看我一眼。转眼间，它转身消失在了大漠深处……

30年前，黑虎离开了我，它矫健的身影却永远留在我的心间，从未老去。我深深地记得，5岁那年入冬的一个清早，我还赖在被窝里不起床，年轻的阿爸放羊回来坐在我的身旁，神秘而惊喜地从羊皮袄里掏出一个黑乎乎的小东西不由分说放进我的被子里。从此它就成了我的好伙伴，我十分疼爱地唤它"黑虎"。

原来，黑虎是邻居吉日格朗大叔家大黑狗所生。听阿爸说，一窝5个小狗中，就数黑虎身体最弱。阿爸路过时看到它可怜的模样，就请求大叔将黑虎送我，并保证说，我家的班定能让它长得很棒的。

我和黑虎原本是有缘的，这个可怜的小东西第一次见我就眼泪汪汪地拱入我的怀里，饥饿的它四处找奶吃，这让我的心立刻变得柔软起来。我突然觉得，没有我的保护，它会死掉的。从此，我成了它的依靠，它也寸步不肯离开我。在人烟稀少的腾格里草原，能有这样一个玩伴是多么幸运的事情啊，我的日子从此不再孤单。

我与黑虎是无话不谈的朋友，我有什么事情最愿意说给它听。倘若我出门两三天回来，它便远远地飞奔过来，冲入我的怀里，一个劲地用舌头舔我的脸；有时候它十分调皮地躲在暗处，等我路过的时候，猛然出现在我的面前，挡住我的去路，我佯装打它的时候，它就迅速跑开，站在远处摇着尾巴，撒娇般地叫上几声。

慢慢地，黑虎长大了，它变得身体健硕，眼角的皮毛处有一条细细的白线，仿佛小孩子学着大人偷偷化妆，不得要领而弄巧成拙，还自以为是很美的样子，骄傲地从人群中走来，那种神态很是滑稽。

长大了的黑虎已经有了很多的本领，它奔跑的速度很是惊人，常常会在某个下午或某个黄昏意外地给我弄回一只野兔或者飞鸟。那时候，饥饿像影子一样追随着我们，可能黑虎也知道这种状况，它每次弄到战利品总是主动放到家门口，等待母亲收拾干净后把剩下的肠肚扔给它，它这才狼吞虎咽地干掉。那时候，黑虎的每一次猎食都是我的节日，我还吃过美味的刺猬呢。但懂事的黑虎也为此受过伤害。

一天，我一开门就看见门口有一只被咬死的公鸡，我知道我的黑虎闯下了祸。果然，邻居的一位长者很快就找上门来，把我的母亲很是一顿斥责。母亲是一个很要脸面的人，当场拿起羊鞭狠狠抽了黑虎几鞭，黑虎哀鸣着跑了，我整整一周没有再见到它。我发疯般地四处找它，可等我找到它的时候，它已经站不起来了。它不知道被什么野兽咬伤了，眼角有很大的伤口，流着血。它看到我，像是受了委屈的孩子不断地流着泪。我痛心地哭着跑回家，求阿爸帮我把黑虎背回家。母亲看到受伤的黑虎，很是后悔，连忙找来一些蒙药给它敷上。不久，黑虎奇迹般地康复了，但它大不如前了，失去了激情，常常像老人一样在暖阳下打盹，对我更是寸步不离。

那年，我要和阿爸、阿妈去路途遥远的一个亲戚家，便悄悄地把它丢在家里。谁知道，等我们刚刚到了亲戚家，黑虎也抄近路赶到了。大人们一阵惊呼，黑虎真是太聪明了。

7岁那年，我家里发生变故，黑虎成了我在腾格里草原唯一的亲人。冬天没有鞋穿，我就把脚放在黑虎的胸前，我们相依着度过一个漫长的冬天。当我从腾格里草原来到图克草原上的时候，我什么东西也没有带，只带上了黑虎。漫漫长夜，我搂着黑虎，向它倾诉着心里话，它仿佛能听懂似的，总是默默地注视着我，还伸出舌头舔我的手掌，仿佛在安慰我，那种温暖让我非常感动。可是，这样的日子没有持续多久，因为有一天我的黑虎走了后就再也没有回来。

我哭着祈求巴根大哥和我一起寻找黑虎，后来得到的消息是，黑虎被另一片草原的一个牧民给杀了。这个牧民的名字我现在还深深地记得，他叫朝格图巴特尔，他因此被我认定为一个险恶的人。

黑虎走了，那一年我常常梦见它，梦里全是它被母亲赶出家门，我找到它的样子，流着血，无助地看着我……

从此，我再没有养过任何动物，即使我十分疼爱的儿子非常喜欢小动物，我也不允许他带它们回家。我觉得，一个人无力左右一个动物的命运，其实是一件很悲凉的事情。

额吉说，把土放在怀里也能焐热，况且有感情的人？黑虎，我的伙伴，我30年没有梦见你了，你为什么又出现在我的梦里？我的黑虎，我深深地怀念着你，这样的怀念让我痛彻心扉。

我祈求上天，假如有来生，你我就在我们的草原相遇，不离不弃。

可我分明知道这是奢望，一旦分开，还得多少年的等待和福佑？？？

我草原上的亲人们，有一个位置一定有你。我的黑虎。我深深地怀念你。

父亲

父亲从草原上来城里看我,带着一身青草的味道,甚至他的裤管上还有马粪的污渍。这一切他都毫不在意。我发现父亲有时候会整整一个下午都坐在窗前向外看着,仿佛窗外遥远的地方正在上演着一幕幕精彩的戏剧,我有时候也不禁好奇地顺着他的方向望去,窗外除了楼房就是楼房。那时,心底里仿佛被什么东西拽了一下,酸酸的。

父亲老了。这还是那个骄傲的父亲吗?

父亲年轻的时候,是草原上少有的几个文化人,他会写一手流畅的汉字,能用蒙古语讲述整篇《杨家将》,他对杨六郎充满了无比的感情,有时候我恍惚觉得他可能把自己当成那个儒雅的杨将军了。他的珠算很好,嘎查里分什么东西总要请父亲过去算账,那时父亲就像一个很有成就的先生,优雅地喝茶,眼睛柔软地看着算盘,仿佛朝圣的教徒。

尽管父亲有这种种优点,但我们父子之间却有着很深的隔阂,我那时还是很看不起他的。我的大爸是草原上勇敢的摔跤手和驯马手,他的耿直和刚烈的基因全部遗传给我,我也喜欢直来直去处理一切事情,不喜欢父亲那种温开水一般的处世态度。父亲胆子小、懦弱,遇到事情就没有主意,我最看不惯他凡事都去请教大爸的样子,大爸对他的溺爱使得他永远像个没有长大的孩子。

使我们父子有隔阂的主要原因还有就是,我非常憎恨他对待额吉的态度，他对额吉的藐视简直是无法理喻。他一边吃着额吉做的饭，一边挑三拣四地指责额吉的饭菜种种不是；他一边游手好闲骑马去别人蒙古包里喝茶，一边还埋怨额吉本事不大，干活不够利落。反正他是从头到脚没有看上半点额吉的意思。这一切使我对父亲充满了愤怒，一个为他生了六个子女的女人，用自己一生的辛劳也无法换来父亲对她少许虚假的赞许。额吉的不幸使我对父亲充满了怨恨。我的这种怨恨终于在我来到这个家里的第三年爆发出来。之前父亲的权威从来没有人敢直面反击，他还没有这种思想准备。所以父亲被他九岁的小儿子突如其来的反抗击碎了整个世界。

父亲和额吉的争吵很有意思，开始诋毁或者看不惯额吉的时候，父亲一般要在称呼上凭空给额吉长上几辈，他会在额吉的名字前面加上"祖奶奶"等高得吓人的称呼，譬如他开始叫额吉"我的祖奶奶高娃，又活不下了"，这就说明他已经准备开始诋毁母亲了。那天，当他因为什么小事情又开始谩骂母亲的时候，我正好在场，我就冲着父亲很不礼貌地大声呵斥："你再要这样对待我的额吉，等我长成男人后，扒了你的皮！"那天我清楚地记得，显然父亲和母亲都没有一点思想准备，他们不会想到他们九岁的小儿子爱憎分明地表明立场，对于父亲而言，他更没有想到，他的权威顷刻之间被他的小儿子土崩瓦解了。那时父亲就惊愕地站在那里，怔怔地看着我，然后像一个长路归来的旅者，疲倦得无法支撑自己的身体，转身走了。父亲的落寞的离去，让我突然有那么一刻感觉自己的童年结束了，一个孩子开始早熟其实是一件悲凉的事情。

我在体校上学的时候，父亲来看过我，那时我正好训练受伤，在宿舍里躺着，我的一个队友十分兴奋地跑来说这个消息。隔着窗，我看见父亲正从窗户上往里望着我，瘦瘦的，见我看他，反而有点羞涩地转头去看天空。他见我的第一句话居然是自言自语地说："城里的路真宽。"我理解他可能是想化解见面的尴尬气氛。当他知道我受伤后,转身出去了。一会儿回来后,气呼呼地背着我就走,快到校门口的时候被我的教练挡了回来,教练好一顿好话才算平息了他的愤怒。

后来我听教练说,父亲知道我受伤后,就去找校长理论,甚至大动肝火,从头到脚把校长数落了一遍。教练给我描述这一切的时候,我根本无法将父亲与那个懦弱的男人联系在一起。我以为教练是在演绎,不过后来教练的一句"你的父亲像护犊的老牛,不管不顾的样子真好"的感慨,我一直记着。等我自己做了父亲的时候,才深深的理解了父亲反常的行动,并深深地感动。

父亲的爱是深沉的,是无声的。他可以不爱自己的女人,但每一个做了父母的人,一定爱自己的儿女。在儿女受到伤害的时候,哪怕是懦弱的父亲其实内心里都会有巨大的能量爆发出来,来保护自己的孩子。

我和父亲的隔阂直到我大学毕业的时候才彻底缓解。那时候父亲已经老了,我等分配工作的那年,整整在家住了半年。岁月真是一个奇怪的东西,它会把一个人的性格都能重新雕刻。这时候父亲居然有点像额吉了,话多,絮絮叨叨,他从一睁眼睛开始就和我聊天,他谈话的内容非常广泛,哪怕是从草原上刮过的风开始,到今年的庄稼的长势结束。也就是从那时,我第一次听他说他和额吉的婚姻,他的婚姻是爷爷一手包办的,等他带着驼队拉盐回来的时候,额吉已经被娶进门快半个月了。父亲说他的婚礼他不在,所以他很长时间一直拒绝这门婚事。他甚至毫不避讳地讲他的初恋,那眼神像一个涉世不深的孩子。

等我自己成家后,我开始理解父亲的心境。但我也曾经十分坚决地表明不管什么原因都不应该不善待自己的女人。父亲就沉默。直到有一年,我的哥哥和嫂子不知道因为什么争吵到要离婚的地步,父亲就给我打电话让我劝劝大哥,临了还说,你说话有道理,你大哥会听你的。我知道父亲说我"说话有道理"就是指我对母亲的态度。因为额吉有一次和我说，你爸现在对我很好，你爸爸常说，小儿子读书多也最懂道理，说话总是一套一套的。父亲对读书的向往令人动容，尽管他至今也不知道他的小儿子其实没有读到多少东西。我大学毕业后，家里来人，父亲总是很神秘地说，我家的小儿子是大学生，他甚至会翻箱找我的荣誉证书以证明确有其事。听母亲说这些事情的时候，我就有点后悔，当初没有把我获得的各种金牌保留下几枚。

  父亲现在没事的时候，还老说起我九岁冲撞他的事情来。父亲常跟额吉说，乌力吉就是你的保护神，那一定是长生天派来专门保护你的。高兴的时候还站起来示范。

  父亲是孤独的，我听过他放牧时，在空旷的草原上唱过长调。那忧伤的歌声仿佛能揉碎草原上冗长的风，寂寞而空灵，沧桑而惆怅。

  前两年，父亲得了一场大病，走路有些艰难，常常一个人拄着拐杖在自家的草场上溜达，现在无论多么热闹的场面，他都仿佛置身于外，不悲不喜。

  有时，看到父亲的安静，心里莫名的悲伤，那么一个骄傲的人，还是无法抗拒岁月的侵蚀。

  今年，我因工作的原因，每天奔波在路上，屈辱、愤懑、诋毁、陷阱防不胜防，人一旦生活在关系和怀疑的旋涡，心是累的。我不知道该向谁诉说，清醒有时是一种煎熬。

  那时候，就想到父亲，不悲不喜。有那么一刻，我真的相信有长生天，父亲专注的目光一定是在寻找它来的方向……

二平

二平是我运动员退役后正儿八经读书时的同学，也是我的铁把子兄弟。

成了同学之后才知道，他和我是一片草原上出来的，也算是老乡，只不过他在汉人居住的地方居住，我在蒙古人居住的地方居住，我们是喝着一条河水长大的。在这之前我们没有任何的交集。我比他年长几岁，我在拉猪牙叉玩耍的时候，他还没有出生呢。我常常拿这痴长的几岁倚老卖老，充当老大的角色，他也是老哥不离口，有什么事情总要向我征求意见。

他说我是他青春期的引导者，这话不假。刚认识他的时候，他还稚气未脱，脸上有明显的高原红，对什么事情都充满了好奇。我那时候已经算是经见过世面的人，特别是我的雄性荷尔蒙发达，在学校很快就和高年级的女生搞上对象，每天回来，听我恋爱的经过是他最神往的事情，每天晚上的晚自习都是在我的恋爱故事中度过的。当然有些事情我是故意渲染编出来逗他的，到现在他都能把我恋爱的段子讲得头头是道。等到快毕业的时候，这小子居然悄悄地和同班的一个女生搞得火热，直到有一天，在我们的晚训练上，因为那个女生竟然和别的男生大打出手，我才知道这小子已经把我的真传学到手了，是爷们就应该血气方刚。

毕业后，我的同学基本都回到自己的家乡工作或者继续深造，他却选择留在这座城市，宁愿不要工作。这小子对这座城市的热爱超过了我们的想象。

那时候，交通不便，联系一度中断。有一年，我来这里考试，几经周折找到他。他的变化最大，自己开一个批发部专门倒卖假烟假酒，挣了不少。只是他也像街上的混混，曾经有过的纯情和些许的文艺气质荡然无存，不过对我们哥们儿的感情却十分的在乎，想尽办法让我享受城市的生活，那种热情很让我感动。就我们两个人的时候，他给我讲他的艰辛，我才知道他迅速成熟和世故的背后是一个人的辛酸和无奈。

我是他的老哥，不论我在哪里，他总是坚持每周至少给我来一个电话，或者讲他的快乐或者讲他的不顺，有时候也恶作剧地装成我的领导或者什么吓唬我。有那么几次，我差点上了他的当，以至于我真正的领导打来电话，我当成是他，用我做老哥的口气好一顿训斥，弄得我领导以为打错电话了。

过了几年，我在他的鼓励下也杀回城市。当时他还没有成家，正在热恋之中，我就住在他的宿舍，每天他回来后就给我讲他和女友的事情，毫无保留地请求我给他出主意。有时候，我就陪着他恋爱，生活又回到过往的单纯。我们喜欢美食，不厌其烦地在街头侦查，穿街走巷，发现哪里有地道的小吃，我们就骑着自行车深夜从城东跑到城西去品尝，乐在其中。

时间有时候真是一条磅礴的河流，友情也会慢慢交融、汇合，流淌成一首属于我们的歌。这些年，我见证了他的幸福和不快，也共同经历了人生中许多风口和拐点。用二平的话说，每周如果不知道对方在干什么，总会有一些不适应。

在这时，他和他的女友也闹出很多笑话。快结婚的时候，有一天，他的女友来给我诉苦，后来我才听清楚事情的原委，原来这小子带女友去工地看婚房，前面两人恩爱得海誓山盟，愿为女友赴汤蹈火，谁知道刚进工地，楼上突然掉下板砖一块，他条件反射冲出工地，后来才发现把女友丢下，又火速返回寻找女友，等回去找的时候女友的脸就变成了紫青色。恋爱的时候不懂婚姻，我以过来人好一顿劝慰，此事才算摆平，不过现在她虽然已成了他的老婆，却提起这事就耿耿于怀。我一直不以为然，我倒觉得从这事情看出他是一个率性的人，毫不遮掩自己，和这样的人生活应该不累。

生活中他也是一个机智的人，最为经典的是，他和老婆闹矛盾，岳母打来电话训斥，他为了不引起矛盾激化，急中生智接起电话，用非常标准的普通话告诉岳母：您拨打的用户已关机。他岳母根本没有听出破绽，还口中喃喃自语，怎么就关机了呢？我们这边早已笑翻。

现在这小子，更懂得在城市的生存之道，一边工作一边做生意，算我们中间的富人。不过这小子超级自恋，不知道从什么时候起，突然就开始吃营养餐，定时体检，酒场上更是滴酒不沾，见面就给我们讲，做什么有利于健康等等，这小子已经走火入魔。我那天告诉他，把做爱也戒了哇，你能活到一千岁，等我们全死了，把你寂寞死。

他前一段时间体检，结果是有十一种小毛病，我就广而告之，现在所有同学都知道有个出名的"杨十一"，在健康界成为反面典型。

这样也好，在乎一件事情不是坏事，要是成为一种负担，那就不是什么好事情了。

二平其实就是仙人掌类的植物，越是贫瘠、越是恶劣的环境越是能体现出生命的顽强和尊贵，浇的水多，反而烂得更快。

二连

二连是我的同学兼邻居。

我们一直把她当成大话西游里的人物来阅读,她能够每隔两分钟给你一个笑话而自己却无事人一样。

我一直觉得幽默的人一定有无比宽广的胸怀和对生活无比豁达的姿态,才能举重若轻地嘲讽自己,戏谑社会,二连就是这样的人。和二连相处你不必担心哪句话不恰当而得罪了她。她对生活的态度让人敬佩,她有一句经典的话:人本身活着就多烦恼,再不找点乐子对得起谁了?这种生活的姿态常常能感染我们,有她在的场合总能欢歌笑语。

我常常想,我们每个人要是能有二连这女人的心态,可能生活中的阳光就会多一些,就会少一些郁闷、纠结、沮丧和阴暗。二连就是朋友中间那一缕暖色。

二连还有一个外号叫"黄师傅"。那天我和二连开玩笑说:"二连,我写你呀。"这女人已经意识到了,叮嘱道:"给写的穿上点衣服,不要太暴露。"不过,我还是想讲点她的黄色故事。最经典的是:有一天,我们四、五个同学晚上送一醉酒的同学回家,本来忙了一天每个人都很疲惫,加上这同学的醉态,气氛是相当的凝重,我在车上已经昏昏欲睡,一车沉默。快下车的时候,听见二连自言自语地说,得给老公打个招呼呀。后来只听见这女人一本正经,口气像谈工作一样说:

"峰峰，我送某某去呀，喝醉了，一会儿就回。你脱得光光的，等我回来。"全车爆笑。二连讲笑话，一般自己一本正经，提前不制造气氛，所以你不会知道她什么时候讲。她老公是我朋友兼同事，第二天早上见他，我问，腰疼吧？她老公羞羞答答地走了，显然知道我说的什么事情。类似这样的冷幽默发生在这个女人身上太多太多了。认识她才知道，生活中不是没有快乐，是我们没有发现快乐的眼睛。

二连也是一个办事特别认真的人。有一段时间，我们相约考驾照，谁知道这女人走火入魔了，四、五点钟起来就上街溜车去了，很有成就的样子。那天给我炫耀，车技没问题了，去购物中心也没问题，并信誓旦旦约好早上四点钟去购物中心练车，让我见证。第二天早上，我还没起床，这个女人的电话已经到了，懊恼地说："不要去了，把车给碰了。"她老公气急败坏地质问她："你一大早跑到购物中心作甚去了。"她理直气壮地说："我给乌力吉显摆去了。"差点把我和我老婆幸灾乐祸死。哈哈哈哈……

因为是邻居，二连和我老婆很投缘，两个女人在一起有说不完的话。我儿子上小学一年级的时候，老师让用"和"造句，我儿子造的句子居然是：我爸爸和二连是好朋友。现在已经成为我们同学中的段子广为流传，且版本很多。我老婆评价二连说，二连是个会过日子的好手，这一点不假，我们去过二连家做客，家收拾得非常干净，温馨而甜蜜。

二连写一手好字，是书法界的一颗新星。而且她不同于一般女人的娟娟秀丽的字，她的字如她的性格，豪放洒脱，热情奔放。市里有一次书画展，其中就有二连的，行内评价是：纤纤女儿身，字字武丈夫。评价得极准。只是很多身边的朋友都不知道二连还有这阳春白雪的一面。做人，这女人相当的低调。

一个人要是能做到善待自己，却不自恋，也是一种境界。诗在民间，我是从二连身上得到的印证。

二连应该是漫山遍野的山丹花，无论土壤多么贫乏，但只要给点阳光，她就会努力地把最灿烂的一面开放出来。

每年的春天，在山野，我看到漫山遍野的山丹花，心里总是充满了憧憬，春天来了，活着真好。

二姐其其格

家里的几个兄弟姊妹中,我和二姐的感情最好。

二姐其其格排行老四,听额吉说,二姐出生在一个青黄不接的季节,却在饥饿和灾难中犹如一棵小草坚强地挺了过来。那时,额吉常自豪地说,我这二女儿,大难不死,有后福了。然而,额吉这善良的祝福却丝毫没有给二姐以后的命运带来转机。

二姐上初中的时候,上面的哥哥姐姐已经成家去了另外的草原生活。阿爸被腰腿疼病折磨得长期卧病在床,额吉也在一个午后牧羊归来病倒在床。是我赤脚跑去蒙中把这个消息告诉在那里上学的二姐的。二姐听到家里这突如其来的灾难,没有上完她心爱的语文课,就从学校奔回了家。那天,我看见二姐把她心爱的课本整整齐齐地码好,又小心翼翼地锁在柜子里,然后就去放羊和捡牛粪去了,额吉望着这个懂事的孩子,直掉眼泪。

太阳快落山的时候,我去荒野找二姐,远远地看见在空旷和沉寂的原野上,瘦小的二姐正背负着硕大的粪筐从余晖中走来,一股悲凉弥漫了我整个世界。见我,二姐说:"等羊绒下来,你就能上学了。"回家的路上,我听见一直沉默的二姐发出那一声沉沉的叹息。我知道二姐是多么的渴望读书。

我上体校后,二姐来看我,不断地要求我读书给她听,那陶醉的样子像在听一场音乐盛典。我亲爱的二姐,她为这个家庭,不知道把多少辛酸藏在心中。

我刚去体校以后,家里的日子还不见好转,二姐为了接济家里,除了放羊之外还找一些能挣钱的粗活去做,听说二姐挖过甘草,卖过羊皮……一个瘦小的身体怎么能承受那么重的粗活?我可怜的二姐。我那时发誓要让二姐过上好日子,拼命地参加比赛,目的就是挣奖金。我16岁的时候,给二姐寄回一些钱,感觉很是欣慰。后来听阿爸说二姐一分也没花,全部给家里买了羊。

二姐19岁的时候,在邻居的撮合下,找了一个婆家。她在见过男方之后,曾好几次写信给我,说她不喜欢那人。但本分的父母哪里容得下这违背诺言的丑事发生。那年冬天,一架破烂的马车来娶二姐,二姐不让亲人送,她怕二老伤心。我背着二姐的嫁妆,一个只有两件衣服的小包送二姐。

马车缓缓地走了,身后,我听到额吉那悲凉的《送亲歌》弥漫在整个图克草原:

鸿雁展翅向南方

芳草低头多秋凉

含泪告别了阿爸阿妈

孩儿出嫁到远方

……

我可怜的二姐,那苍白的脸上挂满了泪花,死死地咬着衣袖终究没有哭出声来。好多天夜里,我都梦见二姐,孤伶伶地望着我。二姐,我的好二姐……

二姐终究还是离婚了,离了婚的二姐又嫁到很远的地方,嫁给了一个汉人。二姐夫大二姐差不多20岁,好在二姐的孩子还算争气,学习很好,也算对二姐的一些安慰。在异乡,二姐一个人兼做三份保姆的工作，像个旋转的陀螺……

我有工作后，接二姐来家住了几天。但二姐只住了三天就回去了，她放心不下自己的孩子。

今天，我把记忆里的几件事说出来，讲给二姐，讲给所有善良的女性，请你们知道，你们的亲人永远爱你们……

儿子少布

自从有了女儿后，儿子仿佛一夜之间长大了。

其实在决定是否要女儿的时候，我和她妈妈还十分犹豫，怕为此冷落了儿子，会让他有失落感。用我兄弟的话说，要全心全意培养一个成品，千万别弄出两个半成品来。

后来我们就小心翼翼地征求儿子的意见，儿子一边玩儿玩具一边不屑地说："要不要女儿是你们自己的事情，我反正能当好她哥。"就因为儿子的这句话，坚定了我们要女儿的想法，一个成年人还不如一个小孩子果断，让我们自己都感到羞愧。

有了女儿后，刚开始那几天，儿子就主动搬到对面的床上睡觉去了，要在以前这简直是奇迹。以前，每天晚上睡觉基本成了两个男人的斗争，儿子只要半夜醒来发现自己被冷落在小床上，就摔桌子摔凳子抱着枕头嚎啕着冲过来。有好几次弄得楼下的住户还以为我们家在打架，早上起来都用怪怪的表情看我们夫妻是不是脸上有伤疤。现在儿子有了这样大的变化当然让我们无比欣喜。

儿子的变化还不止于此，虽然他自己好像不屑到床前瞅瞅他妹妹，但每天放学回来，要是没有妹妹的动静，就问他妈妈："那个哪去了？"那天，老婆忙着做饭，我正在电脑边下载文件，女儿啼哭，我随手抱着女儿去书房的电脑边。儿子看到了，简直用我训他的口气在和我说话:"瞧瞧,不懂事了?妹妹那么小,能到那么冷的房间吗?"弄得我都不好意思了。

儿子是个最不爱表现的人,这是众所周知的事情,也是我们曾经最担心的事情。用他的老师的话说,你家的孩子已经是宠辱不惊了,表扬和批评都水泼不进。一个孩子开始要是这样状态,是十分可怕的。老师有实际的例子为证:老师为了鼓励他,突然在班上宣布他当劳动班长,要是别人的孩子,肯定惊喜不已,谁知道我儿子在下面一个劲地给老师摆手,坚决不领这茬。

去年我受伤,不方便如厕,恰好出门在外,在陌生环境,我找不到厕所,儿子在我身边,我就示意儿子跟我去厕所。内急。儿子突然灵机一动,指着大街上的一个树坑:"就在那里,把头掉过去,谁也不认识。"临了说:"我在学校经常这样。"最后这话,惊出我一身冷汗,内急也没了情绪。问儿子在学校经常哪样?儿子的话更让我吃惊:"我从来不要脸,老师训我一点感觉也没有。"儿子的话,让我对他的成长充满了忧虑。

然而,今年过年在草原老家,30多口人在一起喝酒,突然有人建议,让我儿子给长辈们说几句祝福的话。当时我想,按照儿子以往的表现可能转身就走。那天我儿子,十分从容地给每个人说了不同的祝福话语,特别对我说的,像个顶天立地的汉子,他一再嘱咐我少喝酒,在工作上达到我想要的目标;后来就说到自己,说他一直在进步,在努力,不会让大家失望的。那些话感动得在场人都落泪了。我更是感慨,儿子真像草原上的草,不知不觉间就绿了高了。但一旦成熟了,总还是有点失落,儿子那些无拘无束的快乐和无知无畏的担当是不是会受到伤害。

今年开学,儿子格外的懂事,学习基本不用我们督促了。我星期天专门开车带儿子去郊外,儿子看上一款车模,非常想要。太贵,我没有买。儿子在车里沉默不语。后来就肆无忌惮地哭起来,任我怎么劝说都不顶事。之后，我说了家里的经济状况：草原上我的兄弟姊妹们草场流转了，无法生活，四、五家人都投奔我来，房子要拆迁，两个孩子都要上学入托，你妈妈又没有工作……儿子突然说："你早说了，我就不要了。"

今天儿子上学，我说儿子带点钱吃早点。儿子十分认真地看着我说："省点吧，你也不容易。"我才想起前几天说给他的话，心里很不是滋味。

有些东西是注定要来的，成长的路上既然要经过这一段路程，看不到风景，就让我们在黑暗中聆听彼此的呼吸。

儿子，从今天起，那就让我们像男人一样去战斗。哭是要哭的，但不能倒下。

额吉

雄鹰飞得再高也离不开蓝天,游子走得再远也走不出额吉的目光。

大哥打来电话说额吉病了,那时我才知道额吉永远是我的长生天,我不能没有她。我放下手中的一切,匆匆踏上回家的路,一路无语。

翻过那道梁,我便望见家门前那飘动的苏勒德了。屋里的灯光照着,影影绰绰,孤独而无助。回家了,我松了一口气,又走出几米,双眼蓦地热了。在门口,我的额吉,还像送我走的时候那样站着,伸长脖子向这边张望着。那时月亮刚爬上来,温润而迷离。消瘦的额吉,纷乱的头发在风里恣意地飘,这时她看见了我,眼睛瞪圆了,嘴撇了撇,喃喃地说:"我就说今儿个眼跳——"便颤巍巍地回转过身去,双手推开了那扇关着的门板。母亲啊,每逢离别都看不到她流泪,每次相逢又看不到她的欢笑,为了远行的儿子从心底里把她忘掉,她总是背转身去……

也许是我三十多岁的心还太浮躁,什么事也不易留下很深的痕迹。我能讲一些关于额吉的什么事呢?我至今还老忘记额吉的生日。我常见她闲时总从箱底里翻出那件褪色的蒙古袍,细细地揣摩、观看。偶然,我才从亲戚的口中得知,那是父亲大半生所给她唯一的礼物。除此之外,我常见她在父亲的权威中早早地起床,挤奶,喂羊,割草,默默地为我们备着一天的饭菜。

额吉是不幸的,三岁丧父,五岁随我的姥姥改嫁他乡,从此以后便学会了忍辱负重的生活。额吉十九岁时嫁给了父亲。父亲是一个心气很高的人,读过一点书,算是一个有文化的人。如果不是因为家贫,我想绝对不会找额吉这样的女人。我不知道这是父亲的悲哀还是额吉的不幸。

额吉刚嫁过来的时候有两条又黑又亮、长及臀部的辫子,这是额吉的骄傲。然而不幸的是额吉在一次熬茶的时候长及臀部的辫子突然蘸进了奶茶锅里,这一切被父亲的继母(我的奶奶)看在了眼里,并毫不犹豫地操起把剪刀,当着父亲的面拽住额吉的辫子就给剪掉了。我不知道额吉那天哭了多久,从此以后她再没有留过长发。但之后的日子,额吉评价一个女孩是否漂亮,她总会说:"这女孩俊,瞧那辫子多好。"我就知道这是额吉一生的痛。

额吉共生了五个孩子,加上我是六个孩子。她对每一个孩子都倾注了全部的爱。额吉对儿女的溺爱,是没有一点原则的,无论我们做了多么严重的错事,她都能找出一千个理由来为我们开脱。这也常常成了父亲和额吉冲突的根源。

二哥到了成家的年龄,父母的冲突几乎发展到了极致。不现实的二哥总要找一个自己喜欢、又喜欢自己的女孩,一晃就成了快三十的人了。那时父母的心情和二哥的心情都坏到了极点。母亲一方面无原则地向着二哥,另一方面又一次一次苦苦地哀求着二哥。二哥也总不给额吉好脸色。本已愁肠百结的额吉心力交瘁,有时会突然在深夜里醒来怔怔地坐着,什么话也不说。除此之外,她几乎是神经质地到处求告,拜托亲戚朋友能为她的二儿子说上一门亲事。后来另一个草原的一个姑娘终于愿意来家看看,那时额吉正在放羊,她几乎是丢下手中的活儿奔跑着冲回了家。不久那姑娘却传出话来说,对二哥的感觉挺好,唯一不能容忍的是额吉土头土脸的"傻样"。我在体校听到这恶毒的传言,几乎是哭着奔回了家，我无法想象这样没有教养的传言将给善良的额吉造成怎样的打击。然而，额吉除了不停地自责，就是变得更沉默了。

我可怜而善良的额吉啊，她那颗博大的心把多少痛苦都深深地压在了心底。那时年少的我发誓要给额吉创造幸福。

但是，祸不单行的日子，这仅仅是个开始。二哥成家以后，二姐其其格的婚姻却像一个破败口袋，四处漏风。倔强的二姐为此抗争了很久终得不到结果，索性在一个黄昏时从这片草原上消失了。额吉听到这个突如其来的消息，喷出一口鲜血，便昏了过去。每一个孩子都是她的心啊！之后很长一段时光，精神几近崩溃的额吉每天早早地起来，蓬头垢面地沿着河槽一遍遍地呼唤着二姐的名字，那声音凄凉而苍老，像一只啼血的杜鹃。以至几年后，当活着的二姐突然出现在额吉的面前时，额吉的眼里已经没有了一滴泪水，她只是紧紧地攥着二姐的手，不停地叫着二姐的名字。我不幸而宽厚的额吉啊！

我在城里有了家以后，第一个愿望就是接额吉和我一起生活。临来的那天，额吉突然又不想走了，她说，走了以后没人给父亲做饭，再说她离不开草原，我们反复劝说她才勉强动身。

在城里的日子额吉是住不惯的。加之，我刚参加工作，做什么都想做出个样来，这样就难免要早出晚归，和额吉说话的时间很少。有好几次，我发现额吉怔怔地看着我，欲言又止。终有一次，额吉用蒙语问我是不是工作很苦，最后她安慰我说，别太难为自己了，大不了回咱们的草原。我哑然失笑。

每天我们上班以后，孤独的额吉没事的时候就站在街角望着一辆一辆的汽车从她面前呼啸而过。有一天晚饭后，我带着额吉去夜市上转转，过马路的时候，额吉居然像小时侯我拽着她的衣襟一样紧紧地拉着我的手，那一刹那，我突然感觉额吉老了，我的眼泪终于还是忍不住流了下来。第二天我专门请了一天的假陪额吉逛街。额吉似乎极其满足，其实额吉也没买什么，只给父亲买了一对鞋垫、一块砖茶。额吉无非是想让她的儿子拉着她的手逛一逛街。那一刻，我突然明白，我那不善于表达的额吉，一个大半生都不曾离开过草原的朴素的蒙古妇女，她能把所有的苦难都埋在心底，她甚至从来不对她的儿女提出任何要求，她唯一的幸福就是让她的儿女好好活着。这就是我泥土一样博大的额吉啊。

蒙古有句谚语：没向别人牛奶里插过手指头，没向别人马群里甩过套马杆。这就是我草原一样宽广的额吉。我是听着您的歌谣长大的小儿子。

额吉，我的长生天，我的草原。

队友玲

玲是男的，我同学。入校分配宿舍，就因为这还闹了笑话。室友们正在对玲的名字作男女搭配、干活不累的联想时，黑塔似的玲就走来，然后轰然倒在铺上睡了过去。熟了之后，问玲，咋叫这样一个名字？玲笑着说："母亲生累了儿子呗。"我有时怂恿："大老爷们儿，改个名字吧。"玲一副无所谓的样子："符号呗，改它做甚。"

玲是蒙古人，但不会蒙语。玲对什么事儿，都像对他的名字一样不温不火，缺乏爽劲儿。不过玲有个习惯倒异常执著。室友们说，闻闻玲满身的羊膻味，就知道他从哪里来。这时玲就像草原上吃足了草料、躺在冬日暖阳下的绵羊，笑着，也不搭话。然后照样雷打不动地每晚在熄灯之前，冲一碗浓茶，放几撮炒米，削几片羊油，在弥漫的羊膻味和室友们同仇敌忾的目光中，悠然地猫一样幸福地喝着。我曾好奇地偷喝过他的大茶，在我看来那东西除了耐饿，并没有吃出玲吃时的幸福感觉来。怪不得室友说玲是掏粪堆的鸡子，上不了麦垛。

黑塔似的玲平日是不太爱说话的，不管是多么复杂的长句，经他之口都能简练成几个字的短语，加之他的口语里夹杂着浓重的方言，常成为同学们取笑的把柄。不知是不是因为这个，玲与同学们之间的关系也像温开水一样，半温不火。更称奇的是每个周末玲都神出鬼没地出去，不知干些什么。有好几次玲还突然在千里之外神秘兮兮打电话过来，让我帮他请假。除此之外，玲就这样无声无息地度过他的学生时代。

玲第一次在同学之间引起注意，是大三的一次集体活动中，那些被激情充盈着的同学争抢着表现完之后，忽然就有人想到玲。起初，人们是想看看玲绵羊一样的窘态。但那天玲却一反常态爽快地唱了一支歌。那是一支忧伤的牧歌，但经玲之口却让人听得异常悲壮。我们班有个女生形容玲唱歌的细腻，说那是一种花开的声音，然后女孩就义无反顾地喜欢上了玲。但不知为什么，玲和女孩来往了几次，又开始每天雷打不动地留守在宿舍，喝他那有股子有着羊臊味的大茶。玲在大学的唯一一次恋爱也就这样无声无息地结束了。

日子一天天过去，学生时代除了给予我们知识之外，也开始在成长中夹杂进世故、浮躁、困惑。

大四的时候，按照学校的设置，我们师资班的学生必须要到指定的中小学校进行实习讲课，实习成绩如何，直接关系到毕业的去向，所以即使是不准备投身教育事业的人，也非常重视这样的活动，有很多学生已开始削尖脑袋往指导老师那里跑了。玲却依然如故。周日照样神出鬼没地不知在干什么。

清明节前后，我去超市购物，居然在熙熙攘攘的人群中发现玲正在娴熟地叫卖一种祭祀亡人用的元宝状的东西。玲见我，绵羊似的笑着，匆匆地将一叠钞票、一张纸条交给我，叮嘱我照着地址给他弟弟汇点钱。纸条上，收款人是北方另一所大学里叫秀的人，此时我才知道玲有个弟弟也在念大学。

实习的日子，玲因那口浓重的方言最终也未能登上讲台。玲是我们那届毕业生中唯一一个有毕业证却没有学位证书的人。尽管是这样的结果，也似乎没有影响玲对毕业后的幸福生活的憧憬。毕业的前夜，喝了很多酒的玲居然在全宿舍人的注视下，出乎所有人的意料，把他猫一样幸福地喝着的东西全部扔下了楼，玲激动地向我们宣布，他终于结束喝炒米茶的时代。也就是在那天，我们从玲断断续续的酒语中得知：这大学四年，玲是一边读书，一边打工挣钱，供养着自己和叫秀的弟弟读书。那天，我忽然想起玲像猫一样喝茶的样子，眼泪差点流了下来……

前两年，同学们之间聚会了一次，玲没有到，我们几个曾经的室友约好去看看玲。我在想，结束了喝炒米茶时代的玲，是不是还那样无声无息。

玲的故乡的确很偏僻，至今也没有通汽车，我们去的那天，太阳正在落山，整个荒原都被染成了玫瑰色。看见玲时，他正在乡中的操场上像母鸡一样领着一群孩子做游戏，那种快乐很快就感染了我们。我问玲："日子还好吧，弟弟秀也该毕业了吧？"

玲的表情忽然黯淡下来：秀在毕业的那天，过马路时，被汹涌的车流带走了……

不知怎么搞的，见玲之后很长一段时间，玲学生时代像猫一样喝茶的样子又常在我的梦中出现。

高娃姑姑

我从腾格里草原来到图克草原的时候8岁，因为家庭的变故，我像一只离群索居的狼崽，叛逆而冷漠。我的恶作剧登峰造极，善良的人们嘴巴都惊讶得闭不上了。我给布赫大爷家的头羊身上拴上炮仗，炸飞了一群羊，人们找了三天；我在青格里家的树上伪装成一只山羊，目不转睛地看着他家的苏勒德，吓得青格里的奶奶念了三天平安经；我竟然还在爱干净的高娃姑姑的眼皮底下，把一只烂鞋扔进了她家的井里。

我在人们的责难和训斥中才能感觉自己的存在，那个冬日的黄昏，我赤脚路过高娃姑姑的毡包前，居然被高娃姑姑一把拽进了怀里。我在等待责骂的开始，想不到那时年轻的高娃姑姑眼里含着泪水，用她的棉袍捂住了我的双脚，嘴里喃喃低语着："长生天会保佑我的孩子的，阿弥陀佛，我可怜的孩子。"

这是我和高娃姑姑的第一次接触，她美丽的身影从那时就深深地烙在我的心里。

我们其实没有任何的亲戚关系，那时高娃姑姑大约二十八九岁的样子，独居，在我家草原的旁边。我至今也不知道她有没有亲人。她有着一头乌黑的柔细的长发，现在想来那些做广告的女人即使用什么科技手段处理之后，也达不到高娃姑姑长发的柔美效果。

她的腰身永远是挺立着，她的肩膀总是优雅地端着的，别人即使身穿华丽的蒙古袍，头顶着昂贵的蒙古头饰也达不到她那样优雅而高贵的气质。她的高贵气质是从骨子里散发出来的。哪怕她仅仅是穿着褪了色的蒙古袍，她走路的姿势永远像行走在空旷而奢华的宫殿之上。后来我在电视里看到英国女王的登基仪式，女王的从容也不过如此。

高娃姑姑的脸上永远挂着恬淡的微笑。她对生命的敬重现在想来真是不可思议。假如有前世，她一定是一位伟大的哲学家或者诗人。她没有当下所谓诗人的酸劲，也不像现在的所谓艺术家的做秀。她是真的敬重生命，我亲眼看见她在蜜蜂飞过眼前时那种专注的赞美。低语着，"咝咝"地吸着气。蒙古人和藏族人一样。言语中吸着气，表示敬佩和谦卑。

高娃姑姑有着蒙古女人的一切特质，唯一不同的是她不像其他蒙古人一样，对唱歌有着天然的表现。在人群里，她永远是最安静的那一位，但也是最专心的那一位，无论你的歌声多么的难听，她都能听得出神。我甚至一直以为她肯定是最不会歌唱的一个人。不过有一次，唯一的一次，仿佛是一个什么样的节日，好像是喝了一点酒，她居然站在人群的后面自告奋勇要求唱歌。说她的声音是天籁般的声音一点都不过分。人们"咝咝"吸着气，惊讶了很多天。后来，我看到一位蒙古族作家的文章，对唱歌有着精辟的评价，我觉得那就是说她这样的声音。她是"唱进去了"，我觉得歌唱分三个阶段，歌唱的最高境界一定是唱给自己听的，而后才是唱给自然唱给别人听的。

高娃姑姑是有过感情经历的，据说是和一位上海来的知青，当时在这片草原也算是很叛逆的行为。后来上海知青回城后，就再也没有过动静，就这样一个人生活着。我十七八岁时，正做运动员，经常出去比赛，算是见过世面的人。有一年回草原过年，专门给高娃姑姑买了一件漂亮的裙子送去，那天高娃姑姑问我："你去过上海吗？"表情很复杂。可惜我从来没有去过上海，无法回答她。

前几年回去，高娃姑姑还是一个人生活，按照蒙古习俗，女人绝经后，就要把头发剃去。她已经没有了一头美丽的长发，但她的气质却依然那么高贵，背有点驼，但依然有年老女人的慈祥和从容。不过人们开始在背后叫他"老姑子"，听到这样的称谓，我多少有点伤感。我让老婆给她买了几身纯棉的内衣。她很高兴，没有推辞。

去年年初，听草原上的人们来我这里说起，高娃姑姑病得厉害，已经被远房亲戚接走。那天我正在外面喝酒，大醉，大雪中回家迷路，亲人们找了我半夜。

年底高娃姑姑乳腺癌去世，终年62岁，一生未嫁。

按照蒙古人的习俗，正月初一开始，只要在这片草原上生活的人们，不论你出身贫贱，不论男女老幼，每一户人家都会得到人们结伴而来的祝福，哪怕仅仅是在你的家里喝一碗浓香的奶茶，听一段悠长的长调，但是吉祥的祝福一定送到。

在经过高娃姑姑住过的毡包前，善良的人们把祝福的哈达挽在她家高高的苏勒德上。

我告诉儿子，这是你的老姑家，在你这么大的时候，她用棉袍焐暖我的脚。儿子毫无表情地看着我，笑着，远远跑开了。

喇嘛道尔吉

　　这是在我青壮年时候遇到的一个贵人，离开我们已经快20年了。

　　关于他的记忆总能勾起很多过往……

　　那年，快下班的时候，突然接到一个电话，听那不流利的汉语就知道是草原上的人。他说："乌吗？我是道尔吉的侄子"，临了又补充了一句："喇嘛道尔吉的侄子。他说他快不行了，你能回来吗？"

　　我当然要回去。接着我就飞快地穿过街道，穿过人群，穿过心中那莫名的悲伤，匆匆拦了一辆出租车就赶在回草原的路上。

　　道尔吉大叔是我生命中一个贵人，是我在经历过很多事情后，自以为已经刀枪不入却被一种无望的等待灰心到了极点时遇到的一个贵人。那时候我每天生活在酒醉的世界里，站在热闹的街头常常想不出下一秒钟，我的脚是该向右还是向左走。家里也是接二连三地传来不幸，遥远的草原成了我的伤痛。

　　父亲信佛，父亲说，这些不幸只因为他年轻的时候给庙里许过愿，他的儿子中应该有一个去寺庙里服务神灵的。避免这些不幸只能还愿。

　　决定去寺庙还愿的头一天晚上，我洗了一个澡。之后在漫漫的长夜里，醒着。一些经历总在脑海里闪着，有些事情无论你如何努力，总有一层看不见的东西隔着。那种绝望也许佛可以拯救。

　　我其实是带着尘世间的势利去的喇嘛庙。也就第一次见到了道尔吉。他算是我的主持，引领我向佛靠拢。那是安静的七天。他像我的祖父一样，尽管我不知道祖父如果在世会给我什么。我能感觉到他对我的疼爱。他知道我不习惯说母语就尽量迁就我和我说拗口的汉语；他倚着窗台念经时不住地用眼睛专注地看我的神态就像看一个正在长大的孩子。这是一个善良的老人，慈祥的老人。

他会在太阳落山的时候，早早地提夜壶回来，一遍遍地叮咛我，晚上外面冷，就在屋里小便吧，我当然是一晚上也不会去小便的。第二天早上，他总会说："可怜的班定，这是造的什么孽呀。"其实我从来没有和他有过任何的交流，但他仿佛看出了我的心事。有一天晚上临睡前他坐在我的身边，欲言又止。我知道他有话想说给我听。

那是我们见面之后的第一次长谈。他夹杂着拗口的汉语和我说话，我说我能听懂蒙语，你说吧。那天他给我讲他的童年，讲喇嘛庙里的规矩，讲庙里和尘世上一样的尔虞我诈，一样的世俗。临了，他说，孩子，心里有佛就是了，回去吧，疼你的人知道你出家，心会碎的。他说"疼你的人"几个字的时候能感觉出是经过斟酌的。我懂他指的什么意思。

之后的几天里，正好赶上庙里的变动，每天进出的游人比城市更加嘈杂，道尔吉大叔说："你走吧，雄鹰飞得再高也不能忘了自己的窝巢，回我们自己的草原上去吧。"

那一夜的长谈对我的触动很大，在我生命里第一次有了那种亲情般的温暖。我走的时候，把我的行李和所有生活用具留给了他，他喜欢我的电动剃须刀，我教他怎么充电，怎么使用，他高兴得像个孩子。

是我和他的侄子陪同他一起从寺庙回到草原的，那时候他已经很老了。之后我回到城市，每次回家都会去看他，他的身体一天不如一天了。每次见面，我们就像多年的老朋友，事无巨细，给我说几月几日刮了一场大风，前几天梦见他小时候玩耍的河流发大水了，侄子家的羊又下了羔了，等等。我也和他说我工作上的事，说我生活中的事。他老叮嘱我遇事情要冷静，不要冲动。因为有这段经历，我很荣幸自己认识了这样一位老人，他的善良，他的安静，他对世界的理解朴素得让我感动。这可能就是冥冥之中佛给我的启悟。

有些时候，我才明白你最爱的人，但不一定是最了解你的人。有缘就会像我和这位老人在人生的某一个路口相遇。

我终究没有在他走之前赶到，我回去时他已经走了。他的面容安静得让人心疼，从他的脸上看不到任何的牵挂，我突然想一个人能够无牵无挂地走，真是一种幸福。

他的葬礼我没有参加，我躲在远远的河槽里，偷偷地哭，我知道他是怕疼的人，那样的场面我无法接受，这就算我和他道别吧，我生命中的贵人。

有一天，我离开这尘世的时候能够这样安静吗？

队友"大侠"

上午有个女人给我打来匿名电话,故意掐着声音妖娆地问我要不要小姐。我根本没用动脑子就戳穿了她的把戏,我说:"大侠,把你烧成灰也能听出你的声音。"大侠在电话的那边恨恨地和我对骂了一阵,失望地收线了。

队友大侠,女的,汉族,我们一起训练了差不多有六年吧,从此结下深厚的革命友谊。

大侠个子敦实,性格豪爽,酒量惊人,胸前有对巨乳名扬四海。

我一直把大侠当作女版的巴图,在一起超不过三分钟一定会干一架。更是因为我给她量身定做了一个外号叫"草原牛妈妈",从此结下了深仇大恨。

在体校的时候,大侠的名气远远超过了我。不是因为她的成绩,而是因为她经常会做出一些惊世骇俗的事情。比如说,她敢违反校规足蹬三寸高的高跟鞋去舞厅跳舞,还因为什么原因和几个小混混打起来,等我们过去援助的时候,她已经用高跟鞋做武器放倒三个,在其他人还在观望的时候,她以百米冲刺的速度逃之夭夭。比如说,她半夜里在宿舍鬼哭狼嚎地唱《爱上一个不回家的人》,恰逢此时有个酒鬼经过,理解错了意思,大声喧嚣:"爷就是那个不回家的人。"差点把她吓死。第二天还振振有词地投诉到校长那里,要求给她们寻找安全的宿舍。种种劣迹，让她一下子在体校出了大名。

其时，正好我也做出一件违反校规侮辱教练的事情——原因是我一个教练非常不人道地让我们训练了整整一个下午，每个人的脸都绿了，他还没有停的意思。后来我实在忍不住了，就从后面蒙住教练的眼睛，示意全体队员上去一顿狠揍。教练肯定不能受此大辱，严刑逼供下，就有同学把我交代出去了——之后，我就成了体校的风云人物，和大侠并列批评榜首。也就从那时，我们开始惺惺相惜，结下了革命的友谊。

也是从那时才知道大侠的一些嗜好。原来这样一个大侠居然超级迷恋琼瑶，我有时很好奇，想象让大侠像琼瑶戏里的女主角那样嗲声嗲气地说话会是什么样子。好歹也是一个女人，居然非常喜欢足球，而且还喜欢亲身实践。那时，常常能看到在一群男人中间疯狂地跑着一个女人。有一次，我和她一本正经地说，你知道我最大的心病是什么吗？她果然中计，很认真地问我是什么？我告诉她，怕你成为嫁不出去的姑娘。她就狂追打我。

正如她骂我的一样，我这乌鸦嘴真的命中了预言。她的爱情很是周折，30多岁还没成家。我们队友在一起主要话题就是给她介绍对象。后来居然有个年轻的小伙子追她追得死去活来，很多细节让人感动。我是作为她的娘家人给她送的亲，我见证了他们的幸福。

小男人很呵护她，她怀孕的那阵儿，我们经常看见她在丈夫的陪伴下幸福地在小广场上溜达，成为一道美丽的风景。后来我感悟到，女人真的是一朵美丽的花，每个女人都有自己的春天，只不过大侠的春天来得晚了一点。

前一段时间，她的家里变故，我们几个好朋友去看她。她还是老样子，看不到悲伤，指挥一大家子人处理她父亲的葬礼，有条不紊。

她的儿子已经4岁了，还没有断奶，哭着要吃奶，她在人群中毫不掩饰地开怀，喂她儿子吃奶。这一切做得神圣而纯洁。

母性是天生的,我从她身上得到验证。

据说,她现在不教体育,改做语文老师了。听说是一个很不错的语文老师。

我想,她在内心深处肯定是一个很柔软的女人。

大师兄

他是我的师兄，我们却是两代人。

这几天莫名地会梦见他，梦见他落寞的背影和无边的沉默。

从这样的梦境中醒来，总感觉自己置身于一片苍茫的空旷里，寂寥地飘在陌生的他乡……

我去体校的时候，还是一个懵懂的少年。

那时候，他已经快退役了，20多岁的样子，仿佛我们教练一代的人。

我莫名地怕他胜过怕我的教练，我害怕他眼睛里那种冷峻的光芒和海一样无比深邃的忧郁目光，他的沉默让人感觉到无比的压抑。他永远站在我们队伍的最后边，始终是沉默的，记忆里好像没见他参加过任何集体活动，即使是专项得了冠军，他也是矜持地抿着嘴理所当然的样子。也从来不见与任何人交流，训练完了，一边擦汗，一边收拾东西，或者就是沉思状望着远方。

那时候我们都是十来岁的小孩子，一刻也不能安宁，与他的静形成了极大的反差。有他在的地方空气里都是谨慎，我们会踮着脚尖远远逃遁，生怕不小心会吵醒这个打盹的雄狮。我们年龄相仿的队友从来不叫他的名字，不约而同叫他"那个"。有次我被教练惩罚，训练完毕，骂骂咧咧回宿舍，走廊里碰见一个队友，向我伸了伸舌头示意道："那个，在了。"我正准备捂着嘴转身就走，他在楼道里喊住我，给我扔过一个包裹，闷声闷气地说："给你的！"我打开一看，是一双新鞋。后来知道是他用比赛奖金给我买的。我不知道他为什么送鞋给我，很忐忑了几天。队友们吓唬我说，仔细想想，你哪些地方得罪他了，死到临头了。

那天我还真盘算了一个通宵，怎么也想不明白，他为什么送我鞋。我和他仅有过几次接触，一次是我们的一个体能教练无比残忍地惩罚我们，后来实在坚持不住，我在教练毫无防备的情况下，给他头上套了一个蛇皮袋子，一群人一拥而上将他暴打一顿。那时，大师兄就在边上，第一次见他抿着嘴笑。后来我们打教练的事情被一个软骨头的队友告发了，我作为主谋要被开除，就是"那个"去给我说的情。另一次是在野外的拉练中，我们俩被甩在后面，那天他好像心神不宁的样子。我这个人天生就是一个"八婆"，他快成为我心里的一个悬案了，我十分想知道他是从哪里来，要到哪里去？他为什么沉默？他沉默是为了谁？一千个问题在我的脑海里盘旋。后来没矜持住，就一连串地问他，他好像没有正面回答我，只是含糊地说："在等一个人。"

倒是他很主动问我："多大了？家哪儿的？怎么从来不见人来看你？"等等。完了还劝慰我："我们做这个项目的，脚是我们的神灵，是需要呵护的。"他的眼睛盯着我脚上的破鞋，若有所思的样子。那眼神我现在也记得，我第一次知道什么是自尊和羞愧。我就十分虚伪地说："我脚热得不行，我就爱穿破鞋！！！"他冲着我笑。

老实说，他没给我留下什么好印象。

他在我们队里待了大约不到二年。有一天突然发现那个远远的黑影不见了，我队友给我们卖关子说：你知道"那个"哪去了？我们猜了种种理由，最后队友才说，领着别人私奔了。那时候我们不懂感情的事情，这事情远远没有今天谁和谁打架了吸引人，说说也就淡忘了。

如果没有以后，我的记忆里也许他就是一个模糊的影子。

很多年后，我已经成为比他还黑塔的男人，居然在异地的城市和他相遇。我们是在共同认识的一个朋友的酒宴上相遇的，他没什么变化，只是变得十分善谈，有点玩世不恭的样子。倒是他对我的印象十分深刻，说我善良、朴实、性格豪爽，而且还记着我教练被蛇咬伤，我如何果断救人这些事情。天一句地一句的，有些事情，我都没有任何印象。那时候我也是一个无业游民，在外流浪逃遁之中，心情也很暗淡。他便以过来人的口气教导我应该如何面对生活。

那段时间，我们经常讲起过去，讲我的经历，讲他的命运。有段时间基本忘记了我们之间的年龄差异。我也是从那时候才知道他的一些经历。他是孤儿，他很看重一段感情，为了深爱的人他们私奔，受别人的鄙视。但是后来，他的爱人无法忍受贫穷和漂泊，也不能忍受寂寞和诱惑，断然和他了断了关系跟着别人走了……我后来想，这些才是对他最深的伤害，他说这些的时候完全一种玩世不恭的样子，好像在讲别人的一个笑话，极尽能力嘲笑自己。而且他一再告诫我，动情是会伤人的！对谁都不能太认真了。后来他又说，我这种性格注定是个悲剧。

那段时间，我们会为了吃一顿狗肉，骑着自行车连夜行走20公里；会为了见一个老朋友，爬火车钻在煤堆里三天三夜不吃不喝；我们也会心血来潮要挣大钱，去青海的格尔木打工，被骗到玻璃厂差点被烤死。

我现在记得，有一次，路过一座城市，他让我陪着他去看一个人，那家人家很贫穷，他把所有的钱包括我的钱全部给了那家人家。他和那人说了很多，好像很动情的样子，后来才知道那人是他曾经的那个爱人的姐姐。真是匪夷所思！

他有时候纯情得像个孩子，有时候却又很匪气，像个混世魔王。他总在两种极端的状态中生活。

再后来，我离开那个城市，重新寻找自己的生活，他也好像去北京当什么陪练去了。

最后一次见面，是在2005年，他几经打探找到我。那时候，我已经有了一份稳定的工作，他好像也挣了不少钱。我约他去喝酒，他一个人喝了一斤，人很消沉，一晚上很少说话，又恢复到了我们当运动员时的样子，沉默，眼睛里有海一样的忧郁。

我不知道发生了什么，也无从安慰。从谈话里知道，他曾经的那个爱人得病死了，我好像还幸灾乐祸地骂，这就是报应！那时候，我正意气风发地想在仕途上出人头地，心浮躁得很。

他说，他去看一个人，路过看看我。他像一个准备出远门的人，一再安顿我，不能太实在，不能太相信人，不能太善良，不能太直接……他说这些话的时候，又好像是给他自己说的。

几天后就听到他出事归去的消息。

想不到他这样一个人却终身生活在一个人的感情世界里，不知道这是幸运还是不幸。

我相信有前世今生，有的人来这个世界就是为了完成前世的一个任务，完成了就走了，活得纯粹而简单。他的一生就是为了一个人活着，无论背叛还是退却。

去年，和朋友在道特淖尔，听到一个类似的故事：在大漠，流传一首民歌，曲调沧桑大气，旋律流畅动人，原来却出自一个先天性残疾的牧民，他一天书没念，也从来没有走出过大漠。他活了40年，就写了一首歌，13段。写完了就去世了。后来这歌曲就在草原上流传开来。

有的人来这个世界上就是为了一件事情，大师兄爱一个人是这样，那个牧民写那一首歌也是这样。

生命里有很多定数，在未曾预料的时候就已摆好了局。我坚信，一个人想念另一个人的时候，应该是安静的想念……真情往往可以抵达白发苍苍的彼岸。

大妈

堂姐乌日塔打来电话说,她的继母通嘎老人病了,这样的消息虽然是我预料之中的事情,但还是心里为之一颤。我决定带着姊妹几个回草原看她,尽管有些姊妹对她印象不深,但在我的记忆里,看见她就像看见大爸一样亲切慈祥。

通嘎老人是大爸的第二个老婆,也是乌日塔她们姊妹五个的继母,我通常叫她伊弥嫫(大妈)。我第一个大妈在大爸32岁的时候就过世了,我的大爸领着乌日塔她们五个生活,就像冬日草原上飘飞的沙蓬草,居无定所。蒙古谚语说得好:人若穷了没站处,皮袄烂了没放处。这样的生活持续了六年,直到伊弥嫫的到来,这才有了家的气息。

大妈也是一个不幸的女人,她在另一片草原上也经历了同样的命运,她的前夫正值壮年,却客死他乡,连尸体都没有回到故乡的草原,丢下了大妈和两个孩子。

大妈是经别人介绍认识大爸的。大妈的容貌很一般,我小时候甚至觉得大妈长得有点古怪。听父亲说,大妈是他骑着马从另一片草原上接回来的,与此同时,在大妈的袍子里还带回来一个八岁,一个十五岁的男孩子。

堂姐乌日塔没心,据说回来没有几日就开始肉麻地叫大妈额吉了,而我的堂哥则到现在都和我们一样叫大妈。大妈是个很勤快很干净的女人，每天起得很早睡得很晚，话少，总是若有所思的样子，无论大爸给她买什么东西，她总是把它们藏起来，很少能再见到。我小时候一直奇怪，那些东西会去了哪里？这成了我童年的一个悬案。

大妈对堂姐她们不错，好的吃的，好的穿的，都是先紧着她们用，而让自己的两个孩子规矩一些。她的两个孩子也很懂事，像他们的妈妈一样话少，沉默。他的大儿子19岁就成家了，又回到他们原来的草原，很少再来。大妈也很少说起。直到大爸去世后，我又见到他，这时候他已经50多岁了吧？依然沉默，和大妈的交流也几乎没有。印象很深刻的是他满脸胡茬，像从原始社会过来的。偶尔和我目光交错的时候，很艰难地对我笑笑。

大妈的小儿子一直跟着大妈，成家后也离大妈家不远，但很少过来。大妈和我们谈起她的这个儿子也总是说她的这个儿子的老婆是个多么彪悍的女人。我见过那个女人，身体很壮，像草原上的摔跤手，基本不说什么汉语。这个女人好像对一切事物都充满了仇恨，提起大爸和大妈仿佛触动了她心底的伤痛，用最恶毒的语言谩骂。我实在看不过去，说了她两句，她就冲着我过来，好像要打架一样。我那时其实早就做好打架的准备了，她沉默的丈夫却突然对她说，我弟弟是搞体育的主。她就突然止步，但站在那里一直谩骂。种下树苗就总能等到乘凉的那一天，种下恶果就总能等到报应的那一天。前几年，因为恶意烧毁邻居的牧场，她被判了3年刑。出来还是那样。大妈更是很少去她这个儿子家，我估计这个女人对大妈也毫不在意。

大妈对乌日塔她们很好，但总感觉很客气，那种距离感连我们小孩子也能感觉出来。她不像我的额吉对我，额吉有时候也斥责我，但我能感觉出来她的眼神里慈祥的光芒。所以我在额吉的斥责声中会滚入她的怀里撒娇。

大妈做的饭菜很好，她知道大爸喜欢吃，总是变着花样做，我们也跟着享受了很久。年轻的时候，听说大爸和大妈还经常争吵，但60岁以后，老俩口总是形影不离。大爸人胖，弯不下腰，大妈老给大爸洗脚。有一年乌日塔的孩子从外地回来只给大爸买了一件衣服，没有大妈的，大爸就很不高兴地把衣服摔在地下，斥责为什么不给大妈买衣服。大爸说，你大妈和我生活的时间比你们亲生的大妈还长得多。那次我看见大妈眼里闪出了泪花。

大爸和我一样是个粗犷的人，但总有一些奇怪的想法，70岁那年，突然神秘地对我们宣布，他要骑自行车环游中国去。这样的决定我们做儿女的当然不能接受，但我们无论怎么样劝说都不能改变，最后说服他的却是大妈。我有一次问大妈是如何说服他的，大妈平淡地说，其实很简单，她只说了一句：你走了我咋办？从此以后，我才知道，人与人之间的感情最深的就是牵挂和不舍。

不过大妈常常对我们说的一句口头语是：我和你大爸是同林鸟，随时准备飞的时候。这样的话一直说了30年，直到大爸去世。

大爸从生病到去世仅仅三个月的时间。这三个月大妈一步也没有离开，她像服侍一个满月的婴儿一样看护着大爸。她甚至不放心我们对大爸的搀扶，不断地叮咛我们要注意。

大爸临终的时候，大妈哭着问大爸："你走了我咋办呀？"大爸用微弱的声音说："不怕，国家给你做主呀。"后来堂哥问我这是什么意思，我无语。但为大爸这话，我感动得哭了很多次。

大爸走了一年，我隔三差五去看大妈，但大妈莫名地对我们有了明显的生分和戒备，说话总是躲躲闪闪，闪烁其词的。我想，大妈一定认为大爸是这个世界上她唯一的港湾和亲人，大爸走了，一切都走了。她就像一个被妈妈丢在风里的小孩。也就是那半年的时间，大妈很快地老了，目光迟缓，腰身弯得像弓，她的头发很快就全白了。她不再干净，家很凌乱，也不管不顾，只是坐在院子里打盹。除此之外就是沉默。

入冬的时候,她托人给草原上的大儿子捎话,说她想回自己的草原去。那时候,我已经搬到千里之外的城市工作,她走的时候,连乌日塔她们都没有通知,就跟着大儿子回到阔别30年的故乡草原去了。

决定去大妈的草原看她老人家的时候,我叫上所有的堂姐堂哥和我家的姊妹们。不管怎样,在我的意识里,大妈就是我们的长辈。对父辈的回忆里一定有大妈的位置在。

这是一片原始而荒凉的草原,通往大妈的家没有路,我们沿着河槽缓慢地行走。到了大妈家已经是下午时分了,隔着窗,我远远地看见大妈就坐在窗前的沙发上,她的坐姿就像随时准备去远行的样子,已经瘦得看不出原来的影子,像一片随时会被风吹走的树叶。

我们姊妹几个跟跄着哭着推开门,乌日塔更是大声地问:"眯眯(妈妈),眯眯,你认得我不?我是你的闺女乌日塔……"

大妈缓缓地抬起头,看着我们,眼神茫然,而后又恢复到原来平静的样子,不悲不喜,仿佛是另外一个世界的人。看着她的样子,那种悲让我不能言语。

平静下来,我问大妈:"你认识我们不?"她居然能清楚地说出我们的名字。他的儿子说,她不糊涂。我的眼泪不争气地又下来了。

儿子和儿媳出去后,大妈突然用很轻很轻的声音说:"他们对我不好,我不吃饭了,我马上要去见你大爸呀。"有那么一刹那,我仿佛看见她脸上有一种幸福的光芒。

我们姊妹几个又哭出声来,劝她,并商量着要带她回城看病,被她和她的儿子坚决地拒绝了。

直到我们走的时候,她又恢复到先前的样子,她的坐姿就像随时准备去远行的样子,再没有抬起眼睛看我们一眼。我告诉她,我的母亲身体也不好,正在我的家里看病,她无动于衷,仿佛从来就不认识我们一样。我们姊妹几个放声哭着,求她看我们一眼,和我们说一句话,她却始终是那样的姿势，茫然而冷漠。

十天后，他的儿子打来电话，说，大妈过世了。

我没去。那天我正在有庙的地方下乡，对着寺庙的方向，我祈求佛祖保佑她在去往天堂的路上，能一眼就看见我的大爸，从此不再一个人被丢在陌生的他乡。

大哥达林泰

大哥达林泰今年52岁了，整整大我15岁。

大哥魁梧，俊朗，曾经是草原上出名的摔跤手，有十连冠的战绩。即使是现在，大哥虽然经过长期的劳作，但肌肉线条绝不亚于那些专门从事健美的人们，而这一切对于大哥而言都不重要，他只关注自己的羊群和马，以及今年的收成。

在我的记忆中大哥是我父辈一样的人，在过去的很多年里，我们之间很少有正面的交流。大哥成家后搬到另一片草原生活，即使在节日里见面大哥也是沉默着，低头摆弄着自己的手指，听我们说话。以至于很多次我给家里每个人都带了礼物的时候往往忽略了大哥，就是这样大哥也从来没有表示出什么不满。每次我回到草原，不论多么匆忙，大哥也总是骑着马第一个从另一片草原赶来看我，依然是不说话，沉默地坐着。

大嫂是一个性格好强的人，至今都没有离开过草原，因为封闭和没有文化，她常常对大哥无端地指责，对自己的两个儿子无原则地纵容。因为教育孩子，大哥和大嫂还闹到父母那里说理，每次也总是大嫂在长篇大论地讲自己男人的种种不是，大哥最多回上一两句，比如说：你那样做是不对的。毫无力度。

几年前，大哥骑摩托车放羊，路过冰面，滑倒，大腿骨折，仅仅躺了两月就下地干活，至今大哥的腿每到天气变化总要疼痛。一次我把胳膊摔折了，他一遍一遍地打电话来，让我注意这注意那，话毕，总会说，我有过经历。像个老大夫一样。

大哥腿不好，但就是这样他一个人还要去饲料厂做搬运工，做很重的体力活。我听说后，专门开车去他干活的地方看他，老远，就看见他黑塔一样的身影扛着巨大的包裹从那边过来。腿因为浮肿，走路一拐一拐的。见我，他用舌头舔着嘴唇，憨憨地笑着。我给他留了2000块钱，看他鞋破了，给他去买鞋，可惜小镇没有他那样大脚的鞋。让他穿我的鞋走，他没有推辞，只是憨憨地笑着。这也是我们兄弟俩多少年的第一次单独接触。他一定觉得穿他自己兄弟的鞋没有什么难为情的。这样挺好。

我对大哥更深的了解还是前几年。大哥给他的一个熟人朋友担保买牛，后来那人就要无赖不认账，要债的人每天坐在大哥家不走。老实的大哥一定认为这么艰难的事情只有找我这个城里的弟弟才能解决。于是我领着大哥去谈判。那是一个无赖的汉人，我们还没有开口，他就不自量力地在大哥面前挥舞拳头，我摔跤手的大哥只轻轻一下，那人就杀猪一样嚎叫起来。后来这事情被那人演化成我打了他，一次次来我单位闹事。大哥很是内疚，骑着马一次次来城里看我，不说话，沉默着，抢着帮我老婆做家务。我无数次开导他，这事与你没有关系，不用担心，我能处理好。但他还是觉得是他给我惹来事情，有一天居然背着铺盖过来，说他自己去监狱坐几天牢，扯平就不闹了。我哑然失笑。我深深地懂得了大哥那颗善良的心。我善良的大哥，我一直想告诉他，我是你兄弟，我为大哥做一些担当没有什么不合适的。但我终究没有说出，对于大哥这样的人，会更增加他的负担。我尽量不让他知道我的处境。

额吉背后给我说："你大哥的两个儿子不争气，成家之后也不停地惹事，为这些你大哥的心情不好。"

今年回家过年,我张罗着给额吉和阿爸过75岁的生日。大哥对我的提议很是拥护,每天沉默着不停地忙碌。不忙的时候,他总是一个人默默地坐在角落里,摆弄着手指。很多时候,他总是望着远方,发呆。

父母过生日的前一天,大爸家的五个子女和我们家的六个子女全部到齐。晚上喝酒的时候,每个人都很澎湃,一遍一遍地唱歌。大爸家的二姐讲起她出嫁后的第一年,想家,没有路,得不到外面的任何消息。也是大年初一,薄雾里,远远看见大哥向她走来,姐弟俩抱头痛哭。要知道,大哥徒步翻越沙漠,整整走了三天,就是为了看一眼他牵挂的姐姐。

二姐说,达林泰是兄弟姊妹中话最少的弟弟,但达林泰的心比绸子还柔软。

那天大哥足足喝了两斤多酒,晚上还是执意要回自己的草原看看羊群。走出老远,我听见在空旷的草原上,大哥大声地唱歌,歌声充满了忧伤。二姐说得对,大哥的心比绸子还柔软。他一定把很多的心事唱在风里,唱给了他心爱的马。

昨天,额吉打来电话,支吾了半天,终于开口说,让我帮帮大哥。

后来才知道,大哥的儿子在外面工作不争气,赌博输了两万多,追债的把大哥的羊群全赶走了,大哥无奈地看着自己的羊群走远,像孩子一样放声大哭。

我听到这样的消息,心里酸酸的,我能想象到一个黑塔似的男人放声哭泣的样子,一定是这件事情很伤他的心。

我没有给大哥打电话安慰。没用。

我突然感觉到,命运真的是一场没有征兆的草原来风,过去了总要带走一些东西。

有那么一首歌是唱给大哥的:

你那宽厚的胸膛
壮实如牛的肩膀
草原上的摔跤手摔跤手
科尔沁的哥哥
快骑上飞快的骏马
带上猎人的风采

草原上的弓箭手弓箭手
科尔沁的哥哥
我的哥哥，哥哥……

大爸

很长时间，我的思维始终定格在一种别离的情境里，闭上眼睛还是大爸去世前的样子。那天等我赶到大爸的住所时，原本强壮的大爸已经停止了呼吸，像一副备好了去远行的行囊，安静地躺在角落里。那样一个鲜活的生命突然变得这样安静，安静得让人心疼。失眠也就是从那时开始了。那时我才感受到一个人在夜里醒着，是一种煎熬。

大爸少年丧母，兄弟姊妹四个，其中一疯一死，就剩下大爸和父亲两弟兄。在我的记忆里，大爸永远是父亲的保护神。即使父亲已经儿孙满堂后，兄弟俩坐着时，大爸偶尔还会爱怜地摸摸父亲的头或者手。因为这种无原则的溺爱，大爸在的时候父亲生活中无论遇到多小的事情都会不厌其烦地去请示他这唯一的亲人。因为这，我们小的时候是很看不起父亲的，觉得父亲软弱。直到大爸走了以后，看着父亲落寞的样子，才知道大爸在的日子父亲是多么的幸福。后来等我们自己在社会上经历了辛酸之后，才知道父亲拥有的手足亲情是多么弥足珍贵，也成了我们梦想的幸福。每年的这个季节，大爸的样子就会在我的心里弥散开来，那时才意识到，大爸没走，他一直在我的心里。

小的时候我在另一片草原生活，家里没有发生变故的时候，对大爸也没什么印象。我被巴根大哥接到父亲家的第二天见到了大爸。印象中的大爸粗粗壮壮，大大咧咧的，话多。即使没有人，和路边的野花也要说上几句。他对我说的最多的话就是：这班定（汉语小子的意思），遭罪了。

后来生活的时间长了，才知道大爸的遭遇更不幸。三十多岁的时候大妈去世了，留下六个半大不小的孩子，最大的只有十六岁，最小的只有一岁多一点。大爸一个人要上班，还要拉扯这群孩子，可想而知，生活是多么的潦倒。况且大爸所谓的工作，就是凭着一身的力气，哪里的河道要是决口，他第一个冲下去用身体堵上，这就是他工作的全部。有一天又是一身泥水的大爸回到家里，看到小五、小六因营养不良全身浮肿，危在旦夕，迫不得已把最小的两个孩子送给了别人，这种亲人的别离是一种什么样的心境呀。这些事情即使是话多的大爸也从来不和别人说起。我想大爸的那些伤心的往事一定是说给了夜空、说给了冰凌、说给了风、说给了那漫长的黑夜。

我大学毕业的时候正是青春的迷茫季节，前途的茫然被我忧伤的青春岁月无限地放大。有这样的前提，哪怕是一句荒诞的诺言也就成了我人生的救命稻草。毕业的前几天，大爸突然来找我，看见我的样子，本来以为大爸会给我安慰，谁知道大爸劈头一顿臭骂："读几天书就以为你高人一等？！什么时候都要记得脚踏实地。"这种责骂在多年以后才知道，于我而言是一种惊醒。

之后我参加工作，我是我们这个家族里读书最多的人，这也成了大爸炫耀的资本，他对读书人的敬佩几乎成了盲目的崇拜。大爸晚年的时候，我已经成家，和大爸住得很近，这才更多地了解了大爸。他多数时候像一个孩子，他会冷不丁骑着自行车怀里揣着一个冻柿子来我单位叫着我的小名给我；他也会突然神秘地宣布，作为一个老水利工作者打算骑自行车去三峡。当然我们做子女的又是阻止又是劝告，此事才不了了之。我入党的第二天，大爸专门请我吃饭，后来他专注地看着我，意味深长地说，班定终于成人了。

大爸确诊癌症的时候七十五岁，大爸无助的眼神我现在也记得，大爸说："你是读书人，你给大爸说，我这病能好吗？"大爸走后的无数个夜里，这句话一直在我的脑子里回旋。

他走的时候，是一个灰蒙蒙的早上，我在拥挤的人群背后，目送着他一步步离开。我那时多么期望这个时候大爸能回过头，目光不经意地穿透人群，最后再看上我一眼，看我眼中缠绵不舍的依恋。然而谁也无法抗拒命运，只是自此之后，那个离别的影像就成为了我心中最难以被触及和提到的伤痛；只是从此之后，天涯海角每一个角落里都充满了记忆中那个灰蒙蒙痛苦离别的回忆。

失眠也就从那时开始。失眠原来是一种隐忍的伤痛，在偶然被唤醒的记忆中，由它迎面扑来，泛滥成灾。明明知道结果，却还是忍不住被一次又一次汹涌而来的失望所击碎。

大爸是我亲情世界里的另一片天，每年的这个季节我都会想起，那时我多么希望有来生。

可来生又能如何？

空气一样的朝鲁

朝鲁很少离开草原，他的汉语至今都达不到我儿子汉语水平的三分之一。这也常常成了我儿子笑的源泉。昨天晚上，我儿子临睡觉前，突然莫名地嗤嗤地笑着。问他，才终于止住笑声说："想起朝鲁大爷了。朝鲁大爷说睡觉就是觉睡哇。"说着又止不住笑起来。想起朝鲁，我也是忍不住笑出声来。

准确点说，我是朝鲁的房东。我刚参加工作的时候，在一个小镇上当教练，租了一处很大的院子。一家人承担不起这么高的费用，就又陆陆续续转租出去一些偏房，共住进来5户人家，朝鲁家就是其中之一。都是从草原上出来陪孩子读书或者是打工的人，一大群人住在一起，挺热闹的。当然我的同事不是这么看的。在他们想来，我这样一个读书的体面的有工作的人居然和一群牧区来的土包子打得火热，真是不可思议。用我当时的领导的话说，我是"掏粪堆的鸡子上不了麦垛"。

不过我的儿子和我一样，在这个大院里找到了他无限的乐趣。比如听朝鲁说话，就是我儿子开发出来的一个欢乐的新天地。

第一次见朝鲁，是我带领队员比赛回来。一进大院，看见一个40岁左右的男人在井边压水，流着汗，不时羞涩地偷看我一眼，憨憨地笑着。这笑容给我透明的感觉。用现在最时髦的话说，就是最原生态的感觉。他的眼睛没有一丝一毫的污染，从他的笑容直接能看清他的心底。

也许在人烟稀少的草原深处，每天和不会说话的牲畜打交道，不善言辞是他们的特质。

后来知道朝鲁是我出去比赛的这几天，我老婆当家作主决定让朝鲁一家免费住进来的。原因是朝鲁的小女儿是我老婆的学生。只几天的时间，我儿子已经和朝鲁打成一片，关系很铁的样子，吃什么东西也忘不了要说一句"给朝鲁大爷留一点"。

慢慢熟悉后才知道，朝鲁和他老婆是为了两个女儿上学才迫不得已来到镇上打工陪读，之前朝鲁从来没有离开过草原，没有见到过这么多的陌生的人。他的老婆是一个泼辣的女人，很胖，说话很快。印象最深刻的是，每次有人用汉语和朝鲁说话，朝鲁就会像孩子一样乞求从老婆那里得到帮助。

朝鲁显然是不能适应镇上的生活，语言不通是一个原因，更主要的是怕吵，用他自己的话说："那个轮轮车（汽车）能发出那么大的声音，太怕人了"。

夏日晚上，我们大院里的几户人家都习惯坐在院子里，有一阵没一阵地说话，朝鲁永远是最沉默的那一个。有时，我和朝鲁说话，他谈的最多的也是草原上的羊群和马。

有天早上，朝鲁老婆很不好意思地求我能不能给她不说话的丈夫找一个活儿干干，不然他会孤独死的。我说有那么严重吗？他老婆坚定地点点头。我也相信这个问题的严重性。于是很费周折给他在我的学校找了一个打扫卫生的工作。朝鲁很感激，黄昏的时候给我拿过来一瓶酥油，又像做了什么对不起我的事情一样，放下东西便飞快地跑了。

之后，我和朝鲁基本天天在一起，这个沉默的人显然把我当成他的亲人一样，有点空余时间就来我训练的地方看我。他也毫无保留地给我讲他所有的事情，他还不知道什么叫做隐私。

有一段时间，他的情绪很不好，问他才告诉我，说他的老婆外面有男人了，他看见过。我听了很是气愤，就给他说，这样的老婆你要她干什么，离了，我给介绍一个好的。后来这小子嘴笨，就把我教他的话原原本本给他的老婆说了，并很坚决地要和他的老婆离婚。他的老婆才意识到问题的严重性，她一定没有想到，一个沉默的男人爆发出来的能量有多大。老虎不发威，还以为是病猫呢。后来，他老婆终于收回了心，每天又开始给他熬浓浓的奶茶。不过这件事的后果是，他老婆对我一直充满了愤怒。她给我老婆捎话说，你的男人是一个爱管闲事的人，不得好死。为了朝鲁的幸福，自己背点罪名，我始终没觉得有什么不妥。后来朝鲁在我的建议下，在小镇开了一个蒙餐馆，生意很好。他的老婆也终于有了笑容。

我从小镇离开的时候，朋友们每天请我吃饭，算是欢送。有一天下午，朝鲁把我堵在单位的门口，表情像做错事的孩子，说想请我吃饭，满眼是渴望和乞求。此时此刻，谁也不忍心拒绝一个这么真诚的人。当得到我的同意后，他像孩子一样走了。

那天大院里的所有人都来了，我们喝了很多的酒。除了朝鲁，所有的人都在唱，歌声仿佛是从心底里出来的，蕴藏着满腔的爱。我想即使是牛羊，听到这样的歌声都会流泪的。朝鲁坐在桌子的那头，默默地注视着我，目不转睛，眼里始终蒙着一层泪光，我不知道是因为高兴还是忧伤。深夜离开的时候，我们依依惜别，告别足足有半个多小时，不停地拥抱、握手，一遍又一遍……

突然朝鲁的老婆抱着我的老婆哭了起来，哽咽着说感谢我给朝鲁的帮助，我知道她那些话是说给我听的。朝鲁始终远远地站着，不停地抹眼泪。

那天我也在这种别离的情景里，流下了眼泪。

之后，每年我们都能见到朝鲁，他的餐厅开得很火。不过每次离开的时候他都是远远地站着，不停地抹眼泪。

我想，他是从心底里把我当成他的亲人了。

我就是他的亲人。至今他都会从远远的老家打电话过来，讲他的生活中的谜团和隐私，让我帮他出主意。

有些人像空气，但其实他就在你的身边。朝鲁就是这样的人。

朝克和他的羊群

朝克是我小时候的伙伴，离开老家后，即使每年放假过节看望额吉，一年总要回去好多次，但是机缘不合我们却很少见面了。

朝克比我小一岁，沉默得像一块木头，话少得可以忽略不计。记忆中的朝克天生好像睡不醒的样子，哪怕是放牧的中途停留的几分钟内，没有人招呼，他很快就进入睡眠状态，他给我的印象永远是在半睡半醒的混沌状态中。朝克不善言辞，见人总是羞涩地躲在别人身后，看着自己的脚尖，无所适从的样子。他总喜欢眼睛眯着，我那时候逗朝克："你这个眼睛长上真是浪费了，一辈子只开了半扇窗子。"

小时候，我们两家住得最近，经常一起出去放羊，他对我莫名地无比地顺从。我是那种屁股上坐上炮仗的人，一刻也不能消停，上树下河无所不干。虽然是一起合作放羊，其实所有的活儿都是朝克做了，我只需要站在沙丘上，指着朝克向东向西。即使这样朝克也毫无怨言，他对我的崇拜是毫无原则的，我就算是放一个响屁，他也会觉得非常神奇而拍手笑出声来，无限惊讶地问："怎么放出来的？"因为朝克的这些种种迹象，在嘎查里，一度人们确定朝克的智商上有问题。我也曾经骄傲地认为我比他聪明，常常用我自己认为的聪明戏弄朝克。蒙古人有句谚语：老公羊的架子大，小聪明的心胸窄。说得一点也不错。终于有一天，我戏弄朝克的时候，朝克依然是半睡半醒的样子缓慢地对我说：

"你这样不好，我不傻，你是我哥，我让着你。"朝克比我小，却以我是他哥而作为理由让着我。那天对我是一个警醒，我慢慢发现朝克兄弟的内心比这草原还要辽阔，只是我们从来没有安静地观望过他的世界。

朝克是我童年生活的一个影子，他给了我自信和骄傲，也让我警醒和有了梦想。我现在还清楚地记得，那年我走出草原的时候，朝克站在人群里无声地哭。随着年龄的增长，最近几年，小时候的人和事情总会出现在我的梦里，朝克就是我梦里的主角，有些人和事情会成为你生命的底色，温暖一生。

最近几年，也回老家，也经常打听朝克的消息，知道他成家了，生活不错，仍然沉默等等。有几次过年回去，也去过他家看过他，但是看着朝克局促不安的样子，觉得对他是一种折磨。

说起小时候的事情，他也只是咧着嘴笑。我们在两个世界里生活，无论谁进入对方的世界都会迷路的，后来就很少去看他。只是偶尔从额吉那里听到一些朝克的消息，譬如说朝克固执，禁牧以后，所有的人不屑于靠放羊来维持生活的时候，只有朝克固执地坚持放牧。用苏木干部的话来说，有些牧民思想落后，和上面的政策顶风做对，哪天逮住关禁闭！即使这样，朝克充耳不闻，白天查得紧，就凌晨三、四点出来偷着放牧。久而久之，朝克和他的羊群达成了惊人的默契。额吉说，朝克的羊最懂朝克了，朝克经常领着羊从一尺宽的田埂上像军队一样走过，而两边的庄稼会毫发无损，真是奇迹。有次，额吉从我家的窗户上看儿子他们学校出操训练，一个人念念有词地说："少布他们的队伍还不如朝克的羊群整齐呢。"

前几年，老家土地流转了，有能力的都外出打工了，剩下的人就是每天望着自己亲密的土地一天天荒芜或者被陌生人耕种。有一年回老家路上碰见朝克，我问他干什么去，他给我说，看地去呀。当时我还没有理解他的意思，后来我看见他站在坝上，远远地望着自己的土地，于是莫名地为他感到心酸。

那年秋天,乡亲们第一次没有了秋收,没有收割和忙碌,每天面对着自己的土地上长着别人的庄稼,什么心情我无从理解。后来人们的情绪就有点异样,听老父亲打电话来说,全村人偷玉米。人们居然把偷窃当成一件光荣的事情。我的老父亲居然也兴奋地给我说,他又偷了30个棒子。我就在电话里好言相劝,我说,我们不缺那点东西,偷东西不好,你别晚节不保。

朝克也参与进这个偷东西的大军,不幸的是朝克被警察活捉在现场,后来弄回派出所审问,要求供述确认同伙,朝克把全村人全部供述出去了。警察哭笑不得,法不责众。

朝克倒是在审问中说出一句经典的话。据警察说,当问到他偷东西的动机时,朝克居然耐人寻味地说:形势逼人了。

现在"形势逼人"这几个字成为"不得以而为之"的代名词,在当地广为流传。

今年过年,在童年伙伴组织的聚会上,意外地见到朝克,很是惊喜。很多记忆里的东西就这样慢慢溢了出来。朝克就坐在我的旁边,依然沉默,安静地笑,安静地看着自己的脚尖。一起的伙伴逗我头发怎么掉得这么少了,我用十分悲苦的口气开玩笑地说:"形势逼人了哇。"朝克却当真以为我的生活过得不好,怜悯地望着我,一会儿摸摸我的手背,一会儿碰碰我的衣服,终于说出一句话来:"我给你杀一个羊哇!"

听到朝克的话,我在那么嘈杂的气氛里疏离出来,早已泪眼婆娑了。

我安慰朝克,我生活很好,不要担心。有机会接你到我家住上几天。朝克很突兀地说:"小时候放羊,多好。"

有些人的世界我们永远没有去过,但那种善良和辽阔却满山满坡地生长在记忆里，温暖一生。

朝克，我挺好的，你也要好好的。

临走的时候，我和朝克约定：老了一起放羊，上树，下河，和我们的羊群一起过简单的生活。

黑熊巴图

我在日本的时候收到巴图无数的短信。他老婆还打电话说，那几天，巴图一个人嘴里念念有词："这下坏了，老乌这家伙出去送命去了。"这个乌鸦嘴！我听到这话恨得牙痒痒的，一下飞机就和这家伙在电话里吵了一架。

在我所有的同学中，只有向巴图耍无赖、不讲理而不必担心他会生气。用他老婆的话说，我们俩是离不开、见不得。每次见面，最多不到5分钟，我们就会因为对某一件事情的看法而产生分歧，基本每次辩论都能进入白热化程度。

我是运动员退役后在社会上晃荡了一年才重新进入学校学习，巴图也是在社会上做了几年生意后入学的。正因为此，在所有的同学中只有我们俩最没有学生气质。

有两个词我觉得一定是专门为巴图造的———彪形大汉，心宽体胖。一米八，250多斤，相扑运动员一样的身材。每次我争辩不过他的时候，我就拿他的体重进行人身攻击，当然他从来不会为因这些懊恼。在我的记忆里，就没有见过有什么事情让他着急上火，而打乱他永远慢三拍的生活节奏。即使我和他争辩到白热化的时候，他照样泰然处之地对着镜子端详自己。也巧，入学后我们被分在一个宿舍。每天晚上的恳谈会一定是因为我们俩对某一件事情的分歧自然分成了两派而争得面红耳赤。我们宿舍基本每学期的积分都是以负数告终。

  巴图是个超级自恋的人。入学不久,有一天对着镜子仔细端详很久,突然好像发现什么惊天秘密一样,惊呼着问我看出来没有,他越长越像一个人,香港明星郭富城。差点把我给晕死。我和他开玩笑说:"幸亏郭明星不知道,不然一定会来杀了你小子,这不是侮辱人吗?!"又是一顿狂辩。当然他这种自恋的笑话不止这些。都说蒙古人对歌唱有天赋,但他是一个例外。要命的是他对自己跑调的事实浑然不觉,而且唱歌的时候极其严肃认真。只要他开口,宿舍里所有人转瞬就会消失。他一直对我们的态度耿耿于怀,总埋怨我们不懂得欣赏。我有一个音乐学院的朋友,一次我们在一起喝酒,巴图歌性大发,一定要给我朋友唱一首歌,还十分认真虔诚地等待作出评价,看样子是想给自己翻案的意思。后来我朋友沉默了一会儿,问了他一句:"这歌是原创吗?"等他把歌名报出来,在座的人晕倒一片。他一本正经地说:"刘德华的《忘情水》。"要知道《忘情水》在那年的校园里至少每天能听到几十遍,而经他之口唱出来,居然没有一个人听出来这首歌是《忘情水》。也就从那以后,我们很少听他唱歌。后来从某些细节上我才知道,他是从心底里热爱唱歌,他的生活中如果发现谁唱歌很好,那时他就像塔尔寺的那些朝圣者一样,眯着眼睛沉浸在音乐的世界里。尼采说:不喜欢音乐的人就不热爱生活。说的可能就是他这样的人。

  人生就是这样,上天也是公平的,没有唱歌天赋的巴图居然在经商方面有着惊人的天赋。用他自己的话说在他那肥而不腻的身躯里有一颗智慧的心。这点我相信。我读书的时候和他做过一次小生意,全赢。我们当时就各买一辆赛车,从校园里呼啸而过。同学们羡慕得眼睛都绿了。

  毕业后,我们各奔东西,我回到图克草原,听说他也回到遥远的赛汗塔拉草原教书。他成为我学生时代的一个记号。那时候通讯不好,没有电话手机,唯一的方式就是通信。我是一个懒散的人,即使再想念一个人也不会表达。谁知道这个黑熊一样的人不断地给我写信过来。讲他的学生,讲他的恋爱,讲草原上的风,讲他的生意……事无巨细。这个冗长的家伙很让我感动。他的生活过得不错,这是我从他信里捕捉到的信息。

后来,我的工作几经变迁,来到了离他不远的城市生活,我们便有了很多见面的机会。在他的影响下,我也开始出来做生意,每次他总能给我提最好的建议,当然这些建议也是在白热化的争论中达成的共识。

毕业后,我第一次带着老婆去看他的时候,他正好不在。他的老婆我们从来不曾谋面,但老远就叫我的名字,很熟悉的样子。他老婆后来说,不认识也不行,巴图的生活中,关于我的故事出现的频率最多。

我买房子的时候,经济困难,他听说了,推掉了生意,将资金变成现金打进我的账户。他怕我多心,有一段时间,他很避讳和我说他的生意。每次总是说又大赚了一笔,快成富翁了。我也一度心安理得。后来我一个同学才说,他做一笔生意,对方卷走了他所有的积蓄。那一年可能是他最困难的时候,他从250多斤降到190多斤,而他却对我说他在减肥。年底,我知道这个消息臭骂了他一顿。

有些人的相识可能就是一种缘分,我和他从认识的第一天起就开始争吵,一直到现在。去年,我们一起去旅游,上车的时候就约定,现在年龄都不小了,给孩子们做个榜样,不能争吵。谁知道刚一上路,就因为一个什么事情大吵一架。这个贱人,后来居然说,我们交流的方式就是吵架,不吵不习惯,会憋出病来的。

前几天,我看了一部武侠小说,有一个章节,我很有感触,说一个武林高手打遍天下无敌手,争得江湖第一把交椅。隔周后自刎,留言:独孤求败。其中的禅意我仿佛懂了一点。

蒙古人有句谚语:好汉虽乐前额不裂,骏马虽肥皮层不崩。算是赠给那只黑熊。让我当面说给他听,打死我也不会。美死他了。

巴根大哥

我准备去图克草原生活时，就是巴根大哥骑着骆驼来腾格里草原接的我。那时他大约十六、七岁吧，褐色的脸，嘴唇上面刚刚有了胡子，像淘气的孩子写作业时不小心把墨水涂在上面而自己却浑然不觉似的，十分的滑稽。

他是我奶爹家的大儿子，之前我们从来没有见过面，只是从父亲的言谈中知道，奶妈六年中一口气生了五个孩子，弄得奶爹家的日子过得就像制奶豆腐的口袋，紧紧巴巴的。半大小子吃死老子，这是父亲时常说的一句话。这个半大小子可能就是说的巴根他们。

巴根在蒙语里叫柱子。他的确像他的名字一样，敦敦实实的，像棵树。第一次见他，他大概已经听说我家里的变故，他努力向我笑着，仿佛感觉不妥，旋即闭上了嘴，然后又马上微微张开嘴，用舌头舔着嘴唇（后来我才知道，他说话紧张总要用舌头舔嘴唇），试图想说什么，但终究没有说出话来。眼里含着泪水，转身去收拾东西去了。

我们一路上基本没什么交流，每次吃饭的时候他总是不断用眼睛的余光看着我，和我的目光交错时，他比我还要紧张，低着头喘着粗气，像做错事的孩子。

巴根哥长得非常英俊，用现在的话说，那是相当的帅。他是蒙古男人里最不蒙古的一个，有点像维族的男人，浑身散发着男人的气息。只是他自己从来没有意识到这一点。多年以后从他的老婆我的嫂子乌兰其其格的说话神态和看他的表情中很能证实这一点。现在已经五十多岁的嫂子看他的目光依然温柔得能绕十八个弯弯。乌兰嫂子的家族是很有势力的,据说她家的一个长辈曾经是自治区级的领导。巴根哥是在寻找丢失的羊群路过乌兰嫂子家的毡包时,被她看上的。乌兰嫂子主动表达了爱意,并义无反顾地跟着巴根哥回家,巴根哥羊没找到,却领回一个女人,这在当时的草原上被传了很久。当然这个事件也引起了乌兰嫂子家族里的强烈反对,巴根哥家穷得确实也是没法儿过日子。乌兰嫂子被她那个当领导的长辈强行带到城市,并给她找了最好的工作。一年后,乌兰嫂子还是找到机会跑回草原,跑到了巴根哥的身边,从此成了我的嫂子。

巴根哥家的日子一直过得紧紧巴巴的,现在两个儿子也都长大了,到了结婚的年龄。我开始有一些工资收入的时候,经常给他家寄一些钱和衣物回去,巴根哥老让他的儿子代笔给我写信,信一般都很短,话说得非常的直接,但我知道那是一个不善于表达的男人最真实的语言,有时仅仅几个字,比如说:"兄弟,多吃饭"、"今年草场很好,羊很肥"等等。

我做运动员快退役的时候,受伤了,在医院里躺了一个月。巴根哥不知道从哪里知道的消息,带着羊肉和奶食品专程来看我,每天晚上总要端一盆热气腾腾的水,逼着我洗脚,说是保健。

后来我伤好了,再寄钱回去,他一分都没动,让侄子如数退给了我。我听嫂子说,巴根哥从那次看我回来就反复和他们叨叨说:"兄弟是用命换来的钱,我们少花一点,他就可以少辛苦一点。"我听了无语。

前几年,巴根哥的儿子毕业,准备在我居住的城市找一份工作,巴根哥和嫂子来我家里住了几天。我老婆和嫂子一见如故,每天有说不完的话。我带巴根哥上了一次街，他总是背着手，目光投向很远的地方，仿佛看遥远的羊群或马。

在商场里，他见什么东西也总喜欢用手摸摸，仿佛只有用手摸摸才能表达出对这些东西的尊敬。有个服务员看他摸东西，态度很不好，用鄙视的目光看他，低声骂他。他马上像一个做错事的孩子不知所措。我那天很冲动，上去就给那服务员一个耳光。后来店里的经理过来才把事情压下来。回来的路上，他一直用蒙语训斥我，说我还是那样冲动，没长大。我不答话，嘿嘿地笑着。

今年回草原过年，在他家住了一天。巴根哥带我看了他家的草场，不说话，望着远方，像一头满足的老牛。

乌兰嫂子至今看巴根哥的眼神依然有着少女般的情意，她一定认为嫁给这个木头桩子很幸福。

敖日格勒

我的兄弟我的队友敖日格勒从来没有时间的概念，我已经习惯了他在某一个午夜或者凌晨给我打一个电话过来，电话的内容总是那一句话：你在哪里？

半夜或凌晨你说我能去哪里？！我和老婆对他这种毫无逻辑的电话已经习以为常。很多时候我只是沉默着，知道这小子又喝多了。

昨天晚上四点多，又来电话，不语。我正要开口臭骂，听到电话那头隐隐的啜泣声，很是压抑的样子。我很惊诧，觉也醒了，问他，才知道他的爸爸昨天晚上心脏病没有抢救过来，走了。我能理解他失去亲人的那种无助。一上午，我通知所有的队友和朋友一起匆匆赶去。老远，我看见他孤独地站在那里，向我们来的方向张望着。见到我们，像委屈的孩子见到亲人一样，不停地摸着头发，想掩饰什么，但泪还是无声地流了下来。他这个样子显得老了很多。

我和敖日格勒认识差不多有二十年了。那时，我在田径队，他在射击队，我们住同一个宿舍。因为比我小几岁，又不是一个专业，我们很少有交流。记忆里他总是被教练批评，孤独地站在墙角面壁思过。

但好像他从来没有悔过的意思，也仿佛不知道他自己哪里有什么不妥的地方。只要教练放话给他自由，他就像一匹野马有用不完的精力，和我们田径队的师兄们胡侃乱说，没个正经。印象里的他一直就是玩世不恭的样子。我也从来没有想过像他这样的人内心里会有什么深刻的想法。倒是有两件事情，印象十分深刻，一件是他的长相十分英俊，尽管很黑，但很有型，有点像《上海滩》里的周润发。而且他自己也很自恋，老喜欢在镜子前观摩自己。这样的后果就是他身边总有很多女孩子围着，甚至因为他而争风吃醋，三五天我们就能听到关于他的故事；另外一件事情就是，有一次我无意中在宿舍里埋怨一个队友人品不好，老欺负年龄小的队员。敖日格勒一直默默地听着，后来就转身走开了，一会儿我听到对门那个队友凄厉的叫声，才知道敖日格勒已经帮我把他教训了一顿。之后，他因体育成绩不好，被迫退役，那时还没有电话，我们基本就失去了联系。在我模糊的印象里，他是一个长相非常英俊，皮肤很黑的小队友。

此后，我几乎已经忘记他的存在，为自己的生活东奔西跑终日不得安宁。大约七、八年前，一次偶然见到和他一起的一个队友，说起他来，很是感慨。那次我才知道，敖日格勒其实很不幸。他的父母在他很小的时候就已经离婚，他和他的兄弟们每人只相差一岁，他的父亲终日不回家，他一个人带着他们三个弟兄在草原上孤独地生活。饥饿像饿狼一样尾随着他们。后来，他父亲给他们带回一个继母，他动员兄弟们傍晚拼命地喝水，每天早上让他的继母艰难地倒掉三夜壶的尿。最后他的继母在他的精心策划下，狼狈出逃。听他的故事那天，我喝了很多酒，我有过这样的经历，我能理解敖日格勒的生活状态。那时我就坚信，有一天我们一定会相遇。我后悔对他的不了解。那个面壁思过的男孩，那高傲而寂寞的身影一直在我的心里荡漾。

六年前，他专门来看我，过去的小队友已经长成一个高大健壮的蒙古男人，皮肤依然很黑，但英武之气不减当年。他的身边有一个小鸟依人的女人，很幸福的样子。他专门从草原上给我带来一只宰杀好的羊，因为长途跋涉，羊肉已经腐烂。见我，他毫无距离感地抱住了我，像外国人一样亲我的脸。他说老梦见我。他说准备在这个城市定居,和他的朋友做生意。

之后,我们经常见面,不过多半的时间,他是沉默的,听我们说话。也就从那时开始,他经常在半夜来电话说,你在哪里?

有一天,我们一起应酬喝酒,他大醉,主动给我们唱歌。谁也没有想到,这么一个粗犷的汉子,居然非常喜欢唱邓丽君的歌,而且,用我北京的兄弟的话说,唱得很细腻,很有味道。送他回家,他站在街心广场,像孩子一样哭,说:"哥,我的家在哪里?"那天我才知道,其实他粗犷外表的下面是一颗细腻的心。

有一天,他开门见山来找我:看好一桩生意,想让我帮他贷款。我用自己的工资作担保给他贷了。大约两个月后,他突然出现在我的面前,把一摞钱放在我的面前,说:"你的。"

有一天他很着急地打来电话,十分清醒,安顿我说,要是他的老婆打来电话,就说我和他在一起。

后来我才知道,他老婆开始怀疑他外面有人,他想用我做挡箭牌。

我专门把他叫来,问他。他吃吃地笑,给我讲了一个他们的笑话,我也不知道是真是假。他说自从有钱后,老婆一直不放心他,有次外出旅游,老婆半个小时一个电话监督他。他本来是想说,没做对不起你的事情,因为口误竟然说成是:对不起你的事情做了。从此不得安宁。很长时间我们都把这故事当成笑话讲给别人听。

一段时间,他做煤矿生意,越来越有钱。不过,喝醉后打电话给我,这是雷打不动的事。当然更多的人把他发财的事情当作传奇一样演绎。版本很多。但我见过一次他生意上的应酬,喝酒,他依然沉默,不过那个老板喝不了的酒全部都是他替。我看他汗水像黄豆一样流下,不停地上厕所,在厕所大吐了,再若无其事地喝。我以为回家的路上,他会和我诉说苦衷,但他却在车上沉沉地睡去,一句话也没有。那天我很感慨，敖日格勒翻译成汉语是山峰的意思，他的这个状态如一座山峰。

有一种人像山，一生也不会爆发熔岩，但心中的熔岩早已经变硬变成永恒的形状，在岁月里屹立。

这可能就是男人。

阿茹娜姨

汉人见面的问候语一般是：你吃了吗？说明吃饱曾经是汉人追求的目标；在草原，至今人们见面语依然是：身体是否安康？因为交通条件不好，生病就意味着死亡。在牧区，比吃饱更让人担心的是身体的好坏。

对很多草原上的人来说，长寿曾经是一种奢望。但阿茹娜姨却是一个例外。阿茹娜姨一直活到77岁，算是寿终正寝。我至今还能清晰地记起阿茹娜姨看我的眼神。永远是吸着气，眼睛里充满孩童般的惊讶。我能理解，她一定是想，生命真是一个奇怪的东西，一个瘦瘦弱弱的人怎么就能长成这么魁梧的男人？另一个意思可能就是那么顽劣的一个男孩，连神圣的苏力德都敢藐视的人，居然能在遥远的都市生存下来？在她看来这一切都是不可思议而又充满了诗意。

当然我的这些理解并不是没有根据的。我来到图克草原的第二天就和阿茹娜姨有过一次交锋，原因是几乎所有的人都对我充满了同情和怜悯，只有她冷漠地闭着眼睛专注地捻着佛珠，偶尔撩起眼皮扫我一眼，很是藐视的样子。那种姿态非常挑衅。人有时真是奇怪的东西，当你有了新的斗志的时候，悲伤就会减半。

阿茹娜姨是我额吉的远方亲戚，由于住得近，几乎成了额吉的娘家亲人一般。我曾公开对我的额吉说："我最讨厌阿茹娜姨。"我知道这样的话一定能送到阿茹娜姨的耳朵里，让她从此不再讨厌地在我面前念经。果然，快到黄昏的时候，阿茹娜姨风风火火地来了。大声地对我说："风雪里生下的驼羔照样得自己到荒原上觅草，否则只能饿死。"额吉在一边紧张地拽着阿茹娜姨的衣襟，低低地劝："他是刚生下来的小牛犊，哪能听懂你的话呀，吓着孩子怎么办？"

阿茹娜姨瞪着额吉，很是愤慨的样子，转身推开额吉风风火火地走了。当时我恨死了那个背影。我就躲在额吉怀里哭。很长一段时间，我发誓与阿茹娜姨不共戴天。与阿茹娜姨斗其乐无穷，我曾踏着月色从她家库房的通风口钩走了她辛苦晾好的干羊肉，一边吃一边想象她气急败坏的样子，心里甭提有多高兴了。我披着羊皮站在她家的羊圈里，试图吓跑一群羊。当然也有失策的时候，有一次居然被她家的头羊一下顶倒在地。我偷她家的西瓜，偷月饼，然后故意在她面前骄傲地走过。当然她也曾经恶毒地在我面前夸张似地分发每一个同龄孩子一块糖，唯独没有我的。并且威胁我说，长生天不能原谅懦弱的男人。还有是她硬把我扶上马背，然后挥着马鞭，策马远去，没有半点同情和怜悯。呵斥我应该像草原上的男人一样，不能做孬种。这一切我都恨死她了。就是为了灭掉阿茹娜姨的威风，我后来在同龄孩子中是骑马最棒的。我在那达慕赛马中轻松地拿了冠军，尽管她像自己得了冠军一样在别人面前炫耀似地说："你们知道吗？冠军是我的外甥，我的！"我对她这种近乎拍马屁的炫耀却毫不领情。不过这一切并不能阻止她的高兴。从那以后，我看见阿茹娜姨看我的眼神就变了，我每做一件事情，她惊讶的神情都如孩童一般。在她想来这一切是多么的不可思议。

这样的斗争大约持续了三四年，之后，有一件事情彻底改变了我对阿茹娜姨的全部看法。有一年，二姐放羊迷路了，大雪夜，亲人们找遍了整个草原也没有她的踪影，人们都慌了手脚，就连包里的男人们都开始叹气，没了主意。额吉更是哭得死去活来。只有阿茹娜姨像指挥千军万马的将军，十分的沉着。那一次我才真正领略了一个人的从容和淡定。她举重若轻的神态，她的冷静果敢和智慧像一个先知的圣人。

她让我穿上厚厚的棉袍骑马带着她再找一次，她坚定地说，肯定没有走远。一路上她一会儿脸贴着地面听，一会儿看风雪的走向。后来她坚定地说就在这附近。她的细心果断证明她的判断都是准确的，二姐没有走远，幸亏发现得早，最终平安回家。

在路上，她突然问我，羊肉还行吧？西瓜还行吧？我这才第一次知道，我所做的一切从来都没有逃脱她的眼睛，她其实是包容和宽厚的，她只是用另一种近似挑剔的方式在教育我。

等我懂事后，特别是一个人出外上学后，更懂得阿茹娜姨的良苦用心。她是我人生中的第一个老师，我血液里激发出来的男人气质都是缘于阿茹娜姨的教诲。等我自己有了孩子以后，这种感受更是深刻。她那风风火火的身影背后，有一个博大的胸怀。她把蒙古人祖先留下来的智慧都融入漫漫长夜里捻着的佛珠里，然后渗透在漫漫生活中。

我出来社会工作，总以为自己的见识远远高于同龄的人，高于草原上的人们，尤其是一生没有离开草原的阿茹娜姨，她没有见过世面，未必懂得多少。但事实证明，在我每一次重要选择的时候，她都能给我很好的建议，比如她教育我：如果怕死，别当将军；没学问的架子大，公山羊的脾气大等等。那些话语虽然粗糙，但很耐嚼。我有了儿女后，也常常这样教育他们。但无论我怎么做都不可能达到她的那种风度。原来有种气度是不能复制的，特别是阿茹娜姨刚去世的时候，我的额吉非常想念她风风火火的远房姐姐，那段时间，母亲常常眯着眼睛专注地望着远方。

也是在这段时间，我断断续续听额吉讲起她的姐姐我的阿茹娜姨。譬如：阿茹娜姨自己作主把自己嫁给现在的姨父，差点把姥爷气死。比如她30岁那年生小孩大出血，所有的人都以为她在劫难逃，就连送她的勒勒车都等在毡包外面，她却活了过来，一直活到77岁，这算是一个传奇。

草原上有人说，她是被长生天祝福过的人。但我知道，只有顿悟人生的人，才能豁达，才有她那样的气度。

这是人生的一种境界。我向她学习。

老聂

老聂，我同学，女人。此人在同学中间算一神人，大大咧咧，为人仗义豪爽，简单率性，口无遮拦。一直以来我们把她当爷们一样相处，老聂基本喊了十几年的冤，最近更是顾影自盼地说：可惜我这花容月貌了。一副年华逝去，青春不再的惋惜。

最近几天，我出远门回来，同学见面急急忙忙给我讲老聂最近发生的糗事。让我同学二连讲出来，活灵活现，笑得我肚疼。表述如下：

一日，老聂伙同二连等数人开车去车站送同学回家，遇一中年男人车停在道上，无法前行，老聂这神人做淑女状请求人家让道，谁知此男人根本不领她这一套，反而大怒骂老聂："看你那球相。"老聂这神人仍然淑女状："夸你有这东西了，就嘴上挂的了？"男人更神，反驳道："我就是有了，你有了？！"老聂大怒，回话道："老娘有的你也没有。"据目击证人描述，此后两人严重跑题：围绕自己的生理特征展开广泛而深层次的探讨，更神的是旁边听到的人爆笑不已，而这两人居然旁征博引，义愤填膺，正义到底。最后老聂以大义凛然的优势总结道："老娘有这个东西，想要你那东西，要多少有多少。"豪放之情，跃然纸上。那男人败下阵来，逃之夭夭。

老聂我是太了解她了，这些事情发生在她身上就非常合理。否则就不是老聂。要好的同学曾经给老聂总结三大特点，点点切中要害。

一是老聂仗义，为人热情。有一典故，一日，某故友无意说起自己远方亲戚下岗，让老聂工作之便给予关注有什么岗位。一月后，老聂给那人电话，你说的那事我已经搞定。谁知道那人一脸茫然：什么事情？晕倒。我一亲戚毕业参加某单位应聘，让老聂给引荐一下，老聂真是全身心的帮忙，事后，遇一领导，无意说起这事，领导一直狐疑："老聂和你什么关系？为这事她一天跑我办公室五趟，还一直信誓旦旦说，这是她的亲外甥。"我们给老聂统计了一下，她的亲外甥亲侄子不下100人。都是给别人办事。

二是老聂心里不存事情，嘴不牢。你要想折磨老聂，就让她为你坚守一个秘密。她会吃不好睡不好，衣带渐宽人憔悴。一点不假。有次我们几个故意恶作剧，策划试试老聂，捏造一个假秘密，由我主刀故意神秘地告诉老聂，并一再安顿，千万别告诉别人。那时的老聂神色凝重，信誓旦旦，消失在夜色中。第二天早上六点钟，我们策划领导小组的另一成员，就把电话打来，先是狂笑，后来给我报谜底：早上五点半，老聂给他打电话，声音凝重，有一件事情告诉你，千万不要告诉别人，接着就把我告诉的秘密如数倒了出来。此后更要命的是，隔三分钟一个电话证实一下，一定要为我坚守秘密。后来我们一致认为老聂是我们的第五媒体。她不仅坚守不住别人的秘密，她是自己的秘密都无法坚守。前一段时间，她突然戒酒，态度坚决。后来给我和老婆说，她要做一件很重要的事情，我们听了，也觉得这真是一个秘密，一致安顿她一定坚守住。谁知道那天，这神人居然当满车人神秘地问我，我给你说的某某事情，你没告诉别人吧？她这样说来全车皆知。一个没有秘密的人其实也是一种幸福，简单，率性，活在真实的世界，挺好的。

三是老聂性格开朗。有人说过，一个快乐的人能感染一群快乐的人。这话有道理。和老聂相处，你不用担心小女人的伤春悲秋，她是属于有话就说有屁就放的那种人。用老聂自己的话说：我为什么要对自己不好，有仇了？！有一次，我们几家一同旅游，途中，老聂和他老公老白不知道因为甚事吵起来了，老白火爆脾气，举手要揍老聂，这要是别人肯定打起来了，谁知道老聂这神人，以百米的速度迅速在钢铁大街逃走，在远处，老聂挑衅地骂自己的男人：没打上，打在你妈肚皮上。口中还念念有词：好汉不吃眼前亏。这样的女人少有。那天老聂突然在同学的聚会上做深沉状，我快得抑郁症呀。全场爆笑。刚过三分钟，老聂已经喝得渐进佳境，一口一口的文词儿，给我们讲生活中的笑话。全场晕倒。

　　像老聂这样的女人活得真实，像田间的韭菜，郁郁葱葱的生活，活在自己的季节，活得扎实而充满张力。有首歌叫"野百合也有自己的春天"，就是老聂这样女人的主题歌。

吉日格朗

那天回牧区老家办事，半道上，大哥打电话安顿道，回去直接去他们家，来了客人，炖了羊肉。神秘地说，让我见一个人。

进门后，我看见大哥家的床上坐着一个陌生的男人，那人见我，微笑着不说话，好像很熟悉的样子。嫂子和大哥神秘地说："你认识他不？"仿佛像调皮的孩子等待公布谜底一样。那人黑脸，壮实，眼睛细长，眯着，仿佛一尊雕像。我打量了半天还是觉得陌生。大哥对我的表现很是失望，着急地说："他么，你能不认识了？！吉日格朗，老在我们家蹭饭的吉日格朗！"

那人微笑着揶揄我："兄弟当官了，眼高了哇。"他说话的语调立刻接通了我的记忆。

是的，他就是吉日格朗。我们整整有25年没有见过面了。我握着吉日格朗的手，他的眼睛里已经浸润着泪水，努力克制自己，嘴角微微抽搐着，自言自语道："老了老了，板定都长成老头了。"静下来看，他除了声音依然是我记忆里的吉日格朗外，其他的都被岁月风化得没有一点影子了，他的帅气，他的潇洒，他在我心里的那种飘逸都被岁月带走了，我眼前的这个人完全是牧区的一个不起眼的牧人。

吉日格朗是我大哥的铁把子兄弟，草原上十分出色的驯马手，任何野蛮的马在他的调教下不出三天都温顺得像羔羊一样。他和大哥都是每年那达慕上引人注目的人物，大哥的博克、他的骑马简直是我童年里的英雄崇拜，我现在还记得他比赛之后，嘴角的坏笑和满不在乎。他黑红的脸棱角分明，我喜欢他骑在马背上嘴里叼着一根野草，眯着眼睛望着远处的样子，喜欢他宠辱不惊的大将风度，像风一样飘过马背的样子……在我的记忆里他和大哥是形影不离，以至于觉得他就是我们家兄弟姊妹中的一员，看露天电影，兄弟几个分瓜子的时候，都要留给他一份。我童年的记忆里，总会有他的影子，我上学打架，被人欺负，吉日格朗听说会骑着马赶来为我报仇，他比大哥还要无条件地纵容我。在他的眼里，我的顽劣和捣蛋最具有和他一样的潜质，他会坏坏地扶我上马，在我毫无防备的情况下，突然打马惊飞，幸灾乐祸地望着我。可事实上我从来没有让他得逞看到我的笑话，我听他在背后评价我：这小子有出息呀，要么是英雄，要么是土匪。

吉日格朗是个可怜的人，很小的时候母亲就去世，兄弟几个分别借住在亲戚家里，只有他一个人独守着自己的草场，像一个离群的狼崽。在我的记忆里当时他20多岁的样子，生活自由散淡，到处流浪。在草原上住一段时间就消失了，回来了就住在我家，给我讲外面的事情。他教我骑马，半夜里偷吃狗肉，被邻居发现后在草原上落荒而逃。他会数月后回到草原，倚在我家门框上，斜眼看着我，询问我又有什么新的本事，询问我最近发生什么事情等等，他也会在你毫无想法的时候从怀里掏出一个苹果或者几块糖来诱惑我帮他给某个女人传递话语等等。

懵懵懂懂记得他给大哥讲喜欢一个女人，却不能拥有。那时候，他玩世不恭的样子分明有一种惆怅。他发誓要离开草原，说"让你们都想我去吧"，等等，

我去体校的时候，他送我过的黄河，分别的时候，从来没见他这么认真地给我安顿：谁要是欺负我，他就立刻让他们上西天，去了告诉他们，你是吉日格朗的嘟嘟（弟弟）。好像我上体校的地方是他家的草场

一样。我都觉得失笑。后来，我中途回来，见过他几次，也听到他的消息。那时候大哥已经成家，他依然像野狗一样流浪，大哥说，吉日格朗就是像草原上的风，来无踪去无影。一会儿听到在银川的赌场上做保镖了，一会儿听说在后山贩卖羊绒了，一会儿听说打架被警察拘留了，一会儿听说领着一个女人去蒙古了。

大约在我15岁的时候，有一年回到牧区，和大哥讲起吉日格朗的时候，大哥说，吉日格朗成家了，在遥远的草原做了倒插门女婿，回来把草场都卖掉了，可能永远不会回来了。果然之后，我们都没有他的任何消息。吉日格朗也成了我记忆里的一个影子，随着岁月慢慢遗失在风里，不曾再想起。

谁知道今年却意外地见到了他。后来我们喝了一点酒，讲过去，讲那些青春的日子，讲他的生活，他说，有一个儿子，已经上班，他和老婆也移民到了城市，生活也算富裕。谁知道年老了，却夜夜梦见老家，梦见熟悉的人，梦见大哥……说着说着眼里又是一阵湿润。

可是回来后发现，老家的样子已经没有一点过去的影子了，说着说着就开始哽咽了。

大哥眼软，跟着流泪。

大哥说："过几年我们也移民了，这里"，大哥指着窗外："这里都被开发种地了……"

听着他们说，心里一阵酸涩。不禁想想自己，再过多少年，我也就是现在的吉日格朗，永远回不到自己的故乡。

我们都老了，被岁月打垮击败，然后散落在天涯……

吉日格朗，我年少时的榜样。如今已经成了一片想回家的落叶。这就是人生。

有些人身上存着你的童年，一碰就一串串的故事。

三姐

三姐的命运和我基本一样,事实上也是,三姐和之后出生的孩子或者扔掉或者送人。

三姐出生的时候,家里已经像漏风的口袋,已经不能管住饥饿这个饿狼。多一张嘴就等于多一条饿狼。三姐出生后先是被送给另一片草原上一对成家多年没有小孩的中年夫妇,据说,三姐去了三个月,那家牧人居然怀上自己的孩子,于是三姐像物品一样被退了回来。之后,三姐被一位年老的额吉看上,愿意用一只羊换三姐做他家的女儿。听额吉说,三姐被送走的那一刻,突然对远处斜眼看她的祖父灿烂地笑了,这一笑,笑软了祖父的心,笑软了额吉的心,祖父用蒙语肮脏地骂父母无能,这可能激起了父亲男人的尊严,三姐就被留在了这个家庭。这不知道是三姐的幸运还是不幸,之后,三姐在出嫁之前一直过着贫穷的生活。

不过,在所有的孙辈中间,祖父只疼爱三姐一人。最见不得就是我。我八九岁第一次见到祖父的时候,对这个老人没有任何好感。印象中祖父个子高大、黑脸、面无表情,眼睛里有一种寒冷的光芒。我和他相处大概两年左右,基本没有过任何的交流,后来索性只要我踏进他的房门半步,他就会厉声呵斥我出去。我也不是什么省油的灯,虽然不敢进去,但我站在门外挑衅般地大声说话,对着他的门唾他,用眼睛的余光瞅他。那时候，他行动已经不大利索，显然对我做的一切都看在眼里，我亲耳听见他对三姐说，让离我远点，那不是吃咱们家饭长大的云云。爷爷在世的时候，三姐能吃上别人送给祖父的奶酪和饼干。那时候，三姐就像公主一样，分给我一些饼干或奶酪，而自己站在远处，小口小口地吃。

　　除此之外，小时候的记忆里，三姐永远穿着二姐二哥他们换下来的衣服，像戏袍一样，远远地看，就觉得衣服自己在动。头发黄黄的，见到人多，就羞涩地望着自己的脚尖。她永远不会为自己争取什么，仿佛这个世界她对谁都欠着人情。大哥大姐已经成家另立门户，在童年的印象里，二哥二姐是两个冤家，三分钟就能打一架，三姐偷偷地告诉我："他们经常打架，你不要参与，没事。而且匪夷所思的是，二哥二姐无论打架或者嚎啕大哭成什么状态，都不会影响父母干活或者睡觉，等我有了孩子才想起母亲的淡定，有一次和母亲谈起这事，母亲说："驴圈里能踢死驴了？"生活的智慧永远比天空辽远。

　　事实上驴圈里真的踢不死驴，家里兄弟姊妹几个，谁有了困难都会揪着其他人的心。三姐上了三年级就退学了，三姐自己说不爱学习，但我知道原因，一是三姐脸上有雀斑，二是三姐没有鞋穿，趿拉着哥哥姐姐大几号的旧鞋子，同学们背后叫她"榻榻米"或者"苍蝇厕所"。三姐委屈地流过很多泪。后来三姐就不想念书了，走不在人群里。姑娘大了，总还是有一些尊严，不像我们男孩子，赤脚也没有什么不妥。

　　三姐不念书就开始放羊、挖甘草、拉盐……像男人一样干活，三姐不像二姐那样喜欢幻想和浪漫，有什么想法总喜欢与别人说，敢与命运抗争。三姐永远沉默，顺从，从来没有听过她有什么抱怨或者少女的梦幻。三姐十六七岁的时候，二哥成家，二姐远嫁他乡，父亲病倒，全家全指望着母亲和三姐两个人支撑。即使这样，三姐也不会和别人讲她的忧伤和压力。以至于很长时间，我忽略了三姐的存在，我可能担心二姐的婚姻，担心二哥的任性，担心父母的身体，甚至担心大哥的善良和大姐的子女的上学等等，却往往忽略了三姐。三姐是这个家里的支撑，一个永远付出永远不会倾诉的人。

三姐十九岁就出嫁了，三姐的婚礼我没有参加，那时候我在外地上学，等我回来的时候，三姐已经有了女儿。

对三姐深刻的了解是我成家以后。当时我在一个小镇工作，在我的劝说下，三姐来到小镇，一边为我照看儿子，一边养着一头奶牛。那时候，才有更多时间和机会了解三姐，才知道三姐也曾有过无边无际的无助和孤单，有过所有少女时代的美丽幻想。她说最向往我自由的远行，还说有一天一起去旅行看大海，等等。

三姐胆小，什么事情都会谦让，她永远活在一种卑微中。养奶牛的时候，配种站的一个女人敷衍三姐，骗了钱去就不管牛的死活。即使这样三姐也是喏喏地说："怎么会这样？怎么会这样？"我那时候年轻气盛，领着三姐去找那人，那人看见我气势汹汹地上门，把门反锁，躲在里面。我就站在院子里破口大骂，那人就屈服，不情愿地退了钱。三姐吓得一个劲拉我："回去哇，回去哇，不要钱了，还能挣了……"我听那女人给三姐说："你这个弟弟幸亏是男人，要是女人肯定是泼妇。"我们回去的路上，三姐学着我的样子，我才发现的确有点过分，很像泼妇，怎么能跳起来骂人。哈哈哈哈哈。

三姐给我看大了儿子，等我女儿出生后，三姐又开始给我看女儿，一度，我的女儿都分不清楚她是三姑还是妈妈。

三姐身体一直不好，去年把姐夫也游说到我这里来，不想让他们回牧区生活了，牧区条件艰苦，一年也没有多少收入。我想在城里给三姐弄一个干洗店，给姐夫找一份工作，就住在我的身边，有亲人在，不孤单。

三姐已经是我们全家的一员，现在你问我儿子你家几口人，儿子会习惯包括三姐一家。

　　生活中，我们往往很容易忽略那些沉默的亲人，那些永远包容你的亲人，我们习惯于满足申诉的人，习惯记住喊冤的人，习惯一些喧嚣的情感，好奇于陌生，热衷于远方。其实谁能明白最在乎的人，一直爱你的人就在身边，从未走远。

巴雅尔

我比侄子巴雅尔大十三四岁,我见证了他的成长。

大哥大嫂身材魁梧,侄子刚出生时却小得惊人,他的小不是体积和重量,是把所有小和细的东西集合在一起的小。薄嘴,像不小心掉在白衣服上的一个油点子;眼睛极细,像两片沙柳叶子,加上柳条一样的脸,手和腿极细极长,组合在一起,我一看就想笑,极具喜感。额吉一个劲地说:"长开呀,长开呀,没事。你大哥出生的时候也是这样。"

巴雅尔长到二三岁的时候,除了身高外未见母亲的预言实现,倒是那个调皮却是出了名的。譬如开口说话的第一句就是一句:套你妈。父亲早起看见他的沙枣树上扎着几棵刚生长起来的玉米苗子,问他,倒是满口承认:"是了,我看看你玉米长得再快能快过沙枣不?"全家哑然。

侄子刚学会走路,还不会说话的时候就会打口哨,当时我们就惊为天人。有一天傍晚,父亲回来说,不对,今天早上有人偷瓜,听见瓜地里有人打口哨,父亲几次三番出去侦察,也没发现任何踪迹,刚回又听见口哨,再去,还是没有发现。弄得父亲很是恼火。我去,看见侄子一个人在瓜地旁边的麦苗里玩,边玩边像个大人一样吹着口哨,我告诉家人谁也不信,侄子就得意地吹着口哨,眯着眼睛,像个资深的牧民。那时候父亲见人就夸侄子是天才,有大出息呀。

侄子七岁就能开车、骑马,我一直想侄子要是生在古代,肯定骁勇善战，是一个戎马英雄。可惜现代社会，到了上学年龄必须上学，上学是侄子的天敌，笨到三年级也数不上十个数字，更匪夷所思的是居然叫不上教他三年的老师姓什么。

有一年假期，我从体校回来，算是全家最高学历的人，大哥求我教他的儿子，侄子以放马去了的名义一直赖着不回来，大嫂生气，拿柳条教训侄子，侄子一头栽倒，昏厥过去，大嫂顿时慌了神，大声呼叫，摇晃之，侄子神定气爽，微眯眼，偷窥。被大嫂看出端倪，大气，找棍揍之，侄子如脱兔，逃。现在大嫂说起还十分气愤。侄子不爱学习，用尽办法，逃学、装死、装病，等等，总算念完初三就回家劳作，像逃出苦海一样。自己还神神叨叨地放了一串鞭炮。

后来侄子就以种地放牧为生。身边的亲人和他的同龄人都想办法来城市工作，或者说乡下苦痛，唯有侄子十分迷恋乡村，偶尔来城里办事，办完就回，说，城市太吵，做个农民多自由幸福。

上次回家，大哥说起侄子还是些许的不满，说不上进，年轻人怎么就老思想，好满足。我看侄子自己过得悠然自得，劝慰大哥，能养活自己及家人，过自己想要的生活有甚不好。年龄大了，我反倒觉得侄子活得自我、真实，没什么不好。

大哥喏喏地说："初中生，连个字都不认识，和我去城里，问他，那写的甚？"侄子很肯定地指着三个大字说："农技站。"大哥开口就骂，扫盲班的大哥也认得，那是"影剧院"三个字。侄子反驳道："影剧院门前修汽车了？！"

侄子现在身高180厘米，魁梧，果真应了母亲的话，长开了。一身的力气，上次，我队友的女朋友见了说："你侄子长得像韩国男人，帅极了。"

侄子十九岁成家，现在孩子都上小学了。媳妇是自己找的。

有时候，自由是幸福的孩子，只要自己感到自在其实就找到了幸福的根源。

家在额吉的身上

古人说得对，每个人都是老一遍小一遍。父亲今年77岁，开始像个小孩一样。

前天父亲给三姐打电话说："你们都是白眼狼，我感冒了，也不回来看看。"三姐说："我们刚回来才几天。"父亲就不讲理地说："那你不允许我生病了？！"随后父亲就给我打电话说："你三姐不是个东西，不让我生病。"其实他们打电话的时候，我就在旁边，纯粹是辩论会上的偷换概念。我诈唬父亲说："这几天单位减人了，谁请假多，就开除工作。"父亲就马上说："我没有病，骗你们的了，瓜熟了，再不回来吃，就坏了。"听父亲说，一阵心酸。可怜天下父母心。

现在三姐是父亲的倾诉热线，每天一个电话。问题涉及奥运会、蒙古人、草场，甚至还会问我们看不看星光大道？老毕有意思了。

前几天，跟前住的大姐自己的儿媳妇生孩子了，去城里伺候去了，这当然是大事。今天早上父亲给三姐打电话说："你大姐，走了很长时间了，听说，孩子都生下了。我看应该回来了，我这里还生病了，她也不来看我。"好像很有怨言似的。三姐给我说："父亲老了，开始自私了，你发现没有？"

年老的父亲完全像换了一个人，话多、爱管事，甚至有点虚荣和矫情。

我们几个子女家发生任何一点事情，他都要参与，仿佛只有他出马才能把事情摆平。本来十分简单的事情，因为他的参与马上复杂起来，譬如教育孩子、家庭内部矛盾等等，现在我们姊妹几个对待父亲一般是尽量淡化，免得节外生枝。但越是这样他越觉得我们有事情瞒着他，上次回家听母亲说，父亲指挥她去打探大姐家发生了什么事情，怎么可以没有他的参与就把事情解决了呢？！

　　父亲是党员，而且党性极强。年轻的时候，据说大队部有一句话："你是我们嘎查的人才，全嘎查人都离不开你。"这显然是一句高帽，但父亲居然把去城里工作的机会都拒绝了。之后，我也没发现他为嘎查做出什么壮举，倒是我每次回去他都发牢骚："现在的人都是坏人，怎么可以不开党员会呢，快20年没参加党组织的活动了。"今年初，父亲突然深夜给我来电话，说：今天开党员会邀请他了，并且给予他高度的评价，说他做出一个老党员的风范云云……完了给我说，没给你们丢人，这一生也算完满了……

　　父亲是个善良的人，也是个懦弱的人。用大爸的话说就是：你父亲一辈子委屈自己。我们弟兄几个没有一个人随他，都是非常直爽的人，从来不想委屈自己。我们每次做出在他看来出格的事情，他总会感慨："现在的年轻人，甚也不怕！"当然，家里发生什么难处理的事情，父亲就会怂恿我的姐姐让我出面，理由是：那小子，甚也敢说敢做了。

　　父亲老了，琐碎，细致，每次回去，张罗我们吃什么的开始是父亲了，父亲喜欢一大家子坐在一起讲外面的故事和经历，那时候父亲从来不插嘴，像个很乖的孩子。父亲害怕孤独，现在站在树下也会一个人念念有词，给每棵树讲故事。

　　有父亲的牵挂你觉得你还有资本任性、像孩子一样不讲理，可是现在父亲像个孩子，我们就大了。

　　母亲现在喜欢安静，沉默。母亲说，年轻的时候为你们操碎了心，终于可以安静地发一会儿呆，多好的时候呀。

人生真是一个奇怪的事情，每个人要把每一种情绪都体验了，经历了，方才圆满。

即使这样，母亲在的地方就是家，这是本能。每次回去，不管家里有多少人在，只要母亲不在，我们就转身出来，呼唤："额吉，额吉，你在哪里……"

父亲为这很有意见，但这是事实。由此，想到我自己，一定要死在老婆前面，不然我年老的时候，也是如父亲一样，我那两个孩子会有多少话跟我讲起？

这是所有做父亲的悲哀，家永远跟着额吉。

等待

那年，深冬。

我开车从腾格里沙漠到乌兰草原办事，半道天就黑了下来，风雪像羊毛一样纷飞。油表显示要再赶100公里的路程有点冒险，后来决定找一户牧民家先住下来，再作打算。

但是，我在牧区生活多年的经验告诉我，在这茫茫的戈壁滩上，找一户人家并非易事。后来在偏离主干道大约20里地的地方终于看见了灯火，户主是一个上了年纪的老额吉，对我的到来很是戒备，寒暄半天答应让住在她的毡包里。那时候，我正做毛衫生意，从车上取了两件衣服送她，额吉的戒备有点松懈，给我端上了奶茶，和我讲草原上的琐碎的事情，讲起羊群和马，讲风雪和雨露。这些都是我熟悉的生活，老额吉显然引起了共鸣，就这样海海漫漫地讲。老额吉可能有一阵子没有见到人了，老额吉说，在草原上，能和人这样酣畅地说话真是快乐的事情。她说离她最近的一户人家也有15里地，原来儿女没成家之前一大家子比较热闹，现在儿女都去外地，有两个考上大学留在城里了，一个在镇上，一个前几年死了。就剩下她一个人，本来打算冬天她也搬到镇子里生活，但是羊群无人照顾，就不能离开人，原来小儿子隔三差五回来看她的，年初脑梗行动不便，来得少了。每天她唯一的等待就是儿女们的电话。

说起电话，突然想起什么，她神色慌张地站在角落里打起电话，仿佛对方在和她说得十分投入，叮嘱她吃好穿好等等。挂了电话后，老额吉的脸上荡漾出幸福的神情，老额吉给我解释道：在牧区信号不好，就这一块有了，得逮信号了，儿子的，这些孩子每天几个电话，烦！显然这个烦是炫耀一般的口气。我都被感染了，夸老额吉的儿女们孝顺，老额吉更高兴了，给我弄了一些吃的。我们一直聊到很晚。那晚睡得真香。

早上醒来，雪停了，阳光暖暖地照进来，额吉早已经起床，在羊圈里忙乎，我赶忙起床表示我的殷勤，让一个老人家忙乎，对于一个陌生晚辈的投宿者，这是不礼貌的事情。我的手机没电，想确定一下时间，突然看到老额吉窗口吊着的手机，一看，非常惊讶，原来昨天晚上额吉打电话用的是一个玩具手机。

我没有揭穿老额吉的谎言。通过一晚的聊天，显然额吉对我非常信任了，早点非常丰富，还弄了一些奶酒，执意让我喝上一杯，说天冷，路上暖心。

老额吉的热情让我十分感动，我说等明年天气暖和了，我来看她，喝马奶酒，还要带着朋友看马兰花。到时候，邀请你的儿女们一起来聚一聚……我这话刚说完，额吉的眼里涌出了泪水，我被这突然的变动弄得不知所措，不知道是哪一句碰到了老人家的苦痛。老额吉先是努力克制自己不让泪水掉下来，后来索性放开来出声哭了起来。我不知哪句说错了，惊愕着，过了很久，她叹了口气，沉默了一会说："我昨晚说给儿女打电话是骗你的。"我抬头看了看那个玩具手机，明白了些什么。

她说："我的前夫在我成家一年后死了，没有孩子，我后来改嫁过来，我这个丈夫也是死了老婆的，有几个孩子，我过来一直没有福气拥有自己的孩子。年轻的时候，想着等这个丈夫的孩子大点抱养一个孩子。谁知道，老汉在七年前脑梗死了，这些孩子们都成家走了，头几年还来看我，慢慢地就只有过年的时候过来看我，终究不是一个锅里的，总还是有些生分……"

她说："寂寞的时候，难过的时候，我多么希望有人能来，和我说说话，我身子硬朗着呢，过几年不行了，我早想好了，就去养老院。上次那达慕上，看见这个东西。"老额吉指了指手机："多好的东西，能说话了，这个比和羊群说话好多了……"

老额吉说一阵哭一阵。我也莫名地心酸。一个女人的一生就这样落寞地孤单地留在草原，人的一生原来这样的卑微，说话成了一件幸福的事情。

我答应天暖了再去看老额吉。第二年秋天，又一次路过这里，想起那个孤单的老人，我又专程去了一趟。那时候，我还没有成家，自由散漫，像野狗一样喜欢四处溜达。

很可惜没有见到她，门窗已经用土砖挡上，院子里的荒草已经长过窗台，看样子已经很久没有人住了。

印象很深刻，透过门窗的缝隙，我努力向里看，屋里什么东西都没有了，干干净净的。无意中我看见，窗口，那个玩具手机还吊在那里，已经风化得有点变形。

有那么一段时间，我总能想起临走时老人家的哭泣，很长一段时间，很害怕老去，我想一个人丢在这荒野，是一种多么卑微的事情，我们活着不知道来的方向，也无从把握去的方向，有时候人生就像等待中的一场风雪夜，然后被远远地抛在陌生的他乡……

前几天，听到一个组合的歌，叫《三年又三天》：

我等哥哥整三年

心都不曾变

哥哥你是否还挂念

妹在山里面

你说等你就三年
不会多一天

我又多等你三天
就像过三年……

仿佛是一首爱情歌曲，可是我总沉浸在这样的旋律里忧伤，这里分明没有爱情，那个年老的额吉的身影一次次浮现出来，我仿佛看到一场旷世的等待，有时候无望的等待真的很卑微，只是想找一个人说说悲喜而已。

有时候在这样的旋律里，我仿佛看见辽阔的草原上有一只不停飞翔的鹰，飞过山冈和湖泊。它带着一颗寂寞的心，看着夏季的草原开不败的花朵……

我家有儿初长成

眼看着别人家的小孩一过12岁，青春期如期而至，除了声音开始粗犷起来之外，我儿子身边的几个同学已经关注起自己的形象，头发梳得锃亮，衣服是一天一换，走路的时候都看着自己的影子，见了小女生路过，恨不得把自己弄成施瓦辛格，变化之大让人惊诧。但可怕的是我儿子却毫无动静，照样可以三天不洗脸，五天不洗脚，没人督促一个月也不会刷牙，每天最大的兴趣就是看那些呲牙八怪的动画片，偶尔居然还毫无羞涩地从这个房间裸奔进那个卧室。我和他妈妈盼望着他的青春期盼得心急万分。

前一个月，我下班回家，我老婆神秘地示意我瞧瞧洗漱间，原来我儿子一个人站在镜子前，正在纠结自己不安分的头发，究竟是梳成三七分，还是四六分。我的天呀，看着这一幕，我和老婆不约而同地惊呼道："这不就是传说中的青春期来了？"果然，儿子之后的表现更让我们确信无疑。过去，只要醒着便一刻也不能消停的儿子开始在独处的时候做沉思状，过去完全由他妈妈代劳购买的衣服，现在人家自己到服装店里选购，那天一眼就看中了一双比周杰伦扮相还夸张的金黄色的运动鞋，态度异常坚决，非买不可；更可怕的是，看电视的喜好直接从动画片时代过渡到"还珠格格"时代，每天看得不亦乐乎。用他姐姐的话说，少布有着无比纯情的少女情怀。

最近一个月，我们每天在电视剧《还珠格格》的熏陶中度过，每天听着琼瑶式的讲话，我的更年期也快让催生出来了。怎么就不能好好地讲一句人话？苍天呀。

我家有儿初长成，现在我儿子都不屑于和我们这些俗人讲话，出口就是成语，闭口就是典故，弄得我们一愣一愣的。那天评论电视里的一个"女猪脚"，居然说："长得这么变态还好意思演戏了。"这是什么逻辑！

我女儿才不管这些，每天一看到电视就抗议："懒羊羊。"懒羊羊和还珠格格是我们家的主旋律。

最近，我和他妈妈商量了，一车把这两个东西送回牧区。电视真是个害人的东西，在一个人的童年和少年时期如果只有懒羊羊和还珠格格，其实是一种悲哀和不幸，让牧区的广阔天地陪伴他们的青春期是幸福的事情。自然会告诉他们生理的法则，牛羊和草木会让他们懂得善良和淳朴，无边无际的沙海让他们知道什么是辽阔和辽远，心胸里有了草原，就能长成一个威武的汉子。

父亲说："送回来哇，你们就是这样长大的。"像男人一样去生存，这是儿子青春期必须补习的一课。

成长的烦恼

儿子平日里不喜欢学习,没有规矩,叛逆,随心所欲等种种劣迹,已经成为我最难以启齿的话题,我有时候会在他出现那些表现之后感到无助和束手无策。冷静的时候反观儿子的这些表现,想想小时候的自己何尝不是如此?!我那时候的调皮和恶作剧几乎到了路人皆恶的地步。直到有一天,邻居大叔当着我的面发誓道:你要是能成了精,也是蛇鼠子。那种鄙视第一次让我有了尊严,这也是我警醒的开始。命运如此的巧合,我的儿子现在居然就是人人喊打的老鼠。可他居然无动于衷。无语。

儿子的这种蔫坏,更让人无法捉摸他的心理活动,更让人茫然。

一路同行,几个小孩在一起更是出现惊人的对比,我儿子的行为让我们做父母的汗颜。那天喝酒,半夜回来,朋友出于好心,说起我的儿子,几乎没有说出一句好听的话。老实说,听到别人对儿子这样的评价,心情灰暗到了极点,仿佛自己犯下了罪过一样,我不停地点头赔不是,那种心酸让人灰心。第二天早早起来,看着儿子没心没肺的样子,我都不知道如何去说他,下雨,开着车,我试图这样轻松地和儿子谈谈成长,后来我就莫名地悲伤地流下了眼泪。儿子可能第一次看到我这个样子,脸上满是惊愕的表情,后来我们就沉默。我从来不是把自己的梦想强加在儿子身上的人,但我希望他做个善良的人,独立的人，有尊严的人。

同行回家的最后一晚聚会，我一个哥们无意又谈起一起出行的几个孩子，满嘴里都是表扬，轮到我儿子的时候，我哥们可能处于对我们作为父母的体谅，想找一个词语夸奖夸奖我的儿子，终究没有找到一个合适的：啊，哈，这孩子，也就那样吧……没有做过父母的可能没有这种感受吧，那样的情景，让我仿佛回到童年邻居的那次打击，我蔫不拉叽地看着他们喝酒，我知道这个世界上除了父母谁也没有义务和责任照顾你的心情，我要埋怨就埋怨我儿子的不懂事，但过错一定在父母这里，是我们没有教给他善良，没有让他懂得成熟。除此之外，我还能做什么？整整一晚，我迷迷糊糊地半睡半醒，早上起来发现，老婆其实也没有怎么睡觉，看得出来，这句话对她的打击远远超出我的想象，红着眼睛。我怕伤害儿子的自尊，让他过一个完整的童年简单的童年是我们的责任。老婆悄悄嘀咕她的感受，我斜眼瞟了儿子一眼，儿子居然也在看我们，儿子眼里噙满了泪水，儿子故意装出无所谓的样子，头上扬着。出来以后，就我和儿子的时候，儿子说，爸爸，叔叔说的话我全听到了，爸爸不要失望，我正在长大，会好起来的……

儿子说那话的时候，我像孩子一样流出了眼泪，儿子的内心其实原来如此的明朗，他懂得只是他不说，他一再让我别告诉妈妈。这是我和儿子的秘密。儿子今天回草原了，一再安顿我，不能喝酒了，身体不行云云。我心里充满了阳光。有一段路，儿子我陪着你同行，生活里只有自己活得优秀才能赢得尊严。

我没有其他期望，只希望你有尊严地活着，善良地活着，宽厚地活着……

家有儿女

儿子好像一夜之间就窜到1米6了,这段时间回家里来也变得深沉多了,过去和他妹妹进门就打闹成一团,现在也变得有点矜持了,还动不动拿个小架子,偶尔鄙视般地评论说:"我妹妹慕容真是幼稚了!"

显然她哥哥的这些变化,我女儿是浑然不觉,进门就像个狗皮膏药粘上去了,冷不丁就碰了一鼻子灰。女儿也不是什么省油的灯,为了引起她哥哥的重视,想出了无数的招:在她哥哥看电视看在兴头上时,突然扑上去把电视关了,学着她妈妈的口气,十分权威地说:"睡觉!"要不就是恶狠狠地指着任何一本书说:"写字!"这样做的后果是直接引起两个人的强烈反应,一是她妈妈像祥林嫂一样想起儿子那点成绩,果断地站在女儿这边;二是儿子想尽一切办法,对他妹妹打击报复。

今天中午,我正躺下午休,儿子打开窗户和楼下的同学搭讪。这些场景是我女儿最仰慕的事情,着急得像毛猴子一样上蹿下跳要和楼下的哥哥搭话。后来看到无人理会,就耍泼般地放声大哭。负责照看她的姑姑十分了解这个小侄女的软肋在哪,直接抱到洗漱间,对着镜子说:"看看,哭得好看不?"果然我女儿立刻停住哭声,说了三个字:"不好看!"

女儿爱水,只要与水为伍,就能不厌其烦地玩儿出很多花样,一天到晚找出无数的理由要和水接近。譬如手手脏了,就知道会带她去洗漱间洗手。那天,我洗脸,她站在我的身边,十分羡慕地仰望着我,并模仿我双手不停地往脸上扑水的样子,以便引起我的注意。我故意漠视她的存在。后来女儿就大声说出两个字,我一时没有听清楚,几次之后才明白她的意思,那两个字居然是:美呀!我问她谁美呀?这时候女儿已经因为我不能明白她的意思而恼羞成怒,十分气愤地喊出两个字:"容容!"随后,自己找了一把小椅子,十分麻利地爬上去,熟练地打开水龙头,果断地把头伸了进去,然后仿佛是中奖了一般发出一串快乐的笑声。这种快乐像山上飞泻下来的泉水一样,清冽而醇美。原来快乐对于一个孩子来说,就是在水龙头的旁边,羡慕嫉妒爱。这是我们成人永远不能企及的高度。

女儿爱模仿。那天我接了一个电话,女儿一直站在我身旁看着,随后拿起我的电话,一手伸在裤兜,一手把手机放在耳朵旁,头上扬45度,仿佛出口在谈一桩上千万的生意,十分夸张地嘴里重复着几个音节:昂昂昂,哼哼哼,好的好的,白白……那动作和神态滑稽极了。之后有一段时间,只要有人提起我来,她就这样学一遍给人看,令人忍俊不禁。女儿是我的一面镜子,从她身上能发现自己的滑稽。

我儿子现在越发深沉了,出口闭口就是关于车和枪的问题,几番和我探讨以后,便很不屑和我谈这些东西了。自从年前开始抛弃动画片而迷恋上《还珠格格》以后,说话那是一套一套的,那天居然说,长大了我就找一个小燕子。他妈妈驳斥道,你就脑子不满,再找一个半吊子,我们活不活了?

那天我看见儿子的脖颈上有一道伤痕,几次盘问才知道是被同桌女生给抓了。我就骂他:"真是个怂包,能让女人欺负了。你老子我小时候哇,一个人和五个女人打架都没输过,你看看你!"我儿子十分不屑地说:"和女人有什么好斗的?"一句话把我顶三个跟头。怪不得那天开家长会,身边的几个女家长和我聊天:你儿子性格才好了,不像谁谁谁，我女女动一动就把我女女打得鼻青眼肿。现在才明白，原来是我儿子心胸宽广，不屑与女孩子斗。

家有一对儿女，见证他们的成长是一种幸福，也是一种学习，我们成年人往往在成长的过程中丢了简单和直接。看着他们成长，我在寻找丢了的自己。

总是你的模样

女儿开口说第一句话以后,语言便像山泉一样喷涌而来,无论多么繁杂的事情,在女儿这里只用两三个字就能准确精辟地概括出来,譬如,在广场上看见自己心爱的玩具,会用小手指着,十分坚定地说:"我的!"回牧区几天会给我们打回电话来,只一个字:"想!"假若我们猜测地问,是想爸爸了?女儿会不由分说地又两个字:"回来!"当然女儿也会因为我听懂了她的意思而手之舞之足之蹈之。

女儿现在有两大特征,一是说话干净简练,二是认人准确深刻。那天,她两个月没来的姥姥一进门,女儿就抿着嘴喊道:"鸟鸟(姥姥)。"众人惊愕,而我那已经进入青春期的儿子居然对他姥姥不闻不问,眼睛一刻也没有离开过电视机,对比之,一顿狂损。

我有一本席慕容的图册,里面有好几张席慕容父亲年轻时候的照片,很大的黑白照片,站在莱茵河畔,以前一直没有留意那些照片,总沉浸在席慕容的文字里。一天,女儿和我躺在床上有一搭没一搭地翻着书,突然,女儿指着其中一张照片惊讶地望着我说:"爸爸!"我没听懂女儿的意思,解释道:"这是席慕容的爸爸!"女儿显然因为我没有明白她的意思而不高兴了,把书翻到那页后坚定地说:"爸爸——你。"我这才留意席慕容父亲的这张照片,顿时十分惊讶。真的,仔细看,我和席慕容的父亲长得竟是惊人的相似。我年轻时也有一张站在夕阳里的照片，那时候头发浓密，居然姿势都一模一样。太神奇了！我大呼小叫地喊来家人看这张照片，家人大多数很冷静地说：写得清清楚楚的嘛，那是人家席慕容他爸嘛，还问！表情都是不屑和戏谑。

时隔数月，我回到牧区。闲暇之时，我从包里拿出有席慕容父亲的那本书躺在炕上看了起来，额吉问我看的是什么，我说是席慕容的书。额吉凑上前来，突然指着书里的那张照片叫着我的小名说："这是你什么时候照的？那时候头发多好啊。"那口气和表情居然和我女儿发现这张照片时候的表情一样坚决。我惊愕，我们果真长得如此相似吗？

后来我仔细看了那张照片，虽然有几分相似，但远远还没有达到神似的地步。这里除了都是蒙古人的缘故外，另外一个令这一老一小那么肯定地认定照片就是我的原因，大概一是因女儿小，父亲是他的保护神，在他的世界里可能父亲就是最厉害的，有照片的地方就一定有爸爸。因为有一次，她指着电视里从飞机上下来的胡锦涛说："爸爸——你。"二是因母亲最疼爱的孙女是我的女儿慕容，在我无意中说看的是席慕容的书时，在她的心中、眼里，慕容的爸爸当然就是她的儿子了。

心里装着一个人，即便只是亲人居住的地方，他都觉得那里的每一寸空气里一定有他刚刚呼出去的气息。爱一个人的心就像长了双飞翔的翅膀，到处是牵挂和思念。

无论有多远，无论离多久，亲人的心里，亲人的眼里，总是你的模样。

祝福

女儿每天一睁眼，就算旁边是个布娃娃也会送它一个灿烂的微笑，女儿是我们的天使。

前几天，女儿早上醒来无精打采、懒懒的样子，我一摸才发现女儿正在发烧，本来以为吃点药就会好的，哪想到快一个星期了还不见好。于是立即赶去医院，经查是肺炎。这么小的一点点人儿哪能经受住这么疼的摧残？我整个人都慌了。医生说，必须采集血样。我原来以为只是在耳朵上轻轻采点便可，哪想要用那么粗的针头采一管子血，更要命的是，我小小的女儿血管有多么的细啊。那几个医生如屠夫般地将女儿按着，小小的她一点也动不了。女儿无助地用眼神在人群里寻找她的亲人，那眼神让我难忘，让我如此痛心。作为她的父亲——我女儿的保护神，我却无能为力，这是怎样的心痛！

这群庸医，居然在每人扎了一次的情况下，仍然没有找到她的血管，她的头上、脚上到处是针眼，仍然被死死地按在那里，其中一个女医生嘴里还骂骂咧咧地说："这么点孩子最难弄，已经会有反抗了，你们给我用劲按住。"看着新一轮的屠夫又上来，我老婆心疼地哭了起来，我那火气腾腾地窜了上来，张口骂道："球也做不成，会抽血不？这哪是看病，是拿我女儿来练手艺了哇？王八蛋们。"显然，被我如此一骂，这帮屠夫终于停下手来，面面相觑。后来有人说，请师傅来抽哇。

后来，终于走来一位年长的女医生，她面容慈祥、态度温婉，摸摸女儿的脸，又逗了逗，还没等我们反应过来，她只轻轻说了一声，好了。我们终于放下了悬了很久的心。老婆流着眼泪感激地拉住她的手不放。

当时着急发火没计后果，第二天就发觉不对劲了，让我骂过的那几个，看见我就拉着个脸子，像强奸了她一样深仇大恨的。老婆怕因为我的不是影响了女儿的医治，告诫我让我少去医院，我只能像潜伏似的，鬼眉溜眼地进来，低眉顺眼地出去，主要任务也只能是跑个腿，回家取衣服、买饭、接送老婆……还好，这几天儿子所在的学校组织去外地野营，儿子不回家，也就少了个担心的，全家人都把精力放在女儿的身上。

晚上回家才发现儿子走了一天，也没来电话。心里想，这个白眼狼从来就不知道我们在担心他，只有需要我们的时候才打电话给我们。晚上九点多，儿子的老师来电话了，着实吓我一跳，后来才知道是因为儿子的手机找不到了，竟哭着讹上老师了，说他的手机2000多元钱买的，让老师给他赔手机。老师动员同学到处去找却一无所获，我听完老师讲的情况后，只能给老师一遍又一遍道歉。

第二天早上，儿子打来电话说，手机找到了，原来还在书包里。这小子，和我一样迷糊，只有他才能做出这些事情。

可怜天下父母心，儿女的痛就是我们的痛。

今天来看女儿，她的小眼睛又有了光泽，毫无遮拦地盯着同病房的人看，看谁嘴动，她就伸出小手，做出要吃的动作。唉，自己再好吃的东西，总觉得不如人家的，为此，她分别吃了人家的西瓜、面包、稀饭……

这几天，像陀螺一样地转，竟然忘了烦恼，忘了忧愁，女儿的身体逐渐恢复成了我们最大的安慰。生活中的酸甜苦辣就在这些细琐的过往之中。

少布成长小记

2004年成长中的儿子

儿子少布4岁,无论我以何等警觉的速度离开家门,儿子总能在他十分专注的玩耍中分出一些精力来戳穿我的动机,然后便飞一样地冲过来,粘住我,当然他是不管我干什么或去什么地方,只要跟着我,就拥有了一切幸福。否则,他便铆足劲,张大嘴,哭。不过,他的目的是十分清晰的,只要你稍一松口,他立刻泪都不擦能换一张笑脸。当儿子开始像尾巴一样跟着你的时候,做父亲的自豪便从心底里海海漫漫溢出——

这段时间儿子开始起早贪黑地抢时间跋着我的鞋一副大人状在院子里溜溜达达,或者学着他母亲的腔调喊着我的名字:"快,给你儿子擦屁股来。"但你哪怕一个漏洞百出的故事,他都能听得如痴如狂。

他还不知道如何从别人的眼神中读出鄙视和不屑来,他哪怕嘴角还残留着前一天吃过的鸡蛋,腿杆上因久不洗而形成黑渍,穿一条颜色褪得无以名之的短裤,照样能泰然处之地在陌生人面前蹈之舞之,这些他都不会感到不妥。

他还没有学会掩饰自己,真实而纯粹。有时心疼起自己来矫情而夸张。比如,偶尔的一声咳嗽,他会立刻跑到你的面前娇喘着安慰起自己："者者感冒了，该给者者吃点水果了。"有时你骑车带他上街，稍一快点，他会不厌其烦地提醒你："你把那车骑得慢点，小心把者者跌了。"当然，他也会发现生活中常常被我们所谓大人忽略的东西，那是一种阳光般的味道。

那天，一向爱吵闹的儿子突然安静地坐在窗前望着天空，神情诡异地笑着。我和他妈妈几乎是同时发现了儿子的异常，我慌忙摸摸儿子的额头，儿子十分不屑地瞅瞅我，然后自豪地用一只肥肥的有着小肉窝的小手，指着窗外："看，羊群，还有马。"我们顺着他手指的方向望去，却什么也没有发现。他的母亲几乎是惊慌地望着孩子的脸，儿子噘起小嘴很不高兴地说："看！天上。"那时，我突然发现，湛蓝的天空，一朵一朵飘着的白云，真的像奔腾的马、悠然的羊群。儿子的发现，让我莫名地感动，在我们成人的世界，因为所谓的奔波、所谓的忙碌，我们常常忽略了生活的本真，儿子却在发现，发现美、发现生活，我突然感觉发现是多么的奢侈，它需要真实、宁静和细腻。

儿子的歌声嘹亮，我有时想，说不定哪一天，我儿子可能就是第二个腾格尔，他喜欢篡改歌词，但他的歌声婉转而悠扬，像草原上悠扬的牧歌：

小燕子穿花衣
年年春天来这里
因为这里的小朋友最美丽
……

2007年不爱上学的儿子

儿子越来越像我了。除了不会骑马和打架外，他喜欢的玩具的类型和倔强的性格以及喜欢充当老大的样子都像，像极了。我当然像一个收获的农民,看着儿子一天天长大,心里像吃了蜜糖一样。这奇妙的基因,我的那个天呀,不可思议。哈哈。

我儿子不爱上学,这已经成了全家人头疼的大事了。今年儿子突然很踊跃地上学了,我们都纳闷。然而,正在我们窃喜的时候,儿子的事还是犯了——有那么几天,儿子放学回来,总是不经意地对我们说,明天老师让家长去一下。我表面上虽然很镇定地询问儿子去见老师的原因,但其实心里别提有多紧张了。儿子倒还算诚实,用一副很无所谓的语气对我们说:"就是上课时间吃东西、喝水,站队找不到方向那些事呀。"从他的表情看,见家长这么大的事情在他看来居然好像不是什么大事情,他照样能够在我们紧张的注视下,独自玩得笑出声来,全然不顾我们的感受。看着他那无所谓的表情,我的火气腾地就窜到头顶。她妈比我还沉不住气,终于有一天对着儿子发誓道:"这是最后一次去见老师,再有类似的事情,你自己处理。"

但就在我们去见过老师的第二天中午,儿子在吃饭的时候又说,今天老师又让找家长,不过通过他的反驳,把老师说得哑口无言。完了,儿子还自豪地说,不用你们去了,我自己处理了。儿子说话那气度,像一个凯旋的将军,让我平生出一些感慨,火气也没有了。儿子那种镇定自若的神态,且不管儿子是对是错,但这种男人的气概足已让我欣慰了。我在想,作为成年人,因为我们的患得患失,在遇到事情的时候也不一定能如此地从容和豁达。人生可能就是如此,往往就是"拿得起"和"放不下"。当然过后,我还是屁颠颠地去给老师道歉。结果,那天儿子所谓的反驳,老师当时根本没听懂他嘟囔什么。

前两天,我下班回家,儿子好像等我很久,站在卧室门口对我招了招手,示意我进来,走近了我才看见,儿子的脸上挂着泪水,很严肃地对我说:"你的女人打我了,你管不管?"他说这话的时候,眼睛不屑地瞟了一下在客厅里忙着的他的妈妈。我一下子明白他所说的"我的女人"就是指他妈妈。我看着他严肃的表情差点笑出声来，我也只好顺着儿子的意思说："那就看在是我的女人的份上，这次就这样吧，这是咱们男人之间的事，下不为例。"儿子看了看我诡秘地笑了。那时侯，儿子俨然是一个充满了雄性的男人形象。儿子天真而狡黠的表情，笨拙而敏捷的动作，简单而深沉的话语，深深地打动了我，触动了我已经麻木的神经，也不断校正我对世界的看法。

那天儿子上手工课，忘记带画纸，向同桌借居然被拒绝，儿子被老师罚蹲马步一节课。我听到这样的消息，心里多少还是有点不悦，等到第二周我早早给儿子准备好了画纸。哪知下午放学，儿子气喘吁吁地回来给我说："今天我可是给同桌做了好事了，同桌忘带画纸，差点被老师罚站，我送他画纸才逃过一难。"儿子说这话的时候，表情是幸福的样子，显然做这事他自己也感到幸福。

突然顿悟，简单，原本是我们生活的本真，这就是儿子的哲学。其实简单就是我们每个人找到幸福的隐形翅膀。感谢儿子，让我学会放下自己日益膨胀的虚伪，让我变得细腻、简单，学会快乐地生活。

2011年的儿子和女儿

儿子开始有了自己的想法和世界，有时候招朋引伴地回来，和小朋友们有说不完的话。可是轮到我和他妈妈，儿子却显得十分不屑。那天谈论变形金刚之类的故事时，一会儿英文，一会儿日语，弄得我一头雾水。我好奇地问他，他居然给小朋友们说：别给我爸爸解释，他早"奥特"（OUT）了。

现在儿子除了洗澡愿意跟着我出去，我和朋友聚会再也不会跟在我的身后，而且背着我偷偷看电视上网，只要听到我在楼梯里的脚步声，就赶紧关了电视电脑，假装一本正经地看书学习。

儿子开始不再崇拜我了,在他的世界,灰太狼也比我厉害。

好在我们已经发现这种苗头,心底里暗喜儿子正在长大,过几年开始挂一个小女女招摇过市又能如何?儿子正在长大,这是值得庆幸的事情。

好在女儿及时出现在我们的生活中。现在,我们的注意力全在我的女儿身上,女儿是一个可人儿,除了爱水,女儿有着一切女人爱美的天赋,比如拿上口红状的物体就要涂抹在嘴唇上,对着镜子抓自己的头发,这些做派和她妈妈每天上班前的动作如出一辙。臭美得很。

人人都说女儿是父母的贴身小棉袄,一点不假,比那个白眼狼儿子强多了。每天回家,远远就能听见女儿尖叫的声音,提醒她姑姑给我开门。女儿还不会说话,每天我上班,女儿早早就把鞋给我拿来,一下班除了叫嚷着开门外,知道我喜欢看电视,早早去找遥控器,或者故作娇羞状来告他哥哥的状。更主要的是一天到晚总缠着我,叫我阿爸的时候也是一脸的崇拜,不像我那没良心的儿子,总会在我兜里冷不丁掏出5元钱,便飞也似地跑得没了踪影。

行走康巴什

喜欢行走,喜欢一个人行走在大漠古道看落日余晖,喜欢去山村野渡听农人讲四季过往,喜欢去草原戈壁停顿在牧人的毡包享受片刻的安宁,有时候就是喜欢在路上的感觉,逃遁出尘世,剔去都市的浮华和匆忙,让心灵缓慢下来。所以很长时间莫名地抵触城市,抵触熟悉的地方,觉得行走不适于在城市和故乡,城市被拥挤和喧闹困顿了,甚至城市的高楼把阳光都挤丢了,挤走了四季的轮回。故乡容易让人习惯了遇见,习惯了麻木和懒惰。直到有一天我陪远方的哥们行走在新城康巴什的街道,我以前的行走观顷刻土崩瓦解,庆幸自己还没有世故和麻木,还能发现、还能感动、还能遇见美好。康巴什的大气和辽远,舒展和明艳都是其他城市不能比拟的,我这样笃定地认为。

我喜欢康巴什的阳光和云朵。以我的阅历还没有任何一个城市的阳光会如康巴什这般富足,富足到楼与楼之间的缝隙里都是满满盈盈的阳光。我朋友说,康巴什的阳光就是草原上的那种,满怀满眼的,眼镜片上也会有一束带着草香的阳光。行走在这样明艳的阳光里,会感到年轻,会莫名地憧憬远方,心胸会无比宽阔。阳光要是眷恋一座城市,还有比这更奢侈的明艳吗?看看那些所谓的大都市哪个不是通过建设反而把原本属于城市的阳光和清新统统赶到楼群的顶端。这样想想,有时候想,在康巴什其实不需要行走,就坐在蒙古象棋公园的石凳上,眯着眼晴你会发现云朵就在楼的拐角上挂着，目光能望到遥远的地方，生活在这座城市，体会春暖花开，体会冬雪飘落，仰视北雁南飞，天永远那么蓝，水也将城市环绕，清澈透明，是一件幸福的事情。

　　行走在康巴什，我喜欢康巴什的年轻。因为年轻，所以这个城市没有那么多的历史后遗症需要遵从，也就少了一些约束，多了几份青春的活力和舒展，宽阔的街道，个性鲜明的建筑，任何一个角度就是一处风景。市政府广场上的雕塑群，你能感到历史的厚实和现代的韵律，历史博物馆的沉静、国家大剧院的优雅、会展中心的恢弘、青铜广场的华美舒展无一不透露着一种霸气和活力，一种个性和飘逸。到处都弥漫着康巴什建设理念的人文情怀和精致细腻。整个城市置身在漠野和草原之中，建筑反而成了旷野的节点和雕塑，依地势而建，傍河川而立，行走在这里总能感到惊喜。认识一个城市，从行走于这个城市开始，一个路口、一团绿柳和红花、一幢民族特色的建筑，甚至一个木椅、一个路灯、一片绿荫都有着不同于异地的风韵和优雅，又浑然融为一体。在这座城市，除了阳光和云朵的富足，城市建筑风格的个性大气外，街道的宽阔和舒展也会给你留下深刻的印象，像一条织锦飘满的河流，到处是花香和色彩。行走在这里，你会忘记商业的喧嚣和新城的浮华，你能记住的是线条的流畅和色彩的明艳。这种自然的融合和搭配会让路过的风都感到自由，于是就没有了那么多的规矩和束缚，也少了很多的负重，行走不就是我们在寻找失去的简单吗？

　　那年，我一个南方的朋友要来鄂尔多斯游玩，发短信表明主要想去三个地方：典当一条街、鬼城、成吉思汗陵园。收到短信，不仅哑然失笑，在外界鄂尔多斯已经被妖魔化了，来鄂尔多斯看成陵无可厚非，但是所谓的鬼城就像聊斋里的阴森和鬼魅，冷不丁深夜有个白衣飘飘的女子唱着咿咿呀呀的小曲飘过街角。后来我带他去康巴什新城，一路上沉默，但是自从看到明艳的康巴什，看到充满幻想的建筑，走在康巴什街道他就没有停止过赞叹，用他的话说，这岂止是漂亮和华丽？我也是在他的一声声赞叹中重新认识了康巴什。是呀，城市拥有繁华和喧嚣不难，难的是在拥有这些以后还能挽留住阳光和宁静，挽留住舒展和清新，这也是康巴什不同于其他地方的独一份。

有朋自远方来，多年前，我总会不厌其烦地介绍去看看成吉思汗陵园，那是一片被圣主祝福过的土地，云朵里都有圣洁和吉祥。我喜欢带朋友去草皮滩，坐在蒙古包里，看玫瑰色的日暮一点点染红草地，那时候，你突然会觉得作为一个蒙古人、一个生长在鄂尔多斯人的荣耀，有时候历史会让你的内心充盈起来。后来，倘若朋友看罢成陵，还想更多地了解鄂尔多斯，我会首推新城康巴什。

康巴什是鄂尔多斯的政治中心，这里有听得见马蹄声过的广场，路边到处是盛开的海棠，母亲公园绿地上山雀嬉戏着野鸡，女儿说，这是她的，那也是她的，这一切的美好都是从女儿的眼睛里看出来的。我心想，这里的树就这样幸福地长着，占据着很大的空间，把草原上的百灵招来，把草原上的空气招来，把明艳的阳光留住，把草原上的风和宁静留住，是一件多么幸福的事情，年老的时候，兴许我们能看见很大的月亮就挂在树梢，多美的事情。

婚姻危机

这段时间不知道为什么，我身边几对要好的哥们儿居然都出现了婚姻危机。这样集中的、大面积的发作也实属意外。我给鉴定为：都是幸福得过头了，开始组团前赴后继地奔向贱人的队伍。

起先是我的死对头巴图，突然有一天深夜很幽怨地给我打电话，说他老婆正和他闹离婚。能听得出来心情沉重。我和巴图是离不开见不得的一对冤家，他出现这样的事情我很是担心，火速带上我那婚姻专家老婆开车奔赴百公里之外的巴图家。果然一片狼藉，他老婆见到我们，仿佛见到亲人一样，放声哭出来。慢慢才弄清楚事情的原委，原来巴图这段时间一直不得志，心情不好，和单位一个离婚女人彻夜互诉衷肠，被他老婆怀疑他红杏出墙。这小子百口难辩，居然死猪一样喝得酩酊大醉，逃避事实。我们一顿劝说，终于解开了巴图老婆的心结，我们给定性是出轨未遂。等劝说停当，开车返回已经晚上1点多钟。能让好兄弟幸福做什么都值得。

巴图这边刚刚调停妥当，谁知道没过三天，按下葫芦升起瓢，先是我同学也是好朋友发誓从现在起和她的男人划清界限，说起来也就是生活中的鸡毛蒜皮的事情；紧接着我另一个哥们的女人给我打来电话说婚姻亮出红灯，准备离婚云云，样子也是十分痛苦。

哥们儿的老婆更是和我老婆好得穿一条裤子，那边在大哭这边我老婆心疼地在小哭。为这对夫妻，我老婆更是费尽心机专程带他们到草原散心，苦口婆心，好言相劝，那三天，我老婆讲的道理比我喝的酒也多。直到我们说得把自己都恶心得想吐才罢了，甚至我还缺德地添油加醋地拿巴图做反面例子，终于有一天哥们不好意思地说他们现在涛声依旧了，让我们放心。

  本来我和老婆都开始很有成就感地晒自己的功劳了，昨天巴图老婆又打来电话，说他们的婚姻走到尽头了，话说得很是消极。追其原因，才知道还是没有走出巴图和离婚女人喝酒长谈的阴影，认为背叛了她，甚至从此开始盯梢跟踪。用巴图的话说，他的学生都开始笑话他：巴老师幸福了，每天有保镖接送。巴图老婆这次做得有点过了，婚姻中最忌讳的就是不信任和让第三人搅和进来，更要命的是怎么可以每天跟踪盯梢？对自己的男人这么不信任其实就是不自信。男人要是想出轨，照能照住了？巴图那小子我是知道的，一个很要面子的人，也是一个充满智慧和有胸襟的人，怎么能这样无休止地闹呢？！感情怎么能经得住三个月的冷战。我劝巴图老婆好好冷静一下，千万不能做什么傻事，她好像根本没有听进我的话语，当一个女人开始沉浸在自己的想象世界里，那是一件要命的事情。我这个人粗，也不知道如何劝说，突然用很粗的话说："你这么不相信自己的男人，那就把狗的巴图的老二割下来，锁在保险柜里，什么时候用的时候再取出来。"巴图老婆就哀哀地叹气。

  婚姻也有维修保养期限，婚姻既然已经进入大修，为什么不让心情放个假，冷却一下，好好反省一下彼此。感受巴图那黯淡的心情，本来准备再去劝劝，我老婆突然语出惊人地分析道："驴圈里踢不死驴，这个时候最忌讳放进一匹马搅和。"老婆的话虽然粗糙，但细细一想也有一定的道理，我们只能静观其变。真希望这对人儿，好好冷静下来，把这一页翻过去，像过去一样做一对幸福的人。我见证过他们的幸福，那是在贫困中相濡以沫的关心，现在日子好过了却出现这样的状况。夫妻之间真的需要给彼此空间，独立地活着，那是一种智慧。

　　婚姻也是有哲学的，女人，千万不要试图改变一个男人，你要爱他，就去适应他。男人千万不要和你老婆之外的女人说感情，一说就容易走火入魔。从这个意义上看，我更赞成我队友的红火哲学：不要和我谈感情，我是红火完提起裤子不认账。和自己老婆之外的女人谈感情，要么你就有勇气承担一切后果，要么就洁身自好。要是一个男人又想把自己的感情寄托在别的女人身上，又不能解决实际矛盾，奉劝女人们，假如遇到这样的男人，你们就唾他。

　　一个能够被女人改变的男人，这一定是个半成品，我觉得不值得去爱，爱就要爱得这边风景独好。男人是一本耐读的书，你只看了封面和扉页，粗糙点无所谓，但一定要刚毅、爷们。精彩的内容刚刚开始。经历了巴图的事情，我也见缝插针地给我老婆做比喻，千万放手自己的男人，不要太管得严。我老婆火冒三丈大声呵斥道："谁能看上你了？凡是看上你的都瞎眼了。"

破嘴

很多年前,在异地找了一份工作,去面试的路上遇到一个穿着道袍的人,与我擦肩而过的时候,突然对我说:"小兄弟,是去面试的。"惊出我一身冷汗。后来这人说:"你是一个不能保守秘密的人。"所言极是。

替一个人保守秘密,对我来说简直是一种煎熬。也奇怪,平时对一些事情很容易健忘,丢三落四,但唯一奇怪的就是,别人不能强调,这是一个秘密。只要这样一强调,反而这个秘密就在我的嘴边,冷不丁就说出去了。

前几年,一位恩师给我提供了一个极佳的消息,有一个重要的岗位我是最适合的人选,但竞争十分激烈。他一再强调,谁也不能说。我得到这个消息,十分高兴,辗转一个晚上,最后还是对我认为十分要好、也是从事我这样工作的哥们说了,那人听了,还一再给我安顿,你小子,谁也不要说,这是个好事。后来等我去了,告诉我岗位已经有人了,人选居然是我那位要好的哥们。

前几天,我一个要好的哥们请吃饭,去得晚了一点点,客人都已到齐,大部分都是很熟悉的朋友,其中有两位不太熟悉,我朋友介绍说:这是你认识的某某的爸爸,是某单位的领导。说起某某,我不知道怎么就想起他们家有一个很大的领导,在他工作的时候写来一个条子,我看见了。我就脱口而出："你们家有很吃紧的人，是你们的甚亲戚了？"我的话音刚落，我那些朋友几乎是同时发出了咳嗽声、眨眼睛、捻大腿等一系列举动。后来那人就尴尬地说：这是后话。然后喏喏几句走了，再没有回来。后来这群人群起而攻之：让你多嘴，你不知道，那个大领导是他老婆的情人。呜呼，我这破嘴。当时我就狠扇自己的这张嘴，与人尴尬是人品的问题。

下午和朋友上街办事，碰见一个老熟人领一个人办事，我和他没距离，就大声喊：死鬼老某，作甚了？我这一嗓子喊出去，我那年轻的朋友显然不适应人家叫他老某，居然没回头，倒是和他相跟的那个人，很利索地转回头，一看这人是我单位刚刚退下来的一个领导，关键是也姓某。那领导茫然地回应着我，看那表情，我就知道这领导一定误会了，刚退下来，本来就失落，不叫官职也罢，怎么可以直呼其名还叫人家老某，我又是一顿解释。但那领导很失落的样子，说你们聊吧，我先走了……

老人说，好男人出在一张嘴上。的确不假。面壁思过，好好总结一下呀，做个有城府的人，嘴上功夫是必要的条件。

星期天一下午猫在家里，和儿子女儿玩儿了一下午。儿子表现超好，后来决定带着儿子去吃麦当劳，条件是千万不能告诉他妈妈，儿子一口答应了。晚上老婆一进门，我儿子就脱口而出："妈妈我们吃麦当劳去了，我爸爸说不让告诉你。"看来这破嘴是有遗传了，无可救药。

做一个没有秘密的人，只能如此了。

亲爱的朋友，你有秘密千万不要告诉我，我可是不给你坚守秘密啊……

遍地乡愁

很久以来，面对苍凉的荒漠、孤独的羊群、迷茫的戈壁，抑或散发着淡香的艾蒿、沧桑的牧歌、铺天盖地的夕阳——我的心胸总被一种乡愁般的激情淤塞。眼睛因为注视遥远的地方，不知不觉中渗出了泪水。

我出生的地方是遥远的大漠，也就是那个宁静而孤独的地方，却给了我不了的乡愁。我常在异地的梦中，无数次梦见它冬日暖阳下温润的恬淡，梦见它君临一切的空旷，梦见它花开的声音，泥土的芳香……

这些年来，其实由于工作的原因，我也曾无数次地踏进过不同的大漠和戈壁，然而，人的心灵却是柔软而执著的，乡愁是清晰而细腻的。任何相似的东西都不可能敷衍敏感的心灵。有时它是那样的具体，具体到一片漠野、一个羊场、甚至是一株小草。它容不得一点欺骗。我有时也难以命名它的实质，更无法同别人交流我的感受。而且，这些年来，随着年龄的增长，常常在梦里无数次走回大漠，但是每一次的结局，都总是迷路。我常在暗夜里醒来莫名地落寞，就一次次地叮嘱自己，是该回去看看了，哪怕是安慰一下心灵也好。今年冬天，我几乎放下了尘世上的一切俗事，带着老婆孩子执意踏进那片大漠。

我站在高高的沙丘上，那种梦里的体验，从天而降，像秃鹰的巨翅攫取了我的心灵。那些沙葱、沙芥、沙竹、沙蓬仿佛就是我久别的朋友，舞蹈着向我走来。那刻，我又回到了忧郁而孤独的童年——父亲牧羊走了，世界静极了，我总惶恐被世界遗忘，就带着小猫、小狗爬上高高的沙丘。每天，我总是认真地等待着太阳升起又落下，盼望着绯红的傍晚父亲牧羊归来，我就那样多情地给身边的小狗、小猫和每一朵小花讲自己忧郁的心事。

我可爱的小狗，它叫黑虎。他是最能读懂我的心事的，我忧郁的时候，它就那样静静地望着我，我高兴的时候，它会使出浑身招数，突然从一个沙丘上消失，在另一个沙丘上从天而降。它是那个饥饿的岁月里我和父亲的福音和节日，在某一个黄昏或黎明，它会突然地给我们叼回一只野兔或沙鸡，然后诚实地等待我们惊喜的表情和对它的赞扬。更让我不能忘记的是，有一年的入夏，我在沙丘上睡着了，等我醒来的时候，我的黑狗正和一条吐着芯子的毒蛇对峙着，让我深深震撼。很多年后我才发现，动物的忠诚往往能超越人类的一切障碍而变得永恒。

黑虎，我的朋友。今天我回来了，你在哪里呀？我分明知道，你在那个夕阳红的残酷的傍晚，叼着一只野兔往回赶的路上倒在了猎人的枪下。我曾经无数次地设计过你的将来，但我至今也不能明白你倒下的那刻那一声长啸是呐喊还是悲哀！我可爱的黑虎，在另一个世界，还有人给你讲没完没了忧郁的心事吗？

黄昏，我们走在绵软的沙滩上，那种天与地糅合在一起、那种世界静到只能听到自己心跳的感动，突然使自己变得如此简单、如此透明，仿佛就是那个沙丘上等待牧归的孩子。世界是我的了，一如行云流水。我又听见花开的声音，我又看见风行的舞蹈，我又闻到漠海的芳香。然而，当梦醒后，又变得如此凄惶，其实这里并没有给我留下快乐和幸福，更多的是一个孩子的孤独和忧郁。但我无法说清楚，我此行的目的是什么，我不是来寻找忧伤和不幸的，我也不是这儿的原乡人，我只是一个过客，如同我十几年的漂泊。为什么乡愁它总是从这里出发，那刻，我突然感悟：这就是沧桑。时间沧桑，命运沧桑，历史沧桑，未来沧桑，天地沧桑，生命沧桑。人类与生俱来的孤独之感，永远在回望中渐渐地消失在旅途的风尘之中。

我的老婆和孩子们不会明白我对这片土地的感情，他们一直在催我离开，我能理解他们的行为，在我血液里的那些经历，我无论如何复制，都不可能让他们感受到我曾经的过往。日落的时候，就在我们开车离去的时候，远处，有人在唱一首老歌，莫名的伤感还是让我不能自已，可能老了吧？

不回头，不回头，一回头心就碎了。我的身后仿佛铺天盖地地响起：

雄鹰啊，飞得再远也飞不回故乡啊

游子啊，命运早把你抛在陌生的他乡……

长调深深

那天,偶然在大漠,听一群人唱长调,那些面容冷淡相貌愚钝的人,长调响起,立刻像换了一个人,犹如神灵附体,神采奕奕,气质非凡,先前的麻木、单纯和一点茫然都不翼而飞,呈现出来的是安详和圣洁的神态,慢慢就听进去了,仿佛置身在莽莽苍苍的旷野,行走在潺潺流走的河边……

这些长调里,我最钟情《六十棵榆树》和《辽阔的草原》。它们传达出来的情意像绸子一样绵醇和细腻。有一些惆怅只有草原上的风才能听懂,是穿过云朵,带着雨水一样的情意,湿漉漉的,弥漫在远处。

那天没风,月色清冷。树和草的低吟,穿插错落,仿佛和声一般。随着长调,我的思绪飞翔,我有时候恍惚地问自己,关于情义,歌中有吗?当年的歌者要经历什么样的心绪和惆怅才能有如此的深厚?在歌声中,我回到冬日的荒漠——褐色的草木,转角处看见一个陌生牧人的脸孔,对远方的憧憬和挂念。

蒙古族长调蒙古语称"乌日图道",意即长歌,它的特点为字少腔长、高亢悠远、舒缓自由,宜于叙事,又长于抒情;歌词一般为上、下各两句,内容绝大多数是描写草原、骏马、牛羊、蓝天、白云、江河、湖泊等。蒙古族长调以鲜明的游牧文化特征和独特的演唱形式讲述着蒙古民族对历史文化、人文习俗、道德、艺术的感悟,所以被称为"草原音乐活化石"。

　　蒙古长调，仿佛没有固定的节拍，随心所欲，散散漫漫。在貌似平直的旋律线上，演唱者用独有的行腔方法让乐句摇曳多姿。长调的歌词都不多，一般是一两句话，如"孤独的白驼羔饥饿难当，在夜里哭泣"。演唱者变化的声腔仿佛把每个字用牛奶沐浴过一般，像六月的西瓜一样甘洌，一唱三叹，一叹三回头。长调的慢，像三月的风刮过草原，一缕一缕地舒展开来，又仿佛在云朵里行走，到处是湿漉漉的感觉。

　　在我的老家，也产长调，内容却多与骆驼有关，与东部不同，旋律里除了辽远之外，多少有着一些沧桑和无奈、寂寞和惆怅。鄂尔多斯为数不多的长调，旋律圣洁、安详，仿佛诵经一般神圣，那是唱给神灵和草原的……他们的歌声是层层叠叠的哈达，在风中飘扬。

　　在众多演唱者中，有一个小伙子，眼眶湿润，几次哽咽。演唱前，他的手好像不知往哪儿放。歌声从嗓子里出来之后，人仿佛随着歌声走远了，只剩下身躯留着余热。后来才知道，这个小伙子刚刚经历了新婚的妻子去世的事情。听到他的事情，我也潸然泪下。

　　歌唱草原、赞美骏马、感怀父母、仰慕英雄、追求爱情，这些都是长调民歌永恒的主题。但是不管哪种心情，长调的歌词十分简洁。有的时候，歌声只是一个消息，是捎给家人的几句话，有的时候是唱给自己心爱的骏马，有的时候只是唱给心爱的女人……比如《黄骠马》：胸宽脊丰的黄骠马哟！从你的嘶鸣中我就认出你呀！苗条美丽的姑娘哟！从你的笑声里我就认出你呀！比如《清凉宜人的杭盖》：清凉宜人的杭盖滩上，清澈的泉水静静流淌，和我那知心的情人，坐在一起欢宴唱歌。

　　那天回家，合着清凉的月光，脑海里一直弥漫着《金色的圣山》，一遍遍唱到天边，思念如潮水一般涌过来：爬不过的是金色圣山爬过的是忧伤的歌声……

穿越沙漠

朋友打电话来的时候，我正一个人在小镇上闲逛，和几个陌生的牧民聊得火热，我给他们吹嘘富足和旅行。那时候，不远处的沙漠被蒙上一层迷人的玫瑰色，海海漫漫，无边无际。我想，一个人如果在这迷人的景象中穿行，是一件多么幸福的事情。我固执地喜欢上了行走的感觉，喜欢上了安静和辽远，喜欢一个人的旅行，和自己分享喜悦。

朋友说他就在沙漠的那边，等着我过去喝酒，这是一个很好的理由，可以让我穿越这段旅途。几个牧民听说我在夕阳西下的时候要穿越这片沙漠，极力挽留，理由是当地有一句谚语：回家的骆驼晚上都不会让它去沙漠里驮盐。

这句谚语的意思估计有两种可能，天黑前走过沙漠，只有流浪的人才做出这种举动，另外可能就是过去条件不发达的时候，天黑穿越是一次冒险。后来我加足了油，笑着挥手向他们道别，开着车向着迷人的景象奔去。初冬的风有一些凉意，但不刺骨，我把音响开到足够大，在这无人的旷野上自由奔跑，有那么一刻有一种莫名的安然，仿佛飞翔的感觉。尘世上的那些纷扰和困境全部逃遁而去，一个没有忧伤的人除了幸福还能想起什么？

那时候的沙漠在这金黄的光芒笼罩下，圣洁、神秘，仿佛进入一个朝圣的旅途，到处是金顶和安详，风的声响就像诵经一样淡然。沙漠像一幅凝固的壁画，气势恢宏，那些在风里的细碎纹理，细腻而苍茫。乘着迷人的景象，我把车停在路旁，赤脚爬上高高的沙丘，远望，声嘶力竭地喊叫，我的声音一遍遍地回响，这个世界在那一刻是我的。从8岁开始，自己仿佛一直在穿越，一直走在一个人的旅途，那些内心里的不羁被这海海漫漫的景象再次点燃。任性、狂放……

"如果没有灿烂烟花的美丽，至少还有漫天星光照耀你……"

凤凰传奇最新的一首歌曲叫《星光》，一路上我反复在听这样的声音，那两句歌词便牢牢地记在我的心底，莫名地感动。在异乡的风中穿行，听着这样的声音，想着自己的心思，看着这样的景象，整个人变得淡然。释怀了那些过往，无论是一个人的战斗，还是一场声势浩大的酒，一群居心叵测的人，对于我而言，我就是苏武，带着侠义来的，这是我的使命。那一时刻相信了这个世界根本没有天长地久，尘世上要有的长久只有细水长流……

天，慢慢地黑了，只有远远的沙顶仿佛着火一样，发着暗红的光，渐渐退却。

后来朋友不停打电话过来，问走到哪里，一群人等待着一场豪饮，我大声地回应：天黑前赶到，不用等我晚饭。奶茶已经喝过，棉袍就在车上，情意就在心里，让我一个人走一段自己的沙漠。

朋友还是不放心，傍晚时分，远远地看见一束光芒，往这边过来，远远地向我示意，原来是怕我有什么意外，开着吉普车过来接应。寒暄之后，朋友用眼睛的余光骄傲地示意我，车上放着4件草原白，我想，今夜注定要来一场浩荡的战斗。只有在我们的草原，情义不会被评估和利用；只有在我们的草原，情义才会被尊重和敬仰；只有在我们的草原，情义是这么真挚和坦荡；只有在我们的草原，才有资格喝这纯良的美酒，听这迷人的歌唱。

只有在我们的草原……

从此天涯

对于远方,我总是充满宗教般的敬仰。远方有时候是一种逃遁,远方有时候是一种希望,远方有时候是一种沧桑,远方有时候是一种寻找,远方有时候是一种迷茫。

三十多年来,无数次远足,但有三次远行永远留在了血脉里,总也无法挥去,有时候在梦里不请自到,刻骨铭心。

第一次记忆深刻的远方,大概在我七八岁的时候。那时我瘦瘦小小,跑起来却无比快捷。我之所以愿意去远方,是因为有人答应管吃管住。当一个小孩突然觉得自己可以不再成为负担和累赘时,他内里孩童般的一扇门便从此关闭了,早熟对于一个孩子是另一种不幸。

当家乡离我越来越远的时候,那种无比的茫然和恐慌席卷了我的整个世界,我身边唯一的亲人就是黑虎。记忆中,我们好像走了很长很长的路,到一定时间就分发给我们每人一些食物,当然黑虎不在人的范畴,不会有他的食物。他们分给我的食物,我一口也没吃,全给了黑虎,我莫名地害怕,害怕有人夺走了我的伙伴黑虎。那时候傻傻地想,要是黑虎走了,我也会死掉的。世界是公平的,他让你失去一些东西就会给你另外一些补偿。后来,我发现我对情义的在乎和对朋友的看重超出常人。远方懵懵懂懂的,在我的记忆里就是海海漫漫的沙漠和无比的恐慌。远方是一种离别和茫然,远方是一种孤单和无望。

第二次记忆深刻的远方，好像是退役的那一年。其实之前，远方对于我来说已经成为常态，隔三岔五就会突发奇想出现在很远的另一头。那时候真的无牵无挂，走到哪里哪里就是家，对金钱、利益、归宿没有任何概念，有了一顿，没了不动。我曾经在队友的怂恿下，从训练课上逃出来爬上火车去格尔木梦想发财，却差点在玻璃丝厂被烧死；也曾经毫无理由地去中央民大看美女……但是，退役的那一年，突然发现再没有人管吃管住了，一身的伤病和措手不及的无奈，整个世界就坍塌了。后来我决定远走他乡，那时候远方成了我唯一的理由。那时候的远方成了希望和寻找。我总觉得在不远的正前方，幸福就在那里等着我，那一次远行，让我不羁的性格有了一些收敛，也在那时候第一次懂得了思念和忧伤。

第三次记忆深刻的远方其实不是远行，在蒙古，当时我带着冒险的心态试图来改变自己生活中的困境。即使背负着黑锅和骂名，也没有什么不妥，没有感觉到辛苦和磨难，我答应过要风雨同舟，生死与共的，也看中这份情义。一直幻想着，通过努力，改变生活的困顿，带给亲人一份惊喜是一件幸福的事情。后来我才知道所做的一切毫无意义，猛一回头，才发现这个世界诱惑太多，其他人早已经为了利益和诱惑超出道德的底线，而你还在坚守，还像树一样立在那里等待日月。那一刻，整个人灰心到了极点，那种无望彻底让我迷离了方向，从此觉得心在远方，找不到归处。

后来我才知道，什么叫从此天涯，一个人信念没了，一切都变得慵懒和缓慢了。那时候你会明白，有些东西不值得敬重，每个人注定要一个人走很长很长的路，父母、兄弟姊妹、儿女亲人，哥们儿朋友，只是你人生路程上的一个过客，而那些惆怅、那些落寞、那些忧伤、那些梦想，只有自己懂得。有些情怀只能丢在路上，丢在风里，丢在漫漫长夜。从此天涯，那时候，你才懂得，永远真的很远，是我们永远无法企及的地方。

带着梦想上路

塔拉是我认识二十多年的朋友，他的经历是我见过最不幸的，我一直认为他能活到今天是个奇迹。

塔拉读中学的时候父母车祸双双遇难，他一个人流浪了多年。后来结婚了，但新婚不久新娘死于非命；再婚，女儿是先天性智障……听他的经历，我都觉得无法活下去了。后来听说他去了新疆，再没有联系。前几日，居然在朋友结婚的宴会上见到他，一脸的阳光，面色红润，酒桌上谈笑风生，我们都被他感染了，心里觉得很是温暖。

那段时间，我因为朋友的陷害，生着满肚子的冤屈，见谁都不顺眼，情绪化到了极点。看着塔拉的状态心里有很大的触动。

宴会散去，我邀请塔拉喝茶。说起这些经历，塔拉突然冒出一句话："这还得感谢你，带着梦想上路，人就会忘记很多不快。"这话弄得我一头雾水。于是塔拉讲起我们体校时候的事情，我才恍然大悟，原来我无心的一种行为居然成了塔拉活下去的动力。有那么几天，我都被这种思想感动了，我一遍遍地给身边的亲人劝慰，遇到困难，我们要带着梦想上路。

那时候在体校，每次面临大的比赛的时候，很多队友表现紧张，我也不例外，后来，我和队友们开玩笑说，昨天有神灵托梦了，有人会在天堂祝我们一臂之力，只要我们带着梦想，就能成功。我其实就是那么随便一说,根本没当回事,结果塔拉却记在心里。塔拉说,我知道你只是一说而已,但是你知道带着梦想上路,人就有了盼头,就能看见阳光。

带着梦想上路,多好的想法。细细想想,在成长的过程中,我们看似成熟的外表下其实丢掉了多么可贵的东西。年轻的时候听过一个故事,说牧区一个劳改犯,为了看他的情人一眼,一晚上走四十里路去另一个草原,然后赶在天亮前再返回农场而不被发现,这样风雨无阻十年。现在想来,一天的劳累都无法抵挡看情人一眼的幸福,这是一种巨大的力量。有人谣传说,这个劳改犯是个巫师,晚上就长出翅膀,现在想来,他的翅膀就是梦想。一个人有了梦想就会生长出无限的能量。

这段时间我做内蒙古风情深度旅游。其实,我自己都不能解释什么是深度游。那天一个网友的一句话点醒了我,他说所谓深度就是最大限度地释放自己、简单自己,带着梦想去旅游,像孩子一样发现快乐。这就是深度。我突然明白,其实每次看风景只是一个借口,所谓旅行就是对一段未知的旅程的梦想,和一群陌生的人成为朋友,聆听他的经历,他的快乐或者悲伤。

我老婆就是一个爱梦想的人。前几天,她就像打了鸡血似的给我说,发财机会来了,原因是网上有人说,推销石油,能挣100万。我老婆的闺蜜委婉地说:"你又准备做白日梦了?"那几天,我老婆上楼都哼着小曲,仿佛钱已经哗啦啦地流过来了。很多人说,我老婆性格开朗,其实这些年就是被一个一个的梦想引领着前进。

现在,我有时候躺下,也开始想一些美好的事情,这样居然觉得生活有了奔头。带着梦想上路,其实是一种智慧的生活,是一种姿态。

我们在岁月里已经丢失了天真,丢失了善良和感动,那么我们再不幸丢失了梦想,也许我们的眼里就全是灰暗了。

带着梦想上路,多好的祝愿,这样想着,我仿佛看见满眼的绿色和温暖的风,看见暖暖的阳光和润润的雨点,一遍遍温润着我的心田。

带着梦想上路,我们何尝不是带着纯真和善良,带着满满盈盈的希望和爱呢?只要我们心底还有梦想,我们的生命就永远青春。

带着梦想上路,我们永远不会麻木,不会妥协和退让,生活在这种纯真中难道不是一种幸福吗?

风雨同舟

昨晚，我做了一个梦。

梦见我在一个仿佛涂了浓浓油彩的黄昏，走进一片拥挤的民宅，民宅的每一扇门都敞开着，依稀还有灯光和人影。我一个人孤零零地在幽深幽深的巷子里不停地走着，后来，天便黑了下来，只有月亮像一枚昏黄而湿润的铜钱，陈旧而迷糊地照着。这时，有一个穿着对襟小黑棉袄的人拉了我一把，我认出那是我小学的一位同学。他急急地把三颗儿时玩的小红玻璃球放在我的手上，说道："给你，都给你吧。"说完便消失得无影无踪了。

早晨，从梦中醒来，傻傻地坐着，居然还牵念着梦中的那个人，有关他的故事不期然地撞响我的心扉。

那时，似乎校园里所有的同学都在玩一种"弹球球"的游戏，我和他也不例外。有一天我突然发现，邻桌的他竟有三颗美丽的红球球遗忘在书桌里。那天下午，我就偷偷把它带回了家。第二天我刚进教室，老师的目光就像利剑一样向我射来，然后，老师就学着小鬼子的声调说："查出来格杀勿论。"那天我就像病了似的蔫蔫的一点精神也没有。放学回家，我在路上遇见了他，犹豫了很久，决定还是向他坦白，但我一定要求他和我拉勾并发一个最最重要的誓。现在想来那时所谓"重要的誓"，就是像大人一样背一段毛主席的语录，但我们当时不会，情急之中，他居然说出了我们当天学的一个成语：风雨同舟。那天，他就穿着一件对襟小黑棉袄。后来的日子，他果真没有说出一个字来——再后来的日子，我自己也渐渐地淡忘了。谁知二十年后的今天，这样的情景竟又刻骨铭心地出现在我的梦里。

一整天，我都在想，在这繁华的世界里，是什么样的约定让他如期出现在我的梦里？也许，这就是我们每个人心灵深处一直孕育着，但不曾触发的一种渴望吧。

佛说，修百世才能同舟，修千世才能共枕。蓦然明白风雨同舟的情结之所以会出现在小学同学不经意的誓言中，让我多少年来感念着不忘，是因为来到这世界上，就已经在追求、寻找着这种温馨而又极深远的情结……

酒鬼的尊严

最近心情很坏，像这迷茫的雾天。

很多事情总是在最后的关键时刻临门一脚，黄了。那些努力换来的就是一声叹息。

昨天晚上回来后，想起朋友的手机遗忘在饭店，便步行着去寻找。午夜的街道死一般的沉寂，从来没有如此地孤独过，突然发现自己很久没有这样静下心来阅读自己了。心情有时候是需要整理的，那些过往的人过往的事，丢在这午夜的风里，算作对过往的一次祭奠。在转弯处，看见一个酒大了的老兄斜躺在马路中央，嘴里念念有词，看见他仿佛看见曾经的自己，莫名地生了一些恻隐之心。我想如果没有人发现，这么冷的天气他会冻死的。显然他也看见了我，这是一个有尊严的酒鬼。他下意识地整理一下衣角，挣扎着想站起来，但酒像妓女一样缠着他，使他根本不能动弹，索性他把脸用手捂起来。这一系列动作，更是让我充满了同情。

我把他搀扶起来，这才看清他的脸。这世界真小，我认识他。很多年前，我像野狗一样，到处找不到工作，他曾经接济过我，那时候的他风光无限让人羡慕。后来听说他让亲戚和朋友骗了个精光，树倒猢狲散，老婆跟着别人跑了，亲戚和他划清了界限，从此后不知他的去向。人在困难时候得到的帮助会记一辈子的。我来到这里工作后还一直打听他的消息，希望能给予一点帮助，但没有联系上他。想不到居然在这里碰到了他。他很憔悴，头发花白。我问他认识我不，他茫然摇头。问他其他的事情，他仿佛在梦中一样总不能回答，我只好给他找了一个小旅馆住下。第二天早上去看他，旅店的老板说他早上五点就走了。不过旅店的老板赞叹道："这个酒鬼不错，走的时候还把房间打扫得干干净净的，少见。"我给交的押金一分未动，全部给我退了回来。我想他可能不记得我了，或者是怕熟悉的人看到他潦倒的样子，他这样维护自己的尊严让我很是怅然和感慨。

　　看他的命运，不得不感慨人生无常呀，这就是命运。他的事情让我相信，一个人生活虽然很难，也必须学会坚持，而不是轻易依赖别人。这样做的好处是，一旦所有人都离开了你，你还是可以有尊严地活着。

告别酒鬼时代

汉人有一句顺口溜：蒙古人离不开酒，骆驼离不开盐。

原来蒙古人给大家留下这么一个印象，可能就是源于我这种酒鬼一类人造的孽。

但是我决定告别酒鬼时代是源于那天在街上偶遇我小时候崇拜的一个老乡。我老乡是草原上第一个考上大学的人，他是我小时候的偶像。现在却因喝酒落魄得像个乞丐，蓬头垢面。见我，开口就说："给咱们人一点钱吧，烧酒瘾得不行了。"那样子根本没有了尊严。我给了他100元后，他居然念念有词地说："今天的日子又算有着落了。"后来我才知道，他因酒精中毒，工作也丢了，老婆也跟他离婚了，现在一个人流浪生活。

想想他的过去，很是感慨。我大约七八岁的时候，除了每天和那些羊呀、狗呀打交道之外，还不知道草原之外的世界什么样子，第一次有了那种向往就是源于这个老乡。每次回来，我们几个小孩子就远远地看着他，听他讲外面的世界，当然他是高傲得不屑于搭理我们的。我平生第一次知道除了蒙古袍之外还有那么好看的衣服，也第一次知道除了草原其实外面有更大的世界，也第一次知道那个圆的东西叫篮球，而且玩儿也可以是一种工作（其实就是体育）……太多的第一次都是从他那里知道的。他是我童年梦想的开始。

我接触酒大约是十七八岁的时候。我队里几个老兄要退役了，在欢送会上，我们都哭得像个泪人，第一次喝酒，也是第一次知道酒是有情绪的，它可以给你的感情打开一个通道。那天大概喝了有二斤吧，没醉。居然下午还能继续训练。后来我这传奇经历成了队里的一个段子。

从那开始喝酒，次数也就越来越多，理由也越来越多，寂寞的时候喝，高兴的时候喝，遇到知己一定要喝，远方客人来了一定要喝……慢慢地也品出了什么酒好喝，有时候去哪里比赛，一定要买当地的酒带回来给好朋友喝。

可能与我的性格有关系，我还特别喜欢喝烈性酒，那种半温半吞的酒打死也不喝。不知不觉酒龄也快二十年了。当然也出过洋相。那年退役后，一下子找不到新的工作，郁闷死了，喝酒的次数也多了。国庆前夜，喝完酒，一个人走在异乡深夜的街上。那时街上正流行一首《潇洒走一回》的歌，不知怎么就触动了我的乡愁，我一遍遍地听，一遍遍地流泪。那天已经有了节日的气氛，街道两旁插满了彩旗，我稀里糊涂费了很大的劲头，把彩旗一根一根拔出来，然后整理成一捆，躺在彩旗上唱了半宿歌，被巡警发现了，拘留了我。后来知道我是喝醉了，不是故意搞破坏，才让我出来。

偶遇酒鬼老乡，我突然醒悟，如果一个人或者一个民族，迷恋酒到了无所事事，连尊严都没有的地步，我们的人生就完蛋了，我们的民族还谈何希望！痛定思痛，戒酒了！！！

告别罗纳尔多

我其实是一个不太喜欢足球的男人。

但我喜欢忧郁的巴乔和外星人罗纳尔多。足球因为有了他们而变得精彩。记得巴乔离开的时候,我正被一种无望的等待折磨着。巴乔那蓝色的眼睛,泛滥着亚德里亚海忧郁之蓝,他的气质、他的球技、他的人品征服了球迷,照亮了亚平宁。巴乔的告别让我莫名地被一种苍茫的悲情笼罩了很久,仿佛我在告别自己的一段灰色的人生。可能巴乔的离开给我一个发泄自己境遇的通道,第一次傻傻地流泪,叹息。

后来足球吸引我的只有大罗一个人,我喜欢他那钟摆式的过球,喜欢他充满灵感的射门,喜欢他那有点孩子气的任性,喜欢像男人一样冲锋陷阵的担当。喜欢大罗并不是在他辉煌的时候,我深深地记得2002年的罗马奥林匹克体育场,当毫无作为的大罗被提前换下后,一个人呆坐在替补席上,双手掩面,任凭泪水从指间滑落的场景感动了无数的球迷;同样是2002年,在日本的横滨体育场,当大罗凭借自己的两粒进球为巴西绣上第五颗星的时候,同样留着一个阿福头的他高兴得泪流满面。

一个充满激情和梦想的时代真好。这些属于大罗的场景很多时候都出现在我的梦里。当有一天,梦想不再的时候,大罗的绯闻,大罗的身体状况,已经不再让我牵肠挂肚,每天在一场又一场的酒宴上下来,昏头昏脑地活着，生活平淡得有些沉闷。

直到有一天听到大罗的退役，心里多少有些悲情，一转身，才看见自己的青春已经远去，就像那个挥泪告别的大罗，心底莫名地忧伤，与其说是不舍大罗，其实是祭奠自己的那些青春。

暗夜里，不仅问自己：谁偷走了我的那些梦想和激情？

前几天，重温一遍电影《立春》，王彩玲们的落寞不就是我们的人生吗？

一个没有理想的人是单调的，一个没有理想的时代是悲哀的。这个时代注定要平庸，索性就让我们没那么傻地清静地看看稍微有点真情有点悲情有点真实的人生故事。

告别大罗，告别过往，从此，春暖花开，面朝人海，劈柴，喂马，周游世界，给每一座山、每一条河流起一个优雅的名字，给那些善良的朋友，包括陌生的人们一些祝愿。

歌里人生

我是一个喜欢音乐的人，虽然我不懂什么乐理知识，但我觉得这并不妨碍我对音乐的理解和喜爱。好的歌唱是能看出一个人的品质的，我一直这样固执地认为。

一个好的歌者，是有佛性的，他会让我们的心灵飞翔起来。

我的民族是一个热爱歌唱的民族，我有幸能在不同的场合听别人唱歌，时间久了，我对一个陌生人的了解就是源于那么一次半次的歌唱，从他的歌声里听出一个人的心事，甚至是这一个人的品质。

我一般把唱歌的人分三种：一是简单的生理意义上的唱歌，音准乐感都很专业，但只因为没有阅历，不懂表达，文化浅薄，造就了一个像录音机一样的物体，无论他的声音多么优秀，富足，听到的也只是一个年轻的，寡淡的，没情调的，没有内容的歌，这些人一般叫搞声乐的；二是专门唱给他人的，往往这些人是以唱歌为职业的，他有一些阅历和世故，会一些技巧，有一些唱歌的天赋，能揣摩出听歌人的心事，或者悲伤，或者喜悦，能渲染一种气氛，让听众在歌声里寻找自己的心绪，这些人一般叫歌唱演员；第三种人是纯粹唱给自己听的，你有时候会忽略他的声音，忽略他的技巧，但你不知不觉中发现听歌人的心灵已经插上翅膀，在自己的世界里飞翔。这是真正的歌者。歌者不一定要从事音乐，歌者不一定要有自己的代表作，歌者往往不以唱歌为职业，为手段，为目的。歌者不以身份地位来评价，也不分场合和听众，他更不在乎别人的评价，他只是想把自己牛奶一样的浓浓的情感通过歌声流淌出来，唱给草原，唱给自己心爱的女人，唱给羊群和马。听这样的歌是一种享受，也是一种缘分。

《父亲的草原母亲的河》很多人喜欢，也被无数的人传唱。而我一直固执地认为，这首歌只有老腾唱进去了。老腾的这个版本是无人能超越的，就像当年李娜唱《青藏高原》一样，无人能及。虽然有很多人前赴后继来卖弄高音，但在老腾面前都败得很惨。我无法知道老腾唱这首歌的心境，但那歌声里的呐喊和迷茫，追问和孤寂，常常像风暴一样席卷我的内心。他唱出了一种境界，唱出了我们的前世今生。只有在草原上生活过的人，草原给他留下刻骨铭心的记忆的人才能有如此的苍凉和叩问。其实有过草原生活的人都知道，德德玛老师唱得过于舒缓如河流，这是一个功成名就的长者衣锦还乡的抒怀，缺少了沧桑和疲倦；布仁巴雅尔和齐峰唱得过于乖巧和内敛，缺少了游子的思念和苦痛；廖昌永更是过于华丽和辉煌，没有了草原的感受。

听歌有时候也需要缘分。前几年，我在老家的草原上办事，在一个简陋的蒙古包里，和几个长者相聚，说到自己的牧场，说起一场又一场的大风，后来，有个长者突然坐在角落里仿佛低吟一般歌唱起来。那天把我们都震撼了，我这才知道，一个人的歌声里是有长生天的，我听到了溪流的千折百回，蓝天的空旷辽远，命运的沧桑曲折，都在这喑哑的声音里一层层剥开，飞泻出来，浸润我们的心灵，和她一起狂舞，沉寂，呐喊，欢乐……

慢慢地随着我的阅历增加，经历沧桑，看过人生百态，再回归平淡，只要有机会，我和陌生人接触就留心他的歌唱，从歌声里看这个人的心境，看这个人的品质，很准确。

歌唱是心灵的一扇门，原来每个人的内心都无法遮拦的，那时候就赤裸裸地暴露给我们……

关于爱人

什么是爱人？突然开始想这个单纯而美好的问题。人们往往因为成熟和世故而忘记身边的美好和珍惜。

爱人是什么？爱人是认识你一个月荷尔蒙分泌过多为你去死都可以，三个月时情话绵绵恨不得你下身瘫痪终身陪伴在你身旁，半年时开始莫名忧伤总觉得分手才能让你孤独终身愧疚终身，两年后渐渐懂得包容，七年后已经习惯成了你的亲人，十年后感觉像左手右手成为你身体的一部分，唠叨你衣服上的油点子，谴责你两天没消息还不懂得发信息报平安，故意在你面前说别人如何如何优秀，倘若你要胆敢反抗就会义愤填膺骂你不要脸……爱人就是你可以把他说得一无是处，但绝不允许别人说他半点不好的那个人。我们都明白一路上可能有很多次艳遇，可爱人永远只有一个，我们能失去激情却不能失去你！这就是爱人。

爱人是什么？是前一分钟因为任性，不讲理，耍赖，恨你恨得咬牙切齿马上分开，后一分钟却毫无廉耻地去亲你，粘着你，爱你爱得死去活来永不分离的那一个动物。

爱人是什么？爱人不是爱情。爱人是我们往往在分享的时候忘记，而在分担的时候记起的那个人。爱情是风花雪月的浪漫，爱人是一盘饥饿时候的鱼香肉丝；爱情是旅程中经过的美景，一刹那的烟花散去，而爱人是生活中忘记经营的老相册，散发着岁月的光泽。"经营"这个词有点势利和恶俗，但"用心经营"却是一种在乎和珍惜，是一种智慧和高尚，是一种另类的浪漫和不舍。

爱人是什么？爱人其实就是一种修炼，一种拒绝和坚守，拒绝诱惑，坚守冷清。爱人是悲伤着你的悲伤，快乐着你的快乐。牵着你的手，记住你掌心上的痣。

爱人是报一个平安，说一句我爱你，欢乐时记得分享你的喜悦，痛苦时说出你的难受。爱人是知道你喜欢穿什么衣服，喝什么酒，天凉时督促你换衣服那一个人；爱人是语言越来越少，心却越来越默契的那一个人；爱人是拒绝你一辈子却可以成为你的拐杖，唠叨了一辈子却不能评价你的那一个人；爱人是一瓣纯绿色的大蒜，不好闻却实用。

爱人其实就是岁月，是相伴。

归故乡

我七岁的时候就离开了出生的草原,之后虽然陆续回去过,但那片草原给予我的都是一些悲苦的记忆。很长时间我学习或工作的简历上都是写着我七岁以后生活过的草原,一段时间我把别处当成了我的故乡。

自从有了儿子以后,不管是在什么地方,只要有关我出生草原的消息,总是下意识地去关注。很多次在梦里都是它的影像,常常梦见我在故乡那条小河旁行走,梦里的结局总是找不到家。醒来惆怅半天。那时,故乡的规模、故乡的声势、故乡的气象、故乡的根深蒂固就这样扑面而来,故乡成了我出发的借口和归来的理由。

离开故乡远了久了,故乡的风土人情,地域文化,抑或是一抹艾蒿的淡香,一片孤独的羊群,就足以让人牵牵挂挂,颤颤巍巍了。每次踏上异乡的土地,一旦"我是某某地方人"说出口来,总有点身不由己的小心谨慎,生怕因我的放肆而牵连了故乡。相反每次回到故乡,我又变得莫名的挑剔和刻薄,容不得半点故乡的瑕疵。我的生命中已润泽了故乡汗津津的泥香。长成于斯,终老于斯的故乡,我能读出这片荒漠的心事,也能听懂这波绿水的歌吟了。原来,我就是长在故乡这片土地上的一株小草或一片叶子,所有自觉与不自觉状态下的努力,都显得苍白而可笑。故乡就是放大的自己,自己就是缩小的故乡。

那天看电影,结束的时候无意看到字幕提示,电影是在我的故乡拍摄的，很是兴奋，急急招呼朋友过来看，又倒回去看了一遍，一边兴奋地给他们讲我故乡的情况。我朋友看着说："疯了。"岁月真是一个奇妙的东西，那些曾经以为会一生一世的朋友和誓言，猛一回头才发现都在岁月里风干了，有一种失落如长途旅行的人无力表达。有些人虽然你可以骂他扁他甚至打他，但决不允许别人来说他半点坏话，就像对待自己的故乡一样，即使贫穷，即使落后，即使问题无数，别人决不能贬损，绝不能！

有时候的捍卫不是爱，是岁月已经流淌在你的血液里，一遍一遍穿过了心底。

入夜写了一首歌曲，唱给自己听：

是不是走得太远，
岁月已经改变了我的容颜？
是不是等得太久，
思念风干了我的泪眼？

我背着你的方向游走，
却听不到你的挽留；
你给了我流浪的自由，
为什么不把我的思念带走？

残阳如血柳絮如烟，
声声晚钟敲碎了我的缠绵；
青山踏遍红颜已老，
独坐秋水谁能等到天荒地老？

请为我唱一首故乡的歌，
让我的心儿流回故乡的河；
请为我唱一首故乡的歌，
让我的梦里能看到你的欢乐。

好好爱自己

年轻的时候对任何一件事情都充满了幻想和激情，所以看到结果总会失望和埋怨，总希望我热情对待的事情和人也能同样回馈给我。

人到中年，心境真的变了，没有精力像凤凰涅槃一样去重生或者悲伤。那天体检，医生给我讲了一个前几天发生的事情：他的亲戚本来是陪别人来看病，突然心血来潮也想做个检查，结果看病的人没什么大碍，她却查出来癌症晚期，知道结果当场晕厥过去。当时人们以为她是最怕死的一个人。醒来后，谁知道这个人却求医生千万为她保守秘密，不能让她的丈夫知道，她说丈夫非常爱她，他要是知道这个结果会接受不了的，全场人为了他们的爱情感动落泪。

我以为这就是故事的结束，谁知道医生说，这不是结果，结果让人寒心，这位患者的确很快就去世了，知情的人才说，这个女人真傻，其实她的丈夫一直在外面有一个情人，她去世的第三天丈夫就搬到了情人的住处。医生讲完沉默了很久，一屋子的沉默，后来医生幽幽地说：没有谁比自己更爱自己，所以即使知道检查的结果，也一定要好好地爱自己。

好好爱自己，这是生活的哲理。医生说，同行的这些人里，我的身体是最棒的，居然没有脂肪肝酒精肝。我的天呀，那些酒都灌到哪里了？他们给我唯一的解释是蒙古人天生是喝酒的料。晚上请医生吃饭，我们像高考取得好成绩的孩子，异常兴奋，居然每个人一瓶二锅头，除了医生全部没有喝醉。

晚上回家的时候，沿着老城墙走了三站地，提一瓶啤酒边走边喝，边走边唱，用最原始的方式祝福自己。虽然有点冷清，不过我一再告诉自己，以后还有很长的路，要一个人度过。就像这一街的繁华和喧闹，有时候看市井人生才能使人顿悟和宁静。

突然想起很多年前记住的一段话：我以为小鸟飞不过沧海，是因为小鸟没有飞过沧海的勇气。十年以后我才发现，不是小鸟飞不过去，而是沧海的那一头，早已没有了等待。

十年后我才读出你的滋味，像这清冷的月……

蒙古人的坦诚

蒙古男人有两个特点：大多数不喝酒的时候比较沉默、羞涩、话少、目光会投向远处；但蒙古男人多数见了陌生的人不会有戒备心理，能很快熟络起来。这大概是因为这个民族是被长生天祝福过的民族，离自然最近的人，他们能和马、和羊群、和天空飞过的小鸟交谈，何况是人类。在草原上，过去的牧民都是不锁门的，在祖先们的心里，他们一定是在想：我们一颗真心难道换不来你的坦诚？

和陌生人说话是我的强项，用我老婆的话说：我是那种偶遇陌生人吵架都要插一嘴的人。大街上看见有人扎堆，我若没有机会去看，回家也会惦记半天。这可能是遗传，我的大爸在世的时候，别说是和陌生人说话，就是遇到路边的羊群和马也能聊得热火朝天。

那年，我一个外地的朋友出差路过我居住的城市，晚上为了尽地主之谊，请他到特古斯蒙茶馆喝茶。喝到中途，邻桌一大群蒙古人大概觉得我们人少冷清，其中一个敦实的男人就过来敬酒，非要让我外地的朋友喝一杯，并且夸张地介绍自己："我叫巴图，澳门的巴哥。"可能我外地的朋友从来没有见过一个陌生的人敬酒，以为遇到绑架的，脸色大变，我好一顿解释才慢慢释然。后来我们加入到他们的队伍，那一场酒喝得，那个叫巴图的人最后成了一堆烂泥，至此也成了我的朋友。现在聚会，我常会开玩笑地说："澳门的巴哥我不认识，我倒是听说澳门有个黄色表演八国联军。"巴图就不好意思地傻笑。

一天晚上,朋友请吃饭,饭罢,有人建议去茶吧聚聚,其中一个朋友悄悄对我说:"我们的人是不是有点少,显得孤单。"我听懂他的意思,吹嘘道,只要有蒙古人的地方就不会有距离。果然不一会儿的工夫,茶吧里认识的不认识的人就打成了一片,舞在了一起。

和陌生人说话,其实是一种姿态,心里坦荡就没有什么禁忌,但愿出生在城市的我的同胞能把这些祖先的优点保留下来。蒙古人有句谚语:只有捂暖自己双手的袍子,才能捂热别人的心。

和陌生人说话,其实就是打开一扇洒满阳光的窗,拉近你我的距离。

河流与乡愁

如果我能绕过一湾流水和看到一葱柳绿,我知道那是我魂归的地方。

也不知从什么时候起,我常把故乡和河流混淆成一个概念,以至于现在我还执着地认为:河流的历史就是我们所有已逝岁月的幻觉。

想起河流,我常想起羊群,想起牧歌,想起宁心静气的三月爆发出来的绿芽,然后,我们背着犁,迷恋般地开始耕种土地。

这时的河流总能给人以生命的讯息,绿了的两岸,艾蒿香开始飞扬了,洗衣服的母亲们和做梦的女孩男孩们脸上终于舒展出甜甜的憧憬。

记忆中有两次关于河流的深刻印象。

第一次是九岁那年夏天,灾难从太阳把故乡的河流晒干之后开始。父亲悲伤地把一只只倒下的羊拖出去埋掉,母亲就坐在院子里不停地哭泣,我在一片无助声中不知不觉走出了村落。那天黄昏带给我的感觉,让我幸福得无与伦比,沙漠和村落和夕阳都是那么的通红。我行走在干涸的河床中,仿佛行走在葱绿和流水之中,那是一种无法描绘的纷繁景象。我就这样漫无目的地穿越黄昏,穿越黎明。以至于许多年之后长大的我,身居家中也时常被一种莫名的乡愁困顿着。

第二次感受河流,是那一年我为了生活四处奔波。失落与饥饿,迷惘和无奈的打工旅程中,投宿于一个黄河的古渡旁。橘黄色的夕阳下,一湾潺潺的流水绕过村落、麦田、柳树、炊烟、牧归，以及黄昏中召唤儿女归来的一声声呼唤，刹那间，许多年前的那种莫名的乡愁竟如此坦然地喷涌而出。那夜，我寄宿在一个老乡的土炕上，听着古渡旁河水拍岸的声音，竟有一种回家的感觉。

　　两次河流的触动，却不期然撞响我莫名的乡愁。突然顿悟，何处是归途？长亭更短亭！十多年怀着一种乡愁的冲动到处寻找家园，那家园何尝不是一个心灵的归宿？那大概就是精神的家园吧！这让我想起古往今来文人墨客对河流的颂歌，萧红对呼兰河的吟唱，海明威对密西西比河的愤怒，泰戈尔对恒河的期许，冼星海对黄河的激扬……河流是永恒的，河流也是宽容的，宽容和永恒也记录着人类沉甸甸的历史，灿烂的归途和厚重的生活。河流给予人类的正是超越文明社会喧嚣与繁华的宁静。我在颤栗中体验河流博大深长的余韵时，突然觉得——这就是归宿感。

　　历史如河流，天地如河流，生命如河流，当年的孔子不也是立在邹鲁的江边发出了"逝者如斯夫，不舍昼夜"的慨叹吗？人类从远古水域走来，又将向苍茫彼岸划动小舟，与生俱来的孤独，总是尾随乡愁般的冲动去寻找家园。然而，哲人说，故乡原本都是异乡，它只是我们祖先漂泊旅程中落脚的最后一站。由此看来，故乡也是一条河流。

　　归宿已经没有归期了，但行走的人生还将继续……

　　流动的人生，没有权利停留。

　　苍茫的人生，没有权利渺小。

　　在万丈红尘中，你能如河流吗？

回到银川

银川不是我的故乡，但银川在我的生命里总是有那么一些令人怦然心动的东西在。说起银川，总会在梦里出现，总会想起那些我青春的记忆，那种刻骨铭心的迷茫，那体工大队旁边飘着香味的刀削面馆，鼓楼前的彻夜徘徊、饥饿的星期六和永远走不出去的稻田；银川还会让我记起那些张灯结彩的节日，那些艳俗的想家的歌曲，那些在风中吹散的诺言和没完没了的明天……

有很多次去银川的机会，我都绕道而行，即便去了，我也总是像一个陌生的旅客一样找不到南北。从来没有一座城市会让你忘记方向，却无法忘记一些细枝末节；从来没有一座城市会让你找不到东西，却总能记起那些掩埋在记忆里的脚印。

这次旅行，我们第一站就去了银川。一切是新的，根本没有一点印象让你回忆起过去。这座城市的改变让人惊讶，干净、整洁、宽阔，仿佛一个雍容的少妇，浓淡相宜。

我银川的好兄弟亢奋是个细心的、热情的西北汉子。听说我们去，早早地订房、选择喝酒的地方、找陪酒的朋友，一路短信联系，我们下了高速，他已经派小兄弟等在路口。我们呼朋唤友地赶到郊区大喝了一场，后来我们几乎忘记了这是主场还是异地，歌罢舞罢已是午夜。必须要提到的是亢奋兄弟那几位豪爽的女哥们，差点被她们的假象迷惑，起先文文静静的样子,等我们喝到中途,才意识到这些小女子的酒量和豪情成正比,那个后发制人,那个不动声色,那个一饮而尽。将遇良才,不醉才怪。西北汉子的热情点燃了我们旅行的第一站。

有朋友的地方就有歌声,有歌声的地方就有好酒。我们像孩子一样放纵、快乐。

了解一个地方就去喝一场酒,这里的朋友内敛而包容,安静却充满热情,随性而不失态。

西行,我喜欢看树。什么样的土地就会生长什么样情怀的树。树是一个地方的灵魂。

在宁夏,我看到一种树,像这里的朋友一样内敛而大方,枝繁叶茂却不张扬,满树姹紫却不媚俗。我一直在问同行的人,这是什么树呀?无人能知,最后同行的乌兰吐口而出:木棉树!

这个弥天大谎,只有乌兰这个充满浪漫情怀的人才能脱口而出。

一路打赌,终究不知道那树,叫什么名字。

后来我说,这树叫亢奋树,有点像我银川的朋友。

活在民间的佛

在西藏，六世达赖喇嘛仓央嘉措是活在民间的一尊佛。

在拉萨的第一天，我和儿子坐在大昭寺的门前，看着磕长头的人从我眼前经过，闻着酥油香，恍若隔世，人突然变得安静而祥和。

我的旁边坐着一位藏族的老阿妈，她不时地看着我的儿子，友好地笑着，突然用拗口的汉语问我："蒙古的？"我儿子嘴快："阿拉善的。""阿拉善"刚一出口，藏族的老阿妈仿佛遇到故乡的人，热情地往我们这边挪了挪身子，用手比划着说着我听不懂的藏语，我茫然地看着。

但有那么一刻我清楚地听到"仓央嘉措"几个字，我的心底被一股暖流漫过，我相信我听懂了老阿妈的热情，只因为我们是从仓央嘉措圆寂的地方回到了他出生的故乡，因为仓央嘉措我们成了故乡的人。整整一个下午，我们都在比比划划地谈论着仓央嘉措。

史载五世达赖喇嘛圆寂的时候，正是西藏世事混乱的时候，当权派因为担心五世达赖喇嘛的圆寂会让整个西藏瓦解，他们一边死死捂住五世达赖去世的消息，一边偷偷寻找他的转世灵童。在这样的境遇中，六世达赖喇嘛仓央嘉措注定要孤独。可以想象在偌大的布达拉宫，那个孤独的少年拾阶而上，被青藏高原的风轻轻掠起衣衫，那么多的心思说给谁听？每一片布达拉宫的石头都有他暗暗的叹息吧？人的心思多了就汇集成河流慢慢流淌出来,成诗成歌。

所以当人们知道事情的真相的时候,在布达拉宫高墙大院里孤独的六世达赖已经长成翩翩少年,他一定看透了看似威严的教权和人世间的世态炎凉,他于是成了一个活在当下,活在尘世的佛。他曾踏雪逃出森严的布达拉宫乔装成普通的百姓去大昭寺旁边的玛吉阿米喝茶,他宁愿顶着被处死的危险而真性情地表达对自己爱人的思念……因为有了这个充满才情的仓央嘉措,藏传佛教里才有了一些温情和人间烟火,从此佛从高高的金塔走进了人们的心中,从此才有了:那一月/我摇动所有的经筒/不为超度/只为触摸你的指尖;那一年/磕长头匍匐在山路/不为觐见/只为贴着你的温暖;那一世/转山转水转佛塔/不为修来世/只为途中与你相见……

六世达赖喇嘛注定是一个悲剧。24岁那年他被当权者以不守清规等等罪名拟送往北京处死,传说途中被好心的人偷放。之后说他是舍弃名位,决然遁去,后来来到了我的故乡阿拉善圆寂。这片被祝福过的草原,因为仓央嘉措从此有了灵性。

有一段话我一定原文摘录下来,我觉得这是对仓央嘉措最中肯的评价:"六世达赖以世间法让俗人看到了出世法中广大的精神世界,他的诗歌和歌曲净化了一代又一代人的心灵。他用最真诚的慈悲让俗人感受到了佛法并不是高不可及,他的特立独行让我们领受到了真正的教益!"从六世达赖的一生来看,他无愧于一个大乘行者的德行。

听着关于仓央嘉措的故事,安静地坐在熙攘的人群里,拉萨的阳光正充裕地照射下来,心灵突然变得轻盈起来。我眯着眼睛望着遥远的地方,仿佛触手可及的天边,突然不再遥远。与佛的距离原来只有一首情歌的长度。

老阿妈喜欢我儿子,笑着不时摸摸他的脑袋。我儿子调皮,拿她的转经筒玩,我觉得这样不妥,但老阿妈笑着纵容着,我知道这都是因为仓央嘉措，我们是仓央嘉措圆寂的地方来的。这就是轮回，命运原来是一只转经筒，从起点回到终点，我们原来都在路上。

在西藏的每一天，我都找机会在大昭寺的街上溜达，后来听说仓央嘉措喝茶的地方就在大昭寺的旁边，名叫玛吉阿米。

我们坐在茶吧的楼顶，那时候太阳暖暖地照着，吃着醇香的酥油饼，大昭寺的顶上一群妇女正在补修屋顶，愉快地唱歌，歌声里没有忧伤。我想，可以把劳动当成一种娱乐，这是一个民族的幸福。

茶吧里有简朴的记事本散落在角角落落，密密麻麻记录着无数人的心声，我好奇地翻看着，有些话很有感触，仿佛阅读不同的人生。

我也在上面写下自己的感触：我是来自仓央嘉措圆寂的草原，我是带着佛的思念，触摸着他曾经的脚印，从楼口上来，坐在这里，感悟他的情怀。

在茶吧偶遇一群湖南来的妹子，我们不经意地聊着，关于藏地，关于仓央嘉措。在这里人们突然少了隔阂，每个人都像故友一样，说着自己的故事。我朋友说，这是一个艳遇的地方。

旅行中突然和陌生的人不再陌生，这是一种境界。

晚上回住地的时候，路过的街道上放着一首歌，歌词所要表达的正是我在西藏寻找仓央嘉措的情绪，我相信这是我和他前世今生的相遇——

默默向你挥挥手
告别我们轮回的缘分
应召而来天的神鹰
请你带走我一生的荣耀

轻轻走过曾经的家
记住千年不变的誓言
应召而来天的神鹰
请你打开我阳光的天路

记得那年雪落草原

突然想起那年下雪的时候,我陪姐姐家的孩子订婚。飘飘洒洒的雪,一下子让人仿佛回到过去。那种安详至今记得。

那年,姐姐一定要我陪他的儿子去女方家订婚,民族婚礼上的很多礼节我也不懂,生怕弄出很多洋相,成为外甥小子的笑话。再三推辞但经不住姐姐的邀请,只好出行。在路上,听外甥说,女方家是大家族,在乌拉草原上很有声望,于是临时急急忙忙给远在图克草原的额吉打电话,请教一些常识。额吉的话让我恍然大悟:只要尊重长辈,关爱晚辈,再没有什么神秘的事情。

到了女方家,果然是一个大家族,直系亲属就80多口人,都是盛装出席,五颜六色的蒙古袍让人仿佛身处在鲜花丛中一样,眼花缭乱。居然在这种环境里,很快记忆中的母语像诗歌一样泛滥开来,甚至还得到她家长辈的赞美。女方的祖母很喜欢我,在裁定一些结婚的事情的时候,得到这些长辈的声援,很是顺利。下午时分,我们顺利地领上新娘子赶往回家的路。车子开动不久,我就给姐姐打去电话,你的兄弟给你立了大功,新娘子已经到手,那边做好准备吧,等着庆贺。

车到半途,就开始下雪,整个草原都被裹上白茫茫的一片,有那么一刻,车里静极了,一切的浮躁都烟消云散了,人很踏实。

雪落草原,这是好兆头,心安之处是故乡。

看着窗外的雪，想起小时候有一年，下雪，羊迷路，半夜我和二姐去找羊，沿着河槽走。二姐说，走出河槽就是外面的世界。那时候，我们好像还讲过未来，好像后来我们都忘了沿着河槽寻找羊群的事情。我们为自己设计的幸福未来而幸福着。二姐说，她将来要当演员，像斯琴高娃一样演戏。好像她还学着电影上的样子说话来着。也就是从那时候开始，我对行走有着莫名的幸福感。

长大后，雪落草原的场景总是莫名地与理想和未来联系起来，雪在我的记忆里几乎和梦想等同起来。很多年后，望着这样的场景，童年的事情就像电影一样弥漫开来，有时候安静包裹起来的温暖让人恍惚，仿佛童年，仿佛梦想，仿佛莫名的超脱和遁入。

快到家的时候，远远地看见屋子里涌出很多的人，都挂着笑，很多我的同辈人假装很隆重地给我行着大礼，样子滑稽。成就别人的好事也会让自己尝到喝蜜的感觉，说得不假。看着一对新人的笑脸，我觉得自己很有成就感。我自告奋勇给大家唱一段长调表示祝贺，当然我的长调不在调上，大家就当相声一样去听吧。

过去的苦难都过去了，我们要豁达地对待生活。也许幸福来的时候我们才能从容地接在手掌之上，就像这轻盈的雪花。

雪落草原，这是一个好的兆头。一片一片的雪花，像一张张孩子的脸，喜庆而天真。虔诚的期盼长生天来年能恩泽草原，六畜兴旺，安康吉祥。

记忆中的旋律

成方圆《思念成殇》

之前对成方圆她们那一代人唱歌,总是感觉上纲上线,不与政治挂钩就不会歌唱,强制性地带着时代的烙印。后来听过成方圆翻唱"花儿",对她有了新的看法,这是一个会唱歌的人,是用心唱歌的歌手。再后来听说成方圆游走世界,是一个不错的摄影师,偶然看到她的摄影作品,感觉真的很干净。一个活明白的人,才能有如此的才情和视角看世界。有些人一辈子活在糊涂中,有些人却突然峰回路转,一清到底。羽化成蝶的美丽有时候是一抹秋风,不经意间刮过,却有一些触动,带着远方的消息。

那天听到成方圆的一首歌《思念成殇》。很不错,安静,白描,却有着说不出的痛,清澈的宗教气质,很多熟悉成方圆歌声的朋友都惊讶于她还有这样的声音,是一种完全不同于以往的悲凉。当歌曲间奏如泣如诉的弦乐扑面而来时,前面所铺垫积蓄的情绪一下就被撞得支离破碎,好痛啊。人们忽然意识到要格外珍惜身边的亲人。有点忧伤,但却有浓浓的情义,安静地对故去的人倾述,一扇给自己打开的窗户,是不经意间刮过的那缕秋风……思念是一缕香,飘往天堂祝福你;思念是一封信,寄往天上只赠你;思念是一场梦,只能在梦中见到你。沧海桑田,时过境迁,再回首,已然物是人非。

《额吉的茶》

好多年了，总有一种情景反复出现在我的梦里，仿佛是我的额吉依然穿着那件天蓝色的蒙古袍，手里拎着奶茶桶，一遍遍地虔诚地向着我离去的方向泼洒着圣洁的奶茶，远远地站着，向我久久挥手，直到我消失在遥远的地平线……

从这样的梦境中醒来，泪水总是湿透我的枕边。昨晚，大醉。那情景又一次出现在我的梦里。所不同的是这次我仿佛还听到那苍凉的劝奶歌弥漫了我整个的世界。

昨晚宴会，一个唱歌的小姑娘唱一首歌叫《额吉的茶》，显然，她们只是为了挣钱而敷衍我们，歌声里面没有一点感情色彩。她以为我听不懂蒙古语，歌声散淡而慵懒。我能理解一个小姑娘，特别在这样的环境里让她理解歌词里的牵挂和祝福也不现实。这歌我听过，是蒙古国青年歌手吉布胡楞演唱的。我看过这首歌曲的MTV，非常的感染人，那种敬献奶茶的仪式非常庄重。亲情暖暖地弥漫了整个画面，仿佛能闻到祝福的奶茶香味。

我知道在我的家乡，直到今日，男人清晨或黄昏离开蒙古包时，仍然习惯于遵从古老的习俗，在蒙古马前饮下母亲递过来的奶茶。这碗茶的深层含义是：母亲祝福自己的儿子平安归来；若他不再归来，也会怀着母亲的温暖离去。

把这首歌献给天下所有的亲人。

轻盈空灵《牧羊曲》

如果说《少林寺》是点燃一个男孩梦想和豪情的电影，那么影片中的歌曲是开发一个懵懂少年青春期的引子。那歌声穿越岁月多少年，至今仍然清澈得仿佛从山涧上的云朵里直泻下来，空灵得没有一点瑕疵。那声音一直停在我记忆的最深处。最近听说演唱者郑绪岚来演出，我便锲而不舍地从朋友那里弄了几张票。

歌声响起的时候，记忆也开始苏醒，最初听歌时候的那些场景一遍遍浮上心头，青涩而灵巧。尽管隔着三十年的时光，歌者早已老去，那些声音里已经有了一些难掩的沧桑和感伤，但却无法阻止那一场关于自己的声势浩荡的青春祭奠。《牧羊曲》的轻盈空灵，《大海啊故乡》的忧伤眷恋，《鼓浪屿之波》的热切青涩，种种情感一遍遍地泛滥，特别是《红楼梦》里的那几首插曲，好一个水中月镜中花，这分明是歌者自己在阅遍人世间的人情冷暖后的责问和感怀，是经历了大风大浪、功名利禄之后的回眸和惆怅……

演出结束后，我买了一张郑绪岚的《红楼梦》歌曲专辑，以作纪念。

一直在感叹，岁月的流逝和老去；一直在怀念，歌声里的那些岁月；一直在共鸣，那些关于人生的感悟。

我于是只能一遍遍喟然长叹：她人虽老，声音未老，岁月更令一切变得唯美而深刻！只有亲临现场，方可细细品尝，她带给人们的不仅是音乐，还有很多很多。

听她的歌唱，对于我这个中年男人何尝不是一种洗礼！

寂寞

深夜里醒着,是一种寂寞。

突然发现三十九年,其实一直是一个人在远行。这种感觉也是寂寞。

悲伤也好,欢乐也罢,只有在深夜的时候,灵魂里的那个我从黑暗中逃遁出来,落寞地看看自己,落寞地流几滴眼泪,然后等天明后,假装快乐地,坚强地笑着对每一个人,仿佛每一个人我都欠着他们,卑微地活着,也是一种寂寞。

你把一颗心交出来,表示你的坦诚,恍惚中,你忘了自己的来路,不知自己的归途,你还觉得你会得到别人的善良和感激的微笑,后来你才发现,一度你早被丢在风里,经过的人没有一个回头看你一眼,也是寂寞。

失望了伤心了,你想找人倾诉自己的难处,突然才发现,找一个人说话很难,后来你就坐在窗前看天,看远处的行人,这就是寂寞。

一些离自己很近的人,总看到他比你优秀,他更需要安慰,仿佛你只能坚强只能快乐只能宽容只能善待,才能对得起别人,充其量就是一个看客,评论几句,好奇一会儿,各自忙各自的,等着下一次显摆自己的优越和坚强。后来你就沉默了,或者莫名地笑几声,表示你的玩世不恭,那时候才是你最寂寞的时候。

后来我们慢慢就学会了沉默，关上门窗。后来有人说，我们成熟了。其实麻木和成熟是有着百分之五十的血缘。把自己的灵魂关起来的时候也是寂寞。

寂寞是什么？寂寞是夜晚一个人坐巴士，看路边不停变换的灯光、树和行人。寂寞是听到一句熟悉的歌词，想起某个曾经说要守护你，现在却不在身边的人。寂寞是学会了夜晚一个人面对黑暗和空洞。寂寞是整晚看很多怀旧的电影，一个人无意中的叹息。寂寞是一个人健身完了，流着汗茫然地望着远方不知去哪里的背影……

寂寞是习惯了远行，选择了逃遁，寂寞是我隐在花丛中，假装不孤独的姿态。

寂寞是失落时候的沉默，是繁华闹市里的孤单，是心情极度郁闷却不知道从何说起的木然。

寂寞是一个人开着车行走在旷野，流泪或呐喊，放最大的声音，追着夕阳奔跑，像孩子一样放纵，天明后，像成人一样穿过街角……

寂寞是放弃，是无语般的凝视。

金钱的概念

昨晚下班回家，路过我那被卷走了370万现金的同学租的小店，门窗紧闭，屋里漆黑。有点担心，就给他打了个电话问询。同学说，回老家过年去了。

我无比同情生怕碰了人家的伤疤小心翼翼地安慰道："没事哇？年轻了，慢慢再挣哇。"我万万没有想到的是，人家倒过来安慰起我来了："没事，我身边还有几个放高利贷放出1000万要不回来的，比起他们我还算是幸运的了。"同学的话让我很感慨，算是个视金钱如粪土的人。

晚上回家，和老婆躺在床上，讲起我同学的370万，可惜得我差点失眠。你说说，我有370万能做多少事情？？？后来就和我那肥而不腻胸无大志的老婆幻想起假如我们有370万怎么花。我老婆显然已经进入幻想的亢奋实战阶段，微闭着眼睛，无比温柔地说："如果我有370万，我就先去购物中心把那件5万3的貂皮大衣买下，另外还看上一双1500元的皮鞋。"接着我老婆用十分不屑的口气说："我不喜欢那些金银首饰，太俗！我还是喜欢钻石……"听着听着，我就有点后怕，这不是给我示威了？还是赶紧给打住了吧。我说不带实战的，仅限于幻想。

后来我老婆又问我："你有370万，你怎么花？"接着还没等我说话，我老婆十分肯定地说："我知道你怎么花，我太了解你了，你肯定会买个路虎,剩下来的时间就去旅行。"啊呀,知夫莫如妻呀!我说:"不过我有所变化,不买路虎了,出去只能加97号油,不适用,我看途观就不错了。"这话一下子激怒了我老婆,腾地坐起来,无比鄙视地说:"看你那点志向,花上个毛驴价钱能当马用了?路虎就是路虎。"

我太了解我这个老婆了,视金钱如粪土,有一分钱敢花一块五。我老婆在花钱的豪爽上简直可以和我喝酒的品质媲美了。

一个民族和另一个民族对金钱的概念有着天壤之别,这可能就是先祖对金钱对教育的不同看法所产生的后果。汉民族自古就是细水长流,勤俭节约,精明,勤劳,省吃俭用,最殷实的梦想也无非是三十亩地一头牛老婆孩子热炕头,所以对金钱的看法就是储存。我老家的草原上曾经有这么两个人,一个有钱就花,喜欢吃羊头,一年到头就算是借钱也要吃上200多只羊头;一个勤劳节俭,舍不得吃舍不得穿,从牙缝里抠出攒下了10万元钱,一辈子没吃过一顿饱肉。两个人同年得了癌症,人们最后给总结,一个是金钱的主人,一个是金钱的奴隶。

关于金钱,有些人有着太多的后顾之忧,他们用一辈子的时间攒钱,最后打上一副上等棺材,美美地空洞地死去。仔细想来,这样做有什么意义呢?即使攒下千万,身后也只会让子孙因为家产而大打出手作鸟兽散。

我接触过朝鲜族。在我们去延吉的路上,当地的汉族朋友介绍说,朝鲜族人不会过日子,全家远走他乡去韩国打工,挣上钱后,就整天享受,花完了再去打工。我听后觉得这个民族挺有意思的。去了延吉,和一群朝鲜族的朋友喝酒。几杯酒下肚,朝鲜族的男人女人便毫无拘束地脱了鞋跳起舞来,热情奔放,快乐简单而直接,不亦乐乎。我也接触过哈萨克族的朋友,那更是一个热情的民族,即使不知道下顿饭在哪里,只要快乐就能倾囊而出。而藏族的人不论挣了多少钱都换成了酥油,不远万里上供给佛祖,这份虔诚让人觉得真是匪夷所思。

蒙古民族对金钱更是毫无概念,很少有人能像汉族那样精打细算。

他们往往是情义比天还大，只要进了我的蒙古包，就是我的客人，就会倾情奉献。我小的时候最大的梦想就是，在冬日，与亲朋好友们围坐毡包之中，炉火上炖一锅肉，喝着小酒，屋子里弥漫着牛粪的味道，懒散地听着音乐，看着窗户上风像狗舌头一样舔着，那感觉，温暖极了幸福极了。

这样想着，又想起同学那被卷走的370万，真是可惜，能走多少地方？能完成我多少个少年的梦想？

用什么样的心态对待金钱就会有什么样的人生，金钱真是一个奇怪的东西，不仅可以左右你的人品，还能指引你走向快乐的方向。

酒疯

从十七岁开始喝酒，仔细算来也有二十个年头了，要是那时候生一个小孩现在也开始准备给娶媳妇了。岁月真是一条河流，经过的风景和看风景的人都慢慢老去，曾经那么向往从容淡定的生活姿态，而真正到来时，才发现已经开始不断地回忆过去那些激情燃烧的岁月。

这二十年，在不同的场合和无数的人喝过酒，这样计算也算是阅人无数，看遍了酒场上的万千气象，更是领略了不同人等的酒疯。酒，原来是可以让你的灵魂裸体行走的流氓，那么强硬地让你丢人现眼。每个人的酒疯都充满了鲜明的个性，我见识过一些人的酒疯，那真是形态各异、变化万千，带有鲜明的惟一性。举例如下：

我一教练，人高马大，不喝酒时是一个沉默不语的人，只要喝高了，必做一件事情，那就是喜欢亲别人的手。而且很绅士，绝不动你身体的其他部位。因为太熟悉了，我们一看他开始两眼放光，四下打量做寻找状，就知道今天又有哪个倒霉蛋要遭殃，不把你的手嘬破皮才怪。记忆很深的一次是，我们正在训练，见这老兄晃晃悠悠地过来，熟悉他的人知道他的保留节目马上要上演了，顿时作鸟兽散。新转来一个小女孩不知内情，仍站在原地不动，被该教练抓住，绅士般地亲手，吓得那女孩鬼哭狼嚎般地呼叫救命。我一队友本来对女孩有好感，这下可逮着英雄救美的机会了，果断地把自己的手伸过去，来了个偷梁换柱。后来两个人居然因此成就了终身的姻缘。现在说起，俩人还一致认为他们的红娘就是教练。

原来有一领导，蒙古人，官升到了厅级以上的位置。此人三杯酒的量，而且逢酒必喝，一喝就醉，一醉就说三句话，不管什么场合和什么人喝酒，这三句话一定在你毫无准备的情况下突然冒出来。一句是，我是成吉思汗的子孙，是马背上的英雄；二句就是北京城是我们的老祖先缔造的；三句话就是我给大家唱一首歌，此后这个没词没调的歌曲他可以整整唱上一个晚上，不知疲倦不容打断。我领略过该领导的风采，那年一次比赛后的庆功宴上，他作为最高领导出席我们的宴会，旁边有人悄悄告诉我，你等会儿看，领导有三句话是非说不可的……果然等这个人摇摇晃晃站起来的时候，说的就是这三句话，一字不差。

有一神人，此人酒后的特征是脱袜子，并以袜子当餐巾纸擦嘴，恶心而荒唐，我领略过。当年刚来这个系统工作，第一次下乡就是去的此人的单位，临走时，我一哥们说，晚上吃饭有惊喜了，你会遇到的。我一路纳闷。果然晚上喝酒，此人坐在我的旁边，喝到高潮，突然说："我脚心热得，你们不介意的话，我想脱袜子。"还没等大家反应过来，此人动作娴熟三下五除二，已经把袜子装进兜里。过了一会儿，大家已经喝得迷迷糊糊的了，只见这人吃完羊肉，从兜里拉出一条黑乎乎的东西擦嘴，并热情地递给我，口里嘟囔着："你也擦擦。"我定睛一看就是他那袜子。我同事站在一边笑得前仰后合。

以上是几种不常见的酒疯，像那些酒后哭之、笑之、倒之、骂之、唱之、打电话之等等不胜枚举。

那天一美女见我，信誓旦旦说再不喝酒了，再喝就是王八蛋，后听清原委，原来是一晚遇一女子喝醉，在马路边上抱着一棵树大哭，让马路上的来往人群看了一场好戏，当真是丢人至极。从此怕步其后尘，发誓不饮。

最近发现自己也有一些酒疯的苗头，喝酒后喜欢到处打电话，并且不知所云，弄得身边的兄弟们苦不堪言，遂决定戒酒。我老婆嘲笑说，你要能戒了酒我把饭戒了！怕把老婆饿死，我慈悲心发作，决定选择性戒酒，即时常声称自己戒酒了，推却不过的时候也只喝一点，不醉，做个清醒的人，淡定的人。

以此文为证。

离开

我是一个喜欢旅行的人，闲下来的时候便四处乱窜。一个多年前的好友邀请我去外地办事，闲着也是闲着，于是欣然前往。我的朋友，十年前在一起共事，一个才华横溢的人，一个性格豪爽的人，一个单纯的善良的人，一个被小人当成创作源泉的人。这样一个没心机的人注定会在一种利益的漩涡里被放在风口浪尖上。

见证过她最落魄的那些日子，绯闻像烂棉花一样，有十几种版本同时在市面上流传，用她的话说就是，成为她绯闻的"男猪脚"年龄是上不封顶下没底线，只要是个男人就能跟她传出一段故事。起先她还抗争，到了后来麻木了，再后来就离开了那个环境，远远地走了，一走就是七年。七年，足以改变一个人的一生，七年，足以让一个人看清楚什么叫世态炎凉，人情冷暖。再见到她的时候，我这个素喜八卦的人便一一求证那些关于她的绯闻，没想到七年的时间没有改变她蒙古人血液里的那种直爽，指着我笑骂："你这个没长脑子的家伙，这种传言也相信！"

那天，两个人在小酒馆里要了一瓶青花瓷，喝得五迷三道，说得口吐白沫，听她倾诉一场声势浩大的往事，酒就不知不觉中喝进了一瓶多。

我问她最难受的是哪一件事情。我以为她会讲她和丈夫的离婚，亲人的背叛，朋友的落井下石。她居然说，最难受的时候不是当时，是之后，一个她看重的人，选择了逃避和不敢担当。后来她就放下了，一切。

三年前，她找了一个人结婚了。结婚那天晚上，她一个人哭了一晚上，从此和从前的生活再没有联系，也很少出去，在很远的一个小镇安静地生活。说这些的时候，她有一些落寞，或许有一种伤痕留在内心。听她讲自己的故事的时候，我莫名地想起电影《立春》里的王彩玲，想起王彩玲麻木地卖猪肉的样子，一个人的美好也许就在那一刻彻底与生活妥协了，这种残忍是一种无限的悲悯，终其一生！

无独有偶，无聊中看一本杂志，对一段文字很感叹：民国才女关露，二十五岁时已经成为与张爱玲比肩的美女作家，后被共产党派到国民党内部潜伏。关露为了信仰毫不犹豫放下到手的名利，以一名交际花的名义潜伏到敌人的阵营，这一潜伏就是二十年，威逼利诱、严刑酷打没有动摇过她的信仰，在别人的唾沫和辱骂声中顶着汉奸的骂名也没有动摇过她的信仰，甚至在解放后被自己的党用怀疑的目光看待和审查也没有动摇过。这样一个坚强的共产党员，却在文革中疯过一次，原因是她挚爱的人和她划清界限。这是一次致命的打击。后来的关露虽然被治疗好了，但从此沉默。一个钢铁一样的斗士，就这样轰然倒下。1980年的某一天，关露被平反的第二天，她一个人收拾得干干净净，抱着陪伴自己三十年的一个陈旧的洋娃娃在自己的出租屋里自杀身亡。据说有人在她的遗物中看到一个纸条，这是她最后留给人世间的文字：我的信仰就是爱。

我这三十多年的经历告诉我，有两种人不值得交往，一是嗜钱如命的人，一个把金钱看得比命还重要的人，无论他多么富足，多么聪明，远离他是最好的选择，不能善待自己的人你别想他会善待别人。二是没有原则的人不值得交往，那些永远站在大多数身边的人，永远不会为你说一句公道的话，这些人其实比真小人更容易和你划清界限。

真的朋友和爱人其实就是能在你需要的时候，和你站在一起的人。

关露懂得了，我那个朋友也明白了。所以生活要么妥协，要么永别！往往致命的伤害是你心底最重要的那个人在你需要时候的离开，这就是最悲凉的人生况味。

老家

经常在郁闷的时候，就想回老家看看，闻着熟悉的草香，走在松软的沙丘上，或者躺在额吉的热炕上，听父母讲那些不咸不淡的草原往事。炉火正旺，飘散着熟悉的牛粪味道，额吉变着花样给我做草原上的好吃的。家的感觉是这样的温暖而恬淡。

深秋季节，我带妻儿回家。土地全部流转，路的两边那些高大的树，都横七竖八地倒下，像惨败的战场，我莫名地感到荒凉。父亲说，政府让移民，全部搬进城里生活。说这话的时候，父亲的脸上布满了悲伤。其实从理智上说，搬到城市对父母这样年迈的人是个好事，可以享受城市的资源，不再每年冬天踏雪生火和捡牛粪。但事实上父母像这些被挖倒的老树，在这路边已经生活了几十年，怎么可能说句话就轻松离开。老家在我的父辈那里就是一棵参天大树，所有的记忆和年轮都长在心里，已经习惯了那里的风和一切，哪怕是半夜里狗叫的声音。我安慰父亲说：幸好离家不远，有机会就可以回来。父亲就沉默。额吉一直在担心去了城里，这捡下的牛粪往哪里存放，因为有人说城市里不让放牛粪。

老家其实条件不好，年轻人都前后离开了这里，村里只有年迈的老人。到了春天，一场比一场浩大的风会把人刮得没有了脾气和性格，老人们主要的乐趣就是计算今年刮了多少场风，是不是比往年的风小些。

我八岁的时候从这里出发,没有路,准备走的那晚,父母和我说了很多很多的话,什么内容不记得了,只是记得母亲不停地熬茶。凌晨三点出发,骑着马,走了两天两夜才到一个小镇,那时候感觉老家很遥远,这是我离开的动力,我想摆脱这贫穷而偏远的乡村。

有很长一段时间我很少回家,一是路途遥远费用很高,更主要的是那时候莫名地有一种负气的感觉,老家一度成了一个模糊的影子,和那长长的路途。

直到有一年,我一个人在异地生活,大年三十的晚上,我游走在异乡的街道上,临街的一个店铺里传来《潇洒走一回》的歌声。这首艳俗的歌,鬼知道它与老家有什么关系,却勾起了我想家的情绪,像中毒一样,我喝着酒,迎着北风一遍遍地唱。那时才明白即使老家穷困潦倒没有任何值得炫耀的东西,她也是长在我的血液里的一棵树,我生命的每一个细节里都有她的影子。

现在,我常常在迷茫的时候,就回老家看看,那里总能给我一些能量和动力,让人变得坚强。有时候就躺在沙丘上,看云朵飘过,悠然自得让人可以忘却那些尘世上的恩怨和不快。我在想父辈能一辈子生活在这里,就是因为她能清除你内心很多的负荷,简单地活着就是一种幸福。

人有时候真是一个奇怪的动物,我的儿子女儿都出生在城市,但每次回到老家,他们马上像在这里生活了很久一样,用我额吉的话说,就是"很草原"。儿子也常常会像我一样站在沙丘上眯着眼睛望向远方,他也会像我的父亲一样盘腿坐在炕上,像一个地道的牧民喝着茶。老家原来是有密码的,他的细枝末节都通过我的血液传递给了后代;老家是有生命的,有老家的温暖陪着,不孤单。

老家,其实她永远不老,就在我夜夜的梦里,弥散着温暖的味道。

聆听一位长者的歌唱

对那陌生的远方,我总是充满宗教般的敬畏。

我不知道远行的目的是什么,寻找还是放逐,心底里总有一种莫名的茫然围堵着我,那些内心的隐痛无法和别人交流。那次远足,走的时候买了很多碟片,一个人在路上,那些漫长的黑夜和孤独的长路有这些声音陪伴就不再寂寞。

走进茫茫的戈壁,走进寂静的边寨,走进那些豁达的人群,走到羊群和马的身边,走出一身的落寞和茫然。宿命里的因果流转走一路忘一路。远足的目的可能就是遗忘,可能就是聆听。

那天在边寨,在老乡的毡包里,喝酒,唱歌,想自己的心思。一位老者靠着墙坐着,一个人低吟般地歌唱,后来我们就静下来听。从别人的歌声里听到了自己的故事,那是一种沧桑后的淡定的声音,是一种经历了磨难把辛酸沉淀在心底的歌唱。其实,他的声音喑哑,酸涩,不是很优美的声音,但却那么辽远而苍茫。后来我想这就是岁月。那些得失和茫然在那一刻停了下来,只是安静地听着自己的命运像花朵一样开放。

这个长者的歌唱让我莫名地感叹一个民族,蒙古民族。这是一个注定漂泊的民族、没根的民族,信奉长生天,所有的记忆都在不断行走的勒勒车上,他们歌唱长生天,唱草原,唱马和羊群,唱母亲和土地……

我见过铮铮铁骨的男儿面对残缺的肢体和头颅可以用狼一样的眼神轻视这些存在，却能为了心爱的女人和马，为了草原和白云，为了蜜蜂和花朵潸然落泪。

蒙古谚语说：没有向别人家酸奶里伸过手指头，没有向别人家马群放过套马杆。心底里有棵善良的树，这是做人的准则，他可以为了朋友和知己，一门心思、一厢情愿、毫无保留地对你好，从来不盘算付出和得到。但是如果你把蒙古人的宽容和忍耐看作愚钝和麻木的话就错了。当你不友好的挑衅和贪婪伤害到蒙古人那宽厚粗糙的表面下最柔软神圣的部分的时候，所引发的猛烈的还击力量，让人震惊。蒙古人的出击也像蒙古人的友好一样直截了当、义无反顾、不留退路。蒙古人的简单心灵，在精明的现代社会是一种憨执，也是一种奢侈。他以他的磊落、血性和天真，冲击着精于算计的聪明人的猥琐、冷漠和市侩。一个男人常常会在酒后流泪，是缘于一种莫名的感动和茫然的惆怅。

在那样的午后，聆听一位长者的歌唱，心静如水。原来，安静也是一种享受，是一种休憩和远望。

一起去旅行

深度有多深

我用整整一个冬天酝酿这次旅行计划，我给这次活动起名为"蒙古风情深度游"，后来有几位朋友在我的怂恿下终于成行了。临行前一晚，我们一遍遍唱着那首自己改编的团歌，每次唱到"那是我故乡"那句词，我的心底总是被一种莫名的温暖所弥漫。不知道从什么时候开始，故乡成为我心底最柔软的想念，想念她的辽阔，想念她的宁静，想念她的善良，想念她的淳朴，想念她的温润和恬淡，想念她的寂寞和孤单……

我一次次踏进那片大漠，穿越落日和星空，穿越辽远和苍茫，在我郁闷的时候，在我快乐的时候，在我浮躁的时候，我喜欢一个人开着车，一路走，一路歌唱，只有在我的草原，我的情怀才变得如此单纯和豪迈，心胸也变得无比宽广。这样的穿越总想找个人来与我分享。于是，我像祥林嫂附体一样，开始见一个人就开始絮叨我的蒙古风情深度游的构想和形式，一直蛊惑我身边的好友，一定跟我分享一次我的感动和豪放。我哥们塔拉说："这个人是疯啦，一见面就是深度，甚是深度？多深？一米还是一尺？"

甚叫深度？这样深奥而且有科学含量的问题显然不是我们能

掌控的，我开玩笑地回答："就是一个猛子扎下去，十天才能飘上来！！！！"

其实一个人安静独处的时候，我也在问自己，旅行是为了什么？旅行无非就是我们一次次的抵达，一次次的回归，一次次的遇见，一次次的懂得，一次次的释放，一次次的走近，一次次的体验，一次次的回望。我们在寻找一个方向，一个可以让内心丰盈的去处。走入别人的生活，可以更好地看清生活的本质。通过别人的眼睛，可以更真切地认清自己。

相约相聚

临行前一晚上，我又邀请了几位当地的朋友以及一个朋友的蒙古国朋友和我们一同出行的团员们小聚了一次。相聚的夜晚，起先团员之间多少有些拘谨，但是当我们每个人把属于自己的蒙古袍穿上，扑面而来的蒙古和草原的气息已经让特邀参加的蒙古国的朋友很震撼了，他一遍遍地问身边的翻译："这是在中国吗？在蒙古国也不会看到有这么多的人穿着蒙古袍聚会，他们是做什么的？"团员们就和他开玩笑说："我们是拍电视剧的。"是的，我们就是拍电视剧的，拍着属于我们的风情和感动，主角是我们自己。

有位朋友说过，认识一个人有两种渠道：一是喝一场豪华的大酒，每个人在酒的面前总会流露出自己最真实的一面，他的善他的喜他的悲他的憎，从酒品看人品，说的就是这个道理。酒会让人性的窗户不经意间展露在大家的面前，一个装蒜的人，迟早会暴露出满怀的破絮烂棉；还有一种渠道就是一同旅行一趟，同吃同行，他对利益的看法，对美丑的表态，在为难情况下的担当和退却，足以让人看清这个人的品行。

路遇沙枣树

出了城,苍苍莽莽的山梁上覆盖着白雪,阳光清亮而柔和,一切都是新的,仿佛年少时每次放假前的心情一样,早就飞到遥远的远方。对于我来说,只要在路上,迎着远方来风,我总觉得幸福就在不远的正前方。

进入库布其大漠,看到道路两边茂密的沙枣树林,这样的季节遇到醇美的沙枣,心中窃喜,于是停车过去,几个爱玩的家伙上蹿下跳,抢夺这秋天留下来的果实。先前我在发布这次旅行的行程时说可以打到沙枣,有一个叫"盈盈水域"的网友很熟悉大漠似地留言说:"打沙枣,现在还有沙枣了?打沙尘暴还差不多。"我给他回复说:"真是一个凉棒子(鄂尔多斯方言,门外汉的意思)!没有在大漠生活过,你哪里知道沙漠里植物的本性。"

草原上的歌声

在牧区,远方的客人到来,迎接他们的除了美酒和飘香的手把肉外,歌唱也许是最能表达情义的,不论男女老幼,只要有人起头,歌声就像天上的云朵无穷无尽地流淌出来。长夜有多漫长,歌声就会有多悠长。

迎接我们的宴会从晚上七点开始,一直持续到第二天的早上八点钟,半夜里有些驴友坚持不住偷偷找地方休息去了,而那些牧民却一直在歌唱。当一个人的歌唱已经成为一种祭祀般凝重的时候,其实他们何尝不是在唱着自己的心灵?

毡包的女主人说:"我还没有离开过草原,还不知道外面的世界是什么样的。你们来了，带来了我的梦想。"那时候，我突然理解了她为什么微闭着眼睛，动情地歌唱草原上的羊群、天空、河流，甚至，他们歌唱着经过的风，一段夜路，一场无边无际的想念。后来我就加入到他们的队伍里歌唱，在歌声中让自己的心思海海漫漫地流淌开来。

城市人因为错综复杂的关系和言不由衷的话语，复杂到让我们慢慢忘记了快乐和幸福。而在牧区，在草原深处，哪怕一位垂垂老者，眼睛里都是孩提般的清澈。也许岁月风蚀了他们的容颜，但眼神永远清澈，他们的快乐来得简单而纯粹。

半夜，有人提议就着月光来场篝火晚会。这些先前见到陌生人还羞涩得不知所措的牧民们，居然在围着篝火的那一刻，却奔放得像个孩子，毫无顾忌，笑声一遍遍地穿过漫漫黑夜。

一起相约去看最美的月亮，走在那条清凉的沙路上，田野里仍然有着去年夏天的芦苇，还有笔直的胡杨树。在路上，在大漠，笑声是通往幸福的拐点，用清爽的思维和直率的为人垫底，我们的心胸就会像草原一样辽阔，而生活给予我们的也是一片比天空还高远的明澈。

很多时间过去了，一起同行的旅伴还经常聚会，讲起那次出行，风景也许忘记了，但那一路同行的交流和沟通，那些遇到的感动和辽远却记在心头。

有时候忍不住要问自己，在那条沙路上拉骆驼的小伙子，不知道是不是还在等待我们的到来？是否还会急切地望向远处，聆听那满车满原野的笑声？

母亲的力量

那天聚会，人们谈论起当今世界上百米的速度究竟多少是个极限？这个问题就像是先有鸡还是先有蛋一样让人纠结。我告诉他们人的能量有时候是无法估量的，譬如我们体育训练的时候，教练经常吓唬我们说，以后谁说自己跑不动了，把狼给放出来，看看谁再说自己跑不动，当然这样的事情没有发生在我们运动队。但我听过一个传闻，说有个教练训练游泳队员，就把鳄鱼放在泳池里，结果全部破了纪录。人在生命面前激发出来的能量究竟有多大？我一直觉得无法评估和计算。

牲口在受到惊吓的时候，迸发出来的能量是无法形容的。小时候，我亲眼看见邻居家一匹老马，发现自己的小马驹被陌生人牵走的时候，突然挣脱铁链子，翻过两米高的栅栏，冲向那个陌生人，幸亏那陌生人懂得马道，扔掉小马驹逃到树上才免此一难。那时候，高娃姑姑就站在旁边，摸着我的头说："看看，马惊了，任何人不要和母亲作斗争，哪怕是一匹老马。"说这话的时候，高娃姑姑流着眼泪，同情地看着疯了一样的母马。

汶川地震的时候，我从电视上看到一个消息：人们在废墟里发现一对母子，母亲身体呈拱形，早已没有生命的迹象，可她怀里的婴儿居然还在熟睡之中。后来人们发现了这位年轻的母亲手里的手机，手机上写着：亲爱的儿子，假如你能活着出去，记得，妈妈爱你。人们说赵州桥是最牢固的桥，可谁能知道，世界上最长久最结实的桥是母亲桥。这是一种怎样的力量，要经过怎样的锻造，才能以拱形的状态凝固？

无独有偶，我听过一个最感人的故事。这是一次交通事故，在荒野，母子车祸，儿子被压在车轮之下，单薄的母亲居然在情急之中，用背掀起了车架，救出了儿子。后来，交警来勘察现场，一直不解，这个孩子是怎么出来的？有位刚做了母亲的交警说："这是母亲的力量！"

人的能量究竟有多大？我们永远无法评估；母亲的力量有多大？我们更不能去估量。因为用爱爆发出来的能量，是上帝的能量，是无限的能量。

画一幅目光

每个人内心深处总有一些词汇是以画面的形式固定下来的，譬如，说起"兄弟"这个词，我会毫无理由地与血性、与毫无原则地站在你的身后，带着一些江湖的匪气联系在一起。兄弟就是在你遭受欺负时，有一个人拖着鼻涕等在放学的路上，上去就给那人几拳，完了还会回头不屑地说："这是我弟，再敢欺负，小心废了你。"再比如说起姐姐这个词，我的脑海里马上出现这样的画面：她是买一根雪糕，小口抿着吃，你狼吐虎咽下去后，虎视眈眈地望着她那一块，她不忍心就递给你，嘴里还在骂你是馋猫的那一个人；她是在路边捡一块纸，命令你擦掉鼻涕，送你糖纸和烟盒的那一个人；她是蹲在河边不停地洗着手绢，眼睛却忧伤地望向遥远的地方想心思的少女；或者就是闯了祸替你背着黑锅，被父母骂哭，却从不会告状的那一个弱小的黄毛丫头。因为有这样的画面定格在我记忆的底板上，所以一些词汇、一些意象，总是伴随这样的画面冷不防就出现在梦里，温暖而又绵长。

那天晚上，和几个哥们去鄂托克牧区吃饭。在牧区，我突然发现有一些目光像画面一样定格在我的心底，假如我是画家，我肯定能画出一幅像草原一样深邃的目光。

那天去了已经是晚上十点半了，黑暗中看不清楚风景，但这些根本不能阻止我对牧区的那些画面的描述：远处的一棵树，像蹲着的老人，枝条柔软而舒展。一条断断续续的水流漫过脚踝,几只没精打采的老牛穿过我们的目光望向远处……我把这样的画面在黑暗中讲给同车的人,大家一笑而过。早上醒来,同车的一个哥们站在墙头上惊讶地叫我,不停地说:"老乌,一样的,一样的,和你说的一样的。"我爬上墙头,居然真的看到我昨天晚上闭着眼睛描述的场景。我被自己惊出一身汗,黑暗中的一说,居然不差毫厘。原来有些词汇真的长在心里,像画面一样。这些记忆,这些经历,这些比喻,是属于一个人的,别人无法想象,无法复制,也不能分担。

我们到访的一户牧民,男主人高高大大,四十多岁,平头,挺着很大的肚子,黑暗中看见我们,像雕塑一样咧着嘴笑,也不说话,只是喏喏地拉我们进屋。屋子显然是经过一番收拾,成吉思汗画像安详恬淡,灯光柔和温馨。男女主人看着几位陌生的客人,有一些紧张,立在那里,搓着自己的手指,仿佛他们是来拜访的客人一般,很过意不去的样子。我用母语和他们打招呼,邀请男主人坐在我的旁边,女主人这才像是被惊醒一般,匆匆进了厨房,直至我们酒酣也再没见人影。

男主人很有意思,从我们进门起就这样腼腆地笑着,目光望向远方,偶尔等我们目光没有与他交错的时候会迅速瞟你一眼,然后又望向远方,仿佛在看远处的羊群和马。

那目光不像我们城市人这般油滑和复杂,譬如,他看自己的一双儿女经过的时候,目光突然有了角度和线条,明澈而柔和。我能感觉出他目光的坦然和细腻,估计这双儿女和他分开有一些日子,他的目光里有询问和牵挂,有担心和自豪。他会从儿女的脚趾看到头发,又从发梢询问到背影,那目光里有牛奶一样浓的爱意。看着看着,我就生出一些感动,在牧区,原来牧民的话语都不如目光表达得全面和完满,原来父亲的爱是如此的宽广和悠长。原来,目光是一幅画,像雕塑一样厚重,像草原一样宽广。

几杯酒下肚，明显感觉我们之间的距离拉近，一问男主人才大我七岁。我为了消除我们之间的距离，便说与他同岁，男人终于敢用目光和我们相遇了。我用母语和他交流，男主人仿佛淤塞的河床突然疏通了一般，用最快的语速一连问了我好几个问题，譬如，做什么的？几个娃娃？我们同行的人什么关系？等等。因为快，我不得不请教旁边的牧人给我翻译。全场哄堂大笑，这一笑整个宴会的气氛活跃起来了，此起彼伏。

　　为了活跃气氛，我自告奋勇唱歌给他们，我与他目光相遇的时候，莫名的感动，声音有点哽咽，同行的人有点惊诧。我不能告诉他，我是感动于他那明澈的目光和自然流露的善良；我也无法让他明白，目光是一幅画，我从他的眼神里看见了自己的草原。我如果这样表达，他一定会很吃惊，怎么目光能是画呢？但是奇怪，所有的蒙古人听我唱到哽咽，他们的声音里也有了忧伤和共鸣，他们一定想起了自己的远方。博大的目光原来只产于牧区，产于善良和宁静的草原，产于一个人的内心有多少柔软和温暖。我生活在城市，在这个浮躁的社会，在一群浮躁的人中间，不要解释这样的目光，因为他们不懂！

　　如果，我会画画，一定画一幅目光，挂在墙上，提醒自己，我是从草原来的。

柔软的心

那天和朋友聚会，去了才发现他在。他是我朋友的朋友，在一起吃过几次饭，他的睿智、儒雅以及成熟男人的风趣和豁达表露无遗，有很好的异性缘。我和他算是比较熟悉的人，但没有深交过。

先前听朋友说起过他，生活富足，事业有成。印象中他结婚很早，刚过四十，女儿就上了大学。他是他母亲已经被医生宣布死亡，并且按照习俗放入棺材后，突然又活了过来之后生的他。这样算来，他的母亲已经有八十多岁了。

平时见面吃饭，他很幽默，说话风趣，但不粗俗，他是那种奋斗着并且能够停下来看沿路风景的人。听朋友说，他们经常隔三差五小坐一会，交流一下心得，对待一些问题的看法很有见地，大概传说中的成熟男人就是这样的标准吧。

那天吃饭，席间无意知道最近他的母亲去世了，我才注意到他的脸上有一些倦容，但他为了气氛努力在控制自己的状态，这样的男人让我有了一些敬佩。

后来他讲起他的母亲，那是一种深深的怀念，即使母亲八十多岁了，而且瘫痪很多年，但母亲在他的心里是一片天，母亲去了，他的天也塌了，什么都没有了。他的眼神里的那种无助和孤独像一个迷途的羔羊。这种心境我能够理解。我一直以为只要妈妈在，我们永远是孩子，妈妈不在了，我们就大了。

后来我们就沉默了。有那么一段时间，我不知道如何安慰他，我那天很唐突，就站起来给他唱歌，居然唱那首《远去的母亲》。后来，他像孩子一样哭了起来。我一直自责，这是我多少年来做得最傻的事情。

之后再见面，我们很少说这些事情，但因为他对母亲的情感，我心里莫名地对他充满了感动，这是一个值得交往的朋友。

生活中总会有一些人，即使没有深交，但总很深刻。他会让你在很久以后无意中想起来，有一点淡淡暖意，只因为他有一颗柔软的心。

男人如茶

有时候突然发现，有些男人像茶，淡淡地散发着岁月的味道。细品，哪怕一个琐碎的眼神里，都有河流一样婉转的磅礴，厚实绵长。

昨天，生意上共同合作的朋友请一位领导吃饭，未到。起先我们几个陪酒的朋友面面相觑，场面似乎有点冷清。本来这次宴请就是有很强的目的性，在功利的面前，故意装出来的清高怎么看怎么不像那么一回事，我感觉就像一个孕妇仍然做处女状一样恶心。更恶心的是每一个人都知道对方的目的却怎么也不肯卸去自己的伪装。我这人粗鲁，不想装蒜，直接点破他们的动机，喝一杯酒先走了。我旁边一个朋友，不是很熟悉，矮矮壮壮的，一直沉默。听我说罢，目光里投来敬佩的样子，显然是我的话触动了他。刚出饭店门口，他从后面急急忙忙赶出来，说他也不想参加，没意思。他自己开车，说顺路送我回家。

半道上，突然回头对我说，你的性格真好。沉默了一会儿，问我："有时间和我一起看一个多年的朋友吗？"顿了顿又马上歉意地补充："就在前面。"

我问他："是你什么朋友？"

他说："前妻。"

我一时语塞。

他看出我的惊诧，解释道："离了，十年了，听说得病了，想去看看。"

在他前妻的楼下,他熟悉地找到一个单元,按了按门铃,许久没有人反应,他自语道:"就是这家,我们的房子,离了判给她了。"

又按了几次,还是没有回应。

他好像很失望的样子。返回的路上,他说:"要是有你的性格,我们也就不会离婚。"

我没有说什么,我不知道他们之前发生过什么事情与性格有关,以至到了离婚的地步,但是从他去看他得病的前妻开始,我突然对他另眼相看。他的一系列表情和动作告诉我,他是用心去做这件事情的。他真像一杯绿茶,慢慢冲开的是一朵朵细细舒展开的叶子,有着春天般的味道,有点苦,但清火。

佛语中的前世今生

我相信前世今生，每个人来的时候都带着上辈子的密码。有缘分的人能够破译，混沌的人也许永生在黑暗中摸索。

蒙古人的名字里总有一些藏语的词汇，我一个同学名字里有个藏语谁也无法翻译，有次听说我去西藏，临走前打电话，让我见到藏人一定问问是什么意思。我同学特意强调说，不想活得不明不白。

那次我见到活佛，专门向活佛请教，活佛脱口而出说是一种佛珠的名称，活佛还说，回去问你朋友，他家祖上是否有人当过喇嘛，他有亲人曾经死于非命。

我大惊，我是知道的，他的父亲自缢而亡。

回来后，我告诉我的同学，你的名字是一种佛珠的名字。我同学沉默良久说，估计是，我的姥爷当过喇嘛，但是我姥爷说，他也不知道这是什么意思，当时只是觉得语感很好听，就拿来给我做了名字。

我后来好奇地找资料查看过这个佛珠的来历，传说是由神灵喉管里的一块骨头炼制而成，那个神灵当他还活在凡世中的时候是活在他自己的情感世界里，音乐是他的通道，是一个宁愿玉碎不为瓦全的人，后来死于非命！

结果，事实上，同学父亲的命运和这个佛珠的解释一模一样，而他接受了这个名字，对音乐的天赋令人称奇。

我的名字里，也有一个藏语的词汇，见过很多的藏人，每次总是忘记讨教。

那天聚会，居然有六个民族的人相聚，藏族、汉族、蒙古族、朝鲜族、满族、回族。和往常一样，是一场热闹的聚会。中途，我朋友说，旁边的那个藏族朋友刚查出癌症，而他自己还不知道，仍然在这里歌之舞之。中途这个藏族朋友诗性大发，说要写诗给大家，他的声音很奇怪，喑哑却清丽，低沉而安详。

不知道为什么，突然想起我的名字里的一个藏语，我问他，这是什么意思？

他很惊讶地说，这个词在藏语生活中间是最常用的一个词：拿过来。同时他怕我听不明白，从对面端了一碗茶过来，说就是这个意思：拿过来。

恍惚中，我笃定地相信了命运，相信缘分，相信前世今生。我无数次去藏区，无数次和藏人接触，喝酒，甚至很认真地带着朋友的疑问请教活佛，唯独每次都忘记自己名字的来历。居然在北京，在一群朋友嘈杂的聚会上，在充盈的热闹和欢笑中，在一群异族中间，突然想起自己，想起名字，而且这个名字的结果，也是我能想象到的意思。

他端奶茶的那种从容和简洁，使我知道这个名字来得多么平凡和恰当。

我问过，我的父辈中没有人懂藏语，只是他们觉得应该从佛经里取一段话纪念这个生命的存在，而这随意的一段，却把一个人的过往准确地记录了下来。

我相信真的有前世今生，除此之外，我再找不出任何理由！

亲人

蒙古谚语说得好:"爱占便宜的人迟早要吃亏,爱偷食主人东西的狗迟早要打跑。"

有段时间,我鬼迷心窍狂热地爱钱,总想着天上掉馅饼的美事。后来喝酒遇到一个不太熟悉的人,神秘地说有笔大生意现在需要集资,两个月后就可以盈利。我想也没有想就决定加入,把自己所有的积蓄都投进去,而且怂恿我的姐姐把她家卖牧场的钱也全部投进去。再后来,打那人的电话起先是不接,后来就直接告诉我全部赔了。要命的是我连二指宽的纸条条也没有。有那么一刻,我觉得天都塌下来了。老婆孩子和我的亲人怎么办?那段时间,我不知道找谁去诉说,人是木的。

曾经的很多好朋友我开始慢慢疏远他们,不想给他们沾晦气,我自己的行为自己负责,没有必要让所有的人跟着我不快乐。过去我很相信风雨同舟的情义,有那么一刻,我看到曾经的好朋友像躲瘟疫一样躲着我,我完全理解,他们怕我向他们借钱。后来,终于有个朋友愿意做担保,给我向银行贷款,去办理贷款,才知道我已经是银行的黑名单上的人,屋漏偏遇到连阴雨,郁闷死了。我发现自己越在郁闷的时候,越不想说话,沉默得像一棵树。有时候做树比做人幸福,起码它不会虚伪,不会骗人。

我一个人在夜里醒着,那是一种煎熬。我把自己身上的事情想完了，还是睡不着，就想国家领导人该操心的事情，解决南水北调，抗击西南旱情……早上起来却疲倦极了。但我必须强忍着起床，无事人一样上班。我知道我塌下来，整个家就完了。

有一天陪一个朋友吃饭，那时我想幸亏这个朋友不知道我的遭遇，说出来一定吓死他。我沉默地喝酒，想自己的心思，那天酒量大得惊人，他们喝不了的酒，我一个人全部喝掉。在场有个煤老板居然十分欣赏我这种做派，一定要聘请我当他们公司的接待办主任，主要工作就是喝酒。吸引我的更主要是工资不错，我就爽快地答应了。

天无绝人之路，从那时候起，我风雨无阻一天两场酒，这样的日子也好，我不用操心他们的生意的成败，只管喝酒。一个月下来，居然还清了姐姐的钱。给姐姐去送钱的时候，心里别提多高兴了，我基本是像孩子一样奔过去的。

都怪多嘴的朋友，无意说出我挣钱的方式。姐姐抱着我哭了。那一刻，我明白了，在亲人的眼里，金钱、债务，还有一切的利益都不要紧，只有亲人的健康和快乐才是最重要的。

青涩年华

依旧是繁华的场面，喧闹的场合，为了拉近感情，酒席的主人中途找来一些歌手渲染气氛。对那些酒桌上卖唱的歌手不论他们唱得多好，会听歌的人都能听出他们歌声里没有感情的成分。我能理解他们的心境，我从来没有责备的意思。今天照样是相同的场景，所以一直没怎么在意。一群已经被世俗污染的没有感情的小青年们，笑着唱那些忧伤的歌曲，很是滑稽。

演唱到了终场，我看见七八个人中间始终有一个穿着紫红色蒙古袍的小伙子在人群中间淡然地附和着别人，也没有人在意他的存在。但在这时，我从他的眼神中看到涉世未深的矜持和羞涩，他的额头上有细密的汗水。那一刻我想到自己的过往。轮到给我唱歌的时候，我特意点紫红色蒙古袍的小伙子为我歌唱。显然他是很惊讶的，他还不知道如何应付这突然出现的境况，他不停地擦着汗水，握着蒙古袍的一角，像个犯了错误的小孩。他的汉语很差，几乎没有什么表白。他唱的是一首古老的民歌，歌词里是对马的赞美，但不知道为什么，他好像唱进去了，眼角渗出了泪水。

后来我看他的眼睛是望着遥远的地方，歌声就在那时戛然而止，他停在歌声的意境里仿佛还没有出来，立着。

喧闹的场合突然都静下来，显然所有的人都听出了他歌声里的忧伤和感情。要知道,今天的场合,能听懂蒙古语言的只有我一个人,后来我才知道感情是相通的,每一个人都有自己的青春岁月,青涩年华。

那时,我从混沌的喝酒中清醒过来,想到我的青春岁月,我们不都是这样曾经为自己的青春歌唱过吗?

给他机会,让他从自卑中走出,青涩的人生才是纯粹的自己。

人不必世故。蒙古谚语怎么说来着:豹子的斑纹在于身上,男子的志气在于胸中。

人在青春,草在青嫩,说的就是这个道理。

蛇缘

我至今也说不清楚，我对蛇为什么如此恐惧，尽管到现在我亲眼看到蛇只有三次，但这三次已经深深地烙在心底，至今还心有余悸。

第一次见蛇是我六七岁的时候，正是饥饿的年代。有一年从春天到深秋，我都没有鞋穿，我已经深切地感受到沙地的冰凉了。为了不被冰凉刺痛，我总是不停地跑步，邻居的布和大爷说，我跑步的姿势像羚羊。其实他哪里知道，那是一个男孩对自己尊严的捍卫。后来母亲说，等攒够了30个鸡蛋，就卖了给我买一双鞋，我的希望就从那时开始了。但眼看就要攒够鸡蛋的时候，却只见鸡抱窝就不见下蛋。有一天，我终于看见鸡出去了，就迫不及待地把手伸进去看有没有下蛋。谁也没有想到，我抓出了一条比我还急切的蛇，蛇缠在我的手上，我至今仿佛还能感觉到蛇的冰凉、腥腻、阴森、恐惧。对蛇的害怕就从那时起烙在我的心里。有一段时间，我甚至看见有蛇一样条纹的东西都条件反射地惊怵。蛇成了我童年记忆里所有恐惧的意象。

第二次接触蛇，我已经十七八岁了，那时自以为是个十足的男人了，可以用参加比赛赚到的钱，买一群羊回家；也可以在别人的惊讶中，把在训练中脱臼的腿恢复原位；我甚至可以像个侠客一样叫嚣东西，打抱不平，但这些都不足以满足一个男人对英雄的渴望，后来是蛇成就了我做英雄的梦想。那时，我们在野外进行艰苦的拉练训练，傍晚时分，蛇把我们教练咬了，当所有的人都惊慌失措的时候，我因为有过童年的经历，用嘴吸出了瘀血，队医的一句话几乎为我成为英雄提供雄厚的证明，他说："要不是他，那后果很难设想"……欲言又止的表情。等我们回到队里，已经传成了我和蛇进行了殊死搏斗，最后把教练从死亡线上拉回来。因为有蛇的陪衬，也成就了我短暂的英雄梦想。但这梦想一刹那就破了，去动物园我从来不去看蛇，这秘密已经被队友发现，并成了他们嘲笑的把柄。蛇在我的心里依然是不可逾越的障碍。那天儿子和我比谁更厉害，在把儿子比得山穷水尽的时候，儿子突然反驳我说："你有蛇厉害？"我哑然。看来今生我是无法超越自我了，蛇成了我永远的恐惧。

久居都市，我也几乎忘了自己对蛇的恐惧，前一段时间，我和几个朋友同行去荒野，想不到又看到了蛇，蛇的冰凉、龌龊、阴森、恐惧一刹那就打破了我的心理防线，我的尖叫、我变形的惊恐几乎成了他们取笑的材料，那时我是多么希望，我亲密的兄弟能对我说："兄弟，别怕，有我。"但我失望地看到所有人都在笑，甚至我兄弟还比别人更鄙视地对我说："这还是男人？"那一刻，我的心里像被什么拽了一下，在蛇之外，我突然发现这是一个人的惊恐，我像被丢在荒原的一粒种子，不知来路，不知归期。这一生恐怕走不出蛇的阴影了，蛇成了我的梦魇，一座翻不过去的山。

好多天夜里，我都梦见自己被孤立在四处是蛇的铁笼里，外面都是我的亲人，他们的冷漠和鄙视，总是让我一次次从噩梦中醒来，蛇原来是一宗禅，让人顿悟，也让心沧桑……

谁能认出我的遗骨？

儿子对我提出抗议，说他学习不好的原因就是因为我不关心他的学习。看着儿子考的和我年龄一样的成绩，不想儿子再走我的老路，下决心辅导儿子。

儿子提出一个条件，就是他写作业的时候，我在一边看书。因为这，无意中看到一段关于歌德和席勒的伟大友谊，感叹不已。

文中说，歌德和席勒相互欣赏相互吸引，共同度过二十多年，贫病交加的席勒病逝的时候，歌德也在床上被病魔折磨得东倒西歪。因为贫穷，席勒的尸体被家人无奈地丢在地下室里，等歌德病好以后，那已经是二十年之后了，但年迈的歌德居然亲自在地下室里，从二十多具尸体中找到了他的知音席勒的遗骨。文中描述：歌德仔细端详着每一具遗骨，最后很肯定地指着其中的一具遗骨说："就是他，我的兄弟。"

文字读到此，我是流着泪的。感动之余，不免想到我们自己的一生，有那么一天，谁会牵挂我们的遗骨？我们的遗骨谁还能认出？那么多的兄弟和朋友，真正能为兄弟牵挂一生，能读懂那一具遗骨里的挂念和不舍的能有谁？

那天，和一个兄弟聊天，他很坚定地给我推荐让看一下《非诚勿扰2》，理由是里面有一个创意非常好，自己给自己办一场葬礼。那兄弟的意思是，看看究竟有多少人真正在乎你，怕失去你，为你痛苦流泪。

我回答他的是，好好活着，为死后牵挂有什么意义！

他很惊讶我的冷漠。我那时很想说，年轻的兄弟，只因为我们还太年轻，不该想到死后。

我知道这个世界上能为一个人牵挂一生那简直是幸福的极致，那需要几千年的福佑和等待，需要几千年的相遇和修行，需要几千年的行善和坚持……这样想着，就有点绝望，绝望的感觉原来就像把心掏空一样。

记得有一年车祸，醒来后，首先想到的是怕至亲的人担心。后来过了很长时间，和我一个很铁的哥们小心翼翼地说起这件事情，我以为哥们会为我担心、惊讶、后怕，让我能感到被重视的幸福。我们都是太爱自己了，那时我偷偷看了一眼对方，结果我看到的是陌路人一般的冷漠和不屑。后来我就沉默，深深地叹了口气。

朋友还算真挚，没有演戏，是最真实的感觉。他说："我爸爸也是车祸，见多了，就没什么了。"我琢磨了这句话很久，后来我懂了：我们不是席勒和歌德，彼此的生活里，我们只是对方世界里的一个缝隙，有时候的失望是你的期望值过高。

席勒应该是幸福的。我们只有等待和梦想。

蒙古有句谚语：与其面如镜，不如心似乳。

有些东西，对于我们平凡的人就是奢望。

寺庙里的树

青海西藏之行，我拜过很多寺庙。

这次西行，让我有一种强烈的感觉，树比佛大。

即使是几百年上千年的寺庙里那些被香火缭绕的佛像，无论多么威严多么神圣多么庄重，但终究是没有生命的，它不能洞察人世间的酸甜苦辣。

没有生命的东西终究不会有灵性的，从这个角度看，那些默默陪伴佛像无数岁月的树木却用鲜活的成长记忆阅遍人间沧桑，世态炎凉。从这个意义上说，树比佛更有灵性。

在上海，我和儿子去南京路的小弄堂里理发，一个年长的老师傅，看我一眼，脱口而出："你今年三十七岁？蒙古人？"这么精准地说出我的年龄和民族让我惊诧。接着他又问我儿子："你2000年生的？"更是让我儿子惊掉下颚。看到我们的样子，老人解释道："我在南京路上理发三十八年，阅人无数。"老人从我们的头上看出我们的年轮，那一刻我就想到了寺庙里的树。

塔尔寺有一棵菩提树，在讲经堂的院子里，据说已经千年，但枝叶婆娑，枝干遒劲，站在树下，让人莫名地敬畏，摸摸它的枝干，内心充满了感动，温润而柔滑。也许在百年前，和我一样迷茫的人曾经把多少心思说给了这棵树，从此树的年轮里有了我们的记忆。

在大昭寺，我听导游说，那些磕着长头朝圣的人，如果不幸在半路上去世，他同行的伙伴就取一颗逝者的牙齿带到大昭寺，投放在大昭寺的树干缝隙里，这样就能带去他的愿望。听这样的讲解，我偷偷跑去大昭寺的树下寻找，果然有很多牙齿。那种震撼无与伦比。只有树才有这样的胸襟。我没有在树下许愿，更没有为树木祝福，历经千年风雨的树木，已经超脱，对树而言，我们个体的这些尘世上的忧伤和烦恼，真的微不足道。

如此淡定地活着，活在佛像的背后，还用祝福吗？

这个纷繁的世界，只有树才能如此地从容和坚持。

图克的月亮

每个人心里都有一轮自己的月亮。

张爱玲的月亮总是挂在三十年代的上海弄堂口,像香烟头烫伤的一个圆点,远远的,昏黄而模糊;李白的月亮永远那么饱满,近得感觉就在窗台上放着,月光里弥漫着酒的味道;李清照的月亮却多少有些清冷,像素描一样低调而婉约,一直挂在他乡的夜空里寂寞地照着。我的月亮在遥远的图克草原,清凉清凉的,醇美而辽阔。老家图克的月亮一定在马尾巴的旁边,调皮而天真。那时候月亮一定伴着歌声:

放马回家的晚上,

冰凉的月光照在我身上,

一壶老酒喝到天亮,

游牧人的生活是多么凄凉,

想念你呀亲人们是否安康?

想念你呀亲人们,

有谁伴他度时光?

一次,我们喝酒聚会归来,整个草原被月光洒满,盈盈艳艳的,在这样的氛围里,好像每个人血液里的烂漫都被点燃,我们唱着歌谣,跳着热烈的舞蹈,那时候所有的人都特别放松,仿佛河流一样,纯真而毫无顾忌地表达自己的梦想。我记得,我们同行的一位长者,起先看着我们，听着我们在这辽阔的天地放肆地表述，后来，他居然深情地说："我一直梦想着一次旅行，骑着我的云青马回趟老家。"他指着月亮的地方，很肯定地说："就在那里！"说的时候话语坚定。几年后，这位长者去世了，但是很多年后，我一想起梦想，就莫名地想起月亮，满山满坡的月光，一个老人童真般的话语。后来我才明白，在梦想面前，我们每个人都是孩子，梦想只生存在纯真里，像这清凉的月光。

图克的月亮属于草原上的牧人，属于喝酒晚归的人、心细如发的人、纯真的人。月亮用清光在地下写字：走出去，回不来——图克的月亮有牵挂的味道，每夜，在马尾巴上摇曳着，悠闲而散淡。

挽留宁静

曾经因工作的原因，在一个遥远的小镇待了一段时间。说它遥远，除了因为离我生活的城市大约有400多公里之外，更主要的是从心底里感觉到的距离。几百公里的距离，遇到雪天，你仿佛被放逐到天涯海角的孤单。

说它是小镇，其实也不准确，它是一个撤乡并镇后已经被废弃的地方，这里的手机信号时有时无，从镇西到镇东，像我这样从事过专业运动的人大约走5分钟就到，太阳一落山，所有的商铺一律关门，每一扇窗口都散放出慵懒而无助的光。那时，整个世界仿佛就从这一刻开始安静下来。原来有一种错误的观念：以为孤独就是宁静。其实宁静是一种从容而豁达地享受孤独的状态，宁静是一种被内心丰裕的想象充满的安然，而不是悲苦般的落寞和空虚。

我享受到了，在那一段时间停留的小镇。

每天日落后，办完手中的杂事，一个人开着车，绕出小镇，当然要绕出小镇，宁静一定与张扬无关。在空旷的草原上任意驰骋，音乐可以开得山响，可能脑海里真的什么都不想，享受这天地给予我的自由和空灵，做个最简单的男人。真好！

这样的宁静中，我时常想起儿时额吉缝纽扣的情节，劳累了一天的额吉看着我们的纽扣掉了，无论油灯多么昏暗，无论此时夜已多深，她总是十分投入地一针一线地不慌不忙地缝补着。其间额吉甚至还能轻哼出一两段好听的歌谣，似乎此时生活的困扰都离我们远去了。那种宁静的氛围常给我们带来无与伦比的安然。长大后，很长时间走向外面的世界，甚至在繁华的都市，渐渐淡忘了牧村的归途，只是在奔波之后，突然莫名其妙地想起儿时额吉给我们营造的那种氛围。

　　在我们的生活日益被数字化、电脑网络和各种快餐、通俗流行歌曲所充斥的今天，真正意义上的宁静已渐渐从我们生活的空间远去了。大家都在拼命挣钱，在一层又一层关系的漩涡里徘徊，而享受宁静已成为这个快节奏、高效率时代的模糊而暗淡的传说。是的，都说这是一个已不相信宁静的时代了，人们正在为下岗而发愁，为生计而奔波，这一切还远比享受宁静实际得多。然而，心却是我们自己的。有人说过："我们无法选择时代，是时代选择了我们。"当我们无法改变环境时，我们试着改变一下自己，寻找和留住生活中的宁静，这样，就可以让充斥着紧张、焦虑、惶恐和浮躁的心灵，寻到一块可以自由呼吸的绿地，一个宁静的港湾。

牧区的幸福

在牧区，农历的十一月一直到第二年的三月，都算是消闲的日子。

在这些闲散的日子里，牧民们也像老牛一样悠然地享受缓慢和冗长。我在饮羊的路上碰见老乡巴雅尔看两只毛驴打架，等我回来的时候，他还在那里看得不亦乐乎。他还向我感慨道："毛驴的世界里，也讲究斗智斗勇。"

我儿子女儿先前就送回老家，等我们回去的时候，儿子的《还珠格格》也不看了，正在草原上领着五只猫、三只羊羔溜溜达达的。城市已经忘记了季节的变换，在这里行走在清凉的风里，在辽远的漠野里唱歌，到处是知音和发现。

女儿的快乐，真的像清泉一样，满满地溢出来。回牧区这几天，女儿开始说话了，她还没有能力完整地表达出自己的想法，但这些不能阻止她让你必须要理解她的意思，假如你误会她的意思，她会执着地和你斗争，直到你理解了为止。穿上新衣服的女儿，像将军一样说出一个字："转！"这个小东西，想显能去了。于是我抱着，上每一个亲戚家走了一圈，女儿得到无数的赞美，脸上溢满得意和骄傲。

还没到年夜的时候，年味已经弥漫得满满当当的。在过去，年味就是吃好穿好，现在更多的是亲人相聚，讲讲彼此生活里的困境和收获，与亲人分享和分担其实是一件很幸福的事情。

曾经的玩伴都已经人到中年，有人倡议要来一次童年玩伴的聚会。聚会上，早已经忘记的童年经历却被同伴们记得异常清晰，我居然还有过一个人与五个人打架的历史。后来三姐又讲起我占便宜的事情来：七八岁的时候，去小卖店买本子，一个本子8分钱，我给了一毛钱，那天那个老板给我多找出5分钱，天呢，3分钱啊。大概无法掩饰内心的狂喜，转身走了，半路碰见三姐，无比荣幸地炫耀我的奇遇。据说，我三姐听完，很冷静地问我：本子呢？这才想起，为占3分钱的便宜慌慌张张地居然把8分钱的本子丢在柜台上了。这成了三姐的笑料，见一次说一次。

今年我是决心不再喝酒了，像牧民一样过几天清醒的日子其实是对自己的负责，无论多么热闹的酒场，多么殷勤的劝酒，都被我挡了下来。按照当地的民俗，初二开始拜见草原上的长辈，当然少不了吃饭喝酒，听消失在风里的故事，讲来年的打算，也听到今年有几个老人走了，有几个孩子出生了，感慨一阵惊喜一阵。日落的时候，转过五六家亲戚之后，同行的姐夫突然提议应该去看看在另一片草原上的一个长辈。那位长辈我是知道的，很多年前，一年内自己的长女和老婆同时去世，紧接着自己唯一的儿子又出车祸撞死三条人命。他女儿出嫁的时候，我去过，别人家的女儿出嫁是件高兴的事情，可怜这个小女子既放不下孤单的爹爹，又担心着唯一的弟弟，还有阴阳两界的思念，那种场面，看得人心酸。听说去看他，我们都毫不犹豫地掉转车头向另一片草原赶去，迎着落日行走在草原，真是一件惬意的事情，有那么一段时间，我们都沉默，看风从车窗外飞过，看远处惊起的一只野兔，看一丛一丛的柠条，熟悉的场景亲切的记忆，一切都在岁月中老去。见到长辈，出乎我的预料，他刚刚放牧回来，家里虽然能感觉到没有女人的气息，但也不失温馨，长辈比我原来见的时候还胖了一些，面容安详而红润，他脸上绽放出来的笑容像婴儿一样纯洁。他的女婿也在，给我们述说,多次让他去城里也不去,买了衣服也不穿,让他解闷买了电视也送人了。我开玩笑说,不看电视,不知道外面的世界,怎么打发那些寂寞的日子?长辈说,每天都忙得解决不清楚羊、狗、猫、鸡的纠纷,哪有时间管那么遥远的事情?!有那么一刻,我非常感慨,幸福在哪里?幸福其实就在简单的身边。

一直在,从未走远。

这个世界上没有永恒,只有曾经。

男人的相貌

我一直以为男人的相貌不必在意,男人的魅力是从内心散发出来的。但是种种经历告诉我,这是一个进入男色的时代,长相成了一个人的名片。

我长着一副不是很正义的脸,老被陌生的人归到黑社会一类。那年和我哥们去队友的城市旅游,队友听说我来,很是隆重,请了很多朋友陪我吃饭,席间一个人很是殷勤地给我敬酒,走的时候一再向我求证:你是圈里的吧?弄得我一头雾水,后来才听我队友说,这人是当地黑社会的一个小头目,所谓的圈里人就是认为我的长相像他们的人。这也成了朋友中间的一个笑话。也是从那时候意识到,我的相貌有点险恶。

更有甚者,那年我去一个新单位工作,本来进入这个单位是很费周折的,谁知道,刚去的时候,感觉那里的人很不友好,看我的眼神都躲躲闪闪。后来一个刚毕业的小伙子估计城府不深,我每每工作打字的时候,他就站在我的身后探头探脑地看我,还自言自语地说:"某某领导还说你是粗人一个,做细致工作还很厉害的。"在我的追问下,他才吞吞吐吐地道出实情。原来某某领导见我人之后,给他的印象是,我像一个黑社会的,且体格粗壮,估计就是干体力的材料,与做办公室这些精细的工作不搭边。

有那么一段时间,我更是被陌生人总结为长得像《天龙八部》里的胡军，气质像惯演恶人的孙红雷。我顶着这些明星的光环贴着邪恶的标签生活。

前一段时间去一个影视基地玩，同行的人怂恿我穿抗日联军的服装演个群众，旁边一个群众演员看见我穿着戏服的样子，可能是点了她的笑穴，指着我笑得捶胸顿足，满地打滚。好不容易被导演喊停，突然从哪个角落里又看到我，喷饭般地笑着不能自已。笑得让我感到郁闷无比。

昨天更是邪恶，路过一个小区门口，正好一个中年胖女人从我身边经过，戏剧性的一幕是，女人猛一抬头看见我，突然像遇到歹徒一样定在那里，双手护着脖子上的金项链，惊恐地看着我，那分明是把我当成抢她项链的流氓。后来可能这女人自己也感觉有点失态，尴尬地笑着说："把你当成坏人了，对不起。"

天哪，看来我回家得好好照照镜子去，我有那么邪恶吗？

我老婆说，有点，习惯了就觉得好了。怪不得巴图那个丑八怪很喜欢和我照相，原来是找一个比他难看的衬托他了。我哪天带上墨镜，站在他家门口吓死那小子去，敢诋毁我的形象，有你们的好果子吃。

信任是一条河

陪队友去外地办事,闲暇的时候,想起我以前一块共事的一个小兄弟,突然想给他打一个电话,一问,他也在这个城市出差,巧得让人感觉像在写小说。后来就招朋呼友决定晚上聚会。

小兄弟是我多年前一块共事的一个朋友,那时候,我刚来这个城市,他是刚刚毕业。原来我是很不屑于和比我小的人打交道,总觉得他们幼稚,包括这个兄弟。但是很奇怪的是,一段时间,我们总是被公司派到一起出差。小兄弟的敦厚、善良和坦诚慢慢地让我们有了很多共同的语言,我教他喝酒,讲我的过去,每到一个陌生的城市引荐他认识我的朋友。我们是两个世界的人,他从来没有见过我们这些三教九流的人在一起的随心所欲和豪爽侠义。他一直奉承我,说这才是男人的生活。

后来他调到另一个城市工作,起先他每周会给我打三四个电话,讲他的困惑讲他对陌生城市的排斥等等,我每次去到他的城市也会早早地打电话让他准备酒场,豪饮一次。后来他在仕途上发展越来越好,位置也越来越高,在两个环境里生活,慢慢地我们就很少联系了。因为以我的经历和智慧远远不能懂得那个环境里的规则。不能给予的我就不想去参与。

有时候人和人的相识就是一种缘分,很多年不联系,而且在异地突然想给他打电话,居然他就在这个城市出差。晚上,我们从城东赶到城西就是为了喝一场酒。

　　再次见他，他变得少语、老成，不说话的时候他总是恍惚地望着远方。完全是主席台前三排的做派。但是开口讲的第一句话就是晚上一定让我陪着他住，我和他开玩笑说："我长这么大还没住过7星级的饭店，我哥们满足我的愿望，怎么也不能擦肩而过。"因为是老友相聚，一块吃饭的还有几位都是老朋友了，天南海北地聊，几天在外地，我这普通话不行，我说话别人听不懂，喝了几天酒基本没怎么说话，憋死我了。所以顾着说话就忽略了小兄弟的异样。临走的时候，小兄弟拽住我的衣袖，很无辜的样子，极力挽留让我和他住吧，我这才看出小兄弟的异样。他说要和我说事情。那天晚上，他给我讲了很多他的经历，讲他一个人在外打拼的孤单，讲他最隐秘的事情，讲他失眠抑郁……他说，他有时候细数他生命中的亲人，包括他的父母妻子，让他无比信任的人就是我一个人。我听着莫名地感动。这个在工作上已经学会严严实实包裹起自己的人，已经学会斗智斗勇周旋于场合的人，其实内心依然纯净依然等待一场倾述。后来我想，这一次毫无理由的远行，就是为了倾听小兄弟的这场倾述。这可能就是缘分。

　　此事已经过了很多天，有时想想，觉得人与人之间确实存在一种毫无理由的信任。人与人的信任可以超越利益、年龄、性别，甚至血缘。我没有什么文化，也不懂那种场合下的竞争，更没有智慧和实力来帮助他，但兄弟对我的信任超过他身边的至亲的人，貌似滑稽，实则真切。有时候的亲情就是一种信任。放眼看，岁月之中那么多温暖的眼神和手掌都值得记在心底并深深怀想。我给予小兄弟什么？今夕何夕，他却无理由地信任我。

　　在回家的路上，我们同行的队友很感慨地说："你知道我最敬佩你什么吗？"他自言自语地说："你嘴不好，存不住话，但是你总有一些最信任你的人，交心的人。"这次我打死也没有给任何人说我那小兄弟给我倾述的隐秘，这是底线。因为我明白，我的心底有一片善良的声音一直在对我叮咛。

　　善良如春花，像一条无边的河流，清清爽爽、婉婉转转流向天涯。

相遇

郁闷的时候，我喜欢一个人开车行走在草原，那时候最好夕阳正浓，车里放着老藤或者新吉乐图的歌，漫无目的地开着车。仿佛走到天边，穿越淡蓝色的忧伤。

其实那时候人的心是空的，什么都不想，那时候就让心灵去睡觉，只让眼睛回到自己人生出发的地方，艾蒿的香味，归鸟的叫声，或者河床上的一缕风，都会唤醒眼睛，唤醒乡愁里属于自己的味道。那种感觉可能有点文人的酸气，但我很享受这样的感觉。我从来不与人交流这些感受，我觉得有些东西是属于自己的记忆。

前一段时间，陪一位不是很熟悉的朋友去他的老家办事，我们都是沉默的人，基本没有什么交流，隐隐感觉我们是两个世界的人，一路上除了谋划办事的思路和步骤之外基本沉默。那时候夕阳就这样斜斜地照进来，一车的暖色。他也仿佛沉睡过去的样子。我随意抽了张碟片放进去，我想音乐可以缓解这段沉闷的旅程。突然他说："我说一个事情，你不准说我酸。"他还没等我回答就自言自语地说起来："我很喜欢夕阳快落的时候，一个人开车的感觉，行走的幸福很爽。"那时候我就愣在那里，原来每一个人的内心都有一个极其柔软的地方。

六七岁的时候，我一个人去找寻丢失的羊群，沿着河床行走，起先我还知道我要去干什么，后来我就仿佛忘了要去干什么、去哪里，只是一味地迎着夕阳走，忘了疲倦，忘了饥饿，忘了恐慌，我仿佛被一种暖暖的幸福包围着，一直走一直走，后来被一条大河阻隔在那里，我就坐在那里，望着遥远的地方。仿佛就在那时候，我被什么东西在内心中拽了一下，早熟对于孩子来说是一种不幸的开始。也就是从那时候起，我意识到家里发生了什么，从此以后一个人被抛在陌生的他乡。

十七八岁的时候，可能青春岁月里的每个人都充满了无望和忧伤，有那么一段时间，饥饿像饿狼一样尾随着我。同宿舍里还有一个和我境遇差不多的人，对于我们俩来说最好的节日就是秋天，我早就侦察好了，穿越一座沙漠，有一片沙枣林，大约要走1个小时，就能上树摘沙枣吃。一般情况我们去的时候很少说话，等回来的路上，一般是我们最幸福的时候，仿佛幸福就在我们的身边，最幸福的事情是幻想自己的未来，有时候我们被自己设计出来的未来幸福得充盈了全身。

前几年，开车回了一次老家，深夜，车抛锚在荒漠，十分沮丧。后来被一个放牧的老人发现，用母语和我攀谈起来，他居然记得三十年前的我，很是惊喜，站在沙丘上大声呼唤附近的牧民，一会儿工夫，来了十多个人。老人可爱极了，每每来一个人，他就仿佛知道答案的幸运者一样，让人家猜我是谁，然后他再公布答案，等人们微微张着嘴，露出惊讶状后，他才爽朗地笑起来。那天我们喝了很多酒，讲这三十年的所有故事，笑一阵哭一阵。老人们讲我的童年，讲我走路的速度出奇得惊人。有那么一刻，我突然相信命运，仿佛找到了行走于我而言的感受和理解。

多少年来我对行走的感受如此刻骨铭心，可能在我的潜意识里是想甩掉恐慌和不安，是想追上幸福和温暖吧。除此之外我再也找不到合适的理由。

行走陕西

在我的思维惯性里，一直以为陕西是个寸草不生的黄土高坡，几个穿着皮袄的汉子撩骚一样唱几首信天游，惆怅地消失在山的后面；要不就是像秋菊一样，蹲在墙角捧着海碗吃面的样子。总之，觉得比邻的陕西是一个很遥远的地方。前一段时间，多年的故交曾在陕西西安住了一年，回来后描述西安的美，说得我好生心动。后来就决定拉儿带女一起去陕西看乡村。

过了延安，扑入眼帘的是满山满野的绿色，郁郁葱葱，感觉就能绿得溢出路面，这种绿让人陶醉，陕西原来在我的思维定势中不好的印象一点点风化，一步步美丽起来。这种绿不同于西部青海的那种辽阔和舒展，也不同于江南的那种小巧和精致，是那种挤在一起堆在一起的绿，立体，层次分明。高低颜色搭配得非常艺术，绿得气势磅礴。因为绿，我的心情异常地舒展，慢慢地爱上了陕西。

一直以来我喜欢开着车随心所欲地行走在乡间小道上，迎面是草香和泥土的味道，偶尔停顿，和路人攀谈一下，那种行走的自由和散淡会一点点渗进你对异乡的新鲜和好奇里面。朋友知道我喜欢的东西，在他的带领下直奔秦岭的山脚，住进古朴的小村里。看山头的绿色，听秦腔，行走在石板路上，吃裤带一样宽的面条，时间突然缓慢下来，人也不再那么浮躁，有时候就是坐在草莓园里晒晒太阳，很多年，我们因为功利忘记了缓慢和宁静,在这样的氛围里,不思不想,就是发呆,也是一件多么幸福的事情。

儿子是个历史迷,坐在车上和我探讨历史。在西安你才发现历史的富足,历史在这里不是呆板的书本知识,而是一个又一个活灵活现的历史故事。历史的印迹已经藏在这些寻常人的生活里,历史已经嵌进了他们的灵魂。西安厚重的历史正是由这些看起来微不足道的人把文化的内涵一点一点诠释给了世人。半路上买瓜,遇见一个瓜农,那个瓜农讲一口《疯狂赛车》里假警察的话,十分有喜感。中间有个问路的,说去陆军学院怎么走,瓜农是个中年男子,十分热情地指路,临了一个人自言自语地感叹道:"还陆军学院了,连个菲律宾也打不到,还陆军了,我鄙视你。"看着这个瓜农,我不由得想起那些绿,那些恬淡的村落,陕西像一个缓慢的牛车,宁心静气地活着,从容而大度。

返程的时候,我们选择走乡间小道,一路从关中平原看到黄土高原,说三步一景真不为过。我喜欢陕北那些村落,随性,自由,散落在沟沟汊汊里,发誓假如时间允许,我还会重新走一遍陕北的乡间,就在这乡间穿行,缓慢地活着,缓慢地想念,缓慢地梳理,你的人生就不会惆怅和落寞。

车过壶口瀑布,近距离看壶口,还是十分震撼,那时候莫名地有想找人分享的冲动。站在壶口,你会被一种莫名的寂寞情怀感染,感叹人生,感叹命运,感叹那些遇见和错过,突然顿悟,生命终将是荒芜的渡口,连我们自己都是过客。只有山水,只有天地才能这般从容和果敢,站在这里你才觉得渺小和狭隘,人生不也如此吗?所以你才懂得缓慢,懂得安静的富有。活在当下,是多么好的想法。

三天时间,还是有点短促,不足以对陕西有多少了解,只是找到了自己的风景和美丽。多一些时间,相约几个知己,上路,一定有别样的风景。感动哥们深夜里等着接风,告别的时候,突然想这不就是旅行的归来和出发的意义吗?

　　有等待,有分享,真好!

烟火人间的佛

那天上班路上，偶遇我一个队友，怂恿我一起去五台山玩。山西一直感觉是不太远的地方，生活中经常听到关于山西的讯息，经过队友一番游说，我便跳上他的车转奔山西。路上想起，山西有我一个队友，集训的时候在一起待过一个月，说一口很浓的山西话。我们两个是那种见面就骂的人，我总能找到他的软肋，用他的话说："昂一辈子就佩服两个人，一个是昂大，他太有眼光了，生了11个娃娃，只要了老大老二和昂这个老小。一个就是你。"我问他为甚，他很认真地说："你不装，敢说真话！"后来分开的时候喝过一场酒，谁知道这小子打过"先锋"，过敏，喝得死猪一样，是我背着去的医院，也算是救他一命。只是大概有一些年头没有联系了，不知道还能记得我是谁不。转辗反复通过其他哥们终于问到他的号码，那小子居然我刚一开口就知道是我，双方又热烈地骂了几句。我告诉他："昂去你们山西五台山，接待不？"这小子居然告诉我，他就在朔州，我路过的地方。

有那么一刻，突然感慨一个人一生中要认识无数的人，有一些人会永远消失在茫茫人海，有一些人我们可能用毕生的机缘就是为了再次遇见。我突然感觉，我这次是不是专门去看他的？也是从那天开始进入我的山西之行，三天喝了五场酒。有时候去一个地方想急速了解一个地方的风土人情，和当地人喝酒是一个渠道。我是那种见面熟的人，每一场酒都能把气氛弄到高潮，终于领略了山西人笑之跳之抱头诉说衷肠，哭之骂之发誓这个兄弟认定一生。

进入五台山是早上8点，雾气蒙蒙，山顶上积雪很大，这里的山不像西部的山那么雄伟舒展，这里的山有点腼腆、婉约。寺庙很多，隐隐约约隐没在山顶，但进入五台山之后，总是觉得好像商业味道重了一些，我同行的朋友感慨道：建一个寺庙比开一个煤矿划算。同行的人群起攻之，说这么神圣的地方怎么会有如此粗俗的想法。我说不装你们会死吗？我们两个成了朽木，一路被唾。看着他们一路的虔诚，许愿，不禁感叹假如真有神灵，也不是一件容易的事情，要为无数人坚守秘密，要为无数人清洗罪孽，要为无数人完成心愿，真正没有带着尘世的功利无所求地把神灵放在心里的能有几人？

反正让我守住一个秘密，还不如把我杀了，太煎熬人了。做一个没有秘密的人其实没那么难。随行的人信奉一尊叫五爷的神灵，初一听总感觉像黑社会的老大，隐没在大幕背后。后来，惊奇地发现，有五爷庙的地方就有一个大戏台，正好有一个寺庙正在开光，对面的戏台上喧哗地唱着驸马招亲的折子戏，这与其他寺庙那种装起来的威严和高高在上多了很多尘世的亲切和可爱。随行的人说，五爷最喜欢看戏。爱看戏的五爷突然在我的心里温暖起来，我想一个懂人间冷暖的神灵远远比那些不食人间烟火的人更能理解尘世上的爱恨情仇、酸甜苦辣。可惜很多人来了是奔着五爷去的，吵吵嚷嚷地进了寺庙，空留一个戏班子在台上咿咿呀呀。这多像人的命运，无论你在台上灯火辉煌，情长路短，谁能知道台下的清冷和落寞。

我想那些演员们那么投入地对着五爷庙的方向唱了，或者他们把那些悲喜都唱给了自己和心中的神灵。

行走在男人的季节

突然发现冬天是一个男人的季节，行走在清冽和辽远的漠北草原，那种莫名的豪气和侠义符合这凛冽的寒风、寂寞的冬雪、肃穆的苍茫，你会被一种江湖的气息笼罩着，忘记悲伤，忘记过往。

有一种悲伤你是无法倾诉的，索性还不如和这大地一样沉默。沉默是一种解脱，面对苍茫，你会觉得渺小，那些失落无足挂齿。血性的汉子苏武，在遥远的西伯利亚贝加尔湖饮恨十九年，活着的信念只因为怀想着汉国的忠义和对娇妻的挂念，可归来又能如何？先帝早已故去，当年生死约定的娇妻也早已嫁为他人妇。一生的等待尽管换来无尽的荣华和赞誉，只是面对漫漫长夜，苏武这个铮铮铁骨的汉子，他终将无法忍受信念的倒塌，选择了一个属于男人的季节，消失在隐隐的旷野。

冬天出行，特别是行走在茫茫大漠戈壁，你会被一种无比的开阔和宁静所震撼。随行的几人，那木斯赖、哈勒努德、达赖哥都是性情中人，梳理着彼此的思绪，散淡地谈着自己的经历，偶尔几只飞鸟惊起，会让人感觉有一些生机。整个大漠被染成了金黄色，我提出想爬上高高的沙丘极目远望，随行的那木斯赖是个活佛，在蒙古民俗的研究方面造诣很深，他对我提出的任何想法都积极拥护，他站在下面指点我从什么角度看什么样的风景，一遍遍地问我，是不是那种效果？当我回答和他描述的想法一致的时候，他会像孩子一样爽朗地笑着，极其纯真。事实上这一路，我是一切行动的制造者，他是一切行动的修正者。

同行的哈勒努德是唯一的女人，性格爽朗，笑点极低，一点幽默就会引来满车的笑声，和这样的女人相处不累。

在行程中一次次发现那木的渊博，一次次地感慨对那木的不了解，索性到了后来，阴阳怪气地极其妖娆地说："师父，受徒儿一拜。"那木照样十分矜持，我们几个故意学着师傅的口气说："呔！哪里来的妖怪。"哈勒努德就顺着我们的思路认真地说："师父，我是悟空。"达赖笑眯眯地说："悟空，你是从泰国回来的吧？"全场爆笑。一路上我们就拿这个说事，像黑道上的人，说着别人不知所云的话。旅行其实就是一种默契的穿越。

大漠深处的牧民十分淳朴，加上我们都是蒙古人，在一起沟通起来十分亲切，一路寻访陌生的牧户，一路感叹这些人的淳朴，进去任何一个牧户家里，都会端上热腾腾的奶茶，几句话交流下来，他们会热情地倾囊相助，可以没有任何回报地自告奋勇陪你去探路引导。

在道特淖尔一户牧民家，刚见女主人的时候，面容冷淡，机械般的上茶，忙碌，抽烟，沉默，仿佛我们与她毫不相干，与先前遇到的牧民有很大的差异。但是令人奇怪的是其后，我们留宿吃饭，几杯酒下肚，她就像变了一个人似的，神采飞扬，幽默开朗。她的歌声充满豪放，摇滚味道十足，后来，我们索性在清冷的月光下，和着她的歌声尽情跳了起来。而哈勒努德更是豪放至极，酒喝了不少，歌也唱得尽兴，微醉中开始给自己长辈数，指责达赖哥称她为"小姨"是叫错了，硬逼着达赖改口叫她"老姨"（父母的姨辈）。在牧区，放下心事，你就在天堂。

"纳迪纳迪……"我们一遍遍地唱着这么肆无忌惮的歌曲，快乐得像孩子一样，在旷野上舞蹈，或高亢或低音，我们就这样在一首歌曲里回望自己的年少轻狂——远远的，就是这轮清月，陪着我们。

早上起来，同行的人说，女主人会占卜，据说十分灵验。果然了得，连我的悲伤之气也一言中的。随行的哈勒努德更是被说中了要害——你不得不相信，我们做的每一件事情都有一双眼睛在看着。

迎着清冽的风，一路向西。随行的除了活佛那木依旧神采奕奕，达赖哥和哈勒努德已经被一顿豪爽的酒宴摧残得东倒西歪，用哈勒努德自己的话说，你们都见证了一个小姨怎么变成了老姨的全过程。之后的几天，我的确发现这个女人就没怎么洗脸，蓬头垢面。

有一段路程是在达赖哥母亲的草原上行走。自从进入这片草原，不管男女老幼，只要牵挂成亲戚，就几乎都是达赖哥的长辈，连六七岁的小孩，达赖哥也十分谦卑地叫大舅。

后来路上上来一个搭车的喇嘛，嘻嘻哈哈地聊着，很快就打发掉一段路程。

转而进入阿拉善盟。看见沙枣的地方，总让我想起故乡，故乡的冬天，沙枣总是这样充盈，年少时，它是我充饥的宝贝，年轻时它是我远行的牵挂，如今归来，虽然不在故乡，我总能闻到故乡的味道——酸酸的、涩涩的，却是满嘴的甘甜。打沙枣的情趣还在于让你望见充盈的果实，却无法企及，什么是念想，一串一串在风中摇曳的沙枣，足以让你挂念和不舍。

达赖他小姨哈勒努德自从一场酒喝成他老姨之后，一直像猫一样窝在后座昏睡，偶尔我们讲一些笑话，她也是很矜持地笑笑。

那木活佛的身世显赫，他叔叔是藏传佛教里首屈一指的高僧，那木在上世纪七十年代末的时候就已经拿到了蒙古文学创作的最高奖。之前，我听说过关于那木的一些典故，只是每次坐在一起因为喝酒或者其他原因都忘记证实。据说，那木和单位的一行人去华山旅游，每到一处大的寺庙，本来是那些善男信女给寺庙里的活佛喇嘛磕头敬重，可是只要那木出现在这些寺庙，即使是那些得道的高僧，看见那木都十分虔诚地跪倒在他的脚下。随行的人十分诧异，后询问那些高僧，才知道那木是活佛转世，身上充满灵光。当然那木依旧淡定，依旧这样矜持。这次同行，我终于向那木证实，果然是真的，肃然起敬。

达赖还算活跃，虽然那场大酒也把这小子折磨得脸色黢黑，但久经沙场的兄弟还是有一些大将风度，可以和我的酒量抗衡。达赖是我的老乡哥哥，善良如树，人品醇正，重情重义，虽然曾经在蒙古族的舞蹈界是全国数得上的人物，建树颇丰，但十分低调。每次喝酒，倘若我不在现场，他会觉得不够尽兴，落落寡欢。他是我酒场上的黄金搭档，生活中间对很多事情的看法也十分一致，我的一些想法，达赖哥哥永远是积极的拥护者。

进入阿拉善地界已经是中午时分，这条路我曾经无数次走过，但还是迷迷糊糊地找不到方向。苍天般的阿拉善，自从踏进这方水土，几个醉汉也欣欣然地睁开了眼，感叹它的辽阔和苍茫。天气出奇的好，午后的阳光洒满大地，一山一山的金黄，一河一河的金黄，仿佛行进在金碧恢宏的殿宇庙堂。心情也出奇的超然和洒脱。有一段路程，我们谁也不说话，望着远方，沉浸在自己的宁静里。

路过神根峰，我们专程进去看了看。大自然真是鬼斧神工，远远望去，连细小的纹理都十分逼真。哈勒努德和达赖努力了几次，体力不行，没有上山，我和那木一直走到神根的脚下看了个仔细。真像！只是下到山脚下，才知道是要买门票的，不由感叹道："早知道收钱，还不如进厕所看看自己的。"那木坏坏地说："还是不一样，你哪能随时笔直成这样？！"哈哈哈。

从神根峰出来，往阿左旗的方向走了一段十分艰难的路程，过了几座山，眼前豁然开朗，一片苍茫。偶尔一群一群的骆驼，几棵孤独的胡杨，让人遐想。苍天般的阿拉善，辽远，空旷。行进在这样的环境里，突然感觉到人的渺小，天地沧桑，时间沧桑，命运沧桑，岁月真的能够消融掉一切，等待有时候是一种修行，不问前世，不问来生，只为一场旷世的相遇而行走在这男人的季节。

兄弟

对于男人来说，"兄弟"是一个朴实亲密的词，带着血性。

我其实是有哥的，而且有两个北方壮汉的哥哥，但是只因为我们相差的岁数太大，等我开始长成打架的顽童，等着有人在我打败了的时候来给我报仇雪恨的时候，我的哥哥们已经开始狂热地迷恋上女人了，他们更像我的父辈，他们总会板着脸教我什么是规矩。我梦想中的哥哥如果少了冲动、血性和无原则的保护，那就少了"兄弟"这个词的含义了。

小时候最大的梦想就是在外面受了欺负，回家找上哥，在放羊回家的路上堵住那个欺负了我的家伙，蹿上去"啪啪"俩嘴巴子，少顷，再朝他后腚一脚，狠狠地告诉他："这是我弟，谁再欺负他，小心我废了你。"那小子踉跄站定，表情是惊恐的、敬畏的——这是我小时候向往的场景。现在写出来，匪气重了点，但还是令人神往。

也许正是因为有了这样想法，长到十七八岁的时候，我居然成了别人这样的哥。那时在体校，不管是年龄比我大还是比我小的，都喜欢叫我哥，他们说我除了有男人的野性之外，我更多的是有着男人的血性和阳刚。那时，我会无原则地为身边的兄弟打抱不平。也正因为这，不论是被我打过的，还是我保护过的，后来居然都成了我的兄弟，这也是我身边朋友多的原因吧。

后来我也狂热地喜欢上女人，性格才开始变得温和多了，但这种大男人的情结是没有变的。直到有一次，在旅游的路上，我无意间在那么苍茫荒凉的地方看到两棵树，听导游说，这是两棵兄弟树，虽然在不同的山头，但它们相守了千年，互相难以割舍。听到那个故事我很感动。那时我才知道，兄弟其实就是两棵树，彼此相望、彼此坚守、彼此温暖、彼此关爱、彼此呵护、彼此牵挂的两棵树呀。

　　我儿子他们这一代人很难再有兄弟的概念了，想想其实是件挺悲哀的事情，在亲情世界里最阳刚的就是兄弟间的情谊。那天听朋友讲，他跟他儿子开玩笑说要再生一个弟弟，他儿子愤怒地说，你们要是敢生下，我立马就给他扔在浴缸里淹死。他们这一代，都变得太自私了，听来感到十分可怕，吃独食吃得六亲不认了。

　　书上说：兄弟，是古代的一种称谓，是母亲生你之前或之后产下的另一个男性。我宁愿相信，兄弟是生命里愿意为你冲动的那一个血性男人。

学习与骂人

我被教练选中去体校之前，从未离开过草原，更不会说汉语。我清晰地记得那次沉闷的旅程，教练原本话少，加上我们之间无法沟通，一路无语。眼看着离草原越来越远，目不转睛地望着走过的路，我的心里无比恐慌，一种未知的茫然弥漫了全身。

我的教练最讨厌优柔寡断的人，他的理论是，男人敢爱敢恨，不能委屈自己，这是做运动员的起码条件。但他万万没有想到，坐在他身边的这一个看似单薄的人，其实比他想象中要胆大得多。走在半路上，我就后悔自己做出的决定，不想去体校了，我要回我的草原。

我用了一个小时的蒙语向他表明我的意思，但他还是一头雾水。终于，我不再管心里的这个"笨蛋"了，不管不顾跳下车向家的方向奔跑。他终于明白我的想法，追我的时候，我狠狠地在他健硕的腿上咬了一口。这可能是在他从教生涯中从来未曾发生过的事，他黑塔一般的身躯终于在一声嚎叫后，像拎一只小鸡一样把我扔回车上，临了，还用汉语骂了一句，×你妈。我是从他的表情上看出，他口里的这三个字一定是在恶毒地骂我。之后，我基本就用这三个字骂了教练一路，这也成了我学习汉语的开始。之后，我知道了"妈"就是我们说的额吉。现在想来是多么的荒唐。

无独有偶，我的队友尼玛说他学习汉语也是从骂人开始。骂人虽然不雅，但能承载一个人的愤怒和诅咒，肯定是一个异常精准和内涵深远的语言，这几个字的背后是这个民族的习惯、风俗、忌讳、美丑的判断等等。而且，骂人的话分地域，不同地方的"国骂"也是不一样的，如蒋介石的"娘西匹"，北京人的"你丫"，宁夏银川的"日你妈的"，内蒙人的"透你妈"。

那年，我的一个银川朋友第一次去包头，被一个黑三轮车拉到小巷子里抢劫了，劫后余生的他回来后给我讲述说，那歹徒开口就一句话："T你妈，掏钱！"我朋友说，掏钱他是听懂了，但前面那句没听懂，问我是什么意思。我就用银川同样级别的话给他解释。这家伙居然十分疑惑地问我，那怎么能是骂人话了，就像打招呼一样吧？无奈下，我只好说，包头人说这话就像和你打招呼一样。他终于恍然大悟。

我很庆幸，我能走出草原，能看到外面的世界，能遇到那么多精彩的人和事。有一次，我和另一个少数民族的人交流，言语间，他流露出对其他民族的排斥情绪。我觉得，这是多么狭隘的想法！不管哪个民族，人性中最光辉的东西都是相通的。我的教练用豁达为我的人生打开一扇精彩的大门。

只要有颗善良的心，沟通的桥就在前方。

艳遇

十几岁的时候,有个老喇嘛给我占卜,说我一生中不会有什么桃花运的。那打击像范伟说的一样,拔凉拔凉的。的确,当同宿舍的弟兄们一个个走马灯似的换着女人的时候,我却除了每天训练就是偷偷地溜出去喝酒。后来,我成家了,老婆有一天对我说,谁谁谁曾经很喜欢你,可惜你高傲得像只公鸡,没给人家机会。我惊愕,很后悔了一阵子。之后,我发誓假如能有下一次,我一定不会放过向我表白的这个女人。很快,我还真的遇到了两次"艳遇"呢。

艳遇一

我的队友中,有一个藏族的兄长,由于我俩有很多相同的民族习惯,所以走得很近。有一年,他邀请我去藏区参加一个与那达慕相似的活动。那是我第一次到藏区,那里和我的老家一样很少有外面的人进来过。这里很是原始,还停留在崇尚力量的时代,每年在这个活动中得冠军的人,就是他们心目中的英雄。

每当搞这样的活动的日子,家家户户都带上丰盛的奶食品,穿上漂亮的民族服装,找一个山头扎上鲜艳的帐篷,集体狂欢十日。活动中设有好多传统的民族比赛,如骑马、射箭等。其中有一个比赛是专门针对男人的,类似汉族的拔河,但这个比赛是一对一的,有点像蒙古族的押甲。因队友家的马是匹老马,我俩只好放弃了骑马比赛,选择参加这个有几十个男人参加的"一对一"。在激烈的角逐后,我居然得了冠军。随后,一帮年长者围着我看,仿佛在相一匹种马。他们笑着,偶尔还拍拍我的肩膀。最后,一个长者问我,想要什么奖品呀?他们和我的队友用藏语说了半天后看着我大笑。队友坏坏地对我说,他们奖你一个卓玛,要吗?我以为他开玩笑,就回应说,要。

早上起来,队友说,那位答应给你奖品的长者叫我们去他的帐篷喝茶。我进去一看,发现气氛有点异样,一个盛装的少女背对着我们坐着,始终没有回过头来看我们。队友在与那长者说了一通藏语后,笑着对我说,你昨天的玩笑开大了,他们真要把卓玛嫁给你。我这才知道背对着我们的少女,就是我的奖品——卓玛。当然,我那时已经结婚了,自然就没有了下文。后来,这段经历被我藏族的兄弟改编后,成了大家茶余饭后的笑资。

卓玛后来成了我俩很好的朋友,被我的队友带出山在北京学会了汉语,听说现在成了当地一名不错的兽医呢。

艳遇二

2008年的冬天,我一新疆的队友家出了变故,我急急忙忙地赶往新疆。由于匆忙,我没来得及换下那天打猎穿的衣服和马靴便上路了。一路上,不断遇到汉族人远远地观望着我,仿佛我是这个世界上的稀有动物。幸好,一位好心的人送给我一件棉衣外套,让我罩在上面,那样子可真是太滑稽了。

登机后,我呼呼大睡,迷迷糊糊中,我听到旁边有个好听的声音在跟我说话,但那是我听不懂的一种语言。睁开眼,我看到旁边坐着一位戴着帽子且压得看不见模样的女子，条件反射地将大半个身子转过去，惊奇地问她："你在和我说话吗？"听我用汉语与她讲话，她笑着把帽子摘了下来，露出欧洲血统的、金发碧眼的面庞，并用不流利的汉语解释道，我以为你是哈萨克族。攀谈就此开始。从谈话中，我了解到她家住伊犁，兄妹八个，她是个舞蹈演员，刚从天津演出完，欲返回去看望父母。当她知道我是蒙古族后，沉默了一会说，我以前的男朋友就是蒙古族，这个民族的男人太大男子主义了。临了，她笑着对我说，你长得很像他。我故做委屈状，我太受打击了，原来做了回替身演员。她显然听懂了我的意思，笑着一拳打来说，你们的性格也一样。瞬间，她黯然说，可惜他去年车祸死了。一阵沉默，我无话找话地讲明了我去新疆的意图，她很热情地给我讲了一些和维族人打交道的讲究和忌讳。飞机将要降落，她直爽地问了我的电话，还说有机会要去草原看望我。

下了飞机，新疆正在下雪，我出了候机大厅站在空旷的广场上无聊地等待着来接我的人。突然，后面有人拍我的肩膀，回头一看是她。她调皮地有点孩子气地说："忘了告诉你我的电话了。"说着，拨通我的电话说："你的彩铃很好听。"当她走出很远后突然转身对我喊道："我爱上你了，蒙古老兄。"我笑着向她挥挥手，作了一个飞吻的动作。

那年元旦的深夜，我收到了她的短信，说梦见我了。我回来后就把我与她的故事写出来，宁愿相信这是一次美丽的艳遇。后来，我换了单位，丢了手机，再也没有与她联系了。就在我将要忘记这段经历时，又是一个深夜，我突然收到一条短信："乌哥你还好吗？你可能不记得我了，我是尤里·阿利亚，那个飞机上的哈萨克女孩。以前我把你的号码写在我的俄语文书上面，我的手机丢了，今天才在看书时找到了你的号码。欢迎你来新疆和我们一起过我们的节日……"

我想，被一位初识的美女依然记得是一件多么快乐的事情。缘分原来是一次偶然的俄语文书的翻阅。

爷们儿

那天下午带儿子去游泳，碰到我的一个酒友。攀谈中，得知他最近开了一家健身俱乐部，他邀请我一定去他的俱乐部看看，儿子一听兴奋地嚷着要与我们同去。

来到健身房里，这里的人气很旺，面前不断晃着几个炫耀般的小白领。突然，我觉得十分好笑。在酒友的介绍下，几个教练过来与我见面，其中一个年轻的教练好像刻意向我显摆他的肌肉，过来用身体冲撞我，并发出得意的笑声。我也年轻过，便用蒙古式摔跤的技巧挫了他的傲气，哪想，他不但摔倒在地，站起来后哭得像个娘们，让我突然感觉一阵恶心。

我向来对刻意练出的肌肉并无好感，总觉得仿佛是加工出来的塑料产品，如训练不当，胸肌和腿部肌肉的比例严重失调，更谈不上美感了。我更喜欢在劳动和生活的正常运动中长出来的肌肉，那种流畅的线条才是阳刚之美。但这两种肌肉与眼前这个爷们儿不爷们儿、娘们儿不娘们儿的教练根本没有任何联系。

一个男人是否爷们儿完全取决于他的内在力量，男人的气质是从内在散发出来的一种自然状态，你可以沉默不语，但你一定要有在是非面前第一个跳出来说话的勇气；你可以事业无成，但你一定要有保护亲人和兄弟的能力；你可以叫嚣、颐指气使，但你一定要在老人、女人和孩子面前做一个敢于承担责任的人。

男人的沧桑，在我看来是经历了无数的挫败后留下了伤疤，粗糙了皮肤，失去了双腿，但从你身上依然能够感到安全的样子；男人的味道，在我看来，他可以有一个冷酷的外表，可以因自己心爱的马受伤而流泪，也可以枕着自己心爱的女人的胳膊睡觉。

爷们儿是怎样炼成的？奉劝那些想做爷们儿的人，强大自己的内心吧！

情人节里说爱

这是一个暧昧的日子，空气里都弥漫着尿骚的味道。

鄂尔多斯真是一个神奇的地方，它有超强的能力马上把你改造成严重充满鄂尔多斯标志的东西，譬如小米粥炖海参，还是按位的；棉裤外面毫无理由地穿一个超短裤；就是卖貂皮大衣的做的广告也是一口方言土话，唾沫星子里都充满了煤渣味地嚎叫道：今天穿貂穿什么，要穿就穿瑞华图。一度我听这个广告时，总感觉这个瑞华图他妈的好像就是从柴登乡等那些犄角旮旯的狗身上扒下来的。弄得我现在上街看见穿貂皮的，莫名地感觉这个女人身旁已经睡过几个煤老板。

昨天的情人节，从清晨6点至晚上12点一直响着麻雷炮的声音。本来我对这些洋节没有什么概念，真不知道是谁想出来的这个招数。我听着听着，恍惚感觉像过年了或者是谁家娶媳妇了，这么名正言顺的。情人当道，红火放炮，真是匪夷所思！每当在这样一个艳俗的日子里，我总是杞人忧天地为那些持家过日子的大奶们担心，如何接受这个冷清的日子？

年少恋爱时，生怕世界上的人不知道我是多么地爱她，甚至还野蛮地站在楼顶上叫嚣，以表达爱她的程度。初恋其实不懂爱情，这些招数也都是言情小说上的翻版，爱情的考验顶不过半年的分离或者是吃米饭还是馒头的分歧；快而立时，懂得了爱情就是激情过后的亲情，生活就是常常在柴米油盐的繁冗中忘了表达和倾诉。那时的爱情，真像奔跑在马拉松途中的选手，哪有精力看那一路的风景，有的只是匆忙而繁杂的生活。近不惑时，已没有了爱的激情。

在我看来，十年以上的感情，一定是人生最美的感情。这时的男人一定是一个细腻的爱人，这时的爱也一定是很精致的细节。他是你放纵时脉脉微笑并看着你的人；他是在天气变化后，第一个想起让你添减衣服的人；他是半夜里突然惊醒看你在不在身旁的人……有这种爱的情怀的男人女人，一定已经成熟得像磅礴的河流，深沉而绵长。假如这个年龄的人，还生怕世界上所有的人不知道他们爱得多么炽烈和真挚，开口闭口炫耀自己爱情的甜蜜，那么，我有理由怀疑他们的爱能不能长久。

爱，有时真的很自私，是两个人的天长地久和细水长流。

额吉的树

上次额吉在我家的时候，我特意带她去了成吉思汗陵园。来到成陵，额吉坐在台阶上幸福地望着远方，说活着能见到圣主陵园没有遗憾了。闻言，我与额吉开玩笑，我准备带你去首都，去天安门看毛主席呢。额吉听了像孩子一样笑着。

一天，家里突然打来电话说，额吉病了。我整夜整夜地不能入睡。几天后，我连夜赶了回去，眼前的额吉昏迷着，她消瘦了很多，脸色呈酱紫色。额吉清醒后，竟怕我们伤心，一个劲地说，差不多了，你姥姥就是七十二上没的，也是肺气肿，并反复给我举例她的直系亲属中得肺气肿死亡的人数。看着最亲的额吉一天天衰老，我的心被一种无能为力的无奈笼罩着。在我的姊妹中间，额吉最不放心的是我和二姐。二姐因婚姻不幸四处漂泊，而我在易冲动和不计后果的江湖义气中遭遇过好多挫折。在每次的困境中，我都是在额吉的担心和祈福中度过的。

当我在外拼命奔波时，总是给自己鼓劲说，再不行就回老家放羊去——有额吉的地方成了我最后的退路，我无法想象额吉不在的日子。额吉在哪，家就在哪。

以前，心里难受和迷茫的时候，总喜欢回老家。喜欢躺在额吉的大炕上，听风声一遍遍从屋顶上穿过；喜欢走在家乡的那条小路上，闻着沙蒿的香味，将不能言说的心思留在路上。我闭着眼睛都能知道，这条小路在哪里转弯、在哪段有沙丘漫过、在哪里有毡包、在哪里有成片成片的枯芨芨草……而最让我魂梦萦绕的是离我家不远处沙丘上的一棵树，它在我8岁离开的时候就孤单而坚持着站在那里，从不曾长高，也从不曾枯萎。那棵树如我的额吉相伴着我，黑虎走后，我站在树下哭过，大爸走了我站在树下哭过，每一次人生的低谷我都站在这棵树下。

有一段时间我特别迷茫，我被一种无望、灰暗的情绪带到冰点，这棵树仿佛告诉我，在这个世界上只有坚守和等待，才会好好地活下去。

我不知道人生是否真有前生后世，这棵树是我做人的姿态。假如有来生，我祈求长生天让我变成像额吉那样的一棵树，站在你必经的路口坚守一生。

这次回家，我发现我的这棵树死了。一棵树可能就是一世的轮回，是额吉的轮回。当我从无边的落寞中醒来，我发现有些东西是缘分，是无法强求的，走着走着就淡了、散了，等着等着就忘了、远了……

忧伤的草原

昨日，开车回草原办事，熟悉的味道夹着雪花和寒风扑面而来，可能是血液里的游牧性格，我喜欢在自己破旧的老车上带足了随时可以用来煮奶茶的原料。走在半路，我的车还是出了故障而罢工。好在离家不远了，修修、踹踹居然好了。我暗想，等我有钱了，一定休了你。然后随处拾了一些干柴，美美地熬了一壶奶茶，正准备喝，突然看见有一个牧羊人远远地看着我，羞涩地笑着，那笑容一下子打通了我的过去，那是我熟悉的同胞呀。于是，我故意学着用北京话与他打招呼："先生，你们这里水草丰美，我准备在这里定居了，给我当个向导如何？"我话音刚落，那人居然用蒙语对我说："快别装了，你的口音就是地道的蒙古人，探亲，还是做买卖？"看来我的演技还是十分的拙劣。我倒了一碗奶茶给他，我们都沉默地喝着，眯着眼睛看着远方。他突然问我："有酒吗？"我立即打开后车厢，拿出一瓶兄弟送的酒与他喝了起来。后来他说，我唱歌给你听吧……

想念你呀，

多么的想念你呀，

阿呀乌尤黛呼，

……

天的尽头仍然是天，牧人的目光里有着无边无际的迷离和茫然，不再是开始直线有力度的穿透。一个云朵或一缕细风足可以弯曲草原汉子的目光甚至是彪悍的腰身。我知道，蒙古民族唱起歌来比说话要容易得多，一个人的心思多了就会酿成歌声流淌出来。最后，他沉沉地叹着气说："草场沙化严重呀，我真担心明年我们还能去哪里牧羊。现在，草原上到处是铁丝网，真怀念过去，千里草原一望无际，还有我的马……"

没有草原和羊群哪来的蒙古人呀。那一刻，我的脑子空了，莫名地想家，很想！在他的心中，还能思念草原，而我心中的草原上，只留有曾经的我的父亲和母亲、狗和羊群。

忧郁在那一刻也弥漫了我的全部，我不知道该给谁打个电话来述说我的心情。风雪弥漫的草原上传来了阵阵忧伤的歌声：

想念你呀，

多么的想念你呀，

阿呀乌尤黛呼，

……

有甚了

当地有句方言"有甚了",大意是那有什么、那算什么呢,有点满不在乎、有点藐视一切、有点担当或者是从头再来等等,这样的语言让我总感觉充满男人的豪爽和仗义。

那天开家长会,我对儿子念了六年换了十位老师,最后落到索性数学课每天换一位老师"轮流坐庄"的现状忍无可忍,我说:"今天不解决这个事情,还开什么家长会?"我这暴脾气,气势轩昂地讲了个风雨无阻。显然我这话在班里砸开了锅,儿子回家一个劲地问我:"老爸,你没骂人哇?这次可把我们老师惹下了,我以后怎么办呀?"

几天后,我问儿子班里有什么变化吗?儿子说,老师固定下来了,也没给我穿小鞋。过去,同学里有人歧视我学习不好,现在有同学说,谁谁他爸可厉害了,可不能惹。

其实,那天召开家长会我就发现了一些端倪,现在的教育唯一做的一项工作就是扼杀孩子的天性,一群十二三岁的孩子居然眼神不再明亮,全身充满戒惧。目光里是对陌生人的疑惑,行动上也已经被不许踩这、摸那的教条所禁锢。对成人及儿童来说,知识和智慧完全是两码事。智慧是在玩耍游戏中从蛋壳迸出的雏鸟,完全学不来。催生儿童智慧的外物是大自然——树木、花草、昆虫,它们比知识重要一百倍。孩子的大脑和心灵在同自然的对话中一点点打开,变成丰饶的、让知识开花结果的沃土。在国内,城市儿童与农村儿童对大自然现在都知之甚少。所谓知识——其实是学业,最终为高考——把孩子身上饱满的汁液都榨干了,心地板结,这是最可怜的事情。

想起我上体校的时候,我们宿舍共十六人,轮流值班提水。我人懒,头脚是隔周一洗。时间长了,值班者就不给我打水。一天,我心血来潮要洗头,值班者理直气壮地拒绝给我补水。我一气之下将水桶给套在他的头上,最后去电焊铺用电锯才把他的头给解放出来。事后,我就被队友们传成了一个不要命的人。以讹传讹,那些年在体校,只要有人提起和我是哥们,就没人敢惹。

事实上,这是中国人骨子里的贱骨头,伪君子不如真小人坦荡,奴性是先天性的,是因为教育体制。一个小孩打碎一个杯子,大人首先的反应是可惜杯子,而往往忽略孩子是不是受伤。难道一个杯子比一个孩子还重要吗?长期以来的不重视和怕惹事就这样传给了孩子,让他们忘记善良、忘记担当、忘记宽容和豁达,学会了见风使舵、察言观色、明哲保身、入乡随俗……因为这些,所以朋友就成了有用和没用的试剂,没有坚守,没有情义。

其实,作为一个男人,我们能做的就是果断地站出来,慷慨地说一句:有甚了?!

与一首歌曲相逢

蒙古族作曲家里，我非常喜欢新吉勒图和斯琴朝克图，前者更像一个骑士，旋律苍茫大气，来的时候裹挟着沙粒和狂风，旋律有雕塑般的棱角，思念里也充满了瀑布般的飞泻和呐喊。他自己也会唱歌，声音豪迈、阳刚，充满男人的雄壮和爽快，如《我思恋草原》、《爱在草原》、《想回家》等等。我很荣幸地在微博中与大师有过几次对话，我曾开玩笑地说，快不要四处当什么狗屁评委了，安静地录一盘自己的专辑，那么好的声音没留下来真是太可惜；后者更像一位诗人，旋律里充满了浪漫和儒雅，像月光一样洒进人的心灵世界，温暖、舒缓，永远是优雅和醇美。他的歌曲很适合在一个人的夜里安静地听，听着听着你就仿佛置身在一片无边的草原或者旷野，让如水般的思念漫过心田。

我现在正在聆听着《晚秋余风》，听着听着就仿佛感受到了无边的月光。站在秋风里，想起了很多过去的岁月，那些曾经的牵挂和美好，那些莽莽苍苍的行走和寻找，那一抹明媚月色，那一缕从窗隙间吹拂着的秋风。一切都沉浸在一种无边无际的等待和安静里。

我一直相信歌曲的旋律都是从人的心里流淌出来的，如果有缘再遇到歌唱的人，那么与这样的一首歌曲相遇就成了一条舒缓的河流，缓缓地流向远方……

《晚秋余风》是乌英嘎演唱的，乌英嘎在"天籁草原，移动传情"

首届歌曲"草原星"评选中演唱长调时,我就整晚整晚地守在那里,听她常常将一个完整乐段从低音区提到高音区,再降到低音区的完整过程。她表演的长调特征很明显,歌腔舒展、节奏自如、高亢奔放、言简腔长,不少乐句都有一个长长的拖音,再加上起伏的颤音,唱起来真是豪放不羁、一泻千里。

乌英嘎的声音干净透明,旋律里的纯净和淡淡的忧伤由她低吟出来,恰到好处地流过我们的心田。她的旋律与思念共振,与忧伤缠绵,与等待惆怅,与安静和谐……

有些旋律是注定唱给岁月、唱给草原的,如这首《晚秋余风》。

月之夜

在冬日里穿行总会觉得苍凉。整整一个冬天，我的心像这高原上的苍鹰，辽远而空旷，一边是担当，一边是责任。穿越过寒冷和迷路、行走在寂寞的戈壁、克服种种冷漠和威胁、承受伤痛和背信弃义，最后还是一无所获，突然感觉男人的惆怅其实就是不能言说的无奈和落寞。

我蜗居在家里，看冗长的电视剧，坐视儿子和女儿两个人的战斗，听老婆没完没了的家长里短。日子就是这些繁琐和冗长的寡淡，可惜了我那鸿鹄之志。

女儿一会儿从我身边披着一块毯子妖娆地过去，一会儿又像风一样赤脚冲进他哥哥的房间，只要你没有关注她，她就会猝不及防地给你制造出一些出奇的声响。儿子开始和我讨论战争和各种车模，稍有松懈，就会得到鄙视和嘲笑。在家的日子忙得不亦乐乎。

昨天儿子补课去了，女儿逛街累倒早早睡觉了，老婆在看冗长的电视剧，我终于能静下来听一会儿歌，接着就听到了《月之夜》。这是一首内蒙东部的情歌，被翻译成"月之夜"也是十分的恰当，这如水的旋律也只有月色方能配上它的意境和柔美。

蒙古民歌的很多旋律，总是像从心里流淌出来的溪水，清冽而醇美，就连情话里都有草香和风的味道，思念会比天边还要辽远，忧伤会比黑夜还要漫长，有情的地方总能到达心的距离。这样的歌声，会让你闻到炊烟里的牛粪的气味，看到骆驼在细风里反刍、老牛在远处的河边喝水沉思，人的身前身后都是静默辽远的草原。

蒙古民歌仿佛有许多说不尽的曲折，思念和牵挂仿佛是从奶罐里倾倒出来的无穷无尽的酸奶，就这样，蒙古人在目光望不到边的孤独和寂寞中生活，无论凝望、无论祷祝，心头总要碰上一首歌。

《月之夜》何尝不是这种滋味？一位蒙古族的长者说，听蒙古民歌有三种境界：一是听出悠远；二是听出苍凉；三是听到柔软，像绸子一样柔软。粗犷的塞北，像一块璞玉，外表是沙砾和暗灰，心肠却是凝脂般的美玉，这就是草原。

与一首歌相遇，是一种缘。年少的时候，我其实听过这首歌，那时候还不懂得沧桑，没经历过孤独和落寞，没尝尽人世间的世态炎凉。那时候，听到的只是情话，是思念和渴望。而今夜，再听这首歌，看到了清凉如水的月色，蛰伏、隐忍，一个人的孤单和落寞，落寞的英雄和流放的豪迈，都一起涌上心头。

这时候，听《月之夜》，听着听着你就仿佛行走在如水的月色中，像当下正经历的岁月，多少学会了一些淡定和豁达。

遇见仓央嘉措

我是从一个兄弟那里听到仓央嘉措的,他是一个令我感动的人物。

一次在老家,我无意中和草原上一位长者讲起仓央嘉措的故事,有那么一刻,这位长者突然惊讶地吸着气、微张着嘴看着我,仿佛电影里的定格镜头。我不知道自己哪里说错话了,一时不安起来。后来才从他的神态和语无伦次的解释中明白,仓央嘉措是他心目中的神灵,他是无法相信在这片草原上、像我这个年龄的人居然还知道仓央嘉措,他认定我是他的知音。他幸福地说,嘉措曾经来过这片草原。那时候,我很神往这片被祝福过的草原。再后来,我们很多次讲到六世达赖,从长者那些穿越岁月风尘的述说中,仓央嘉措慢慢浸润着我的心田,最后像春天一样弥漫开来。仓央嘉措抛下身边的荣华富贵和锦绣山河,单是那份为情舍身取义的决绝魄力亦让人赞叹。

昨天,我在一位藏族朋友唯美的博文中无意中又遇到关于仓央嘉措的讲述。从来没有这样专心地看这样一篇文章,尽管他的文章很长且全是学术性的话语,但我真的看进去了,我眼泪婆娑。尽管身旁的儿女在一边窃窃私语地嘲笑我的再动感情,也不能分解我对仓央嘉措的牵肠挂肚。从此,他成了坐在我心中永远的佛。我深深地记住了那段关于他的描述:史料讲过康熙下旨要把仓央嘉措执献京师,其实说难听一点就是锁拿问罪。可仓央嘉措并未犯下滔天罪行,藏族同胞从来不怪仓央嘉措风流浪荡,只要是活佛的情绪,只要是活佛做的事情,他们都表示认可,更何况是一个了不起的活佛居然表达出与他们凡人一样的情感,所以他们对仓央嘉措更加偏爱。

谢天谢地,这片被活佛祝福过的土地上的人们,终还是有一点超越凡人的灵性,来善待这位伟大的充满人性光辉的活佛。从他那里,我终于知道在通往朝圣的路上,不再是深邃的鸿沟,而是一路的芳香和满山的歌吟,一定是在吟唱着心灵深处关于爱的华章。后来我就一再相信,关于仓央嘉措最后的归宿的传说:在去往大清羁押的路上,遇到一位好心的解差将仓央嘉措私自释放,在青海湖边做了一个平凡的牧人,与心爱的女子相依相偎,情歌流连,诗酒风流。

有那么一刻,我真的幻想着,让我有此佛缘吧,在花开的牧场幸运地遇见你,清理你面前遇到的豺狼,堵住你身后袭来的寒风。或者我就是那草原上孤单单的敖包,在你深夜归来的时候为你指出回家的路口……

远方有多远

关于远方,我总有一种宗教般的敬畏,那苍茫的孤寂、乡愁般的怅然,仿佛是心间的绿地,在某一个黄昏或雨夜莫名地升起一缕涩涩的向往。

少不更事的时候,远方是神秘的,是沙枣花般的温馨和甜蜜。家在大漠深处,每天牧羊之前,额吉总是要叮嘱我,她们要去很远的地方。每次,额吉总要把"很远"说得音调很长,远方成了我遥不可及的地方。我常常在薄雾中望着额吉渐渐消隐在大漠的尽头,然后在等待中惊喜地发现,额吉披一身夕阳从草原深处回来。回家的额吉总会给我一些惊喜——几颗沙枣、一把野花,这些都是让我对远方充满了憧憬的理由。等待的日子,心也会变得细腻。远方就从那时在我的心尖蓬勃成一缕朝圣般的神秘。

过年回家,亲人们聚在一起,不经意讲起小时候的事情,讲我反穿皮袄躲在羊圈里吓羊,反而被骚胡(公羊)顶倒的糗事;讲我被二姐怂恿着去偷瓜,被看瓜老汉追得狼狈而逃的事情;讲我偷骑邻居家的毛驴被撞在树上;讲我为逃避父亲的体罚装死被识破等等的丑事。当讲到我九岁收羊皮、贩苦胆,十一岁独自远行的经历……讲着讲着,关于远方的记忆慢慢复苏。

第一次感觉到远方带着瑟瑟的风尘是七岁那年。为了生活,我要去一个陌生的新的环境，也就是从那时大人们的谈话中，我隐约感觉从此要离开这片草原了。那时，对于一个少不经事的孩子来说，远方的诱惑远远比生活的重负更让人振奋。去远方，这不仅意味着能穿新衣服，而且还能吃上一顿香喷喷的白面馍馍。对我而言，去远方更重要的原由是能像额吉一样渐渐地消隐在大漠的尽头。我至今还清晰地记得，我是在亲人一声声的哀叹和自己对远方莫名的遐想中，到了后半夜才迷迷糊糊入睡的，等我再次醒来得时候，四周一片寂静，我的心里突然一沉，仿佛被什么拽了一下似的。后来我才发现，我单纯的童年就在那一声叹息中早熟了。

那一次远行，一路的记忆已经模糊了，只记得我徒步穿过了一座长长的桥，那座桥是我有生以来见过的第一座大桥，以至于我在小学二年级的时候上《南京长江大桥》这一课时，老师问谁见过南京长江大桥，我居然高高地举起了手，结果使得老师惊讶得半天合不上嘴。在我年少的理解中，那座长长的桥，就是"大桥"。

二十二岁那年，极度失意的我专程去看那座桥。其实，那是一座极其普通甚至还有点丑陋的桥。我现在还记得，在绯红的夕阳下，我像一片秋叶，从桥的这头走到桥的那头，慢慢再走回来，这样反反复复大约走了十几回，直至华灯初上，但我无论如何也没有找到小时候那种遥遥无期走不到尽头的感觉。后来我的心情居然好了。远方那时在我的心中成了一座桥，跨过那头就看到了别样的风景。人只要活着，生活的滋味和意义就在那永无尽头的远方。之后很长一段时光，我身后似乎总有一只急追着的猎狗，我跑一阵停下来刚喘口气，那狗又追上来了。我总在旅途中不停地穿行。

有一年，我在外地过年，午夜穿过城市街道，一首《潇洒走一回》的歌曲风靡着全城。这首歌承载了我太多的记忆和经历。现在，当这首旋律再次响起的时候，我总能听到乡愁和迷茫。后来，我对朋友讲，远方其实是一首艳俗的歌,在午夜的街角被风卷起又跌落。

那时多么渴望能像草原上一棵静默的树,过一种隐去了浮华的日子,这也成了我很长一段时光为之奋斗的目标。然而,当我真正结束漂泊的日子,每天穿过喧嚣的闹区,徒步上着不是很辛苦的班时,日子过得散淡而缓慢,却很多次在暗夜里醒来,莫名地失落、孤独,常常不知自己身在何处,那时我真的想起了远方。不远行的日子,我才明白,远方对于一个成年人而言,那是一颗心与另一颗心咫尺天涯的距离。

突然顿悟,心已走在旅途,前也苍茫,后也苍茫,我只能一遍遍问自己,远方有多远,谁能告诉我?

远行

我喜欢行走，在路上，我总不由地问自己，远行的意义是什么？

远行难道就是为了寻找和遇见吗？远行难道就是为了出发和归来吗？也许是，但不能表达我的心境。

远行是什么？也许就是走长长的路，在他乡寻找自己心灵的故乡。我喜欢一句不知道谁说过的话，出发地是家乡，埋葬地是故乡，中间都是远方。远方其实不远，在我们目光到达的地方，在等待的下一秒，在有宁静陪伴的路上，在感动的身边，在和麻木争斗的摔跤场上。远行是一种冲动，是对未知生活的向往，对已经麻木的生活的对抗。远行一定是身未动，心已远，于是上路，那时真的感觉自己像一个大侠，有退隐江湖的惬意。假如幸运的话，最好在他乡还能遇见多年前的老友，或者听一首歌曲，看一群野鸭飞去，和路人攀谈几句，都能让心慢慢静下来，让缓慢地走、缓慢地活着成为一种境界！

远行，一个人走，我喜欢去旷野，在看不到炊烟、听不到鸡鸣狗吠的世界里感天感地，心也随之静然。那是带着心灵飞翔的行程；远行，和三五知己走，我喜欢去未知的乡村和古道，有分享有交流，心灵会遇见美好和感动；远行，和家人走，一定去最安全的地方，亲情才会像春天的花朵一点点姹紫嫣红起来。

远行，其实就是远离城市的喧嚣，走进大自然的怀抱，把本该属于大自然的一切交给大自然，让心在自然中纯化，让情感在自然里清澈，让思想在自然中陶冶。走下去，定会看到远方的太阳，看到暗夜里闪烁的星光，看到自己那颗渐渐清纯的心。

我常想，一个人如果还对未知的远方有着渴望，那么他一定还有颗流浪的心。我们每个人一出生就丢了自己的故乡，从此以后我们便踏上了寻找的路途，在寻找的路上，最可怕的是，我们往往很不幸地丢了简单，丢了感动，甚至丢了善良和敏感，我们就像一只滑稽的猴子，一路寻找一路丢弃，最后，我们才发现连真实也丢掉了。剩一个只有皮囊的人生，像荒野上刮起的一个塑料袋，抛在风里终其一生。

想想这样的人生，也是一件悲凉的事情，趁着我们还有一颗流浪的心，趁着我们还年轻还有冲动，没有理由不去远行，寻找自己。

那就出发，在不远的远处，我已经听到快乐的脚步。

在路上

怀念那十天,那种散淡随性的旅行,怀念那种情义,怀念那一刻的放纵和简单。旅行的意义也许就是在陌生的地方找到我们自己心里的淳朴,在别人的世界看到感动;有时候旅行的意义就是在最难行路上的那种相互扶持和关爱,也许我们在现实中走丢了这些原本的善良,旅行也许就是一路在寻找我们失去的情谊。

在拉卜楞寺,我被那片温暖的阳光感动,它莫名地让我想起小时候每年剪羊毛的季节。在大队部,我见到很多的人和小孩,然后,我们一帮小孩子站在墙角为一张糖纸而争斗得面红耳赤。只有在那一天,我们可以忘记饥饿,忘记忧伤,忘记那些干涸的河床和在太阳底下羸弱行走的羊群。那片阳光让我找到了一种情谊,一种安详,一种恬淡的情怀,人生的无数次旅途不就是为了一片这样的阳光吗?

很多年后,我们也许忘记了最美的风景,但我们一定不能忘记一起出行的那些人和事情,不能忘记那段无功而返的路程,不能忘记我们用手刨用脚蹬过的那个水坑,不能忘记在温暖的阳光下找到最好的角度、拍下最美的照片;我们不能忘记峭壁上史上最惊险的厕所;不能忘记偷瓜、偷玉米时的猥琐和坏;我们不能忘记深夜里的歌唱;不能忘记四人凌晨去登天梯的感受;不能忘记绝处逢生的感动。有时候,想想能一起旅行真的是一种缘分,不管过去多少岁月,每当回想起那一段旅途,我们会骄傲地说，你在，我也在。这是最美的情谊。

　　旅行的意义是什么？我说是对朋友、对亲人的在乎。当我们走得太快，忘记停下来帮助你身边的亲人和朋友时候，相约旅行吧，让心灵打开窗户晒晒自己的忧伤，晒晒自己的感动和善良……在这个繁杂的世界，我们其实最怕的就是麻木和忽略，还有一种莫名的沉默，有这些存在，我们一定会走丢了善良，走丢了情谊，忽略了最在乎最爱你的那个人，当有一天你懂了的时候，你我已在两个世界。行才能旅，游只能是看。

　　旅行不就是感悟和理解吗？是一种休憩后的上路，是一种感悟后的体贴，是一种经历后的在乎，除此之外，我们还能记住什么？

知觉 文学精品阅读丛书·第2辑

格尔玛 主编

雨恋夕阳

曹橘 著

首都师范大学出版社
CAPITAL NORMAL UNIVERSITY PRESS

图书在版编目（CIP）数据

雨恋夕阳 / 曹橘著. —北京：首都师范大学出版社，2013.6
（知觉文学精品阅读丛书 / 格尔玛主编. 第2辑）
ISBN 978-7-5656-1561-0

Ⅰ. ①雨… Ⅱ. ①曹… Ⅲ. ①散文集－中国－当代 Ⅳ. ①I267

中国版本图书馆CIP数据核字(2013)第120603号

知觉文学精品阅读丛书
YULIAN XIYANG

雨恋夕阳

曹　橘　著

责任编辑　张慧芳
首都师范大学出版社出版发行
地　　址　北京西三环北路105号
邮　　编　100048
电　　话　010-68418523（总编室）　　68982468（发行部）
网　　址　www.cnupn.com.cn
北京集惠印刷有限责任公司印刷
全国新华书店发行
版　　次　2013年7月第1版
印　　次　2013年7月第1次印刷
开　　本　787mm×1092mm　1/16
印　　张　17.75
字　　数　224千
总定价　140.00元

版权所有　违者必究
如有质量问题　请与出版社联系退换

自　序

年轻时读陈子昂的《感遇十八首》，每每听他感叹"岁华尽摇落，芳意竟何成"时就常以为那是诗人在擅作清傲，有些孤芳自赏的味道。不料光阴荏苒，不经意间我也到了"岁华摇落"的季节，才晓得当初被我随手挥洒的"芳意"年华早已飘逝得无影无踪，才品量出自己的空疏。

流年飞去，空疏无奈，悔也没用。那就只有弥补了，好在家中有书，虽不是读书人，但只要一天不读书总觉得心中空落，日子长了就习而惯之。有时也涂写几句，发发感慨抒抒情怀，尽兴而已。一次朋友提醒："杂了"，我心下清楚，实则"砸了"。

过往的岁月还是别去触碰吧，然而忍不住：常如山中倦客般望断尘嚣，那尘嚣永远热闹缤纷，但细想起来，终有一曲清音萦绕其间，清晰的、敞亮的、朦胧的、喑哑的，有时还是断断续续的。许是自己曾经欢愉、迷茫与痛楚的音符？于是便感慨便调侃便倾诉，于是就怨、就爱、就思、就悟……

无论怎样，这所有，都是真的。

性格深处的悖逆情怀已无法释然，天生的愚笨又导致了"言之乏味"。如今两鬓霜雪了还只认得这一条路，那就这样固执地走下去吧。毕竟在这时候还能把持着尊严，不被世间的杂音扰乱心境，也可聊以自慰了。

2012.1.12

目 录

第一辑：雨恋

003　雨恋
006　梁祝
009　享受好梦
012　香香的马奶酒
015　南海笛声
018　微笑
022　读图
025　陋室之雅
028　边疆小站
031　回村
034　烟命
042　笑对失败

第二辑：故乡过客

047　祖母
056　故乡石碑
061　乡间的驴
063　村口的庙

- 066 村里的水池
- 071 故乡过客
- 074 定格冬天
- 077 杀虎口随想

第三辑：有书的日子真好

- 085 有书的日子真好
- 089 诗·雪
- 092 我的书橱
- 095 电脑和我
- 099 湘驿女子的情愁
- 102 非常之爱
- 108 等待
- 112 疼痛的骄傲记忆
- 116 不见那一隅
- 119 那片水草地
- 123 寂寞有声
- 126 我丢失了一本书

第四辑：一樽还酹江月

- 131 一樽还酹江月
- 138 时差
  ——谨以此文纪念我的学友
- 142 铃声响起

145 花儿三则

  ——给女儿

152 女儿的电话

155 必然

162 赵氏兄弟

170 健笔凌云

  ——读赵守仁书法选

174 瑞雪凝辉

  ——与张宝生的绘画对语

178 飘然王俊

182 西二楼的清晨

  ——一个老年公寓的清晨记忆

第五辑：依旧桃花

191 依旧桃花

194 刺儿花

197 天赐六月（外一章）

200 感觉秋天

203 在水边

206 白桦树

209 鸟雀相伴

213 笼中鸟

217 归雀

220 弃猫

227 不养宠物

230　梨树的事

第六辑：感受夕阳

237　感受夕阳

240　童年的"年"

243　祝福自己

246　身影

249　守候岁月

252　人闲心静

255　饿宴

258　水晶冰糖

261　一地黄花

264　储点儿秋菜好过冬

267　岁末遐想

270　春天的期待

273　后　记

第一辑：雨恋

  我爱清晨飘飞的春雨，那时的天空总是遥遥的沉静，人也在沉静之中，听不到忙碌的嘈杂，看不见张扬的喧哗，心儿不再浮躁，因为沉静足以让人思考。

雨恋

清晰地记得那是那年的四月十八日。

北方的春天是干燥的,漫长的冬天里只有一场如霜的小雪在地上薄薄地铺了一层,此后便不见有一丝湿气了。一连几天,肆虐的风从遥远的荒漠刮过来,携了满怀的黄沙抛洒在这久旱的土地上。每日午后狂风大作,一时飞沙走石。太阳是昏黄的,空气浑浊,黄沙弥漫了整座城市,街道、房屋和行人都笼罩在沉沉沙雾之中。我常长久伫于窗前凝望着那几乎压顶的昏空,渴望它能变得湛蓝与高远,问眼前的枯树衰草,何时才会绽出新绿?

夜的朦胧中,我依稀听到了一阵瑟瑟的声响,似一双手在轻柔地摩挲一方锦缎。寂寥的静谧中,隔着窗我好像看见在路灯的暗影里有亮光在闪动,一丝一缕,丝丝缕缕……

梦中的我,仍是童年,手捧一掬浑水,浇在那盆快要枯死的"红姑娘"里。我爱这盆花,每年它枝繁叶茂的时候,总有几枚十几枚圆圆的小红果颤于枝叶间,果子虽不能吃,且苦,可它那水滴滴含羞的样子,让人看了心里不由地生出无限的娇怜来。如今,曾经的浓绿与红果早已凋谢,蓬勃的生机早已远去——它老了吗?它的枯枝败叶证明它要死了吗?

我蓦然惊醒,侧耳静听,仍是细微的瑟瑟声,再看那路灯下,仍有丝丝缕缕在闪动，由远及近，屋里的空气也不似早先那么干燥，下雨了？我欣喜若狂，忙拉开窗帘，真的是下雨了！我轻轻推开一隙窗扉，窗外已是夜雨迷蒙，一股新凉裹着斜斜的雨丝拥进屋里，有些虚无有些缥缈，我把双臂伸出窗外，手立刻湿润了——这是那年的第一场春雨。

从此，每年惊蛰过后，我就期盼着春雨的来临，想着故乡窗前的那盆"红姑娘"，她是否安在？——让我伸手于窗外，接一掬春水为你浇灌吧。还有坡上的桐树，道旁的枯草，谷底的柔沙；还有田间的稼穑，垄上的初芽；还有一颗焦躁无望的心……

聆听窸窸窣窣的春雨声，如童话里的村女在精心地抚平她皱了的裙裾。春雨，绝无夏雨那么滂沱那么淋漓，也不像秋雨那么惆怅那么缠绵。记得曾经见过一幅罗马壁画《春》，虽然画面上的墙壁已经斑驳甚至开裂，但听那位赤足的春之神女踏在大地上轻盈的脚步声，看她右手轻拂着道旁低矮的树丛，是那样随意和愉悦，她一路走来，就为这寒凉的世界带来了无限的春意！那春意里便孕育了新的生命，那是一年中新的希望。就是这春天的雨么？开始是飘，轻轻漫漫地融入大地的怀中，从这个时刻开始，——这是个神圣的时刻！天地间有了最热烈的初吻！人世间开辟了鸿蒙！继而，细雨伴着春风，雾一般白色的雨帘在我的窗前飘摆，怕惊了我的梦似的轻拍着玻璃窗。我知道，她一定是有许多话要对我说才来叩访我的，那声的温、音的柔、语的轻，在融融的雨中，在雨的流光处，她告诉我：人生不可能"久旱"，严冬过后必有春雨的润泽——这是自然轮回，而你，缺少的只是"执著"。

是的，在失意的人生中我曾有过太多的自卑和无望，最终是这春雨将我心中的自信唤回。

也是在烟雨三月吧？那天，细雨斜丝，我徘徊在南方的一条横贯小城的江边，见几篷小舟轻荡于江中，从江水深处滑过来一曲曲湿漉漉的渔歌声。迷蒙处，我看到黛色的远山、浓绿的木棉，还有眼前这丝丝落雨的江水，一切都是那么惬意与从容。可不知为什么，我的心中陡然腾起一阵浓浓的乡愁，周边是满眼的陌生，心想，我怎么会如风筝般地飘飞到这个陌生之地呢？我身下的那根细细的长线呢？线的那端不是系着我心的归宿吗？该不会断了吧？于是就在那一刻，我仿佛听到了那首让我流泪的《父亲的草原母亲的河》！这里是与春偕游的三月，而我北方的家乡，也许眼下正在风沙弥漫。胸中便油然激起了难以抑制的乡思，似箭的归心让我决然转身离开了那个如花的异地。

此后，在我心底便萌生了一款爱恋：我爱清晨飘飞的春雨，那时的天空总是遥遥的沉静，人也在沉静之中，听不到忙碌的嘈杂，看不见张扬的喧哗，心儿不再浮躁，因为沉静足以让人思考。

北方浩荡万里的春风和照耀着大地的暖暖阳光，总是离不开春雨的，那是因为这雨是春天的使者，它虽然细微，但却是希望之水，生命之琼浆。

黄庭坚当年不无幽怨地问道"春归何处"？在经历了多次的心灵沉浮之后，我对身外的一切似乎都释然了。现在我想告诉他：春归心处。

2011.3.11

梁祝

"梁祝"是两个人,两个相爱至深的人;"梁祝"是个故事,是个凄美浪漫的动人故事;"梁祝"是首乐曲,是首摄人魂魄,让人捕捉不及而又幻象丛生的世界级乐曲……

最初知道"梁祝"的故事是在童年。年关渐近,路旁的空地上铺满了年画,规模大得让人兴奋。在众多的年画中,我选了它:洁净碧蓝的天空,一道彩虹横贯天宇。他们两人——梁山伯与祝英台,面带微笑相互依偎立于天地间,两件宽大的舞台服装,胳膊自然地扬起,一对彩蝶在他们的头顶翩跹……于是,我将它们买下贴在墙上,每日躺在炕上看这对有情人,心想着祝英台的死应该有多大的勇气啊!旧了,第二年再换张新的。我不止一次地缠着姥姥给我讲"梁祝"的故事,那两只梦幻般的蝴蝶曾经让我想入非非,甚至在夏天阻止过同学跑到花丛里去捕捉它们。我常常站在那张年画前抚摸那片如洗的天空和那道雨后的彩虹,轻轻地触碰一下他们正在微笑的唇……

将自己心爱的人爱到生命里,那种清纯的爱、那种生死相许的抉择是令人尊崇的。纵观中外许多文学作品,有些爱情故事虽然也震撼人心,但总觉得不如"梁祝"那样泣鬼神惊天地。我曾为此花过一些工夫,除了在冯梦龙的《喻世明言》第二十八卷不足千字的讲述中觅到一些踪迹外,其他的文学作品里都没有"梁祝"故事的描写,可这个故事却在这块土地上如此深入人心。

看来,"梁祝"是民间传说,是"瓦舍技艺"的平民艺术,而正是这种平民艺术才有了如此斑斓浪漫的丰富想象,想象得美丽,想象得神奇。我们曾在文学史册中不止一次读到过的爱情经典故事,都没有"梁祝"这样神奇和美丽。譬如,白居易笔下的《长恨歌》,唐明皇和杨贵妃那"在天愿作比翼鸟,在地愿为连理枝"的坚贞爱情也很感人,但杨玉环最终为唐明皇死了,唐明皇却凄惨惨地活着;南宋著名词人陆游面对自己的爱妻唐婉时,从内心发出了"一怀愁绪,几年离索"、"错错错"的捶胸顿足的惋叹,唐婉死后,他也只能写写"伤心桥下春波绿,曾见惊鸿照影来"的诗句去宽慰一下自己那不安的灵魂;孔尚任的《桃花扇》,李香君血染桃花扇,结局是她和侯方域双双出家,他们的生命依然在忧郁中苟活;就连英国伟大的剧作家莎士比亚创作的著名悲剧《罗密欧与朱丽叶》,也同样超越不了"梁祝"。

所以,"梁祝"的故事,不仅仅只限于文学作品,而是铺展到整个文化领域,有关她的舞蹈、音乐、戏剧,几乎家喻户晓,根据这个爱情经典故事创作出的小提琴协奏曲和交响乐"梁祝"更是尽人皆知。

初听《梁祝》小提琴协奏曲就将我震撼,我居然听得泪流满面并且浑然不知,明白这是音乐的效果。交响乐《梁祝》中的小提琴、大提琴、竖琴、长笛、双簧管,加之其他弦乐和打击乐凝结成一曲悲怆的交响,为我们讲述了这对恋人相遇、相知、相爱、相许的爱情故事,它的明丽欢快(草堂结拜)、它的柔和委婉(十八相送)、它的哀怨悲愤(投坟化蝶)……它的每一个音符都与生命相连,它用鲜活的生命之音向人们倾诉,倾诉这对恋人对幸福生活的向往,他们声声凄怨的恸哭调动起了我所有的情感,抚触着我周身的神经,与之产生共鸣——这就是《梁祝》的魅力。

于此,我想起黑格尔的话,"真正美的东西,就是具有具体形象的心灵的东西"。

我想,"心灵的东西"也许是我们常说的"精神世界"?而要达到这个境界的高度,那是需要灵魂升华的。

关于"梁祝",无论电影、戏剧、还是乐曲,我几乎都看过听过。最早给我的感觉是遗憾:遗憾梁山伯的痴骏——他为何不理解祝英台的心呢?由于他的痴骏,导致了爱情的错位甚至失落,最终使一段本可能成为喜剧的故事变成了无法挽救的人间悲剧。当然,没有悲剧的结局也没有后来著名的"梁祝"。

有时我又想,倘若梁祝不是悲剧,他们解开了缠绕在他们周身的道德绳索,最终结合了,他们会幸福吗?

——幸福不在于物质的丰盈,不在于房子的大小,而在于爱人之间那心灵相通的契合,相同的爱好、共同的语言、崇高的理想追求,有如司空图所说的"终与俗违"的见地……

总之,是因为"梁祝"——虽悲凉毕竟超然,虽有遗憾毕竟大方灵光,虽蝶影翩翩毕竟出世横空!"梁祝"守护的是一个情结,一种精神,一方晶莹的灵魂!

2011.2.25

享受好梦

明净如洗的碧空，万里无云；一株晶莹的冰树伫立在淡蓝色的遥远深空，我想寻觅那方美景，寻觅那份寂寥中的宁静与柔和。这让我想到了川端康成笔下的《雪国》：满世界如羊脂白玉似的清亮透明，白雪覆盖下的冷清的群山，在冰雪里疾驶的火车，还有远处顺着小村蜿蜒的河，都如梦般迷蒙。心想，如此美妙的所在，该不是神话中的广寒宫？"高处不胜寒"，那美丽的冰树千万别让飞鸟碰掉一枝！正想着，真的不知从哪里唧唧喳喳地飞来无数喜鹊落满枝头，这让我惊骇不已。朦胧中我疑惑眼前的景致是虚幻的还是真实的？是在梦境里还是清醒着？——我明明看到了这么美丽的风景！这么震撼心灵的画面！

是对平日所见的视觉艺术有新的向往，还是内心深处渴盼已久的什么愿望的寓意呢？不得而知。只有满怀激情地仰视，它也竟在我的头顶湛开一幅宽大的屏幕，我想撇开世间的一切烦忧而长久地徜徉于其中。

突然，《我从草原来》的电话铃声让我移开了仰望的目光，记得这是德德玛演唱的歌，何时变成了一个小女子轻柔的颤音？她从草原来？是从呼伦贝尔草原还是从希拉穆仁草原来到我的身边？我听那妙曼的歌声确是从草原深处传来的，宽阔而辽远，仿佛还带着奶香，她的家乡是草原，那就把草原的天空唱得湛蓝了。于是我想起了梦境中的那片蓝天，忙去追寻，无奈她却遁去了！我慌张起来，揉揉眼，希望那景象再次出现在我的眼前,但无济于事——她已经消失得了无踪迹。我只好闭上眼睛,深情地回味了。

在通往书市春风浩荡的尘路上,我向他描述了那梦中的美景,他连连说:"好梦好梦。"我说:"虽是好梦,终究是白日做梦,可这梦并不虚幻,反倒是一种享受呢。"

是一种享受吗?

——几天过去了,那美丽的梦境依然在我眼前浮现,似乎它要永驻于我的灵魂之中,与此同时,我真的在享受着那梦的美好,凝固在高天……

现实中到哪里去找那么让人愉悦的地方?孤独、焦虑、奔忙、等待、失望,循环往复。如此几十年,眼前呈现的往往是精神的贫乏和现实的无奈,难怪时下兴起了旅游热。当然我并不反对旅游,南来北往,东行西进,开阔视野,放松身心,拓展交流,增加税收……有百利而无一害。"和大自然接触",是旅游者的心愿,心中的愿望!可我每每想,那"大自然"到底在哪里?可知,我们所居之地何处不见大自然的造化?延绵的山、山下的草地、草地上的清溪,甚至道旁的龙爪槐……其实不过是人们看多了看乏了,出去走走,换个环境换个心情,是个不错的选择。

在法国飞行员圣·埃克苏佩里的哲理童话《小王子》中,当那个小孩儿站在撒哈拉沙漠上的时候,他梦想着沙漠里定有一眼清凉的水井,那水是甜的爽口的,那么这片沙漠就不枯干——沙漠也有魅力。虽然他没有看见这口井,但在他的心中却揣着一个美丽的梦想,于是他开始寻觅和探索。我想,他在漫长的寻索过程中,未必能找到那口井或者根本找不到,然而,他认定这片沙漠会给他惊喜。——因为梦想永远美丽!

我无论如何不会忘记安徒生笔下的那个抖瑟在风雪中卖火柴的小女孩!——当她擦着了一根、两根、三根、四根……直至全部火柴的时候，她心中的梦想是：烧得旺旺的火炉、喷香的烤鹅、美丽的圣诞树和思念中的祖母。于是，在新年的曙光中，我们看到这个可爱的小女孩嘴角含着微笑，带着她的梦去了。她坐在那个寒冷的墙角里从不曾有过沮丧和失望，她心里有个美好的愿望——因为梦想永远美丽！

人的梦想属于精神范畴，人离不开精神，自然也离不开梦想，因而就离不开所有的美和艺术，当然，美和艺术也都是梦想。只有在梦想的妙境里才会产生"上下求索"的动力，也许梦想的终极可能是人们所祈祷的"梦想成真"（这几率很小），但大多是上帝为我们安排的虚幻和失望的结局，怎么办？想想《海的女儿》吧——为了她的梦想，她甘愿受尽所有的痛苦和折磨，这，也许就是梦的执著！

不管怎样，梦是一定要做下去的。沉醉于憧憬、颤栗于声响，都是人生之大梦，奋斗于现实才是脚踏实地的作为，一切猜测和诠释都无济于事，那就去咀嚼它回味它享受它吧，做一个心中充满理想的人就一定会好梦联翩的。

2011.5.12

香香的马奶酒

喝着香香的马奶酒,常在心底泛起阵阵激动,那种原始的狂喜与迷醉将我带到心仪已久的草原深处:我躺在绿毯似的牧草上,眯缝着眼看几乎近在咫尺的星星。这时草原的夜晚天与地是粘合在一起的,天空似乎要掉在草地上,而那一望无际静谧的草原也欲托住整个天空。就在这天地浑然一体的神秘暗夜里,我像个孩子似的如醉如狂,大声地喊,高声地唱,那亢奋的喊声和歌声被夜风带着滑出了天边,即使横卧在朦胧暗影里的远山也无法阻挡——我想把我生命里最动听的歌献给这无边的草原!

这是那种来自草原的酒神之力么?草原民族,对于酒早就情有独钟,在颠簸的马背上他们都能从容地拉过酒囊大口地喝,何惧那些自诩为"驰名"的让人神采飞扬的白酒?古人饮酒大都无惧权势而又向往权势,醉后或躺或睡,或喋喋不休,甚或哭笑怒骂,无论真假,这都是酒精的作用。像李白,他一生没有离开过酒,酒是他写作的动力,也是他拒绝权利的因由(这属于无奈)。他喝酒常有文友作陪,没人陪的时候只能看着天上的月亮独酌:"举杯邀明月,对影成三人"。他总是做着愁与苦的梦,天生有才的他,皇帝就是不重用!所以他即使在酒醉时,也没忘记仕途升迁,"大道如青天,我独不得出"是对权贵们有眼无珠的抱怨;"长风破浪会有时,直挂云帆济沧海"是对自己前途的自信。

诗是诗人的灵魂，酒是诗人的生命，他在醉时写出的脍炙人口的不朽诗篇是我们民族的文化遗产。酒，融入时代、民族和诗人的灵魂之中。如果说李白是酒圣，那么杜甫、白居易、苏东坡……酒与文人相伴一生，肆意酣畅，独立于世俗之外的人格张力，哪位不是酒仙呢？他们的诗作无一不是在抒发真情，他们的诗篇千古流传。

可我一直想弄明白的是：那时的酒到底有多少度？

回望历史，很难搞清楚这个问题了。但我知道，马奶酒是一种草原上的饮料，酒精含量最高是二度（当时是这样）。

可我还想弄明白的是：二度的酒怎么会让一个民族英雄雄霸于千里之外？

……

想想，当初所向披靡的铁木真率军从西亚和中欧凯旋回到草原时，如长生天的雄鹰飞回故乡，他喝的第一碗酒就是妻子递上来的马奶酒。这时他会想什么呢？是风尘中的劳苦还是胜利后的喜悦？是征程的孤独还是多年以后草原上那不变的苦难？浓香的马奶酒带给这位英雄的，也许是永久的沧桑与感慨。

他历经磨难统一了千里蒙古草原，所以他得到了天地庇护下的永生——成吉思汗的名字连同他的衣冠如今成了蒙古族人民公祭的圣地，是人们敬仰的陵墓。草原的风无遮无拦，千里驰骋，在鄂尔多斯高原，成吉思汗陵墓周边飘舞的彩旗早已散淡了英雄的目光。随之而来的是，他将他的灵魂，他不肯屈服的草原精神，还有他曾经喝过的马奶酒都挥洒在这辽阔的草原上。目光所及，你是否看到敖包上空游动的白云，蓝天上展翅的苍鹰、草原上的父亲母亲、马群羊群和狗、开着天窗的毡房……还有，你是否听到，初生的婴儿那一声划破长空的啼哭……点点滴滴都浸透着马奶酒的浓郁与甘洌！喝了草原上的马奶酒，你会胸怀宽广，会神采飞扬，会在你的头顶上荡漾着一股英烈豪气！

昔日的诗人们，无论他们喝了多少白酒，也不会迸发出那种纵情狂野横扫万里阴霾的英雄气场！我相信，他们能够为了尊严而砸碎酒杯，但他们绝不会为了摆脱忧伤而肆意放荡。

——酒醉的诗人和醉酒的英雄是两码事。

当然，这是马奶酒与白酒、草原文化与农耕文化的精神铺展和精神差异，然而他们敬祭的是同一个神——酒神。

酒神从天而降，它赐予草原一碗碗香香的马奶酒，也赐予草原一声声祝福。

2011.8.24

南海笛声

我的脚下,是南海岸边的一处高高的石阶,这石阶弯弯地绕着偌大的湖面,就像一个弯弯的月亮。芦苇如笋,青嫩的叶尖尖地钻出水面,箭似的指向天空。水中的蛙鼓着大眼毫无顾忌地看了我好一阵,似乎不屑,眨眨眼又跳回芦叶缝隙间戏水去了。我的目光漫过这大片芦苇向远处眺望,天与水碧蓝平静。记得儿时这里是一片汪洋,俗称"小河套",那时胆怯,爱水又怕水,只能远远地站在湿软的沙岸上看河水微波荡漾,听潺潺清流拍岸的琴声。

我在木板搭砌的曲桥上流连,曲桥像一只摇动的船,周遭是清澈的汩汩水波,芦苇静插在水中,午后的骄阳暖暖地铺在水面上,看苇叶浮着一层缥缈的云雾,我也梦似的迷蒙了。呆呆地看那擦着水面愈飞愈远的水鸟,就呆呆地想,这样一处温馨静谧的所在,它到底源于哪里?人们都说这里的水是黄河的一支,它源于黄河,又归于黄河。我不禁茫然:既然它来去都与黄河相连,每一滴水都有黄河的影子,为什么在这里看不到惊涛拍岸的浑黄波涛,却是如此清碧呢?清碧得可见水底的鱼儿在水草间穿梭。曾经的"河套",如今的"南海",它究竟是河、是海、还是湖呢?或许兼而有之?

我对南海一往情深,也许是出于对水的爱恋。故乡那苍茫逶迤的大山,月光总是莫名地融化在阑珊的夜色中,山影厚重,山风猎猎,多么想有一池清水,让我望尽层层柔波,想象中"黄河远上白云间"的意境,自己顿时也涌起了"万里写入胸怀间"的豪情。我不知道眼前的碧波是否真的源于黄河,但我知道它一定与黄河有着母子连心般的情结,正如我们,谁敢说我们与黄河没有母子般那连心的情结呢?它是这方土地这个民族的血脉。为了它,远古的祖先们曾经黄沙百战,铠甲磨穿。单单是百年的近代,就有多少忠勇之士为了它而抛洒热血!黄水滔滔,黄水悠悠,流经这草原与沙原的相汇之处时竟然将黄水沥清!清清的南海水,伴着清流中的芦丛与飞鸟,将沾湿了的风儿弥漫于高远的苍穹!

爽风送来一曲悠悠的笛声,飘在水面,浮在云雾中。我急急回眸寻觅,无奈茫茫水天一片,听不出来处。那笛声与水相伴,时而幽幽郁结,时而万般柔情,这到底是首什么曲子呀,让我久久迷恋?

轻轻的,她来了。她从幽静的石路上走来,脸上泛着爱的羞涩,手心里托着一只欲飞的蝶,她婷婷的身影,带着几许思念几许遥盼几许哀怨向我走来。我晓得她是谁了——那是一曲百年相传的《走西口》!

当初她真的不愿让他离开家乡去走那风沙弥漫、土匪横行、万分艰难的西口路!犹如久远的别离,因为她知道这一路的艰辛,他的褡裢里装满了她的爱和她的思念:我和你今生是要注定相守的,而你为什么非要撇下我独自而行呢?为了活着?为了长久地活着?你不是说过讨吃也要拉上我吗?我跟着你义无反顾,死心塌地。我的哥哥,不要离我而去啊!

无奈,眼泪唤不回哥哥的决心。只有反复叮咛,"走路你走大路,不要走小路,大路上人儿多,拉话解忧愁"。——知道啦。哥哥说。

她拉着哥哥的手又说,"坐船坐船后,不要坐船头,船头风浪大,小心掉在水里头"。——知道啦。哥哥点点头。

她实在止不住泪水,"吃饭吃热饭,不要吃冷饭,吃冷饭肚子疼,谁是你知心人?"——都记下啦,回去吧。

有多少话要说呀,她把头抵在他的胸前泣不成声。

……

笛声穿行在芦苇和水芷间,携着低飞的蜻蜓,徘徊在远处的一座小岛上。绿色的槐荫下,我隐隐看见一个瘦弱的身影,他佝偻地坐着,银白的头发贴着头皮,笛横在他的嘴边,祖祖辈辈的《走西口》,他是否吹了千万遍?我看见一串槐花飘落在水里,是他吹落的吧?若即若离的低吟是在向故乡的爱人诉说他那无尽的思念,若近若远的缠绵是他独自品味人生聚散的辛酸?

如烟的往事毕竟化作这云水一片,哀怨变成了沧桑,沧桑又归于平静的柔情,就这样在绿树和碧水中醉了吧,吹出一路的光辉,吹出满世界的繁花,还有金色的晚霞……你去看吧,当年你和你的父辈走过的坑坑洼洼的西口路,如今早已变成坦途,你们曾坐下来歇脚的地方,如今立了一块石碑,那就是你艰涩一生的见证。我不去打扰你,是你的笛声已经飘荡在南海湿地旅游区的水中了,我想你不再孤寂,因为另一首欢快的曲子从水面上飘过来,我特别喜欢,那是草原上常能听到的《赛马》。

2011.6.28

微笑

仿佛刚从睡梦中醒来。恍惚中,周遭飘漾转动着无数圈让人眼花的粉红色光环,我不知所措,置身在这美丽而炫目的光环中,从开始的迷茫到脸上渐渐泛出一丝笑容——那是隐忍的苦笑,笑对着那些飘忽不定的希冀。

好在年轻,在麻木的懵懂中,我品尝着长久清贫的苦涩,我承担着工作中无人乐意承担的重负——因为我爱书。

那时,我必须学会坦然——我必须接受坦然!

当初一个朋友这样问我:"你这么累,你希望得到什么?"我不知道她基于何种缘由这样问我,然而我却不假思索地回答:"为了能多读几本书,还有就是下班回家能有一炉烧得正旺的火。"她听后半晌无语,我从她脸上读出了凄然。是的,我就是期望我每天回家做饭时,能有一炉旺火,能让我腾出一点儿时间睡上十分八分钟——我知道单位里等待我的活儿太多,我不能迟到。

可知我的工作是何等重负与枯燥啊,书店内部将这工作称为"平衡",至今我都想不通何为"平衡"?平衡了些什么?书么?精神吗?如今想来,似乎什么都没被平衡,而那一切又都平衡了。因为我在不堪重负的劳作中学会了忍耐与坚持,在默默地承受中练就了"等待"。

我知道,等待是痛苦的、熬人的,也许还是徒劳的。但在漫长的等待中，是否可以抓住一丝光亮呢？如果等待成功，不能说这痛苦中的等待不是一种动力。

"文化大革命"十年间，一切精神领域的欣赏与创造都枯竭了，"文革"结束，人们对知识、对书籍的渴望，如今的年轻人是不会体验和理解的：为能买到一套《成人自学教材》或一本名著，几百人伴着星光和寒风在书店门外排队，那情景，我至今不能忘记。

好书，具有无限吸引力而又未见过的中国、世界名著顿时凝聚了多少人的目光，如磁石一般：

莎士比亚的喜剧，十四行诗，他的全集；

巴尔扎克的《高老头》、《欧也妮葛朗台》，他的全集；

托尔斯泰的《安娜·卡列尼娜》；

小仲马的《茶花女》；

曹雪芹的《红楼梦》；

《全唐诗》、《全宋词》、《唐宋八大家》……

还有什么婉约派、豪放派，什么印象派、荒诞派、意识流，阳春白雪、霓裳羽衣舞、梁祝、阿炳、勃拉姆斯、贝多芬……

那期间真让我亢奋，因为所有从车站站场拉来的新书，在全市我是第一个看到的！书籍包围着我，那种先睹为快的愉悦，我沉浸在书的海洋里无法自拔。但是，太累了！每件十五公斤，两三个搬运工给我卸下书后，我要用我的双手把它们一件件地拎到书库，分类码好。然后请示领导：把书分配在各书店，再从书库里将书一包包拎出来让各店拉走。重复的劳动，付出了双倍甚至几倍的体力！一个男人都憷头的活儿，我硬是每天拖着无以言表的疲惫，傻傻地咬着牙干下来了！

记得那天骄阳似火，书店的"一把手"悠然地背着手踱到如山的书堆旁问我："今天来了多少哇？你累不累？"我先是一愣，停了停，答："今天来了五千多件。"至于累不累，我没答。他看看我，低头围着"书山"走了一圈,放下背在身后的手,拎起两包说:"这可不行,五千件等于七万五千公斤,你怎么行?我帮你。"

我真感谢他这么体恤我。

有一天,同事菅走来跟我说:"咱去照张相吧。"我忙说:"不去,我这么脏,这么累,没心思。"她笑笑说:"正好呢……做个纪念嘛。"于是就过来拽我。在她的催促下,下班铃声响过之后,我换上她借给我的衣服,擦擦脸跟她走了。

摄影师说,笑点儿,再笑点儿。我坐在粉红色的背景前对着两盏刺眼的摄影灯傻傻地笑,对着风和月光,对着展开的书傻傻地笑,对着先哲大师们和搬不完的书山、对着我希冀的那一炉窜出蓝焰的炉火傻傻地笑……

直到有一天我细细品味我那笑容的时候,才发现在飘漾旋转的粉红色光影里有一条渐渐泛暗的隧道,那里没有灯光、月光和风,没有渐红的炉火,有的只是隧道深处那无垠的黑暗。

我突然顿悟:这是一条我正在走着以后还要接着走下去的时光与生命的隧道!我曾经在这里探索挣扎过,我的手触到过光滑潮湿的墙壁,脚踩过长满苔藓的泥淖,命运之神引领着我跨过无数难以逾越的沟壑,正因如此,我才能在无边的清苦和劳乏中锻造了一颗坚强的心,这就够了,足够了!我的意志我的灵魂,自此,我会继续在这条生命的隧道中苏醒与升华!

光阴不再,有时端详镜中的自己:皱了的容颜和两鬓的白发,却没一丝惆怅,仍如当年那样傻傻地笑,反倒在心中流连那段难以忘却的岁月。

我感谢同事菅和那位摄影师。

感谢书籍,感谢命运。

因为如果没有他们,没有书籍和命运,也许我永远不会有这么从容的微笑;如果我在生命的隧道中没有苏醒和升华,我就不知道何为"淡泊名利",不晓得隐忍与等待,不懂得坚持与坚强,那么我永远不会这么从容地微笑。

什么是"平衡"?

——微笑是精神上的平衡,平衡的精神才将永久受用!

2000.12

读图

读图？图是读的吗？我曾经对这两个字充满了困惑和茫然：心想，书才是读的，小说散文诗歌、报纸杂志教科书才是读的，总之所有成册的文字读物才是供人们阅读的，是要对每个字每句话每行诗进行思索和分析的。"图"却是拿来欣赏的，而阅读和欣赏有天壤之别。

如今看来，我的这种理解未免狭隘。

读书成了习惯，在万籁俱静的夜里，一盏节能灯陪伴，手捧一书，仿佛与作者共同承受着生活中的痛苦与磨难，与他分享着人生里难得的宁静和成功的快乐。读书忘却时间是常事，欣赏也成了习惯，常在闲暇时翻看那位冥想中的"思想者"、在秋日的阳光下弯腰《拾穗》的农妇、在幽静的林间啁啾于枝头的小鸟儿……一篇好文一首好诗和一幅美的图画同样让人赏心悦目，不同的是，文与图的意境在感觉上也就产生了差异。

这也许是编辑的别出心裁？恕我愚痴，从来没有在意过"读图"的含义。现在走进报亭，随意拿起一份报纸杂志，就能看到整版的"读图"，内容丰富色彩艳丽，我初始只是粗略地看，限于浏览，并未去"读"。突然有一天，我的眼与那"读"字触碰了一下：即刻意识到眼前的图是应该用心去读的，像读书那样认真：读那神秘的客家围屋、冬日阳光下的雪后梯田、春风里绽放的红梅、一大帮人站在旷野里组成的中国笑脸……一幅幅图为我们呈现了祖国的辽阔，大自然的美丽和人们对于未来的希望。所有这一切无疑不倾注着编辑的良苦用心——我仿佛与那图的距离拉近了，与那远古的文明和神奇的大自然融在了一起，仿佛有了与之相通的心理感应。读图，读到这个份儿上，是否可以认为是一种升华？一次飞跃？

关于读图，我曾有个不忘的记忆：

无意中翻看凡·高的《向日葵》，开始的感觉是"真像"，但看着看着就变成了"读"：他的《向日葵》是一组静物画，运用金黄色为基调，色彩单纯，造型紧凑，其中虽有绿色点缀，但仍能看出画家通过向日葵而对大自然和对阳光的热爱，预示着生命的蓬勃与不朽。那么这位画家是如何在生活中发现了向日葵的与众不同呢？在作这幅画的时候，他的内心翻涌着怎样的激情，投入了多么大的创作冲动使之成为一组世界名画呢？不得而知。我只觉得此时我从平淡的"看"上升为"读"，一种读下去的欲望使我不愿放下手里的画册——他让我晓得了生命高于一切的道理。

凡·高的另一幅名画《衔烟斗的自画像》又是那么震撼人心！我实在搞不明白，他怎么可以在与朋友高更发生争论后忍痛将自己的耳朵割下！这种怪异的举动是想证明他的理论正确，还是在他的性格里原本就无惧于这种自残？抑或是在炫耀他那艺术家至高无上的尊严？更让人费解的是，几天后他居然还能坐下来衔着烟斗为自己画像！在烟雾中那么平静地凝视自己的那张缠着绷带的脸——这是两个相反的终极，两种行为都达到了极致。总之这样的举动在我们看来是那么不可思议。他的这幅自画像虽然显得很安宁，但可以想象，一种巨大的悲哀沮丧失望的情感正在他的心底蔓延。此刻我仿佛感受到画家在极力隐忍着他的愤懑与无奈。我以为此时"读"是十分必要的，不读不可能从内心接近画家，也就不可能揣测到这位大师的那份创作激情。

"图"属于艺术范畴，面对一幅图，无论绘画、摄影还是别的什么，像读书那样去读图，去思考，对于提高自己的文化品位，确是一条省时省力的捷径。

　　"读图"，给了我一种新的启发，用另一种视角去阅读，换一种心情去学习。沿着这样的思路推而广之，所有的艺术作品、绘画、雕塑、摄影，乃至于金石和书法都用心去读，一定会有新的发现新的收获，不信，你试试看？

2011.5.20

陋室之雅

梁实秋先生曾经在四川乡间寄居的"雅舍",其实是两间陋室,称陋室为"雅舍",是先生的语言幽默,是他在任何环境中都能怡然自乐、甘于淡泊的处世心态和人生襟怀。何以见得?请听他说:

"篦墙不固,门窗不严,故我与邻人彼此均可互通声息……随时由门窗户壁的隙处荡漾而来,破我岑寂。"

"入夜则鼠子瞰烛台,或攀援而上帐顶,或在门框桌脚上磨牙,使人不得安枕。"

"蚊风之盛,是我前所未见的。……格外猖獗。"

"屋顶湿印到处都有……滴水不绝……泥水下注,此刻满室狼藉"。

"陈设,只当得简朴二字,但洒扫拂拭,不使有纤尘。"

……

门窗不严、鼠蚊成群肆虐;屋顶漏雨、陈设疏落简朴,先生虽然躬受亲尝,但他依然能从这简陋中体味到"家"的可亲可爱;先生虽然自称仅是"房客",但把"雅舍"给予他的苦辣酸甜上升为"人生本来如寄",是何等的旷达与乐观!只有大智者才会有这种胸怀。

这比起现如今那些居豪宅仍不满足、三厅两卫还嫌不够的人不知要高贵了多少。就是这样的一处简陋住所,梁先生依然自得其乐,他常立于窗前眺望葱翠的远山,细观明月升天,静听细雨弥漫。室内陈设安排俱不从俗,"人入我室,即知此是我室",这,终是先生的人格魅力。

其实梁先生所注重的,绝不是居所的宽绰与安逸,反而全然是他的一种精神追求,他又说:"好友不嫌路远,路远乃见情谊"。"写作自遣,随想随写,不拘篇章"。读到这里,我想他是在意友情的,在意那种朋友相聚谈诗论教的书香氛围和那种不落俗套的学术纷争。正像刘禹锡的那篇《陋室铭》,真正的文人,他们愉悦的永远是鸿儒间"可以调素琴、阅金经"的谈笑,向往的永远是"无丝竹之乱耳,无案牍之劳形"的环境,他们呼唤的永远是那种精神上的完美,我想是否大抵古今有成就的人都是如此?

可惜的是,不知不觉间,人们对于物质的强烈迷恋和贪婪占有欲,使得现实与心灵对立起来,房子几乎成了人们的生命价值。一次,有位同学兴致勃勃地邀我参观她的新居,那里仿佛是个房屋展览室,她为我介绍她那视野宽阔的阁楼、如五星级宾馆似的卧室、明亮且像植物园般的大厅、欧式厨房、西班牙式浴室、自动冲水式卫生间、贴着防潮瓷砖的地下室……

"有书房吗?"我问。

"有有有。"她忙说。

我跟她走进那间书房时顿时呆了:不大的小屋里除了一台手提电脑外,最显眼的就是摆着一张很讲究的自动麻将桌,在她不停地炫耀时我似乎闻到一股刺鼻的陈腐味,且挥之不去,忙如逃亡似的离开了。

我绝无吃不到葡萄嫌葡萄酸的意思,但古人"室雅何须大,花香不在多"的自慰境界实在是应当为我们所崇敬。

前日偶然读到八大山人朱耷的几句话,借来共享:

"吾室之中,勿尚虚礼。不迎客来,不送客去。宾主无间,坐列无序。率直为约,简素为具。有酒且酌,无酒则止。不言是非,不问官事。持己以敬,让谦以礼。平生之事,如斯而已。"

还需要说些什么呢?朱耷对"吾室"的理解其实就是对"家"的理解,朋友到家就不要有虚礼,不必太多讲究。细读他的这些话,从心里感到一种文化和谐,一种友情随意。即使在如今,也是我们社会生活中的处友之道。

也许刘禹锡、朱耷、梁实秋时代的人们没有现在的人们这么进步,他们从没见过成千上万的票子,也从没见过不用拾级而上的摩天高楼,他们太闭塞,太没见过世面。然而正是这样,他们的精神境界才如此开阔,他们留给中华文化的遗产才如此丰富!客居陋室而自感"惟吾德馨",虽简朴反而直言"笠翁闲情……正合我意"。

有时我想,这种超然的胸怀、这种平易淡雅的心境、不与流俗的人格魅力和独特的个性是我辈读几十年书可以学来的吗?

我们实在应当为此予以理智的思考。

2010.9.11

边疆小站

这里是祖国边疆的一个小车站,由于职业关系,我经常来这里。时间久了,这儿就像我的第二个工作单位,岁月愈长,我对这里的感情就如那窖藏陈酿一般,愈浓也愈醇。

要说,这里不是人车繁华的闹市,也不是风景优美的旅游区,没有迷人的地方,它就像大海中的一座孤岛,那大海仿佛弥散在春风里的漫漫黄沙,黄色的层层沙波,无边无际。孤岛呢?坐落在眼前的这一排红砖房和那褐色的檐板就是了。还有只剩下近旁零落的几株白杨,相隔百米的两座高耸的灯塔,每到夕阳隐去夜幕降临,那灯塔上的碘钨灯照得四周亮如白昼,照得那些寒凉的铁轨铮铮发光。

春雨过后,如果你乘着隆隆前行的火车,透过车窗向北眺望,你可见连绵起伏的大青山仿佛是在雾中,白云触吻着山顶,缭绕其间,一直延伸到古长城脚下才渐渐收敛。向南望去,平川上渺渺的一条飘带,潇洒流淌,那是黄河吧?不由地让人想起"山随平野尽,江入大荒流"的诗句来,这景象宛若刻意地把我们带入一段历史——曾经的扬鞭驰马,曾经的刀兵相见,就这样被岁月平定了,平定得这般安宁妩媚,这般温柔顺从。这是一幅自然的图画,山水花鸟人物都在其中,美得朴素,美得豪放,美得难以捕捉而又尽收眼底。

比草原上嘶鸣的骏马跑得快几十倍的是那列奔驰的火车,它呼啸而来又安然离去。这里是一个小小的停靠站，每天只有一列客车和两列货车在这儿停一会儿，片刻的人声嘈杂后归于平静。然而嘈杂并不烦乱，平静并不寂寞。人们的记忆中，小站已经久远，它的存在就像人体里的一根血管或是神经，没它是不行的，迎来送往、发货接站，年复一年……

  小站是个中心，从站房门前一直绿下去的是一丛丛丁香树。每到春天，漫天的风沙也挡不住开放的丁香，翡翠似的叶片，托着如紫絮般的花儿和那一阵阵醉人的芳香弥漫在小站两旁，旅人困倦的目光只要一触到它就会猛然清醒，"啊，好香啊！"异口同声地赞美。我常常立于这丁香树下思忖：并不见雨水润泽，它们何以能够在这沙海里仅仅凭着近边的一滩水草地，无声无息地吐芽、含苞、绽放，年复一年……

  我爱小站，爱丁香，然而我更爱的还是这里的人，他们就如这丁香树一样，远离了家乡来到这里，他们自豪地说这儿是"边疆"，没见过有人抱怨与后悔。无需表白，你只要看见小站里雪白的墙壁、明亮的窗、干净的桌椅、为旅客准备的书报和水就知道他们是怎样的敬业了。

  那天，我办完了一批货后刚刚走出小站，阳光明媚下的静谧，不由地让人远眺与遐思。见她又站在怒放的丁香树下沉思着，她常常这样站在这里沉思。我知道她又在想她的家乡了，她的思绪定是飞越群山飞越大江落在了那水波涟涟的湖面上了，或是落在了那满岭的茶树里了。她在想她那两鬓霜雪的老母？还是想她那些盼她归去的姐妹？……我终于忍不住向她走去。听见脚步声，她见是我，从她一瞬间掠过的眼神里，我看见了她的友善与真诚。"想什么呢？"我明知故问。

  "家。"她简单得不能再简单地回答我，停了一会，她又说，"我还想，在这儿工作了几十年，我说什么也离不开这里了，只是，多想这里能变得像我家乡江南一样，花常开，水长流……"

  我呆呆地站着，不知道她什么时候走开的。一列火车隆隆地又将要开过来了,震得大地在颤抖,我见她笔直地守候在离丁香树不远的站台上,秀丽的身影和甜甜的微笑犹如这连绵的丁香。

  丁香树年复一年地开放,边疆小站里的人们年复一年地在这里坚守着,他们大多都是从远地而来,就在这里工作下去了,无怨无悔。

  我在不舍的归途中久久地回望着……

1982.5.26

回村

不管有多少烦事缠身，我也得抽空回去。虽然这里不是我的家，可人却像我的亲人——亲妹妹似的"曹姐，曹姐"地叫，他们的孙子外孙离老远就"奶奶，姥姥"地喊，就连跟着羊群的小京巴和歇在立柜顶上的猫儿也直冲我摇尾巴。我能不回来吗？

我回来的那天，他们一家肯定比平日起得早：脸洗了，头梳了，水挑了，猪喂了，院子扫了，鸡也早就炖在锅里了，还干什么呢？"这市里人就是磨——我去地里转转。"玉平放下酸粥碗，抹抹嘴，跨上摩托车突突地往南骑下去了。

玉平老婆美仙并不老，五十多点儿，白净的脸没有皱纹，油黑的头发没一根白丝，牙不掉眼不花。哪像我，眼镜戴了一辈子，四十几岁时就满头白发，如今皱纹纵横。有时我想，他们虽然住着黄泥小屋，可是人家常年空气清新，吃新粮新菜，喝井里的水，猪自家养，鸡自家喂，放放心心地吃每一口饭，喝每一瓢水；家里村里没什么事，最大的事是地里的庄稼，老天爷关照，玉平也干得好，日子过得简单，平淡安逸。哪像咱们，虽说是市里人，怎比得了人家过得清爽？住在五层六层或是小高层里，笼一般，下楼想呼吸一口新鲜空气，光那楼梯就走得人头晕，到了外面，去哪里找那新鲜空气呢？汽车和人越来越多，路口的绿灯一亮，那车那人，走得像开闸放水一般哗哗地流。我也跟着路人慌忙地随意流去。

回村总得买点儿什么吧，给玉平和美仙买些好吃的东西，给孩子们买些好玩儿的玩具。记得一到夏天，美仙就爱吃肉片炒青椒，想来现在地里的青椒已经长成了，买几斤双汇肉？不能买——怕里面有瘦肉精；买两箱牛奶？不能买——怕里面有三聚氰胺；买个新下来的西瓜？不能买——怕里面有催红剂；给孩子们买些新鲜的荔枝？也不能买——看那荔枝圆圆的饱满，怕是注水了……我站在熙熙攘攘的超市里无所适从……

每次回村，心中总存着几分歉疚，美仙会把她的心掏出来给我，"农村没甚新鲜东西，曹姐你想吃甚？说出来我给你做。"看着堆在炕头的一大盘子炸糕、海碗里炖好的鸡，还有黄瓜拌的凉莜面窝窝，我能说什么呢？我与美仙只有半年之交，她却给了我一生的情谊。看她忙忙地跑里跑外，嘴里还不停地念叨："曹姐快吃，黏黏的糕，凉了就不好吃了。"边说边撕下一条鸡腿递给我，还夹两个糕放在我的碗里。

透过那扇淡绿色的纱窗，看见院子里打扫干净的水泥晾台和远处用树枝围起来的菜园子，我似有所悟，同时也有些迷茫：我不晓得我该怎样回报美仙全家对我的深情，我，我们，该从他们身上学些什么？悟些什么？

当初只是朋友的一句邀请，自然这邀请是诚恳的："玉平，带上老婆娃娃去我那里开那三千亩荒地吧，咱们干他几年……"

"不回来啦？全家都跟上？咱这河套地——"玉平大有不舍之意，油油的土默川，种甚都是好收成。他叭叭地抽着烟，扭过头，眼盯着美仙问："赌哇？"

"看我干甚？你去哪我跟哪！我是你老婆，赌就赌哇。"美仙看着男人说。

"赌哇。"朋友又递给玉平一根烟。

玉平接过烟，含在唇上，打火机明了灭了七八次，火苗照得他脸红，他把烟点着，"行，赌啦哇！明天收拾东西，后天走！"

举家迁移！谁见过如此简捷？从最初的商量到四口之家踏上荒漠的征程，只用了一天，一天的时间就改变了祖祖辈辈固有的生活方式！这就是玉平，他是美仙的男人，他是真正的西北男人！

三千亩地如今开出两千八。东、西、南三个井房遥遥相望，老天爷若不下雨，玉平就拧开水房阀门，水溅着浪花顺着地垄哗哗地流，他就拄着铁锹站在地畔畔上憨憨地笑。

"这里的地再咋也没咱那河套地肥。"闲了，玉平抽着烟蹲在晾台上这么说。

"那咱们回个哇？"美仙笑着问。

"不啦，好容易开出这地，再说娃娃们也成家了，不回了……"玉平眼中露出对故乡的眷恋，"哪里的黄土不埋人？"转瞬他又这样说。

……

玉平盘腿坐在炕上喜滋滋地给我满满地倒了一大碗酒。清风吹来，远处一望无际的玉米长势喜人，随风飘来阵阵甜丝丝的玉米味儿，那浓绿宽大的叶子被风吹得哗啦哗啦响，"一根庄稼上起码长三四个玉茭，今年收成错不了。曹姐，来，吃鸡肉，喝酒！"玉平端着酒碗看我，还是那样憨憨的。

"这次回来就不要回个了，市里哪有咱村里空气好？你看这一马平川，就闻不见那些汽油味儿，又安静，——我要到市里一天也住不惯，吵得人东南西北都寻不见，你是不是怕没你住的地方？"美仙又往我碗里夹了两个油糕，说着她用手指了指那一溜儿刚盖好的正房，"吃哇吃哇，今儿的糕面可黏了，曹姐吃哇。"

我泪眼迷蒙……

2010.7.5

烟命

（一）

夜深人静，月华明辉，捧着的书从手中滑落，惊觉后再读下去。然而，断断续续的梦牵着我虚幻而脆弱的魂从书中飘出，停在一股股呛人的烟雾之中。懊恼与无奈逼着我不得不从床上坐起来，墙上的时针刚过子夜，尽管天气早过仲秋，凉风阵阵也只好开窗了。

我就是这命——烟命。

这种环境几乎伴我一生，生命在烟雾中苟延，我痛恨它但又无法摆脱它——这也是人生的尴尬。

那年，也是秋天吧？胸口突感痛闷，在孤独的暗夜里，周遭是无尽的恐惧，七瓦螺旋节能灯的光如荒野里的萤火，照着淡黄色的窗帘，我有些胆怯，抬眼望天花板，前年刚刮过的雪白的屋顶如今突然片片斑驳，要脱落的样子。于是我闭了眼，不再看这些让人伤怀的东西吧，书是我最好的慰藉，好在我有书。

有时我想，天下如我样孤独恐惧的女人大约不少，孑然于陋室，怕微光、怕风声、怕雷声，甚至怕蟑螂在地板上肆无忌惮地跑，耳不敢听眼不敢看，凭着回忆去抚平那些心灵的创伤却又无多少可忆起的所谓幸福。情绪伴着眼泪，不必酝酿，那泪水如冬日寒石间的溪流，长年不断地毫无表情地与呆脸相伴。

也许我"坚强"？不同的是，在我的书架上、桌子上高高地摞着一摞摞书，这就有些安慰啦——大约别人是没有的，"红楼"自不必说，那三国、魏晋、前后汉，以至于唐宋元明清，还有英法德日俄，甚至于地理、历史、哲学、心理学、小说、诗歌、散文、对联、笑话、雕塑、绘画、书法、木刻……都不是拥挤在书橱里和屋里么？看到它们，我常常无来由地长舒一口气——谁能如此富有呢？

烟从另间屋飘进来，扰乱了我的思绪，胸口的痛闷不见好，吃药也无济于事。药是自己在药店配的，心想，这样年纪有些心脑血管疾病在所难免，成天见到满大街的"为了您和家人的健康，请您服用×××"的广告小报，打开电视，总能看到赵忠祥和众多影视名人如侯耀华、周迅们那一张张憨厚而真诚的脸。是该注意了，当初父亲就逝于高血压导致的脑血管疾病，那时候老人就成天喘不过气来。他常对我说"人活三寸气"，我不晓得"三寸气"有多长，呼出时不见，吸进时亦不见，长度在空气中是无法丈量的。我这人有时有点呆，从未把"三寸气"当做"英雄气"去理解过，还傻傻地想，人若剩下一寸半气，恐怕就真真的难办了。

于是，丹参片、脑路通、养血清脑颗粒……堆在桌上，一天服三次按十二小时计还是按二十四小时计颇费了一番脑子。开始时俨然一病人，像模像样地服药，三天过后就两天三次了，一周过后就三天一次了，渐渐地忘却。想想自己整日在鬼魅的烟雾中蒸腾，那药效是绝没有烟雾来得快的。有时也宽慰自己：毕竟时代进步了，现在的烟味儿总比当初一毛三的烟味儿要人性得多，何况四十多年从未离开过烟雾，就连和朋友同学聚会聊天都是在香烟缭绕中笑谈的，偶尔想吃一口桌上的苹果，但拿起却闻不到一点果子的香甜，反倒是"庐山"和"黄山"的味道呢。

胸闷继续，且有发展之势，药不对症吧？于是，那天清晨我去医院排队挂号。"哪科？"窗口里的小姑娘瞟了我一眼，低声但清晰地问。

"心内科"。我说这三个字时，说不清什么原因，声音有点儿颤。

"哪儿不舒服？"这回她低头边看电脑边问我。

"胸闷。"我也肯定地回答。片刻，她从窗口递出来挂号单，心内科八号。

我坐在诊室外的长椅上等待着，似等待着一个庄严的时刻，心里却想着临终的病人怎样在床上青着脸憋气，那微弱的气在病人唇间悠荡，心头袭上一阵颤抖。

"八号！"叫号的小护士站在桌边脆脆地叫，没人应答。

"八号！"音量高了几度，仍没人应答。她停了停："人呢？八号！没人叫九号啦。"

是在叫我？我突然炮烙似的从椅子上弹起，把挂号单在她眼前晃晃，"我，我是八号。"

她看看那张单子，瞪了我一眼，"想什么呢？叫了三声不答应？"

医生是个专家，详细地问仔细地听，他在我的心区前后左右听了一阵后摘下口罩说："你去呼吸科看看吧。"

"什么？"我不明白他让我去呼吸科干什么。

"你的心脏问题不大，胸闷也许是肺上的毛病。"

问题严重了！我恍恍然，站在电梯上宛如在云中飘着，茫然无助。这时我才发现我本是一个庸常而非坚强的女人。

呼吸科里一台偌大的机器占据着诊室的一角。一位女医生和蔼地接待了我，她显然是刚从医学院毕业的实习生，胸前工作牌上的照片比她本人还小，一张娃娃脸直冲我笑。我把手中的挂号单递给她，她大概知道我在怀疑她是否是个医生，于是就微笑着温和地对我说："阿姨，您怎么不舒服？"随即她用她柔软白皙、中指带着宝石蓝戒指的小手把我扶坐在椅子上。

"胸闷。"我说。

"胸闷？"她在我的挂号单上看看，恍然大悟，"您从心内科来？"

我点点头。

"您站在这里，别紧张。"说着她扶了我站在一台机器的踏板上，"别紧张，好，抬头——"她像个幼儿园的阿姨在哄一个受了委屈的孩子，手里拿着一个球，似要和我玩耍，"您——呼气。"

这时，我镇定下来，很听话地呼出一口气，"吸——"于是我又很谦恭地对着那台机器深深地吸了一口气，如此反复多次，一枝细细的似笔的东西随着我的呼吸在那条长长的纸上画出一道弧线，如心电图。"您下来吧。"女医生的眼盯着那张图好一阵子才抬起头："阿姨，您患了肺慢阻。"

"什么阻？"我从没听说过这种病，真怀疑眼前的这个医生。

"肺慢阻，也叫慢阻肺，阿姨，您听我说……"姑娘让我坐在她对面，耐心而详细地为我解释"肺慢阻"，其实我什么都没听清，只记得从她嘴里不断地说出一个"烟"字来。

如此，我晓得了是"二手烟"导致我得了"肺慢阻"或"慢阻肺"，我还晓得了这是一种不可治愈的病，因为没有特效药，也不可能手术治疗。曾有一度巨大的惶恐压得我几乎窒息，独处时总觉得有许多如马道婆派来的纸人在我周遭狂舞，于是我便紧紧地关闭了房门。

其实我一直怀疑那个医生的诊断，身边不是有很多误诊的例子吗？几年来，我试图寻找机会去别处再做一次检查，然而徒劳。2006年春，乍暖还寒，我应友人吴丽珍夫妇之邀去南方小聚，那个美丽宁静的小城在碧水悠悠的"三江"之畔，我有生以来从未吮吸过的新鲜空气渗入肺腑，与友人促膝谈心，见到了陆续去南边"发展"的一群

"草原故乡人"，近一个月的放松让我忘却了愁烦，忘却了我是个"肺慢阻"患者。

一个偶然，我又站在了呼吸机的踏板上，给我检查的是这个权威医院的呼吸科主任，据说他是钟南山的弟子，我自然信赖他。但当我从踏板上迈下的那一刻，却十分清晰地听他说了一句"包头的诊断是对的"。

如今，当初的恐惧于我早已遥远，虽然我每日依旧在烟雾中生存，可是我知道了自己的命——烟命。我是相信这种唯心主义的宿命论的，冥冥之中我与烟有一种剪不断的宿缘。有时我想，如果有一天我告别尘世，那定是烟雾将我接走的，我的身边定是缭绕着云样缥缈的雾霭。

曾经见过三张伟人的照片：一是毛泽东端坐在藤椅上手挟烟卷，悠然谈吐；二是邓小平斜坐在沙发里手挟烟卷，岸然沉思；三是鲁迅立于庭间手挟烟卷，凝神平视，可见大智慧者都是从烟中袅袅"飘"出来的。几千年的中华文明，一代一代的先祖们摒除了蒙昧与野蛮，大约与烟有不可分割的原因吧？烟，不仅仅给人们带来迷茫与混沌，更多的也许是一种文化？抑或品格？当然，现在全世界都在提倡戒烟，然而烟照卖，人们照样抽，而且发展到儿童与妇女，谁知道应当怎样理解呢？

无边无际地瞎想着，胸却不觉得闷了，手边放着一本尼采的《强力意志》，随意翻开，就听见他说："当一切事物臻于成熟……一线阳光射入我的生命。"

啊，我，我的生命——我的烟命。

2009.11.10

（二）

六月一号，国际儿童节。今天，我入"园"（医院）了。

我眼前的所有，都在蒙眬地晃动。看见在我病床旁站着一只本来不应当属于我的氧气瓶，摸摸鼻子，氧气管插在鼻孔里，湿化瓶里咕嘟咕嘟地冒着的水泡证明我还有生命体征——我真的是个病人了？

这是不争的事实！躺在医院病床上的这个人就是我，腔子里的气不够用，想起了那年我写的"烟命"：臆想中的病人俯在枕上拼命地倒气。如今轮到我了，在呼吸科。

"阿姨，明早别吃东西，化验做检查。"我睁眼看看轻声叮嘱我的小护士，她把手里的几张单子放在我触手可及的床头柜上，点点头。邻床的老太太深睡不醒，听说她100岁了。眼下我正在吃力地喘着，她却安然地睡着，嘴角露出笑意，梦见什么了？在人生的旅途中她居然披荆斩棘地活到100岁，真不易！

我穿梭在做检查的科室里，肝、胆、脾、胰、肾、心脏、血压等均属"正常"或"未见异常"，我到底怎么了？既然身体各部件都在正常运转，我为什么要如此困难地喘息呢？

"阿姨，做最后一项——肺功能检查。"护士长客气地把我让到那台呼吸机前的木凳上，这台机器我不陌生，曾经就是它查出了我患有"肺慢阻"。我按护士长的提示做正常呼吸、深呼吸和奔跑式呼吸，不达标；再做一遍，仍不达标；"喷点药，20分钟再做一次。"护士长说。

检查的结果是那位温柔的呼吸科主任说出的两个可怕的字：哮喘！

我明白，人的生命之路，绝非全是鲜花绿草，阳光坦途。在科学面前我不能有任何怀疑，病而无惧是我的唯一选择！我迷茫的是：今后我的命运是否仍旧与烟相伴？人类的可悲有时在于，已知被刺伤的身心还将继续被刺伤，而且无法改变环境！二手烟已经让我患了肺慢阻，如今上升为哮喘，将来的日子我是否仍在烟雾缭绕中苟延残喘抑或结束生命？

我坐在门诊大厅靠窗的椅子上，透过洁净的玻璃窗凝视着通往医院大门的路，仿佛等待着一个约会。我静静地看着初夏清晨里的那片高远明亮的天空、草坪里满含晨露的小草，还有那些向大厅匆匆走来的上班的人群。她们从院里那两行杨树的绿荫中走来，时尚的小包提在手中，裙裾飘摆，脚步轻盈。

"端午节放假去哪玩儿呀？"她问。

"啊，没想好，也许去看我妈，也许去梅力更。"她答。

两人一问一答，我看见她们穿着白色护理鞋风似的从我身边滑过，裙子下的两条小腿几乎在轻捷地弹跳着——我羡慕她们，健康真好！

一大帮学生唧唧喳喳地拥进大厅，一个梳着马尾辫的领队把右手食指竖在嘴边"嘘"了一声，人群安静了许多，但脸上依然漾着笑意。他们这是要做参加工作前还是高考前的体检？总之希望之光已经让他们收敛不住心中的快乐了。我看见他们几乎都穿着白色的球鞋，结实的身体里勃发着青春的气息——我羡慕他们，健康真好！

不敢去想当初奔跑于球场的女篮中锋的那人是我，单位里六十个同事爬山比赛第二名的那人是我，四十岁时还能绕公园长跑五圈而不觉疲劳的那人是我……如今，日积月累的二手烟把我造就成了一个哮喘病人！我畏惧回到那间摆着十四张病床的病房，畏惧听到那像用大扫帚扫地似的粗粗的喘息声，畏惧看那因一口痰憋得脸发青的痛苦而扭曲的脸……我想，他们年轻时一定像我那样健康，那位老者一定每次都能扛起五十公斤的水泥袋，累了，吸一支烟解决疲劳。不信你看他的右手中指和食指间还留有常年不褪的烟斑！

《北方新报·包头版》5月31日第七版一行大字让我触目："包头：禁烟令实施一个月效果不明显！"明年这张报纸上是否会写出"包头：禁烟令实施一年效果不好！"但愿不是这样。

烟对人体的危害是人所共知的，二手烟更甚！我常想，人们为什么非要用生命的代价去与鬼魅般的烟雾纠缠呢？人人羡慕健康，而又无视健康，这是人类的悖论还是烟的悖论？是文化还是恶习？我敢说，当一张张印着空洞阴影的底片拿在医生手里的时候，没有一个患者的心不忐忑！但我也亲眼见过，一位一生吸烟的人在他临终前的深度昏迷中仍用手比划着吸烟的动作——这究竟是谁的烟命？

……夜深了，我无法控制我急促的喘息，也无法从我的思索中挣脱出来，然而我终究不能忘却白天我所见的健康与蓬勃。烟的命运，人的命运，何时不再纠结？救世还是自救，那就要看人类的智慧了。

2011.6.10

笑对失败

我听出她在电话里的声音有些哽咽与沙哑,可以想象她哭泣过后多么想缓解伤痛。果然,我听见她说,是缘于今天驾驶员考试未通过,考官给她两次机会均失败……

"这是好事,不必沮丧。你以为一个假期就可以考成一个司机吗?"我直言不讳地说,"即使你考试通过了,你觉得你就能开着车飞驰在路上么?不熟悉的车况、复杂的路况和一些不太明了交通规则的路人,会让你犯下不可挽回的错误,有些错误可以改,但开车的错一旦犯了,那是人命关天的……"她静静地听,一声声地应着。我想我的这些话她是听进去了,并且释然了。

就是这样。人生中的每次成功曾经让我们欣喜。这几乎是一个规律:沉湎于成功的同时,必定伴随着多次的失败。而恰恰是那些失败,才会让人生出许多思索与了悟,有了向往与守候,有了执著与顽强,有了感天动地的悲壮!

"生当作人杰,死亦为鬼雄"是当年李清照赞扬败将项羽的诗句。楚汉相争之后,项羽节节败退,垓下一战,楚军彻底瓦解,他退至乌江自刎。之前做《垓下歌》,那是何等的壮怀激烈!但只有四句的《垓下歌》倒用了两个"奈何",能够想象当时他面对着滔滔江水,怎样捶胸顿足地追忆与悔恨。项羽失败了,但英名永存。在后人的眼里刘邦的胜利总与"谋算"二字相连。虽然任何胜利都离不开谋算。翻开几个版本的《汉魏六朝诗选》，首选的又总是《垓下歌》，足见后人对他的敬崇。

可叹的是，无论李清照怎样在近千年前就写出对于人杰和鬼雄的评价，然而在中国历史上，成王败寇的观念不能说不是一种常态。

在惊恐中读那本过世的王俊大哥写的《战争警示录》，我对于胜利与失败又添了新解：尽管人类怎么解释，说是为了和平才发动战争，但战争毕竟是惨烈的、残酷的、非理性的。如果前人的战争真的能够为后人换来永久的和平与文明，那么，过往的一次次失败也倒值得记贺。

我想起了我的先祖——他们也是因为战争失败而退到新安江边的，至于缘何发起战争，为了什么琐事必要刀兵相见，我就不得而知了。与项羽相同的是，他们也曾溃不成军，也曾面对滔滔江水，或许，也曾捶胸顿足，选择的同样是用自刎了结生命；不同的是，我的先祖有五个儿子，项羽没有。这就为以后的和平积储了人脉——追兵赶来，他命令儿子们不要恋战，冲出竹林，然后自己和他的将士们整战袍、戴头盔、举战旗，眼见儿子们逃出视野，他们才拔剑自刎，血染新安江！我想那阵势肯定威武肃穆。

几百年以后，这段失败的历史演化成了一个感人的故事，这个感人的故事可否言传下去？而世代生长在太行山深处的我的家族父老们从不谈论战争与失败，他们是满足于那种宁静平淡的乡野生活，这是经历了动荡之后的期盼？我还在懵懂的童年时，有一年清明节，乡民们纷纷去为过世的亲人扫墓，我惊异地发现众多村民们无声无息地叩拜于一片荒丘，过后我才知道，原来那片荒丘里深埋着一块记录先祖在战争中失败的石碑，是由于失败而不愿见天日吧——苍凉而孤独的石碑啊，失败变成了文字，变成了历史，变成了猎猎山风，变成了远逝的飞云……

铭记失败的教训是多么珍贵啊，没有失败，言何成长？言何成功？

从这个层面说，失败自当是成功的导师，是胜利的动力。试想一个人在他虽长犹短的人生旅程中，经历了无数次摔跤和碰壁，才能多少长点儿记性以备今后的成功。对于那些曾经让人痛心和羞愧的失败，就恰到好处地修正吧。

笑对失败，继而努力，达到成功。是不是这样呢？

2011.9.2

第二辑：故乡过客

　　从那次回乡之后，我心的深处便有了无论如何都挥之不去的故乡情结。生活在异乡有时仰望天上的皎月，心里却想着那日夜湍流的新安江水；有时沉浸在塞外如歌似的春风中，耳畔却萦绕着故乡那黄土里石碑旁枯草深处的叹息。

祖母

很久了，想把祖母的故事记下来，却因为心中对她老人家深深的敬意而让我一拖再拖。许久，我一直在思索着苦难与坚强的关系。一个人的尊严是缘于苦难还是缘于坚强？还是缘于千百年回荡在华夏大地的儒家教诲？祖母，这个平凡而非凡的女人，这个不知"文化"为何物的乡村老人，我当如何去感受她曾经的苦难，如何体悟她面对苦难时的坚强？是什么信念让她隐忍着强加于她的不公？……就这样，我思索了几十年。

幼年我是在故乡和祖母一起度过的。那时虽然苦难已离她远去，但一生的清贫生活使她养成勤劳简朴的持家习惯与待人宽厚豁达的品格，在乡间有着极好的口碑。记忆中的祖母头上总搭着一块褪色的毛巾，终日迈着一双尖尖的小脚不停地干活，上地下地，上沟下沟，上坡下坡不歇地忙碌。有时她也会在月光如水的夜晚搂着我坐在窑洞里靠着窗轻轻地拍我的肩，我常在她温暖的怀中进入梦乡；夜半醒来，依稀看见她在油灯下给我缝制过年穿的洋布花袄时的疲惫身影；乡间没有什么好吃的东西，家中的几升麦子和鸡蛋总是留给我……在我的一生中，很难回忆起多少温馨的亲情，而祖母给予我的爱却使我永生难忘，以至于早已荣升为祖母的我还常常在梦中见到她。

后悔幼时的顽愚：除非肚子饿了，我从来想不起祖母，有时在沟底疯玩时听到祖母那略带沙哑的呼唤也置之不理，甚至那年我坐在驴车上将要随父亲去"外头"的时候，竟然拒绝了祖母的亲吻，竟然不去瞅一眼站在村口土坡上抹泪的祖母！后来我想起这些往事，心中仍然阵阵刺痛，充满了深深的愧疚。

知道祖母的故事是在我渐渐长大以后。这位和我隔着千山万水至亲的亲人在我心中渐渐明晰起来。我常常百思不解，这位在世上活了七十二年的老人，她经历了人间难耐的艰辛，离别、孤独、冷漠、漫骂……她每日劳作于田间，用她那一双小脚不停地丈量着故乡的土地，可以说，她的视野是狭窄的，但她的心何以如大海般那么宽阔呢？

三十六岁的女人，应该是极美丽极温柔极成熟的女人，然而，祖母的三十六岁那年是她命运转折的一年，是名副其实的"本命年"。那一年，被饥寒困苦折磨的祖父一病不起撒手人寰。为了生计，为了能够让儿子们活下去，她先后送三个儿子踏上了那生死不明的"西口"之路。谁不愿自己的儿子守在身边呢？哪怕留一个！祖母咬着牙擦去了与儿子分别的眼泪。空空的土窑里除了那口破缸外，还剩下两领破席和在破席上躺着她的贫病交加的婆婆，还有地上站着的寄希望于母亲的三个女儿（我的姑姑）！而在不远处的山坳里还躺着挣扎在"存"与"活"的漩涡里的她那位双目失明的可怜的老父亲。面对这一切，祖母咬着牙支撑起了全家生活的重负。

故乡太小了，这个隐没在大山深处的小村却有着人人必须尊承的祖训——"挺直脊梁"的坚强，而不坚强又能怎样呢？同情的泪水和劝慰的语言毕竟属于精神层面，祖母需要的是如何将这六口人的生存维持下去。于是，她担起了祖父撂下的担子，每天天不亮就挑着两担从地井中打出的浑水迈着一双小脚蹒跚在山间的地垄上。

秋天终不忘回报勤劳的人，几亩薄田也能收几石谷米。那天，祖母照例手提饭罐，匆匆走在乡间小道上，饭罐里装着黄灿灿的小米粥要给老父亲送去。走上土坡，她远远瞭见了自己的娘家——那个没有院墙的、斑驳的门框，窑里住着她的老父亲。昨天收回谷了，连夜打成米了，今天父亲可以喝一顿稠米粥了，她冲着窑里喊了两声"爹"，没回应，心想爹也许还在睡着，于是她轻轻地推开门，而就在推开门的瞬间，她分明看见老爹爹的颈上套着一条破布裤带，一头绕着窗棂——早已冷却！她知道，瞎眼的爹因为不愿意这样成年的累及女儿才走上这条绝路的。她撕心裂肺般地呼喊，捶天捣地般的恸哭，可无济于事，她再也拽不回她的这个唯一的亲人了！在乡亲们的帮助下，她料理完后事，祖母在她父亲每天躺着的土炕上坐了一天一夜后，用一根草绳拴了门返回自家，从此，她再没回过那个小村庄。

第二年春天，乍暖还寒，草木凋零，呜呜咽咽的春风刮得山间更显凄凉。这是一年中最难熬的日子，青黄不接，更可怕的是"瘟病"的消息让祖母备感不安。祖母，这个生活中本来无助的女人就愈加提心吊胆。不久，山村里果然有了第一位因"瘟"而逝的人！接着，第二位、第三位……恐惧让祖母想起村口庙里的神灵，她把儿子们捎回来的钱全部用于买了贡品！即使这样，小村里的天空上依然弥漫着一股呛人的霉味。日子不能不过，她不顾婆婆的阻拦坚持着下地打理田地，准备下种。但瘟疫并不因为祖母的辛劳而让她幸免。那天她在地里干活的时候，一个乡亲跌跌撞撞地跑来急慌慌地叫她回去，她疯了似的奔跑到自家门口就听见婆婆悲惨的哭声："老天爷呀，为甚不让我替她们呀——"，祖母推开门，眼前直挺挺地躺着自己的三个女儿，可怜我的三个姑姑，像约好了似的在同一天一起走向无边的黑暗！

从此，祖母的眼变得浑浊了，她常常呆坐在炕上抻着脖子看院里的动静，她不相信女儿们就这样离她而去，总觉得她们正走在门外的山道上，不一会儿就背着柴禾推门进来了。她想自己那么虔诚地敬奉了神明，而神明为什么不保佑她的孩子们呢？为什么三个女儿一个都不给她留下呢？祖母被这种死别折磨得不成人样，凄凄惨惨过后就欲哭无泪了。这以后，她再也没去过村口的庙，她在婆婆的质问声中愤然撕掉了墙上的财神和门上的门神、灶墙上的灶神，她把香炉里的灰烬倒掉灌满水放在鸡窝门口，她放弃了一切虔敬的仪式，只是每日在田里默默地干活或者去村口站着，希望能碰到一个从"外头"回来的人，打听一下儿子们的消息；她更加尽心地伺候婆婆，俩人相依为命，直到老人无疾而终。

以后的许多年，她用一颗孤独的心守候着那三眼空寂的土窑。长大后我走进那土窑时仍能感到祖母当初的悲苦，体悟到了那种承受着巨大伤痛后的无边的恐惧和无尽的思念。

生活就这样日复一日地过着。

几年后，村民们的眼中露出从未有过的惶恐：一声让人惊心的枪声在山谷间突然炸响，流言骤起，历来与世无争的村民们还在山沟里发现了一具遍身血迹的僵尸，小村沸腾了！他们百思不解：历朝历代打仗都是同族兄弟相残，而今是怎么回事，那东洋日本人为什么要来咱们的土地上打我们中国人呢？中国人因为什么事惹恼了日本人呢？他们大老远地来打什么仗？种种疑惑与传说在村里扩散蔓延着，从来门不上锁的小村，如今却家家如防贼似的关门闭户，小村上空笼罩着一种比瘟病更加心悸的、只有乱世才会出现的紧张与恐怖。

此时祖母却很坦然，她托人捎信给她的三个儿子，叮嘱他们保重自己，此时千万别回家来，不要挂念母亲。

一天黄昏，祖母背着一大捆草走进院子，她反手把门插好，解开绳子把草码到草垛上。猛然，她觉得草垛似乎微微颤了一下，她没在意，心想是兔子跑出来了。她忙去关兔门，可一数竟一只不少。就在她站起来的那一刻，草垛又颤了一下，同时从里面传出一声痛苦的呻吟，这着实吓坏了祖母，她向后退去，嘴里却不由得问了句："谁？"等了一会儿，从草里探出一颗满脸血迹的脑袋，祖母吓得跌倒在地，她定定神，胆怯地朝那人看去，是个男人！血从他的头上脸上流下来，流到胳膊上。身上的血已经结痂，他的衣服和裤子都破了，躺在草垛里有气无力地冲祖母说："嫂子别怕。我是让日本人追得紧，滚下山才弄成这样的——你先给我点水喝。"祖母呆呆地站在他面前，半晌才听明白，忙抬头看看窑顶，确定没人时，才挪着小脚走向北窑去给那人舀水。她想，他那可怜的样子按理自家应当帮他，但一个寡居多年的女人怎可收留一个受伤的男人？她把一瓢水端给他，那人张开惨白的唇一口气全喝了下去。"多亏嫂子，别怕，我受了点伤，等天大黑了我就走，不连累嫂子。"那人慢慢说完便又钻回草垛里。

"你到底是干甚的？"祖母蹲在草垛边扒开条小缝，轻声地问。

"嫂子，我告诉你，我是咱队伍上的，要去壶关办事，碰上日本人了，打上手就被他们追上了，就这。"他也不避祖母，说了几句。

"你让日本人追成这样？衣裳是让山枣树挂开的吧？——不是日本人还没到咱这儿么？"

"来啦，匪盗一般！"

祖母愕然了，自己的老乡兄弟被日本人害成这样，怎可以不管？她用草遮盖了他，又站在院里抬头往窑顶上看了一阵，见没人就不再犹豫，不由分说地把他从草垛里拽出来，扶他躺在窑洞的炕上，烧水洗伤，往伤处撒了草药粉，扯断一块净布将他的伤口包扎好。这一切做完天已经大黑。她又走出院子警惕地四下看看，山里漆黑得狰狞，村里静悄悄的，她才回到家。

此后的日子，祖母一直把那人藏在另一处小窑里，那窑里空间极小，她又受他之托把一只可怕的她从没见过的手枪埋在狗窝里的地下，她为他杀了两只鸡一只兔子，一天两顿饭总有一顿饭是乡人们在那些年月很少吃上的"调锅饭"（即豆、米、野菜合煮的粥），自己却只喝些稀汤。不久，在祖母的照顾下，那人的伤很快就好了，他还为祖母搓了好大一捆草绳。

当时我的故乡是日伪沦陷区，日寇在这里疯狂"清剿"，故乡虽千山万壑，可也没躲过日寇的"清乡"与"扫荡"。那人伤刚好就急着要"回队伍上"，然而日本人的"强化治安"，使他很难走成。就在这时他被"治安团"发现了，乡亲们被逼着挤在窑顶的场院上，"治安团"的人用绳子拉着那人问人们"这是谁？"人们因为不认识就都摇头。"治安团"的人说不认识就是共产党！要当场崩了他。万分危急时，祖母站了出来——后来我一想到这种事，总以为那是写书的人编出来的。千钧一发之际，一个手无寸铁的乡妇怎么会在枪口下那么大胆而沉着地说了句："他是我的汉子！"

所有的人都为这句话而震惊，他们惊异于一个看来本分老实的女人如何竟能做出这种伤风败俗的事情，而且在大庭广众之下不顾脸面地承认！当然"治安团"在羞辱了祖母后没把那人带走。那天，夜深人静时，祖母往他的怀里塞了几个熟鸡蛋和几团"棒子团"（玉米野菜团）让他带着离开了村子。

但是从此祖母却受到了村人本家的指责与唾骂，种种不适之词强加到她的头上，甚至有人建议把她扔下山崖！毕竟村民们是善良的，说她还有三个儿子没回来，等她儿子回来后再扔她也不迟。

就这样，祖母虽然还像以前那样活着，但是村规里规定"这样的女人"不许和任何人说话，不许她上庙进香（她也不去不进），不许她去坟地，不许她夜晚走出家门，不许她大声吆鸡叫狗……

在冰冷的窑洞里祖母无声地度过了几个春秋，她默默地承受着族人的斥骂与白眼，被村人们骂成是"淫妇"。我后来几次回到故乡，走进祖母曾没日没夜干活的院子和她起居的"当窑"时，还依稀看到祖母当年低头无语出出进进坚强的身影！

……

我原以为祖母的故事到此结束了——她隐忍多年,终于到晚年儿孙绕膝,谁知后来祖母还有新的故事。

故乡是解放区,土改早。那年秋天,"工作组"进驻乡里,一日,有个部队的战士牵着一头高大的骡子来到祖母门前。他把骡子拴到门外的枣树上,身后跟着县妇联主任、乡长和村长,村民们从未见过这阵势,不知这些人到我家去干什么,他们叽叽喳喳地猜测着,大多以为祖母不知又干出什么出格的事惹了麻烦,但嘴里一致夸赞那头骡子的毛色光滑眼睛有神,纷纷跟着来人涌进祖母的家。

县妇联主任介绍说,这位是咱队伍上"首长"的通讯员,今朝是他"首长"让他来找咱县妇联,委托我和乡长村长请你老人家去县里住几天。他们"首长"说,若不是当年祖母那么精心照看他,他的伤不会好得那么快,若不是当年祖母挺身而出,他也不会躲过"治安团"抓他的那一劫,他要感谢祖母的救命之恩,是她用生命和名节保护了他……如今,日本人败了,部队暂时留守县城,"首长"派通讯员来接她……

祖母低着头默默地听,听着听着就抽泣起来,她越哭越厉害,后来竟不能自已,嚎啕得差点晕过去,她的腔子里像用棉絮堵住一样难受:多年无人理睬的孤寂生活使她说话十分困难,她的手在抖,身子也随着抖动起来,她想说些什么,但能说些什么呢?尊严,一个自信自强的女人的尊严在那些清规戒律的伪道德的暴虐面前,被视为草芥!满窑洞里无一人言语,充满了叹息声,众人知道了事情的原委,就围拢过来劝慰她。

祖母嚎啕了一阵,情绪渐渐平息下来,她把她几乎白了的头发捋了捋,那战士还以为她会跟他走,就在他去牵祖母的手的时候,祖母说:"你回去……跟你……首长说,就……说我不去。我……哪儿也不去。说什么……恩人呀?当时他血糊糊……地躲在草垛里,我……能不救?

天下有……见死不救的……理？还有，还有，治安团那天，我……不那么说，他还，还能活么？呜呜呜……"祖母又哭起来，"我……不去，当年我……救他，就没想，没想让人家报答！呜呜……"

院子里挤满了人，反而静得像没人，山风吹得树上的枣子"啪啪"地掉在地上，祖母平静下来，艰难地走到院里，又返回北窑，提出一篮晒好的枣递给那个战士："娃娃，听话，回吧，回去告诉你们……首长，就说我……不去了。从小我连乡里都没去过，更别说县城了，回吧，啊，听话，回去吧。"

那战士眼含热泪，给祖母敬了个军礼，告别了祖母、县妇联主任、乡长村长和乡亲们，牵着骡子回去了。没隔几天，那位首长和小战士都来了，那天祖母正在田里。自从上次县里来人后，村人们就视祖母为村里的骄傲。人们自悔当初对祖母的不公甚至唾骂，如今只能补救了——替她把田里的庄稼伺候好，祖母也就不客气，由着他们干了。

首长和战士在山间的小道上找到祖母时，她正在给兔子拔兔草。见到他们，这次祖母没掉一滴泪，她把他们连同上次来的乡长村长领回家中给他们烧水喝。那位首长百感交集，说了许多感激的话，他从衣兜里拿出几张钱来塞在祖母手中，祖母有些生气，说："你快把钱给我装回去，我三个儿子一年能给我捎回些钱来，我够花。这钱，我不要！甚也不说了啊，都过去了，咱们只要平安就行，当初救人是本分——谁都会这么做！快收回钱，走吧，别耽误你们公家人干事。"

结果可想而知，我善良淳朴而又倔强的祖母在以后的日子里依然守在她的家里等待三个儿子的归来。她依然每天起早贪黑地干活，日出日落。在七十二岁那年突然无疾而终。祖母用一生的自尊坚守着、苦盼着。我总想，在无尽的痛苦中，她艰难的心路历程是多么凄凉与悲哀啊。

因为祖母的坚强、豁达与厚道，她很受人们的尊敬。出殡那天，村民们前去为她送行，山间小路上一片素白。据说山鹰很多，这很少见，它们横了双翅盘旋在祖母棺木的上空，一动不动，一派肃穆，那天天气很好，没风。

几十年过去了，然而岁月仿佛把我与祖母拉得越来越近，那种与这块土地缠绕于心的纠结，使我无时无刻不关注和守望着我的故乡——似乎也在坚守与等待，等待什么？说不清，真的说不清。

如今的故乡今非昔比，但是那层层的窑洞，雄峻的山峦，弯弯曲曲的山间小道，还有那片清远的天空都一如当年。故乡的村民们比当年少多了，年轻人纷纷离开故乡到"外面"打拼，村里的留守者也不大谈过往的故事，但是据说无论在家的还是离开家的人们每到夜晚总是聊自己的"老家"，跟我一样。因为老家是我们心中的归宿。我们都晓得在故乡的祖先里，有好多人和事让我们感动。

1994.2

故乡石碑

我的故乡，坐落在蜿蜒逶迤的大山里。这山叫太行山。太行山很长，它没有起点也看不到尽头，层层叠叠连绵不断。村人们认为这山是世界上最长最高的山，就连县城都被它包裹进去了，更别说我们这个小村了。

小村里住着几十户人家，人口不多。所以名字不太响亮，也不雅，叫"山后村"。至于在哪座山的后面那就不必管它了，村里的人没外姓，都行曹，男人做"生活"，女人掐条子（编草帽辫），路口树下碰上论起来，原本是一个祖宗的子孙，"五服"之内是本家，之外都是亲戚。

山后村虽小，但它却小得干脆小得玲珑，出了我家大门十几步就是山，山腰处有一大片桐树，宽大的叶子密密地遮掩了山道，夏天上山下山的人们走到这里，定会歇一歇喘口气，或是站在树下极目远眺，满山的绿色满眼的清爽，深深地吸一口，想必能把肺也染绿了。小时候在这山上沟底疯玩，将野花野草缠成花绳系在脖子上，假扮成神仙来到人间，然后爬到核桃树上用密密匝匝的树叶挡住身体，摘不熟的核桃吃，弄得满手满脸都是绿，层林尽染之中如猴子一般跳上跳下，玩得忘了白天和黑夜，忘了饥饱是常有的事，最后疲惫地睡卧在宁静无比的山坳里，由大人们或抱或背边骂边娇地带回自家的土炕上。

儿时的我也会常常在山间独坐，眉宇间多了些莫名的忧郁。顽童不玩的时候也是有的，我爱躺在山坡上看阳光从树隙间射出，透过树叶，点点圈圈；我爱站在山顶上看夕阳，晚照如金，初时如雪样的一轮，渐渐变成黄色——太阳有时也疲乏，疲乏得像在谷地里忙了一天的美妇，浑然欲睡。这时再配上一声两声上党梆子浑厚的老生唱段，听得山鹰那两张雄大的翅在空中一动不动……此情此景，常让我这远离故乡的人临窗沉思。那日，我看到陶潜"山气日夕佳，飞鸟相与还"的诗句，就不由自主地更加思念故乡了。

这些回忆，都是后来离开故乡后的思恋。其实当初看惯了山并不觉得山美，大人们常说"山外有山"，山外的热闹和奇妙时常撩拨着我的心。所以小小年纪心中就散漫出些许自惭形秽的影像来，开始不喜欢这生我养我的土地了，美丽的故乡渐渐地在我的心中淡然起来。直到三十六岁那年秋天，我的手触到了被黄土掩埋的那块厚重的石碑时，才为我多年来对故乡的不屑而羞惭，我面对周遭巍峨无语的群山，面对供我衣食的土地，面对先祖的坟茔虔诚地跪拜下去，诚心忏悔，无言哭泣。

这是先祖的坟茔，如果没有伯父的指点，我还真无法辨出这里是一座坟茔：几乎与山地平行的坟上长满了荒草，有两三尺高，秋风吹过，荒草凄然地倒下去，不远处的乌鸦飞走又返回，落在荒草间，景象悲凉。然而在它的前面一个又一个的坟堆上却光光的绝无杂草。我纳闷村人们为何不清除这里的草而由它们疯长？是因为年月的悠长而将它淡忘了？无意间我的脚踩到了一块硬硬的石板，我用劲踩了踩，被伯父看见，厉声说"你干什么？——谁让你踩石碑？"于是我被炮烙似的蹦出去老远。

这块石碑，躺在被荒草掩盖的黄土中，细看时略能看出从土中露出的漆黑一角。我蹲下身，用劲儿抹去碑上厚厚的黄土，一块高大光滑黑色上嵌着白字的石碑裸露在我的面前。密密麻麻的小楷端庄雄厚，无一标点——是在叙述一个故事吧？或许在回味一段历史？身后的伯父拄杖而立，神情怆然，他唇上整齐的胡须被秋阳映得银白。嘴一张一合吃力地抖动，声音不大，山里的宁静让他说的每句话足以清晰。他说，先祖曾经叮嘱过：后人不准将石碑扶立，不准将坟上的荒草除去——让黄土和岁月将他们过往的"耻辱"一同掩埋，永远埋葬在这无人知晓的山里。

我想我的先祖一定办过什么不体面的事情，他知道他无颜向后人交代这些"耻辱"才说出这遗嘱的，但我转念一想，自知"耻辱"为什么要立此石碑来记载那些不体面的事情呢？百思不解。

初秋的阳光温暖而轻柔地爱抚着山里的一切，秋风微微。伯父的情绪比刚才平息了很多。他说："咱们村和周围邻村的人们都姓曹，原是一家人，安徽亳州人氏。"

这句话让我非常吃惊，我从来都认为我是山西人，正宗的山西人！如今突然间听伯父说祖籍是安徽，安徽亳州，是曹操故里么？难道我们是那个戎马一生慷慨悲壮的"挟天子以令诸侯"、开创"建安文学"的曹孟德的后人么？我疑惑地望着伯父，他眯着眼平静地看我，顿时，我对眼前的这位老人也无比敬重同时也为我往日的平庸羞愧起来……

在一次两军激战中，我的先祖率领着五个儿子大败于新安江边，滔滔江水挡住了他们，远方尘土飞扬处凶悍的追兵步步紧逼过来。急切中他命令儿子们从西边的竹林里突围出去，并叮嘱他们"莫回头"。目送儿子们的马队消失在密林深处，回过头来，他整理了一下战袍，戴好了头盔，再次凝望着生养他的这片土地，然后从容地走向清冽的新安江……他的镇定与沉着好似凯旋的将军。跟随他的是为数不多而忠勇无比的兵将们，他们也学他的样子整了整战袍，戴正头盔，并把破了的战旗高举起来，跟随着他从容地走向江心。待敌军赶到，先祖突然从腰间抽出剑来,"唰"的一声,他的兵将们也抽出剑来,霎时间剑凝清光寒气逼人,他们没有丝毫踌躇,大义凛然仰天长啸自刎而死!顿时江水无言,平静地载着他们的肌体和殷殷鲜血流向更加宽阔与波澜不惊的钱塘江。岸边的追兵们惊愕了,他们纷纷下马向着湍急的江水赞叹着这些曾是他们的对手而今却成为鏖战中失败的英雄们……

现在想想,当初那场战争一定非常激烈,退败中,先祖们在隆隆战鼓和声声号角中毅然选择了天下极为壮烈的挺立!是的,他们最终静卧在江水之中,顺着江流飘向遥远,而他们不屈的灵魂和永不言败的精神却永远伫立于华夏之巅!

……秋风阵阵,伯父倚杖坐在浓密的荒草间,木雕似的。他抓着我的手轻轻地抚摸,沿着石碑寻到碑的左下角——这儿的土不如前面的夯实,只要轻轻地拂一下字便会凹显出来,清晰可见,上书"同治六年秋立,儿孙"几个字。我半晌无语,推算出立碑时间大约在二百年前。伯父说,当初先祖死后我的祖先兄弟五人在故乡立足后再次回到新安江边,寻找先祖和他的兵将们,终于在一农叟的指引下拾起先烈们的遗骨。据说这个农叟就是那天追兵中的一员,初始的恩怨后来已经化为这漂流的一江秋水,他将这些英雄们从水里打捞出来。当然只打捞出了一小部分——葬于江边。我的祖先们在江边举行了一个小小的祭奠仪式后,拜别那位农人,带着这些遗骨又葬于太行山麓深处,时年,正是同治六年。听罢,我恍然四顾……

西山衔日,伯父挂杖前行,我随其后。回首再看看那块被黄土和荒草覆盖着的石碑,仿佛看到了一段历史。当年那场战争中的刀光剑影和声声呐喊早已飘散得了无踪迹。江水不慌不忙地承载着这段历史流淌在太行山的腹地,再让黄土与枯草掩盖得严严实实。先祖们的骸骨埋在这里,而他们的灵魂今飘何处?当初他们败了,但他们败得凛然!留下石碑上的文字让后人们去思忖胜败的辩证?其实他们想多了,胜败本无需辩证的，倒下去的是躯体，谁能说山间的阵阵松涛不是他们精神的颂歌？

一代一代的村人们，我血脉里割舍不断的亲人们，都知道这段历史并引以为自豪，但他们从不提及，仿佛早已忘却。他们日耕夜息辛劳度日互相谦让礼仪和谐，从无口角。更让我吃惊的是他们几乎都会背诵"七步诗"和"山不厌高水不厌深，周公吐哺天下归心"的诗句。

山路上的一个陡坡让伯父趔趄了一下，我忙跑上去扶他，谁知他竟甩开了我的手，回头看着我，不无边际的说了一句："记住，人活着要有脊梁。"

"人活着要有脊梁。"这句话是祖训么？我没问，但这话久久地在山谷里回荡着。

不知怎的，从那次回乡之后，我心的深处便有了无论如何都挥之不去的故乡情结。生活在异乡有时仰望天上的皎月，心里却想着那日夜湍流的新安江水；有时沉浸在塞外如歌似的春风中，耳畔却萦绕着故乡那黄土里石碑旁枯草深处的叹息。

于是我祈祷——为我的先祖，为我的祖先，为我故乡的亲人们，为我们平静和谐的岁月——祈祷。

1989.10

乡间的驴

从县城到家或是从家到县城,要走十几里山路。山路不比公路,我宁走几十里平整无碍的"石路",也不愿走弯弯曲曲上上下下的山路。但无论怎样,心中揣着回家的期盼与渴望,走就走吧。好在乡间有驴。

人常说,驴是"犟驴"。其实不然,一般情况下它很温顺。所谓"犟",往往是人类总要把自己的意志强加于它,让它负重又不许休息,把它的眼蒙了又让它不停地围着磨转、大小便也需挑个时间,时间不对还要背了"懒驴"的骂名,甚至狠抽猛打。人们如此对它时还不让它有些叛逆、有些"犟"么?我常为它的遭遇而不平。所以我常站在它身边跟它玩,看它无声地对我眨眼,爱让它将嘴掖到我的胸前蹭我的衣衫。

早给家里寄了信,告诉大伯我到县城的准确时间,大伯就会派它去接我。那天清晨,给它吃饱喝足后,在它的肚间系条白布,上面写着我的名字,以便我能在熙攘嘈杂的驴群里一眼认出它,然后大伯搂着"牲灵"的脖子在它耳边说了一阵话,它眨巴着眼,似乎听懂了。要不怎能叫"牲灵"呢?因为它有灵性。稍后,它抬头看看窑顶再低头看看脚下的山路,就迈开了脚步。颈上的铃铛清脆而有节奏地响起,铃声叮当,蹄声得得,欢快得极有章法。

层叠的山峦崎岖的山路,一路上没有伴侣,没有水喝,但它心里明白：必须要忍住干渴耐住寂寞。

到了"停驴站",它停下脚步,四周瞅瞅,想寻一槽清水,但徒劳,它只好把前腿慢慢地弯下去卧倒,静静地等待,还不忘把肚上的白布条写名字的地方冲着人多的方向。

待我轻轻揪它耳朵时它猛地从梦中惊醒,其实它也未必真睡,休息片刻而已。睁开眼认出是我,就立即如孩子般亲昵地用它那张大长脸蹭我的肩。我喜欢它这样蹭我,就轻轻地抚摸着它那条光滑的尾,捧着它的大脸亲它,它不动,让我尽情地跟它玩,乖乖的,只是说不出话。

回去就轻松多了,把重重的包搭在它身上,我也趴上去。不必怕它偷懒不走或是迷路,嘴里哼着"一条小路弯弯曲曲细又长……"劳乏的眼会合上,任凭它不紧不慢地在山间绕来绕去。

今年回家时那逶迤的山路早已改成了柏油路,原始的具有灵性的驴不见了,一辆面包车载着满满的一车人行进在"之"字形的山路上。年轻人在车里打扑克说笑话,司机自然轻车熟路,他看似心不在焉悠然自得地听歌曲,我却多了满心的恐惧,总是不由地想看看山脚下那长满酸枣树的深邃的山谷,车里充塞着那个女神仙娇滴滴的"千年等一回,等一回啊……"的柔音。我凝望着远山与高天,心想眼下如果有头驴多好,慢慢地将那闲适的心境消受于这逶迤静谧的山间小道上,便深深怀念起那头驴,怀念起那种从容与亲和的归乡之路。

随即我又想,世世代代的驴是一定会被如今的车取代的,再过几年说不定还会有什么更先进的交通工具取代如今的面包车呢。

唉,曾经不言不语艰辛劳作在山野里、曾经摇着铃铛接我回家的那些"犟驴"们,你们如今在哪里啊?

1993.8

村口的庙

因为村口有座庙，儿时就常在那里玩，玩得渴了，就沿着村口的大道噔噔噔地跑回家，从缸里舀一瓢水咕咚咕咚地饮下去，抹抹嘴，再噔噔噔地跑回村口。

那庙不大，分前庙后庙。不知为啥，前庙总是用铁链子链着，进不去，我们就趴在门缝往里瞅，瞅见对面坐着个用手捻着胡子的老头儿，穿着长长的黑袍子，圆圆的脸，样子挺亲，不像别的庙里的那个人瞪着眼那么厉害。他的身边站着两个小男孩（也许是女孩），头上挽着两个发髻，手里都端着个盘子，不晓得他们是干什么的。

前庙不让进，我们就去后庙，后庙的墙上画着满墙花花绿绿的画儿，画早已斑驳，可画在那上面的美丽的花草、碧蓝的天空、雪白的云还分得清。我们也淘气，搬来几根朽木，踩上去，指头蘸着唾沫顺着那些画描，描得手上脸上身上到处是粉彩。虽有趣，可少不得挨打，反正大人们打几下也不疼，便不在乎，天天这么玩，就天天挨打，"一群记吃不记打的货。"大人们常这样无奈地摇着头说。

后来村里有人哗哗几下就把那画用锹铲了，墙上刷了白泥，门口挂了个"山后村小学"的小木牌，我和我的几个本家兄弟们就成了这个小学的学生。老师姓米，是个极儒雅极谨慎的先生，脾气好，待我们如自家娃娃。十几个小孩，分"初小"和"完小"，都是他一个人教。我爱在这儿上学,可惜,我只念了几个月就跟着爸爸来"外头"了。

前庙规整,一色的灰砖灰瓦,窄拱门,门顶像牌坊,拱门上砌着一块长石头,上面镶着"唐代真人"四个字。有了这四个字,这个庙就平添了许多神秘和庄重。

据说这个"真人"指的就是一个人,不是神,他是唐朝"药王"孙思邈。小时候不懂,只知道他是个给人看病的大夫,长大后查资料,方知道他是陕西人,儿科、妇科都是他开创的,他的医德好,且多涉经史百家兼通佛典。我有好长一段时间想不通,常见的庙里都是供奉着救苦救难的观世音菩萨,而我的祖先为什么不膜拜那位神仙反倒千里迢迢地把他请到我们村来?想必我的祖先不看重那个虚无缥缈的神,他们盼望着山后村的子孙后代们身体健康,才把这位药王请到这里来的吧?无论怎样,这位孙先生世代在这庙里总是笑容可掬地端坐着,恪尽职守。也不易:谁家老人小孩病了到他这儿点一炷香,摆两个菜团子(摆完了还拿走呢),跪在蒲团上念叨几句,回到家里看那人的病势果然见好,村人们都说他极灵验。不过他也有无能为力的时候,比方那些沉疴之人,治病治不了命,找他也无济于事。

十年"文革"中,孙思邈和这庙都成了"四旧",当属被砸之列,可乡亲们谁都不去砸毁它们,只是在庙门门槛上砌了几层砖头,门框上钉了几块木板算是"封"了。后来村里来了个"赤脚医生",每天背着药箱给人们抹二百二(红药水),有病就发几颗"四环素"和"去痛片"。那几年,人们与赤脚医生若即若离,总是用怀疑的目光看他,直到乡里办了卫生院,那里的大夫定时为村人们讲解医学知识,他们才渐渐地摆脱了迷信,相信了科学。乡亲们皮实,有病去卫生院打几针就好了。现在,虽然他们有了病还是去找医院,但是他们依然不相信那些瓶里的水(输液)。

这次我回故乡,村口的庙还在,只是门上的铁链子换成了一个大锁，门口砌的砖没有了，我像儿时那样从后庙蹑手蹑脚地进去，看见那位"药王"依然在那里端坐着，周身浮了些尘土，脸上多了些沧桑，眯缝着眼睛，笑看着世间众生。

曾经不时从庙里飘出来的香火味儿如今闻不到了，不知谁在墙角里堆了一堆柴禾，一群鸡正伏在那上面午歇，虽有点杂乱倒也安静。我走到香案前，不小心脚下踩着了一堆的灰烬，我忙躲开，就看见在那香案上还放着两个没有干透的馒头。

2006.4

村里的水池

村里缺水不是一年两年的事了，从祖上就缺，人们常站在山坡上看着脚下的大山议论，咋都想不明白乡间缺水可这漫山遍野的花草树木为甚长得那么葱茏茂盛？地下一定有水！于是各家就挖井，恼人的是，挖井也挖不出水来，那挖井的人顶着满头的土从井里钻出来，长叹一声："先人们不叫他子孙们活哩。"无奈地摇着头，装一袋旱烟，就踅到马蹄坡。

马蹄坡上新闻多：

——听说政府要给咱们装水管子哩。

——说话呢？山里的工程啊，可难哩。

——听说咱国家西北也没水，就攒了水放在水窖里喝，要不，咱也挖个水窖？

——说没的！那能攒下几箩头水？我看不如咱们全村凑个份子，各家都拿出些钱来，不论多少都行，挖个大水池，求求乡政府帮个忙，给水池里灌上两车水……

——没得瞎嚼！两车水能灌满一个水池？还得开山引水。

——不管咋说咋干，不都是为了咱山后村的后辈儿孙？

……

没有开会没有动员，就在马蹄坡上晒着太阳时说的几句话，人们真的把钱箱子交到了村长手上。村长急了，说："村委会还没讨论，你们交这钱算怎么回事？"忙叫人去乡里的小卖部买了两张红纸缝了个大本，把捐款人的名字和数额写在上边，说这可不是说着玩的，钱先收下，得开村委会、给乡县两级政府写报告、政府再跟水利局的局长说、派人开山……哪有那么简单？说，看来这水早晚能引上来，你们先静静，等以后水池子修好了，村里就刻个碑，写上你们的名字……

村人们想想也是，这可是开山呐，不易啊，那就等等吧。几天后，村长站在马蹄坡上高声大吼："山后村的乡亲们，政府说，开山引水工程人家早就讨论啦，这回可是瞎子磨刀——快啦，就是这钱还差点儿……"

村人们纷纷上了马蹄坡，一时间坡上的人们沉默了，没法子，没钱办不了事，纵有满身力气也没用。可他们已经尽力了，捐出去的那些钱还是卖鸡蛋的钱呢。抽烟能思索，突然，有个人从呛人的旱烟中站起来："咱们写信跟外头的人试着说说吧——他们在外头打工，老人娃娃在家里给他们守着家，出点钱也是为了他们哪……"

"哎，这法子行，写信、打电话试试吧。"于是村里的干部们就分头写信打电话。几天后，村里不断收到从北京、太原、武汉、海口那些地方寄来的邮单，闹得邮递员天天往山后跑，不解地问："你们村这是要干甚？"大家都掩了口偷笑。

"看看凑了多少了？"

"呀，好几万了"。

"还等甚？那就交在乡里，干吧？"

水池竣工那天，山后村沸腾了！人们像过年那么高兴，纷纷拥到池边，看从一根管子里引出来的山水哗哗地流到池里。他们咧开那张涨爆了皮的嘴忘情地笑着，孩子们光着屁股到处乱钻，他们把头凑在水边，手捧着清凉凉的水伸出舌头舔一舔，水从指缝间流回水池——

可不能浪费呀,在城里水是不起眼的东西,在咱们山后可是最珍贵的宝贝啦。

水池的建成让省里知道了,县乡两级政府的人陪着省里的干部坐着汽车来村里祝贺,搭台、开会、讲话、剪彩,邻村的同族本家也来了,办喜事走亲戚似的为山后的人们送来了红枣、核桃、鸡蛋和馒头,一篮一篮地摆在水池边上。山后人也不小气,借来大鼓,敲锣打鼓吹唢呐、请来电影队放电影、马蹄坡上搭戏台,办"八音会"、唱上党梆子……好不热闹!有些在外头打工的人也回来了,他们绕着水池一圈一圈地走,看着摸着,咧开大嘴笑着。几个有力气的小伙子在村长的吆喝下在路口处竖起那块黑底红字、两米多高的"功德碑",拥挤着找自家人的名字,"念吧,别乱啦,念啦"——在山后村的人,在"外头"的山后人,一个不少地刻在那上面!是什么力量让他们这样凝聚在一起?因为山后村是他们的故乡!这里是他们永远不能忘却的家!

水池的墙用红砖砌成,一块巨大的"迎客松"的影壁对着村口——山后人是好客的。绕过北边的那几个台阶,沿台阶下去便到了用石头砌成的池沿了。浓密的树影越过外墙,风吹着池水泛起微微涟漪,高天与山影印入池水中,像挂历里的画儿。山后村总是这样静谧的,月上中天了,寂静的夜,热闹的马蹄坡也显得冷清了,人们就坐在池沿上小声地聊,从眼前的水池子能聊到长江黄河钱塘江,甚至太平洋;从山后人聊到大禹治水,上下几千年,方圆百万里,梦呓一般。多少代了?山里的人们渴望着能有水喝,珍惜这个水池子就像珍惜自家的命,男人们现在都不肯随意把烟灰磕在水池沿上,因为水是清凉的神圣的。

我有个本家叔,我管他叫"文库"叔,文库叔早年当过志愿军,去过朝鲜打过仗,见过世面。打完仗回国,不像别人在城里谋个工作,他回到了山后村。在朝鲜的几年里,山后村是他魂牵梦绕的家,它的根在这里,老婆娃娃在这里,他说他离开这里就像身子飘在半空。但当他真的站在自家窑洞门口的时候,却发现他的亲人们早已不属于他了!

文库叔背着行李蹲在门槛上抽烟,一根又一根,默默地。黝黑的脸让夕阳映得像铜铸的一般,乡亲们隔着土墙看着他,也是默默地。一天,两天……烟屁股扔下一大堆,他就坐在门槛上,还是默默地。窑顶上的老奶奶拄着拐棍颤巍巍地走到他眼前,"文库呀文库,想开吧……"说着就老泪横流,文库叔这才抱着老奶奶咧开大嘴"哇"的一声大哭起来。

……几天后,文库叔"想开"了,他从老婆那里领回了大儿子。从此,他和儿子相依为命,种那几亩田,放那几只羊。话少了,笑容也没了,从二十几岁到他逝去,他就这样过着,一直没续娶。

我每次回老家都去看他,他就为我做拉面,"别走啊,叔给你吃扯面。"只有这时,他的脸上才露出些微的笑。

山西人吃面是全国有名的,吃醋也是全国有名的。说实话,文库叔的面扯得一般。山后村十二三的女孩扯的面也比现如今街上"拉面馆"里的大师傅扯得好。面"醒"好后擀开,一扯一大把,细细的,足够三个人吃。文库叔却是一根一根慢慢地揪,速度慢得惊人,大海碗里的面上浇了臊子倒上醋端给我,一脸的真诚。我跟嫂嫂说起他来,嫂嫂说:"不然啊,他可是扯得好面哩!那是怕你走才这样慢的。"我默然。

文库叔怕我走却很少跟我说话,只是不时抬眼端详我一下,看着我吃饭,他就会说:"多吃啊。"我也不好意思吃完就走,跟他多坐一会儿,他亲亲地叫着我的乳名,"什么时候再回来?"眼中现出不舍。

"快了,等我退休就回来。"我说。

已是快要退休的人,他却还把我当成小孩,摸着我的头发,喃喃着:"等不上啦。"他似乎得了抑郁症,看着他那双呆呆的眼,我的心里有些酸楚。

村里的水池建好一个多月,有一天清晨,起早的人看见一大群老鸹围着水池呱呱地叫，这不是吉兆！于是就用石头打，然而它们却越来越多，围着水池的墙飞来飞去地聒噪。人们预感到不祥，忙忙地跑向水池，只见清清的水面上漂着文库叔！文库叔依然穿着平日里那身破旧的衣衫，鼓胀的肚子把衣服的扣子都撑开了。人们惊愕了，奔走相告，叹息、猜测、哭泣、埋怨……山后村又一次沸腾了！

无论怎样，文库叔是山后的人，也是山后人的骄傲——他曾经为了国家去过朝鲜，流过血，洒过汗，他是国家的有功之臣！宽厚的乡亲们把他从水里捞出来，擦脸、换衣服、埋葬……我可怜的文库叔！

从此，曾经热闹过、炫耀过，给予山后村无限希望和安慰的水池就成了摆设，一度清澈的池水渐渐变成了绿色，渐渐就有些味了，人们再也不去那里，明知道是因为文库叔，可谁都不说出来——乡亲们不怪怨他，反而可怜他，常听人说："文库是好人。"

现在好啦，山后村终于盼来了"水管子"！只消手一拧，那水就哗哗地流，清冽甘甜，大有"山泉"的味道。就这样，村人们也从来不浪费一滴水，用桶支着，滴出的水好浇地。

山村的夜是宁静的，躺在床上依稀听见窑顶上有咚咚的脚步声。我晓得，这是我的乡亲们又去马蹄坡上聊扯去了……

2006.4

故乡过客

汽车沿着故乡弯曲的山道缓缓绕行,将近正午,我们已经站在太行山的腹地了。

这里,是我的故乡,是我魂牵梦绕的故乡。

层峦叠嶂的群山被茂密的山桐树掩盖着,站在黄尘弥漫的大道旁远望四周葱茏的连绵绿色,有一种像山鹰顿然飞去的冲动。脚下的路沿着山势时隐时现,逶迤无尽,宛若一条银色的溪流,阳光照射下,黄缎似的。山里太静,天又太热,连树上的"知了"也懒得叫了,真是宁静,宁静得让人忘掉一切。置身于这浓绿清凉且宁静之中,我不禁想起当初日本画家东山魁夷先生也许正是置身于此景,才画出那幅著名的《蓝色的音响》?

我就站在这山脚下——其实是山顶的脚下——俯视着,远处的山谷里飘出了久违的谷香,是那种烧焦谷秆的香味儿,淡淡地诱出我阵阵饥渴。这香味只有我的故乡才有,不是麦香,也不是玉米香,这让我想起家里那一缸金灿灿的小米,那一粒粒的金珠啊,曾经培养大了一支自己的军队,并把他们送向共和国。

视野里的一辆辆汽车如甲虫般在山间相跟着绕,心里便着急,想,这速度何时能绕出大山里的烟岚?绕出山峰间的那朵白云?绕出我心中浓浓的乡愁?

我的心归去了，落在了那个山峦环抱的小村。这个小村面向东方，所有的窑洞都是西窑。当晨曦的那线亮光射在窑洞窗子的玻璃上时，人们早已从地里回来了。前日哥来电话说，家里再也不用去远山上打水而是吃自来水了，水泥山道也修好了，如今村人能像城里人那样盖砖房了。房子盖好后看着人家兴冲冲地搬进去，很是让他羡慕。可没过多久，那些人如何又搬了出来？一问才晓得，那人说："房子不如窑洞好，窑洞冬暖夏凉……"电话这头的我不禁笑了，哥说："笑什么？一方水土养一方人。"

　　我的心归去了，落在了山隙里的那股柔细的水中。这股山泉终日缓缓地流淌着，夏天暴雨过后不见它涨水咆哮，凛冽寒风中不见它冻成冰柱，它长年累月地不萎靡不张扬潇洒从容地顺着山涧潺潺，满含深情地向人们诉说当年在它身边发生的激烈的战斗：长乐之战、东阳关之战、神头之战……向人们诉说当年赵树理在山上的窑洞里怎样写出中国首部青年男女追求自主婚姻的《小二黑结婚》。

　　我曾跟着堂兄沿着这条晶莹的小溪寻找过它的源头，找呀找，找到山顶也没找到。我指着对面的山峰对他说："也许源头在那儿。"堂兄擦着脸上的汗说："不找了，这一个又一个的山峰，谁晓得它的源头在哪里？"

　　我们从一棵粗大的桐树上摘下了一片桐树叶子顶在头上，将它放在清凉的溪水中，看那流水爱惜地托着它，浸湿它，叶子在柔软多层的涟漪中旋转着，仿佛婴儿在摇动的摇篮里，久久地依偎与温存……

　　我的心归去了，落在了山弯背阴里的那片蓬勃的草丛间。这里从没有阳光的照射和雨露的润泽，可它们何以长得如此葱茏？来往的人们常常坐在这融融的"地毯"上休息，孩子们也常来这儿玩耍，甚至展开四肢摆一个"大"字一动不动，将草碾压得可怜。临走还要拔些草编个草圈戴在头上……然而，待山里静下来后，那些草又蓬勃起来，依旧柔软依旧翠绿依旧葱茏。

　　汽车终于绕出大山,前面将飞驶在那条宽阔平坦却枯燥无聊的高速公路上了,可我的心仿佛仍在颠簸着。空中掠过一只山鹰巨大的飞影,我的眼前也掠过苏东坡"幽人独往来,飘缈孤鸿影"的诗句。

　　远了。我从故乡那厚重的山脉里匆匆走过,如儿时离开它时那么匆匆。我想,如今我是谁?是这座山的女儿还是它的过客?透过车窗,见山凹处有缕缕炊烟袅袅地飘向高远而湛蓝的天空,我凝视着头顶上那片如絮的云,它仿佛在跟着我们的车子移动,渐渐地离我远了,淡了……

　　我是故乡的过客吧?然而我的心却归去了……

2005.5.2

定格冬天

我真傻，真的。我单知道秋天那清爽的白云会轻飘飘地浮游在高远的碧空之上，我单知道那沉甸甸的果实到了该满车满载的丰收时刻，我单知道沿着劳动公园围墙攀爬的枝叶会变黄而决不会折落……于是我就这样傻傻地每日里仰头搜寻着天上舒卷的云，隔着玻璃看那拉大白菜和芋头的汽车从窗前飞驰而过，双手轻抚渐红的秋叶心中却记起"红树醉秋色"的诗句……

依然无风依然柔馨依然醉在可人的秋意中，压根儿就不去想冬之将至。其实我并不厌冬，反而有一种情愫一款远思萦绕在我的心里，冬的厉风冬的寒彻冬天窑洞里的那一堆微火——避开这些让我心痛的想念去直面这方肃杀的天地吧。

然而谁也避不开四季轮回：早已不见窗外缠绵的秋雨了，那些无声的凉丝轻轻地越过秋的原野，也将如练的月华和婆娑的树影一并掠得不知去处。冬天，为这个纷繁的世界带来一身素裹一袭凝重……

艰难地走过那道几乎陡立的山坡，放眼望去，眼前是起伏的山峦——这是故乡最真实的印记，赤裸的山野轻披了一身如霜的白雪，似少女胸乳般白皙与纯情。记忆中当年祖母蒙眬的身影就是在这里眺望我远行的，乡间的人们从不会道声"再见"，只是相跟着即将离开的亲人默默地走，拉过肩上的那一块大手帕不停地擦眼——辈子都是这么真挚这么深情。

我在山道上寻找，寻找那些抬眼可见的浅窑：那叫"羊窑"，是牧羊人和羊们躲避风雪的栖息地，我寻找他，我的同族叔叔——那个高大英武、在朝鲜战场上几近消失的同族叔叔。

找他并不难：在有青草的季节，得用耳朵找。深深的山谷沟壑、绿树掩映、梯田层层、故乡海浪似的逶迤的山峦间，站在任何一处去凝望你要找的人，那都像是一个轻移的影儿。好在他爱唱，一辈子只会唱一首歌："嗨啦啦啦呀，嗨啦啦啦，天空出彩霞呀，地上开红花呀……"虽有些沙哑可音域极广，漫山漫野的回音。他练得一手好鞭，扬鞭傲指苍穹，在空中划着圈儿，随手一甩，啪啪地震响，鞭子从不打在羊身上，不过是想在山谷里听自己当年那久违的清脆的枪声，自然羊们也不胆怯，该干啥干啥。循着他的歌声就能在无论多么隐蔽的清凉处找到他。冬天却不然——只闻歌声不见人，那就只有踩了荒草与残雪耐着性子寻觅，寻觅那从羊窑里飘出的一缕柴烟了。

雪后无风，我找了好几个羊窑，终于在那缕飘散的柴烟里见到了他。他正盘了腿围着那堆火打盹儿，几十只羊围着他也在打盹儿，静静的，都像是在梦中。一声轻轻的"叔"将他唤醒，他眯着眼看了我片刻，"呦，是你呀？几时回来的？"他叫着我的乳名，一声声不住地叫，是我在思乡的迷蒙中渴盼的乡音。他用一根铁丝拨开燃尽的余火，又在上面添了几把薪柴，那火苗就重新燃起，他的脸被火光映得通红，半晌无语。

"想什么呢？"我歪着头看他那略显苍老的脸问。

"包头比咱老家冷吧？"他从衣兜里掏出一张纸条，又掏出一小撮烟叶洒在纸上，卷成烟卷儿，凑近火堆刚要点，"叔，不抽这个了。"我掏出一盒"中华"递给他，他惊喜。

又是片刻，他说："放羊的人怎么能抽这么贵的烟？——给我一根就行啦，你还要看别人呢。"

"都是给叔的，叔抽吧。"我推开他的手说。

他把双手在依偎在他腿边的小羊身上擦着,接过烟,"那,我就留着过年来人抽。你也是,普通的就挺好——你们外头的人花钱不计数呢。"他这样说我,是教训是夸奖?抑或在两者之间?

"包头冷吧?我老想你们包头,包头离鸭绿江近,离朝鲜近,我那些战友……"我心里好笑,包头跟朝鲜挨得上吗?知道他又要提他的心头之念了,我忙止住他:"叔,不成家了?找个老伴儿吧,端茶倒水,缝缝补补,有个说话的。"

不知为什么,他从朝鲜回来后一直不成家。火光映着他黝黑的脸和干裂的唇,他吧嗒吧嗒地抽着烟,一阵沉默。

"你不晓得,我老是想我那些战友,年轻轻的,躺在朝鲜的冰天雪地里,可怜啊,就没心思找老伴儿了。"他又陷入沉思,深深吸了两口烟后说:"羊就是我的伴儿啦,母羊生羊羔的时候你不知我有多喜欢啊,一茬一茬的——不找啦。"

在羊窑里我和叔坐了一上午,那天他的谈兴极高,他说他打算明年开春翻新他的那两眼土窑,说村里的乡亲每晚都聚在那窑里唱戏,说嘹亮雄厚的上党梆子和山上的党参……言语中渗透着他对家乡的深情,也总是离不开羊,我知道,家乡与羊成了他的精神寄托,也许是他的生命之侣了。

雪比来时大了许多,纷纷扬扬的。窑里是那一堆微火和一串笑语,窑外早是一派北国风光了。

说也奇怪,多次回故乡,我的记忆偏偏定格在那个飘雪的清晨,挥之不去。哥说那以后不久,叔还没来得及翻新那两眼土窑,竟匆匆离世了。悲戚之余,我想,他是去了鸭绿江畔吧?数九寒天,与他的那些战友做伴去了?——我仿佛又听见他那沙哑而粗犷的歌声:雄赳赳气昂昂,跨过鸭绿江……

2011.12.15

杀虎口随想

年幼时曾拾得一纸地图,那上面密密匝匝的看不懂,就细细地揣摩,在折叠处弯曲的边沿上写着"杀虎口"三字,一时就困顿起来:想必这儿一定常有老虎出没,人们兴许都是打虎的人?遂将地图捧到老师眼前,他戴着眼镜凑近地图看了半晌,指着那条绵长的曲线对我说:"你看,这儿就是我讲过的万里长城。这儿,就是二人台'走西口'里说的'西口'。"

老师的话我听着有点懵,我是知道长城的,地图上弯曲的有豁口的那条长线就是长城。舅舅家就住在离长城不远的南口镇,那年去看舅舅,表弟还对我说:"咱们明天上长城看看吧。"可惜后来没去。我敬畏逶迤万里的长城,不解的是,在它的弯曲处怎么会有一个让人听来胆怯的"杀虎口"?它与历史与地域有什么缠绕不尽的情缘?从儿时的迷蒙中,我就对杀虎口这个地方产生了神秘感和淡淡的向往了。

汽车在她的土地上疾驰,透过褐色的车窗,我看见沙尘弥漫中苍茫的荒原和远处隐约可见的修缮过的高大城楼,我马上就会站在她的脚下,触摸她的脉搏,感知她的呼吸了,胸中便升腾起一腔激情。然而,当我真的站在这块土地上仰视那用大青砖砌成的城楼和那宽厚的"杀虎口"三个大字时,心反而平静下来。千百年的杀虎口经历了太多的悲凉与哭泣;游离、战乱、毁灭,她承受了太重的历史恩怨与责任;曾经蒙昧，文明是一缕缥缈的希冀……而今，历史的脚步在这灰色的城砖下停下了，变得肃穆与理智，她将她的爱赋予了曾经斑痕累累的沙塬和遍地可见的沙棘林……面对变革，杀虎口是否早已清醒了？

城楼近边的一条盘山公路向着山的高处延伸，在春天午后阳光的照耀下像一条弯曲的白练。站在山下仰视，看不清这条柔软的白练将会通向哪里，似乎它的尽头要与山顶相接。山顶上远远一座红黄相间的凉亭，孤单地遥望着她脚下的土地。我沿着公路缓缓前行，不知不觉已站在山腰，蓦然回首，目光所及之处，一条蜿蜒的黄土长龙静卧在城楼的两侧，这就是长城么？这就是那条在地图上弯弯的长城么？一垅凸起的黄土里掩埋着多少动情的千年悲歌？无边无际。"你知道长城有多长？"——我不知道。此刻我站在这里，只觉得春风浩荡，浩荡的春风仿佛在向人们倾诉着在她身边曾经的杀戮与侮辱，是她目睹了长城脚下的这条路上所有的伤情别离！"杀虎口"俨然一处驿站，一个歇脚的地方，这里聚拢了无数人的希望。原始生存的脚步将这片土地踩得凹凸不平，只有靠这长城守卫我们民族的尊严。世世代代的严寒酷暑，风霜雨雪，就在这里消融了。

有学者曾说，自中国北方的民族矛盾渐渐淡化之后，长城不仅是一道人为的安全屏障，而且演化成一种"文化"——"墙文化"。我想"墙文化"并非如此狭隘，古代文人们常常将心中情缘、愤懑与顿悟的笔墨在墙上挥洒，从此百世流传。可眼前我所面对的是这一垅黄土，她从东到西绵延万里，那该用怎样的笔墨去挥洒才能倾吐胸中的豪情？长城在我们祖先的心中是一道安全屏障，当年他们不惜一切地垒筑这条巍峨的苍龙，把最初的"胡笳互动、牧马悲鸣、吟啸成群、边声四起"的塞外用每一个沉重的城门阻在长城之外，而长城内"三军大呼阴山动"的重整军威，不就是为了抵御外侵，可以在长城之内的家园里安居乐业么？长城着实雄伟，可我想，祖先们依赖这道城墙就可以化解积怨已深的民族矛盾？就可以阻断长城内外人们的深情厚谊？此时我的身体触碰到了她的肌骨，我的手指轻抚着她的脸庞——大块粘土垒就的土砖远比如今烧制的砖结实，虽然千年的风雨将她损毁得已见斑陋，当初的烽烟战火也已消散得无影无踪，可她依然屹立在杀虎口！

我在她的脚下徘徊，望长空，湛蓝的天空万里无云，杀虎口的周遭悄然无声。春燕归来了，它们啾啾地悄语，绕着城墙和沙棘树低回，似在寻觅去年的旧巢？我的目光跟随它们飞旋的倩影落在了那个被荒草遮掩的城洞边。之所以称这里是"城洞"是因为它不是"窑洞"，它是镶嵌在城根不远处的一个洞，内外相通。不费脚力就能在几分钟里通过长城内外，是谁开掘的这一处清凉所在？我想如果在炎炎夏日，这儿一定凉爽宜人，站在洞中可以看到辽阔的草原和如玉般的羊群。我为我发现了这里而兴奋异常，赶忙拍照。其实这背景远不如想象中的那样绿色盎然，弥漫的春风里有着太多的荒凉，可我就是爱这不着边际的辽阔，可以随意展开想象的翅膀去想象那驰骋千里的铁骑，和从马背上奔腾流泻出来的民族气节！长城内外是故乡，当初为了抵御外族入侵、维护"口里"平安的这个城洞，如今看来它不仅仅是燕子们的栖身之所，在以后的岁月里，也变成了口里口外人们交流的一条秘密通道。洞边一丛一丛的沙棘树连成片，昔日的硝烟烈火终没把这些顽强的生命烧掉，春风吹又生，根扎在这里就无惧风雨，挣扎着繁衍着生活着强大着。

游访杀虎口是我早年的愿望，并且我知道这里是"走西口"人的必经之路。然而，"晋商古道"我是不愿见到的，我众多友人的父辈当年就是沿着这条古道走过来的。看见它，仿佛听见了那遥远踟蹰的脚步声，故土难离，谁人愿意抛妻别母千里迢迢地走上这条路？万难之中这是唯一的一条活路。现在我必须面对它——它是一位久经风霜的老人化石吧？此刻，我在这条石子铺就的小道上徘徊，脚下的荒草和石砾在与我对语：诉说着它在这近三个世纪间背负的辛酸与苦难，抬望眼，遥遥无尽。在遥遥的天边，是晋中、晋南、晋东南？是陕西、陕北？还是在那大片大片龟裂的土地？在那黄水翻滚的九十九道弯中……？连年不断的天灾和战火不息的人祸让人们失去了最起码的生存基础和人格尊严！明知走出去生死未卜，那也是没办法的事。我的笔迟迟不敢写出"走西口"这三个字，实在是不忍看到这条路上的点点泪痕，不忍听到在枯树旁的声声叹息。二人台《走西口》里的孙玉莲与丈夫分别时的哀怨与无奈，那深情缠绵的叮嘱，那委婉悲凉的唱腔也从口里唱到了口外，至今的土默川平原和内蒙古中西部的人们仍会传唱——它是爱情的经典，情愫的经典，是二人台的经典！

　　不能不说的是电视剧《走西口》里的丹丹。这部电视剧在包头人的眼中，虽然有诸多不尽如人意之处，可具体到一个情节一个人物，是基本符合当初晋冀陕三地人们两百多年迁徙口外的历史现实的。丹丹的男人走了，她每天只有用做鞋来打发时光，脑子里想着手指头掰着亲人的行程。把自己的爱与生命凄楚地一针针衲在了男人的鞋帮里，无论怎样算计也无法算计出自己的"命里有没有"。情感既张扬又压抑，她满心伤痕，她不能没有希望——这一点微烛般的希望，一旦最后熄灭了，等待她的必然是在孤独中结束自己的青春年华！而那些被贫困挤压得难以喘息的口里的汉子们，他们却一代代匆匆地走在这条石路上。没想到的是，他们竟然走出了一段历史——一段浩浩荡荡的人口迁徙史，一段震惊全国的晋商文明史，一段口外经济发展史，一段值得高歌颂扬的民族团结史……他们用坚韧、善良、宽容、诚信等多种品德铸就了一种文明——黄河文明，铸就了一种文化——西口文化。

　　尽管大盛魁的掌柜王相卿、复字号的掌柜乔贵发是这条路上的佼佼者，尽管晋商们作出了让历史认可的业绩，但是他们最终都无一例外地灰飞烟灭了！这不能怪怨他们，历史大概就是这样：成就他们的同时也许正在酝酿着消灭他们！但他们毕竟曾经辉煌，毕竟书写过那段历史，毕竟弘扬了一个时期的文化。

天涯沦落，天涯沦落啊！

我怀着最初的神秘与向往来到杀虎口，杀虎口周遭起伏的山丘和在春天里待发的沙棘林用他们宽厚淳朴的胸怀迎接了我。我站在高高的凉亭里，凉亭很大，黄色的亭檐红色的亭柱，一个个古老故事被杀虎口人画在宽宽的檐板上，虽有些斑驳但还能明辨：桃园结义、负荆请罪、孟母刺字、卧冰孝母……那画面上的人物栩栩如生，需仰视才可了然。仰视它，有一种启悟——它依托着蓝天，归附于大地，是那种与天地相接的浩瀚之美，它给人以智慧与力量。春风拂面，在这块平整的山顶上我俯视远处大片历尽沧桑的大地，远年的战火硝烟早已消失，商队出关的驼铃声早已远去，街市里的嘈杂声和二人台"打樱桃"牌子曲的锣鼓声也早已随风飘散，留下了一片宁静。杀虎口从夏商周初始的蒙昧，历经战乱争雄的春秋、一统天下的秦朝以及后来的汉唐明清，它默然承受了历史带给它的灾难，始终从容。它也见证了共和国赋予它曾有的尊严，一天天走向辉煌。

我不能用深邃的目光去洞穿历史，也无法以超然的心智去解读历史，只能在尘埃落定后轻轻拂去岁月的尘封，试探性地抚触由杀虎口而引出的"西口文化"这个博大的话题，来到这块土地上，随走随想随意絮叨……

2009.4.19

第三辑：有书的日子真好

　　读书，我可触摸历史，阅尽文章怀今古；可感悟人生，目视名利为浮萍。书，就这样踏踏实实从从容容地读下去吧，读的是一种心境一种感觉，这种感觉并不比陶渊明向往的幽美淳朴的桃花源差多少。

有书的日子真好

去医院探望一位朋友,走进病房,他正闭着眼痛苦地斜卧于病床上。见是我,他试图坐起,我忙拦住他。

"好多了吧?"我轻声地问。

"嗯。"他毫无表情地答。

我环视了一下病房,空空的病房里只有他一个人在打着点滴,另外的两张床上凌乱地散放着几张揉皱的报纸,还有病号衣服,看来是有人。

"嫂子呢?"我又轻声地问。

他忽然冲着门口挥挥手,没好气地说:"让我轰出去了。"

他怎么会把那么贤淑的嫂子"轰"出去?看他正生气,我不便问,半晌无语。隔了一会儿,他似乎平静了,"曹,你看,这太不是人过的日子啦——除了墙上的'患者须知'有几个字外,再看不见字啦,明明没事儿,医生就是大惊小怪,不让看书,你说,这没书看的日子怎么过?"

这话出自一个病人之口,未免有些偏执,但确是实话。我不敢自喻为"读书人",可没书读的日子真的不好过,这也是实话。从儿时的小人书到后来的少年报,再到后来真正意义上的书,无一日不翻,除上学读书外,其他时间有空就翻翻,常常在帮母亲做饭拉风箱时因看书不看火而遭到训斥。读书,从童年最初的偶然上升为少年时的自然又上升为成年后的必然,几十年就养成了习惯,习而惯之就形成了一种"癖好",习久成性,积习难改了。

记得中学时,没钱买书,只能借阅。学校有个图书室,我常去那里借书,可不知为什么,行动总比别人慢半拍,怯怯地站在老师面前,得到的回答不是"刚被人借走"就是"还没还回来"。往往沮丧。没书读的日子不好过,心想自己要有几本书该多好——我一定每天读,读而不厌!

然而无法,唯一可做的是勤工俭学。寒假去工厂附近捡废铁,暑假去遥远的湿地割青草,卖几个钱买几本书。用装旧衣服的纸箱当书桌,几片木板钉了个书架,不到三平方米的空间是我的卧室兼"书房",书架上斜放着除语文课本外还有我买的《红岩》、《沙恭达罗》、《普希金抒情诗》,还有一本《燕山夜话》。自然这些大多是我买的旧书,可已经很满足了。有空就手捧一本书,读得偷笑读得流泪读得欢畅淋漓,从来没想过在我生命中的某一天会突然被禁止读书,从来没想过!

可突然就有那么一天,人们真的被禁止读书了——我眼看着一包包的书被大火吞噬,站在远处的我和我的朋友们无不搓手惋惜,但有什么法子呢?曾经戎马一生的元帅和将军们都无力回天,何况我辈?

那天深夜,我含着泪把普希金、巴尔扎克、曹禺、郭小川、田汉……捆在一个油布包里,把它们葬于菜窖。如此,第二天仍没有逃过造反派跳进去挖掘,当他得意地挖出书的那一刻,我疯了似的从那人手里夺我的书,和他厮打在阴暗潮湿的菜窖里,我咬他,我哭喊着,最终他们的头头说了一句:"算了,不跟这个女人计较了,走吧。"

我的这些书虽然躲过了这场厄运,可我仍旧不能读书。那些年的日子真难过,没书读让我手足无措,天天像丢了魂似的。

峰回路转,"文革到了关键时刻",那年来了一场大批判高潮:批判宋江的投降主义，批判刘备的所谓"王道"、"仁政"，批判大观园里的阶级斗争和《西游记》里的封建迷信，把它们暴露在光天化日之下批倒批臭！——好！这真是一个难得的机会！于是，不管以什么名义吧——我终于买下了心仪很久的四大名著。尽管是"毒草"，尽管我十分厌恶那些所谓的"前言"，尽管这些书是"大批判"运动中的反面教材，但我毕竟有书读了，而且是书中的经典！这四本名著加之后来社会上流行的手抄本《第二次握手》，让我反反复复地读了十几遍。在那个特殊的年代里，是这些书，充实了我的日日夜夜，给了我一种坚强的生存自信，让我真正远离了浑浊和喧嚣，远离了猜忌和斗争。我和我同时代的人们就像墙角边的一株弱草，心存不甘地默默坚持着，焦首煎心地期待着……

阴霾过后，亦存遗憾。遗憾之余到底幸运：我还能每日与书为伴，书架里有书，案上有书，枕边有书，站着读坐着读躺着读，让我痴、让我傻、让我呆，往往读到动情处不由自主地拿笔有感而发几句，自得其乐罢了。退休后，有的是时间，看许多同事朋友或唱歌跳舞打麻将，或游泳打拳锻炼身体，也羡慕，无奈没那灵气和耐性，只有在自己的空间里天马行空了。

无论怎么说，有书的日子真好，每每站在书架前，那些名家名著立刻映入眼帘，与他们对话是一种享受，他们为我讲述在他们身边发生的或他们亲身经历过的那些故事，那些人和那些故事里的悲欢离合诱出我的喜怒哀乐，歌样的行文，诗般的哲理，如凝脂似的细腻，常常让我忘情。读书，读得静如江上推月，动若帆济沧海，好不爽快！

有书的日子真好，想想再也不必窥测世间风云动向而偷偷读书了。且书的版本多得数不胜数，时代发展科学进步，快捷明丽的电子书应运而生，可我依然醉心于古而传今的纸质书，它一不伤眼二无辐射，仔细阅读和顺手翻翻随心所欲，什么也挡不住我独自的精神漫游。

读书，我可触摸历史，阅尽文章怀今古；可感悟人生，目视名利为浮萍。书，就这样踏踏实实从从容容地读下去吧，读的是一种心境一种感觉，这种感觉并不比陶渊明向往的幽美淳朴的桃花源差多少。有时还自我调侃：别看陋室空堂，依然"财富"满屋。

　　有书的日子真好！

　　有书，就有智慧；有智慧，我还需要什么呢？

2009.3.25

诗·雪

诗与雪，二者本是风马牛不相及，可不知为什么，几天来我常常思谋它们，并把它们纠缠在一起，有一种怜惜的情感沉淀在心底不敢触摸。

喜欢诗，是一个偶然。那时不像现在，孩子在摇篮里就开始了幼教，长到三四岁居然摇头晃脑地能背出几十首或上百首唐诗！我有时真羡慕他们。少年时的我就没如此幸运，父母每日只为生存奔波，孩子们大多是自我成长，十几岁了才在包钢图书馆的一个书架上看见一本《唐诗三百首》，惊奇之余心想，唐代居然有诗三百首！于是拿着借书证恳求那位傲气的管理员，"不借不借！你能看得懂唐诗？"她眼神中流露出的不屑让我像祥林嫂那样"讪讪地缩了手"。

当然我心中有太多的不服。心说，你知道普希金吗？——少年气盛，其实那时我只读过普希金的诗，而且仅限于他的童话诗。

诗的意境、诗人的情感是我在后来的阅读中捕捉到的，无论是回望生命历程，抒忆纠结于心的各种情感，还是激发胸中的愤懑，梦想未来生活的美好，都是诗人从心底迸发出的一朵朵浪花，心灵里的每一次颤栗跃然于纸上：假使我们"东临碣石""以观沧海"，那胸中必定是"念天地之悠悠，独怆然而涕下"；假使我们为情所累，千万记住"高楼望断，灯火已黄昏"的感慨；我们已经无所事事了很久很久，在生命的旅程中早已输不起,那么快把时间"酵成一沟绿酒",执著的努力定会将"它那庄严的花冠,在我们面前永不枯凋……"

是诗人把美丽的梦想和从他们心里流淌出的爱奉献给了这个世界,他们必备艺术家的浪漫,也必然具有哲学家的睿智,他们会毫无畏惧地说"出之尘土,归之尘土"这样的哲理使我们敬佩,但他们同样也教会我们仰望苍穹,告诫我们不要沉沦。所以,伟大的诗人永远充满了诗的激情,伟大的诗作永远闪烁着诗人个性的魅力!

我曾在不知愁的少年时光幼稚地想过,诗人们一定过得衣食无忧,他们一定幸福极了,不然他们怎么会创作出那么美的诗篇来呢?你不经意地翻翻,就可见到涨满池水的《巴山秋雨》(李商隐),就可听见夕阳西下的《夜的序曲》(泰戈尔)……可是随着阅历的增长,渐渐明白了他们大多一生坎坷,命运乖戾:屈原、李白、普希金、苏轼、但丁、郭沫若……群星般的诗人们莫不如此,而他们的诗作却千古流传!

我曾站在漫天飞舞的雪花中领略过"北国风光,千里冰封,万里雪飘"的风采,吟咏过"我……悄悄弹奏一首船歌/颤栗在绚丽的欢乐前……"的诗句。然而,诗人们曾经留给人们的那种振奋那份感动,渐渐地被阳光照耀下闪烁着银光的白雪覆盖了!而且,这种振奋与感动竟然在时光的积雪里融化成污水,顺着世俗的泥沟流淌消失得无影无踪!

记不清了,从什么时候开始的物质浪漫取代了精神浪漫?是那年冬天的那场大雪吗?煨炭在火炉里熊熊地燃烧着,小屋暖极了,记忆中的温馨那是唯一的一次,240块钱买的旧录音机里放着丽达那充满柔情与缠绵的倾诉:"你是我的心,你是我心中的歌,快来吧,快来吧……"孩子们围着火炉边吃着烤得金黄的窝头片儿,边齐声背读"月落乌啼霜满天,江枫渔火对愁眠"的诗句。窗外飞着大片的雪花,屋里的灯光映着漫天的飘雪,树梢上堆积着如芦絮般的冰冷,梦幻似的无声和洁白立刻迷蒙了整个天地。此时我萌发了开门踏雪的冲动,"你是我心中的歌"。是的，雪是我心中的歌，想想在漫长的冬日里，每天所见的都是干燥的寒风，谁会没有对冰雪的渴望？那浸透胸肺的新凉，想象中覆盖了大片荒野的晶莹，在这几天里都将凝结成一望无际的冰雪世界，眼里几乎要落下泪来——这真是天地造化！

阳光照耀着闪光的积雪，将千年的诗歌掩埋了！

猛然间，我像突然掉在了一个无比幽暗的冰窟之中——我依稀觉着，小屋里的炉火熄灭了，孩子们的笑容不见了，稚嫩的诵诗声戛然而止，眼前只有漫天的飞雪和对愁的空壁！然而在我的耳畔总是萦绕着丽达的歌："你是我心中的歌，快来吧，快来吧……"

——诗就这样，这样匆匆忙忙地从我的生活中闪失了！从那以后，我的心中不再有"苏世独立，横而不流"的自勉。电视里时不时播发着世界性的自然灾难，还会有哪位诗人能发出"地球，我的母亲"的呼喊？

——诗就这样，这样慢慢地在白雪中融化了！蒸发了！我不敢想象最终雪水将会把那些闪光的诗作带向何方？但我坚信，假如那雪水流过冬天，流到阳光明媚的春天，也许那几近荒芜的诗能从茸茸的绿草中长出来，到那时一定会有人说："中国毕竟是诗的王国！"

2011.5.23

我的书橱

早就想着能再有一个宽大明亮的书橱——现在的书橱不够用,一大一小,只要两套书就占了两层空间。家中别的家什都可以忍心抛弃,但这书是万万不能丢掉的。想想当初作者、译者、编者怎么呕心沥血地苦熬了多少个不眠之夜,虽说是薄薄一本,那里面却蕴含了一个时代或一个人的命运,譬如《沙恭达罗》、《茶花女》、《李清照评传》……都不是大部头,然而它们却是经典,你能随意丢掉或将它们换些银子吗?

于是就分类挤吧,紧紧地挤,高高地摞,终将隔板压得变形。变形也无所谓,再用下层的书牢牢顶住。如此,仍有许多书散放于桌上床上,甚至打包堆在墙角——假如我再有一个书橱多好,绝非不想买,而是屋里已无可以挤占挤的空间。

想有个大书橱的愿望总在心头悬浮着,每每因找一本书而费力地要搬出许多书时就更坚定了非实现这个愿望不可的想法。终于这天,我的一位兄长让两个小伙子把一个又高又宽的书橱抬进家,说是送给我的生日礼物。那一刻,我感动得几乎流泪。是的,在生活中我仿佛不再缺少什么了,曾经的那些艰难岁月就像一支支强心剂,让我有了足够的耐受力去面对逆境。一生没什么爱好与奢求,只有这些书是我的知己:它们曾经不止一次神奇地在我迷途的时候明示于我,将我引向光明。我不是藏书家,淘回的书纯粹是为了"读",但常常没读完就把它挤回书橱里，真正地束之高阁。记得有好多次朋友来访，提及书的事总要说一句："你的书太挤了，添个书橱吧。"而我每次也总是这样调侃："所以我不成气候，是我看不完就把他们囚禁的缘故。"

知我者，兄长也。感激溢于言表，继而从心底里油然而生出了大大的满足，如今我有两个像样的书橱啦！把原先那小书橱搬开，这个位置本来属于这个大书橱的：它有可观的容量，那些几十年被压在最底层的哲学家和文艺理论家们这次可以堂而皇之地居于书橱的首层了！还有那些名著、史料、鉴赏图册、工具书……均可入橱。而且隔着那三扇明亮的玻璃门便能清晰地看见书脊上哪怕是最小的字。在我看来，添置书橱绝不同于添置其他家具，而是增添了挚友与知识。站在它面前，那满心的舒适与畅快，呀，怎一个爱字了得！

原先的小书橱立于门后墙角，猛然间心中掠过一丝凄楚。它只有三层，低矮残旧，常年积聚的垢点污斑浸入木纹，刷过几遍的油漆早已斑驳，怎么办？弃之还是保留？一时间成了我的一道费解的题：它曾经在我满怀希望的时代与我相伴，那时书不多，松散地斜立在里面，因为那些书大部分都是我在旧书摊上买的，虽不残破却也老旧。然而，我于其中多少明了了一些中国与世界、文学与历史、善良与宽容，甚至阴谋与残暴、狭隘与吝啬……认识了以前从未听说的人：安娜、珍妮、苏东坡、曹雪芹……小书橱犹如我往日的情人，和它相恋，与它对视了几十年，每天总会从这里翻出几本来读，再添回几本，不厌其烦地收取。更何况，想起"文革"中它差点儿被那些小将们焚之一炬时我的心就疼。如今，它虽然被大书橱取而代之，如何一个"丢"字就轻易将它遗弃？我是万万下不了这狠心的，丢弃它仿佛丢弃了一段历史，丢弃了一种情感！——它依然是我心中的故交啊！

孩子们多次评判我对于家具的"观念问题"，我也深知我的观念有问题，深知家具应当"吐故纳新"的现实意义。可是，小书橱早已超出了通常家具的范畴,而如今的年轻人压根儿不与你探讨"精神价值",一味地追求整洁利落,殊不知"家"是不同于宾馆的!想想,室雅何需大?只要不杂乱不无章,壁上有墨香,橱内藏名家,闲暇看书中啼笑,孤寂时有朋友客访,谈笑风生,这该是何等惬意啊,此已是今生造化也!

扯远了。我终不舍丢弃我那小书橱,细细地把它擦干净,仍与我做伴吧。

2011.11.1

电脑和我

在生活中,我每天离不开电脑,倒不像阳光空气和水那样时时需要,可一有空就想与它相伴。现在有个词叫"网瘾",无论什么事儿,成瘾就不好了,害人害己,终究把自己搞得后悔不迭也于事无补。我于电脑,虽没成瘾,可也走到临界了,与别人不同的是,人家是玩儿电脑,我却是被电脑玩儿。正像心里喜爱的宠物,你越爱它宠它,它越咬你抓你——郁闷啊。

早些时朋友提议我应该买台电脑,冬日正午的阳光温暖极了,走在那条石子铺就的小路上,他挡不住的谈兴让我插不上嘴:"你得改变观念,年龄大就不能学电脑吗?造核武器的人里多是年龄大的,谁看病不找老中医?别总拿'老'说事儿,你就是懒惰!你是没学,那玩意儿特好:查资料——比你成天翻辞海省事多了。写东西——免去你每月买笔墨和稿纸的劳烦。影视——中外古今名著经典武打言情,你想看啥有啥。新闻——国内国外大事小情奇闻轶事,还能上网淘宝……不出家门什么都能买,QQ、聊天、写微博……"

感谢他的金玉良言,也明白电脑的神奇,从此开始心里痒,痒了多时就时刻惦记,惦记多时后就在那个非常寒冷的黄昏把一台电脑搬到了我的书桌上。

虽然现在电脑已经很普及了，可于我，这东西还是"高科技"。对"高科技"我是不敢乱动的。那就先熟悉它，买来了两本书《计算机基础知识》、《新编电脑操作入门与提高》，对着眼前的电脑琢磨，在似懂非懂的困惑中犹疑了几天仍缩手缩脚。"宽带"安了，"猫"和"鼠"也匍匐在桌上，我却还是看着那个多彩的桌面发呆，一些陌生的词让我既喜欢又敬畏：我的文档、我的电脑、网上邻居、千千静听、回收站、360安全浏览器……一应俱全，有些是我几十年间用笔墨时曾经幻想过的，总以为那是奢望，是可望而不可即的美妙。遗憾的是我现在拥有了它面对着它却不会用不敢用！

初时我请了两位"老师"，一位是10岁的宝宝，另一位是13岁的蛋蛋，他们虽都叫我"曹姥姥"可人家现在是"老师"，我自然谦敬，搬两把椅子请"老师"坐下，我站着，他们不好意思地坐了，并开始为我讲授最初的操作：启动、鼠标、键盘、看菜单、写文件、修改、保存、关机……然而我仍存疑惑……

几天后我又请了我的孙女当老师——在她大一新年休假时为我建立了邮箱、QQ，这些显然有些费脑子，什么QQ号、密码，什么邮箱地址、密码，什么对方通讯号码、收信写信、添加附件……这些东西年轻人学起来不算什么，而我要想记住就十分困难了，居然还发生了几次写了信发不出去的事儿。

有时我想，朋友的话虽然不无道理，如今的小孩子们都能做到用电脑如搭积木那般娴熟，而我辈却如此笨拙，是飞速的时代将我们抛弃了还是我们自甘落伍？这真是我的悲哀。中国的许多词对于人生是不可或缺的，譬如"无奈"。下了决心花了银子买了这位电脑先生，不会使用惧怕触碰终不是我的作为，无奈之下，只能狠下心学吧。

听说五笔难学，那就学拼音。无奈拼音也早忘得无影，向那位二年级小学生借来一册一年级语文课本，从aoe开始学，声母、韵母……在暖气不足的冬日凌晨，身披一方长长的棉被，那情景足似僧人打坐修持时的虔恭。一分钟六个字……十六个字……六十个字，以至于更多，仅此就足以让我惊喜啦！

此后电脑变成了我最亲近的朋友，无论什么时间，我都可以随时开启它，对它毫无顾忌地讲述我的《时光记忆》，倾吐我对故乡、亲人和友人的思念，它也专注地倾听我的过往我的爱我的思怨我的迷茫……我们互相对视，深情脉脉。我轻轻地敲击它，犹如漫不经心地敲击着一台儿童扬琴，在慢速的节奏中我和这位电脑朋友共同沉浸在学习与快乐之中。

用笔在稿纸上涂写了几十年，深知那笔墨稿纸是不能浪费的。面对着白色的页面，我照样仔细地省着用，尽量不让最后那两个字占去一行的空白。直到那天我与劝我买电脑的朋友说起这事，他笑得前仰后合——可笑啊，愚笨啊，可笑我从六岁到六十岁漫长的愚笨，别人也许会引以为羞，我却反而觉着活得不那么沉重！

天晓得，有一天这位电脑朋友怎么会突然对我不予理睬——蓝屏？凝固的海水似的一片淡蓝，我惶惶然，手足无措地移动鼠标，点击键盘，全然无济于事。心想电脑啊，我每天呵护你，你为什么还要给我出幺蛾子呢？电话请来他，他安慰我几句就带了主机去修理。我以为那个腼腆的小伙子要拿出钣钳工具修理电脑，谁知他却轻松地把主机放在他的电脑旁看起来，那里面照样有动漫和音乐会，有让他情不自禁笑出声来的电视剧，半个小时后他说："姨，行了。"我一直怀疑他岂能如此轻易地修好，就疑惑地问他，"行了？"

"行了！修好了。"他说。

于是我抱着电脑主机感谢他："小伙子，再见！"

但当我满心喜悦地打开"我的文档"时，那页面却是白茫茫的一片！曾经密密麻麻的文字和那些可心的图片一下子变成了眼下不可挽救的空白！怎么会是这样？我立刻慌乱起来，我的字呢？我的文章呢？我的照片呢？心里颤颤地抖，从未有过的惊怵让我流下眼泪，几十万字在那半小时里化为乌有是我无论如何接受不了的！于是我打电话问那小伙子，怒斥他，而他却平静地说："姨，你事先没说清楚么。"问他是否有补救的方法，他又平静地说："姨，没有啦。"听他这么说，那一刻我几乎瘫坐在椅子上，泪流满面……

当然，这次事件终于平息下去了，沮丧过后我和它仍是一如既往地爱恋，甚至激发出更多的欲望。摒除了曾经面对BLOG和BBS时的惶恐，还晓得了关于电脑的其他知识，满以为原来我与它足够亲近了，有了这次变故才明白我们是有着很大距离的，什么办法可以缩短我们的距离？那就只有不停地学了。听说电脑还时常被病毒侵袭，我就心慌，心想天下的电脑医生们能否想法子治治？有时我还会可笑地想，假如莎士比亚这时与我一起学电脑，或许他也会遇到几次莫名其妙的白版甚至蓝屏，或许"哈姆莱特"的悲剧就不会那么过早地发生了。如此想来，学习"高科技"真是个新的永不过时的课程。

人这一辈子的思恋与聚散在电脑与我之间弥漫着扩散着，那是一种信任一种默契一种心心相印的情谊！为此，我会长久地与之相伴——唯有它了。

2011.12.2

湘驿女子的情愁

早年我的一个上司酷爱书法，人也爽快。他的书房犹如一个小书法展厅，满墙挂着大小条幅。有人讨要，他毫不吝惜，但他有规矩：只许拿一幅。

犹豫很久终抵不过喜爱，正当我欲开口时，他手捧一幅送来，说："知道你喜欢，给你吧，可惜是一首鬼诗。"

鬼诗？心中便惊怵起来，那时阅历窄浅，只知唐朝诗鬼李贺，没听说过什么鬼诗。忐忑中展开看时，见行草相宜，墨香犹存。题为《湘中女子·驿楼咏诗》：

红树醉秋色，碧溪弹夜弦。佳期不可再，风雨杳如年。

这么好的一首五言诗如何被说成鬼诗？心想也许是书家的灰色幽默，就不去想它，只把那幅字珍藏起来。

畅游在《全唐诗》的海洋里，目不暇接，盛夏酷暑中，用一种敬畏的心态吟读这部诗坛宝典，内心反而觉得凉爽。读总目时，第八百六十六卷"湘中女子"四字突入眼帘，时光仿佛急速退转，让我一下子想起了那副行草，翻卷读诗，注："郑仆射愚。尝游湘中。宿于驿楼。夜遇女子诵诗。顷刻不见。"

——什么意思？我解：一位姓郑的官儿去湖南旅游（就算是旅游吧），夜宿旅店，长夜中见一女子在驿楼外吟咏，他隔窗看时，她却立马消失。

一个吟诗的女人突然不见,就是鬼吗?这个事儿不好说,因为在这卷中,有不少像这样"顷刻不见"的诗作,当然大多没有作者。也许是编者的文字调侃?但无论怎么说,我似乎读出了这首五言诗的心语了。

我想,她定然是一位美丽痴情的少女,曾经在这林边溪水旁有过无数次幸福的幽期密约。她记得,在那秋光烂漫、枫叶红遍的林间,他们莺莺絮语执手相拥;夜晚,——有月?无月何知脚下流水是"碧溪"?是的,是净洁的月光那淡白的清辉映照着潺潺溪水,如轻拨弦丝。静谧中他们坐于溪水边的滑石之上,互吐心迹:今生一定要结成琴瑟之好,生死相伴……那么难忘的时光呀,怎么几天的工夫就烟消云散了呢?曾经红树青山、溪边照影、情语绵绵。这女子凭她怎么想也想不明白她心中的人儿离去的缘由,她慌乱的心无处安放,真是没奈何啊,只有在这暗夜里独自缠绵徘徊!

也许,她的心上人家里有什么要紧的事离开几天吧?来不及告知她就匆匆而去了?她在这里踟蹰已经几天了,为何还听不见他的脚步声呢?她惦记着他的旅途冷暖,掐指计算着他的江湖归期。望长空,行行雁儿南飞去,怎么没有他的影子呀?

也许,他病了?怕我着急才不告诉我的,何必如此呢?我们不是早已在这溪水边撮土为盟了吗?今生今世你我曾生死相许,病有何惧!我与你分担就是了。眼看着秋林荒疏,风雨将至,你到底在哪里呀?让我这样心胆相悬!

也许,他有了比我更贴心的女人了。我知道,我并不貌美,甚至在外观上还有缺憾,但我是善良的,我力求做到德与行的完美。有话说开就是了,而你为什么这般薄情呢?

……湘驿女子就这样在初恋的美好记忆中和失去爱人的痛苦中挣扎着,深秋凄清的风雨吹卷着她的裙裾。天冷了,身无依靠,神无倚托,温馨的记忆随风而去，去得决绝与匆忙；她意识到，爱人是决然不会回来了，他已走得无影无声……湘驿女子的爱恨情愁在这枫叶林中、溪水岸边弥漫着飘荡着……

单就这唐诗巨卷，所涉"鬼诗"（也有叫"灵异诗"的）就有几十首，均为佳作，虽大多无作者，譬如，"月落三株树，日映九重天。良夜欢宴罢，暂别庚申年"。这追悔莫及的无奈，不是读之了然么？也有有作者的，比如女诗人薛涛、南唐后主李煜等，诗作绝非一般，但都标以"亡后"二字，这不知是编者的别出心裁还是什么，终归期望读者能安下心来多读几遍，可见编者的用心良苦。

历来愁苦相伴，大多是因情而起，奈何不得旁人的，宽慰的是湘驿女子能在驿楼近处吟咏她的心曲，也属不易的大胆，可见人鬼之间情感是相通的。

2011.10.12

非常之爱

我一直以为世上的爱情应是用心的、率真的、纯净的,有些缠绵但不必曲意逢迎,多点儿温存而不要耳鬓厮磨,何苦每日里相思得心痒难耐,为了那个给你梦幻的人儿,不惜千里跋涉,日月颠倒地为爱而经历那么艰难的心路历程呢?

俗人俗语——我不懂爱。

早想解开我这痴愚的念头,所以我曾经在我的阅读生涯里不停地寻觅,寻觅得几乎迷失自我:先不说那些因爱而丢掉生命的情侣们是何等的痴情,他们那刻骨铭心的爱情为后世留下了多少人间佳话啊!单只说我长久仰视的两位不同凡响的女性,她们用自己一生的万种柔情,在心灵深处傻傻地侍奉着两个负心的男子,就足以让我惊奇与凄惶了。

她们一个是上世纪三四十年代享誉文坛的作家张爱玲。她的主要作品有《倾城之恋》、《沉香屑·第一炉香》、《金锁记》、《色·戒》等。

另一个是几乎与张爱玲同时代的德国伟大的最具原创性的思想家、政治哲学家汉娜·阿伦特。她的主要著述有《人的条件》(又名《人的境况》)、《极权主义的起源》、《什么是自由》、《传统和新时代》等。

常人的眼中,这两位颇具智慧的女性,在她们的爱情旅程中,却经历着长期的顺从与隐忍，我有些不明白，她们哪里来的那么长久的生命热情？那是感情的融入还是心灵的契合？

先说说张爱玲。

张爱玲是在她创作的鼎盛时期遇到胡兰成的，胡兰成在1937年任上海《中华日报》主编，抗战爆发后，上海失陷，他又任香港《南华日报》主编。他一贯主降，政治上他是个汉奸文人，但因他长期舞文弄墨，几篇风情诗文就博得了小他十五岁的张爱玲的芳心。张爱玲当时感慨"因为懂得，所以慈悲"，自以为从此有了知己，得到了精神靠山。虽然此时胡兰成早有家室，可还浑搅在与张爱玲充满美景的初恋之中。胡兰成的小聪明加上张爱玲的稚嫩，最初爱情之舟顺风顺水，后来胡兰成的夫人与之离婚，成全了这对少妻老夫的婚姻。此后，他们真的过了一段清闲自在的日子，他们赏月品曲、谈经论道、填诗词、议时局，行走坐卧皆是回春的妙语。那日子如梦幻般美好——文人，是否都有一些这样的梦幻情结？

我在想，假如他们能够就这样长久地相爱相伴，倒也为他们庆幸与祝福，毕竟爱是神圣的。可是爱到极致，事情就难免走向反面。

时局变化，胡兰成在日本人的扶持下到武汉创立《大楚国》，并写社论，终因日本投降没有办成，但他却是个彻头彻尾的文化汉奸。这时期，他暂时离开了张爱玲，然而不甘寂寞，与一个周氏护士往来暧昧。1945年，抗战结束，胡兰成被政府通缉，他改名张嘉仪逃亡杭州温州一带，这时他又与温州女子范秀美同居，后来与之结婚。张爱玲初始并不知情，待她知道后质问胡兰成时，他坦然承认，张爱玲因此气恼不堪。不久胡兰成逃亡日本，在日本期间，他又与大汉奸胡世宝遗孀佘爱珍结婚。

一口气说下来，我都替张爱玲气愤与伤心。这样一个滥情男人，张爱玲你爱他何来？但我不能理解的是，在胡兰成离开张爱玲后一度病倒，张爱玲得知，一面说"我已经不爱你了"以示决绝，另一面又寄去自己的所有稿费让其调养……

1955年，张爱玲移居美国，从此深居简出，1995年9月8日逝世。

再说汉娜·阿伦特。

汉娜·阿伦特在十八岁时就读于德国马堡大学，是德国存在主义哲学创始人雅思贝尔斯和海德格尔的学生。她比海德格尔小十七岁，在一次提问式的交谈后，这对师生像中了魔似的相爱了。但那时海德格尔已有家室，而且他的事业、声望正节节高升。他认为毕竟他是阿伦特的导师，作为"师"，就得有些霸气，况又大她十七岁！这种情形下，他始终掌握着他们关系的主动权，以不断变幻的手段控制着阿伦特，而阿伦特到底太稚嫩，这个十八岁的少女因为"爱"心悦诚服地随叫随到，做了老师的红颜知己，一切听从他的安排，没有一丝自己的主张。1928年，海德格尔的《存在与时间》出版，同时弗莱堡大学聘请他为正教授，这些成就对于海德格尔是巨大的成功，自然前途似锦。他不能因为阿伦特贻误了自己的一生，所以他写了一封信轻易打发了她。

作为犹太人的阿伦特此时只能独咽苦果，政治上的被压抑，情感上的被驱逐，她在孤寂伤心的流亡途中痛定思痛。但她并没有因此而沉沦，在此期间，她写出了批判极权体制、反省德国侵略的文章，成为民主政治的代言人。而海德格尔却加入了纳粹党，与纳粹合作沦为人类文明的罪人。

1950年，海德格尔61岁，阿伦特44岁。这年，他们再次相见。海德格尔面对阿伦特时声泪俱下，委屈、苦恼、思念、忏悔……不能说不真挚，使得阿伦特相信了老师的话，第二次上了"贼船"，并且仍似谦卑的小学生那样陪伴他，照顾他。

其实在阿伦特流亡的几年中，她的威望早已名扬欧洲。1955年，她的《极权主义的起源》出版，1960年，她的《人的条件》德文版问世，这些成就作为一般朋友都应祝贺，但海德格尔却满腔愤怒——他难以容忍他的学生有此成就，竟然还轰动了整个欧洲！在他眼里，阿伦特永远是个依附于他的小女人，是个知识浅薄的学生。于是这个老头儿不能原谅她，他更加傲慢，甚至挑唆别人拒绝与阿伦特见面！但是阿伦特却一次又一次地原谅了这位老师。1970年以后，八十多岁的海德格尔已经风烛残年，而五十多岁的阿伦特依然经常去看望和关照他，并在1969年写了一篇充满爱意的文章《海德格尔80寿辰》，为他祝寿。当然，她做的这些事让海德格尔多少有点儿良心发现，在给阿伦特的信里流露出些许的感激和温情，但也仅此而已。1975年12月，一代名媛阿伦特逝世。5个月后，现代西方哲学"存在主义"创始人之一（另一位是雅思贝尔斯）海德格尔也离开了这个世界。

两位深得我敬佩的女性，就像两颗在浩渺的天宇间划过的流星，在生命的长河中陨落了。她们的思想与行为只属于她们的那个时空和世界，但她们留给后人的作品是我们一生都用之不竭的精神财富。

张爱玲在她的《倾城之恋》中，一开始就毫无顾忌地写了主人公白流苏的离婚，仅仅这点就足以让人佩服了。要知道，即使在上世纪六七十年代，离婚也为人所不齿，指指点点、街谈巷议。即使在眼下，在世界，不是还残留着使人心悸的家暴吗？有多少妇女为之憋屈一生，"天堂比现实美好得多"，她们有的甚至走向极端。

我常想，张爱玲和汉娜·阿伦特是属于个例还是属于泛例？已经很难界定了。一个是颇有成就的文学家，一个是大有建树的哲学家；一个出身于承负着上下五千年传统文化的名门望族，一个是有着工程师的父亲、熟谙法语和音乐的母亲的德国犹太家庭的女儿。国籍的不同，文化背景的不同，何以造就了在性格上那么相似的两位女性呢？在情窦初开的年纪就匆匆地投入情人的怀抱，而且再三地受到伤害，她们心灵深处的潜因在哪里？

苦苦地寻找这个文化现象的起因，现在于我似乎已经没有什么意义了。但它却一直萦绕在我的心头，有些酸涩。这两位远走的灵魂不时地回过头来凝视着我，使我不安。我知道，想要剖析她们，那将是怎样一个巨大的工程啊！我只想说的是——抛却政治和背景的因素，只谈人性与情感——那又是极脆弱的个体，读她们的传记不难发现，天才似乎从小就与众不同：张爱玲在步履蹒跚的三岁就能朗吟"商女不知亡国恨，隔江犹唱后庭花"的诗句，七岁写小说，随着年龄的增长，她对写作更加一发不可收拾，一直颇具成果。

汉娜·阿伦特七岁时父亲病故，在葬礼上，她这样安慰哭泣的母亲，"妈妈，别哭了。你想，有很多妈妈也经受了这些。"多么理智的语言！这是天才哲人最早的哲学思想。

但那种家族禁欲文化的积淀，对于她们，"坚强"是妄想。在一种并不开明的环境中，她们选中了文学和哲学，在这两个极富诱惑力的学识领域而为之疯狂，自然她们必定成功。然而在情感方面，那种最初的心灵对视，那种对于爱情浪漫与美好的强烈渴望，使得她们心旌激荡，她们唯命是从地几乎忘掉自己，同时也不免为自己招来失恋的苦痛。正如弗洛伊德所阐述的，"禁欲……通常它只造就'善良'的弱者，终不免淹没于个众里，只能痛苦地听任那些凡事自我主张的强者来摆布。"何况面前的爱人都是大她们十几岁的风流倜傥和满腹学识的成熟男人！那么，炽烈的相拥热吻、少女最初的凝眸与感动终将永生永世铭刻于心！任何人都不能代替，虽然也曾伤心和愤懑。我想，爱与恨，恐怕那是两回事。

我，一个俗人，一个不懂"爱"为何物的人，想要体悟大智慧者当初的感受，未免有些不知天高地厚。是的，在她们心中，曾经的爱情一度是美丽的彩虹，但那彩虹转瞬即逝，清朗的天宇下只见秋风浩荡，满目又是那动心的苍凉。爱情，如天上的月儿不能常圆一样，似乎总是残缺的。我的目光随着他们的笔锋游走，不曾停留，也没有停留的勇气。我看到，无论是张爱玲向我们讲述的爱情传奇，还是阿伦特论述的那份民主政治和社会责任，在她们的人生旅途中仿佛都挣扎着一个不平凡的灵魂。她们是非常之人，必定有那么一段让人费解的非常之爱。

  我在孤寂的小屋里掩卷独坐，听窗外秋雨的嘀嗒声声，犹如张爱玲和汉娜·阿伦特就在窗前徘徊，猛然想起泰戈尔说过的一句话，他说："一个人和另一个人心灵之间的壁垒是永远也没有办法打破的。"

  ……我释然了。

2011.9.16

等待

她懒懒地斜靠在沙发上,手随意摆弄着刚刚洗过的湿淋淋的头发。那头发该理了,一绺一绺杂乱地贴着前额。床头上那盏节能灯的光把她的身影印在墙上,有些夸张,蒙眬着晃悠着。这情景仿佛小时候和堂兄走在那个深深的山洞中,那是个阴天的清晨,堂兄举着个"火明子"领着她慢慢地走,"火明子"不明,是一炬微光,就像现在,黑暗压得她难以喘息。

看看电视吧,她想。伸手拿过了遥控器,她长长吸了口气,又缓缓地呼出,想把胸中的憋闷呼出去,攥在手里的遥控器好半天不动。"砰",什么声音?是楼上掉了个什么东西,吓了她一跳。这两个小年轻总是很晚不睡觉,听周杰伦听个没完。她刚呼出去的气仿佛又憋了回来,心更烦了,忙看那遥控器已经被她攥得发热。几十个电视台正在播电视剧,她一个频道一个频道地换着,古装片不看,武打片不看,言情片不看,青春励志、红色经典、艺术歌舞、侦探悬疑、名家访谈……都不想看,看什么呢?她呆呆地茫然四顾,手指不由自主地摁了关闭键。几点了?周遭没有一丝动静,暗得有些瘆人。她走到阳台上,轻轻推开窗,楼下的玫瑰花开得正艳,浓香中带着春雨的湿润飘进屋里,她有些清醒了——这是另一个世界?

远处传来摩托车嘟嘟嘟的声音,这声音一阵远一阵近,飘忽不定,她忙跑到临街的窗前,见街上清净,一辆摩托车在丝丝春雨中徘徊。她慢慢转回身又踱到阳台,把手伸出窗外——温润!原来温润是如此美好!哦,记起来了,去年春天那第一场春雨就是这样温润了她的心,隐隐的,宛如一双手从楼下的玫瑰花丛中伸出,浓香的,轻托着她的脸,似亲吻似爱抚,让她陶醉……

"咚"!比刚才那声更响的动静把她从陶醉中惊醒,她本能地蜷回沙发里,心中悸悸。想起小时候同学给了她一只羽毛非常光亮的沙鸡,她非常喜欢它,想就此得到它,她想,如果它落到别人手里,或者落到一个男孩手里,用不了两天它定会被人家吃了,在她这儿就没有这死的威胁了。可是眼下她不能看它,她看着它在她的手上瑟瑟地抖,圆圆的眼惊恐地望着她,似在哀告在求助,这眼神让她心中泛起层层悲怜来……于是,她把它捧到门口,决定放了沙鸡,然而那小东西却忙忙地折回屋角的水缸边,依然惊恐着颤抖着等待着……

等待?对了,就是等待!她似乎觉悟了——刚才她所有的行为,在短短的半个小时里,她的所思所看所做,这一切,都是等待——她无时无刻不在等待着,那是一种下意识:在静静的小屋里,读着林语堂的《秋天的况味》,思绪不知飘到何方;在黝黝的黑暗中,手里绕着一团毛线,将什么绕成那绒绒的一团?是等待!等待天亮,等待雨停,等待绿叶勃发,等待阳光普照……

以上的这些文字,曾经是我的一种体验一种感受。这种体验与感受是否太悲观太颓废?也许是的。可它却是真实的,身临其境的,人有的时候就是这样,在属于自己的时间和空间里,什么样的感受都是有的。愉悦的且不说,只说这种"悲观颓废"的吧:一只孤雁远远地跟在雁队的后边,队伍前方传来快乐的鸣叫声,它总是感到无助与悲凉。这种无助与悲凉不是每只大雁都能体悟到的。一次在劳动公园看秋日的湖面,湖面上浮着五只天鹅,两对伉俪在戏水,一只天鹅在粼粼波光里孤单地哀鸣——谁能说这天下的生命在某个特定的环境里不是在等待？起码在那一刻？

所以，这世界上产生了古希腊三大悲剧家！而"所谓的悲剧不过是人间喜剧的另一种说法"——

重复着同一个动作，痛苦地四处张望，无聊之极，甚至想到上吊自杀……最初读荒诞派名剧《等待戈多》时，大感不解。要知道，获诺贝尔文学奖的作品必是世界文学殿堂里的精品，是世界文学的顶峰！而剧作者，法国剧作家塞缪尔·贝克特何以凭着一部如此"虚空无聊"的作品就能获得1969年诺贝尔文学奖？

只能在成长中等待，等待时间！

这部剧的梗概是这样的：黄昏时分，流浪汉爱斯特拉冈和弗拉基米尔每天都在同一时间同一条乡间小路上见面，他们重复着同一种动作——摆弄帽子和靴子消磨时间，他们痛苦地等待戈多。无聊至极，他们想到了说话，想到了做事，甚至想到了上吊！但是，他们谁都说不清自己为什么等待戈多，争吵和唱歌都无济于事。他们也想不等了，可又怕他们刚走戈多就会出现！他们就这样等着，痛苦的等待……

在生活中，我常会体验到那种等待的痛苦——在时光的流泻中有时就处于剧作家描绘的那种无聊、空虚、无所事事的境况而不能自拔。我的眼中有时也会出现"等待"的幻影（如上所述），至于等待什么？说不清。可以肯定地说，人人都有过等待，而那又绝非叔本华所论述的悲观主义哲学。其实叔本华的哲学思想与他一生的行为早已大相径庭。相反，正因为他的那种虚无的悲观主义才使得他创造了"得与失"的智慧和他独树一帜的"意志哲学"。

等待的痛苦或是痛苦的等待是塞缪尔·贝克特最先用剧作的方式告知我们的：

等待从希望中来，那时必有幻想，恰似我前文说到的把手伸出窗外感受到的温润，有时也是人们常说的"梦"，梦即希望。鲁迅说过："做梦的人是幸福的。"他还说，"倘没有看出可走的路，最要紧的是不要去惊醒他。"先生一再强调，"假使寻不出路，我们所要的就是梦。"如此看来，就连鲁迅先生也看重梦，可见梦想不可缺失。然而反向思维，人又不能长久地睡下去，总做梦是不行的，我们必须在现实中学会等待，虽然，等待本身就是残酷的！好些时候，等待也是无奈的，正如友在他的一篇文中这样说："不等待又怎么样？灵感需要等待，命运需要等待，爱情需要等待……"等待的过程是漫长和惶恐不安的，等待者的心灵是要备受煎熬的！

所以，塞缪尔·贝克特在《等待戈多》最后收场时，让弗拉基米尔对爱斯特拉冈只说了这样一句话："我觉得孤独……"

这是句真话——因为孤独才去等待，因为等待才会孤独。

如果等待失败了，希望也会断然坠落，就像近现代著名学者王国维似的，一切等待石沉大海后，他也自沉于昆明湖！

那么，等待的结局有二：等来则喜，等不来则悲。所以，等待需要理性。

给予获得世界顶级文学大奖的荒诞剧《等待戈多》作者的获奖评语是："他的具有新奇形式的小说和戏剧，使现代人从精神困乏中得到振奋。"

而在授奖仪式上，瑞典皇家学院代表对这部作品的评价是："贝克特的作品表现出的近于绝望的心情，表明全人类的不幸，但在他凄如挽歌的语调中，回响着拯救受难者和安慰受伤灵魂的声音。"

静下心来想想，荒诞剧给予人们的启发有时超越了正剧——这也是真话。

2010.5.20初稿
2012.5.16第二稿

疼痛的骄傲记忆

腰疼,那里面仿佛别着一截易折的树枝,这截树枝支撑着我的腰。我当然要小心了,唯恐树枝万一断开,没有支点不就像个撒了气的车胎那样瘫倒下去了吗?而且那里时不时地疼痛着,厉害时我如众多老人一样扶着桌椅慢慢地挪动脚步。腿不再笔直,气宇也不再轩昂——飞逝的岁月将要打倒我吗?

趴在针灸科的治疗床上等待医生手里的针刺向我的穴位,那针少说也有三寸,让人看了心里就发憷。我一向把针灸这种疗法看得很神秘:祖先们是如何从人的身体中发现这有关神经干线必经之地的?穴位?这让人思绪万千而又深不可测的洞府却决定着一个人的健康乃至生命!

当半尺长的银针扎进我的穴位后,腰和右腿立即串起一阵酥麻,缓缓地在那周围游动,"怎么样?有感觉吗?"医生俯下身子问我。

"……有,有点儿麻。"不知道这麻对我是否有益,但确是个"感觉"。医生没作声,点点头。

几天扎下来,大有效益。在我最后一天扎针时,医生说:"今后你要注意了,别干重活,这病是积劳……"

"积劳成疾",我晓得这是个成语,而且这四个字是因果关系,这位医生只说因不说果,真是个有经验的医生。

那些"积劳"的岁月仿佛在昨天:十年被禁锢的全国出版系统工作

在"文革"结束后像奔腾的江水一泻千里,一夜之间,书店火了!买书的人们在凛冽的寒风中排起了长队,那是因为他们知道书店来了新书,《成人自学教材》、《古文观止》、《中国古典文学四大名著》、《约翰·克利斯朵夫》、《莎士比亚全集》……知识匮乏精神饥渴为人们带来极大的求知欲。而我那时刚刚调到这里,又恰好做着书店最前沿最辛苦的收书工作。

狂风呼啸的春日,乍暖还寒。那天清早我像往常那样上班,骑车刚到门口,就被那景象惊呆了:黑压压的人群围着偌大的一片堆积如山的书站在寒风里,显然他们在等我,因我的到来他们才肯让出一条路。旁边不远处停着三辆拉书的汽车,见我来了,司机师傅摇下车窗冲我喊:"喂,你快过来签字——半夜来电话叫我们去车站拉书,共是七千件……"

七千件?我几乎蒙了!想想,七千件是什么概念?每件十五公斤,不要说看号码分类,就是点数,这七千件也要点两个小时。他也许看出了我的迟疑,"别点啦,不会错的,在车站我们都点过了。你签了字我们还去车站呢——那里还有五千件等我们拉呢,错了算我们的。"

看着堆了半个院子山样的书,我无计可施,今天一共要来一万两千件书,那么我必须先把这七千件分类完毕,不然将要到来的五千件就无处可放。看着手里那长长的书单,上面用复写纸清晰地写着"北京发行所××××件"、"上海发行所××××件"、"四川发行所××××件"……

"这,这也太多了,都是什么书啊?这怎么搬啊?"

"一个女人怎么能搬动七千件书?"

"要不咱们帮个忙吧。"

"是啊,有这发愁的时间咱们已经干了不少啦。"

……

人们在寒风中议论着，一个中年男子走到我面前，"小曹，我认识你，我是报社的，别愁，我们大家帮你干，你只要告诉我们怎么干就行，你说吧。"

"是啊，不愁，咱们大伙儿一块儿干！"

我仍在犹豫，我相信人们的诚意，可我不能接受他们的诚意，一是书店历来没有让外人帮忙的先例，二是我怕他们帮忙过后央求我买书，我是没有分配这些书的权力的。迟疑片刻，我终于说出"谢谢，我自己干。"

好一阵无语的尴尬。

上班时间到了，同事们一个个顶着寒风走进单位，他们见到这么大的一堆书无不惊诧。"怎么会是这样？"

我对着发货单一件件地搬动着，如童话里的蚂蚁搬家。人们想替我又不便动手。风呼呼地刮着，寒冷没有击退人们，他们丝毫没有散去的迹象，反而越聚越多，为让我不受风寒，他们站在风中围着我，看我默默地搬书，那情景我永远不会忘记——那是一种渴望一种爱，一种超越了时间与空间的大求索！书，是经历了十年文化禁锢后的人们依稀所见的一条新生路！书的洁净与芬芳为世间铺展了这条路，在呼啸的风里漫卷着春意，那里有人们期待很久的阳光和鲜花乃至永不枯竭的生命！

七千件，不，一万二千件书，终于在领导们研究后晚两小时营业、全体职工的帮助下完成了分书任务。

之后我依然工作于此，每天至少要收两三千件书，收书、拆包、分发、打包……我可以这样自豪地说，在当时包头市所有买到新书的人，定是从我这里分发出去的！我曾经将它们一本本地擦净小心地放在书架上——高高的几乎顶着书库屋顶的书架，我踩着一层层已经包好的书爬上去，几次从那上面滚落下来，身上常有淤血凝聚，腰也常见隐痛……那是我知道这些书的价值，珍惜它们犹如珍惜那些难忘的岁月。

是谁说的"痛并快乐着"？这是我当初的心态。想想这些，心中便涌起满腔莫名的骄傲——我的好多并不相识又热爱书籍的朋友们，和那些让人尊敬的藏书家们，如果你们的书架上有你们三十年前在包头购买的书，那书页上定有我的手温我的情意我的期盼！

　　而腰痛却是实实在在地折磨着我。每逢那根树枝在腰间支起的时候，我就会绑上一个腰卡子，再忆忆那些过往的"痛并快乐"的日子，似乎得到了缓解，这也是一种自慰？——傻傻地如此自慰下去吧。

　　毕竟我是骄傲的。

2011.12.6

不见那一隅

记得当初那一隅是在钢铁大街南边，一个很有品位的小厅，两边不大的高窗，用丝绸般的绿色窗帘挡着，坐在这里读书，仿佛春天坐在清幽的林中，没人，没风，只有阳光透过绿叶洒下的几多柔情，笼罩着覆盖着……

我顺着记忆的路径寻找，亦如十五岁时的找寻：假如从钢铁大街走，往南穿过俱乐部，它坐落在那个大院的角落里；假如从它的后面走，约十分钟的路程吧，要走过八栋四层高的楼房，再跨过一个拱形门，也可以找到——如今却寻觅不见了！大院不见了，小门也不见了。我在那二十二层高的楼下绕着圈儿地寻找，寻找什么？寻找记忆中珠串般的那枚珍珠？其实那只不过是一处陈年旧址，是我年轻时业余时间读书的清幽所在。仰头看见如黑点儿似的两个人站在阳台上往下看，心想他们看我也许同样是一个黑点——蚁？这不是错觉，是距离效应。那么时空呢？时空或飞越或游移，快与慢都是自然规律，是个人感觉。但时空带来的社会变化却是必然的。

这里是城市的一隅，门外不足百米就是川流不息的大街和人声鼎沸的商场。第一次迈进这里时心中忐忑：厅里那么多人静静地坐在木椅上读书，座无虚席。这是一处景观，它不流于形式，也许门外走动的好多人并不知道这里是个图书阅览室。墙上最显眼处贴着高尔基的名言：

"热爱书吧——它是知识的源泉"。我站在门口,初冬天气已经大冷,开门的一瞬间,温暖扑面而来,眼镜被暖气打雾了。我在朦胧中听到一句轻声而甜甜的问语:"小姑娘,你要干什么?"我本心虚,知道自己没有借书证,该怎么面对眼前这位态度温和的"姨"。

"我要借书。"似乎胆怯,我嗫嚅着。

"有借书证吗?"

我摇头。

"没证怎么借书,去办吧。"说完她转身走进一个房间。

我跟在她的后面走到里屋,这一跟让我激动不已,呀,从没见过这么多的书!一排排书架上摆放着的书直顶天花板,还有几个大书橱,透过干净的玻璃门能看见那儿有成排的《史记》、《全唐诗》和《康熙字典》线装书。那时的我,第一次感到自己是那么孤陋寡闻与渺小,譬如我惊异的唐诗是有三百首(那是一本书),谁知我现在见到的却是整整一个朝代的诗集?——《全唐诗》!我决计办个借书证,便鼓足勇气,"姨,借书证怎么办?您告诉我,我好去办。"

"拿你的工作证去车间工会盖章,再去厂工会盖章,再去……"

我莫名地哭了,霎时间仿佛我是个被遗弃的孩子:书,远离了我。这里,远离了我。温暖,远离了我——我被遗弃在辽远的荒漠之中!

"我又没说什么,你哭啥呀?"她扶着我的肩膀,嘴凑在我耳边,"跟姨说,你为啥哭?"她略带责备的语气里含着一丝怜悯,轻柔得像春天的雨。

"姨,我还上学,没工作证,就没办法啦?就借不成书啦?您能不能想想办法让我在这儿借到书——只在这里读,不拿到别处,也不弄脏书,行吗?"眼泪在眼里转动着,我想那一定是晶莹的,可怜巴巴的。她听我说着,看了我好一阵,无言。沉默让我无望的心一点一点地沉落下去,她转过身走开了。我凝视着她的背影闪在高大厚重的书架后面,我也只能擦着眼泪转身了。

就在那一刻，我听见她说："你真的爱看书吗？"我转过身，擦着眼泪点点头。她思忖了一会儿，"看你这小姑娘是真的。这样吧，我就说你是我的外甥女，给你办个借书证吧，但这事可不能跟别人说，因为我只有一个外甥女，她还不到十岁——再办不出来了。"

我呆呆地站在门口的光亮中，不知所措，没想到这无言的结局会是这样圆满与美好！我一脸的疑惑，几乎不相信这是真的，她却笑容满面、亲亲地面对我："外甥女，咱就这么定啦。"

自此，这个"阅览室"俨然成了我的家，每天一有闲暇我就会像那些大人似的在这里找个位置坐下读书。而且，无论严冬酷暑，我的那位"姨"总在关照着我，给我留好书，给我留座位，一连四年。四年的光阴，这里既是我的驻足地，也是我的出发点，这个静谧的书厅给了我自信和智慧，更多的是，在我还是懵懂少年时，"姨"给了我世间的温暖……

我知道那一隅早在十几年前就被拆了，迁往何处？我真的孤陋寡闻，心想是什么让我如此恍惚？从不敢触碰那一隅的影像，即使在梦中。

生命中的那一隅如今被高楼占去了，徘徊在它的周边，是闪亮的玻璃幕墙，我从这光亮中捕捉着当初的大院和小门，虚无是它的幻相，眼前飞舞着长绸般飘忽不定的"文化"二字。

2010.11.12

那片水草地

曾经跃动在生命里的那些刻骨铭心的往事,无论浪漫与凄美、辛酸与欢畅,都如石雕似的镌刻在我的灵魂深处,绝不像讲故事那样随意地挥洒;对那些难忘的地方、那些再也寻觅不见的所在、那些心中遥远的天堂,回忆是甜蜜的,我将感念一生。

譬如那片水草地。

我和爸爸面对面站着,抽泣使我觉得手有点儿麻,"我知道你想上学,不是没辙吗?别念了……"爸爸反复说着这句话,语气里充满无奈和歉疚。我无法,只好立于墙角瑟瑟地哭泣。

只有一个月的在校时间了,我要把我在学校里看到的所有牢牢地记在心里:班主任老师和他潇洒的演讲、同学们的读书声、操场上的篮球架、安静的图书室、大礼堂里校长的讲话……似乎就要和这一切永别了,沮丧让我默默地流泪,长久无言。

当我的事情被传开后,班长立即找到我,他拉我到一片铺满细碎阳光的绿荫下,神秘地说:"星期天跟我们去打草,挣钱上学,干不?"我惊异地睁大了眼,困惑让我语塞。

"就是远点儿——火车站南边,那里有一大片水草地,鲜草七分钱一斤,一天拔50斤就三块五,你算算,一个月十四块……"

十四块?这是一个庞大的数字!对我来说无疑是雪中送炭的好事,

我忙点头。

这是一片怎样让我兴奋让我满足的水草地呀！——从不知在这远离城市喧嚣的地方，居然能有这么一个格外安静格外纯碧的所在。大片大片的水草，几乎有人那么高，像座座绿堡似的一圈一圈地包裹着点缀在草间的小水潭，水潭里的水在晨辉里闪着银蓝色的光，珠宝似的耀眼。微风轻摇着水面上的浮草。草叶下可清晰地看见那些细长的小泥鳅在浅水中穿游，拔草时若不注意，它们会猛然从指缝和草间滑过。远处一丛丛高挑的芦苇，点缀在水中。远处起伏的土丘上也隐约可见白色的芦花。晨风吹来，水波微漾，浮萍摇曳，芦叶摇摆起舞。青蛙总是瞪着眼在草缝里窥视，间或乱蹦几下。有时我们淘气，捡一石子抛于其中，定会惊起几只觅食的水鸟，扑簌簌地从水草深处飞出在空中盘旋一阵又惶惶地落下，所以我们断定那草里定会有鸟蛋，想去探个究竟，可不知水的深浅，曾试探多次终不敢下水。

盛夏的天空蓝得干净，纤尘不染，云儿飞去了？烈日当空。拔草拔得汗流浃背，几个人饿得早已无力，看周围却无一处歇凉的绿荫，无奈间便依着那高高的水草蹲下去，只能遮住半个身子。扒拉开草儿洗洗手，摸着两只手心里被磨出的血泡，咧开嘴倒吸几口凉气，就不再去管它。从兜里掏出昨夜母亲给我烙的玉米面小饼，狠狠地咬一口，掬一捧清水顺下去，再咬一口同学递过来的咸菜，又掬一捧清水喝下去……那清凉那惬意，现在想来还有些神迷。

少年不识愁滋味，看看自己拔的草堆越来越大，仿佛那里堆着好多钱。用沾满黑泥的手抹抹脸上的汗，几个同伴围着草堆指着对方笑，是那种傻笑。

"哎，念一段'普希金'吧，我爱他的诗。"那位"大哥"说。

"就是，好长时间没读他的诗了，念一段就等于读了。"那两位同学也附和着。

于是我从另一个兜里掏出七分钱买的袖珍本《普希金抒情诗选》，赤着脚站在水草里，随便翻开一页，就那么无拘无束地读：

  ……

  心里充满了你，我将要把

  你的山岩，你的海湾，

  你的光和影，你的浪花的喋喋，

  带到森林，带到寂静的荒原。

  ……

"这是他的'大海'，我要听他的'小花'。"他冲我喊。于是我就读《小花》：

  ……

  可是为了纪念温柔的相会？

  还是留作永别的真情？

  或者只是由于孤独的散步，

  在田野幽寂里，在林荫？

  ……

正是幻想的年龄，夏日的风吹着水草波浪一样地起伏着，那一阵我们长久的无语了，大家沉浸在普希金的"小花"里，那一刻，是诗歌的魅力使我们激情勃发——我们有的是力气，也有让人羡慕的青春。今天我们能用双手改变生活，明天同样能用双手改变世界！生活原本就是这样明丽与美好。徐徐清风，身子也随着心儿轻荡起来。

此后，这片水草地就成了我生活中的希望，上学的事再也没用爸爸操心。我没有辍学，终于可以继续学业了！虽然那只是几年，以后再也没挤出时间去过这里，即使如此，我每时每刻都在惦记着那片圣洁的水草地。在我求学难续的时候，是她，改变了我的人生。感念她，如我心中的圣母！

后来，我曾苦苦地找寻过那一方明净的水湾，曾在一片新建的"工业园区"宽阔的大道上徘徊。还是当初那不染纤尘的蓝天和烈日当空的午后，我想从那一池喷泉射向高空的水中找到她的身影，然而她在哪儿啊？那一片新绿，那一潭清澈，那一弯柔柔的微波！不止一次，我在梦中见到她，就在我的近旁，倏忽又飘得遥远。似水的流年将当初的青春变幻成苍老，但思念永远年轻。那片我难忘的水草地，如今你早被水泥拌了沙土填平了，也被拆迁了么？告诉我，你迁移到了何方？还有那几只水鸟，我爱看它们游移低飞的倩影，听那些待哺的小雏们嘤嘤的盼音。如今它们在何处栖息？假如我知道你们的踪迹，无论多远我定去看望你们。

谢谢那片曾经给我无限希冀的难忘的水草地！

2008.7.8

寂寞有声

想起寂寞这个事儿，就常常与暗夜、秋雨、寒风……联系起来，因空无而寂寞，因寂寞而沮丧，因沮丧而痛苦。

其实认真探究起来，这事儿有什么不好呢？怀抱着寂寞去寂寞的地方——秋雨后的田野、幽深的林间小道、干枯的河畔、子夜的路灯下……去开阔视野，舒展胸臆，大喊几声只能听见自己的回音。或者干脆独自蜗居在家，不睡觉不读书不看电视，任凭思绪在寂寞中飞扬飘荡，千里驰骋而无人知晓。

闲读几页《意林》，见张爱玲在夜静寂寞时突然听到家中的玫瑰花跌落的声响，她说，"起先是试探性的一声'啪'，像一滴雨打在桌面。紧接着纷至沓来的'啪啪'声中，无数中弹的蝴蝶纷纷从高空跌落下来。"——不是说寂寞无声么？这寂寞却有声，且意境如诗！让爱玲女士听见了，仿佛是她在倾听涨落的潮汐，从这静寂中体悟到了生命的恬静与逝去的尊严，感觉到落花"有一种遗世独立的美丽"。我想，假如是我听到这落花之声也许会无视、会不忍、会痛惜？——这是我与她在感觉上的错位。

北宋词人李清照面对寂寞是另一种境界：由于她的不幸遭遇和中年以后的颠沛流离，她的词很少不是在寂寞状态下写出来的。读她的《永遇乐·元宵》，那是怎样一个万民仰首望月的传统节日啊，"……元宵佳节，融和天气……香车宝马……"。可以想象，当时那闹市里一定彩灯相映，人声鼎沸，节日的喧哗和欢乐并没有给词人带来多少慰藉，相反她却感到了无比的寒冷与孤寂，这种感觉不以她的周遭环境而定，反而人越多她越觉着寂寞，所以她拒绝了"酒朋诗友"的邀请，"怕见夜间出去"，怎么办？一个女人在此情景下如何释解从心底里泛起的寂寞与恐惧？用当下的话说，"出去走走，看看热闹，排遣一下"。殊不知，她面对如此好意的劝导要担当多么大的心理压力！无奈中她只能对她的贴身侍女说，在"帘儿底下，听人笑语"。我又想，假如是我也许会真的融入到那彩灯人流中去排遣一下了——这又是我与她在感觉上的错位。

其实人总是难免寂寞的，想想那些中外名家，没有一位不是经历过心灵的孤独：郁达夫说："我是四海一身，落落寞寞，同枯燥的电杆一样，光泽泽的在寒风灰土里冷战。"莫泊桑说："我感到人生的寂寞，仿佛自己一天比一天更其深邃地堕入了一个晦暗的窨子里。"……

此刻的我也被寂寞包围着胁迫着，抬眼看窗台上花盆里的花儿绿叶蓬勃，却没有丝毫开花的迹象，自然听不到落花的声响；透过窗帘望窗外茫茫天宇，清风朗月，万籁俱静，绝没有香车人语的喧哗。自己想来未免可笑：这不经意的臆想，是要排遣寂寞还是要寻找寂寞？

寂寞固然可畏，但这世上总有一些不怕寂寞甘于寂寞拥抱寂寞的人，他们是精神文化的创造者，寂寞是他们的宿命。那些无数惊世骇俗的作品无一不是从寂寞的寒谷中脱颖而出的！谁晓得在荒远肃然的雪野下面涌动着多少寻觅探索的步履？对于这些人，也许他们别无选择，不计得失不论成败，把自己抛掷在寂寞的暗影里做着自己的事而不悔，仿佛朝圣者那样虔诚——那是他在行走，用自己的灵魂。

这世界，少不得这样的人。而只有这样的人才会让我们知道寂寞并非无声，寂寞的终极是何等美妙与精彩。

寂寞有声,那声音来自巍巍群山和山谷间的潺潺泉水,来自不知走过多少遍的石阶小路和街口通往大道的街市,来自课堂上的沉思和操场上的呐喊,来自在风雨中匆忙赶路的背影……那声音来自一个人从他灵魂深处对于寂寞与梦想的渴望!

2011.10.15

我丢失了一本书

我丢失了一本书，仿佛丢失了我的魂。几天来，我在恍惚中寻找，从清晰到模糊，又从模糊到清晰，反反复复。历来相信自己的记忆：它就站在大书架里第二层右手第十八位或左手第八位的位置，怎么就会没有了呢？

它已经与我相伴五十年了。

当初一个人疲惫不堪地坐在幽暗的小屋里，想起昨天从打草的钱里抽出五毛钱买的那本书，立刻就振作起来。我不知道它经历了多少人的翻动和多久的尘封，浅黄的封面上印着无数脏兮兮的手印；那位诗人的素描头像早被污染成灰色，他的黄发和胡须也被人用铅笔重重地描过一遍；是因为爱戴还是因为敬畏，描的人没动他的眼睛，深深的眼睛里闪动着真诚与睿智。书脊的上下处早已破损，下面只能看到"人民文学"四个字。

在那个夏日的傍晚，我也如现在这样疲惫，开始是蹲在她的旧书摊前，后来干脆坐在她的对面与她对视。听说她是个上海老太太，不知是因为爱情还是因为"运动"，随着爱人来到这千里之外的包头，十几年了，她不知从哪里搞到这许多旧书来这儿摆摊，我没钱买新书，便常常光顾她这里。

她轻轻地抚着那本书，说："你看，小姑娘，这本书有三百多页，原价是一块一,我跟你要七毛多么?——不多!而且,你不晓得现在楚图南译的书有多不好找。"我想她一定有些来历,每次她都能这样把作者和译者讲得如此明白,让我无法再跟她讲价。

我只好不做声,呆呆地歪头看她。

"你这小妞,不管什么书,都能五毛钱买下么?"

我点点头,"大妈,实话跟您说,我每月只有五毛钱的买书钱。"我可怜巴巴地看着她说。

她吃惊地盯着我,"不会吧,你跟大妈说瞎话。"

"我没骗您,就这五毛钱还是我自己打草挣的——我家很困难。大妈,我每月只能买一本书,您就卖给我吧。或者,您先按五毛钱卖给我,等以后我有钱了再给您补上。行不?"我说的全是实话,眼中有些湿润,她也看出了我的真诚,皱纹纵横的脸上现出同情和无奈,沉思半晌,她喃喃地说:"怪不得小姑娘一月来买一次书,贫家出——"随后她左手捧着书,右手慢慢地抚平那卷皱了的书角:"好孩子,大妈把这本书送你,以后你常来,天天来都行,有好书你就拿走……"

从此,我去买书的次数多了,从她那里真的淘了不少好书,《少年维特之烦恼》、《飞鸟集》、《沫若译诗选》、《奥勃洛摩夫》、《楚辞新译》……大约有几十本吧,当然都是以极少的钱换到的经典。

这是一本诗集,清晰地记得它是1955年第一版、1958年第二版印刷的,二版后四年我才在这里见到它,他的诗怎么读都有一种吸引力,长长的诗句,是另类的散文?或介于两者之间?随便拿出一段:

啊,乘着船,在海上航行呀!

离弃这坚定不能忍受的陆地,

离弃街市、人行道和房屋的令人厌倦的单调,

离弃你,啊,你这凝固不动的大地而坐上一只船,

去航行,航行,航行!

楚图南在"译者后记"里给予他很高的评价，说他乐观热情，以一种新的形式和风格歌颂自然、大海、和平和劳动，歌颂人的平等与尊严……其实那时的诗集很多，我也常去书店，站在书架前犹如畅游在诗的波涛之中，那些中外名家的诗作每每让我迷恋。但我每次去都是饱饱眼福。现在想起来，当初那些书的价格多么低呀，如果……

我视书为益友，在我满心憧憬着美好的未来、终日做着虚幻之梦的少女时代，是它们赋予我希望和勇气。无论在什么环境下，我都不能轻易丢失在那个年代里买的书，哪怕是一本！然而，这本书真的找不到了！于是我希冀着也许有一天，在书架的后面，或在众多的旧书中间，它像跟我捉迷藏似的突然映入我的眼帘，让我惊喜。假如它和我真有这种戏剧般的结局，那么我目前只能静静地等待。

它是——

美国最伟大的杰出诗人惠特曼写的——《草叶集》。

2011.8.21

第四辑：一樽还酹江月

我想，愉悦和孤独，不是心境，而是感觉。常常将在独坐小屋时的寂寥与她的痛苦相比，我不免自愧——仿佛这里的江水孕育了从不服输的人。

一樽还酹江月

初识吴丽珍

那个炎热的午后,在朦胧中,一个很遥远的声音,被微风夹裹着送了过来,清晰地听得出她们仿佛在水边,带着水音咯咯地笑。迷蒙处,我看不出那里有几个人,是什么地方,只觉得有好多人在水边快乐着。

"你们在哪里啊,这么高兴?"我问。

从水中传来柔柔的粤式普通话,长长的尾音:"我们在江边啊,就是你喜欢的三江边啊,曹阿姨,你快来吧!"

懒懒的午睡顿然清醒,灵犀相通处,那是我的好友吴丽珍和她的"小朋友"们在呼唤我,惺忪的眼凝望着夏日窗外那一方湛蓝的天空,从心里为她们的开心而祝福,更为她——我的同龄好友,吴丽珍女士而祝福。

三十年,我与她只见过三次面,几十封书信来往,并不多的问候电话,就成了挚友,谁信呢?然而这却是真的。初次见面是在上世纪八十年代初的一个盛夏,她和她的丈夫林先生带着两个孩子,还带着满身的疲惫站在我的小屋门前。她说他们就要南归了,我这里是他们临行前的最后一站,一来看望二来辞别,眉宇间大有回家的喜悦。我忙预备做饭,他们却阻拦下来,说,天太热,熬点粥就行,不必为做饭耽误时间。于是，两个小孩蹲在书架旁隔着玻璃看书，我们说着话。

谁能想象得到面前这个瘦弱腼腆的女人是一个痴情执著刚毅的女人呢？她丈夫林是她心中可依赖的王子，为了爱情，也为了他们心中的理想，当年，她辞别了她的亲人和温暖舒适的故乡，从遥远的南方跟了她的先生来到了石拐矿区"支援边疆"。初来乍到，北方的粗犷让他们惊异，风卷四野；住在一间窄小潮湿简陋的小屋里，门外杂草丛生。她竟无怨无悔，每日踏着草径去学校讲课，只有在少见的明月闲暇时，她才仰头望月思念故乡的亲人……

当时人们的日子都不好过，贫困与压抑同存，但很难想象她是怎么苦熬下来的。她似乎不善言语，然而从她那浅浅的微笑和深情的眼眸中可看出她的睿智和深邃。

人啊，什么时候才会不懵懂呢？记得那天他们是乘夜间的火车，几个人喝完了一锅绿豆粥，吴丽珍全家与我们告辞。那时已近黄昏，天边红云晚照，即使夏日里天色晴爽，送别也无端增添了几多惆怅。在他们高高扬起手臂的挥别中，在他们渐行渐远的背影里，我依然不以为他们将会走得很远，此后会天各一方，甚至没有意识到一锅稀粥太显寒酸，反而总觉着，他们走几天就会回来的。我就是这样懵懂着，转身看到丈夫一脸的凄然，竟然莫名其妙。

毕竟是初次见面，又加上我每日忙于工作和家务，一周后就几近淡忘。忽一日，同事递给我一封厚厚的来自广东韶关吴丽珍的来信，我惊喜不已。这是一封报平安的信，她说她们已经到达韶关，家基本安置下来了，前几天去梅州老家与父母兄弟团聚，她和林没有休息就去上班了，小孩也已经安排上学……一封信，难得她没天没地地写了四五页稿纸，每张稿纸的右下角都注明了页号，她将对家乡对亲人的热爱、对石拐矿区对朋友对学生的思念都倾注在这几页稿纸上，情真意切，文笔极美，清明流畅得像天上的飞云。读她的信，听她水波般的讲述，仿佛在读一首叶赛宁的诗，字里行间充溢着她那客家人的温柔与纤细。那一刻，我从心底认定她是我今生的益友。

第二次相见

我与吴丽珍的书信往来长达十几年，在众多的朋友中，吴丽珍走得最远，分别的时间最长，所以我特别想念她。

而就在这时，我的这位千里相隔的挚友，在她四十岁的大好年华时，竟然被病魔推向了可怕的死亡隧道！

好好的一个人，初期只是背疼，两年里却发展成严重的"胸椎骨结核"，患处化脓，下肢瘫痪。虽经手术但因药物过敏，病情反复，再度恶化，不得不做第二次手术。此后十三个月躺在石膏托里，像婴儿一样学转头、翻身、起坐，一年多的日子让人喂水喂药喂饭……基本活动行为她是从不惑之年第二次学会的。习惯了读她的信，同时也习惯了等待。但是两年里没有她的消息，可想而知我当时焦虑的心情。包头到韶关，南北相隔，千里之遥，况那时又没有像如今这样随时可拨打的电话。疏于联络常常让我陷入不安，冥冥之中似感不祥，但又不停地否定。就这样我几乎每日在忐忑中期待着。

那时的人们就是这样望眼欲穿地盼望着一封信的到来。说到这些，我不由羡慕现在的年轻人，也从心底祝福我们的祖国日益强盛：一部小小的手机就能承载你想要了然的一切，无需等待与焦虑，手指一动即可把遥远的距离拉得很近，甚至还能看到对方的容颜，这在二十年前却是无法想象的事。在漫长而神魂不定的期盼中，两年后我终于等来了吴丽珍的来信，同时也证实了我那不祥的预感。面对着她用了三天时间给我写来的歪歪扭扭的信，我仿佛看见她艰难书写的身影，我把那两页来信装在兜里一个礼拜，似乎很重，那是心的沉重。我无法想象在这两年里的每一天她是怎么度过的？是靠什么精神力量捱过那难熬的日月晨昏？几天后我铺开信纸想给她写封回信，可写什么呢？无论写什么都显得那么苍白无力，宽慰与问候也早已过时，两年里她经历了常人难以忍受的折磨，然而她又享尽了爱人、儿女、母亲和所有亲人对她的关爱与照料；两年里她的肉体与灵魂曾经多次从天堂跌到地狱，又从地狱升入天堂。仿佛炼狱一般的经历使她羡慕健康祈盼健康，亲人的呵护又使她更加晓得了人间大爱。在这场生与死的较量中，她刚毅无比，她完善了自己的人格，就连医生也惊奇地说这是"世界的奇迹"。

　　此后，我与她的书信虽然一直没断，但因为她的健康，往来明显稀疏，不是我们不想联系，而是因为她写一封信需要三天以至更长的时间，我当然想多些得到她的消息，但再一想，有那写信的时间她应当做做体能训练。这时我总巴望着我能早日退休，好去看她。

　　我时常想，文人，到底是一群什么人？我自然不能算作这个群体中的一员，尚不入圈，在圈外窥视圈内就不免明了——他们在人格上力求独立，崇尚尊严；性格上善良而重情义，面对世俗又有些叛逆。因而在行为上总是做出让人意料不到的事来，野鹤闲云，行踪不定。

　　她就是这样，居然在2004年夏天意外地做了这么件事。难以置信，年近花甲的她，竟临时组织了一个"家庭旅游团"，坐着轮椅，浩浩荡荡，叽叽喳喳，被那些众多的小辈们轮流推着抬着乘飞机坐火车一路欢声笑语，从韶关到包头再到石拐——旧地重游！接到她从一家宾馆里给我打来的电话，我着实惊呆了，我以为她在与我开玩笑，怎么可能啊？一个大病初愈的瘦弱女人，千里迢迢地带领一帮从未见过辽阔草原与苍莽大漠的少男少女们，游昆都仑水库、希拉穆仁草原、响沙湾，游包头和石拐！……我的脑子怎么都转不过这个弯儿来，拿着电话木讷地站着，嘴里不停"天哪天哪"地念叨。话筒里她告诉我她的住址。因行程所限，她只为我安排了半天的见面时间。

这叫什么事儿？二十多年的南北相隔，二十多年的朝夕思念，她现在已经来到包头，却居然只给我几个小时！无论怎么说我都不同意，然而从她的话语里我分明听到了"请你理解"这几个字。

我在"理解"的第一时间见到了她，这是我们的第二次相见。久别重逢，执手无言，激动万分。说什么呢？滔滔不绝和娓娓款语仿佛都多余了，从她的眼神里我读出了她这几年的挣扎与艰辛，乐观与刚毅。这就是她，吴丽珍虽与我同岁，但她俨然是我的一个"老姐"，她的语言和文字是真挚的，她的人品是磊落的。无论接风洗尘或是伴游，早已不能表达我们几十年所结成的友谊了，虽如此，我俩在与那些年轻人欢快的相聚中仿佛也变得年轻了。

再次聚首

2006年初春，我应吴丽珍之邀去韶关小住。

一路风尘。虽是初春，但黄河以北依旧是遥远的苍茫，浓缩了的风刮得越发吃紧，隔着车窗玻璃寻找春的足迹，那是要放眼的。我这样试着，果然在阳光照耀的山脚下，随风摇曳的荒草深处隐隐地铺着一层淡淡的嫩黄；而黄河以南竟让我依稀如入仙境的感觉了，岂是能用"春意盎然"四字说清楚的？那一片连一片的绿色啊，是生命的坚韧与盛春给我的惊喜，在瞬间我的心灵感动了震撼了！我傻傻地想，难怪吴丽珍能战胜病魔呢，是这盎然生机的大地助她生发出无限的生命之力吧？

她坐着轮椅开门迎接我，"小曹，真是盼望啊。"她只说了这一句便有些哽咽，转而脸上现出了笑容。她把轮椅摇到桌边，我见桌上有一大摞书，淡黄色的封面，两朵向日葵蓬勃地开放在书角，《生命渴望阳光》几个字十分抢眼，下面是吴丽珍著。"天哪，你出书啦？"她笑笑点头。

如果她没患病,我坚信她早就出书了。多年的书信来往,我深知她的文笔功力,流畅华美的语言,情真意切的讲述,那绝非是短期练就的,可我怎么也没想到,当她十三个月躺在坚硬无比的石膏托里时,头不能转手不能动,她的文学梦是怎样挣脱病魔的桎梏而飞升的?她的写作欲望从何而来?散文、小说、诗歌、童话、故事……凡文学创作领域,她无处不触及。二十多万字,对于健全人也许不算什么,可对于她坐在轮椅上日夜疾书,单单是爱好吗?是什么激发了她对文学创作的生命热情?她与文学结下的深情厚谊是这本书可以承载的吗?这样脆弱的生命该用怎样的自信与意志才能拿起那支笔呀?

她坐在轮椅上与我对视,黄昏的那一线红晕渐渐地消失在高高的楼群后面,透过那盏吊灯的亮光,看她那娴静矜持的笑容,我觉得她的生命之光无比强大!

这次相见是我与吴丽珍的第三次见面,就她的不幸经历,我认定她绝不是一个弱者!在我小住的日子里,我们经常几个小时地谈话,她谈她的家,谈丈夫,谈孩子,也不时谈谈她所经历的那些令人发指的日月,但谈得更多的却是她深情倾注的包头和她十几年相伴的石拐,她说她特别想念这个地方,那是一双儿女的出生地,哪怕是石拐的荒凉和春天的沙尘暴……渐渐发现她在充满亲情爱情友情的环境里,又是一个乖巧的女儿,柔情的妻子,心怀坦荡的朋友。我想,与一个善者、智者、勇者交谈,该收获多少有益的硕果啊!那是我一生都用之不竭的生命源泉。

由于行动不便,她常常婉拒我和孩子们出去玩耍的邀请,我知道她是不愿意因为她而使我们游兴大减,每每在我们出发时,她总是将轮椅摇到门口,叮嘱孩子们:"一定照顾好你曹阿姨,玩儿好啊。"

我与吴丽珍的友情就是这样发生发展的,在我不多的朋友中,因遥远,因难得的真诚,我时常想念她。但有时又想,说不准哪天她又会组建个什么"团",匆匆地从那个优美的韶关小城飞到包头,来填补那相思的时空。别以为不可能,因为她的心永远年轻。

一樽还酹江月

  我徘徊在韶关通贯市区的三江岸边,靠着乳白色的栏杆,看江中飘荡远行的点点船桅,听那曲辽远清新的渔歌,久久不忍离去。想起与吴丽珍一家人的三次相聚,是我在朋友中最少的相聚了。而仅是如此短暂的见面,就足以让我回味了。我想,愉悦和孤独,不是心境,而是感觉。常常将在独坐小屋时的寂寥与她的痛苦相比,我不免自愧——仿佛这里的江水孕育了从不服输的人,不是么?随意提及:唐朝名相张九龄、明代抗日水师提督陈璘、北伐将领张发奎、抗日名将薛岳……哪一个屈服于权贵与命运?大江东去,代代传诵的正是这几多千古风流!——释怀了。

  我就要踏上北归的旅程了。还需说些什么或是倾听些什么?都不必了。清晨见她依然坐在轮椅上低头写作的样子,"写下去吗?"我问。她笑着点头,随即扬手抿抿她那头花白的发,"多情应笑我,早生华发。"她说。我们沉默。片刻,又同时咏叹了一句:"一樽还酹江月。"

  江水明月可鉴她一片痴心!

  她的脸上荡起了灿烂而深情的笑。

2007.春
改于2011.秋

时差

——谨以此文纪念我的学友

诗人说"天若有情天亦老"。这话不假，从没见过天老的时候，所以年复一年，日月轮回，草木重生。"星星还是那颗星星，月亮还是那个月亮"。可我有时想，天虽然不老，春风夏雨秋霜冬雪地应时应景，它烦不？它疲惫不？

西班牙20世纪最伟大的超现实主义画家达利，在一幅叫作《软表》的名画里回答了我的这个问题——

远处有蔚蓝的天与蔚蓝的大海相接，波澜不惊。然而海天相接处的一条黄带，像是夕阳辉照，那喧闹了一天的大海和那风云莫测的天空有些疲惫了吧？夜将来临，空旷的海滩无限延伸着，海滩上有个褐色的平台，平台上有一棵枯死的树，地上随意扔着一只怪异的非人非马的头，长长的睫毛、鼻子和舌头荒诞地组合在一起，我至今没想清楚画家的这个组合的寓意。但是画面上却有三张预示时间的钟表软软地挂在平台上、枯枝上，披在怪物的背上——画家把我们带到一个无穷无尽的虚幻世界：三个本来坚硬的表盘如今却定格在三个不同的时间，不再嘀嘀嗒嗒地行走了，它们在太久的时空里早已疲惫不堪！所以，地球上的国家间有了时差，有了梦境与困境，有了新生与死亡。

人也如此。只是平添了一份永久的怀念与惋惜。

每年的夏夜，我特别留意天上的那轮圆月，永久不变的恬静与柔和，月光如水，清风拂面。这时我总会想起她——那个曾经在我们这里红极一时的"造反派"领袖，我的同窗学友。

白日里的喧嚣被月光拥着早已沉睡在脚下的草丛里，草畔上我和她盘腿席地而坐。我俩曾是同窗，算不得好友。我喜欢她那双美丽而沉静的眼，油黑的发和那张翘着的小嘴，还有嘴里一口整齐的白牙——伶牙俐齿；可我又不理解，曾经得到所有老师褒扬的品学兼优的团支书，为什么会一下子变得那么不可理喻地激情勃发？那么不顾一切地丢却情义与感恩，而对培育我们的老师们大打出手？

显然我俩不是同一类人，那年在操场上相遇时不是还因为观点的不同而争执过么？可现在我却和她面对面地坐着，敞开心扉地谈：谈形势、谈运动的走向；谈学习、谈憧憬的理想……几个小时过去了，月光清明，清明的月光中她谈兴极浓，似乎早已忘却了往日的过节，仰着脸嘻嘻地看着我笑，继而又陷于长久的沉默。最后她伸了个懒腰，仿佛释怀，说："往事不堪回首，那些不愉快的事不去说了，求大同存小异。"

我却耿耿于怀，"有小异则不能大同，你那么不顾情面地胡闹……"

"哎呀，那咋是胡闹呢？那是在运动中锻炼！看你年纪轻轻的怎么这么迂腐，知不知道'矫枉必须过正'的道理呀？"她忽闪着那双大眼，立刻对我严肃起来，仿佛又要开什么会了。

"我不跟你谈大道理，反正你做得有些过分——你的学习多好，何必……"

她无语了，把头深深地低下去，"我知道，"她说，"难以掉头啊！如果我能上大学，能听听蔡仪讲的课，多好。可惜……"她的眼圈红了，停了一下，她又说："有时我也想，你看咱们这一代是不是废了？——说实话，我很累。"

我也无语。月上中天了，月亮周围有两团纱般的白云将那月辉轻柔地笼罩，"明月正呀正当头。"她看着月亮轻轻地唱了一句，"走啦。"她猛地从草畔上站起来，把手伸开拽起了我。"以后别再怨我，我知道——我错了。"她眸子里噙着泪，轻声地说。

"你别回了，这几天不安宁……"这是真心话，我想让她住在我家，却不知为什么没说出来。

"不必了，打残了正好休息，我真的很累。"她的脸上露出一丝淡淡的苦笑。

……

第二天，我听到了她被另一造反派打死的消息……

与达利同时代的许多人不能理解他的这幅名画，妄加评论者居多。但是，"疲惫"，对于人类，时间的错位与差异也许能酿成终生的遗憾或是永久的苦难。我没想到，那夜我和她在月光下竟是永久的离别！我想，假如她考上了大学，她定会是个学贯中西的学者；假如她去了医学院，她定会是个救人于无望之中的好医生；假如她把她的聪慧用于哲学或文学，她定会是个出色的哲学家或作家；假如她嫁人了，她定会是个相夫教子的贤妻良母……无奈，她与时间相错而过，这种时间的差异也许是人的思维差异，也许关乎命运？无论怎样，属于她的时间表真的疲惫了瘫软了，她曾经刚强的意志、多层面的思辩能力以及她迷人的美丽，都软软地挂在空旷海滩里的那棵枯枝上了。就连达利也承认在这幅画中表达了一种"由弗洛伊德所揭示的个人梦境与幻觉"。这种梦境与幻觉有时可能是真实的，正如她——她不是不止一次地告知我她"累了"吗？

好在时间终于转过去了，那种人与时间的差异不再相错而过，几乎变成了同步，但我仍然不敢轻易想起她，想她时就从心底生发出一种碎心的痛楚！在每一个月明星稀的静夜里，绿毯似的草地上，我便痛楚，我便能清晰地听见她说："我知道，我错了……"

2011.6.11

铃声响起

铃声响起的那一刻，我正昏然而坐——身体靠在桌旁，思绪却在游移：似梦？似魂？游荡在林中、旷野、山间，就那么一个人。

就那么一个人，我想跨越出这寂寞的静谧，却很难：就是这环境，而环境是难以改变的。正在这时，电话铃声陡然响起——

我这个年龄活在当下，常欣然。那种种的欣慰里，首先应该感谢的是如今这发达的电讯。可知今生于我，为一件事或一个信息曾经有过怎样焦心的等待啊？——

"远方的朋友身体安康？工作顺利？"

"这件事终于办妥，我晓得那是你在从中斡旋，万分感激！"

"几时回来？我在包头等着你——咱们畅饮。"

……

寄去信，盼望着回信，最快一周。那期间好似煎熬，是那种抓耳挠心的期待让天下无数望眼欲穿的人们将机遇错过！将爱情错过！将他（她）的人生在错的履印中匆匆走过！最终遗憾终生："错！错！错！"

铃声响起，蓝色屏幕上亮亮地闪烁着你的名字和那一串电话号码，那种意外而引发的兴奋把我从寂寞的游弋中拉回：眼前正是开得热闹的木棉花和静静洒落的冬雨，也许你那里冬雨时节木棉花是不开的，但我却将它们纠结在一处，静虚中的迷蒙，只为心中长存的一线美丽。

于是就有了过往，有了书和书法，有了诗和绘画，有了酒有了歌，有了友情与牵挂……

遥想当年，小屋里炉火正旺，十五瓦灯管映着我们涨红的脸，酒后不忘文人的矜持。我和孩子们围在桌边，看你在那张皱巴的宣纸上挥笔，蘸足浓墨，就写"学而不思则罔"。这是勉励还是纠偏？我不懂书法，看那清瘦的线条，倒有些韵律在其中，许是小篆？便心下思忖，我这号人，恰恰流于怠惰，人生失败的缘由，绝对仰仗这浑身的慵懒，实在应该为我写一幅"思而不学则殆"才对。

我羡慕你，羡慕你们那一帮人——真真的矿务局出人才，就在那方几乎快要被掏空的土地上，我的朋友们经历了严寒之后脱颖而出：当初"三家村"之一的日报副刊编辑、相濡以沫的以知识作为爱情基石的客家夫妇，还有你，还有许多我久闻其名而不曾谋面的朋友们……多舛的命运被你们的坚韧摧毁，成功与胜利只能意味着飞逝的流年。没多时就在我的书架上，赫然站立着杨匡汉先生为你作序的诗学大作《结构诗学》、与友合作的"学人丛书"《阴山岩画文化艺术论》和你有独到见解的学术散文。我知道还有许多我无缘拜读的美文，那，也只能等待你回来后讨要了。我相信人的天赋，相信人的才华横溢，但我更相信经历苦寒之后竞放的梅花有多么娇艳！

铃声响起，是友情的延续：多年不见，山水相隔，零上二十度的远方友人还能在这月光寒凉的夜晚给零下二十度北国的我打电话，虽然寥寥数语的问候也足见情意了。

我想，此时，我们的同龄人中也许有人正忙碌地准备年货，也许他们正在享受天伦之乐，也许现在正懒散地躺在床上看电视，而我们却在这万般寂寥中苦心冥想地码字！下午还有一位同学不解地问我："你劳心费力，何苦？"

是啊，劳心费力，何苦？窗外似有寒风掠过，暖气不热，拥了棉被傻坐着，犹如佛教徒定持，心却难以平静，诸事繁杂，唯有如此虔诚地匍匐在这朝圣的生命之路上，敬拜与修学，让自己心灵遨游在那无边的天地间，或偶尔拿了听筒与你通话，倾诉与倾听都是人的心态。只是……只是太遥远，我的眼前便现出了冬天里蔓延的荒漠、飞龙般逶迤而雄阔的长城、浑浊的黄河流凌、惊涛拍岸的长江水……在飞机上是俯视，在火车上是放眼。那么，无论谁，期待的，总是寂寥时那清脆的电话铃声！

谢了，谢谢你送予我的问候，送予我的真情。谢了。

2012.1.11

花儿三则
——给女儿

花儿

你,曾经在那个炎热的午后,赤着双臂和脚,蹲在结了满树幼果的梨树浓荫里,一双小手扶着澡盆的盆沿冲着盆里的水憨憨地笑。穿着一条我为你做的宽大的不合体的花裙,显得有些滑稽。头发湿了,水珠儿顺着发梢流了满脸满身,花裙湿淋淋地粘在身上,你光滑的身体像条泥鳅。

你就这样赤着双臂和脚,久久地蹲在伞似的浓荫里,一双小手五指张开在水中划动,如五条白嫩的连体小虫,红红的脸笑在水中,珍珠般黑亮的眸子左右寻觅着,那纯情的顾盼把盆里的水也映得清清纯纯亮亮的了。

你的手突然停住了搅动,"妈妈,花花"。你指着水中一朵雪白的花儿冲我蹦着叫着,你从没见过在水中飘动的这么美丽的花儿,美极了!你又蹲下去,呆呆地看,细细地品,一动不动,好一阵惑然……

好一阵惑然之后,你似乎懂了些,抬头看天空,天空也美,那是一片无垠的碧蓝!碧蓝的天上开着一朵好大的花儿——就是那朵漂游在高远天空里的白云吧?像妈妈带你去的广场上见到的花池里开放的小丽花,小丽花有红的粉的黄的还有白的,你最爱那些红红的,而澡盆里的这朵花儿怎么是白色的呢?

一阵清风荡过来,盆里的水被荡出一圈水波,接着又一圈,再一圈……你往水里看看,找找刚才的那张笑脸,才发现有一只绿"蝴蝶"

落在头上,你甩甩头,想把它甩下来,可它却不飞下来,你轻轻地把小手举在头顶上,捏住那只"蝴蝶"的翅膀,小心地把它捉下来,一松手它却掉在水中,一动不动。你忙去捞,当它乖乖地躺在你的掌中时,见它竟是一片树叶!你又惑然了,抬头看树,层层翠绿,幼果如虫。手儿捏了那片落叶在水中转圈,猛然间你发现刚才的那朵花儿被你搅得无影无踪。于是你眼里噙了一汪泪,可怜巴巴地望着我,手指着澡盆哭着说:"妈妈,花儿没了,碎了……"

你想抓住这个美丽的梦,无论她在天上还是在水中,那朵沉静的厚积如棉的花儿现在真的没有了!那么,你的梦也随着它的消失飞去了吗?

——飞向很高很远的碧空吗?

我为你擦去腮上的泪珠,脱下洇湿的花裙,将你那一团柔滑细嫩的小身体轻轻地放进水盆里。旋即,咯咯的笑声带着水音飞出小院,惊得窝里那只"灰道儿"扑地腾起,扇动了双翅盘旋在空中。你高兴地拍打着盆里的水,任水珠溅了满头满脸,那无忧无虑童稚的笑声和着空中的鸽哨声在小院的上空久久回荡着,回荡着……直到现在,两鬓霜雪的妈妈还常常在静寂中仿佛听到那童稚的笑声和那空中清脆的鸽哨,梦一般。

第二天,仍是个炎热的午后,和昨天一样,你又蹲在树下的澡盆边,手扶着盆沿憨憨地笑,虫儿似的五指划着盆里的水。突然,你又看见水中绽放的那朵云花儿了!绵绵的花儿浮在水中,一动不动,你清亮的眸子里闪过满足的得意,想起了什么?手从水中慢慢地抽出,静静地蹲在盆边,你不去打扰盆里的那朵花儿,——让它开放得再大一些吧。

身后传来窸窸窣窣的声音,细微而遥远,你站起来听,似在墙边。你赤着小脚躬身寻找,却是干净的一隅;再听,似在树下,你又悄悄地走去,那里正有一盆"玉树"蓬勃。失望的双眼随着那声音转动,终于让你发现了一只红色的小甲虫在吃力地攀在水泥墩壁上,它紫红的背壳上金黄色的小圆点一闪一闪，真漂亮！你把小手指吮在口中，远远地凝视着它，若有所思，你想什么呢，我的女儿？

美丽的甲虫慢慢地爬到你隐隐约约的裙影里了，你蹲下身，试着伸出小手摁住它坚硬的壳，但是每次你都失败了，小甲虫竖起了透明的双翅慢慢地飞去了，你却又得意地笑了。

就在此时你惊异地发现，澡盆里的花儿又不见了！它去了哪里？你抬头看，天空一片湛蓝，你慌乱与无措——我的花儿呢？于是你扶了盆沿冲着盆中的水大声喊："花儿，花儿，去哪了？快回来——"

1976.7.22

修改于2000.8.2

梦

你坐在干净平整铺着蓝格床单的床上沉思，腿蜷着，双手交叉抱着膝盖，呆呆地凝视窗外，天空蓝得让人心醉，嘴角泛起一丝淡淡的笑——英语过关了，不久，就要毕业了。然后欢笑、照相、惜别、泪水，给要好的同学留个什么纪念呢？买几个小笔记本，上边写"祝你……"

昨天妈妈下班时手里拿着的那本画册，是谁画的？苦思半晌终于想起来那是东山魁夷的油画，其中有一幅《静静的山林》，原始的山，层层叠叠的绿，透明清澈的月光挥洒在天地间，静谧陪伴着偌大的山林，兔儿不跳鸟儿不语，是怕惊动了这片静谧？于是，你甩甩头不去想了，你的心离开了那片山林，夜似的安静下来了。

窗外一只麻雀飞到阳台栏杆上，轻稳地蹦，从一头蹦到另一头，歪了身子瞪着圆圆的眼看你，你的心被它看得有点儿慌，脑子里闪过一个念头：变成一只麻雀也不错，想飞哪飞哪，可现在我该往哪里飞呢？

另一间屋里，传出爸爸点烟的声音，随后，刚刚消散的劣质烟味又重新弥漫了整间屋子，你听见他轻轻拉动了一下椅子，立刻搅乱了你适才的平静，心里有些烦——其实刚才在朦胧中你正准备做一个甜美的梦，被爸爸打断了。

你悄悄地走到他的身后，看见了桌上摆满了夹着小纸条的书：《文心雕龙》、《西方哲学史》、王国维、黑格尔、弗洛伊德、朱光潜……一个粗笨的水杯立在桌角，爸爸发黄的手指间夹着半截呛人的烟，雾似的缭绕着。"中西方古代美学思想比较"——这有什么好比的？中西方原本就离得很远，而且还是古代，你很莫名天下的学问无处不在，美也是一种学问么？还是回到刚才的梦中去吧，做个好梦让自己有个好心情。

……鼻息均匀，真的做了个好梦，我见你的嘴角翘着，嘻嘻地笑，是你回到小时候常常玩耍的小院，找到了旧时的玩伴？还是班主任提名让你当英语课代表，因为你英语对话十分流畅，如果以后考个"北外"或是"二外"那有多好！梦想变成了现实，该是多么喜之不尽呢？我坐在床边看着你，不打搅你的梦吧，让你在即将踏上人生道路的初始，拥有一个美丽的梦，一个宁静淡然的心态，以后有个平安的人生，这是妈妈对你最大的愿望。

丁香树的浓香飘散在你的周遭，你揉着惺忪的眼坐起来，突然想起了什么，急忙跑出家门。眼前是匆匆的行人和忙忙疾驶的车，你不知道他们这么匆忙要去哪里？归来还是远行？红灯亮了，顿时人和车都安静下来，你四周看看，身边居然站着许多人，他们都如你一样地等待着。你静下心来细看时，却看到街上无处不有的"争"字在飘摆……

七月流火，天太热了。

1988.7.2

修改于2000.8.2

成熟

蒸发了花蕊间闪亮的朝露，淹没了坐在澡盆里拍水的嬉闹，惊醒了果树下稚嫩的童语，飘散了吊在铁环上咯咯的笑声……

你和我对坐，严肃地讨论一个严肃的命题：成熟。

——你说你长大了，是个纯粹的大人了；你说你如今懂得生活懂得爱和恨了；你说你可以不要任何人的启发与引导学会独立思考了；你说你能在这多彩的世界里做到左右逢源了……

而我，只是微微地摇了摇头。

这个动作却被你发现了，我奇怪你为什么会如此愤怒地冲我大喊："难道我还没有成熟吗？人们都说我成熟了，就你不看好我，——难道我真的没有成熟吗？"

成熟——成了？熟了？

写字台上的玻璃板下压着一张摄影《月伴小溪》，宁静的黑蓝色的苍穹，明月千里。它淡雅而纯洁的清辉无声地笼罩着远处朦胧起伏的山林，一切都在静谧中，静得有些神秘，静得能让人看到自然界的空灵，你说你感到冷。

那轮明月虽然高远，但我却感受到了她的温暖和柔顺，看到了大地、山峦和森林，在月光的照耀中安静地熟睡着；她亲吻着小溪里的每一滴水，溪水就变得更加明澈了；小溪依偎在月光的怀抱里汩汩地缠绕着镜泊湖的湖石静静地流，一闪一闪，那是千万年来天地造化而成的银色项链，珍珠般相连着，它美丽而从容地在石缝间潺潺，这是月光和小溪对这世间的最热烈诚挚的爱。就这样，它们互相依偎，终年不断地依偎着，溪水从远古流到今天，还将从今天流到永远，世世代代地流下去！它们无声的对晤——就这样，一动一静，在明暗交替中时隐时现，它们何时才算成熟呢？或许，它们早已成熟了？

我在想，其实成熟本没有多少神秘和诱人，它是自然形成的，它是经历了一生的挫折和磨难后的无奈，它是在无人处饮泣过后对你露出的一丝苦涩的笑，它是仰对残月沉思良久的一声叹息，它是……所以我一直以为：成熟，并不美丽。

儿时曾和堂兄坐在一棵缀满鲜桃的桃树下玩耍，我抬头看见在树叶的掩蔽下颗颗粉红诱人的桃子，口水便蓄在嘴里，心想着桃子的美味——它一定熟了。"哥哥，你给我摘个桃子吧？"我央求他。

"不能摘，它还没熟"。哥手指着树上的桃儿对我说。

"明明熟了，看！它们全红了，还说没熟，不给摘就算了，我不吃了。"我边说边生气地扭过身去。

哥哥不再说什么，他站起来从树上使劲儿拽下一个桃子，手指夹着递给了我。

我拿着桃子看了很久，它半边红半边青，硬硬的，我怎么也不相信这么诱人的桃儿会没熟，看它那粉红的半边一定熟了！只要咬开一点点皮，那甘甜的桃汁肯定会流出来。我拿着它扬手冲着堂兄得意地笑了。

而当我一口咬下去的那一刻，满心的得意和梦想中的甘甜顿然消失——怎么会这样呢？粉红的桃皮里面竟然是青青的涩！我茫然地抬头看哥，他也盯着我，淡淡地说了一句："你不懂，这样——它根本没熟，这是假熟。"

从此我晓得了桃子有"真熟"和"假熟"的区别。几十年过去了，每当我碰到"成熟"这个词时，就会想起幼年时的那个诱人的粉红。当然，熟与没熟不只限于桃子。

……

镜泊湖里的月光清清，天宇无垠，夜空在安然地沉睡着，只有小溪在月光的陪伴下轻快地爬上湖石又悄然地滑下，惟恐吵醒湖岸上草丛里的秋虫。我想,如果我能像这月光这小溪,安然又悄然地度过一生,不为金钱不为名利操劳、奔波,淡然曾经的过往,不去回顾世间的烦扰,那么才可以勉强地说,我算是"成熟"了吧?

于是我想,成熟是随着岁月的增长而自然形成的。

于是我又想,不到成熟的时候千万别自以为已经成熟。

2007.7

女儿的电话

民乐《喜洋洋》热热闹闹地回荡在车厢，视野里窗外大片农田绿油油的齐整。我乘坐的列车出站后由慢到快，现在已经在飞驰了。呼啸的风掠着道旁的白杨，车厢里刚才还嘈杂的人声现在渐渐归于平静。

似乎有雨丝飘洒，小手一样拍打着玻璃，我有点儿迷乱。夕阳淡霭将绵延的远山照得明澈，山脚下的归羊清晰可数，怎么会下雨呢？我坐在微微摇动的暮色中，呆看着自己的剪影在干净无尘的隔板上晃动，心中就伴随了少许的恍惚，列车行进在一座长长的桥上，桥下河水粼粼，波光闪闪——这是哪里的山水？列车竟不知要把我的灵魂带到何方去了。

突然，一支轻快的钢琴曲从空中传来，仿佛是在暗夜里行进的一队军旅，整齐而悄然，愈走愈近。不知什么原因，在我的身边停下……片刻，许是"稍息"吧，队伍毅然行进——那嚓嚓的脚步声足以显示出一种军威，一种守卫国土的尊严！我沉浸在这威武的进行曲中。晚照西沉，眼前的所有在不觉中披上了新夜的轻纱。琴声敲击着我的心，茫然中我慌慌地寻找，只见靠窗的小床上有一方蓝光在闪烁，那光极美，宝石一般——那是我的手机在响，忙拿过来，这手机是在我长行前女儿送给我的。听那曲，像是理查德·克莱德曼的《向黑夜出发》。在这寂静的夜晚，进行曲的旋律吸引着我，我急忙摁了接听键,"妈,妈,是我。"

这是遥远的呼唤还是近在咫尺的亲昵?我有些迷茫。

听到这声声从远方传来的轻唤,我的眼睛有些湿润。想起一小时前我被拥挤的人群簇拥得不由自主地进站,几次驻足找她扬起的手,铁栅外的女儿踮着脚尖,眼中又露出她儿时盼我早归的眼神。那时我常常把她一个人锁在冰冷的家中,自己奔波于单位和医院之间,作为母亲,面对无奈我每每心痛。女儿清脆的喊声把我带回到她的身边,电话那端传来她的问候和关心,自然也不乏闲聊,我有些感动。飞驰的列车虽然把我们隔得越来越远,但是那看不见的电波却将女儿的声音拉得很近,仿佛她就站在我眼前。我从来没有过的满足和幸福此刻就这样嵌入我的生命之中。我想,这就是距离吗?距离也意味着分别后的思念与牵挂,走得越远,思念就越深。

有时我还想,生活中的强者未见得是真正的强者,灵魂里的脆弱岂能了然?所谓"强",那是一种无奈,不得不强——没有任何依靠,又羞于让人怜悯,那就只有寻找——寻找一种精神支撑我羸弱的身体;经得起磨难,定是有一股动力在推着我前行。于是,那无数次的磨难,是守候是面对?只能不无沉重地说,"这没什么!"——因为我有书籍,那是我生命中的第一个精神支柱;另一个给我无限安慰的总是我的女儿。常常坐在小屋窗前,呆看着路旁灯下的树影婆娑,心中挂念的依然是我的女儿,她是我的天使。但,不知为什么,在面对她的时候,我反而显得无比淡然。——这是否在证明,妈妈是坚强的?

我不止一次地自问:妈妈是坚强的吗?

……

天空被夜的轻纱笼罩了,远处隐约有村落的灯光点点,列车周边铺着大片辽阔的草地,草地上游动着一汪一汪光亮的水滩。《向黑夜出发》的琴声,轻快的旋律仿佛依然回荡在前行的列车中,那方闪着蓝光的屏幕早已暗淡，我依然紧握着手机。夜静了，静夜中我盼望那宝石似的蓝光再次闪烁起来，在我的漫漫长旅中，陪着我，在我的生命之旅中不断地闪烁，长久地伴随着我……

2006.7.22
修改于2011.7.22

必然

> 理性世界应被看做是一个伟大而不朽的存在。
>
> ——歌德

一

读老友班斓所赠他写的《偶然集》,从心底为他高兴:真心为他那一次又一次的偶然而庆幸而祝福。

我愚笨,因为我搞不清偶然的本质,在漫长或短暂的生命旅途中,我常有意无意地背弃了"偶然":

我坐在书桌前,抽出那本旧损的《现代汉语词典》,还没来得及翻,突然没电了,周遭一片漆黑。站起身走到窗前,往日耀眼的路灯和高高地闪烁在"××宾馆"楼顶上的霓虹灯也熄灭了,这一定是什么地方有了毛病,出了故障。我在黑暗中点燃了一支蜡烛,烛光照着我的身影在窗帘上跳跃,我有些茫然,寂静与暗影包围着我。此情此景,仿佛重现旧时的日子——暗影、寂静与茫然?无边无际……

书页被我翻得哗哗响,我常这么翻书,我喜欢听那声音如山涧流溪,音乐一般。突然,它戛然而止,流溪碰到什么了?一片梨树叶险些从书中滑落出来,我小心地捧着它,它早已被书页压得平整干枯了,但叶脉依然清晰。这片十几年前的生命曾经充满了活力，在枝桠间繁华，在天地间婆娑，朝气蓬勃地释放着它青春的激情，在清明的月光下尽情地做着它的"仲夏夜之梦"……如今它被夹在这本词典中是偶然还是必然？我借着渐渐明亮起来的烛光看见，第59页。

二

有时我想，也许偶然与必然就是一回事，无需为了统一而去刻意辩证。开始是愕然，继而是哑然：第59页的第二条，"必"——必然——必然性——必然王国……我被这些词绕在其中了，我常常这样被一些词绕住，缚茧般地自缠，犯起了嘀咕。词典上标明的是"哲学上是指……"哲学是干什么的？一个词还要从"哲学上去指"，那么文学、史学、生物学、乃至伦理学、宗教……的是指什么呢？——有时候，偶然间，我就这么犯傻。

三

学生时代，一次偶然，我发现了那里。在此之前我只知道大学里有图书馆，那可是让人向往的地方，有一隅静静的角落供我读书。这次的偶然发现让我欣喜若狂——阳光从窗缝里挤进来，被风吹动的淡绿色窗帘，坐在这里就像置身于幽静的森林里。静静地翻动书报时飘过来的墨香是我要吸吮的生命的乳汁！

从小学到中学，衣兜里只有一本《普希金童话诗》温暖着我。普希金，这个伟大的名字是我精神世界里的唯一崇拜，少不更事的我只晓得欣赏诗人那些忧郁和充满激情的诗句，常常沉醉其中不能自拔。听，他这样赞美大海：

再见吧，大海！你壮观的美色

将永远不会被我遗忘；

我将久久地，久久地听着

你在黄昏时分的轰响。

心里充满了你，我将要把

你的山岩，你的海湾，

你的光和影，你的浪花的喋喋，

带到森林，带到寂静的荒原。

　　多美的诗句啊！我几乎被他那水晶般透明洁丽，春花般芬芳多情的诗句所陶醉！在那年的岁末，冬日的寒冷中，我在这里认识了雪莱、莎士比亚、罗曼·罗兰、莫泊桑、巴尔扎克、小仲马……还让我知道了我们中国的曹雪芹、大小李杜、竹林七贤……还有名画和交响诗……

　　这里真是一个书的海洋！一个自以为知道普希金就知道天下所有诗人的自傲的我，一个孤陋寡闻少见多怪的我，那一刻，羞惭了，我为我的无知与浅薄而羞惭：在此之前我总觉得中国有唐诗三百首已经够多的了，如今我却见书橱里的一套《全唐诗》居然有诗四万多首！隔着那几扇上了锁的书橱玻璃门看里面摆放的整洁的名著，我激动的心几乎要跳出来，久久地呆站在那里不肯离去。于是我眼泪汪汪地央求那位图书管理员，求她为我办一张借书证，我终日跟着她，叫她"大姨"。

　　"大姨"被感动了，最终她为我搞到了借书证，而且视我为亲人，每天给我预留一个座位看着我读书。我自然感激不尽，替她打扫卫生，她常常夺过我手里的扫帚，"快看书去吧，不用你帮忙，这是必然的。"我不晓得她说的这个"必然"是指什么，总之我被她推到了座位上，徜徉在书海中。现在想起当初的喜悦依然激动不已——我曾经流荡于特洛伊古战场的沙尘之中，曾经与简·爱在密林里邂逅，曾经听见"为奴隶的母亲"伤心地哭泣，曾经看到黛玉焚稿时那一炉控诉的灰烬……那些日子，我几乎每天都在懵懂中聆听着大师们的讲诉与教诲。

那年春节的前一天，我和"大姨"一起走出那个阅览室的门，走进了一个夜幕沉沉的寒冷中，风刮得我一阵抖瑟，她为我把围巾围在头上，手揽着我的肩，我深情地叫了声"大姨"，她又笑着说："叫啥呢，这是必然的。"

四

世事难料。就在我与大姨都视对方为亲人的日子里，第二年的夏天，"文革"开始了。我怎么也不会料到，我那精神世界里的一方净土，我寄予无限希望的图书阅览室会在一夜之中遭到毁灭。

七月流火，流的火仿佛要把这世间的一切烧得扭曲。我听到消息后立刻飞跑过去，远远地看见在阅览室外的墙上挂着几条长长的大幅标语："砸烂封资修！""揪出包钢图书馆内一小撮走资本主义道路的当权派！"几辆解放牌卡车上晃动着戴着袖章的身影。"大姨"抱着一个用绳子捆好的书包指挥着人们往车上扔书，她披散着头发，涨红着脸歇斯底里地吼着。我听不清她在说些什么，也不知道她今天扮演着一个什么角色，但从心底涌上来阵阵不祥。墙角里点起了一堆火，火苗往上窜着，把那楼房熏成黑色。大姨从阅览室里又抱出一些书来，一本一本地扔向火堆。我惊呆了，她怎么可以这样烧书呢？她是那么爱惜书啊。一本我从没见过的《元散曲……》滚在我脚下，书皮被撕掉了一多半，我曾经向往的难以借出的书眼下被奔跑的人们踩来踩去，我刚要把它捡起来，"大姨"汗流满面地跑来，"是你呀丫头？快走吧，以后别来了——书没了，全烧啦。"

"那也别烧呀大姨，那是书呀大姨！"

"书咋了？烧的就是书！这些都是封资修！'文化革命'，啥叫文化？文化就是书，书是必然要烧的！书的命是必然要革的！这就是文化革命！走吧走吧……！"

"书是必然要烧的，书的命是必然要革的"。我呆呆地站在烈日下，不知所措。我不知道今天"大姨"得了什么病，她怎么能在一夜之间变得如此不可理喻？是些什么人胆敢那样肆无忌惮地闯进阅览室，砸碎书橱的玻璃门，把那么好的书烧掉？我自然没有什么办法，只能眼睁睁地看着那好几辆汽车载着满车的书绝尘而去。

至今我有时依然困惑，为什么有些人在那个特定时期会变得那样群体性的盲从？群体性的思维倾斜？群体性的虚伪与凶狠？

此后，我再也没见过那位"大姨"，当然书也读不上了，所见的只有《毛选》和《毛主席诗词》。好在后来为了批判大毒草《红楼梦》，我总算买到了这本名著——权且作为批判之用吧。

五

"天翻地覆慨而慷"的十年"文革"终于在那场翻天覆地的唐山大地震后结束了。一个城市瞬间消失在苍茫的黑暗中，而一个承负着巨大使命的新班子在那年秋天赫然屹立在阳光充裕的天地间！

此时突然发现，我已人到中年。

深夜，万籁俱静。我和丈夫分别坐在一张炕桌的两侧，借来的复习资料如小山般堆在炕上——我们想考试，向往能够考上我们心中的那个知识的殿堂。

表面上平静而内心在较劲的局面对于我们是真正地久违了。我从来就不觉得考试是件紧张的事，考得好与不好都很正常，就像我们在黄昏的秋草里捉的那只小蟋蟀：也许它被捉住了，被捉住就会陷入一个桎梏之中，从此衣食无忧；也许没有被捉住，没有被捉住从此就自由了，但为了生存得再次拼搏。对于我，当然想被捉住，想借此改变生活境况，想从此衣食无忧。理想与现实永远不会统一，所以我有些随意。丈夫却不然,他说他是个"男人",男人是没有选择的。

厨房里,没有洗涮的碗筷胡乱地泡在水盆里。

"曹,你有多大考取的把握?"他推了推眼镜,目光依然在书上。

"我……底子太薄……说不准。"心虚就嗫嚅,自卑吗?没信心吗?都有些。

"我跟你说,我这专业哪怕导师只取一人,那也必然是我!"他的声音不大,却如重锤般敲打着我的心。他始终不抬头,头发稀疏地耷拉在额前,一毛二的烟夹在指间,小屋里弥漫着呛人的劣质烟味儿。我愣愣地看着他,想,这十几年的荒芜,是什么让他如此自信?这种力量来自哪里?

我无语,整个人混沌着迷蒙着下意识地收拾起那些书……

……岁月蹉跎,如今想起这些,不免感慨。纵然沧桑巨变,但在生活中,想得到的未必能得到,逝去的是必然要逝去——这算是我对生活的启悟吧。

话虽如此,然而当初我还是陷入了深深的懊悔与自责中,丈夫的那个"必然"长久地刺伤着我:那是个阴影,它将我缚在其中而不能自拔,曾经历过"冷冷清清、凄凄惨惨戚戚、最难将息……"的日子。不怨旁人,是自己的懒惰与自卑,上帝真的给我机会了,而我却连试都不敢去试,这就是性格?我的命运就是由这性格决定的?果真这样,那么我当自省。

六

那天,我在灿灿的夕阳晚照中与我的老师邂逅于宽阔的广场上。

"文革"磨难、岁月留痕,然而老师却不见老,精神矍铄。"你还胃疼么?"他一手扶着一棵大树一手习惯性地扶着眼镜这样问我。

几年了?老师竟然记得我胃疼,这让我感动,泪水充在眼里。他并不知道我当时的境遇，或许他还以为"文革"结束，我的生活会轻松，其实不然——我已经五年奔波在医院、单位和家庭之间了。我摇摇头。

"写不写？"他看出了我的眼泪，岔开话题。

"不了，没意思。"我说。

"不对！要写的，一定要写，但别写日记。"老师这已经是第三次说这话了，他不让我写日记，是缘于日记曾经让他"触及了灵魂"。他一阵沉默，看着我，"生活会平静下来的，会好的，这是必然的……曹桂英，佛家说，'慈悲无我，大雄无畏'，不要以为软弱就是善良，要知道，那是一种境界。"

在老师面前我永远是个孩子，虽然那时我已经有三个小孩。当初在他教授我知识的时候，我认真地听了，而现在他教授我这些生命的真谛，我却在懵懂。"会好的，不要怀疑，必然会好的。"我和老师分别时，他又这样说。

一阵轻风吹过，灼热顿然消失，看着老师走去的背影，我感到自己身轻如叶，竟然有跑起来的冲动。这次谈话后，我似乎明白了一些道理，心情也不那么沮丧和不安——感谢老师，感谢生活，感谢逆境。

后来，老师走了，去了他一心迷恋的海边，我的生活仍在逆境中继续着，无边无际地继续着……

那么到底什么是"必然"？我依然没说清，其实我就说不清，"必然……哲学上是指……"，也许只能从哲学上讲，而哲学家必定是少数。生活中的"必然"几乎充斥着人的一生，那是一条人人必走的生命轨迹吧？不能观望，不能选择。譬如，我那个"大姨"，我的老师，还有我的亲人与我的许多朋友们。所谓"命运"，兴许就是生命的轨迹？得意与失意，或是在两者之间，或是在不停地转换着境遇，那也许就是"必然"的。

2004.3.1

赵氏兄弟

一

我与赵氏兄弟交往了几十年，常称他们为"两位老兄"，事实上应当是三位：他们明显是个诗礼之家：兄弟三个分别取名为仁、义、礼，因其中的义我从未见过，就只称"两位老兄"了。

我和礼最初相识是在那个非常岁月——文革"最深入、战果最辉煌"的年代。

虽是四月，可一连几天黄沙蔽日，天空总是灰蒙蒙的。那天，我焦急地站在被"红小兵"无端铲坏露出青砖的台阶上等一个陌生人，捎话的人只说"赵老师"让我在这个时间这个地点等他，说有事麻烦我。其实我跟这个赵老师也才认识不久，不禁心想：这种特殊时期何必认识那么多人呢？但他说有事要"麻烦"我，什么事？风在周遭盘旋，睁不开眼，我无头绪地揣度着，心中颇不平静。远看校门口那两行高大笔直的杨树隐隐现出嫩绿——春到了？我仍在困惑，人们盼望的春天在哪里？

校园里静得近乎无人，想起昨天还有几个学生找到我，"曹老师，给我们悄悄上一堂算术课吧，我们不让人知道。"这些小孩儿说这话时那一双双渴望知识的眼神至今我都难忘，但就是这么一个极正常的要求我也不敢答应。从西边教室里流泻出懒散而稚嫩的背诵声杂乱无序：

"阶级斗争，一些阶级胜利了，一些阶级消灭了，这就是历史，这就是几千年的文明史……"

我呆呆地等在漫天黄沙的春风里，无所适从。墙上大大的"斗争"二字扰得我心绪不宁。前夜偷读《红楼梦》时就心存疑虑：你说大观园里那么多丫鬟们服侍主子，自家都是低眉的奴才，可干嘛还要乌眼鸡似的相斗呢？

"老师，您，您是曹老师吗？"一个十二三岁的男孩不知什么时候气喘吁吁地站在我面前，眼神里现出少见的真诚。"是，"我说。他把手伸进他满是沾了黄土、破了膝盖的裤兜里，四下张望了一会儿。良久，从兜里掏出一张皱巴巴的纸条，压低声音说："老师，我见过您。赵老师让我把这个交给您，他说让您务必马上去办，明天这会儿我来找您，就在这儿。"说完，他对我行了个队礼，慌慌地跑了。

很有些地下党接头的味道。他说的赵老师就是"礼"，——其实我和他认识不久，是在一次教育系统召开的批判"内蒙最大的走资派"大会上。那天，会场的墙上挂满了批判乌兰夫的漫画，那漫画画得未免有些太歪曲了……我正看着，他向我走来，"我画的，怎么样？"他问。

"你？画的？"我很不愿意理他，不知怎么的，心中有些鄙视他。

他点点头。

"不怎么样，你以为随意歪曲就是漫画吗？"

说心里话，那时有一度我总是气不顺，就这样顶了他。

显然他没想到我会如此不顾情面地顶撞他，一时有点儿尴尬。少顷，他长长出了口气，小声对我说："你不知道，没办法，就这样歪曲他们还要批我，也许过几天我也会进去……"

听他这话，我有些后悔，当时"进去"的都是些在教学上有能力有资质的老师，对这些人我是敬佩的，我常想，这些人都"进去了"，谁来教书呢？但反过来再想，眼下教书是不用资质的，只要会领着学生背语录就行，心里便释然了。

"如果我进去了，必要时能不能麻烦你？我看得出来你是善良的。"他说。

"什么事要我办？我能办什么？"

"没准儿。"

我想他是早就做好了"进去"的准备了，但为什么有麻烦事要选中我？是他看出我善良吗？素昧平生啊，为什么？而现在不能想这些了，那张皱巴的纸在我手里攥得有些发潮，形势逼得我不能不为他办事，那么就办吧，大不了也做好"进去"的心理准备罢了。

我打开他给我写的那张纸条："曹老师，我于上周进了'牛棚'，自由受限，今有一事劳烦：与我同室的张××老师之妻带两个月婴儿也被押入'牛棚'，孩子现在患肺炎。请你立即去找医学院×××老师，务必请他搞些红霉素，快！迟了怕孩子生命难保！"信的右下角是一个潦草的繁体"礼"字。

做梦也没想到我为他办的是这样一件人命关天的大事！别的事可以犹豫，这件事怎么可以犹豫呢？虽说我与张老师和他妻子都不认识，但那个刚刚两个月无辜的生命呢？我的心里泛起了一阵难以抑制的疼痛。

不知为什么，那些日子每天狂风大作，刮得通向学校的小路上一层厚厚的煤灰，真的是昏天黑地……

第二天，我仍旧迎着风站在那个破得露出青砖的台阶上，手里攥着一小袋"红霉素"，那是十几颗救命的药啊。风声呜咽，耳边却总是听到婴儿的啼哭声。我焦急地等待着那个学生，时间是难熬的，静静的校园里学生们正在上课，不时有如昨日那稚嫩的背诵声在空中飘荡。心急如焚，我长久地凝望着黄风中那条迷蒙的路——那是一条生命复活的通道！

焦虑和等待让我怪怨起昨天的那个学生，有几次我故意低下头不去看那条充满希望的路，也许是我太着急了？就在我的心渐渐平静下来时，他站在了我的眼前，默默地。

我把那袋红霉素递给他，满以为他会拿了药袋后立刻转身跑开，可他依然默默地低着头，我预感到事情不妙，"怎么啦？"似乎是明知故问，何须问呢？他低着头的样子已经告诉我那婴儿的命运了。但，我还是忍不住脱口而出："死啦？"

"死了，昨天夜里死的。赵老师说让你把药保存好，也许以后有用，'棚'里的老师都感谢你……"

不知他什么时候离去的，我像木雕似的站在台阶上，风还在肆虐，天空越发昏黄，仿佛沉夜。沉夜里回旋着婴儿刺耳的哭声，那时我也初为人母，知道什么是母子连心，对于母亲，有什么比失去自己的儿子更让她痛心的？这叫什么事儿？我与"礼"相识不久就发生了这种闹心的事，无端地让我受这心理折磨，世上哪种友谊的初始是如此撕心裂肺般残酷？手里的药袋不知怎么被我攥破了，洒在地上几粒，忙蹲下捡起。我决计今后远离他，"这个瘟神！"我在心里这样骂他。

大约一个月以后，我在上班路上的一个树林里见到了"礼"。那树林不大，可小树茂密，也幽静。那天，他像是在那里练拳，我是不懂那些套路的，但我知道他的招式挺正规。见是我，他停下来走近，"上课去？"他问我，我点头。默默地站着，相对无言，谁也不去碰触刚刚过去的灾难，"这课上得有什么意思？"

是啊，这课上得有什么意思？学生每天六个小时在校时间里能学到什么知识？就连基础的语文算术都学不到！尽管是由于形势所迫，然而心中不免有些惭愧——误人子弟的愧疚。我和他虽有同感，可我们谁又能扭转乾坤呢？清晨温暖的阳光下，初夏柔和的风像只小手似的抚着树上的嫩叶。他抬头看了一会儿天，莫名地说了一句："不刮风了。"我也莫名地"嗯"了一声，本想说些什么，无奈找不到话题。我和他就那样久久地沉默着，深知那些心痛的话题一定会让我们更加心痛。"我要调走了。"他突然冒出这么一句。

我有点儿茫然,似乎没听懂他的话,呆呆地看他,"我要调走了。"他又说。这次我明白了,"为什么?"我问。顷刻间他的脸上现出一丝苦笑,是那种苦苦的笑。

"为什么?不知道我们怎么了,你、我,还有那么多人,才二十几岁啊!误人子弟!……我不想在这里待下去了,有人说我这是逃避,那就算吧。我昨天就要找你,告诉你我要走的事,今天说也不晚——过几天我就要离开包头了。"他靠着一棵粗大的杨树,像在自语,突然他抬起头,"听说又要挖'内人党'了,你要小心啊。"

这事我也听说了,心想反正我不是,我斜眼看他,他似乎看出了我的想法,"你别不信,据可靠消息说,有人在不知道的情况下就加入了——爷爷是,爸爸也是,孙子也是,所以我得走。啊,还有,我有个大哥,人不错,我已经跟他说了,我走后他会去找你的,你有什么事就跟他说,你是好人,他也是……"

这都怎么啦?好端端的见面,却搞得这么神秘,我有些心烦,"我不管,什么内人党?我不是!如果有人说我是,那么,说我的那人就是我的入'党'介绍人,既然人人都胡说,那么我也胡说!死猪不怕开水烫!"

他突然哈哈大笑起来,"我还以为你不会发怒呢,原来温柔的人发起怒来像头猪。"

我余愠未消,气呼呼地看着他笑。一会儿,他又严肃起来,"真的,现在人们为了自保,什么恶心事不要良心的事都会做出来,你一定小心啊。"他的这几句话猛地让我想起故乡的兄长,小时候他总是在我走向弯曲的山路时,把手捂在嘴边冲我喊:"你一定小心啊——看着脚下,小心啊!"心里便生出由衷的亲切来,"你去吧,去得远远的,我会小心的。"我说。

隐隐听到上课的铃声，我走开了，回头见他依然站在树下目送我，心里暖暖的。走到拐弯处，突然想起还没问他调到哪里，再回头看时，他已经不在那里了，这便是他给我留下的遗憾。

那以后我再没有见过礼，谁都不知道他调到什么地方，可我知道他原本是热爱教育事业的，离开这里是一种选择，抑或是一次新生？我想无论他走到哪里，定会眷恋着这方生养过他的土地。

二

后来几年里，我一直没见过他说的"大哥"，开始我还等待着大哥的出现，渐渐这种等待就成了一种希望。当然，希望是虚幻的。有时我想这是因为我太实诚，总把别人的话当真。自然，在后来的浑噩无聊中，我早已将这事忘却。

偶然，我与大哥认识了。那天，他站在我面前，笑容可掬地看我，因当时我正在工作，也就不以为然，但当我结束工作后，他依然静静地原地站着。心想，这人我不认识，可又似曾相识。我低下头，搜肠刮肚地想我过往见过面的人，"你姓曹？"

我愕然点头，"您是……？"

"我姓赵。"他把右手里的字帖放在左腋下，伸出手与我相握，这时我猛地想起当年"礼"说过的话，恍然大悟，"啊！赵大哥，您是赵大哥！"他面露笑容，点点头。

那天我们谈了很久，他说"礼"临走时特意提到我，让他没事多关照我，遗憾的是，他总"有事"：被诬陷被批斗被关押……几年没有自由，"现在好了，都过去了，今后不会那样了。"他说。

赵大哥是兄长，名中又有一"仁"字，在此后的交往中，我便称他为"仁兄"。

我与赵氏兄弟交谊几十年,他们一文一武,仁研文,礼习武。从大哥那里我得到了礼的消息:离开包头他举家迁到长江边,一直未断对武术的喜爱,习武至今,且带出大批弟子。而那秀才似的大哥,从得到"自由"之后,依然不忘老父教诲,整理出他搁置了近十年的文房四宝,闭门谢客苦练书法,没出几年,就练成了一个书法家,字"古鼎"。

古鼎的名字叫开以后,人们渐渐把他的本名忘记,大多尊称"古鼎先生",也有人叫他"赵老师",而我,还是习惯地叫他"仁兄"。

这古鼎仁兄好生了得,几年工夫,不声不响地便在包头和内蒙古书法界名声大震,乃至走向全国。那年春天,大约是千禧年的春天吧?乍暖还寒天气,他来找我,我以为他又要与我探讨古诗词。在这之前,他一度迷恋古典诗词,他对我说:"写字不懂古诗词不行。"我不懂书法,更不懂颜、柳、赵、欧和苏、黄、米、蔡,但他懂——他不仅懂书法,还懂诗词。我喜欢他的行草,像那幅李煜的《乌夜啼》。我从小就听人们说"白纸黑字"这句话,可这幅字却是黑纸白字——我知道那是刻在碑上又拓下来的,不必再去透过这首词去想当年这位南唐后主那"独上西楼"的无言与寂寞,只是看这幅沉沉的深院(黑纸)将清秋紧锁,心绪不宁的离愁便跃然纸上(白字),他那时的行草就如他所爱的宋词一般,说不上婉约与豪放,也许兼而有之⋯⋯

他与我相对而坐,半晌无语,"大哥,有事儿?"他笑笑摇头,"没事,有点事儿。"我不晓得他那天为什么如此吞吐艰难,他从来不这样的。

"说。"我看着他说。

"我想筹备个——书展。"费了好大劲他才说出了这句话,似乎有些羞涩。我惊喜不已,"早该办啦,支持大哥。"

那年深冬,在温暖如春的展厅里我见到了他和他的字,那真是金碧、华灯、墨香,书廊长卷,竹兰同情,练达文章。那天我居然斗胆写了一首词祝贺他的书展成功。

　　谁知他从这次后，竟一发不可收拾。为此，我刮目相看：仁兄该有多大的胆识和魄力啊！2003年5月，没想到他竟在孔子故里曲阜举办了二次书展！孔子，那可是中国的文人鼻祖啊，而他却内有定力地敢在圣人门前舞文弄墨！他用心血写就的64米长卷隶书《论语》，儒雅而端庄。我想，孔子的教诲正是他做人的标尺，这次曲阜书展是仁兄书法生涯的再次飞跃！2004年冬，他又与人合展，那幅长达二十米的《道德经》就足以吸人眼球了，真不知这位老兄在患眼疾的日月里以多大毅力完成了这幅巨制？几年时间，仁兄的字漂洋过海，收藏、出版、刻拓……相对于他，我自觉惭愧。他先后出的两本书法作品我至今珍存。有时我想，仁兄已年逾古稀，就这样练字解闷吧，谁知2010年他又出一本《书法选》，这本装帧既简单又精美、干净利索的书法选，再次征服了我。因为对仁兄来说，这又是一次超越！给我的感觉那是一册潇洒出群、长袖善舞、自由来去的艺术华章：行草更加完美，隶书更加端庄。因之，我在一篇《健笔凌云》的文章中这样说："一种惊异，一种震撼，惊异于他对书法艺术独特的思维模式，震撼于他对书法创作的坚持不懈……"

　　我一直想与仁兄聊聊"艺术追求"的话题，但从未如愿。在这本选集中，李野先生所作的前言里，我见到了"写字自由人"几个字，也许这是他对书法艺术的追求？那是一种抛开所有世俗眼光、天马行空的追求吧？仁兄真是拿捏得准啊——自由，当是人类的终极祈望！

　　自由，也是他弟弟的人生祈望。

　　还说什么呢？我只用"祝愿健康"这句话来祝福我的这两位兄长吧。

2011.10.11

健笔凌云
——读赵守仁书法选

近得古鼎先生赵守仁的《书法选》，我读了一遍又一遍，爱不释手。

古来就有"书画同源"之说，我虽不懂书画，更不懂书画艺术，可我知道书画应是欣赏的，说"读"，未免有些矫情。只是平日喜好读书，凡是装订成册的一概作为书去读，好揣摩其中的深意。书读了几十年，如今想想，皆是徒劳，真正用心去读的书却寥寥可数。而古鼎先生的《书法选》，一改我往日的读书心态继而"读"得有些心痴了。

对古鼎先生的书法作品，我"读"过不少，每每面对着那一幅幅通神之笔势，崇敬之情便油然而生。这本《书法选》我之所以正心诚意地字字"读"下去并沉湎其中，那是出于一种惊异一种震撼：惊异于他对书法艺术独特的思维模式，震撼于他对书法创作的坚韧不懈。他借用古人书法的艺术风格进行了自我理性的再创造，那是韩愈曾推崇的"物象—情感—书法"的创作理念。它赋予一个个汉字以人的灵性人的情感，如一篇优美的散文那样用"情"去征服读者。古鼎先生崇尚佛教，但又从对事物的外在模拟和形似的概括把握上升为"气韵生动"的艺术真实，从"有我之境"达到"无我之境"的艺术审美高度。譬如开篇的"佛"字：通体大红，佛居其中，笔锋浑厚，势态雄强，中无一隙空间,使人顿然妙悟,犹如置身于尘嚣之外的那种恬静淡然、平和明丽的太平境界。右上方的一枚小佛像,目光宁远。"她"看到书家未将"佛"视为实用主义的给予者而是诚心诚意的向佛之心。他写的《大悲咒》、《心经》,字字透视着佛理佛法的大慈大悲的谦和与海纳百川的仁爱。

古鼎先生的诸多行草,比如刘禹锡的《陋室铭》、范仲淹的《岳阳楼记》、黄庭坚的《春归何处》、苏轼的《赤壁怀古》等等,这些字让人看后简直想象不出规范的行书和狂慧的草书之间的对立,他将它们自然地糅合在一起,潇洒出群,如长袖善舞之神女,若玄圃积玉之华章。

"静谧的夜具有母亲的美丽"(泰戈尔语),野花的芳香,闪光的流水,生命在此勃发。我们从那轮悬于中天的月光中可看到"桃李无言,下自成蹊"的清明,可体悟到"含烟带玉碧于蓝"的迷蒙。这两幅团扇让我不由地想到日本著名画家东山魁夷的油画《月出》,也是这样静谧的夜,也是一轮皎月悬于中天,月光是奇异而神秘的,面对如此诗情画意的书法作品,你能不心旌荡漾么?在这里可以看出古鼎先生多年来积淀的对书法美学的探索。

古鼎先生多年磨砺多年操守,守着什么?守着信念。我知道他身体有时也"不太舒服",且兼患眼疾,然而他始终恪守着自我的理想,并为之不懈执著,将这些信念与理想渗透到他的凌云健笔之中。尤其他的三卷扛鼎之作,即隶书《论语》(64×2米)、楷书《道德经》(20×2米)、篆书《孙子兵法》(80×50公分),加之我长久寻觅的《胡笳十八拍》,真正激发了他的创作热情。穿越千百年来的民族文明史,我们有我们独有的圣贤和独有的经典。这些经典为世代中国人奠定了最朴素的人生观和价值观,以及唯物辩证的军事理论,这些经典让古鼎先生的艺术创作更增其色,使他在儒佛道诸方面的修养得以升华。

过去我以为,字写得好,无外乎线条的合理搭配。如今看来这种想法是狭隘的。古鼎先生自称"写字自由人",这实际上是对书法美学的独到见解。何为"自由"?李泽厚说,"美作为感性与理性,形势与内容,真与善,合规律性与目的性的统一……"。"自由"在书法家,不单是字的结构的合理性,更多的是"气韵"。绘画讲"骨法",书法何尝不讲"骨传神呢"?——你见过那汹涌澎湃一泻千里与天地相接的《黄河》吗?你见过那腾跃于华夏大地上让亿万中国人引以为豪的《长城龙》吗?黄河与长城是中华民族的血液和脊梁,即情感与精神。历代中国人的隐忍与坚强、谦和与大度、自尊与自强等优秀品质,究其本源,都是黄河与长城所赋予的,虚怀若谷的宽大胸怀始终贯穿在上下五千年的历史长河中,是中华民族的文化流脉。这两幅字,你说它是绘画还是书法?他们画中有字,字里有画,浑然相成,无法分辨。字写得有技巧但毫无雕琢,那是书法家的自然流露,是入木三分的功力使然。这正是"出新意于法度之中,寄妙理于豪放之外"(苏轼语)。

把情感与生命溢于书法作品中是古鼎先生的创作特点,而将情感与生命熔铸于书法作品的摄影中使其再现原作更加完美,是冯晨先生多年的追求。前面谈到,我不懂书法艺术,更不懂摄影艺术。在我的印象中,摄影即"照相",如果说书画是视觉艺术,那么摄影就是更真实更细腻更清晰的一种情景再现,完全是"现场写实"。然而冯晨先生为古鼎先生的作品所做的"二次创作",运用胶片形式而非数码形式,运用天然光源而非人造光源,在明暗适度黑白对比中再现了原作的飘逸飞扬和从容淡定,尤其有的作品用了"叠影"技术,使作品更加富有艺术表现力和艺术感染力,真是珠联璧合。在这里我看到他们合作的真诚与大勇敢,这让我想起了苏东坡曾经这样说过,"知者创物,能者述焉,非一人而成也"。

两位兄长与我都是故交,《书法选》的出版让我看到了生活的多彩与美好,我真诚地感谢他们祝贺他们。窗外春风弥漫于天地之间,树上的幼芽也将绽放出满树的新绿来。虽多日不见，我想他们肯定没闲着，不久的将来，一定会有更美更好的作品献给这个社会。歌德不是说过么："人到了老年，应该比年轻时做得更多些"。

2010.5.2

瑞雪凝辉

——与张宝生的绘画对语

认识画家张宝生的"梅"比认识他本人早三年,那是在2009年的早春二月,北方的春风又要刮起来了,漫天灰色,心情自然也有些晦涩。

一页"新春的祝福",真正诚挚的新春祝福,让我的心情豁然开朗:封面上一树红梅跃然眼底,树是老树,梅是新梅,神态不俗。翻到主页,是一幅通页的《瑞雪寒梅图》,那是一幅照片——现如今的照片大多是数码相机即时拍的彩照,绝对的写真,当然也可以在电脑上重新制作。像这种原始的、朦胧的、富于想象力的黑白照片几乎很少见了。而它就摆在我的书桌上,一幅白梅,是原作的缩小照,原作大约有5米多长吧。凝视着那片冬雪后的清寒、月光辉耀下的宁静、梅花的超脱与冷峻,有一种高山仰止之情从心底油然而生。

诗人爱花,尤爱梅花。曾经赋予了梅花太多的颂扬之词,譬如陆游就这样赞颂梅花:"雪虐风号愈凛然,花中气节最高坚。过时自会飘零去,耻向东君更乞怜。"王安石也写道:"墙角数枝梅,凌寒独自开。遥知不是雪,为有暗香来。"

张宝生的这幅白梅,天然一树冰肌玉骨,傲然烂漫于茫茫空濛间,我看着不由生出一腔崇敬:从小就知道花有花神树有树神(这是传说),世上的花树虽都有寓意,而梅在万花之中极有风骨,它不张扬不展示,不乞求怜悯,静静的从容。是哪方神明掌管着这一树的洁白?想必那是深寒初夜，万籁俱静中，疏影摇动处，古树白梅浮动的暗香……画家通过他的画作把人带到一种意境之中，让人思索。这幅白梅兀自怒放在冷月之下，再加上书法家熊一然先生"寒林叠翠"四个大篆的烘托，我竟然心有感触，遂以"寒林叠翠傲骨横枝"八个字作了一首藏头诗，我知道这是即景小作，尽管无头绪更无章法，可我还是想写出来，寄予宝生么？我未见其人；寄予这幅么？也未见真迹，诗的最后两句："横抱夕阳融终岁，枝缀雪酥疑梨花。"又像是寄予这不老的岁月，啊！居然连我自己也搞不清要写给谁了。

中国画不同于西画，西画讲究色与光，讲究厚重与饱满；而中国画则是追求画的意境，情的空灵。一幅画，看似了然与无情，实则却是有诗意有情感的。譬如著名国画家朱屺瞻先生的《空古寒梅》，图中只有一石崖和一枝梅花，整幅画给人一种简单干净的感觉，但它却以情意见长——石，并非冷漠，而梅也并非妩媚，刚柔相济。是否从画中可领悟到画家的"赋性疏朗，旷逸不羁"的人格魅力？梅花开于冬，那寂静空荡的山谷里不必有雪，只要看到那方寒石就会让人联想到梅的傲立之势，有些像一个不屈的民族或是一个坚强的人，勾勒几笔即可作诗、可写歌、可谱曲，这一点墨也可拟太虚、可摄山河。所以，中国人绘画，无论山石水草花鸟，甚至人物，大多要配上一首诗，古朴典雅，那叫"书画同源"。

我与张宝生的见面是在今春一个明媚的上午，那天想必他正在作画，屋子里一张长长的画案，画具与他的画作堆在案上，桌下满是画纸，虽层层叠叠却不杂乱，他说那都是习作。墙上几幅作品：一幅大漠骆驼、一幅白梅、一幅雉鸡图，均是工笔画。那骆驼有些疲惫的驼峰、雉鸡长长美丽的羽毛和白梅略带晨露的蕊都是秀润纤细勾绘而成。其实与这三幅相近的绘画我似乎见过，题材差不多，记得那些都是水墨的挥洒，当然，工笔与水墨各有千秋。我站在这几幅画前，想到了但凡有成绩的画家都甘于寂寞，这并非人人都可以做到的，成功，必然来自勤奋；勤奋，必然伴随着寂寞，张宝生也如此。观者观其画，往往看的是画面的造型、画家的技法、乃至作品的价值。而我要提及的却是在艺术作品中的审美价值——谁知在这一幅幅画作里蕴含了多少画家的心血？里屋一幅镶了框的《南海白鹤图》吸引了我，那也是一幅工笔画，整幅画的背景是淡灰色，风雨欲来？水中被风吹荡的芦苇和宽大的水草齐刷刷地倒向一边，绿汀里有两只白鹤，一只在觅食，那双细长的腿交叉着站在水中像在舞蹈；另一只仰头在接应着什么，我端详着它，细看时才见在水草深处有一只雏鹤立于草尖上，形态乖觉……多么和谐的三口之家，何惧风雨？

　　印象中宝生的画大多是写意，他在"中国文人小品展"上的获奖作品《报春图》就是一幅写意红梅，在"中国书画百杰"评选中，他的写意画被印刷成明信片，在内蒙古书画展上，他获得了两次二等奖，其中的一幅也是写意画……而为什么现在我面对的几幅画都是工笔画呢？待要问他时，他憨厚地笑笑说："趁着现在我的眼睛还行，多画几幅工笔画，怕以后费力啦。"

　　问题是，画工笔画本身就是个费力的营生，多数人喜欢挥洒自如的写意画，因为写意画锋芒道劲意境深远，也许一点墨就能点出一个大好河山。而工笔画却不然，工笔画家首先要做到的是息神静气，耐心与毅力，作画时必要排除一切烦扰。宝生告诉我，他曾经师从工笔画大家白铭先生，中国有句老话，"师傅领进门，修行在个人"，老师虽教他作画的技巧，更多的是让他看到老师胸中的那份定力。定力，就是"修行"。一个工笔画家多年作画经验的积淀，一点一点地将笔墨渗透到他的画作中去，是基本功。他指着这幅《南海白鹤图》告诉我，他在半年时光里，几乎天天骑着车去南海湿地，一连数月观察与写生，有时甚至赤脚站在水中揣摩那水草芦苇和白鹤在水中的形态，感悟它们与自然共存的意境，才画出了初稿。说这些话时他显然挺自豪，仿佛他很得意于这份耐力和辛苦。我想仅凭这一点，他怎能不成功？后来他先后拜姚苹生、徐继先、杨森茂诸位先生为师，绘画技法无不涉及，成绩斐然。

其实我并不懂画，与张宝生小坐也只是谈画作的形似而并未涉及艺术神似——这是一个宏大的课题，是一个在美学范畴内的宏大的课题。

宝生是我知道的几位画家里专攻"梅"的画家之一，我的眼光总是不由地落到那幅白梅的深处。记得明朝画家徐渭有一首诗：

从来不见梅花谱，

信手拈来自有神。

不信试看千万树，

东风吹着便成春。

看这位大师说得多轻松啊，梅，怎可以"信手拈来"呢？梅的高洁与非凡，疏朗与暗香是花卉中最难描绘的。要将梅花画得"有神"，那得付出多大的功力啊！怪不得宝生以梅花作为"新春的祝福"呢。

时间已近中午，宝生留我们一同进餐，因为怕耽误他继续作画就告辞出来，匆匆走到门口的那一刻，我突然看见在他的画案一角放着几盒方便面，心想，他也许常常将此作为他的午饭？眼下就现出"瑞雪凝辉"这四个字来。

真正的画家，就是这样的吧。

2012.5.23

飘然王俊

2010年1月19日下午三点，我接到王俊大哥的电话，听筒里传来他无力的声音："曹，我真是不争气，又住院了……"

"我马上去看你。"

"行，我也想见你，可有条件，不然你别来。"

"知道啦。"

王俊大哥近年来常卧病榻，我知道，病人心多。他想见我，又不愿让我为他破费。上次他住院时就是这样，我无视他的"条件"，提着些礼物去医院，结果搞得他很不愉快，坐在床上半天没作声。

这次我说："行，听你的。"

于是就空着手，别别扭扭地走在通向医院的路上。从一家小书店里传出刀郎的歌，"……一辈子不容易，活着是硬道理……"深沉而忧伤，他那是唱给一个醉酒兄弟的，我牢记了这两句歌词，心想王俊老兄，活着是硬道理，好好活着。

这歌声将我引入书店，在贴墙书架的中层，我找到了一本绿色封面的马可·奥勒留的《沉思录》。于是，就拿了这本书进医院、上楼、找病房，在二楼拐角处听到他的说话声，像刀郎的歌，深沉而忧伤，那是浓重的内蒙古赤峰语音。我站在病房门口，见他靠着枕头斜卧在棉被里，大约正在和嫂子评论京剧裘派《铡美案》。他的脸色煞白，唇却是黑的，见我来了忙起身招呼，匆匆伸出手接过我递给他的那本《沉思录》，他翻看了一会儿，眼睛瞟了我一下，"我还以为是你的书出了呢。"我惭愧极了，他前几年就鼓励我"出东西"，我从没把自己当成写东西的人，也明白我的东西不成东西，便不再听他的话去"只争朝夕"，懒散地，一年年地懒散下去，堕而成性——今天再也找不出理由说些拖延的话，只好愧然。

话题由我扯开，心中了然，是他为了照顾我的情绪，于是，历史、时事、文学、绘画、诗词……海阔天空。谈兴激昂时，我们全忘了：他忘记自己是个久病的心脏病患者，我忘记自己是个探病的人。直到嫂子几次说他不听偷偷地叫来护士"骂"了几句，他才收敛。

"下次吧，下次我们不在医院里聊，受这约束。"

我没在意他说的这句话，和他再见，轻盈地走了。

"再见"这个词也足够轻盈，就连咿呀学语的小儿都会说。可是，它的沉重却是无以言表的。记得有位朋友曾经说过，"生命的无常让我不敢说'再见'二字"。那次见面后，我没有机会再见到他。这年头足不出户便可用电话办事，人们的关系犹近遂远。春节时我打电话给他拜年，从听筒里听到他那沉闷无力的声音，他说他的身体还行，再挺一年没问题，今年无论如何他的画册出版……说着，他又提出"在这一年里我希望能见到你的书"。

真是哪壶不开提哪壶，我又无语。"再见！"我说。"再见！"他说。

天知道我和王俊大哥再也没有见面的机会了！"你歇歇吧，我下次来看你。"差不多我每次走的时候都这么说，他也就撑着身子说："好，我歇歇。"——他累了，他真的歇去了：骑着那辆轻便的蓝色自行车去那片绿阴下歇息去了。

……

认识王俊大哥是在1984年，朴素谦逊的他有些拘谨地坐在我家那个裂缝的木椅上，凝视着墙上的《秋菊图》。因我的名中有一"橘"字，阎汝勤老师为我画了这幅《秋菊图》，我知道那是阎老师"橘"和"菊"的误音，可我还是喜欢这幅画：中秋的月光洒了满地清辉，长长的金黄色菊丝在月下摇曳，一只秋虫展开薄翼颤抖着在花间低吟，它直立的长须恰好触着一片残叶，不由地会让人想起前夜那场稀疏的秋雨和雨后的宁静。那时我正为他沏茶，和着飘逸的茶香，小屋里流动着他精美的画评："凡画，气韵本乎游心，神采生用于笔，神闲意定，思不竭而笔不困。这幅画通情与醒透有度——阎老师不愧是大家。"

我不懂画，也听不懂他在说些什么，只是笑笑。他接过茶抿了一口，看我有些困惑，便不好意思地说了句："不要在意，我瞎说的，随口背了郭若虚的话。"一身布衣的王俊大哥仅这句释语，就让我刮目相看了。从此，我认识了这位"痴人"。

我说王俊大哥是"痴人"是有根据的。在这里，这个雅号不是不敬，反而是一句肯定一声赞许。早在1992年，我的朋友班澜先生在他的《偶然集》中谈起他的画来，就说过"王俊的画有魂……画魂与人格相通，王俊为人坚毅笃诚……"前年读郑少如大姐的《秋子散文》，她提到王俊时这样说，"王俊这个人，越想越觉得有深度。"

那年盛夏，我应邀去拜访他。他大概早已等在窗前，我去的时候，门已为我打开，他气喘吁吁地站在门口迎候我，伸出手来无力地与我相握。我担心他的身体，他却说："没事儿，说说话能解乏。"那次我们谈了很久，大多谈的是战争和他的《战争启示录》。他缓缓地跟我述说他阅读过的那些残酷的战争，他说他写这本书的初衷是珍爱和平，不要战争。"好在我在人防办工作，有些资料，比别人方便……"他说。我看着他为我倒水时微微颤抖的手，心中一阵酸楚，也多了几分崇敬。

大哥曾经跟我说，他的文化不高，小学程度吧。家住内蒙古赤峰一个叫"东井"的小山村里。十四岁参军，他谦虚地说："这点儿文化也是后来在部队学的。"他痴文、痴诗、痴画，那种默默的痴，不出几年就把一本接一本的作品送给了我：《战争启示录》、《东井山庄》、《三束兰》、《西安假日》、《醉梅楼诗存》……可惜，他最近出的一册画集我无缘得见。欣慰的是，在我的藏品中，有两幅他送给我的写意画，其中一幅《秋乐图》——两枚开裂的石榴，一只仰首贪看的公鸡，那是让人浮想联翩的农家秋景，至今悬于墙上，友人来访无不盛赞。

问题是，大哥是个体弱多病的人，而且得过大病！中国最初做心脏搭桥术的患者里就有他的名字，当然这个"病"字是不能被他听到的，"我没病。"他常这么说。是什么力量让他有如此毅力执著地写下去？仅是"爱好"二字恐怕说不清楚。

孔子曰："益者三友，友直友谅友多闻……"这句话用到王俊兄长这里是再合适不过了，他正直、爽快、博学多才。用许淇先生的话说，他真的是"够朋友，有人味"。与王俊大哥为友，今生得益。

那次探病之后，我再没见到他。有时我想，这终是生者的疏忽？他匆匆而去了，可我知他并未走远，看那花圈上的花瓣被阵阵春风吹落，那是他又在构思一幅《春归图》吧。

2006.8.6
修改于2011.11.20

西二楼的清晨

—— 一个老年公寓的清晨记忆

一

长长的西二楼走廊的尽头,有一扇永远清明洁净的塑钢大窗,几乎落地。那只在自编的鸟笼里沉睡的鹦鹉似乎听到了一点儿动静,它不动声色地悄然眯着一双眼左右看看又闭上,它知道,"209"号的老刘成这时已经站在他的房门口了。

好一阵寂静,走廊的天花板上那支60瓦的灯管快要坏了,忽明忽暗地闪着。这时不到五点,夏日黎明的那一线微风中的晨光从窗外透过薄纱帘挤进屋里。鼾声依旧,老人们仍在梦里游移,不知他们梦见了什么,苦涩的笑伴着泪水——那些曾经拥有如今却早已逝去的美好时光捕捉不到了,那些曾经热恋过亲吻过的人儿也早已远去了。剩下的,只有睡觉——夏天的傍晚,当人们还在路边散步乘凉的时候,他们就在那沉沉的梦乡里徘徊了。

老刘成拄着他那根分着三个叉的拐杖,轻轻推开"210"的房门,低头看看正在熟睡的老高,见他用被子严实地裹着身体,那张皱纹纵横的脸被一头乱发遮盖着,嘴在不停地动,似在低语。突然他把右手伸出被子,中指和食指并拢举到嘴边,他看着他笑了:"老东西,做梦还挂着抽烟,早晚抽死你!"

老刘成原地不动地转了一个90度，把拐杖从门里杵到门外，用了60秒。然后右脚踏在门外的水泥地上，抬起左脚跟着右脚站定，也用了足足60秒。待老刘成完全站在"210"门外走廊上的时候，那只鹦鹉已经看了他好久，也转了个90度，懒懒地睡去了。

二

老刘成的那个分着三个叉的拐杖下面安着三个胶皮套，所以他走路没声音，只有在夜深人静时才能听见些微的咚咚声响，一下，一下……好几年了，他得了失眠病，睡不着，别人是早睡晚起，他却是晚睡早起，脸黑，眼圈更黑。老人们说他是"鬼"，他听了并不恼，他是"文化"人，有文化的人咋能没些度量？他常常歪着头纠正那些人的说法："咋是鬼呢？那叫'幽灵'。"

他走到走廊的尽头，从"202"的门口开始，一个门一个门地打开，"天-亮-啦，该-起-啦。"看着这些人的睡相，他心里狠狠地想，这帮人怎么能睡得这么死，五点了还不晓得起来？可他懂规矩，不能大声声张，就哑着嗓子呼喊，尽量做到声音柔和。

突然，鹦鹉拍打了一下翅膀，瞪着圆圆的眼，把头从笼里探出，奶声奶气地学着老刘成大声地叫着"该——起——啦，天——亮——啦"。

"该死的鸟，该死的老刘成，你不睡也不叫别人睡，什么东西！"一个挂着同样拐杖的老人从"202"号走出来，他穿着一条厚厚的棉裤，裤腿把腿包成了一个"O"型，面色红润，抖着手里的拐杖骂老刘成。

"别骂啦老伙计，再过一个月你想让我叫你都听不见啦——你别忘了，我可是个大夫。"

"202"哑然了，木呆呆地看着老刘成，"呸！能不能不说你是个大夫？我就是讨厌你说这个！癌就癌吧，愁也一天，喜也一天，瞎活着吧，大夫预先知道自己的死活不是好事……"说着他的眼窝里就含了一滴浑浊的泪。

是啊，这个老年公寓里住满了老人，他们群居着，可又孤独着；他们都有长长的一生，可又不谈过往，也不谈未来，因为他们没有未来。

老刘成听了没说话，他沉默着走过来，搀着"202"，咚咚咚地在走廊里，缓缓地绕着圈儿。

三

"哎——呀！"227房里的邢老太每天早晨这么一喊，就惊醒了所有的人，就是说天的确亮了，她的这声大喊虽然很有标志性，可也招人讨厌——谁这么打哈欠？邢老太常跟人解释，"我生来不会像你们那样悄悄地打哈欠，一辈子啦，改不了啦。"

连着打了三个哈欠，似乎轻松了许多。邢老太坐在床上，呆呆地看了一阵那个红色的窗帘，窗帘外似有人语，卖油条豆腐脑的那个老头又在摆弄他的那些碗筷了，从窗外飘进了阵阵胡柚的香味。隔壁的226和228房里的老太在说话，声音小得像蚊子飞。邢老太有点烦，她看看同屋的"大姐"，"大姐，醒醒吧，老刘成都来回走了两遍啦，该起啦，今儿不是娃娃们要来给咱们唱歌吗？快起！精神点！"

"喊甚？你糊涂的死呀？夜来娃娃们才慰问完回去，今天来做甚？娃娃们不念书啦？"脸色红润、身体结实的大姐从枕上抬起头，惺忪地睁了一双睡眼埋怨邢老太，邢老太耷拉着腿坐在床边困惑着，昨天娃娃们来过？是昨天么？"唉——老得甚都记不住了！"她长长地叹口气，小声说："感谢上帝。你就懒吧，上帝不会饶恕你的。"看大姐仍不理她，她无奈地穿好衣服，站在地上，用梳子拢了几下稀疏的头发，艰难地扶着床沿,把床头柜上的暖壶往里推了推,缓慢地走在门外,"感谢上帝,感谢上帝……"

四

赵大娘扶着走廊上的那根被磨得油亮的"把杆"悠然地甩着腿,忽然听见邢老太嘴里不住的"感谢上帝",吓了一跳,她知道她有点"神经",就没说什么,继续甩她的腿。

"赵姐,今天初几了?你那个三三咋还不来交钱?唉,看这儿子养的……"赵大娘用眼狠狠地剜了她几下,哪壶不开提哪壶,时间都过去三天了,别人的钱早就交了,就剩下她还没交,公寓的护士长虽没催她,可她心里怎么都不得劲,三三总是这样,每个月都要推迟一个礼拜交钱,这让她很没面子,自己羞愧,也不想让别人提起。因为没交钱,这几天她都不敢买饭,她就爱吃烧茄子,这个菜香,便宜又软和,只剩下四颗牙的嘴,吃这个菜是最合适的。三三怎么了?她的心里不踏实,天天坐在塑钢窗户前瞭她的三三,"三三呀,妈知道你工作忙,可你也不能老是这样啊,忙就应当给人家打个电话啊,为啥老是关机啊?哎,熬糟死我啦,羞死我啦,死了吧。"她这样想着,右眼皮就跳起来,右眼跳祸呀,可咋办呀?

听邢老太这么一问,自己这么一瞎想,赵大娘扶着把杆的手就松开了,好端端的不声不响地顺着把杆出溜坐在地上……

五

这座楼是厢房,走廊两侧的屋子算是东西房,夏天热。孤独的老人们在这里群居着,逝去的岁月反倒成了他们今后生活的精神希望,无话不谈，谈的都是过去，未来是虚幻的。他们也懂得身体的重要，这个干瘪的血肉之躯仿佛不是自己的，是儿孙后代的：没毛病是给儿孙们减轻负担，所以他们每天早早起来锻炼身体。这不，不到六点，走廊两侧的把杆边已经站满人了，两步一个人，比小学生上操时还整齐，最前边的老刘成是他们的指挥。

太阳升起来了，红得像要滴血，房门打开，那滴血的阳光就射在走廊里。走廊里人多却不喧闹，老人们听话，听老刘成沙哑着嗓子喊号子，老刘成喊一句他们就跟着喊一句，与此同时他们的腿也抬起，喊完再放下：

"茄子！"——"茄子！"

"西红柿！"——"西红柿！"

"白菜！"——"白菜！"

"青椒！"——"青椒！"

"金针！"——"金针！"

"圆白菜！"——"不能喊'圆白菜！'"老高顶着他那一头白发气喘吁吁地大声说，他的脸气得红了，眼睛盯着老刘成："喂，你错了，咋能喊成'圆白菜'呢？"

老人们的一条腿齐齐地抬着，谁都不放下，在把杆边微微地颤悠着。老刘成一脸的困惑，"咋就不能喊成'圆白菜？'那你说圆白菜能喊成什吗？"他满脸的不服，浓重的榆林口音将"吗"字说得特别重。老人们已经坚持不了了，有的人像小孩似的哭开了，护理员们听见吵架声忙跑了过来。

"疙瘩白！"老高大声地喊。——"疙瘩白！"老人们应和着，终于把抬着的腿放下。护理员们面面相觑，笑了。

这是一个普通的夏日清晨。习惯了，在每一个清晨，西二楼的走廊里就这样平静地上演着同样的故事——也许有人觉得可笑，甚或荒诞，但这是真实的,因为我看见了。充满阳光的一间间屋子、长长的走廊里奇异的晨练口号、来往进出的护理员们洁白的身影,还有那只鹦鹉哇哇的怪叫……构成了这个真实的故事。也许再过一个月,老刘成就去了另一个世界,但于他和他们而言,也那并不是多么可怕的事,因为他们知道,他离他们不远。邢老太坐在赵大娘的床上,"老姐姐,都怨我这张臭嘴,不生气了啊。三三说不定这会子就来啦……"

一个护理员急匆匆地跑进来,"大娘大娘,你家三三来电话啦,他这几天出差去集宁啦,现在汽车走在土右啦,他叫你别急,一会儿就到啦……"

赵大娘晃晃地站起身,撩起衣襟抹着眼角的泪,在屋里转着圈,"我那三三啊,三三啊,三三啊……"

邢老太也跟着她转圈,"我说甚啦?我说的可准啦。"

清晨,公寓里又恢复了平静,老人们抬了半天腿,都累了,那就睡个回笼觉吧,不要惊醒他们。

那只鹦鹉却完全醒了,它拍拍翅膀,把头探出笼外,脆生生地叫着:

芹菜……

韭菜……

疙瘩白……

2005.4.26

修改于2010.8.3

第五辑：依旧桃花

　　古人总把有桃林的地方比作仙境，那不只是因为桃花美丽，桃林宁静，更是一种远离世俗忧烦的避世之举，何况结出的桃子还是吉祥之果。一年一度桃花开，依旧是那般鲜艳那般清香，我徘徊在这片弥漫着清香的粉红中，心中感到少有的温馨。

依旧桃花

清晨醒来,见昨夜的一场游丝般春雨,洗净了被往日的狂风吹了遍地的浮尘。天空是少有的湛蓝,路旁的杨柳,苦熬了一冬漫长的严寒和干燥之后,终于在它们的枝节上孕育了无数的叶蕾,鹅黄色包裹着纤纤的绿芽——春天来了。

不远处有个大型花坛,夏日花坛里嫩柳轻拂,青松亭立,鲜花似锦,绿草如茵;一条石子路在花草的掩隐中曲折环绕,平常来这里散步,沿着小路徘徊,享受那份宁静,心也不再浮躁。虽四季变换,然而在这里可以任由思绪飞扬,或者有时看看四下无人,竟然斗胆高歌几句,忘了环境忘了年龄。人们都喜欢春的明媚夏的繁华,哪知秋的落英冬的白雪更有一番意境——我爱在肃杀的寒晨穿了厚厚的羽绒服,拽着风的衣袖,伫立在这里凝望那高远的天空,拨开密密的松枝可隐约瞭见我心中的那片桃林!

那片桃林是每年四月才开花的,大约比中原晚半个月,但它在开花之前无需准备无需酝酿,昨天还满林空疏,今早就花海一片!开得奔放开得无拘无束,枝上桃花团团锦簇,挨着拥着,嫩叶蜷曲在叶蕾里,还有那羞怯怯的一滴花露晶莹闪烁在花的心中,雀立枝头,来去呢喃……好一幅春光春景图!听听清代著名词家纳兰性德,因为当年唐代诗人崔护的一句"桃花依旧笑春风"而引出的一首桃花词,他说:"……多情前度崔郎，应叹去年人面。湘帘乍卷，早迷了、画梁栖燕。最娇人、清晓莺啼，飞去一枝犹颤……"谁能想到，一树桃花，竟然让隔了千年的诗人有如此相近的心灵感应？

我心中的桃林在故乡。童年，和堂兄在桃林一起长大是我记忆中的美好时光。连绵的太行山包围着小村和层层窑洞，家家都有桃树，桃树开花的季节，满村也是一层层的粉红。如果站在山顶上放眼，那山里的村庄在一片一片粉红的笼罩之中，远远瞭着，竟似仙境！我和堂兄携手玩耍，穿着蓝底儿粉花的夹袄，总和那朵朵娇艳的桃花比美，他摘一枝花插在我的乱发上，"好看吗？"我歪着头问他。"好看。"他憨憨地答。但我不满足，"你怎么不说我比桃花还好看？"他便不再说话。隔了半晌，他才慢慢地指着桃树小声问我："桃树能结大桃，你能吗？"我愕然，只好哭，他就笑，哇哇的哭声和咯咯的笑声回荡在桃树下，回荡在大山里……

到了夏天，桃树结满鲜桃，压得桃枝弯下来，险些落地，拳头大的果子粉红的嘴儿，红黄各半，看着就流口水。我和堂兄躺在桃树下的茸茸绿草中，透过树冠是蓝蓝的天，万里无云，阳光柔软温和。堂兄伸手轻轻地拽下一颗桃儿在我眼前晃，"你喜吃脆的还是软的？"他歪过头问我，我在他面前永远是十足的娇蛮，"脆的软的我都吃！"于是他不说话，站起来，拨开桃枝，从稠密的叶间又拽下一颗举在我的眼前。

童年的记忆总是那么短暂与美好：我故乡的桃林，我儿时的玩伴！

眼前的桃花也开得耀眼，看蜂飞蝶舞，好不热闹！可再过几天，桃花飘落，叶儿伸展，桃林就铺满了嫩嫩的绿，充满生命的绿色里孕育了无数指肚大的小桃，不知是塞外的风狂还是小儿的愚顽，那无数的小桃总也长不大便纷纷掉在地上，让人看了不由得心中怜惜——世上再没有比扼杀一个鲜活的生命更残忍的事了，哪怕是一颗小毛桃。

"春来遍是桃花水，不辨仙源何处寻"。古人总把有桃林的地方比作仙境，那不只是因为桃花美丽，桃林宁静，更是一种远离世俗忧烦的避世之举，何况结出的桃子还是吉祥之果。一年一度桃花开，依旧是那般鲜艳那般清香，我徘徊在这片弥漫着清香的粉红中，心中感到少有的温馨。

  我好想，好想让这盛开的桃花将这一季春光留住！留住我的童年和我记忆中的故乡！听说我的那些儿时玩伴们早已四海漂泊，打个电话问候一下吧，听筒里却飘来遥远的忙音，我的心也随着这忙音飘得很远。于是，我走出这片桃林，融入春光普照的熙攘之中，让被桃林染红的那片白云飞去，替我祈祝我遥远的故乡和我那些远方的朋友们。

2011.4.16

刺儿花

这几天一进小区的门，就能感到有股浓甜的花香弥漫于春光之中，我想，如果用手捧了那花香吸进肺里，呼出的一定是满嘴的清馨。眼光不由地四处寻找，久违啦，玫瑰！去年此时你也是这样浓香扑鼻，今年又来赐给我们馨香，明年呢？

我在繁密的绿叶下与它们深情对视，纳闷绽开的玫瑰花虽然不多，可它们何以这般馥郁？几朵紫艳的玫瑰花被风吹得颤于枝头，阵阵香甜迎面扑来，一片花瓣落到我的肩上，我把它捏下放在手心。暮春的骄阳里，拳头大嫩嫩的紫红沿着花瓣渗出如针尖般纤细而晶莹的露珠，这让我的心颤了一下，眼前便呈现出娇羞与妩媚的影像来，说不清那影像是谁——总不能像贾宝玉似的把晴雯硬是安在芙蓉花的头上吧？

含苞的花蕾布满树丛，一枚一枚的花苞，绿叶包裹着娇嫩，欲说含羞的样子，想什么呢？——想着你们在风中争艳时的风韵？还是不能与日月同辉的忧烦？

我的手刚要伸向一枚花蕾，突然从树的暗影里传来一声稚嫩的吼声："——扎！"我转过树丛，见一个小女孩正歪头看我，"刺儿花，扎！"她三岁左右的样子，瘦小的身体，两条小辫朝天梳着，一汪水在大大的眼里转，这是谁家的小姑娘？让人爱怜。我走近她，"谁带你来的？你的妈妈呢？"她往楼上看看，又歪头看我，不停地说："刺儿花，扎。刺儿花，扎……"

小女孩的警告引出我一连串的遐思：细想想，花儿有无数种，可哪种像玫瑰这样芒刺满身呢？华贵的牡丹、红艳的石榴、多彩的菊花、烂漫的丁香，它们大多都没有刺儿，却都被世人爱得宝贝似的，并且同样各有各的寓意。那么，为什么唯独这带刺儿的玫瑰象征着爱情呢？——是要小心被那美丽动情的花儿遮掩下的刺儿扎得人心痛吗？

常见那个舶来的"情人节"里男孩给女孩送玫瑰花，并不知那男孩手里的花儿是否真的有刺儿？倘若有刺儿，莽撞中不就扎疼他那心爱的人了吗？或许爱情本身多磨难？扎得手疼还好说，扎得心疼不就要命了吗？想想古今中外有多少被爱情扎得痛苦而死的人：安娜·卡列尼娜因沃伦斯基死在滚动的车轮下；杜十娘因李甲死在滔滔江水之中；唐婉因陆游郁郁而终；还有梁山伯与祝英台，还有著名的玛格丽特……不胜枚举。

在百花园里，任何一种花儿都有它的风韵它的故事，偏偏用这带刺儿的玫瑰作为爱情的礼物，我想，它在花神掌管的册子里一定位居正册，是位专管情爱的花仙，否则怎么会把那些情爱男女们搞得那么痴迷那么不惜生命地去采撷呢？

看来爱情这朵花虽然甜蜜、神圣，但却是万万不能随意触碰的。高贵吗？也不尽然，因为它平凡，世上的人都可以得到它；当然，得到的过程也许就是被扎伤的过程，扎得手疼扎得心疼扎得体无完肤扎得刻骨铭心，最终真正的玫瑰被你揽到怀中的时候，那才是纯粹的灵与肉的升华！什么九千九百九十九朵玫瑰捧在手上，单膝下跪，想必失望者居多。一切美好的愿望怎能如此浪漫如此顺意地实现呢？

我正傻想着，一位邻居老太手里拿着个大大的塑料袋和一把明晃晃的剪子，一瘸一拐地从小路上走来。

"你，干嘛？"我好像要有灾难发生似的，惶惶地问她。

"我绞点儿玫瑰花,做几瓶玫瑰酱,好过端午节。"她平静地答。

"刺儿花,扎——,刺儿花,扎——"小女孩突然从另一棵玫瑰树旁转过来,依然如刚才那么尖声稚气地警告她。

无济于事。那老太仿佛如入无人之境,举起剪子,从最大最艳的花朵开始,剪起花落,凄惨惨地滚落在树下的泥土中。

小女孩眼里噙着泪仰头看我,我领开她,远远地看着老太挥舞着剪子肆意地杀戮,想去阻止,无奈此时又来了几个老太,同样的作为……

小女孩几乎流出眼泪,片刻,被她的妈妈抱走了。

我孤单地站在那里眼望着她们把一大片剪下的花儿毫无愧疚地塞在塑料袋里提走了。

我的心中仿佛压了一块巨石。端午节,是中国人独有的节日吧?是诗人的节日!是正义的节日!那撒到江里的粽子何时变成了节日的美餐?而且还要伴着这么美丽香甜的花朵一同吃下?莫非爱情必得承负如此被绞杀被踩躏被烈火炙烤的煎熬吗?

——也许那带刺儿的玫瑰花曾经刺伤过你的心,那也不要这样啊!甜美的爱情是两颗纯情的相互牵绊的心呵护酿造出来的,是共同经受雨雪风霜的洗礼锻造出来的。

我站在小楼的阳台上展眼望去,那一丛丛玫瑰花的树顶依然开着浓艳的花朵。她们,这些老者是够不着的,花儿将开得更加艳丽,更加灿烂更加满园芳菲!

啊!这刺花儿,小心地捧着——就不扎!

2011.6.20

天赐六月（外一章）

我想，在我们这里，立夏不算到了夏天，真正夏天的开始应当在六月。

六月的天湛蓝湛蓝，水洗似的洁净，飘远的白云，怎么也带不走你的遐思。

六月的远山，何时变青了？记忆中那不是一条黄色的长龙吗？春天的狂风剥去了它周身的鳞，现在它仿佛结束了漫长的冬眠，披了一袭青绿蜿蜒于原本辽阔的草原深处，那云似的羊群就移呀飘呀，珍珠般地洒在你横卧的枕上了。

六月的河水，在平滑的河床里缓缓地流，不像晚秋那样，虽晶莹但终要面对冬的凝结，周身便被那冰凌束缚；也不像初春那样，虽盎然可你急忙忙地奔跑什么呢？六月的河水流得温柔了恬静了，潺潺地绕过河石，去笑迎天上的那轮圆月。

六月的月光，也不似先前那么冷清了，安下心来仰头望月，会看见月亮里仿佛有人影穿梭，一拨一拨的，月上有人？如果有人，兴许那月中人也在俯身看我？心中暗想着，此时就有了上天揽月的冲动，然而毕竟计算不出那"九天"的高度，天上人间，遥遥相望吧。

浓荫匝地，是六月的标志，当夏日的骄阳开始蒸腾大地的时候，什么最让人心情欢愉？是终于度过那难耐的冬春严寒干燥后的这一蓬新绿！几天前还蜷曲的树叶如今已经舒展了腰身，听不见树叶沙沙——狂怒的春风在两个月前已经横扫过这片土地，精疲力尽地早已不知懒散到哪里去了，六月的角角落落都干净，因为六月没风。

六月的天气热了，但绝不似七月流火！花伞和花裙开始在街上游动，音乐喷泉里溅出的水花引出了多少咯咯的笑声。

为六月添彩的首先是那些荡着水音般笑声的孩子们，没有谁能像他们这么无拘无束天真烂漫。人生最美好的时光就在这简单而短暂的孩童时代！

似乎有些久远了，在那片清凉的浓绿中，我不是也曾右手举过头顶，在辅导员为我戴上那条鲜艳的红领巾时，向少年队旗致以崇高的敬礼吗？当时的激动是无法言喻的。仪式过后如鹿般跳跃，像鸟样飞歌，唱什么来着？——"六月的花儿香，六月里好阳光，六一儿童节，歌儿到处唱……"

六月的诗是美的，六月的歌是甜的，六月的花草是盎然的，六月的心是平静的……六月是天赐的。

小巷之晨

小巷从清晨的微光中醒来。

我不敢去牵动那根很长很长的枝蔓，它像一条弯弯的虚幻的梦，偷偷地缠绕在绿叶与白花间，也缠绕在我的记忆中。

初夏的晨光，越过叶子斜斜地洒在墙外的这条小巷里，墙角长满了厚厚的绿苔，绒毯一般细腻润滑。我常常蹲在这里用小拇指在这"绒毯"上划来划去：画一道横线，不直；画一道竖线，还不直；画一个圆圈吧，怎么不圆呢？于是就涂鸦，把那绒毯割裂。

玩腻了就站起来仰头看那伸出墙外的枣树枝，初夏的树上除了叶子什么都没有，就连"知了"也没飞来。心中想着玛瑙似的小枣在嘴里含着，腮帮子假装鼓起来，再假装把枣核吐出去——唇齿留香！

我穿着一双绣花鞋，轻轻地走在这条小巷里，不去碰那墙缝里倦怠的"水妞儿"，也不抖落那滴"指甲花儿"上的晨露，于是我站在那里等，等阳光照到这里的时候，那滴闪光的露珠就滚到我的脚下了。

远远飘来京胡伴着咿咿呀呀的京剧唱腔，一阵紧一阵慢，听不懂是哪出戏，像是在扬鞭策马。远远飘来姥姥的呼唤，我屏住气藏在绿色的暗影里，看着她由远及近地从我身边走过，偷偷地跟在她的身后咯咯地笑。她见是我，"大清早儿的头不梳脸不洗，站这儿干吗？"

"看鸽子。"我说着就看天，天上没云，也没鸽子。可从遥远的天边传来隐隐的鸽哨声，那是一阵温柔的风吧？牵出我好一串惊喜。于是我拽了姥姥的手，回身去寻找刚才那滴"指甲花儿"上的晨露……

这是我儿时最恬静的记忆了。

2009.7.12

感觉秋天

梦中九月里的初凉被这纷柔的秋雨叩醒。睡眼微睁时,惊异于前日还蓬勃缀满枝头的丁香花上何以沁着晶莹的雨珠?近旁的那株柳树下何时铺满了一层薄薄的残叶?

秋,携一身晨雾般的细雨,来轻轻拍打我未关的窗;牵一线蛛丝似的远风,柔柔地撩拨我遮阳的绿纱。

秋雨迷蒙,飘飘雨丝儿如冬雪那般轻盈飞舞。跃然心中,惆怅渐渐消失,听着窗外稀稀落落的雨声,胸中反倒激起了春的向往。雨中雀儿啁啾,想必它们也在寻找春的踪迹?

撑开伞,红的、粉的、绿的、花的,抬头看一眼,那头上就撑开了一片"自我"艳丽的天堂,花菇似移动的"屋",雨在"屋"顶上跳跃,迷蒙的苍穹下静听秋的心语,温润缠绵,从"屋"顶上滴下来的串串雨珠,舞般地滑落在我的手背上,那顾盼的神态,让我真的不能忍心将它甩掉啊。

酷热的夏日里。我期盼你的来临。想象中凉爽的秋风,好吹去人们心头闷热的愁烦,还有曾经在烈日炙烤下的那一树槐叶凋残后蔫蔫的病影。让秋风吹舞在半空,将爬在高窗上的绿叶变红,落在那条弯曲的小径上,等待这园里的秋虫攀援——这是秋的悲歌么?不是吧,这是大自然中生与死的交融,时间不会倒转,任什么神通也见不到生命青春期里的那一刻的柔情了！

不如从容，从容地听秋风顺着藤蔓在围墙上沙沙的低语；从容地找在草窝子里颤着双翅轻吟的蟋蟀；路灯下那对被风吹得发抖的相互依偎的恋人打着手势乘车而去；不怕冷的高中学子们却蹦跳着跑在绿灯闪烁出的人行道上，笑声近了又远了，留下了我总也捕捉不到的幻影。

秋天的景象是美丽的，秋天的天、秋天的云、秋天的风雨、秋天的归鸿……再没有比这个世界的秋天更加多彩迷人的了！而这迷人的秋天的前方却是有一个漫长冷峻的冬季在悄然等待——这是无法躲避的，正如人生。那就理智地迎接吧：春的狂风、夏的烈日、秋的冷雨、冬的寒彻，走过四季的人们，谁人没此经历？而恰恰是这冬寒酷暑的历练才能造就一个意志坚强的人！待你坚强以后，何惧什么"极端天气"？只是在此清秋的寂寥中当回眸当修整的是这颗浮萍似的心，早该让这秋风秋雨把一个个粘满了世俗尘埃的躯体吹落和洗涤干净了！

秋雨，仍在淅淅沥沥地下着。瑟瑟秋风，仍在紧紧慢慢地刮着……

秋风里的槐叶在阴霾中颤抖挣扎，"我不愿意离开。"它们这样对大地说。

"那就把爱留下来吧。"大地这样回答它们。

"那好吧。"于是它们就歇了一会，再歇一会吧。不忍离去是因为它们曾经在这里创造过美丽。又一阵秋风刮过来，它们幻化成蝶飞舞着，飞舞在空中去告别这个它们眷恋过的世界——阳光和风雨，还有脚下的土地。它们把爱与生命留下来了，延续着开放着，延续着一年年那繁华艳绿的青春，开放着一串串洁白淡雅的槐花……生命的轮回往复是残酷的吗？不是的！青春，是钟爱的倾诉，是情意的缠绵；而黄昏，在完成了它这一季的生命交接之后，绝无回首，绝无叹息，那般潇洒地喷射霞光，那般美好！

美好与我在痴痴地相恋着。此刻，风渐渐停了，雨也缓缓地住了，留下了满地的金黄和明净高远的蓝天遥遥对视着。一朵粉红色的芍药孤单地开在花池里，这花池里的花大多都凋谢了，怎么它却姗姗来迟？盛夏时顽童们不听话，常常趁人转身的一刹那将花儿摘走，如今他们为何围着这朵芍药那么小心地呵护？哦，想起了当初贾宝玉这样赞美芙蓉："其为质则金玉不足喻其贵；其为体则冰雪不足喻其洁；其为深则星日不足喻其精；其为貌则花月不足喻其色……"芙蓉如此，那么芍药也能担起这声赞美的。

　　秋意渐浓，而那朵心中的花开得正艳，"忧思在我心里平静下来，正如暮色降临在寂静的山林中。"（泰戈尔语）

2010.9.18

在水边

在水边，在从高处倾流而下溅起的水花中，我牵着思念的网索。

那网轻轻地罩着我，是那种透明柔静的羁绊将我笼罩，我无论怎样挣扎都无济于事。抬头看天上那轮圆月泻下的月光竟如眼前的流水，清明地泼洒在我的心间，和我一同思念……

我与故乡山水相隔，岁月相隔，纵然在梦中常常和她相见。山里的风曾经那么柔地拂过我的脸，那么轻地牵过我的手，可我醒来却揪不住她的一线衣袂。家乡在我的心中渐渐迷离，可她蒙眬的影像却总在我的眼前游移，困惑袭来：并不富裕的故乡常常缺水，乡民们视水如油，让人不解的是，同样的干旱，是什么滋润着山上的花草树木，让它们长得如此葱茏青翠？儿时常听父亲对我说："咱们老家那是真的靠山吃山呀，过去若遇上干旱年景，人们无以充饥，便去山里找食物：春天的香椿、榆树钱儿和各种野菜可助人们渡过难关。秋天更是核桃、野果儿满山……'天不灭曹'呢！"听得出来，父亲言语中浸透着对故乡的无限眷恋，以至于他弥留时还不停地叮嘱我们，在他过世后一定要把他"送回老家"。

这里是这座城市刚刚建成的一处景观，四周彩灯掩映，晶莹闪烁的水自上而下地倾泻着，城堡似的高墙让戏水的孩子们像是到了童话般的王宫，他们踩着水花拾级而上，坐在水中玩水是一种另类游戏。我蹲在水边，把手伸进水里，许是那水把白天的暑热消融了？温温的心暖。抬头看头上的夜空，有几缕轻云向南飘移，那是飘向我的故乡吧？最后几个纳凉的人渐渐离去，我不知道刚才还在这里打着水枪追逐的身影眼下是否进入了梦乡？思念与梦交织……

宽宽柔软的谷底，除了每年夏天有一场山洪冲过，平日没有一片温湿的痕迹，儿时就在这里堆沙，堆得不知天晚。大人们问："沙子有什么好耍的？"我们就大声答："耍水水哩。"其实大人们小时候也像我们似的玩沙子，他们知道这里有多么好玩儿——水与沙的融合堆砌是一个美丽的遐想，但又不是一码事，偏要这么说，那是对水的渴望。

故乡有了水，是近几年的事。前年回去见家家院里通了自来水，可哥嫂依然如他们一生那样珍惜，"水是不能随便倒掉的，从山里找出水来不易呀，你没看见村口那块功德碑吗？"第二天我特意去看了功德碑，碑上密密麻麻地刻着村人的名字和捐款数，最少一元也在其中，我不禁愕然。

城市里的人也许从没有被水困住过，仿佛那水管里的水是从天际流来。有时见满大街哗哗地流水，我常想，如果这样浪费水的情景被我的乡亲们看到，不知他们怎样惋惜呢。

村里静得仿若无人，几十户的小村如今只剩下几家，记忆中的炊烟飘向遥远，呼儿唤女的回声消失了，谷底再看不到玩沙的身影，窑顶上那一颗颗悬着玛瑙似的枣树没人管了，荒草凄凄……问哥嫂，他们告诉我："都出去打工了，娃娃们也带走了，老人差不多也全没了。听说要并村，以后恐怕就没有咱们这个村了。1500块钱一处院子加三眼正窑都没人买……"眼里现出凄然。

——离去与消失的距离不会太远！

喧闹了一天的城市此时安然了，我徘徊在水边，周遭的街景被沉沉夜幕罩得朦胧，只有那一轮圆圆的月儿光照人间。即使这样，闪动跳跃的水帘还在伴着我的思念。我想，是否天下万物都有分离的一天？也许有时是无奈的分离，有时却是爱得至深才分离的。我睡眼迷蒙，隐隐听见水帘后面似有轻语：

"你为什么非要离开这里？"他不解地问。

"是你抛弃了我。"她轻柔地答。

哎，岁月沧桑，时光不再，离开与抛弃大约都是一次心灵的飞越！

无论怎样，思念是深沉的，思念是久远的。

月下，静夜陪伴着我在水边徜徉，遥望晴明寂静的天宇，想着我那关山阻隔的故土。水渐渐少了，凝成一股潺潺细流，那，依稀是你的身影。

2011.8.17

白桦树

听专业人士讲,这里的白桦树不是纯种的白桦,真正的白桦树在东北伊春,或在大小兴安岭。这个植物学家,给我讲树时犹如讲他的儿子,左手五指摊开,用右手掰着左手指头一项项地讲下去,白桦树的属性、爱好、性格……最后他说:"白桦树宁折不弯。"

从此,我爱上了它。虽然知道它不是纯粹的白桦,可我依然爱它。

夏日傍晚,最后一线微茫的暮色渐渐滑落天宇,夜幕轻垂,晚星寥落。我在这列植于道旁的白桦树下徘徊,白天城市的喧嚣和繁杂在这里被悄然吸纳了,抬头看它修直的树身和扶疏的枝叶,就想起了茅盾的《白杨礼赞》,他在1941年从延安到重庆途中写的这篇激情洋溢的散文,他的那些赞美白杨树的经典语句我至今牢记不忘。听专家讲,这里的白桦树也有白杨树的影子,可能是二者的结合。从树梢到树身渐次看下来,仿佛儿时我敬畏地仰视在一列卫兵面前:它略显灰色的绿叶,密密匝匝地冠于树梢,没风时一动不动,微风吹来沙沙作响,泾渭分明的枝桠虽纵横交错但互不欺侵;粗壮挺拔的树身约有四五米。我不知道它们的树龄,只见它们立于道旁,是同样的粗细高低。它们生机盎然,虽高耸但不张扬;它们沉静收敛,虽一笔直弦而又包容无限。真像军士那样整齐与威严。

每天清晨,我立于它们遥遥的树影里,仰望那在太阳辉照下庞大的树冠，远远地为大地投下了一片荫凉，如一堵绿色的墙。心想，它们绝不逊色于当年茅盾看到的白杨树！更奇的是，它的树结仿佛一只只眼，无论近看远看，这树眼都在盯着来去匆匆的人们，让人心生敬畏，在它面前，你没有也不可能有丝毫的妄想与邪念。

它是这里的一道风景，围绕着这平坦而又长长延伸的小道。炎炎夏日里，让人们在它的绿荫里尽享清凉中的宁静；而在肃杀的冬日，若站在它的脚下用双臂环抱它坚实的树身，就会感到太阳似在头顶暖暖地照耀着这寒冷的大地。常来这里的人们已经习惯了看它的身影，在它近边的小道上做操或漫步。近几年不知谁发明的，几乎在每一棵白桦树的身上都裹了一块塑料布，每天清晨人们背靠着它用力地撞，据说如此也是一种锻炼。这人与树的融合，让我想起了那些沙漠中的民族：没有溪水，没有花木，没有盎然的绿色，有的只是在辽阔隆起的沙滩上游荡的苍茫。生命似乎离人们很远，何况还有连年的战乱！——我们最应该感谢这片庇荫的绿！

然而我见我面前的白桦树正在忍受着它身上的刺痛，密密麻麻的刻痕遍布了它的周身！如果那些人仅仅敢于将爱情的誓言刻在树的身上，那么我鄙视他们对爱情的忠贞；如果这些人仅仅只限于来过这里就要在白桦树上刻下"×××在此一游"的旅印，那么人们可以想象他们的眼界是多么狭窄与短浅，这是先天的教养不足还是后天的学养浅陋？在人们无视那些刻痕的时候，白桦树是明白的，它在尽它博大的胸怀包容着，忍耐着……

就在今天清晨，雷声滚滚，大雨如注，是天空积郁多日的闷热突然爆发，还是园里的白桦树气郁在胸的骤然剑鸣？人们在雨中奔跑高喊：园里有两棵白桦树被雷电击倒了——如此壮烈的死亡！

我去看它们的时候，犹如凭吊犹如缅怀，它们借用雷电的利剑从它们的心脏处剖开，倒下去了，叶依旧凛然迎风，枝依旧傲指蓝天。人们围着它,唏嘘声和叹息声不绝于耳,我在它渐渐枯朽的根茎前久久伫立,想起了那位植物学家说过:"白桦树宁折不弯。"

2011.7.14

鸟雀相伴

清晨,那对"白珍珠"夫妻被射在阳台一角的阳光照醒了,那光好热,有点刺眼。"天气真好。"雌珍珠说着就从窝里跳出来,它眯着眼看了看周围,四周静静的没有一点声音,楼下有个老妇人正弯着腰看清晨攀着玫瑰树开放的牵牛花,神情挺专注。那花好看极了,白色的喇叭紫色的边儿,很少见。珍珠丈夫也看了一会儿,转过身,轻巧地蹦到那根细细的鸟架上,"醒了!你真是越来越懒了,还不起么?"它似乎有些生气,恨恨地剜了妻子一眼。

它的妻披着满身的羽毛,那羽毛有些脏,呈灰白色,它懒散地耷拉着一只翅膀,从窝里慢慢地探出头来看看丈夫,再抬头看看这还算整洁的阳台,闭了眼想想,就索性一下子蹦到鸟架上,从这端蹦到另一端,精神振作地用翅膀把丈夫轰了下去。它站在我刚为它们添好水的水槽边,看见那水好清,尝尝好甜,再喝一口,望着鸟笼里的丈夫,它有些得意,故意气它似的又喝了一口,喝完就把头浸在水中。它总是用这种方法气它的丈夫,丈夫本不想理它,可也不能让这雌货总占上风!于是它就蹦回鸟架上与它争水,"你就不晓得让让我么?"它撒娇似的盯着丈夫,听了这话,它稍稍往边上挪了挪,妻子索性趁机蹦进了水槽。

我再看见它时,它刚从水槽里出来,拖着还在往下滴水的双翅和长尾,可怜巴巴地看着我。湿漉漉的羽毛紧紧地贴着它的小身体,我惊异地发现原来它竟然这么小，如果我把它放在手上，我的手掌满可以一下子将它攥死！它颤栗地站在鸟架上，随时都有摔下来的可能，我知道，它不可能摔下来，只是在那上面晃悠着，噗噜噗噜地甩着身上的水，甩得玻璃上、墙砖上、地上到处都是水。它用鲜红的嘴很耐心地啄理着全身洁白的羽毛。我为它打开窗，一阵晨风吹来，它瞪着圆圆的眼，冲着窗子喳喳地叫，样子很兴奋，叫得热烈而又充满激情。

雌珍珠今天这个样子很让我吃惊，平时它不爱洗澡——它是一只懒鸟，总是懒懒的，没有心绪打理自己的羽毛，有时它看着窝里的那两颗小蛋发呆，仿佛那不是自己生的孩子，甚至不吃不喝。今天不知为什么，为和丈夫赌气吗？现在它洗完了，阳光把它的羽毛照得发亮，红红的嘴配着满身的洁白，美极了。只见它纵身一跳，用一只爪子牢牢地攀紧鸟笼顶上的铁丝，将自己勾着倒挂起来，扬起头喳喳地叫，还是那么热烈而充满激情。

丈夫显然被它的行为感动了，也纵身跳在鸟笼的顶上将自己倒挂起来，扬起头喳喳地叫，一唱一和。

很久了，我就这样与它们习惯着——习惯看它们从水槽里跳进跳出，习惯听它们喳喳地鸣叫，习惯看它们倒挂的时候那双像玩偶般的眼神。当然，它们也习惯了我，习惯听我为它们倒水添米时的呵斥，习惯看我见到它们倒挂时轻轻的笑声。

楼下有一片草地，一个花池，两棵柳树，几株玫瑰，几丛丁香。每年春风吹过，草地上花池里的草叶渐渐显出绿色，柳树抽叶，玫瑰和丁香相继含苞，不出几天，红色玫瑰散发着的浓香，粉白色丁香花散发着淡淡的清香，这小区就一片草绿花红。

每到这时，我总想着把鸟笼提出窗外或是放飞这两只珍珠，让它们飞到草地上树枝上，沐浴春天的阳光和清风，不必隔着玻璃像囚徒一般。

阳台上少了一块砖,那个小洞里就住进去一窝麻雀,地方不大,家族不小,几乎有十几只:雀妈妈与最小的儿女们在窝里歇息,雀爸爸则带着一群雀们住在柳树枝上,往来飞落于树与"家"之间,来去随意。

丁香树下有一片空地,那是我专为麻雀打扫出来的——我每天清晨把白珍珠吃掉在阳台上的谷米撮起来撒在那里,好让麻雀吃。雀们也习惯了:它们几乎在清晨的同一时间飞到树荫下叽喳着,等待着,只要见我打开窗,它们就会蜂拥而至,撒下的米不消几分钟就被他们啄光,然后轰地飞到阳台外的窗边鼓噪起来。窗台很窄,站不住,一群麻雀们的两只小爪敲打着我的玻璃窗,我就只好开窗让它们飞进阳台。它们并不胆怯,见它们飞进来的那一刻,是白珍珠最快乐的时光——同类在鸟笼外飞跳,它们在笼里拍着翅应和。我虽不懂鸟语,可看着它们那欢腾的样子知道它们挺惬意,心想放白珍珠出来与麻雀们玩玩。于是那天在麻雀的叽喳声中把鸟笼拿下来,试着打开了鸟笼的门。让我惊异的是,这群小生命顿时安静了下来,安静得没有一丝声息,在我的脚边围着,仰头看着我。此刻那对白珍珠也从鸟架上蹦下来,呆呆地仰头看我,脚步怯怯地顺着笼边退去,眼里现出恐惧的神色……那是短暂的退却,可怕的安静,鸟雀们兴许同时在思索和观察,直到笼里的两团白色退到窝里,雀们依然蹦跳鼓噪起来,我们的这场对峙才算了结。可是,以后的几天,那对珍珠夫妻竟再不出窝门,甚至连探头的勇气也没有了!我不禁为它们悲伤:好端端的一对精灵,原本应该与它们的同类在天地间玩耍的,可惜,囚禁久了的生命只会这般退缩,甘愿在这笼中做着这无谓的消逝,消逝着时光和生命!这,也是习惯!

那以后,我再没有试着把鸟笼的门打开,因为我试过了。日子一天天过去,鸟雀也那样一天天相伴着,笼里的,笼外的,喳喳着,就那么对语,有时也争抢着米谷,在鸟笼的边缘。

——常于心中泛起的孤寂跟随着鸟雀清晨的啼鸣飘远了,那对白珍珠夫妻荣升祖父母后不久就相继终老了，鸟笼里永远囚禁着两只美丽的白珍珠，一代一代相传着；那群麻雀也如它们，一代一代地劳作在草间，有时也会飞到我的阳台上觅些食吃。毋庸置疑，它们其中的一些也没有免去被捕捉被拔毛被烧烤的噩运，可他们依然往来飞旋在那棵柳树的枝桠间——总得有些希望吧，活得艰难而有希望怎么说都比囚禁而无望强得多。

2005.7

笼中鸟

早有一番凌云志!

当初我从妈妈温暖的翅下钻出来,学它的样子展开我自以为已经强壮的羽翼,跟伙伴们跟跟跄跄地爬上前面的那个小山坡,山坡上风太大,刮得我差点儿从坡上跌滚下来。我蹦到一棵最大的杨树上,那树好高啊,心想妈妈为什么不在这里搭个窝呢?我站在高高的枝桠上向远方眺望,看见在冬日的阳光照耀下远处那个闪着寒光晶莹的湖面,湖对岸有一大片林子,林子后面是青青的蜿蜒的山,山后面是什么就不知道了。那时心中泛起了一阵跃动,我盼望着我快些长大,长大了我定要飞出去,远远地飞,高高地飞,飞出这个破家,飞过林子,飞过大山,飞向妈妈说过的遥远的蓝天大海!

而如今,是什么将我的生命之线折断?窗外一幢幢高楼挡着我的双眼,让我几乎什么都看不到了。每天清晨,只有一缕刺眼的阳光透过玻璃照在这个可恶的鸟笼上,让我不得安生。我站在鸟架上不想钻出来,因为出来也没用。我闭着眼等,等待主人为我添满一盅清水和一勺鸟食,我是可以喝几口水的,可那饭我不想吃——那还叫饭吗?千篇一律的谷米!你想,再好的美食天天吃有什么吃头呢?我心中好笑,看着这个和我同样无事可干的老头儿每天撅着嘴哄我吃饭的样子就好笑。他低矮的个子,光溜的头正好顶着我的笼子,把我的家顶得老是不停地摇他的样子很怪，为了让我给他唱歌，他使出浑身解数逗我，可我偏不，我厌恶他这样，我才不给他献媚呢。

我懒懒地缩在窝里，无所求。总是不由地思念爸爸妈妈和我那几个弟弟妹妹，思念我和我的伙伴们常去觅食的那片树林，还有那泓清澈平静的湖水……我无时无刻不在思念着，情真意切，真的，天地可鉴！

——现在想来仿佛仍在梦中，那天我怎么就那样糊里糊涂地、鬼使神差地钻进那张透明的网中去了？人们早就布好了那张网，（天罗地网！）如今的人类太贪婪了，因为贪婪而聪明，说不定哪天他们会死在聪明上，你信不信？反正我信。平日里我们也晓得那些网，站在树枝上能清晰地看见一个黑色的网扣，往往不会上当的。谁知现在他们淘汰了过去的旧式网，用上了一种巨大而透明的捕鸟网，地上撒了好多我们爱吃的谷粒作为诱饵，唉，也怪我们，"鸟为食亡"嘛……我颤栗在网里，看见那两个人收网时得意的笑，他们手脚麻利地把我和我的同伴分别放进几个小盒，我想我这次死定了：如今的人们就是这样，把我带回家，再把我卖了，那人再把我弄死烫水拔毛，然后放到箅子上烤，烤出油来，然后撒盐和孜然粉、辣椒什么的，他们就能挣到好多钱。想到这些我就害怕，可这是没办法的事。但转念想想，是的，如果说今天他们用这样卑鄙的手段把我们扣住，算我们倒霉，而他们呢？"人为财死"，他们这么贪婪这么欺负弱小，明天也定会钻进一张网里去的！不是不报时候不到，不信你们等着看。

我透过盒上的小孔看着他俩呲着嘴笑，一副狡诈诡秘的样子。他掀开盒子的一条缝，生怕我飞出去（当然我想飞出去），对他的朋友说："这小东西挺好看，瞧这俩眼多明亮有神，瞧着羽毛多滑溜——少说也值二百……"

于是我就被这老头儿买来了，他还顺便为我配了个精美的鸟笼和一只与我同样遭遇的美丽温柔的妻子。其实我和妻子应当知足了，我们没被人们吃掉那是完全仰仗着这身光洁的羽毛和这双含情的大眼。我们的主人很勤快，天天为我们打扫笼舍，给我们煮鸡蛋，他吃蛋清喂我们吃蛋黄拌谷米，让我们喝农夫山泉；夏天的清晨挑着我们去公园的那个幽静的林子里把笼子挂在树枝上，让我们吸吮足够的新鲜空气；担心我们被太阳晒蔫或被小孩吓着，逼着他老伴儿为笼子绣了一块十字绣鸟笼罩，那上面也有两只鸟……想想这些，从另一个角度说，人活得也挺悲哀：这么精心的操劳，他变成了我们的奴仆。其实人类和我们鸟类满可以互不相扰地生活在这天地间，天地是你们的就不是我们的啦？真不明白人类是怎么想的。

妻常站在架子上叹气，她把她生下的蛋全啄破了，待要责备她，她却苦着脸说："与其我们的宝宝像我们一样，还不如不生。"想想她的话也不无道理，就由她去吧。窗外的世界好大，我多想飞出去啊，可有什么办法？这笼中的生活虽然优越平静，但也无聊得可以，一天一天地望空兴叹罢了。唉，不想了，毕竟"食为天"，吃饱了再说吧。

有意思的是，吃饱了总是犯困。当然，犯困也惬意。就如当年那个阿Q爷爷吃饱后躺在土谷祠中的杂草里不也挺惬意的吗？

……黄昏时的故乡，爸爸妈妈不知哪里去了。朦胧中，像小时候那样，我仿佛孤单单地站在湖边高高的山坡上，看着湖水荡漾，看着湖莲之中的蜻蜓点水，看着我的伙伴们都在岸边的树上跳跃啁啾，它们不知为啥都不理我，我这个曾经被人类捉住过的鸟在同类的眼里也是卑微的，我只能噙着泪跟它们告别了。可你们知道么？我留恋晨曦时的枝头和傍晚草丛里蹦跳的蚂蚱，我想着我们那个屋檐下的小窝和这一泓湖水……

等吧！岁月流逝，在流逝的岁月中就这样等待，等待什么？等待着有那么一天这个鸟笼会突然散架，老头儿会为我们打开窗子让我们飞走。或者——等待死亡！是的，不是自由就是死亡！因为我是一只笼中鸟，不想什么故乡的湖水了。又是一天过去了，我呆呆地望着窗外远处小区的路灯下的几棵柳树上有几只鸟儿飞舞，还有停在那株大杨树阴影里的白色汽车，车轱辘下被碾压的小草仿佛在呻吟，还有……妻子从窝里探出头，不高兴地说："看什么呢？吃饱了——睡吧。"

1995.9.23

归雀

夏日天长。我还在睡梦中,它们就唧唧喳喳地啁啾于我的窗前了。

我知道它们就在我的阳台外砖缝处筑了巢,与我的小屋只一墙之隔;我还知道它们已经在这里繁衍了后代——一窝小雀每日清晨挤在巢口迎着朝阳等着雀妈妈归来,那圆圆的期盼的眼,那嗷嗷待哺的娇声呼唤,是只有母子间才可意会的特殊语言,如一条心线,虽然相距很远,但雀妈妈还是嘴含食物旋即飞了回来。那情景着实让我羡慕。我站在阳台俯身看,见是我,雀妈妈慌忙把淡灰色的双翅摊开拥住了小雀,那份惊恐的颤栗让我不安起来:它们是否仍旧记着,就是这个物种,当年曾经几乎被我们灭绝的往事?看见了我,它仿佛看见它的同类正在被拔了周身的羽毛在炭火上炙烤!如果真是那样,对于它们,那就是灭顶之灾……

北方的春天,天空苍茫一片,残雪覆盖的田地如条条瘦骨裸露在冷风中,干枯的树枝上挂满了破布条随风飘摆。不远处隐没在曙色中的朦胧村落,鸡不鸣狗不叫,有点儿瘆人。我和同学们无精打采地坐在寂静的田垄上,怀里都抱着一根长长的树枝,上面也挂着破布条,在这里等待……一只麻雀擦着田垄轻轻地飞过来,是它和它的同伴们饿极了冒险出来觅食的吧?我们警觉地站起向它挥舞着树枝,几十枝绑了布条的树枝把这只觅不到食的麻雀从这边轰到那边,它没有片刻的歇息,柔弱的翅疲惫地扇动着,沿着田垄低洼处吃力地挣扎。它累了,飞不起来了,我们忙跑过去,面对这只战利品,不忙着去逮它,看它再挣扎一会儿,"飞吧,有能耐再飞呀。"明知道它没有力气飞起来还要大叫着起哄,"飞呀,飞呀"的喊声有力且有节奏——这是强者向弱者的示威,还是同一条宝贵生命被杀戮前的自我调侃?当时的我们自然不管这些,十几颗小脑袋挤在一起,几十条小腿围拢成一个圆圈挥舞着蹦跳着吵嚷着叫喊着,吓得小雀伏在田垄上耷拉着双翅瑟瑟发抖,瞪着惊恐的眼似在哀求,我们分明从它的眼里看见一汪无助的泪,但仍不放过它——因为它是"四害",谁让它生不逢时地遇上这场"除四害"运动呢?这可怜的生灵,在大家的喊声里拼了最后的一点儿力气振起双翅飞了起来,我们又挥舞起树枝,终于在那个孤单单的丘冢旁,它头朝下沉重地栽了下去!

它死了。死在那蓬荒草里,一动不动,眼睛却依然睁着。那一刻,我们面面相觑,它的死似乎让我们清醒,没有人愿意拿它的尸体去凑任务。长大后跟同学们谈起这事时还满心的懊悔与惋惜。

我常常孤寂地独坐在落日黄昏的灰色暗影中,依稀见到在苍茫的田野里有一只小麻雀沉重而致命的一跌!困惑——如此可爱的小生命在当时是谁将它们归在了"四害"之内?它们为什么不能成为与人类共处的朋友?

小雀死后的第二年,听说中原一带虫害成灾。无计可施时,人们这才恍然大悟:害虫的天敌是麻雀!但为时已晚——这是自然对人类的报复,还是人类在做着无知的自虐游戏呢?人,可以战胜敌人,但很少能战胜自己,那种以破坏自然、毁灭自然的心态去面对自然恐怕都要失败,并且会付出无可挽回的代价。

……我不再俯身看它们,不再打扰它们的安宁与和谐。几天后,竟听不到巢里的母子对语了,少了这些娇音,我却多了些失落与惆怅,心里总有好多愧疚的话要对它们说，说什么呢？说，请你们原谅我儿时的愚顽？说，我那时不应当加入毁灭它们祖先的行列？说，我不该那么起哄做杀戮前的游戏？

不远处的一棵柳树绿叶稠密，长长的柳丝扫着地面，夏日的夕阳照着它庞大的树冠，上面映了一层金黄。树冠深处传来一声声雀鸣，短而高亢，我知道这是它们对同伴的呼唤。猛然，在我的脚下，又听见一阵轻轻的细语，我赶紧俯身看，见那小小的雀巢里又露出几只毛茸茸小雀的身影。

远远地，我看见一只雀妈妈从柳荫处飞回来了。

见这归雀，我心下安然了。

2011.8.8

弃猫

说起猫,我对它们并无感觉,也许是早年受到鲁迅先生"仇猫"的影响?说不上爱,自然也谈不上恨,同是地球上的生命,那就共处吧。谁知这世上的事总有个例外,比如那只曾经与我生活了两年的猫咪。

当初我和我的家人谁都没邀请它,它是自愿来到我家的。两年间,它的可爱为我们清贫的日子添加了无限的兴奋与快乐。可谁都没想到,它的离去,却给我们留下了无尽的懊悔与思念……

那是个盛夏的傍晚。晚饭时,我们突然听见了一声声凄婉的猫叫,沿着叫声寻去,见一只茸茸的小黄猫站在我家低矮的院墙上,瞪着一双晶亮的眼乞求地望着我们。它隔一会儿叫一声,微弱颤抖的叫声像在哀诉它的不幸。见我们抬头看它,那尾便轻摇起来——它最多有一个月大小,是一只弃猫?如此弱小就将它弃之,我的心里随即生出些许怜悯,顺口向它说了句:"下来吧。"它犹豫片刻,又叫了两声,看我们没有嫌弃它,就轻捷地跳下院墙,颠颠地跑到我的脚边,钻在桌下。孩子们地叫它"咪咪",它顺从地钻出来,他们亲昵地抱吻它时,它那样子就有点胆怯,瞪着略显陌生的眼看着周围的一切。孩子们玩逗它,击鼓传花似的轮流抱它,它并不恼,依然喵喵地叫着。自此,我家就多了一个家庭成员,小院里也平添了许多笑声。

那时,"文革"刚刚结束,百废待兴,人们的生活仍很清苦。知道猫是爱吃鱼虾的,无奈日子尚且勉强维持,哪有闲钱为它操劳?所以一日两餐(我家从不吃早点)它跟我们同样吃粗茶淡饭:把掰碎的玉米面窝头放在稀粥和菜里,它喵喵地跑来闻闻,然后抬头看着我叫几声,那意思像说,"又是这个呀?"就失望地走开,卧在树影婆婆的窗台上,眯着眼睡去了。我晓得它是嫌那饭"食之无味",心里也明白近日小房里的老鼠的确没有前些日子猖獗,那是全仰仗着它,心想这东西不能惯,便也就不理会它了。

邻居送给了我们两只鸽子,说是让小孩子玩,谁知这东西竟然抚育起了后代,而且繁殖太快,"鸽鸽不多,一月一窝。"大鸽子一个月养育两只小鸽子,小鸽子渐渐长大,再养育小鸽子,几何式地增多,没出几个月就成了一个可观的阵容。无论白天夜晚,小鸽子总是张着嘴"吱吱"地叫,像饿极了似的,它们的父母们听到这叫声就"咕咕"地对着嘴把食物喂给儿女,一副亲子的样子,让人看了好感动。孩子们自然把对"咪咪"的热情转移到鸽子身上,对它就冷淡起来。它也知趣,夏日里它常常默默地在小院里转,找个凉快的地儿闭目养神。大多都是卧在窗台的树荫里怅怅地望着天空,样子孤单而凄凉,至于它那时心里在想什么,就不得而知了。

邻家老太隔着院墙警告说:"你们得小心猫哇——它在窗台上卧着,就是寻思着想吃鸽子呀。"这句话非同小可,我们自然警觉起来,一家人七手八脚地把它塞在床下,我手里拿着扫帚点着它的脑门大声呵斥:"不许出来!如果你吃了鸽子,看我打死你!"我想我那时的样子一定凶神恶煞。"咪咪'被我们莫名其妙地推搡着,它惊恐地看着周围的一切,不明白曾经那么呵护它的这家主人如今怎么了?也许它能听得懂我说的话,颤抖着钻在床下的纸箱里低着头"喵喵"地叫。可怜这只不会说话的生灵,它是否在担心着自己的命运:鸽子一只没少你们就这么对我,用什么来说明自己的清白呢?它全然无助了,眼泪汪汪地呻吟着,又现出刚刚到来时那个乞求的样子。然而这次我们谁都没有怜悯它,仿佛它真的咬死了鸽子,孩子们依然恐吓它,我依然举着扫帚对着它高声呵斥:"如果你……打死你!"

唉!如今想起来我好愧疚啊!人,为什么总是这样不由自主地听信与盲从?强者为什么总是这样凌驾于弱者之上欺辱弱小呢?人类的向善之心呢?

老太的警告有些多余,我们的担心也有些徒劳。"咪咪"与鸽子从始至终都是和平相处的。那些日子,它大约明白自己的处境,从它的眼神里看得出来它内心的忐忑与犹豫,就像林黛玉似的不敢多走一步路,每日里看着我们的脸色小心翼翼地跟我们过着日子。小鸽子们渐渐长大了,一代一代地繁衍,渐成阵势。即使在冬天下雪的清晨,它们也会陡然腾空,声势浩大地盘旋在空中,鸽哨悠扬。每到这时,"咪咪"总是怯怯地站在院里的石阶上歪着头静听,它仿佛在等着那些天上的尤物回来,一动不动。待鸽子们真的飞回来了,它却远远地走开或是跳上院墙,看着鸽子们咕咕地叫着抢吃它的食,那年的秋天和冬天就是这样过去的。一天,"咪咪"默默地匍匐在我的脚边抬头凝视着我,依然是乞助的眼神,我突然发现它瘦了许多,猛然间想起在这半年的时光里,它居然每天把饭大多都给了鸽子,自己却一直饿着!啊,"咪咪",是畏惧我你才挨饿的吧?"人之初性本善",面对着"咪咪",我当如何诠释这六个字?

那天清晨,我们从梦中惊醒——不该是这么寂静的!听不见平日里鸽子那讨厌的"咕咕"的叫声了!掀起窗帘,只见春风把小院的门刮得啪啪响,家里人同时跑出去,鸽子们一夜间不翼而飞!小院里干干净净,就连它们的水盆也不见了!一时间我们盛怒了,怎么会是这样?那一刻,所有人都几乎失去了理智,没有了思维,不去分析,转身蹲在床下把正在熟睡的"咪咪"从纸箱里揪出来一顿好打,它懵懂着,蜷缩了身子可怜地叫着，它不知道家里人为什么事这样迁怒于它……

我举起的扫把停在空中——即使打它是否也应当有证据？或毛或骨，几十只鸽子啊，它能一下子吃掉么？连盆也吃掉么？我们面面相觑，它仍蜷缩在墙角里瑟瑟地抖，惊恐的眼一张一合困惑地望着大家。这时，邻家喊声大作，"我家的鸽子呢？——我家的鸽子丢了！"霎时顿悟，原来院里所有的鸽子全被人偷了！这小偷也太精明了，竟然如此悄然无声，如此不留痕迹！而我们全家人却长期提防着"咪咪"，甚至怀疑它嫁祸于它！事情过后，我们沉默了，它也沉默了，我破天荒地买来香肠喂它，它只是抬头冲我"喵喵"地叫着，将头扭过去，"妈妈，猫也懂得生气么？"孩子问我，我不得而知。再看它，它竟然出来进去地叫着，呼唤着，看着天空，眼泪汪汪地凄惨着……

春天的夜晚，睡梦中突然听见"咪咪"哀哀的叫声。我们惊醒，它怎么会发出这样持续而悲切的哀鸣呢？弃婴似的哭声让我们无法入睡。恍惚中捱到天亮，到院里一看，那景象让人惊呆——满院子的死鸡、死兔、香肠、烂肉、馒头，这些东西源于何处？怎么在一夜之间就撒了满院子？大惑不解时，仍是那位见多识广的邻家老太告诉我们：半夜猫叫是"叫春"，那些食物是追求"咪咪"的公猫叼来献媚的。哎呀，"咪咪"要恋爱啦？这可是个喜事啊。一家人随后就忙乎起来：给它搭个窝吧，总不能让它在纸箱里结婚吧？

可是，没过几天就有人找上门来说，你家的母猫招来的公猫把我家的母鸡咬死了，你家应当负责的。我无话可说，只好道歉赔偿损失，如此几天工夫，大半月工资交了"损失费"。可事情并没完，每天清晨院里一片狼藉的现状依然，丝毫没有结束的迹象，我的心中不安起来，天晓得它恋爱到什么时候？况且它似乎没有一个准爱人，每夜搅得四邻不安——这东西是不能再养下去了，咬咬牙把它扔掉吧。听人说猫是奸臣，谁对它好它就待在谁家，不像狗那么忠诚仁义。我想凭着它的乖巧，去谁家谁都会对它好的。于是那天夜里我不顾孩子们的苦苦哀求，把它装入菜篮里挂在自行车把上骑车直奔近郊的"和平村"，那晚的风很大，它在篮子里一直抬头冲我叫着，凄厉的"喵喵"声同样让我不安。在一个灯光密集处我把它抱出来，"你太给我惹事了，放你去找个善良人家生活吧"。我对它喃喃着，它晶亮的眼看着我，不再叫了。"去吧，去吧"，我捧着它的头对它说。"咪咪"不再看我，它从我手中挣脱，消失在风中。那一刻，我的心里非常难受，事已至此，难受也无法，只得返回家去。"愿你能遇到一个善待你的主人。"一路上我为它这样祈祷。

有些事想起来是很有意思的，譬如孩子们玩的"藏猫猫"，怎么不说"藏狗狗"呢？咪咪与我，就是这么玩的——在我回到家推开院门的一瞬间，一个熟悉的身影在我眼前跳跃着，"喵喵"声里，似嘲讽似得意——我全然是个失败者。

第二天夜里，我用一块头巾将它的头裹严，把它带到一片更远的旷野中——放逐。像昨夜一样，它不叫，只是抬头看我，片刻，它摇摇晃晃地走了，没有回头，踉跄在远处的那片沙地上。我不忍看它，便忙忙地骑车回家，一路上，我依然为它祝福。

睡梦中，一家人分明听到院外的猫叫声和沙沙的挠门声，"咪咪"又回来了？不是说老马识途么？莫非猫也识途？我们陷于迷茫与不解。

以后的日子我是个彻底的失败者，就连孩子们都说我曾经冤枉过"咪咪"，它才以此报复我。每日里它和我们依然是清淡的饭菜，不知为什么，它长期食欲不振，疑似有病？一日，忽然见它走路笨拙，恍然大悟："咪咪"要当妈妈啦！

养它尚且生出许多故事来，它如果再生出一窝小猫来，那如何了得？于是我第三次将它抛弃。这次要讲些策略了，不能无情地随意把它扔在郊外，而是抱着它交给了单位的门卫老伯。老人很喜欢它，每天清早去早市为它搞些鱼虾，无奈它不吃。每逢听到呼唤它就不知从哪里钻出来，踱到食盆前探头闻一闻，仰头看着老人"喵喵"地叫几声，然后走开。怕是鱼臭了？"哪会呢？卖鱼的还用冰镇呢。"人们就端起食盆轮流地闻，确实没臭，再呼唤它，却无身影。

不知它怎么知道了我的办公室，就在人们叫着"咪咪"的时候，它却静静地卧在我的门外，懒懒的。有时也叫几声，等我为它开门。那些日子，我常常听到猫叫声，即使它不叫。

至今我都不明白人为什么要褒贬猫：一说猫奸懒馋滑，二说猫造化不浅，三说猫不仁不义。真的猫没有情感么？——"咪咪"对我的依恋和期盼，那深情我是不会忘记的。它与我在一个单位里，只要我上班，它总是在我办公室门口等我开门，想方设法地进来静静地卧在我的桌旁，或是尾随着我送我下班。听老伯说，如果我休息，它会冲着大门轻声地叫，这真让我难堪与不舍。咪咪呀，你有思维吗？你为什么对我如此依恋呢？

一周后，老伯兴冲冲地在院里喊，"大猫生小猫啦，喜人死啦……"人们忙去看，它不动，疲惫地眯着眼，小猫们依偎在它的身下，可怜巴巴的六团红肉本能地张着嘴寻找着乳头。那以后我几乎天天去看它，看它的儿女们一天天长大，看初当母亲的"咪咪"幸福地睡着。一个月后，六只可爱的小猫已经可以随意地进出纸箱了，它们像妈妈一样美丽，亮晶晶的眼，柔顺光滑的黄毛，不由得让人爱抚，人们几乎将它忘却。

又一周，听老伯说，清早"咪咪"还躺在墙角喂它的宝宝，那后来就不见了，老伯也没在意，谁知当小猫们追逐玩耍后呼唤妈妈时，"咪咪"却遍寻不见，我和同事们找遍了院里的各个角落，都无济于事。

就这样，"咪咪"失踪了，没人晓得它去了哪里，只是，只是听隔壁单位的那位会计说，清晨，她见过有一只猫在她的窗台上卧了很久……

　　"咪咪"的出走，让我失落，让我思念与悔恨。我不清楚它是出于怎样的思维弃儿女于不顾，决然地走开了，——它原是一只弃猫，我想它不会忘记那些失去母亲的冰冷岁月吧？当初，为了有个归宿它来到我家，那是一种追求一种寻觅，它视我为母。而我呢？却视它为一个没有情感没有语言的牲灵而并非一条珍贵的生命去呵护、去善待它，不理会它也就罢了，甚至为了鸽子无端恐吓它打骂它！这是人类的自私狭隘还是动物本性的回归？记得"文革"中期我最后一次见我的启蒙老师，他为我留了一道终生的作业——每天都要回想自己当天的所作所为，他说那叫"反思德行"。而今，"咪咪"不言不语地走了，它是有"德行"的，它的温顺、它的忠诚、它的宽容、它的坚强……它的诸多品德恐怕是我们人类所不及的，至少于我，比起它来，却相距甚远！

　　相距甚远！

2003.8.10

不养宠物

宠物是不能养的,那倒不完全缘于它们身上有细菌啊病毒啊什么的,只有一点就让人受不了:若那宠物丢了或是死了,你会不思茶饭得痛苦好几天。

我就是这样。

和它相处了不到一周,名字还没想好,就暂时叫它"狗狗"吧。

狗狗长得不算太好看,可也不丑,可爱之处是它的伶俐与乖觉。个儿不大,一身贴身的黄毛,上了油似的光滑,翘着的尾见人就摇,抬眼看人时那欲言又止的样子,小声汪汪几声,算是亲昵地和你打了招呼——我想,倘若它是人类,将来定是个呵护妻子爱护子女的好丈夫好爸爸。

然而不知为什么,眼下无论什么关系都讲起了"缘分",这我信。三十几年前,人们都住着平房,小孩子爱小动物,就在院里养只小狗给孩子玩。那时不叫宠物,人们也不去宠它。更不知这东西有什么狂犬病,但它们大多与我无缘,养着养着,非丢即死,那一刻我也绝望得心烦,便没了心境。

与狗狗初次见面就爱上了它,爱它的聪慧,爱它的善解人意。第一天往阳台上尿了一次,我坐在板凳上教训它:"以后不许在家里大小便,不然就打!"后来它就真的没犯过同样的错;清晨与它散步回到家后，不经我允许它立马跳在沙发上静卧起来，我又教训它："沙发是我坐的，你不能坐！"它歪着头看看我，虽有不服却也轻盈地跳下；它似乎渴了，伸出粉红的舌头让我看，我给它端来水，它只喝了两口便想睡去，"不行，你要喝完水才对！"它不情愿地把头扭过去看身边的白瓷砖，想了想，终又扭回头来喝尽了水……

每天黎明五点半，我睡得正香，它就开始叫我，先是轻轻地哼哼两声，听听动静，然后再汪汪地叫两声，音量就高了四度。我若仍没反应，它再叫两声，音量就又高了四度。无奈只好揉着睡眼，牵着链子与它同行。我想我没有得罪它的地方，缘何那日在散步时它突然挣脱链子跑掉呢？兴许我对它不够顺从？没像别人似的给它喂香肠？——链子在我手中握着，它却跑了！为我留下了一个义无反顾飞奔的身影。我有些沮丧，拽着耷拉的链子遍寻不见。

夜里我就惶惶，虽说是条小狗，怎么也是个生命，它跑向何方？"千万不要成了'拉兹'（流浪者）。"心中为它祈祷着。突然，听见门外有挠门声，似它轻声"汪汪"地叫门，怕是惊动了邻居？我欣喜若狂，忙不迭地开门迎它——见它站在楼道的灯下，歪着头等我，"呜呜呜"似在与我诉说什么，"这一天你去哪了？进来吧。"我说。它依然抬头看我，眼中现出深深的悔意——可我怎么也没料到，就在我蹲下去要抱它的时候，那一瞬间，它又跑了！此后再没回来。

我呆呆地站在门口，不知所措。百思不解：它为什么跑了又回来？见到我为什么又一次断然跑掉呢？哦，是它渴望自由不愿被我束缚？还是与我无缘？也许，它跑回来与我告别？总之它给我留下了无尽的憾意，让我思念让我反省。

我无头绪地转身，心中惆怅着。猛然间从那个我养了七个月的两只小乌龟的玻璃缸里传出一声长长的叹息，清楚的长叹声！随后见其中一只从"楼上"的玻璃板上滑落到"楼下"的水里——那是小喜豆爱的小乌龟——我不相信自己的耳朵，这玩意儿怎么会叹息？便伸手摸摸它背上的硬壳以示安慰。

第二天，我竟然发现水中的那只乌龟早已不动了！我想象不出在生命的最后时刻，那一声长叹是否也在与我告别？至今我还很为它的生命惋惜着。

于是，我下定决心以后无论怎么都不能再养宠物了！佛说：一切随缘。可是，乌龟的死和狗狗的离去让我心中很是纠结，自己又非坚强之人，怎能将几天来的困顿、迷茫与烦忧随着它们的离去而安然？没出几天，邻居告知我，见一老者牵一条小狗——老人说，是小狗半夜叫开他家的门。次日他领着它寻失主，哪知小狗竟不离他左右，这叫"缘分"吧？于是，他就为它起名叫"豆豆"，如今已是他家的一员……

"要回来吧？"她问我。

我想了想，"不啦，就这样吧。"我想我仍会想念它的，同时我也想起一句歌词来："只要你过得比我好，……所有快乐在你身边围绕……"

2012.6.8

梨树的事

梨花洁白冷凝，杜牧早有"砌下梨花一堆雪"的诗句，那也是轻飘飘的赞许。翻检古人咏花诗，记得最清楚的要算岑参的那句"忽如一夜春风来，千树万树梨花开"了。大多是咏梅、咏柳、咏桃花，就连清代才子纳兰容若也要咏一咏少见的"红姑娘"，难道因了一个"离"字就要真的疏远这位冷美人么？

我终不舍得丢弃她，是因为她就在我的窗前，从我搬来，到我搬走。也曾想为她献一首"赋"，可又觉得我本是个粗鄙之辈，压根没敢动笔，但心里总是痒。离开她多年，想必她或许早就在那年地震后重建家园时被人伐掉了？可是她的身影，她的花、她的叶、她的果，她秋后的红晕和冬日里瘦弱的摇曳……曾经给我和我的全家以无尽的欢乐。

那是冬天，一家人忙乎着搬家，就没在乎她。待安顿下来后，才发现她长长的枝条挡着那窗仅有的阳光。

"梨树，又是在窗前，不吉利——砍掉吧。"友提议。

"别，好歹有点绿色——你那么唯心？"

他不再说什么。

那时，她还是棵纤弱的小树，将她的枝条剪短，窗子上就现出了斑斑驳驳的亮点。到了晚上，她那冷清的枝影怯怯地伴着月光缓缓地探进屋里，小屋就平添了几分月的朦胧。

春天，桃李花开。春风骤起时，纷纷扬扬，红雨落地。她却迟迟不见动静：叶子蜷缩着，花蕾如豆——这梨树的花几时才开？孩子们着急，他们也怀疑我当初做了件无益的事。我便对他们讲："传说天上的玉皇大帝要给众树神配颜色，讲好第二天卯时聚集。次日黎明，桃、李、杏……众树神一一到齐，唯梨树神没到，又等了片刻，仍不见来，'那就开始领颜色吧。'玉皇大帝说。于是大家就把自己喜爱的颜色拿走了，红、粉、黄、紫……只剩下白色没人要。等梨树神姗姗来迟，听玉皇大帝教训了一顿，只好将那剩下的白色捧在手里。从此，每年春天，姹紫嫣红开遍，各种树长了绿叶之后，梨树才开……不信，你们等着下一次风刮来，梨树就开花了。"

我原本是想讲个故事哄他们，哪知第二天夜里就刮了一场大风，真真的是"忽如一夜春风来，千树万树梨花开"，一大早开门一看，啊！梨花开啦！雪般的梨花缀满枝头，五六朵聚在一起，层层**叠叠**，恰似云雾。简直不敢相信这是真的，那洁白、那纯净、那淡淡的清香，在做梦吧？

有趣的是，老老少少的邻居们看见我家的梨树花开竟然挤在门口争相来看，他们似乎忘记了不久前他们对梨树的鄙视，满院子里充斥着"不祥之物"的贬损，而今又给了她"纯美、高洁"的赞许。人啊，多变得有时还真说不清。然而梨树并不知道这一切，由天下人随意褒贬。岁月匆匆，她每年一如既往地在岁月交替中花开花落。

梨花的美丽是雪缀枝头的素装，那梨花的凄凉就莫过于落英的萧瑟了。还好，落英过后，只消一晚，曲卷的叶便舒展开来，再下几场春雨，就可见满树的嫩绿满眼的蓬勃！稍一留心还能从绿叶中找出几枚像样的幼果，她孕育得实在艰辛。从这一刻起，那果儿就顶着花蕾一天天地长大——其实它们长不了多大，最大如婴儿的拳头就见秋风渐起了。没过几天，那梨叶变黄，再变红，红如枫叶，至今我还在书里夹着几片当年的红叶,那叶经纬分明,依然红得诱人。我闭着眼睛想她,想秋风起处,那梨叶飘飘摇摇,蝶般地在空中潇洒翩飞,神态自如。

果儿不能吃,酸涩无比——这是我对它们的判断。想来大约三四年,我们看着那果儿纷纷摔在地上,就把它们倒掉了。有一年初冬,见家中小狗总在一堆煨炭周围转悠,哼哼着自语,便走去看,只见那里有三个小梨,拿起一闻,哎呀,奇香扑鼻!黄黄的软软的,所谓"香水梨"莫非就是它?我忙忙地将它们捧在手心,让家人一一闻过,后悔不迭:如此香的果子竟然被我们扔了好几年!真真的愚蠢无知!

那以后的每年秋天,我和孩子们总是小心地把它们从树上摘下,差不多能摘两大篮,分发给众人,让人们放在家中,不出一个月,那香气渐渐弥漫在屋里。有的时候,"分享"不一定单指物质或精神,还有空气,譬如这香香的梨味儿。都说梨不能分着吃,在那个年代,因为这罕见的"香水梨",人们就不管那许多,"尝尝,来,尝尝。"三四个人分吃一个小梨是正常的事。可见,任何说道都是那些无聊的人在万般无聊时编排出来的,不可信的。

最惬意的要数夏天,酷热难当时,我与友人聚在梨树下,难得这浓密的绿荫和清凉。一壶淡茶,天南地北地神聊,每次都是众人抬头看这伞状的梨树,浓荫匝地,心也不那么躁。再由她铺展开去,以树会友,谈诗、谈文、谈画……西方的古典的;精神旅游、精神会餐,无不涉及。"背一段吧——泰戈尔,"于是我当仁不让:

……*我的情人的消息*

在春花中传布

它把旧曲带到我的心上

我的心突然披上了

冀望的绿叶……

都是一群初入中年就舔尝了生活苦涩的人,不免一阵沉寂,梦一般沉浸在诗人的诗意中。继而大笑，笑那寒凉终将过去——"啊，我的春花的消息／在梨树间传布／它把异香带到我的心上／我的心突然披上了／冀望的绿装……"欣然间转身，迎来邻家几个小童稚幼的歌声。

直到晚饭吃过，明月东升，树影婆娑，友人才站起来，临走摘一片梨叶含在唇间，"冲这梨树，过几天再来。"这样允诺着，相随着不舍地离去。

那几年，我的小院里之所以这般热闹，都因了这棵梨树，花开时节，引来蜜蜂无数；春尽时，北归的燕子在我破旧的屋檐下筑巢；人来人往，也是这梨树的功劳。人，有的时候总想驻足，想回望，甚至想岁月倒流，哪怕一年、一天、一小时……又怎么可能呢？

所以，要——珍惜当下！

1999.5.12

第六辑：感受夕阳

　　看看时光飞逝青春已过，留给自己的，只有那点儿剩下的时间和自我把持的尊严，总不能老是模仿曹孟德发出那句"人生几何"的感慨。人处夕阳而不忘朝阳，有一颗积极向上的童子之心，自由奔放于夕霞漫天的晚霭之中，我想，惟如此，方能活得平和与热情，方不虚此行。

感受夕阳

芳草夕阳、长河落日、白日依山、林收暮霭……我们可以从古人浩瀚的诗作中找出无数关于夕阳精美的描写，可以在多如繁星的画作中选出无数关于夕阳壮美的图画。也曾经在仲秋的黄昏时分登高远眺西山衔日，北国风光，秋风轻拂，傍晚那金灿灿一轮橘红的夕阳高高地立于如长蛇微睡的大青山之巅，朦胧的山影和山下大片杨树林枝杈上的雀巢轻托着这轮金黄，凝固在天边，金光四射，十分耀眼。但不知为什么，总感觉这夕阳景色虽美，毕竟生命将要隐退，心中便郁结了浓浓的憾意，后来我才渐渐明白，那是我压根儿就没弄清楚夕阳的生命意义！

儿时在故乡，夕阳常常伴着祖母颤哑的呼唤忽悠悠地滑落在山坳深处，春去冬来，四季不变的夕阳总在它值守的时辰来临，当最后一线余光遁去，我晓得，快到"鸟入林，鸡上窝，黑了天"的时候了。从不想朝阳与夕阳的区别，每天日出三竿我依然在懒觉的梦中。何谓"清晨"？清晨于我，是"鸡儿鸣，鸟儿叫，狗儿跳"的时候。愚顽小儿，似乎晨昏与我无关，仿佛时间不会让我长大甚至变老，这就形成了一条规律：初始的美好往往被人们忽视，那些"珍惜时间热爱生命"的规劝也常常成了年长者对岁月的感慨。

从人生的晨钟到暮鼓，这是时空差异还是地域差异？我没想过。早年读毛泽东"坐地日行八万里"的诗句时，还很惑然，甚至在读到"天地转,光阴迫,一万年太久,只争朝夕"时依旧不以为然,总感到时间过得太慢,心想那青春是会永驻的。可见人在生命的旺盛期并没有意识到时间的转瞬即逝,直到生命迎来夕阳华照两鬓霜雪时才悟出此言的真谛。

我就是这样!如果当下让我来说这几个字,我定说得心虚,说得愧祚,说得底气不足,所以我决不会以长者的口吻去教导年轻人。也许,我会四顾、会忐忑,自叹:"青春不再!"

悟得有些晚了!但,还好,终究悟出来了!

那年我应朋友之邀去南方旅游,去之前我自然沉浸在远行的兴奋中,根本没想旅途中可能会出现的困难和不适欣然上路了。到汉口转乘车时,正值午夜,空寂伴着料峭的春风和无情的冷雨穿游在我的周遭,远处的高楼影子似的在风雨中飘摇,听不懂的语言和满眼的陌生让我感到少有的孤独,一根冰凉的水泥柱子成了我栖身的依靠。此时我努力控制着冻得发抖的身体,后悔我的毫无准备——我盼着清晨的到来,我渴望朝阳!

那天的清晨我干了些什么?匆忙拥挤匆忙上车匆忙找座位,然而我始终没有找到自己的位置。一路站着,风雨兼程,到了朋友家已近黄昏。淡月东升,夕阳最后的那线余光斜斜地从窗口挤进来,朋友坐在轮椅上看着我瑟瑟发抖的狼狈样沉思半晌,我们没有问候没有寒暄,只是"执手相看泪眼,竟无语凝噎"。良久,终从心底迸出一阵淡淡的苦笑……

我有时会揣测当年李商隐感慨"夕阳无限好,只是近黄昏"时居于怎样的角度或高度?是感性的还是理性的?是文学的还是政治的?既然"无限好",何必有"只是"的转折;既然"只是近黄昏",那么"无限好"就必是有限的。其实这句话理解为光阴有限岁月无情,是否更妥帖些?

倘若立于高山之巅看落霞满天，随后是如血残阳的一轮夕照，那景象一定壮美。想当初那位"力拔山兮气盖世"的项羽，正值壮年时就无奈地舍弃他身边的一切美好，自刎于浪花滚滚的乌江之畔，无论他怎么有尊严地倒了下去，无论后人怎么赞美这位英雄，他的生命指针都已经定格在西下的夕阳之中，他的死不能说不是一场凄凉的人格悲剧！

案上摞着朋友《生命渴望阳光》的新作，封面是淡淡的橘黄，两朵向阳的葵花寓意着她对阳光的渴望，我理解并敬佩她：在潮湿中天天要为疼痛的身体付出巨大的忍耐，而且每天还要完成几千字的写作计划，这需要何等的坚持，何等的刚毅！忘不了她曾经对我说："活到如今，我当然渴望朝阳，但也无惧夕阳。"是的，凡经历过风雨的人，在面对美好理想和残酷现实的时候，都会像她一样淡定与从容。因为在其心中，永远有一道永不黯淡的理想之光！

——既如此，想来人生到了夕阳光照的年龄就不必去追求不必弥补了？也不然，看看时光飞逝青春已过，留给自己的，只有那点儿剩下的时间和自我把持的尊严，总不能老是模仿曹孟德发出那句"人生几何"的感慨。人处夕阳而不忘朝阳，有一颗积极向上的童子之心，自由奔放于夕霞漫天的晚霭之中，我想，惟如此，方能活得平和与热情，方不虚此行。

2011.5.3

童年的"年"

儿时,一过秋天,西北风刮来,天阴沉沉的,姥姥就从旮旯里拿出那个棉门帘,让姥爷帮忙挂在门框上,这时,他俩几乎同时说:"天冷喽,又一年喽。"

此后,我便开始了对"年"的企盼。

这一年,是共和国成立后的第二个春节,人们经历了几十年的战争和离乱,贫苦与悲凉,终于盼来了能快乐地尽情地过"自己的年",那种从心底透出的喜悦溢于言表。

"钢鞭"放了,"二踢脚"放了,我捂着耳朵跑回家,手不洗就爬上炕吃几个水饺,忙去翻找我的新衣服。穿上蓝底儿紫花棉袄,里儿面儿三新的棉裤,还有脚上的新棉鞋,迎着裹了雪花的寒风站在飘摇的灯笼下,姥姥喊我回家,我头也不回地大声说:"我不,我要熬年!"

于是,我和邻家的小妹真的"熬"过了除夕夜,又"熬"过了年初一,等姥爷摇醒我的时候,已经是初二的清晨了,摸摸新棉袄的衣兜,里面竟装了好几毛钱的压岁钱。

冻红的小手里举着一串一尺多长的冰糖葫芦,从大到小的一串,晶莹透亮的鲜红,看着都香甜爽口。我坐在姥爷的肩上,不时伸出舌头舔舔那上面粘得厚厚的冰糖。脖子上绕着两圈海棠大红果,足有三四十个,那样子挺像"西游记"里的沙和尚。

姥爷扛着我穿梭在喜庆热闹的人群中，远处传来"拉洋片"艺人那单调沙哑的歌声，我忙四下寻觅。在熙熙攘攘的庙会里，到处是打腰鼓和耍"霸王鞭"的方队，人们围成一个一个的场子，把那些唱京剧的、说评书的、变戏法的、唱京韵大鼓的围了个水泄不通，叫好声此起彼伏。

"姥爷，我要看拉洋片。"我手指着一棵粗大杨树的方向，就要从他的肩上滑下来。

"你慢点，小贼丫头。"姥爷一边说一边把我轻轻放在地上。

靠着大树有个柜子大小般的箱子，一条长凳上坐着三个等待开演的小孩，她们跟我一样喜欢看"拉洋片"，因为这个箱子是神秘的，里面装着好多"电影"，我爱看那一张张游动的图画，爱听拉洋片艺人那时而低沉时而激昂的歌声，更爱抻长脖子看他用脚踩动的牵着他头顶上的那副光闪闪的铜镲，那清脆的声音能传出很远。

我坐在最边儿上的圆孔处，他看人坐满了，就拉开那条蒙着圆孔的红布，我捂着一只眼用另一只眼往里看，里面的灯光有些黯淡，"银幕"慢慢地往上翻，一面鲜艳的五星红旗飘扬在天地间，"锵锵锵——"，他清清嗓子开始唱：

小小子，小姑娘，

你们用眼睛看，你们用耳朵听——

听听、看看这面飘动的红旗红不红？"

我们忙齐声答："红！"

他接着唱：

"看，毛主席领导人民闹革命，

八年抗战打跑了日本兵。

百万雄师过长江，

打得老蒋直哼哼。

解放军，真英雄，

一枪没放，就解放了咱们的北京城……

几乎忘掉了自己是个拉洋片的艺人，他沙哑的嗓子动情地高声唱着。这情景一直铭记在我心中，长大后我还常常想起他。

童年的年渐渐离我远去，但有些人和事我总也忘不了，比如，北京城里"咣咣"行驶的电车、"蹭蹭"几下爬上竹竿的猴子、那独有的京味叫卖声，孩子们手中举着的冰糖葫芦和绕着脖子的海棠果，当然，还有那个满怀激情演唱的拉洋片艺人和他的那副光闪闪的铜镲……也许，有时也会出现短时间的骚动，可那毕竟是一出欢乐剧中的一段小小插曲。

中国人的年永远是和谐喜庆吉祥的年。

2011.2.1

祝福自己

似乎成了习惯,每年的这天夜晚我都会找个空旷的地方久久地伫立在那里仰头看星星。这时节中秋已过,秋高气爽。恰这几日无月,但站在秋风微拂、星光闪烁的天宇之下,那种大自然开阔缥缈的意境便渐渐浸入心底,胸中的无名烦恼会被这星空下的静谧打扫得干干净净,真想高歌一曲,将我的心我的灵魂幻化成这夜色中的空寥,如此美妙的夜和如此好的心境,是应为自己祝福的。

我很知足,因为我是幸福的。想想当年我出生的这天,肯定也是这秋高气爽的好天气,没有恼人的缠绵秋雨,没有让人发抖的阵阵秋风,没有落叶,没有萧瑟。听姥姥说,那时,几十年人们紧锁的眉头终于展开了,笑声荡漾在胡同的角落里。就是嘛,"驱除鞑虏"的口号喊了几十年,八国联军的阴魂不散,日本人又来烧杀抢掠。在这些狼的眼中,中国人还是人吗?如今好了,他们投降了,人们再听不到枪炮声了,也看不到满街乞讨者可怜的身影了,可以踏踏实实地过日子了——我恰在这个时候来到这个世界,不是很幸福很应当祝福自己吗?

我很知足,因为我是幸福的。在我之前的人们极少可以上学认字,在我之后的下一代,他们遇到了"文化大革命",自然耽误了不少学习的机会。而我恰好在国家倡导扫除文盲的时候上学了。虽然那时校舍简陋师资不足,可后来的情况大有改变,而且我遇到的都是极负责任的老师,开学2.5元的学费听半年的课,让自己多么快活、学到了多少知识啊!语文数学历史地理生物体育音乐……原来我是什么都不懂的,而在校的时光更多的是让我懂得了怎么做人,几位恩师的谆谆教导我至今铭记于心。我虽然没有实现自己的理想,而我明白理想不是人人都能实现的,正如这空寥的苍茫间不能天天有月一样,人们不是照样代代生活下来了吗?况且有许多人至今仍是文盲仍是贫困的。

我很知足,因为我是幸福的。久久凝视着眼前的这张照片,孩子们扇形地立在我的身后,众星捧月一般。他们脸上的笑容足以让我觉得我是一个幸福的母亲,虽然他们早已不是孩子。儿女们从当初的愚顽到如今的人到中年,在这么漫长的岁月里,首先应当感谢生活的逆境和命运的多舛,如若不是那样,想必他们至今不懂得珍惜生活,不懂得蓝天与大地的胸怀——多么简单的道理啊,曾经种过地的人不会浪费粮食,曾经缺水喝的人一定珍惜水,曾经经受过磨难的人必然有超出常人的坚强!在摄影师按下快门的一瞬间,我的思绪猛地飞回到多年前那个生着炉火的小屋。那晚,寒风呼啸,窗外的牛皮纸窗帘用三块砖头死死地压着,大约那时你们感到了孤独和恐惧吧?然而,茶杯里那个蟋蟀有力的鸣叫声很让我们感动了……

我很知足,因为我是幸福的。我有几位深深懂我的老朋友,也有刚刚结识的新朋友;有幼时一块儿玩耍一起学习的同学;有我的兄长我的姐妹。几十岁的人聚在一起依然海阔天空地神聊,天上地下、国内国外、上下五千年。一如当初那样,站在冬日温暖的阳光下,聊神奇的《海底两万里》,聊《红岩》中许云峰江姐的坚强甫志高的卑鄙,聊中央的反腐决心……

从少年到老年,岁月悠悠,可谓漫长;而又弹指一瞬,可谓短暂。但如今还有人记挂着我,关心着我,疼爱着我,这不是我今生之大幸吗?我的退休薪水不多可供衣食,自我保养下有个还过得去的身体;还有，我的日子是何其自由与简单呀：迷恋读书可以尽情地读、喜欢听音乐就反复欣赏那柔美的《蓝色的多瑙河》和凄美的《梁祝》；逛街时和年轻人擦肩而过、买菜时与菜农玩笑似的砍价；在万籁俱静的夜里打开电脑，那又是个万全世界，想知道什么都能找到答案，新闻微博旅游淘宝文化历史健康资讯……激动时就毫无顾忌地感慨几句抒发几句祝福几句，正如现在——我的亲人、我的朋友、我的同学，以及我不相识的人们和我一起丢掉烦恼，常忆美好，看看在秋日阳光下那高远的天空，列队南飞的大雁，它们辛苦吗？痛并快乐，生活就是这样！——祝福它们，同时也祝福我们。

2011.9.28

身影

　　故乡的山路是羊肠小道。细细的，长长的，曲曲弯弯的。那时候我常跟在祖母身后颠颠儿地跑，手里握一把兔兔草，对着太阳举起又放下，看自己的身影跟着我跑，抻长了缩短了，莫名又可笑；"奶奶，你看我有影子，你也有。"我跑到山腰对祖母喊。

　　"人没影子还行？没影子是鬼！"祖母挑了满满的两桶水，喘息着说。她的话让我从心里害怕，我知道我不是鬼，可是我怕碰见鬼。于是我睁大了眼看自己的影子，惟恐它从我的脚下消失，心里便没头没脑地想：我的影子是谁？它从哪里来？到哪里去？

　　不曾想，据说当初这个幼稚的猜想如今却成了一个"人类永恒的哲学主题"！

　　我不懂哲学，不懂这么简单的念头怎么会变成一种"思想"的启蒙。我只知道自己的身影无时无刻不在跟随着我，这让我安心，它虽不能像人们见面似的互相交谈，可我坚信，我的一举一动它是明了的，无论我能骗了谁也骗不了它，也许这就叫"良心"。

　　那年七月，我想象不出什么地方的夏天会比这里的夏天更热，万里无云，太阳炙烤着大地，我蔫蔫地骑车回家，路上人不多，除了电线杆上的喇叭里唱着"大吊车，真厉害"的样板戏外，这个世界已经悄然无声了。——那是一个怎样的世界啊？我的一个同事，她是南方人，白而清瘦，不善言语，只因她的爱人是蒙古族，是"内人党"，所以她也就成了"内人党"，又因为我曾经跟她照过相，那么我也成了疑似"内人党"。这很可笑，那时的社会生活，更确切些说，是政治运动，就像初中生在做几何题：因为A角等于B角，所以C角就一定等于A角。我无法容忍那个"标兵"在会上的胡说八道。"既然她这样胡说，那么大家都胡说好了。"我心想。

回家的路似乎很长很长，像走在沙漠里一样举步维艰，自行车几乎被烈日晒得熔化了，柏油路有些发软泛黑。此时我真渴望路两旁能长出粗大的树来，像故乡县城里马路两旁的桐树似的，浓绿而宽大的树叶遮蔽了阳光，树荫下的清凉让人舒服。再不就像能喝到故乡井里沁人心脾的水似的，周身的爽快无法形容。我茫然地看着自己那虚幻缥缈的身影紧跟着自行车缓缓地移动，不知是燥热引出了烦恼，还是烦恼引出了燥热？我有些讨厌自己的这个身影了。

推开小院门的那一刻我愣住了，我尊敬的小学老师正站在院里的树下等我。他穿了一身破旧而干净的工作服，头发几乎全白了，满身疲惫的样子。我与老师多年不见，听说他和其他老师都受了许多苦，挨过不少斗，但他的眼睛告诉我：他没被打垮！

"几天来我总是想你，形势有点儿乱，你是我看着长大的，怕你……"我让老师坐下后，他就急忙说出来意。

面对着如父亲般疼爱我的启蒙老师，我好一阵沉默，在我刚刚被运动挤兑得将要迷失方向时，他的到来无疑是要引我走出这片心的荒漠，可他是怎么知道我正处于运动漩涡之中的？

"猜的，感觉的。"他苦笑着说。

于是我把我的处境和想法都告诉了他，他眯着眼，平静地听我愤怒地倾诉着，我说，这叫自卫。我说，反正水也浑了，索性大家都浑算了。我说，这是他们逼出来的。我说……

"你怎么知道她不是逼出来的？有谁愿意违心自愿胡说？"老师的眼盯着我问。我无言以对，"我就是怕你这样才来的，你虽善良，可你执拗，宽容别人原谅别人，你才能有出路——她也是没有办法呀！"

那天老师与我谈了很久，午后将逝他起身走到院子里，天气不那么热了，太阳照着他已经驼了的背和花白的头发，在地上映出一个长长的身影，"你看，"他说，"自己的身影永远跟着你，你歪它就歪，你正它就正，你的身影就是你的心，记住，自己的身影、自己的心永远不能歪。"

此后我再没有见到老师，几年后我听说他已经故去了。但在我的心中，他最后的音容早已定格在那个夏日的午后，我不免有些伤感与愧疚：生活中的每一次困惑，都是老师为我指点迷途，而我却无以回报。就不由地埋怨自己那天为什么要跟他分别在这棵梨树下，莫非真是梨树让我们离别的吗？无限惆怅于无尽的懊悔之中，不能自拔，很久很久。可以自慰的是，我听了老师的话，原谅了那位同事，并且我也没去胡说别人。运动在必然的轨道上行进，高潮过后就慢慢地黯淡了。我的身影始终跟着我，我看它的时候它也看我，它对我说："站直了，你直我就直。"于是在我的一生中，无论处在多么艰难的困境下都没有弯下腰来，为自己，为老师，为了心中那永恒的承诺。

2011.7.29

守候岁月

独自坐在夜色中的树影里，想着白天那一阵风一阵雨的狂躁，雷与电的震慑，那一刻真把我吓住了。大概也不只是我，我见人们急忙从窗口探出身关窗子，风雨来时人人都恐慌，何况在这彤云密布的雷鸣电闪之中。

现在一切都平静下去了，仿佛什么也没有发生过。我独自坐在夜色中的树影里，抬头看天上残云飞渡，侧耳听周遭人声沉寂，心想这好比人的一生：乱乱哄哄吵吵嚷嚷，然而终有一天也会如此沉寂下来，一切都会消逝而去。

难得的却是一种心境，一种无视纷乱、无惧嘈杂、淡然寥廓的心境。

——生命，不是在痛苦的颤栗中诞生的吗？那喧哗的声响犹如夏日里的雨，倾泻中的奔跑，一阵阵催促着，无法等待。那时会有一轮朝阳喷薄而出！

——生命，不是在静默的煎熬中逝去的吗？那寂寞的所有正像眼下的无声，将一生的浮华褪去，祈盼着，祈盼着平生最安然的时刻！

生命之初的每一声啼哭都是与生俱来的对亲与爱的呼唤，那是从心底发出的强音，所以从这时起，生命便踏上了征程。心中充满了爱还有什么可怕的呢？前面的路也许泥泞，但看看天，一定是水洗过的清明。

她低着头静静地坐在轮椅上，间或与我对视，眼光有些游移，平静地打量着我，嘴角现出少许笑意，我冲她点点头。"你干嘛也坐在这里？"她问我。

这话说的，坐在这里必须有个理由吗？雨后天晴，空气清新，你不是也在这里闲坐吗？我心里这么想。看她似乎疲惫地佝偻着身子坐在轮椅里，就莫名地点点头。

"你看你，不知道干嘛坐在这儿还瞎点头。"她边说边伸出一个指头点着我，这一刻我仿佛忽然回到了童年：每次我这样莫名地点头时，母亲也是这么用指头点着我说过同样的话。是啊，我为什么坐在这里？是夜阑无声在此纳凉，还是自觉心灵无垢，弹掉一身疲惫，与宁静共处？细想想，我竟难以回答。"那您老……为什么……？"我以守为攻。

"我？——在守候岁月！"

我瞬间惊呆了，"守候岁月"，多么诗意的哲语！面对着这个娇柔无力的老人，我看到了她的坚强，在她额头深深的皱纹里，埋藏着她一生中多少无以言说的过往？这是她早已晓得了自己的天命后才说出了这几个字吧？

"您老高寿？谁推您来的？"我凑近她大声地问。

"八十八了，快了。"停了停她又说，"孙子刚高考完，推我出来透透风，他以后上了大学，谁会推我出来呢？——有谁会推我出来呢？"她不停地喃喃着，神情有些沮丧。我看着她，心想大凡老人都这样吧，她说"快了"，什么"快了"？是对死亡的预测，还是对死亡的等待？不得而知。她这般年纪，一定是辛苦一生坎坷一生，发发感慨也是正常的，这种时候我就不便多问了。可看她这样，我想她定是对于那"快了"的日子不那么恐惧。

就这样，我和她在夏夜的微风中对坐着，不再言语。隔了一会儿，她抬眼向四下里张望了一圈，大约在寻找她孙子，"小孙孙，一跑就没影儿了。"说着她把脸转向我，"守候岁月，就是一天天的过日子，生旦净末丑，酸甜苦辣咸，春夏秋冬，时间哪，得一寸一寸地过啊，守着自己的魂……这不难懂吧？"

我无语，似乎从她的话里明白了些东西，我感谢她。我与她素昧平生，她用她一生的历练为我做了最简捷的诠释。看她抬手抿着自己的白发，我的心里一阵难过，"您一定保重。"我说。她看着我笑笑，点头，无语。

我起身要走了，她眼睛一直追随着我，"夏天夜晚出来也要披件衣裳——夜风寒呀。"我眼里充了些潮湿，只有点头的份儿了。

远处跑过来一个小伙子，"奶奶，我买书去了"。我回头看他们，在星光下，孙子已经推着奶奶离开了那里。我在石子铺就的小道上久久地徘徊，心中却翻涌着阵阵暖意，我转身想再看看她们远去的背影，可已经望不到了。我站在耀眼的路灯下，似乎看见了她用一生的执著守候岁月的艰难与尊严，她也曾经年轻，曾经步履轻盈，是如箭的岁月让她经历了多少沧海桑田，才有了今天的彻悟？

其实，人人都该是这样，用一生的执著守候岁月，守候尊严。

2011.7.25

人闲心静

大多时候,人们在繁杂无谓的角逐中感到无聊和疲惫,于是就渴望着闲下来,闲下来好拥有大把的时间和充裕的睡眠,这自然如人所愿。可惜,这样的日子只有婴儿才能享受。

殊不知,人的身体闲下来并不难,而心静下来却不易:上有老,岂能不管?为人子女,孝为先,没事探望问候,有病床前侍奉;下有小,岂能不虑?为人父母,生即欠,欠下不能不还。于是从孩儿落地时起,饮食起居、教育、工作、成家一系列的事,难以摆脱。一切顺利还好,如若中途有些大小事,掏心挖肝般地痛苦;自己呢,在父母的羽翼下成长时还算无忧无虑,可从你独立那天起,就将面对生活中的烦恼、婚姻、育儿、事业……人的一生哪里可能永远顺风顺水?逆水行舟,舟不沉既是顺。所以,世上就有了"祝愿"这个贺词,所以,德国存在主义哲学创始人海德格尔有个观点,他认为,人生在世的过程就是"操心"的过程。

唐朝诗人李涉在他的《题鹤林寺壁》中这样说:"终日昏昏醉梦间,忽闻春尽强登山。因过竹院逢僧话,偷得浮生半日闲。"诗人也是人,他告诉我们,他每日都"闲",都在"昏昏醉梦"中打发日月,那种思想的沉寂与枯朽使他痛苦不堪。只是因为"竹院逢僧",我们不难想象,在寺院里,诗人看香烟袅袅,听木鱼声声,这里虽寂静但他的心总觉得浮躁。于是他与那僧人对坐于庙堂之中，倾心相谈，诗人可能把自己心中的烦忧都讲给他听——那是他对他的信任，也是想让那僧人为他开启一扇心灵之窗。果然，修持多年的老僧的一席话，让他茅塞顿开，对于人生他明白了许多：原来那"闲"所指的是安逸的心境，"皈命心无间，安养佛心"。这是僧人的教诲。如果真能如此：那颗浮躁之心将穿越世间的繁华，不去刻意争逐，将心将灵魂安放得恬静，耐得住寂寞，这样也许能达到"偷得浮生半日闲"的境界了。那浮生半日闲是"偷"来的，是在无绪的生活状态中悟出的一种心灵淡然与安宁。

　　骄阳似火，小屋里闷热，心中由此而焦虑。从窗口望去，路上几乎没人，只有几辆汽车懒懒地走。是那夏日午后的沉寂幻化成周身的灼痛，胸口憋闷，喉中似有异物，想大喊几声又恐邻居笑话，便呆呆地坐着。眼前却晃动着诸事的不如意：身体不适不知吃什么药，文思枯竭敲不出一个字，儿子、孙女、七月流火……猛然窗外似有吵嚷声，好像还是那对老夫妇在烈日下发火，我知道又是因为窗下的不到一米宽的菜地气恼：是谁家不懂事的小儿摘了他家地里没熟的黄瓜和西红柿呢？难为他们从春天到现在，下种、施肥、浇水，起早贪黑地投入了多少心血啊。据说老夫妇几乎每晚都在轮流睡觉，从窗口监视对面的菜地。看到他们因激动而涨红的脸，我真为他们担心：倘若因那不到两块钱的黄瓜和西红柿病了可如何是好？真想出去劝劝他们：凡事想开些，闲时种点闲地未尝不可，偌大年纪要是为几根黄瓜着急上火有些得不偿失……我终究没出去，知道他们很固执，不会听劝的。我依然呆呆地坐着，想不通的是，这两位风雨一生，如今闲了下来，何必要给自己背这包袱，沉甸甸地生活着，心不静呢？

　　西边的天空似乎有了些乌云，且慢慢地厚积起来，又似乎掉了些雨点儿，顿觉凉爽，刚才的憋闷也大好，再看那对老人，他们也搀扶着蹒跚地走了——都释怀了，这世上本没有过不去的事。

哗哗地下雨了,但我看东方的天空,却依然晴朗。这真是"东边日出西边雨",就连这风雨、这闲云都在天空中戏耍飘摇,何况我们这些世间过客?

——将心静下来便有乐趣。

2011.8.5

饿宴

无事一身轻，主要是心的轻快，终于可以困时睡饿时吃、读书散步，一派悠然。清晨望闲云横叠，黄昏看倦鸟归巢，那是心境的天马行空。平淡的日子其实是最美好的日子，是那些当下仍在忙乎的人们体悟不到的，也许他们或期许或羡慕我的这种生活？

但也有往这平淡里加佐料的时候，譬如赴宴。如今的宴会，名目繁多。婚宴、寿宴、丧宴、是老祖宗流传下来的，后来有了满月宴、百岁宴、生日宴（与寿宴有别），现在又添加了圆锁宴（孩子12岁），甚或半圆锁宴（孩子6岁）、谢师宴、上学宴、参军宴、乔迁宴……但无论什么宴，在正式宴会的前夜，我们包头的风俗还得办个"宵夜"。"宵夜"就是夜宴，它最早不是宴，只是几位亲戚朋友和乡邻坐在一处吃点儿饭喝几盅酒，商议第二天的宴会程序和其他事宜。现在不同了，夜宴一般不在家里，在饭店，而且饭店的级别不低。夜幕降临时饭店内外华灯初上，亮如白昼。客人鱼贯而入，动辄几大桌几十人，饭菜照样丰盛，场面照样宏大，而且除丧宴外，其余的夜宴一律鞭炮齐鸣，礼花映天，好不辉煌！

无论什么宴，接到通知我通常不会拒绝——承蒙邀请，明知赴宴大抵吃不饱，但依然感激。好歹我是个闲散的人，心想吃不饱总比当初强，再也不用为了单位里需要贷款去请信贷科的人吃饭、为了在自家单位里搞个书市请工商所的人吃饭、为了原本清白的账目请频繁检查的税务科的人吃饭、为了倒垃圾请环卫局的人吃饭……自然，笑脸和好话是少不得的，尽管心中十分不情愿。

赴宴不是聚会，聚会有家人与朋友之分。家庭聚会显得亲密些，然而有老幼之分，言语行为不可太放纵。而朋友、同学之间的聚会就可以不虑这些，主要体现在"随意"二字：早去晚去无所谓，穿戴是否整齐无所谓，吃与不吃、喝与不喝、说与不说、唱与不唱……都无所谓。在那段时空里，心可以尽情地放松，沉默不语和酩酊大醉因人而异，即使听到几句责备的话，那也是关怀。

赴宴就不同了，这可是个累人的活，从接过邀请函的那一刻起，心就开始累了：该拿什么礼物、多少礼金、穿哪件衣服、坐哪路车或者打车、整理头发、约同行者……不考虑周全怎么能行？待坐在那张大大的圆桌旁，就赔了笑脸寒暄、措辞交谈、举杯相庆，给别人夹菜或是笑谢别人给自己夹菜，厅堂里杯觥交错，宽大的舞台上主持人的喊声和流行音乐的鼓声震耳欲聋，有时还伴着室内耀眼的礼花乌烟瘴气……吃到一定分寸时随意看看那个男低音和女高音的唱相，怎么看怎么虚晃。眼瞅着满桌的山珍海味在玻璃圆架上来回转动，肚里不饱却无食欲，想逃离此处吧，又怕主人不悦，好容易捱到散席，反倒觉得腹内空空。巴不得回家后安安静静地坐在沙发上，喝一碗红枣大米粥，夹几块腌黄瓜。人说我是穷命，我说这本是我的生活。

赴宴的过程是个学习的过程：行为审美学、人事关系学、社会应酬学、语言应变学……在这许多学问中，我显然是个门外汉，人说上句我对不了下句，尤其方言中的串话。我想，相声中所说的"棒槌"可能就是在说我。其实这些学问应当归为一种在现实社会里人的生存本领，也可以说成是生存技巧。君不见举杯敬酒时的顺序、眼神和手势都有规矩有讲究。我天生愚笨，何况坐在嘈杂的人群中，血压不高不知为什么就觉得头晕,在这环境里我只能做哑。

我以为只有我不适应这种场合,谁晓得那天身边的这位在吃到半截时突然用胳膊碰碰我,"曹姐,太乱——我想,回……"我愕然,但心中窃喜:总算这世上还有个知己,我怔怔地看她,"吃不饱,还不如回家喝粥……"

居然与我同样想法!我装作惊异,她有些忐忑。少顷,我突然对着她的耳朵小声说:"撤!"哪知她听了这话却犹豫了,瞪大眼同样小声疑惑地问我:"撤?"我点头,"撤!"

我和她沐浴在秋日正午柔柔的阳光下,酒店外的广场上一片静谧,我们漫步在柳枝轻拂的路边,"你吃饱没?"她摇头。"回家喝粥?"她点头。停了一会儿,她看着我,又说:"其实,我说不好吃没吃饱——即使吃饱了仍觉得饿,心里饿……"

"心里饿"是什么意思?我想这种感觉并非人人都有的,但也不是人人没有的。我早就说过赴宴是个综合性的社会学问,在此不去探讨了,但脑子里总萦绕着"酒逢知己千杯少"那句话,人一生中难得遇到一二"知己",大多是在"应景儿",应景儿就不免做戏,而做戏就必然没有诚意!我深深懂得人在世上不能没有友谊的道理,然而,赴宴与友谊似乎又是两码事,心有灵犀的知己,吃几杯淡酒远比满桌的美味佳肴来得潇洒来得真诚。

2011.9.20

水晶冰糖

平生爱吃糖，对冰糖更是情有独钟——那东西别让我看见，看见了必要凝视良久，继而买下。但朋友们常常警告我：糖不能多吃，吃糖可以使血糖增高、尿糖增高、血脂增高、血压……何况你这把年纪……

我听劝，视健康为人生首要关节。可以不吃，可以不看么？友又说，"看也不行，看能诱出吃的欲望"。

我又听劝，于是就躺下想，想冰糖的晶莹，想冰糖的甜蜜，想冰糖曾经带给我的快乐。

吃冰糖是我童年的梦。那时候糖是奢侈品，平常人家的孩子哪里能吃上糖呢？除夕夜，我和弟妹们乐滋滋地围坐在桌边，爸爸从兜里掏出一个包着冰糖的小纸包，一块一块地分给我们。远处传来噼噼啪啪的鞭炮声，看着眼前冰塔似的糖块和弟妹们舔吃的样子，我也心痒难耐。它没有水果糖那诱人的色彩和各种口味儿的芳香。这块玲珑透明的晶体好似檐下敲击出的冰凌碎块，含在嘴里是纯粹的甜。

冬日清晨，我常常趴在窗台上看窗外的冰雪世界，白雪掩埋了平日里飘飞的尘土和地上的所有污垢，天地变得洁净，空气也新鲜。太阳出来，把房顶上的雪晒成水，点点滴滴流到我早已备好的搪瓷盆里——这是我的发明，自做的冰糖虽然没有甜味儿，但看起来像冰糖，这就够了。妹妹不时拿出分到的那块冰糖，看看舔舔，一个月才吃完，"大姐，这冰糖一点儿不甜。"她手里捏着一小块"冰糖"说。

"甜味儿让猫舔了吧？"我哄她，她就不停地点头。后来很有几天邻家的小花猫就倒了霉，天天被她撵得四处逃窜。再后来妈妈从街上小铺里买回糖精，糖精是用来做窝头用的，我就偷偷地捏几粒，搅在水中冻成"冰糖"，这是真正的冰糖，妹妹拿在手里，伸出舌尖舔舔，小牙一咬，咬下一口冰凌，眼笑得眯成一条缝，"大姐，真甜。"

有人说，回忆有时是甜蜜的，有时是苦涩的。几十年过去了，我这些童年的记忆是苦涩中的甜蜜。当我从搪瓷盆里倒出那一坨晶莹的"冰糖"，妹妹雀跃着，喊着让我赶快将它砸开时，有谁可知道我那时心中的欣喜呢？

那年秋天我病了，咳嗽得弯腰垂首，趴在枕头上憋着脸喘气。妈妈无法，叫来个老太太说是要给我从嗓子眼里放血，吓得我哇哇直哭。这时，突听门外邮递员一声喊："电报！"爸妈急着去拿电报，爸爸念："母六号抵包，接站。"于是爸妈高兴，我也有一阵不咳。第二天，姥姥来了，扶起我的头看着我的可怜相，便数落妈："亏你还是大城市里出来的人，孩子有病不去医院，扎嗓子眼儿有什么根据？"爸妈红着脸带我去医院打了两次针，吃了几天药就大好了。那天下午，姥姥从街上回来，手里拿着一小包冰糖和两个梨，对我说："我给你做水晶冰糖炖梨，你就全好啦。"

水晶冰糖？多么美的名字，光听这"水晶"二字就能联想到许多好景物：比方天上的星星、水中的月亮、男孩子手里的玻璃球，还有屋檐下的冰柱……从那以后，在我的眼里，没有哪一种糖可与这水晶冰糖相比。更何况它和梨还能做成秋梨汤，多么好的自制饮料！水晶冰糖——我用我满腔的温情轻轻地托起了我心中的水晶！那时我小，不知道这世上还有比水晶更美丽的东西，意识中只有水晶冰糖最玲珑最晶莹最澄明！水晶冰糖自然成了我心中唯一的爱恋。后来我渐渐明白，那是我从心底里对一种自由宽亮的生活心态和柔静的生活境界的另类向往。——但愿遂意,愿遂意……

2011.7.30

一地黄花

　　立秋后，天气依然炎热。众人摇着扇子埋怨天气，说："都立秋了还不赶紧凉爽？"扎堆褒贬地域，说："包头到底不像中原那么四季分明。"

　　大约这话在冥冥中被神明听到了？于是一场中雨泼洒了一夜。清晨开窗，微凉的雨丝飘进屋里，迷蒙中我的心一惊，啊！秋雨！

　　秋雨之下，是一地黄花。

　　踏着花径前行，脚下柔软，心里虽不像颦儿那般怜花惜花，但总有些惆怅：想它们前些日子还花团锦簇，满眼芳菲，如何一场初秋淡雨就把它们吹打得残花落尽、庭院秋聚？仰头看半空中的这蓬绿槐却依然浓荫匝地，它并没意识到秋凉渐近，树暮云黄。心里暗忖，我这念头是否有些凄凉有些颓唐？

　　有年头没见他了，我的同族兄长，该叫哥的。早年在故乡听妹妹说，他这几年正如这满树黄花，事业蓬勃，前途似锦。凭他手里掌控着全县的几百吨化肥，小小的一个科员就得意地忘了自家形状，霸道横行，乡里族里谁人背后不唾骂几句？那天我与哥恰在山路上碰到他，他的座下是一辆崭新的"吉普"，沿着逶迤的山间土路风尘滚滚地停在我身边。摇下车窗探出一颗胖胖的脑袋，"这不是你们兄妹吗？你多会儿回来的？上车吧。"他与我打招呼。

走几十里山路,着实太累,他的盛情我们虽然不胜感激,可想想他平日的做派,就有些犹豫。他反倒诚恳,"上来吧上来吧"地向我们招手,哥便欲上车。他看着满身黄土的哥,"呀呀,你个庄稼人,还怕走路吗?她是城里人,走不得远路的,妹妹上来吧。"一边说着一边开门走下车来。

我和哥哥互看了一眼,心中便增添了好大的尴尬和不快,"这话说的,你不是庄稼人吗?你每天吃鸟粪吗?——我们不坐你的车!"我说着就拉哥哥走开了。

"哎呀,玩笑开不得吗?"

我们兄妹再不理他,就径直前行。心想,但凡遇见这种事,当事人总是以"玩笑"开脱的,我和哥的眉眼里露出深深的不屑来。

此后,再也没有见到他。那年回村听乡邻们议论,说他"这种人不知怎么回事,官儿竟越升越高,当了县长了。"

当了县长后他自然清静了许多:不必再为乡邻百姓们批条子买化肥费心,那些柴米油盐的小事可以指派别人去管,除了钻缝敛财,他只要察对上司的脸色就行了,甚至连自家的父母也无暇过问。

故乡的秋天是美丽的,连绵起伏的群山上,桐叶泛红。虽说是野生野长的柿子树核桃树,比起村人栽的树来倒也不差什么,结出的果儿可以放心吃。梯田里的稻稻层层金黄,麦谷飘香——"咱这地界今年的收成又好。"哥得意地说。

门外传来沉闷的劈柴声和不停的咳嗽声,我正要出去看是谁,嫂嫂拉了我一下,指着那人说:"听说党里给他处分了,不叫他当县长了叫他回家,说让他在家里等着,必须随叫随到。他爹娘春天也死了,媳妇早离了,孩儿们不跟他……"我呆呆地听嫂嫂说着,眼前掠过他早年得意的笑脸,耳边却响起从北窑里传出的晋剧小生那悠扬的唱:"碧云天,黄花地,西风紧,北雁南飞……"

北雁南飞时，一定是深秋晚烟了，面对着故乡的山峰落照，我想他也许会忆起当初他的那繁华、那风光、那一春幽梦来。

踏着这一地黄花，想着那故乡往事，心中平生了几分明慧：人呀，还真不能累于名利，刻意张扬。时光冉冉，那顶乌纱戴得几乎只记得昨日"只有春庭月"，而万万不曾想今天"离人照落花"。

秋雨过后，一地黄花，过几天，又几场秋风冷雨，何止花儿，就连枝叶也要凋零了。但等到明年春风一吹，又是满枝绿叶一树繁花，而这是树。人却不然，谨慎、低调、小心犹恐风刀霜剑突然袭来，躲之不及。何言张扬与狂妄？恰如台湾散文家张晓风说的："浮生如梦……那话里有多少惊动生命之痛的大悲情在搅和啊！"

2011.10.10

储点儿秋菜好过冬

站在窗前，见渐寒的风把秋天的美丽打扫得干净，蝶儿般的黄叶在空中盘旋飘落，淡褐色的麻雀成群地在阳光下觅食。无意间看一眼路上的行人——多半是身体还算壮实的骑车老人，车子后架上驮了一袋袋一捆捆的蔬菜，猛然觉得是否应当储点儿秋菜了？

是应当储点儿菜了，虽说眼下超市里四季都有新鲜蔬菜，可如果不储存一些总感到心里没底。这种储备心理是受什么影响？祖先们为我们留下这个习俗让后代来传承，就连毛泽东他老人家都说"手里有粮，心里不慌"呢。

那么咱也行动吧。于是就心里琢磨，传统是不能打破的，那是老祖宗积累的几千年的经验啊，如果打破了，在漫长的冬天里该用什么下饭呢？喝粥的时候总不能伴吃一碗红烧肉吧？而时代毕竟进入到二十一世纪，无法打破的传统在不知不觉中慢慢消遁着，年轻人已经无视那些绿色了。望着一个个骑车远去的背影，想起少年时见人们储菜的忙碌，那情景好比二级战备：单位里人们抱着麻袋翘首企盼蔬菜车鱼贯而入，卸车、分菜时的人声嘈杂，这是一年中的民生大事，工作可以暂时放放，菜却不能不买。买几百斤土豆白菜储在那深深的菜窖里，清凌凌的酸菜腌在那大大的菜缸里，再晾一堆萝卜条、晒几颗芋头干……呀！这真是名副其实地要过冬啦，如蚁那般。

如蚁般的父亲就是这样的，他好忙碌啊——每年中秋刚过，他便天天在下班时驮回一捆菜来，当然是多而廉的菜：三麻袋小如核桃的土豆，五百斤少心的白菜，捡来的圆白菜叶子加点儿黄萝卜和青椒实实地腌了一缸"烂腌菜"。他还特别固执，这些活儿他是从不让妈妈干的，说河北人腌不了菜，即使腌了味儿也不对。"你是本地人吗？你那缸'烂腌菜'是什么味儿？"母亲常为这事跟他争吵。

那时的冬天好难过，冬，就是寒冬，绝没有"暖冬"一说。闻名的西伯利亚寒流与不远处黄河边的寒风同时袭击着这座城市，昼夜不停的粗糙的风声犹如一首低沉凄怨的箫曲，像站在荒凉的坝上一般！上学归来第一件想做的事就是找几个土豆放在余热未尽的炉灰里围着火炉等待，或是把土豆切成薄片烤在炉盘上，那样熟得更快，饥不择食，稍稍剥皮就吃下去，——真的感谢爸爸买了那么多小土豆供我充饥，至于他腌的那缸并不地道的咸菜疙瘩，也被我和弟妹们每天拿走日积月累地吃完了。想来父母在秋天储存秋菜是多么必要，而且储少了是不行的。

现在秋天储菜仿佛成了生活中的一丝点缀，一段过程。单位里不再分菜，人们随意地去市场东挑西拣，与菜农品头论足地砍价。土豆小自然不好，大了却怀疑是否空心？白菜没心自然不好，心儿太大是否污水浇灌？萝卜不周正自然不好，裂缝儿的萝卜大有激素嫌疑？……此时菜农并不嫌人唠叨，反而兴致极高地分辩与解释。当然，这时控辩双方大半是在买卖的闲暇时间，他们不屑争论的结果，而是一种交流的快意。

前日接到好友的电话，她说她在乡间的表姐家租了一亩地种了些秋菜，不为什么，只想常与绿色相伴，沾点土气。她承诺，过几天给我送来一车秋菜……"你咋那么有创意呢？"我不由地从心底佩服她。

大多城里人是没有这个条件的，佩服之余想想当年杜甫的"将种秋菜，督勒耕牛"的诗来，他写道："秋耕属地湿，山雨近甚匀。冬菁饭之半，牛力晚来新。"想必那时这位大诗人手执柔鞭"督勒耕牛"时，也是想储备点儿过冬的菜吧。

朋友的好意我心领了,还是买点儿秋菜吧。生活的乐趣就在这平凡的忙碌之中,也与那些人似的,推了自行车,买一袋均匀的"里外黄"土豆、买十棵不大不小的"抱头白"、买两捆长长的大葱、买五斤蔓菁五斤芥菜、红薯番瓜……

看看电视里的天气预报,又要变天了。整理这些秋菜吧,准备过冬。

2011.10.15

岁末遐想

2011年12月31日,午夜已过,稀疏的鞭炮声早已沉寂下去。我像平日那样静静地懒散地仰卧着,眼望着四周如雪洞似的墙壁和那个还算大气的书橱心里就舒服。然而一想起今天是"辞旧迎新"的一天,心中多少有些不舍——时光如梭,记忆中刚刚飞过的日子就像昨天的故事,那些平凡的日子铭刻在记忆里,仿佛一双纤柔的手牵着过往的岁月,水似的荡在心头。不知缘由地,今夜无眠。

九瓦节能灯柔和的光照着我,天花板上再也寻不到那些"云片"了,多年不刮的家,四处纤尘。平日躺在床上,眼光不敢去触碰头顶上那一片片剥落得体无完肤的天花板,是岁月的疤痕?直到那天小喜豆午睡醒来举着水瓶喝水时,她伸出她胖乎乎的胳膊,小手指着那些"疤痕"咯咯地笑:"姥姥看,这片像不像一只小鸭?嘎嘎嘎,浮水呢。"于是我顺着她的手指看,还真的像个游在水中的小鸭子,周边有细细的水草在水中飘动。她再找另一片,又是一阵咯咯地笑:"姥姥看,这片像个抽着烟的白胡子老爷爷,还有这片……,这片……"

那天她就这样在床上一片片地找,找出了小熊、喜羊羊和芭比娃娃,找出了爸爸、妈妈和她的那个叫"尤悠"的小朋友,找出了她的快乐她的歌。她欢实得像个小猴子,从床上蹦到沙发上,又从沙发蹦回床上,她仰着头拍着手,唱着我听不懂的歌。看着她那欢快的样子,心想，在我眼里分明是一个个残破的暗影，而在她眼里却是一幅幅美丽的图画——这才是真正的童心无瑕！那天她把她的快乐传递给我，我也变得快乐起来，心中便不存"伤痕"与"颓落"的阴影，竟然也从我的心底生出丝丝绝无尘垢的快乐。

有日子不见她了，是不在这里租住了还是回家过年去了？我有点儿想她。

最后一次关上房门的刹那间，她穿着高跟靴子噔噔噔上楼的脚步声渐渐消失。听说她是个"白领"，这是个新词，近年来发明的，我倒没查《辞海》，想必那厚厚的一本里也没有"白领"这个词条，何况这个词随着时代的发展在逐年变幻与提升。楼上楼下地住着，虽无语言交谈，但每次碰上总见她唇间露出略显谦尊的笑靥，那笑靥里夹裹着可爱与沉定。不知她是干什么工作的，双腿那么笔直，腰身那么挺立，笑容那么甜美，永远洁净永远阳光。闷热的盛夏只要看见她那条长长的印着云朵般明丽的花裙，和听见她哼着歌掏出钥匙哗啦哗啦的开门声，我的心也相随着清爽起来，眼前就现出了两个可欣的字："青春"，——啊，青春！

那天午后，柔柔的秋阳照着友人送给我的生日礼物——那盆开得正旺的米兰，多好的名字，米兰！一株植物竟然与到处可见世界顶级雕塑艺术的意大利的一座城市同名！这让我联想到著名的画家达·芬奇和那座闻名于世的米兰大教堂——真是想入非非，一盆花怎可以与一座城市并论？圆圆的一蓬新绿，也正值生命的青春。小米样的串串花蕾掩在枝叶深处飘散出无比奇香，天地造化！这天地是神？是仙？是什么灵魂凝聚出这一丛鲜活的生命来让人爱怜？纵然有专家提出米兰有毒的警醒，而你能忍心将它弃之吗？随之送来的还有一横幅，上书"仁者寿"三字，我就有些好笑，心目中的"仁者"，多半是宽容大度、一生为人友善的老人，而我，似乎还没达到这个境界。况且总觉得自己并不算老，未到古稀，担不起那"寿"字。无论怎样，那字写得精心、雍容……落款措辞的推敲足见情意。我在这花与字之间流连，心里便生出丝丝情爱来，如窗外的秋风和空中的游云，难以辨清是秋风牵着白云，还是白云绊着秋风，那情爱的丝丝缕缕竟缠绕在我的生命中，飘游于一江春水……电话铃声打断了我的遐思，恍惚间如从梦中惊醒，电话那端送来她命令似的话："今天是你生日，来我家，咱吃碗面条，快点儿啊。"——活到这个年纪，仍有三两知己如此关爱，是我的福气，今生足矣！

……

岁末了，呆呆的，无眠。无眠不是失眠，不是那种疲惫的病态。夜半，我在清醒中咀嚼着那些刚刚飞逝而过的故事，真实而浪漫。我想，在将要来到的这个新年里，又会有新的故事发生。那么，该写点儿什么寄语这华盛的岁月？寄语这深深的亲情和那源于肺腑的友爱？思绪的飞翅将落于何处？落于我那静谧的故乡，落于友人的案头，还是落于谁的梦里？……随意吧，记得有这么一句歌词："左右不过一朵花开"。一朵花开的瞬间是一生的流年！一朵花开的瞬间也是永久的辉煌！

2011.12.31

春天的期待

无论怎么说,这一天我都在期待着:这是新年的第一天,是一年中最重要而全新的一天!

我静静地坐着,没有开灯,没有拉上窗帘,没有在这严冬里将自己封闭起来。透过窗子上那层薄薄的冰花,我看见了窗外那片黎明前深蓝色的天空上有一颗亮亮的星,这是启明星吧?每每在晴朗的夜空,就能见到无数闪烁的星光,近处的遥远的,明亮的隐蔽的,时光就在这静谧的闪烁中慢慢地滑过去了,一年又一年,流年似水。而我期待的,正是悬在天宇上的这颗启明星!我知道再过一会儿它的光辉会黯淡下去,可就在它渐渐退去时,天空也渐渐明朗起来——黎明,会让我清醒。

我期待,期待着冬日清晨的那缕霞光!有时我想,上苍怎么这样眷顾人间啊,虽然我们脚踏的土地日渐污染与沙化,日渐羸弱与衰老;虽然人们已经意识到这些错误并且在逐步改正,但纠正与破坏的天平是多么倾斜啊!上苍仍然如此宽厚,她用她的光、她的影、她的温暖体恤着人间,这才是真正意义上的"天道"大爱——霞光万道!万道霞光普照之下万物复苏:虽是冬日,依然可见晨风吹得树梢儿动,雀儿觅食鸽哨悠扬,依然可听邻家小女开窗时清亮亮的歌声。

我期待,期待着听见在这座城市里的首班公交车那轻微的刹车声,和自动报站器里那女孩温馨的提示:"科技大学到了。"这是每天清晨我听到的第一句问候（权且算作问候吧）。其实常乘这趟车的人都知道，这里不是科技大学，而是科技大学家属院，出于怎样的思考这么设站呢？是想到开学后有众多学子在这里乘车？不多想吧，这是一个停靠站，在这里，你能见到缓缓停靠的汽车，如一间移动的屋子，在这儿总有上车和下车的人，总有等待和行走，总有到家的喜悦和回家的欲望。稍许，车继续前行，向着太阳升起的地方驶去了。

我期待，期待着从电话里传出那柔柔的滴滴短信声，和儿女们问候的电话铃声，他们的问候和祝福我永远不会忘记。我这人太笨，至今给朋友发短信的速度还是太慢，而且找不到标点。心想，这岂不让人笑话？他们发短信的速度如何那么快呢？是我老了吧。这时代是信息时代，无论多远，只消手一动，就能说出你要说的话，这在从前是想都想不到的。"祝您新年快乐！""我惦记着您呐！""多写东西，开心健康！"……几个字就道尽了她们对我的祝福，我读的时候真的很开心，几乎是噙着眼泪——致谢，给他们、给自己、也给这绵绵不休的日子！我活在当下真是幸运，怎么能不努力学习下死力地追赶呢？

我期待，期待着2012年的维也纳新年音乐会，期待着从遥远的异国传来的天籁之音！每年我是必听这场音乐会的，虽然我领略不到那金色大厅的辉煌，但那一首首热情洋溢的乐曲是多么让我激动啊！《祖国进行曲》，祖国，是不分国界的，每个人的祖国都在他的心中，无论他的祖国有多么贫穷与多难。我爱我的祖国，我爱我居住的这座城市，我爱养育中华万代的生命之源——黄河，由黄河可追溯到几千年前的中华文明，这文明一直延续至今：为人之道、为官之道、为父母之道……使我的祖国成为文明的礼仪之邦、友善之邦。

《祖国进行曲》之后，我仿佛看到那些年轻人坐在草地上"闲聊"，他们吹着口哨唱着欢乐的歌、草原上纵马扬鞭的"骑手"们在忘情地奔驰，——波尔卡乐曲永远充满了生命的激情。我还看到从多瑙河的河水中涌来的蓝色的水波，那是对爱情的憧憬吧？还有俏皮柔情而令人悲叹的"卡门"……今年是哪位乐坛大师执棒这场音乐会？上网查，无果，只有翘首等待了。

正午的暖阳透过玻璃窗照在床上，我懒懒地在阳光下斜卧。电视开着，从那里传来了叙利亚的枪声，我冷丁坐起，眼见那些衣衫褴褛的人们站在废墟上祈望的眼神，我的心在颤栗！——我知道，他们的期待与我的期待有本质上的区别。

新的一年，又一个春天来临了。伴随着春天的风，春天的雨，万物会复苏，大地会更滋润，树会绿，花会开，黄河会流凌，城市会更美……所有这些，都是我对春天的期待，期待和平，期待微笑与歌声。

2012.1.1

后记

这是新年过后的一个安静的正午,出奇的安静。当我校完了最后一篇文章打算关闭电脑时,在我的眼前现出了"创作"这两个字,直到现在我还对我的这一篇篇小文羞于说成是"创作"。

——创作不易。

四十年前,一个夏天的午后,也如现在这般安静,我的恩师——那位在我还是顽童时就曾经赠予我一本《普希金童话诗》、多次用寥寥数语教导我的启蒙老师——吴炳先生来到我家和我作了近两个小时的谈话。

当时的"革命形势"真真让我辨不清方向,险些殃及自身。人人自危,谎言充斥在空气中。那天他穿了一身虽旧但很干净的工作服,抽着呛人的劣质烟,拒绝吃饭,也不让我做饭,他说:"时间不多,把做饭的时间留出来说话,说完我得马上走……"

我把我的处境、我的困惑、我的想法统统告诉了先生,他一直没说话,眼睛看着我认真地听。我几乎什么都怪怨,怪怨天地、怪怨生不逢时、怪怨命运……我说得差点儿流泪,先生依然静静地听。半晌,我沉默了。"说完了?"我点头。

于是,他让我看窗外的天——天空是明澈而碧蓝的,他让我看门前的树——浓绿的树叶遮蔽了骄阳,他让我站起来,告诉我,其实我有一副坚实的充满活力的身体,"为什么要怪怨呢?"他问我。

接下来我又对他谈了我的学习、生活、工作，还有梦想。先生临走时对我这样说："记住，永远检点自己的德行，永远不说瞎话——真实，永远做个真实的你。"

这是我和老师最后的谈话，那以后，听说他含冤而逝。但他留给我的这句珍贵的遗言却指导了我一生的言行！

——"真实，永远做个真实的你。"

想到这里，我有些释怀了：无论文章写得怎样，我没有辜负恩师的教诲，没有辜负这流金的岁月。如果写东西叫"创作"的话，那么我在创造着我自己心灵的快乐，我想我会继续长久地快乐下去。

在这里，我要特别感谢在我写作过程中给予我极大帮助的新友——蒋静女士，也要感谢不断鼓励我写下去的老友——晋夫先生和古鼎先生。说实话，没有他们的支持，也许我会懈怠。

曹橘

2012.3.12

知觉 文学精品阅读丛书·第2辑
格尔玛 主编

我在黄河北
我在黄河南

陈 吟 著

首都师范大学出版社
CAPITAL NORMAL UNIVERSITY PRESS

图书在版编目（CIP）数据

我在黄河北　我在黄河南 / 陈吟著. —北京：首都师范大学出版社，2013.6
（知觉文学精品阅读丛书 / 格尔玛主编. 第2辑）
ISBN 978-7-5656-1561-0

Ⅰ．①我… Ⅱ．①陈… Ⅲ．①散文集－中国－当代 Ⅳ．①I267

中国版本图书馆CIP数据核字（2013）第120599号

知觉文学精品阅读丛书
WO ZAI HUANGHE BEI　WO ZAI HUANGHE NAN
我在黄河北　我在黄河南
陈　吟　著

责任编辑　张慧芳
首都师范大学出版社出版发行
地　　址　北京西三环北路105号
邮　　编　100048
电　　话　010-68418523（总编室）　　68982468（发行部）
网　　址　www.cnupn.com.cn
北京集惠印刷有限责任公司印刷
全国新华书店发行
版　次　2013年7月第1版
印　次　2013年7月第1次印刷
开　本　787mm×1092mm　1/16
印　张　17.5
字　数　223 千
总定价　140.00 元

版权所有　违者必究
如有质量问题　请与出版社联系退换

目 录

自序：自吐霜中一段香

第一辑：昨夜星辰

003 情满五月香
006 闲趣
014 味道的记忆
018 从台前到幕后
025 如烟往事
036 童年在手心里
043 我们一同走过
051 家访
055 曾经的幸福时光
060 那个晚上
064 有风也有雨
068 百变人生
074 相逢是首歌

第二辑：心有芳菲

083 掌灯时分

086 我在黄河北我在黄河南

091 那人那字那笑声

096 心有芳菲

101 蔬菜女人

104 眼前一片光明

106 浅韵深痕

111 还天地一个微笑

117 秋，母亲的姿态

120 昨日女红

123 生活碎片

126 送你一把芭蕉扇

128 醉在新疆

第三辑：灯下碎语

139 你的生命是张白纸

144 最是温暖立春时

146 这句谢谢值得说2000次

148 憧憬依旧

150 拥抱

154 借着月光也灿烂

156 富饶着你的每一天

164 希望是彼岸的目光

166 那一刻

168 碗里的责任

171 学会鼓掌

173　成才无捷径

175　手绢丢了

177　都是膨化食品惹的祸

179　低碳生活从衣做起

第四辑：市井白描

183　我家邻居

186　苑小茜的婚事

189　二姑舅的江湖医术

192　捍卫

195　搂树叶

198　鼻涕小子

201　小院轶事

205　二子

208　蓝英姑姑与猪头肉

210　难兄难弟

212　小扣子

214　军帽

217　最后的叹息

219　老蔫炖牛肉

222　那颗子弹

225　寂静的小楼

228　字典

231　房前屋后

234　吴嘀咕

237　破棉袄

240　细细的风景

244　雨夜

247　以牙换牙

250　老焦和他的摩托

253　老刘修路

256　苏大嘴

260　让人感动的就是好作品 ……………………………… 张　伟

266　陈吟印象 …………………………………………… 贾志义

269　后记

自序

自吐霜中一段香

"腹有诗书气自华"。许多年前,我的语文老师就经常告诉我们:不论到什么时候,都要多读书,读好书。读书是一种生存方式,是保持生命内在美丽的必由之路。将来,你可以貌不惊人,但应有内在的气质;你可以没有装饰,但不能没有学识……优雅的谈吐,清丽的仪态,端庄的举止,素净的清新,都来自读书。从那时起,我便每夜在一支8瓦的小灯管下,抱着厚厚的书如饥似渴地读着,将自己沉浸在字里行间,思绪随着书中的情节起伏跌宕。那些方方正正的字,为我撩起了一扇窗帘,洞开了一片新天地,让我找到了新的向往,新的风景。

许多年后,我渐渐明白了一个道理:在人生旅途上,最糟糕的不是贫穷,不是艰难,不是厄运,而是精神和心境处于一种无知无觉的疲惫状态……这时,需要的是寻找到另一片风景。这片风景就是承载着追求、憧憬和向往的乐园,就是心底的乌托邦。工作和生活中,人们追求知识,纯洁精神,净化灵魂,升华自己。

经历过生活的种种磨砺后,我真切地感受到,文学是个硕大的暖棚。无论外边的气候如何,我们都可以在那里培植理想和心愿,在浇水、修枝、锄草中找到快乐,得到收益。看新芽破土、茁壮成长,看遍地的绿肥红瘦,看枝头的果实点点,便有了"胜似闲庭信步"的豁达、"任尔东西南北风"的坦荡、"躲进小楼成一统"的超然。在不断挑战自我、超越自我中触摸人生的经络,感受生活的艰辛和美好,"使我欣欣然而乐与"!

可以说,写作是我对命运的另一种抵抗。

白天,必须面对生活赋予的使命和责任,一一打点上苍布置的各科作业;晚上,和着台灯橘黄的光线烹文煮字,在稿纸或键盘上构建一个充满感性的精神世界,让思绪和意念把每一天都填满,把每个空间都涂上色彩,给每一闪念都注入生命。既然最初选择了文字,既然命运给了我青灯黄卷的生活,那就应该义无反顾地精心耕耘着心中的那片田地。也唯有给自己加满水,才不会在风雨中摇摇欲翻,才能告慰每一个灿烂的日子。

我知道,只有这样,这辈子才不后悔。

喜欢散文。喜欢散文的其气清雅,其味浓烈,其行高洁。喜欢散文微醺后飞扬的思绪,阳光下盛开的花朵,秋月倒映在水中的清韵。在书写中寻找直抒胸臆的畅快,在沉思冥想后收获久违的激情,业已成为我生活、工作中不可或缺的乐趣和内容。

很幸运,当初选择了文学创作这条充满荆棘的路。尽管艰难,尽管收获甚微,却滋养着我曾经疲惫的心,抚慰着我不肯屈服的灵魂,使我逐渐变得坚韧,变得成熟。

不问结果,只要过程。这首咏菊亦表达了我的心声——

  篱菊数茎随上下,
  无心整理任他黄。
  后先不与时花竞,
  自吐霜中一段香。

是为序。

陈吟

第一辑：昨夜星辰

　　因为感性，才有了对生活的感知与感慨，才有了没完没了的同情和感悟。也是因为对死曾有的深刻印记，所以，便有了对生命的敬畏和珍惜。转瞬即逝的季节，无时无刻不告诫着我们每个活着的人，要给每个时光填上深浅不一的内容。

情满五月香

孩提时的记忆是镌刻在心灵深处的，即便经过岁月的风蚀、掩埋，一旦有了机会，便立刻跳跃出来。

那是一个阳光明媚的午后，我骑着自行车在路上行进着。阳光散漫地笼罩着全身，心情一下子被蒸腾了起来，仿佛有一双温暖的手在心头悄然抚过，撩逗起了一抹浅浅的笑靥。不由得昂起头，做了一个深深的呼吸，还阳光一个灿烂的笑脸。就在这时，一串串洁白的花扑入眼帘，同时，一股淡淡的清香扑鼻而来。我停下了脚步。

脑海里分明闪现出一串串洁白如雪、纯净如玉的小马蹄状的花蕾、似铃铛如紫藤般的花朵，在阳光下灿灿地闪着凝脂一样的光泽，散发着柔和、美妙、典雅的清香，招惹得一群蜜蜂嗡嗡地萦绕在周围……

与此同时，许多年前的一番景象陡然跃在眼前：昏黄如豆的小油灯点上时，妈妈将晚饭一一端了出来。盘子里热腾腾的清香溢满了整个屋子。一朵朵洁白的花朵如同在面粉里打了一个滚，身上沾满了薄薄的一层霜花，颤颤地盛开在昏黄的灯下，如雪似银，让人不忍动箸。碟子里是由酱油、香醋、葱末调好的小料，用筷子揀起一串花，蘸一下小料，满嘴的香气登时混合成一股力量，冲开了味蕾，冲开各个感官。不蘸小料，便是一种原始的、素雅的香气，无包装的朴实，一如农家小姑娘，清新、自然、可亲。

那就是槐花。

我好像只在家乡吃过两次槐花，而且也只有五六岁。但那记忆竟然一下子冲开了几十年厚重的大门，清晰地闪现在眼前。我一个电话让母亲大笑不已：哎呀，那是哪年的事呀，你竟然还记得？

下班后，我将一捧槐花举在母亲眼前，母亲竟高兴得笑出了满眼泪花："好久不见，好久不吃这东西了。"那天晚饭的餐桌上多了一道蒸槐花。淡淡的清香一下子弥漫在整个房间里，涣散了许久的记忆又被鼓动、串联了起来。一家人的话题被引到了故乡，引到了遥远的年代，引到了炊烟袅袅的老屋。那房梁上穿梭的乳燕、嫩绿的香椿芽、红红的桃花虾，串成响亮的风铃，敲响了每个人心灵深处的记忆。那顿饭吃了好长时间，那丝丝的香甜和着古老的故事一直萦绕在我们心里，回味在脑海里。

"四月梧桐芳菲尽，五月槐花飘香来。"母亲说，在乡下，每到四五月份，大姑娘、小媳妇就挎着篮子，拿着钩子去撸槐花。回家用清水一洗，可包饺子、蒸包子、熬粥，也可以晒干后泡茶。槐花富含维生素和多种矿物质，同时还具有清热解毒、凉血润肺、降血压、预防中风等功效。

我家楼下的路边有两排整齐的槐树，开着串串玫紫色的花。这也是槐树的一种。有关资料上说，这种花可以入药，中医认为味苦、性微寒，归肝、大肠经，入血敛降，体轻微散，具有凉血止血、清肝泻火的功效。

而一般上餐桌的槐花是刺槐，也叫洋槐。

去年5月去河北参加电力系统评报会议，餐桌上的一道菜引起了大家的注意：这是啥？大家面面相觑。我一看就笑了：这是蒸槐花呀。拌豆腐的是香椿、油炸的是嫩花椒叶，还有那个，猜不着吧，是柳芽。大家一下子就热闹了起来：老天，咱吃的全是花和树叶呀，这绝对都是绿色食品！

如果把槐花比做少女的话，那香椿就该是少妇了。我是进入了青年后，才喜欢上香椿的。不知为啥，小时候不喜欢那香气。只觉得那香气太重，太直接，有些难以承受。那年，我和父亲、弟弟坐着轮船从山东到沈阳去看望姑姑，带了半袋子香椿芽。那个香味呀，香透了整个船舱。总有人循着味打听：谁带的香椿，好香的味儿呀！父亲特自豪："我带给我妹妹的。她特中意这香椿。"因为那香味太惹人了，怕那袋子丢了，父亲让我时刻不离地守着，估计是那时的味道把我熏伤了，不喜欢那味道。不想，年龄大了，竟然钟情于此。有一年在烟台开会，宾馆的后街就是农贸市场，清晨散步时，见有农妇叫卖香椿，竟动了心。在农妇的热情鼓动下，买了捆香椿另加了一袋盐，回到房间就动手洗香椿、揉香椿，弄得满楼道都是香椿味。我在浓浓的香椿中被彻头彻尾地腌渍了好几个晚上，连晚上做梦都掉在了香椿堆里了。表姐知道我喜欢吃这口，一有机会就给我捎过来一些。那些用盐揉过的香椿细细切碎后，是拌面、佐餐的好伴侣。尤其是嘴里寡淡时，捡一两根香椿根，放进嘴里细细咀嚼，顿时香咸满腮，精神倍爽。乡下人的吃法更特别，除了用香椿炒鸡蛋、炸香椿鱼鱼、包饺子外，还将长长的咸香椿缠绕在窝头上，那一口下去才有滋有味呢。

那天在报上看到一篇报道：南京一小学师生在校园举办槐花节，开展唱槐花、写槐花、说槐花、画槐花、制作传统槐花食品等活动。读后会意地笑了。

今年，一场淅淅沥沥的小雨给五月的天气带来了诗意，也浸润了沉寂的心。撑起雨伞，踟蹰在湿漉漉的马路上，目光漫无目的地抚摸着路边婆娑起舞的枝条。眼前突然一亮，一串串水灵灵的槐花娇羞地垂下头来，小姑娘般地藏在浓浓的绿叶间。淡淡的香气合着湿润的空气甜丝丝地弥漫在身边。伸手摘下一串，放在嘴里，香甜的滋味沁人肺腑，久违的感觉渐渐复苏起来，搅动着已经远去的记忆和思绪……

闲趣

幼时,在老家住了近一年,而那影子却永远地镌刻在了脑海里,尤其是到了这般年纪,旧时的趣事经常会无由头地浮现在眼前。

(一)

开水坊的印象是最深的。

开水坊里的大风箱几近铁匠铺里的大,忙时要由两个小伙子一起拉,那呼呼上蹿的火苗,把个黑黢黢的房间照得红彤彤的。炉灶上分布着大大小小的灶眼,摆放着大小、形状不一的水壶,最大的有一米来高,最小的也比家常用的大些。那壶里的水开得此起彼伏,袅袅的热气蒸腾着,满屋子的家什和人都氤氲的水雾中,拖出一道道轻纱般的影子,让人联想不断。

经常,我提上竹篾外皮的暖壶,踮起脚来,从桌上的小盒子里摸出一枚油亮的木制筹码。转过一个弯,绕过村头的那座关帝庙后,就见到悬挂着被烟火熏得红黑的幌子了。那水是伙计从深井里挑回来的,水质好,泡出的茶也好。但只是平日里自己喝。要是想品茶,这水就不行了。

我爷爷喜欢喝茶,他说用煤烧出的水太硬,味道也不对,会斩断了茶的魂魄，阻隔了茶的绵长，冲毁了茶的柔性。有时家里来了客人或过年过节了，爷爷会拿出那把"快壶"烧水。"快壶"不大，似现在我们常见的火锅。注满水后，放在院子里，一定要用柴禾烧。一边聊天，一边洗茶具，一切就绪后，那"快壶"里的水就哼哼唧唧地唱起了歌，稍停片刻，一声哨鸣由慢到快，由温柔到尖锐，直到声音沉下来时，方将茶壶端出去，将"快壶"的壶身轻轻一倾，一股水雾腾起，随着哗哗的水声，茶的清香腾空扑鼻而来。

我曾听爷爷讲过一个故事：有俩老先生都喜欢品茶，且各自有一番理论。一日，甲老先生请乙老先生到家中品茶，乙老先生端起茶杯只是轻轻一闻，便连声叫好。甲老先生有些许得意，说那水是从山里挑回的泉水，而烧水用的玉米棒子也是当年新的，其味道自然出奇。冬天了，乙老先生也请甲老先生去家中做客。茶端上来了，甲老先生细细一品，惊讶不已：这茶里有股清香，水不一样吧？甲老先生猜了一个溜遭，都不对。乙老先生抚掌大笑，说这水是清晨从松树上扫下的雪，而烧水用的是松塔。

我爷爷的茶全部都是我父亲从包头寄去的。有时有朋友出差，就托付带茶叶，花茶居多，也有红茶、绿茶，有时是高末。我也就是那时学会了看茶条，闻茶味的。夏天时，也会从地里采些野茶，回来洗净后晾干，泡出的茶里当然充满了野趣。

（二）

除了喜欢提水，我还喜欢去打醋和打豆瓣酱。

那是个物质贫乏的年代，孩子们零食几乎没有。晒干的老咸菜经过蒸煮后便是一道不可多得的"嚼咕"，还有就是去供销社。

其实，那不大的一间房里摆着几字形的柜台，高高的柜台是原木的，被岁月洗擦得油亮，散发着混合的气味。别看柜台不大，日用百货、针头线脑样样俱全。

售货员是两个老头。一个胖胖的，鼻子上悬着一副眼镜，看人时头一低，目光从眼镜框上面跃出来，笑眯眯地望着你，慈祥得像小儿书上的老爷爷；另一个细高，留着绺翘胡子，脸上很少有笑容，让人总觉得他就是那些晒干了的虾干。每次，我都要踮起脚来才能把醋瓶子或碗放在柜台上，如果是胖售货员就高兴地叫道：打一棒醋。每次，胖爷爷会边递醋瓶子边笑着说：不许在路上"哈"（喝）醋呀。到家以后再"哈"（喝）啊！

如果是瘦高个售货员就悄悄地放慢语调，报告出要买的名称，然后拿上东西就跑出供销社。

哈，一出门，刚才的应允就抛到脑后了，边走边举起瓶子，酸中带甜的醋成了饮料。不长的路中要喝好几大口，到家时，三两醋就已进了肚。这爱好不止我一个人有，我们那儿几乎所有的孩子都如此。

打豆瓣酱也这样。端着一个大碗，一毛钱就是一碗。走几步就要低下头伸出舌头舔一下，快到家时停下脚步，双手将碗轻轻磕磕，酱在震动中很快就恢复了原样，然后再推开家门。

有一次和小伙伴一起去打酱，两个人边走边低头舔自己碗里的面酱。快到她家大门时，她突然高兴地叫起来：快看呀，我这碗里还有个鸡蛋呢！是吗？酱里咋会有鸡蛋？我有点不信。我拿出来让你看看呗！她有些得意，尖着两个手指头将那东西捏了出来。天哪！我的酱碗差点掉地上。那貌似鸡蛋、被酱裹着的东西下面还有一个细细的尾巴。老鼠！她尖叫一声把碗扔了。听到动静，她妈出来了，一看满地的酱就明白了，不高兴地骂道：这也大惊小怪的。那就是酱鼠嘛，扔出去就结了。白瞎俺一碗酱！

从那以后，我就只喝醋，再不敢舔大酱了。

(三)

见过上梁的吗?

那是农村的一大盛典。

盖房讲究,这上梁就更讲究了。一般是在临近中午时,系着大红绸子的房梁在鞭炮声、吆喝声和欢呼声中被徐徐地架起来,平稳地放好。这时,主家会将糖果、花生、小饽饽撒向围观的人。不过,其他的东西都可以吃,就那些点着红点的,精致的小饽饽可要掰开看看。因为有不少人家为了取个好彩头,特意在饽饽里放上头发,取"发"之意。随后,主家要置办酒席,大宴宾客。

曾经听过这样一个故事:一道人带着小徒弟路过一个村落时,见一人家正喜气洋洋地盖新房。那户人家十分热情地请他们一起吃午饭。席间,不知主家的伙计如何怠慢了师徒俩,惹怒了小徒弟。临走时,小徒弟告诉师父说:我要让他家破败。师父问:你用何法?徒弟答:我画了四个小鬼,埋在这新房的四个屋角下面。十年以后咱再来,他家一准玩儿完!

恰巧,身怀六甲的女主人经过此地,俩人就急急告退。十年后,师徒俩果然又回到了这家,却见原来的宅院已扩充了不少,雕梁画栋,树木成行,一派生机盎然。俩人都愣了。主家认出了他们,高兴地贵宾般地迎进门来。师父环视四周,感叹道:才十年,你家竟如此兴旺发达呀。男主人高兴地说:是呀是呀,这全托二位师父的福呀。见师徒不解,女主人抿着嘴笑了,说:那年你们走时我就听了那么一耳朵,啥,啥鬼呀。不久我家就添了丁,想起师父的话,就给儿子起名叫大鬼。结果大鬼又引来了三个弟弟,我们就依次叫他们二鬼、三鬼、四鬼。打四个鬼到家,我们这日子是越来越红火,要风有风要雨有雨,顺顺当当。

我们知道是师父当年给我们的福祉,我们非常感激师父呀。

俩人面面相觑,只得喏喏称是。

(四)

故乡的吃也很有趣。

山东有种名吃叫小豆腐,把泡好的豆子放在兑臼或石磨里打碎后,和上荠菜、小白菜或其他菜同煮,倒炝锅。舀上一碗,浇上点调料汁,就上玉米面大饼子,别有一番风味。只是我那时年龄小,觉得这东西忒土,太俗,不稀罕。

一般人家都有个石兑臼。不论是豆子、玉米,就连螃蟹、大虾头,也在石兑臼里捣碎后做成螃蟹酱、虾酱,几乎家家饭桌上都离不开,蘸着大葱,就是一顿美味。在石兑臼里,还要将软骨捣碎,用来蒸包子。这个我没吃过,只是听说。腊月二十四,要把猪骨头的软骨部分捣碎成泥,拌成馅。我想,好吃不好吃不知道,但绝对是既补钙又补胶原蛋白。不过这早已失传了。

我父亲最喜欢的是豆其面,就是在煮烂的绿豆中把面条下进去。父亲一想吃,就会遭到家人的反对,觉得好好的面条不清清利利地吃捞面,非烂糟糟地混成一锅"肚脐面",弄得老爸好无奈。2009年初冬,我们几个朋友一起去敦煌,在附近的一个饭馆里吃饭时点了一盆面,服务员端上来的,却是黑红的一盆浓汤。大家好惊奇,经服务员介绍,才知是在野生小红豆汤里下的柳叶面,倒炝锅。哎呀,一桌人吃得那个香呀,真是割了耳朵都不知道痛。结果吃了一盆后又要了一盆。那一盆就是28块钱呢,够贵吧?

从那以后,我也喜欢上了父亲的豆其面。不仅因其营养丰富,更多的是那面里蕴含着乡情和悠悠的岁月情趣。结果呢,同样遭到了儿子的反对。我知道，等他长大后，说不定也会喜欢的。

(五)

还有野菜。

不论是荠菜、马齿苋、喜田谷、车前子、榆钱儿，还是蚂蚱菜，都是我喜爱的东西。那年去青岛看望朋友，每天一起去散步时，就手在地边剜些野菜，回家后换着花样做，把这几样菜吃了个遍，感到十分满足。

四五月份，麦田里的荠菜成了美食。这时，人们常常沿着田埂去剜荠菜。荠菜不论是包饺子还是包馄饨，味道都特别鲜美。那年，同事的老公去青岛办事后，在农贸市场上看见有荠菜，便兴冲冲地带回一大袋子，却因路途遥远，又没及时打开塑料袋，坏了不少，惹得大家心痛不已。我不死心，就着灯光择了又择，挽救了一些。

马齿苋被称为长寿草。这种植物极具生命力，即便连根拔起，在太阳地里晒上几天，只要一埋进土里，就会找回生命，重新挺起头来。如果不用开水焯一下，那就没法晒干。而且，它又有降压、降脂、凉血的功效。

好些年前，我就和同事带着孩子在树林里玩时采过，回家洗净、焯一下，用蒜泥、花椒油、香醋拌后，吃起来脆灵灵的有点酸口，是绝对的绿色食品。晒干的马齿苋、车前子、蚂蚱菜剁碎后和上猪肉可以蒸包子。

喜田谷既可以做汤、凉拌，也可以包馄饨。

困难时期我们以野菜果腹，被动中饱含着无奈和凄凉。如今，我们热衷于野菜，心底不仅蕴藏着浓浓的怀旧情结，更有一种回归自然、返璞归真、直接吸纳地气的心理。

（六）

几乎家家每顿饭都有粥。不是玉米面豆粥、小米红薯粥就是菜粥。困难时期，碗底的豆就是母亲给孩子的最好关爱。为了多盛上一点豆，往往在盛粥时要用勺子把粥轻轻搅几下，然后顺势将勺子沉下，从锅底一捞，便有半勺豆呈现在眼前。否则，你就只能喝清粥了。

老家的粥一般熬得比较稠，盛在碗里，稍微凉一下，就会紧紧地拥在一起，有时放时间长了，粥的表面就会皴裂出一道道细纹。这时，夹一筷子细细的咸菜均匀地撒在碗里，然后端起碗来，顺着碗边就吸溜起来。要是饭桌上有两三个大小伙子，那呼呼噜噜的声音就有听头了。

三大娘家的二嫚姐因家庭成分高，对象一直不好找。眼看着年龄就要过季了，只得将就着找了一家家境不十分理想的人家。相亲回来，二嫚姐一脸不高兴：娘，他家穷透了。饭碗没一个是囫囵的，碗边上个个都有豁口，喝粥时都拉嘴！

哎，你找的是人还是碗？就这么着吧。三大娘无奈地说：到时，俺陪嫁给你几个大海碗，省着拉破你的嘴！

（七）

有时我会对着电视屏幕、对着远远的村落突发奇想：退休后就回老家买一所院落，打一口井，养一群鸡，种几垄蔬菜，过几天日落而息、日出而作的日子。关掉手机，关掉电视，执一本线装书，秉灯而坐，真正做到"宠辱不惊，闲看庭前花开花落；去留无意，漫随天外云舒云卷"。选择那种不急不怒不争不怨不伤的日子，也是一份修炼。

这就是回归吧。

我想，社会越来越进步了，生活水平越来越提高了，可我们的味蕾却越来越回归到了原生状态，我们的心越来越想远离尘嚣和浮华了。鸡鸭鱼肉带给我们的，是营养后的种种富贵病和无数的后遗症；现代的繁华也把我们的心禁锢在钢筋水泥之中。而原生态的生活方式却成了大家的向往和追求。

没有喧嚣，没有污染，成了我们理想的生活境地。

无添加、无人为的痕迹，才是我们的放心食品。

味道的记忆

味道是有记忆的。

每到秋天，飘然而落的树叶铺就了条条金灿灿的路。走在上面，脚下就会发出好听的"喀喀"的脆响。远处，有环卫工在清扫马路，唰唰的声音里，一股烧树叶的苦涩味道，弥漫在金黄色的阳光中，勾起我记忆深处的那一缕情丝。

（一）

在故乡，每到做饭的时候，家家的烟囱里袅袅地升起了团团洁白的炊烟，柴禾、秫秸、麦秸燃烧的味道弥漫在黛青色的暮霭中，其间，缠绕着炝锅的葱花味和烀地瓜、下面条，间或还有大葱、虾酱、煎干鱼的香气。那一段时间，故乡的味道在我的脑海里，呈现出鸡尾酒般的绚烂——泥土的黄色气息、麦子绿色的清香，混合着饭菜浓香的是红色的味道，还有奶白色的炊烟，在青山绿树的背景上，勾勒出一幅美不胜收的山水画。

那时，走在乡间的小道上，我会学着大人的样子，挎着篮子，将毛巾包在头上，看着地上时长时短的影子，脑子里飞速地闪现出一幅幅未来画面，心里竟甜丝丝地畅快。

我很奇怪，我在故乡加起来居住的时间断断续续不过两年，然而，记忆的深处却时时冒出那时的片段。那炊烟的味道，常常在之后的几十年里，在城市的秋天，在燃烧的树叶中被无端地勾起，并令我深陷其中。

爷爷喜欢一切海里的东西，家里的餐桌上顿顿都有小鱼小虾。最便宜的小干鱼是家家必备的下饭食物。在锅里一炮（音bāo），鱼油吱吱地冒了出来，细白的鳞随之慢慢地翘起来。出锅后，将小鱼放平在饭桌上，用筷子的另一头轻轻一刮，金黄的鱼鳞如小珍珠，纷纷落下，满屋子顿时弥漫着热腾腾的香气。就着焦黄的玉米面贴饼子，咸香的气味令人满嘴生津，一天的疲劳和困顿立马随之飘散。

（二）

蒸大饽饽时的麦香是诱人的。我第一次看见母亲蒸过年的大饽饽时，惊得跑到三大娘家：三大娘，三大娘，我妈不蒸饽饽，咋蒸个"茶壶"呀？三大娘迷惑不解，到我家一看，拍着手笑弯了腰：傻丫头，这就是大饽饽呀！那圆圆的大饽饽上，顶头挑起一个鼻子，上面插着一枚枣，四周同样有五个鼻子，五枚枣。瞧，咋不像茶壶呀？

不论蒸啥，屉布都是玉米皮子或麦秸。尤其是蒸大包子，为了防止相互粘连，一个包子包着一张玉米皮。出锅后，将玉米皮子一掀，捧着包子吃。那肉香合着麦香、玉米香，浓得令人心醉。

节日的味道更是浓郁，但点睛之笔非酒莫属。

煎炒烹炸，炖蒸煮焯，鲜香咸甜，还夹杂着炮仗、香烛的气息……样样滋味都沉沉地荡漾在空中，在人们的眼前、鼻孔中飘来飘去。就是那一杯酒，全然将环绕的气息点染，将浓浓的氛围升腾起来，成就了节日的色彩和欢乐。

我家一直沿袭着老家的规矩，一到年三十，必定要在餐桌上摆上一瓶酒——不论贵贱。记忆中最早的是青梅酒，淡淡的绿，清清的香，喝到嘴里，先是浅浅的甜，紧接着就是沁人肺腑的一丝辣。也就是这裹着甜的刺激，还原了生活的本色的同时，给了我一丝无尽的遐想和憧憬。以后是味美思、红酒，最后就是白酒了。白酒从1块2毛6分一斤，到从酒厂打的"瓮头清"，到包头二锅头，到现在挑选品牌，这个过程也是人们生活水平逐步上升的见证。

（三）

父亲在机械施工公司工作，成天和汽油、柴油、润滑油打交道，工作服上浸透了油味。小时候，我特别喜欢这种味道，尤其是母亲星期天要洗衣服时，往往因工作服太油，要用热水加上碱面。当热水浇在工作服上时，各种油的气味一股脑地飞了出来，满屋满院子都是。我家邻居一个小姑娘的父亲是瓦工，她就特别羡慕我爸，说她爸的衣服除了土就是水泥，洗都洗不掉，不像这汽油，还有股子香味。

我家房后有个胖大爷，在一家大食堂工作，每天很晚才下班。从他身边走过，一股饭菜和炝油味。就是在人人都吃土豆白菜的年代里，那味道也不受欢迎。尤其是大家晚饭后都去邻居家看电视时，只要胖大爷往前一坐，小姑娘们就缩缩脖子挪挪板凳，惹得胖大爷不由地骂道：这一吃饱肚子，我身上的味就呛鼻子了？哪天饿你们一顿，看你们看见我亲不？有人立刻接话：要是饿上几天的话，正好就着这味道，连你一块啃了。即便肉老点，白白胖胖的也有嚼头呢。逗得大家开怀大笑。

以后，我的肚子一咕咕叫时，就想起这句话，一顿大笑后肚子就不觉得饿了。

(四)

　　路边有一种丁香树，细小的白花密密地簇拥成团，挑在枝头上，在阳光下散发着浓郁的、既香又苦的味道。那交杂在一起的味道常常令我停下脚步，它如咖啡，苦中有香。也如命运和生活。

　　命运是苦的，但生活却可以用心炮制出香甜来，两种滋味混杂在一起，就是生活，就是人生！

从台前到幕后

前年遇见一老乡，见到我先是大吃一惊，然后说：哎呀，你都这么老了呀。我好像还能想见你当年梳着两个小鬏鬏，在你三姨家的大炕上给我们跳《白毛女》的样子呢。嗨，转眼间的事呀。

我大笑。是呀，什么叫"沧海桑田"呀。想想，我真是从台前走到了幕后了。

（一）

从小就喜欢跳舞，喜欢唱歌。

从三岁起，我就因喜欢跳舞而博得了众人的青睐。

那时，我家的墙上有一幅"金鱼图"。画面上是两个装扮成金鱼的姑娘，她们的头发高高地盘在两边，用红色的缎带系着，似一双金鱼的眼睛。摇曳的长裙宛如金鱼摇摆的尾巴，在波光潋滟、水草飘动中曼妙游弋，令人浮想联翩。

晚上铺床时，我就要甩掉身上的衣服，亦步亦趋地学着画上的样子，边舞边唱。这就是最初的我。

以后就喜欢上了电影《白毛女》，喜欢那里面的舞蹈，在家中胡乱地学着跳着。父亲带我和弟弟到老家省亲时，我俩就成了三姨家大炕上的一景。我当然学跳金鱼舞、白毛女，弟弟呢，就学着电影《翻身农奴》中喇嘛的样子，一面摇着经筒，一边竖起一只手，嘴里念念有词，逗得乡亲们大笑不止。

以后，只要遇到大镜子或可以跳舞的宽敞地方，我就会情不自禁地跳起来，引得不少大人投来喜爱的目光。

（二）

刚进小学不久，学校选拔"毛泽东思想宣传队"队员，好多女生都跃跃欲试，大家围在一个空教室门前等着老师叫自己的名字。有个个子高挑的女同学说：我妈说，对舞蹈队员的要求特别高。不仅个子要高，腰要细，手也要长，还得柔软。个子不高的我顿时没了信心。当我被叫进教室的时候，几乎想打退堂鼓了。

讲台上坐着几位老师，目光如炬地俯视着进来的每一个人。和我一起的四个女同学站成了一排，老师用脚踏风琴弹了一首曲子，我们随着节奏做了几个舞蹈动作，然后就出去了。几天后，校文艺队门前写着录取名单的红纸前围满了叽叽喳喳的学生，仰头细看，我在其中。我挺纳闷，那个个子高挑的女同学没被录取。没有希望的我竟意外成了一名令大家羡慕的校文艺队队员了。

我是班里的文艺委员，每天领歌、教歌。学校组织大合唱比赛时打拍子。因个子瘦小，只得站在凳子上，稍稍用力，就全身摇晃，还得时时找平衡。现在想想，那样子一定挺滑稽。最有意思的是，有一次语文老师临时有事要出去，就告诉我：这节课就交给你了，把你们宣传队的歌曲教给大家吧。我就把我跳的舞蹈《地道战》中的插曲歌词抄在黑板上，然后学着老师的样子，用教鞭点着黑板一句一句地唱。快下课时，老师回来了，她站在门外，偷窥着我们班。正好，全班同学已经嘹亮地把那首歌从头到尾唱会了。老师惊诧地拍着我的脑袋说：不错呀，课堂纪律也好，学得也快，你都成了小老师了。

那些年，我们经常演出。学校、工厂车间、田间地头、街道广场，大凡有个会议、活动，还有毛主席发表了最新指示等等，我们就立刻排练节目，然后拉出去演出。我跳舞，也是女生小合唱的队员，唱李铁梅，唱小常宝，唱语录歌，唱"新的女性"。把脸打得红彤彤的，穿着借来的红衣绿裤，经常急匆匆地跑上舞台。

五年级了，父母嫌我帮不上家务，让我退出文艺队。正好赶上文艺队要成立乐器小组，我就在老师的怂恿下报了名。

（三）

学校就那么几件破乐器——一把走风漏气的手风琴，两台有点跑音的脚踏琴，两把断了弦的小提琴，还有几把胡琴，几把号。老师让我和小梅学小提琴，我高兴得直蹦。尽管这种歪着脖子拉的琴我从来就没摸过，但从老师手底下飞出来的音色令我着迷。

谁知，刚刚学了一首练习曲，琴就彻底坏了。老师说：回家和你们的家长商量一下吧，看你们是否自己买一把琴呀。只要有琴，咱们就可以学下去。那得多少钱呀？我俩有些着急。老师沉吟了片刻，说，36块。我一个月的工资。要不这样也行，你们两个人合着买一把吧，一起学，一块练，等学会了再说。

我俩边往家走边嘀咕：肯定不行，家里不会答应的。

果然，我父母一句话就把我挡了回去：学那东西能当饭吃？给了你半个月的工资，咱一家人是扎脖呀还是喝西北风呀？

还是不死心。小梅家有个老掉牙的琴（*许多年后我才知道那叫"正琴"*），只有那么十几个锈迹斑斑的按键。每天下午一放学，我就去她家，我们轮流弹。一手用一块垫字板扒拉琴弦，一手按键，居然能将一首《沙石峪》联成曲调。学第二首曲子时，那已经衰老的琴弦终于寿终正寝，我们就再也没有琴可以弹了。

从此，学乐器的念头夭折。

二十年后，一次去郊游时遇见一中年盲妇给游人算卦。禁不住大家的怂恿，我也把手伸了过去。盲妇细细地摸了摸，说：你手长，指长，是个搞文艺的。我笑了：是跳舞的吗？她摇摇头，说：不，应该是拉琴的。朋友大笑：你算错了，她是卖豆腐的。盲妇坚定地说：那她以前也是搞文艺的！

（四）

从小学到初中到高中，我都是班里的文艺、宣传委员。

直到参加了工作，从事了青年团的工作，我还时常出现在舞台上。

上世纪八十年代初，在旋律欢快的《年轻的朋友来相会》的舞曲中，我和我的同伴跳起了集体舞，并参加了全市集体舞比赛。20多个人，时而拉成一个大圈，时而分成整齐的四排，时而摆出一个造型，赢得了观众的阵阵掌声。那时，年轻的我们膨胀得汗水淋漓，直为20年后而发愁：时间太长了呀，为啥不说十年后相会呀。20年后我们都老了呀。

没想到，时间就和孩子手里的棉花糖一样，看着偌大一团，还没等细细品出甜味，便少了大半儿。20年眨眼就从指头缝中溜走了，手中攥着的，是一把沉沉的年龄和酸酸的往事。

上了师大文研班后，第一个元旦，我们搞了一场新年晚会。在大家筹划节目的时候，我们宿舍的空特乐把鄂伦春的舞蹈教给了我们。在宿舍狭窄的过道里，老空教得仔细，我们学得认真。"高高的兴安岭一片大森林，森林里住着勇敢的鄂伦春……"这首小时候就听我母亲唱的歌又回到了我的师大宿舍里。那时，边唱边跳，心里翻江倒海的感慨令我泪花闪闪。

没想到，还有一次登上舞台跳舞，竟是为了上幼儿园的次子。

已经是幼儿园大三的次子，最后一个圣诞节里，老师策划了一场孩子、家长、老师共同的晚会。真荣幸，只要8个家长，竟然有我。不论我怎么推辞，老师只是笑。儿子也仰着头拉着我的手直央求。"老师呀，瞧我这身材，哪能跳舞呀。"我为难极了。老师一句话给了我极大的勇气："我看出来了，您脚步轻盈，以前肯定跳过舞。"

我笑了。扭头一看，另一个孩子的妈妈的身材和我不相上下。得，为了儿子，就现一把眼吧。

一人一把新疆小手鼓，我们跳了一段新疆舞。孩子们还真给面子，小巴掌都为我们拍红了。

（五）

嘿，又上台了。

那年，我工作的企业搞职工文艺汇演，由我们部门牵头。工会把大型舞蹈排练出来后，参加汇演的一揽子吃喝拉撒的事就成了我的了。我本是"管家"，但为了节省开支，我又兼职后台押旗。

那双"搞文艺的手"已被生活的油盐酱醋浸泡得粗砺而有劲了。这大旗我一拉就是6年。

那个由24名男女演员跳的大型舞蹈，有一面大旗。在内蒙古首府演出的时候因舞台而设计成25米长，旗杆近4米。这面大旗是这个大型舞蹈的点睛之笔，由一名特别魁梧的小伙子举着，在舞台上大幅度地挥舞着，我要配合他的舞步，在舞台后面，将旗帜的最末端系在自己的腰上,用双手随着旗手的舞蹈动作时而拉直,时而送出,最后,那面大旗和24名演员在舞台的最前方有一个漂亮的造型,旗帜要在造型后面押平、拉直。从2004年到2009年,从我们厂的舞台到鄂尔多斯市、呼和浩特市,最后竟登上了首都中国剧院的大舞台。

2009年,中国华能集团举办庆祝建国60周年职工文艺演出,我们这个节目就在其中。我们是代表20多家兄弟单位的唯一节目,那意义可非同一般。

那次太难忘了。

彩排时,一个要命的问题让我们大惊失色:中国剧院的舞台比我们以前演出的舞台都大,旗帜也增加到近40米,不仅比以前长,而且还用了真正的绸子料。当时忽视了一个大问题——太薄太轻的面料难以服帖。旗手一挥,它就漫天飘舞起来。更要命的是舞台要效果,要打干冰,那大旗就随之自由地翻飞、飘舞起来了。

怎么办?

这是向新中国60周年华诞献礼的节目呀。大家都急了,主意一个接着一个:把大旗下面缀上小铁环;要不穿上细铁丝?要不旗手换动作?要不……被一一否定后,旗手的眉毛拧成了疙瘩。我一拍脑门,想起一个主意:这附近有超市吗?买2斤黄豆,从旗帜的下摆边上切个小口,将黄豆一一灌进去,整齐地排列下来,既不影响美观,又可以增加垂感,还安全可靠、得体,旗帜就不会飘起来了。哎,是个好办法!不少人支持。

可时间已经来不及了。旗手的汗水顺着鬓角往下滴。这旗帜如有半点闪失,我们的企业、上级单位、各级领导及24个人几个月的心血就要付之一炬!

再练,再找规律。

忽然,我的同事在前一个节目的人群中看见了两个熟悉的面孔。

"救星来了！"把情况一说明，两位朋友立马跟着舞蹈走了两个回合，得，有点眉目了。

大幕拉开了，音乐响起了，舞蹈演员奔向舞台。我的心骤然提了起来。这两个朋友是新手，能否顺利完成任务就在这一把了。听我的啊，抓住，放手，抻下摆，再放，抓下摆……最后一个强音由高到低时，24名演员潮水般涌向舞台最前方，一个精准的造型在追光灯的照耀下漂亮亮相。那面巨大红旗上熠熠生辉的7个大字冲击着每一位观众的心扉——"腾飞吧，中国华能"。

台下一片沉静。几秒钟后，雷鸣般的掌声骤然响彻大厅。

我的汗水这时才汹涌而出，顺着头发越过眉毛冲了下来。

大家都长长地吐了一口气。旗手过来了，满头的汗水蒸腾起一片按捺不住的喜悦。他疲惫地笑着，向我伸出了大拇指。

每次看到演出的照片，大家就会指着平整的旗帜说：旗帜后面的那个人就是你呀。

哎呀，你真是幕后人！

我笑了。我都抻到首都，抻到中国剧院了，多光荣呀！

如烟往事

(一)

从小喜欢看书。

上半天课的时候，一到下午，我不是去给家里喂的小兔子剜野菜，就是从凉房的木箱子翻出书看。第一本是《红岩》，然后是《欧阳海之歌》、《暴风骤雨》、《西游记》、《苦菜花》、《林海雪原》等，还有大半本《红楼梦》。那本《红楼梦》被撕去了前后。想来是有人为藏匿下这本书，故意撕的。估计那是从被焚烧的大书堆里"顺"出来的，书脊上有一块火焰的痕迹。因为当时年纪尚小，没看出什么门道，但林黛玉的一颦一笑却刻在了脑子里，并被传染得多愁善感、沉默寡言。

被书深深吸引着，没事就找书读。《唐·吉珂德》、《封神演义》看得似懂非懂，囫囵半片的。直到读高中时，我才真正把这些书又重新看了一遍。家里的书看了一遍后，我就和同学的哥哥姐姐借。好多书都是从那些已下乡的哥哥姐姐们手里抠出来的。因有时间限制，所以只要一抱起书，我就忘了一切，常常因此耽误了家务，惹来一顿责骂。《死水微澜》就是同学从她的哥哥枕头底下偷出来的。"两天啊，两天必须给我。要不我哥知道了，非踢我不可。"那本书和《创业史》、《青春之歌》是我晚上在被窝里打着手电看的。多少年后，看了根据书改编的

《死水微澜》、《青春之歌》电影,那书中的情节又如丝般地从脑海里缓缓抽出,一帧帧地展现在眼前。

看书的时候就想吃点啥。现在叫"伴侣",那时哪有零食呀。吃啥?干咸菜疙瘩、胡萝卜。把腌好的芥菜疙瘩晒干后,放上大料、花椒、辣椒煮熟再晒,石头一样硬的疙瘩上挂着一层盐霜。一面看书,一面一点一点地啃,滋味溢满口腔。冬天的夜晚把胡萝卜放在外面,冻后吃。带着冰碴的萝卜一啃一个白印,正好给沸腾的大脑降温。那时,物质的味道是匮乏的,但精神的滋味却是足足的。

上高中时,开始热衷于手抄书。《第二次握手》、《一双绣花鞋》在大家手里相互传递着。放学后,几个同学分章接力地抄写。有人提议,用复写纸,这样效率一下子就提升了好几倍。因为手脑并用,这两本书的好多情节我至今都记得十分清楚。那年,由谢芳主演的《第二次握手》上映,令我及同学们大失所望。那情节和形象与我们当年埋头抄写时脑海里浮想的形象相差甚远。

那时,装帧简陋的书给了我无尽的知识源泉和精神动力,如饥似渴地阅读,给我的文化打下了基础。如今,被装点得几近妩媚妖娆的书都冷落在书架上,除了浏览一下书皮和目录,如饥似渴的欲望却再难"搜索"到了。

(二)

上高中时,班里一女生和我极要好,每天一起上学,一起放学回家。一天,她十分神秘地凑近我的耳边,让我晚上去她家。干吗呀?她笑了:谁也别告诉呀,不去你就后悔!

弄得我心里七上八下地不安生。吃过晚饭,急急忙忙收拾停当就去了她家。她家的气氛挺特别。她下乡的大哥、在兵团的大姐、上班的二姐都在，并且似乎都在压抑着自己的情绪，快速地收拾着各自手边的活儿。我的同学悄悄地告诉我，她父母回老家了。今天晚上，哥哥借了一架唱机，还有一些唱片。"开家庭音乐会呢。这是我哥说的。你可千万别告诉别人呀。"

一切停当后，关上了门，拉上了窗帘。在我们几个人的注视下，她哥满脸庄重地从里屋搬出了一个深绿色的方匣子。打开盖，用一块软布仔仔细细地擦拭了一遍后，接上了电源。"今天的事谁也不准说呀。"他哥的眼睛在厚厚的镜片下炯炯有神，每个人的脸都在他的目光中显得凝重起来。随后，他小心翼翼地拿出几张黑色的、圆圆的片子。我屏住呼吸，脑海里立刻蹦出了《红岩》里地下党印《挺进报》、秘密传递消息的片段。我的同学特自豪地捅了我一下，说："这是唱片。它能唱歌！"

将唱片放好后，将那个小拳头一样亮亮的东西轻轻地放在沙沙作响的唱片上，一股清泉般的音乐缓缓流淌出来，在昏暗的屋子里舒缓地翻卷着，飘舞着。那音乐是我从未听过的，和我们每天唱每天听的截然不同。屋里静悄悄的，只有那唱片在尽情地歌唱着。我感觉那深绿色的唱机正吐出亮晶晶的丝，轻柔柔的网，洁白的、浅蓝的、深紫的、粉红的、嫩黄的，缠缠绕绕地萦绕在我的身边，海水般地将我包裹起来。心被一片羽毛轻轻地、慢慢地托举着，渐渐沉醉下去。我突然有了一种不知身在何处的感觉……

直到晚上10点多，她哥才宣布结束，并让大姐和二姐送我回家。

直到"四人帮"倒台后，我才知道那晚听的是肖邦、是梁祝，还有"二郎山"、"送别"、"高高的兴安岭"、"喀秋莎"、"三套车"等经典歌曲。

上世纪七十年代末，为了帮助弟弟学英语，我家从师专托人买了一台日本产的小录音机。那像砖头一样的东西吸引了不少邻居和同伴。这是人们第一次见到这么精巧的，能录能放的录音机。一位朋友给了我一盘磁带，郑重地告诉我：这歌太棒了，听得我都醉了。只给你一天的时间呀，好几个人都等着呢。我听了，那甜美的歌声让我如痴如醉，思绪飞扬。真的是太美了。后来才知道，那是邓丽君的歌。

（三）

看露天电影跟过节差不多。

一般是有什么重大事件或节日，广场、学校、企业门前的空地上就要放电影。消息来自于街头的海报和互相转告。傍晚，吃过晚饭的人们三三两两地走出家门，老人和孩子要搬上板凳、椅子，成年人或小后生、大姑娘则站着，或斜斜地靠在自行车上。最外层的人有的将小孩子架在自己的脖子上，有的干脆让孩子站在自行车的后座上，这样，看电影的人群就形成了一个外凸中凹的盆形。

天完全黑下来后，电影开演了，先是纪录片或科教片，正好是人们拉家常、吃零食的时间，场上笑声、斗嘴声、孩子的哭叫声、要吃要喝要撒尿声此起彼伏。一般是两个纪录片或科教片后，人们的骚动已近尾声。全场沉静片刻后，一小段有力的音乐一下子把大家的情绪掀了起来，片头那个金光闪闪的五星或工农兵的雕塑，一下子把无数双眼睛紧紧地扣住。《地道战》、《地雷战》、《列宁在十月》、《创业》、《红色娘子军》、《南征北战》、《南海风云》、《青松岭》、《春苗》等等片子，都看的是露天电影。记忆深刻的是看《卖花姑娘》、《流浪者》、《洪湖赤卫队》，观众喜欢影片里的歌曲，上面唱，下面和，最后大家的合唱声竟压过了电影的声音。

要是赶上刮风，挂在两个大杆子上的银幕就会在风的鼓动下前后左右地摆动不停。那上面的人和景也喝醉了般地随之舞蹈起来，看得人晕头转向、眼花缭乱，直到电影结束，依然满肚子翻江倒海。

我看露天电影经历了三个阶段。第一阶段是从还没吃晚饭就兴奋地要搬着小板凳占地方；第二阶段是和伙伴双手插在衣服口袋里，等人们去的大潮差不多过去后，溜溜达达地走过去，摆出一副矜持劲头，站在人群边上，边聊天边看。第三阶段就是等正式的电影开演后，才骑上自行车过去，挑挑拣拣地看几眼，或到银幕后面去站站。反面没几个人，都是嫌人多的。其实，就是人和景物的方向是反着的罢了，音响、情节都一样。还有，那也是标新立异，第二天和同学们一说，竟引起了不一样的目光，套用现在的话就是——哇，你真酷！

最后呢，干脆拒绝。冷眼看着人们去热闹，然后自己在家抱本书看。这时，我已经长大了。

当然啦，看电影的大潮下也有暗流涌动，那就是一些姑娘、小伙子们在开演之前相互打量、检阅，然后悄然地、不动声色地往一块凑，继而搭讪，以期达到自己的目的。我曾遇到过两次。一次是和我家隔壁的两位年长我几岁的姐姐去看电影。那几个小伙子是看上姐姐了，当电影演到一半时，将三根冰棍举到我们面前，要和姐姐聊聊。我们吓得不敢说话，姐姐更是哆嗦起来，最后的喊声竟变了声调：臭流氓，滚开！正好有几个大人过来，那几个小伙子快快地嘟囔着走了。我遇上的那次是两个和我年龄相仿的小伙子，拦住我问是否可以交个朋友。有了上次的经验，我不那么紧张了，压住狂跳的心，坚定地说：我哥就在前边，你跟他说。哥——那两人讪笑着：真没见识，我和你交朋友干你哥屁事？闪身离开了。

不过，我们街坊有个邻居的大姐就是在那时找上对象的。她的家人及邻居都不看好，极力反对，但人家结婚后却一直恩恩爱爱，直到今天。现在想想，那也是没办法的办法呀。那时没有"非诚勿扰"、"非常完美"、"百里挑一"等节目，只能靠自力更生。

(四)

红房子是我们小时候最爱去的地方。除了喜欢逛商店,最爱的是红房子后面有个卖油条的地方,一到中午、下午时就卖凉粉。满满一大碗,颤颤抖抖的大片凉粉和着绿绿的黄瓜丝、香菜,浇上红红的辣椒油拌在一起,一毛钱一大碗,那酸酸辣辣的滋味让你吃了这碗想下碗。

吃过凉粉我就要溜达一圈,去看看要镚镚的老汉和傻丫蛋。

要镚镚的老汉是个个子不高的干巴小老头。谁也说不清楚他咋得的病。除了晚上睡觉,天一亮,他就将一个小铁桶放在自己眼前,见人就蹦着喊着"要镚镚、要镚镚"。听见一声清脆的"当啷"声后,他就给你个笑脸,作个揖,然后继续他的动作。

我有时会和妈妈要一个硬币,扔到他的小铁桶里,看他给的笑脸。因是一分的,他的笑也只是一闪。如二分,笑就大点。一次,给他端去半碗凉粉,他看了看,接过来仰脸倒在嘴里,然后用衣袖抹抹嘴,给我碗时竟点了点头,很舒服的样子。周围有人立刻笑着骂他全是装的,知道啥好吃呢。

人们说他是因儿子不养他,故意装出来样子要饭的。也有人说他是受了刺激,疯了。不论刮风下雨,他都坚守在那里,成了人们生活中的一道风景。许多年后,他不见了,有好事者打听他:咋了?病死了吗?

丫蛋是人们解闷的活宝。那时没有任何娱乐活动,每天站在马路边上的丫蛋就成了大家的谈资。而丫蛋也喜欢热闹,一到上下班马路上人流稠密时,就会扬起黑胖的笑脸,摇着满头乱发,嘎嘎地大笑。有人逗她,她就胡说八道,惹得行人开心。当年的文化路边,是丫蛋的定点舞台。有一天晚上,丫蛋被人强暴了。第二天,她就在马路上把这件事大声地告诉每一位大叔大婶。"他要和我搞对象!我要搞对象!"最后,人们从她反反复复絮絮叨叨的话中理出了头绪:一个戴眼镜的男人哄着她，把她糟蹋了。从此，一见到戴眼镜的男人，不论年龄大小，她都要扑过去，要和人家找对象，要结婚。

不久，丫蛋竟挺起了大肚子。再后来，丫蛋的家人把她嫁给了后山一个瘸子。嫁人后丫蛋竟一连生下两个男孩儿一个女孩儿。十几年后，已近中年的丫蛋又站在马路边上，特别自豪地见人就打招呼，告诉人们她有几个孩子，生活得还好。

（五）

刚工作不久，到处都有开办的夜校、补习班、文学论坛等。下班后，我就开始了夜校学习。我在包五中参加汉语言文学的学习，到光二小听日语课，到第一劳动文化宫上文学课，到师专、到工学院……把自己的时间安排得满满当当的。

求学者蜂拥而至，教室里也满满当当的。当然啦，鱼龙混杂，有认真读书的，有应付家人的，还有就是想搞点副业的。那时，好多老师是刚刚平反的老知识分子，肚子里积攒着许多墨水，在这个难得的机会里，尽情地喷涌。教我们现代文学的老师就是这样的，他常常在下课时给我们讲一些自己的见解和思想，给了我们许多新鲜的思路，也洞开了我们被禁锢已久的思想。那时，真的觉得自己每天都在成长着……

讲日语的老师尽管站在讲台上，曾被管制的痕迹还依旧挂着，时不时就袒露出来。有时，讲到高兴处，他就比划着唱起来，课堂上立刻就活跃起来，他马上就把食指竖在嘴边，缩缩脖子，悄声告诫我们这一段可别和家长讲，逗得大家大笑不已。

两年，每周三个晚上、两个小时的学习，中间有十分钟的休息，也成了大家交流、交友的好机会。

夜校里，我的同学晓丽、岳芝后来成了我的挚友。

（六）

我们街坊有个年长我三岁的女孩儿。至今我还记得她那羸弱的样子——白皙的皮肤、浅黄的头发、细细高高的身条，还有那如小鹿般警惕、闪烁的目光。她不喜欢说话，抿嘴一笑就算是打招呼了。她父亲手里握着方向盘，母亲是一家企业的小负责人，家境比较殷实，经常有亲戚朋友拿着当时少见的大米、白面、猪肉、豆腐和外地的特产来串门。可令人不解的是，她家高朋满座的繁华、觥筹交错的欢乐，她弟弟妹妹极富优越感的表情和洋溢的油光，与她那张轻描淡写的脸形成了极鲜明的反差，让人们一度错觉她是否是她家亲生的姑娘。

那一年她19岁，身体的曲线、面颊的光泽已经分明地凸显、绽露出来，两根齐腰长的辫子随着步履在背后跃动着，经常引来不少异性的目光。一天傍晚，她家传来激烈的争吵、哭闹和家什的摔打声。因时间过长，惹得邻居前去劝慰。后来听人们传说，前去的人落了个"热脸贴了个冷屁股"的尴尬，以后她家再有动静时，热心的人就会按捺住自己，不去当说客了。

那年春天倒春寒，4月份了，人们还依旧穿着冬天的毛衣毛裤。中午时分，家家炊烟升起，饭香飘散。她弟弟去凉房拿东西时，一声惊叫，打破了街坊的宁静，惊得大家纷纷放下碗筷。她家门前围着好多人，还有警察。

她用一截绳子结束了自己如花似玉的一生。

她的死让我好长时间感到压抑。一想起她的眼神，我就胸闷，喘不上气来。从她家门口路过时，她那白皙的面孔就会闪现在我脑海里，让我不得不加快脚步。

20年后，一次偶然的机会，我才知道她得的是抑郁症。那时没有这一说，人们便按照自己的理解，给她杜撰了许许多多的故事情节。最多的当然是她家的人来人往，她家的遇人不淑，她家的风俗风水等等。有一个小伙子直到了谈婚论嫁的年龄，都因她而背着一只看不见的十字架。也正因为如此，我周围的女孩儿及我都成了家人的重点看护对象，下班、看电影、去看同事，都要按时归家，否则，父母就会如热锅上的蚂蚁，直至大门被推开，他们悬着的心才会"扑通"一声放下。

（七）

上班的第一天，和着一帮男女青年走进了一个叫直属队的大院子里。北面一溜灰色的砖房，红瓦，绿窗。东边是车间，南边是库房。院子里有两棵桃树，两棵杨树。

一切都那么新鲜，我睁大眼睛到处观看。

从屋里出来了一位穿着洗得发白的工作服的老者。他满脸皱纹，一脸冰霜，向下耷拉的眼皮如舞台的幕布似的垂下，遮住了本来就不大的三角眼。他用十分浓重的天津话问："这些都是新分来的？"

"是呀，这是咱们的崔师傅。管材料的。算盘打得特别好，棋下得也好，还……"带着我们的领导连忙答道。

崔师傅依旧板着面孔，挥挥手打断了领导的话，进屋了。

再次见到这位崔师傅时，我已经穿上工作服，两条齐腰长的辫子盘进了工作帽里。见我一手拎着油漆桶，一手拿着刷子，他停住正拍打衣服的手，说：丫头，我给你看看吧。见我一脸茫然，他用手里的笤帚拍着肩膀说：我平时是不给人家说的。丫头，你是个劳碌命呀。这辈子你就是爱操心，直操心到老。这么说吧，你死的时候都躺在自己预备的棺材里。第二呢，你这辈子能有几个知心朋友。因此，你既不缺钱也不会有钱。怎么说呢，就是你有困难时有人会帮扶你，有贵人哪。可你若有钱了也会仗义疏财……他让我举起手给他看。接着说：我说嘛呢，这是个大手大脚的丫头嘛。第三,你将来能成事哩,有成就……不信?你就记住我的话,走着瞧吧……

我师傅过来,打断他:别听他的,封建迷信那一套。

他不满地嘀咕道:这是有道理的,你不懂。别人我还不说呢。丫头,你记住,看我说得对不对。

下班回家告诉我妈。我妈正做饭呢,头都不抬地说:第一条对,第二条、第三条得等等看呢。

如今,他的话一大半应验了。

(八)

我曾有过两个同事,也是好朋友。一个是个哑巴,一个是半脑子。

哑巴是半哑。那些年曾看过一部似乎叫"铁树开花"的电影,说的是用小小银针打开聋哑人封死的听力通道,让哑巴张开了嘴,发出了声音。我的这个同事通过针灸,能听见,能吐简单的单词:爸爸、妈妈、哥哥、弟弟。

上班时,我被分配到她在的班组里,不久成了她的朋友。她父母因病相继去世,她还有一哥一弟。哥身体不太好,弟又少不更事、调皮顽劣。我特别同情她,经常从家里拿些东西帮她,她便时时跟在我的身边,没事就到我家,成了我家的一员。她的字写得特别漂亮。没事时就在纸上用笔写、用手比划着教会我不少哑语。她喜欢上街,买东西如果就她自己,就只得用笔和售货员交流,挺麻烦的。所以,她常常要我陪她上街,做她的代言。逛街时,她常常和我用手语说话,惹得好多人一个劲地啧啧惋惜:瞧,这么漂亮的姑娘,都是哑巴!哑巴就缩缩脖子,得意地指指我,开心地笑了。

半脑子不仅脑子不好使,舌头也短一截,说话呜呜噜噜地让你跟着她跌跌撞撞地连猜带想，最后也就知道个大概。她是我们单位的职工子弟，单位为了照顾她，给她分配了一些轻松简单的活儿。她喜欢到我们班找我，是因为我从不拿她开心。她也经常到我家，拿着皱巴巴的线让我教她编织袜子。直到她把那团线折腾烂了，袜子也没编织成。如遇上我家正好摆桌子准备吃饭，只要你和她客气一下，她准立马坐下拿起筷子就吃，弄得我弟弟直翻白眼儿。她若在我家碰上哑巴，就会毫不客气地指责我还和不会说话的人来往。哑巴也不喜欢她，往往给她个白眼，有时还会冲着她吐出两个清晰的字：妈逼！逗得我妈和邻居大婶笑得前仰后合。

我妈曾笑着拍着床沿问我：丫头呀，你咋和啥人都能成朋友呀？你成啥了呀？

我就是我呀。她们要和我好呀！我满不在乎地回答。

我调了工作后，见哑巴的时间少了。那年，哑巴嫁到另一个区，工作也随之调动了，相互的信息就断了。前几年无意间碰见她弟弟，问及她的情况，说早就去世了，死于遗传病。还说她有一个女儿，极伶俐。这倒让我心里好受一些。

童年在手心里

我的童年没有玩具,没有画报,没有电影。

白天,孩子们的游戏除了过家家、耍骨头子、踢罐儿、撞拐、摔泥巴、滚铁环、打沙包、跳皮筋、跳房子,就是翻花、挑冰棍筷子、编玻璃丝花、学唱样板戏,还有就是捡煤核。晚上,讲故事就成了大家的最爱。

(一)

只要没有大人在的家里,或有块空地,过家家的游戏就可以开始了。浴池房山头那片空地是我们的首选。洁净的沙土地上可以肆意拉开想象的幕布,只消用双手,就可以堆砌、描画成豪华的家、漂亮的家具、美丽的饰品和繁华的街市。那真是个培养演员的好场地,每个孩子都是绝对一流的编剧和导演,且不用提前沟通事件的进展情况,人物对话和故事情节就会极其默契地水到渠成,顺势而出,严丝合缝。现在想来,那时的孩子人人都有表演才能,个个都会从生活中汲取营养,挖掘故事,升华境界。最热门的头牌是扮演妈妈、售货员、老师等角色,其次才是爸爸、孩子,最后是佝偻着腰的老奶奶、老爷爷。爸爸妈妈是自家的翻版,而老奶奶的范本就是街坊那个一脸核桃皮、走路一拐一拐的大娘了。

那次,在我家邻居的小凉房里玩,扮爸爸的那个小姑娘学着她爸爸的样子抽烟。当然是假装的了,可不知咋的,她突然发现屋角里堆着两麻袋用来烧火的锯末,就用一张练习本纸卷着锯末当烟抽,结果,不小心点燃了麻袋里的锯末,差点酿成火灾,吓得这家大人急忙把凉房上了锁。

(二)

我的童年记忆在指尖上,在手心里。

玩骨头子儿能够训练眼、手、脑的协调。小巧的羊腿拐骨,被打磨得干干净净,有的还被染上了各种颜色。一只沙包或一个小皮球,配上四个以上的羊腿拐骨,一只手把骨头子儿撒开,然后将沙包或小皮球向空中一抛,在沙包或小皮球落下的眨眼时间里,要迅速把骨头子儿按四个面依次排列一遍。也可以根据组合,抓分。分数多者为胜。这个游戏不像跳房子或跳皮筋,需要选择场地。几个人可以随时随地席地而坐,轮流坐庄。

玩泥巴就要寻找胶泥。那时,家家都要用煤面打煤饼,胶泥是必不可少的。这也给孩子们提供了机会。一块泥巴要经过揉、摔、饧的过程。除了几个人一起摔响外,还会捏动物、简单的家什、炊具、小娃娃。我的一个小伙伴捏的小汽水瓶子特别精致,用铅笔、梳子压出逼真的花纹,连瓶子盖都能用小拇指甲按出压痕。只是这些东西一旦干了,就龟裂了。

春天,刚刚抽出新芽的柳枝是做柳笛的最好时机。拣那种粗细适中的枝条,用手轻轻揉捏一番后,将芯和皮分离,用小刀截取其中二寸,然后用刀将一端削薄,轻轻一吹,便有一种似箫似笛的声音,十分悦耳。初秋，满地的花草是大地的馈赠，我们会用狗尾巴草编小狗，把各色花瓣制成标本，将树叶泡透，经过捶打、着色后制成极有艺术含量的书签……

人多的时候就拉成一个大圈，不是编花篮，就是锯大缸、抓金鱼。那些唱词特别有意思：

编，编，编花篮，

花篮里面有小孩，

小孩的名字叫什么

叫——

大家随意喊出游戏中孩子的名字，那人立刻就有被挂上奖章的兴奋。

锯盆锯碗锯大缸呀，

大刚的妈妈会打枪呀，

枪对枪呀，杆对杆呀，

不多不少十六点呀……

一网不打鱼呀，

二网下小雨呀，

三网逮着个大金鱼呀。

夏天，有月亮的晚上，华盖般的大树下，清脆的儿歌呼应着银色的月光，水般的清凉荡漾开来，洒满了房前屋后、红瓦的屋顶和整个街道，令人遐想联翩。

（三）

第一天上学，课本就被"红宝书"所替代。每天上半天课，只背毛主席语录。时间无限抻长，散漫久成荒漠。过家家也已被学演样板戏所替代，每一场，每一个片段，每一句唱腔，除了到俱乐部看演出外，大多是跟着半导体和收音机学。我家的收音机旁，一有样板戏，就会围上一帮孩子。全凭记忆，然后就学着演。当然啦，大多是自己灵机一动临时添加。为了追求完美，服装和道具就成了大家心中的眼珠子。

铁梅、小常宝的辫子好弄。从各家偷得一些黑色毛线，编成大辫子，然后用红色头绳和自己的头发绑在一起，甩起来一样生风、飘逸。阿庆嫂的衣服和围裙也可以因陋就简，就是发簪上的那绺红色的璎珞是大家眼热的装饰。尤其是随着阿庆嫂的举手投足，晃晃悠悠的璎珞撩得人心激荡，想象悠长。

"我有办法了。"一个小伙伴的话点燃了大家的兴奋点。"不过，得先让我演。"得到大家同意后，她才告诉我们，她爸去外地开会刚回来，带回一面锦旗。大家哎的一声瘪了气。她赶紧兴奋地说：那锦旗的边上是一圈黄色的穗子呀。我趁我爸午睡，已经偷偷地给剪了一大绺，够咱们做三个的。从衣服口袋里掏出的穗子已被手汗弄得潮乎乎的了，几个人尖叫着忙一根根地将平，然后用线扎好。正想着是用卡子还是用筷子充当簪子时，门外一声巨吼，惊得大家落荒而逃。那小伙伴的爸爸去单位交差时，才被领导发现。那天，小伙伴被打得鬼哭狼嚎，我们每个人也被各自的家长狠训一顿。

从此，不敢再提阿庆嫂。

（四）

《红灯记》中，李玉和有段夸铁梅的唱段我们都会唱："提篮小卖拾煤渣，担水劈柴全靠她。里里外外一把手，穷人的孩子早当家。"那时的我们，除了不会提篮小卖外，其他的都会干。

捡煤核也是结伴而出。

用8号铁丝扭成有四个齿儿的小耙子,一个放煤核的小盆,再拎上一个小面袋子,就可以开工了。当年,我们经常去华建锅炉房、浴池锅炉房捡煤核。

一放寒假,街坊里的孩子就互相招呼着:走呀,快拿上东西走呀。

那时,小山一样的炉渣堆上,布满了一群孩子。或几个人凑在一起,或各自找个地方,一边说着话、讲故事,一边用小眼睛撒摸着煤渣。左手拿着小耙子,右手捡,一边耙一边捡。

突然有欢呼声和尖叫声,那是烧锅炉的师傅推出煤渣了。为了避免刚出炉的煤渣烫伤人,要用水浇一下,用小车推出的炉渣往往冒着腾腾热气。一车倒下,孩子们蜂拥而上,用极快的速度,往自己怀里扒拉。捡来的煤核烧火没有烟,易燃,只是不禁烧,却让我们从小就担起了家庭的担子,参与到居家过日子的行列之中,品尝到生活的艰难和艰难中的乐趣。

前几年春晚有个朱军和冯巩的小品。朱军拿出当年冯巩捡煤核的小耙子,让我觉得既亲切又遥远。其实,上了初中后,父母就不让我捡煤核了,但那记忆却深深地埋在了心里。

(五)

尽管没有属于我们那个年龄的书籍和画报,但那些古老的传说和民间故事,给了我无限的滋养。

每家大人肚子里都有许多的民间传说。往往是大人给孩子讲完后,孩子们再相互讲,口口相传。尽管那时我们荒废了学业,知识严重匮乏,但却因有许多故事给今后的学习做了铺垫和补充,使我们只是有些"面黄肌瘦"而不至于"严重营养不良"。我父亲的故事特别多,常常是在他高兴或邻居家的伙伴一再央求下，才娓娓道来。那是最高的奖赏。《隋唐演义》、《岳飞传》、《杨家将》、《聊斋》及"王华买爹"、"田螺姑娘"、"钟馗嫁妹"、"牛郎织女"、"老鼠娶亲"等等故事，都是那时听到并牢记于心的。

以后看起了书，就和大家一起分享。从看小人书开始，到捧着大部头的书看，兴趣自然是来自当年的许多故事。几个人围在一起讲故事，真有些"两耳不闻窗外事"的洒脱。要知道，那时正处在如火如荼的"文革"之中呀。

有时，人的思想会在有意无意间，在经过几代人加工的故事和传说的积淀中找到道德、审美、艺术的标尺。

（六）

刚上学不久，我就被吸纳到"红小兵战团"里，拿着红缨枪护校，为校门、大会站岗，领口号，领歌，打拍子，还刻蜡板印"战报"。

刻蜡板是个细致活儿，容不得半点疏忽，必须全神贯注，一笔一划，横平竖直。若错了，就划着一根火柴，将火摇灭后，用火柴棍上的那一点红光，放在蜡纸的下面，轻轻一晃，蜡纸便融化了，然后再刻。只能错一次。如错了好几个字，就用剪子按格剪好蜡纸，依旧用火柴把蜡纸粘和在一起。这个难度忒大了，一般人干不了，只有我的老师会补。

有个白白胖胖的小男孩，长我一年级，写一手好字，就被委派刻蜡板。那些"战报"经常得到来校参观者的啧啧称赞。好像时间不长，一次，校工宣队的一名领导气咻咻地拎着"战报"找到那个男生，厉声地喝问道：说，你家啥出身？那男孩脸都吓白了，结结巴巴地半天才说是地主。那领导冷冷一笑，道：难怪呀。你们就是冬天里的葱，一有点温度就想冒芽。反革命的嘴脸一有时机就露出来了吧？那男孩吓哭了，最后还把他爸叫了来。事后我才知道，他把"万寿无疆"的"无"字写错后改了，结果，油印时用力不均，那个改的字就成了一团黑墨，此事遂成了反革命事件。

那个男同学不久就转学了。

我们学校为此好久都不出"战报"。就在我上四年级时，又开始刻蜡板了。这回因工程量大，全由老师负责，印的就是我们全校第一次的"学生作文选"。那被装订得整整齐齐的小册子，让大家爱不释手。我的一篇作文被录入其中。从那时起，我的作文就经常成为班里的范文，被老师在讲台上朗读。也是从那时起，我爱上了写作。

我们一同走过

20年前,一个满目金黄、风和日丽的清晨,在金融大厦下的十字路口,我和同城的文友马振复、宋志刚会合,然后揣着满满的信心,迎着朝阳,一同踏进了内蒙古师范大学的校门,成为"内蒙古第三届文学创作研究班"的学生,开始了为期两年的学生生活。和我们同行的,还有包钢的郭福常,他是特意送老马的。

内蒙古文学创作研究班是内蒙古为本地区培养作家,由内蒙古宣传部、内蒙古文联和内蒙古师范大学共同举办。"文化大革命"后办了两届,玛拉沁夫是第一届的学员。

我们的班主任是时任内蒙古宣传部部长的乌云其木格、内蒙古文联副主席包明德和内蒙古师范大学中文系的王志彬老师。

学员是层层筛选出来的。经文联推荐,考核、考试后,包头共有四个人拿到了录取通知书,成为"一拖二带"的学生——拖家、带口、带薪。当然,我的同学中也有为了求学,干脆不要工资的。

(一)

因为比正常开学晚了20多天,所以扛着行李、拎着旅行包的我们,在内蒙古师范大学的校园里,引来不少学生好奇的目光。我们脸上的神态和年龄和校园的氛围有了明显的反差。

"瞧，现在还有家长来送行李的。"大学生的话令我们面面相觑，互相打量，看谁最像家长。20多岁的宋志刚当然不像。老马两手一摊，极认真地说：我不就是家长吗？我家姑娘都上初中了。老郭忙把头伸过来，贫丢丢地说：我就是家长呀。我这不是来送你们三个学生的嘛。

几个人顿时大笑起来。

宿舍不大，光线昏暗。环视一下周围，心里竟有股说不出的滋味。进入而立之年后，背负着沉沉的生活重担，走进了盼望已久的大学课堂，原本应有的激动和向往都被压在心底。

（二）

报完到，将行李放到各自的宿舍后，我们出去熟悉周边环境，在校门口遇见了刚从鲁迅文学院学习回来的《草原》编辑部的小说编辑、作家路远和刚毕业于北师大研究生院文学研究生班的邓九刚。一帮人在路边的一家莜面馆坐下，几碟小菜，两瓶白酒，然后就激情澎湃地畅谈文学，憧憬未来。一顿饭吃到夜色阑珊，依然意犹未尽，又到路远在文联招待所的宿舍里，一人一杯茶，神聊了一个通宵。

那时，老马的中篇小说《天道》刚发表在《中国作家》上，且反响不错。正值创作黄金阶段的他，信心满满地准备大干一场。他不仅是我们包头老乡的主心骨，也是班里支柱之一。

"好好学吧。看你们的了！"九刚学长笑着鼓励我们，"两年时间，不长也不短，你们应该能出好作品。"

那时的路远踌躇满志，斜背着挎包的他，经常骑着一辆秃尾巴自行车来我们班和大家聊天，也常常把文学界的动态、自己的写作心得拿出来与大家共享。有时，我们一帮人会呼啦啦涌进校园旁边的奶茶馆，高兴时歌声不断，也会群起高歌，大有把小奶茶馆掀翻的势头。

如今，因在央视一套黄金时段热播的《静静的白桦林》而走红的编剧路远，已经在京城名声大振了。不知忙于创作的他，是否还有时间回味20年前的快乐？

九刚兄是上一届内蒙古文学创作研究班的学员，被我们称为学长，备受同学们爱戴。留着大胡子的他熟读中外文学名著，亲历各行各业，有一肚子的学问和见地，听他点拨是种享受。没事时，我们会到他的书店里坐坐。聊晚了，他就会挽留我们，说：老哥给你们改善一下伙食吧。大盘锅贴，一壶浓茶，让我们聆听教诲的同时，也畅快淋漓地抒发着各自心中的感想。

因长篇小说《大盛魁商号》而名扬国内的他依旧那样可亲可敬。他来过几次包头，大家欢聚一堂时，常常回味起当年的情景，心情依然澎湃。呼市"大盛魁文化创意园"和"蒙商博物馆"正式启动后，他更忙了。

（三）

我们班30多名学生，年龄相差近20岁。

一个宿舍8个人。两年里，我们的宿舍是最团结最快乐的。

以写儿童文学见长的小河，时尚、漂亮。她家在白塔机场住。我们应邀去过几回。布置典雅的房间里，横放着她的古筝。她在我们学校迎新年晚会上曾代表我们班表演过独奏《寒鸦戏水》、《汉宫秋月》，博得大家一致称赞。在她家，我们下厨炒菜，然后大碗喝酒大块吃肉，爽极了。她当时只有三四岁的儿子皮皮是大家的中心。"宝贝，我是谁呀？"蒋静和鲁瑞最喜欢撩逗他。他忽闪着黑黝黝的小眼睛想了一下后，高声叫道："我媳妇！"人们大笑。

"那我呢?"宋志刚和独桥木也凑过去。这回皮皮一点也不犹豫:"爸爸,亲爸爸!"引起的是爆笑。小河的脸被弄得一会儿红一会儿白,哭笑不得。

整天笑呵呵的蒋静性格柔和,多才多艺却不事张扬。鲁瑞乖巧灵活,是我们宿舍最小的一位。写诗的空特乐,写小说的梦雨,一个和我顶头睡,一个是我的上铺。"这个屋的光线挺暗的"是大家调侃赤峰人梦雨的口头禅。别看她俩都瘦小,一个把诗写得很有韵味,一个把小说"捣鼓"得气势不俗。

楼下是两个男生宿舍。老马他们宿舍7个人,他是老大。按照年龄依次排序,至今还老大、老二地叫着。老二是独桥木,写诗。他以写朦胧诗见长,其中一首《把女人挂在天上》让女诗人们对他大动干戈。老七赵俊杰一身戎装,毕业后和我们班的一位女生结成伉俪,还有一对是那日松和我们宿舍的金海棠。

晚上十点半准时熄灯后,各自躺在床上是没有睡意的。"睡前会"是每个宿舍经久不衰的例会。月光越过窗棂洒在地中央,朦胧中,人们可以敞开心扉,无限遐想。讲故事,谈文学、谈技巧、谈生活、谈同学,内容全面且不单调。男生们除此以外也会胡说八道。他们给我们班每个女同学打分,还把同学们划分成"四大刁"、"四大懒"、"四大软蛋"等等,成了大家学习之余的调料。

(四)

班长朱秉龙年长我十几岁,是名副其实的老大哥。

他当时在呼市文研所工作,有极厚的文学底蕴。他博览群书,爱好广泛,课余时间常常给我们讲述老师没讲的文艺理论、比较文学、后现代文学、中国文学现状、当前争鸣热点等等。他对后现代文学有独到的见解，也时常和同学们争得面红耳赤，吹胡子瞪眼。我们宿舍的几位女生十分喜欢和他在一起讨论作品，所以，他常应邀到我们那间拥挤的宿舍里，和大家天南地北地神聊。

他曾经当过兵，却满身书生气，举手投足十分儒雅。有时，我们会拿他开心：老朱，你咋那么时髦呀，还纹了唇线？

他就呵呵笑起来，说那是心脏不好。谁也没把这话当回事，还取笑他被老婆同化了。他也拿我们和三、四十年代的女作家比较，说我们身上缺少女作家特有的气质和质感，因而惹得大家齐声攻击。他只是笑着，不做任何辩解，一副老大哥的宽容。

那时，因家里大部分工资都给孩子买了药，我把一天的伙食费严格控制到7毛8分钱以内，所以经常是早餐一块腐乳就馒头，中午晚上都吃土豆丝。不久被他发现，他几次规劝我要注意自己的身体，千万不要为省钱糟蹋了健康。然而，几年前，在临近春节之际，他竟因心脏病发作而悄然离世。听说，他走后，没有任何告别仪式，也没有人知道。他夫人在临登机前电话告知他的领导。春节期间我才听说，心里是沉沉的痛。

他对我的作品特别挑剔，毫不留情地指出一些看似不起眼的毛病。有时我不服气，就和他争论，他一脸严肃，坚持己见。许多年后，当我再次翻检自己的作品时，那些当年的瑕疵便一眼中的。可想当年老朱的文化积淀和前瞻性了。

他几次劝我多读一些后现代文学作品，也尝试着写写。那时，我们都穷，正赶上社会上风行给企业家写报告文学，受丰厚稿酬的诱惑，大家便把文学创作放置脑后，一窝蜂地秉烛夜战于挣钱的大军中。他几次劝说无效，只得独自一人洁身自好，以"独立寒秋"的姿态表示抗衡。我至今记得他多次对我的鼓励：你的感觉特别好，对文字的驾驭能力也独到，你应该有成就。一定听老大哥的，千万别被生活给淹没了……

然而，我真的被他言中，沉寂在生活的琐碎中，直到听到了他的噩耗，回味起他当年的音容笑貌，才深深地反思、鞭挞自己。

（五）

在学校里过八月十五的记忆是深刻的。

那天晚上，平时节俭惯了的我们每人打个两个菜，并拿出各自准备的水果、月饼，满满地摆了一桌子。吃得正高兴时，班主任王志彬老师带着月饼到各个宿舍来看望我们。大家高兴极了，加上其他同学，房间里坐满了人。各种杯、碗、水杯盖儿、小勺统统用上，举杯邀明月，庆贺中秋大团圆。

老师的关怀让刚才还想家的我们乐不思蜀。

刚送走王老师，又响起一片欢呼。《草原》编辑部的白雪林老师推开了门。当时，他的小说《蓝幽幽的峡谷》在全国获奖，是我们的偶像。他经常到我们班来约稿。中秋之夜到来，激活了大家的情绪。

毕业后，我们和白老师一直有联系，他一直约我们写稿。直到那些年他生病。

现在，听说已经康复了的他又开始了创作。

（六）

另一个宿舍的老大是巴盟人王福林。

在国家级文学刊物发表过中篇小说《良心楼》的他，曾做过包工头。一进班，他就引起了大家的注意。他思想活跃，办事灵活，开学前就在离师大不远处开了一家小饭店，还招待了我们一顿。不久，他便和着社会上一些企业家的需要，开始在我们班大量组织出版报告文学集。

优惠的稿酬给每个人打了鸡血,大家个个摩拳擦掌。记得那时我们明明知道这会影响学习和创作,但却难以拒绝金钱的诱惑。

有一天,王福林找我写篇报告文学,稿酬是两百块钱。我特"江姐"地拒绝了,然后昂头到教室去看书了。谁想,这时家里来人看我。请了一顿饭、上了一趟街后,当月的工资就见了底。傍晚回到宿舍,我只得不好意思地讪笑着又去找老王,把活儿接了过来。宿舍熄灯后,点上蜡烛开始看资料,写稿件,凌晨3点收工。吃早点时,浮肿着两只眼睛去敲老王的门。老王特哥们地说了句"免检",便一手交稿一手付现金。尽管心里有些无奈,但一个晚上就挣一个月的工资,也特有成就感。要生活,还要顾孩子,怎能拒绝这么大的诱惑?

竞心也是我们班的活跃人物。这位来自锡盟的警察只要穿上便服,就是大家的活宝。不论和他开什么样的玩笑,他都会眯缝起月牙般的小眼睛,嘻嘻地笑着。他现在北京,事业干得风生水起。前年我进京开会,宋志刚把在京工作的小河、赵俊杰、乔洼等召集在一起,他因工作忙,等大家酒至半酣时才出现。依旧是那个微笑,却已有了年轮的痕迹。

他们宿舍的鄂玉生是达斡尔族人,笔名哈普,曾发表过小说《在悬崖上》。上学时,他模样帅帅的,不善言辞,笑起来有些腼腆。他特立独行,很少和大家往一起凑。让我们都铭记他的,是他经常念叨的理想:毕业后,回家当个乡长!

他和我们宿舍的卒特乐是老乡,没事时经常到我们屋坐坐。每次,他都静静地在那里抽烟,偶尔蹦出一句话,然后又是沉默。我们有时逗他,他也会幽默一下。坐够了,他就会默默地开门走了。我们常常是听到门响后,才发现他不在了。"嘿,这个哈普,招呼也不打就走了啊。"以后便也习惯了,他来去自由。

毕业后,他的消息寥寥,但有人证实他并没当上乡长。

今年，突然传来他去世的消息。还不到五十岁的他，原本是那样健壮呀，怎么就这么快地步入另一个世界了呢？

家访

现在的孩子对"家访"这个词一定很陌生。

这是我们那个时代特有的。从小学到高中到工作,我生活的每个阶段都有这项内容。

上小学时,我的老师是位南方姑娘。圆圆乎乎、白白净净,像一粒刚出锅的大米。那时候,她的一举一动都是我们学习的榜样。如果哪个同学中午受到大人的斥责或挨了巴掌,她发现了,就会低下头,笑眯眯地问:哟,掉金豆了?挨家长批评了?哎呦,还挨了你爸爸两脚?不要难过,下次改了就是好孩子啊。说罢还会用软绵绵的手拍拍你的头,让人心里一下子就舒坦了许多。

一到周末,她就会和小组长商量:明天去谁家?你给我带路呀。老师到谁家,谁就会特别兴奋。星期一上课间操时,我们就会知道。因为被家访同学会特别高兴地告诉大家:老师说啥了。老师怎么表扬的,怎么指出毛病的。老师还帮着我妈晾衣服呢,还和我妈学做饭呢。

我初中的老师年龄稍大,又特别学究气,尤其是那镜片后面的眼睛一瞪,让人有了几分惧怕。尽管学校当时还在批判封资修,老师们也还心有余悸,但有些程序已经慢慢启动起来,家访依然进行。初中老师家访不用同学引领,开学时每个同学把家庭住址都进行了登记,老师特别熟练地就找到目标。这时的家访又多了一项内容——告诉女学生的家长，要注意孩子的生理卫生，关注健康成长，提醒一些注意事项。尤其是在参加劳动或上体育课时，如女孩子不好意思说，家长可以写个字条。这个消息一经传出，我们都特别不好意思——我们的老师是中年男人呀。我们班那几个年龄稍大、个子稍高的女生，脸一下子就红了，不好意思地扭怩着，笑着说："真讨厌！"我就知道，她们比我们坐前排的女生成熟了。

我被家访还因我上数学课时看长篇小说、作业本后页上写打油诗、课间操时给大家讲故事。我估计老师要告我的状，吓得不敢回家。事后才知道，老师不仅肯定了我读课外书，还表扬了我作文写得好、会在忘记书中故事情节时，自己补充。"有时间就让她多看看书吧。只是别藏在课桌里看，把眼睛糟蹋了"。

我爸赶紧说：有些书她能看吗？那是被批判的呀。老师认真地说：咱们也得让她们提高一下批判能力呀。你就让她看吧，看后让她和我聊聊，我会告诉她怎样有选择地吸收。

在那个年代里，给我读书开绿灯的，就是我的初中老师。这让我受益终生。

我的高中老师和我家住一个街坊，相隔只有两排房远。这回他不用家访了，他的儿子经常会跑到我家，找我小弟弟来玩。只要我家门口一有奶声奶气的呼喊"小哥哥"，我就知道，我的老师不久就会来找他儿子，也会顺便家访了。

无独有偶。我弟弟的老师家访时竟抱着孩子。她的丈夫在外地工作，孩子从托儿所接回来后，就只能带在身边。结果，她成了我妈的学生——没有生活经验的她，和我妈谈完她的学生后，就向我妈请教育儿知识和过日子的经验。以后，只要她去别的同学家家访，就会把孩子扔给我妈。

我的另一个班主任是天津知青。当年，他爱人还没调到包头时，他过着单身生活。到我家家访时，正赶上我家吃晚饭。一家人急忙起身寒暄，他却看着桌上的饭菜笑了：人多吃饭就是香呀。我爸客气地请他尝尝。他点头应允，欣然入座。我妈一下子就紧张起来："哎呀，连个像样的菜也没有，真不好意思啊。"赶紧让我加个菜。

加啥呀？那时家家除了土豆就是白菜。醋溜个土豆丝吧，正好家里刚因为有病号炖了只还没全吃了的鸡。急中生智，我把鸡胸肉撕成丝，和土豆丝一炒，拿起酱油一看，见底了。得，就只好点了少许醋出了锅。没想到，这道菜成了我的招牌菜。前几年，已经在廊坊工作的老师故地重游，和我们相聚，酒席上竟说：陈儿，你当年的那个土豆丝，是我吃过最好吃的菜。我回家也试过，没你做的味好。我笑了：那时咱们每个人肚子里都没油水，那点鸡丝就成了绝对美味。现在当然没有那时的感觉了呀。要感谢的话，我真得感谢您当时的胃口呢。

我的同学们大笑，说这是现代版的"珍珠翡翠白玉汤"。

在响应德智体美全面发展的时代里，我们收获着现在学生没有的收获，也享受着当今师生没有的真挚情感。如今，我们和已经退休多年的老师还保持着联系。有时相聚，老师依然津津乐道于当年的家访，依然能说出当年每个同学的家境和学习环境。

原来的老师，早已经成了朋友。

刚参加工作，我的第一个师傅也是山东人。

夏天的一个傍晚，晚饭后，他就从我们马路对面的街坊溜达着到我家。一进院门口，就敞开了大嗓门：家里有人吗？我是小陈的师傅老刘呀。我和我妈我爸赶紧出来迎接。

师傅笑呵呵地说：就在院子里坐吧。咋样啊，孩子在我那里，没有啥不合适的吧？有不得劲的地方就吱声啊。

我们四个女工跟着他。每天拎个油桶，拿着砂纸、扁铲、玻璃刀，打腻子、刷门窗、上玻璃，干得有板有眼。一辆大卡车上绑着高高的架子，我们站在上面，跟站在海里的小船上一般，晃晃悠悠地举起一根加长的杆子，杆的上面绑着喷头，"呲-呲-呲-"地粉刷十几米高的车间。整个人都笼罩在白色的粉雾中，满身满脸满嘴都是纷纷落下的白灰点子。我们还跟着师傅为车间做防水，几个人用一个拦腰截断的大汽油桶加热沥青，几个人在车间顶上铺油毡。我们拎着装满滚热沥青的大铁壶，一边一点点倒退，一边将壶中的沥青均匀地泼洒在抹平的房顶上。师傅则将卷好的油毡一点点地推进、压平。

那时，我们个个满脸一阵白，一阵黑的。见到我们的人都说：老刘带着的这几个女徒弟，个个小子似的，能干！师傅就高兴地呵呵笑着，然后拍拍自己花白的头发，问我们：能吃得消吗？不行咱就想办法呀。我觉得，你们也当回咱队的铁姑娘吧。

我们就真的成了铁姑娘。跟着师傅拉砖、溜墙缝、往架子上扔灰、上砖。我最多的能扔到三步架上，两块砖一起，稳稳地甩到上面人的手中。

在一次去东河砖厂拉九孔砖的时候，我和几个女工在车下往车上递砖，上面的男工接。就在我低头用卡子卡砖时，上面一块九孔砖掉了下来，正砸在我的后脑勺上，鲜血直流，到医院缝了三针。大夫说，好悬，再偏移一点就是后枕部，就会留下后遗症了。

我师傅看见我家正打大立柜，就说，行，这是我的活儿了。师傅的活儿干得精细认真，每一道工序都精益求精，容不得一丝马虎。几十年后，还让人想起当年师傅站在阳光下调油漆的神态和眯缝起眼睛用砂纸打磨的样子。

没有不合适就好。我这几个女徒弟都能干！刘师傅说罢，笑呵呵地起身告辞了。

曾经的幸福时光

如要问我幸福是什么,我肯定一下子回答不上来。

细细地梳理、追溯、咂摸起来,各个时期有各种不同的幸福。也许是一张心仪已久的玻璃糖纸、一块奶糖、一块不多见的磁铁、威化饼干;也许是琢磨很久的一团玻璃丝、一件工艺品、一本书;也许是猛然出现的一种感觉、一丝灵光闪耀或稍纵即逝的念头……

时光如水,一去不复返。然而,镌刻在记忆深处的,却是难以磨灭的印记。

上小学时,正赶上"文革",停课闹革命的风暴席卷全国,我们学校当然也未能幸免。偌大的操场上,一夜之间耸起一座砖窑。每个班的学生都放下书包,投身到和泥、打砖的热潮中。

将粘土过筛,泡上水后,要闷上半天,然后是用铁锹和好,然后用脚踩熟,再分成块,用力摔出粘性。男生、女生齐上阵,脱下袜子,挽起裤腿,在泥里尽情地踩,尽情地蹦。"哎呀"喊声响起后,几个同学的脚底不同程度地被小玻璃渣划破,渗出血珠。"坚持,我们一定要坚持。我们要向英雄人物一样,轻伤不下火线。"老师的教导被大肆地张扬出一股力量,大家不顾疼痛,继续进行。那次比赛,我们拿了全年级的第一名。我们班的劳动委员上台领奖时,我们十几个人都因脚底红肿穿不上鞋。凡是走路一颠一拐的人，都一脸红润地飞扬着幸福感。

那时，我们每个人都因为自己能给国家"添砖加瓦"而激动。那时，老师说我们是反修前线的有生力量。我们都为自己的贡献而挺起了胸脯。

刚上初中时，我和小梅成了彼此的影子。因下午放学早，老师就让我们自愿组织起学习小组，一方面防止放学后乱跑，一方面可以相互制约。我们四个人一个学习小组。放学后，就到学校对面的小梅家去写作业。

她家房间大，父亲又在湖北工作，家中就母亲带着她们姐妹四个人。两间半的屋子里，摆着五张床、两个三屉桌，成了名副其实的女生宿舍。这也是我们喜欢去的原因之一。时间久了，我竟成了她家的一员，有时就住下不走了。

有一天，街坊里来了个爆米花的。那时的大米是少得可怜，大人也舍不得去做爆米花，只有供应不多的黄豆。她妈见我们几个人都在，就特大方地在本来已经舀出的一碗黄豆上，又加了一碗，还说：这样可以让你们吃一个星期了。两碗黄豆爆出了满满一盆。她妈放下豆后就有事出门了。

几个人写完作业后，边吃豆边高兴地聊起天来。有人提出了大家不曾想过的"啥是幸福"的话题。

一个说：最幸福的是能吃上大米饭拌上红辣椒油；一个说：有一块属于自己的手表；一个说：坐上火车去趟北京最幸福。

小梅忽然想起了什么，然后，从床底下拉出一个蒙着厚厚灰尘的皮箱。小心翼翼地打开，从里面拿出一双黑色的皮鞋。她有些激动地问：见过么？这样的后跟？我们惊叫起来：高跟鞋？那后跟是花盆状的小跟，和现在的高跟鞋根本不能同日而语，但在那个人人都穿解放胶鞋、布鞋和翻毛皮鞋的年代里，已经是精致到极点的鞋了。她悄声说：这是她妈破四旧时偷偷留下的，谁也别和外人说啊。然后将两个手伸进鞋里，在水泥地上一下下地迈出步伐。哒、哒的声音敲打着我们的神经，敲打着大家的兴奋点。"让我也试试！"每个人都纷纷争着将脚伸进鞋里。老天，刚一迈步，就差点崴个跟头。但走了几步后，有了异样的感觉。

"看，还有这个！"小梅又拎出一个精致的小皮挎包。我们的脸都激动得通红。穿着高跟鞋，挎上小皮包，突然有了大人的感觉，漂亮女人的矜持和高傲一下子从脚底"腾"地燃烧起来了。

"能穿上皮鞋最幸福。"这是我们几个共同的愿望。那天，我们一边吃着豆，一边憧憬着未来，直到夜幕降临。小梅妈推开门，大家才被唤醒，看见窗外星光闪烁。"老天爷，一盆豆全吃了？你们的肚子不胀吗？"她妈的一声惊呼，才让我们停住了嘴，再看盆已见了底。回到家，我连着两天都没好好吃饭。

不久，我发现我们班有的女同学将已经磨光的翻毛皮鞋，用砂纸打光后，涂上了黑色的鞋油，俨然成了黑皮鞋。后来，有人发现，用蒜汁和鞋油就可以将翻毛皮鞋改造成黑皮鞋。

十来年后，小梅从湖北来包头结婚，给我的礼物竟是一双从北京买的高跟皮鞋和一个小挎包。那包至今还被我保存着。

学农是到土右旗的一个小村里。

一辆大卡车，把我们拉到村口。教导处一位从不会笑的老师给我们又重申了一遍纪律：不准和老乡家的孩子闹不团结，不准向老乡提出生活上的任何要求，不准去小卖部买食品……听见了吗？

"听见啦——"

大家拉着长声回答。我心里特别不以为然，20天的农村生活，不至于有那么多的事吧。

我们住在老乡家。第一天就差点出了问题。一个小女孩从门外羞涩地看着我们几个，忽闪着一双毛茸茸的大眼睛。"进来呀。"我们几个热情地伸出手邀请她。她贴着门边站着，一头黑油油的头发有些凌乱。"来，我帮你梳头吧。"我的女同学拿出了自己的梳子。小姑娘把小辫子散开时，同学的梳子刚举起，就惊叫起来：妈呀，这满头发里都是虱子和白花花的虮子呀。那小姑娘的脸一下子就红了，捂着头发转身跑了。这件事被老师知道后，严厉地批评了给人梳头的女同学。"我倒要看看，你们学完农后身上着不着虱子！谁要是没有虱子，就表明没有向贫下中农学习好！"

就要快结束学农时，大家的目光都紧紧地聚在一间小卖部。每天的酸糜子米饭和盐汤、莜面让每个人的胃口都相继提出了抗议，胆大的去买过零食，但被老师知道后，就是一通狠批。就在学农即将结束之际，我们和村里的青年一起晚上浇水，每个人看着一段堰，防止水把堰冲开。那天，我们到后半夜才收工。第二天休息时，老师特意到我们的驻地表扬了大家，并赐给我们一个天大的恩惠——可以去小卖部买点自己想吃的东西。

兴冲冲地跑到小卖部，却发现除了油盐酱醋就是针头线脑，一个玻璃罐里装着一分钱一块的水果糖，已经见了底，饼干早就被同学偷偷地买光了，还有就是剩下不多的"点心"。我们几个人平均每人称了半斤。那是我们吃到的最好吃的点心，我们看着怀里的点心，伸出磨出茧子的手，第一次尝到了劳动的幸福。

几天后，我带着满身的虱子和几块舍不得吃的点心回家了。母亲像接远道回来的功臣，急忙到厨房给我改善伙食去了。我心里的自豪感一下子冲上了脑门——我是大人了！我真的感到好幸福。

弟弟看着我带回去的唯一礼物，心红地拿起就吃，结果连着咬了两下，没咬开……

一个星期日的下午，安安静静地靠在椅子上，翻看着一本书。桌子上的一杯茶，飘摇着一缕淡淡的清香。微风轻拂，洁白的窗纱被快乐地鼓动起来，时而掀起一角，时而波纹起伏，搅动着满屋流动的气流。

书中的情节跳跃出来，电影般地在我眼前一一闪过，拉着我的手，同喜同悲。丰盈的细节，细腻的描写，充沛的哲理，让人尽享精神沐浴中的畅快……

阳光斜斜地洒在身上，暖暖的感觉竟让人一时间忘了自己身在何处……

嘶啦一声油响，然后是扑鼻的香气，然后是锅碗瓢盆的撞击声。片刻，传来了母亲的招呼：摆桌子，吃饭！

幸福感油然而生。

鼻子一酸，我的眼眶湿润了。

那时的幸福就这么简单而实在。

那个晚上

"我的命怎么这么苦啊。老天爷呀,你让我怎么活呀。老的才走了不到一年,这顶梁柱的大儿子也就这么走了啊,你是要我的命呀。你要命就先要我的吧,怎么忍心让一个不到20岁的孩子走在我的前面呀……老天爷呀,我恨你呀……"40多岁的王姨在她家不大的小院里,坐在地上号啕放悲,一下一下地拍着地,絮絮叨叨地数落着自己的不幸和接踵而来的灾难。

"王儿,你可得挺住呀,你还有一儿一女。你还要把他们拉扯大呀。"身边的几位妇女一边抹着眼泪,一边劝慰着。

王姨抹了把泪,仰起脸来大声叫道:"老姜呀,你要走就走了吧,咋还要把咱儿子带走呀。我孤苦伶仃地咋活呀?你个挨千刀的,你一闭眼一蹬腿地舒坦了,抛下我们孤儿寡母的咋支撑以后的日子呀……娘呀,你既然把我生得这般苦命,就早早把我叫到你身边吧……"老姜是她半年前死去的丈夫。

这是我第一次听到那样撕心裂肺的哭声。

这一幕让我难忘。我站在一边,和着她的述说伤心地哭着。

这一幕是我20多岁那年发生的事。

那时,我刚参加工作不久,王姨的儿子晚我一年入厂,突然在晚上加班的时候出了意外。

这么多年了,我依然记得他的模样:皮肤白皙、戴着眼镜,很稳重的一个小伙子。他父亲生前也是我们单位的,瘦高的个子,挺拔的身姿,因是篮球教练而备受大家瞩目。那时,我们经常看见他不是跑步,就是在办公楼下的那个破破烂烂的篮球架子下练球。应该说,他的身体是特别棒的。走路健步如飞,说话声如洪钟。真是世事难料,他竟得了当时很少听说的骨癌。

似乎是在转眼之间,他就从高大伟岸变得瘦小枯干。一副拐杖架起了他佝偻着的身体。不到两年,便传来他驾鹤西去的消息。

王姨是位身体健硕、办事雷厉风行的人。送走丈夫时,人也被消磨得没了气色,好在她还有两个儿子、一个女儿陪伴左右。尤其是大儿子有了工作后,也懂得了人情冷暖,给了她很大的安慰。谁知,那个晚上,刚工作不到两年的长子,留下"妈呀"一声惊叫后,倒在血泊中,再也没有站起来。

他是个挺机灵的小伙子。那天的工作是运水泥电线杆。运走了几车后,已是晚上十来点钟了,大家都有些疲惫。"最后一车啦。大家动作麻利点。完了咱就去吃饭!"老师傅一喊,他立刻就精神起来,跳到吊车的前方。谁也没看清楚,吊着的电杆怎么就突然转了方向,横着过来,照着他的腰扫了过去。

他是在送往医院的路上没气的。那年他只有19岁,正是风华正茂的年龄。

他的母亲彻底崩溃了。

"大姐呀,你可不敢哭坏了自己的身体呀。你要有个三长两短的,你的小儿子和闺女谁管呀。"她的邻居拉着她手说。

"天哪,我的小儿子哪?"她突然睁开红肿的眼睛,四处寻找着。我们的领导赶紧示意大家去找。跑出去一打听,说可能是和一帮孩子去了劳动公园。我们几个拔腿就往公园里赶，边走边喊那个孩子的名字。当我们把那孩子推到她眼前时，她抱着孩子又是一阵撕心裂肺的大哭。

那时的人还是很朴实的。都是一个单位的，只要领导细细地把情况讲明白，态度诚恳，办事认真，事情就挺顺利地有了进展。

当公司的领导、各部门负责人、师傅、班长，一一向她讲明情况，含泪道歉、自责，又把她和孩子将来的生活都交代好后，她就被架到床上，停止了哭号，开始进入另一项准备工作——儿子的后事。

因要尽快安排一系列的事情，全部人马都忙了起来，我就被领导安排留在了她家。晚上，等她家亲戚朋友、单位领导、同事和邻居终于都走尽后，我陪护着十来岁的妹妹和七八岁的弟弟住在里屋。

我同事家住着一间半平房，王姨睡在外间的一张大床上。我躺在床上，久久不敢入睡，脑海里放电影似的闪现着曾经听过的故事、传说及书中的一些情节。

因为大家都说，他们是准备干完活儿后去吃饭的，空着肚子的他也许晚上要回家翻柜橱找东西吃的。王姨还特意让人把馒头、饼干等食物全摆放在窗边的缝纫机上。这就增加了意想不到的色彩。瞪大眼睛的我从被褥上嗅到了一股彻人肺腑的寒意。昨天他还在这床上躺着翻书或和弟弟打闹呢，今天竟天上人间，阴阳两隔了。人生是多么残酷无情啊。

想象着，他会回家，会疲惫地端起玻璃杯，仰脖咕咚咕咚地喝个痛快。想象着浑身是血的他会走到床边看望他的母亲和弟弟妹妹。他是走着进来还是飘着进来？有脚步声吗？想到这里，我浑身的汗毛刹那间根根针似的立了起来。我想，他要是进来了，看见我准会吃惊的，会问我咋能住在他家吧？我会告诉他，我是为了他的突然离开而陪伴他母亲和弟弟妹妹的。

身边的弟弟妹妹已经睡熟，细微的鼾声中夹杂着他母亲时而发出的叹息和抽泣声，让人感到夜的漫长。好久了，我的眼皮开始打架了。

"闺女，你还没睡？"王姨悄声地问我。

"王姨，你也睡吧。"我说。

"你不用怕啊。我家窗外是马路，会有车过，有灯光的。你放心睡吧。人死如灯灭，我儿不会回来的。刚才他们说的那些话都是为了安慰我。"直到几年后回味起当年的那个晚上，我还为当时的王姨而感动。

不知过了多久，我迷迷糊糊地睡着了。突然，头顶上响起一连串猛烈的震动声，接着是玻璃窗的尖声颤动。我在梦中被惊醒，"妈呀"大叫一声坐了起来，心扑通扑通地狂跳着，冷汗顿时顺着鬓角流了下来。天啊，他真回来了？我想。

"不怕不怕。这是水管子的声音。有人家起床洗漱了。"王姨忙起身安慰我。

我身边的弟弟妹妹依然在梦中。

……

第二天，王姨就和领导提出，家里不用人陪了。

有风也有雨

我是个爱伤感的人。直到现在,如在街上看见瘦小的小脚老人,我都会想起小学四年级时,我一个男同学的妈妈。那个南方妇女只身带着我的同学,住在一间紧挨着厕所的小房间里。我的同学阳光且调皮,经常和男同学一起在操场上追着球奔跑,那满头汗水满脸微笑的样子,是任何人也不能把他和那个整天扫厕所的母亲联系在一起的。

那是个初冬的中午,同学放学回家像往常一样推开门,被眼前的景象吓得惊慌失措,放声大哭。闻讯赶来的人们将他妈妈从房梁的绳子上放下后,发现人早已走了多时。那男同学无助的号啕把正准备吃午饭的我们都招了过去。在警察"闪开闪开"的吆喝声中,一副担架抬出了被一块床单蒙着的尸体。那原本瘦小的女人似一片卷曲的枯叶,轻飘飘地从我身边一闪而过,让我浑身战栗。

回到家中,耳边依旧响起同学哀哀呼唤母亲的声音。那声音锉刀般一下一下在心上锉着,眼见着鲜血淋漓。

听大人们说,我同学的爸爸是国民党一个小军官,在原籍被押,他的母亲是偏房。他母亲带着他逃到我们这儿,就是想躲过无休无止的批斗和折磨,结果,他们来了时间不长,就被调查出来。揪斗比原籍更厉害,更频繁。除了每天清扫半个街坊的厕所,还要时时被提溜到居委会交代问题,接受批判。偏房成了她的耻辱,那些妇女的批判由最初的阶级斗争转到人身攻击、羞辱。有好几个晚上，有几个妇女把一串破鞋挂在了她家门上，她第二天开门后默默地摘下、扔掉。这一切她儿子竟不知道。人们说，她是实在无法坚持了，竟顾不得年幼的儿子，选择了这条不归路。

那些日子，我一直不得安生，几次红着眼圈，仰着脸问我母亲：我的同学咋办呀？他去哪吃饭睡觉？

第一次面对死亡，让我心酸，让我忧伤。

也就是那年。我无意中读了《红楼梦》。其中的"辛酸泪"被尽收眼底，尤其是黛玉葬花及《葬花辞》，烙下了难以磨灭的印记——

> 侬今葬花人笑痴，他年葬侬知是谁？
> 试看春残花渐落，便是红颜老死时。
> 一朝春尽红颜老，花落人亡两不知。

我的眼泪止不住地流着。母亲着急地询问来询问去，我只是哭不回答。直到哭累了，我才问：人，真的都会死吗？得到肯定的回答后，我的眼泪又断了线的珠子般一颗颗滚落下来。然后质问母亲：既然这样，你干嘛让我出生！

对于死亡的恐惧，使我不敢展望未来，不敢向往明天。原本阳光灿烂、充满美好、洋溢着快乐的生命竟然一下子阴沉残忍到了让我无法接受。生的欢天喜地和死的寂寞孤冷，形成的强烈反差冲撞着我的心灵。细细想来，让生者责无旁贷地担当起将亲人送进坟墓的悲痛和惨烈，真是残酷无情。

"要么一起生，要么一起死。"我态度坚决地和母亲约定。母亲笑得抹着眼泪，点着我的额头骂道：蠢丫头，满脑子荒唐想法。死还能约在一起吗？和生不能约在一起一样，死也由不得我们自己。好了，咱们都得好好活着啊，谁也不准死……

好好活着竟也是那般艰难，这种感觉随着年龄的增长与日俱增。

既然不想行尸走肉，既然不能轰轰烈烈，要扎扎实实地过好每一天，并为这种平淡的日子恬静安然地扬起笑脸，也需要时时不断地修炼、校正自己。

喜欢热闹，也喜欢独处。尤其是一群好友在一起，沸腾起来血脉贲张。放开平时的约束，可以口无遮拦，可以飞身跳跃，可以放声大笑……热闹时激情飞扬，浑身的细胞被激励起来，渐渐丰盈、激荡，思绪也慢慢苏醒，璀璨成漫天星光，让人充沛无比。独处时静静地守着满屋寂寞，细细玩味微小的尘埃在阳光中的悠闲。把心慢慢打开，然后让思绪舒展得天高云淡，恣意成一片汪洋。任时钟滴答滴答地催你，听着心跳的咚咚声，感受着生命的进程……

也喜欢到树丛中漫步，看树干上那一个个睁着的眼睛，感受着大自然的壮阔和盎然生机。洁净的空气，啁啾的鸟鸣和脚边奔跑的小狗，让灵魂获得安宁。这便是享受。

从1982年发表第一篇小说至今，整整30个年头。从春走到秋，不经意间便将曾经的绚丽转化成了秋天的颜色。

此时，我不想感叹光阴如梭，不想悲戚岁月无情，只想站在生命的岸边，面对湍急的岁月之河，轻声说——

尽管青春不再，但我依然还在努力！

工作之余，串起生活的诸多点滴，汇集大脑皱褶中的纷纷思绪，还原本色，还原生活。蘸着自己的心血，搅动起澎湃的情感，把自己生命的能量捻成丝，织成锦，锻造在方方正正的字里行间，铺就一条更崎岖的山路。转眼间，岁月如秋后的杨树，一夜之间便落英缤纷，以另一种姿态推开了另一个季节的大门，登上了另一个阶梯……

也是因为感性，才有了对生活的感知与感慨，才有了没完没了的同情和感悟。也是因为对死曾有的深刻印记，所以，便有了对生命的敬畏和珍惜。转瞬即逝的季节，无时无刻不告诫着我们每个活着的人，要给每个时光填上深浅不一的内容。

生生不息的生命长河中，能有我思考后形成的一片叶子，便是我对生命的最好回报。

风也，雨也，是生活的插图，人生的桥段。

百变人生

老话说得好：人无千日好，花无百日红。也有人说，任何人的一生都不会永远是甜的，同样，也不会永远是苦的。如苦难无根一样，甜美的日子也不会永远驻足在你的身旁。

我的一个发小走过的路，便印证了这句话。

（一）

我常常想起她，想起她曾经的洒脱和阳光，想起她的聪慧和机敏，也为她今昔两重天而扼腕叹息。那句人人都喜欢讲的"三岁看大，七岁看老"的话在她这里没有被证实。

初识她时，她还是个梳着朝天辫、刚上小学的小孩儿。

她让我们非常羡慕。她那有官职的父亲、能干的母亲和四个哥哥，给她支撑起了一片大伞，浇筑起一道坚强的护堤，也滋养了她天不怕、地不怕的性格。从小，在"文革"的大环境里，在众人的呵护、宠爱下，她像个充满氢气的小皮球，一天到晚翻墙头、上房顶，组织一帮小伙伴玩打仗游戏，成了街坊里的孩子头。

那时，一帮在门口聊天的大妈大婶们就和她妈说：你得说说你家姑娘了，哪有个姑娘的样子呀，当心以后嫁不出去啊。马上就有人反驳：

你说的是哪个朝代的事了。现在就应该这样,就需要这样!也有人附和道:这将来才会是个领导呀!

上小学后,她的聪明、大胆、泼辣,使她成了校园的一景。经常看见她在课间休息时追赶着某个调皮的男生,将其按倒在地一顿痛扁,然后带着胜利的微笑拍拍手,收兵。一般爹翅的女生见她就低下眉,就连调皮的男孩子也要让她三分。所以,"假小子"就自然而然地成了全校师生对她的称谓。

(二)

上初中、高中时,我和她依然同在一个学校。她经常一身运动装,袖子高高挽起,一下课手里不是篮球就是排球,一副"不爱红装爱武装"的飒爽英姿。她不仅活跃在各个球类场地上,还经常晃动着马尾辫,推开各科老师办公室的门,大模大样地和老师们谈天说地地唠起嗑来。就连教导主任、校长,她也老朋友般地打招呼,俨然一个领袖的"范儿",惹得同学们侧目相视。那时,我经常听老师们说:这个"假小子"有大将风度,将来准是个人才。

高中毕业后,她进了一家企业。那时的她青春正好,风头正健,但她依旧是信马由缰地一味潇洒。打球、唱歌、跳舞,似乎这个世界上所有的事情没她不懂,没她不会的。一切都顺理成章,水到渠成。文凭热时,她进了电大,知识分子吃香时,她又嫁给了在一家研究所工作的老公。

一切都那么一帆风顺、顺心顺意。

尽管和公婆经常有点不愉快,可她从不往心里放,嘻嘻哈哈之后便把一切鸡毛蒜皮的琐事放置脑后。一年后,她的女儿出生了,当了母亲的她依然还是从前的样子。

她的女儿让我们又看到了她的昨天。一样的模样、一样的性格，还比她多了几分灵巧和乖觉，那张巧嘴和滴溜溜的大眼睛，惹得好多人喜爱。4岁时，那孩子竟自己站在小板凳上，踮起脚尖帮她洗碗、洗菜。5岁那年，竟可以像模像样地系着围裙抄起铲子炒土豆丝了。那真是个人见人夸的孩子。

（三）

如果时光就此停留，那该多好呀。那是小说家笔下的故事情节，也是咱中国老百姓对生活的一厢情愿。然而，她故事似乎是刚刚开始。

就在那年冬天，她女儿的头常常向一边倾斜。等家人发现后，孩子却十分体贴大人地说：我怕你们着急，没说。我的头老向这边沉。

天哪，头痛吗？家人被惊得面如土色。

小姑娘点点头。医生一番检查后，目光冷峻地横着孩子的父母，毫不客气地指责他们的失职。严重的脑瘤，连一般成人都难咬牙坚持呀。这么个小姑娘竟一声不吭地坚持到现在。小姑娘眨着大眼睛听后，忙和大夫解释，那神情、那语言让大夫刮目相看。临走时，大夫说：这孩子的智商比她的实际年龄大出10岁。太可惜了！

没有几天，小姑娘已经在生命的边缘上挣扎了。"老天爷真是太会折磨人了。直到最后的时刻，还没忘记在我的心上狠狠地扎上一刀。"许多年后，一提起当年的那一幕，我依然看见她的心在流血。

凌晨5点多了，她坐在病床上紧紧搂着孩子的手有些松动。小姑娘睁开了眼睛，目光紧紧地看着她。她问：闺女，告诉妈妈，你好点吧？孩子摇摇头，又立刻点点头，然后哇哇地喷吐起来。她慌了，泪水和呼喊喷涌而出。看着满病房的大夫和护士，小姑娘说了一句令全体在场的人泪如泉涌的话：对不起，妈妈，我把地弄脏了。等我好了，我自己擦。

在一片哭喊声中，孩子松开了手，带着遗憾永远地走了。

那年，我正在内师大读书，加之我的孩子也小，和包头的朋友联系很少。我知道这个消息已是来年的春天，她信中叙述了这一切。

捧着那被她泪水打湿的信笺，我泪水滂沱。

(四)

接踵而至的是她的离异。

在她还未出嫁时，和她打成一片的小哥们姐们中，有一位我的高中男同学。他们曾经有过一段因种种原因没有捅破的情感。正当她在感情的苦海里不能自拔时，正好我的同学也离异了。水到渠成，他们自然而然地走到了一起。这是我们大家都认为没有任何功利色彩，只有纯真情感的婚姻。两人都有一份脱下来的困苦，也有一份相互的倾慕，该是一个新的开篇、新的历程了。

谁知，不久就听说我的男同学不经常回家，最后大闹一场后，结束了这段让人看好的姻缘。之后，她放弃了原来的工作，只身去京城打工了。

几年后，当她站在我们面前时，除了那身材依旧苗条外，一切都已经是恍如隔世。

她再也没有以往叱咤风云、英姿飒爽的风采了。尽管她一再描绘着自己的经历如何光鲜、如何得意，但不久就被自己无意间捅漏。我明白，她是在挣扎，在竭尽全力想恢复曾经的生活和风采。然而，那一页页飘落的日子怎可能失而复得？那曾经划过的伤痕又怎能被轻易抚平呢？最让我们及她都没想到的是，她已经将自己囿于一隅，把人生的路走得越来越窄了。

（五）

许多年前，我俩曾有一次长谈。

她点着一支烟，袅袅青烟缭绕着她已经青紫、肿胀的手指，看着让人心酸。她翻检着往日的欢乐，过滤着曾经的逸事，心情竟有了老年人的豁达和淡定。她说，她犯了欲速不达的错误。如果当年慢下来，如果自己先沉下去，在倾听中寻觅，在回味中思考的话，就可以在满天星斗中领略灿烂，在厚重的经典中品味智慧。那样的话，也许可以少走许多弯路。

我记得那是冬天的一个周末，我和几个同事下班后去一家小馆子小聚。进门后，我习惯性地摘下眼镜擦拭着镜片上的雾气，蒙蒙中见前面饭桌前有人忽然将脸转了过去，并用手挡了一下。这倒引起了我的注意。戴上眼镜后，我清楚地看见了她。

好几年不见了，她比以前消瘦了许多，脸上没有一点光泽。她笑着说不好意思见我。她对面的那个男人面目简陋，衣着随意，典型的包工头的样子。见到我，他只象征性地翻了翻眼睛，算是打了招呼。我唠嗑的心情一下子被熄灭，问候了几句后，便回到自己的饭桌吃饭了。

等我再次见到她时，她的怀里竟抱着个不满周岁、长相和她极相似的小男孩儿。"这是我儿子。"见我不解，她解释道：你那天在饭馆见到的就是他爸爸。我生下这个孩子后，他就人间蒸发了，他妈的……

那个男人真是个包工头。在山西，他们的孩子出生后，那人就把对她的承诺全部化为泡影。最后，她只身带着孩子回到包头，过着捉襟见肘的日子。

那个男孩儿真是上苍给她的馈赠。尽管还小，却是特别机灵、聪明，也是那样的体贴。

（六）

如果说，命运是六月的天孩子的脸的话，那许多人的一生不也是平淡中有喜悦，艰难中有辉煌吗？她却没有。

孩子上了小学后，她已经被病痛折磨得只剩下一副骨架了。

最初是我弟弟看见她在学校门口等着接放学的孩子。我弟说，要不是她主动上前打招呼，根本不敢相信是她。她要了我的电话，和我约了见面的时间。那天，她带着孩子到我家做客，从孩子看盘子里食物的眼神和她的衣着，我看出了她的生活艰难。严重的风湿性关节炎、心脏病吞噬着她曾经运动员般的身体。父母的长期住院、哥哥们的相继下岗，使得她失去了曾经的呵护。她伸出已经变形的双手，像讲着别人的故事似的，讲述着她的一切。

"好在我有这么好的儿子。"她笑着说，"你看，他像不像我那个女儿？"没眼泪、没悲伤，那灰色的脸上闪出一丝血色……

送走他们娘俩，我的心刀绞般疼痛。不远处，她领着孩子的背影，令人落泪。

我在心里为她祈祷：让她健健康康地把孩子拉扯大。让孩子快快长大吧！

相逢是首歌

那日，无意中在电视里看见光头熊汝霖演唱的老歌《风雨兼程》。熊汝霖边弹钢琴边唱，把30年前程琳的歌演绎得风生水起，色彩缤纷，节律激昂，再加上现代派的颠狂，搅得人心激荡情绪高昂，博得了满堂喝彩。同时，也掀起了我心中覆盖的一纸纱帘，多少年没有的激动又在眼前喷涌而出……

这曾经是我们的最爱。我们仨人。

（一）

30年前，改革开放的大门被推开后，一群热血青年扬起被春风吹动的头发，意气风发地走在大路上，按捺着沸腾的热情，摩拳擦掌地拿出了"欲与天公试比高"的劲头。

那时，不少青年喜欢文学，喜欢借着文学作品抒发压抑多年的激情。于是，文学社、文化夜校、文学课堂、文学团体如雨后春笋，转眼间冒出一大片，并飞速地茁壮、蓬勃起来。那时的我刚刚参加工作，也被夹裹在这支队伍中，涌进了浩浩荡荡的"文学爱好者"的大军里。

在第一文化宫的二楼大厅里，每周有两个晚上有文学讲座、论坛。灯火璀璨处，是来自各行各业的中、青年，还有不少当时包头师专的学生。

"挥斥方遒""激扬文字"是大家的共性。课堂中间休息时,相互讨论、争执,火辣辣的热情沸腾着,令人澎湃不已。我的导热能力慢于大家半拍,看着别人在文学的海洋里畅游,听着人家满嘴的名词、术语和古今中外大作家的名字、观点、趣闻,敬佩之情油然而生,瞪大眼睛只有听的份儿。

(二)

那天,课间大家互相交换习作,一篇写知识青年下乡的诗稿引起了我的注意。

吸引我的,首先是那极其娟秀、唯美的字体,再就是细腻、真诚的情感,还有就是作者少见的姓名——佛迎跃。认认真真地读完后,抬头想和作者聊几句,却被告知是师专的学生,人不见了。就要上课的最后几分钟里,一群女生呼啦啦地涌进卫生间,却是个满员。就在这时门一开,一位身着军绿呢子外套、剪着齐耳短发、英姿飒爽的女学生出现在我面前。有人笑着告诉我:你要找的人就是她呀。我也笑了,告诉她的诗写得真美,尤其是最后那几句,意境悠长,我特别喜欢。她莞尔一笑,介绍自己刚毕业,已经工作了。这时外面有人大叫上课了,她匆匆告诉我她的工作单位,并希望有时间谈谈。

回到家中,脑海里总有她的影子,便提笔给她写了封信。半个月后,她的回信里充满了歉意,说下乡去了一个星期,回来的第一件事就是急急回信,希望谅解。

不久,我便应邀去了她在昆区的家。走进一片五十年代的楼群,不费劲就找到了她家。不大的两居室,简洁、明亮,充满了书卷气。第一次会晤谈得十分投机,相互之间聊得澎湃激昂,依依惜别时又约了下次的时间。

从那时起，我们经常在一起聊天，谈文学、谈理想、谈工作、谈烦恼。

（三）

也就在这时，她同办公室的一位小我们几岁的宋丽君，也成了我们的朋友。

这是位白白胖胖的姑娘。秀气的眼睛，朴素的衣着，浓密的一头黑发随意地在脑后编成辫子，给我留下了深刻的印象。三个人一见如故，谈得极其投脾气。别看她年纪小，对社会、对文学、对人生却有着极其深刻和冷峻的见解，而且博览群书，思维敏捷，内涵丰富，令我敬佩有加。

大家达成一致意见——今生只做"诤友"，不做"昵友"。不趋炎附势，不恭维吹捧，要相互提醒，相互帮扶地共同渡过人生的每一个沟沟坎坎。于是，我们便有了一本书同读，一个电影同看，一个观点同讨论的习惯。也有了有欢乐共同分享，有痛苦一起消化、有忧愁相互化解的经历。因见解不同而争吵得面红耳赤，怒目相向的回忆成了今天的笑谈。风雨过后，三个人依旧相互一笑，心中的不快和纷扰便烟消云散，每个人照样阳光灿烂。时间久了，相互之间的默契只需一个眼神，或一个轻微的气息，便有了灵犀，便有了共同的思路和共识。

侠肝义胆、雷厉风行，成了我们的共性。为此，文学圈里的朋友戏称我们为"三剑客"，有了许多可圈可点可回味的佳话。

（四）

迎跃那间斗室里，经常盛满我们喋喋不休的话语、滔滔不尽的想法、稀里哗啦的泪水。还有，那首我们共同喜欢的歌《风雨兼程》——

"今天你又去远行，正是风雨浓，山高水长路不平，愿你多保重。记得那年初相识，也在风雨中，风浓雨浓情更浓，祝你早成功……"

抉择成了每个人面临的重大转折。第一个人的漂亮转身后，就有了崭新的生活，亮丽的升华。之后是第二、第三……

转眼间，岁月在每个人的面前摆上了新的课题，横出了意想不到的沟壑。工作的繁杂，社会的压力，思想的跌宕，一件件一宗宗的艰难成了大家共同攻克的堡垒。生活的变化，情感的转移，诸事的烦扰，柴米油盐的烟熏火燎，日升月落的喜怒哀乐，却没有冲淡我们相互的情谊和信任。

无论谁有事，都会得到义不容辞的帮助和支持。那温暖的手，贴心贴肝的语言，业已成为支撑我的精神力量和支柱。

（五）

我们相互帮助，相互搀扶着行进在各自的轨迹中。

我们每个人都发生着变化。

我的人生经历呈现出令人猝不及防的急转后，背负着令人难以承受的艰难，可以说，尽管我站在沼泽中难以自拔，尽管重重艰难令人束手无策，但是，能让我至今依然扬起笑脸、挺起胸膛的，除了亲情就是友情。而几十年的友情，早已有了质的飞跃，转化成了和血缘无关的亲情。这个支点成就了我的性格和命运，点化了我的今生和明天。那抹彩虹，就是这份情谊。

可以说，当初的一笑，当初的相逢，刹那间便将我的人生定格，成了永久……

30年风霜雪雨稍纵即逝，"三剑客"已相继步入耳顺之年，但感情依旧，习惯依旧。

30个春夏秋冬弹指一挥间，我们已将人生的苦辣酸甜酿成了玉液琼浆。从"闺蜜"走到"老蜜"，还将成为"老老蜜"。写到这，我心里的几分自得油然而生。那真真是一份历久弥新的、任何金钱都买不到的人生财富、精神动力。

这，也是此生我唯一可以炫耀的资本。

（六）

不论多么忙，每年，三个人的生日都要在一起过。

今年，迎跃的生日正好赶上丽君在北京，就为中午这顿长寿面，她愣是提前办完公事，改签了飞机票，赶到中午前落地包头。

端起酒杯，发自肺腑的那声祝福是多么弥足珍贵呀！

浓浓的情谊，纯纯的感情，真真切切地萦绕在我们身边，成为我们生命中不可或缺的一部分。

如今，不忙时依旧相聚，但要受到时间的限制和制约。好不容易聚在一起，总要点几个小菜，烫一壶老酒，浅斟慢饮。愤青已经遥远，激昂也成为昨天。相互间的问候和抚慰，是最温暖的时刻。酒至半酣时，昨天的一幕又蒸腾起来，一边回味，一边痴笑，仿佛眼前的一切就在门边，却已经成了晚辈嘴里的故事。兴致高时，会一起哼唱着那首共同喜爱的歌——

明天我也要登程，

伴你风雨行，

山高水长路不平,
携手同攀登。
还是常言说得好,
风光在险峰,
待到雨过天晴时,
捷报化彩虹……"

第二辑：心有芳菲

  光阴是阳光下的冰块，明明硕大得令你望不到顶，摸不到边，却转眼变成一片痕迹，一缕气息，一丝回味。回眸昨天，轻烟般地忽闪而过，镌刻在心里的，深深的瘢痕中竟也有淡淡的一抹浅韵……

掌灯时分

喜欢黄昏,更喜欢包头街市的掌灯时分。

当西边的树梢上还悬挂着一抹恋恋不舍的夕阳时,天空已垂下一片淡淡的蓝纱。清清的夜幕如稀释的蓝墨水,氤氲地荡漾开来,将万物轻轻地涸在虚虚幻幻的遐想中。白天的喧嚣和燥热,顿时似被水冲洗了一般,清清利利地让人爽快许多。这时,忙碌了一天的我,抖落身上的尘埃,拍散心中的积郁,放慢自行车的速度,行进在钢铁大街上,放松地沉浸在美妙的华灯初上之时。

从钢铁大街的东头向西望去,逐渐安静下来的街市似换了幕布的舞台。风格迥异、色彩斑斓的灯光悄然露出笑脸,先是羞答答地一丝浅笑,渐渐地,渐渐地在夜色的鼓励下,绽开了绚烂的光芒。静立公路两边的树木和花草郁郁葱葱、姹紫嫣红,温和地呈现出迷人的色彩。霓虹闪烁中,充满温情的主色调替代了白天的拼打和争斗,人们三三两两地漫步在公园、广场和街心花园中。银河广场、阿尔丁广场是人们最爱的休闲去处,在全国也数得着的音乐喷泉吸引着众人,随着音乐的旋律,巨大的喷泉在五彩灯光的映衬下,摇曳出形象各异的花样,令人目不暇接,流连忘返。绿篱处的空场上,是孩子们嬉戏的好地方。穿着旱冰鞋的孩子如鱼得水,燕子般地在人群中飞来飞去,歌声笑声融成一片欢乐的海洋……

不要急于将自己融于其中。看着眼前的一切，看着这同样属于你的一切，便真正体会到一种舒坦，一种负重后的轻松。悄然融进这属于自己的空间，细细品味，你会有一种难得的温馨之感。

掌灯时分是美丽的。

举目眺望，林立的高楼大厦层层叠叠错落有致，突然点亮的灯光犹如夜空的点点星光，令我想起了小时的情景。那时，包头的楼房寥寥无几，我们住的是平房，最令我难以忘怀的，也是黄昏时分。

蒸腾了一天的街市，突然呈现出令人心旷神怡的深邃。行色匆匆的人们奔向各自的家门。远远近近的房舍，在黛青色中吐出缕缕白色的炊烟，空气中时时飘出饭菜的香气。

我时常忘了时间，忘了饥饿，在路边或街头伫立着，遐想着。直至耳边响起呼唤孩子们回家吃饭的喊声，才恋恋不舍地奔向自家的门。

有一次竟回不了家。那是在街上第一次看见摇爆米花的。只见火花在风箱的一拉一阖中跳跃着欢乐，闪烁着动人的光彩。少顷，便是震耳欲聋的一声爆响，玉米粒灿灿地盛开出白白胖胖的花朵，煞是喜人。我入神入迷地忘了时间。再回头时，街上已是行人稀落。昏暗的灯光下，偶有一两个行人，也是急匆匆地拖着长长的身影，一闪而过，留下一片清冷，使人心中不由地飘过一片阴霾。环顾四周，越发觉得静悄悄处正滋生着故事中的人物。几棵小树躲在黑暗处，摇曳的树叶搅活了想象力……万般无奈中，我撒开了丫子。当然了，我边跑边用变了调子的歌声给自己壮胆，直唱得邻居家门闪出一张张吃惊不小的面孔。

喜欢黄昏，喜欢黄昏的炊烟和掌灯时刹那间的明亮。

真的，将自行车锁请轻轻一碰，便在那脆声声的喀哒声中快步走向家门。同样有清脆的开锁声，然后将自己送进门里。屋里的一切安然地陈设着，抑或说是那样静静地恭候着你的归来。路灯透过窗子淡淡地撒满一地，一切都是那么安然、恬静。不要急于开灯，看着自己慢慢地松弛下来，悄然融进这耳濡目染的、属于自己和家人的空间。眼前倏地划过一道光亮，头顶上的灯光瀑布般倾泻而下，顿时置身于一片光海之中。喷香的饭菜摆上饭桌，团团热气扑面而来。一家人环桌而坐，边吃饭边述说着一天的见闻，开心处便有笑声溅起。

　　夜幕，如同深蓝色的玻璃糖纸，精致地包裹着一颗颗酸酸甜甜的故事。

　　呵，每一个掌灯时分，都是一道旖旎的风景。

我在黄河北　我在黄河南

非常幸运。站在黄河大桥上，我一只脚朝向被誉为"草原明珠"的鄂尔多斯市达拉特旗；另一只脚则对着闻名全国的"塞外明珠"包头市。

每天跨过两次黄河，从黄河大桥上经过两回。确切地说，每天迎着朝阳，我们向南，到黄河南边那座现代化电力城工作；傍晚，我们又怀抱夕阳，到黄河北面这个"有鹿的地方"居住。我是达拉特发电厂的一名职工，又是包头的市民。

如果说"城市是一本打开的书"，那么我每天穿梭在两本书之间，在经意和不经意间阅读着不同风格、不同韵味的"大书"；如果说"城市是凝固的音符"，那么我每天跳跃在两个音符之间，沉浸在两个迥然有别的旋律中。这是不是可以算做人生不可多得的一大幸事？

我为此而骄傲。

（一）

那年，母亲千里迢迢地从胶东半岛来到了黄河边的包头，把我的出生地定在了这座被称为"包克图"的地方，定在了这个狂风肆虐、风沙弥漫的移民城市。

那年，在青山区东边的一座黄泥房子里，上苍在我睁开眼的第一张胶片上，镌刻下永不磨灭的记忆——简陋的顶棚上，强行侵入的雨水留下了一道道蜿蜒崎岖的痕迹。躺在床上，和着母亲娓娓道来的故事，我的眼睛在那些随意流淌的图形中寻求着画面，寻找着思维皱褶里的兴奋点。

那年，第一次站在黄泥房子的山墙前，我被那条条重重的雨痕所吸引。以后，常常站在它的面前，涌着浓浓的向往，浓浓的惊喜，阅读着那些深深浅浅的语意，浮想联翩。

许多年后，迎着初升的太阳，怀着按捺不住的激动心情，我第一次站在了新建的黄河大桥上，凭栏眺望，那波光粼粼的黄河水，那岸边嬉戏的孩童，那两岸葱绿的树木和平整如毡的庄稼地，令我目不暇接，一种久违的亲切扑面而来，我竟有似曾相识的熟悉和感动。那晚，坐在灯下，检索着记忆的底片，我幡然醒悟：在我心灵的最底层，在大脑的深处，黄河的身影已深深扎下了根。

（二）

参加工作的单位是建国后成立的建筑公司，在祖国的建设史上曾留下赫赫功绩。昔日，来自五湖四海的人们，操着各地方言汇集在一起，喝着西北风，饮着黄河水，挺着直钢钢的身躯，投入到热火朝天的建设大潮中。白茬皮袄、八号铅丝，勾勒出建设者们在艰苦的环境中战风沙、斗严寒的坚韧和不屈。水泥、砖头，砌出了每个人心中的热望，饱蘸着激情和热血，描绘出了一张张辉煌的蓝图。

从此，踏着前辈的足迹，转战南北，驰骋东西。纵横交错的脚手架上，爬满了我们殷殷的希望；隆隆升起的卷扬机，和着我们的拳拳情愫，将战天斗地的理想和快乐升起。在荒芜和废墟上，我们精心种植着一个又一个希望，浇铸一个又一个"凝固的音符"。

转眼间，林立的楼群和雄伟的厂房拔地而起。

转眼间，繁华的街市和美丽的住宅群如雨后春笋，层出不穷。

时常沐浴着绚丽的夕阳，徜徉在城市的每个页码中，仰视着每一道别有韵味的风景。在习习的微风中，慢慢咀嚼着每一块砖、每一滴汗的内涵，细细回味着建设者父一辈子一辈的理想和心血。我深深地懂得：建筑企业不仅塑造了我们的城市我们的家，同时，那力争方正、追求笔直，永远实实在在的工作性质，也在我的血液里注入了刚毅和坚韧，塑造了我永远也不能更改的性格和信念。

（三）

有人对国内一些城市做了极个性化的描述，比如说上海是最奢华的城市，大连是最男性化的城市，武汉是最市民化的城市，深圳是最有欲望的城市。我也想为我生活、工作的两个不同的城市，或者说为黄河南和黄河北找一个确切的定语。

生于斯长于斯，我和北岸的包头同呼吸共命运，血肉相连，相濡以沫，可要下个定语却不容易。如用色彩来比喻的话，在孩提时代的记忆里，包头应该是金黄色的，一切都那么灿烂夺目；步入青年时代，我眼里的包头是红色的，到处都是热火朝天的干劲和蓬勃向上的热情；现在呢，是给你想象，任你遨游的蓝色。你看，宽广如砥的钢铁大街、建设路，车水马龙，川流不息。林立的高大建筑风格迥异，可圈可点。独具匠心的广场、街心公园、音乐喷泉、生态园和城中草原"赛罕塔拉"令人流连忘返。这是座新兴的重工业城市，是全国有名的钢铁基地。有位写诗的朋友把包钢形容成"钢蓝色"。仔细想想，觉得我们包头该是一位身着"钢蓝色"工衣的男子汉。

那是铁骨铮铮的男子汉！

(四)

我有幸成为黄河南岸那座挺拔雄伟的现代化电力城的一名员工。

从此,我和我的同伴们,每天朝南夕北,奔波在黄河两岸。

达拉特旗却是另一番景象。

那是一座绿色的小城。

十几年前,一杆大旗插在这片黄沙弥漫、满目荒芜的土地上。转眼间,一座现代化的电力城拔地而起,将强大的电流源源不断地送往首都北京。现在,北京每五盏灯中就有一盏是我们点燃的。也就是说,我们点亮了北京五分之一的光明。

雄伟的厂房、巍峨的水塔、高耸入云的烟囱,成为这座小城抢眼的风景。昔日的黄沙弥漫也已被一片葱茏翠绿所代替。

最喜欢坐在班车上欣赏着窗外那自然无雕琢的景象,美丽的风光、绝美的色彩全部印在了脑海里。

春天,广袤的土地像健壮的北方汉子,裸露着胸膛。似乎在眨眼之间,平整的土地上便钻出茵茵绿意。伴着春风,伴着春雨,鹅黄变成淡绿变成深绿,变成望不到边的绿色海洋。一年四季,从春意盎然到万木萧萧,由一片浓绿到满目金黄,风景宛如三维图画,随着季节不断更迭着画面。

透过车窗,路两边的树木似刚刚出浴的少女,洁净的枝干透出了莹莹的光泽,掩不住的喜悦里坦露着一抹淡淡的娇羞。高高的树木挺起了胸膛,俨然是一排排威武的小战士,树梢上,青绿的枝干上悬挂着密密匝匝的"毛毛虫",那里蕴含着生命的能量,转眼间就会绽放出新绿。路边,浓绿的是松树,摇曳着鹅黄枝条的是柳树。黄色的迎春花,红的桃花,粉的如云,白的似雪,云蒸霞蔚,令人心旷神怡。农民们一年的劳作已经开始,大地马上就会被润染成绿色的画布,然后,姹紫嫣红的季节便相继扑入我们的怀中。

跨上黄河大桥,波光粼粼的河水在阳光的照射下静静地流淌着。流凌之后,河水漫过河床,形成了一片汪洋,吸引着水鸟在水边嬉戏、盘旋。远处,那一队隐隐振翅的白天鹅,给春天平添了些许安详和美好。每年,它们都在这里驻足一段时光。

驶过大桥,田野中一座座红顶子的农家小院一闪而过,鸡鸣狗叫声里,袅袅炊烟似大师笔下的水墨画。

远远望去,深深浅浅浓浓淡淡的绿中挺立的片片树丛,夹着片片金黄,那便是麦子收割的季节了。秋天,南北两岸似一幅大写意的国画。秋风暖暖柔柔的,如天鹅绒般体贴入微。绅士似的玉米、东北汉子般的高粱,立在天地之间。依偎在一起的大片向日葵,低下饱满圆润的脸庞,姑娘般害羞地偷偷看着路边的行人,煞是惹人爱怜。高高低低的庄稼起起伏伏缠缠绵绵,波浪追逐着波浪,令人遐想无限。冬天的南岸更是壮观。无雪的日子天蓝地阔,一望无际;下雪的时候便银装素裹,一片苍茫。

黄河静静而流,似一条宽宽的、金黄色丝带,将南北两岸系在一起。

如果说,包头是一位身着"钢蓝色"工衣、手持钢钎的男子汉的话,那么,南岸便无疑是披红挂绿、风情万种的农家少妇了。

那人那字那笑声

这个题目是否让你觉得有些风马牛不相及？

其实，这里的关联十分密切。

（一）

人和字是紧密相连的。字如其人。

书写体现着一个人的文化素养。

字是人的第二张脸。不信你仔细回味一下，气宇轩昂的人写出的字绝不会有小家子气，也不会充满油烟味。大凡把字写得燕舞莺歌、水柔山青的，也不会是个缩头缩脑的猥琐之辈。开朗、正派、大气的人笔下也不会有奸佞之气。其实，你写的字会将你的性格和人品毫不保留地袒露在世人面前。写字是发于脑、形于眼、动于手的结果，与手行、气韵、心境、情绪、精力都有着千丝万缕的关联。一个人的书写水平，直接反映其文化素养、思想情绪，甚至是个性。

写字具有不可替代的修养价值。电脑打出来的字，千篇一律地机械作业，出来的结果也同样是千篇一律的冷面孔，似一张拒人千里之外的墙。而写出的字呢，就犹如一碗手擀面，那里面蕴含了太多的情感、心情和温度。

日本人招聘职员时就有一个条件——看字。字写得好坏，直接影响着你的前程。人的脸可以处心积虑地装修、改造，甚至是更换进口零件，可我们在写字上却不会下那么大的功夫，就是下了，那字也如我们的秉性，自幼就深深地根植在骨子里了，想不费劲就根治似乎不太可能。"江山易改，禀性难移"呀。如果你是名人，是领导，是大腕，可以求得设计者的一个签名，回去照葫芦画瓢即可，写出来的龙飞凤舞，让人不认识也看不懂，可以增加神秘感和崇敬感，然而，那是速成。如若让你挥笔写下几行字，那纸里就包不住火了。

柳公权的书法挺拔若骨，不仅仅是一种技法，也是骨子里的一种品格。他的刚正不阿、不媚上不媚俗的品格，直接体现在"结体遒劲，体势劲媚，骨力道健"的"柳骨"上。唐穆宗曾问他：你的字写得笔法端正，刚劲有力，可我却写不了那么好，怎么才能把字写好呢？柳公权正色回答说：写字先要握正笔。用笔要诀在于心。只有心正了，笔才能正啊！

（二）

早些年，老人们写信，第一句往往都会是"见字如面"，这是有道理的，丽君的字写得是豪气十足，遒劲有力，简繁得当，力透纸背。那真一如她的工作和为人，有能力、有魄力、有胆识，有节有度，内心丰盈，挥洒自如，大气且正派。

不过，字如其人也有被颠覆的时候。把字写得纤细、娟秀、唯美的，竟是短发凛然的迎跃。她的字曾使不少人大吃一惊——太漂亮、太娟秀了。和她本人反差忒大了。那是不了解她的人。看看她的笔名——莹月，你这就会恍然大悟，那一笔一划中涌动的秀丽和细腻，太符合那字的形和神了。

即便在电脑盛行的今天,她俩的字都写得风采依旧,而且是越来越炉火纯青。

(三)

一位老师,是我认识的人中最有文化底蕴的一位。

第一次看见他的手迹,我的第一反应是惊叹,太漂亮了,太有劲气了。他的字绝对可以称作书法,可以当一流的字帖。那字写得是挥洒自如,气势不凡。几十年如一日,他把每一个字都写得那么天方地圆、饱满奔放、不急不躁。

还有一位兄长,字写得同样漂亮、有力。老大学毕业生的内涵已然呈现在眼前。那是一种焚膏继晷地苦练、一种经历了大起大落后的修炼,却依然把大我放在心中的体现。游文俊老兄为人中规中矩,那字也有板有眼,一笔一划,就是年过甲子,也依然认真有加。

女友中,李燕的字写得潇洒、流畅,龙飞凤舞,神似她的为人和做事。她调到烟台后,我们经常写信,即便通讯这么发达,有时来了情绪,也还会伏案挥笔,哪怕只是几句话。经过千山万水、日月星辰的洗礼,拿到手中,有一份沉甸甸的享受和难以名状的喜悦。学敏、晓红的字如实地映射出她俩的做人,知性、有力度,一笔一划中尽显着饱满、俏丽、认真和正直,间架结构中流露出女性的绰约风姿。蒋静是我文研班的同学,小字写得行云流水,山高水低,看见她的字就知道她做事得体,干练利落了。韩屹东以温和、细腻、贤淑而著称,那娟秀的字中婉约有致,透着几分内敛和谦虚。诸如此类,不能一一列举。

还有一位老友,字也不错,但仔细品味,便在其中看出一丝媚俗、一丝软弱。尽管也曾有过历练,但还是欠点火候。其人也如是,做人办事总让人觉得差那么一点点。

(四)

笑声也和字一样，直接反映出一个人的秉性。

同样是笑，张飞的笑和林黛玉的笑有天壤之别。文如其人，字如其人，笑也如其人。

大笑、微笑、浅笑、傻笑、憨笑、窃笑、苦笑、冷笑、奸笑、耻笑、讥笑；笑嘻嘻、笑哈哈、笑眯眯、笑吟吟；笑逐颜开……不同场合有不同的笑容，也有不同的内容。

情到深处，人是不会修饰自己的笑的。试想，一个人到了把笑声都装修得妥妥当当后再找个合适的时间放出来，那是多么可怕多么可悲的事呀。

我认识一位剩女，以优雅有品位自称。每次和大家见面或出门，都要经过一番精心打扮。就是和众人在饭桌上胡侃，也要拿捏好自己的分寸，一笑一颦，都那么一丝不苟地雅致着。在别人笑得前仰后合、花枝乱颤、一塌糊涂的时候，她也只是用手帕捂着自己的嘴，尽量保持着花容不乱，独立寒秋。"这人要活到这个份上的话，就太没意思了！她自己累，连咱们这些朋友跟着她也累。"不少朋友都这样说，尤其是男士，对她的鹤立鸡群敬而远之。而她又恰恰想在男士面前展示自己的高雅和品位，其结果呢，她真是曲高和寡，至今待字闺中，无人敢问津。

(五)

能率真地敞开心胸放声大笑的人，心底也同样会阳光灿烂，晴空万里，一览无余。与其交往大可放心，也可以交心，即便是扯开嗓子大喊一顿，转身就可以握手言和，也可以携手搭背地走下去。

把笑声挤压成细细的一条，然后再着意地一丝丝抽放出来，如果不是在大力倡导"三从四德"、"三纲五常"的古代，那这人心底就有了新的内容和另一番天地了。满脸没有一丝笑容，不是生活给予的打击太多，就是自己的内心世界有了缺陷，那就该去看看心理医生了。

山东人似乎都一样，要么不笑，要么就开怀大笑。我母亲的笑就很有力度，可她却谦虚地说：比起你三姨差多了。你三姨的笑在村里是有名的，她在家里笑，村头都能听见。三姨极能干，典型的吃苦耐劳的中国妇女形象。在我的记忆里，她除了操持家务，就是忙地里的活，经常背着比她还高的秫秸摇摇摆摆地推开家门。当年，她在舞台上演戏的时候，一嗓子唱开，震得树梢上的喜鹊扑啦啦飞走了一大片。

能笑出一片灿烂，这个人一定有豪爽之气，为人也大气、仗义；那一面察言观色，一面掩着嘴窃笑的，性格亦十分内向；一旦遇到皮笑肉不笑、笑里藏刀、面和心分层次的，就应该赶紧回避，免得招惹是非，成为他人砧板上的鱼肉。

不信留意一下你的周围，品一品，那笑和字是否相统一？

心有芳菲

字典对"生活"的解释极其明了:人或动物为了生存和发展而进行的各种活动。寥寥数字,其中的内涵和分量,却是一火车也拉不完。有人把生活比作演戏,有人把生活当成战场,有人把生活看成爬山……

不过,有人说:你对生活怎样,生活就会怎样对待你。一如你眼前的一面镜子,直接反映着你的一切。

芳菲在心的人生,生活定然浸满了郁郁芬芳。

快乐的陈云

知道陈云是20多年前,一位电力系统的老大哥曾在不同场合说,电力系统有四大才女,第一个就是陈云,心里就有了要认识她的愿望,却因工作忙忙碌碌,一直没有找到去见她的契机。

那年,我的散文集出版后,特意托去呼市的贾志义给陈云带去一册,心里的忐忑,也一转眼被琐事挤淡了。不久的一天,接到一个电话,声音柔和而清亮:喂,你我一个姓,咱俩的名字只差一个字。我顿时高兴地大叫起来:哈,是你呀,陈云!她说,看了你的散文集,一直想聊聊。那天,我俩各执一把话筒,叽叽咯咯地谈了个尽兴。

一晃几年过去了。那年冬天,我们单位邀请上级新闻中心的几位老师来讲课,我心里闪了个念头:陈云会来吗?清晨去宾馆接人,一一见过后,有人问我:你们不认识吗?我这才见到笑容可掬的她。

阳光、快乐、谦和、富有才华和激情的她是大家的好朋友。

那年我们一起去山西开评报会,一上火车,她就从另一个车厢过来找我们,顿时,车厢里快乐起来,笑声飞溅。聊天、打扑克、讲段子,直到马上熄灯了,大家才在列车员的催促下散摊儿。不一会儿,静悄悄的车厢里传来低低的说话声和浅浅的笑声,探头一打听,才知道尽顾着玩了,陈云上车后竟忘了换票,等回去就寝时才发现她的铺已被列车员给卖了。"哎呀,那你咋办呀?"大家有些着急。她耸耸肩嘻嘻笑着,压低声音说:没事呀,我去列车员休息的车厢凑合一下吧!

清晨,花容失色的她来到我们车厢里。尽管一宿没休息好,她讲故事般地说着自己的事,逗得大家捧腹不已。那几年,每次开会都是我和她住在一个房间。我俩经常各自盘腿坐在床上,一聊就是半宿。

从此成为好朋友。尽管不经常见面,偶尔一个电话一个短信,感到格外温馨、舒坦。

她是报社的编辑部主任,每天的工作十分繁重,还经常写报告、写散文,写诗歌,写通讯,那汩汩流淌的文采,直让人怀疑她的脑袋里有个泉眼,日夜不停地往上翻滚着才思。捧读着她出版的两本散文集,心里佩服极了。

修养是美丽的

"知书达理,温柔贤惠。"这是我对我的两位同事兼好友的评价。

一个女人可以不漂亮,可以不美丽,但是不能没有修养。修养和气质一样,是一种潜在的品质。"己所不欲,勿施于人。"修养是善待他人,善待自己,认真地关注他人,真诚地倾听他人,真实地感受他人,而不是随心所欲,唯我独尊。真正的修养来源于一颗热爱自己、热爱他人的心灵。女性的魅力是需要用心体味和感悟的,是在生活的经历中逐步增长,逐步完善的。随着岁月的增加、心灵的净化而日益显现出光华。

我的一位同事性情柔和,一张秀丽的脸庞上整天洋溢着微笑。"不以物喜,不以己悲",不计较得失,不算计多少,心里的洁净印在脸上,那必然洋溢着美丽和大方。儿子优秀,老公上进,一家人和和美美,她呢,自然有了静若幽兰的典雅。另一位自信而干练,没有因老公的地位显赫而娇宠自己,却以勤勤恳恳的姿态,俯首将一大家人照料得井井有条,里里外外都宁静温馨。她不骄不傲,对年老的公公、年少的侄女外甥、下岗的大姑姐都无微不至,倾其所有。就连她身边的朋友、同学、同事,她也放在心上,时时处处给予帮助和关照。

她的姐姐更令人敬佩。十几年前蒸蒸日上的美好日子,顷刻间,横生出令人想不到的灾难。一场车祸,吞噬了她丈夫的健康和工作,十几年里,她抚养着儿子,关怀着丈夫,教导着学生,以母亲的胸怀和女人的细腻,把家里家外营造得安详和谐。如今,她丈夫的病情已渐渐稳定,就读研究生的儿子聪明懂事,学生们喜欢她,同事们欣赏她,人生的瑰丽依然环绕在她的身边。

博爱与仁心是美丽不可或缺的养分。时间的手可以收回女人的红颜,却剥夺不去女人经过岁月的积淀而焕发的另一种美丽。这份美丽就是经过岁月的洗礼成就的修养与智慧,如秋天里弥漫的果香,由内而外散发出来。

女人,就应该是一条潺潺流淌的河,一路欢笑着,一路流淌着,托起岁月的磨砺,掀起美丽的浪花……温润着他人,滋养着自己……

有修养的女人芬芳四溢。

简单更快乐

其实，简单的人生更快乐，更有韵味。

离我家不远的十字路口边，有棵粗壮茂盛的大榆树。榆树下面，一位满头华发的老人一年四季摆摊修车。天气好的时候，他早早就把摊子摆好，然后就在车水马龙的路边，边唱边扭起秧歌；要不就自己喊着口令，认真地做着广播体操。路人常常看着他认真笨拙的动作发笑，也常常会向他打招呼。

平时，他的摊前总聚集着三三两两的老人，和他聊天，看他修车，偶尔也搭把手。他修车收费也总比别的摊位低，而且只要是孩子、学生来修车，他总是笑眯眯地把人家递过来的钱挡回去，说：孩子的车我义务修，不收钱的。路人打个气，换个零件啥的，他也挥挥手，喊声：算了算了，快走你的吧。继续低头忙着手里的活儿。他说他的退休费足够用的了，修车就是图个快乐！

我们楼下有个老头，平时不苟言笑。没事时，他常常拎个扫帚扫扫楼下的路。一天，大马路路口的花坛要重新修缮，用来装饰冬天花坛的绢花退役了，他捡回一抱，颤颤巍巍地登着梯子，将花一朵朵地挂在楼下的树枝上。第二天清晨，凡是出门的人都不禁眼前一亮：哇，这么漂亮呀，每棵树的枝头都开满了红彤彤的花朵，令人心情大好。

春驻心头

一位领导，退休后喜欢上了摄影。那次，翻看了他的作品，不禁大为赞赏。且不说那栩栩如生的鱼虫花鸟，也不说巍峨的建筑，仰止的高山，妖娆的风光，单是那些经秋霜后的残花，就令我眼界大开，精神为之振奋。

没有秋后的肃杀和悲凉，曾经娇艳的花儿已经谢幕，寒露和秋霜双管齐下，收回了所有植物浓艳的色彩，抽回了以往的水润和光泽。然而，枝头上却真真地再现了一朵朵令人称奇的风采——这是秋天的最后一幅画卷——几近枯萎的花朵，竭尽了最后的灿烂，将色彩凝成了千姿百态：有的像天真的小小子，有的似勇猛的足球健将，有的宛如婀娜的飞天。憨态的小熊、娇媚的舞女、含羞的少女，栩栩如生地告诉你一个真理：美，无处不在。就看你如何发现，如何挖掘了。

当然，这再现了发现者的心态和思想：

只要心里有春天，那么，秋后的田野也同样有盎然的生机和蓬勃的朝气。

只要心里装着憧憬和希望，那么，即便在冬天，也会有明媚的阳光相伴相随。

蔬菜女人

女人是什么？

原本不是问题的问题，却被不少人问来问去，闹得人不得不停顿片刻，瞪大疑惑的眼睛，半天回答不上来。

那日，面对电视台女主持人的提问，我不假思索地回答：女人是人！曾经对某名人"做人难，做女人难，做名女人更难"的悲叹有过同情之意，可细细想来却又觉得那"名女人"把性别放在了重要的位置。其实，在任何时候，你都首先应该以一个人的身份出现，然后才有性别的区分。随着社会的进步与发展，性别的差异和鸿沟会越来越淡化。站在同一起跑线上，上苍不会因你是弱柳扶风的淑女而对你特殊优惠，同样，也不会因你是英姿勃发的伟男而退让三分。

没想到，电视播出后，这个问题首先被女友发难。透过话筒的声音犹如鼓槌，敲得我一时找不到北。我再三辩解，却不容置疑地被扣上了一顶"抹杀色彩"、"无性别论"的大帽子。

其实，我只是强调，在社会上，人应该首先以人为单元出现，并不敢有丝毫抹杀性别的杂念。

我最喜欢上世纪八十年代舒婷的诗歌《致橡树》，那真挚的情感，已经为我们这一代人打下了难以磨灭的底色。

我如果爱你……

决不像攀援的凌霄花

　　借你的高枝炫耀自己；

　　我如果爱你……

　　决不学痴情的鸟儿

　　为绿荫重复单调的歌曲；

　　……

　　我必须是你近旁的一株木棉

　　作为树的形象和你站在一起

　　根，紧握在地下

　　叶，相触在云里。

　　日前，无意中看到一本书，封面赫然写道：在男人的森林里，女人是藤，可是……书的内容也不过是感叹女人"绕树三匝，无枝可栖"。我实在不明白，都21世纪了，你凭什么不要求自己与男人是同一片森林的树而非要做依附他人攀援他人仰人鼻息的藤呢？

　　《国际歌》唱了一百多年了，那歌词可不光唱给男人听的呀。我替那女作家汗颜。厚厚的一本书，全是喋喋不休的悲叹和无奈。从前，妇女们振臂高呼要解放自己，要求提高自己的社会地位。不曾想，到了21世纪，却有人情愿做男人墙下的一棵草，树边的一根藤。女人是人，男人和女人应并驾齐驱，以各自不同的色彩和特色，装点、创造这个世界。

　　那日在网上得一言论，说好女人应该是蔬菜。"好女人是蔬菜，是男人食谱里不可或缺的营养成分。蔬菜女人，总是保持青翠欲滴的自然本色，让丈夫享一片绿，一片新鲜。"乍看别具一格，细细想来，却与把女人当花瓶的观点同出一辙。说来说去，女人就是装饰，是男人这大部头书里的一朵小饰物。现在的营养过剩，所以女人就该做时蔬，做水果。如果放在上世纪六十年代，那女人就该是粮食，是猪羊牛肉了吧？

因为男人喜欢三寸金莲,女人就用一根又臭又长的带子将自己的脚紧紧地勒成畸形,终日摇摇摆摆地挣扎在生活的苦海里。又因为男人喜欢曲线,女人就开始拼命节衣缩食,然后再吃减肥药,欲与飞燕比高低。

最有戏剧性的是,紧接此文章的,是一女子的宣言:在这个求新求变的时代里,我觉得应该推崇,应该值得咱们女性努力的方向是,努力地创造生活,努力地享受生活……认真地努力过了,就要尽可能地张扬自己的人生。这话一下子挺直了女性的腰板,可又如何去做蔬菜呢?

其实,我们每个人都应该保留自己应有的个性,保留自己应有的本色。还是用舒婷的诗作为此文的结束语吧——

你有你的铜枝铁干

像刀像剑

又像戟;

我有我红色的花朵

像沉重的叹息

又像英勇的火炬

眼前一片光明

为了孩子上学方便,我不得不放弃自己的住宅,搬到学校附近。

还没搬家,接到了所辖户口普查员的电话。一个挺有磁性的声音:听说你后天搬家,我先了解一下你家的具体情况……逐项逐条地细细询问了一遍后,又客气地说等我搬完家后他登门让我签字。

风风火火地用了一天时间把家搬完后,我竟因体力透支而住了十来天的医院。其间,又收到户口普查员的电话:你搬家了吗?我心里好笑,这人真够急性子的,才几天呀。

一天晚上,刚放下饭碗,就有人敲门:你好,我是户口普查员……打开门,是位敦敦实实的小伙子,细细长长的眼睛,齐齐整整的板寸,一副敦实、厚道的样子。他拿出一沓表格,又逐项询问、登记后,才让我签了字。这时,母亲来了电话,不放心地问这问那,我一一解释了。放下电话有些不好意思,不想那小伙子却一脸真诚地笑着说:你初来乍到,人生地不熟的,以后有事可以给我打电话。说着,把记着电话的纸条放在桌上。

谁知,不幸被他言中。

几天后下班路上,电话里传来孩子焦急的声音:家里没电了。匆匆赶回家,忙去看闸盒,却怎么也合不上,看看是保险丝出了问题。战战兢兢地试试,不见任何动静。只好敲楼上楼下邻居的门,却都是沉寂一片。家人、朋友和同事，不是在外地，就是离得太远，在这寒风刺骨的晚上，实在不好意思开口。好不容易找到一个，却告知正医院输液。孩子要吃饭，还要写作业，没电怎么行呀。急中生智，脑海里竟蹦出了那位户口普查员。拨通电话，难为情地说出请他帮忙。他热情地说：没问题！不过，我们正汇总报表，估计得两个小时后才能完活。到时我给你电话吧。

烛光中忙完一切后已9点了，却不见电话。心中不禁责备自己：素昧平生，大冷的天，又是深更半夜，人家凭啥来帮你呀。明天再想辙吧。于是吹灭蜡烛，关掉手机，睡觉了。

第二天，上班一忙，竟忘了这回事，直到中午才想起，手机关着。刚开机，信息连着跳出两个——一个是头天晚上11点40发的：对不起，刚忙完，明天我们去帮你修电！一个是今天上午10点半：电线老化，使用时请注意！

傍晚下班，还在班车上，孩子的电话一阵欢喜：妈，咱家一片光明……

浅韵深痕

光阴是阳光下的冰块，明明硕大得令你望不到顶，摸不到边，却转眼变成一片痕迹，一缕气息，一丝回味。回眸昨天，轻烟般地忽闪而过，镌刻在心里的，深深的瘢痕中竟也有淡淡的一抹浅韵……

车顶的月光

今年是内蒙古第三届文学创作研究班开班20周年。但是，每每遇到月色如醉的夜晚时，我的思绪就会被当年的火车勾起，脑海里立刻闪现出车窗外那一轮轮形象不一的明月。

上学读书的念头一直在心里茁壮着，尽管枝繁叶茂，却因种种原因而日渐萧落。当儿子半岁时，接到一个令我振奋的消息，吹绿了已经被油盐酱醋、儿子的尿布淹没得奄奄一息的求学念头。

"我要参加考试！"一手抱着孩子，一手举着书本，紧张的复习时间竟那么宝贵而稀薄。

时机竟有意往一起凑，扭结着、蜂拥着检验着我的应付能力。在等待录取通知书的时候，竟发现了儿子的异样。大惊失色地从一家医院跑到另一家医院时，我真的是怀疑医生的话是否错了。在北京儿童医院，那位中年医生提出和我一样的疑问又重新鼓起了我的信心。压着内心的忐忑，一丝侥幸蠢蠢欲动。在一家研究所留下了血样后，我们回到了家。

命运真是捉弄人。半个月后的那天下午，我同时接到了两封信：一封是由内蒙古党委宣传部、内蒙古文联、内蒙古师范大学共同签发的"内蒙古第三届文学研究班"的录取通知书；另一封，是儿子病情的诊断书。捧着这两封信，喜悦才露头，便被巨大的悲痛推到悬崖边，令我不能自已。硕大的泪滴打在信封上，摔在脚下，泥泞了整个的我。

"天哪，我该怎么办呀？"

"孩子的病不是一两天就能治好的。你的路长着呢。上学去吧。"放弃学业的念头在一次次明明灭灭中又被激活。几经商量，我还是揩干了眼泪登上了去呼市的火车。报道的那天，我还没有给一岁零两个月的儿子断奶。

那晚，奶涨得我无法入睡，在卫生间里，泪水和着乳汁倾盆而下。心抽搐成一团，往日的坚强顿时土崩瓦解，我真想掉头退学。

……

从此，我开始经历各种煎熬。为了能既不耽误学习又能在家多看几天儿子，我同宿舍的同学轮流帮我做笔记，然后帮我补课。两年里，半个月、二十天回一趟家，为节约时间每次都赶夜路，在一轮明月的清辉里，在车厢的嘈杂声中一遍遍地想着儿子那近乎白得透明的脸，想着他那葡萄般的大眼睛，然后，将一切的一切强压在心底。从那时起，我就知道，从此，命运注定了我明月清辉的日子，注定了让垛起的书墙和翻卷的稿纸左右着我的日日夜夜。

当火车再次轰鸣地行驶而来时，头顶的月亮已经变成一弯新月。

火车票

1992年秋季，我走进了内蒙古师范大学的校门，成了"妈妈学生"

队伍中的一员。尽管是带着工资上学,可那一百多块钱除了吃饭、买书、坐火车回家,我还要每次给老人带点礼物。

这样,怎么算计也不够。从呼市到包头,虽然只有8块钱的车票,但那也是我10天的伙食费呀。因为孩子尚小且有病,我十天半个月就得回一趟家,除了想孩子,也是为了让老人歇上几天。这些都被在呼市铁路局工作的游老师看在了眼里。

那时我真的很愚钝,满脑子除了上课就是孩子,直到毕业后,我才知道,那两年里,游老师不知为我补了多少车票。

游老师估摸着我该回家时,就和我联系好。他告诉我,他是铁路职工,享受在卧铺车厢就座的特权,而且还不查票,出站时从另一出口走。我全然相信。有几次查票,他就提前让我往前一个车厢走走。那时,我觉得很侥幸,可以常常顺利通过检查。

有两次,他把叠成方块的100元钞票递给我,让我贴补孩子的药费。我知道他的两个儿子正用钱,坚决不收。他就笑着说:这是稿费,额外的收入,你就拿着吧,要不,我就给你儿子买些啥吧。我能帮你的就这么点,你就收着吧。拿着那钱,我心里一阵翻腾。那时的100块钱差不多是我一个月的工资呀,即便是他的稿费,不知要攒多少回呢。

直到我临近毕业,在突然出现的查票列车员面前,他递上了已经买好的火车票,我才恍然。

独臂女人

这是一对安徽夫妇。

女的因小时不慎被电击伤,失去一只胳膊。从此,她先是用独臂支撑起了自己,然后又和自己的男人一道撑起了一个上有老、下有小的家。

她说，四个孩子的嘴接起来有一丈长。要让每个孩子健康成长，既要有文化，又要有本领，就只有靠他们夫妻艰辛支撑着。四个孩子站在他们俩的肩头上，其负荷可想而知。随着季节的变换，他们也迅速地变换着自己的角色——秋天送秋菜、冬天烤红薯、夏天卖细菜。一有空闲，独臂妇女就会拎上一个蛇皮袋子，一个垃圾桶一个垃圾桶地翻捡垃圾。

"送菜啦！"男人忙时就会向正捡垃圾的她喊一嗓子。她一面清脆地应着，一面飞快地奔过去，然后一只手将一大捆葱，或半口袋土豆，或十来棵绑好的白菜，往肩上一抡，健步如飞地直奔顾客的家。他俩实诚，服务也周到，从不缺斤少两，时间久了，竟和这片楼群的邻居们打成了一片。即便他们的菜略贵于早市，大家也是会要他们的菜的，为的是帮他们一把。谁家的午饭做多了，也会送下来，让他们吃口热乎的。有了废品，自然会收到一起，直接递给独臂女人。她笑笑，露出一口洁白的牙齿，说声谢谢。

秋天时，为了看着那一大片秋菜，他们会挤在自家的小三轮车里过夜。早晨，有邻居下楼遛早，就会和他们打个哈哈：哎，昨晚你俩又快乐了一把？

男人不好意思地耸耸肩，笑了。女人的脸一红，然后大大方方地应道：这家伙太本事了，不知咋的，一下子就让我生了四个！

快乐的笑声立刻飞起，连匆匆的路人都会被感染得大笑起来。

五台霞光

那年中秋节后，我搭几位朋友的车去了北京。

再次和那位医学博士一番交谈后，她用恳切的目光看着我，慈蔼地说："我也是母亲，特别能理解你的心情，但是我还是要告诉你，你不要感情用事,要有理智,要尊重科学。"一定是我把为难一览无余地写在了脸上。她坚定地看着我,把写好联系方式的信纸递了过来。"我建议你再要一个吧!"她用手拍了拍我的肩膀,给了我一个微笑。

走廊里,一对抱着病孩子的夫妇无奈地告诉我:我们的化验结果出来了,大夫不让我们再要了。你比我们幸运多了。

心里拽着个铁锚,直往下沉。我叹口气,摇摇头告辞了。

返回时有人提议,路过山西去趟五台山。我们的车到了五台山时已是晚上9点多了,找了个即将打烊的饭店吃了口饭后,大家就回到了旅馆。山上的寒风清冷,潮湿的被褥直逼身上的那点温暖。女伴儿因不适絮絮叨叨地埋怨着,夜渐渐深,我的睡意却渐渐消退,估摸着接近凌晨3点时,我才将蜷着的脚伸开,慢慢入睡。突然,一个极其清亮的声音响了起来,哦,是讲《闪闪的红星》的陈阿喜美妙的声音。她字正腔圆地朗诵着李白的诗——日照香炉生紫烟,遥看瀑布挂前川。飞流直下三千尺,疑是银河落九天。正当我沉浸在诗的意境中时,抬头却见满天绚丽的霞光,正在惊叹,有人大声地敲门:起来起来,爬山去啦!

一行人直接上了中台。当我们气喘吁吁地爬上台阶,凭栏眺望,天才大亮。扭头一看,红艳艳的朝霞铺满了半个天空。刚才的梦一下子从脑海里跳了出来。我惊诧不已,还有这样的巧合呀。告诉身边的一位长者,他高兴地说:好梦,好梦呀!

回到家里,我下了决心。

还天地一个微笑

季羡林说：每个人都争取一个完满的人生。然而，自古及今，海内海外，一个百分之百完满的人生是没有的。所以我说，不完满的人生才是人生。这是一个平凡的真理，是真能了解其中的意义，对己对人都有好处。对己，可以不烦不躁；对人，可以相互谅解。

所以，不要奢望完满人生。认真地将人生的每一个环节、每一个时段过好，也是一种完满。

（一）

洒满阳光的路上，身着红条居家服的老者，坐在轮椅上，慢慢地转动着轮椅的轮子，欣赏着路边的景物、行人。一条小狗跳跃在车前车后。有时，老者会下来，一步步艰难地推着轮椅，小狗呢，则蹲在轮椅的座位上，仰着头检阅着路边摆摊的人，俨然一副视察的模样。

见到熟人打招呼时，老者的嘴角一边向上吊起，一只眼睛立刻眯缝起来，样子有点滑稽。每天，老者都重复着同样的课程。这就是人生。

摇着轮椅时，是生活；

推着轮椅时，是快乐。

想起陈晓旭，我欣赏她在《红楼梦》中精美的造型和精湛的演技，却不能苟同她在病痛面前的选择。当你是块璞玉时，可以雕琢成艺术品呈现于世；一旦有了变故，就是碾成玉粉，也可以还世间一片纯洁美丽。

艺术品的高贵如果与玉粉的决绝结合，就是坚强。

老者要上车时，会用手推推小狗。小狗不情愿地摇摇尾巴，然后跳下车，仰起脸看看老者，跟在车后。老者便笑笑，摇起车轮。

（二）

不要把别人的生活模式和轨迹当成你的生活方程式去套用。

别人有豪宅有官位有无数放着探照灯般光芒追逐的粉丝，别人有宝马有靠山，要风有风要雨得雨的顺意顺心，但那是别人的。他不是定式，不是模具，你没必要因自己与之相差天壤便郁郁不快；反之，更没必要因街边还有苦力和乞丐而自喜或藐视。一如"世界上没有相同的两片叶子"，生活也各不相同。得与失、高与低、苦与乐、幸福与痛苦，都是相对的。看日月的起起落落，感受四季的更迭变换，就会懂得，人生不会永远阳光普照，更不会天天月朗星稀。

如果把自己的生活自己的境况和他人的顺心顺意相比，那就派生出"不幸"这个词；

如果把面前的伤痛背上的负重和健康美满、锦衣玉食相提并论，就会有"失衡"的心态。

我儿子考完试后，总会在汇报自己分数后，加上一句：谁谁还排在我的后头。我郑重地告诫他：和人不比的是享受。但在竞争面前，必须有你追我赶的劲头。

如在竞争面前也无所事事，那是平庸。

比竞争，显示的是精神；

不比享受,展现的是知性。

精神里涵盖着的是世界观;知性里蕴含着的是文化和修炼。

(三)

可以说,步入中年后,生活横陈在我面前的,是一道道意想不到的难题。尽管经历了种种艰难和曲折,也曾经消沉,也曾经愤懑,无数次地反思后,我明白,既然上苍把重任放在我的肩上,既然生活这盘菜苦多甜少,那就义无反顾、从容不迫地去一一品尝吧。

从小,对生活没有过多的奢求。既不羡慕貂皮大氅,也不渴求LV、爱马仕,素面朝天,笑对生活的兴衰起落。舒适安逸也罢,埋头拼搏也罢,把人生的每一段时光都打上烙印——不求功利,但求充实。我知道,简单也快乐,简单更健康。浮华的背后,也一定深埋着你我看不见的辛酸。

甜有甜的顺畅和享受,苦有苦的营养和价值。

精神财富大多源自艰难困苦。随便翻开名人的成长历程,没有一位不是历经锤炼和摔打、饱尝泪水和血水的洗礼。

一位著名女作家说:任何生活方式都可以成就伟大,也可以成就平庸。如果一个人能越来越懂得感受生活的丰富性,那一定会增加经验和智慧。

(四)

30年前失之交臂的朋友忽然在人海中邂逅,双手相握,一句:你还好吗?令人百感交集。

隔着一杯茶,盘旋而上的水雾,轻纱般地模糊了彼此脸上的沧桑;

袅袅的清香若有若无，无意间淡化了曾经的年轮。茶香让人忘忧、给人解忧，同时也消化着生活的沉疴。

各自述说着多年来的生活经历，为已拥有的厚重岁月而暗暗自嘲。一切仿佛就在昨天，那悦耳的琴声和旋律欢快的歌声分明还在耳边缭绕，光阴却似神话故事，闪着电光"倏"地一声就剩下了尾巴。眨眼间，时光无情地掠夺了曾经的青春，给我们的生命留下了无尽的回味。相视一笑，竟然没有了"逝者如斯夫"的感叹。

起身弹冠相庆——相逢是上天的给予和厚爱。

那天，一个电话让我摸不着头脑。"听出我是谁吗？往30年前想。"报出名字后，我真是又惊又喜。"老天，你咋想起给我打电话？"他笑了，告诉我说，碰见从前车间的人，突然想聚聚。"你能参加吗？"

"当然。"我的回答让他高兴起来。他还记得那年我去小黑河看他的事。他提起这件对他是个伤疤的往事，倒让我有些不好意思了。我知道，这件事影响了他的后半生。

真应了那句"时间是最好的疗伤药"，过去已经成了故事，不会再产生阵痛。

（五）

怀孕16周时，按照医生的吩咐，我应该去北京做一个羊水穿刺。之前的两次电话后，我都莫名其妙地见了红。其中一次被一位在市里颇有名望的大夫告诫要终止妊娠。

就在要去火车站的前一个小时，准备洗洗脸就走的我，忽然被一阵阵钻心的疼痛搅得站不起身。急急忙忙去医院看大夫。一番检查后，大夫一定要我留下住院观察。"必须退票。你不能上火车了，否则会有生命危险。"退票的朋友走了不到一刻钟，疼痛竟然不见了踪影。我从病床上一跃而起，和大夫商量是否还可以赶上火车？大夫一口拒绝，说那样有生命危险，坚决不能前往。我只好打发陪护的家人回家，自己留在病房里观察。

病房里还有位产妇，因一直没有生产的迹象，她老公和家人就回家拿东西去了。就在这时，产妇开始阵痛。那时还没有手机，我只得充当她的家人，帮她叫大夫，帮她取东西，扶着她进产房，竟忙了大半夜。天快亮时，一个小小子从产房被抱了出来。

我呢，除了疲惫，竟一夜无事。

五个月后，我儿子也吹着号角诞生了。

安然无恙的一切告诉我，上苍的手阻止了我的行程。

（六）

我家房前屋后各有两棵树。

房前窗下这棵，肥硕的叶片间盛开着洁白的小花，吐着金黄的蕊。房后那棵是卵型的叶子，细细密密地簇拥在一起，葳蕤成一片浓浓的生命之语。

那个夏天，站在窗前，就为了这些树，我点头应允了房东的价格。我总觉得，有碧绿的树陪伴前后，今后的日子也会充满盎然生机。

烈日下，皎月下，枝干伸展着，承受着酷暑严寒，接纳着风霜雪雨，傲然如戟似戈。

入夏的一个傍晚，见邻居仰着头，用一个竿子将几枝干枯的枝条够下来。我心中一疼，忙上前问：这棵树生病了？没事吧？邻居看我一眼，说，只是生虫儿了，不碍事的。但这成了我的心病。一有空儿，我就站在窗前，仔仔细细地观看着，盼望着。那目光已然热辣辣地点燃了火炬——因为我发现，刚刚落在枝头上的小鸟，只少停片刻，就立刻振翅飞走了。

日复一日，那碧绿的叶片如孩子的手掌，承接着阳光，承接着营养。

今年的雨水格外好。转眼间，那些略微有些发黄的叶子又抖擞起了精神，渐渐呈现出生机。

那经久而开的小花，蓬勃向上的枝干，昭示着向往和期盼。不久发现，一缕缕璎珞般的果实垂了下来，在风中徐徐地飘动着，让人想起旧时妇女的头饰。又似一支支铅笔，谦和地向下垂着，向着给她生命，供她养分的土地，送上沉甸甸的问候。

这一切的一切，一定是上苍恩赐我的风景和抚慰，是对我的眷顾。

我有什么理由不扬起头，回报天地一个灿烂的微笑呢？

秋，母亲的姿态

走进秋天，便领略到大自然的沉静、博大、深邃、辉煌。

穿过了春的张扬欢快，蜕去了夏的喧嚣热烈，曾经的青春荡漾、汁水淋漓，业已饱浸了阳光雨露和风雷激荡，呈现出难得的静谧和安详。如一首气势恢宏的交响乐，似一首荡气回肠的诗歌，进入了舒缓、迷人的抒情阶段。

小时候，曾和父亲在自家的小院里种花。一粒粒小米粒似的种子，被埋在脚下的泥土中时，父亲用脚踩的样子让我心里咯噔一跳：完了，那么小的身子怎会经得起大人的体重？然而，经过风、经过雨后，小苗竟悄然地探出了嫩嫩的小手，转眼间，茁壮成一棵苗。多少个披星戴月之后，一朵朵姹紫嫣红的花朵争相怒放在一片片泼墨般的浓绿中。每每欣赏那些娇媚、柔嫩如绸缎般精致的花瓣时，脑海里就会跳出埋下种子的那一瞬间的迷惑和担心。但是，如果没有泥土、没有当初的夯实、没有风的经历雨的给予，那种子怎能有如今的成就？

捧着花朵，我常常陷入遐想中——

花朵对土壤说：谢谢你给了我生命，让我成长起来。土壤笑着说：你应该感谢风感谢雨感谢四季。

四季说：如果没有大地，没有土壤，哪有你的立足和营养呀？

秋天说：啊，因为有了春，才有了你的警醒；因为有了夏，才有了你的成长。因为冬的凛然和无情，才消灭了一切害虫……

在生命的长河中，每一个季节都相互紧扣，缺一不可。

秋是一幅画卷。"一年好景君须记，最是橙黄橘绿时"，"山明水净夜来霜，数树深红出浅黄"。历经了春天的生机盎然、夏天的姹紫嫣红后，秋天的绚烂便已经浸透到骨子里了。如果说，春天的明媚如小姑娘额头上的那点艳红，透着阳光透着希冀，昭示着明天；夏天的妖娆是少女腮边的娇红，活泼中喷发着娇媚、艳丽，那么，秋天就是少妇的盛装。一袭华美的长袍上，点缀着深红淡紫金黄淡橙浓绿。一枚叶子上，便有了画工手中的颜料。深绿的梗，金黄的边，深紫的叶柄，黄红的叶面……让人想到妆扮好准备启程的新娘，有了盛装后要告别的盛况。"看满眼流丹迭翠"，"雨径绿芜合，霜园红叶多"。九寨沟的万紫千红，香山浓烈欲滴的红叶，额济纳金黄灿烂的胡杨林，给了秋一幅无比绚烂的画卷，给了我们一份难得的享受。

秋是一道盛宴。秋是一道视觉、嗅觉、感觉的盛宴。醉红脸的高粱、羞涩的向日葵、笑弯腰的谷子，是大自然的馈赠。涂了胭脂的苹果、身着黄袍的香梨、笑得咧开嘴的石榴，打着灯笼的柿子……是造物主的杰作。田野里沉甸甸的果实是给大地的回报。

秋是一种姿态。因为有了经历，所以便有了姿态，辽阔而豁达、沉稳而宽厚。雨静悄悄地下着，飘飘洒洒的雨丝擦拭着万物，轻吻着已经枯黄了的小草。那细细密密的雨滴，似母亲絮絮叨叨的嘱咐：啊，你已褪去青春的衣裳，就要休眠了。明年，明年春风还会唤你归来的呀……高大的树木低下了头，片片飘飘而下的落叶，有了壮烈的凄美，谢幕的潇洒，作别前的飘逸。

淅淅沥沥的秋雨珍珠般飘落后，华灯初上时去湖边散步，竟被眼前的景色所震撼：灯光下，平静的湖水齐刷刷地站起来了——湖面上腾起了一片纱般的水雾。那站立起来的水轻轻地飘动着，如出浴的少女，又似披着轻纱的姑娘，挪着碎步，滑过镜面般的舞台，袅袅地升腾着，舒展着，给黛青色的水面和宝石蓝的夜幕增添了绝美的晶莹。

秋是母亲的味道。秋是一位母亲，一位经过了风霜雪雨后走向成熟的母亲。她肩上背负着重托，怀里拥抱着儿女，带着欣慰，静静地呈现出满足而欣慰的微笑。初秋天高云淡、神清气爽的气息，中秋明月倒映在水中的韵味，无不展示了秋的美丽和神韵。

菊是秋天的最后回眸和笑靥，其韵味在季节的沉淀中涌现出来，色彩在秋霜中绽放着让人心醉的新意，那飘散的温润芬芳，令人愈品愈浓。

"紫菊披风散晚霞，年年霜晚赏奇葩"。此时的菊花是秋的点睛之笔。秋的美丽在于满目的菊花"能将天上千年艳，翻作人间九月黄。一种浓华别样妆，留连春色到秋光"。秋的豁达、胸襟和可贵的品质被菊展示得淋漓尽致。而秋的风骨在于毛泽东当年的豪迈："一年一度秋风劲，不似春光，胜似春光，寥廓江天万里霜。"

秋的美丽在于成熟，在于娴静，在于知性，在于心静如水，恬然淡定。

因为爱过，所以慈祥；因为懂得，所以宽厚。

秋的味道在于菊花清香中的一缕淡苦，那是成熟的、慈爱的、母亲的味道。

昨日女红

一定是受电影和小人书的影响和点化的缘故，小时候就觉得女人做针线活的样子特别有滋味，非常有看头，也最值得细细品味、慢慢欣赏。

我母亲白天工作，晚饭后就坐在灯下，不是缝补衣服，就是编织毛衣毛裤。家里那盏八瓦的小灯管倾泻出柔和的光芒，笼罩在母亲的头顶上，有了雕塑般的感觉。母亲那一头浓密的头发如瀑布般垂落下来，又如一道纱帘，勾勒出侧脸的肖像。那样子深深地刻在了我的心里，犹如一幅永远不可磨灭的剪纸。全神贯注的母亲时而把银针在头发上擦擦，时而抬头撩一下头发，看看孩子们。那时，我常常急忙把凝视她的目光收回在书本上，或给母亲递上一杯水，而后又自然地把目光聚集在母亲的身上。

长大后，我才品味出母亲干活时那低首敛眉、和婉柔情的样子更像是一首抒情诗。她把全部的经历和情感都集中在自己的手上，手中的一经一纬，一针一线都浸润着无限的情思、温情和甜美。每一针，每一线，都是一瓣心香。她把所有的心思都放了进去。那是暖身暖情暖心的最好体现。一丝一缕，编就了满腔的柔情蜜意。

我一直以为，一针一线中饱含的情感是无法替代的。不论今天还是将来，人们依然会热衷于"手工"的温暖、情意。

《孔雀东南飞》有这样的描绘：十三能织素，十四学裁衣，十五弹箜篌，十六诵诗书，然后就嫁为人妇了。也可以说，一个女人应具备的贤淑温柔，都体现在这一织一裁中。

你说你温柔可人，就只凭那浮在脸上的妩媚，闪在眸子里的电光？其实，随着社会的不断进步和发展，也就是说，社会越现代，生活越优越，手工的东西就越受青睐。

"纤纤擢素手，札札弄机杼。"那是人生美学，是女性灵魂的闪光。古时，无论是姑娘还是少妇，针线活儿是不离手的。就连豪门贵胄家的小姐，也在绣楼上绣嫁妆。那一针一线所体现的，不仅仅是布上的花朵、飞鸟或蝴蝶，而是心与情的再现。

小时候，因正赶上"文革"，经常是上半天课，也就有了和小伙伴学习编织的时间。第一次拿起钩针，是小学三年级的时候。一团雪白的纱线在钩针下舞动着，却如第一次拉小提琴，新钩针涩涩地，线也不听使唤。邻居大婶看了直笑：这么小的东西就会干这行子了？真不简单呀！我在大家的鼓励中一而再再而三地将失败揪掉，直到白线变成了黑线，那件圆形的茶盘苫才歪七扭八地完工。这是我的第一件杰作。之后，放假后，我常和女同学在一起学钩台布、织手套、袜子，直至会织毛衣毛裤、绣枕套、门帘、台布。

工作以后，邻居家来了一位亲戚，与我年龄相仿，却有着好几年的绣龄。相处时间长了，她就教了我好几种绣法，什么镂空、打边、抽丝等等。在她手把手的教导下，我终于完成了一块"远看是花，近看是疤"的绣品。不过我至今还把它压在我的箱子底下，成了永久的记忆。

直到今天，我也认为，女人如不会一点女红，是一种遗憾。家人的身上没有一件出自你手的东西，也有点缺憾。尤其是在发达国家，手工制品往往要比机器制造的产品身价更高。连我们国家也如此，标有手工字样的产品，便因其中蕴含着浓浓的温暖和脉脉情愫而有可能贵出好几倍。

在古代，夸女人用"知书达理，温柔贤惠"。贤惠中蕴含着女人应具备的品质和能力。女人可以不漂亮，可以不美丽，可以没气质，但是不能不贤惠。贤惠是一种潜在的品质，是生活的必需品。不管社会发展有多快，不管女人现在可以扮演多少种角色，女人最重要的角色始终是母亲。天下所有的母亲都希望自己的孩子和家人感受到人间温暖，而这温暖大部分来自于女人的手指，来自于女红。

闲暇时，尝试着拿起针和线，做一点女红，真的是你和家人的共同享受。

生活碎片

一杯红葡萄酒

那杯红酒，在高脚杯里闪着矜持的光泽。

洁白的米粒，如一张张日子，静静地卧在碗中，被一一捡起。

餐桌上，展现的是质的飞跃——曾经昂然的豆角，蜕去了碧绿的生涩，如同走出愤青的激扬，俯首贴耳地等待着检阅。曾经红白相间的肉，经过了多次的历练和煎熬，摒弃了血腥和泡沫，香气直逼而出，溢满了空气中。骄傲的番茄，冷静的黄瓜，自爱的豆腐，沉着的土豆，静默在盘中，伴着那杯红红的、亮晶晶的、自酿的红葡萄酒。

不论你动或不动筷子，它们都在那静候着，静候着。

这就是生活的真实片段。

这就是还原而来的绚丽一页。

窗台上的气场

有生命就有气场，动物植物都一样。

在窗台上，一盆霸王鞭，挺然而立，满身尖锐的刺铠甲一般。上半部披散的叶子，像京剧武生背后的小旗，威风凛凛，雄姿勃勃，它的一边是浓郁的迎春，一边是遒劲的刺梅。同样浇水、同样施肥，同样享受着满窗的阳光。不久发现，迎春刚刚露出米粒般的小花蕾，竟无声无息地一天天缩了回去，更让我想不到的是，它原本肥厚、舒展的叶片也慢慢变小。两个月后，更让我大吃一惊——整个花枝仿佛被惊吓似的朝外抖抖地缩着身子，一副童养媳的小可怜相。

而那盆刺梅呢，原以为浑身是刺，可以和霸王鞭抗衡，谁知照样被霸王鞭扎得体无完肤。原来的花蕾和叶子，慢慢地香消玉殒，渐渐葬于根下，最后成了冬天的树，成了没有一片叶子的干枝。那盆碧绿碧绿的麒麟爪，旁边是盆金元宝，宽大的叶子也被欺负得龟缩在一起。

植物的气场真不可小觑。没办法，我只得把那盆霸气十足的霸王鞭从窗台上请到了地上。

不久，窗台上恢复了宁静。生命力极强的迎春又慢慢地小心翼翼地将叶片伸展出来……

那条流浪狗

在植物园散步时，发现有几只流浪狗，恻隐之心油然而生。

再去散步时，就将家里过期的小半袋牛肉干带在身边，边走边寻找狗的身影，有两次因天色已晚而没找到。

"狗狗，过来过来！"终于见到了在远处的小狗，我忙高声地喊着。那狗停下来，一边立起耳朵，一边朝我这边观望。看见我手中剥开皮的牛肉干，才矜持地慢慢地踱着方步过来，在离我两米远的地方站定，警惕地打量着。我忙把牛肉干扔过去，还加上热情的邀请：快吃吧，吃吧。

喂完狗，我转身走了，却发现小狗像跟踪者一样，远远地尾随而来。我走快它就走快，我停下它也停下，还歪着头审视着我。我用手比划着，让它不要跟我，明天还给它送牛肉。路过的人见到，都笑：它能听懂呀？

果然，它听懂了。摇摇尾巴，转身走了。

第二天，我果然又去找它。直到天快黑了，才看见急急忙忙跑过来的它。我笑了：老天，你真能听懂话呀？

送你一把芭蕉扇

连续多日，备受酷暑煎熬的人们见面的第一句就是：哎呀，热死了！啥时下雨呀？

天如同一口烧红的干锅，倒扣下来，把人烤得喘不上气。几十年来从未遇到的持续高温，考验着人们的意志和耐力。世界各地因高温受灾的消息铺天盖地：我国11省持续高温，局部地区气温达42度……昨天，高寒之地俄罗斯有71人丧生在水中——就因热得受不了，贪图那点清凉。

短信也来凑热闹："现在见面说什么？说祝福话太土，说热情话中暑，告诉你吧，只有风凉话才解暑"；"满天荒唐热，一把辛酸暑。都云夏天好，谁解其中热？"找个"贾雨村"，做个"真士隐"，下场"林黛雨"，泡个"贾宝浴"。

酷热难耐的天气，令人无所适从。一些大中企业也不得不给员工放"暑假"。而我们呢，却正处在高歌猛进的迎峰度夏阶段，正是大干快上的大好时节。各地拉闸限电的消息鞭策着每个人，稳发满发是所有人的共识。你看，尽管如在蒸笼，尽管汗流如注，可一走进工作岗位，我们都必须中规中矩地穿好工作服，戴好安全帽，连袖口的扣子也要一丝不苟地扣好。车间里更是热得透不过气。现场的气温达到50度，空冷岛上的气温竟上到60多度。就是空手走一圈，人也像在水里捞出来一般，况且还要全身心地投入到工作中。他们说：尽管天热，尽管每天得流几斤汗，可看到我们的发电量日日创新高，我们心里像吃了冰块一样爽！我们可不能因忍受不了高温而让北京出现拉闸限电的现象呀！

感受到了，每一片光明，每一丝清凉，都饱含着我们电力人如火的热情和辛勤的汗水。

晚上，儿子问：一位记者在中午的阳光下把一颗鸡蛋放在井盖上，时间不长，鸡蛋竟熟了。你说是不是有点夸张？我说，一点都不夸张。这些天的气温持续上升，地表温度直往50度上窜，别说鸡蛋了，人都快被烤化了。

儿子满脸严肃，沉思片刻说：是呀，天太热了，肯定是火焰山决了口子了，火焰溅得满世界都是。哎，我有一个好办法，咱们也学学孙悟空吧，借把芭蕉扇，给全国各地扇扇凉不就行了吗？

我大笑，拍着儿子汗津津的脑袋，夸他想法可嘉，想象力真好，可惜太童话了。我告诉他，其实，我们电力职工每天都挥汗如雨地舞着一把巨大的芭蕉扇，给大家清凉呢。

哎呀，又给我编故事了吧。你们的芭蕉扇在哪呀？

当然在我们的厂房里呀。不信？你细细地看看，细细地感受一下。

儿子再看看窗外的万家灯火，又在凉爽的屋里转了一圈，高兴地蹦了起来，欢呼道：哈，妈妈，我明白了！

醉在新疆

五彩滩——打翻的调色板

走进新疆,就如同走进一幅多彩多姿的油画世界,走进儿时的童话故事里。且不说那光怪陆离的魔鬼城,也不说充满迷幻的喀纳斯,就是这五彩滩,也足以令人心醉不已。站在五彩滩的瞭望台上,俯瞰满滩参差不齐、奇形怪状、色彩绚丽的岩石及碧蓝幽静的额尔齐斯河时,不禁感叹上苍的匠心独具和大自然的鬼斧神工。我想,一定是上帝一不留神将手中的调色板打翻了,缤纷的色彩泼洒下来,成就了今天的五彩滩。

那形状如同并排而立的四只大狗,惟妙惟肖,远远地眺望着前方,赢得了不少摄影者的青睐。而那耸立的"叼羊"塑像、静卧的胡杨树、峭立的峰丛,给人留下了难忘的印象。

有"天下第一滩"美称的五彩滩是"新疆最美的雅丹地貌",由紫红、土红、浅黄和浅绿等泥岩、砂岩及砂砾组成,层次分明,错落有致。在阳光的照射下,波光粼粼的额尔齐斯河静若处子,呈现金黄、深绿色彩的茂密丛林宛如身着迷彩衣装的少女,轻轻地依偎在奇特造型的熔岩地貌边,互相映衬,光影斑驳,深浅明暗,令人不禁称赞这天造地设的人间奇迹。

还有一个明显的景象就是摄影家处处皆是,而且个个专业。手持"长枪短炮"的行家,一旦占据了有利地形就盘踞在那里,静候着最佳光线，大师一般目不斜视地注视着前方，对一群又一群前来探头探脑准备拍照的人熟视无睹，没有半点谦让和歉意，让不少人既扫兴又失落，只得草草将就着在接近最佳地点的地方，乜斜着身子，吃了口冷饭般地凑合留个影后，叹口气走了。我建议他们应像菜市场上的小商贩一样，先在地上用粉笔画个圈，写上"我已占"的字样，让游客也留个影，等最佳时机到来了，再回归。结果遭到身边人的赞许，也遭到了几位大师的白眼。

五彩河滩的尽头，是著名的"阿克吐别克钢索桥"。远远望去，间或有牧人、牲畜和汽车走过，悠悠闲闲、晃晃当当的样子让人有种恍若隔世的感觉。

夕阳是绚烂的胭脂红，如浓郁的甘醇，泼洒下来，将整个大地醉成了红扑扑的大汉；又如盛装的新娘，将火红的盖头抛在了空中，覆盖了所有的人群。夕阳西下时，一队牧归的马群停在河对岸饮水、嬉戏，引得我们高声叫好，跳跃着和人家打招呼。那对岸却是一番悠闲、恬淡的景象，人们照旧不慌不忙地干着自己的事情。

金黄色的古堡极具异国风情，形态各异，**层层叠叠**，给人留下了极大的想象空间。夕阳的余晖给古堡镀了一层玫瑰般的色彩，或明或暗处，由不住地滋生出一幕幕童话故事，演绎出很久很久以前的浪漫：粼粼的马车声和灰姑娘裙袂的窸窣声在耳边隐隐飘过，女王奢华的服饰和碧蓝的眼睛闪烁着光芒，一个漂亮的亮相后，便转身回到宫殿。威武的卫兵戴着高高的帽子，身着滚着金边的制服，手持长枪鱼贯而出，华丽的乐曲顿时飞溅而起，响彻云霄……

哎呀，太享受了，太美了。

夕阳的余晖稍纵即逝，天地一下子如进入湖水般地沉静了下来，刚才还沸腾的古堡渐渐拉上了黛青的大幕。

我想，上帝收回了画板，已进入创作状态了。不信，你看看天边那高悬的一弯明月，分明是点燃的一盏壁灯。那陡然一颗颗亮起的星星，一准是固定画布的按钉。不久，我们又会发现一幅美丽的画卷，一个令人向往的圣地……

禾木——上帝的宠地

走进新疆，首先感叹上帝的品位和眼光。

你看，那被誉为上帝的"自留地"的禾木，那被称为上帝"后花园"的喀纳斯，那像大海一样的"情人眼泪"赛里木湖，那宛如调色板般的五彩滩，还有那叹为观止的"世界魔鬼城"，美轮美奂的景致不禁令我们为造物主的神来之笔和上帝的宠爱而扼腕称奇。

素有"中国第一村"美称的禾木村给我留下了深刻的印象。星罗棋布的原木垒起的木屋散落村中，远远望去似棋盘上的棋子。木头房子大都是尖顶长方形，房子里面，若干木柱上架设有檩木，檩木上放置橡木，其橡木上涂抹草泥即为屋顶。禾木村居住着图瓦人。图瓦人属于蒙古族，资料记载，在新疆共有图瓦人2500多人，禾木就居住着800多人。有人说，图瓦人是成吉思汗西征时遗留的老弱病残士兵的后裔。也有人说，他们的祖先500年前从西伯利亚迁徙而来，与现在俄罗斯的图瓦共和国图瓦人属于同一个种族。

跨过禾木桥，河对岸是一大片的白桦林，放眼望去，层林尽染，绚丽多彩。远处的雪峰、辽阔的草地、悠闲的白云，构成了色彩缤纷的独特自然景观。爬上高高的山顶，阳光下散落着低头吃草的牛、马，远处的图瓦人家引起了我们的兴趣。看着不远，却整整走了近一个小时才到达。两间木屋被一个大院围住，刚刚牧归的羊群和着狗的叫声唤出了一大一小两个人，热情地把我们一行人邀请进屋。宽敞的木屋里悬挂着富有民族特色的挂毯，一张原木的桌子上摆满了食品。好客的主人拿出奶茶、奶食品和自制的野草莓酱款待我们。主人操着生硬的汉语和我们闲聊着,告诉我们他们的生活习惯,也好奇地询问着我们的生活。大家聊得热乎,忘了回去的时间。

几个人争相给女主人和胖乎乎的小男孩儿照相。那孩子似乎已经熟悉了这番程序,镇静而自然地摆着姿势,让我们尽情地按动照相机的快门。

太阳慢慢沉入对面的雪山,天气有了凉意,大家意犹未尽地踏着满地金黄的草丛和落叶下山了。流淌的小河边突然沸腾了起来。原来一位南方汉子正在众人的欢笑中穿着泳衣做着各种动作在拍照,在一片起哄和打闹声中又扑入河中,溅起了片片雪白的浪花,惹得桥上桥下一片欢腾。

踏着余晖,和着牧归的牛羊、人群走进村里,徜徉在路边各种各样的小摊间,翻检着村民们自产自做的各色食物,心里便荡起一股怡然的幸福感。一股股饭香和燃烧柴草的味道混合着,从一座座木屋里飘出,勾起了我孩提时在山东老家的记忆。炊烟和着暮霭笼罩着小村上空,马儿早已回到圈里,孩子们在屋前的草地上玩耍着。一切都在祥和宁静之中有条不紊地进行着,没有匆忙,没有喧闹,好一座静谧、祥和的小山村。

小村没有电,夜幕中,柴油机的发电也成了一景。

入夜,天气骤然寒冷,冰冷的床让人辗转反侧。偶然的几声或远或近的犬吠,也清晰地映在异乡的梦中……

清晨,一缕阳光洒在远处的山顶上。山顶上挤挤挨挨的摄影爱好者给小村带来了鲜明的现代化色彩。山头被染成粉红色,慢慢地,阳光穿过村子上空的淡淡水雾,慵懒地斜照下来。间或看见几只牛和花斑的小狗悠闲地踱着步子,自由自在地散步于木屋之间的小路上。炊烟袅袅处,有乌鸦立在木桩子上,给这古朴的山村景致增加了一抹神秘的色彩。

上帝的宠地竟是这般宁静、恬淡、古朴，当然，也有些许淡淡的现代气息……

阳光下的喀什噶尔老城

穿越南疆，尽收眼底的风光令人禁不住在心底发出阵阵感叹：上苍造物，奇绝万象。在南疆，给我印象最深的，莫过于喀什噶尔老城了。

人说，不到新疆，不知道祖国之大，不到喀什，就不算到新疆。喀什地处祖国西部边陲，位于新疆西南部，北倚天山，西枕帕米尔高原，南抵喀喇昆仑山脉，东临塔克拉玛干沙漠，总面积是162万平方公里，占国土总面积的18.8%。

喀什历史悠久，有文字记载的就有2000多年历史。公元前60年，汉朝在新疆设西域都护府，喀什作为西域的一部分，被正式列为祖国版图。到唐代，这里又是著名的"西安四镇"之一的疏勒镇。喀什作为古"丝绸之路"的交通要冲，一直是中外商贾云集的国际商埠和东西方文化交流荟萃之地。喀什市是新疆唯一一座国家级历史名城，集中体现了维吾尔族民族风情、文化艺术、建筑风格，具有典型性和代表性。走进喀什，你便会有"一半是水，一半是火"、"一半是现代，一半是远古"的感叹。

叶尔羌河穿城而过，河水两岸是喀什噶尔新城高大的建筑和美丽璀璨的灯光。扑朔迷离的霓虹灯，映在宽阔的河面上，让人感受到喀什噶尔的现代风貌。

下午，轿车在现代化的街市和宽阔的马路上行驶着，团团绿荫掩映着的高楼大厦、形形色色的汽车、行走的人群飞快地倒退着。突然，眼前不禁一亮：不远处是土黄色的一堆楼群。那些黄土夯就的房子，层层叠叠，蜂拥而上，形成了金字塔般的城堡。一车人惊叫不已：啊呀，这是中世纪的古堡呀。这里有挖也挖不完的神话故事吧？

穿过林立的楼群，拐进老城，顿时进入了另一个王国。

喀什噶尔老城是新疆最大的维族人居住地，方圆两公里左右。斗转星移，沧海桑田，喀什经历了数不尽的天翻地覆，然而，维族人的智慧也随之被越来越光大了。走进老城，如同走进了一千零一夜里描述的古城堡。迷宫一样的深巷里，时时看见头戴面纱的老妇人、蓄着大胡子的老人和欢笑着奔跑的孩子们。不通的语言，礼貌的微笑，阳光下眯缝着蓝眼睛守着清真寺的老人，也让人恍若身在异国他乡。

老城至今还保持着古朴的传统和古老的生活方式，那斑驳厚重的土墙、面纱下一闪而过的一双又细又长的眉毛、锈迹斑斑的门环和沉沉的木门，给你一种神秘感。

老城真的老了，被风霜淹渍的城墙已经经历了300年的日出月落、四季更迭，目睹了十几代人的苦辣酸甜、兴旺衰败，见证了历代王朝的燕舞莺歌、起起落落。厚重的土墙宛如厚重的历史，站在它的面前，让人有着数不尽的联翩浮想和反刍沉思。

在喀什噶尔街头和居民的庭院里，面对着满目的香梨树和果实累累的葡萄架，不禁想起了意大利的旅行家马可·波罗曾对喀什噶尔的描述："绿洲幅员极其广大……这里有美丽的花园，果木园和葡萄园。"

走在老城的古巷里，可以看到摆摊卖馕的维族汉子，手工鞋匠、帽子匠和琳琅满目的民族用品、服饰。试一试维族人的皮帽子，把玩一下光洁如镜的铜具，吃一块香喷喷的馕，和相互追逐嬉戏的孩子合一张影，与晒太阳的白胡子维族大爷用手比划着唠唠嗑，心情极其爽快。一位维族老太太凭栏而坐，手边是一套精美的茶具，袅袅升起的一缕水雾，令老妇面容生动。雪白的头发，洁净的服饰，温和的笑容，是一幅绝美的恬静图。

凭栏远眺，整个喀什尽收眼底——一边是蓬蓬勃勃、蒸蒸日上的新城；一边是默默无语、俯视人间的古堡。我想，能沐浴在这种一半是现代，一半是远古的光芒中，尽情地享受着两种截然不同的气息的滋养，真是难得呀。

阳光下的喀什噶尔老城，如一部厚重的大书，深邃的内涵、丰厚的底蕴，令人为之神往。

喀什噶尔老城，是一幅色彩丰富的油画，尽管在岁月的侵蚀下斑驳褪色，却耐人品味，令人流连忘返。

俊朗的"巴郎"

行走在新疆，给我留下深刻印象的是那些俊朗的小男孩，维语叫"巴郎"。

走进街前街尾，扑入眼帘的是老人和孩子。骨骼峭立，线条分明的维族人，生得凹眼立鼻，十分耐看。尤其是孩子，个个洋娃娃般招人喜爱。见到游客，孩子们立刻围了上来，扬起灿烂的笑脸，用生涩的普通话老朋友般地和你打招呼。若遇见腼腆的，则含羞一笑，然后大大方方地向你摆手致意。看见你拿出相机，便伸出右手的两个指头，摆个姿势等你拍照。拍毕，总要歪着头看看照相机中的自己，问问"漂亮吗？"得到满意的回答后，才喜滋滋地离开。

在阿曼妮莎汗陵门前，一个六、七岁的"巴郎"正趔趔趄趄地抱着个头戴粉色小花帽、白白胖胖、也就是七、八个月大的小姑娘。有人大喊："咳，快看，虱子抱着虮子！"走近一看，大家立刻欢呼起来了："太漂亮了，简直就是个洋娃娃！"面色黝黑的"巴郎"听不懂汉语，但读懂了我们脸上的惊喜。知道我们喜欢他的小妹妹，便高兴地把妹妹往上一抱，变换着不同的角度让我们拍个够。语言不通，我们只能伸出拇指表示对他们兄妹的赞赏。

民丰是一个不大的古朴小镇，清晨的一场小雨，令小街清新、洁净。一群上学的孩子引起了正在等车的我们的注意。我们上前和他们攀谈起来。他们用充满新疆味的普通话告诉我们，他们现在是双语教育，学习、生活非常快乐。最大的希望是有机会去北京天安门。"双语？是汉语和英语？""不是，是汉语和维语。"大家谈得热乎乎的。有人拿出巧克力送给他们，他们笑着推辞，推辞不掉再一脸不好意思地拿上，说声谢谢便飞也似地跑了。

喀什的核桃树王是一道景观。树王边的空地上是一片晒好的核桃，一群老妇和几个孩子正在忙着装袋。一个头戴维族小帽的巴郎一脸灿烂，干得热火朝天。我给他拍了几张片子后，问他现在正是上课时间，你怎么不在课堂上呀？他笑着摆摆手，意思是听不懂我的话。我连说带比划，告诉他你应该去读书，去学知识。他看明白了，依旧用手势告诉我，他家需要他劳动养家。我们一行人唏嘘不已，这么大一点就担负起养家糊口的重任了。导游说，新疆的孩子不是到了年龄就上学，他们对教育的观念和我们内地不太一样，一些困难家庭的孩子就放弃了读书。我们在路上也看见不少关于"家长辛苦九年，孩子幸福一生"的标语，可见他们对教育的认识程度。

新疆的巴郎俊朗中凸显着成熟，阳光中忽闪着一丝冷峻，天真烂漫中有一份沉稳。

第三辑：灯下碎语

芳华凋零，青春不再，面对命运，我竟成了赤手空拳的俯首就擒者，同时，我也成了不肯服输的坚强者。面对命运，我在心里一遍又一遍地呐喊着：你可以毁灭我，却绝不能击倒我！既然这条路必定要我涉足、这副重担必定由我担起，那我就义无反顾吧。

你的生命是张白纸

你是我永远的痛。

很久以前，我就写下了这个题目。也是在很久以前，我就在心里向你反反复复、絮絮叨叨地诉说着汩汩涌动的心语。叠加的岁月扶摇而上，山一般地重压在你的头顶上，荆棘般纵横在我的每一根血管里，勒紧了我生命的咽喉。每次，独坐灯下，几经鼓起的勇气和力量，都无情地被席卷而来的悲凉和剧痛击得落花流水，烟灭灰飞，致使我不得不放下手中的笔，将自己曲蜷起来，把心重新抚平、叠起。

其实，还有一个更重要的缘由，那就是我对自己的不自信。我不知道应该怎样把你捧在我和大家的面前。

(一)

沉沉的步履，厚重的身体，预示着你慢慢地伸出了双手，试探着，试探着推开这个世界的大门。化不开的欣喜与阵痛一起汹涌而来，冲撞着、撕扯着我，检验着我的耐力和毅力。15个小时的挣扎、抗衡，一声嘹亮的哭声唤回了我几近奄奄一息的幸福。"好大的胖小子呀！"小护士古筝般的喜悦再一次将所有的疲惫驱散。欣喜如一支陡然划燃的火柴，顿时照亮了我苍白的脸，重新点燃了我已经渐渐消殒下去的激情……

为你准备下里里外外衣物的同时，我也为自己准备着整整齐齐的稿纸。寄希望于忙碌而快乐的日子里，一面孜孜不倦地滋养着你的身体，一面时时不断地眷顾着我的思绪和文字。我把所有的时光摆在你的眼前，重新排列组合，重新规划完善，小心翼翼地编织成花环，精心地缠绕在你的周围。我欣喜地拥抱着你，拥抱着我们的所有的阳光；我慈爱地一遍遍抚摸着、亲吻着细嫩如芽的你。

啊，那时，怀里的你是大家的喜爱。就连陌生人见了，都会过来摸摸你。在北京的地铁里，在上海的商厦中，在人流如织的火车站，连老外都喜爱地和你hello。"哎呀，这么十全十美的小家伙！瞧这眼睛，这额头，这大耳垂。啧啧，太好了！"当我把北京老太太的赞美转述给我的母亲时，母亲黯然失色，说了一句让我终身难忘的话——

这世界就没有十全十美！

(二)

当白衣白帽白色的语言摇曳着狞笑矗立在我面前时，才想起进产房头一天那个惊得我一身冷汗的梦——那么宽阔的大路上，怎么就没有几个行人？一群小兽在十字路口中央欢呼着舞蹈着。两只猛兽向我扑来的刹那间，惊恐中的我心里的疑问还萦绕着。我奔向东面的那片楼群藏匿起来……

许多年后，我一千遍一万遍地问自己：为啥当时要拼命逃遁？与其这样让你时时被抽搐折磨，还不如当初母子一起从容地走向虎口！

我万万想不到，十万分之一的几率，竟圈住了我的儿子。"已经不可逆了。这么好的孩子！"尽管医生放慢了语速，平缓了词句，我眼前顿时有灰飞烟灭的绝望。往日葳蕤的梦想和蓬勃的蓝图，瞬间被碾成齑粉。

低头沉思，仰头叹息。无望与无助堆积成冢，艰难和痛苦肆虐成沙，狞笑着，汹涌地围剿而来。"是你的，就要承担，就应承受！看看人世间，什么样的人生没有呀？为什么别人能承担，你就不能？"没有多少文化的父母亲，用自己并不坚实的臂膀支撑着我摇摇欲倒的身体。

几次，站在六楼的窗户下，探头看着变小的人影和刚刚种下的小树，我用目光丈量着楼房的高度、勘测地面的硬度，心里伸出的那只手已然就在背后，颤颤抖抖地举了起来。闭住眼睛，咬紧牙关，耳边顿时飞溅出一片哭天喊地的悲怆、捶胸顿足的绝望……紧紧抱住你，阅读着你眼睛里飘忽而过的云朵，我将几经疯长的念头——捻灭、揉碎……

一千遍一万遍地呼喊着，纵然每个人的一生都要承担一些艰难，都要分得一杯苦水，都要接受一击重创的话，那么，我毫不犹豫地愿意承担你的那一份。或者，用我的一切，青春、健康、快乐……换取你的健康，你的快乐，你的完美。

然而，一切的一切就这样毫不留情地扑面而来。

(三)

那几年，揣着微如游丝般的希望，辗转于各大城市医院，几乎一样的结论足以让我及家人"永世不得翻身"。然而，当我挺起腰杆时，当我把你紧紧背在后背时，一切竟那样从容不迫。我拿出了用自己的明天做赌注的勇气和信心，揩干哭红的眼睛，将一切不幸揽入怀中。

我知道，从那时起，一切都将风轻云淡。

亲友们一遍又一遍地劝慰我：上苍一定知道你的肩膀坚实，一定懂得重担于你不过是又一次努力，才极信任地委你以重任。你一定能行啊！

病痛折磨着你，你便毫不留情地转嫁给家人。整夜的哭闹，不能自已地撕扯，伴随着各式各样的药片、药粉、食物……那阴霾密布的日子里啊，三个家庭和亲朋好友为你撑起了一片晴空，护佑着你，关爱着你，擦亮你的每一个日子，等待着有一天奇迹会降落在你的身上……

无数个白天和夜晚，我以我心为供奉，虔诚地祈求上苍，祈求给你一个奇迹，祈求还我一个真实……

可是，乌云如影随形地笼罩着你生命的苍穹。

（四）

我拿什么救赎你？

我知道，自然万物，芸芸众生，有强就有弱，有甜就有苦，有圆就有缺。灿烂的阳光下必然拖出浓浓的阴影，盎然的幸福前一定会历经艰辛。风雨后的彩虹也是这样告诫我们的。

我们一如既往地奔波于各个医院间。每次，都是动意于希望，终结于失望。心里的信念一次次经受着摔打、蹂躏……

涓涓而流的岁月，了无痕迹地无情而去。

芳华凋零，青春不再，面对命运，我竟成了赤手空拳的俯首就擒者，同时，我也成了不肯服输的坚强者。面对命运，我在心里一遍又一遍地呐喊着：你可以毁灭我，却绝不能击倒我！既然这条路必定要我涉足、这副重担必定由我担起，那我就义无反顾吧。

月光下，满腹的苦水倒尽后，太阳掀开又一页时，扬起笑脸的人群中，依然有我。

（五）

坚强面对一切的唯一瑰丽，是回忆那些灿烂的过往，是亲朋好友无微不至的问候和温暖如春的双手。

时光一如儿时手中高举的棉花糖，在欢呼雀跃的奔跑间，在漫无目的的遐想时，在随心所欲的涂鸦后，赫然横陈的狰狞，终于将我的今天、明天幻化成负重的翅膀。几经摔打，我把艰难和泪水当做心海中的"细浪"，将失败和痛苦点化成脚下的"泥丸"，把梗在心头的石子，和着心血和着眼泪和着剧痛，和着日月星辰、阳光雨露，揉成珍珠，凝成琥珀，煅成金砂。

有一天，我要把它挂在你的胸前。

（六）

你的生命是一张白纸。白得只有病痛和病历，白得只有病床和药片。你没有彩色的生活、没有朝气蓬勃的运动、没有阶梯似的人生历程。

但是，这张纸的背面，却浸透了浓浓的亲情，深深的爱意。

你的爷爷奶奶、姥姥姥爷，你的姑姑舅舅、叔叔阿姨们，给予你的，已然超过了给予其他孩子的关爱。每天的一餐一饭，每天的洗洗涮涮，倾注了亲人的全部心血和精力。

别的孩子在家人身边只有18年的时光，而你，将一生都依偎在亲人的怀中。你的一生永远在我们的视线里，永远在我们的关怀中。

唯一让我些许安慰的是，你白纸一样的生命中，也有一抹暖暖的浅红。你的不幸已淹没在爱意中。

最是温暖立春时

2月3日晚，CCTV——1正在播放的"感动中国"如一股暖流，温暖着、震撼着全国人民。

这个冬天太寒冷了。一件件我们不愿意看到的事发生了，冲击着五千年的文明和道德底线，拷问着13亿人的良知和人情冷暖。冷雨中两次遭碾压的孩子，寒风中无人扶起的老人，街边冷漠的路人……令人寒彻肝胆，痛彻心腑。2012年2月1日《北方新报·包头版》有一则这样的消息：从深圳回包头过年的翁先生同亲友逛街，在商场门前遇到小偷，上前制止时被小偷捅伤。期间，围观群众竟无一人上前帮忙或报警。人们一而再、再而三地呼吁、倡导，甚至是耳提面命，结果呢，我们都站在了道德线的这边，一面充当着看客驻足观望，一面对别人指手画脚。是的，我们指责现代文明掠夺了我们最朴实的情感，痛恨社会进步冷漠了我们的真情，却还是将自己龟缩在壳中，间壁、孤傲起来，小心地酿制着自己的蓝天碧水。

谁是旗帜？谁为我们捧出暖流？

是他们。从为中国核科学技术事业的发展做出重大贡献的朱光亚，到靠烤羊肉串资助百名贫困生的克里木；从两袖清风一心为公的刘金国，到用双脚改变命运的刘伟；从一心为病人着想的90岁高龄医生吴孟超，到8岁起就侍奉瘫痪养母的孟佩杰。感人的事迹，动人的情节令人心潮激荡，泪光闪烁。是"最美妈妈"吴菊萍，用她双臂托起两岁女童的生命，自己却手臂骨折，受伤严重。是用柔弱的双肩挺起麻风病村孩子们上学梦的张平宜。这位台湾资深女记者，不惜辞去百万年薪的工作，致力于麻风病人的子女教育。11年，她用一腔柔情，把那无助无望的眼神化作对世界充满希冀的神采。是"助学老人"白芳礼，靠着一辆普普通通的三轮车，帮扶了那么多失学的孩子，建起了小学。

此刻，那辆被汗水和爱心浸润的三轮车装满了鲜花，也装满了沉甸甸的崇敬。当孩子们将鲜花分发给观众时，那暖暖的温情冲出会场，冲开崇山峻岭，温暖着千山万水，温暖着我们每个人。

他们平凡，他们用生命的火花，拨亮了我们心中的灯；他们伟大，他们挣脱了命运的羁绊，让生命绽放出绚丽的华彩。

我年迈的父母被感动了，泪水湿襟。90后的儿子被感动了，眨着一双湿润的眼睛说：他们是普通人，但他们太伟大了。我告诉儿子：他们的伟大就在于他们把自己放在了别人之后。只有幸福着大家的幸福，快乐着大家的快乐，你的人生才有意义，你的生命才有价值。儿子笑了：像许三多一样，活着要有意义吗？儿子喜欢《士兵突击》，喜欢那群"不放弃、不抛弃"的士兵们，更喜欢那个为了目标永不回头、追求人生意义的许三多。我告诉他：是的，许三多是经过加工、提炼的影视形象，而"感动中国"的每一个人，就生活、工作在我们身边，他们是真人真事呀。儿子恍然感慨道：那他们更可敬，更可爱。

是呀，他们不仅仅可敬可爱，他们还用自己的言行在我们的头顶撑起一片晴空，在我们前进的道路上扬起了一面猎猎飞扬的旗帜。那一夜我辗转反侧，思绪不断……我知道，这个夜晚定有许多人难以入眠……

第二天清晨，日历上一行大字赫然入目：今日立春。

这句谢谢值得说2000次

十几年前，作为一名建设者，我和我的工友们浩浩荡荡到了达拉特旗。那时，被称为"亚大"的达拉特发电厂像一只刚出壳的雏燕，被漫漫荒沙褪褓般地包裹着。转眼间，一座现代化的发电厂拔地而起，似一只展翅欲飞的雄鹰，挺立在库布齐沙漠的边缘。又如一颗熠熠生辉的明珠，被飘带般的黄河轻轻托起。

非常荣幸，我成为达拉特发电厂的一名员工。

钢铁般的厂房里，有一群钢铁般的员工。钢铁般的员工不仅用铮铮铁骨打造了现代化企业，不仅用钢铁般的臂膀托起了"人类的太阳"，还用一腔柔情将昔日的荒漠润染成一片光彩夺目的绿洲。如今，在蓝天绿地中工作，在花香鸟语中穿梭，在洁净整齐的车间里看着身着统一工装、全神贯注地工作着的工友们，一种归属感和自豪感令人信心倍增。

是呀，这是一片充满亲情的热土。

这里的人们铁骨柔肠。不论谁有困难，大家都会伸出援助之手，让你的心里永远没有阴霾。就连临时工的孩子上大学交不起学费，大家和工会也及时将捐款送到她手中。"带薪疗养"、"高考奖励"让人自豪；"帮贫济困"、"金秋助学"令人心暖。全厂的爱心助学已惠及了300余名贫困学生及家庭。王利宁连续10年捐款万余元救助7名失学女童。20多名小伙子自愿加入造血干细胞捐献志愿者行列……

这里有令人激情澎湃的大舞台。

"你有多大能力,就给你搭建多大舞台。"不断丰富的新载体给你无数机会。报刊、文化丛书、"青年T台"等平台无限伸展,只要你努力,有恒心,你就会找到施展自己才华和能力的舞台。在这里,我们增长着阅历,丰富着自我,实现着人生的价值。12个文体协会、经常举办的文化沙龙、丰富多彩的文体娱乐活动,提高了员工的文化素质,同时,也增进了相互间的亲情和友情。文体活动从自娱自乐已跨入较高水准,大型舞蹈两度荣登北京中国剧院舞台;体育赛事也已跨入国家级行列。

这里是快乐和谐的家园。

细致的关怀处处可见。"领导和员工对话的绿色平台"让大家有了家的亲切。16台金龙豪华通勤车已成为达旗到包头公路上的一道风景。食堂在饭菜花色品种上下功夫。大修现场修建憩园,24小时免费提供茶水、牛奶、方便面。不断提升员工住宅小区的硬件水平、带薪休假、年度体检、区外疗养等让每一位员工的心里总是热乎乎的。

这一切的一切,怎能不让2000名员工心潮激荡,怎能不让人心存感激?

憧憬依旧

写下这个题目，忍不住窃笑。本以为憧憬、祈盼、梦想是孩子们的事，却不知到了这般年纪，望着墙上最后一页摇摇欲坠的日历，心中的憧憬和祈盼竟然涌动依旧。终于明白了，不论到了什么时候，不论我们走进哪个年龄段，憧憬不会老、祈盼不会变、梦想不会丢。

因为有憧憬，我们会踏着一个个困难如同踏着一片片落叶，不怕风，不怕雨，一如既往地向前走下去；因为有祈盼，我们会面对意想不到的问题宛若面对孩子喜怒无常的脸，哭也喜欢，笑也喜欢；因为有梦想，我们会站在得与失的面前犹如站在自家的客厅里看花，有花看红，无花看绿。憧憬着，日子运转起来就如同上了润滑油，不会因艰难而晦涩，也不会因失意而顿足；祈盼着，时光尽管无情飞逝却不再荏苒，每一寸光阴都会拥有不同的色彩；梦想着，即便脚下的道路泥泞、坎坷，前方那一点如豆的光亮也会鼓动起足够的勇气和力量。

在我的脑海里，常常会闪现出塔克拉玛干大沙漠中的胡杨林。"生而千年不死，死而千年不倒，倒而千年不朽"的胡杨，呈现出的不仅仅是不屈的精神，还有不肯放弃的憧憬和梦想。它们有的半荣半枯，裸露的根系盘根错节地横陈在沙漠中；有的是干干的树干，擎着干干的枝条，却依然傲然挺立；有的只有腰间簇拥着叶子，光秃秃的头顶却依然指向天空，向人们昭示着，昭示着它永不放弃的信念和信心。

其实，我们每个人都明白，每一个日子都心无旁骛地按照自己的轨迹向前，你的祈望，不会令它有丝毫眷顾，可是，我们却追求依旧。把祈盼放在新年钟声到来之际，在钟声的余音中一如既往地种下一粒希望的种子：祈盼新的一年里祖国昌盛、企业发达；祈盼新的一年里工作顺意，身体健康；老人幸福，孩子进步，家庭和美……祈望年年都有个崭新的前景。

在祈望中，我们送走了一个漫天飘舞着雪花的冬，又迎来了一个姹紫嫣红的春。

当然了，我们也同时把属于自己的光阴送出。

是呀，我们应该感谢上苍对每个人的厚爱和宽容。我们在365个日出日落中品味四季更迭，欣赏风雪冷暖，玩味雨雾阴晴。在经意或恣意中，我们把张张日历踩在脚下，然后，又接过新的一轮。如沙漏，漏下的时光永远不再属于我们。然而，世界在时光飞逝中却日新月异，蒸蒸日上；孩子也在我们的衰老中蓬勃成长。

这就是我们的拥有，这就是我们的追求！

不论我们有多老，憧憬都不要老；

不论我们有多累，祈盼都不要变；

不论我们有多难，梦想都不要丢。

拥抱
——写在儿子的生日

今天是你的生日。

清晨,你笑着对我说:都说孩子的生日是妈妈的受难日。对吗?我说是的。每一个人的生日都是母亲在血与痛、生与死、眼泪与幸福中的较量。最后,孩子的第一声清脆的啼哭,化成一枚奖牌,挂在拼尽全部精力的母亲心上。

你点点头,认真地拥抱了我。

这拥抱是你给妈妈的最好奖励。

14年前的今天,你提前5天闯进了这个世界,我用我的鲜血和8个小时揪心的挣扎为你的急躁买了单。

你出生的前夜,你哥哥焦躁地不肯入睡,我只好将他抱到客厅里,打开电视让他看足球比赛。凌晨2点多,刚刚入睡的我就被丝丝拉拉的疼痛摇醒。我知道,你哥哥一定提前和你打了招呼,邀你尽快闯进这个世界。当你从医院回到家时,你哥哥高兴地扑过去,用手轻轻地抚摸你的神态和洋溢的笑脸让我相信这是他的用意。

清晨5点,掐了一下表,阵痛的时间已经缩短到相隔15分钟时,我起身洗澡,然后镇定地将要洗的衣服、床单、枕巾洗净、晾好。之后,将住院要用的东西一应俱全地装在提包里……我给妇产科大夫打电话,告诉她我的现况，她惊叫道：老天，你赶紧来呀，可别给我把孩子生在楼梯上呀……

忍着痛，我笑了：唉，什么事到我这儿都没有那么顺的时候。肯定不会的。

果然，8点钟进了产房，刚开始的暴风骤雨竟一下子平息了不少。一个小时后，一阵紧似一阵的疼痛撕扯着我，被拦腰掰成了两截的剧痛让我把嘴唇咬成了青紫。我已经难以支撑了。恍惚间听到护士的报告声：胎心不太好！我立刻拉住大夫：剖吧！她犹豫了，轻声叹了口气：就差那么一点了……我立刻来了精神，咬着牙请求身边的助产士：动剪子吧！

10点20分，我拼尽了自己的全部力气。一声啼哭，终结了这场生死较量，顺利地将你迎接到这个世界上。

那天，定格在我脑海里的，是肤色黝黑的你、产床下泼墨般的血迹，还有助产士白色手术服上红艳艳的血花。她的话让我为自己的付出感到欣慰：你真坚强！脐带短，孩子根本下不来，再拖就危险了。

长长地吐出一口气，我松开了紧紧抓住产床栏杆的手，举到眼前。我知道，我将用这双现在苍白而将来粗壮的手，给你遮风，给你挡雨，为你的一生逢山开路，遇水搭桥……

今天是你的生日。

告诉你一个故事：一位做物理老师的父亲，指着树上的果子问儿子："果子熟透了，为什么会落在地呢？"父亲给儿子讲起牛顿发明的"地心引力"的定律，并告诉儿子："地球具有一种强大的力量，所以在自然界，所有的东西都逃不开地球的牢牢引力……" 儿子迷惑不解地问："树枝和树叶为什么不落地，而是朝上长呢？"

"因为它们在好好地活着！"父亲告诉孩子，在地心引力之外，还存在着一项更伟大的生命定律。生命的定律能够使很多有生命的物体，不断的向上生长……"生命就像一片叶子，没有停靠的地方。只有努力向上，才能好好地活着，否则就跌落至底！"

今天，你又跨上了人生的一个台阶，又增加了一道年轮。你应像叶片，时时努力，天天向上，否则，你将毋庸置疑地飘然而落。

要知道，人生如叶片，不是向上生长，就是向下坠落。

今天是你的生日。

人的一生是学习、工作的一生。你要养成学习的好习惯。精心阅读，感受文字之美；体验意境，尽享读书之乐；刻苦学习，感受知识之重。人生就是一个不断学习，不断修炼、不断进步的过程。亚里士多德告诫我们：人生的最终目的不是生存，而在于思考和觉悟的程度。

生存只是一切生物的本能和最低级的需求。人与动物的最大区别是人的思考能力的逐渐完善和觉悟水平的突飞猛进。因此，你要懂得学习的重要性。要学会思考，学会在学习中、生活中思考，在思考中不断觉悟，不断充实自己的人生。要在书本上学，在课堂中学，在点点滴滴的小事中学。

社会上需要有才能的人，一个人只有智商和情商还远远不够，还要具备魅商、慧商等素质。

不要觉得自己聪明就够了。单纯的聪明只不过是一张彩色的糖纸、一朵云彩。尽管千姿百态，任人遐想，但如果不与努力相结合，那很快就会被一阵风吹散。聪明的根在于努力和刻苦，在于思考和觉悟，没有这些，聪明一文不值，说不定还会适得其反。

"自己的事，自己负责，自己解决。"转眼间，你将步入青年的行列，要懂得自己肩上的责任，明白自己的方向和追求。

我希望你的一生是努力、快乐、健康的一生。能够发挥潜力，能够充实、能够为社会做出一份贡献。

今天是你的生日。

要学会善良，学会忍让，学会为人处世。"世事让三分天宽地阔，心田培一点子种孙收。"你是社会的人，生活在社会的群体之中。离群索居"不通世事，傲岸多怒"，就会使自己孤立起来。"海纳百川，有容乃大。""处事让一步为高，待人宽一分是福。""心田"系佛教语，即心。谓心藏善恶种子，随缘滋长，如田地长五谷荑稗。我们都要在自己的"心田"里培育一点善德，留意些嘉言懿行，让子孙效法，有所收获，有所继承。清末郑观应曾说：常观天下之人，气之温和者寿，质之善良者寿，量之宽宏者寿。这说明，心地善良，心胸宽宏的人会健康长寿的。

今天是你的生日。

从今天开始，你要给自己一个崭新的台阶！

借着月光也灿烂

最近,德国农学家苏力贝克发现:在黑夜翻耕的土壤中,仅有2%的野草种子日后会发芽。但如果在白天翻耕,野草种子发芽率高达80%,约为前者的40倍。研究结论是:绝大多数野草种子在被翻出土后的数小时内如果没有受到光线(即使是短至几分之一秒)的刺激,便难以发芽。

如果处于人生的黑暗,也别忘了给自己一缕光———缕希望的光,一缕自信的光,一缕面对生活微笑的光……这一缕又一缕光,看似微弱,但它拯救的却是你的整个人生啊!

很多时候,你可能就生活在没有阳光的角落里,生活在万般不如人意的境界里,那时,你就应该有借着月光也灿烂的决心和信念。

在这个世界上,不是人人都有同等的条件和机遇的,这样和那样的挫折、艰难、坎坷,这样和那样的不幸、痛苦、失败,只要这个世界上有这些名词存在,你我就有可能与它们不期而遇,就有可能和它们并肩同行。

其实,任何人都有这种几率和可能。只是看你如何把握,如何对待了。

如果你不能改变客观现实,那就要"山不过来我过去";

如果你不能改变他人,那就先改变自己。就和人人都祈望自己永远幸福、如意一样，我们应该为自己创造一缕阳光，一片月色。

　　游览过黄山的人都会有深刻的印象，那就是山上一棵棵在陡峭山峰上挺然而立的松树。那些被风吹去、被鸟衔着掉下来或排出的种子，就在那些土壤贫瘠的石缝里，和着阳光，和着月色，挣破了坚硬的岩石，成长为一棵树，一棵以树命名的生命之躯。站在一望无际的胡杨林前，震撼我的，首先是生命的力量。那些或挺然而立，或斜枝而长、或伏地而眠的胡杨树，没有将生命拱手与恶劣的环境，而是以超乎生命的力量，紧紧地吸纳着鲜见的一丝雨，一片云，抗衡着酷暑寒冬，抵御着肆虐的荒沙，用默默的浓绿、遒劲的枝干、顽强的根系，给生命一个响亮的回应。

　　那是唱给生命的赞歌。

　　那挺立起伸向天空的枝干，是精神的旗帜，是最有深意的启迪。

　　大师云："虽然我们不能改变周遭世界，我们就只好改变自己，用慈悲的心和智慧心来面对这一切。"

　　当然，要拥有不屈不挠的精神，不低头、不气馁的意志。我知道，只要你明白了这一点，你也会如此的。

富饶着你的每一天
——写给小儿子

儿子,你如约而至。

随着护士的巴掌声,你嘹亮的啼哭如同号角,响彻我生命的苍穹,激起我内心沉寂已久的火焰。你黝黑的皮肤、微凸的额头,定格在我生命的记忆深处,成为永恒。我仿佛看见,嫩芽般的你,正向着天空,向着太阳,舒展着鹅黄色的叶片。那一刻,你挥舞的小手,如同挥舞着一张存单,取出了我储存半生的能量。你紧握的拳头如举起的火炬,照亮了我的征程。

因为有了你,我便不畏风霜,不怕酷暑。你的每一个笑靥,每一次泪水,都成为我生命的动力。我要为你我签下的那亘古不变的契约而付出下半生的心血和能量。我要为这不可更改的签字,付出毕生的精力和情感……

你的土壤给了我新的力量和精彩的内容。你明亮的眼神,耸起的眉峰,足以让我竭尽全力鼓动双翼,将生命的轻与重全部纳入怀中。你轻轻地歌唱,慢慢地阅读,静静地思考,都拨动着我的每一根心弦,激起我无尽的遐想。从你还是一粒种子开始,我就将自己化作一丝一线,化作一餐一饭,化作一缕阳光,一片和风……

我将蕴藏在心底的动力和着全部的心血、情感,精捻成丝,细纺成线,扎染成虹,然后,细细缠成团。我在日起月落中期待着、盼望着,一针针,一线线地编织着。编成高山,希望你志向巍峨;编成大海,企盼你心胸宽广;编成大树,预示你长大成材。

你的巍蕤是我的全力供奉。随着你的长大,随着你的日渐魁梧,直到有一天你步入社会,能够自食其力时,你一定会发现,你的母亲已消瘦了自己的丰盈,磨损了自己的身高,穷尽了曾经的丝帛,竭尽了自己的全部,蓬勃着你的青春,装扮着你的人生,富饶着你的每一天……

儿子,我坚信,你会健康、快乐、有思想、有内涵地挺然而立,成为我心中的那棵树……

塑造最好的自己

亲爱的儿子,这学期,你有了一些进步,这让我的心情有些轻松。

今天给你写这封信我的心情真是难以名状。是的,你也知道,如果仅仅是为了表扬你,妈妈是不会静下心来给你写信的。

你已是初二的学生了,是大孩子了,可以说,你已经有了自己的思想和人生观。但是,你的表现却让我非常担心。我现在给你指出来,希望你静下心来,在认真思考之后,有一个明显的改观。

首先,应珍惜时光认真学习。"书中自有黄金屋,书中自有颜如玉。"老祖宗的话放之四海而皆准。学习是人类进步的阶梯,是改变命运的法宝,是你进步的唯一途径。现在的你正步入人生的春季,你的最大任务就是像小树一样大量汲取来自各方面的营养,使自己在充足的养分中茁壮成长。

还应该珍惜自己的形象。毫无疑问,你是个帅气的男孩子,但你也太不知道树立自己的形象了。不注重自己的形体,不能抬头挺胸地站在人群中,是我多次的提醒。这么一件不起眼的小事,从你上小学时就耳提面命地告诫你，直到今天，你依然如故。你就这样不知珍惜地糟蹋自己！一个男人，如果连腰都直不起，将来如何在社会上、在众人面前仰起头呀？儿子，这个问题我以后不再提了！其次是你的字。那是你的另一张脸。和你的驼背一样，我和你的历任老师都反复提醒反复强调，至今也没见改观。

其次，要珍惜学习机会。妈妈为了你能到29中上学，已经尽了最大的努力。我知道，初中这三年对你是十分重要的，也是妈妈能帮上忙的。你如不珍惜这么好的机会和环境，将来不仅影响你的前程，更会让你后悔的。儿子，我常常告诫你，你现在是学习阶段，是为你自己的将来打基础的最关键的时期，学习的好与坏，将直接关系到你今后的生活质量和人生轨迹。所以，你不能有丝毫的懈怠和放任，只有一心一意地学习、锤炼、修正自己，才能成为一个有用的人，才能对得起自己的一生。想想，我们的一生是多么短暂呀，就因为一时的放任而毁了前程，或改变了自己的轨迹？你掂量掂量，孰轻孰重？

第三，要珍惜缘分。咱们从青山区的新房子搬到29中附近，租这么一间又潮又窄憋的房子，除了为你学习创造一个最有益的环境外，还有就是为你有一个良好的人际环境。你知道，人生在世，要走许多条路，但最重要的是：一条生命路，一条人生路。这两条路哪一条都离不开朋友、同学以及将来你的同事。"朋友多了路好走"这是最简单的道理，你一定要记住，不要和同学闹不团结，那不仅浪费了你的时间和精力，也破坏了同学间的友谊——这方面要到你长大后才能体会到。

第四，"读万卷书，行万里路"。不仅要向书本要知识，还要学会"读无字书"，就是懂得在学习中生活，在生活中学习。你的周围有许多值得你学习的人。你现在的班主任杜瑾老师是你历任老师中最优秀的一位教师。她不仅有学识，有能力，有责任心，而且在教育方面有独到的见地和方法。你应该好好珍惜在学校的每一天。要发现和学习同学们身上的优点，注重汲取各方面的营养，不断充实自己。

第五，要静下心来。男孩子要沉稳，要多学会思考。遇事要先思考后开口。要敏于行讷于言，就是说，要少说多干。很多事就是失在嘴上的。首先，你要懂得沉默是金的道理。有些场合如没有想好就一定少说话。言多必失。同时还要学会表达，往往你因性子急表述事情十分仓促，没有条理。浮躁、急躁，不利于你的进步和发展，你一定要改进。

第六，要学会吃苦。人的一生就是一个奋进、磨砺的过程。要奋斗就要有吃苦的精神，尤其是男孩子。"吃得苦中苦，方知甜中甜"。要知道，人的一生充满酸甜苦辣，充满荆棘坎坷，你不可能只吃甜的而将其他丢弃，更不可能一路平坦。只有实实在在地定下心来，不怕吃苦不怕受累，才能有一个美好的前景。

最后，你要学会感恩。我发现你和你爸爸说话时用的都是祈使句，这对吗？你要懂得尊敬，懂得孝敬。去年你给爷爷奶奶春节拜年的那一幕使我非常不满意，这样的事以后决不能发生。你要懂得尊敬老人，懂得感恩。你奶奶爷爷、姥姥姥爷照管哥哥多年，这份恩情你要替哥哥偿还。你和你姑姑有着扯不断的血缘关系，她没有子嗣，你将来对她还有一份赡养的责任和义务。

你是个男孩儿，将来就是个男子汉，你一定要懂得责任，懂得担当。男人最大的品质就是责任、善良、勇敢。妈妈希望你将来都具备。将来，你可以不聪明，可以没有多大出息，但决不能丢掉责任和善良。这是妈妈对你的最大希望。这也是你做人的最基本准则！

你已经长大了，不再是那个少不更事的小男孩儿了。要知道，你的将来没有任何依赖的条件，你必须靠自己！这既让我内疚又让我欣慰。内疚的是我不能永远庇护着你，给你铺路搭桥，欣慰的是你可以在没有任何依赖的情况下，独自展开翅膀闯天下。

要做一个有良知的人，做一个有智慧的人，做一个有修养的人，做一个人格趋于完美、身心和人际关系臻于和谐的人。祝你进步！

百科文为先

在众多学科中，语文是基础，是重要的基础。如建筑高楼大厦，语文既是工具，又是水泥；既是钢筋，又是脊梁。

语文是人们相互交流思想的工具，是语言、文字规范的实用工具，也是文化艺术，同时，也是积累、开拓、认识精神财富的一门学问。

语文学习好了，写作文也就不难了。

要想学好作文，首先要有扎实的语文基础。你的语文基础还需要加强，否则，写好作文将无从谈起！

要想写好作文，要多学、多看，勤思考、勤观察。

多学，自然是要多学基础知识。平时的语文课、阅读，都是基础，都不可或缺。

多看，就是多读书。古人云：书读百遍，其义自见；熟读唐诗三百首，不会作诗也会吟。这也似蜜蜂，在读书中博采众家之长，汲取丰富营养，不断提高、改进自己的知识结构和能力。读书是人的立身之本。多读书，才会有文化修养，才会思考，才会把无序而纷乱的世界理出头绪，抓住根本和要害，从而提出解决问题的方法。记住："读史使人明智，读诗使人灵秀，数学使人周密，科学使人深刻，伦理学使人庄重，逻辑修辞学使人善变。"勤思考，勤观察，就是要做有心人。在学习、生活中多问自己几个"为什么"、"怎么样"。

其实，学语文、写作文是非常有趣、有意义的事。在写作中，自然而然地把人物、景物、历史、思想和积极的人生观结合在一起，形成思考，并把它和书本知识、实际观察联系在一起。通过思考提高智力、扩大视野、增长知识，是多么好的事呀。在知识的海洋中畅游，在想象的空间驰骋，挥洒心中的向往，倾吐心中的情愫……这真是一门难能可贵的学问呀。

当然，要学好，写好，必须静下心来。"心静者成事"，我真希望你能够通过学习，通过读书，通过写作，将心静下来，将蒸腾的思想沉淀下来。

学习别人的优点，你将成为一个精品；学习别人的缺点，你将成为一个废品。我希望你在思考中成长，在追求中进步！

我愿做你的好朋友

儿子，开学至今已两个月有余了，你的精神面貌有了可喜的改观，这是我最高兴也最欣慰的。告别了小学的同时，也甩掉了一些习气，这是咱娘俩的约定。

可是，有一块石头却压在我的心头。相信你的心里也不会太轻松——你和妈妈及所有关心你、爱护你的人撒了个谎。

这是我始料不及的，也是我不能容忍的。

那句话说得好：知子莫若母。从你的每一个眼神，每一次呼吸中，妈妈就能体会出你的内心世界的细微变化。也就是说，时间不长，我就体察出事情的端倪了。记得有一天夜里，我把熟睡的你摇醒，问你这一切是否是真？就在懵懵懂懂中，你还一口咬定。

但是，疑云并没有解开，直到我终于得到落实。

还记得吗，你小时候，我曾说过，既然我管不了你，咱们就去派出所找警察叔叔吧。你大哭，表示一定会改好的，绝不再犯。我是苦口婆心，一而再，再而三地告诫你：忠厚、老实、诚信是一个人最起码的立身之本。当你学《狼来了》这篇文章时，我又絮絮叨叨地告诉你这篇文章就是告诫我们做人不能失信于人，否则，那个孩子的下场就是你的下场。要知道，磊落的失败远比欺骗更荣耀。

这绝不是危言耸听！如果你稍稍留一下心，你就会看到我们周围有许多和《狼来了》里的孩子一样的结果，而且比那个孩子的下场还要惨的故事。

儿子，妈妈和你说过无数遍：一个人可以无才无钱，可以无权无势，但不可以无德。今后，不论你在哪里，不论你干什么，不论你和什么人相处，如果没有信誉，没有真诚，那你就寸步难行！不论你立足于哪个阶层，你都要生存，都要拥有亲情和友情，这是一个人生存的必需品，和阳光、空气一样不可或缺。然而，如果缺失诚信，那你就会成为没有朋友、没有亲人的孤家寡人。到那时再后悔就了来不及了呀，儿子！

一面镜子如果不小心打破了，那道裂纹是永远不能再恢复如初的。也就是说，有些错误是不能犯的。诚实就是那镜子，你要让他永远明亮、洁净。否则，你用一生的努力也无法弥补！

孩子，你还小，还不完全理解妈妈的良苦用心。从你一落地的那一刻起，我就把自己的一生交给了你。我曾在写你的那两篇散文中说过，你是我希望的土壤，你是我今后的生命。我希望你健康成长，快乐生活。

知道错了，现在就改还不晚。

还有，你要有选择地读书。我反对你特别喜欢看的那些漫画和有些电视剧。那些充满商业气息的东西，一如有些速食品，除了用大量的调味剂让你一时轻松、消磨时光外，没有任何营养和价值。当年，风靡国内的琼瑶小说，让许多青年男女盲目地陷进了虚幻的世界不能自拔，不仅贻误了自己的大好时光，还扭曲了理想。所以呀，千万不要图一时快乐，让自己掉进虚拟的世界里，成为一个没有实际能力、只会异想天开的废人。

孩子，妈妈相信你，相信聪明的你会成为品学兼优的好孩子的。妈妈希望你能开诚布公地、实事求是地谈谈你的心里话。

妈妈愿意做你最好的朋友。

希望是彼岸的目光

8月15日上午10时，国旗降半，哀乐低回，汽笛长鸣。举国上下为已遍体鳞伤的"陇上桃花源"舟曲遇难者哀悼。

江河呜咽，大地含悲：为了8月8日凌晨那瞬间被冲毁的家园，为了被夺走的一千多条鲜活的生命……

从汶川、玉树地震到舟曲泥石流，我们经历了3次前所未有的灾难。

这一刻，站在电视机前，向着舟曲的方向，向着永远逝去的父老乡亲、兄弟姐妹，低头默哀。

这一刻，从北京天安门到上海世博园区，从国家领导人到普通老百姓，万众肃立，泪洒江河。

这一刻，我心中的旗帜缓缓下降，我心中的悲痛渐渐上升。我和我的祖国，为生命肃立成一种庄严，为悲痛擎起一片尊严。我看见我的祖国为她的儿女弯下了腰，那深深的一躬，令江河为之动容，令日月为之含悲。

世间万般悲怆，莫过于举国齐哀。然而，世间唯有万民同心，希望才会倏然升起。

让我感动的，是武警舟曲县中队副中队长王伟。8月8日零时06分，王伟手机上的一个未接电话，成为这个年仅27岁小伙子心中永远的痛。

他怀孕一个多月的妻子在被浑浊的泥石流无情吞噬前给他拨打了电话，他却因公务而没接到，从此，这个电话再也无法打通。抢救现场，这名坚强的战士把眼泪埋在心里，把力量全部放在了抢险中。那别过去的泪眼，深深冲撞着我的心灵。

这就是我们共和国的脊梁，这就是我们明天的希望。

让我为之振奋的，是那个叫杨闹吉的孕妇。生死瞬间，结婚一年的丈夫把生的希望推给了她，自己却被泥石流夺走了生命。她被大家救出来了。深陷到大腿的泥泞、到处弥漫的悲怆、无法想象的艰难并没有阻挡住众人的决心。那新生儿嘹亮的哭声，已然成为我们耳畔永远的呐喊，永远的希望，永远的力量。

我知道，那就是彼岸希望的目光。

我知道，这也是我们明天的阳光。

16日清晨的第一个消息令我们振奋：达拉特发电厂电15日完成发电量5758万千瓦时，再次刷新本年度日发电量新高。

化悲痛为力量，这就是我们最好的追悼！

那一刻

那一刻，时针将凝固在共和国的历史上，镌刻下黑色的记忆。

低垂的国旗下，聚集着13亿双饱含泪水的眼睛，聚集着13亿颗怦怦跳跃的心，聚集着13亿双紧握的手——为了我在汶川大地震中罹难的同胞，为了那些默立在废墟中静候小主人的书包，为了那一双双没有瞑目的眼睛……

我始终不能相信，原本湛蓝的天，浅笑的花，沉醉的水稻，顷刻间便成为一片惨不忍睹的瓦砾。大地震如同发狂的恶魔，将大地颠覆、扭曲、摔打，欲将其撕成碎片。那片秀丽的山川饱尝了上千次的锤炼，经受了无数次暴风雨的摧残。然而，强震摧垮了建筑，摧垮了庄园，摧垮了生命，却摧不垮我们民族不屈不挠的精神。

定格在我们脑海深处的，是一只挣扎在废墟中的手。那是一只孩子的手，那只紧紧握着一支笔的手，穿越了重重瓦砾、砂石和钢筋，向人们昭示着他（她）的渴望和向往——我要出去，我要上学，我要回到妈妈身边……

一位年轻的母亲，用身体护佑着她的孩子，在手机上留下了遗言：亲爱的宝贝，你如果能活着，请记住我爱你。

我们一直躺在生活的怀抱中，尽情享受着温暖和舒适，时而因气温的变换和季节的更迭而牢骚连连，怨气不断；时而因头顶的一片瓦、脚下的一粒石而吹胡子瞪眼。浮躁、冷漠、懈怠已为我们的生活底色甩上了斑点。

多难兴邦。顷刻之间，我的同胞们抖擞起精神，一面擦拭着眼角的泪水，一面投身到救灾抢险中。

不能忘记，那位身着橄榄绿的小战士，连续工作不下火线，哭着央求拉他的战友：让我再救一个人，我还能坚持！

不能忘记，那位失去双亲和女儿的公安女干警，将悲痛强压在心中，连续工作，最后竟晕倒在抢险现场。

不能忘记，我那些不顾自己的亲人生命安危而奋力工作在救援现场的成千上万的兄弟姐妹们。

在又一次的检阅面前，我们得到了灵魂的净化，得到了精神的洗礼，同时，我们更懂得生命的意义和大爱的真谛。

……

那一刻，江河呜咽，汽笛悲鸣。凝固的三分钟后，我的祖国又一次在灾难中挺立起来。看，长城内外，大江南北，一双双手紧紧地握在一起，一颗颗激荡的心共鸣出一个声音：汶川，挺住！四川，挺住！中国，加油！

那一刻，我们用血肉筑起了新的长城。"中国人瞬间凝成了钢板！"这是外国媒体对中国的惊叹，这是世界对中国的钦佩。

那一刻，东方雄狮昂然挺立在世界之巅，展示着令世界仰视的雄姿。

那一刻呵，天边的白云渐渐舒展，恋恋不舍的脚步中，绽露出一丝欣慰。我们分明听到一个声音——来生我们还要一起走……

碗里的责任

在饭馆里吃饭，如果将盘子的菜吃得见了底，东家就会不自在，觉得怠慢了客人，脸上挂不住。相反，看着满桌的剩菜，主家便可以心满意足地去买单了。据有关资料显示，国人在餐桌上的浪费达20%，每年就要倒掉约两亿人一年的口粮。在这个触目惊心的数字面前，我们这习俗是不是很荒谬？

习惯久了就成了自然。

就是在自己家里，自己碗里的饭也不肯吃干净，似乎也是因"剩"而让人感到富有？其实，那不仅是几粒米的事，是一种意识，一种习惯，一种素养。我对儿子碗底挺在意。碗底反射出的绝不仅仅是残汤剩饭。

寺庙里的和尚吃完了饭，要用水把碗涮一下喝下去，称"罗汉汤"。从报纸上看到，世界上的富国瑞典人，在餐馆吃完菜后，要用最后一口面包把菜碟子擦干净。这是一种习惯，一种美德。李嘉诚能弯下腰捡起地上的一个铜板，那捡起的绝不仅仅是钱，在他眼里，这是素养，是品德。那些在常人眼里不足为奇的小事，小细节，直接反映出一个人的世界观和品质。

细枝末节，点滴毫末，总有闪光和端倪可现。

首先是节俭，节俭是惜福是美德。"历览前贤国与家，成由勤俭败由奢。""一粥一饭,当思来之不易;半丝半缕,恒念物力维艰"。不要忘记,我们资源匮乏的国情。我国耕地、淡水、森林、石油和天然气等重要资源的人均占有量,分别只有世界平均水平的1/3、1/4、1/5、1/10和1/22。

事实证明,任何一个国家一个民族,如果骄奢淫逸成风,享乐主义盛行,那就没有振兴的希望。

2012年4月19日央视《新闻1+1》播出《奢侈的垃圾!》中称,在北京仅生活垃圾处理设施就有30座,平均每天产生的生活垃圾有1.8万吨,载重2.5吨的卡车能排满北京三环路整整一圈。为了解决厨余垃圾,英国耗资2400万英镑,建立了一座厨余垃圾处理厂,用厨余垃圾发电。在我国,因尚未完全实现垃圾分类,厨余垃圾和其他垃圾一起实行掩埋,不仅破坏了地表的植被和空气,还污染了垃圾场附近的土壤和水源。

20年前,在内师大文研班读书时,一位写诗的好友请我们吃饭。点菜时,他恳切而坚定地说:我从小就有个习惯,吃多少要多少,绝不要自己吃不下的饭菜。希望你们也这样。众人一愣,脸上有些挂不住了。我知道他的为人,也明白他的意思,赶忙给他解围:是呀,我也有个习惯,盛在自己碗里的饭,决不剩下。他顿时会意,点点头笑了。

那顿饭给我们留下了极深刻的印象。每个人点了一道自己喜欢的菜,然后吃得盆干碗净。走出饭店,他给我们每个人送了一本书。他说:刚才请的是肚子,现在请的是脑袋。精神食粮更持久,更有意义吧?他意味深长地笑着说:咱们要少制造泔水,多清新空气啊。我所说的不仅仅是铺张浪费!至丰至俭的李叔同,便是我们的楷模。

大家都点头称是。

其实,这里还有一层更深的含义,那就是担当。担当起你的职责,担当起属于你的一切。只要盛在了你的碗里,就属于你,你就有责任将属于你的一切清扫干净。担当起你的职责，担当起属于你的一切是义不容辞的。勇于担当是最大的美德！

近代文明发展的必然结果，是人人都富有责任心。

科威特著名作家穆尼尔·纳素说："责任心就是关心别人，关心整个社会。有了责任心，生活就有了真正的意义和灵魂。

美国品德教育联合会主席麦克唐纳曾说："能力不足，责任可补；责任不够，能力无法补；能力有限，责任无限。"

比尔·盖茨说："你可以不伟大，但不可以没有责任心"。

再就是不拣择、不放弃，能容纳、有心怀。在这个世界里，不是人人都有挑肥拣瘦的机会和条件的。我始终认为，既然给予你的，不论是好是坏，都是上苍的眷顾。不要轻言放弃，动辄抛弃。要知道，不论苦甜，都会有益于人的健康，有益于身心的发展。人生不可能永远浸泡在蜜罐里，也不可能没有风吹雨打，那么，就要学会容纳。

学会鼓掌

其实,最初看到一篇关于"领掌者"的杂文时,不禁感叹世风日下,人心不古。想想,连鼓掌都得让人差遣,心里真有说不出的滋味。

"领掌者",顾名思义就是领着你鼓掌的人。满满一个会场,总会有两三个领掌者,当节目或演讲或领导讲话到一定高潮时,便会响亮地拍起巴掌,或大声叫好,引领众人一起附和。领掌者不但有一定的感召力,还得有一定的文化底蕴,知道该在何时领掌,只是因被御用而令人嗤之以鼻。最初我亦有同感。

然而,有过几次经历之后,我不得不对"领掌者"的制造者表示同情,继而是佩服。太有先见之明了!因为如果没有"领掌者",会场就会冷场,就会很尴尬。

我曾观看过一次市级新春晚会。台上不乏国家一级演员,台下也不乏素质高、品位高的佼佼者,可演出到了高潮时,掌声却寥若晨星,没有给演员应有的回报,场面冷得令人打颤。于是,"领掌者"率先垂范,响亮的掌声拉动了不少人的神经,于是,场面渐渐升温,便有了最后的圆满成功和皆大欢喜。回家想想,心中总觉得梗着点什么,不畅快。

最近有幸观看了一家国家有名的杂技团的演出。那真是一场精湛的表演,孩子们精美绝伦的演技令人赞叹不已,我周围也时时传来啧啧的称赞声，可掌声寥寥，吃零食、喝饮料、交头接耳聊天者大有人在。我有些心急。台上演员呕心沥血、汗流浃背地炮制了一场精神盛宴，热腾腾地捧到观众眼前，结果却碰到一张张冷漠的脸。这么好的演出，因观众的不买账而感到如吞了冷水般令人心寒。

记得朋友曾对维也纳金色大厅的新年演出拍手称快，赞不绝口的是人家的艺术品位和文化底蕴。而我们呢，却连最起码的掌声都不肯给予为你辛勤表演的演员。

掌声，是对别人付出的回报，是对对方辛苦的奖励。许多时候，我们一面要求别人的认可，一面却漠视他人的劳作。任何人都希望得到鼓励，希望在付出后得到赞美。你的鼓励会使对方有"百尺竿头，更进一步"的干劲，你的掌声会有意想不到的结果。

其实，只要你我稍稍动动手，稍稍有一个温度，或许会有更多的回报和精彩。

我们应学会称赞，学会鼓励，学会褒奖。

说不定有一天，一位明星就诞生在你我的掌声中。

成才无捷径

自古以来，老祖宗就连篇累牍地教导我们，提高文化修养，加厚文化底蕴，首先要读书，读好书，多读书。"书中自有黄金屋，书中自有颜如玉。""士三日不读书，则面目可憎，语言无味。"

自我国的恩格尔系数有了明显的改观后，老百姓已将目光从油盐柴米转到关注文化生活上，然而，一个问题也随之困扰着我们：如何教育我们的孩子？

2004年，"超级女声"横空出世了个李宇春，接踵而至的张含韵，引起了意想不到的社会反响和经济效益。随之而来的"快乐男生"、"红楼选秀"更令人目不暇接。李宇春、张含韵铺天盖地的广告和在广告中春风扑面的笑脸，不仅印在每个消费者眼里，更印在孩子们心里。"哈，路原来也可以这样走呀？"家长也猛拍额头：何必把孩子硬往独木桥上赶呀？原来可以轻松成材！

令13亿人惊诧的是，"速成"食品眨眼之间就蔓延到了"树人"领域。"汗滴禾下土"的画面、"愚公移山"的精神，早已随风而逝。"腹有诗书气自华"亦成明日黄花。浮躁社会的种种风气，毫不客气地侵蚀着孩子，走捷径已成为人们的推崇和向往。一粒种子，不用再经过翻、耪、耕、种、浇灌、捉虫等等繁杂的工序，只在温室里喝些营养液，便可丰收在望。一棵树，不用经过春夏秋冬的历练，更不用经受风霜雪雨的锤打，眨眼间赫然挺立在我们面前。试想，此栋梁可否承担千秋大业？

　　学习无捷径，成材无捷径，成就大业更无捷径。一位专家说，天才就是一万个小时。他说，所谓天才不是一蹴而就的，不是娘胎里带出来的，是一步一个脚印、踏踏实实走出来的，是一万个小时的勤学苦练、刻苦钻研。心理学教授迈克·侯威专门研究神童与天才，他统计过，以学钢琴为例，想要成为不错的钢琴家，至少需要专注地投入3000个小时的训练；如果想达到专业水准，就不得少于1万个小时。不论是郎朗还是刘翔，如果没有汗水和泪水的浸泡，没有星光陪伴和太阳的考验，仅凭花拳绣腿、雕虫小技，怎可能令世人仰慕？

　　社会的发展不会因我们的急功近利、浮躁于事而网开一面，更不会温文尔雅地停下来等你。那只有一个结果：请君下课！

　　这真的不是危言耸听！

手绢丢了

朋友给我讲了个事：领着几个孩子在户外玩，高兴时想做游戏。做什么？丢手绢吧。可是找遍了所有的人，没有人带手绢。

朋友在电话里感慨颇多：有些变化是我们想不到的。我们已经好久不用手绢了。用什么？纸巾呀。用完就扔，除了省事外，我们扔了多少森林和绿荫呀？

是呀，那形色各异的小手绢给我们的生活带来了多少色彩和乐趣呀，我们何时丢弃了它？

如今，及时性和一次性用品充盈着我们的生活。一拿和一扔逐渐替代了我们从前的生活习惯。生活水准的日益提高，令我们在寻求方便的同时，忘却了我们应尽的责任和义务。一次性筷子、一次性餐盒、一次性塑料袋、一次性袜子、一次性内裤……还有一次性厨房抹布，省时省力的同时，却污染了我们的环境和健康，毁掉了我们勤俭节约的好习惯。

同时滋长的，还有我们不曾意识到的懒惰、散漫、短期行为和缺少责任心。舒服如锅里渐渐加热的温水，令我们像青蛙一样只知一味地享受而忘记了危及生命的险恶。鱼和熊掌不可兼得、有一利必将有一害……老祖宗的教诲已被现代化的五彩缤纷淹没得无影无踪，我们沉醉在舒适、幽雅、现代的生活中时，是否应想想我们的子孙后代？是否应关注明天的绿地和蓝天?

3月12日《人民日报》有篇文章令我欢欣鼓舞。文章说,今年两会的新代表、浙江省永嘉县绿色环保志愿者协会会长陈飞,带着56个竹篮子和3000条手绢走进代表团驻地,打算送给与会人员,号召大家减少白色污染,倡导绿色生活。这一行动表明,环保不仅是政府的行为,也是我们每个公民应尽的义务和责任。改变我们的生活习惯,删减去那些不良的意识和行为,已迫在眉睫。

把丢了的手绢捡回来吧。

为了我们的明天,为了我们的后代!

都是膨化食品惹的祸

起初,是孩子换牙引起了我的注意。

新牙已白凌凌地顶出了一节,旧牙依然盘踞在老巢里,没有任何"让贤"的意思。用手强制了几回,不见任何效果,无奈中只好找牙医解决了。不想却见到好几个同样情况的孩子。见我一脸迷惑,大夫说,咱们以前哪有这种事呀。牙活动了,用手轻轻一拽,下来了。可现在的孩子几乎都靠钳子换牙。这都是膨化食品和饮料惹的祸!

孩子对膨化食品的热爱令我不解。那东西除了浓重的味精味以外,最大的特点就是沾嘴即化。棉花糖、泡泡糖、膨化食品,柔柔软软地伏在舌面上,其香味顺着口腔回散,你能感到它在悄然融化,丝丝缕缕地萦绕着你的味蕾,让你如同深嵌在柔软的席梦思里,散漫、悠然中便顺势而下,竟然省却了咀嚼。还有那些名目繁多的饮料,冲击了形形色色人的口味,生生不已的泡沫搅得你心旌摇荡,难怪很多孩子拒绝白开水呢。所以,牙齿便在冲击和舒服中乐不思蜀、逐渐退化,致使不得不动用武力。

原本坚硬的牙齿,竟这么轻而易举地被膨化食品和饮料给降伏了。

更令人吃惊的还在后头。孩子的字愈写愈糟糕,几次耳提面命不能奏效,便瞪起了眼,不想孩子却理直气壮:以后写字全用电脑了,写好写坏没关系啦。我们不会像你们还要趴在桌子上写呀抄呀的。瞧,指头一动,字就出来了,想用啥字体,鼠标一点,全成了。

是呀,现在我们写文章亦如此,鼠标一点,或下载或删除或粘贴,一下就ok了,哪用像从前那么费时费力?

提笔忘字是电脑的派生。新浪网有项调查显示,37%的人经常是提笔忘字;22%的人写东西离不开电脑;16%的人除了写自己的名字,其他的字几乎都不会写了;13%的人外出听课或开会,最怕记笔记。

季羡林先生曾说:讲中国文化史,不能忘记了中国的茶;学中国文化,就离不开中国书法。日本、韩国、新加坡等国家,已把"书法"列入中小学课程中。日韩政要或文化名人,均以写一手漂亮的汉字书法为荣。这真令我们汗颜!专家担忧,书写的弱化,将导致文化衰落。

传统书写也是一种文化资本,是跟随一个人一世的。

那天收到一则短信,令我大为感慨:一手好字,被电脑给废了;一手好算盘,被计算器废了;一个好胃,被酒水废了……

我接一句:一嘴好牙,被……

低碳生活从衣做起

节省一件衣服,也是为节能减排做贡献呢。

据有关资料显示,一件衣服从原材料提供到最好的回收或焚烧,会产生一定的二氧化碳排放。英国剑桥大学的鉴定是,一件250克的纯棉T恤,一生消耗的能量约等于30度电,排放7公斤二氧化碳。英国资源管理公司也给化纤衣物算过二氧化碳排放量:一件约400克重的化纤裤子,一生消耗的能量相当于200度电,排放二氧化碳量为47公斤。

真的不是小题大做。既然我们天天高喊"节能减排,人人有责",那么,这就不仅仅是企业的头等大事,更应该从我们生活的每一个细节,每一件小事做起。你会说,一件衣服不大,30度电也不足挂齿,然而,13亿件衣服可以堆积如山,13亿个30度电更会令你大吃一惊。

老祖宗耳提面命的教诲我们不能忘:集腋成裘,滴水成河……从大处着眼是我们的目标,从小事做起是我们的方向。如果我们每一个人都把节能减排当成千秋大业来抓,上班时间把节能减排放在首位,下班后也不忘节能减排,那么,我们头顶的天一定会更蓝,我们脚下的花一定会更艳。

所以,当你再准备丢掉一件衣物时,一定想想它即将排放的二氧化碳。在这方面,我们真应该学学英国人,一件衣服只要能穿,不妨让它多发挥一下余热。学学法国人,尽管浪漫却不浪费。不以奢侈品为荣,不以排场为耀。学学日本人，把节俭细化成细节，贯穿于生活中……

退役的秋衣秋裤可以绑拖把，下岗的牛仔衣牛仔裤改成了买菜的购物袋，用过的塑料袋可以重复使用，用过的毛巾还可以当抹布，一张纸巾可以撕开用……如此种种，只要我们用点心，动动手，那我们不仅仅节约了自己的资金，更为节能减排做出了贡献。

这并不费时费力的举手投足之劳，我们是不是都应该做到？

第四辑：市井白描

市井民间多故事，每一个人都是一片风景，苦也罢，乐也罢，却蕴涵了人生的滋味……

我家邻居

以前，我们每家相隔的是一段半人高的短墙，为的是邻里间可以相互照应。

这家要做饭了，才发现盐罐见底了或没有酱油了，就会站在墙边喊一嗓子，把盐罐或碗递过去。连声谢谢也不用说。那相互之间的热乎劲是现在人想象不到的。不论谁家做点新鲜饭，像炸个油条、炸个糕、包个饺子什么的，也要隔着墙递过去一碗……不过，谁家有点啥事，那当然也都尽收眼底。街坊邻里没秘密。

"好吃不过饺子，好受不过躺着。"这是我家邻居刘叔的口头禅。他家是河北人，经常吃饺子，尤其以吃素馅为主。饺子汤——将饺子下在调好的汤里，与馄饨相仿；饺子粥——把饺子煮好后，再调上玉米面糊糊。饺子面——把饺子下在面条锅里。这样既省事又省菜。

"嘿，做啥饭呢？"

"胡萝卜菜团了。你家呢？"

"饺子面加蒜泥！嘻嘻，好饭吧？"这是每天傍晚两家在生火做饭前的对话。

上世纪八十年代，副食供应匮乏，白面、油、肉食也少得可怜，所以，饺子馅料就花样翻新了许多——油条、油梭子、碾碎的花生等等，都可以用来包饺子。因蔬菜便宜，所以包玉米面菜团子的时候也特别多。这样，不仅能让孩子们吃好，还能满足心理需求。

刘叔的媳妇蔡姨是个泼辣利索的人，干起活儿来一阵风。而刘叔呢，在单位整天耷拉着脑袋抽闷烟，一天也说不了两句话。可一回到家，就靠在椅子上，边喝茶边翻葫芦捣蒜地骂这骂那地嘴不停。不为别的，就为蔡姨一连串生了仨丫头。刘叔思儿心切，却得不到蔡姨任何支持。所以，只要一端起茶杯，刘叔就从头骂到尾，直到把饭端上桌，才消停下来。时间长了，蔡姨的耳朵生出了茧子，也不把他当回事了。

星期日，蔡姨买了2斤韭菜。看看仨豆芽似的丫头，一咬牙从箱子里拿出那个小木匣子，从布票、粮票堆里捡出两张肉票，买了2斤4两带骨的猪肉。她把骨头和肉皮剔出来准备炖了明天烩个菜，又精心地从那些肉中挑出一小部分好肉，切成细丝，用油煸炒出来，这样可以多放几天，可以给丈夫另炒个小菜。剩下的也就不多了，才剁成了肉馅。孩子们闻到了香味，高兴得唧唧喳喳地跑来帮忙，屋里顿时红火了起来。

饺子包得差不多时，倒背着手的刘叔从外面踱着方步回来了。刚进院门，就闻到了一股令人垂涎的香味，心中一喜，可一看见那仨丫头正围着蔡姨包饺子，心里的无名火腾地冲上了脑门，棉门帘似的眼皮登时撩了起来，怒气火焰般喷出来，随之，乌七八糟的话洪水般汹涌而出。四个人立刻被冰冻了一般成了泥胎，小丫头哇地一声哭了起来。蔡姨扭过头狠狠地问：这是咋了你？

败家，败家！不过年不过节的，你们有啥资格吃肉？一群丫头片子！蔡姨涨红了脸：丫头不是人？不是你的骨肉？刘叔跳了起来：反了反了，臭娘们。随手将茶杯摔在地上：你他妈有本事生个儿子呀，生不出来你们就见天吃窝头就咸菜，顶多吃个素馅饺子！

蔡姨立刻咬牙切齿地骂道：你心里就想儿子。这个世界上要全是男人，你从哪里来？我告诉你，这辈子你休想让我给你生儿子！仨丫头见事不好，就想往外溜。蔡姨伸手拦住：别怕，咱今天好好收拾他一顿，要不他见天骂咱们。转身从床底下抽出一条绳子，扑向刘叔。刘叔还没反应过来，蔡姨和仨丫头呼啦一声扑了过来，一齐动手把刘叔紧紧地绑在椅子上。

蔡姨随手将门窗打开：你要不怕丢人就可劲骂，让邻居们都来看热闹。其实，那时我们正捂着嘴嘻嘻笑着，观看他家演戏呢。

下饺子！

蔡姨喘着粗气指挥着仨孩子忙活起来，就是不理在那破口大骂的刘叔。热腾腾的饺子端上了桌，蔡姨特意在蒜醋碗里点了几滴香油。哎呀，那冲鼻子的香呀。

妈，咱给爸解开吧。二丫胆战心惊地说。不用。你先给隔壁各送一碗饺子，然后让他看着咱吃。蔡姨说。你爸爸不是老欺负咱们是女的吗，这回非让他彻底给咱服软不可。我们赶紧返回屋里，然后边吃着他家的饺子，边留意事态的发展。

她们吃完了饭，收拾停当了，刘叔已骂得饥肠辘辘、口干舌燥，火焰也熄了不少。娘几个一嘀咕就去了红房子，直到太阳西斜，仨丫头每人举着个冰棍蹦蹦跳跳地回来了。

我们的另一个邻居赶紧过来，大声地喊着：小蔡呀，你想整死你家老刘呀？这都半天了，也不给吃不给喝的，还虐待人家……

蔡姨两手一拍，呵呵地笑弯了腰，然后将头发往耳后用手一捋，说：这会儿他的火气怕还没退净呢。她们推开门，见刘叔彻底蔫了。他有气无力地喊着：丫头，快放了爸，爸快饿死了……对不起，我以后不骂了，那儿子你爱生不生……

他们一家人顿时笑成了一团。趴在他家门口张望的邻居们也大笑起来。

从此，再也听不见刘叔骂骂咧咧了。

苑小茜的婚事

苑家在我们院儿的尽西头。深宅大院亮明了苑家的社会地位和经济实力。

苑小茜是苑家唯一的女儿，高挑的个头，白皙的皮肤，再配上水汪汪的一双大眼睛，娇媚可人。小茜父母身居要职，上有一兄下有一弟，便成就了她要山有山、要水有水的优越，有了锦衣玉食的滋润，便有了"行者见罗敷，下担捋髭须。少年见罗敷，脱帽著帩头"的"谗言"。

转眼，苑小茜已到了谈婚论嫁的年龄了。那时，"解放军叔叔"正在支左，全国人民都渴望一身绿军装。于是，小茜家里就经常出现"最可爱的人"的身影。不久，小茜就和一位体魄健壮的军人喜结连理。

街坊的老人都说：这可是天造地设的一对呀。

从此，苑小茜经常是一身军装打扮，尤其是那身卡腰的军大衣，不知让多少大姑娘小媳妇晚上睡不着觉。谁知，好景不长，不久便传来了小茜离婚的消息。在一片惋惜与猜测中，小茜家门口又常常有一位脸庞清秀、气宇轩昂的小伙儿出现。消息灵通人透露，那是市京剧团的演员，演郭建光的男二号。嘀，那小伙儿真是一个帅呀，只要他一到我们院儿，人们就像迎接西哈努克亲王似的，远远地行注目礼。尤其是那帮大姑娘，眼睛直勾勾地看得人家小伙儿都脸红。

苑家的大门口又贴上大红喜字时，苑小茜已幸福得宛如一颗熟透的水蜜桃，浑身上下洋溢着甜蜜。街坊的老人又说了：他俩要是有了孩子，一定是人尖子。

然而，那男二号随着顺利成为男一号后，竟和一名女演员在后台闹出了特大新闻。苑小茜哪能咽下这口气，一怒之下将男一号踢出了家门。苑家的大门一下子冷清了许多，有了股夹着尾巴的味道。可时间不长，苑小茜就又风采依旧地亮相在人们面前。这时的小茜已不是从前的她了，她要力挽狂澜，把前两次失败丢掉的风光重新找回来。她放出风来，一定要找一个像达式常一样的男人，不仅要有模有样，还要事事服从，样样依附。她爸这回也亲自多方动员属下，撒开网选"驸马"。嘿，还真的有人自告奋勇。

这是个上海知青，刚刚回城，分配在一个建筑公司。果然，上海小男人的风景从前两个的脸上转移到手中的菜篮子里。炊烟袅袅升起时，苑家扑鼻的香气惹得满街人口水四溢。几个月下来，苑家人个个吃得油光满面，有红似白的。正当人们等着吃喜糖时，谁知，苑小茜的一个耳光将上海小男人打了出去。

这回苑小茜是彻底歇气了。

不久，小茜的哥哥在自卫反击战中失去了一条腿，弟弟呢，又因参与群殴进了局子，苑家的元气一下子泄到了脚脖子。可就在这时，我们院的小磙子向苑家送去了"秋波"。小磙子是个汽车修理工，胖墩墩的身材，最小号的五官，一天到晚浑身油渍麻花的。他家哥四个，家里要房没房要钱没钱，日子过得紧紧巴巴的，想进苑家简直是"想吃天鹅肉"。院里的人没一个不摇脑袋的，都觉得小磙子是没事找乐，瞎起哄，人家苑家也不会正眼瞧他呀。

当然是大家没想到，小磙子不仅和小茜结了婚，生了儿子，而且日子还过得有滋有味。人们经常看见苑小茜小鸟依人地依偎在小磙子身边，时不时送上一个温柔的微笑，时不时还拎上大包小裹送到小磙子妈家。

嘿，还真邪性了。这蛤蟆还真吃上天鹅肉啦，有啥手段吧？

一日，几个哥们特邀小磙子喝酒，主题是讨教征服苑小茜的秘笈。小磙子瞪着眼睛说：这还用问吗，那是你哥哥我有魅力呀。那是老天爷给我的福分呀。哪有啥狗屁秘笈呀，瞎想什么呀。可到酒至半酣时，自己嘴就由不住地秃噜出了天大的秘密：能制服小茜是我有两个杀手锏呀：一个是邓丽君的歌。那是我的一个哥们儿到广东出差时带回来的，我用了半个月的时间、又给他家搬了两车煁炭，才磨过来的。哎呀，那歌一唱，我家小茜就酥酥软软地柔情似水了。当然了，还有第二个呀，那就是"枪杆子里面出政权呀"……哈哈，不能说呀……嘻嘻……

有人说，你那肚子里除了坏水就是杂碎，没啥好东西。你不说我们也猜个八九不离十。

你们能猜到就算遇见鬼了。算了，告诉你们吧，省得瞎糟蹋我。新婚之夜，听完了歌曲后，我还准备了一个大布口袋和一只小猫。告诉你们呀，这是我的一个师傅给我开的方子。他说，对小茜这种人，就得用这两种办法对付。果然不错。等她脱了衣服后，我就把她装进大口袋里，然后把一只小猫也扔进去。我就打那个小猫呀。哎呀哎呀，猫和我媳妇一起叫……半个小时后，小茜就像饧好的面团，绵软得任你摆布，嘻嘻……

二姑舅的江湖医术

二姑舅是我们那方圆十几里闻名的大夫，考究不出大家叫他二姑舅的缘由，只是市三区都有病人找他，连固阳、石拐也有人驱车前来就医。

其实，二姑舅没有文化，好歹混了个高小毕业，那些中医知识是从他江湖郎中的父亲那学来的。他有不少小偏方，据说，他的大名就是两位有头有脸的人给传播出去的。

文革那些年医院处于半瘫痪状态，有位邻居的老母亲被下了病危通知后，主治医生就被造反派拉出去开批斗会了。家人将老母亲抬回家中，老人已去。家人哭成一团，同时将装老衣、火盆都准备停当了。恰巧这时二姑舅路过，听到动静不对，就探出头问情况，家人一面细细告知，一面把他拉进屋里。二姑舅到床前一看，老人嘴边挂着一缕痰沫，鼻息若有若无，细若游丝。还有救！二姑舅一句话把人惊得目瞪口呆。只见他迅速奔回家，拿了瓶药水，撬开老人的嘴，徐徐地灌了下去。不一会儿，老人嘴里的痰开始不断地往外涌，等痰净时，老人竟长长地吐了口气，睁开了眼。不久，老人竟奇迹般地下了地，一顿饭还能吃一碗半焖面哩。这件事被传得神乎其神，二姑舅就一脸认真地纠正说，哪是什么神水呀，那就是竹沥水。是清热痰的。老人的痰清出来了，人自然就回来了呗。

那次，一个男孩儿仰着头被扶着来找他。一问才知，男孩儿打小就习惯性流鼻血，一流就止不住。大小医院去了个遍，名医也找了不少，就是时好时坏，说流就流。这次竟流个没完没了，流得孩子小脸都蜡黄了。家人无奈，只好辗转找到二姑舅。二姑舅看了男孩儿一眼，连问都不问，起身拿了把剪子让男孩儿妈自己绞下一大绺头发，拿火烧成灰，然后用手把灰细细地捻成粉末，分别吹进孩子的鼻孔里。片刻，呼呼流的血止住了。二姑舅又开了个简单的方子，嘱咐按时吃上三天便可。从此，那男孩儿就再也没犯过病。

还有个人家的独生女儿养得像林妹妹般娇弱，天天咳嗽不止，人瘦成了柳枝，连口气都禁不住。找过不少名医，吃了数不清的药，见效甚微。二姑舅把姑娘吃过的药方细细看过之后，捡出其中一个方子。他起身翻了翻日历后，告诉那人按方抓好三副药，一起煎好，后天，一定是后天晚上，将药锅放在屋外的窗台上，将药锅盖打开，用一块白纱布蒙上，清晨，在太阳未出之前端回家，等太阳出来后再喝。那个人瞪大了眼睛：我女儿本来身体就虚弱，吃了凉药还不要了她的命呀？二姑舅浅浅一笑：先把咳嗽止住了，然后我再给她调理其他的吧。果然，三副药下肚，咳嗽明显见效。姑娘又连着吃了二姑舅半个月的药，脸色竟有了红晕。

从此，找二姑舅看病的人络绎不绝。

后来，有人就领着孩子来拜师了。二姑舅一律不接，尤其是来过几位已下了乡的高中生，说是农村缺医少药，学好了可以当"赤脚医生"，二姑舅头都不抬，还放出风来说决不收那些看似有点知识的人。用毛主席的话说就是高贵者最愚蠢，卑贱者最聪明。要收就收和自己差不多点的，要聪明，能干。不久，一位老妇提着礼物，领着个小伙子推开了他家的门，进门就鞠躬。

上了几年学呀？二姑舅一边剔着牙一边问。老妇忙说：嗨，就上到小学四年级。那还是天天背老三篇，没学到点啥知识。

没文化也不行呀。你懂人体结构吗，懂什么是五脏六腑吗？二姑舅乜斜着眼说。

老妇忙赔着笑说，这得您教他呀。这孩子还算聪明。

二姑舅指着墙上的人体结构图说，这心肝肺脾肾你认识吗？看见小伙子茫然的眼神，二姑舅又提高了嗓门问，认识吗？小伙子犹豫了一下，鼓着勇气说，那，那是心、肝、肺、脾、肾吧。那是肾。二姑舅起身笑了：心肝肺脾肾，我天天能赚钱；你心肝肺脾肾，甚也不是个甚。你回哇！

打那起，再也没有人来拜师。

二姑舅除了看病就是喜欢打麻将，尽管输多赢少，却"屡败屡战"。一次又打了个天昏地暗，眼见着手边的银子所剩无几了，心急如焚，不由地将衣服一件件脱了下来，最后干脆连鞋也脱了，盘腿坐在椅子上。嘿，有转机了，二姑舅瞪大了眼睛，屏住了呼吸：乖乖呀，这次我真有运气。砍五魁砍五魁……哇，我自摸了！二姑舅啪地一声将牌响亮地拍在桌子上，大叫道：我和了！门清自摸砍五魁。其他三位面面相觑，立起身来：你的牌呢？

我，我，我拍在桌子上了呀。

这哪有呀？八只手把所有的牌都翻了个遍，就是没有五魁的影子。

诈和呀？输急了吧？那仨人的笑容里有了其他的内容。

二姑舅脸都紫了：我是那种人吗？可找遍了屋子的角角落落，就是没见那张五魁。众人只是讪笑着一边收摊，一边说着不咸不淡的风凉话。二姑舅恼得脸成了猪肝，猫抓心般难受，半天动不得。见人家都走了，他才怏怏地穿衣穿鞋。

哇，在鞋壳里哪。二姑舅尖叫着从鞋壳里摸出了那张牌……

捍卫

那年的春天，一个细雨霏霏的下午，张晓琳和同伴去第一文化宫看了一场让她永生难忘的电影《英雄儿女》。走出电影院，她的耳边一直萦绕着激动人心的乐曲。和着扯不断的雨丝，电影情节一遍又一遍地在她脑海里回放，脸上分不清是泪还是雨。

那年她18岁。不久，她就到五原下乡了，成了一名知青。

第二年冬天，县里准备搞一台知青大合唱比赛。各知青点立刻沸腾了，大家纷纷摩拳擦掌，出主意想办法，准备争个高下。张晓琳提议唱《英雄儿女》主题曲，得到一致通过。合唱团的人齐了，领唱也有了，可朗诵的却没有合适的人选。知青大秦推荐一位叫李建清的同学，说是已留城工作了，不知是否有时间。时间太紧张了，大家推举张晓琳和大秦一起回包头去请。

他们没费劲就找到了李建清所在的那家厂子。在车间门口，李建清一边用一块黑乎乎的棉纱擦手，一边认真地听着他们说明来意。"我以前在学校就是领诵的。这没问题呀！"转身去找车间领导请了两天假，拍拍手就跟着他们返回了知青点。

演出大获全胜。朗诵起到了推波助澜的作用。几天后，有人将演出的合影分发给大家，张晓琳这才认认真真地端详了一番。突然有人说：瞧，这李建清是不是有点像电影《英雄儿女》里的王成？

就因为多看了他一眼，霎时便成了永恒。张晓琳的心被电击了一下，血一下子涌上了脸颊。

歇冬回家，她神差鬼使地去了李建清的工作单位。李建清吃惊的样子让张晓琳很开心，继而红了脸：我，我，我给你送个纪念品。你帮了我们这么大的忙。

哎呀，还挺客气。李建清笑了，拿起张晓琳自己掏钱精心买的礼物，说了声谢谢后就扬手走了，惹得晓琳好不懊恼。

春节时，知青们相聚拜年，张晓琳悄悄拉着大秦，要他陪着去看李建清。大秦笑了：你不知道呀，人家当兵去了。在哪？张晓琳失态了。大秦笑着问：这么快就看上我同学了？那哥们儿就帮你要地址去？

互相通了一年信，谈理想谈现实谈电影谈歌曲谈各自的情况，就是在感情边上打涟涟。张晓琳急了，买了张火车票，一蹦子跑到军营，两句话把窗户纸捅破了。

李建清两个手来来回回地搓着，半响才说：我想还是等我复员后咱俩再定吧。万一我回不了包头，对你是个拖累呀……

张晓琳的脸红了，追问道：你先说，喜不喜欢我？

喜欢。这是肯定的。

那其他的你就不要多想了。只要我们相亲相爱，我们就永远在一起！张晓琳斩钉截铁。

半年后，李建清提成副排长。在一次实弹演习中，为救一名新战士，李建清身负重伤。医生把情况告诉张晓琳后，张晓琳哭得死去活来。好端端的一个人就这么一下子站不起来了吗？我心目中的英雄形象就成了这个样子？三个月后，李建清出院了，却坐上了轮椅。

家人和亲戚朋友都劝张晓琳赶紧撒手，现在还来得及，却被她一概顶回：你们准备吧，我要和他结婚。

张晓琳的婚礼轰动了半个城。那天，张晓琳穿着一身红红的衣裳，李建清穿着崭新的军装。在欢快的音乐中，张晓琳缓缓地推着李建清步入了宴会大厅。人们纷纷站起身来，全场顿时掌声雷动。

晓琳的妈妈和婆婆相拥而泣。不少女人都掏出了手帕……

建清，你真棒！你永远是我心中的英雄！她激动得脸色绯红，俯下身子轻轻地说。

你是世界上最美的女神。扬起脸，李建清的眼圈红了。

一晃30年过去了，张晓琳已满脸沧桑，华发满头。

30个寒来暑往，30年日夜更迭，张晓琳为了当初的那句承诺呕心沥血。女儿出生后就送到了妈家和婆婆家，她全心全意地护理着丈夫，洗澡、按摩、讲身边的趣事……几年前，丈夫的大脑出现问题，语言功能逐步消退，只能用手势和眼神与人交流。可是，不论她多么劳累，每当推着他出来晒太阳时，晓琳总是把李建清收拾得干干净净，神清气爽、神采奕奕。稀疏的头发、洗得发白的军服，总是纹丝不乱、整整齐齐……

今年秋天，秋雨淅淅沥沥地下着，窗外一片水雾。"哦，出不去了，咱就看会儿电视吧。"晓琳拉个小凳子坐在丈夫脚边，一边打开电视，一边为丈夫做按摩。荧屏上那一闪而过的画面一下子让她亢奋起来——《英雄儿女》，天哪，好久不看了。她目不交睫地紧紧盯着画面。其实，那每一个画面，每一句台词，她都耳熟能详，倒背如流，然而，她依然像一个饥饿的孩子面对满桌美味，慢慢地欣赏着，细细地品味着，直到最后一个音符被广告淹没，才将自己的情绪扯回现实。

意犹未尽地抹着自己湿漉漉的脸，她起身走到丈夫身边，轻轻地弯下腰，亲了亲他的额头，说：我刚才又看见你了。哎呀呀，你还是那样呀。只是，我都成了老太婆了，呵呵……

李建清僵硬的脸上缓缓地涌起一片潮红，然后艰难地把自己的手伸给晓琳……

搂树叶

深秋,满地是金黄的树叶。脚踏上去,便有欢快的声音响起。

每到这个季节,柳琴就急急地喊上爸爸去搂树叶。柳爸也乐此不疲。树叶在他们家有两个用途,一是喂3只大白兔,一是用来烧炕。冬天放学后,柳琴就帮妈妈把炕烧上。那些金黄的叶子一点就着,把炕慢慢地煦得暖暖和和的。

柳爸用耙子将树叶搂在一起时,女儿就满地捡着好看的树叶。她要把这些叶子泡在水里,数天后,再加工成漂亮的标本,夹在书里当书签。丫头,撑麻袋喽!柳爸亲切地喊着女儿。半天没有回音,又提高了嗓门:过来呀。

爸呀,快来看,这是啥呀?爸,快来——

柳琴的声音有点失真。天哪,这是谁家的孩子呀?看着柳琴手里抱着的襁褓,柳爸的眼睛瞪得溜圆。

爸,他还睡着呢。你看他多好看呀,咱要了吧?

哎呀,你妈天天泡在药壶里,就我这点工资,哪有精力养他?柳爸摇着头,心里一阵紧似一阵。

爸,到晚上他就冻死了呀,爸!我不舍得呀。求你了!柳琴急得直跺脚……

孩子抱回来了,解开襁褓一看,是个白白净净的小丫头。柳琴说是我捡树叶时发现的，就叫她柳叶吧。

从此，柳家就经常传出俩姑娘的嬉笑声。一家人的日子尽管过得紧紧巴巴，但却其乐融融，柳琴妈的病竟在忙忙碌碌中好了不少。转眼间，柳叶已是四年级的学生了。两个水灵灵的姑娘天天笑眯眯地同进同出，见人嘴巴又甜，惹得不少人啧啧地直羡慕。

一天，家里突然来了一男一女两个干部模样的人。他们进屋后四只眼睛就牢牢地粘在柳叶身上，拔也拔不开。柳琴扬起头笑着问：叔叔，你们是我爸厂里的？那人怔怔地点点头又摇摇头。那女的忙说：知道你们家有两个漂亮的小姑娘，我们来看看。

柳家的空气一下子就降到冰点，凝固了。以后，这俩人经常提着东西来，也不说啥，和俩姑娘坐会儿，聊会儿天，和柳家父母有一句没一句地扯几句家常话就走了。每次他们一走，柳家父母的脸都沉得化不开。时间长了，柳琴才明白：那是叶儿的亲妈亲爸。

他们要把柳叶带走？咱养大的，不给！背着妹妹，柳琴终于向父母证实了这件事。她哭了。

柳家父母半晌不语。

那年的大年初一早晨，柳母和往常一样，早早起来煮饺子。到厨房伸手一拉灯绳，"啪"的一声，灯绳齐齐地断了。柳母的嘴惊得半天合不拢，眼泪刷地一下子涌出了眼眶。默默地过了初三，柳母就悄悄地抹着眼泪为柳叶收拾东西了。她知道，这孩子是留不住了。

琴呀，不要强求了。你妹妹注定要回到她父母身边的。他们的条件比咱好，让孩子奔个好前程去吧……柳母抽噎着说。

到了初七，一辆小车停在柳家门口。那两口子进门就给柳爸母跪下了：对不起，真的对不起。我们以后会让叶儿回来的。请相信我们。

柳叶哭天喊地、一步三回头地被领走了。

不久，柳母一病不起，几年后驾鹤西去。

柳爸退休后帮朋友看了几年车棚，因中风偏瘫，只得在家休养。从此，大街上，柳爸见天右手拄着拐杖，左脚划着弧线，一摇一摆地走着。柳琴只要有时间就陪伴在身边。

这年深秋，仰头看着漫天飘飘而落的树叶，柳爸就经常往当年搂树叶的那条路上走。那天柳琴陪他，他又去了这条路上。他们家早就住上了楼房，也早就不搂树叶了，而且还忌讳提树叶两个字。踏着喀喀作响的落叶，柳琴的心被捅了一下地疼了起来。她下意识地向路边上看着，看着，昔日的一幕又出现在眼前，眼泪止不住地滚落下来。

柳爸低着头，深深地叹了口气。

忽然，柳琴站住了脚，叫道：爸呀，快看，这、这是谁呀？柳琴的声音又像当年一样，尖了起来。

爸——前方站着一位披着长发、领着一个小男孩的女子，正伸出双手，颤颤地向他深情地叫着。

爸，姐，我是叶儿呀。

柳爸抖抖地伸出双手，将拐杖扔到一边，深陷的眼窝里闪着亮晶晶的泪光。

那女子紧跑了几步，一把抱住了柳爸和柳琴，仰天放悲，泪雨倾盆……

鼻涕小子

鼻涕小子因一天到晚拖着条永远的鼻涕而得名。他妈常常恶狠狠地骂道：这臭小子装着一肚子大鼻涕，流也流不净，气死人了。

原本，白白净净的鼻涕小子是个可人的小小子，就是那条一年四季都悬在嘴唇上的黄龙让人不待见。别人一说，他就赶紧一吸溜，大鼻涕如受伤的蛇，哧溜一下缩了回去，一转眼，又探头探脑、大模大样地挂在唇上。久而久之，他鼻子下面就形成了河槽般的两道红印，擦不得擤不得。

他们班新来的语文老师经常在让他朗读课文前，先递给他一张卫生纸，惹得全班同学哄堂大笑，鼻涕小子羞得半天抬不起头来。他痛下决心，到水房把自己洗得干干净净。可没两天，他就大病一场。唉，只有在他不舒服或生病时，嘴唇上才能见到天日。有人劝他妈给他找个大夫瞧瞧，他妈却总结地说：那两条黄龙是咱家小子的体温计和晴雨表。只要不见黄龙，他一准生病。不碍吃不碍喝的，大了就好了！

也就因这揩不净的鼻涕，和他好的两个小伙伴也不爱搭理他。每天，鼻涕小子就自己上学。一个人走得无聊，边走边用手指点着墙砖。上学点右手，下学点左手。久而久之，竟成了习惯，只要一走路，他的手必然要点这点那。

那年，一男同学当着一群女同学的面奚落他"永不干涸的两条河流"时,他的脸挂不住了,伸出两个指头在那个同学的头上点了一下,那同学竟杀猪般地抱着头嚎叫起来,惹得女同学们笑得前仰后合,说那男同学表演逼真,太夸张了。可那男同学抬起头时,一个大红包赫然显示在大家面前。鼻涕小子赶紧上前赔不是,并一个劲地帮助男同学又擦泪又揉头。这件事就这么过去了,并没有引起人们的重视。

初中一年级刚开学时,他们班布置教室,要挂窗帘、钉宣传画。因找不到榔头,有同学叫他下楼找块大石头代替。他说:不用呀,让我的手掌试试吧。他上前就是一拳,钉子竟一下子钉在了墙上。一片叫好声中,他把该干的活三下五除二地全干利索了。有同学在老师面前给他报功,老师笑了笑,夸了他一句,竟也没往心里去。

事情往往就出在大意上,而这一出竟让他及家人悔恨终身。

上初三那年,班里从外地转来个男同学。那是个走哪哪都不要的小混混,到他们班老实了几天,就放开了自己,不是打这个,就是逗那个,把班里搞得鸡飞狗跳、狼烟四起。同学们相继找老师告状。老师也批评也谈话也叫了家长,可他就是好几天又依然如故。

一位被经常欺负的女同学找到鼻涕小子,请他帮忙:"下次我们一起把他围住,你呢,让他尝尝铁榔头的滋味。行不?"

被女同学这么重视,他心里特别高兴,忙点头应允。

那天下午,在一群女同学的叫喊声中,他被推到了人群中,照着那小子的脑袋就是一巴掌。谁都没想到,随着一声撕心裂肺的惨叫声,鲜血一下子喷了出来……

经过紧急抢救,生命是保住了,那男同学脑袋顶上却补了块巴掌大的钢片。

警察怎么也不相信,一个中学生的手竟然有如此功力。"你一定是拿了利器!你必须老实交代。知道吗,坦白从宽,抗拒从严。"

他吓得一把鼻涕一把眼泪:没有呀。真的,我就是这样轻轻地在他脑袋上拍了一下呀。他的手落在椅子背上,椅子背一下子塌了。警察目瞪口呆:你练过功?他茫然地摇头。警察把他的手抬起来一看,愣了,这哪是个初中生的手呀。整个手掌像块铁板。鼻涕小子慌了,忙解释道:我,我就是每天上学时喜欢点着墙、树……

领着警察,沿着他每天上学的路走了一遍,警察大吃一惊:凡是他手经过的墙和柱子上,没有一块好砖,连树的身上,都留下一道深深的凹痕。

鼻涕小子还没毕业,就被几个穿制服的人领走了。

多年后,等我们再见到他时,他已经是身着军装的副连长了。

小院轶事

当年，我们院子里的公共水管和公共厕所是大家相互交流的集中场所。

我们院儿的公共水管和公共厕所设在院子中央，中间相隔不到二十米。因那片地开阔，又紧邻厕所，一般人下班的第一件事是先挑水，后上厕所，然后才点火做饭。即便是不挑水，下班后也要先上厕所。这样，街坊的人一见面就说说各自的见闻。公共水管边上有棵一搂粗的大柳树，是大家洗菜洗衣服的平台，同时也是边干活边谈天说地的平台。冬天，水管边上的空地冻了冰，又成了孩子们的溜冰场。打冰嘎的、滑冰车的孩子都聚集在这里。

中午、晚上是打水集中的时间。挑着两个水桶的，或因家离水管近提个水桶的，都要排队。于是，聊天就在接水的哗哗声中开始。单位的、社会的、家庭的、孩子的，俯首皆是，随身拾起，扭身扔掉。人们一边把各自的见闻和工作情况讲一讲，一边听听他人的消息，在给自己肚子喂食之前，先会了把精神大餐。

上班的、上学的一走，在家的老太太们开始登场。尤其是在春、夏和初秋，人们会端着盆到这儿洗衣服、洗菜。接水、倒水都方便。那时没有水表一说，水龙头一拧，水哗哗地流着，想怎么洗就怎么洗。大家边干活边聊天，各不耽误。"东家长西家短，老王的老婆没有鬏儿"。

院东早上放个屁，用不着到中午，全院就差不多都闻见了。许多重大新闻和花边轶事都是大家干着手边的活时发布、传播的。

田叔的花边新闻就是在这里被散布出去并传到了他老婆的耳朵里的。

田叔是个高高大大的汉子，总是那么干净利落。白衬衣的领子永远是利利整整的。他不怎么参与众人的谈话，但他拎着两个小桶的样子却特别引人注意。接上水后，他两手乍开，呈45度角，然后大步流星地走了。身后是一片紧紧追赶的目光。许多年以后，我在电影《少林寺》中见过和尚们就是这样练功的。

田叔是个技术员，他老婆和他一个单位，开小客货。都说"十个麻子九个俏"，却没包括他老婆。他老婆模样一般，脸上有些许浅浅的麻子，样子挺文静，从不到水管洗这洗那，典型的职业女性。人们之所以放开胆量在水管处发布田叔的消息，估计也有这个原因。

可是，谁也没想到，水管边的事却让他老婆在厕所里听到了。

如果说水管处是男人的地盘的话，那厕所就是女人的据点了。

那时的公共厕所十分简陋，清水墙砖一围，没窗没门没照明，外墙上砌着几个小花孔，既可采光又可通气。里面，一眼望去，设着十几个蹲坑。男厕所和女厕所中间只隔着几尺宽的粪坑，房顶是相通的。也就是说，在同一个屋檐下，在同一个大粪坑里，只是隔着两截墙而已。那边咳嗽一声，这面都能听出是谁来。同样是早、中、晚比较集中，也有排队的现象。于是乎，就有了现在人想也想不到的情景：蹲着的人和等候的人一起聊天，说到激动时竟连厕所都忘了上。

那时，我喜欢在厕所里听大人们说话。那语言，那神态，那表情，既生动又形象，还特别有滋味。尤其是有两位邻居大婶，她们经常在厕所里碰面。见面只需寒暄几句后，就开讲了。先是说自己眼前孩子、丈夫的事，然后就是老家的事。谁来信了，谁家娶媳妇聘姑娘了，谁家的孩子搞对象了，谁家夫妻打架了。和说话紧密配合的是极其协调的声调和肢体语言。她们不时地喷喷着舌头，挥舞着两只手，让人有看戏般的享受。"哎呀，你是没见俺们婆婆那件破夹袄呢。先不说打了多少补丁，但说那衣缝里的虱子都在一起打滚儿。抓都抓不净，干脆就拿牙个蹦个蹦地咬，然后把一嘴的虱子皮往地上一吐，嘿，还有血星哩……"我们几个就会捂着嘴笑。另一个接着说："还说呢，俺那婆婆的头发像旱地里的葱，那头发一根离着另一根有半寸远，就那也是满头白花花的虮子。用篦子篦一次，能喂饱一只鸡！"

常在厕所门前看见这样一幕：往厕所里进的这位，迎面看见刚系好裤子往外走的人，会笑嘻嘻地打招呼：吃了吗？这位马上回答：刚吃了。你呢？也吃了？那位边说边侧着身子往里进：马上就吃。

话说完后，都意识到了问题，然后各自大笑着走了。

烦闷时我最大的乐趣就是去打水和上厕所。往往半个小时后，刚才的不快就忘得差不多了。

每天天黑后或睡觉前，我们有个共同的爱好就是结伴上厕所。一般晚上去厕所大都拿着手电、火柴，照着亮，找个干净的坑蹲下。这给孩子们创造了一个绝好的机会。不知谁发明的，晚上去厕所时从家里撕上几条用来引火的油毡，点上后趁热往墙上一粘，便成了自制的"壁灯"，几个人便蹲那轮流谈所见所闻，这与其说是如厕，倒不如说是聚会，或是沙龙。往往一个厕所要上半个多钟头或更长时间。

那个晚上，我正和几个小伙伴点火玩呢，没看见田叔的老婆蹲在紧里面的黑影里。小美突然想起什么，挺神气地说：哎，你们听说了吗？田叔出大事了。我听我爸和我妈说，田叔和他们单位的一个女的好上了。他们在办公室里一下午也没出来，让人给堵住了。看我们几个都不感兴趣，她又提高嗓门说：你们不知道吧？我爸说这是生活作风问题，他们单位要处分的……就是特别特别严重呀……

忽然，那边的男厕所里响起个炸雷：小美，你个臭丫头胡咧咧啥哪？赶紧给老子滚回家！小美呀的一声立了起来，边拎裤子边慌忙往外跑：哎呀，是我爸……

就在这时，我们同时发现了田叔的老婆。

我们也像听到断喝似地跑了。

没几天，田叔和他老婆就分了家。

后来，也是在厕所里听说的，田叔真的受到了处分，被发配到离市区很远的一个工地去下夜。和他有关系的那个女的，也调离了单位。他老婆只得把自己的妈从乡下接来，帮助照管孩子和家务。

从此，我再也没有见到过田叔。

二子

别人一说二子有点二,二子他妈就一脸的不高兴。

二子妈说,尽管我们二子背老三篇不行,可小九九不也能背下来吗,那班级里的劳动积极分子每次不都是我们家二子的吗?

大家就捂着嘴笑。

其实,二子虽然不喜欢学习,却特喜欢干活。上学时,班里的火炉子几乎全包给了他,从一大早生火到加煤,到帮着大家烤窝头、翻馒头,到放学后熄炉子,二子干得有滋有味,还从不讲条件。

工作以后,二子成了大车司机,他的孝敬就成了街坊邻里大人教育自家孩子的榜样。

二子妈就爱吃红烧肉,尤其是扒肉条。那些年想吃肉可不是件容易的事,尤其是肥肉。可二子手里有方向盘呀,稍稍一变通,他家的肉票就省下了,或者根本就不用肉票。二子妈经常伸出小红萝卜一样的胖手,拍拍自己小锅一样的肚子,无不炫耀地和街坊们说,咱家二子今天又弄回一大条四指宽的肥膘猪肉,可是够我吃几天的了。惹得众人顿生妒火:"都吃成猪八戒他妈了,还吃!"

不久,二子又创下一景:时不时地去大福林饭店给他妈端一份扣肉。那是二子有一次被人家请吃饭,回家就兴高采烈地告诉他妈:那肉扣着吃比咱红烧着吃味道还好。那下面扣的梅菜用猪油一浸,滋味美死人了。他妈乐了，说：你知道妈就爱吃这口，你得让妈尝尝！于是，他妈就喜欢上了扣肉。于是，二子妈一不舒服，二子就端着个饭盒颠颠地去大福林，然后连跑带颠地将热腾腾的扣肉送到他妈嘴边。街坊里的其他人的妈妈们都羡慕死了：瞧瞧人家的儿子是咋养的，全街坊一等一的孝敬。

可惜他妈有福不会享。一天晚上起夜，一个跟头栽倒，等家人大呼小叫、七手八脚地送到医院，竟一命呜呼了。事后，大夫告诉他们，二子妈原本就血压高，又加上过于肥胖，死于心脑血管疾病。

不久，二子娶了媳妇。老丈人就是冲着二子的孝顺才鼓动姑娘找二子的。二子当然不辜负老人家的希望，把孝敬妈妈的劲头都拿了出来，家里家外，锅里锅外，样样周全，成为老丈人家"最优秀的儿子"。

一次，老丈人感冒了，二子伺候了好几天也不见好，正在犯愁时，突然眼前一亮，一拍脑门子说：嘿，我都忘了。我认识个哥们儿是医院外科的大夫，咱去他那输输液不就结了吗？老丈人说，那得花钱呀！二子胸脯一挺：哪用呀，我哥们儿在呀。让他找个床位，把药再挂到别人的账上就得了。老丈人高兴了，让二子找了辆小车就去了医院。输了3天液感冒就见好，老丈人说别输了，好了就别再麻烦你朋友了。二子说，爸，咱好不容易求家人一次，你就输完剩下的那3次吧。也正好把你的病情再巩固巩固。老丈人犹豫了一下，还是坚持又输了3天。

出院不久，老丈人突然眼底出血，走着走着就撞到了电线杆子上，腿部粉碎性骨折。这次，他的那个外科大夫帮着忙活一番后，竟突然不见了人影。更没想到的是，时间不长，老丈人竟死在了医院。

出殡的头一天晚上，外科大夫去二子家吊唁。见二子感动得唏嘘不已，外科大夫心里那个难受呀。犹豫再三，他还是决定把实情吐出来。只见他猛地抽了自己一个耳光，哽咽地说：二子，对不起，你老丈人是我害死的。

别瞎说，和你有啥关系呀？二子大惑不解地问。

他去输液时我忘了先化验血了，不知道他有严重的糖尿病，结果又输了葡萄糖……外科大夫低着头说。

二子愣了，继而号啕放悲：天呀，我害了我妈，又害了老丈人，我不是人啊……

蓝英姑姑与猪头肉

我们街坊里的孩子都叫她蓝英姑姑。

在我们眼里,蓝英姑姑挺神秘的。首先是她说话带着那么一点京腔。那在我们这个普通的大院里就有了地位的味道了。她的好些衣服都是从北京买的,尽管样式也没多大变化,但特有"范儿",即便是把短袖衣服的衣袖绾个边,也引来不少目光。第二呢,她家有一个大玻璃罐,里边养着厚厚的海宝。那是一般人享受不到的美味。

有一次,我妈去她家有事,我硬是跟了进去,被请了一杯。那酸酸甜甜的滋味里隐藏着的那股诡秘一下子冲撞开了我的味蕾,直冲大脑,死死地印在了脑海里。尤其是那个晶莹的、洒满小碎花的、体型细长的玻璃杯,配上那淡黄颜色的液体,让我幸福得恍若进了皇宫。喝到最后一口时,从扬起的杯子底上,我看见了蓝英姑姑那被放大了的似笑非笑的脸和匕斜的眼,那迅速荡漾开的美味一下子卡在了喉咙里,半天下不去。我的惊讶表情响亮地提醒了蓝英姑姑,她马上笑着说:好喝吧?我妈忙接过杯子,把我推了出去:你先出去玩吧,我们有事!

另外,也是令人疑惑不解的是,她特别喜欢吃猪头。动不动就提个一般人买不到的猪头回家。然后呢,她就哼着歌在院子里又洗又劈地拾掇起来。她炫耀地说,别人一个猪头要煮半天,她只用一块煨炭就把猪头煮得入口即化。然后粘上调料,就上玉米面发糕,那个香就别提了。

还有，蓝英姑姑无论冬夏都把衣袖绾起来。要么露出里边的半截毛衣，要么露出一截白萝卜一样的胳膊。

蓝英姑姑是幸福蔬菜门市的售货员。

尽管大家也为蓝英姑姑与众不同的生活方式感到疑惑，但又觉得那是京城的光芒。

不久，蓝英姑姑出了事。事情就出在猪头和绾起的衣袖上。

住在蓝英姑姑家对面的那户回民，对她经常提着猪头很是不满，尤其是那满院子的香味。其实，其他人家要是买了猪肉，一般都装在兜子里或绕道走。只有蓝英姑姑大模大样地提着个裸猪头，从这头走到那头，而且还要大模大样地收拾，尤其是在大家天天啃窝头吃土豆的日子里，那炖猪头香气飘了满世界，别说吃了，就是闻着，也有被"微风熏得游人醉"的感觉。那回民的鼻子当然不能总感冒吧？提过几次抗议，蓝英姑姑收敛些日子后就又忘了，"猪头依旧"。结果惹怒了人家。

那家人并没有像其他人一样跳着脚地大骂一顿出出火气就罢了，而是悄没声地从源头入手，考究起那猪头的来历了。"世界上怕就怕认真二字"，没费多大劲，这调查的结果就把那个回民吓了一大跳：蓝英姑姑不仅投机倒把，还犯有偷窃罪！她私自和一家农民联系进菜，条件就是经常有猪头提供。而那买猪头的钱，是她经常趁人不备，迅速将纸币掖在绾起的衣袖里。据说，她是无意间从掉在鞋壳里的一个2分硬币得到的启发，从此一发不可收。从她家翻出的一个小本子上，清楚地记录着她每次的战绩，全部加起来，是87块2毛2分钱。

从此，蓝英姑姑没了工作，顶着个阴阳头在街道里打扫卫生。

从此，我们再也闻不到那么香的炖猪头肉的味儿了。

难兄难弟

白白胖胖的大胖和黢黑精瘦的干巴儿是大院里的一道风景。

从小,这两个反差极大的男孩子就形影不离。别看大胖外形像个大白馒头,却是个炮仗脾气,一点就着。干巴儿呢,性子慢慢悠悠,脾气黏黏糊糊,两人相得益彰。人们经常看见这一白一黑在房头玩耍,一会儿好得搂腰搭背,一会儿又掐得满脸是泪。不过也不用着急,不到一顿饭的工夫,两人就又穿上了一条裤子,好得掰都掰不开。

初中毕业后,大胖到固阳下了两年乡,后被抽回城分配到一家企业干上了当时最吃香的钳工。干巴儿呢,先是上了几天高中,又去乌海上了一年的班,看到大胖回到了市里,也死活要调回来。干巴儿爸托了两年的关系,才把干巴儿的关系放到了一家机械施工公司。这好了,两大小伙子除了上班就又粘在一起。

转眼间,干巴儿找上了对象,还是俱乐部的放映员。这可乐坏了大胖,可以不用买票就能看电影了呀。

半年后,干巴儿说两家已经谈到了结婚了,那女放映员看上了正时兴的地灯,可又没卖现成的。他们的一位刚结婚的朋友有,是自己做的,非常不错。"那有啥难的呀,哥们儿是钳工呀。"去人家一看,大胖乐了"不就是两根钢管加上个底座,再用电影胶片串个灯罩吗。包在我身上!"

可那两根钢管怎么也找不到。

灯罩做好了，胶片里面还衬着《大众电影》的封面，那是一个气派呀。可这钢管问遍了熟人，还是找不到。那天晚上，看完电影回家时，大胖突然瞥见对面大院的后墙根放着两辆破自行车。大胖眼前一亮，一拍脑袋笑了：嗨，得来竟不费工夫……

没几天，地灯交工了，把大家羡慕得直拍手：这手艺太好了！也给咱做个呗？

做到第四个的时候，一天清晨，警察推开了他家的门，在他的床底下，翻出了好几根锯好的自行车大梁。大胖懵了：你们咋知道我的？警察却乐了：你拉着那辆破车回家，地上的车轮印领着我们来的呀。你小子倒实诚！

那时正严打，没二话，大胖被判了3年劳教。

消息传来，干巴儿顿时傻了眼，回头就给了女放映员一个大嘴巴：你个害人精。若不是你非要那个破玩意儿，他能进去吗？

俩人分手后，干巴儿成了孤雁，动不动就喝酒浇愁。一天喝得醉眼迷离，迷迷糊糊地去上厕所，竟错进了女厕所。女厕所有一位妇女正起身提裤子，看见进来个红头涨脸的小伙子就一声尖叫，一下子将干巴儿的酒惊醒了大半。干巴儿慌慌张张地摆手制止那妇女的尖叫，可那女人的叫声却越来越高。干巴儿吓得伸手去捂那妇女的嘴，妇女奋力反抗，俩人竟然扭在了一起。没几分钟，闻讯进来的人将干巴儿扭进了派出所……

三年后，大胖和干巴儿相继劳教回来了。没有了公职，大胖在向阳市场的门前立了一个修锁配钥匙的小摊，干巴儿登上了三轮车。

不忙时，人们常看见干巴儿把车停在大胖摊前。大胖鼓捣车，干巴儿鼓捣钥匙……偶尔说到过去，俩人便眯起眼睛，望着远方，仿佛追逐还没走远的昨天，然后，咧咧嘴，淡淡地一笑后，各自掏出一支烟，点上……

小扣子

小扣子走的那年只有12岁。

别看小扣子小,却是我们院儿众多女孩子的楷模。

大人们,当然也包括我妈,常常点着自己家疯跑得汗津津的姑娘,指指小扣子,粗声大气地呵斥道:你看看人家,那才叫姑娘呢。

小扣子白白净净、安安稳稳。细细的眼睛、淡淡的眉毛、尖尖的下颌,粉红的小嘴边总含着一抹浅浅的笑容,整个人就像片羽毛,又似一泓映着新月的秋水。

公共水管边的大树下有一片空地,相当于现在的街心花园,那是大家聚会和玩耍的地方。傍晚时分,吃过晚饭的人们大都喜欢聚集到这里,孩子们像断了线的风筝,呼天喊地地热闹成一锅沸腾的粥。女孩子们打沙包、跳皮筋、跳房子,男孩子骑驴、撞拐、推铁环。小扣子呢,和几个已经上了初中的大姐姐坐在一起,要么用毛线翻花,要么就凑在阿姨、婶子们的身边,拿着竹针学着织袜子或手套。她梳着齐耳短发,头顶用橡皮筋斜着扎一个小辫子,那样子像个大姑娘。

八、九岁时,小扣子就担当起家务来了。那时家家住平房,厨房大都在自己盖的小凉房里,用砖盘的灶台有点高,小扣子得踮着脚做饭。有时干脆蹬着小板凳炒菜、熬粥、洗碗……放学后,小扣子就端着一盆菜到公共水管前洗。别人洗菜就在水龙头下接着水哗哗一冲,可小扣子不这样。她打一盆水，一小把一小地把地洗，洗完放在另一个盆里。洗完一遍再接水洗，直到洗净后，再将菜盆里里外外冲洗干净，然后端上盆回家切菜。那一招一式常惹得院子里的阿姨大婶们啧啧感叹：看看人家的姑娘是咋养的，咋就这么懂事，这么能干呀？

当我试图学着小扣子的样子做饭时，人家小扣子又拿着针线学着给她哥哥、妹妹缝扣子了。

小扣子走的前一天中午饭后我见过她。她坐在房山墙的阴凉地上，头埋在两臂弯里。我凑过去发现她在哭。你咋了呀？你妈骂你了？她摇摇头，抽泣半晌说：别长大。长大真不好！我没听懂，转身回家了。

也就是那天晚上，小扣子肚子疼得脸都白了。她自己从抽屉里翻了半天，也没找到药。恰巧他哥回来，帮她找了片止痛药。她吃后就睡下了。她妈还挺奇怪，问了一句就出去了。半夜，小扣子就不行了，一家人连滚带爬地把小扣子送到医院，没上手术台就咽了气。

大夫说她死于阑尾炎穿孔。但有一个让扣子妈遗恨终身的是：小扣子初潮痛经，掩盖了阑尾炎的疼痛。那片止痛药断送了她的命。

临咽最后一口气时，小扣子说了一句让大家痛不欲生的话：妈，我不能给你做饭了……

军帽

在那些年代里,抢比偷要有气概和魄力。从打砸抢开始,人们对抢有了新的注释。从夺权、抢阵地、抢会场到抢纪念章、抢军服、抢军帽。三林当时去抢军帽时,一定没想到那是犯法,更没想到他赶上了全国"严打"。

事后人们分析,三林原本也不会有抢人的胆量,之所以为一顶军帽被抓,就是因为他曾是英雄。

三林成为我们院儿的英雄源于一件事。

那年,三林刚上班时间不长,他们车间的一位师傅不慎将一只手送进了车床里。大家把那位师傅和那只血淋淋的手送到职工医院,院长一见那状况,眼珠子都快蹦出来了:赶紧,赶紧转院到北京,说不定那手还能植上!

人是急急忙忙送走了,可大笔的手术费却没有及时拿上。这可怎么办呀?接肢的费用可不少了。谁送?转了一圈,谁也不敢贸然拿上那么大的一笔钱上火车,那时火车上的扒手比夏天的苍蝇还多。三林正学徒,脑袋上用手一擦都冒火苗,一看别人推三阻四的样子就动了肝火,推开车间主任的门主动请缨:我去!主任呸地一声吐出嘴里的一支火柴棍骂道:刚不尿炕了就来我这充大尾巴鹰了?滚一边去!该干甚干甚去。三林说:这事我要是办砸了你就处分我。我还告诉你主任呀,如果送钱晚了耽误了手术,你可吃不了兜着走!

无奈,主任掂量再三,还是让三林写了一纸保证书后,递给了他一大摞捆好的人民币。这回是三林傻眼了:妈呀,这么多呀?有人冷眼看笑话,有人热情帮忙出主意。三林拧着眉毛胳膊一挥走了。

几天后传来消息:钱送到了,手术成功了。

三林兴高采烈地回来了。他告诉大家,他一上车就把一个装着洗漱用具的特大号的搪瓷茶缸往小桌子上一放,就靠着椅子背上睡着了,直到快下车,他把大缸子放到包里,才发现有两个人一直用眼睛瞄着他。

从北京医院出来,他再登上列车时,又遇到那俩人。俩人恭恭敬敬地走到他跟前,谦和地说:哥们儿,交个朋友如何?他一愣,说:为啥?我不认识你们。那俩人笑了:我们走了一路了,早就认识了。三个人面对面地侃了一路,到了沼潭火车站后,那俩人挡住了他的去路:请你告诉我,你把钱放在哪儿了?我们愣是一路都没翻到。我们叫你一声师傅,求你告诉我们。三林有些慌乱,拍拍书包里的大缸子撒腿就跑。

不久,这事几经加工传遍了大街小巷,三林名声大噪,走到哪儿都有人仰着笑脸,这让三林脚下轻飘飘的。

一天,三林遇到一位初中的同学。那同学父亲是个造反派小头头,有点势力,光辉照耀到这个曾不起眼的儿子头上,令三林刮目相看。其实,最吸引三林的,是那小子头顶上那顶新嘎嘎的军帽。三林羡慕的表情早就让那同学得意了起来。同学说,这批军帽全市也就有数的几顶,全给了有头有脸的人了。不过,你也是个有头有脸的人呀,也应该有一顶。这是身份的象征呀……

三林说,你和你爸爸说说我呗,让他帮我弄一顶行不?那同学不屑地冷笑道:你那事也叫事呀,那充其量就是瞎猫碰见了死耗子。有本事你自己动手从别人头上拿一顶呀!

几番话挑起了三林的欲望,于是决定当晚就实施计划。

那晚，华建俱乐部正上演京剧《杜鹃山》，散场后，他飞车拦住了一位戴军帽的人，没用两个回合，那顶军帽就到手了。

三林高兴坏了，他把军帽戴在自己头顶的一刹那，恍惚觉得这个世界就在自己的手里头……

三天后，一辆警车开到车间门口，三林被带走了……

最后的叹息

那年正赶上大招工，王玉玲急急忙忙放下没念完的书，眨眼间成了一名工人。

她争强好胜，没几年工夫就从班组里脱颖而出，当上了车间管理员，又从管理员被抽调到行政科，成为一名不用穿工作服的机关干部。不少羡慕的目光令玉玲心情灿烂了起来。她修长的个头，细细的腰，走起路来一只手总爱往外摆着，像五月湖边的柳枝，煞是好看。

全国第一次涨工资时，恰恰把她卡在线外。她心里有些恼火，却也无奈。这37块5还不定得拿多少年呢。她逢人便说。不少人劝她，说有了这次就会有下次，你这么年轻，等着吧。可她心里还是有些空落落的，郁郁不快。

她心里的那个愿望是被要好的一个姐妹挑逗起来的，不久竟然悄悄地拱出了芽。起初，她也嘲笑自己的幼稚可笑，可机关那两位并不十分出色的女人的丌辽，给了她一丝曙光。看看行政科，除了老的就是腿脚不利索的，她是唯一的有生力量呀，再说，那老科长就要退休了，经常在领导和众人面前嚷嚷要找接班人。而且，老科长竟在一次科务会上提及此事，并把目光重重地放在她的身上，意味深长地笑着说：毛主席说，世界是你们的，还要你们只争朝夕呢。年轻人要有胆量有气魄，要积极进步呀。

玉玲的精气神被调动了起来，工作上是份里份外都积极主动，对上对下都热情认真。时间不长，玉玲的那点心事就成了机关的谈资，各种声音搅得玉玲心力交瘁、身心疲惫。可就在这时，老科长给她出了个主意，让她倍受打击。她不明白，自己都工作这么多年了，好不容易不用读书了，干嘛又要去上学？这是趋势，肯定的。以后提拔肯定要有文凭。老科长坚定地告诫她。果然，选拔任用知识分子的消息一夜之间就落地开花了，玉玲的梦挣扎了几番后就此落花流水。

一棒子把她打翻的，是涨级。百分之三十涨，让她心里宽慰了许多。就是涨百分之十，也该轮到我了。她这么想。考核、考试、群众评议等等关口她都过了，最后，还要有一道举手表决关，她心里更有底了。这些年自己的工作和群众关系笃定她会一举中第。可就在全科人准备举手的关键时刻，办公桌上的电话急匆匆地叫了起来，老科长接起来听了几句就递给了玉玲：你家出事了！快回去看看。

玉玲问都没问，拔腿就往家里跑。等她火急火燎地返回科里时，表决会已散。老科长慢悠悠地一边收拾着桌上的文件，一边问玉玲家里出了啥事？

玉玲的脸涨得通红：那个电话是谁打的？老科长说，你也看见了，我没问。人家就说你家出事了，让你快回去呀。怎么了？玉玲咬着牙说：我家根本就没事！告诉我，表决的结果咋样？

科长把名单推过来。没我？为什么？玉玲的眼珠子都快蹦出来了。老科长双手一摊，无可奈何地摇了摇头，拿上名单找领导汇报去了。

那天傍晚，玉玲迟迟不肯下班。

天色黑下来时，她抹干了眼泪，走进了库房，躺在一块门板上，用两块砖头和一节短绳，结束了自己的生命。在她办公桌上，放着一张信纸，上面重重地划着三个惊叹号。

那一级工资只有7块钱。

老蔫炖牛肉

大跃进那年,老蔫听了他爹的话,成了瓦工。

要说呢,老蔫心灵手巧,干起活来也肯出力,可就因体态瘦小轻盈,手脚枯干纤细,干起活来比别人慢半拍,因此,那个大胡子队长横竖不把他放在眼里,经常给他出个条子,横个杠子,让本来就不善言谈的老蔫上不去下不来地难受。

那年,他们队搞"劳动竞赛",一位职工忙乱中从十几米高的架子上掉了下来,奄奄一息地进了医院。那职工的家属和七大姨八大姑十几口子都从老家来了,吃住在队里,队里的简易食堂成了接待站,老蔫也被抽去打下手。"老蔫,买点茶叶去。要好点的呀。"老蔫的手扭在了一起,支支吾吾地问:"啥样是好的?我不懂。"看队长的眼睛立了起来,老蔫扭头走了。

商店的柜台上摆了一溜玻璃瓶子,上面写着茶叶的名称和价格。老蔫捡了个最贵的称了二两回来,高高兴兴地向队长报功。队长闻了一下,连声夸好香好香。还没等老蔫的嘴咧开呢,打开纸包的队长立刻破口大骂起来:"你他妈能干啥呀,这茶叶都长毛了你没看见?"

老蔫一看,倒吸了口冷气,捧着茶连滚带爬地跑到商店,气哼哼地要求退货。那售货员问明情况,然后不屑地冷笑道:"这是最好的碧螺春。你睁大眼睛好好看看,那是长的毛吗?土包子!"老蔫的火气一下子蹿到了脑门子上，回来就将那包茶摔在桌上："这碧螺春要是没毛就不值钱了。你懂吗？土包子！"

这次轮到队长无语了。

那十几口子人的嘴接起来有操场长，在当时饭馆极少的年代里，吃饭就成了头等大事了。队长的眉毛愁得拧成了大疙瘩。正巧，有人告诉他近郊生产的一头老牛病死了，正想悄悄处理。队长急急忙忙托人找上门去，把那头老牛拉了回来。"这下好了，给他们吃最好的饭菜——牛肉炖土豆！"

那老牛真是忒老了，炖了一天一夜，牛肉岿然不烂，把满嘴的牙累得直发酸，就是不下肚。伙夫急了："这可麻烦了，就要到饭点了，咋办呀？"

发动群众想办法吧，大家七嘴八舌地扯了半天，一个好主意也没有。气得队长的大眼珠子都快掉下来了。眼见着火烧眉毛了，伙夫急得嗷嗷直叫。这时，老蔫不急不缓地站起来，慢声细语地问：要不，我试试？

你？队长脸上写满了不信任。"那就算了吧。"老蔫又坐下了。"老蔫呀老蔫，你他妈的二分钱水萝卜还拿一把呀。你试。要不成看我怎么收拾你……"

"要成了呢？"

"成了？成了我就叫你爷，行了吧！"

老蔫立刻笑了，挺起腰板，胸有成竹地指挥其他人洗土豆、切胡萝卜，然后转身不见了。正当人们窃窃私语、胡乱猜疑的时候，老蔫回来了。只见他把一包东西投到大锅里后，边洗手边大声告诉大家把土豆胡萝卜放进锅。果然，像施了魔法一般，那牛肉一下子就烂了，而且香气扑鼻。

那顿晚餐让那一大家人吃得热火朝天，舒舒服服，原本腾腾往上冒的火气也一下子熄灭了不少。

收拾停当后,队长蔫了,腆着脸笑嘻嘻地凑过去:"哎,我可以叫你爷,但你得告诉我,你用啥法把那老牛肉炖烂的?"

老蔫一下子就乐了,小眼睛炯炯有神。他说:"队长呀,你可别叫我爷,我受用不起。不过,你得给我赔个夜壶。为了那些尿碱,我把我爹的老夜壶都打烂了,他正跟我急呢。"

那颗子弹

"砰！"的一声炸响后，是刺耳的惊叫。

半响，屋里死一般地寂静。在场的人都惊呆了。呆呆地看着方经理的小儿子垂下的手和门上方那颗冒着一丝烟的洞。

"呀呀，这炮仗咋这么响呀？"老祁的话来得竟那么及时、那么机智。20多年后，老祁一想起当年这句话还老佩服自己了。可以说，自己这辈子出彩的事掰着指头数不上几件，这可是开天辟地的大事，但要压在心底的最底层，永远都不能见天日。

"是呀是呀。"脸色煞白的方经理如梦方醒，一面一把把小儿子手里的东西夺过来，一面侧身示意其他人出去。关上房门，方经理一把拉住了老祁的手，哀求道：祁师傅呀，祁大哥呀，这可怎么是好呀，这子弹是备案的……我要毁在这个臭小子手里了……

这回轮到老祁急了。方经理是领导，自己就是个普通钳工，就是周末下班时遇到经理多了那么一句嘴"您有事说话啊"，方经理就顺着坡下了驴："都说你的手艺了得，我家老柜上的锁打不开了，明天你来给我开开吧。"老祁立刻光荣得不得了，红光满面地响亮地答应了。

老祁一大早就来到方经理家，将工具一一摆好后，就撅着屁股忙碌起来，方经理也在一旁歪着头观看着，时而递个工具。谁知，方经理的小儿子在床上玩时，发现了枕头下的手枪，顺手就摸了出来，不知怎一阵捣鼓，竟搂响了。

老祁知道，县级以上领导才配有手枪，而且还经常检查。这颗子弹飞了，方经理的路也就走到头了。

方经理突然"扑通"一声跪下了："老祁，全靠你了。第一，这事一丝风也不能漏。我家里的人我能保证，那就是你了呀。第二，你是个八级钳工，这颗子弹你得给我做出来，而且一定要过关；第三，我的一切就是你的，你的一切也是我的……"老祁的脑袋一片空白，汗珠子噼里啪啦摔在脚下。他一面赶紧把经理扶起，一面在脑子里快速地寻找着答案。

"那可是军工产品呀，我，我哪有那本事呀。要知道，万一被发现，那你我的脑袋就搬家了呀……"这回轮到老祁哭了。"你是领导，你想想其他办法呀。"

"亏你想得出来。这种事我还能和谁说呀。就你了！"

第二天一上班，老祁就把自己反锁在车间里，整整两天没出门。等他打开门时，手里紧紧地捏着个东西走了。

从此，老祁的嘴就像贴了封条般不爱说话了。平时他离大家远远的，既不拉家常也不去喝酒，就连同事间有个红白喜事，他也一反常态地不参加。许多人都纳闷，就连他老婆都皱着眉头和他的工友们打听：这老东西是咋的啦？变了个人呀。

最让大家不理解的是他们家孩子的工作一个比一个安排得好，人还没等毕业，指标就下来了，而且是直接戴帽下拨的。这一切都那么顺利，可就是没看见老祁高兴过，人们一年四季就看见他那张紧绷绷的脸。

方经理的路走得是越来越宽，几年就一个台阶。老祁临退休的前两年，人家已坐上局长的交椅了。

这个消息被证实后，老祁竟端起了十几年都不动的酒杯，痛痛快快地喝了个透。没想到,第二天竟然中了风。从此,老祁就"弹起了弦子",舌头也僵了,嘴也歪了,话也说得呜呜噜噜的。

这天,在劳动公园里锻炼出来,老祁远远地看见有一个似曾相识的背影,拎着个菜篮子。他使劲紧划拉脚步,也没看清楚。是他?真的是他?他拉住一位从前的工友问。

就是,老方到站了,退下来了。你打听人家领导干啥?

他突然大笑了起来,直笑得腰都直不起来,直笑得路人驻足观看。半晌,他直起腰来,大大地吐了口气,僵直着舌头使劲地说:快,快憋死了。那,那颗子弹,那、颗、子、子弹……

看他的人都走了,迎风飘来一句:这老头神经了。

他急得脸成了紫茄子,然后使出浑身的劲,吐出了最后两个字:假的!

然后一屁股坐到了地上……

寂静的小楼

就因为严工的一个远房表舅在香港，他就顺理成章地成了"牛鬼蛇神"，被押在临时的一幢小楼里。

冬日下午的阳光斜斜地撒在阴暗的小屋里，搅活了的尘埃在光柱里飘动着。严工佝偻着身子，两手抱着谢了顶的脑袋，一脸痛苦。半晌，他抬起头，拍拍一字未写的信纸，对大庄说："我真是想不起来呀。麻烦你和领导解释一下行不？"

"都几天了呀？你再啥也写不出来就等着完蛋吧！"大庄坐在严工对面的桌子上，穿着翻毛皮鞋的脚踏在桌沿上，漫不经心地用一支木棍点着满是油污的鞋面。

晚上，大庄被领导叫到办公室里狠狠地撸了一顿。领导警告他，人家那几个都写了交代材料了，有的竟有意想不到的收获，可你手里的这个家伙就一直僵在那里。"你得想点手段呀！想想毛主席他老人家的那句话吧：革命不是请客吃饭，不是做文章，不是绘画绣花……"

"给你最后一天时间。"大庄回去就给严工下了最后通牒。

直到最后一个晚上，严工只在信纸上写下了一行字：我生在新社会，长在红旗下，何罪之有呀？

大庄生气了，把桌子拍得山响："今晚你就别想睡了。明天一早拿不出材料，我就陪着你一起蹲牛棚！"

窗外，干枯的枝条摇晃着，闪现着诡秘的影子。后半夜了，大庄盖着军大衣蜷在排骨椅子上睡了。严工强睁着眼睛在信纸上胡乱地写着什么。他知道，写不写都没好果子吃，不写的下场会更惨。屋里寒冷，借着喝热水暖身子，上厕所的次数就多了。

静悄悄的楼里只听见他沙沙的脚步声。厕所是男女两用的，只有一个蹲坑，被半截木板挡着。推开门，昏暗的灯下，一眼就看见半截门板下的台阶上露出一双女式皮鞋。他赶紧退了回去。

当他第三次再推开门时，心里打了个寒战：这么晚了，咋有个女人老在厕所里？他急忙返回去叫大庄，推了好几次，大庄只是哼了一声，依旧睡着。他只得自己去。在门口，他叫到："你是谁呀？咋还不起来？我，我要用厕所……"没有动静。迟疑了一下，他拉开了门。

"啊——"一声凄惨的惊叫划破夜空。

等大庄闻声跑到厕所时，严工已经昏厥在地。抬头一看，大庄也"啊"的一声跌在地上：蹲坑上，摆着一双女鞋，鞋上支着一个歌谱架，一张惨白的纸上画着一张血红的大嘴，正颤巍巍地狞笑着。

严工一下子就疯了。

从此，他常常静静地坐在那里，嘴里嘀嘀咕咕地说着，有时会突然站起，把所有白的东西撕碎，打烂，包括玻璃、镜子，最后连白色的衣服都不能见。

上世纪80年代末，那个远房表舅来了。表舅经过多方走访后，找到了大庄。一番长谈，表舅终于想出个主意。

那夜，破旧的楼里又再现了当年的一切。只是这次是大庄一杯杯劝着严工喝水。小楼昏暗的走廊里，严工撩起衣服就尿。大庄厉声道："厕所去！"严工低着头继续着自己的动作，立刻，脚下腾起一片热骚。直到凌晨4点多时，困顿潦倒的严工才被拉进了厕所。依旧是一双皮鞋，依旧让严工一次次地看见。最后，大庄把门拉开后，严工的妻子站了起来，笑眯眯地拉着严工的手……

严工双目立睁，"啊"了一声仰面倒下，裤子顿时湿了。众人将其抬回去，灌下中药汤后一场大睡，再起身时，哇哇吐出半盆疙里疙瘩的东西，然后又躺倒接着睡。

第二天清晨，严工起身，郑重地对他妻子说："给我纸笔，我要写交代材料！"

字典

上世纪70年代，隔壁张家的男人是一家建筑公司的瓦工。

他平日少言寡语，只要和玩沾边，他都有兴趣，就是下了班抱着孩子，也要歪着身子和人家下盘象棋。没有大人和他玩时，他也要拉上个半大小子，从地上捡几块石子，来上两把"狼吃羊"。不到两岁的女儿被他夹在左胳膊里，任其挥胳膊蹬腿大哭大闹，他只管两眼盯着棋子，常常是孩子的大鼻涕都流到嘴里了，他也不管不顾。

经常听到他老婆在自家院子里跳着脚狠咧咧地诅咒他，却得不到他半点回应。街坊邻居都知道，任他老婆骂破天，他依旧笑嘻嘻地不搭腔，该干啥干啥。只有他老婆气急败坏时大叫一声"字典"，他才如踩了毒蛇般地一个激灵立起来，神色紧张地夹起尾巴，缩着脖子，乖乖就范。人们挺好奇，闲聊时问过，却被硬邦邦地顶了回去："我家的事你少打听！"

那年腊月二十三，他一大早就起来粉刷房子。刷到一半时，他老婆说兑好的白粉子不够了，让他赶紧去买上半斤泡上，这遍刷完正好用上。他拿上钱骑着车子就走了，结果，直到天黑，也没见人和白粉子的影子。家刷了一半，满地乱糟糟的，他老婆急得都快上房了。直到两个孩子都钻进了被窝，他才不紧不慢地推开房门。

门才推开一半，一把扫帚劈头扔了过去，正巧打在他脸上，扫帚上的泥呀土的扑了他一嘴。男人火了，弯腰捡起扫帚比划一下，自知理亏就翻了翻眼睛，拉开碗橱找吃的。他老婆指点着一半白一半青的墙破口大骂。他只淡淡地说在路上被人家拉去下象棋，结果下入了迷，把家里的事给忘了。他老婆更气了："说你要是有正事也算，就下个破棋竟连家都不要了？这年还过啥呀，我彻底砸了它……"他们家的战争加剧了色彩，把左邻右舍都惊动了，纷纷跑过去拉架。

见来了不少人，男人的脸挂不住了，撸胳膊挽袖子地动了火。女人哇地大哭起来：你个字典，你还敢动手呀？男人这回竟来了劲儿：我就是字典。字典咋了，我怕你呀？

女人一愣，两手拍着床沿哭着数落起来。半天，人们才算听出点眉目，经过大家合起来反刍一遍后，事情竟是这样的：当年，男人因家里穷就随亲戚来到包头，当上了泥瓦匠。到了结婚的年龄了，却找不到对象。最后，他就在村子里到处说自己是吃文化饭的，用笔挣钱。他的身码一下子就高了许多。女方家里就冲着文化把她推到他面前。第一次见面，她问：你是干啥的呀？他慌忙从上衣口袋里摸出一个牌牌，结结巴巴地说："你看，我是，我是字典……"

"字典？字典是啥？"

"就是，就是打听消息，写消息给人看的，神气着呢……电影里老有呀。"

他咋是字典？村里最有学问的会计用衣襟擦着断了腿的眼镜哑摸半晌后，得出了结论：应该是最有学问的。字典的学问可不是一般人能有的呀。我爷爷曾是个秀才，有本全村唯一的《康熙字典》……

就这样，她跟他到了包头，才知道他那时想冒充记者，那个牌牌是他捡的一张公共汽车月票。当时因紧张，忘了记者二字，吭哧了半天，脑子里蹦出了个"字典"。从此，这个短就落在了老婆手里，成了他的"紧箍咒"。

拉架的人都笑了。"你都成字典了,还砌什么墙呀。去当教书的先生吧!"男人的脸红了,耷拉着脑袋一声不吭。

打那以后呀,街坊里一有人叫他字典,他老婆就一脸地不乐意:"那是我叫的。你不能!"

房前屋后

其实，鹤立鸡群的罗玉英趴在臭臭家后窗户上和他有一搭没一搭瞎扯皮的时候，就是盖着三床棉被也想不到，她和他会走到一起。连德高望重的高大爷都说，这咋就能成一对了？简直是骆驼配了只羊！

结果呢，高大粗壮的罗玉英和个子矮她一头、年龄小她一轮的臭臭喜结连理了。

"傻大个"罗玉英是体育老师眼里的人才。那个一年四季脖子上挂着个哨子、穿着洗得发白运动衣的体育老师，常常在课上用她教育那些跑步低头，跳鞍马缩脖、做仰卧起坐脸红的女生："看看，人家那才叫飒爽英姿呢。瞧你们，像甩不净的大鼻涕！"罗玉英的衣服件件都短，只要一运动，肚皮就毫不犹豫地袒露出来，惹得男生放声大笑，女生羞得直捂眼。可体育老师却越发呵护、关照她。那个夏天的傍晚，她在体育办公室帮老师登完考分后，在鞍马上，发生了不该发生的事。而这一幕又恰好被一名返回办公室取钥匙的女老师撞见。

不久，体育老师背着处分下放工厂，成了泥瓦匠。从此，她脑门上被刻下了看不见的"红字"，好歹草草地读完初中就下了乡。8年后，她成了最后一个返城的老知青。没有好的岗位，她只能到装卸队，和五七厂的一群老娘们抡大锹，装卸沙石。名声和高大的身材梗阻了她的婚姻之路，直到她有一大把年纪了，依然形单影只地晃来晃去。坎坷的经历粗粝了她的一切,也毫不客气地扭曲了她的性格和思维。

她家大门正对着臭臭家的小后窗。小时候,罗玉英就喜欢抱着面包一样的臭臭玩,长大后,臭臭和其他伙伴一起不再理罗玉英,见面连最起码的"吃了吗?"都不稀罕说。

那年,臭臭伙同他人到一家企业偷废钢球,被巡逻的民兵逮个正着,结果没几天就被判了3年劳改。臭臭刑满释放那年,罗玉英也因腰肌劳损被放了长假。每天早上,八点钟后,寂静的房前屋后就只剩下一个聋老太太、无业游民臭臭和她。实在无聊时,她就趴在他家的后窗户上,看着臭臭心烦气躁地拨弄着一把破吉他,直到无趣后,才叹口气走了。

"喂,你闲得流油了吧?"一天,罗玉英冲着臭臭叫道。"和你商量个事。但要看你有没有胆量和气魄了。"她说她的同学从外地倒回一批衣服,拿到路边上可以摆地摊,收获比工资多。男人就怕人说自己没胆量,尤其是臭臭,现在是无人理无人要的主儿,一直窝在心底的火"腾"地一下子被点燃了。

"咱俩试试?我出钱你出力!"

"好!"俩人忙活起来,不久就开始了试营运。几天后一算,战果令人激动:比工资多多了!情绪和干劲立刻澎湃起来,见天是春风满面地双出双入。可好景不长,没几天他们先是被工商没收了所有的货物和衣架,然后是两家大人和街道主任的质问:你俩这算啥?满大街就看你俩耍猴了。有人竟反映到了派出所。片警站到他俩跟前时,满脸是泪的罗玉英浑身发抖,不能言语。

流言蜚语一下子乌云般地笼罩着整个街坊。

房前屋后一下子沉寂了。大家都上班、上学后,两个人就会不约而同地凑到一起,相互舔舐伤口,有了"同是天涯沦落人"的共鸣。有人突然发现,臭臭家的后窗户紧紧地关上了,没有了吉他声。不久,后窗户又被推开了,传出两人要结婚的消息。

这个重磅炸弹炸懵了所有人脑袋里的格式和套路。迎着各式各样的目光,臭臭冷冷地说:"我们就这样选择。"

婚后,他俩凑钱盘下了个小门脸,大大方方地做起了服装生意,而且还有模有样地发展了起来。

生下女儿后的罗玉英不经常去店里,偶尔去搭把手。就会听见顾客大声地说:"哎,我把钱给你儿子了啊!"

罗玉英偷眼看看表情依旧的臭臭,低头哧哧地笑了……

吴嘀咕

其实，吴嘀咕叫吴第。多好听的名字呀。可是，拥有这样别致名字的他却是个其貌不扬、弓着身子似个大虾米的人。

1956年他刚到包头时，建设工人都住在武银福窑子村里的简易大棚里。已经工作好几个月了，吴第就是不敢往家里写信，他怕"武银福窑子"这个村名引起村里人的怀疑和耻笑。他一次又一次地往指挥部跑，一遍又一遍地追问领导：什么时候我们才可以搬到集体宿舍呀？

时间一长，领导有点警觉：你是嫌这里的条件差？你还是个积极分子吗？吴第赶紧摆手：不是不是。我一丁点嫌艰苦的意思都没有呀，我是有点担心……赶紧跑了几步，又返回来，想了想又站住，辗转再三，又跟在领导的脚后，唯唯诺诺地支吾道：我不是嫌这儿条件不好呀，我是想、想给家里写信呀……领导笑了：这也是个事呀，你就写嘛。咱们这有信箱呀。吴第的脸红了，结结巴巴地说这、这个窑子可咋说呀……领导早就走远了。

无奈，斟酌再三，吴第只得在老乡的信封里给他母亲及媳妇夹了个信瓤，报个平安。

半个月后，吴第收到母亲的来信：不知廉耻，丧尽天良！正当他丈二和尚摸不着头脑时，他母亲竟带着媳妇一路哭哭啼啼地找来了。一见面，他母亲劈头就是一巴掌：不要脸的东西，嫖上一回倒也罢了，竟敢长期住在窑子里？

吴第眼泪都急出来了，一拍大腿道：妈呀，我嘀咕了好久，就怕你们误会，结果还是误会了。

从此，吴嘀咕就成了他的别名。

小时候，我就领教过他的嘀咕。

那时供应的粗粮多，大米饭只有在过年过节才能吃到，吴嘀咕是南方人，吃不惯面，尤其是天天的玉米面、钢丝面。他家人的肚子经常向他提抗议，尤其是他老婆。

一天，他到我家和我父母嘀咕了半天后，给我拿了个饭盒，带上我下饭馆去了。饭馆人不多，他把我领到一个僻静的桌子前，就去开票。只听开票的胖女人厉声道：吃米饭必须要带菜。你凭啥光要米饭？他一面陪着笑脸，一面指着我和那人细细地说着啥。我知道他是把我当引子。那人又一声断喝，把他推到一边。那时，我觉得自己是吴叔叔的同谋，正干着一件极不光彩的事，不由得面赤耳红地连头都抬不起来。

他不甘心，又跑到厨房，找了个小个子的女服务员，趴在人家的耳边悄悄地嘀咕着。只见那女服务员眉头紧紧皱着，不耐烦地挥挥手，赶苍蝇般地把他轰走了。他不气馁，堆着满脸微笑，拎着个破兜子到处找人说情。最后他把一个负责人拉到门边，点头哈腰了一番后，终于以一个菜带两份米饭而告终。一个辣子白菜，一个醋溜土豆丝端上桌后。他教我佯装吃菜做掩护，迅速拿出饭盒，把饭菜装好，然后拉上我贴着墙溜了。

他媳妇与他恰恰相反：圆鼓鼓的身材远远看去像个滚动的皮球。她是个快人快语、嘴大嗓门大、风风火火的人。他俩的极大反差也常常惹得街坊邻居说笑。一个啥事都嘀嘀咕咕，一个干啥都大大咧咧，因此，战争在他家就经常升级，吵嘴也成了家常便饭。

那天正做饭，他媳妇刚把一锅煮好的玉米糊糊端到地上，从外边回来的他凑近媳妇的耳朵边说：哎呀，你猜，我刚才看见啥啦？你好好想……哎呀，你根本就想不到的呀……他媳妇厌恶地撩了他一眼，呵斥道：有话就说有屁就放，你大声说行不？真烦人！

"看着孩子。"他媳妇说完，转身要炒菜。他嘀咕着，又去拉他媳妇："嗨，听我和你说呀……"

就在这时，刚刚会走的小女儿从里屋蹒跚着出来了，他一转身，正好把孩子撞了一下，那小姑娘一屁股坐到了锅里。

"啊——"孩子撕心裂肺的哭声惊动了一个院的人……

破棉袄

康副总长得高大魁梧,浓眉大眼,往那儿一站,就有股子威风。在厂里,女工们没事就喜欢和他神聊。他呢,一点也没官架子,不论和哪个年龄段的女工,都能说上几句,然后嘻嘻哈哈一番后,背着手走了。

大家都说,康副总人好脾气好,媳妇也一定错不了。可只要一提起他老婆,他就立刻闭住了嘴。

据知情者透露,康副总一直都为自己的老婆相貌丑陋而自愧难当。当年,他爹语重心长地告诉刚当新郎的他要珍惜人生三件宝时,他烦躁地大声说:"你就知道丑妻、薄地、破棉袄,为啥咱放着美女水浇地好衣服不要?我讨厌你强加给我的这个破棉袄!"

他爹一脸无奈:"儿呀,你爹穷,咱能娶这样的媳妇就不赖了。那水浇地好衣服不见得强过咱这破棉袄呢。再说了,以后你就知道你爹的意图了……"

从此,"破棉袄"就成了他老婆的代名词。

只身出来工作,康副总从工人做起,一步步走进了厂领导层。但他就是不接老婆孩子进城。渐渐地,大家相继都把妻儿老小从老家接进城了,他依旧找种种借口把老婆孩子放在自己父母身旁。直到企业给职工盖起了大批楼房,他的父母也在老婆的悉心照顾下相继回归了大自然后,再也找不到借口的他终于不得不让"破棉袄"和大家见面了。

从大家掩饰的眼神里，康副总的心更凉了。更让他焦头烂额的是，只要他在外面有应酬了，只要他和哪个漂亮女工打情骂俏了，就得防备老婆出其不意的跟踪检查或反复追问。有时，他老婆会突然到他办公室坐坐，拉开抽屉翻看翻看，拎起他的衣服闻闻……这些已然成了大家茶余饭后的谈资笑料。

那年，夏天的一个傍晚，康副总媳妇和几个妇女饭后聚在大树下聊天。这是大家每天的必修课，一般情况是要聊到九点多后才散。那天晚上，大家就要起身时，突然有人提议："哎，听说康总家的新房特别大，装修得也漂亮。咱们去看看呗。"有人立刻叽叽喳喳地附和着。康副总媳妇说："有啥好看的呀，就是一般地弄弄呗。再说，黑灯瞎火的，咱等明天白天去不行吗？"有人大声说："嗨，又不远，咱们溜达着去呗。大热天的，回去也睡不着呀。"

她只得起身摸摸衣服口袋，说正好拿着钥匙呢，走吧。

新楼交工时间不长，大部分人家还在装修，整幢楼只有几家有灯光。楼下地面正在硬化，坑坑洼洼的。康副总媳妇边走边埋怨着，说：你们这帮疯娘们说风就是雨。这大半夜的看啥新家呀。跟在后面的几个人咪咪地笑着，也不搭话。

大家摸着黑上了楼，打开了房门。

按亮了客厅的吊灯，大家就啧啧称赞个不停。"哎呀，就是豁亮呀。真大真漂亮。咱得好好欣赏欣赏。"从客厅到厨房到卫生间，又到小卧室。"这是你们的大卧室呀？"有人主动按亮了灯。

一声惊叫，所有的人都目瞪口呆地定了格。柔和的灯光照在床上，照在床上两个慌乱的人身上。对视了片刻，惊恐的双方都相互看清楚了——康副总和女秘书正惊慌失措地往身上穿衣服。

"你来干啥？滚回去！"康副总冲着他老婆大声呵斥着。一群人慌不择路、连滚带爬地滚下了楼。

第二天一大早，女秘书的丈夫找到了她，要和她联手去公司找党委，状告这对狗男女昨晚的一幕，然后离婚。康副总的老婆从容淡定地瞟了那小伙子一眼，细声细气地问："你说的啥呀？我没听懂。"小伙子急了："难道昨晚上的事你不记得了？"

"昨晚？俺们一帮老娘们聊天后就各自回家睡觉了呀。小伙子，你可别听别人瞎咧咧。俺家老康是个领导，可不敢瞎埋汰。"

小伙子哪能咽下这口气呀，摔了门就到公司去了。时间不长，一个领导模样的人就来调查情况了。康副总媳妇一脸严肃地说：那晚我们是去俺家了，就看看家具嘛。那些胡说八道的人别有用心吧？俺家老康就是喜欢和女人逗逗嘴呗，这样瞎说俺可不依！

静候着一场风暴的人脖子都抻长了，也没见到动静。却看见了不曾见到的一幕：下午下班后，康副总破天荒地拎着一大袋子菜和鱼，喜滋滋地回家了。

他亲自下厨，一顿煎炒烹炸后，开天辟地第一次倒了两杯酒，双手递给媳妇一杯。端着酒杯，他语重心长：谢谢你！然后心悦诚服地说：还是俺爹说得对，丑妻、薄地、破棉袄就是俺的宝。

老婆的眼泪涌了出来，哽咽接过话："我就是你遮风避雨的破棉袄。今后你就掂量着办吧！"

细细的风景

细细不是人名,是人们给她的雅号。

只因为她长着一双细得不能再细的眼睛,小得不能再小的嘴。要说,细细真是挺别致的,说起话来细风慢雨般柔软,走起路来春风摆柳般妖娆。

细细是大家嘴里的"嚼咕",人们没事时就喜欢拿她取乐开心。有人说,细细原本应该当演员,而且是古装戏的演员。你看她那樱桃小嘴一噘时的神态,活脱脱是在舞台上演戏的样子。别看人家眼睛小,那长长的睫毛往下那么轻轻一放,里面的内容你是休想窥见到。

据说,一次队里开批判大会,不少人都在打瞌睡,被一一点名批评了一番,唯有细细睡了个够却漏了网,就因为戴着眼镜的书记看了几次也没闹明白,她的眼睛是闭是睁。

细细把自己的与众不同做到了精细的地步。一块纱巾、一缕刘海、一枚纽扣,都要别出心裁地出个彩。因为细细心里有个目标,这辈子就要找个像京剧里杨子荣那样有一双"杏核儿"眼的小伙子。

那当然是她的一厢情愿呀。有几位她看上的,一旦发现她频频送来的秋波就立马起身,退避三舍。为此,恼得细细偷偷哭了好几场。"妈呀,你得给我想个办法呀。"细细妈道:你若生在古代,一准是绝代佳人。谁知现在的人都喜欢大眼睛的呀。你看看外面的那些画,不论男女，眼睛个个瞪得像牛蛋，喊，有啥好看的!

细细跺着脚喊道：妈呀，你说这些有用吗。这是现代!

她妈就想办法配合细细。

除了经常给细细弄紧缺的电影票轮番请"大眼睛"看电影外，还隔三差五地请他们到家里来玩。结果呢，不下三次，就剩最后一位了。那天晚上，细细妈炒了俩菜，让细细陪着那小伙子喝了两杯后，丢给细细一个眼神后就借故出去了。真是天遂人愿，那天的电就好似被细细妈一口气吹灭了似的，天地一下子就漆黑得伸手不见五指。

"哎呀，咋办呀，我怕。"细细知道，这是想都想不到的最好时机。

"这怕啥呀。咱这不是经常停电吗？你家的蜡烛哪？"小伙子慌了，起身要找蜡烛。细细说她家的蜡烛上次用完了。"嘎石灯呢？不是前些日子给你做了一个吗？"

细细不说话，扭捏着起身走过来，和小伙子撞了个满怀，细细顺势软溜溜地成了一团糖稀，紧紧地贴了过去。那小伙子哪见过这阵势呀，心跳加速，血直撞脑门，不知所措地一下子抱住了细细。

"我要和你结婚!"细细不知说啥好，半天嘟囔了这么一句。正在云雾里挣扎的小伙子被烫了般地立刻缩回了手，突然回过了味，扭身就去拉门。细细立刻追上来，横身挡在门前，可怜兮兮地央求小伙子留下。小伙子一边说不一边摸到了门把，使劲一拽，傻眼了——门被从外面锁上了。

坏了坏了。小伙子明白了，身子一下子靠在了墙上。细细趁机依偎了过去……

就在这时，门被推开了，细细妈冷冷地斜视着俩人，一字一句地说：小伙子，你这是干什么？我们这黄花大姑娘就这样让你抱着呀？咱去派出所吧!

小伙子扑地一声坐在了地上，半天抬不起头……

不久，细细和小伙子结婚了。

日子过得飞快。细细的女儿快三岁时，改革开放了。

细细如鱼得水，一夜之间就把自己打扮成了港台同胞：大披发，喇叭裤，红嘴唇，成了一道抢眼的风景。"远看像十八，侧看二十八，走近一看直喊妈。"说的就是细细。

细细异常敏锐，首先感受到开放的气息。她觉得在工厂干没啥意思，就撺掇丈夫，托朋友帮忙，开了一家小歌舞厅。这回细细找到了用武之地。每天，让自己的丈夫管后面的工作，自己却打扮得油光水滑地在前台忙乎着生意。细细留着个心眼，怕丈夫被勾引坏了，所以就打算挣上一笔钱后立即收手，好好过日子。真是应了那句话：怕啥来啥。生意正干得风生水起时，她大眼睛的丈夫携着她挣来的第一桶金，裹着她招的小姐跑了。

细细立刻被抽了骨髓般地站也站不起来了，歌舞厅也只得关门。

一年后，一位女友邀请她去南方散心。不久，细细挎回来一位说鸟语的老头儿。"这是台湾同胞。"细细的眼睛眯成了括号。"我引来金凤凰了。我们要开服装厂，盖商店，干出番事业来，让那个混小子后悔去吧。"台湾同胞笑容可掬地指挥着细细到处考察观光。细细又风光了起来。今天这个商业领导宴请，明天那个企业经理邀请，细细心里满足极了。

一个月过去了，除了吃喝玩乐外，实质工作一点进展也没有。细细有些着急了："你的资金哪？你不注入资金咱们只能画饼充饥呀。你没看见那些和你谈项目的人都个个不见了吗？"老头儿笑了，说，你别急呀，先用你的。等我们结婚后我的家族才会给我资金。细细想了想，觉得能找个台湾富商托付终身也是件天大的好事。结了婚，钱都放在一块儿了，分那么清楚干啥呀。好！那就这么定了吧。她告诉了老头儿自己的决定。

细细又结婚了，热热闹闹地大办了三天。被浓浓的喜悦包裹着的细细别提多幸福了。可是，喜宴结束后，老头儿却不见了。

几天后，细细接到了老头儿的一封信：你真是个傻女人。我是地地道道的广州东莞人。是你前任丈夫死磨硬拽要我这么做的……他说，你毁了他男人的尊严和权利……

从此，细细疯了。

她常常把自己的脸涂抹得花红柳绿，浑身上下装扮得花枝招展，立在马路牙上，舞动着手里的纱巾，嘴里嘟嘟哝哝冲着过往的汽车，一会儿哭一会儿笑，不停地喊着：回来，你回来呀……

雨夜

傍晚,一阵紧雨把鞋匠提前催回了家。他老婆阳光灿烂地迎接着他,招呼道:"知道你今天收工早,我买了小鲫鱼,咱今晚喝两口?"

"烧包!拍根黄瓜,炸碟花生米不就结了嘛。"鞋匠把修鞋箱放到屋角,抠着黑乎乎的手指甲,吸着凉气心痛地说。老婆白了他一眼,絮絮叨叨地说:"你就是穷命。咱以前穷,那是没办法。那时,你含根钉子都能喝下二两酒。喝得我心里直流泪。咱现在……"鞋匠立马接过话头,大声地说:"咱现在不是还穷吗?不就指我修鞋吗?……"然后用眼睛瞭了一下小窗户。

老婆向窗外看了一眼,见哗哗的雨冲刷着玻璃,便用手指比划着在他脑袋上点了一下,脸色阴了下来,转身做饭去了。不一会儿,煎小鱼、黄瓜蘸酱、油炸花生米,还有一碟餐餐必有的老咸菜摆上了桌。有所不同的是,老咸菜拌上了葱花、香油。鞋匠很享受地闭上眼睛深深吸了口气,然后佯怒道:"老太婆,今天你是要过年呀?"

"就是!咱苦了一辈子了,今天也该翻身了。"他老婆把烫好的老白干斟满了两个杯子,抿了一口后,情深意切地说:"老天爷真长眼,知道咱们一辈子辛苦、实诚,特意从天上给你扔下个大肉饼。"

鞋匠的脸上顿时开了花。自打从农村来到这个城市,他就在这个十字路口摆上了修鞋摊。一年四季,从早到晚,除了下雨下雪,他一直坚守在此。每天中午，老婆将饭菜送到鞋摊前，他匆忙扒拉几口，就势起身活动一下腰身，溜达到身后彩票中心转转，和人家闲聊几句，然后又坐到摊前。直到两年以后，他老婆才发现家里有不少彩票。老婆震怒，日积月累，这也是一笔钱呀，他咋舍得每天花几块钱买那些破纸片呀。为此，从细声慢语地开导，到粗声大气地争论，最后升级到争吵。

鞋匠屡教不改，依旧故我。在他买彩票的第五个年头的夏天，上苍终于开眼了，他中了大奖——50万。

他被打懵了。把这个消息捂在怀里五天后才一点点透露给老婆。还好，老婆没有像他预想的那样兴奋得背过气去，只是愣怔了片刻后泪雨倾盆。她边哭边述说着自己50多年来的种种艰难、困苦、委屈、失望及悲愤，直说得口干泪净后，才用衣袖抹了把脸，嘱咐道："先别领钱啊，等咱合计好后再去。免得招来歹人。"

"那，那把这张票放哪儿呀？咱这破屋一天到晚没个人，不安全呀。"

他老婆眼珠一转，狡黠地笑笑，说自己有办法，保准保险。

今晚，俩人喝着小酒开始规划前景。老婆掰着指头算计起来：还清债后，给俩儿子多少，给自己留多少，给老人多少。怎么请客，该请谁……鞋匠说："咱这小破房眼见着就被风吹倒了。先买房吧。然后像城里人一样，咱也好好置几身衣服，让你水光油滑地过几天好日子……"

他老婆高兴地频频举起酒杯，红扑扑的脸现出了少有的光泽，憧憬在老白干的助推下灿烂起来。和着屋外的雨声和屋内的滴答声，俩人异常兴奋。等再回头时，发现雨水已将床下的四只鞋漂成了小船。

俩人大笑，拿起脸盆往屋外撩水。老婆看着那泡了半截子的破修鞋箱子，说："咱这就买新房，把这玩意扔了，咱不干了。"鞋匠大声附和："就是。不干了！"……

清晨，雨停了，太阳出来了，俩人起床后望着满地的泥泞，异口同声地说：今天咱去领奖！

"彩票呢？"鞋匠问。

他老婆爹开双手，半晌，打雷般大叫道：天，在修鞋箱子里……

以牙换牙

当那个腆着肚子的男人在面前躺下,柔和的灯光打在他的脸上时,小林还没有想到,今天,他要干一件自己都不清楚的事。

小林认出他的那一刹那,是那人在小林检查完他的牙齿、详细询问病历后。"我要最好的!"他的话音和他胖胖的手一挥,令小林大脑中的陈年记忆呼啦啦地翻开,然后定格在他8岁那年冬日的一个下午。

在下过雪的地上玩"踢罐电报"是男孩子的最爱,尤其是路面被踩成镜子面般溜滑,更增加了难度和刺激。那个罐是个挺稀罕的大铁皮罐头瓶子,是一般人家见不到的东西。就因为王小刚家有,所以,大家就必须带他玩。小林的父母曾多次告诉他,要远离这个一贯骄横跋扈的王小刚,免得招惹不必要的是非。可是,王小刚常常拿出别人家没有的东西,比如今天,他一手拎那个铁皮罐,一手举着让大家眼馋的一大块香喷喷的牛肉。他说,只要带他玩,每个人都可以吃一口肉。那可是一般人家连过年都见不到的美味呀。

大家面面相觑后,一个孩子迫不及待地点了一下头,然后急切地在王小刚举着的牛肉上吭哧就是一口。就这一下,大家如决了口子的河水一下子就拥了过去,每人吃了一小口肉后,原来的眼神也立马柔顺了许多。

正好相反,王小刚的腰板比刚才硬朗多了。他把最后一口牛肉放进嘴里后，用油乎乎的手扒拉开其他孩子，飞起一脚将铁罐踢出老远，然后命令一个小个子的孩子去捡……

玩了十几把后，不少孩子已经满身是汗了。夕阳西下时，已经有妈妈在自家门口呼喊孩子回家吃饭了。可王小刚玩得正在兴头上，坚决不准解散。有孩子跑了，他就破口大骂，然后生拉硬拽。结果就起了争端，打了起来。王小刚一把将小林推了个狗啃屎，恰巧前面一块石头，刚换了的大门牙齐齐地断了一半。

当他捂着流血的嘴，大哭着去告诉王小刚家长时，王小刚的爸爸正好出门。听他一说，竟冷冷一笑道：你和你爸一个德行，就会告状！有本事你也打王小刚一顿呀！

仇恨就在那时种下。

等他回家把事情原原本本地和自己的爸爸学了一遍时，他爸竟不顾他还流着血，劈头盖脸地把他打了一顿。边打边痛斥他软弱、无能。小林伤心透了，他怎么也不明白爸爸会这样对他。事后，他妈妈才告诉他，王小刚的爸爸在单位一直处处和父亲作对。有几次父亲找领导反映情况，被他爸爸好一顿羞辱。

不久，王家搬了家，从此小林就再也没见过王家的人。只是后来听父亲说王小刚的爸爸被提拔了，由原来的采购员一跃成了物资科的科长……

转眼十几年过去了，小林已经从大学走进的首都的一家医院，成了牙科主治医师。

拿起病历，小林认真看了看姓名和地址后，就笑眯眯地悄声建议病人换一付刚进口的德国烤瓷牙。他例举了几个有名的领导，阐述了一口洁白、健康牙的重要性。旁边的一位随从立刻献媚道：王部长，我可听说你又要提拔了呀，这点钱咱有地方出，你就彻底换个最好的吧。一劳永逸呀。再说，那也是身份的象征呀！

小林也热情周到、竭尽全力地跑前跑后，让王部长真切地感受到了"上帝"的待遇，心里美美地十分熨帖。几经三番后，一口最高档的牙齿整整齐齐地种植在王部长的嘴里，一结账，8万元人民币。

王部长倒吸了口冷气，沉吟片刻，然后一挥手说：麻烦你和内科的大夫通融、变通一下，给我开成医药费……

小林笑着，态度却十分坚决：这不行。我们院有规定，这是自费项目。就是院长也办不到。

然后，小林又说：哦，忘了告诉您，您这满口的进口牙是目前全国最好的牙齿了。但必须每8年换一次。

啥？

因为8年后不仅会有更先进的产品，而且你的牙也会自行褪色、脱落。

……

晚上，小林在给父亲的电话里高兴地说：真没想到，十几年后，我让他还了满口牙！

啥？你说谁的牙？他父亲问。

8年后你就知道了。小林笑着压了电话。

老焦和他的摩托

天上真的会掉馅饼。

星期天下午，我们街坊的老焦出去买菜时，见商店门口人头攒动，大喇叭震天响，还夹杂着鞭炮声，他就停下自行车，探出脑袋打听："嗨，干啥的呀？"人家告诉他这是抓奖，刚才就有个姑娘抓了一组音箱。

老焦的嘴一撇，转身就要走，突然有人在后面喊了一嗓子：嘿，抓吧，还有摩托哪。老焦赶紧捏了车闸，眼睛立刻就亮了，顺手从上衣口袋里掏出了钱，啪地一声拍在桌子上……

中了中了——围观的人欢呼了起来，老天，是摩托！

高高兴兴把摩托推回家，老焦的眉毛却拧成了疙瘩。咋呀？这大家伙放着干啥？老婆出主意：卖了呗。老焦摇了摇头。一夜辗转反侧，第二天清晨，老焦把摩托骑到了车间。人们一下子围了上来，叽叽喳喳地议论起来。张四四也在其中，爱慕之情毫不掩饰地袒露出来。老焦把钥匙递给他：这玩意送给你骑吧。

张四四横了老焦一眼："戏我？我知道，你的东西就是扔了烧了也给不到我。别给我添堵啊！"甩袖就走。老焦一把拉住他，笑呵呵地说："你哪像个爷们儿呀。不错，咱俩不对付，你也一直不把我放在眼里。可我知道你最喜欢这。"

"不要。没钱！"张四四来了劲。老焦正色起来："送你的！拿着。"

大家百思不得其解。老焦被张四四气疯了吧，用摩托贿赂他？堂堂的主任，向个小痞子低头示好？再说了，这车也不是仨瓜俩枣的，干嘛给他呀？

张四四骑上了摩托。同时，由原来的刺头变成了老焦麾下的干将，天天主任主任地叫个不停，车间里但凡跑个腿呀办个事呀的，四四绝对一马当先，两肋插刀。可不到三个月，四四一次半夜回家时，把摩托开进了路边的工棚里。下夜的老头在梦里就成了残废，四四也当啷着一条腿进了监狱。

老焦把摩托修了修，又给了李进。李进稳当，开上摩托也不张狂。半年后，一次喝了酒回家的路上，竟拥抱了一辆小轿车的屁股，结果把两颗门牙丢在了马路牙子上，还给小轿车赔了全部费用。从此，李进的脑袋就耷拉了下来。

"谁还骑呀？"老焦拍着摩托问。车间里的几个小伙子面面相觑，没人接话。老焦不高兴了："我是为了咱车间方便，结果他俩不自重，把你们吓着了？"

"就是呀，瞧你们那个熊样。给我！"刘弯弯说。长着鹰钩鼻子的刘弯弯心眼多且性子慢，有人松了口气，知道弯弯稳当，不会有事的。果然，人家弯弯把个摩托当成了自己的，该给老公家办事的时候不动，要么骑自行车，要么坐公共汽车，要么向单位要车，还时不时地向老焦报销点修理费、汽油费啥的，气得老焦摔摔打打地直骂娘。给自己办事时开着也绝对不着急，那个一板一眼地让老焦看着就跺脚。

一天，车间有个急加工的活儿，要去东风机械厂取图纸。刘弯弯开着摩托走了，又把人家的技术员带了过来。干完活儿后，老焦说单位的车都派出去了，只好用摩托送人家。刘弯弯极不情愿地骑上了摩托。路上，为躲一辆迎面过来的自行车，两人歪倒在马路中间，正好一辆大卡车呼啸而过，那技术员的脑袋顿时开了花。

不到两年，好几个人都栽倒在这辆摩托上。

人们议论纷纷。最后总结出了两句话：要想死得快，买个一脚踹；清理绊脚石最好的办法就是送一辆摩托！

老刘修路

老刘退休后,没事时就喜欢戴上茶色水晶眼镜,倒背着两手,站在街边上巡视着马路上的过往。

老刘,忙,忙着呢?有人老远就笑嘻嘻地挑逗他。

老刘当然听出话的味道,翻翻眼皮也不回应。

有人就提议:老刘,你这么有本事,能不能给咱向上反映一下,把咱的路修修呀?老刘心里挺舒坦,嘴上却谦虚起来:我有啥本事呀。到老也就混了个副队长。别人就偷偷地乐。知道那副队长是个不挂弦的虚职,但老刘却十分看重。

老刘家街坊后的那条路是条龙须沟,是条"晴天一身土,雨天浑身泥,黑天摔跟头"的烂路。因远离市中心,所以就成了被遗忘的角落。尽管居民们不断找上级领导反映,但都是一推再推,当年光屁股的小小子都领回媳妇了,那条路还风采依旧。

这条路成了大家的心病。不少人在说起这条路时,都会在发完一阵感慨后加上一句:谁要是能给咱把这条路修好,咱就给他送匾。

老刘就接过话,说自己的儿子是个官儿,可是不对口,胳膊再长也够不着呀。只要我儿能管,保准没问题。

巧了,时间不长,一次干部大调整,老刘的儿子真的调到了市政部门。老刘的眼睛顿时亮了起来,忙把笑脸递过去:儿子,爸就求你这一件事啊，你一定和你们领导好好通融通融，把咱这条破路尽快纳入议事日程，尽快解决了。这也是形象工程嘛。

不久，还真有了回应。这年春天，一番勘探测量后，一队人马开着推土机、轧道机开始了修路工程。

街坊邻里见面就高兴地夸老刘，说他办了件大好事，是大功臣。老刘喝了蜜般喜笑颜开。他每天都忙在工地上，一会儿和司机打个招呼，一会儿跟工人聊聊，一会儿又和项目负责人谈谈，俨然一位领导视察。项目负责人正好还有个工地，就笑嘻嘻地和老刘商量："你帮我协调指挥行不？"老刘挺高兴，但马上又说："我一个退休老汉，他们哪能听我的呀？"项目经理明白了，说："我给你做个总指挥的牌牌，行不？"老刘立刻眉开眼笑地双手一拍，高声地直喊好。

从此，人们天天看见，老刘双手插在裤子的屁股兜里，挺着胸前"总指挥"的牌子巡视着。有人见了他再逗他：老刘，忙，忙着哪？老刘就扬起脸，响亮地回答：姓刘的哪能不忙？然后就是一阵大笑。

老刘真的特别忙。今天的料没到，明天的车没按时来，后天的人不齐，老刘都要给他儿子打电话，也不管他儿子是正在开会还是正和领导谈话，就是一句话："我现在是总指挥，你得马上给我把事情办好！"气得他儿子在电话里直嚷嚷："爸，这是你管的事吗？这也不是我能管的呀。哎呀，你快愁死我了。"老刘的眼睛就立了起来，冲着话筒大骂："你他妈当个破官儿就觉得了不起了？你要连这点正事都干不了，趁早给老子滚回家抱孩子去！老子要是不退休，还用求你呀，你个臭小子……"

修路工程进展还算顺利，眼见着就要铺第一遍沥青了。

那天下小雨，工人们躲在工棚里闲磨牙。有人就说，下雨天是睡觉天，有人说是打孩子天——"下雨天打孩子，闲着也是闲着"，有人立马抢过来说下雨天是喝酒天。

"就是呀。咱好不容易闲着了，刘总指挥该请咱们喝顿酒了，也庆贺一下咱工程顺利呀。"众人马上叫好响应，七嘴八舌地乱成一锅粥。

老刘笑着说："我是准备完工时请你们的。得，选日子不如撞日子，就今天吧。大家都去都去啊。"呼啦啦一伙人就涌进了路边的一个馅饼店。几个小菜，几瓶白酒，外加馅饼小米粥，吃得众人满嘴流油，心满意足。可谁也没发现，人群里缺了俩人：一个是轧路车司机，一个是测量工。

……

路修好了，街坊们就开始张罗着给老刘送匾的事了。就在大家刚把钱凑齐之际，一场大雨倾盆而下。雨后，人们的脸一下子就阴了——原本平坦笔直的柏油路中段，有一个大水洼。如果是晴天，还真看不出来。

"这是咋弄的呀？好不容易修了条路，咋又成了锅了？"人们质问老刘。

老刘不高兴了："我怎么知道呀？"

"你是总指挥，你不知道行吗？"

这天，老刘揣着两盒好烟，坐了好几站地，才找到了项目负责人，愣是等到下班，然后生拉硬扯把人家请到了饭馆。酒过三巡后，老刘极其诚恳地请求帮助解开这个答案。

项目经理拗不过，告诉了老刘：事情就坏在你那天请客上。你们喝酒去了，落下的那两个人心里有气，正好有车土要拉走，他们就给卸在了路上，轧路车司机和着小雨走了几个来回。尽管事后我们严厉地批评了他俩，可事情已经不好挽回了。老刘，你呀……

老刘醉了。

那块匾从此没了下文。

苏大嘴

苏大嘴是我们单位的名人。

之所以叫他大嘴，就是因为他太能白话了。可以说，上下五千年，方圆五百里，没有他不知道的事。上至中央有啥重大决策，下至百姓家中鸡毛蒜皮，他都看在眼里，装着肚子中。有人叫"他十万个为什么"，也有人叫他"问不倒"。

每天清晨，苏大嘴最大的幸福就是举着一个8分钱的油旋或5分钱的白饼子，站在车间的房头边吃边和陆陆续续上班的人打哈哈，说闲话，扯故事。

很多时候，他的一个饼子才咬了一个小月牙，闲篇就扯出了开头。古今中外、天上地下、奇闻逸事、家长里短，没他不知道的。他不仅能白话，还能连吹带捧，插科打诨，嬉笑怒骂，成了大家上班前的开胃小菜。他的那个每天一换的饼子，也是身份的象征。那时，一般人家的早点都是咸菜就窝头，偶尔才能吃上个馒头。他见天早上吃饼子，那既要粮票又要钱的饼子，不是一般人天天能买上的，其次，当时大家的生活都紧张，且家家孩子好几个，能舍得这么吃的人家也不多，所以呀，他举着的饼子上就落满了散发着口水味道的目光。

有人说，如果有件事情让他知道了，就是给他戴上仨口罩，也挡不住他的嘴。

他是个广播站，也是民间劳资、人事部长、办公室主任兼居委会大妈。大家都奇怪，他咋就能知道那么多的事情呀。

"昨天晚上啊，老吕家父子俩打起来了。知道为啥吗？就是为那刚刚过门的媳妇呀……"听客们立马瞪大了眼睛，一束束亮晶晶的目光追光灯般射在他的脸上。"咋啦？扒灰？"有人话一出口，立刻引起一阵哄笑。

"大嘴呀，这可不是瞎说的呀。"一位老师傅横刀拦住他。"你这样瞎嘟嘟，早晚得出事。"大嘴一挥手，满不在乎地说："啧啧，想哪儿去了呀？你们是不知道呀，他那儿媳妇是高干子弟，那讲究多了去了，就那老吕的驴脾气能受这个？"有人马上接话，说小吕长得多帅呀，谁让她看上咱工人子弟的？苏大嘴说："那媳妇家生活特别讲究，每个星期必须吃一次烧鸡。家里的吃饭桌子上还得铺一块床单。啧啧，那是啥生活呀？"他就着口水把最后一口油旋吞下，拍拍手又放低声音说："看着点呀，今天咱们主任肯定找'七分头'谈话。内容嘛，要提他当秘书啦。还有，郝大眼昨天给老王家的姑娘保媒去了，知道对方是谁吗？嘻嘻……"

直到车间门口有响亮的咳嗽声传来，人们才"轰"地散了。大嘴也抻抻脖子去干活儿了。

有位老师傅经常悄悄地告诫大嘴："你呀，当心祸从口出！"

大嘴一笑，根本没当回事儿，照样。

林彪叛逃后的消息还没传达到县团级时，他就听到了风声。这件秘密就像一个硕大的奖章，让他有了极大的荣誉感和优越感，心情一下子澎湃得难以抑制。开始，他决定把自己的嘴封住，看看形势。然而，他巡视再三，也没发现异样。当他确定这个消息别人根本就不会知道后，心中的喜悦风一样把嘴上的那张封条吹落了。

那天晚饭后，他去一特别要好的哥们儿家串门儿。那哥们儿家刚要吃晚饭,见他进来,忙叫媳妇加了双筷子。他哥们儿笑呵呵地拿出瓶酒来,说:"馋老婆盼过节,馋爷们盼来且(客人)"等其他家人吃完饭撤退后,他俩的酒也喝出了劲头。

"我知道,咱俩交情最铁了。我告诉你个天大的秘密,你可谁也不能说呀,连你老婆也不能告诉!"他缩着脖子,压着嗓子小心翼翼地将那个消息透露了一小部分。还有点,话到嘴边又咽了回去。他还是有些胆怯。那哥们儿听后目瞪口呆的样子让他很满足。半晌,他哥们儿的脸色凝重得像块铁板,一边保证自己封住嘴,一边不知所措地直摇头。

俩人喝到深夜,大嘴晃着身子回家了,他的哥们儿却怎么也睡不着了。折腾了大半宿,思量再三,清晨一上班,那人就推开了党委书记的门,将大嘴的话一一告知了党委书记。听罢,党委书记举着火柴正要点烟的手抖个不停,眼珠子直冒火,当即拍桌子要拿了他。就在这时,有人通知他立即去市里参加紧急会议,他挥挥手急忙走了。

会上,书记才得到正式消息。也就是说,到这个时候,消息才传达到县团级。而且会议还一再强调,这是绝密消息,不得私自透露,否则……

回到单位,书记心里的秤砣一个劲往下沉。这么大的党内机密,领导干部尚且一级级传达,他一个普普通通的工人咋能知道?他的上面有谁?他又是谁?

当第五支烟蒂被按灭在烟灰缸里时,书记拿起了电话……

早晨,苏大嘴正津津乐道地抖搂车间里那个老姑娘的轶事——"哎呀,你们是不知道那姑奶奶的小性子。她妈就在一家人吃饭时,说希望她赶紧找个好对象,她的长脸呱嗒就放了下来,差点砸到脚背。好么,火了,二话不说,端起一盖帘饺子,用屉布一包,还使劲一拧,拎起来开门就走了……哎,这是啥意思?"他猛然看见鼻子底下有一副闪着寒光的手铐。

"跟我们走一趟。"穿着制服的警察斩钉截铁地说。

大嘴的嘴河马般地张着，半天没合上。手里剩下的半个白饼子一下子掉到他的脚面上，然后又滚到地上。

直到"四人帮"垮台后，他才灰头土脸地被释放回来。

不久，在全体职工大会上，书记在会前简单地介绍了对他的处理：自由散漫，偷听敌台，传播小道消息，给予警告处分，交给群众监督，以观后效……

让人感动的就是好作品
——读陈吟《我在黄河北　我在黄河南》

张　伟

在几种文学体裁中，散文写出品位是很难的，所谓易写难工。这让我联想到日语学习的一个说法，笑着进去，哭着出来。入门儿很容易，门槛儿相对比较低，而要登堂入室，毕其一生都未必能够。

小说总有个故事架子支撑着吧，情节的那根线揪扯着读者，人物的命运，即便不能提升到命运的高度，"后来怎么样了"的疑团牵动着读者，明知是"逗你玩儿"，还是愿意上套跟着玩儿。评书总是讲到节骨眼儿上就打住。刀已按在脖子上了，即将人头落地，这时，只听远处马蹄嗒嗒，马背上一员莽汉，大喝一声：刀下留人！不知来者何人，刀下之人是死是活？欲知后事如何，且听下回分解。听众抓耳挠腮，心里痒痒，掏钱吧，所有人都痛痛快快地掏出钱来，只为快点听到下一回书。如果是电台的评书联播，一天都茶饭不思，只等着第二天同一时间打开收音机继续收听，仿佛生命的全部意义都在这里了。再比如看电视，许多人都有这样的体会，不管多滥俗的连续剧，看了前面的几集，一边骂着，一边还要往下看，结局怎么了，要看个究竟。怪不得有那么多人字还没认全就摆开架势写小说了，有那么多三流小说家都在混饭吃，这个行当好糊弄人啊。

诗歌是最容易鱼目混珠的，好诗乎？劣诗乎？劣诗假冒好诗、凭劣诗浪得浮名者，不在少数。究其原因，真正懂诗者寥寥，一些人又不懂装懂，虚荣心使然不能说不懂，于是随声附和，不敢妄加评论，别人说好，那就好吧。在一片假话的喧闹声中，赤裸着的皇帝也就穿上了新装。还有一点，诗歌的运思方式，的确是很特别的，常常要打破惯常的思路，在冒险中绝处逢生，出其不意，逸响天外。这样，读诗品诗者，就不便贸然地下结论了。大家都还记得，当年朦胧诗进入诗坛，连著名诗人艾青都不认同，持反对意见。可见，评诗不是一件轻而易举的事。这也就给浑水摸鱼者打开了一道方便之门，既然你鉴定不出真假来，那我就以假充真吧。

散文呢，你的学识水平如何，那是藏不住的，博学掩不住，孤陋也必然露怯。拿着尽人皆知的常识当高深玄奥的哲理贩卖，贻笑大方，是常有的事。等而下之，连常识都弄错，闹出笑话的，也多所目睹。大家如余秋雨，不是也硬伤累累吗？

文笔呢，追求华丽，却造作了；追求朴素，又太浅白了。拿捏得恰到好处，殊非易事。余光中是大文豪吧，文字功夫十分了得，有时也不免矫揉。季羡林是大师吧，有些散文着实是庸常、寡淡了些，无法与这等重量级的大学者对上号。读董桥，读张中行，咂摸那味道，越品越有滋味。那不单单是语言，一辈子的修行都在里面了。刚获得诺贝尔文学奖的莫言，自诩"我的长项，是喜欢写打油诗"，手头正好有近期《文学报》上的《写给自己》，实在不敢恭维。"莫言已经五十七，心中无悲也无喜。经常静坐想往事，眼前云朵乱纷披。人生虽说如梦幻，革命还是要到底。革命就是写小说，写好才能对起自己。"一点儿都不好玩，而且至少有三个毛病。白开水一样的大白话里夹杂一个很文的词"纷披"，夹生、不协调，又没带来杂糅的喜剧感。六、七两句都以"革命"起始，犯忌了。一水儿的七言，最后一句蹦出八个字来，别扭不顺畅,"对起"生造不通。是呀,真正的大作家,随便挥洒出来的文字,都应该是耐咀嚼、耐回味的。

思想也是散文的重要元素。思想不同于知识,知识可以舶来,可以共享。散文如果通篇都在转述别人的思想,那就失去了灵魂。而思想的产出,犹如从含金量不高的矿石中冶炼金子,稀薄而珍贵。博学未必就有思想。我相识的一位散文作家,人生顺风顺水,早早地就贵族了,写出来的东西,无病呻吟,病态的自恋,令人不忍卒读。思想有时是有代价的,必得在磨难、痛苦中酿造。

散文贵在有情调。情调是什么?说不清、道不明。散文的情调好比人的气质,你说气质从哪儿看出来?眉眼儿?体态?言谈举止?是又不是,气质是内在修为昭彰于外的整体风貌。散文的情调,就是这个东西,让你说不出来,却深深地吸引着你,深深地感觉得到。情调是创作主体生命的对象化,是臻于化境的。

真诚,对了,真诚是散文的生命。散文是倾诉,是心灵的独白,以作者人格真面目现世。散文是闺蜜之间促膝交谈,敞开心扉,毫无芥蒂。散文是虔诚的教徒面对上帝的忏悔,他深知,上帝的眼睛二十四小时都是睁着的,在上帝面前没有秘密,无论行善作恶,倾囊而出,坦露无遗。

还用往下说吗?学识、文笔、思想、情调、真诚,五个指头一般齐是奢求,两三个指头冒尖也难能了。当然,我们大可不必如此这般学究气地胪列甲乙丙丁,操作简便的标准也是有的,让人感动的作品,就是好作品。

读陈吟的散文集《我在黄河北 我在黄河南》,读罢掩卷沉思,我写下了上面的几段文字。这是陈吟继《粗瓷碗细瓷碗》之后的第二部散文集。不知是出于偶然的巧合,还是有什么必然的机缘,两部文集的书名具有趋同性,都是由两个短语构成,而且,粗细对立,南北对举,有意思。我在黄河北,我在黄河南,作者在坐标系上定位自己的人生。每天早晨,当她驱车来到黄河南岸,她是达拉特发电厂的一名职工;晚上跨越黄河回家,她又是包头的一个市民。她还是父母的女儿、两个孩子的妈妈、文学圈里的文友、女人堆里的闺蜜……她克勤克俭,努力扮演好每一个角色。这是坐标的横轴。纵轴呢,标刻出时间的纬度,穿越历史的隧道,回到童年、少年、青年时代,同学同事,亲朋好友,街坊邻里,记忆汩汩涌流,往事历历在目。纵轴的另一端,指向未来,她和儿子一起憧憬未来。纵横交织,架构起她立体的人生。生活的酸甜苦辣,都诉诸文字,让情感在这里释放,让思绪在这里条顺,让记忆在这里定格,于是,就有了这部散文集。

"在一支8瓦的小灯管下,我抱着厚厚的书如饥似渴地阅读着,将自己沉浸在字里行间,思绪随着书中的情节起伏跌宕,浮想联翩。那些方方正正的字,为我撩起了一扇窗帘,洞开了一片新天地,让我找到了新的向往,新的风景。"(《自吐霜中一段香》)陈吟告诉我们,文学的种子,早早地埋进了她幼小的心灵中,从入迷地读,到痴情地写,读读写写,有文学相伴,生活更充实,精神更丰盈。

在职场,陈吟从来就是一位恪尽职守、兢兢业业的好职工。《从台前到幕后》,虽简笔勾勒,却造型结实,呈现出她默默奉献的一幅剪影。这位从小就能歌善舞、活跃在舞台上的文艺青年,人到中年,小陈变老陈,成了"后台拉旗人",而且"一拉就是6年","抓住,放手,押下摆,再放,抓下摆。"读到这一串富有动作性的短句,我很感动,优秀如陈吟者,甘当配角,而且那么投入,那么不遗余力,虽是工作的一个侧面,生活的一个小插曲,却折射出她人格的魅力。这篇散文,构思颇具匠心,以唱歌跳舞为线索,串起几十年的如烟往事,勾画出自己成长的轨迹,同时也摹状了社会的变迁,时间跨度长,信息容量大,写出了昂扬进取的精神,也写出了人生的沧桑感。"没想到,时间就和孩子手里的棉花糖一样,看着偌大一团,还没等细细品出甜味,便少了大半个。20年眨眼就从指头缝中流走了,手中攥着的,是一把沉沉的年龄和酸酸的往事。"作者对人生的感悟,在这几句话里,得到了精精道道的表达。

《你的生命是张白纸》是我近年来读到的最优秀的散文之一,完全可以拿到大报名刊上发表。朋友们都知道,陈吟有一个患有先天疾病的儿子,她为这个病儿付出了无以计量的艰辛的努力,承受了常人难以想象的巨大压力,正如开篇独立成段的那句话所言:"你是我永远的痛。"二十多年里,她从未用文字揭开过这块伤疤。所以,这不是一篇普通的文字,凝结着深深的母爱,浓缩着二十多年的亲情,甚至可以说,是作者用心血、用生命熔铸而成的。在艺术处理上,也达于炉火纯青之境,用上文排出的五把尺子——学识、文笔、思想、情调、真诚——来衡量,一点都不含糊。当然,这篇散文基本不需要学识的参与。作者没有喋喋不休地去叙述二十多年里抚养病儿的点点滴滴、宗宗件件,那样就写成周国平的《妞妞》了,不,是比《妞妞》容量大得多的一本大书。周国平的女儿妞妞只在这个世界上活了562天,像流星一样闪过。陈吟的儿子,在她百般呵护下,如今已长成二十多岁的大小伙子。这期间,发生了多少感天动地的故事,可想而知。秦怡、谢晋、王铁成,这些名人家里也都有一个病儿,也有很多感人的故事在社会上流传。作者省却了叙述的笔墨,而以抒情的基调,以隐忍、节制的字句来写,从而感情的强度、浓度都得以大幅度提升。也许,作者写作此文,花费的时间并不多,但我相信,腹稿打了无数遍,字、句、段,乃至整个篇章,都是经过千锤百炼的。唯此,才会那么精粹。该文的语言成色,明显高出于其他篇章至少两个档次,而且毫无刻意雕琢的痕迹。好文章不是写出来的,而是生命汁液的自然流淌。

陈吟应邀为《包头北方新报》写作专栏"老街坊"。这个栏目,氤氤着人间烟火气,像褪色的老照片一样,烙有时代的印痕。用央视"东方时空"的一句老广告词来说,就是"讲述老百姓自己的故事",用《上海文学》一个老栏目的名称来概括,就是"日常生活中的历史"。这一组人物速写,也收入到这本散文集中了。尽管由于版面的限制,有些篇什叙述得略显匆忙,没做充分的展开,不够从容、舒展;可能因为催稿急,时间仓促,有些地方推敲得也不够仔细。但还是显示出了陈吟小说创作的功力。陈吟早年写小说,而且势头很好,引起了文学期刊和评论界的关注,被隆重推出过。这一组作品,运用白描手法,"画眼睛",抓特征,三言五语,寥寥数笔,形神毕肖,给读者留下深刻印象。老蔫、二子、苑小茜、鼻涕小子、大胖和干巴儿、臭臭与"傻大个"罗玉英,一个个活灵活现的角儿,以自己所特有的步态向读者走来。作者聚焦底层小人物的悲喜人生,时而令人忍俊不禁,时而又为主人公潸然落泪,制造出鲁迅、欧亨利那样的读者的"含泪的微笑",这都得益于写小说刻画性格的本领。

《百变人生》,写她一个女友的辛酸、凄楚的不幸遭遇。这篇散文,已经具备了小说的要素,搭起了小说的架子,可以扩写成中篇小说。性格、命运、故事情节,都勾出了轮廓线,进一步细描、敷彩,深挖一下性格的心理依据和社会根源,就是一篇沉甸甸的、有分量的小说。改革开放30多年来,一潭死水被搅活,"爹是爹来娘是娘"的日子一去不复返了,冲波逆折,大起大落,许多人的人生都富有传奇色彩,因此,这个人物,也就拥有了揭示社会本质的典型意义。

承蒙陈吟的信任,通读了清样,先睹为快。我这里提到的,只是书中的一小部分,更多可圈可点的妙笔,读者诸君在阅读中分享吧。

陈吟印象

贾志义

自从爱好古玩之后,周六周日古玩市场是我必去的地方,有收获则高兴,没收获亦释然,已养成一种习惯,并不在意得失,只为自娱自乐,打发时光。淘书亦是我的一个目标,只要有适合我的东西决不放过。书已成为我生活中不可缺少的部分,有一些已注入生命的血液,于我朝夕相处,形影不离,并不亚于氧与空气。

前几天,突然在书市看见一本《未名集》,勾起我二十多年一段记忆,所以就毅然决然地买下此书,翻阅重读。

《未名集》为包头春笋工人文学社作品选,收集作品都是会员的文章。包头市文联原主席、著名散文家许淇先生为这本书作的序。序中写道:"鲁迅先生曾组织未名社,扶植文学青年,由未名而著名,卓成大家者有之,包头未名集亦可作如是观。"许淇先生的赠言表达了一位德高望重、著作颇丰的老作家对一代文学青年的殷切希望,为此书增色不少,先生还欣然命笔题写了书名,提高了书的影响力。

包头春笋工人文学社成立于1982年,会员大多是工人、干部,还有一些社会青年和部分农村青年。来自青山区的居多。其中比较有影响的有陈童华、张洪钧、徐永国、陈吟等。最早在《鹿鸣》发表作品就有陈吟,这也是我对她最初的印象。

陈吟那时还处在青春期，长得秀气、文静，不太爱说话，每天到一宫上课都静静地坐在一个墙角处听课做笔记，那时也并没有引起我过多的注意，直到有一天她在市级杂志发表了作品，我才对她有了一点了解，知道她在某建筑单位工作，家住青山区。

那时，文学非常热闹和繁荣，许多包头知名作家都来讲课。有王维章、滑国章、许淇等。那时，我对陈吟印象不深，交往也一般，有时去青山区办事碰见，也只是打一声招呼，并未有过深谈。后来也听到她的一些事情，也没做过多探究。

上世纪九十年代初期听说她结婚生子很是高兴，也暗暗在心中送去祝福。后来听说她儿子生病，而且是种很难治愈的病症，又为她惋惜。后来，陈吟去呼和浩特读作家班，我为她的坚强感佩，也为她处境担忧。好在那么困难的境遇她终于都挺过来了，顺利地完成了学业。

2000年后，是陈吟人生的一个转折点。她调到某大型电力企业，为她的事业和生活掀开崭新一页。她的才华也终于有了展露的机会，经济收入也有了增长。由于同在一个系统工作，我们的交往也较为频繁和密切了。过年过节发个短信，互相祝福和问候一下。有事没事也打个内部电话聊一下彼此近况和工作动态。有时候她来包头印刷厂校对，工作之余也坐一坐，吃个便饭。渐渐我对陈吟又有了进一步的了解和认识，知道她这几年的艰辛与坎坷。也知道做一个文学女人的难处。为了给小儿子一个良好方便的学习环境，陈吟曾几次搬家，为的是离儿子学校近一点，方便照顾儿子的生活起居。记得有一次她搬到一处新家不久，就停电了。她自己也不会弄，敲了几家邻居门不是无人就是不给开门，人情冷漠，世态炎凉，让陈吟又一次感受人生无奈与生活不顺。在没办法的情况下，突然想起了前几天来家登记情况的一位社区办事员，打电话说明情况后，让她没有想到的是那位非常爽快地答应了，而且第二天帮她解决了难题。陈吟非常感动，她深感到人间还是有真爱和温暖的。后来她把这一件小事写成一篇散文发表在报纸上，表达了她的感恩之情。

母爱是无私的也是伟大的，陈吟把所有心血与希望寄托在儿子身上。对儿子一举一动颇为敏感。有一次她跟我说起儿子，忧心忡忡，不知道该怎么办。我劝慰她，不要把希望过分寄托在孩子身上，只要把道理讲清楚明白就可以，他们会慢慢地长大，慢慢地懂事。一定要顺其自然，因势利导，切不要刻意追求或拔苗助长。后来，她的儿子渐渐懂事，学习也有了长进。陈吟把对儿子的教育以书信的方式，记录了母子交流沟通的过程，读后让人动容。

陈吟在工作之余并没有放弃她一生钟爱的文学。她在《包头北方新报》开有专栏"老街坊"，专写小巷深处的人情世态、家长里短，每篇1000多字，深受广大读者的喜欢，一年多来已发表四五十篇。这对于一个既要两地跑车又要照顾孩子的人来说，是件多么不容易的事啊。她每次早上五点多起床，照顾孩子吃早饭，然后出门等车；晚上太阳落山才回到家中，又要做饭洗衣，照顾儿子生活起居，关注儿子每一个细微的变化，有时忙到深夜才做完家务事，还得为报社赶稿，一篇稿写完后就是深夜了。就这样数年如一日，写成如今这本十多万字的书，其辛苦是可想而知的。

前几天，陈吟说她准备出版散文集，问我有没时间，能不能帮她看一看稿？我欣然应允。那天她给我带来一摞稿件，我用尽四五天时间全部看完。虽然有的文章写得略显匆忙，但人物、故事都是发生在我们身边的，显得亲切、真实，我很爱读。有些文章记录她的生命轨迹和真实感受，也是她这十几年工作、学习、生活的真实写照。

看完了陈吟这本书里的全部稿件，我心有感慨，写下这些话，算作我对她这本书即将付帧的真诚祝愿。

后记

从第一本散文集出版至今，转眼间已过去11年了。

此时，面对飘着墨香的书稿，我一面感叹时光的无情，一面庆幸自己曾经拥有的理想和信念还依旧在生活的泥潭里挣扎着，不甘沉下去。

静静翻阅着曾经的过往，感恩之情涌在心头。可以说，我是在领导、父亲母亲兄弟姐妹及朋友的关爱中踽踽前行的。

我所供职的达拉特发电厂不仅注重企业文化建设，也注重提升员工的整体素质，因此，各级领导、同事对我的业余创作给予了极大的理解和支持。文友、师长、朋友对我都是关爱有加，鼓励无限。那种坦诚、热情、真挚的情感，一直萦绕在我的身边，给了我勇气和力量，给了我温暖和信心。

今年是我们文学研究班开班20周年，让我想起了我的老师。毕业回到工作岗位后，我过起了两点一线的生活。我们的班主任王志彬老师一直关心着我的工作和写作。那些年，他每次来包头讲学都会给我打电话，鼓励我要克服困难，增强信心，多读书，多写作。也曾托人把他出版的著作带给我。前年，我突然接到一个陌生人的电话，自我介绍是王老师的学生后，就极不客气地批评了我。他说，王老师近来身体不好，刚做了手术，却依旧惦念着我们班的同学，也惦念我。当我和蒋静、梦雨去王老师家拜访时，知道年事已高的老师依然带病勤奋笔耕，著书立说，令我汗颜得抬不起头。

耄耋老人荆体山大爷，曾是我小时候的邻居，也是原来工作单位的同事。去年,他辗转几个人后才找到了我的电话号码。电话里,他兴奋地说:"陈儿,我又在报纸上读到你的文章了。我真高兴,你又开始创作了呀。你一定要好好写!"老人激动的语气让我既惶恐又羞愧。

这让我想起了一件事。2008年的一个秋天,在人民大会堂的台湾厅里,时任中国社科院文学研究所党委书记、副所长,《文学评论》杂志社社长、编委,《民族文学研究》主编,中国社科院研究生院文学系教授,中国当代文学研究会副会长,中国文学史料学会会长包明德教授主持我市著名作家马宝山的《丁新民和他的民工兄弟们》作品研讨会。会前,一个电话打给了我。宝山兄简单介绍了会议的情况,然后高声地说:你猜,谁要和你说话?电话里那一声浑厚而洪亮的声音让我一下子兴奋起来:包主席。包主席亲切地询问着我的工作、生活,鼓励我要继续努力,多读书,多思考、写出好作品。我的第一本散文集的序,是曾担任过我们文学创作研究班班主任、当时任内蒙古文联主席的包明德在百忙中撰写。这让我非常感激。很惭愧,一晃七八年了,曾经的创作激情如暮霭中的缕缕炊烟,渐渐被生活的诸多琐事消散。也就是从那时起,我又拾起了搁置多年的笔。

我是个散淡的人,这些年,一直借口工作忙、家务繁杂而疏于文学创作,常常愧对大家的期望。我的同学蒋静经常督促我,并在《包头北方新报》上给我开辟了专栏。一年多以来,《包头北方新报》的领导和责任编辑不仅给了我这个难得的机会和平台,还常常鼓励我,让我有了"不用扬鞭自奋蹄"的劲头。现在,我忙里偷闲,将近年来的作品整理出来,集结成册,也是为了回报关心支持我的领导、朋友。尽管许多作品不尽如人意,还存在着这样那样的不足和缺点,但这也是对自己的一个回顾,一个总结。

当然,我把这本散文集呈现给大家,是为了得到批评指正,鞭策我向着更高更好的方向发展。

在此，真诚地感谢我的领导，感谢既是老师又是兄长的马宝山、著名评论家张伟、诗人贾志义等文友和朋友的鼎力支持。

感谢大家多年来对我的关心和帮助。你们的真挚关爱和支持是我永远的暖，永远的根！

2012年秋

知觉 文学精品阅读丛书·第2辑
格尔玛 主编

仲夏夜之温凉时分

苏莉 著

首都师范大学出版社
CAPITAL NORMAL UNIVERSITY PRESS

图书在版编目(CIP)数据

仲夏夜之温凉时分 / 苏莉著. — 北京：首都师范大学出版社，2013.6

（知觉文学精品阅读丛书 / 格尔玛主编. 第2辑）

ISBN 978-7-5656-1561-0

Ⅰ. ①仲… Ⅱ. ①苏… Ⅲ. ①散文集－中国－当代 Ⅳ. ①I267

中国版本图书馆CIP数据核字(2013)第120598号

知觉文学精品阅读丛书
ZHONGXIAYE ZHI WENLIANG SHIFEN

仲夏夜之温凉时分

苏 莉 著

责任编辑 张慧芳

首都师范大学出版社出版发行

地　址　北京西三环北路105号
邮　编　100048
电　话　010-68418523（总编室）　68982468（发行部）
网　址　www.cnupn.com.cn
北京集惠印刷有限责任公司印刷
全国新华书店发行
版　次　2013年9月第1版
印　次　2013年9月第1次印刷
开　本　787mm×1092mm 1/16
印　张　12
字　数　149 千
总定价　140.00 元（全4册）

版权所有　违者必究
如有质量问题　请与出版社联系退换

目录

001　序

001　秋日
007　风筝远走
012　邻人
021　天使降临的夏天
029　前进旅馆和战斗旅社
038　乡下人
045　山水
049　独月当空
060　聚会
070　红鸟
080　窗外梧桐
087　松松和晨生在某一年春秋之间
094　四月之爱
096　牧人
102　达斡尔女人
109　《西厢记》记
113　牛的故事

124 仲夏夜之温凉时分

131 草原深处

140 温顺表舅如今以及旧有的生活

150 旧屋

162 冬夜

179 **后记** 不受鼓励的小说

序

祝大同

几年前,我曾去过一回东北,见过一回嫩江,在嫩江边的小城尼尔基小住过几日。

那时,刚刚度过雨季,列车在接近齐齐哈尔的时候,铁路两侧是一片苍茫的积水,水天一色,望不到尽头,水中有几排电线杆单调地排向远方。

乘长途汽车出黑龙江的讷河县,乘渡船过嫩江,江水昏暗却不动声色,透出一派沉甸甸的神情。几天以后人们带我走上一处高岗。了望宽阔的河谷,远远近近满眼的绿色,印象中并没有什么高大的乔木,只有水和草的世界。树已经在更加遥远的地方。尼尔基镇是达斡尔族自治旗旗政府所在地,自治旗也有一个好听的名字——莫力达瓦。在达斡尔语里,嫩江叫做纳文慕仁,慕仁是江,而"纳文"正是汉语里"嫩"的反切,我不明白这里面究竟有一种怎样的联系,自然有我所不能了解的深意,在十七世纪的史料中人们称这条江为脑温江,有人理解这与蒙古语中的"淖儿"有关,蒙古人称泉、湖为"淖儿"。

我在这里认识了两个年轻的达斡尔女性,一个姐姐,一个妹妹。从她们家的小院走出去,绕过几排房子,便是嫩江漫漫的草滩。我只是这样暗自揣测,并不真的有机会绕过那几排房子,走上那长满簇柳的滩地。五月,这里的人们多会到草滩和簇柳丛里去采集一种野菜,当地人称它"柳蒿芽",可以鲜吃,加肉和芸豆煮汤,是达斡尔人的传统食物,余下的便晒制干菜,冬天吃,清心败火。

那时候,姐姐已经结婚,有了一个漂亮的女儿。因为丈夫在外地工作,她带了女儿住在娘家。一个清朗的月夜,四岁的女儿告诉妈妈,她嗅到了月亮的气味。妹妹待字闺中,独自一人在那间有扇南窗的小屋里,读书或者写作。当时,她刚刚从南京大学作家班毕业,上行穿过了整个北中国回到这个偏僻的尼尔基不久,心儿仍在四处漂泊,还没有能随她一起回来。

姐妹两个都热爱文学。姐姐是妹妹的开蒙老师,大概是她第一个明白妹妹的不平凡之处。她曾带了她的这个聪敏而内向的妹妹走了大半个中国,只是为了让妹妹看一看外面的世界。

姐姐的作品没有让我意外,她虽然比我年龄小些,却有一种同龄人的感觉。然而读了妹妹写的那些东西,让我惊诧,满纸散漫而绵密的感受,被她用一种不经意的方式写出来。后来她寄给我的那些作品,其中洋溢的天分同样被我的同事们赞叹。我想她应该有一个好的文学前程,因为她敏感聪慧还富有表现力。

那几天,招待所的礼堂里每个夜晚都有舞会。鼓,手风琴,小提琴,几样并不大相干的乐器组成了一支小乐队,几个快乐的男人总能搞出热烈的曲子。男人和妇女翩翩起舞。我看见在人群中有几个极美丽的女青年,她们身材挺拔,脸上流露着一种高贵的从容,她们低垂着眼睛,沉默着,在音乐中平静地摇曳。

几曲三步四步之后,一定有一轮达斡尔人自己传统的舞蹈,音乐稳重而沉着,舞蹈的步伐并不复杂,人们走成一个大圈,沿着逆时针的方向缓缓地旋转,手臂高举,动作轻柔而舒展。渐渐地参加进来的人会越来越多,圈子越来越大,最后涨满整个大厅。每一位舞者都神色庄严,人流犹如一只硕大无朋的轮子在慢慢地盘旋。这种人与时间的缓缓流转,大概来源于古老神秘的仪式。每到这个时候,姐姐一定加入其中，她的舞姿并不十分流畅，而总透出更多的肃穆。妹妹却坐在一旁，仰起脸来望着缓缓转动的人流。

几年过去了。那一对姐妹，姐姐走出了婚姻，一个人带着女儿，依旧生活在父母留下的房子里。前面不远的地方还是沉甸甸的江水，女儿也上了小学，不知道还能不能闻到月亮的气味。妹妹离开了家，远嫁到通辽，嫁给了一个蒙古族青年记者，现在是两个人一起努力将文学的理想变成生活的现实。她已经有了不小的成绩，南方的一家出版社的《散文年鉴》选中了她的作品，1995年《美文》杂志给了她一个年奖。我想她距离成功还有一截不短的路要走。但是，近些日子，我甚至已经不知道所谓文学的成功究竟是怎样一个东西。因为文学中最伟大的作品几乎都是在残烛孤灯下写成的，许多当年没有人留意的手稿，反倒成了真正的传世经典。

1992年妹妹曾经给过我一篇小说《冬夜》，这是一篇关于离别，关于死亡，关于生命的文字。《冬夜》在极其平淡的叙事中，展开了对生命的一种诠释，奶奶死了，妈妈死了，爸爸死了，那些北京知青们都走了，"在第一个没有双亲的春节到来的时候，我感到我是一个留守人士，留在广袤的大地上，东张西望，重新听到童年时那夜夜困扰我的耗子的奔跑声，只是我平心静气，细数耗子的脚印，倾听它的脚步，倾听它打了一个哈欠，停一会儿……重又奔跑起来。"

但是，《冬夜》终于没能在我供职的刊物上发出来，终审不愿意给《冬夜》一个机会。其实我相信与其说他不喜欢，还不如说那个年近六旬的老人对小说所传达的那种生命的宿命感缺乏感知。所以，后来我接受一个更年轻的小说作家的说法，有一回她得意地对我说：一个人对于生命的体验与年龄无关。尽管当时她是想为自己的年轻辩白。我把《冬夜》给了《都市》杂志，《都市》杂志的朋友给了她一席之地，后来我还做了其他努力，希望一些选刊能给她一点儿关注，但他们没有能与这篇小说产生共鸣。不知道是不是我的判断力出了岔子。人们都忙着生活，过去的岁月已经耽误了大家太多的时间，经过长时间物质生活的窘困，使得人们内心中充满了渴望。今天终于有了真正的松动，"先富裕起来"这就是新的动员。一切都被物化了，爱情、亲情、青春、健康都在生动形象的广告中体现为物质的代码，并且必须用金钱来交换。那么，谁还有闲暇的时间来倾听死亡迫近的脚步。

我就是在那几次舞会上，见到了那位达斡尔的歌手，他有着一副极其明亮的嗓子，在高音处会有一种灿烂的辉煌。我奇怪他为什么不到外面的世界去试一试，闯一个更大的舞台。他听了我的感慨，笑了，然后在一片嘈杂的背景下，靠近我，秘授我一句达斡尔人的箴言："林子里，烂掉的木头有的是。"

终于，我没有能走进真正的森林。我曾经到过大兴安岭深处的阿里河，但是人的足迹所到之处，已经没有了真正的森林。而在我生活的黄土高原，森林早已经被我们的先民们砍伐殆尽，只留下了一座座木塔庙宇和一座座十里八里看不到一棵树的荒山。

"林子里，烂掉的木头有的是。"只有理解林子和木头的民族才会有这样痛楚的发现。面对着人与时间缓缓的流转，我居然从这句痛楚的话语中体会出极深的慰藉，在社会与自然的无奈中，读出了自己的命运，于是宽慰自己，宽慰朋友，宽慰人生。

那些横卧在林中，长满了厚实青苔的树干，作为一种风景，飘逸于我的心绪之中，便滋生出些许达观的超然，以便应付人生的得意之乐与失意之苦，这样我和我的朋友可以变得更内省一些，会把自己的生命安排得更从容一些。

如今，在一些黄昏，我依旧会回忆起十分遥远的尼尔基镇，回忆起那座房子和那两个年轻的女性，我还会回忆起达斡尔人雍容的舞步，那面人流的轮盘在我心中缓缓地旋转。

秋日

这天一大早起来,爸就开始着急了,他出了屋门一下子又返身进屋,拼命叫妈:

"快,快点儿啊!你还磨蹭什么,都什么时候了!"

"什么事啊?急什么!"

"咱们不能让人看不起啊,好像我们达族人比谁差似的。"

"什么事啊?也不说清楚。"妈慢条斯理地在厨房踱着方步,手上拿着还在冒热气的饭勺。

"你去看看,看看发生了什么事,你快去看哪,别在这儿拿个勺子还站在屋中央,什么也不知道还瞪着眼睛说什么事啊。"

妈慢吞吞地出了门,爸转身又进了里屋,稍微温和一些地对我说:

"妞妞,快起来吧,别再睡了好吗?今天要忙啦!"

"哎呀!忙什么嘛,好不容易一个星期天。"我伸了个懒腰半天才起来,爸见我醒了就又出了门,带了一身的风声对着妈大声嚷:

"看到了么?咱们也得马上干,就今天,你马上去把你兄弟叫来帮忙,难道你想叫我一个人干吗?我一个人能行么?又要和泥又要上房又要……"

"我也没说不去叫,总要吃完早饭吧!"

"也是。"爸不作声了,转了一圈又一圈,开始找各种工具。

"抹子哪儿去了,你把它放哪儿了?怎么回事?"爸大声嚷嚷着。

妈过来帮他找,找到了,爸接过来左看右看,一边点点头一边顺手把它扔进工具堆里,拍拍手,突然发现妈还站在旁边,又叫:

"你还磨蹭,快去做饭哪!"

我穿好鞋也不洗脸就跑到屋外去看到底发生了什么事。原来隔壁刘叔家刚换了新房苫,黄灿灿新崭崭的,一下子就把我们家的旧房草比得黯淡无光。我家和刘叔家同住一座三间大草房,我们住东,他们住西,他家有成群的孩子,刘叔还是会干活挣钱的瓦匠,自然这类活计没有多少麻烦。我们家闲人不多,只有奶奶一个人看门望户。每次都是刘叔家在干什么活,爸和妈才想起该干什么了。眼下正是秋天,各家都要扒炕、掏火墙、疏通烟道,再就是抹泥墙以防冬天透风,然后还要买成堆的蔬菜,或腌或贮,忙碌不堪。今天看起来爸再次发现他要干什么了。

"就知道着急,着什么急嘛,什么都现成的,费个工就是了。"妈一边做饭一边叨叨咕咕。

就是,苫房用的草已经买好放在院子里了,金黄膨酥,我昨晚还上去玩儿过呢。

"这是谁祸害的,都成什么样儿了?"只听得爸又一声吼,吓得我赶紧缩脖子。爸正在查看苫房用的草。真是的,昨天他眼看着我在上面玩儿都不吱一声,今天倒发威了。

"吼什么?是孩子干的呗,就知道吼。"妈忍不住说话了。爸看了看我没有脖子的样子不再作声了。

妈的早饭终于端上来,爸的吃相好像饭烧着了他的心,一边吃一边骂饭做得太烫。妈忍不住笑出了声,于是爸气得放下碗筷就到外面架梯子上房清除旧房草去了。我们在屋里听得屋顶的脚步声,饭也吃得不安宁,担心他会失了脚,一下子掉在我们饭桌儿上,好像人的想法有作用似的,只听得外面稀里哗啦一阵响,紧接着又是咕咚一声,最后是爸的哎哟声。我们连忙跑出去,只见爸连人带土带朽木的断枝一并掉进北灶的大锅里。本以为爸这下又要吼起来大骂这房子或妈妈出气了,没想到爸呲牙咧嘴笑个不停,脸上的灰也都扑扑扑地震下来,落在衣领上。我和妈也就战战兢兢跟着笑了个够。

"还站着傻笑什么,还不快去叫你兄弟来,再不干,今天就干不完了。"爸从锅里爬出来,整了整衣服。

抬头望去,屋顶上露出一小块蓝天,我感到很新鲜,很好玩儿,恨不得爸爸把房顶全都踩漏了才好,那样我们就用蓝天做屋顶,用月亮做电灯。

爸去和泥了,妈去找舅舅,我练习用脚尖转圈,可总也不能像白毛女那样优美。

"没有酒干着不来劲哪!姐姐,干倒是好说,要是有瓶酒的话……"舅舅的声音大老远地就从大门那边传来。

"就知道喝酒!喝、喝、喝,一天恨不得把头埋在酒缸里。媳妇回娘家这么多天了,也不知去接接,想啥呢……"

"那又怎么样?"舅舅满不在乎地说着就进了门。

"怎么把这个活宝弄来了?"爸小声嘟囔着,手里的活儿却没有停。

"哥哥不在家,就让弟弟来了。"

"你是让他搂着酒瓶子干哪!"爸小声对妈说,好像不太高兴。

"你不是非要今天干吗?跟追命似的,把好好的房顶都踩漏了……"

"嗨,真是的。"

"怎么了?怎么干哪?"舅舅脱了外衣从里屋走出来,跃跃欲前地挽着袖子。

"什么怎么干,你没干过怎么的。"

"这是什么话，人家好心好意来帮你还不是看我姐姐的面子……"

"好啦好啦，去拿草吧。"妈过来解了围。舅舅一副想说又说不出的样子就去院子里拿草去了。

这么着，爸和舅舅就干起来啦！一个在上一个在下穿梭忙碌，呼呼嗨嗨的。我再也没有兴趣看，就跑出去和别的孩子玩儿去了。一直玩儿到肚子饿得咕咕响才像个牛犊子似的扬着小辫跑回家，一进院门，哇！哎呀！啧啧啧！我的家简直变了样，和刘叔家一样有了一顶金黄色膨膨松松的"草帽"，漂亮得没法儿说。爸正在屋顶上用力搓绑屋脊，眼看就要完工了。我在地上连蹦带跳，兴奋不过我也爬上梯子，用手轻轻摸着香喷喷齐刷刷的房草，爸的脸上满是自得的笑容，好像浑身都在笑：

"好看了么？妞妞！"

"好看喽好看喽！"

"叫你妈去做饭吧！"

"哎！"我答应一声，一溜烟儿地进了屋。

其实，妈的饭锅里早就咕噜咕噜响得像唱歌了。我又看了看早晨露天的地方，早就补得平平展展的了。唉，月亮进不来了。半天才发现怎么没有舅舅。

"妈，舅舅呢？"

"可能在屋里歇着吧。"

我进里屋一瞧，原来舅舅一个人悄没声儿地翻出了爸喝剩下的半瓶酒，美美地在那儿喝哪！

我像发现了什么巨大秘密似的喊起来：

"妈呀！舅舅喝酒了！他把我爸的酒都喝光啦！"

"喊什么？乱喊！"妈说，然后没当回事儿似的仍然干着她的活儿。

本来舅舅的表情美妙得好像就要唱起来，听到我的喊声一下子变得不高兴了。

"怎么了？喝了又怎么样？"

他一脸凶恶的表情，一点也不像平时对我和善的样子。我是第一次见他这样待我，委屈地"哇"地一声哭开了，眼泪没头没脑地喷出来。我立刻跑到外面向屋脊上的爸告状，还没等我说完，舅舅也"呼"地一下奔到屋外，先"啪"的一下把手中的空酒瓶子摔得粉碎，然后直指着屋顶上的爸：

"呸！怎么样？喝了又怎么样？"

舅舅要撒酒疯了，我目瞪口呆，眼睁睁地看着这场完全由我引起的灾难的开始而不知所措。

"你妈的，你敢欺负我女儿。"爸从牙缝里死死地咬出一句话，目光凶狠无比，可手下的活计却没有停。

"你妈的，你敢不敢下来！"舅舅在房下兜着圈子，喊一句跺一下脚，吼得身子都弯了。

"你妈的，我看你敢不敢上来！"

他们两个一上一下就这样吵起来，可爸自始至终都在精心搓绑屋脊。

骂了一阵子，舅舅突然进了屋对妈说：

"你跟他离婚，你一定要离开他，你难道让他欺负你的兄弟，你还是什么姐姐！你要不离，我就和你断绝姐弟关系！"舅舅喊得声嘶力竭，眼珠血红，妈一声不吭，只是揽紧了我望着别处。舅舅看妈不说话，怒气无从发泄，就把我家的一个什么东西狠狠地摔在地上踩得稀巴烂之后便扬长而去。

那天晚饭吃得不知是什么滋味，也不知什么时候才睡着，朦朦胧胧中好像听见爸和妈还在争吵……

第二天，太阳升起来的时候，爸照常是第一个出了屋门，刚刚还虎着的脸，到了外面一下子变得笑逐颜开：

"嘿！真漂亮啊！看咱的活儿干的！没挑儿。"爸啧啧啧啧不住地赞叹，把自己夸得美滋滋的，于是愉快地吃了早饭上班去了。

快中午的时候，舅舅没事儿人似的逛过来，走到院门口，眼睛放光，不住地叫：

"嘿嘿，真带劲儿！妞妞，你说是不是？什么都是新的好呀！哎，妞妞，昨晚的肉汤剩了没？舅舅想热乎乎地喝一碗哩！"

"哼！想得美！谁让你昨天不喝，还摔坏了我家的东西……"我把嘴巴挺得老高。

"昨天那不是喝酒了嘛！我现在头还在疼呢！"舅舅简简单单地回了我一句就这样轻松地进屋了。

原载《民族文学》1992年10期

风筝远走

就在正月将要过到梢梢的时候，银子一样的雪路就变得难看起来，斑斑驳驳，牛粪、马粪、红红绿绿的碎玻璃片，脏乎乎的融水还有什么什么……不带棉帽出去耳边觉到一阵紧似一阵的春寒，风儿吹着卷着团团儿的炮仗碎衣在脚下盘旋。年是早已过去了。不过，走在路上，抽冷儿"啪"的那么一下震得你猛然间又想起年来，想起小的时候为什么过年会那么快乐，而大了之后却淡漠了。

总有那么几日，天上的风筝是最多的吧！遥遥远远的一个一个小红点，晃着尾巴，悠哉美哉！眯眼望去，腰里系着围裙，心里想着午后要烧的饭，发现天空仍然像小时候的那种灰白颜色，蓝天被一缕一缕烟样的云雾遮挡着，我们感到了阳光，可找不见太阳在哪里，光是晃细了人的眼，并且鼻息里也开始储存起一丝一缕正远路而来的春天的味道——没有改变的征兆！那么我也就没有理由觉得时间曾流失得散沙一般，望着同样的天空，我该是很小很小的模样，艳羡着别人手中的风筝，艳羡着他们富有的表情，最后终于大哭着回家了。

"什么也没有我什么也没有！"我曾这样感到很不幸似的哭。

"你要什么嘛！"奶奶放下手里的针线，从眼镜后面望着我，背后是从昏暗的窗上透过来的模模糊糊一片白光，那时节奶奶恐怕已经没有牙了。

"八卦！人家都有就我没有我什么也没有！"我觉得自己不幸极了，是最不幸的人，没有人比我更不幸了。

"什么呀什么呀，别光是哭啊，说清话呀，看你像什么了，嘴撅得那么高那么高，眼泪再淌的话奶奶就湿得没地方坐了。"奶奶伸出细小温暖的手揩我的已经被眼泪泡变了相的脸。白光在她衣皱之间流动。

"八卦。"我们那儿都管风筝叫八卦，至于为什么这么叫，我至今都没有去考证，可能八卦样的风筝最多的缘故吧！

"哎呀呀，那是人家男孩子放的嘛！"

"为什么女孩子不能放，有放的嘛。"

"你要怎样？"

"你给我做一个呗！"我似乎感到一线希望，心被希望和害怕失望同时鼓舞着跳，果然，奶奶彻底放下手中的活计，从大柜子后头掏出一卷彩纸。

"喏，要哪种？"

"红的，绿的，要不粉的……"

"到底哪种？"

"红的吧！"

我突然感到生活有多好啊，哭一哭就会有愿望能实现。

"怎么剪呢？得想一想。"奶奶拿着一大张红纸左右比试，显然我是难为她了。不过回想起来当时奶奶很像一个艺术家，面对着一种无形的东西并竭心尽力地想使之变为有形的美丽。

"八角星。"我提示她。

"好吧！"奶奶下剪了，剪刀上系着我的目光，好像一根无形的线，把所有飘扬的梦想注入其中。展开—— 一颗灿然的红星，剪到显然是最准确、和谐、最最黄金分割的位置。没有比这红八角星更美的了，我不禁开始颤抖，手心汗湿。

"好了么?"

"还要线呀。"

手拿着风筝,小心翼翼走到高处,不舍得放手,可又实在希望手系着飞扬在空中的风筝,体验梦境般的感觉。风来啦!

在松开手的一刹那,我感到自己身上的血液完全被猛然间离手的八角星牵引而去,顺着愈放愈长的线流失在空中。我头脑里空空荡荡,只晓得拉着线狂奔,直到听见一声炸裂般的响动,"呼啦啦",手中的线突然轻飘飘地缩软在我的手里,我好像用了一个世纪那样漫长的时间回过头来,遥看那张没有筝骨的美丽的红纸碎裂飞扬,东飘西落……我的手中仍然紧握着那根柔软、轻飘飘的线,线的那一端落在污水中,沾染斑斑褐色的污迹。

可能我是哭过的吧,或者被无泪的沮丧所折磨,现在想得起来并经常体验的只有疲惫。

奶奶说,你要是有个哥哥就好了。记忆中的奶奶总是一副拿着针线的模样,背后一片模模糊糊的白光,然后流淌过来,然后流失而去,天就一个接一个地黑了。

天空中依然会有许多的风筝,一代代一年年,离得那么遥远,那么渺茫,阳光依然是那么多,晃细了人的眼。春天的时候,人总是感到莫名的疲累。

一个吵嚷的下午,和众多放风筝的天气没有什么不同,有人在窗外叫我了:

"快来呀,快来,来看八卦。"是邻居家的小强,跑出去看时,原来几乎是他们一家都站在院心,手拿一只显然是最最标准不过的八卦——结实的筝骨,长长的尾巴,在地面上看起来好像很粗陋,可是我明白了,只有这样的风筝放出去才是可以上天的。

果然,在大家一致的关切、担忧和祝愿中,八卦升入高空,越升越高，越高越美！

"哎呀，都看不清穗子了。"小强的妈说。

小强手中的线都快用光了，但没人舍得收回来，小强的妈说：

"就绑在木障子上吧！"

看客——陆续回屋，最后只剩下小强和我。我说："让我摸一下吧，就一下。"

"不行。要是整掉了就让你赔！"

显然我是赔不起的，我没有哥哥做后盾。于是我就仍然站着和他一起看天，然后告诉他：

"哎，那边又起来一个，真高啊，哎，瞧那边，那边的那个已经看不清了，你看见了么？唉，你的线太短了。"当看客也有几分好处，那就是你可以不负责任地评论一切，于是被评论的心里便乱了几分。

"小强，吃饭了！"是小强的妈开门叫他，随着声音又放出白茫茫一片滚滚的热气。

"知道了。"小强应了声就要跑回去，不过临进门前忽然回头对我说："你看着它，要是有什么不对劲儿就来叫我。"

"那我能摸它么？"

"行吧。"他很勉强。可是他吃饭去了，他不在，我伸出早就冻得红肿的手抓住那根线，原来它并不柔软，而是被风拉得紧绷绷的。我想：若真要让我与这种力量抗衡，许是我会被风筝带走的吧。还好，线已绑在木障子上，我只是摸着中间的这一段保险的部分。线到风筝的中间有一个巨大的弯曲，刚刚听了小强说，那是风吹的，直不得，否则风筝就断了线了。

后来妈叫我进去吃饭，我也不舍得，直站到最后，小强收了风筝，才带了一种终于平静下来的心情进屋了。

这种平静后来竟保持了许多年，不明缘由，到第二年的时候，我不再有什么心情试着做一个飘扬的梦,也没有兴致再去做一个坚定的看客,而且也不仰望天空就判定,风筝越来越少了,风筝全部断了线,走了。

原载《草原》1993年

邻人

那时候只有我和奶奶在家，正是一个夏天的午后，沉闷、炎热；太阳光溢彩流金，饱满极了，刺得人只能眯起眼来看人。邻居们的声音也都很微细，在家守屋的极少，而偏就在这天，我们的小母牛要生产了。

是我先发现的。

我去牛棚撒尿，看见小母牛的屁股红肿得挺大，而且淋淋沥沥，我光着一只脚跑到屋里，奶奶一听到我在外面奔跑的声音就先责怪我跑得太急。她正在削豆角，凉干菜，削得极细极长，搭在细绳上。

及至听了我的报告，她也慌急了。一喘一喘地来到小牛旁边省视，因为它要生产才把它留在家里的。我看不懂奶奶看出了什么，只是她的神色更加严肃和慌急，她推开我："等一下等一下，得找个人来帮帮忙，我一个人不行。"

"我行不行？"

"你靠一边儿！"奶奶推开我疾走，蓝袍子被风兜起来，鼓起一个大软包，经常坐的那部分磨得很白。

"哎，来吧——来吧，小牛——下犊啦！"奶奶用仅会的几个汉语单词一遍遍地说，她隔着木障子向住在我们东面的邻居老李头请求帮助。东边那家小泥草屋仿佛睡着了一样，而在我们打算离开的时候，那扇小板门倏地一下开了，慢慢地走出一个人，奇怪的是那不是我们熟悉的老李头的模样,而是一张年轻些的面孔,他迟疑地望着奶奶,没听懂奶奶在说什么。

"我奶说,我家老牛要下犊儿了,让你来帮帮她。"停了一会儿,我做了翻译,这时他才看见躲在奶奶裙裾后面的我。他的眼神很锐利,发出一种冷光,那时刻我耳畔忽然听到了夏天的声音,是那种像哨又不像哨的很尖锐的声音,振得我脑袋嗡嗡的。我抓紧了奶奶,露出一只眼看见他走过来,顺着奶奶的手指去看我们的那头小母牛。他身材不高,但结实得让人放心。

我们的小母牛正坐卧不安地在牛棚里乱窜。

"你来吧!你会么?"奶奶对他说。

"怎么了?"一个没见过的陌生女人从屋子里走出来,那目光对那男人的关切显然超过了对我奶奶。我奇怪怎么一下子竟有这么多陌生人做我们的邻居?

"我去看看。"说着,那男人很迅速地跳过障子,来到我家的院里,和奶奶一起查看牛的情况,那女人就扒着障子定睛向这边看。母牛因为有了人的抚摸于是就安静得多了,一副受人帮助之中的听天由命的样儿。

"它……不下来啦!"

"什么?"

"我奶说小牛犊在它妈妈肚子里生不出来。"

"嗯!"奶奶赞许地点了下头,于是我就明白了我该充当什么角色了。汉语我总是比奶奶要强些。

"好咧!"那男人跃跃欲试地挽起袖子,露出粗壮的胳膊,手掌很厚,手指也很粗,指甲奇怪得非常扁短。他慢慢地把手伸了进去。

"哟……"忽听那女人叫了一声,一脸怪异的笑。

她粗看起来无论衣着还是五官分布都显出是个典型的内地汉人,可她浑身上下无一处不散发出一种有别于一般人的异样，先是那头发，干涩、蓬涨，厚得好像插不进手指，乌突突没有油光，然后就是那张脸，非常平凡，只是眼角眉梢及丰满的大嘴总像在流溢着什么，额角发亮，有几道浅浅的皱纹，是一个三十来岁的中年人。她把头靠在扒着障子的手上，那手却又十分黝黑、丰满、修长，猜得出能做一手好饭菜。她觉察到我的目光，却并不转头看我，只偏过了头，把脸用胳膊挡住，继续看给母牛接产。她曲着肘臂的袖子是一件洗得辨不清质地颜色的旧衣服上的，袖口起着毛边，弯着的地方就要露肉了。

"出来啦！"

我一转头，果真看到一副曲着的小牛腿，而后就是一个硕大的湿漉漉粘乎乎的黑牛犊子整个出来了。

奶奶迅速地抠掉了牛犊蹄子上的朝斯①，又找到两只旧鞋子系在母牛的胎盘上。

那男人张着两只脏手，不知所措地看着奶奶，原来戴着的旧黄帽子已经歪了，他咧着嘴，大呼着热气，露出一副感人的闪亮雪白的牙齿。这样一副牙齿吃起手扒肉来一定会不费力，一口就会撕下一根筋来。

"过来。"陌生女人张开手，他就顺从地走过去，女人为他正了正帽子，顺手拍了拍灰土。

"屋去吧！"奶奶提着奶桶说。

"我奶奶叫你进屋洗手。"我冲他喊着，他只偏过头来看看我，就跟奶奶到屋里去了。

"哪儿来的啊？"

"关里。"这回他没用翻译。

"啊。他是你的啥呀？"奶指着东边儿——住在小泥草房里的那个老头儿。

"什么？"

"我奶奶说老李头儿给你当哈?"

"啊,他是我叔咧!"他笑了笑,目光中的冷意消失,充盈了些善良松弛。

"串门儿来的?"

"嗯。"他迟疑地点了点头,好像还有点慌着,他下意识地向外瞭了一眼。

小时候的家乡倒更像是一个村庄,没有几幢砖瓦房,也没有太多的人家,稀稀拉拉的几所茅草屋,而且多数是族人的风格:进了门便是厨房,很宽阔;冬季的暖菜、秋天的烟叶也就有地方放了,然后就是里屋,三面火炕互连着,小时候的我时常在炕上奔跑,居然也能跑出汗来,奶奶永远坐在南窗前的炕头上削她的豆角、茄子,做她的永远也做不完的针线,我觉得我在长大的那时候,奶奶死了。

每一户人家的房前房后都差不多有挺大挺大的一块菜地,木障子挟着的,错落有致,里面的格局也都体现着各自主人家的风格。每逢春天迟迟疑疑终于来了的时候,我总是撒疯儿似的要种园子,帮奶奶选种,帮爸翻地,我愿意看着奶奶很珍视地从包里取出豆角种子,"撒鸡额伯日绰""滚苏额伯日绰"地指给我看,叫我辨识,教我发音;我也愿意跟在爸爸的屁股后面,用炉铲子翻地,我挖得总很浅,而爸却挖得很深,把锹面完全踩进黑土里,发出一种使人快活的声音,然后再一翻,黑湿的土暴露出来,跟锹面接缘的地方的土很细腻,然后又打碎……最后我再上前拍一下。

"牛犊子,轻点儿、慢点儿……"爸总是这么说。

那年夏天,我们的园子长得很好:豆角、黄瓜、茄子、黄烟大都长得枝繁叶茂,奶奶说是因为我种园子的缘故——她说孩子种的种子都活得最好。奶奶晒干菜晒不过来,间或也让我提着一大篮子的菜送到东院去。

老李头儿是个鳏夫，早年闯关东过来的，我们这儿的汉人多数是这样过来的。谁也不清楚他的底细。现在想起来仿佛奶奶说过，他住的小房子是他自己起早贪晚盖的，这之前他是做什么的谁也不知道，大概娶过女人，是死了还是走了我不知道。不过那时还小，还装不进那么多复杂的有关别人往事的记忆。只记得他很少说话，显得很温和，然而他的笑声我不喜欢，听起来又陌生又艰涩，抽抽嗒嗒，气短不够用似的，让人感到窒息。从他侄子来了以后他就清闲了，时常到集市上逛逛，不怎么回家。他的小院子也因为有了女人的辛勤操持而显得很完满，很像个家的模样了。还养了几只花母鸡，间或也飘来一阵葱花炒蛋的香味。那男人多半在院子里劈柴，担水。奶奶说："好人哪！能干活。"那女人性情爽利，时而过来和奶奶唠嗑，总是惊叹奶奶的手工，说些笑话，讨人喜欢；闲得慌，就捉住我问吃饭怎么说？小米饭怎么说？说给她听，她舌头不很灵便学得不像，于是常笑做一团。

他们不喝奶子，说腥。

他们跑到我家豆角架里呆着，我看见过好几回，奶奶叫我别管。现在一想奶奶是个明白人。

空旷的夏日。

寂静的夏日。

没有伙伴的夏日。

每当妈爸上了班，哥哥姐姐上学去，家里剩下奶奶和我，而奶奶又做起针线来的时候，我就开始躁得乱跳乱叫，在炕上打滚儿，用头顶着炕，撅起屁股看世界，仿佛不这样便难于排遣心中的寂寞，于是奶奶便一边做着活，一边给我说童谣：

小耗子啊小耗子，干嘛撅着你的屁股呀

小耗子啊小耗子，干嘛撅着你的屁股呀

我是因为热才这样的啊……

有一天，奶奶没说童谣而是告诉我，今天去串门。所以我也就没撅屁股耐心地忍受奶奶给我搓洗黑脖子的痛苦，毕竟这痛苦轻于寂寞的痛苦。奶奶把我收拾停当，开始打扮自己：对着放在炕上的圆镜子，用她那把有着她头发味道的半块木梳，梳理她那花白的头发，盘成一朵小巧的莲花，插上银发针。我在这个时候问她：

"什么时候走呀，去谁家呀，你什么时候完啊！"我一遍遍地问，最后她才不紧不慢地说：

"等一等，等一等，哪有这么早去人家的呀。"

终于等到奶奶穿好压在包袱最底下的那件做工精细的袍子，尽管天气很热，她还是认真讲究地包上了一块黑纱巾——那是妈妈去北京的时候买回来的，怀里的小烟包装好了上等的黄烟，然后系在长烟袋上。烟嘴是银制的，奶奶年轻时一定是位极富韵味的女人，就是现在也还散发着浓浓的秀端端的女人气。她又包了几块上好的干黄烟叶子。

终于和奶奶走出门，关门窗的事也叫人不耐烦。她又走到障子边，对正在院子里说笑的邻居说：

"你，家的看吧！我串门去，没人了，鸡，别让进来吧！"

"行，行，放心吧！"他们一叠声地答应着。

我们在黄得发白的土路上走，大路上间或开过来几辆汽车，我雀跃欢呼，跑在车后面的尘土里；还有山里来赶集的大轱辘车，带着山货来卖；奶奶说她年轻的时候就是坐着大轱辘车走上几天几夜，到一个大镇上卖自己做的狍皮靴子其卡米、黄烟，还有别的木耳、蘑菇什么的，然后买回盐，再给几个姑姑扯几块洋花布，那简直就是节日，奶奶迷醉地给我讲那集市，我现在想那集市上肯定有许多男人和女人。

我们走进了一个别致的小院，障子上封着湿牛粪；豆角蔓扭扭地挂到外面来瞧我们，还有红红的安静的窝瓜，上面还有几个指甲印。

一个比奶奶更老一些的驼背老太太出来迎我们，后面跟着她的孙子，拿着一根棍子，向我示威。奶奶把我留在外面和那小男孩玩，两个老太太则进屋里聊天去了。

他揪疼了我的辫子，而那女人进来的时候他正一个腿绊把我绊倒在地，我大哭着叫奶奶……她，那个女人便进来了，看见她我忘了哭，小东西也忘了高兴。她是一个跛子，比常人矮一半，和我一样高。那是一张灰得可怕的脸，灰色的眼睛，灰土色的散乱的头发，白眼仁又特别的白。她拄着一根非常非常圆的棍子，仔细看是一柄锹把；她穿一条恶臭的棉裤，大热天，我奇怪她居然穿着棉衣服。

她向奶奶伸过手去，那是一双脏得令人恶心的手，奶奶的声音响在遥远的天边，那女人气愤愤的诉说声也在一个莫名的天空中回荡。我只记得天气很热，我很渴。回家的路上奶奶告诉我说那女人是要饭的。

那年的夏天实在是个非凡的夏天，八月份的时候，天天下雨，结果滋润得我们的木障子上长了许多肥黑透亮的木耳。后来木桦子堆里也开始长了，于是，捧个盘子采木耳成了我雨天里唯一的乐趣。我站在高高的木桦子堆上采木耳的那天上午，雨刚停，但还像拉丝似的时而滴几滴在胳膊上，是冷的。接着我就听见远远的南大门外面异样的响动，我踮起脚，拼命想看清楚，透过层层枝叶和障子的空隙，我看见邻居的侄子急遽挥动胳膊的背影，只是发出的声音，我怎么也想象不出。我于是放下盘子像猴子一样蹿下来奔过去，爬上篱笆门向外望，除了那男人，我还看见伏在泥水里的一个脏兮兮的女人——是那个要饭的跛腿女人。

那男人拿着一根拐杖使劲推搡她，女人像个疯子似的叫："我叫你打……我叫你打……"

"别打，别打啦！"我听见我自己的尖叫，像陌生人，是一种我想不到的声音，我发抖。

他们一听，愣住了，一齐停下来看我。那神情太可怕，我没见过男人凶恶、冷酷到这种程度，那种冷酷还能让人感到一种绝望，是濒临绝境的人才会有的那种疯狂。而那女人紧握着她的棍子,脸上全是眼白。

我往回跑,冷不防又撞上一道阴冷的目光,窗子里,那一个女人面无表情地看着外面的一切……

当我告诉了奶奶外面发生的一切后,奶奶褪掉我的水靴和满是泥点的裤子,给我盖上了一条毯子说:"不要出去。"然后她穿了件坎肩出去了一会儿又回来,自言自语地嘟哝着:"还是不要管吧!"

"咋回事?怎么了?"

"小孩子家,莫要多问。"

我是听奶奶话的,奶奶最疼我。

那天下午我被允许坐在奶奶的旁边,看奶奶翻弄她的小箱子,条件是不许出去,得到的好处是把小叔的一顶旧皮帽子送给我,那是她亲手给小叔做的,小叔进山的时候常戴着它,还带假眼睛的呢!

晚上爸妈回来,奶奶同他们谈起那个邻居的侄子的事,我才明白,那个跛腿女人是他的原妻,而另一个女人是不堪丈夫苦打出逃在外的,家里还有两个孩子。

夜里,我突然被邻居的响动惊醒,跑出去看,见那女人捧着自己的额头,像爆炸似的大哭,慢慢地向外走。屋里呼呼的,许是那男人在摔什么东西,窗户哗啦啦破了一个大洞,黑黢黢的像呲着利牙的嘴,忽听老头大叫:

"都给我滚!少在这儿气我!"接着是一连串听不清的粘成一砣砣的话。

奶奶把我揽回屋去。爸、妈留在外面,许久才回来。

外面安静了。

第二天见到邻居的侄子和那女人漾满笑容地走在街上,男人不凶恶,女人的额角灿然包着一个布条,我不懂为什么她脸上都是骄傲,黝黑的面庞,眼睛和牙齿一同闪光。他们坦然透顶,不容怀疑,而那跛腿女人的故事仿佛烟一般消散了。

他们在院子里搭起了锅,青烟直接散在低矮潮湿的空中。

没有几天,院子里的青烟消散了,随即那男人和那女人也没有了踪影,像跛女人一样迅速地毫无痕迹地消失了。

那一年的夏天过尽了之后,我背起奶奶做的小布书包上学了,那男人帮忙接生的小黑牛犊儿,也开始带着有刺的笼头跟着母牛被牛倌赶到很远很远的有河水和青草的地方吃草,傍晚的时候才回来。

奶奶对我说,她真寂寞。

①注:朝斯,初生牛犊的软蹄,抠掉利于行走。

原载《草原》1990年3期

天使降临的夏天

一

冰棍儿许久都没有来过了。

我坐在我家临街的木障子上向街的两边东张西望。不久前过来的那个人的冰壶里没剩下几根儿,邻居的孩子们一拥而上,把我挤一边去了,没买成。看着他们唏溜唏溜地吃,真让人沮丧,抱怨自己怎么就没有哥呢?有个哥哥那该多神气、多仗义、多么多么了不起!我要是有个哥就让他把他们这些小崽子都推到一边去,把所有的冰棍儿都买下来!然后我们当着他们的面吃,馋死他们!不过我暗地里又想,我要是真有个哥,他会听我的吗?还不得把我支使得团团转,到哪里都不肯带着我,像萨红她哥白胖儿似的,总欺负人。那该怎么办哪!北方的太阳硬硬地射下来,我一边胡思乱想,一边觉得脑子里迷迷糊糊的。

这是我小时候的夏天,七十年代的夏天,很热。

那时候仿佛镇上只有一家冰棍厂,还是国营的呢!到了这样的天气,当然供不应求。那时候卖冰棍儿的没有年轻人,也许他们觉得这个革命工作实在不体面。于是都是一些中年人在卖,还有一部分老太太。他们通常都穿白大褂、戴白帽子,像护士一样干净,并且充满了职业的尊严。那时候也没有冰柜,他们都是沿街叫卖,手里拎着四个大口的保温壶,装上冰棍就成了冰壶,然后还要在盖紧的口上蒙上一块雪白的厚毛巾隔热。每当他们远远地从街道的尽头一路叫卖着走来时对我们这些孩子来说，就宛如冰雪天使降临了人间。

在火热的夏天，冰棍儿真是那时节里唯一的宝贝。虽然我们也有井拔凉水可以解渴，甚至还可以在井拔凉水里放上醋、白糖和小苏打冲调我们自己的汽水，或是喝上一碗稠稠的嫩嫩的酸奶子，可那也比不上冰棍给孩子们的心里带来的快慰和神气，一来能有零花钱的孩子毕竟不多，二来冰棍儿这么少，这么难买，尽管只有五分钱一根，那也是让人生发出格外的优越感来。

每当卖冰棍儿的听话地站下来，为我们打开盖子取冰棍儿时，我都禁不住往里瞧，眼见着那些可爱的们各个小棍儿朝上在里面紧紧地挨挤着，觉得真是神秘啊！我真想变成一根小冰棍儿躲进这个冰壶里，然后一根一根地把别的小冰棍儿都吃掉！

我手里攥着的五分硬币已经汗湿了，可是卖冰棍儿的还没有过来，我一边把玩着这枚硬币，有时故意把它掉在地上，我好下去捡起它，这样忙忙碌碌的，也不至于显得自己呆呆的等待很傻。我那时已经知道没有钱是买不来冰棍儿的，因为在我更小的时候我曾经有过这方面的教训。有一阵子街上一喊"冰棍儿"，我会立刻从炕上爬下来，来不及穿自己的鞋，勾起奶奶的鞋就冲进厨房，然后从水缸盖上拿起一只饭勺就往外呱哒呱哒地跑，有时鞋掉了也顾不上，饭勺举得高高的，喊人家："冰棍儿，站下！"可人家卖冰棍儿的理也不理我，拎着冰壶停也不停，大摇大摆地从我高举着的饭勺前走过，因为他知道我根本没有钱。我当时还不明白，看着他远去的背影站在大街上哭泣不止，心里还诧异着为什么爸爸拎着水瓢出去就能装满满的回来，我拎着出去人家怎么就不给我呢？简直伤心极了，还伴随着强烈的挫折感，使我以后买冰棍时再也不愿面对那个人了。

我一边想着这些事情，一边犹豫我是否还要再等下去呢？时间已经过去很久了。后来，卖冰棍儿的还是来了。我远远看见街口的白大褂向这边折来，连忙从障子上跳下来喊她："冰棍儿、站下！"可她仍然慢慢地走着，疲惫地吆喝着：冰棍儿、冰棍儿。好像并不十分在乎我的急切等待，我只好一步一步迎上去，紧紧捏着我的五分硬币，生怕这时候把它丢了，生怕那种有伤自尊的事再次发生在我的身上。我一边迎上去一边喊她："冰棍儿、站下！"

我们那儿对街上卖什么的就喊他什么，比如卖豆腐的来了就喊：豆腐、站下！卖土豆的来了就喊他：土豆、站下！卖瓜子的来了也喊他：瓜子、瓜子、站下！反正他卖什么就喊他什么，他们都习惯了，从来没见他们恼过。甚至有一次我的姐姐无心地大喊街上一个卖野鸡的女人：野鸡、野鸡、站下！那女人虽感无奈但仍无怨地站下来等着她，没有愤怒。毕竟有生意总比没生意要好得多。

为我停下来的这个中年女人嗓子都有些沙哑了，头脸满淌着亮晶晶的汗水，双手也被壶柄勒成了紫红色。这次邻居的孩子已经吃完了他们今天的份额，再也不会跟我抢了，可是我买到的这只冰棍儿有点化，一副即将坍塌下去的样子，我只好一口把它含住赶紧往家跑，准备躲开太阳，在家里独自享受这一份难得的清凉。

二

在这样的夏天里，每当母亲中午下班一走近家里的院门口那儿时，她就皱着眉头嚷："太热了！我的胆汁都像开水一样了。"妈胖，特别怕热，天一热她就受不了。她要是用达语说"胆汁都开了"就是她感到的极限了。奇怪她一直以自己的胆汁作为衡量热度和她忍耐力的标准，我到现在都很难体会，那是一种什么样的感受呢？

那时候哪听说过空调，连电风扇都没有，妈热得吃不下饭，睡不着觉。有一天她突发奇想，把厨房里的鼓风机抱进了屋，我不知道现在还有多少人知道那种北方的鼓风机——电动的、铁铸的，不是手工摇动的那种，安装在炉灶边上，是为了烧旺炉子里的碎煤用的。妈就把我们家那只满是尘土和油垢的肮脏的鼓风机放在茶几上，通上了电，鼓风机就像要被宰杀的大猪一样奋力地、豪情万丈地"嗷"地一声吹开了，瞬间就把我们屋里所有轻软的东西吹得四散飞扬，妈站在风口，前后左右仔细地吹，感到很受用。

初始的混乱过后，我们越发觉得妈的可笑，于是我们开始吃吃地笑，继而控制不住地大笑，把我们全家都笑滚开了，躺满了一炕，妈却一点不在乎，反而奇怪我们："这多凉快呀！你们笑什么？"

三

夏天的雷雨总是突如其来。下午的时候人还热得直喘气，不一会儿就有了雷声，还没等人们判断这雨是真是假，手指般粗壮的水柱就从天上一排排斜射下来，不小心挨一下还真有点疼。

赶紧跑吧，这雨追着人呢！

躲进屋里再往外看，一地的水泡泡此起彼伏，溅起了又碎掉，有点像无数只嗷嗷待哺的雏鸟，一会儿就涨成了河。

这会儿如果家里的门槛低，水就要流进屋里了。赶紧赶紧哪，大人们着急了。小孩子没有什么事，只觉得尿急了，齐齐地蹲在窗台上往雨地里滋尿，一边比着谁能滋得更远，一边大喊："大雨哗哗下，北京来电话，叫我去当兵，我还没长大！"一遍又一遍。

当然这是在平静的雨天里的乐趣，如果赶上响雷，那谁还敢？

夏天的响雷好像通着人性，不愿让人看它，谁一看它，它就咋咋呼呼地炸响，好像怒着呢，正找不到对象发火。我真的试过，不在窗口看雨时觉得雷声还远，还温顺着。可等我一挨近窗口想看看水泡泡的时候，雷就一迭声地炸起来了，一声比一声紧，一声比一声严厉，好像专门是冲着我来的，最后我都不敢看它，刚要看窗户，雷就不满了，嘎啦啦、嘎啦啦，声音大得好像非要把我震到地里去不可。

好在它再厉害也是一时一会儿的厉害，夏天的雨怎么会下得那么长远呢？当那些躲在乌云里的雷公、电母乘兴而去的时候，它们怎么知道我们还有更大的快乐正在满怀的期待中呢？每当雨点稀疏起来，我们早把扔在角落里的水靴穿上了，打起了满是灰尘的黑雨伞，纷纷跑到街西边一道自然形成的泻水口蹚水玩儿去了。

蹚水可是雨天里最好玩的事了。北部高地上的雨水不知顺着怎样它们谙熟的路途准确无误地汇流到这儿，突现出一小条湍急的小河，这河并不清冽，浑浑的黄黄的，穿着水靴在里面来回蹚着走，看着水流急急忙忙的样子，感受着雨水流经自己的腿脚，那种轻轻的揉擦，麻痒痒的，真让人有说不出的愉快。

当然，蹚水并不总是快乐的，如果不小心踩进略深一点的小坑里，那就容易灌包了。谁要是被灌包了，谁就会成为被取笑的对象，别的孩子一齐讪笑你的蠢笨和可笑。我有时灌包了，不自觉地站在那里就哭，其实灌包也不疼，有什么好哭的，可能多半还是因为害怕别人的嘲笑，同时也为自己的蠢笨而沮丧吧，我站在那里没出息地哭，直到有人去通知我父亲，他会把我从小河里薅出来背回家去，然后一边警告我再也不要去蹚水了，一边把满满一靴子的水倒出去。可是安稳了一会儿，我又禁不住外面的诱惑，偷偷把父亲的高腰大水靴找出来，又偷偷地向着外面去了。

奶奶发现了就在后面喊："别穿大人的鞋，别穿大人的鞋！"她倒并不是怕我把这双雨靴也灌包了，她是怕我将来会找年纪大的男人做丈夫。奶奶的禁忌层出不穷，谁知道都是怎么一回事。

可是往往等我穿上父亲的水靴赶往泻水口时，水流已经不如刚才那么健旺了，细细地若有所思地流着，穿着这样的大靴站在水里，简直有说不出来的一股傻气。孩子们都散去了，我也把我的注意力转移到了脚上的大靴上，忽然发现父亲的这双水靴黑亮黑亮的，像皮鞋一样真有说不出来的神气。它让我想到军人的神气，男人的神气，抬高了腿肆无忌惮地踩踏泥泞的街道，发出一股难以形容的神气。禁不住一股冲动，我赶紧跑回家找了根大人的皮带扎在腰间，感觉自己像军人般英武。这样还不够，我还画上了小黑胡子，手腕上再画上一只手表，然后拿着一根柳条当剑，于是就这么神气活现地跑到了大街上，背着手，挺着胸，东张西望，看着一地的泥泞仿佛站在千军万马面前，觉得自己像个将军一样了不起。

四

到了八月之后就到了绵长的雨季，老天爷一阵一阵地想起来就不急不缓地下一场。这种时候炉灶总是最难烧的，烟不走了，不肯爬到烟囱那儿去，赖皮一样盘桓在屋里，倒把人呛得都跑到外面去了。可总不烧火，屋里又太潮湿，地上都起了绿毛，睡在凉炕上是容易拔出病来的，还得坚持着烧火。

天气虽然湿润，可仍有令人感到烦闷的粘稠，洗都洗不清爽。

这个季节里刚刚入夜时的天空，远处总是有遥遥的闪电在天边无声无息地闪动，一会儿这儿、一会儿那儿、一会儿横的、一会儿斜的、一会儿弯曲的，有时还忽然闪一个笔直笔直的，这时候没有雷声，不知道那些云彩是在远处生事，还是商量着一起压上来，给我们再倾泻一场大雨呢？老天爷的事情只有由着它了，有什么法子呢。

不记得妈在夏天曾去过江边洗澡，她总在这样的黄昏，近傍晚的时候在家里擦洗。那时候家里也没有洗澡间，妈就坐在炕上守着一盆水慢慢地仔细地擦洗，也不避讳谁。当然这种时候家里的人很少，都趁着凉快出去串门或是干什么去了。

有天晚上，我和妈在家的时候，她就这样洗着，这时忽然间一个三十多岁的外乡人闯进来问路。妈当时赤裸着上身，可她没有一丝慌乱，若无其事地问他干什么。这个外乡人，我不知道他是否感觉到有些不自在，可他没有离开，仍然坦白地把自己的目的说了，而且表现出好像并不知道妈在洗澡的态度。妈一边和他对答，一边从容地继续洗澡，还仔细地告诉了他怎么才能找到他要找的人家。那人道了谢走了，我在一旁却感到巨大的不安，因为他看见了我母亲的身体！我极不满地嚷嚷："那人怎么那样啊，一点礼貌也没有，没看见人家洗澡吗？妈你也真是的，怎么不披上点衣服啊，还告诉他路怎么走，把他赶出去就算了……"我一边抱怨一边心里觉得这件事情的荒唐可笑。

妈也觉得很有趣，不过她比我更坦然："有什么了不得的，他也有妈呀！也是吃他妈的奶长大的，没什么大不了的。"然后继续平静地洗她的澡。妈那时候五十岁了，可是她的皮肤依然白晰，乳房依然美丽。然而她对自己一无所知，不以为然，一如孩子一般纯真和坦白，没有更多的禁忌。

五

直到如今，我仍然清楚地记得妈一边洗澡一边回答那个外乡人问路的那个傍晚。

雨季的天空，浓云遍布，静默的闪电像是抽搐似的在遥远的天际忽隐忽现，不断暗示着人们与自然密切的关系，不容回避。

这种时候更是小虫子们最兴旺的季节，"小咬"成群地飞舞在半空，草丛里还有各种各样叫不上名字的虫子都在忙碌着它们的终身大事，而越来越肥大、阴险的黑蜘蛛开始遍布它们的猎网，在菜园和花园里，在电线和树隙之间，有时甚至把网织在略窄一些的人行路上，人在傍晚出行回来，不小心就被蛛网蒙住了脸……

我至今都在猜测，那个外乡人走出我们家门之后是怎么想的呢？他对我们那儿的人留下了怎样的印象呢？看起来也是个坦荡荡的人，否则偶入尴尬之地他不会那么平静和从容，好像什么事情都没发生一样……留驻在童年里的人事仿佛都附着神性，而那些本性纯真而自在的人都是隐匿在人间的天使，在每一个季节里忽隐忽现，有时附身于大人，更多时候，他们留连在孩子们圣洁的心灵里。

原载《天涯》2003年

前进旅馆和战斗旅社

九岁时我第一次去上海就住了很久，大概两个多月吧。两个月究竟有多久，当时我的意识里没有一个明确的尺度，只是一天一天地住下去，住在一个叫做"前进"的旅馆里，那是一九七六年的称谓，恐怕现在已经改换了罢。

那时候旗里在"文革"中遭受过迫害的人很风行到上海去治病，也不知是谁起的头，有很多人都去了，于是父亲也争取去了。去了之后就有信来，说叫母亲也带我去护理他，说他打算做手术呢。

走前的那个黄昏，我记得很清楚，那的确是个黄色的傍晚，我周围的一切连同我自己都有一种莫名的骚动，一条白色的蓬松着尾巴的大狗还嗅了我，更增加了我的不安，我想，上海是不会有狗的了。小朋友们的眼色颇异样，莫名其妙地带着些恭恭敬敬的疏远。

我们出门坐马车到东江沿，母亲一定要我吃掉带出来的熟鸡蛋。不好吃，我嗓子被蛋黄刮得很疼。和母亲坐火车，周围都是大人，都对我冷淡着，不过我从小就生活在冷峻与理智中，并不觉得有什么异常。路上我们走了好几天，在出上海的站台时，检票员要母亲给我补票，因为我的个子已经超过一米了，我母亲对她强调说：

她才七岁！可是不善撒谎的母亲显得一点也不理直气壮。

我父亲等在站台外面，专注地望着我。我忽然觉得他很陌生，一下子不很理解"父亲"这个称呼对我意味着什么,直觉得眼前的这个父亲和以前总背着我去钓鱼的父亲不一样了。我终于没有叫他,只勉强握住了父亲伸过来的手,并随他和母亲上了出租车,一直来到一个名叫"前进"的旅馆。

后来在看电影时,一看到孩子见到父亲就欢快地高叫一声"爸爸"然后扑过去的镜头,觉得那不会是真的吧,多矫情啊!

走进我们那个周围没有窗户的紧小的房间,莫日根巴图表舅在里面坐着,他小名叫丁柱,从前他的口无遮拦的训斥总使我感到害怕。他说话的声音很高,颇注意抑扬顿挫的节奏。

大人们互相寒暄,一时,这旅馆里竟走出了许多达斡尔人,说着达语,于是我一点也不感到陌生和新奇了。瞧,邻居老敖头儿不是也在吗?他现在还是我们的邻居,还在试图用他满脸的络腮胡子茬儿扎我的脸,我跑开了,感觉是回到了我们的镇上。

一个年轻的上海女服务员姓胡的,把我带到一间很大的有许多窗户的屋子里面,大概有二十张床。看见窗户我不再感到压迫和憋闷了。她拆床单,手脚麻利地干着活儿,而我站在旁边,木然地不知所措。

她像唱歌似的问我话,尽管不是纯粹的上海话,可我还是听不懂,迟疑、困惑地望着她,我想当时我的样子一定很愚蠢。后来她要我叫她阿姨,我闭紧了口,心里为自己也许要叫她阿姨而羞愧。

表姐萨红冲进来,她十一岁,比我高出一头的样子,她带来两瓶汽水,里面插着吸管,我不知道那是做什么用的,好像是浸了油的纸做的,很硬挺。萨红带着导师一样的神情告诉了我怎样用这个吸管,否则我正想对着瓶子喝呢!那瓶汽水那么一股味道,喝下去堵住了嗓子不说还打出一个深嗝,那股劲道一直冲到额头,让我的鼻子都麻酸了。

萨红告诉我上海人不把钱叫钱而叫钞票,大街不叫大街叫马路。后来她就成了我的城市文明导师,不断地教给我在上海这座大城市里的规则和惯例。她显得聪明伶俐，充满自信，而我当然又傻又笨脑子慢还胖，她是带着居高临下的口气来着吗？我忘了。反正她总在领导着我，我有时反抗一下，于是我们时而争吵时而和好，可却不能分开了，至少在上海时我们是这样的。

在刚到上海的那一天，我没有走出房间的欲望，我那么依恋这个带天窗的小屋，仿佛要给它注进我的血液去，然后才会真切地感觉到它，更何况我那时还害怕着门外的一切。

那一天很忙乱，但终于歇下来了。我感到从我走出家门以来一直紧张着的情绪终于可以休止了。

第二天清晨还不到五点钟，我仍像在家里似的早早醒来，倚在母亲的身旁望着天窗那团模糊而微黄的光，一个十字形的窗棱像一个虚实相间的黑影。我不动，默默地躺着，对挪动有一种莫名的恐惧，旁边的人除了父亲都酣睡着，像一团团肉坨。我想起在家时，我总是在妈妈起身之后就起来，有时天光刚刚发白，我在屋里随意玩着。

父亲轻轻地、小心地穿好了衣服，我看见他仰头喝下了一小支蜂王浆。他知道我醒了，便示意我也起来，递给我一支，我喝了一口，甜得昏天黑地，让人受不了。父亲的脸上是不多见的温柔。

他带我一起出去散步，我开始慢慢习惯了父亲，于是便像往日里一样拉住了父亲的衣襟，可他很温和地拒绝我，要我自己走在旁边。那时候我有点受不了大人对我说：自己去吧！自己玩去吧！自己干吧之类的，好像有点被嫌弃被抛开，让我莫名地感到痛苦。我父亲到底还是让我拉住了他的一根手指，也许他看出我心里的是那种怕失散的恐惧而不是依赖。可我握了一会儿便自己在父亲身边走起来，别人不喜欢做的事而勉强做给我了，并不会使我更快乐。

那天清晨，我对上海第一个最强烈的印象，是它的马路，规整的，见不着一点尘土，更找不着奇妙的沙粒。那时的人比现在要少得多，对于我还是太多了，熙熙攘攘的，让人神经紧张，我想起很小的时候，我坐着马车到乡下去，那路好像永远也走不完，而且总不见对面有人来，也不见后面有人超过去。

回旅馆之前，父亲带我在一家小饭馆里吃了包子，我有点不懂为什么不回旅馆同妈妈一起做饭吃。我没问，默默地吃着那过于白的精粉包子，吃完了，就把剩下的包在袋里拿给妈妈和表姐。表姐才起床，责怪我没有叫醒她，好像我们去赴了一个上好的宴会而没有带她一起去。

上海狭窄而多变的灰色的弄堂和街道使母亲和我总产生混乱的判断。最初的日子，我们互相谁也不能单独出去做事，因为我们出去了很难再找回来。在成长之后我到了哪里仍旧不能记住当地的街道，听到过那里的别人头头是道地讲起来，我总是心绪茫然地想着那众多城市中似是而非的街道和地名，想着哪一条拐弯那么惹人注目呢？我说不清我记住了什么，也说不清我没记住什么，提起去过的地方，我只是蓦地想起一股熟悉而又陌生的气味儿，我的记忆总与别人不同着。

丁柱舅舅天天喝酒，昂着宽阔的额头，高谈阔论。他的脸在喝了酒以后，像烤肉一样红而且亮。舅舅曾是个美男人，我们的舅母也是个美女人，原来是搞舞蹈的，想想那种气质吧，我姐她们收藏有她年轻时的美丽照片：烫头的，或是梳着长辫在舞蹈镜前做造型的。不过这时舅母还没有来上海，只有表姐萨红和她爸爸在一起。我们开始的时候都在一起吃住，记得曾有一个很瘦小的上海老太太常来给我们用煤油炉做饭。她的头发白极了，雪白雪白的。我们偶尔也包饺子，用啤酒瓶擀皮。

当然多数时候我们还是出去吃，表姐和我形影不离，我们吃各种零食，还不用去上学，快活死了。上海的菜太甜，有的菜看上去那么美，可因为是甜的，我们便只好不吃了，于是到处去找有北方口味的饭馆。记得那时我们常去一个有小二楼的饭店，那儿的地板总散着一股潮乎乎的木头味儿，一个胖胖的满脸慈爱的中年女人总是第一个迎上来招呼我们，给我们端来我们常吃的羊肉炒番茄和发着苦味的啤酒，在一个小通道里由一个有升降装置的托盘从厨房传送过来。我父亲在上海好像也被这里的城市文明震慑住了，他喝酒，但十分节制，在我父亲充满理性的时刻他是一个聪明、敏捷、体贴的人，母亲却显得很笨拙，我们在上海的生活一切都要靠父亲的指挥和调度，他那时显得如鱼得水，在我的印象里，上海的那段生活是我父母唯一的一次和谐、愉快的生活，从没有吵过。

我们也常去照相，出于自卑我不喜欢照相，于是我的照片都是绷着脸的。我们三个曾去照过一张立体像，因为萨红他们一家也照过。现在好像没有那种照片了——画面上灰蒙蒙的一片，散出一股幽深的气氛，是到过上海的有力证明。

有一个下午我在旅馆里玩水笼头，不成想水笼头开大了，大水猛烈地喷出来，吓得我尖叫起来，大叫"阿姨——"这还是我第一次开始叫人阿姨，不知是因了恐慌还是害羞，我满脸通红，烧得有些头晕。胡阿姨冲出来，迅速而从容地拧紧了开关。并没有责怪我，也没有流露出看不起我是小地方来的孩子的样子，我对胡阿姨的好感更多的是来自她的这种态度。胡阿姨用她湿淋淋的手拍拍我的脸，她的手很殷红，正在洗衣服，她说：

"喏，这样就没事喽！"

我开始会叫人阿姨了，一副文明起来了的样子。

旅馆里有很多人是来治病的，每当清晨，一个专门煮汤药的地方送来小暖瓶，上面有标牌，舅舅和父亲便各拿各的喝掉，舅舅总是爽气地一口气喝掉，我父亲却总是苦着脸。

母亲也去看病。那时候挂个号很困难，一大早所有要看病的人都等在走廊里的两排长凳上，在一阵超过人们忍耐限度的等待之后，护士推着小车来了，凶巴巴的，好像狱警。外地来看病的只能拿着证明挂号，母亲没有证明,她便不肯给,后来母亲不知找了什么人才最终走进了门诊室。

母亲躺在诊室里的病床上,充满了即将获救的希望。上海的大夫面无表情,很冷漠地按了按我母亲的肚子,我立刻讨厌起这个大夫来,觉得还是中医好些,只按手腕。后来的几天里,不知要测定什么,母亲接连几天都要喝一大茶缸开水,让我感到神秘。

我在我们的旅馆注意到一个比我大一点的女孩,她和别的孩子不一样:眼睛很大,很懂事,充满了善解人意的神情。她上厕所总是拿很多的纸———一种旅馆里备用的粗草纸,然后她把剩下的拿走,还像大人一样从容而自信地一级一级地走上楼梯。我终于和她搭上了话,她的确十分温和,让人信赖,我们一起吃雪糕,买同样的小刀和其它小玩意。她给我看了她的胳膊——肿胀着,里面青色的血管乱七八糟地扭曲在一起,像一团虫子,我看了很难受,好像自己的胳膊也病了一样。

旅馆里有很多七八岁的孩子,有一天我们聚在一起玩水枪,我粗鲁得像个野孩子,而且还为自己的能够表现粗鲁而兴奋不已。旅馆里的玻璃上到处都是水花,大人们一出来,我们便隐匿起来。后来有一个非常严肃的中年男人找上门来,偏巧舅舅回来了,他并不知道我们刚才做了什么,面对那人的质询,他不可置疑地用严正的口吻告诉他:我们的孩子一直没出去!那男人无话可说,临走时他严厉地望了我一眼,让我感到很不自在,缩在角落里觉得很羞耻。

有一天,那女孩邀请我到她的房间里去做客,我心情轻松地跟在她身后,可在走进房门的那一刻,我一眼就看见了那个男人,原来他就是女孩的爸爸。我不自如起来,喏喏着,觉得自己原本是个坏孩子,却在这里装做好孩子的样子,而这个男人却明晓我的一切底细。

我再也没有勇气走进那个房间,我受不了那种压迫,不是那个男人的,更像是来自我自己的、越出规矩之外的犯罪感,我不知道撒谎会这样地让人难受。在女孩面前，我感到了自己的不坦荡，我害怕有一天她知道了我的劣迹，会用鄙视的目光望得我不能向前。现在想来，那原本只是孩子的游戏，即使稍有些过分，也不应该让我感到那样的恐慌和压迫。

后来他们走了，我没有为她送行，我很害羞。那天之后我路过那扇门时再没有感到压迫，于是我想他们是真的走了。

在前进旅馆附近的一个正大旅馆里住着许多新疆人，高高的鼻子，深深的眼窝，男人带着小花帽，女人扎着花头巾。那个旅馆很脏，也很乱，因为我们有熟人在那个旅馆住，所以我们也常爱去那儿。他们新疆人在晚上总习惯高声谈笑，聚会唱歌。那情绪感染了我们，于是我们所有莫旗来的达斡尔人也开始在一间大屋子里聚会了，唱歌、跳舞、玩到很晚，一个女人唱了两支歌，高昂的激越的歌喉使人震撼和感动。尽管她的音色并不美，长得也不美，如果在舞台上，我绝不会觉得她唱得好。而在这儿，在这样枯乏的生活中，有了歌声会怎样地使人感到异样啊！感到自己是在这样远离故乡的天边里活动着，同时在这歌声里深切地感受到家乡的一切那么遥远地浮现在那女人的歌声里……这一群全用达斡尔语讲话的，不时就爆出一阵热烈的笑声，像把菜投进了滚热的油锅中一样使人感到亲切，想拼命地抱成一团痛哭一场，这想法使我战栗，我浑身发着微抖，手变得冰冷，牙齿也仿佛松动了。

我们常路过的那条狭窄而灰冷的街，一个卷发的新疆小男孩，有一天拦住了我们。他其实看起来蛮可爱的，可他那挑衅的神色使我们感到敌意。我有点紧张，而表姐萨红却无所畏惧地撞了过去。我也跟着她冲过去了，我们的心里紧张着，兴奋着，回过头高声骂了他，并筹划机会准备报复一下。

记得我们实施我们报复行动的那天晚上，天色很暗。那个男孩和很多新疆孩子一起玩着什么，津津有味地谈着他们民族的语言，我和表姐看准了，冲上前去，表姐撞开了他，我则迅即在他惊慌的脸上留下了一记脆亮的响声。黑暗中，一个软弱的哭声由缓到强地升起来，终于到了不可抑制地迸泄，我并没有感到愉快，反而有一种负罪感，想来我可能永远也无法坦然地做一件坏事了。有罪的感觉真不好受。

不久，科伦舅母来了，带着表弟萨卫。科伦舅母是个美丽的女人，搞舞蹈的嘛，生过三个孩子后，女人味十足。在上海，她的装扮比起在家乡来还要整洁、大方、得体，还有点小资产阶级情调，比如她穿长筒袜，萨红那时常常偷穿她的长筒袜，可穿上一会儿就掉到脚脖子上了。科伦舅母经常和丁柱舅舅打扮得利利索索地散步去，还挎着胳膊，像城里人的样子，表弟跟在他们的身边像个资产阶级的小少爷。

我们一家搬到另一处名叫"战斗"的旅社去住。那里要大一些，还很清爽，没有前进旅馆里那一片芜杂和混浊的气氛。我父亲吃着一些药，定期去做检查，他情绪良好，温柔体贴，我多么希望他能一直这样下去啊，不要让我再因他酗酒而备受恐惧和忧虑的折磨。

天气大热起来，已经是六月了。旅馆里都换上了席子，让我们这些北方人感觉很新鲜和异样。母亲热得受不了，说她的胆汁都像开水一样了，她不愿动一动，一动她就要出汗，而且一点胃口都没有了。

我总去看电影，在电影院的阴凉里消磨对我来说有点难于打发的时间。七六年春夏的影院里放的不是京剧就是杂技：一个人肩上托着一个立起来的长杆，再有一个人嗖嗖地爬上去，做不在乎状，伸开胳膊伸开腿，看厌了就极希望他或许能够摔下来也可能更有趣一些。另外几乎每部电影前面总放一点新闻专题片，而且总是"人工养殖珍珠"，惹得我也时常想：养一养珍珠该多有意思呀！

在那时，我曾一度忘记了时间，我以为我们要永远在这里住下去了，那是我唯一的一次把异地当家乡。直到有一天，母亲开始收拾行李，告诉我说，我们要回去了。

我们长时间地坐着火车，没完没了，我困得要死，仿佛有生以来再也没有比那时更困的时候了,我已经不能战胜和控制自己,只要母亲不注意就觉得自己在沉重地堕下去。母亲一会儿把我摇醒,说再有几十分钟就到站了,火车穿行在夜色之中,在茫茫的一片黑暗里均匀地响着车轮转动的声音,母亲说如果我睡着了,她根本就弄不动我,我父亲留在北京的小汤山继续疗养,没有和我们一起回来。而我母亲不顾自己的能力从上海带回来一只"维得罗"挤奶桶和一些漂亮的细磁碗,奢侈得让人抬不动。

我们是带着几分狼狈的形象回到家的,那时正赶在雨季里,故乡的道路满是泥泞,空气像江南一样湿润,凉丝丝的风带着清爽吹去了我们从南方带回来的暑气。踏上故乡的大地,我才开始真切地感觉到我原来一直都在想着它。

在上海的生活更像在云雾中生活,现在总算着陆了。我们原有的生活习惯一下子又回来了。那些在上海时养成的规矩在故乡显得既可笑又不合时宜。我们慢慢回复到原来的生活状态里,时常感觉在上海的生活有如一场梦境:我父亲根本就不酗酒,我母亲更加注意她自己和我们的生活,我们穿着干净、得体的服装,心平气和,轻松愉快而幸福地生活着……上海是给人制造白日梦的地方,那些同去的故乡的女人和孩子们的恐怕都曾经产生过各自的幻想,并像我们一样一度信以为真。上海本身却并没有因为在某一时空里,在它的某条街道和某个旅馆曾来过一群塞北的异乡人而有所改变,它依然以它特殊的、强大的魅力给所有的异乡客们的心中弥散起幻梦一般的气氛,让人渐渐忘记自己的来路和归期。

在我们回到故乡一个多月后,唐山地震了。我们日夜担心着留在北京的父亲,不知他的生死如何?

1987

乡下人

屋子里都是他——这个进来人的气味儿：烟草、泥土、新棉袄和冷风的混合味儿。从他一进屋，父亲的眼色便一点一点地发亮、鲜活。

"坐、坐、快坐，这边儿，来。"父亲忙乱起来，他轻快，飘忽，只有那人和我显得迟笨，那人坐下去了，我张着嘴看他们。

"你去倒点水来。"父亲指点我，而他却有点不知所措。

"真没想到你会来，你刚进门，我都愣了呢。"那人殷勤地接了父亲递过去的烟，又接了我递过去的茶，挺拘谨地也挺忙乱地顾不上说什么话。我看他有父亲的年纪，面色健康，光头光脸，显然是新近剃的。

"都没事吧？"他的眼睛没有如他年纪一般的苍老感，反而很清润，微褐色的，许是山风吹的吧，而他脸上粗犷的条纹被他的友好的善意弄得好柔和，好慈祥。

"唉，都是老样子，我退休一年多了，唉，呆着没意思啊，心里头一没意思就总想着过去的事……你还愣着，快去烧火，都什么时候了。"父亲跳跃性极大地说着说着便冲着我来，那男人的目光随即转向我，看起来他还是熟知父亲的为人，否则谁一开始都难适应父亲谈话的方式。

"从你爸爸这头论，你该叫我叔，知道吗？"他嘿嘿笑了，腿还并得很紧，眼色征询般地转向父亲说："其实呀，从嫂子那头论的话，你还大我一辈儿,是不?"又嘿嘿地笑了。

"可不,从她那头论,你该叫我姑父哩,那是几代亲啦?四代啦,其实还是咱这头论近便,是三代还是二代?三代!对,还是这头近哩!叫叔!"父亲对忙前忙后的我命令道。

"叔。"

"嗳。"哈哈地笑了一通,那自称是叔的人就不再是初进来时那般拘谨了,父亲起身去取酒,倒在他平时常用的杯子中递过去。

"呀,还倒啥酒?都不是外人,嗨。"那人愉快地推辞着,可仍是笑着接了过去,随即便眯起眼抿了一口,无限陶醉的样子。

我圈起了鸡,把柴禾抱进屋来,先烧点开水。那人和父亲还在排辈份,提起一些我没听过的名字,我忽然发现达族人在一起谈话的内容之一便是排辈儿,排呀排的,任何两个不曾相识的族人遇到一起,只要排辈,提起一些关键性人物,排着排着就排出亲戚了。

小辈们这一点就差得多了,往往总是大人们告诉说:你该叫我什么什么呀,你爸不是谁谁谁么?他和我是什么什么亲呀!

冬天,天黑得早,不一会儿,外面已是沉沉的一片黑了,60瓦的灯泡像个血红的瞌睡的眼睛,支撑着,很吃力的样子。

母亲挟着一身寒气回来了,和那人招呼着,那人又很欢欣快乐的样子。

"哟,嫂子,还这么年轻啊!胖成这样,莫不是又有了吧?"那眼神飘了一下,显出那样说不清的内容,此时他已经相当放肆了。

"没大没小的,和姑姑还这么说话吗?"母亲不乏亲切地责怪道。那人嘿嘿嘿地笑得很响亮。

"刚才和大哥说了,从大哥这头论,那可不合该叫嫂子呗!"

"他论他的,我论我的,该叫啥就叫啥按规矩来嘛!"母亲不肯让步,一边系围裙一边答道。母亲回来了,我就没事了,垂着手进到里屋去。

"收成好了？听说都富了？你们怎样？"父亲转了话题。

"还行吧！今年我把地租出去了，他妈的，两垧地600块，到秋给钱，盲流那帮家伙都能干哪！妈的。"隔着里屋的玻璃看到那人喝酒喝得很舒展，灯在他秃亮的头上闪耀，聚出一个浑黄的高光，他的喝了酒的脸也亮津津的。厨房里腾起一团团湿漉漉的白气，鼓风机呜呜呜地委委屈屈地吼着，母亲弄出了一些响动，那杂错起来的声音使人感到暖暖的，让人不自觉地闭上了眼睛，一点一点细细地吝啬地吮着这一份温暖。

"看把你懒的，不种地干什么去？会跑买卖么？怨不得咱们达族人总富不起来呢！"母亲的话卷在各种声响里传过来，有点含混。

"懒，啥叫懒呢？这叫明白！我再懒也没穷到要饭，是不是？"那人喝罢一口酒，扭着脖子冲着隔着母亲的墙壁很有表情地说"……你再勤快也没富到哪儿去！别说是在街里住了，是不是？大哥？"他转过脸冲着父亲。

"这木耳还是我大小子上次进山的时候买的呢！街里贵得要死，你喝、喝，好容易来了一回，可得喝好喽！"父亲自顾自说，并不答话。

那人呷了一口酒，哒的一声，极是有味，而且并不急于咽下去，含在口中，脸上便做出一付苦味而又陶醉的复杂表情，许久才咽下去，"啊"了一声，才出了口气，咂咂嘴。

"你还是挺能喝的啊！"父亲由衷地说。

"不喝干啥？就这点乐子……"

那人一轮酒下去，眼神忽然变得很神秘，俯向前说：

"其实呀，富了有啥用，嗯？是不？就是。你看那村里的那几个，哼，钻在钱眼里出不来呀！结果呢，齐克的儿子，让车轧折了腿……"他把嘴撇得很弯曲，像晚月一样，眼神里有一种莫名的东西在里面闪烁着。

"饭熟了，放桌子。"母亲轻快地叫了声。

"快去，拿碗，动弹动弹。"父亲立时命令道。

饭端上来了，我拿碗拿碟的一阵忙乱，热气又从桌子上袅袅地腾起，浸渍，电压不足的灯被温湿的水气包裹着，只有灯丝穿透雾气发出浑浊的红光。

"电压太低了。"我自语。

"好赖这儿还有电哩！村里，白天有电，晚上没电，啥用哩！你说，是不？啥用哩！没用。"他接过去说，他因喝了酒而高亢起来的嗓门震得碗里的汤水都仿佛颤动起来。

"你的话真多！赶紧吃罢，好好睡一觉。"父亲直率地说。

"是不？就是哩！"他左右看着桌上的每一个人，眼神里藏着点渴求回应的表情，他高硕的颧骨亮津津的，细看能看出细密的红丝，见无人答话，只好垂下头，很响亮地喝了口热汤。抬起头又开始唠唠叨叨，此时父亲已经不再搭话了。

外面漆黑的夜压迫着这屋里微弱的灯光，人都感到几分被压迫的奇妙的舒展的感觉，仿佛被拥在爱人有力的怀抱里。空寥的感觉被这乡下来的人的声音尽情渲染着，我只感到一种捉摸不定的遥远。父亲虽然喝得不多却也有点酣然，母亲早已放下碗筷，等着那人吃完饭，我却是早已退下了。

终于他吸吸溜溜地迅速吃完了摆在他面前的因放得长久而仿佛凝固了一般的饭和菜汤。

"哈莫日家怎样了？还好吧！"父亲呷了口烟说道，厨房里传来母亲收拾脏碗的声音。

然而此时，那灯仿佛再也支撑不住，便无可奈何地灭了，睡着了似的，沉甸甸的一大片使人疲倦的黑夜越过一切浸漫了过来，先是静了一下,恍惚中世界都死干净了似的。

"到底停电了。"

"这××玩意儿。"那人不屑一顾地批判道。

母亲从厨房里摸索着走进来,听得见碰翻了椅子的巨响,那响声在黑夜尤其让人心惊,在余音还没有散尽的当儿,火柴一划,一个小亮融了进来,于是那黑色便从四处向火光逐渐减淡,凝在火光的那一点是完全的纯粹的晶白的亮色。烛光在每一张脸上一点点润开来,勾勒出几张不同风格的脸:母亲的是柔和的,微光和黑影隐去了她面上的皱纹,只留下了一份成熟和一份恬淡;父亲的就显得变化多了些,可是隐不去神经质;相比,那人就有了一种气魄,他的高硕颧骨此时更加高硕了,光留在那里,转不到另一侧,于是那一部分便留下了一道最粗而且最黑的暗影,眼珠沉落在眼眶里忽闪不定,阔大的显得专断的嘴唇在光影的造就下突然间变得很有气势起来,原先光亮的秃头这时也只虚虚的和后面的更大更沉重的黑融在一起,难于分割。

"哈莫日家?"他又接住了那个仿佛已经久远的话头,"哈莫日家呀!"他摇摇头,极神秘,而父亲终于开始注意他了。他往前一凑,脸上的影便向后退了一点。

"没听说么!他呀!瘫了。"虚飘飘的,我不知怎么开始觉得他玄得有些让我反感,便不再注意他,而父亲和母亲倒开始认真起来了,我躺下来,听见母亲嘘了口气:

"哟,怎么,瘫了?"

"没听说么?他是遭了报应!"

他的低微得已沙哑了的嗓子压抑着屋里的气氛,屋子里忽然显得出奇的静谧,静谧得使人蓦地感到一种恍若神示一般的召唤……我的灵魂仿佛飞离了肉体在黑暗中浮游,那人的声音飘飘荡荡地在烛光上面的黑暗中悬动:

"……土改的时候,你忘了?他领一帮人,不是把额提扒光了衣服,围成圈儿,拿大棒子给活活儿打死了吗?那打得呀!啧啧啧……没见过呀……

"其实,额提有什么罪呀!不就是牛比别人家多几头么?这些懒人,哼,眼红……

"完了有一天,有一天哪……他去开会,夹个包,他从那以后升官啦!牛轰儿的样儿,夹个包,总去开会,他那天去开会,就是几年前么,他去的时候,已经是下晌五六点了,说好了他当晚就回来,要回不来就第二天回来。

"他走过那条独木桥,去河那边,那桥他总走,可那一天他就听见有人叫他:

"'哈莫日,哈莫日。'

"他'哎'了一声应了,他应了,他要是没应就没事了……

"就听有人问:去干什么呀?

"开会。他这样说。

"什么时候回来呀?

"晚上吧!

"那我等着你。说完这话他也没理会,这个傻瓜,那天没准儿喝差不多了,他只回头看见了一个隐隐约约的人影儿蹲在桥上。

"会开到半夜才散,他若是不回来就好了,可他着急忙慌的像中了邪似的非要回来,走到那座桥旁边,就什么也不知道了。"

"后来呢?"

那声音低得让人喘不过气来。

"第二天,家里人怎么等也不回来,就着急着去找,找了半天也找不着,后来找到那桥旁边,看见了那个包,可没有人影。

"下游、上游的去找,结果在上游找到了他,嘿,说他仰在水里,衣服都光了，身上青一块，紫一块的，人们奇怪他怎么会在上游，他还没死，可醒过来后就像傻子似的，他们请雅德恩①治了很长时间，总也好不利索，人说是阴魂报仇来啦！

"有一气儿他好点，人问他怎么了，他说，那声音好像是额提的，他说他好像觉得谁搂着他的脖子往前走，可他看不清……

"后来就瘫，那人就算完了……屎尿都不知道，他们家里的女人孩子常打成一团……那日子啊！"

"唉，人哪，一辈子，真就是那么回事，做了恶，就总得有报应……"爸说。

"那可不！就是那么回事，我听说……"

半夜的时候，我醒过来，依稀记得刚才的梦，不知是梦还是回忆：小时候家里的几只小乳鸡被闯进院子里的一头高大蛮横的老牛一脚踏死了……我转头去寻找发出鼾声的乡下来人，他张着嘴巴，睡相里有一种莫测的表情，放在旁边的新棉袄，里子是白的。

①注：雅德恩，巫师。

原载《草原》1989年7期

山水

水来的时候,世界出奇得静,那当儿正是黎明。

格热那卧在没有席子的土坑上,还打着鼾。

然后就是使人惶惑的响动,簌簌的叮叮咚咚地响,听起来好似很欢畅,但在这将明的黑暗中却使人感到了冷风钻进衣服里的那种滋味。

可他的酒还没醒过来,头天晚上他喝得烂醉,这在他是常有的事,而且他喝醉了酒撒酒疯儿更是常有的事,如果谁见他喝了酒便睡下了倒是世界奇闻了。

格热那这老头儿坏就坏在这"酒"字上,如果不喝酒,没有谁比他更慈祥,更慷慨的了,可喝上了酒,只要一醉酒,要不把瓶子倒过来放,那就不是格热那了。喝醉了的格热那像魔鬼附身一样,四个精壮的汉子对付他一夜下来也都有些受不了。清醒之后,他又瘫成泥,提不起来,拿不成个儿,委缩在角落里,要把自己完完全全地隐灭掉。

他的威严的父亲给他这个独子娶了一位极富味道的女人,于是又凭添了他的另一种乐趣——打老婆,尤其当他继承了一家之主的位置之后,这便成了他最富激情的发泄。时常是女人没提防的时候,他突然爆炸般一声大叫,抓住女人的头发一摔,拖着走到外面去打得女人满院打滚,直到面无人色地不动了为止,这种乐趣没持续多久,女人便不堪折磨死掉了。

这没有了女人的日子，使他的生活突然间苦闷起来，女人留给他四个儿子，全部是揍大的，前三个如狼似虎，最小的一个因为一次重打脑袋出了毛病，从那以后就有些痴呆，话说不清楚，成了废人。大儿子因为一次赌博械斗送掉了命，二儿子娶了女人躲到远处，三儿子跑买卖没有了踪影，只剩下小儿子守着他，有一顿没一顿，东借西挪。他们从原来的房子搬出来，最后搬到了这个歪歪倒倒的草房里安顿下来终于成了五保户。尽管如此，村里的人还是不愿意成为他们的邻居，都离得他们远远的，怕格热那啥时候一高兴闹腾一下，别人又没有办法。

这天晚上他们爷俩闹得满欢，两个神态不清的人也没听到村里吵吵闹闹地搬东西上山，喇叭里早就喊过了，山里的水下来啦。

格热那翻了个身，身上疼得直哼哼，含混不清地骂了几句，没了对手他怎么也威风不起来，可砸的东西又太少了，小儿子的脑袋昨晚上让他戳出了血，这会儿也不知哪儿去了。

水进来的时候很静，先是土窖里渗满了水，而后是灶膛，再后来那水便冲破了门闯了进来，脏盆脏桶的便飘飘然地浮起来跳舞，而后，空的水缸蓦地纵身一跳，伏在水里，一会儿的工夫水便有炕沿儿那么深了。

水浸湿了他的衣服的时候他才醒，翻身起来，痴呆呆地看着泡在水里的他的漆黑油亮的脚，看着从窗台的缝隙里开始渗进来的汩汩的水。

"他妈的，干什么？"他喝道。

那水却不理会，一古脑儿地钻进来，那气势足以使人心慌。

"干什么干什么，你们要干什么？娘的腿，过来一个试试，我他妈的打飞了你，哈哈哈……"

他狂叫，挥开手臂拍打起来，看起来却似发疯。

村子里的水连在一起了，白茫茫一片，有的简陋的小草棚哀哀地倒去，水里漂浮着很多树枝、干草和没来得及拿走的木板，等等。

格热那终于哀哭起来：

"啊"，他沙哑着嗓子狂喊。

"我完了，老天爷，我完了！啊——"

正在他拼命哭叫的时候，他听到一声喊：

"爹。"

他睁开眼睛一看，原来是他的小儿子，湿淋淋地站在水里，张着嘴，头上的伤口还是血乎乎的，但是眼神里的焦灼与疲倦那是分明的。

"小子，还是爹的种啊！"格热那说完不知怎地又感到羞愧，垂下头，叹了口气，不再哭叫。

"爹，走哇，水……水……下来啦，我背你。"小儿子说着从来没有过的清清楚楚的话，让格热那吃惊得很。

他转头望向窗外，然后回过身说：

"唉，咱们走不了了，你能走就先走吧，我是不走了，我，我就死在这儿了……"说完他又哭起来。

"走哇。"小儿子焦灼地上前来拉他，他把住炕沿不放手。

"不走，不走，我就在这儿，上你妈那儿去，我不走……"

小儿子仍旧拉他，傻小伙子的力气终于使格热那手里的木头炕沿掉下来，他无力地放下炕沿，任小儿子背起他，迟缓地踏进水里，走出门外，他们茫然地望着天光逐渐升起的天空，浑灰、阴冷的云团，和打着漩涡向这里奔来的黄黄的水……

路已经没有了，已经不能够走出去了，北面的山上散着花花绿绿避水的人们，小小的一点一点的像风吹散了的杨花。

他们爬到了屋顶上，那水继续上涨。

天光已经大亮了，云团稍稍减淡了些，格热那的草房的土墙慢慢泡得松软，在一块一块地剥落，房子要倒了。

"听我说，孩子，听爹的，等这房子倒下来的时候，你……你你就抱住咱的……房梁……别松手……啊？听见没？啊？"

"喔喔"，小儿子专注地望着他，恐惧已经完全控制了他，他在发抖。

"听我说，孩子，等一下，等你活着，如果你活着的话，你就去……找你的三哥，啊？再，再把脑袋包好，别长了蛆。"

"喔喔。"

房屋在下陷，屋顶的一边已经歪了。

"嘿嘿，呐耶——呐耶呐——"格热那从没感到如此的坦然，他放开喉咙唱起来。

在他陷下去的瞬间，他长叹一声：

"唉，总算活过一回人啦！"

一阵无可奈何的响声，只有他们自己听得见，水面又开阔了许多。

原载《草原》1989年7期

独月当空

阿米走之后常与托娅来往的人是小秀。小秀是个汉族姑娘，呜哩哇啦很爱说话，直心眼儿，她是托娅的几个既没学可上又没班可接的同学之一。阿米没参军前，托娅当然没有时间和小秀玩，转眼阿米已经走了快一个月了，托娅好像刚刚从分离之后的恍恍惚惚中顺过劲儿来，否则她老一个人发呆，接不上小秀的话题。

说起来托娅和阿米是这一年刚入秋那会儿才真正好起来的，以前曾一起参加过几次敖拉张罗的聚会，糊里糊涂就好上了。事情的开始出乎托娅的意料，由托娅推演的恋爱，首先应该收到情书什么的，可阿米最讨厌写字，一切都那么直来直去，不知为什么托娅就喜欢他了。那会儿托娅在每晚临睡前总爱想这个事，喜欢他什么呢？怎么也说不清，似乎因为他谈论过草原、大山和见过的蛇，这对从小就在镇上长大的托娅完全意味着一种空旷和超凡。当然更多的又似乎是觉得他二十岁就能很老练地吸烟的样子，看起来很神气，而且他偶尔还抽旱烟，掏出怀里的小塑料袋，珍珠宝贝似的卷一支，也使他很有男子气概。还有上次那回打架，其实他根本就没打过人家，可看见他挨了打，托娅一下子就揪了心，产生出一股强烈的情感，来势汹汹，不能阻挡。

小秀说那时候你们俩好像眼里抹了啥药似的瓦亮瓦亮，托娅想就是，晃得自个儿晕头转向的，咋会那样呢？托娅自己也奇怪。

那时候他们约会的内容，总是沿着江边走，走那么多路也没觉得怎么累，一边走一边不停地说话，谈的内容又总是他们各自小时候的事，也不知道什么地方动听，就是感到亲切，反正说起来挺有劲儿。托娅给小秀讲他们有一次跳一个沟，黑灯瞎火的，只听阿米大叫一声"瓦西里"一下跳过去，一只鞋跟儿就不见了。

"你不知道他拿着那鞋跟儿的样子……"托娅一想起来肚子就要笑破了。

在阿米没吻托娅之前，托娅不清楚这是不是恋爱，阿米从来不做任何表白，他总是讲他小时候在乡下成长的故事。阿米刚进街里的时候连汉话都不会说，总被人嘲笑，阿米读英语都是达语口音的，在别人的笑声中阿米总是勇敢地坚持读完，到了高中情况才有所改变。那时候托娅怎么也想不到她会和他在一起。

有一天他们正走着走着，月亮忽然被一朵巨大的云彩遮住，托娅本来正听他讲小时候和他表哥一起在野甸子里疯的事，不提防阿米被石头绊得差点摔倒，托娅伸手扶住了他，阿米就势把她推到树干上粗鲁地吻了她一下。在托娅看过的电影或小说中，这种情况通常是女的完事之后打男的一个嘴巴，于是托娅举起自己的手，不想被阿米抓住，反而更粗鲁地揉搓她，好像她是洗衣盆里的衣服似的，托娅又委屈又难过地哭了。阿米奇怪地摸她脸上的泪水说：

"你不喜欢我么？"

托娅一肚子失望，除了在江边散步之外，一切都不是她想象中的样子，乱七八糟。那时候月亮隐在云后面，居心叵测地大放光明。

就此阿米常常以这种方式对待托娅，托娅慢慢地习惯下来，不过有一次她还是忍不住问阿米："书里写的可不像咱们这样。"

"那些都是假的，咱们才是真的。"阿米说。不知为什么托娅仍觉得这种真实的难于把握，她老是一阵一阵莫名其妙地感到伤心。阿

米说:

"咱们一起到很远很远的地方去吧,到一个谁也没有的地方,就咱们俩。"

托娅想他说的多傻呀!电视里那个南方歌星还唱什么"外面的世界很精彩",就连广州的人都渴望外面,真不知到底哪里是外面,阿米总说那些甜蜜的傻话,托娅可从来没那么想。

转眼他们分开已经一个月了,托娅都收到阿米两封带三角形军队邮戳的信,虽然信写得简单潦草一点也不温情,可毕竟是他的信啊,托娅看到他的字迹都想哭了。

小秀一来,托娅三句话没说完就要提起她曾有过的好日子。在托娅的叙述中,阿米的形象悄悄地完全的变了样儿,成了那种在托娅心目中幻想的形象,托娅为此深深感动,她觉得她已经真的爱上了阿米,一想起这来眼睛就湿润。托娅成了一个爱哭的人,而且酷爱写信,她觉得她有那么多话要说给阿米,每天临睡前的那段时间她就在心里和阿米说话,想象中阿米也像想象中那样回答她,她一下子想起了那么多动情的话,奇怪当初咋没想起来说给他听,这使她感到甜蜜。

时间就这样不知不觉到了十二月初的时候,天气已经寒冷起来,托娅已被家里告知不用去补习了,托娅的爸说年底他们系统内部将有一批指标,她爸是小企业的小头目,用于生活满有余地。

托娅的生活内容具备双重的等待,一是工作的消息,二是阿米的信,无论哪一条都足以说明她已改变了身份,这使得小秀常常羡慕她。小秀没事就来,她们坐在床上聊天往往一直聊到小弟砰砰地带球进门的时候。小弟总是浑身蒸发热气,进门开口第一句话就是:

"中午咱们吃什么?"

这时候小秀就要告辞,托娅开始做饭,不知不觉托娅成了家里专门做饭的人。

托娅的午睡往往要延续一下午，做上些稀奇古怪的梦，有时候猛然醒来心就慌，或者睡着睡着就有窒息的感觉，说给妈听，妈说你睡得太多了，多活动活动，早晨起来跑跑步什么的。托娅的爸一回家托娅就在他脸上搜寻消息，可时常没有收获，托娅的等待越来越空洞，这使她心情很坏，和小秀的谈话不免又加上了新的话题，再说阿米在她生活中的影响也在渐渐地淡去。另一方面她也想在下一封信中就告诉他这个好消息，可是一切都没有着落，使人很沮丧。小秀知道了一件事让托娅感到吃惊，小秀说起红梅，红梅在几个要好的同学中算得上是个怪僻的姑娘，没人看得透的。小秀说听人说红梅前段时间一个人跑到邻县做了人流。托娅不知道红梅和谁好过，可是无论如何这都使人难于置信。

"你瞎说吧！"托娅不相信红梅那样自我封闭的人会有这样的消息。

"我也不信，可她最近脸色不好，我昨天去看过她。"

"我不信，不过我挺长时间没看到她了。"

下午托娅就和小秀去了红梅的家，进了煤味儿浓重的屋子，红梅妈正在厨房笨拙地烧火，弄出很多烟，红梅躺在炕梢，脸色苍白，而且不愿和她们说话，红梅的爸一直在方桌旁一个人喝酒，目光松散，显然是从中午一直喝到现在。红梅的爸是个有名的酒鬼，镇上的人都知道，他经常找不到自己的家。

小时候红梅因为这个酒鬼爸爸的缘故从来不让托娅她们去她家，托娅长大之后才似乎理解了这一点，否则她总不理解红梅为什么一提起她的家就心不在焉，托娅一想起当初她总说"那又有什么不能去的"那么刺伤红梅，所以无论红梅怎么难以相处托娅也从不放弃和她的友谊。

托娅对无精打采地坐起来的红梅说：

"你脸好像有点肿了。"

"睡得太多了。"红梅倚靠在墙上，她的袜子底儿有一处磨破的洞。

"猪似的那么睡,猪!"红梅的爸醉熏熏地说。

"你才是猪!"红梅低声咕哝了一句,情绪不稳定。

"你说什么?你说了什么?"她爸摇摇晃晃地站起来,红肿的眼睛向她们这边望,红梅一脚踢了炕上的烟篓子,托娅和小秀吓了一大跳,觉得要出事。

"你他妈的想干什么?"红梅的爸突然厉声高叫,身下的方桌稀里哗啦的翻到地上。

"你要闹何必找理由!"红梅一副豁出去的样子,托娅和小秀拉着她的胳膊不知所措,他们第一次遭遇这样的场面。红梅的爸要冲过来打红梅,被托娅和小秀挡住了。他实在喝得太多了,红梅妈张慌失措地从厨房出来,红梅她爸说:

"他妈的,她骂我,这不是反天了么?这不是反天了是什么?你说呀!"一把揪住了红梅妈的衣服,红梅妈随着他来回摆动,后来才挣扎着把他推开。

"你放手!小冬回来看你还神气。"红梅爸重重地摔倒在炕上起不来了。小冬是红梅的哥哥,打架的头儿,红梅的爸已不是他的对手了。

红梅使劲压抑着自己的抽泣,那声音听起来让人不知怎么办才好,后来托娅把红梅带回家,红梅起初不肯走,红梅妈硬是把她推出来,红梅说:"我走了你怎么办?""过一阵你哥也许就回来了。"她妈说。

红梅在托娅家一声不吭地睡了一夜,托娅看着她那疲惫的睡相,感到一种使她陌生的支离破碎的绝望,这是她从来没有过的。她想起小秀说的关于红梅的那个传闻,她想无论真不真实红梅也已经濒临绝境了。不由自主想起阿米临走前几天的事……

阿米说我就要走了你就不能多陪陪我么?说着就摘了托娅的头巾。那天他们在阿米的家里,天越来越冷了,在外面散步会浪漫得使人受罪。托娅时常觉得她在阿米的手里成了一样东西,还有她竟然对此无法感到生气也使她感到费解。阿米一谈起他的表哥就异常,这是托娅在终于听他完整地讲完其中奥秘才想通的。阿米说他和表哥小时候一块吃一块玩一块搞恶作剧。他说在夏天他曾和表哥一起仰望夜晚的晴空,那大概是个优美的夜晚,阿米说他们数了星星,还听他表哥讲了"裤子里"的事。

托娅回忆那天曾做过糊涂事么?她记得是差一点。可是托娅也不太清楚那种糊涂事的实质到底是什么,她很怀疑自己也怀疑阿米欺骗了她。他竟然那么小就"懂事"了。托娅看着红梅苦睡的脸无法入眠,那是个有月亮的晚上,冬天雪地里的月光像白昼,从窗帘缝隙抖进一抹冷寂的光。钉窗子用的塑料布在外面哗哗地掀着边角。谁在梦中叹了口气,托娅认不清是自己的还是红梅的,抑或是隔壁妈妈的……

时间不知不觉又过去了十来天,十二月底一开始数九天气就冷得不得了,仿佛一切都僵住了,就连烟囱上也结起了像帽子一样的冰霜。托娅的工作还没有着落,所谓的年底又推到了明年。这个冬天人们开始谈论起北部一个不起眼的小镇——黑河。

听说那里正和俄罗斯人互通口岸,街上已经有人在穿着从那边贩运过来的俄式大衣,又便宜又好。托娅的爸随着旅行团出去了一趟,回来之后眼睛闪光,他给托娅的妈带了一件皮领大衣;给小弟带了件欧式茄克;给娜仁一件纯羊毛大披肩;给娜仁的丈夫也有一件俄式小斧子,砍排骨用得着;给托娅一件短大衣;他自己则戴起海豹皮帽子,看起来像个大亨。大家兴高采烈地换算自己的东西若在国内该是多少钱而实际上只花了多少,他们都在想自己穿上了外国服装看起来该会多么与众不同,可没人注意托娅正在日渐消瘦的灰暗的脸,她拖地板都气喘吁吁汗流浃背,还常常把自己关在房间里长时间一点声响都不发出来,谁也不知道那种叫人悲伤的忧虑正在她的心中成长壮大,使她自感孤立无援,无依无靠,好像冷不防被人一把推入水中,眼看离岸越来越远。

小秀捏着阿米的信进来的时候，家里正没有别人。托娅的手刚刚拆开信口，不知怎么眼泪哗的一下流出来，小秀又推又搡地笑：

　　"就把你想成这样？"托娅想小秀无论如何都不是个能揣摩人心思的人。

　　阿米的信中谈了许多军营里的事，最后才用"两心相知，不需多谈"做了落款。托娅很沮丧，晚上用被子蒙住头悄悄地哭了。她形容不出自己的心情，反正是糟透了。

　　托娅不知道自己是否具有像传闻中的红梅那样的勇气把自己的麻烦解决掉，但凡濒临绝境的人常常具备义无反顾的非凡勇气，托娅忧心忡忡清楚地知道自己的软弱，以及再也瞒不下去的危险。

　　不久，她就不得不接受家人的盘问，托娅的爸安慰她："再等一阵就有消息了，别着急托娅，应该多吃点，不然你像个小瘦猴儿似的能上班么？"

　　"我没有食欲。"

　　"那你出去买点山楂丸吧！你小时候一吃山楂丸就可能吃饭了。"

　　托娅想哭。

　　"你是不是又在痛经？我看你好久没用卫生纸了。"托娅的妈在给小弟做棉裤，身上的线衣沾满了棉花球，头发上也浮一层，托娅的妈总是又惊又喜地抱怨小弟长得太快。

　　"两个月没来了。"

　　"小姑娘都这样，我小时候来卜一次总痛得我满地打滚。"妈妈不在意地说。

　　"时间太长也不来会有麻烦么？"托娅尽量使自己的声音听上去像是什么事也不曾发生。

　　"能有什么麻烦，小姑娘经期都不准……你说什么？"

　　"我想我……"托娅想麻烦越来越大了。

"你胡说什么？"托娅妈从炕上侧身下来。她一直没有在意二十岁后托娅都在与什么人交往。托娅是个爱害羞的孩子，她以为托娅倒是应该开朗大方一些，可是这意料不到的事竟这么快就发生了还是使她生气。托娅妈在生气之余不免首先想到自己的责任，无论如何这对托娅都是一件大事。

托娅妈立刻把她叫进小屋，攥紧托娅的手仔细盘问她，可托娅对此一无所知。

"妈……我不知道。"托娅只会呜呜哭。

"那估计没事！不过明天还得去检查一下！别告诉你爸和小弟！"托娅的妈迅速做出决定，叫来托娅的姐娜仁，三个女人关在小屋里认认真真地商量。托娅坐在一边，忽然有一种奇怪的感觉，好像终于获得了成人的资格，和母亲与姐姐非常古怪地平等了。女人，托娅想了一遍这个巨大的字眼儿，安装在自己身上怎么看怎么不像那么回事。事情是这么解决的：

已婚妇女娜仁自己进了妇产科取了化验的单子，然后取了托娅的尿样，结果什么也没发生。当时托娅一个人站在走廊尽头已经想好如果遇到熟人就说是来拔牙，因为她实在感觉不到自己跟妇产科有什么联系，出入妇产科似乎意味着某种身份的结束和开始，那总令像托娅这样的女孩尴尬。不过麻烦总算结束了，托娅仍然用一生的时间来感激她的母亲使她平安地度过了这个危险时刻，如果她是红梅，托娅的脑子里前前后后左左右右想了那么多，这足以使她彻底脱胎换骨了。

爸爸那天晚上回家还问托娅："到医院怎么说？买山楂丸了么？"现在托娅的爸是家里除小弟之外唯一天真的人了。

日子平平常常地过去，转眼已有一年，阿米时而来信，托娅却没告诉他自己所发生的事，她觉得那麻烦是自己遇上的，跟阿米没什么关系。托娅仿佛变了一个人，变成什么样子谁也说不清，只好说托娅长大了，成了一个大姑娘了。

在阿米没回来探亲之前，镇上零零落落也发生着什么事情，比如托娅已经有了一份工作，而小秀则和小冬好上了，她一心想嫁给小冬，红梅好像不乐意发生这种事，红梅的爸也在冬天死于酒精中毒，那个冬天他喝了太多的酒，时常出现幻觉。这都是后来阿米探亲回来之前发生的事。

阿米回来的消息托娅还是听别人说的，那人说在渡口看到了他。她没有去见他，她有点不知所措，分离的时间这么久她不知该如何面对阿米。

阿米出现在托娅家大门口那个瞬间托娅就脸红起来，当时她正帮妈妈擀饼，擀面杖一下子不听话地从手里脱落，托娅的妈刚说：

"怎么了你？"

"托娅在家么？"一个军人的身影就出现在门口。阿米长宽了许多，一副军人做派，托娅的妈深深看了一眼阿米，转脸对托娅说：

"在家。"

托娅很感激妈妈什么也没说，她发现妈妈总做出正确的选择，这与她以前所认为的严厉有所不同。

他们又去江边走许多路。托娅终于像说笑话一样讲了他刚离开时发生的那件事，一边断断续续地说一边注意阿米的反应。阿米若有所思地吸烟，他的手指熏得焦黄，身上一股浓烈的味儿。阿米听完之后半晌才说："你说的跟演电影似的。"说着扔掉烟蒂，把它碾碎，非常陌生地看了她一会儿，然后一副下了很大决心的样子拥抱了她，好像拥抱自己的女友也需要他付出很大勇气。托娅忽然觉得男的和女的好像不太一样，自己受了那么大惊吓在他看来很无所谓很不真实。托娅不由得有点委屈，还觉得有点孤独，这种想法一经出现，立刻显得阿米的拥抱一点也不温暖，不能给她庇护，她掰开阿米正摩挲自己头发的手，想自己跑到远远的地方去。

"你要去哪儿?"阿米一把拉住她。

"回家。"

"不行。"

托娅一个跟头摔进阿米怀里,她觉得自己在冲动的阿米面前好像又成了一堆东西,一霎那唤醒了久远的感觉,刚才的那种对阿米的陌生顷刻之间烟消云散。

"这就是恋爱么?"

"当然是。"

他们坐在水边相互依靠,水面上有散碎的月光。这时正在夏季,他们不时要驱赶闻讯而来的蚊虫,虽然受到骚扰,可他们一点也不想离开,江那岸平坦宽阔,高出来黑黝黝的地方大概是些灌木丛,玻璃棵子山丁子之类的,那种时候世界似乎因为没有太阳而显得很荒凉,而月光又使这原本平平常常的身边之景变得好像是另外一个世界似的。面对眼前倾斜着的星空,托娅想如果没有阿米她大概不会看到夜晚这样非凡的景色,阿米使她知道了许多事。

"恋爱就这样子?"

"还有呢!"

"还有什么?"

"你想知道?"

"想……不想。"

"真不想?"

"我害怕。"

阿米深出了一口气,他好像比过去温柔多了,或者由于这夜色使他们都有点醉熏熏的,好像空气里散发着酒气。阿米说:

"你刚才说你以为自己怀孕了?"

"我真的以为。"托娅不好意思地低下头。

"你傻得不行,我又没碰你。"

"那还不叫碰么?"

"你傻冒烟儿了。"

他们平躺着,都有点迷迷糊糊的,阿米说:

"你知道我们在干什么吗?"

"呆着呢。"

"我们在探索人生真谛。"

"开玩笑。"托娅乐不可支,她觉得这个字眼很滑稽,怎么会跟自己现在联系上呢?莫名其妙。

月亮越升越高,越升越小,渐渐看不清月盘上的脉络,不知什么时候天空开始有云,一缕一缕像抽丝一样,间或听见远处的镇上狗的吠叫,那声音好像远在梦中。倒是近旁蛙的叫声响亮,一种古怪的哑嗓子。托娅想,要不是阿米她大概不会看到这一切,也不会知道这么多事,没有阿米的话这种时候她还在睡梦中,顶多会迷迷糊糊地去小便,说几句没有人听得见的梦话。她不由地觉得阿米可真好,阿米正枕着她的腿打瞌睡,托娅轻轻抚摸他的头发、他的脸、他的热乎乎的手;阿米睡着以后脸上很安详,也很依赖,让人心疼。

原载《草原》1994年7期

聚会

托娅头天晚上就用铁发夹把辫梢卷起来了,为了使她的头发在第二天的时候显得动人一些。自从敖拉漫不经心地告诉了她今天晚上的邀请之后,她的心就怦怦怦地跳个没完。敖拉其实是和她一起长大的,去年秋天去了大城市上自费大学,过年回来的时候派头大不一样,操着一口听了让托娅她们几个脸红心跳的呼市口音,说着让她们发傻的新名词,虽然有点别扭,可在托娅、红梅、小秀她们几个没上成任何学校而在家待业的姑娘们的眼里,敖拉好像身上闪着成功的光环,照耀着她们几个,使她们觉得敖拉已经不是原来的敖拉,敖拉是个非凡的人,因此,敖拉一下子成了一个有名气的人。

敖拉说要搞一次聚会。

"我们同学都这样!"敖拉说。

像书里或是电影里那样浪漫的聚会,托娅很向往。那似乎说明了某种自己终于可以社交了的意思,像真正的大人一样。虽然托娅今年已经十八岁了,可她一点也感觉不到十八岁到底有多好,看着镜子里的自己总是一副没有改变的生涩样子,由于生长的关系脸稍有点轻微的变形,这使她许久以来都没有勇气照镜子。

敖拉说,聚会定在下午四点,在西门桥附近的一家小饭店定好了一桌。听起来也蛮像那么回事儿似的,只是今天的聚会没有东道主,凡是参加的人每人掏几元钱，敖拉其实是召集人。

"男生也参加吗？"托娅记得她问过。

"当然啦！"敖拉很自信地说。随着敖拉的名气越来越大，她的号召力也随着显示出来。直到高中毕业，托娅还没怎么跟男生说过话，所以她心里很佩服敖拉的。

既然有男生参加，那就不可以等闲视之。托娅记得上高一的时候，班级搞元旦联欢，本来说好要玩通宵的，可托娅怕妈妈不答应，就没告诉她。托娅想，就说联欢，第二天早晨回来，妈妈顶多责怪几句。可是没想到刚过午夜十二点，妈妈就一个人找到学校把她带回去了，不光是当着同学的面责备了她，也连带着把在场的所有人都训斥了。托娅觉得丢尽了脸面，跟在妈妈的身后往家走的时候，她实在鼓不起勇气想着明天将怎么面对同学们。从那以后，托娅对于聚会的邀请总是感到恐惧，但又莫名地渴望。唉，说不清。

托娅把头发打开之后发现卷得过火了，蓬蓬松松的，显出一种成熟女人的那种热情，这使她又觉得过分了。于是她又用湿毛巾把头发盖住，想使她的头发比以往的动人又不显得过火，好像她是专门为了谁才这样干的，她可不想让别人这样看自己。

"今天你怎么总站在镜子跟前？"突然，身后响起妈妈的声音，托娅一慌，梳子就从手上掉下来。

"没有啊，这破头发老梳不开。"托娅拣梳子的时候故意不让妈妈看见她的脸，她知道那该有多么的糟糕。

"头发不是一直好好的吗？非要把它弄得乱蓬蓬的干什么？小丫头总不知道怎么臭美才好。"妈妈转身走进厨房。

托娅想，无论如何都要告诉妈妈这件事了，可怎么说呢。这么一想，托娅的心又开始怦怦怦地跳，好像一张嘴，心就会蹦出来。这种不安折磨得她都想放声大哭，可是无论如何也得跟妈妈说了。

"妈。"托娅握着梳子朝妈妈的方向叫了一声。

"干什么？"妈妈刷碗的背影显得平坦宽厚，好像做妈妈的到了这个年纪上都会有这样一副平坦宽厚的脊梁。

"妈呀。"托娅的勇气还没鼓到能够开口的地步，她就一声又一声地叫"妈呀"，直到妈妈应得有些不耐烦。

"到底你要干什么呀？有话就快说！"

"妈，我想……"托娅低着头又扭着身子，把嘴也撅得老高。

"又想买啥？"

"不是不是……"

"那是怎么回事？"

"敖拉说今天下午同学聚会……"托娅的声音轻得连她自己听着都费劲。

"聚会？聚什么会？"妈妈把碗和盘子依次摆进碗橱，顺手操起一块剩饼添进嘴里。

"就是一块儿玩玩嘛……"托娅觉得她的信心快要垮了。

"玩？玩什么？"妈妈漫不经心地又收拾案板，砰砰地把它立到墙角。这期间有一阵子她们母女没有讲话，托娅把玩着梳子低着头站着不动，卷得过分蓬松的头发都耷拉下来。托娅在母亲的沉默中已经绝望了。

妈妈解下围裙的时候开口问道：

"给鸡剁菜了吗？"

"剁了。"

"今天的牛奶取回来了吗？"

"早取回来了。"

妈妈很响亮地洗着手，好一会儿没有说话。

"今天星期几？"

"星期六。"

"那你把你姐的孩子接回来过礼拜天吧！"妈妈进了屋换了鞋子，托娅沮丧得恨不得把梳子掰碎，把头发扯光，现在她只等着妈妈一走出门就这么干，至少也要把梳子扔得远远的。

妈妈围好了头巾拿起了提包，临出门前又掏出五元钱给托娅。

"够吗？"

"干什么？"

"还能干什么，傻丫头。"妈妈点了一下托娅的脑门儿，一脸坏笑，就出门了。

这就是答应了呀！托娅到底还是把梳子扔得远远的了，当然那是因为高兴。

整整一天，托娅都在为下午穿什么衣服而发愁。现在正是二月，天寒地冻，不能穿得很少，可她又不想穿得很臃肿。趁着家里没人，托娅把唯一属于她自己的衣服包袱打开，试了这件又试了那件，那条从齐齐哈尔捎回来的围巾是必戴无疑的了。

终于，托娅决定穿那件缎面制服式薄棉袄，那原来可不是她的，是托娅的姐姐娜仁结婚时穿的。因为生了孩子开始发胖穿不了了才送给了托娅。托娅不喜欢穿别人的旧衣服，可她记得姐姐娜仁结婚那天穿着这件棉袄真是漂亮，心里早就喜欢着惦记着了，自从姐姐给了她以后她还没很正式地穿过呢。

托娅在镜子前左摇右摆，觉得自己穿了这件缎面棉袄再配上那条围巾，浑身散发出一种成人的光彩，使她又陌生又心慌又兴奋，好像几年前初潮来临时的感觉。

托娅又脱下这身打扮，她想在临出门的时候再穿好，她愿意带着那种初始的兴奋去参加聚会，估计会使她保持良好的情绪，这对她来讲是很重要的。

在托娅给她的自行车打气的时候发生了一件让她不高兴的事：她的

蛀牙开始尖锐地疼起来。

要命了！镜子里出现了一副愁苦不堪的样子。昨晚也没吃甜东西呀，托娅觉得这实在不公平。她掰了一块止痛片塞进牙洞，药物的酸苦的汁水慢慢渗到她的舌头上，托娅咽了一口唾沫，更加愁眉苦脸，要是四点之前牙疼不止，只好不去了，托娅非常不愿意想到这个令人为难的问题，可是心里还是隐约觉得不去也好，她其实也很胆怯，不知道那会是个什么样的聚会呢？

其实，她并不是从没想过去看看牙医。记得上次她左腮肿得老高的时候她曾痛下决心，一大早就跑到医院挂了号，可是一看到那个牙医是个男人，并且还是一个黄头发的男人，就是达斡尔人里面这种棕色眼睛的人也不多见，她可不想让那双毛茸茸的手把她的脸掰来掰去的。于是她返转身噔噔噔地跑回家，吃了超剂量的牛黄解毒片，腹泻了几次就不疼了。

说起来托娅还真拔过牙。那是在齐齐哈尔的大医院里呢，当时托娅才八岁，因为吃糖，把几乎所有的牙齿都弄得黑乎乎，奇形怪状的，疼起来翻天覆地的，进诊室的时候大夫关照让家长留在外面，爸说不能哭啊！托娅的确没有哭，一任那个大夫像起钉子一样一颗一颗把她的牙几近拔光。出来的时候小托娅见到爸爸那焦灼的目光到底还是掉了泪。妈妈说，妞妞真勇敢！一声也没哭。这么一说，托娅又不好意思再哭了，也真心认为自己是坚强的。

托娅想了一遍自己牙齿的遭遇，渐渐感到舌头有点发麻，轻轻磕碰那蛀牙，也木涨涨的，牙神经在里面一跳一跳，好像孩子们在跳绳——这是一种痛感即将消失的症状。托娅不由得一阵高兴，连忙冲到镜子前，里面却映出一张毫不生动的脸。

不去了，不去了。托娅真是这么想的。越是时间快到了，她就越是没信心，索性躺倒在炕上面朝墙壁认认真真生起了闷气。

年刚刚过去,天已长了一些。不像腊月,下午三点一过天就要暗下来,像个嗜睡的魔鬼,刚刚睁开眼睛又要昏昏睡去,黑灯瞎火总是黑夜。天要是一长,人心里就有个小虫一样的东西开始隐隐地活泛起来。所以人们的表情就一直是春节的样子,大街上一会儿就会蹿出一小帮小女孩、小男孩手提收录机大呼小叫嘻嘻哈哈地骑车过去,间或又带出一两声二踢脚的炸裂声,一切都显得非常有气氛。

托娅下定决心走出家门实在是被家里人问烦了。一下子所有的人都知道了她要去参加聚会,每个人一进门就问她:

"咦?怎么还没走?不是去聚会吗?"就连她的小外甥都呀呀地问她。

"多管闲事!"托娅忽忽地穿好了预先想好的衣服,把头巾胡乱往脖子上一围就冲出了屋子。托娅的姐姐没结婚的时候天天出去会同学也没人管她呀!大家都觉得很正常,怎么到了托娅这儿就这么多事儿。托娅气呼呼地把自己弄得很有劲儿的样子,带着风,一口气骑出老远。十八岁,怎么一点也不好。她想。

到了小饭店门口,托娅锁好了车子。发现男生一堆、女生一堆站在外面,谁也没进屋,好像开学那天似的。男生们一起推推搡搡,挤来挤去,女生们她拍她一下、她打她一下,嘻嘻哈哈为一个莫名的理由笑个没完,总共也就八九个人的样子。

"敖拉呢?"

"她在里面。"

"怎么不进去呢?走啊……"托娅一个人很有勇气地带了个头。女生们陆陆续续跟她进了屋,又都不坐,站在门口。屋里一个大嫂模样的人笑嘻嘻地招呼大家,敖拉正从厨房里钻出来,门帘一掀,飘出一股酸菜汤的气味儿。

"都进来坐呀!站外头也不嫌冷,进来,人都到齐了吗?"敖拉啪

啪又拍了两下手,大声说:

"阿米,快招呼男生进来呀,都站着干什么?"

阿米转过身,半年不见,他的个子一下子长了这么高。

女生们扭扭捏捏,男生们推推搡搡混乱了一阵总算坐了下来。托娅当然坐在敖拉旁边。其实屋里也不冷,可托娅老是轻轻地发抖,她就把腿夹得紧紧的。东看一下西看一下,再傻乎乎地跟着人们傻笑一阵,笑的时候托娅都奇怪她其实并没听清别人讲了什么笑话,可别人一笑,她就止不住自己也笑。

男生们拘束了一阵也放松起来,砰砰砰地开酒瓶,那熟练的样子真有点使人恐惧,女生们一律表示喝汽水或者香槟,小镇上的香槟当然不是真的香槟,实际上是没有酒味的饮料,这时候还比较流行。

敖拉的确是见过世面的人。她大大方方地站在地中央,举着一杯啤酒来了一段开场白,大家用不亚于听老师讲课的认真安静地听着,敖拉每说完一句话都有一个口头语"完了咱们如何如何……","完了"可能是表示连接的意思,大家都听得明白。敖拉讲完大家热烈鼓掌并开始踊跃吃菜,一会儿,所有人的脸都是红扑扑的了。

托娅看到饭店的服务员站在那儿饶有兴趣地看着他们一伙,不时偷偷地笑。托娅再回头来看同学们,的确是一脸的稚嫩,就连敖拉也只是一种尴尴尬尬半生不熟的样子,不禁又好笑又有点不自在,为什么他们不能像受人尊敬的成人一样?他们都十八岁了呀!不过托娅也只是想了一下就又投入到大家的傻笑当中去了。

女生们谈起一些人的行踪,少不得要说谁谁家本事大,已经上班了。谁谁前些日子倒是肚子老高,居然要做妈妈了……对那些早婚的人,托娅以及来的女生都有一点莫名的感觉,古里古怪的。敖拉说夏天的时候回来再搞一次聚会,骑自行车去野游,附近的什么山还没有去过……

"能来的都要来！"敖拉一向雄心壮志，她脸颊红红，眼儿亮亮，总有那么多话题。

阿米王强总是一伙，挂在嘴边的是记忆里各个同学出过的丑，讨来一片笑骂。而布库却已长出浓密的胡子，好像这胡子压抑了他似的，他一脸深刻，默默呷酒。后来有人离座，又有人回来，相熟的人都一堆一伙的说起自己的话儿来，托娅发现自己除了听敖拉谈话，没有谁与她交谈，她无意中看了一下外面已经黑透了的天，一下子看见玻璃上映着她自己的脸，居然有一种使她惊诧的美丽，心里暗暗欣赏了一阵。

后来敖拉离座而去，可能是去上厕所。托娅一个人单单地坐着，忽然没了主张，后悔不如和敖拉一起去了，否则她不会显得自己这么突兀。正有些落落的，阿米忽然凑过来轻声对她说你围上这个围巾挺好看的。托娅猝不及防一下慌了神，这时候敖拉回来了，继续刚才的话题谈笑风生：

"咋的？不行啊？有啥不行的……"

托娅从此不敢迎视阿米的目光，不自然得好像在抽搐。

在聚会进行到快要结束的时候，从外面进来三个人，个个人高马大，年龄成熟，一副司机的模样，急急地叫了酒菜，坐敖拉托娅他们旁边的桌子。显然是奔了远路而来，浑身乌黑，好像是拉煤的。

这时候，敖拉他们这一伙已经散得差不多了，剩下四五个人。托娅等着和敖拉一起回家，她们两家离得不远，顺路。阿米和王强还自告奋勇地要送她们俩回家，托娅隐约觉得会发生什么，心里忙忙乱乱的，喝了一口饮料，发现饮料里不知什么时候被人掺了啤酒。

男生剩得不多，只有阿米和矮个子王强，敖拉离座去算账了。旁边那三个人里有一个斜眼看了他们半天，哼了声，不知说了什么。阿米转头就问：

"你他妈说谁呢？"阿米脸一下子就青了，越来越惨白。

"你他妈跟谁他妈他妈的？啊？"那个男人沉着脸，一身凶气隐隐地逼上来。

阿米站起来端起一杯酒"哗"的一下泼在那人的脸上。稀里哗啦桌子一翻，男人们这就打起架来。

托娅她们几个尖声锐叫，乱做一团。矮个子王强冲上去，帮阿米一起打，无奈他们俩哪是那几个人的对手，阿米被卡住脖子，王强被一脚踢出老远……

"小兔崽子，你他妈跟我耍，要你的命你信不信……"

阿米手脚齐动：

"我操你妈，等我哥来不整死你……"

阿米显得那么弱小，骨骼还没完全长开，还只是一种纤细的少年样子。

"你哥？你哥谁啊？让你哥来啊，连你哥一起整死你信不信……"

无论如何，敖拉都是充满勇气并且镇静自如的人，她一发现这边有事，立刻冲上来，拼命拉住其中一个，一声声的叫：

"大哥大哥，别和他们一般见识，他们还小不懂事，你们和他们打多失身份啊，教训一下就行了啊，大哥，大哥……"

敖拉拉了这个又挡那个，说得那人惭愧起来：

"看这小姑娘的面子今天饶了你……"

那人松了手，没有再打的意思了。可是王强趁他们不注意，拿起炉钩子往那人的脸上就是一刮，血"哗"地流出来，那人兽一般大叫，像野牛似的冲向他们，多亏敖拉阻拌了一下，使得阿米他们跑远了。人一下子都冲到了外面，一通骚乱，一通喊叫、咒骂、拉搡……

"你等着，有能耐你给我等着，等我不打死你……"那三个人野兽似的，气呼呼地上了大卡车，"呜"的一下开走了。饭也没吃成。

最乱的时候托娅站在墙角发抖。她忽然很想家，这想法来得那么强烈，她真盼望妈妈一下子就出现，把她带回家，一路上再听妈妈不停的责备也是好的。

后来到底是怎么收的场,托娅惊魂未定没有记清,直到敖拉叫她:

"走吧,回家!"

"回家?对,快回吧,吓死我了。"

托娅立刻围好围巾,推起自行车,还好气门芯还没冻。

一路上敖拉一个劲儿的笑,让托娅好难理解。敖拉说你吓坏了吧?我看你都快哭了,没尿裤子吧?托娅说谁啊?我才没有呢!可是今天怎么搞的,好好的就打起来了……敖拉说那几个人看咱们不顺眼,你说王强哈,我都把人家劝住了不打了,他倒好,上去就给人一炉钩子,小崽子还跟人大人比划,你能打过人家也行,还跑了……敖拉越说越笑,车子直颤,险险的,托娅一个劲儿地呼叫让她别骑到自己车子上来……

到了岔路口托娅与敖拉分手后一个人骑进自家胡同,这才发现夜已经黑透了,她一个人凭着感觉往前骑,好像才感觉到天空正零零星星地飘着雪,不时碰到脸上,冰凉。一下雪托娅的心里就有种温柔的想法,身体也轻飘飘的,好像在夜空里飞行。正哼了一半的歌,突然被路旁不知谁家的狗叫给吓了一跳,托娅的心怦怦怦乱跳了好一阵,不过已经看见自己家的灯光,勇气重新上身,一用劲儿就到了家门口。木头大门歪歪地开着,她知道这是妈妈给留的门,往常这个时候,大门是早早就关上的。

托娅推车进院,看见窗户里妈妈坐在炕上一个人用扑克牌摆"别扭",小外甥已经睡着了。往常妈妈一摆"别扭"托娅总是自以为是地上手相帮,搞得妈妈烦不胜烦。妈妈喜欢一个人慢悠悠地边摆边看,今天可能很轻松了一下。不过托娅看到妈妈的身影,又产生强烈的参与的热情,她哈哈手,推门进屋。

1993年

红鸟

一

同学们都走光了。陈桑倚在墙角，望着一排排的桌椅，从他这个角度组成的趣味横生的抽象图案，好似童年的窗花和破败的颓墙……这个时刻，是完全属于他的，他在这时会觉得自己是个真实的自己。

他时常想到童年，他常唱这样一首歌：

你曾经轻轻牵着我的手，

走过草地，踏过山坡；

你说那青山永远挺立，

流水也不会停留，……

在夕阳下，在晚风中，在空无一人的教室里，听着从自己内心的最底端涌出来的低沉的柔美的歌，感动得自己满眼是泪，每每唱得动情时，左右他情绪的那种莫名的压抑会崩溃，会瓦解，他甚至感到自己失去了力量……

这支歌使他恍若步回童年，那草地山坡，那烂漫的山花，清冽的小河……还有那只红翅鸟……父亲温暖、柔厚而慈祥的手的余热似乎还留在手里。童年遥远的和父亲的谈话恍若仍在耳畔，他记得那时他还不很大，父亲也不老；他若要看父亲，得抬头将目光送得很久，才望得见父亲扬起的下巴,和下巴底下凸起的喉结,那可真是奇妙的东西,因为妈妈和自己都没有。他记得那次父亲牵着他慢慢地走了很远很远,和他说了好多好多话。他第一次来到野外,新鲜透了。陈桑脚下感到葱茏的野草的揉搓,鼻子不断地受到脚边花香的诱惑。父亲一直把他引到一个草木葱盛的幽僻的地方,他闻到一股青草的湿漉漉的气味,耳边遥远地听到一阵小风抚弄树叶的声音,后来他记得父亲走到一座石碑旁立定,默然地望着。他记得那碑很高,上面的字已经模糊不清了。父亲的脸上是陈桑很陌生的表情,那时他还不知道,这古墓碑上记载着一位古代达斡尔将军的事迹。

"爸。"

"什么?"父亲终于说话了。

"那块大石头干嘛压着乌龟?"

"你不懂,过去的时候啊,要是立个碑,底下都要有个龟驮着。"

"过去是什么时候呀?"

"好几百年前。"

"好几百年得多长啊?"

"比大树还要长哪!"父亲笑了。

"那龟多可怜哪!"

"为什么?"

"看它眼睛被压得都要冒出来了,嘴都张大啦……"

父亲不笑了。默不做声地望着这座古碑。

蓦地,丛林里腾起一片喧闹,父子俩抬头望去,半空中集结着鸟翅的乌云,各样的鸣叫纠合在一起,使人感到莫名的骚动不安。

忽儿,一声尖锐的鸟鸣像闪电一样使人感到突然的鲜亮,它不停地叫着,带着惶恐、忧虑,使别的群鸟的合鸣渐渐显得淡远了……父子俩终于在一棵高高的白杨树上找到了一个娇小的鸟巢,它的旁边宿着一只红色的鸟,它并没有飞起来,只在树枝上不安地跳来跳去,淡黄色的嘴张得很大,细细的舌头随着每一声鸣叫而在中间一扬一扬的,好美的一只鸟!羽毛红红的,只是翅膀上有几个黑褐斑,不停地叫着叫着。

"爸,你看,小红鸟!"

"啊……是红鸟。"

"它叫什么?"

"不知道,我们就叫它红鸟吧!"

"红鸟……爸,你看它飞了,它飞哪儿去了?看不见了?"

"它飞走了,也许再也看不见了。有好多东西就是这样,它让你看见,知道它是存在的,但是等到你要去找它的时候,就再也找不到了,也许在你绝望的时候,它会重新出现,但是,没有一个人能够得到它。"父亲的声音越来越轻,后来是干脆说给自己听了。

父亲长长地叹了口气,仰起像刀削过一样的坚挺的下巴。他望见父亲那个奇妙的喉结上下串动了一下,他知道父亲咽了一口口水。

这是他唯一的关于父亲的美好记忆。

二

天色变灰了,陈桑背起轻飘飘的小书包朝家里走去。在落寞的街上,陈桑空荡荡的心里很想和她相遇。他很想为她唱歌,望着她的眼睛,抚摸她的像夜一样柔和的黑头发。可是……

家门关着,闻不到一缕温热的气息——又没做饭。陈桑心中不由掠过一丝不愉快,刚才独占内心的欢乐隐隐退去了。推开门,谁都不在,依旧是凌乱不堪,感觉气闷,于是他对母亲又生出不满来。母亲虽是谦和的人,但唯有这一点使陈桑总和母亲相摩擦,母与子常以冷面相对。儿子不肯谅解母亲,在他的意念中,料理家务是女人的天职,然而他的母亲却永远不会理家。

上顿饭的脏碗在厨房的各个空间占据着,地上散乱的垃圾发着怪味,陈桑重重地坐下来,像当年的爸爸一样深深地叹了口气。一回到这个家,他就感到郁闷,压抑,甚至无望……他总想回到童子时期那种懵然无知的状态去,远远地逃离现在……每每在这样的时刻,他就想起那只红翅鸟,在他深感无望的时候,他似乎明白了父亲的话。

父亲,他默念了一句,提起父亲,他心里总产生出一股无法说得清的复杂的感觉……

忽然,他发现桌上有一张留给他的纸条:

陈桑:
你爸酒精中毒住进中心医院,你回家后立即来医院,如没吃饭,就自己买点吃罢!

妈妈

酒精中毒。他的心沉得很深。酒精中毒,噢,到底是这样了……他转身出门。

陈桑的最早记忆中,除却红鸟,还有父亲满身的酒气。他也记不清自己是第十几次还是第几十次的被母亲派出去,到处去找父亲,有时和母亲一起把喝成一滩泥的父亲拖回来。母亲永远皱着眉头,有时是他自己带着父亲慢悠悠地找到家门。在路上,在摇摇晃晃、一身酒气、满嘴胡话的父亲身旁,他记得最深的是路人的眼光……但他那时懂得很少,想得也很少。

父亲给了他巨大刺痛,那是在陈桑初三的时候,有一天下午,他不知为什么特别高兴,和别的"害群之马"们一门心思地搞恶作剧。他记得他把一只"贴树皮"放进一个平时觉得讨厌的女生的文具盒里,坐在一角等待着那个女生即将发出的极度夸张的尖叫。他想象即将到来的满足,忽然有人来告诉他:"你爸喝醉了,在操场上躺着呢,快把他弄回去吧!"

天!他被狠狠地击了一棍,身子沉重极了。最初的那一刻,他想逃走,想立刻钻到地下去。

他觉得路人,尤其是同学都在异样地望着他,看着这个酒鬼的儿子。

"为什么?这个男人,是我的父亲?为什么?"他咬着嘴唇,望着满身是土,丑陋地躺在众人面前的这个男人,这张涎着口水的、被酒精刺激得发着令人恶心的红光的脸,这张被扭曲了的、变形了的脸,这张没有一点人的尊严的脸。他感到恶心,感到一种无法说得清的耻辱,他感到自己被突然推到了一个不可测知的世界面前……

陈桑用他不满十五岁的肩膀,把自己的父亲背回了家。

父亲那么沉重地压在了他的肩上,那么沉重地压在了他稚嫩的心灵上。那一刻,他忽然想到了那只可怜的乌龟。

从此,陈桑像变了一个人。

"妈,你为什么不离开这个白痴?"有一次,他突然冷冷地问母亲。

"谁?"母亲抬起满是细纹的脸。

"还能有谁,酒鬼,蠢猪,白痴。"

"你怎么能这么叫你爸爸?"

"他配么?他配我叫他爸爸么?他根本就不配,你为什么不离开他?"

母亲愕然地望着儿子。陈桑脸上近乎疯狂的表情让她感到恐惧。

"为什么?"陈桑粗暴地打断母亲:"难道你愿意承受他的折磨?难道你不想得到应该属于自己的幸福?"

"陈桑,你还小,将来你会懂的,没有人能幸福,幸福只是影子。"母亲叹了口气,凌乱的头发遮挡着眼睛,显得很疲乏,很憔悴。

从此他也看不起母亲了。

陈桑走进病房,满眼都是吊瓶,里面装着各色药液,父亲的床前也吊着一只,凸起的青筋在他手上爬着。陈桑觉得父亲变小了,瘦瘦的脸,苍白极了,闭着眼睛,仿佛在承受着无以名状的大苦痛,使陈桑感到微微的震撼。这张平日觉得恶心的脸,竟还有这样软弱哀怜的时刻,他心里顿时生出一股很使他陌生的柔情和悲悯。

"他吃过了吗?"陈桑问身边满脸倦容的母亲。

"他说不想吃。"

陈桑转身看到床头上只有简单的食品,居然还有饼干。

"这东西,病人能吃么!?"

"我……我又没法回去做饭……"母亲面对儿子的嗔怪,像做错了事的孩子似的低下了头。

"我去做。"陈桑感到烦闷,他不愿再说什么了,怕又控制不住自己。

陈桑匆匆往家赶。路过学校时,迎面遇见来上自习的她。她把头发束起来了,显露出秀颀的脖子。陈桑用了很大的勇气叫住了她,使劲地抑制着自己的激动,慢慢地走到她面前。她并不说话,只是探询地望着他。陈桑又感到了她特有的那股子感染人的情绪。

"我爸……住院了。"

"是么?"她皱起眉头,光滑的额头上积起两个优美的小包。她果真很关切,眼睛里充满专注的神情。

"我是想让你明天给我请个假……"

"当然。"她急切地答道。

陈桑还想和她说点什么,可一时又想不起来,于是转过身走了。

"哎,"她轻唤,"我还能帮你做什么?"

"没什么帮的，嗯……你会做饭么？"

"当然会，现在就做么？"

她行动起来富于一种节奏感，一种音乐性。一双纤细的手无论碰到什么都仿佛给带上了灵性。

很快的，她就做好了一顿饭。清爽的米粥，清爽的小菜儿。

"病人就该吃这个。"她说。

"谢谢你了。"陈桑深深地望了她一眼。她脸红了，垂下头去。

"你爸爸什么病？"

"嗯，说起来不好意思，酒精中毒。"

"他为什么老喝酒呀？"

"这……我不知道。"

"我听说，酗酒的人是对生活失去信心的人，你爸为什么失去信心了呢？"

"这，我没想过。"陈桑的确是第一次听说这样的话，他确实没想过父亲为什么酗酒。

"你看起来，也不像在学校里那样啊！没想到你还多侧面呢。"她偏着头说。

"是么？……我在你眼里是不是很坏？"陈桑眯着眼睛，笑着问。

"我也说不清，反正你有时候挺让人害怕的……"说完她格格格地笑起来，"好了，你去送饭吧，我该走了。"

这一次，她给他带来了完全意料不到的快乐。他细细地回味她说过的每一句话，她动作的每一个微小的细节。他还想同她说好多好多的话，他还想告诉她红鸟的事。

接连几天，陈桑兴冲冲地往返于家和医院。他想等父亲好些时同他谈谈。她说父亲失去了信心，这是他从来没想过的事。不过，他还是先问了母亲。

"不知道。"陈桑等待了好久后，母亲才低低地说。她脸上的那缕头发似乎永远也长不长，总是遮着母亲满是细纹的脸，让他看不清母亲，觉得母亲总是离自己很远。

母亲不肯告诉陈桑，但他知道，母亲一定是清楚的。陈桑忽然感到，这个沉闷的家庭里锁着三颗封闭的心灵，怎么会是这样啊？

父亲终于要出院了。陈桑翻箱倒柜地找几件干净的衣服要给父亲换上。在一只大箱里找到了几件半新不旧的衣服。他刚想关上箱盖，突然发现箱子底有一本旧影集，一个长条形的硬纸盒。他打开影集，里面只有一张照片，是年轻时的父亲。这张照片很美，陈桑找到了自己的眼睛和嘴唇，和一头黑软蓬松的头发。这张照片是父亲求学的时候照的，照片的一角题着"高中毕业留念"的字样儿；纸盒里有一张画儿，上面是一个少女潦草的头像素描。凭感觉，陈桑觉得画儿里面有一股子特殊的气势，颇能引他动心。题字是：

"我的红鸟……"再下面是父亲的落款。

父亲？难道是父亲？

父亲安静地躺在床上，睁着变大了的眼睛，视而不见地沉默着。自从住院后，他很少说话，尽管以前他的话也不很多，现在却是更加少了。

"爸，我来接你出院。先换换衣服吧！"已经很久没有叫过"爸"了，陈桑颇感生疏。

换好衣服的父亲好像变了个样儿。陈桑第一次发现父亲清醒时脸上的线条很漂亮：苍白而宽阔的额头，虽然已留下岁月的痕迹，但仍然显得高贵。石雕般的鼻子，更加瘦削、坚挺的下巴。只是眼睛总显得游移不定。这样一副面孔，再加上一双优雅、颀长、苍白的手，使父亲具有一种异乎寻常的高贵气质。

"走么？"父亲提醒愣着出神的儿子，同时敏感地望了望儿子手里的纸卷。

"爸,这是谁的?"陈桑打开了那张画。

父亲迟缓、无声地接过来,脸上的漠然不禁有了少许改观。他仍不说话。陈桑很想和他谈谈,但不知该怎样和这个终日不说话的父亲谈话。也许,父亲觉得自己还是个孩子,以为儿子还什么都不懂,就像母亲不肯告诉他实情一样。陈桑蓦地感到一阵悲哀,他感到自己和父亲、母亲都离得那么远,那么远……

三

绿朦朦的嫩叶迅速地占满了枝头。风很柔和,使人感觉愉快。陈桑搀着父亲,慢慢地在林荫里走走停停。父亲坚持要自己走,陈桑只好在一旁陪着他。

和儿子年轻的,日渐强壮的身躯相比,父亲显得很瘦小,很单薄。路过一片浓密的草坪,上面都是些进行户外运动的人。今天是星期日,人格外多。

陈桑立刻发现了一个熟悉的身影——是她。他们父子俩停下来,看着这群充满活力的人们。陈桑目不转睛地盯着她。她穿着一件大红的薄毛衣,瘦削的肩膀显出几道优美、迷人的弧度……她拿着羽毛球拍,轻盈地跳跃着,奔来奔去,不时传来得意的笑声,娇小的身材,像夜一样柔和的黑发散着。忽然,一个球打到陈桑的近旁,她轻跳着跑过来,捡起球,发现了他,冲着陈桑微微一笑,转身又轻跳着跑开了。

"这个小女孩儿,像只小鸟,快快活活的。"父亲由衷地说。

"就像一只——小红鸟。"陈桑不由自主地微笑起来。父亲敏感地抬起头,审视着儿子,并不说话,只是高深莫测地点了一下头。陈桑忽然不好意思起来,恍若被人提起了往年的错事,但他稍微兑制了一下就又平静了。

"爸,你记得红鸟吗?"

"什么?"

"红鸟,我小时候,你带着我到野外,见到的那只。"

"我想不起来了,我带你出去过吗?"

"是的,有一次……"

"我忘了。"

父亲忘了。陈桑怅然若失,搀起了父亲细硬的胳膊,默默看了他一眼,向前走去。

原载《上海文学》1988年3期

窗外梧桐

其实,我并不认识小茵,我只是和住在她父亲家对面的一位朋友熟识,那次途经她所在的小城住了两夜——她要结婚了,忙得又兴奋又疲惫。

我见到小茵的时候她正走上楼梯,面目平淡,很不寻常,有一种被强烈的忧伤暴虐过后的宁静,她稳步推开对面的门,轻轻一掩,消失了,而我则被迎入和对面的门相对的家。

我的朋友在晚上款待了我,她和她的父母热情洋溢,时常忘了我是北方人而和我大讲特讲他们古怪的当地土话,我只好拿出一副很聪明的样子发呆,研究他们到底要把汉语折磨到什么程度,简直不可思议!

我的朋友在我们单独在一起的时候便开始给我展示她的嫁妆。她站在高高的桌子上从顶上面的一只箱子里一件一件抛出来,挂满了我身体凡是能挂得住东西的地方,其余的落在我的脚旁,乱七八糟,一片狼籍,然后她叽哩瓜拉用她那种特有的南方普通话伸舌音卷舌音不分地介绍它们的用途:床罩啦、别致的拖鞋啦乃至小心翼翼的烟灰缸,表现出女人热爱物品的通病,没有办法,连我也不能不为之所动:

"看着这么多好东西简直都想立刻结婚。"

"新郎呢?"我的朋友哈哈大笑,幸灾乐祸。

"管他什么新郎,酒具就是新郎,有时候看到一套漂亮的酒具都想立刻嫁给它。"

"老天爷,还是嫁给人吧!"她笑得受不了。

"你说的有道理,嫁给这么多嫁妆怪可怕的"。我们一边谈笑一边拿起一件漂亮的围裙。

"这件挺可爱的,哪儿买的?"

"你猜猜,是买的还是做的?"

"那还有可能是做的么?谁能做得这么好?简直才华横溢。"

"就是我们隔壁小茵做的,她手巧得不得了。"

"就是今天在楼梯口碰到的那女孩子么?"

"是她。"

"我怎么觉得她有点特别呢?"

"也没有什么太特别的嘛,很一般的女孩子啦,我知道的,她就是爱做围裙,各种各样一件又一件,别的没事可干的啦。"

"那她结婚了么?"

"孩子已经两岁了。"我的朋友像一只小鸟一样鼓着嘴巴。

"看不出来,南方女孩子恐怕当了奶奶也还像小姑娘。"

"贫嘴。"

"她家住你们对门?"

"准确说是她老爸,她嫁掉了嘛,不住这里的。"

小茵当然原来是有母亲的,她父亲年轻的时候在外人看来也并没有什么不好,赚了钱都交给妻子。但是那一年他们却离婚了,小茵母亲只带了随身的东西走了,并且一去不回,那一年小茵只有六岁,没有同她的母亲走。

"谁搞得清楚?"我的朋友不耐烦别人的伤心事。

"那又为什么?"

"哼,搞不好啊,她老爸是个虐待狂嘛,我记得的,小的时候妈妈带我去街道澡堂去洗澡的啦!看见小茵妈妈身上青一块紫一块的喽!怕人噢!其实小茵妈妈满文静的,皮肤又细,别的倒是记不得了,唉,这些旧事情都被人家忘光了。谁还留心?"

我的朋友东西还没有收拾好就跑到未婚夫那里,说是要看看沙发打得怎么样。抱歉了,马上回来,乖乖的,休息一会儿吧,等我回来等等这些话还没来得及夹在门缝上人已经在楼底了。

我躺在床上却无法入睡,换了个地方总很兴奋,而且又总是去想那个叫小茵的女人,想她用一脸平淡的表情,看着一切又不为所动,可底蕴卷卷,隐藏着许多别人无法看得透的东西,那是什么?万念俱灰,一种沉寂。无所爱、无所恨,不为任何一种烦恼所欺,反而摆脱了生存的重负,于是一切都化做隔世,化做乌有,眼望浮尘滚滚,却只剩下一脸平淡的笑容,静观世人。

我坐起来,然后站起来踱步,这一方土地让我感到陌生,又让我感到切肤的亲切,这样一座小城,我正住在它的内部思考,我为自己这样的想法而陌生了自己,突然认不得自己到底是谁?朋友的父母在隔壁看电视,她的母亲一边又剥着豆子,时而低声谈笑,宁静而美好的生活!在他们这里一切都顺理成章,如今对他们来说头等大事就是嫁女儿,然后就仍像今夜这样安享晚年。生活给他们的一定是一篮子成熟了的苦和乐。

我靠在阳台上,站在众多杂物之间,俯身遥看街景,显然,这是一座夜晚很安静的小城,路上行人稀少,街灯昏暗,偶尔有骑车人的长腿摆动着经过然后消失,看不清长相。突然之间我有了身处异地的感觉,意识到自己仍然只是一匆匆过客,来去无凭,无法固定在任何一块看似亲切实质却无法介入的土地上。

"小茵哪,回去吧,天黑了路上要小心,孩子也要哭,这儿又没什么事了……"一个苍老的男人的声音颤微微地传出来,我回头张望,发现不是朋友的父亲，声音是从隔壁的阳台传来的，那个叫小茵的女人正站在阳台里侧的窗户前，出神。我以为她是在看那棵梧桐树，它长在离我朋友家和她家不远的地方。后来我觉得她其实并没有望什么，她只是沉逸在自己的思想里，她似乎站了许久。

那个显然是她爸爸的声音仍然在唠叨个不休，她于是就动了动，消失了。过了一会儿，她的苗条身形出现在楼下，她左右望了望，渐渐消失在夜色中。

小茵示爱的方式很笨，她总是拿出一样东西给他看同时又找不到话题，手足无措，多年的孤居和内向的性格使她在异性面前非常的羞涩、退缩、木讷、纯朴，她总是背过身以掩盖她绯红的脸庞，就像从没出过洞口的小耗子。当然要有个人走进她的生活，且不论是个怎样的人，总之，搅乱了她原有的一切秩序，就在那棵梧桐树下。天下雨了……我的朋友满面放光地回来了，打断了我的想象，我们再次讨论了家具的问题，然后一起睡觉了。在入睡前有一个直觉告诉我，小茵的丈夫不是她所爱的人。

我和朋友去菜场，这已经是第二天的事了。这是小城最饶有兴味儿的去处，形形色色的人们实心实意地张罗着生活，充满人情味儿，这是各处唯一相通的地方——到处都有生活，这种感觉使我感觉踏实，感到地球的转动确是千真万确的事实，可以放心地去吃去睡去死。我一路只问我的朋友这些菜的名字，觉得古怪陌生而美好，仿佛一种封存的记忆之库自成一个世界。比如莴苣，就是童话里见过的字样了，而此时又确实地拿在了我的手里，我充满感情地买下了。然后，又一次看到了那个叫小茵的女人。她似乎非要用她一脸平淡的神情执意走入我的小说，我只好非注意她不可，她一路神色淡然地寻视着菜场，走近了我们。

我的朋友不放过任何时间考虑她的新家，考虑窗帘的色调，我以为她不会注意到这个曾送她漂亮围裙的女人，我们仍然像陌生人一样越走越近。

"买菜啦!"我的朋友突然打招呼,不知怎么那么快她就堆满了笑容。

"哎。"小茵浅浅地笑了一下,望了我一眼,就简简单单地过去了,但我觉得留下来了许多意味,至少她生活在自己的世界中而且也没有要放弃的打算,所以无论是谁对她来说都是另一个世界的人。

"她丈夫怎么样?"我问我的朋友。她只是在哼歌的同时撇了撇嘴巴,没说什么继续唱歌。

"孩子呢?"

"很像她的啦,也不爱吵闹,一个人一玩就是一天,一句话也不要说。"

"那她过得不好?"

"难讲,她什么也不和人家讲的啦,也从不吵闹哭啊什么的,好像还可以吧!人人都得要这样过日子嘛,是吧,将来我也要这个样子的啦!婆婆妈妈,买菜抱小孩喷喷喷。"她学了个样子自己高兴地笑,无论如何那是想象中的,没有辛苦味儿。

在离开那座小城前最后一次见到那个叫小茵的女人是当时在菜场的另一侧,在我们刚刚擦身而过之后不久。她站在老花匠面前。

这是专卖花鸟鱼虫的地方,盛开的花,大大小小的金鱼,笼中鸟和成箱成箱蠕动的小虫,小茵长时间地站在那个老花匠跟前专注地看着几盆花和几盆盆景树。老花匠牙齿没有几颗了,黧黑的皮肤,一双劳动的粗手,只有眼神是充满爱怜的,那是养花人通常都有的神情,他在说话,小茵只是听,时而微微笑一下。我踱到卖虫子的地摊前,很认真地看,于是就听到了身后的谈话。

"这盆已经开了,还不拿去么?"

"就放在这里吧,每天我来看看就是了。"

"春天的时候它还小小嫩嫩的哩,你妈妈当年就是买的这种啦,那时候你还小小的,坐在小推车里,还爱吃手指头的啦,你妈妈想了多少办法呀,你妈妈买菜的时候总爱过来和我说上几句,现在你已经这么大喽。"老花匠唠唠叨叨,小茵却一句话不讲。过了很长时间,我的朋友过来拉我逛商场,在我们就要离开的瞬间,突然听小茵开口道:

"好不好把梧桐树搞成一个小小的盆景?"

"这……"

晚间新闻的时候,我开始收拾我的行装,把车票放在显眼的地方,我的朋友推门走进来,奇怪的是她显得闷闷不乐,一屁股坐在沙发上半天不响。

"怎么啦?用不着伤感的么!说不定什么时候我又来的。"我搔了搔她的头发她却很深刻地笑了一下,还是不响。我继续收拾我的行李,没有追问,我知道一会儿她自己就会说的。

"我真不知道他是什么意思。"她这样开口道。

"什么?"我把最后一根拉链拉好。

"今天,刚才,他说,他觉得没意思。"

"谁?你丈夫么?"

她看了我一眼。

"都已经准备好了嘛,他倒要说这种话。"她眼泪汪汪,没过一会儿泪水就流下来了,而且不停。

我叹了口气,任凭她哭。

"也许还是你这样好!"她再次说。

我不知该说什么,只好拍拍她的肩膀。

临睡前,我再次靠在阳台上,狠狠盯着那棵梧桐树,夜色中,它一如昨夜绿意葱茏,下雨了,满树的肥大叶子都是雨水的嘀嗒声,我没有认真去想它对小茵意味着什么,那毕竟是她的生活组成,也许是母亲也许是爱人也许只是憧憬，我后来想，也许在那粗大的枝上搭个小窝住在里面最好，高高在上却又有所荫蔽，不会像这样出入在天空之下。

这是一个忙碌的早晨，我站在候车的队伍中，以陌生人的目光看陌生的街上陌生的人群，早点小摊，牛奶瓶子，骑车上班的人们，有的穿着漂亮有的不。街道两旁蔽日的树木纷纷飘下落叶，一层又一层翻翻卷卷随风疾走。

我们的车拐上了那条路，缓缓向前开，开不多久又停下来，许久许久都没有再开动。我把头探出窗外，前面拥挤不堪，自行车、脚踏三轮车以及上面的蔬菜，背书包的孩子，戴眼镜的孩子、孕妇、老人……神色紧张，我努力地听了许久直到汽车重新开动，才明白前面刚刚发生一起车祸，一个老人被一辆卡车挂住，拖到了车底下，那是一个花匠，正骑着脚踏三轮车去送花，我预感是那个和小茵谈论她母亲的老人。但终因不得亲眼所见没有得到证实。

我们的车再次缓缓开动，走过刚刚清理出来的道路，这里刚刚死了一个人。

我们的车再次缓缓开动，划过横在路旁的脚踏车和那上面一堆坍塌了的鲜花，它们依然散发香气，我们的车轧过那些洒在地上的黑土。

我们的车开到了大路上，加快了速度向前开去，路旁的梧桐树和别的我叫不出名字的树纷纷向后倒去。

原载《纳文慕仁》1991年1期

松松和晨生在某一年春秋之间

　　松松睡懒觉是出了名的。松松每次睡醒似乎都是慵懒的美人样,年纪已经不小了,可在她脸上看不出岁月留下的痕迹,像大多数江南女子,玲玲珑珑地活着。松松回城之后找的工作挺闲适,她又不喜欢像大多数人一样热衷于做生意泡舞厅泡咖啡馆什么的,而且她吃东西像鸟一样,于是她的工资也就足够她日常花销了。

　　松松似乎从小就得了多眠症,常常一睡不醒,她母亲这时候就拼命摇醒她怕她睡死了,直到小松松气极败坏地哭起来才放心地把她放下——哭总比没有声音好。

　　松松四岁的时候有一天突然说,我梦见孔雀了。害得家里人一惊,而松松却漫不经心地闭了嘴,有一口没一口地吃饼干去了。母亲奇怪这么小的孩子还会说自己做梦的事,以为她将来一定成为一个非凡的人。可是松松除了偶尔说梦见天上有两个月亮之类,一直不见她有什么特别的地方,只是照旧睡得比别人多。读到初中时她已经瘦成个条儿了。早晨要她七点钟起来实在难为了她,于是她就最后一批下放了。到了农村起得却是更早,有一天她竟至于昏厥,于是便办了个病退回家了。

　　时间过着过着又到了该松松的母亲替松松着急婚事的时候了,松松却从来没有着过急。她母亲小心翼翼地催她,她浅浅地一笑,既说不上是害羞也说不上是厌烦,反倒是觉得很好玩,好像不是她自己的事情一样。转眼，松松的姐姐小静已是四岁孩子的母亲了。松松很喜欢那孩子，那是一种说不出的喜欢。那孩子一出生她便惊奇地叫出声来，没有人见过她曾那么惊喜过，眼睛也放光，立刻便起了个她专用的名字：小白猪。因为她想起在农村大有作为的时候，母猪后面跟着一群小猪仔的可爱样子。新鲜的生命总是很非凡，她这么觉着。松松对这个小宠儿的喜爱超过了家里任何人，因此她姐姐小静就成了世界上最轻松的母亲，于是过了一些时候她又怀了一个，不过后来生产未遂，被迫只要一个孩子了。

松松后来有了男朋友，那完全是晨生一手促成的。那是今年春天的事。晨生和松松在一个科室，坐对面，晨生比松松大十五岁，晨生说：

"我才信缘分呢！那天你一进办公室我就很喜欢你了，总像有什么特殊的东西，仔细说又说不出！"

松松便浅浅地笑，松松笑的时候总也笑不出皱纹，也没有那种不爱笑的人脸上那两道紧张的线条，光光滑滑，很滋润。晨生完全是一厢情愿地照顾松松，但松松还是不太会表现过分的亲热，也从来不主动提出要帮晨生什么忙。晨生是那种极典型的家庭主妇，每天上班都安排了许多事情，公事私事夹杂起来忙得不亦乐乎。

松松的男朋友是个研究生，生得蛮文静的，而且也大方，他也是一下子看中了松松的，大概是出于专业习惯——历史的眼光。晨生安排的场面没有太令松松难堪，于是松松也就默认了这种交往的可能。松松的男朋友第一次去约她看电影，她说：

"我要去接孩子。"

她刚一说出口就吓了那男孩一跳，半天说不出话来，松松只好说：

"我姐姐出差了，要不然，一起去吧！"

于是两个人骑车双双去了幼儿园，松松的男朋友对松松用那种特别亲柔的声音叫小白猪大为不解，他也试着叫小白猪可总觉得不是那么回事，于是就把这个专有名词归还给松松，他叫小朋友。他们俩带着一个小孩子在新萌的绿树荫里骑车很令那男孩子满意。春天的好天气也使人分外欣慰，他们又带着孩子去了街心公园，在那儿一直玩到天黑。松松的温柔的母性也使那男孩无限向往，尽管松松说话实在不多，也只是在听，偶尔觉得好玩地笑一下。

约会的时候松松总爱迟到，并且总打哈欠，她男朋友后来明白是因为她总也睡不够，就把约会的时间改在松松一天当中比较清醒的时候。松松对他的体贴很感激，便建议她和孩子一起和他去植物园野餐，她觉得他们第一次能很和谐地在一起是因为有一个孩子，于是每逢她高兴的时候，她便建议两个人和孩子一起去玩。关系发展到最后外面也不大去了，松松的男朋友常到松松家，有时也殷勤地帮她母亲做家务。如果恰逢松松午睡，他也习惯于不叫醒她，自顾自地找些事情做，找些松松的脏衣服来洗，直到她醒，只盼着她惊喜地说：哟，这么能干。有些女人天生就是侍候男人的，而有些女人偏偏有幸被男人侍候，松松就是这种女人。松松的母亲暗自高兴：真是懒人有懒福。

自从松松有了男朋友，对许多事情都不闻不问，直到有一天琳妮来给她还书的时候才得知，晨生要离婚了。

琳妮是晨生的侄女，比松松还小些，本来叫玲子，因为酷爱写小说，就自己改造了一个洋气的名儿。琳妮也喜欢和松松玩，也不知松松有什么好，用她的话讲：是一种淡泊的情调。琳妮朋友也没正经谈一个，整天却写五十多岁的老人心态，模仿各种土腔，东西南北都有。除了写老人还写一些伤感的爱情故事，落叶啊，秋天啊什么的。她想当中国的杜拉斯，写"绝望的爱情"。

前一段时间她曾眉飞色舞地宣布她恋爱了，她是个性急的人，拿出吃热豆腐那股劲儿勉强说清楚，她和一个人通信一年就互相爱上了，但是没见过面，从来没有。松松后来给她讲了个一朵玫瑰花的故事，是说,一个作家(外国的)和一个女读者通信,通出了感情,他们决定见面,那个女的写信说,旅客中带玫瑰花的女人就是她。然后他就来到了车站,结果他看见带玫瑰花的是一个老妇女,他失望之极,但是出于友谊的珍贵他还是走上前去彬彬有礼地问,是否是那位通信的女友,结果那妇女说我不是,是后面那位小姐叫我带的,他顺着她的眼睛望去,站在那里的是一位非常美丽迷人的年轻女郎,正冲他微笑,结果不言而喻。不过看起来琳妮倒并不是非常漂亮的,她和晨生一样生着她们家族特有的大嘴,松松倒是担心这个。

"晨生到底怎么了?"尽管松松不爱问人家私事,可晨生要离婚着实令人疑惑,前一段时间她还忙着重新修房子。

"说不清,她突然决定的,已经分居了,一个人找了房子搬出来了"

"那非非呢?"对于离婚的事莫过于关心孩子的归属了。

"暂时跟他爸爸,不过多数都在姑妈那里。"

松松梳好了头发,换了身衣服就打算去找晨生。

"怎么回事啊?"松松好像是在问自己,她推起自行车。

"谁知道!"琳妮轻描淡写地说,很是心不在焉。

"那你呢?"

"我么?过得好着哪!"

"怎么样了?玫瑰花。"一句话问得琳妮笑逐颜开,她加劲蹬了两步车。

"我们要见面了,我心里直害怕,他已经正式向我求婚了呢!真可怕。"……

嘻嘻哈哈地她们就已经找到了晨生。

晨生令人奇怪地还是老样子,没有苦恼,没有忧伤,照旧朗笑。

"松松,啊呀松松,好久不见了么!好像又漂亮了,嗯,很好,气色非常好!这件羊毛衫蛮合你皮肤的,怎么样?我这段时间没去上班,单位里可好?"

松松于是就谈了一些单位上的情况,单位的情况说完又说了父母的情况自己的情况后来是那研究生的情况。

"还好!"松松平淡地浅浅地笑,等着晨生终于把所有的话都问完。到了那最后的也是非常困难的静场终于出现,松松笑问:

"怎么,不回家了么?"

"我不想回去了。"晨生仍旧平静的样子令人无法忍受,就好像在说一件最平常不过的事。

松松再也想不起需要问她什么,看起来晨生的主意是打定了。松松又提起最近打的一件毛衣该用什么样的花色,晨生来了兴致,恐怕她也不想再提自己的事。在她乐观的表面下隐藏着内心的隐痛,这是松松了解的晨生她们那代人的特点,其实吃苦吃得最多的还是她们。

"玲子,你真的要去么?"琳妮许久没讲话,反倒让人想起她来,晨生的问话又使她们的注意力转移到这位最幸福的小姐。

"他要来。"

"玲子,你真的了解他么?光是通信?笑话一样的,你们这些小孩真是不好理解!"晨生不客气地拿出了姑妈的样子。

"嗨,见了面再说吧!谁管那么多呢?他仅仅是向我求婚了,再说我也想结婚了。他还安排了我们以后的生活,好像特别能干,他说他赚了钱都不知道怎么花……人人都劝我应该结婚,否则当不了作家……"琳妮表现出她很会生活的样子非常自信非常有把握控制自己的命运的样子。

松松只是笑,淡淡地听着她们讲话。

松松在晨生送她出门的时候问了她一句:

"以后还结婚么?"

"哈，还结什么婚，我都受够了，整天围着个小家转来转去的，实际上我和你讲，我对自己的能力还是相当自信的，我想干实业，我适合干这个，将来么，如果能碰到合得来的人就一起过，合不来就散，走好，好，有空来玩……"

松松回去的路上还想着晨生的话，这事要是发生在琳妮身上一点也不奇怪，可突然发生在晨生身上令人恐怖。

转眼之间，松松的男朋友要分配了，他时常苦恼异常地和松松说留在省城的艰辛，松松只是同情地听。有一天，是个晴朗的日子，松松的男朋友第一次摇醒了熟睡中的松松，松松头发蓬蓬的眯着眼睛不耐烦地看他，他停了一会儿，拉过松松的手说：

"跟我走吧！"

"什么？"松松仍旧眯着眼睛，一副等他说完便要睡去的样子。

"我分在青岛了。我觉得那地方也挺不错的，你还是和我去吧！我一定好好待你，你还不相信我么！"

"不可能。"松松哗啦一下躺下来，闭上了眼睛。

松松的男朋友拼命地摇晃她，用出了男人的力量，松松一点也没有反应，反倒好像是在摇篮中的婴儿。

"松松，松松，你醒醒，你听清我的话了么？松松！"

"别晃我！我离不开这地方！"

松松去赴约之前倒是认真打扮了一下，穿了一条直直的长裙，上身穿了一件短小精致的小外衣，头发做过，很有风采。她和她男朋友坐在咖啡厅里像刚认识的男女一样局促不安，她男朋友要了鸡尾酒，喝得很急，像渴了的人狂喝水一样，然后他就看着空杯子发呆，他再过几天就要走了，恐怕心里难过。他最后握住松松的手，很深情地看她：

"松松，今天你真漂亮！"

"别说傻话。"

"松松，你坐过来好么？坐在对面像在谈判一样。"

松松只是笑，轻轻地摇摇头，刚吹过的头发便颠颠的。

"松松，今天到我那里去好么？我们没有多少时间了。"

"太晚了，你走之前再去吧！"

"晚了就不要走了……"

"你太过分了！"松松抽回自己的手。

"是你太过分了！"他粗暴地抓住松松的手不放，使劲儿地想把松松拉过来，松松身体失去了平衡，她恼怒之下用另一只手很响亮地打了她男朋友一个耳光，看着他吃惊地坐下去，她想留又不想留地站了一会儿，在众目睽睽之下转身走出咖啡厅。

不知几时下了雨，松松没有带雨伞，今天她又坚持不坐车，一个人走了三站地，原想她男朋友会追上来，可是没见他走出那间咖啡厅。松松的衣服都淋湿了，头发挂下来，淌着水。她掏出手绢揩了揩脸，自己也不晓得自己是否真的流出了眼泪，但是心情不好那是注定的。

晨生去深圳之前来和松松告别，松松很吃惊晨生这么大年纪还有这么旺盛的精力，不过晨生似乎注定要干事情的，虽说起步晚了些。松松问起琳妮的情况，晨生说吹了，见了面之后实在不满意，天底下哪有这么容易的事哪，晨生说。

"你怎么样？是不是又在谈朋友。"

"我？懒得谈，你不知道，我性冷淡！"

晨生愣了一下，转而看到松松诡秘的神色便哈哈大笑，松松也大笑起来。

原载《民族文学》1992年3期

四月之爱

　　这一刻如此沉寂，天空很厚很高，还很高很蓝，有点像一幅超现实主义的画，下午四点的阳光，没遮拦地照在玻璃窗外面阔大而空寥的田野上，那里的草坪是绿褐色的，那情景有点像美国西部德克萨斯州的样子，记得看那电影时我正在南方，于是我就开始想家了，想骑着马在那样空荡荡的草坪上，在那样空荡荡的阳光中奔跑……

　　混白的大路拖着，一直拖到遥远的地方，抛下了一个小村子，又继续穿过了地平线，向着一个更遥远的地方走了，那个村子真静，从我所住的这个小店一直西望，总看见它像个正在休憩的小动物似的卧在那里。

　　那一天，我记得我没出去，坐在阳光中的小桌子边，想着应该给远方的友人写一封信，那是小店里登记用的桌子，我忘记了到底为什么那天会只有我。

　　那女人进来的时候，我实在没有注意，直到她叫了我，我才抬头的，并且明白她需要打电话，打吧！我应了一声，继续写我的信。

　　谁？我找林军。不，他在，你把他叫来。后一句的果决与专断使我不禁抬起头望了一眼这个任性的女人。她埋着头，没看清她的脸，只记得是一头蓬乱的头发，从她年轻的肩膀看得出她是个年轻的姑娘。久不见有声音，我下意识地又望了她一眼，却发现她正在抽泣，耸着肩，无限憔悴的样子,我很少见到这般激动不堪的人。谁啊?一个男人的声音响了起来,好像有点不耐烦,这时候那姑娘抬起头,满面泪痕,那忧伤的样子会使哪怕最麻木冷漠的人都不禁软下心来。

"你咋骗我呢?为啥,为啥骗我呀!"她的声音无力极了,那绝望的无助的被伤害的神情……她背过身对着我,很疲惫地侧靠在墙上,她的衣着很灰,很旧,像任何一个经常劳动的姑娘一样没有特点,只是她的哀伤、她的痛苦、她的被欺骗使她产生出了一种很让人不能漠视的神采。我停下笔,望见了她的干涩的额角那满浸着的爱的痛苦。"你说你走了,你告诉我你走了,你没走,你咋骗我?为啥?"她断断续续地总是重复这句话。

"好了,好了,别解释了,我不听,你走吧!走吧!"她落魂地放下电话,很心碎地叹了口气,转身走出了门外,宽大的玻璃窗外面,她风风火火地走了,她走路总使一股劲,头一点一点的,身体晃得厉害,她沿着那条混白的路一直走向那个安静的小村子,那地方看起来还是那么使人迷恋地静静地卧着。

这个下午,我没写一个字,静静地沉默在空荡荡的阳光中,不住地回想起一幅题名为"四月之爱"的油画里,那穿着紫裙子的姑娘脚边那几朵瑟瑟发抖的小花……

原载《草原》1989年7期

牧人

"嗨,大姐,你的牛好肥呀!"

他把那群羊赶到水边,在大老远的地方就看见了这个女人。

草地太大了,水也像个没情义的娘们儿,不理不睬地自顾自流着;他赶羊过来的时候,知道水边放牛的女人又来了。今天一定要下决心同她讲话。

那女人没有搭腔,也没有看他,顾自在那儿采柳蒿芽菜。她采得很快,手飞舞着,又像在舞蹈。她头上包着一块头巾,把脸全部埋在头巾的阴影中,头巾很旧,陈旧的红色和陈旧的绿色、紫色、灰色条纹排列在一起,有一种勤快女人的味道。

赶羊人脸上讪讪的,他抽起鼻子向周围望了一圈,其实这结果他早就料到了。

太旷了,天高得望不尽,地远得看不到边儿,草地上别处放牧的那些牲口们像散乱开着的野花,一丛一丛的。

"嗨!那屁股溜溜圆咧!"他说得很轻,想走得远一些。

"都是水膘啊!没有料。"

女人停下,就着蹲着的姿势坐下来,两只手垂在双膝上。他立刻转过身迅速地看了她的脸,眼睛以上部分还是在阴影里。于是他上前实实拍了拍那母牛的屁股。

"嗯，不错，不错啊，奶砣子还挺大的，一天出多少奶呀？"他又顺手挤了点奶，白生生的一股奶味儿留在手上。他轻轻舔去牛奶。

"唉，出不多，早晚各一小桶，要是有料喂就好多了，再说，它都老啦！"女人轻叹了口气，无可奈何地。

他们在蓝澄澄的天空下面，身上落满了光。五月末，草刚青油油的，那小点点黄花也偷着开了。女人穿着很厚的粗布衣服，两只手很白，可已经很粗糙了，手背上青筋凸出来，年纪过了中年了，她手上还留着绿色的草浆。她望了一会儿远方的水，那里响着水鸟沙哑的叫声，然后就又埋下头，不吱声地开始干，好像把他忘记了。

那女人走得远了，好像是无意识地追逐着那些生得丰厚的野菜，留一个背影给他。

这时候，百灵的叫声又很响了，他走到水边，听到了风吹着水面的声音，母羊在叫小羊羔，小羊羔也在叫母羊。他也放过牛的，这时候正是母牛们开始狂奔的日子，一大串大大小小的犍牛跟在后面跑。草沙沙地响得很轻，很捉摸不定，有时候风强一些，像哨音。他胸前挂着一只哨子，在半夜睡不着的时候吹，夜深之后，那尖利的声音刺啦啦穿透一切，向着一个不可及的深黑的地方奔去。那是一个空间，无限广大、神秘，粘稠，像神秘的住所——生命的巢穴。

他的那几十只羊轻闲地喝罢了水便踱上草坪，像用功的小学生，一板一眼地吃着草。他不自觉颓然坐下，不知为什么今天他觉得骨子里发懒。每过一会儿，他就要看一眼那愈来愈远的采野菜的女人，疲劳缠住了他，阳光暖得让人心发酸，他真想躺下来，睡一觉。

"嗨！"他大声招呼，也许和女人唠唠嗑能好些吧！他这样想。

"嗨，大姐。"

那女人迟缓地抬起头，向他这边望。他看不清她的脸，只是小小的一团白影，苍白，小得可怜。但他能觉出她的疲乏和一种寂寞，甚至是等待,否则她不会抬头的。

他慢吞吞地走过去,望了望她的迅速装满的袋子。

"这么一会儿,就采了这些啊!"

"这地方长得厚!"女人轻轻舔了舔嘴唇,他解下自己的酸奶壶递过去,她没接。

"家里大哥真是福气。"他自己喝了一口。

空中一片静寂。

"唉,歇会儿!"

女人撩下头巾,顺手擦了把脸上的汗。她的确是热了,前胸、后背的衣服上都有大大的一块汗渍,冒着热气。摘下头巾,女人的头一下显得很瘦削,低低凹下的颈窝,突起的骨头,她脸上的红晕一定是热了之后才有的。果真,呆了许久之后,他见到的就是一张苍白的苦倦的脸。她的头发没有光泽,松散地夹在耳后,她还穿着一双男人的旧鞋子。

"天天看见你到这儿来放你的母牛,怎么不把它交给牛倌,那也花不了几个钱……省下时候在家干活多好!"他说。因为放牛实在不是女人的活计,况且女人家,家务事、地里的活计多的是,泡到这野甸子里多难过。

女人没吭声,眼睛很疲惫,她用她那带草浆的手擦了一下嘴角,轻轻地舒了口气,随便地望了望什么。

"要不,你把它交给我,不就一头牛么?钱也不要了!每天晚上你到这儿来接就成。"

"把牛交给你,可我哪儿去呀……"女人低低的像自语一样说,眼睛并不看他。

"你回家干活呗!"

男人家,就是这味儿,见了女人家就往上凑,闻不得腥儿,尤其是在这样的地方。唉,谁说不想回家干家务呢?鬼男人。女人又叹了口气,想到自己男人的样子来。

女人苦笑了一下。

对女人来说,这是一个烦闷的春天:牛下犊了,孩子开学了,鸡要开始下蛋——照顾不好鸡就不肯多下,新开的地也要种了,娘家的爹又快死了,而重要的还是,自己的男人外面有了女人了。

她感到自己是那么的疲倦,往常她像个能干的老鼠忙来忙去,不知劳累,到了晚上还要絮棉花啊做针线啊啥的。街坊大婶们都夸她是个好女人。唉,世上的事难说啊,要是她那个远房表姐没来,要是她不是生了病走不了,要是她在家里照顾她不是整天干她的活,唉!要是……他不是她男人就好了!她撞见他们在炕上滚着以后,她跑啊跑的,跑到她的母牛吃草的地方抱着它的头大哭了一场。

"他怎么会这样,她怎么是这种人,天哪,这怎么叫我受得了……"

母牛舔了她的手,沙啦啦的,像每次她亲手把剩馍、草料送到它嘴里时一样。这牛是女人的嫁妆,她的孩子和她的朋友,尤其是现在更是如此。就在这牛旁边,她是个姑娘的时候,她遇见了她的男人。那时正是夏天的黄昏,她在院门口挤奶子,牛奶嗞嗞地响着注进桶里,身后过来一个壮实的男人,就站在她旁边看。她没敢回头,不知他是在看她还是在看牛,还是看挤出来的奶。那天不知为什么牛奶出得特别多,她挟奶桶的腿有些吃不住劲,就在这时那男人走近前来,用奇怪的目光看着她,说:"你像一头三岁的小母牛。"说完他粗鲁地摸了她的奶,顺便又招了一把她的脸,就走了。

这之后随之而来的结果,是她听到一声尖叫,看见一大片牛奶铺满大地。

第二天,有个陌生男人来求婚。求婚的结果是她爹把她嫁给了他。新婚那天晚上,她才知道新郎就是那个让她把牛奶撒了一地的男人。

母牛舔了她的手，还想舔她的眼泪。这时她才不哭了，她感到一种安慰，于是每天下午她都跑来和她的母牛呆会儿。

"唉……"女人叹了口气。

这天气在外面觉得烤，在屋里又冷得慌。

"女人啊……女人。"他想"女人"。

"嗨，人姐，把菜拿到水里洗了再拿回去吧。"她接受了这个建议，跟着他向水边走去。那是一片长长的沙滩，女人带着一种单纯表情。于是他也帮她洗菜，后来他站起来不洗了，单是望着女人。女人奇怪地回过头，撞见他的目光，又慌慌儿地掉过头。于是这时候他就动手了，他用快得连自己都没听到声音的速度扑过去，抱起女人狂奔，女人呼天抢地地挣扎着：

"你这畜牲！畜牲……"

在跑到沙滩中间的时候她滚落下来，披头散发地向前跑，他一猛劲追上去就把她撞翻了，那一片细致的沙滩被搅乱了好大一块。

在一切都安静下来之后，沙滩黄灿灿的像金沙子铺的。羊群像什么也没看见似的，女人的野菜这时候也漂到河中心了。

女人平躺在阳光下，她闭着眼睛，夕阳一点一点从她的额头退去，她很安祥。

"这位大哥，帮我把这袋子送到肩上吧！"女人在那儿忙乎，最后才迫不得已似地望着他请求道。

赶羊人呆呆地不动，好像还在梦中。

"那我自己来吧！"女人羞红了脸。

"噢噢，我来，我来，哎，给你，接好，那，这篮子。"

可惜女人接得很妙，他一下都没碰着她。原来刚才只是自己的想象。

"不把柳蒿芽洗了再拿走么？"

"洗了就不能晒了。"

"明天还来么？"

女人径自和自己的母牛一起走了。

她想她男人那会儿夜夜搞得她不安生，而且接连不断地让她生孩子，不是刚生完孩子就是就要生孩子，还得干活，还得养孩子；现在虽有许多怨恨，却不能不说她感到了少女时的那种宁静。"要是表姐不来，要是我没看见他们，唉，要是他从来就不是我男人，我男人是另外一个男人……"

在她走了很远之后，听到一个哨音响个不停，尖锐的，穿刺一切的，让她感到一种说不出来的颤动！

天黑了，回家做饭。

原载《民族文学》1989年10期

达斡尔女人

他是个出色的猎人。

他进山那天自然是迷了路，他去找他的小爷爷，也就是他爷爷的弟弟，他小爷爷是一个猎人，曾对他讲到过山里的事。

十冬腊月的天，他昏倒在雪窝子里，幸好被转山的小爷爷撞见。他醒过来的时候，手脚已是肿得很高了，幸好鼻子耳朵没冻透，否则真叫破了相，不过呆了几天，他的脸皮像掉汤似的褪了一层皮，小爷爷说："这么不禁冻，还当哪门子猎人莫日根。"

他问小爷爷是怎么找到他的。

"受山神白那恰的指引。要当猎人就得敬奉白那恰，否则没你的好果子哟。"小爷爷往灶坑里添了块桦子，这是一块湿桦子，在熊熊的炉火中它只是抽抽咽咽地从木缝里冒一缕青烟，待烤干之后，蓦地腾出一股火焰，迷迷醉醉地燃烧起来。

"这是大山哪！你不知道。"小爷爷点起了一袋烟，火柴的光让我们看到了他精矍的眼睛和他高高的充满血丝的颧骨。

他躺在狍皮褥子上，身上盖了重重一坨羊皮袄，他蜷在里面，像个小猫，他由衷地感到畏怯。

小爷爷把他送下山让他先读点书，可他还是经常跑进山里，后来他很少下山了，下山回家又总是带点山货，家里人不相信这是他用弹弓打的，他也不说什么，呆几天就上山，下山的时候愈来愈少。

事实证明他的确是个出色的猎人，他开始使用小爷爷的枪。

小屋里最后就剩下他一个人，那时他快三十岁了，在山上感觉不到时间，他并不知道或者说他并没完全意识到自己的成长。他没有看到她之前他以为他也像小爷爷一样孤独地在山里当一辈子猎人了。

那是个蕨菜发青的季节，她是上山采蕨菜的，居然是一个人，他转山的时候听到了她的歌声，等到他看见她的时候，她像一头小母鹿一样在林子里跳来跳去，她以为没有人看她，她跑到水边，一朵一朵地往头上插野花，他不屑一顾地看她乱七八糟地往头上插满了鲜花，真是个娘儿们！不过他也不否认他的确喜欢看她，一边心里嘲笑着一边又充满一种愉快的心情，是的，是她身上那种快活的情绪影响了他，他自己并不知道。

真是个娘儿们！

他看着她自己一个人在那里手舞足蹈，心里就禁不住好笑，这时候他已采了一大堆鲜嫩的蕨菜，捆好之后他给她扔了过去，正好扔在她篮子旁边，这时她倒吓了一大跳，东张西望地看，一下子就看到高高在上背着猎枪的他。他看到一双细长的黄灿灿的眼睛直盯着他，像一只活蹦乱跳的狐狸，是的，是黄灿灿的、像太阳，又像金子，金黄。他忽然有一种钢铁溶化了的感觉，他稍有点眩晕，等他清醒过来的时候，那姑娘已经慌奔着下山了，他看到她头上的野花噼里叭啦落在她身后，他看到她背后一根又粗又长的辫子像蛇一样在她腰间扭来扭去，她像一匹受惊的小动物倏然之间就消失了。

转眼满山的玻璃棵子树叶都红了，这是采榛子的好时候，山里迎来了一群群戴着花头巾的女人们，吆五喝六，神采飞扬，这也是达斡尔女人每年唯一的一次外出机会，她们高兴得慌，嘻嘻哈哈笑得没遮挡。

他守了几天了，可一直没闻到她的气味儿，她是骇坏了吧？不可能，她下山的时候还没忘了把他采的蕨菜拿上。她一定会来。

终于，在这天早晨，在一睁眼的刹那间，他感到了她，在后山。这种感觉是神奇的，他来不及去想其中的原因，他穿起衣服奔出去快步地爬山，他是抄小路走的，他大概花了一个半小时就赶到后山了，于是他就真的看到了她。

这次不是她一个人，还有两个老女人，带着花头巾，怪里怪气地发出老年人的笑声，她新鲜的像个刚出窝的小兔子，一窜一窜啃着青草般在那里采榛子，慢慢地她像受着指引一样离开她们越来越远，而离他越来越近，他觉得有一种火热的东西在撞击他，他摇摇晃晃，有点神魂出窍，他握紧了猎枪。

等到那双金黄的细长眼睛在吃惊地望他的时候，他不清楚他是怎么来到她面前的，她并不躲开，她只是望着他，鲜嫩的嘴唇张开着，他觉得他要被涨裂了，他握住了她的肩膀，这时她才反应过来，惊叫一声转身就跑，而他一把就把她拉了过来，她拼命挣扎反抗，可并不喊叫，只是一种急促的惊恐的呻吟，他和她在灌木丛中翻滚，一根树枝挂坏了她的袍子，世界凝固住了，她已满身是灌木丛刺破的伤口，满脸是泪，有一种毁灭了般的凄悯。他有些疲倦、晕眩，灵魂都在大山里飘，上下飞扬，失去了一切记忆，包括刚刚发生的事，她跟跟跄跄地走了他也不知道。

第二天是个平静的早晨，他还有些麻木，他出去转山的时候已经很晚了，他听到一些女人喊喊叽叽的议论，像些受鼓躁的麻雀。

"……那个畜生，也不知是谁……简直……"

"真是的，嘎列的女儿真可怜，满身满身的伤，都走不了道儿了，嘎列说要逮着了那小子就骟了他……"

"真可怜一个好姑娘，也不知是哪个畜生……"

"她家的狗可是挺凶……"

"她哥……"

"她小时候还……"

"花娜……别跑远了，当心，让人糟踏了，这坏人的世道……你这个小妖精，你也想像嘎列的女儿那样么？……明天别来了……"

他在这一天的晚上就下山了，白天过得昏昏沉沉，他光记得那夜的月光如水，融融化开，他骑马过河，河水哗哗拉拉地翻花，搅出一大片亮片片，刺眼又不刺眼，感觉像在梦里面，不知是真还是假。

他在街上走，街上没什么人，他来到那个唯一的小店，拴了马，进去要了些酒，他还没喝过这么多的酒，他喝了一些就醉了，他觉得他没醉，于是他问明了嘎列的家，径直就走了进去，连他家的狗都没来得及跳出来，他就已经进屋了。

这是一间矮小的但很温暖的小屋，没有电，蜡烛的光映着他，把他显得挺高大，是一种压迫人的高大，他一眼就看到了躺在炕上的她，她很冷漠地毫无感觉地躺着，有种被毁灭了的美丽，尽管她面无表情，可他已经抓牢了她一瞬间的被刺了一样的惊跳的目光，他看了她一会儿才转头望向她的父亲——一个又威严又慈祥的老汉。

"大叔，我今天喝酒了。"

"是么？什么时候下山的？"

"晚上。"

"坐吧。"

"大叔，我今天喝酒了。"

"噢。"

"你知道我为什么喝酒么？"

"你高兴了吧？"

"不，你知道我为什么喝酒么？"他转回头直盯着她，她微闭着眼睛一动不动，什么都看什么都不看。

"你知道我为什么喝酒么？"

他们都奇怪地看他，他干脆就坐到她跟前，直盯着她，他想拉住她的手，可手却抬不动，他用目光抚摸她的头发、额头、眼睛、鼻梁、嘴唇，感受她们的圣洁和被摧毁了的美，又感到这种美的坚不可摧，他无能为力。

她开始流泪、抽泣，忽然嚎啕大哭、肩膀剧烈地抽动，她艰难地背转身。他站起来，哽着喉咙说：

"我以后再不找别的女人，我只要她，我要娶她。"

说完他就踉踉跄跄地出了门，骑马上山了。后来他吐得一塌糊涂，他趴在马背上昏昏沉沉，他心里想哭，可哭不出来，他难受得要死。再后来快入冬的时候，一个女人一个人上山了，她把乌溜溜的辫子分做两根。

那女人上山了。那女人乌溜溜的辫子在身后蛇一样扭来扭去，山路显得过分的长，女人就小小的了，可怜的一点儿，在叶子快落尽的林子里面忽隐忽现。天平展展的，水淡不丝丝的，女人东张西望，她臂上挎个布包，好像要把自己包到一个小包袱里面送给这一大片茫茫的大山。风呜呜地吹，叶子落了一地一地的，森林是一片静穆神秘的回响。

他静静地等在路边，抱着枪，身边的猎狗呼哈呼哈地喘气，他锐利的目光穿透茫茫的空气，直到她这里。

她好像知道那木房子在那儿，她甚至都不用人引着就径直走去。猎狗簇着她进屋，都没叫一声就安然地推开房门，四周环顾一圈，便成了这里的女主人。

黄昏来临。

"我有你的孩子了。"她说，她接过他手里的猎物，炉坑里的火很红，水沸沸地开着，白汽弥漫了整个黑黑的黯淡的外屋，四壁湿滚滚地淌着遇冷而变成的水滴，一滴两滴，越积越多串成一串，哗——变成一道水流淌下来，墙角都有些湿。女人哈了一下冻紫的手。

现在代替他做饭的是女人，就像一开始他代替小爷爷一样，这种接替让他感到异常，他光是想了一下，然后天就黑了。

小木屋总是能发出一种怪怪的气氛，漠然的深藏不露的深情，他们没有客人来。女人快临产了，她恐慌着，她害怕这个大山的冷漠，她好像有种预感，她说：

"我最好到娘家生孩子。"

"不行。"他扒完碗里的饭。

"咋不行？"

"不行。"他提了枪就出门，出门之前他还看了一眼落泪的女人，目光复杂。他想不到生孩子会有什么严重的事，他对女人的事一律厌烦，他也厌烦生孩子之类的事。

女人生孩子的时候，他故意不在家，他听着她的呻吟，她的哀求，她的恐惧在渐渐地远离他，他渐渐地把那茂密的林子隔在他和她女人之间，但是他开始痛苦，他的猎狗看护着他的女人，一会儿就跑来冲他叫，拉他的衣角让他回去，几次三番都被他喝走了，狗不再回来的时候，他已经忍无可忍，他掏出刀子划破自己的中指，把他的鲜血抹在树干上。他瑟瑟发抖，他盼着他的猎狗回来叫他，他祈求山神赐给他抗拒自己的力量。

女人的叫喊时隐时现，她的恐惧和他的痛苦绝望纠结着他的心脏，她奄奄一息了。这让他痛苦又感动的女人，奄奄一息。

她昏过去，面色苍白，过度的痛苦反倒使她显示出一种没有痛苦的表情，他看到她的时候，她安然、宁静地微闭着眼睛，头发让汗水浸得湿漉漉的，她像供奉给山神的祭品，显得很圣洁。她不知用了怎样超常的力量和精神生下了那个死婴，男孩儿。

血流不止，她的手和腿沾满了血污，她在渐渐地冷却，她真切地奄奄一息了,那个死婴在女人的身下。

他看了她女人之后,他的猎枪里少了一颗子弹,穿过他的头钉在墙上,成了点缀。

原载《草原》1991年1期

《西厢记》记

八十年代初，我除了读中学还在课余忙于去上美术班，那是我们那儿的文化馆办的，在周日或是周三的晚上有课。那时候，镇子上除了电影院就没有其它稍显得是文化消遣的地方了。因此那一时期的美术班一直都办得十分红火，参加的人很多，各个年龄层的人都有，仿佛"电大"的样子，每个学员的心里都有那么点儿自命不凡。尽管后来一直没听说有哪个曾考上美院的。受过训练的人最后就成了镇上的画工——对于我们那个僻壤，这恐怕已是最好的结局了。那些电影海报、那些宣传栏、那些大标语，是很需要有个画工来操办的，看着顺眼就行，管他是不是美术学院毕业生呢！我记得他们画过的海报，林青霞仿佛一个村姑，红红绿绿地瞪着眼，蛮有趣！当然大多数学员最后还是选择了其它的工作，比如我，长途奔徙地考过一次美院而未遂之后就改写文章了。到底比较省事，一支能出墨水的笔，一些纸就足够了。

可那时候谁知道将来会去做什么呢？受到几次老师的夸奖我就以为自己将来一定会是个画家了，因此上为此投入了许多的精力和感情，包括买了许多画册资料，当时的图书很便宜，我的要求一直都得到了家里充分的满足。除了学习素描、速写之类基本的技艺，受看过的一次旧戏的影响，实际上我的骨子里还是最喜欢画古典仕女图的。所以王叔晖的《西厢记》连环画就成了我平常最喜欢翻阅的画册。那种精美、华丽的线条简直是无与伦比的，曾一度让我深深着迷。

后来我才发现，为《西厢记》着迷的人不只我一个，我的母亲也开始着迷了。只是谁也想不到她是为什么而着迷的，没事儿的时候总看到她在那里翻看《西厢记》，谁都以为她大概是偏爱王叔晖的画风，为那才子佳人的故事而沉醉。殊不知她只是在日夜不一停地琢磨，怎样把王叔晖笔下的古典建筑转变为现实中的美屋——她是想把我们家即将要起造的砖屋也造成《西厢记》里画的那样散发着古典优雅气味的房子呢！

只是除了母亲，我们大家对她的计划一无所知！我照例在课余时去文化馆上美术班，父亲总是在我上夜课快结束时去文化馆接我。那时奶奶刚好已不在世了，谁知道独自在家的母亲要用什么样的思想来影响我们平静的生活呢？而这种影响将来自一本普通的连环画——《西厢记》。

看起来她为实现她的梦想着实做出了周密的计划。比如，她首先说服脾气暴躁的父亲去上海治病，这样她就削弱了来自反对派最强劲的力量；恰好那年我姐姐又去搞达斡尔语电影配音工作去了；母亲存心要制造一个木已成舟的事实，尽管她给我们大家都看了她设计的草图，可谁知道那些布局里隐藏着什么样的秘密呢？比如那些门和窗。

起造一座新屋并不是件容易的事，尤其对于不善精打细算的母亲来说更是一桩艰巨的工作。从备料到找瓦匠、木匠，我总感到母亲是在被这些狡猾的匠人们欺骗呢！我的母亲并不懂建筑啊！然而母亲的勇气里有一种超人的力量，她总是坚持自己的意见，认准一件事总要把它做到底，九头牛也拉不回。

当时我们的钱总是不够，房子盖了几天就要停下来，这些都要靠母亲一个人去张罗。在夏天最热的时候，母亲总穿着一件"跨栏"背心在房场上忙碌，一个夏天下来，母亲的皮肤被晒得黑白分明，她还时常忙乎成一身的泥水，到了晚上累倒在炕上也懒得洗漱，转瞬就睡着了——

这些只有我明了。

我到现在也不知道当时她是怎么说服泥瓦匠和木匠们按照她的意思来工作的。那是一项多么令人为难的要求啊！她拿着《西厢记》反复地研究，用尺子和很多纸张来临摹王叔晖的那些用不可思议的转折来表现的小格子窗，她甚至因此而使我的画册受到了严重的磨损，封皮全部黑掉了。她自己画完之后就拿给木匠看：

"喏，就要这样的！"木匠们看不懂，她就对我说："把《西厢记》拿来。"尽管我十分的不情愿，可拗不过母亲的意志，只好拿出刚刚藏好的《西厢记》给他们看，那些匠人就用他们黑黑的手粘上唾沫一页一页地翻看。

到了秋天的时候，我母亲为之付出不懈努力的梦想终于实现了。我们的新房子里有了一个巨大的月亮门通向卧室，两个"鸭蛋门"通向厨房和我住的小房间；我的母亲还一心想使我成为"小姐"，把给我住的房间的门和墙全部做成隔扇，上面布满了一系列的小格子窗户，难为她竟然画出了那么复杂的图形。可惜北方的粗木匠们总不能把它表现得很细腻，做工实在太粗糙了。过不多久，那门推起来就十分的困难起来，发出难听的吱吱呀呀的声音，好像被折磨得很疼痛的样子。母亲甚至为那只大月亮门偷偷买好了布缦，她不想为这几个"大洞"安上门。

实话说，这是一座不伦不类的房子：有北方的土炕，有火墙，有土暖气，有地板，还有南方园林里的月亮门和古代的小格子窗；厅堂里没有过渡的走廊，每到了冬天，北方刺骨的寒风肆无忌惮地猛冲进来，把我们勉强积攒起来的热气无偿地散出去。为了家人能在夜里温暖地睡觉，母亲不得不最后一个睡，找到一些破毡子之类的东西把大门堵好。然后是那厨房。因为所有的房间都没有一扇可以关起来的门，厨房里的油烟会充满在各个房间；另外，几乎每一堵墙的上半部都是小格子窗，只要有一间屋里亮着灯，其它的房间都能得到"照顾"。

我们就这样在母亲充满了古典梦想的建筑里生活了许多年，同时还要承受外人每走进我家时的那种惊诧和问询。除了母亲以外，那惊诧实在不能让我们得意。直到母亲去世，我们才找了些匠人来，把那些月亮门重新改造成普通门的样子，把那些小格子窗也一一摘下，放进仓库，和母亲当年请画匠画的玻璃山水画放在一起。

我们的家虽有些破旧了，可终于有了温暖的感觉。那些烟道和火炕都按照合理的样式进行了修缮和改造，又节省了燃料又充分发挥了热量，最重要的是它不再是一座特别的房子，而是让我们的心理不再承受压力的非常大众化的家了。只是那些重修的墙上依然有当年月亮门的痕迹，像是母亲残存的梦想依然在那里提醒着我们在已逝的岁月里那不可磨灭的记忆，而这种深刻的影响就来自那位独居一生的女画家王叔晖，用她的画笔施给了我那单纯而意志坚定的母亲以超凡的想象力和创造力，并赋予了她行动的勇气，最终影响了我们全家的生活，成为我们各自生命的一部分。

原载《民族文学》1999年

牛的故事

一

母牛要是在正月里下了犊儿,那可真是太麻烦啦。可谁又能知道它打算几时怀子呢,事先它也并不和家里人商量一下。

家里养牛的那些年,是常常在正月里接犊儿的,人家欢欢喜喜地过着年,它却吵着闹着要生产,这是家里的那头被姐叫做"莫库沁"的老母牛常干的好事。每每到了它的临产期,妈都提心吊胆的,怕万一半夜里下了犊儿了,家里人还不知道,天寒地冻的,把牛犊冻坏了。有一年的小牛犊就冻死了,很可惜。

家里的牛棚很简单,所以在整个早春时节,小牛犊都要在屋子里生活,不但如此,每天两次挤牛奶的工作也要在屋里完成,这种时刻家里简直一片混乱,因为屋里的空地并不大,牵进一条庞大的老母牛,简直连回身走路的地方都没有了。可老母牛却很欢喜,每次它进屋都是兴高采烈的,东张西望,眼睛看不过来,因此每次到了挤奶的时间它都跑到门口大声嚷嚷:哞……哞……假装它想孩子了,假装它的奶胀得不行了,也许它就因为这而把生产的时间总是安排在年初,牛犊还不能在外面生活的日子里。现在想起来觉得有趣的生活,当时可把我烦透了。因为每次挤牛奶的时候妈妈都会给我派一个不体面的工作:手拿一只脏盆子，站在牛屁股后面，以防它心血来潮大拉大尿，弄脏了屋子。虽说它并不是每次进来都这样，可有一次也够人受的，而且我每次接屎接尿的时候家里其他的人都要哈哈大笑，好像很有趣儿似的。

可是我又能做什么呢，虽然我最喜欢牵牛头，可同时还要拉住小牛犊，每次妈妈挤完奶总要给它留下一些够它吃的，它对这个时刻特别敏感，一到快接近这个时刻它就拼命往外挣，那力量不是我这小孩子能控制的，只有爸爸才行。挤奶我又不会，而这个时间姐往往在厨房做饭，又不能让"莫库沁"随意弄脏屋子。否则我就可以坐在牛头边看它稀里糊鲁地很快吃掉给它准备的豆饼之类的饲料，再看它尽情地舔着它的小犊儿，把它的小脑壳弄得湿漉漉的，小犊儿那一副受宠的样儿挺"臭美的"。舔完了小犊儿，老母牛还要修整一下，把它那斑斑点点、麻刺刺的大舌头一会儿伸进左边的鼻孔里一会儿又伸进右边的鼻孔里，真有意思。刚刚下完了犊儿的母牛的胎盘还没有脱净，大人会给它绑一双旧鞋子好使胎盘快些脱掉。每次它大步流星地往屋里走的时候，那双旧鞋子悠悠荡荡地甩动着，样子非常滑稽。不过，当它艰难地在小屋里转身出去时常常会把我们为过新年而刷的雪白的墙给蹭脏一大块，这也是惹我不喜欢它的原因之一。

然后，小牛犊算是要和我们"同宿同眠"了。我们给它在墙角准备了一个小窝，它一出生几个小时就要努力地站起来，把四只还很不结实和听话的小腿站成X形，然后冲你娇声娇气地嚷嚷，好像显摆它自己似的。说起来刚出生不久的小动物都是可爱的，单是那温润、纯洁的大眼睛就有一种无法言述的神采，比毛色略浅的睫毛密密绒绒，它还是双眼皮儿，小牛犊脑门上还都会有一个圆圆的"旋儿"，那种规则的样子也是不可思议的。当它趴在小窝上把脖子优雅地弯过去倚在自己腿旁的姿态还很像个美人呢！

白天，母牛是要上群的，到晚上才回来，于是白天的小牛犊就要人来喂了，这时候它自己还不会从盆子里吃或是喝，常常是妈妈或是姐姐用酒瓶给它喂一些奶或是小米汤，它一吃得高兴，嘴里就流唾液，丝丝缕缕往下掉，好像"拔丝土豆"的糖丝似的。然后它就认得她们了，一见到她们就要吃要喝，还用它的小脑壳往妈妈的肚子上蹭。

等到它会自己吃东西了，它也长大了一些，像个七八岁讨人嫌的孩子到处闯祸，居然还想在屋里奔跑，结果它刚扬起尾巴迈了一大步就从这头到了那头儿，看起来它也很懊丧，有时还索性一个箭步跳上炕，惊吓安静的奶奶。当然有时它也神不知鬼不觉地溜进厨房，结果不一会儿就是一阵稀里哗啦的声响，看它那受惊的样子倒像是我们吓着了它似的。

最讨厌的还是它要长角的时候，大概它头上奇痒难忍，它就顶人，尤其爱顶我，也许它也会欺负小孩，我顶不过它，常常被它追得乱跑。有时我匆匆跳进厨房顶住屋门，它还从窗玻璃那儿往外看我，耳朵一动一动的，整个一个坏小子的形象。

被小牛犊麻烦的，我们总盼着天气快暖和吧，好把这个坏小子放到外面去，让它到外面野地里淘去。等到终于有那么一天的时候，其实坏小子也高兴得不得了，一打开屋门放它出去，瞧它那股兴奋劲儿，抖着浑身的毛，又往高里蹦又往横里跳。有时候还冲刺般地奔跑，把尾巴扬成一条直线。母牛下群的时候还得把它看住，否则它一会儿就把奶全吃了，不给我们留。母牛一下群就急急忙忙往回跑，离家很远的地方就开始大声地叫啊叫啊，坏小子一听是它妈妈的声儿也扯脖子应答，它们娘俩一见面就这样高一声低一声，大呼小叫，弄得满院子都是它们的母子深情。

到了夏天的傍晚，在院子里看妈妈挤牛奶，听那牛奶有节奏地一缕一缕落入奶桶的声音："渍——渍——"由少到多，心里常常充满异样的感动。爸爸有时用小棍子给老母牛挠痒痒，母牛很舒服的样子，有时舒服得身上某一块皮肉一哆嗦一哆嗦，可它总是岿然不动，让妈妈安稳地挤出它的奶来。小牛犊在母牛的头那儿被它妈妈亲的舔得迷迷糊糊。

在黄昏，除了牛们，我们还有绿意葱茏的菜园，菜园里有只酱耙挂在一边的酱缸，还有几只在院子里信步的小鸡，不一会儿将要收窝了，我们一家人就围成半圈，口里叫着"收窝收窝"，小鸡就进鸡架了。

然后买牛奶的人也来了，如果她来得早，就会拿着小盆站在牛旁，一边看妈妈挤奶一边和她聊天，没有一个人会认为我们家的牛奶是掺了水的，因为它太香浓了。而妈妈也只把牛奶卖给一二家她觉得顺眼的人，其余的就都被我们喝了，或是一桶一桶地送了亲戚。

一想起自己曾生活在这样一个充溢着乳香，院墙上糊满了牛粪的环境中，我的心就被这样温暖的回忆所牵动，我忽然意识到自己敏感的心灵是在那样一个环境里孕育、萌生的，那样的环境决定了我们的生命。尽管早年的生活已经不复存在，但却依然以它的方式对我始终产生着恒久的影响。我常常万分感伤地想起我的生命是从那里开始的啊！从小牛犊落地后第一声呼唤里，从母牛那一会儿伸进左边鼻孔一会儿伸进右边鼻孔的大舌头，从院子里那一垛垛的羊草，从母鸡下蛋后的咯咯叫声里开始的。

等到小牛犊的体力终于可以跟着牛群走了，家里会特意给它一个笼头：一块厚胶皮上穿着许多铁刺，有时也用磨尖了的粗铁丝，然后铁刺冲外带在小牛犊的嘴巴上，以防它在跟它妈妈走的路上，总想吃奶。因为它带着这个笼子一蹭到母牛的奶头，铁刺就要扎它妈妈，它妈妈一疼就不让它吃了。可有时"坏小子"不知用什么办法把铁刺笼头弄掉或是把刺都弄坏了，晚上它们娘儿俩回来的时候肚子圆溜溜的，用妈妈的话说就是"吃得像个饺子"，结果我们都喝不着牛奶了，那些等着喂小孩的人们也取不到奶了。这种事一发生，母牛和牛犊的表情特严肃，一副合谋得逞的样子，对人不理不睬，挺气人的。

就这样,一头一头小牛犊都长大了,成了美丽的"姑娘"或是"棒小伙儿",生生虎虎的,毛皮湛亮。我记得一只小母牛头一次产犊有了麻烦,牛犊生下来就死了,结果没有牛犊吃奶并撞开它的奶荷子,它就生起病来。妈妈怕这样下去会毁了它的健康,就请几个人把它紧紧地固定在木栅栏上,硬给它挤奶,结果它痛得哞哞直喊,真让人心疼。

二

说起那些牛们,我不能不说家里一头小黑牛的故事。

我想不完全是因为它生下来就是一头小公牛。和人不一样,人们都是喜欢母牛的,因为母牛能带来财产的增值。大概还因为它的毛色纯黑,一点杂色也没有。而我们家的牛一向都是红色的,奶质也从不会改变———一盆牛奶停放一会儿总能结一层筷子厚的奶油,这样的牛奶是最好的。也许是因为妈妈想得到一头黑白花荷兰种母牛吧,有一个时期荷兰黑白花母牛是最值钱的,产奶量高达三、四十斤,而家里的牛一天也只产十斤左右的奶。我记得妈妈曾试图用人工授精法得到一头"黑白花",她曾频繁地牵着发了情的母牛出入兽医院,而事情的结果则是这头小黑牛的降世,而且不是母牛。

妈妈对它的到来不太喜欢,我想这也并不是利益的驱使所至,大概还是一种美好愿望的落空使她对这头小黑牛抱有偏见——她很少给它牛奶吃,尽管它一生下来其实也和它那些哥哥姐姐们一样活泼可爱。于是它的体质变得弱起来,而且由于妈妈对它的疏于管理,很少带它去野外散步吃草,它经常被绑在家里独自站着或是卧着,渐渐地它变得迟钝起来,抑抑郁郁的,常常自己无怨无求地静卧一天,食量很小。

在我们的劝说下,妈妈终于同意每天把它放到野外去,只是还不能和大牛们一起上群——它的体质太弱了。所以它即便每天去野外也是一头落单的牛。它开始渐渐地好起来，只是有一阵它不肯回家，我们全家出动到处去找，却发现它在一户人家的大门口安静地卧着，我们不知道它因何错认那里是它的归宿。

又过了几天，傍晚下群时，小黑牛意外地带回一只小白羊，它们一黑一白两个小家伙并肩亲亲热热地进门来，小黑牛的神情生动、鲜活，是我们所没见过的，而那只小白羊像个小妹一样，一副纯洁、胆怯、弱小、善良的可爱模样。小黑牛带着它的小朋友到处参观，它们的交流方式我们无法得知，而从它们的样子来看却又那么让人莫名地感动。这件事对我的触动很大，我才明白小黑牛其实是多么需要温暖啊！不知它用什么方式和小白羊，一个异类，建立了友谊，它们一定无话不谈。小黑牛一定滔滔不绝地向它诉说自己的苦闷，自己的处境，小白羊对它的同情和理解以及友爱一定使它第一次有了一种喜悦，这里该有多少故事呢？一定很多。

除了妈妈，我们都开始对小黑牛格外地小心，努力培养和它友好的感情，然而它对此无动于衷，也许我们的行为早就伤害了它，使它对于人类的坏印象不可逆转了，其实它也有自尊啊。

接下来的日子，小黑牛如果晚上不回来，只要去那只小白羊的家门口，准能找到它，只是小白羊的主人从不让它进院，它就安心地卧在人家的门口，一副无条件的样子。想来它很依恋与小白羊的友情，小白羊对它的友爱也许是它在世间唯一的温暖。由于它长期不能和母牛接触，它已不认识它的母亲了，它的母亲也没有了亲近它的愿望，实际上它是一个孤儿。

后来又发生了一件凄惨的事：有一天晚上，小黑牛瘸着后腿艰难地跑回来，不知哪个坏蛋在它后臀砍了一刀，皮肉裂开一条长口子，骨头都露出来了。它疼得无法躺卧，硬是昼夜站着，那条伤病的腿疼得直打哆嗦，不知它该有多痛苦。因为是夏天，伤口很快感染。生了蛆虫，然后它浑身开始长满了噬它鲜血的兽虱，真是可怕。小黑牛无精打采，毛色灰暗，默默地忍受着这一切，我们对它一筹莫展。妈妈最后决定冒一次险，用六六粉冲了一小盆水，然后"哗"地一下倒在它的伤口上，小黑牛当时蓦地惊厥般地跳起来，它甚至都没有叫，好像它对自己也失望了，或者它的意识也像垂死的人一样完全模糊，只能任人宰割了。

然而，奇迹出现了，它的伤口竟然很快痊愈，兽虱也没有了，可原来纯纯的黑毛开始大片大片地脱落，它非常虚弱。看它那形影相吊的孤独模样也真让人不好受，只好努力地给它吃得好一点。然而它似乎对一切都很淡漠，我们的一切努力它都不为所动。后来妈妈决定把它送到乡下去，也许它在那儿能恢复到一头公牛应有的威猛来。

它走了之后，许久都没有消息，尽管它在家里时总想尽力地把自己隐匿起来，把自己消失掉，可它那种对于命运和境遇的默默承受却使我对它生出许多的牵挂。它的孤独和苦痛使我想到自己在世间的孤独和苦痛，我能理解它的需要，然而我们却无法沟通。我们都胆怯地小心地保护着自己，生怕受到太多的伤害，其实我们是那么相像，当然它比我更悲哀，它无法表达，它的命运还掌握在人的手中。因此，即使它去了乡下，能够恢复到一头公牛的威猛也还是难以逃脱被宰杀的厄运。事实就是如此，乡下的亲戚后来说，它简直太差劲了，走几步都走不动，走着走着就停下来休息。我能想象得出它那虚弱的样子，它所承受的无休止的疲惫。它没有长大就被杀掉了。对于自己投注了情感的牛来说，听到它的死讯心里总有一股难解的疼痛。妈妈曾一口未动"莫库沁"的肉，它是那么老了，死去的时候已经二十多岁了，只因它不知在哪儿误食了一根铁钉，家里不忍看它慢慢地死去，就请人把它拉到了屠宰场。妈妈没有去，后来听说妈妈因此而哭过，只是没让我们知道。我们从来就不知道她也会哭，因为她看上去总是那么坚强。

三

又有谁能像我母亲一样把养牛这件事融入自己一生的光阴之中呢？并把这充满了各种各样牛的故事的生活慢慢揉进我们的生命。我们喝着牛奶长大，看着一头头鲜活的小生命诞生、成长，又眼见它们一个个地离开我们，这种种的生命的回转往复成了我们童年的背景，而这样的生活早已离我们远去！

家里的第一头牛是姥爷送给母亲结婚时的陪嫁，姐叫它"莫库沁"，那是一头聪明绝顶的母牛，姐因此而写了一篇小说叫《母牛莫库沁的故事》。家里的最后一头牛是妈妈临终的时候为她做了"牲"的。于是她带走了所有的有牛的生活，给我们留下一座寂寞的庭院。

说起来也因为养牛给我们的生活带来过种种的麻烦，比如有的牛专爱嚼晾洗的衣服，使我们当时本来就很少的穿着遭受严重的损失；或者有的牛专会往菜园子里钻，把好好的园子糟蹋得一塌糊涂；或者有的牛下了群不回家，我们还要满世界地去找，有时也被人处以罚金或是遭人斥责和白眼等等。我们也经常抱怨，而妈妈从来就不为所动，有时甚至还要训斥我们一顿，说牛在自己养活自己呢！它的奶为它赚来了草料，它的粪还给我们当柴烧……可是围绕着牛的繁琐的劳动她不觉得。尤其是后来草料越来越难弄，要求车要求人还要求劳动力，简直烦不胜烦。所以当家里再没有牛等着你去招呼它，给它打一桶水喝，挑些草料喂它的时候，我们的心里曾感到过一丝安宁。院子里再没有扑鼻的牛粪味儿了，我们也再不用烧那灰多火少的干牛粪了，总之，我们再不用为牛而操劳了，我们也在院子里种些花草，栽些果树，然后想吃牛奶的时候就去养牛的那家邻居买一些来。

后来有件事给了我强烈的感受，迫使我开始重新审视母亲养牛的生活给她、给我们所带来的一切，我想起那些牛们，那些早年生活中的我,我的家人和我们的种种情感。

那是一个五月的早晨,我照例去买牛奶,走进邻居家的院子却发现那头出奶的母牛的大头竟然被割下来放在地中央,地上满是鲜血。走进屋里去打听,养牛的刘姨正在伤心地哭,眼睛红红的。听她的诉说才知道这牛得了绝症,胃里长了大大的硬块儿。

"它好几天都不能吃东西了。"刘姨说,"昨天晚上,它用头一个劲儿地蹭着我,眼泪吧嗒吧嗒一串儿一串儿地往下掉……"刘姨简直说不下去了,她的感情被这头可怜的牛深深地刺痛了。从她的悲伤里我十分真切地意识到,人一旦和牛建立起一种特殊的情感,就难于割舍了,它把它的生命慢慢地渗透到你的生命之中,然后在你的意识深处隐隐地发挥效力,左右着你的一切。你在咀嚼这一切的时候会发现你的那些刻骨的悲痛与哀伤早已和它们融为一体,不能分割,我因此而理解了母亲。

家里最后一头母牛远不及它母亲"莫库沁"那么出色,然而它很平和,它继承了它的母亲所特有的火红毛色,也继承了它母亲挤奶时一动不动的好品性,这也差不多是母亲最终决定留下它的原因。它很温柔,很少给人添乱子,也不会像它妈妈那样常有"阴谋",是啊,它远没有"莫库沁"那么神奇,有那么多波澜壮阔的作为,如果不是因为母亲最后把它带走了,也许我也不会记得它。

母亲病倒已经好几年了,几年里她基本上丧失了劳动能力。父亲也偏瘫了,他的脾气更坏了,大概他觉得母亲的病远没有他的病那么致命。那时候家里的一切事情都落在十九岁的我肩上,那真是一段让人喘不过气来的生活。尽管妈妈自己不能照料牛了,可她仍然不许把牛卖掉。在她住院期间,我们曾因为照顾不过来,在她不省人事的时候,把她养的几十只小鸡都杀掉卖了。妈妈醒来后非常生气,一头向大姐身上撞去……我们怕她生气身体会更坏,也再没敢动遣送那牛的心思,找了个亲戚帮忙照料，也算给我减轻了一些负担。

那天早晨6点钟的时候，我听见母亲起身到外面去了，我以为她是去方便，再说那一向母亲的身体还不算太坏，我没有在意。我心里感到疲劳，我一直都觉得自己双肩沉重，累得一躺倒就不想起来了，于是我又迷糊了一会儿。等到一觉醒过来心里忽然感觉一阵异常，连忙起来推门一看：母亲在院子里倒下了，她躺倒在牛旁，已经不省人事。她大概是想在母牛上群前再喂它一些草料，可能在她想越过那个牛栏的时候忽然发病了，她甚至连一声都没能叫出来，我拼命地摇她，心中慌乱不堪。当我意识到我已无法把她叫醒时赶紧去找邻居把她抬进屋里。这时我感到了自己的软弱，感到没有一个强壮的兄弟的无助之情，面对两个重病的老人我时常感到这样一种悲哀。我又跑去叫大姐找大夫。这期间母亲一直像睡着了一样大声地打着呼噜，面色绯红。

亲戚们都来了，几个舅舅讨论丧事如何办理，我失魂落魄地在厨房给人们做饭，耳朵里听着母亲的呼吸，心里还抱有一种渺茫的希望，以为不一会儿她就能醒过来了。我一直为自己早晨的过失而负疚，我想我如果早一点儿起来呢？我如果在她昏迷的一刹那就扶住了她呢？就像她第三次发病时那样，那就不是现在的结果！

父亲和舅舅决定用那头牛来给妈妈的亡灵祭祀。

"牛是她的命根子，就让她带去吧！"他们说。然后大家一起等母牛回家。

一直到下午四点多，妈妈都是有呼吸的，尽管大夫说她已经不行了，可我仍然抱有希望，我想这次也是和前几次一样的，有一次她不是也昏迷了十几天吗？

母牛回来了，它一出现在门口，那种样子我至今都无法形容，永远也不能忘掉！那是一种对院子里忽然多起来的人们的天真的惊诧，继而被一阵不祥的意念困扰了，那一副无辜的神情和对自己命运的无能为力的悲哀和顺从，让我实在不忍看它最终是如何被它所依赖的这样一群奇怪的人夺去了生命。

就在舅舅的利斧猛地敲向母牛的头骨的那一瞬间，母亲长叹一声，呼吸平稳地消失了。

"她就是在等它啊！"他们都说。他们开始给母亲穿衣，看到母亲不再有生命的身体听凭人们的摆布，我无法抑制自己的悲伤，我感到我已永远地失去了她，同时也永远地失去了她带走的那种特殊的生活，她把她对牛的至死的牵挂也一并永远地带走了。

我只剩下了回忆。我常常在回忆中的生活里再次发现一些原来自己忽略了的真实，发现那些遗失的情感，我常常在新的发现的触动下，热泪成河。没有人能明了我心中所能体味到的苦痛，和我所感到过的喜悦，它融在我的生命里，融在我的血肉之躯之内，早已无法剥离。

原载《民族文学》1997年

仲夏夜之温凉时分

昨天，阿达家里的老猫叫了一整夜。

阿达她妈半夜起来好几次，发现它躲在厨房小锅炉后面抽搐，不让人靠近。

"可能它是吃什么东西吃坏了。"阿达她妈重新躺下，忧心忡忡地关了灯。

阿达迷迷糊糊地听见外面又开始下起了雨，雨点敲在向日葵、豆角叶、果树枝和水泥地面上发出不同的声响。老猫的声音令人难受，好像它的内脏里有什么在一根一根地断裂，每一次阵痛，它都凄惨地大叫几声，悲伤而无助。那个夜晚，这座大房子里弥漫着令人担忧的那种不安。有一次，阿达恍惚感到妈妈又起来一回，到厨房后面的小仓房里把满满一盆的雨水倒出窗外，重新放好。后来，猫不知什么时候开始不叫了，阿达感到自己也不知什么时候一下子就睡了过去，直到早晨。

"猫死了。"阿达妈妈说，她揉着眼打了个哈欠，声音有些疲惫。

"死了？真的？"经过昨夜，阿达觉得这个结果在意料之中，可是心里还是猛地颤了一下，好久不能回转。

猫是老猫了。是阿达她姥姥养的，不过阿达对她的姥姥没有任何印象。在阿达两岁的时候她就死了，死于伤心。那时候阿达和她的妈妈在鄂伦春人聚居的林区她爸那儿，她妈妈抱着她一路奔丧，赶到阿达姥姥的葬礼上，阿达见到许多忙乱的人，不知道哪一个是她的姥姥，也没觉得这件事很重要，当然那会儿她太小了。

阿达的妈妈再也没有回去。她对那个使她一年之中做了两次人工流产搬了六次家的林区没有好看法，再说她还有个因酗酒而丧失了生活能力的爸爸需要照料，不过这只是部分借口。阿达的父亲之所以同意据说是因通情达理，大家说这很不容易。

阿达在她母亲的出生地留了下来。这是一处世界上达族人最多的地方，命中注定她的童年将在这里度过。不过，她被刚刚带回来的时候被她妈妈的亲戚们认定是个汉人，因为他们在她脸上找不到一丁点她妈妈的那种达斡尔人的特征，尽管她漂亮得很不一般。

"哟，这可是个汉人。"大家常说的都是这种话。他们抽着辛辣的烟叶，长着一副北方通古斯人的面孔，眼神里都有种古老而神秘的光彩，说着一口流水一样的语言。好在那会儿她还只是个在大人怀里蹬蹬小脚的角色，她对这一切一无所知。

小阿达开始记事的时候常会发生这样的事：突然之间在屋里喝酒的姥爷就大声地和正在厨房掏灰的妈妈吵起来，他们都很激动，阿达的姥爷最后总是厉声叫喊：

"滚开，都给我滚，我谁也不要，让我死吧！"然后很戏剧化地把自己摔倒在地板上哇哇大哭，这种时候姥爷的鞋这儿一只，那儿一只的。

阿达的妈妈会进屋把她的父亲扶到炕上躺下，有时候帮他收拾那些呕吐的秽物，把弄脏的衣服换下来清洗，然后继续干她的那些做也做不完的家务。当然有时候阿达的妈妈也会哭，大声地抱怨："这是什么日子啊？"可是要不了几天他们一家人又会和好如初。阿达的姥爷在清醒的时候也会给阿达讲故事，颤巍巍地给她们母女买些什么小礼物，这种时候他们的生活也会偶然间显得挺温暖。

阿达的妈妈在她们母女回来的第二年春天就动手在她父亲的那块巴掌大的院子里栽植了几棵果树：一株樱桃，一株稠李子，还有一株自己长出来的杏树，她把它移植在靠窗的位置上。在这些树还没长成之前，她妈妈在院子里种了些西红柿、茄子、豆角，在靠近大门那儿还栽了一溜儿葱，栅栏边儿种了几棵向日葵，七、八月份的时候向日葵开起来像太阳放射光芒那样耀眼。她时常在晚饭之后给她的菜园锄草、间苗，然后满意地远远地望着她的菜园以及她的已经会走路的漂亮女儿和猫一起嬉闹，两个小家伙儿都毛绒绒的。

阿达的父亲不常回来，在春节那段唯一漫长些的日子里，阿达的父亲常常傻愣愣地伏在桌前，面前放着带格子的纸。据说他是个作家。他说他好像在外国，他听不懂阿达的妈妈和她姥爷以及所有来的人的对话。尽答如此，阿达的姥爷仍然忍不住要把自己喝醉一次以发泄他的姑爷来了之后他女儿对自己的忽视。在阿达的父亲彻底不再成为这个家庭的一员之前，所有的春节都会乱得不亦乐乎，使阿达她妈一想到春节就觉得是个大麻烦。

那些树开始长得比大人还要高并且结起果子的时候，阿达的姥爷也死去了。阿达她们母女仍然没有回到林区那儿去，她们留在老房子里，觉得只有这儿才是真正的家，跟路上自己的亲戚用达语打招呼，或者忽然没有盐了到隔壁去讨一点来这是件多么令人安心的事呀！于是到了春天，阿达的那个始终没在一起生活过的家就解散了，当时阿达正要上学前班，她大姨给她买了一个漂亮的书包，是苏联货。那书包有些大，背在阿达身上，阿达就像一根草那样细弱。

阿达此时背着那个大书包站在厨房，又一次看着那只老猫，猫已经僵硬了，死的时候它采取了一种挣扎的姿态，嘴张得很大，四脚张开，皮毛翻着没有了一点光泽。不知为什么，猫死了之后，看起来它好像有一种尊严，它的周围散发着一种深刻的悲伤，不能让人马上靠近它。阿达打不定主意是否要上学去。老猫死了，是她们母女生活中的一件大事。早晨，天又下了一阵急雨，向日葵的根须已经抓不住土地，向一边倾歪过去。

"还是去上学吧。"阿达她妈摸着眼泪汪汪的阿达的小脑袋瓜说："它可是只好猫。"

老猫几乎和阿达同岁。阿达小时候不懂爱惜小动物，这猫常常被她一把就揪着尾巴拉过来，猫总是嗷地大叫一声返身抓她一把，小阿达身上到处都是猫抓的伤痕，猫的存在其实已经成为她们生活的一部分。她记得有一个黄昏，她亲眼看到老猫曾经扑到一只正低空飞行的小鸟，它像一个猎手那样敏捷、果断，自有一种不容侵犯的尊严。可是谁也没想到它竟会误食了有毒的东西而死，想起这个，阿达母女就很后悔当初把那只老猫下的小猫送了人，留下来多少是个安慰。老猫曾下过许多只小猫，可它总是把它们下在房顶的二层棚里而又忘记给它们喂奶，活下来的只有这一只。那段时间阿达整天都能听到小猫的叫声从高高的房顶细柔地飘下来。但无法知道母猫到底下了几只。等到小猫自己从房顶掉下来它已经长得很大了，见了人就惊骇地狂奔。它是被老猫在半夜的时候用嘴叼着从门上那块坏了玻璃的窗口带进屋的。老猫把它悄悄地藏在衣柜下面，有人的时候它一声不响，等人都走了它才会出来在房间里蹑手蹑脚地走动。曾有一天阿达突然进屋，看见猫母子在阳光中卧在装满土豆的麻袋上，小猫像小孩那样叼着老猫的奶头，一听门响又慌得窜没影儿了。阿达她妈为了与小猫建立友好关系，引诱它喂了它不少鲜肉，后来就把它送人了。

老猫是在这一天傍晚时分被埋起来的。雨整整下了一天，到了晚上云翻卷起了一个边，甚至西天还出现了令人无法信任的晚霞。

小阿达开始上学的这一年夏天，气温很低，北方较强冷空气一直控制着这里，从六月份开始就下雨，下得人好像对一切都失去了指望。到处都水渍渍的，就连走廊上的水泥地面都在开始返潮，使人担心地表的水已无处存放，从里屋的地面涌出来，把这摇摇晃晃的老房子给泡倒了。好像一种坏心情正在腐蚀人的健康一样。

阿达妈妈用那只缺了口的铁锨动手在樱桃树底下挖一个坑，和眼泪汪汪的小阿达把老猫埋了。阿达她爸就是在这个晚上来看她们母女的。

当时阿达妈妈正用铁锨在土堆上拍着，阿达一抬头，说："我爸。"

大门口那儿果真站着一个男人，抱着一个大西瓜。

"哦。"阿达妈妈把手里的铁锨放到煤堆旁边拍拍手，说：

"进吧，进屋吧。"

阿达古怪地盯着她的父亲，感到父亲并不像想象中的样子，他迈着做客的步子走进来，带来一种多少使人不自在的感觉。

阿达妈妈进屋之前好像发现黄瓜架上又有了几个待摘的黄瓜，她弯腰摘了几个，然后才走进客厅。阿达别扭地坐在她父亲身边，他父亲一双很大的手一遍又一遍地摸她的小脑袋瓜，说：

"长高了，真是长高了，嗯？就是长了不少。"

"这次来……"阿达妈妈用毛巾擦着手，阿达提提突突就从她父亲那儿跑过来。

"出差。拿把刀把西瓜切了吧，让阿达先吃着。"

阿达妈妈又去忙着切西瓜，瓜很大，可是不红，她切了几块。

"脚那儿怎么了？阿达，嗯？"阿达的父亲突然看见阿达脚那儿有一块月牙形的伤疤泛着紫色。

"那不是她四岁那年冬天，我带她骑车到北门外的煤厂买煤去，正上那个坡的时候，没想到她把脚伸到车圈里，当时我就觉得咯噔一下……"

小阿达一边听妈妈讲一边看自己的脚，好像在听另一个人的故事，她已经不记得妈妈曾因她的受伤而伤心成什么样子，妈妈所受的伤害并不是一般的人能看见的。阿达唯一有感觉的是每逢阴雨天，那里就会隐隐作痛、发痒。不然她几乎要忘记它的存在了。

"非带她去。"他爸一副求全责备的口气。

"这话说的，如果能不带我为什么要带她，我一个人……"妈妈的声音顿时高亢起来，阿达甚至能感到她的发抖，不过她一看到父亲低下头去的样子忽然又觉得他可怜，她觉得有许多话要对他说，可是她又实在无话可说，一个劲儿闷头吃西瓜。

今夜没有雨。勤奋的蜘蛛开始结起网来，不放过每一段空隙，外面甚至还能听到孩子们的嬉闹声，若在往常，阿达会在这个时候在外面疯，累成稀泥样回家，被妈妈吼着："洗脚再睡！听到没有？"

雨季给人带来沉闷的感觉，像漫长的严冬那样耗磨人的精神。这短暂的晴朗忽然给人带来全新的感受，误以为日子好像要好起来了。

在她父亲走之前，阿达始终没有说话。她父亲谈了些不好懂的什么话，妈妈自始至终坐卧不安。她看出来她只是努力地想使自己平静如常。

阿达的父亲临走在桌子上留下一点钱，说：

"你们也不容易。"

他走出去的时候在脸上拂了一下，可能是撞到蜘蛛网上了。夏日的傍晚，天空中不时候地飞过一只小虫，"小咬"趋成一团，在空中缭乱地飞，飞。好像一团乱糟糟的心情。阿达说：

"爸爸再见。"

她父亲"哦哦"着很快消失在夜色中。

这一夜，阿达母女早早就睡了，几乎她爸爸一走她们就准备就寝了。关了灯，阿达忽然想到昨夜老猫那令人难过的叫唤，那种悲伤随着黑夜一下子全部清晰地浮现出来。

129

"老猫死了。"阿达说。

"它睡在外面，今晚不回来了。"妈妈把手放在阿达的身上，轻轻地拍，可是好久她们都不能如愿地睡去，外面的蛙声太响了。妈妈说：

"长大了你想做什么？说给我听听。"

"我想当老师。"她和妈妈聊起来。

"真奇怪，我在一年级的时候也是这么想的。以后就不这么想了。唉，人总是变来变去的，到头来你会发现你过的和当初想的一点也不一样，真的，就说妈妈吧，啊，妈妈年轻的时候可不想嫁给达族人，达族男人都是大酒鬼，真不知道是怎么回事，你记得姥爷么？就是那个样子。可多了！"阿达妈妈今天显得格外话多，好像阿达是大人似的。

"后来我就想嫁给汉人，想远走高飞……哈哈哈"，妈妈把自己给逗乐了，"结果挣着命儿我又回来了，你说多有意思，还不想走了呢！"阿达听妈妈自言自语了一阵，她不知如何回答。

"我的女儿你在想什么？"妈妈把她搂了搂。

"我爸还给咱钱了呢。"

"他是怕起诉。"

"起诉？"

"那可是件丢脸的事。"

不知道过了多长时间，阿达的意识开始模糊起来，隐约听到妈妈在那儿自言自语：

"老猫也死了。"

原载《民族文学》1996年4期
2011年入选《民族文学·30年精品选·小说卷》

草原深处

每当冬天来临,我就感到莫名的沮丧。先是阳光变少了,太阳总是很晚的时候才升起又早早地离开,不但如此,那阳光也似乎是在躲躲闪闪着,不亮丽、不直接,含含糊糊的,只不过是让天空有些发着灰白,令人心胸不舒畅。

然后就是漫长的达半年之久的寒冷,北方的冬天一贯是这样的,人被寒冷逼着退缩进壳子里。穿着厚重的棉衣裤,住在混和着各种气味的土屋里。因为不能开门窗,屋子里都是男人们吸出来的旱烟味儿,灶里的各种气味儿,酸菜缸散出来的味儿,各种浓重的人味儿,间或屋里再养着鸡鸭——种种的一切都令人烦闷。通常我父亲在冬天醉酒的时候会比平常多,我也容易生出各样的病来,多数时候,头都发着昏,常扭着伤了风的鼻子,感觉生活十分的无聊。若看过高尔基的《在人间》,他笔下俄罗斯的冬天恍然就是这么一副样子。俄国的作家让我感觉亲切,仿佛只是因为他们都是了解这样的冬天的,了解这种季节性抑郁引发出来的恶劣心情,地域或是气候对人内心深处的影响是那么直接而深入,足以构造出种种特殊的性情,这性情如果换了一个地方,就会显出种种的与众不同之处,让人觉得那么突兀。

好在这抑郁是季节性的,过了冬天就会好。只要春天闹开江的风雪一刮起来,心里仿佛已经死去的东西一下子就活起来,好像注入了一股新的活力。多亏是这样的，否则，我们该怎么活下去呢？

我的姑姑最后一次从草原深处她的家来到我们这个镇子上时，也是这样的冬天。她一般总是在这个季节来，也许她所生活的草地上的冬天更加沉寂，令人无法忍受吧。她的到来总会使我们心里有一种复杂的感觉，有点想避开她，同时又受着良心的暗中谴责，最后血脉亲情占了上风，唤醒了我们心中的爱，又十分高兴地接受她了。

那一次姑姑又有了许多变化，首先是更老了，而且她的魔症似乎又有些严重的迹象，已经快七十岁的人了还要化妆，描着黑黑的眉毛，触目惊心的。和她说话，她能理解的非常少，又常常把话题引向一个我们无法理喻的方向，并以她一贯的神经质不断地开始给我们的生活制造着动乱。比如，把她带来的虱子无一例外地传给我们，我记得那些虱子的样子，来的时候是瘪的，到了我家都圆起来了，我们会为消灭它们乱上一些日子。然后她想帮我们做家务而把一切搞得一团糟，或者，她自己一个人冲着窗外自言自语，有时还激动起来，把扫帚狠狠一摔，好像和她想象中的敌人吵翻了，我们常常被她唬一跳，不知发生了什么事情。

我想起有一次我和姐姐去海拉尔时遇到了她。姑姑一见到我们一定要跟我们一起回来，像小孩一样不听人劝说。没办法，我们只好带着她回家。又坐火车又坐汽车，一路上我们在车行人流中，姑姑惊恐万状，像一只突然被抛进陌生环境中的小兔子，东奔西撞。害得马路上所有的车都乱了套，铃声、喇叭响成一片。她却对她造成的这些乱子一无所知，自己反倒被吓得心脏狂跳，面无人色，让我们感到又好气又好笑又可怜。

看姑姑这一副旅行中的样子，我猜想她在以前从草地去我们家看奶奶时的情景。我们从来没问过她路上怎么样？遇到过麻烦没有？可曾感到过恐惧。尽管她那时年纪尚轻，可像姑姑这样一辈子都没能与现实取得协调的人，那曾是多么惊险的历程啊！有时她还带着孩子。不过也许，她更有一种超乎她自身能力之外的力量在保佑着她，使她不会受到伤害，每次都能顺利地到达我们的身边，这真是一种奇迹。

可能在姑姑的潜意识里真的有一种超自然的直觉。尽管她生活在自己的想象世界里，与现实生活离得越来越遥远，可她却分别在我奶奶、妈妈、爸爸去世的那些年，准确地从她在呼伦贝尔草地深处的家跌跌撞撞地三次跑来，见到了他们在世间的最后一面。自从我父亲去世后，她就再也没有来过，维系她生命的那根线对她来说似乎已经断了，她再也接不到那种莫名的召唤了。

我不知道，在孤寂的草原上，她到底是在怎样生活着。从她每次来之后断断续续的描述里，仿佛她感到很痛苦，什么喝的奶茶里没有牛奶，而邻居的女人又总在勾引她的丈夫，她总是不明不白地遭到丈夫的打骂——以至于我父亲有一次专门跑到姑姑家向姑父发难去了，说他欺负了他的姐姐。不知道最后是怎么收的场，也许又归结到我父亲酗酒的毛病上。

对于姑姑的诉说，我不能完全地确信，这毕竟是她主观的想法，就像她很固执地认为自己是一匹花母狼，是老天爷的女儿，老天爷给了她种种超凡的力量。

"不信，你看，我只要一出门，天空就会晴朗，不管是下雨还是下雪。"

"我才不信呢！"我说，姑姑怎么会是狼呢？

在这样的时候，她衰老的脸上显现出的那种纯真可真让人心痛，她处处表现出一种闺阁女儿的神态也让人心痛。对于她来说，这近半世的人生都消失了，都忘记了。若要问她的六、七个孩子都是怎么养大的，或许也要使她感到狐疑了。好像那真的是一种身外之物，与她的生命无关。我的表哥表姐们一个个高高大大地站在她的左右也要使她感到害怕。

有一年夏季，表姐从城里回家，邀上各自成家的弟妹一起坐车带着姑姑去野游，想让姑姑体会到天伦之乐，结果一路上姑姑害怕极了，坐立不安，惊恐万状，大叫着：

"你们是想把我扔到野外去，你们是想埋了我，我要回去——我要回去……"

她又闹又嚷，把孩子们的心情搞得一团糟。

姑姑最后一次来我家时仿佛安静了许多。早年间一来这里由于睹物思人，她的心情有时会变得十分恶劣。这可能是因为她的遗忘，现在的她头脑里只剩下非常简单的概念了，这使她多年的焦灼感慢慢地舒缓下来。

那年冬天，常常下雪，天空总是阴黑着，那种惯常的令人沉闷的情绪又弥漫在我们的生活里。我的鼻子总是伤风，后来就转为鼻炎，我总是拿着鼻炎药膏往鼻子里填着，令人心烦。后来得知了一个土方子——用链霉素灌洗鼻腔，效果很好，鼻子一通畅，感觉生活真美好。只是得拼命仰头，否则药水就从嗓子里流出来了，恶心得要命。

姑姑决定由她来拯救这个坏天气，因为她是老天爷的女儿，这件事必须由她来出面解决了。她穿上了红色的上衣，草绿色的裤子，固执地在漫天大雪中走来走去，嘴里说着些什么，一个小时一个小时地在外面走，不管谁叫她，怎么往屋里拉她都不回来。

天还在下着雪，西北风刮得更厉害了。姑姑看着不肯眷顾到她的天气，最后绝望起来，她奇怪她在外面呆了这么长时间，老天爷——她的"父亲"为什么没有看到她呢？她因此而病倒了，躺了好几天，药也不肯吃。

那个冬天，因为家里有了姑姑忽然变得有趣许多。我常试图了解她身处的那个世界，可姑姑总是片言只语，欲言又止，从没有一个连贯的印象，她好像只是这个现实与想象世界中间地带的人。她对两个世界都一知半解，对哪一个空间都了解不多。可这却使她成了自由人，飘来浮去的，忘记了恐惧和焦虑。

有时，她又好像忽然发现了我父亲似的，觉得他竟会那么瘦。怀疑是我们几个女儿虐待了他，一副很担心又很难受，甚而还有些生气的样子。这时候她会从走街串巷的小贩那里买一点好吃的，给我父亲，她也吃。不给我们，好像他们俩才是一伙儿的。

我还记得第一次见到她时的情景，她背着最小的儿子嘎达，满脸笑容地踏进门来。

其实她那个时候就已经有了种种令人不安的迹象了，只是我们眼看她的变化在向不好的方向发展着，却都对她无能为力。她固执着她的偏激想法，如果她不说出来，我们又怎么能阻拦她的思想呢？那是看不见的，就是伸出胳膊去挡也挡不住。

我印象十分深刻的是，那时候她总是坐卧不安，眼神里也充满了狐疑。有时坐在炕上帮奶奶做针线活儿，做着做着她就要突然停下来倾听，然后忧心忡忡地对我们说：

"你们听，童童来了，他就站在屋檐那儿，浑身是血，他在叫我出去……我才不出去呢！"

奶奶一听她的这种话就会十分惊慌，总会想办法早早送她回家，回到她的草原上去，远离这里。其实她并不愿意姑姑离开，知道她并不快乐。我眼见过众多的母亲，心疼远嫁的女儿，或者知道女儿生活得糟糕，甚至受到虐待，可她们还是把逃离出来的女儿送回去，送回她或许并不情愿的生活里，因为母亲们也无能为力啊，她们也都是这样生活过来的，这都是从前的事了。

姑姑每来一次，我们都看到她的神经质比上一次更严重。慢慢地，她的理智一点一点地消失了，可她并没有因此而变得疯狂，她只是一个漫游者，漫游在一个她自己感知的世界里，用一种似听非听的态度来与我们一起生活,虽然常常制造一些小麻烦,可从不伤害任何人,相反,她倒是那么脆弱,总让人为她担着一份心。

我曾以为我的姑姑就是这么一个魔症,是天生特殊的人。直到很久以后我在一个老家的亲戚那里见到一张我姑姑年轻时的照片,才改变了我的看法。那张照片很令我惊奇——照片上的姑姑竟然面容娇美,体态优雅,穿着漂亮的旗袍,还带着洋帽,气质恬静而高贵,让我感到非常陌生。我印象里的姑姑是个面容粗黑、衣衫不整、不讲卫生的草地女人,和这张照片相差太多太多了,像是两个不相干的人。

从这张照片里,我隐约觉出了姑姑心存的梦想,那种隐秘的,然而早已经破碎不堪的梦想,那么简单,却永远也没有实现。于是我才醒悟姑姑时常唱一些浪漫的情歌,什么"你送我胸前有花的毛衣啊,我日夜穿在身上……"有时她还来一段说书:姓张的张相公,姓王的王小姐……"之类的,当然都是用达斡尔语唱出来的,也不知她从哪儿学来的。她说不好汉话,却可以唱一段"白毛女",一边在厨房切酸菜一边大唱:"北风那个吹,雪花那个飘……"十分投入,我奶奶在里屋叫她,她也不肯停下来,实在烦不过突然把刀一摔,冲奶奶发火:

"我唱歌也不行!你就像黄世仁在欺负我,而我就像白毛女那样可怜……"奶奶一句话也说不出,只好无可奈何地看着她。当然那时姑姑还年轻得多,嘎达还常常趴在她的背上。

我隐约记得奶奶在谈起过去的生活时曾说过,她做完日常家务之余,还要晒制黄烟——就是那种在齐齐哈尔一带十分有名的"达子烟",然后在晚上鞣制皮子,制作一种叫做"奇卡米"的皮靴。她一边做一边许愿给姑姑买衣料,给她做漂亮的新衣服。在我们民族里对已成年而未出阁的女孩是十分娇宠的,因为每一个女人出嫁之后就要担起婆家的一切责任和义务,或许还会受到虐待而不得解脱。在娘家里的娇宠似乎是对一个女人漫长人生困苦的一种补偿,做母亲的了解这一点,她们都是过来人。

姑姑也帮奶奶做针线,她的针钱活儿好得出名。针线活儿好也是那时候女孩子的主要魅力之一。姑姑安静地坐在炕上做针线,把她少女的幻想都倾注在上面,成为一件件美丽的工艺品。她们做到一定规模,奶奶就套上大轱辘牛车赶到齐齐哈尔城附近的集市上去卖,很快就会卖完了。卖得的钱奶奶除了买日用的盐和茶,余下的就买上好的衣料给姑姑,让她自己做衣服。没见到照片之前,我想象不出来姑姑会做什么样的新衣给自己——过去的生活是那样难于想象,那些新衣无疑会带来憧憬,姑姑显然是个多梦的女人。

不久之后,那么多让人不能理解的事情发生了。土改时,这一群体与那一群体的私怨用政治的面目呈现出来——这个话题太长了,以后再说吧。奶奶一家不但被分了并不富有的财产,还都被带到一处批斗用刑,我的姑姑差点被村里一个得了势的无赖当众扒光了衣服吊起来抽鞭子,当时我奶奶跪下来苦苦地求他,这才免遭羞辱。这是后来我从表姐口中听说的。

"她那时就受了刺激!"表姐说。

得知姑姑当年的遭遇令我感觉苦涩。可姑姑自己从来没有对我们提起过,哪怕片言只语,是否因为深深的恐惧和耻辱曾抓住了她的魂魄,让她连想都不敢想了。

她总是提起童童,我想那是她心中最大的创伤。

童童是她的前夫,听母亲说他们原本是一对恩爱夫妻。童童是我们镇上的人,还是个有前途的干部,不十分清楚到底发生了什么事,在童童父母的干涉下,他们被迫离婚了。母亲说,童童千叮咛万嘱咐要姑姑等着他,可带着女儿回了娘家的姑姑并没有等太久。我们民族里对离婚是十分忌讳的。老话里就有"写离婚书的地方三年不长草"的说法,而且代写协议休书的人也一定要选没有子女或配偶之类的人,那种传统中对待婚姻和两性关系的严谨态度至今都在影响着我们每一个人，可想而知姑姑当时的压力。

她匆忙把自己嫁给了一个蒙古人，很快就与丈夫远走他乡了。母亲说她根本就没相信能够和童童复婚，因为当时有一位童童父母选中的女人开始出入童童的家门了，姑姑的内心受到了伤害，伤心的程度恐怕只有她自己知道。

不久之后，童童死了。他死于一场意外，据说他擦枪的时候走火了，打在了自己身上，要了自己的命。姑姑始终觉得他是自杀的，是对她背约的失望所至，从此她心中系了一个结，再也没有打开，哪怕她走得远远的，过着另外一种生活。可每当她从草地回来，只要她一踏上这块把她的生命和梦想揉成碎片的土地，就会使她被过去的种种回忆所触动，她是那么不安，那么焦虑，也那么痛苦，又说不出来。她在这种气氛和情绪里一定希望童童呼唤她，向她倾诉。她倾听，高度紧张地捕捉任何似是而非的信号，她觉得听到了，她就任自己的思想向一个地方跑去了，直到再也回不来。

有一次我的蒙古表姐忧伤地对我说："我好像从没感觉到母爱，妈妈她总是疯疯颠颠，还总在抱怨，总是不称心也不满意。可却一点也不肯吃苦……她时常丢下我们就走了，门都不关，出去漫游，几天都不肯回来，有时我们会在坟地里找到她，静静地躺在那里。有时她就去莫力达瓦了，炕上丢着她还没有缝完的衣服……把我们丢弃在迷惑和困顿之中。"

我一下子就猜到了姑姑的心情，草地的生活离她所希望的生活差得太远了，她的心中之痛无法在这样的生活里得到平复。这让我想起我父亲来，他们姐弟俩在本质上有一些极为相像的地方，这也是我多年观察的结果。

他们的内心脆弱不堪，不能承受任何身心的重负，他们就都喜欢逃避,一有使他们感到难过的事,就急急忙忙地逃了,从来也不停下来问自己一句:能顶住吗?不,从来不问。我父亲逃进了酒里,一喝起酒来他就解脱了,乘着酒劲儿做平常不能做的事,说平常被憋闷住的话,那可不是平静的酒后真言。他把他平时感到不堪容忍的焦虑,甚至是他的猜疑,小心眼儿的想法一下子像火山喷发那样暴戾地发泄出来。

我可怜的姑姑呢,面对这些她无法承受的苦痛,干脆逃进了冥想之中,视而不见眼前的现实生活,她只是看到她的梦想破碎了,她的生活失去了全部意义,她支解了自己的理智,残存在她意识中的支离破碎的回忆、印象、想象混合在一起。她就甘心情愿地在这种无序的世界里飘来荡去的,留下一个空壳行走在这个世界上,让人揪心。

原载《民族文学》2005年9期

温顺表舅如今以及旧有的生活

我这次回乡，没有见到温顺表舅，却见到了杰姑姑。

杰姑姑又成了寡妇，她后来嫁的那个老头子死去了。现在她还在那个老头子留下来的房子里生活着，带着她和老头子生下来的小儿子。这个儿子的出生曾一度成了人们的笑柄，因为老头子当时已然六十开外了，不仅生了儿子，杰姑姑在这之后还做了一次人工流产，老头子曾因为这个到自己的单位申请计划生育补助，领导没有批准。说实在的，他的孙子已经比这个老儿子还要大了。

现在就连这个孩子居然也到了背书包上学的年龄，时间过得太快，使人不觉有些恍惚。

杰姑姑似乎不打算再走一家了，一个女人只要还有不倒的房子可以住，又没有饭食的忧愁和逼迫，生活里能否还可以有其他似乎就不那么重要了，毕竟已到了疯不动的年龄，守着静潭一样的心境，许多事完全可以超然于物外了。

杰姑姑第一次成为寡妇时本来是想嫁给我表舅温顺的。温顺的前妻"精神"不好，疯病了多年之后到底还是死去了，留下一大堆未成年的孩子和一塌糊涂的日子。

温顺舅舅人品好，年纪又在壮年，一时想嫁他的女人很多。他对前妻温柔体贴，和所有酗酒而又大男子主义的达斡尔男人不同，这是有目共睹又有口皆碑的。

我们和温顺舅舅的亲近却是因为他曾无私地给过我们许多的帮助。尤其是在我父亲醉了酒,发起狂来,像一头森林里的猛兽,暴躁无比,力大无穷,毫无理智,我们全家都制服不了他,我的母亲还有被他泄愤殴打的危险时刻,我们就跑去找温顺,只要我们对他说:

"舅啊,我爸又喝醉了。"温顺准会跟着来的。

我醉了酒的父亲一见到他就指着他的鼻子大叫:"温顺,我想杀了你!"

温顺也不当一回事,还笑着说:"好啊,拿出你的本事来!让我看看你有多大能耐,今晚我是不走了!"

我父亲摇晃着就去找刀,当然我们早就把所有的利刃都藏起来了。我父亲嘶喊,好像有什么深仇大恨:

"刀,刀呢?我想杀了他,给我刀,不行,今天我一定要宰了他,给我刀——"

当然了,直到我父亲去世他也没有杀过人,也没扎伤过谁,他只是吓唬人,也给自己壮壮胆,好像他是个不好惹的。我刚记事时不知道他只是拿来吓人的,有一次我从母亲的怀抱中醒来,大约四岁的光景,一抬头就看见我父亲喝得烂醉,手里举着那只杀猪用的长刀,在我和母亲的头上晃着刀光,他眼中布满疯狂的红丝,直直地盯着我的母亲……我吓坏了,因此而生了一场大病,使我父亲清醒之后愧疚了一些日子。我父亲醉酒之后的长夜,简直像是人间地狱。不过,要是温顺舅舅来了,我们就可以放心许多了。

当我父亲每次狂暴地冲向我母亲,温顺舅舅都会把他拦住,连拉带抱地把他按到炕上,两个男人扭着,像是在摔跤,噼里扑噜的。温顺一边扭着我父亲一边逗趣:

"哎哟,你可真有劲儿!你怎么这么厉害呢?啊?姐夫。"

要是到了实在对付不了时，他也会把我父亲用拴牛的绳子捆上一两个小时。

不知为什么，我的这些舅舅们都很爱我的父亲。他酗酒，丢了多大的丑，他们也还是很爱他。不像我们，听着我父亲口出污言秽语，又是那么不体面的样子，简直是又羞愧又痛苦又难堪。相反，温顺表舅却总是饶有兴致地看着我父亲发狂，把这一切当成玩笑，骂他也不生气，只说："醉了酒的人还跟他讲什么道理呀！"也不知他的心胸为什么会是那么宽广。

听说他对他常发狂的妻子也是这样的，有时他的脸上偶有抓破的伤痕，每逢人们问起，他总是愉快地说："我的疯子干的，那天她又发病了，哈哈哈。"好像这件事一点也不会令人烦恼，反而是他们夫妻之间的一场游戏或是玩笑似的。

温顺有个兄弟叫做"转圈儿"（达语发音"齐克日"），也是一个无可救药的酒鬼。他的名字也是打喝酒这儿来的，因为酒精中毒，他的头总是轻微地摇摆。不能说他不是一个善良的人，可是理智在他的生命中总是少作停留。

很奇怪温顺表舅的身边都是这样一些疯狂的亲人，而他自己几乎是唯一的一个极富自制能力的人。

尽管温顺在人们的心目中是少见的优秀的大好人，可他自己的家庭却一直没有省心过，不但如此，有时反而给人一种一塌糊涂的印象。

就说他前妻吧。本来是一个温柔的女人，说话细声细气的，音色有说不出的甜美，单单的眼皮，润亮的眼睛，整个人有一种少见的杨柳般的妩媚，可后来却成了个疯人。

一说她是个疯子，我们就愈发觉得她神秘得要命。

于是我每次和表舅的长女阿英去她们家，从进门我们就开始屏声禁气儿，不敢弄出一点儿声响。

她房里的小窗户上总是挂着碎花的布窗帘，显得屋子里有些幽深；她的头上也总是蒙着一块头巾，瘦瘦的，柔软的，匀称的身体卧在炕上，露着的手臂上显出她那细致得不可思议的肌肤。从她安详的神态里是绝看不出一丝病态的，相反，倒有一种我们不熟悉的气质，用我现在的经验来看，她是属于有点"迷人"的那种女人。

可是我们还是屏着气儿，被亲戚们之间各种有关她疯狂的传闻笼罩着，生怕不小心把她惹下了。

每当这个时候，我们总是安静地站在门口，等着阿英取出她要拿的东西。有时能听到她们母女简短的对话，听到她的声音虽然是那样甜美，可还是使我们感到紧张。那一刻，我们统统被一股神秘的气氛震慑住了。直到走进阳光里，才能长出一口气。

我们并没有见过她发病的样子，据说在她临终前那也是很严重的。

温顺表舅从来没说过阿英妈妈不好的话，相反，谁都能看得出来他对她真是有一种切肤的怜爱。这样一种情感许多正常而平凡的女人从自己的丈夫那里也是很少能够得到的。表舅一提起他的疯子，简直就像是他最心疼的人儿。

可病人毕竟是病人，他的儿女们由于得不到母亲的很好照料，麻烦的琐碎的事总在不断地发生着。

阿英在小学四年级时原和我同班，可那年夏天，她的头发乱成一团，没有人帮她梳洗，她痒不过，总不自觉地抓头发，抓呀抓呀，结果抓坏了头皮，流了血、化了脓，最后不得不剪掉所有的头发，又剃成光头，抹上斑斑点点的药水，阿英因此而休学了。剪过了头发的阿英从此变得十分古怪，不爱搭理我们，我们也就很少在一起玩儿了，因为这个原因，我们离她的生活远了一层，不知道她终日在想些什么，又和谁经常在一起玩儿。

阿英的妹妹小红，有一段时间特别会骂大街，十分铿锵有力，让人无法应对。她只是一个十来岁的小姑娘，却因为会骂人而在镇上有了名气，谁也不敢去招惹她。后来她年长了些，又开始打扮起来，顶着红红的嘴唇，披着一身花里胡哨的衣服，更不好惹了。

阿英的大哥有光这时候已经成了我们镇上的霸王，以打架不要命而闻名。这个声威一直留到现在，有时我们也要报出他的名来吓唬吓唬想欺负我们的人，挺管用。只有阿英最小的妹妹总是沉默寡言的，睁着一双忧郁的眼睛静静地望着什么，那眼神那么不符合她的年龄。

这些都是我们在远处看得见的他们的生活，至于温顺表舅的家中正在发生着什么悲欢就没人去探听了，因为每家都有每家不能替代出去的压力，自己的愁苦都不想说给别人听。

那么多我们都觉得烦心的事在温顺表舅看来都不是事儿，他还是乐呵呵地逗趣，说笑，没见他为什么而有过发愁的样子，也没听说他和谁发过脾气，谁家有了难事他都跑去帮忙，亲戚们有了纠纷也找他来调解，我父亲喝醉了只要我们去喊他，他也跑来陪我们度过一个个令我们痛苦不堪的漫漫长夜。间或他的兄弟转圈儿也从乡下跑来叫他帮忙寻找被他酒后打跑了的妻儿……生活简直是层出不穷的混乱，谁都盲目地制造着麻烦，谁都不肯停下来反问自己一句：这是在为什么呀！没有人。那时就连我自己都感觉到生活的黯淡和毫无意义，没有光亮。

不过，人在内心深处的执著的生命意志大概经常被我们忽略掉。我们烦恼、沮丧、灰心，可总在做着活下去的决定。就好像从前，我父亲头一天晚上在酒后把家里的东西都砸碎了，门框也被他用斧子砍得走了样儿，在那些破碎的东西前，我们也感觉生活已经破碎了，我们的生命也失去了完整的感觉。我们发誓：不过了，真的不过了，好像游戏结束了，一切都到了尽头。可一到天明，鸡叫起来，它们要出窝；牛也在呼唤了，它们要上群去。它们知道什么呢？在它们纯净的模样前，我们怎么去向它们解释我们内心里的碎裂之痛！

于是叹上一口气,收拾起残破的心情,又去灶里添柴烧水。

炊烟起来了,水也滋滋地在锅边响着,不知怎么就带走了我们内心里的绝望和灰暗,我们的生活又继续下去了。

看起来生活是永远也没有尽头的。我们活着,内心深处藏着一缕抹不去的忧伤,慢慢地又原谅了一切。

这就是我们平常的日子,也是从前我们一度的生活。

我们疯狂而迷人的表舅母大概是在她四十多岁时去世的。除了有光已经十七八岁了,阿英她们几个还小着,还不能撑起一个家庭的门面,找个女主人是势在必行的了,亲戚们都在替温顺舅舅张罗着。

我们是在这个时候知道有个杰姑姑的。她当时住在乡下,因为死了丈夫而生活窘困。可是我们听到的有关她的传言是那么糟糕,所有的介绍仿佛都只证明她不过是个风流的寡妇而已。但那时候温顺表舅似乎在众多的介绍里只对杰姑姑有意思,两个人有些两情相悦的样子了。

杰姑姑身边很有些四五十岁的男人围着她转,惹得有些女人愤怒地咒骂自己的男人那似乎无可救药的堕落欲念。

"等我死了,你怕是一天也等不及。"那些伤心的女人对自己的丈夫这样说。

"等你死了,还管那么多干什么?"丈夫们自有一套气自己女人的话来说,然后抛下她们,竟自去杰姑姑那里谈笑风生。

我并不觉得杰姑姑有什么迷人之处。她是那么普通而平凡,论起女人气,一点也比不上我们那死去的疯舅母。也许只有在男人面前她才会展露她的妩媚或是风情吧。可毕竟她是个四十多岁、又有一群马上就要成年的孩子的寡妇,有个安稳的生活比其他任何事都要重要得多,也现实得多。

杰姑姑开始试图走进我温顺表舅的生活。可她只走进了我表舅的心里,却没能走进孩子们的心中。有光显然是不喜欢她的坏名声,再说刚刚成年的孩子对父母所表现出的有关性的一切迹象都会十分反感而愤怒,更何况眼看着自己的父亲移情别恋呢?有光终于在一天挥舞着大棒把杰姑姑给赶走了。他这一举动把杰姑姑永远地从表舅温顺的生活中驱逐出去了。在以后的日子里,他们只在一些亲戚之间的重大婚丧嫁娶的场合相遇,有情有义地说几句话,叫声哥啊妹的,一副牵肠挂肚又止于无奈的样子。因为杰姑姑自己也有一大堆孩子要养活,后来就嫁给了一个有一座大房子还稍有点地位的老头子。没想到老头子不久就使她怀孕了。

杰姑姑大概是疏忽了这件事,生下这个令人可笑的小儿子后,又做过一次流产。生活中太多的无奈也就使人不那么认真地苛求什么了,人在平安地活下去,有吃有喝有住的地方,然后自己生下来的孩子也能有吃有喝有住的仿佛才是一等重要的事情。有谁会计较心里的事,想的毕竟是想的,不是真的,看不见也摸不着,多么抽象啊!那时候没有人会把自己的念想看得比天还重要。

温顺表舅后来也娶了一个能让他的孩子们接受的女人。生活步入了正轨,再也没听说有什么风波发生。除了有光打架斗殴的名声,使公安局一有什么"严打"之类的行动就把他先收进去关几天,也不管他是否又打架了,仿佛他是个不安定因素,一颗定时炸弹。因为成了常事,也就不那么让人在意了。

我父亲也老了。因为纵酒过度而损坏了健康,再喝起酒来也只是简单发泄一下情绪而已,不再诉之于武力来消耗因酒精的刺激而狂躁的神经。病休后除了吃饭、睡觉和看电视,我父亲无事可做。这时候我母亲已经去世了,就是吵架他也没有了能让他来劲儿的对象。他在白天总是坐在我家门口水泥平台的小凳儿上吸烟,一支接一支的,不久他的脚下就会有一片烟头。

我有时从后面看他的瘦削的背影,感到他实际上有多么孤独。面对他的孤独我们甚至是无能为力的,因为我们自己也是一样。每个人都感觉到被生活伤害了,可每个人实际上又都那么孤立无援。

亲人之间沟通起来好像十分困难,不知道是什么东西在阻碍着交流。也许是那个时代,也许是我们各自的性格,也许是人的本性使然。谁知道。

我父亲苦闷了就自己喝起酒来,发泄一通,伤害我们的感情也在所不惜;我母亲苦闷了就走到外面去侍候她的牛们;我苦闷了就关起门来写日记,或是回想自己梦中的奇异幻象,多少可以短暂地忘记身边的烦心事;也许还是那个时代吧,令人莫名地压抑。

我父亲长久地坐在外面,他的健康已经完全地损坏了,走不了太远的路。前一阵,唯一能和他说话、下棋的,一个叫做铁蛋的邻居也死了,他还年轻得很,能走能撂的,谁知有一天就再也没有醒来。他抛下了四个未成年的女儿和一位矮得让人不好意思说她是侏儒的妻子——因为她的性情是那么敦厚和良善,让人不由得要对她产生一种敬意。

那女人失去了丈夫,我父亲失去了朋友,生活到处显示着它的残缺而破碎之相,可活着的人似乎能承受得了这一切,仍然不打算放弃生命偶然的一次施与,这可能也是人比较高贵的地方。

这样灰色而寂然无声的日子,只有温顺表舅的到来,才会给我父亲带来一阵快慰。温顺表舅总是背着手,敞着衣服的怀儿,踱进我们日渐低矮的院子,而且总是屋没进,笑声先来。我父亲看到他,眼睛里放出光亮,声音也大起来,两个人开些玩笑,一副快活的样子。温顺的开怀大笑常常有一种强烈的感染力。

有一天,温顺表舅被我父亲留下来喝酒。那一次很令我难忘,温顺表舅不小心给我们看到了他的另一面。一下子改变了我原来的印象。

话一定是从父亲那儿起的。我父亲一和人聊天就重复着他一生中感到辉煌的几件事:天上飞过,水上行过,地下跑过。也就是飞机、轮船和地铁,他都坐过。他老了以后总是回顾自己的一生,除了早年吃过的苦,就只有这几件令他得意而不感觉遗憾的事了。可能这样的话里有一种人生感慨的意思,不知怎么就让温顺表舅的心情黯然起来,他忽然对父亲说:"我后娶的这个女人实在是不如我的疯子哪!"温顺表舅在说"我的疯子"的时候,那种语气中的感情仿佛在说"我的宝贝"一样,好像是他身上的肉,他血管里的血。

也许是喝了酒,又是和父亲一个人对酌,我父亲又发了一大通有关人生的感慨,温顺表舅也开始谈起他从没谈过的生活。

"人这辈子不容易啊!"这是我父亲的口头禅。这时,温顺表舅也同意地说:"真不容易啊!有光他妈疯了那么多年,什么都管不了,我的工作又那么忙……唉!"

"谁不知道啊,亲戚里没有不知道的。"我父亲赞同地说。

"我的那几个孩子,唉,也没管好!可能他们还都在怨恨我……"

"怎么会呢?上次有光路过我家门口,还叫我姑父呢!"我父亲一副对有光印象很好的样子。

"唉!姐夫,你哪里知道?他恨我都恨到了骨头里!"达斡尔语里说"恨"这个词时,发音是有些透着冷酷的,好像是在撕咬活生生而血淋淋的东西,咬牙切齿的。

"不会的,不会的,自己的孩子哪有恨父母的呢?不会的。"父亲不相信,其实我们也恨过他,不过最终他还是我们的父亲啊,那是一种复杂的感情。

"姐夫你不知道,我这个当爸的,没用啊!"

我们没见过温顺表舅还会有这样颓唐的时候,我们都没有了话,听他一个人说:"那天,我站在办公室的二楼上(温顺表舅是公安局的)。正好,有光他们在拘留所里被放出来在院子里溜达。他明明看见了我在看他,可他就是不用正眼看我……我一直站在窗口看他,可他一眼都不看我,他是在恨我呀!姐夫,我这心哪……"他端起酒杯猛喝了一大口，哽咽着，鼻子都红了。

"姐夫，那时候我这心哪……"他又低下头去，难过得要命。

"人这辈子，不容易啊！"我父亲也喝了一大口，他不知道怎么安慰温顺，就自己点燃了一支羚羊牌香烟，烟雾一起，那特有的辣味就布满了整个屋子。

"我有时候真是挺想我的疯子，她在的时候不管怎样，家里像有个魂儿，再说她原来也不疯，谁知道怎么她就疯了。她这一走，这家里就空荡荡的，我也没着没落的，现在那个家我一点也不愿进，我就这么东走走、西逛逛……心里头一点也不好受！"温顺使劲儿地挥了一下手，把想象中的什么挥开了。

"人这一辈子，不容易啊！"我父亲深有感触地用这一句概括了一切。

那天晚上，在温顺表舅走后，我父亲又多喝了许多酒，拦也拦不住，还大哭一场，手使劲儿地拍桌子。

能使我父亲醉酒的理由很多也很容易：生气、高兴、委屈、烦恼、莫名其妙的压力或是别人偶尔的冷落，心里的不平衡等等。不过那天我们没有埋怨他，因为我们知道他很爱我们的温顺表舅，他在为他伤心。因为他爱我们的那些舅舅们，所以包括温顺表舅在内，都不在意他酗酒的恶习，那种感情是深藏着的，只有他们自己能感觉到。

我记得那天是早春时节，白天的时候雪水融化了，化得道路泥泞难行。到了晚上气温降下来，又把泥泞冻住了，温顺走的时候，大路还没有冻得十分坚硬，踩下去感觉好像橡皮泥那样柔韧，还脏不了鞋子。这种时节的空气总是有点湿润的，不过也夹杂着其他的味道，谁能分得那么清呢！

原载《民族文学》2008年3期

旧屋

一

说不清我生在怎样的一座房子里,妈妈可能知道,可她满不在乎,因为她搬过无数次家。

能够浮泛在我记忆中最初的家是有许多木栅栏的,有鸡和牛。之所以记得这些是因为母鸡一叫我便会蹬蹬地跑出去拿了鸡蛋就丢进大锅里,不管生没生火有没有水。那锅大得可以清蒸一只完整的我,多半那枚刚出世的鸡蛋立刻遭到毁灭,等到喘气很厉害的奶奶终于走出了屋门,这一革命行动已告完毕,据说我那时总伸出空空的手告诉她:"没有了。"以为自己是魔术师。可是我爱吃鸡蛋,妈妈有时在鸡蛋上包了几层纸浸了水便把它丢进火灰坑里去居然也可以熟,因为形式的关系那枚鸡蛋吃起来似乎味道特别。有一次来了许多人吃饭,还轮不到我的时候我拉着妈妈的衣襟像穷人的孩子一样嚷饿,妈给我煎了一只很大的鸡蛋饼,里面放了令人讨厌的葱,因为是家中土产妈放的分量同样很慷慨,我跑到房山把它吃掉了(我们那儿管房子的两侧叫房山),我那时那么讨厌葱,觉得只有汉人才吃这玩意儿,奶奶说,汉人什么都吃。

记得有一天晚上,妈说一只母鸡不肯回家,她手拉着我拿了电筒去找,结果发现那只母鸡自己把自己夹在栅栏中出不来挤死了。妈说,可惜，这只下蛋最多。

我看见电筒下那只花母鸡很悲剧的样子，既然它下蛋最多，那么遭我毒手的蛋自然数它的最多，可惜，年轻力壮的就死了。

记得牛，是因为有一次我在院子里蹒跚着走路，一头牛却做出要顶我的可怖的样子，吓得我哇哇大叫，勇敢的爸爸来了我才得救，因此直至今天做起梦来仍然有公牛的利角威胁我。我家养牛的历史直至酷爱养牛的妈妈去世才结束，所以我二十岁以前家里都是有牛的，禀性各异，至今记得。当然我还记得喝鲜奶的幸福。

在这个家里，我长到了四岁的光景。那是草屋，面南时而有炕时而没有。妈妈有一个习惯一直坚持到晚年，就是搭好了一铺炕过不久就拆掉，再过不久又搭起来，所以我家总是一副百业待兴的凌乱样子。现在想来妈妈也喜欢过家家，只是比我玩的家家大许多罢了。没有炕而又天气好的时候，姐坐在那块空地上洗衣服，除了洗好的与未洗好的衣服外，她面前的地下还摆着几块被窗棂分配好了的光影，我多半在北面的炕上用奶奶做的布娃娃一个人有滋有味地过家家、当妈妈。奶奶还做了一套小卧具，是别的孩子没有的。有时候我腿间拖着酸牛奶坛子喝啊喝啊，偶尔想心事，想到高兴处就笑出声儿，惊得姐奇怪这么小的人还有回忆，还会为回忆里的妙处高兴并讲给人听。那会儿我喝酸奶的痴迷劲儿大可比做如今的酒徒，喝不见底绝不罢休。

在那个家的时候我只会说达斡尔语，不懂汉话，说出来的都是奶奶的大人话，比如，我的腰疼啊什么的，还说一些在大人鼓励下不明就里的笑话。比如，大人经常拍拍我的屁股问，妞妞，这是啥呀。我说，肥肉啊，他们就笑。直到有一天我感到了羞耻，万分仇恨大人的玩笑，觉得他们真可恶。

那个家在记忆中总是一番宁和的又充满了阳光的样子，是那种所有的人都上班之后，九点——十点的气韵，那是记忆里最温馨的家。在那个家里的时候,我纯真、美好,我在所有亲人的爱中生活,不知人生苦味几何,也没有那么多的欲望,那时我没有吃零食的习惯,偶尔有白糖,就用好的态度请求姐给我冲一碗糖水喝,姐一勺一勺地喂我,每一勺她都细细地吹冷,舔净勺下的水痕。不知为什么我总记得这个细节,后来姐自己有女儿了,我在喂她水喝的时候就想起了这件事。

在那个家里,我仅有的叛逆行为是和姐竞争唱现代京剧的音量,唱不过就气急败坏地扑过去抓她,成了日后的笑柄,姐那时已经十六岁了吧,对我来说她是很大很大的人。

当然那时候也有令人苦恼的事,比如由于我人小,叫门的时候又碰上屋里笑语连天,那我只好哭;走在院子里由于只和大鹅一般高,便时时受它威胁。我害怕动物,在动物面前从没有安全感,至今如此。

奶奶不知为什么走了,我现在也同那时一样,只注意到事情发生在我眼前了,从来不刨根问底,什么事只要显现出来我便全盘接受,觉得这再自然不过了。奶奶走了之后有一天,妈妈抱我坐上一辆牛车,说,我们搬家了。就这样我离开了那个家,我当然不知道要收拾自己的东西,因为我也不知道我有什么,我是什么,对一切都浑然无知。对妈妈来说我可能只是像堆在车上的一件东西,可以搬走,在另一个地方放置,只不过这件"东西"标有"小心易碎请勿倒置"的记号。

新搬进的家仍然是一间草屋,那时候没有砖屋,连爸爸的单位都是草屋。其实那时候的故乡就像一个大些的村庄。新家的北炕住着大舅一家,南炕我们一家,很是热闹。舅妈笑口常开,她烙的饼大大的,我若坐上去也还有余地。大家拥有杰出的食欲,饭做得糊里糊涂可每个人都吃得很多。然后小孩子们玩儿、吵架、哭,然后再玩儿,猛然间打倒了般一下子就睡了。

原来的家没过多久就被新搬进的人家拆掉了重新盖了一座。房子的脸是一层红砖,后面还是土的,上面也还是草的,这种房子叫"一面清"，是当时比较高贵的一种。漂亮是漂亮了，可已经不是原来的家了，当我看到那旧屋的房顶被扒得露出可怕的样子的时候，我就莫名地想哭，当然谁也不相信一个四岁的孩子会有恋旧的感情。

我的新家在旧屋的正前方，打开后窗便可以见到我已经失去了的家，于是我便得以从始至终地看它怎样变到后来我不认识的程度，直到从我意识中消失。

现在那个地方已经翻盖了好几次了，木栅栏也变做砖墙，闻不到一丝旧时的气味儿。后来我也怀疑我曾在那个方位生活过，只会说达语。就像现在我只能流利地讲汉语一样不可思议。

二

奶奶回来的时候我还在外面玩儿，我当然看见了她，身上感到一阵异样的发热，我后来才意识到那是血缘及美好童年的关系。

照那时的感情一定可以扑上去大叫一声"奶奶"便粘住她不放的，可我不知为什么感到一定要压抑自己的感情，担心她不像我想的那样亲热该怎么办呢？于是一直等到我能够以看陌生人的心情进屋，靠在门口远远地望她。奶奶招呼我，说给我带来了好吃的东西，就像现在我也以同样古老的方式诱惑孩子一样。我装做不在乎的样子掩饰我的欲望，等到我开口说话，令奶奶惊奇的是，我说出来的全部是汉语，有些她还不甚了了，仅仅一年时间我就不会讲自己的母语了，只可以听。谁都没有意识到这个。奶奶夸张的惊奇也使我想起原来像鸟鸣一样流畅的达语已被生硬的然而又固执的汉语完全替代。

奶奶重新教我说母语。无奈，后嫁接的语言已经不能像原来那样自然，我时常懵住想不起个别的单词，得由奶奶提醒才能讲几句完整的达语。后来的许多年我只和奶奶讲笨拙的母语，奶奶去世后，我便再次丢弃了我的语言。这是一个无意识的过程，现在我才感到我便是我们民族命运的一个小小的缩影……这当然是搬到新家一年以后的事。舅舅一家已经搬走了,他们盖了新的草屋,前后左右都是宽敞无比的田园,我觉得他们住在天堂里,我不知道他们其实很穷。

我的这个新家说起来新,其实仍然是旧的。我们买下舅舅的房子,舅舅的家里在我刚刚出世的时候还有姥爷。那时候我的姐姐享受着他的慈爱,听说那是个很凶然而心地却好的老人。

我有奶奶就足够了,奶奶在重新教我达语的时候常发问,怎么就不会说了?原来说得很好嘛,一开始我说不知道,后来我说,谁让你走了呢!奶奶就不说话了,也实实地认为她的离开是一个错误。奶奶是一个好看的老人,还有些神经质。不过我在写"邻人"那篇小说的时候把她写得很好,当然她就那么好,我只是没说她还很神经质罢了。

我的这个家院子里曾经有一棵果树,小黄果,我们那儿叫沙果。在春天,开着白色的花。我常常使劲摇它,花瓣就簌簌落落地飘下来,我像吃初雪一样地用嘴接着吃,想象这就是果子。小孩什么都想吃,还有点迫不及待。邻居的一个大男孩从我们的果树上抓下一只虫来吓我们,他说,树干上都是这样的虫,叫"洋喇子",我胆战心惊之余奇怪为什么好的东西偏有可怕的东西来占有。那树没多久妈妈就让人把它砍了,我一直没弄清妈妈为什么要砍掉那棵果树,然后,世界上就没有了一棵果树,我又渐渐接受了这个事实。

我在那个家里长到十五岁,隔壁邻居有成群的孩子,可不喜欢和我玩儿,因为我爱哭。我开始接触到这个世界还有否定我的意思。那时候只有奶奶和爸不喝酒时宠我了,其他的人认为我已经长大了。我时常很孤单,生活在严肃的大人中间,既不被当做大人,也不被当做小孩。偶尔和亲戚们的孩子玩儿,时间不长他们就要回家。我因为胆小从来不敢一个人出门走亲戚。我很孤单。

我家那时是花纸糊的天棚,上面有老鼠,家里没有人的时候,老鼠就出来啃糊棚纸，咔嚓咔嚓的。我听到这个声音就担心老鼠咬啊咬啊，咬出了大洞，一下子就掉在我脸上。这实在是令人恐惧和焦虑的事。我学猫叫，扔东西，跺脚，以图一时的安全感。那时候我发现人不出声响的时候，这个世界仍然很忙碌，鸡、鸭、鹅、猪，连蔬菜上绿莹莹的虫子都在吵闹。我时常担心人在睡觉的时候被这么多的动物淹没，我想象大鹅带头大踏步地走过来，一脚踩在人熟睡的脸上，像军队一样漫延过去，一大片的动物们，吱吱叽叽咕咕十分傲慢无情地过去后，人就变成一摊什么也不是的东西。

去幼儿园我也是孤单的，没有人愿意和我说话，因为我没有漂亮的衣服，"一把抓"的纱巾上还露着好几个洞。从那时开始我就常听人说，怎么变难看了？没有小时候好看了。孩子总是很真实，非常残忍地真实。我一个人在角落默默地看着别人玩儿，于是只要谁稍表关心地问我为什么不玩儿呢，我的眼泪就会流出来。当然，没有人欺负我，我只是被排斥在外。后来我就不愿意去幼儿园了，骗妈妈说我肚子疼、头疼。妈妈一说该去幼儿园了，我就感到紧张、压迫、痛苦。妈妈上班后我就变得异常鲜活，奶奶或削她的豆角或做她的针线，我一个人在一大片寂静的天地里玩儿啊玩儿啊。我意识到了一种自由，一种一个人的自由，这个世界是我的，我可以随意把它当做什么，它什么都是又什么都不是。一会儿是战场，一会儿是医院，一会儿是王宫，一会儿是舞台，我自言自语地演所有的角色，指挥一切想象中的人……有时，奶奶窥破我的秘密，就问：妞妞，你在做什么？我才会猛然惊醒，意识到仍然是我一个人，那时候我会很害羞，不能面对奶奶。

有一个时期，家里会有许多异乡人，他们叫知青，他们在一个非常远的乡下插队，那里叫腾克，我至今也没去过。他们和我的姐姐熟识，他们一来就带来了许多异样的东西，他们是北京人。那时候还有另外一些异乡人，到我们那里讨生活，有的在那儿生儿育女，住在低矮的小泥屋里。我们叫他们盲流,有木匠、画匠、泥水匠、短工。妈妈经常雇佣他们在我家忽儿搭起一铺炕,忽儿拆掉,以至我家最后的格局定为:南面一铺完整的炕,北面半铺,有遮挡的帘子,住着姐姐。墙上零零落落挂着几乎每个人所有的照片、镜子、玻璃画还有晒干的菜,装着吃食的小篮子,墙缝里偶尔藏着秘密的东西。知青来了就很自觉地帮助妈妈做饭,妈妈很心安理得,妈妈的家就好像是所有人的家,妈妈很是信任这些外来人,以至其中的一些人对母亲感情深厚,念念不忘。我家由于有了很多年轻人而热闹非凡,这种热闹不是小孩子们的吵闹,而是充满磁性的,有古怪的吸引力。我痴迷于他们的谈话,他们不同凡响的生活,觉得他们高贵,可不知道他们其实很苦。他们中也有人给我讲故事,我那时候很少有故事听,因此"农夫和蛇"的故事便把我悲惨得暗无天日。后来他们走了,都走了,一个都没留下来,其中一个人回北京后还专门给我捎来了海绵文具盒——他答应过的,那真是漂亮,上学后我还因为这只海绵文具盒而有了几个玩伴,她们认为我并不落伍了。

可是我仍旧孤单,我没有一个要好的伙伴,她们和我玩儿不是因为我有了这就是因为我有了那,满足了好奇心之后就离去了。我热衷于认字,认了字我就能看姐看得入迷的书了,我不愿说话,因为没有人认真听,奶奶越来越不懂那么多的事了,她叫我别瞎想,她让我缝口袋,攒钱,把自己的东西收拾得干干净净,珍惜一块一块看似无用的东西,奶奶说,没有没用的东西,将来都有用。

在那个房子里我曾经做过许多梦,在许多梦里我都梦见那座房子。

父亲酗酒的周期愈来愈短了,一夜一夜我们听他嚎叫,看他如何毁掉我们安宁的家,那时候我只能看他打母亲而无能为力,忧虑、烦恼、害怕、恐惧、痛苦、厌烦、绝望,这些极端的情绪迫使我常常放声大哭,直至抽搐。我们不知道他什么时候发作,往往是突然之间,或是大家谈笑风生的时刻,他一下就把正在吃饭的母亲打倒,有万分仇恨似的打她。母亲不哭，倔强到了极点。或者，很晚很晚他迟迟不归，过了吃晚饭的时刻他还没出现的话，那焦虑便会袭来，神经万分紧张。我时时感到我就要崩溃了，只要一有响动，无限的痛苦就会漫漫无期，直至天亮他再也没有力气了为止，于是我就要踩着地上破碎的东西头昏脑胀地上学去。我们不能离开，否则他会很恶劣地追到别人家。我们只能承受。

从我的父亲开始，我明白对于命运我们只能忍受，我那时仇视这种血缘关系，因为它使我们姐妹无能为力，这是无论如何也摆脱不掉的一种让人感到痛苦的残忍的关系，像热铁烙下的一块无法消除的印记，令人厌恶，令人发疯，只能忍受。我时时因此而绝望，恐怕没有更多的人会体验这种绝望感，这种感受深深地融于我的性格中，我清楚它会影响我今后所有的生活，因为我常常会有一种莫名的沮丧和灰色的心情，常常会对一切都失去了指望。幸运的是，在偶然的间歇时刻，我坐在教室里梦想，去异乡、去流浪，重建一个温馨的家园。房间里充满阳光，我没有什么可担忧的，没有威胁我的事，我没有记忆，我记不住不愉快的事，我将有孩子，有一大群，我让他们知道生活尽是些有意思的事，我带着他们散步，和他们滚在一起玩儿。

这座房子过了许多年之后就卖掉了，买它的人当然又拆了它重新盖了一座漂亮的砖房，他们没有令人难过的回忆。

卖掉它是因为妈妈不遗余力地盖了一座砖房在原来有果树的院子里，她的意思是留给我们。还因为妈妈意外之中竟先父亲而去，我们住在妈妈留下的房子里卖掉了那座旧房子，其实它已经要塌了。

三

不知从什么时候，我开始喜欢说：莫力达瓦，喜欢以这个名字命名的我的故乡。莫力达瓦，充满乐感，充满了我祖先的印迹，我对这个名字产生了深刻的认同感,并以拥有这个名字为荣。莫力达瓦,多怪的一个名字,我家乡那地方,到处都是这样的名字:腾克、阿尔拉、库如奇、哈里、西瓦尔图诸如此类古怪而确凿是地道的达语符号标记,我于是便意识到我果真来自一个遥远的地方,那儿偏远、闭塞,可本身所固有的文化仍然从我身上流失,我空有一腔族人的血液,在进退维谷中惶惑,我的存在已经陷入一种窘境。

终于有那么一天,我已经二十岁,我获得了漂泊的权利,我欣喜若狂,以为再也不会回到这鬼地方了,像每个到了这年纪的年轻人。我几乎要变卖家里一切箱子里的旧东西,除却笨重的,连母亲养的花也统统送了人。我的念头大概与拆旧房盖新房的意思相符,以为终于有机会由我来创造我的生活了,其实我有多么幼稚,生活并不这么简单啊!血缘也并不这么简单!

在一种充满希望的亢奋中,却另有一种惆怅未经准备便来了,我突然感到,这样一来我将无家可归,而将来漂泊的事又没有什么光辉灿烂的征兆。我丧失了安全感,连家的讨厌之处也感觉不到了。我夜夜没有睡眠,像一株病态的植物,为了追逐阳光却脱离了土地,虽然这土里已经生了致命的虫子,它的茎必然是苍白而脆弱的,要经过暴晒、狂风、大雨,和彻底的更换坏土质。

我离家那天早晨,是如母亲一般的大姐来送的,这之后我中途回家,她接了我一次,送了我两次,尽管她总说,这回你再也不是小孩了。大姐很早就出嫁到很远的地方,原因也同我离家的原因相同。那时候,女孩子恐怕也只有用此种方式改变生活。在我不记事的婴儿时期一直是她照料我的。母亲和父亲当时是"内人党",大姐便担负起了母亲该做的事。可惜我不记事,我只记得二姐。我能记住大姐的时候她已经是一位年轻的母亲了,至少对我是威严的。她也接我去她安宁的家,那是一个真正的家。我时常吃爆了肚子,使姐在她公婆面前为此感到难为情，所幸的是他们都还喜欢我。一开始睡在她的家，她一边搂着她的儿子，一边搂着我，三个人盖一床被子，那时候我很小，而大姐恐怕也只有二十岁。我时常对镜练习如何掩盖我黑色的虫牙又显得很美的微笑，"到哈尔滨我就这么照相！"我经常这样宣布。

我那似乎已病入膏肓的老父竟然起来为我送行。他拄着拐杖蹒跚着走至大门口，那是一个苍茫的清晨，有不散的雾气，我走至很远之后回头，他仍然站在那里，眼中流露的东西让我不忍再看下去。自从他发病之后就没相信过自己会恢复健康，他以为母亲会长寿，在四年前就开始变本加厉地折磨母亲和家中所有的人，致使母亲弃世而去。我猜想他是以为再也见不到我了，像父亲一样整天生活在末日感中的人是不会太多的。我头也不回地就走了，我想我再也不能忍耐这样致人于死地的生活，这里隐藏着的无形的利器让人不能理解，又让人备受伤害。可是，事情并不这么简单。我后来想想我父亲给我的影响是多么巨大。一方面，他最娇惯我，最放纵我，我因此而任性，反抗意识强烈；另一方面他也是给我伤害最深的，我生性惧怕欢乐，忧虑欢乐之后便是更强烈的痛苦。这仿佛是一种定式，我由此而痛恨血缘，我甚至也和姐一样曾想过给他的酒中下毒，然后自杀，这又使我感到自己有罪。于是便一次次地原谅他，在他醒酒后的赎罪行动中，真诚的负疚表情中，原谅了他一辈子。我发现理解我们的父辈是很困难的事，母亲至今就是一个谜，她把自己深藏起来不为任何人所知，她能为死去的牛流泪，为周恩来流泪，却从不为父亲殴打她而流泪，也许她认为不值得，或许她并没有恨。

我开始独立地、完全自主地生活了，能够支配自己的时间和心情，时时抵制自己的软弱，也时时被软弱击倒。但我觉得这是我自己的生活，不管它成功与否，我不必再忍受，不必担忧，不必无可奈何。一开始的时候我所做的唯一的事，就是努力粉碎原来的自己，不留余地。我仍有家可回，这使我获得了一定的安全感，在众多住宿舍的人中也做出有家的样子，编造家中的舒适等等，好像是个幸福的人。原因是我二姐丢下她的丈夫回到我们家担起了这副我们谁都想抛弃的担子，我于是有家可回。不到一年的时间，姐便得了肺结核，形容枯槁，几近精神崩溃，而我的老父却原封不动，依然如故，在末日感之中痛不欲生。生活对于每一个人来说都似乎是非常残酷的。

在远方，我第一次感到我的故乡的遥远。我说：莫力达瓦。他们感到惊奇，他们想象那是一个原始部落。他们把我想象成酋长的女儿，他们叫我"达尔罕"公主。这让我一开始啼笑皆非，后来我开始思念故乡。

一种差异处处显示给我，无论我行至何处，都像有一道透明的墙横在我面前。我看到人们都对我微笑，我引起了他们的好奇，而我就像透过玻璃看到外面的绿茵而无门可至。回头无岸，无论身与心我都已不能回到原来的状态，而我和我的民族又会走向何处呢？

我到底是谁？我是什么？我要干什么？我向哪里去？我总也找不到答案，我没有任何可把握的实在，时时被自己所处的状态所困扰。我甚至想我也许并不是这世上的人，不知哪个拥有我的人不小心把我丢失了。我流落至一对男女之间，被称做他们的女儿，承受他们名正言顺的爱也承受他们名正言顺的伤害，当然也要我名正言顺地尽一个女儿的义务在他们老了病了不能动了直到他们一个一个的死去。那时候我将不再听到达斡尔语。奶奶去世我丧失了说达语的机会，他们去世我就连听也听不到了，那时我将一个人，迁行于诸路之中，等待着那个丢失我的人前来认领我，把我领回我自己的家。

有一天，一个朋友又一次谈起莫力达瓦。他在一张桌子上画了几个跳舞的人，怪模怪样，接着又画了几座草屋。他说，这就是你的家——莫力达瓦。我仍然笑他歪曲，他却一时兴起，又连连画了几棵南方的树，周围加了几道连绵曲折辨不清来路的线条。然后他说，多好的一幅画啊。他连连搓手，说，可惜，这桌子不是我们的，这画我们拿不下来。他就这样坐着对我说这就是我的家，画上那个头发像火一样竖起来跳舞的人就是我。这张桌子上不属于我们的画就是——莫力达瓦。走的时候，他说明天我们再来看它，如果它还存在的话。

我开始想家，确凿说是深深感动于这个只属于我只对我一个人有特殊意义的四个字：莫一力一达一瓦。我想起在莫力达瓦，有妈妈留给我们的房子，它正在老去。那座房子里有我的老父，瘦骨嶙峋，失掉了往日的威风，在末日感中刺耳地呻吟，他快要死了。

莫力达瓦，我将在这个名字上建造我永远的家，院子里要栽满果树和鲜花，在春天，会有芬芳的气味儿引来蜜蜂。在莫力达瓦。

原载《骏马》1991年

冬夜

睁眼之前我就感到脖子后面不舒服。问妈的时候她正叠着被，况且看起来今天她又要迟到了，被子叠得跌跌撞撞，很不整齐，妈一边用脚勾起鞋子一边说："不碍事，待会儿就好了。今天你同奶奶一起看家，不要出去了，外面很冷，数九了，写作业吧！"

我知道很冷了。昨天夜里，棚顶的耗子唏哩哗啦跑的时候我就闻到了从窗户缝里透进来的冷风的气味。那夜我只是听到耗子的奔跑，没有觉得无法忍受。

她的回答并没有使我感到轻松，因为不多久脖子后面开始有一种灼痛感，还有些痒。等到炕也扫完地也扫完的奶奶抖出她的长袍专心缝制的时候，我又问了一遍奶奶。

"嗯？"奶奶沉吟了好半天才发出一声遥远的回应，不知为什么，从这个冬天开始，奶奶变得古怪起来，时时地要把自己分离出去的样子，到前天我才弄清奶奶正在缝制自己的寿衣。

"死的时候穿的。"奶奶告诉我的时候居然有一种很美好的表情，好像沉逸于幸福的滋味里。

"我脖子后面好像长了什么东西，又痛又痒。"我又重复一遍。

"我看看。"奶奶把我的脖子暴露在阳光下，左右看了一会儿说："长了一个小红疱，没什么大事，过几天它自己就好了。"接着就下地从灶坑的热灰中取出烙铁，非常仔细地熨起衣服的边边角角来，熨得笔直，无可挑剔。接着，白天开始了。

　　白天的时候棚顶的耗子就没有多少响动出来，其实棚顶也照不到日光，我想可能是屋里的人声较多的缘故吧！妈妈新买的糊棚纸就放在柜子里，妈说快过年的时候糊棚。我喜欢糊棚，因为糊了棚就能遮住那些被耗子啃吃得到处都是的黑洞，光洁明亮。脖子的事也最终因了它的地理位置而渐渐抛在脑后，我后来的注意力全部集中在奶奶的寿衣上，总想帮帮她的忙可她总也不肯，只让我听她讲一些古旧的故事，提起一些陌生的名字，奶奶说到最后就总是提起我那没见过面的爷爷死去的样子："有什么好说呢，你都不知道啊，那时候你还没生出来，就连你姐姐都小得很"……奶奶叙说的时候我隐约感觉从炕里散发出来的热气，和奶奶愈来愈显得遥远、空旷的声音，觉得奶奶保留着一份我们谁都无法享受的回忆，日积月累，奶奶像一个传说一样令人不可捉摸，尽管她日日都在讲她的往事。提起一些地方，那或许是个村庄，或许是一片草原，或许是一条永无止境的道路。回忆恐怕是这个世界留不住的而别人也无法抢走的唯一的财富，可以带走。我不由得抱住奶奶苍老的腰，发现她异常坚定，奶奶想起什么说什么，做着针线的两臂微微律动，有如幻境，好像马上就会消失……

　　多年后，我忘记了奶奶当时说什么，只记得奶奶坐在温暖的大炕上，窗外的白光映射过来，流淌在她的衣褶之间，而我伏在她的身边，睡得满面绯红。一天就这样过去了，晚上妈妈回来说我没给她的鸡们喂食。我说忘了。

　　最终发现我脖子后面隐藏着危险的人是爸。

　　晚饭之后谁都觉得无聊，不到四点外面就黑咕隆咚的了，爸问我要不要同他一起去看电影。通常爸一有闲几乎每天晚上都去看电影，而电影也只有一部，已经从夏天演到冬天了，有关亚运会之类，一些运动着的人影和掌声，还有水池中一条大鱼的表演：顶球、跳跃、驮着训练它的人游水，每次我看到这里就止不住的困，止不住的要睡，于是每次我都没有看完，这也成了每次我都随爸去看的原因，夏天好像因为热，让人发昏，冬天好像因为冷，冷得脚好像都不是自己的，便脱了鞋伸进爸的皮袄里，演到那条鱼表演的时候，可能是我的冰脚也使爸感到冰寒彻骨了吧，于是他说："咱们回家吧！"在寒冷而没有月光的夜里同爸走夜路并没有多少美好的感觉涌现出来，爸总说快走就不会冻脚了，跑起来！于是我在我笨重的冬衣下面费力地迈动双腿，直到看见远处一个孤立的人影脚旁小蜡烛的光一跳一跳的，才感到一阵希望似的奔过去，买一碗瓜子，由那穿着更厚重的女人亲手倒进我大衣的口袋里，才可以觉得很满足地放松了脚步随着爸回家。路上往往没有一个人，走出老远，回头一看电线杆下仍然只有那卖瓜子的人孤立的身影，小蜡烛的光闪烁不定，继续走下去的时候就心想，在我们一老一小远远而来的时候对于她何尝就不是一个希望呢？她还在等最终散场的人们，因为影院里仍然有人，在看那部从夏天演到冬天的电影，我猜想也许他们也像我每次都没有看完吧。间或也有新颖些的片子，比方毛主席会见谁谁谁什么的。使在场的人为之一震，有人便嘀咕：毛主席还很健康呀！气色很好呀！于是终于可以在回家的时候有话题交代给家人了，冬天的生活似乎就是这样单调而乏味，让人总是不断地打哈欠，打呀打呀。

爸说：去不？我说我怕冷。爸问：怎么了？我说没什么，身上丝丝的总是冷。爸说：发烧了吧，屋里这么热怎么会冷？于是他便发现了我脖子后面的定时炸弹。

是疮。这是爸的判断，判断之后便埋怨母亲的粗心，继而便翻箱倒柜地找药，谁想过自己会得什么样的病呢？于是没有找到。不知是谁的主意，说烟袋油子是拔毒的，奶奶的长烟袋也就被拆下来，折下一根小扫帚棍儿捅啊捅啊，然后把那黑乎乎的油抹在我脖子后面的新生事物上。

　　夜里我没能很快入睡，不知是因为自己忽然珍贵了还是棚顶上耗子的奔跑声太响了。奔跑中我一开始还能分辨到底有几只，后来这种平静的心情就被一阵紧似一阵的恐惧淹没，耗子们开始狠狠地噬咬棚纸，狠狠地，跟男人劈柴差不多，咔嚓咔嚓嚓，越来越响，奇怪的是竟没有人被这么巨大的声响惊醒，意识到这潜藏着的巨大的危险，他们都睡得很香。我想起爸一边给我抹药一边讲的一件旧事：

　　那也是数九了呢！爸说。可能也是这样的天气，于是我再次闻到阴灰的天空或许要飘下雪来的气味。爸提起一个名字，是他的什么亲戚吧，我记不清。爸说他夜里骑着马赶到他们家已经是又累又渴了呢！那是可能的吧，我挎着一筐要上缴的粪走到学校也是那样一种感觉，而且非常恼恨学校总让二年级的小学生交两筐粪。爸说他们家好暖和，他唏里呼噜吃了两大碗面片儿，然后睡在他们的炕头。奶奶的手就那么暖和，冬天每次放学回来我进屋第一件事就是把冻僵的手伸给奶奶，奶奶一把一把地揉搓着，我的手一忽白一忽红，奶奶一边说怎么冻成这样？皮的手套都不管用还给你做什么样的手闷子呀，一边帮我解开裤带——我常常为了手冻得不好使解不开裤带而憋着尿回家。接着说爸的故事，爸说他睡着睡着就发冷，一开始一丝一丝的，他以为是被子没盖严，后来就开始大抖起来，抖得心力交瘁，觉得自己快不行了。可能是他的呻吟或是他濒临绝境的气息惊醒了别人，总之，别人为他起来了，发现了他病的根源——他背上长了一只大疮，有人认出那是最烈的一种，可以在短时间内置人于死命，那种疮叫疔毒。爸说他命大呀，只差一点点。

　　我睡着了，梦见每天都梦得见的红条黑条纷纷舞动，梦境使我疲劳，在被人叫醒之前，我梦见一只小小的耗子淹死在我的便盆中。其实这不是梦，是很久很久以前的事，那会儿我非常小，步履蹒跚，还享受着在屋里坐便盆的特权。有一天，我看见便盆中浮着一只耗子，深灰色的湿漉滴的毛，胡须几根，姐说已经死了，好像是谁抓来恶作剧。以后我就不坐便盆了。

他们俩进屋来的时候带进一大股冷气，像一条伏在地上的银龙迅速地窜进来，到了里屋又慢慢被屋里的热气消融，化做水汽撞到窗户上结冰去了。妈正坐在炕上洗家里所有人的袜子，刚刚我们洗过了脚，因为妈说今天的热水多得用不完。我们几乎都光着脚，一半因为袜子正被妈洗着，一半因为光洁的脚使我们骄傲。可是我的脖子已经溃烂起来了，无论爸拿什么样的药物涂抹也止不住它的溃烂，痒痒地痛，流着黄水，黄水流到哪里，哪里就生出新的疮，我已经多少天不梳头了。到后来才清楚这是黄水疮，有人告诉了妈一个偏方，妈后来就用这个偏方给我抹。不过，他们来的时候我正悲惨着，不敢仰躺，每夜被棚顶耗子的噬咬声折磨。

他们摘下挂着厚霜的棉帽，其中一个又摘下眼镜拿到衣襟那儿擦擦，然后叫了声：

"伯母。"是北京知青，只有北京知青才叫妈伯母，叫爸伯父。知青往往都愿意带围脖，他们都围着灰色的围脖，有点像耗子皮的颜色。

"啊，来了？怎么来的？"妈应着，也没停止手里的活儿。

"我们搭车来的，这会儿才到，我们打算明儿回北京，这不快过年了……我们想……想在这儿过一夜，明天就走……"

他们一个拎着帽子说话，一个左右看看，伸手擦了一下胡须上的霜。

"行啊。"妈从来都这样，所以总有一些知青从他们点儿上来街里的时候选择我们家作为落脚点。

"你们来过我们家么？我好像忘了你们的名字了。"妈的手浸泡在已经完全污浊了的水里，抹着盆边，打算倒出去。

"来过一回，那会儿跟他们一帮人过来的，打个站儿就走了，可能您记不清了。"他们脱了外套、鞋子，熟络地爬上炕，哈哈地往手上吹热气，既而又把冻僵的手插在屁股下面暖着，他们都穿着袜子，妈瞄了好几眼他们的脚，大有也要为他们洗袜子的意思。奶奶却是累了，伏在自己的枕头上，闭着眼蜷着腿，安静如猫，奶奶的枕头是家里最最特别的，是那种古老的高高的长方枕，两头儿用丝线绣着花样，那是奶奶自己设计自己绣的。爸一个人看电影去了，我本来正等着他买碗瓜子回来，撒一炕，冰凉冰凉，香香的。

"小家伙儿。"眼镜揪着我的小辫逗弄我，我疼得倒抽一口冷气，他这才发现我脖子上令人恐怖的伤。

"哟，怎么弄成这样儿！"于是他眼里充满了一种怜爱，盯了我半天，我就鼻子一酸，差点掉下眼泪。

"不知道。"我说的时候眼睛望着上面一个地方，好使眼泪掉不下来。

"得想个法儿弄弄啊，别'大发劲儿'了。"他说了一句东北话，满不是那么回事。

另一位是头发卷卷的，几乎靠上被垛就睡着了。

在我一贯的印象中，北京知青是最让我捉摸不透的一类异乡人，他们从遥远的地方来，却又不像一些油滑的匠人那样讨人烦，他们的双手尽管粗糙可仍然有一种迥于常人之处，他们干起活来总像奶奶一样沉迷于中，他们把说笑话叫"开玩笑"，管"破闷儿"叫"猜谜语"，他们的话里有许多虚词"因为"、"所以"、"但是"，听来古怪而神秘。他们住的"点儿"是离人们很远很远的屯子，他们刚来的时候甚至还没有公路，他们是坐着船溯流而上的，那里没有人说汉话，那里是一个地道的达斡尔人生活的地方，他们一去就是多少年，尽管如此，他们仍然有一种不可捉摸的东西熠熠发光，使我感到那是一个我无法介入的世界，我喜欢他们讲话，喜欢他们的举手投足，也喜欢他们窘困的样子，总之，我觉得他们的神秘感使他们显得高贵，我因此而感动于他们在过着一种远不如我们的生活。可能是我们全家都与我有同样友好感觉的原因，也促使两个异乡人在寒冷的冬夜想起了我们家吧，反正，家里尽管破旧，可却是知青们的据点。

妈妈洗好的袜子被挂在屋里的晾绳上，整整齐齐一排，大大小小，令人感到别致得古怪。夜里我再次听着耗子啃吃棚纸的声音，听着一个新的黑洞，听着耗子颤动的胡须，听着那种骨碌碌的目光窥视着我，但我却不能像在白天那样学猫叫，扔东西了，别人都睡着，于是我忍啊忍啊，直忍到忍无可忍心力交瘁，才睡了。

第二天一大早，是他们先醒的，他们急着去买车票。我听见他们一边摸摸索索地穿衣服一边小声说：

"耗子可真多！"

不知为什么我就感到很欣慰，好像终于有人能够体验到了我的痛苦，于是我也说：

"可烦人了。"

"就是，小家伙儿。"眼镜冲我笑笑就下地了。

不过，临时发生了一件事，阻止了他们的行程，给了我一次日后写一篇小说的机缘。

这都已经是惯例了，凡是来投宿的知青都主动地帮我家做家务，妈从来不觉得这有什么不好，妈由着他们做什么，临出门妈总是不忘记吩咐一声给鸡撒把米再把鸡粪扫出去，他们往往因此而感到很高兴，这件事就发生在这次惯例之中，卷毛把有开水的锅放在地上，要给炉子加煤，这当儿，眼镜从外面抱柴禾进门，眼镜上了霜什么也没看清，一脚就踏翻了锅。

在里屋，我只是听到一声"哎哟"，当时的情景是卷毛无限歉疚的重复了多次之后才形成在我脑子里的。眼镜被扶进屋里之后举着他那只珍贵的脚。卷毛举止温柔地给他脱袜子，有罪的表情怜惜的愧疚的还有什么，我一时惊奇于同伴之间还会有这样一种友爱，除了家人我没有从另外的人那里感到类似的情感，在九至十岁的同伴之间好像只有对立。我睁大眼睛看他们，看眼镜慢慢从袜子中褪出来的肮脏的脚，水泡还没发起来之前，显得令人可笑。妈舀了一勺酱厚厚地糊了他一脚，按东北的讲法，大酱是治烫伤的，可是他的伤太严重了，不一会儿，他满脚都是牛眼大的水泡儿，那已经不是一只脚了，只是从另一只完好的脚来看才可以回忆出这伤脚原来也是一只脚。卷毛折了一根扫帚棍儿用酒擦擦，非常细心地一一捅破，水泡哗哗哗地流出黄水——我自始至终都在看着眼镜，看他怎样一哆嗦一哆嗦的，鼻梁上的眼镜险险的，满脑门子的汗。

"哥儿们，这下儿可够呛了，搁到这儿了！"眼镜抱着那条有伤脚的腿，格外小心的样子，谁若走过他旁边他都神经质地倒抽一口冷气。

"得，甭急了，先把你这'蹄子'弄好了再说吧！"卷毛动作轻柔，用棉花轻轻点擦流出来的黄水，看那黄水流出来的样子我忽然就想起自己的伤，好像立刻就感到疼，于是也叫妈给我上药。这时眼镜抬起头用一种不轻松的古怪表情冲我笑笑，说：

"瞧咱俩这缘份儿！"

他们就住下来了，我们的屋里屋外开始有北京话铮铮作响，混和着奶奶的达斡尔语，爸妈偶尔的东北汉语和我这个一会儿达语一会儿汉语的混合语，直至北京味儿的达斡尔语。

卷毛每天扶着眼镜上医院，回来的时候他的脚上就会换上雪白的纱布，裹得严严密密，不过一会儿，纱布上就会渗出黄色的脓水。眼镜养伤的时候卷毛勤勤恳恳地做家务，扫院子挑水劈柴做饭给鸡喂食扫鸡粪饮牛，博得了妈的好感，妈说，给你在街里找个对象吧，比在下面的点儿上好多了，卷毛没有拒绝，他甚至很希望找一个达斡尔姑娘。于是夜晚的时候卷毛多半出去约会,我和妈和眼镜都留在家里耐心地等他回家。卷毛是容易保持好情绪的人,卷毛的婚事几乎就是那个冬天我们唯一感到生活中隐含着生机的事,我们都很执著地等在冬夜的无限寂寞之中,猜测卷毛的表情、心情、语言,我们共同享受卷毛的希望,重复又重复,把它当做我们自己的事。

在白天,奶奶的寿衣已经全部完工了,她双肩往下一落,露出细长柔软多皱的脖子,非常平静地出了一口气,抽了一袋烟,然后足足地睡了一觉,休息一天之后她开始给一张一张的黄纸上面刷金粉银粉,铺排在热炕上。这时候我们两个养伤的人都得给她让地方,坐在北炕上去,这使我们两个绝不相同的人渐渐生发出一种相通的感觉,我们相互关注对方的伤势相互宽慰。每当夜晚来临,奶奶就拿起剪刀,把一张一张晾干的金银纸剪成绝对的四方形,然后捆好。我们往往就在奶奶折纸的声响中共同设计着卷毛的未来。

冬夜漫长无边,电也不肯经常来,就像这天晚上,我们围坐在一根蜡烛旁,等待出去了的卷毛回家,带来一些新鲜的表情和新鲜的冷风进来,松动一下我们呆板的脸。自从妈妈的偏方涂在伤口上之后,黄水疮明显受到抑制,再加上心里感到也有人在同我一样忍受着夜晚棚顶耗子的折磨,神经放松了不少,睡得安稳多了,也开始有了轻快的心情,我请妈再次把新的糊棚纸拿出来,一边摸索着上面的花纹一边对眼镜说,等糊了棚就听不见耗子的声音了。眼镜或许拿着书吧,记不清,反正他笑了。

"耗子不死,光糊棚有什么用,小傻瓜。"

"那怎么办哪!"我突然感到彻骨的寒凉,类似绝望的滋味,想到我将无止无休地听见耗子的声音。

"怎么办哪,得养个猫儿。"眼镜点了一下我鼻子头儿。

"妈妈咱养个猫吧!"我回头叫妈,妈正洗着抹布,无限认真。

"养猫干什么，怪烦人的。"妈说。

"那耗子老是吃棚纸，有一天掉下来怎么办？"我觉得耗子掉下来的地方一定是我的头，我将因此而死。

"耗子有什么好怕的。"妈真的是什么也不怕，每夜她都睡得很香，打着轻轻的鼾。

我拿着点着的蜡头往炕沿儿上一颗一颗地滴，滴得圆溜溜的，等到蜡油干了之后把它们一颗一颗地起下来，装在一只玩具盒子里，弄成糕点的样子。我还玩一切我可以想得出的游戏：羊拐子，小纸人……可是无限的寂寞侵蚀着我，使我不断地要想自己的伤，棚上的耗子。眼镜沉思默想，不知道像他这样的人封锁着一种什么样的记忆，我已经不只一次地问他：

"'点儿'上好玩吗？"

"就那个样子吧！"眼镜翻过一页书。

"你们整天玩么？"

"我们整天干活。"

"那你们唱歌么？"

"有时候也唱。"

"讲故事么？"

"有时候也讲。"眼镜抬着头看书的上半部，慢慢看到最下面，然后翻过这一页。

"那你给我讲一个吧！"

"给你讲？讲什么呢？"他合上书，一根手指夹在刚刚看到的那部分书页里。

"好听的，吓人的。"

"好吧，我想想……讲一个……"蜡烛的光在他眼镜上跳荡，像一圈一圈闪光的湖或者旋涡，显出即将讲出来的故事的神秘莫测，我盯着他脸上的全部内容，一刻也不放松。

"从前吧！"他眯起他那高度近视的眼睛，略略有点鼓。"从前吧，"他又说，并且睁开了眼睛想了半天。"怎么样？"我催促他，我等得心焦。"从前吧，有一个冬天。我说的就是像今天这样的冷的冬天，还飘着雪花儿哪！"他故意压低声音又沉吟了好久，直到我再次催促，的确，他这样一来已经完全地把我吸引住了，使我完全地不能不使自己去听他的故事。"也是这样一个天哪！天上飘着雪花儿，然后呢，一个农夫。""啥是农夫？""噢，'农夫'的确是个古怪的字眼儿。'农夫'呢就是农民，种粮食的。他非常非常的善良啊！"眼镜说"非常非常善良啊"的时候闭着眼摇着头，像个诗人似的，惹得我直乐。"他每天每天都好好地干活，干哪干哪，从来也不做伤害别人的事，对什么人都非常好，这就叫善良，懂吗？然后呢，有一天哪，就像这样的一个天气，非常非常、特别特别的寒冷，他干完了活儿就往家里走，走啊走啊，走到了一棵大树下，他发现了……"眼镜故意停顿下来，低下了头，许久许久不说话，好像在想其他的事；我等着他说完，可看那样子好像我不催促他就不打算再讲了似的，于是我轻轻推了推他的膝盖，他才猛醒般地抬起头，冷冷地说："一条蛇！蛇？对，一条冻僵的蛇，已经快死了。"

"蛇？"

……"这个农夫就拣起它，说，它多可怜哪，这么冷的天。然后就把它揣到怀里。走了一段路那蛇暖和起来了，一张嘴就咬了那农夫一口，没走几步路，那个农夫就倒下来。"

"怎么了？"

"死了。"

偶然间，我发现墙上的人影无比巨大，随烛光的抖动而跳跃，越看离自己越近，直压在寂寥的心中，诡秘，莫测，令人不安，不知谁挥舞了一下手臂,恍惚像一条居心叵测的蛇。

蜡烛燃到中间的时候,火焰就开始剧烈地抖动,渐渐结出双头的卷曲的灯芯,蜡油便扑簌簌地往下淌,堆积在蜡台上,慢慢凝固,眼镜伸手取下蜡油揉捏,一股怪味沾满了他的手,奶奶的剪刀这时也伸过来,火焰乌了一下,双头灯芯沾在剪刀的另一侧,蜡烛的光又开始稳稳的了。卷毛还没有回家。忽然窗外不远的地方响起一个喝得烂醉的男人的叫喊,在几乎无声的冬夜里,这声音听来令人毛骨悚然。一只狗叫起来,接着一大片狗的叫声混在那个醉汉含混不清的叫喊声中,我的心忐忑不安,想那个人不会是爸吧,爸已经许久没有喝醉过了,我希望那不是爸,我不想让眼镜他们看见爸喝醉的样子,我急于摆脱这种焦虑,我害怕蛇的影子会像夜夜耗子的噬咬声一样困扰我,我对眼镜说:

"再讲一个,离睡觉还早着呢!再讲一个吧。"我想那个人如果就是爸,我就再没有兴趣央求眼镜给我讲故事了。

"再讲?讲什么呢?"眼镜朝上望望,若有所思,忽然棚顶上传来耗子的奔跑声,他像在白天时那样吹了一个口哨,又莫名其妙地笑笑。

"喵!"他学了一声猫叫。

"喵!"我也学了一下,然后我们听到一阵寂静的停顿,过了一会儿,稀里哗啦,重又传来耗子的奔跑声,渐渐消失在一个角落里,我和眼镜都笑了。

"耗子吓跑了。"我说,"再讲一个吧,再讲一个。"

"再讲?讲什么呢?讲一个……"

"从前吧!"眼镜又来了情绪,目光灼灼。我知道他情绪好就会讲出一个完整的故事,目光黯淡的时候只讲一半,然后用一声长长的叹息结束。

"那还是旧社会呢,旧社会你知道吧!一个女的",他说。提到一个女的似乎就有好的曲折出来,"不",他又否定道,"不是旧社会,是刚刚解放那会儿",眼镜长叹了一口气,累得够呛。

"哎呀,咱今儿不讲了吧!明儿再讲。"

"不行,讲啊。"

这时,又一阵狗吠的叫由远及近,恐怕那是全镇唯一的脚步声,全镇的狗都由此而狂叫,好像盼望已久的事,它们因此兴奋不已,叫声连天,慢慢脚步声响在我们的大门外。

那是谁?

屋里所有的人都竖起耳朵伸长脖子静静地等。卷毛回来了,"砰"的一声裹着一团冷气踏进屋来。"还没来电?"他摘下帽子露出亮晶晶的眼睛眨着。

我们都看卷毛摘下帽子、围巾,脱下大袄、露出袖口已脱了线的毛衣,卷毛做完这一切之后再没事了,忽然看了一圈我们,说"干嘛干嘛呀,我怎么着你们啦,脸长了仨眼珠子?真是的!"

哈,我们都笑,笑完之后又集体看他,也不说话,看得卷毛浑身长刺,坐卧不宁。

"嗨,过来,你小子过来!"眼镜招招手。卷毛便得救似的走过去,坐在眼镜旁边。

"哎,怎么样?"眼镜用胳膊肘捅捅卷毛。

"什么怎么样?"

"进展如何?"

"还非得给你报告上这么一番?"

"你瞧你,你没瞧见大伙儿都这么关心你呢么!"

"谁说的,我看就你最关心了。"

"这还不好?谁让咱是一块儿来的呢!"

"无可奉告。"

"你瞧你。说,说得仔细点儿。""眼镜"伸手推了一下眼镜。

卷毛闭起眼睛靠着被垛，不理睬"眼镜"。

"他们那儿也停电了么？"我开口问卷毛。

"嗯！都停了。"

"他们家蜡油淌得厉害么？"

"不厉害。"

"他们家有小孩么？"

"有一个。"卷毛睁开眼睛看着烛光出神，头发卷卷，目光柔和，忽地他一抬头，笑着说：

"他们家那小女孩可真逗，我一进屋就往我腿上一爬，你就甭想跟别人说话了。"

"和谁说话？"眼镜敏感地问。

卷毛白了他一眼，继续说：

"嘿，今天晚上那小女孩儿款待我，等我一坐下，她'蹭'一家伙就跑到外屋，从碗架子里拿出了一个大馒头，走过来'叭'的一下就给摔到这炕沿儿上，还一劲儿让我，你吃你吃，嘿，我拿起这馒头一看哪，面碱没使好，上头一点儿一点儿的碱都没揉开，再说我根本就不饿根本就不想吃，这小女孩儿还一劲儿往我嘴里送，哎哟，这下儿把我给闹的，她姐姐一劲儿不好意思，拉着她妹妹，一边还用达斡尔话说她，谁成想，小家伙儿一看谁都不向着她，'哇'一家伙就开哭了，哎哟，可把人给逗坏了，眼泪叭哒叭哒往下掉……"

哈，我们都跟着笑起来，进入了卷毛给我们描述的氛围中。

"后来呢？"

"后来我就把馒头吃了……"

"真的？"

"那还有假？"

"你得了吧。"眼镜摇摇头。

说着说着我记起还没有回来的爸，他不会是去喝酒了吧！我这么想，忽然就感到强烈的不安，怎么还不回来。我开始仔细倾听屋外的一切响动：狗的呜咽，风偶尔吹得电线尖锐地响，星群吵闹的声音，月光落地的声音，除此之外什么也没有，好像一片死寂，好像一个阴谋。

妈打了一个长长的哈欠，然后是奶奶，然后是眼镜，后来所有在屋里的人都各自打了一个哈欠，妈眨眨眼，说：

"该睡觉了，铺褥子吧，你爸怎么还不回来。"妈挪动了一下疲倦的身体，沉沉地被困乏压着。

爸怎么还不回来，怕是去喝酒了吧，不会醉倒在雪地上死去吧，后来我简直就希望他能醉着回来，哪怕我们大家都睡不好觉也好！

电灯亮了，晃得人的脸忽然变得苍白没有血色，所有的人都眯起眼，然后心境一下子开朗起来。墙上消失了被蜡烛晃得大大的人影，一如人的面色一般苍白。

"这么晚了才来电。"妈说出了大家的心里话，一阵兴奋之后，又是一阵疲倦袭来，我们每人又打了一个哈欠，妈拖着沉沉的身体开始铺褥子了。

"你爸还不回来。"妈懒懒地说，搅在哈欠里含混不清。

我的不安一点都没有减淡，这种隐隐的不安好像类同夜里倾听棚顶耗子的声响一样使人心力交瘁。一会儿，屋里响起眼镜卷毛平稳的鼾声，奶奶似有似无游丝一样的呼吸，屋角一只胆大的蛐蛐的叫声，棚顶一只耗子小心翼翼的脚步乃至最后大刀阔斧的噬咬，咔嚓咔嚓……

知道爸平安地回来是在第二天早晨醒来的时刻，一夜我做着缭乱的梦，直到耳畔隐隐听到爸和妈轻声谈话，才知道爸的一个什么亲戚昨晚死了。爸去守夜，爸说那里去了好多人，爸说他自己死的时候不知道会不会有这么多人来守夜，爸说他的确喝酒了，只是没醉，很多亲戚都在那里喝酒。奶奶猛然抬起头睁着雾茫茫的眼问："谁死了？"

眼镜和卷毛什么时候走的日后我好像就记不清了,一定是脚伤好了之后和春节前的那段空隙,卷毛的婚姻不知道有没有成功,不成功的可能最大,几年后刮起来的大返城的狂风卷走了他们,只有落叶般留下的几个人,稀疏地散播在我故乡广袤的大地上。在我成长为大人之后偶然的碰到一位两位已届中年的人操着铮铮作响的京腔的时候,便感到一阵彻骨的亲切,总找了理由问是腾克点儿上的么?我希望他们都认识眼镜和卷毛,或者他们都可能是眼镜和卷毛,或者知青就等于眼镜卷毛等于冬夜等于黄水疮、烫伤的脚等于棚顶的耗子和屋角的蛐蛐等于紧锢着我们的死等于我正持续着的生等于寄居于我的生之中的一组有关联或无关联的混乱嘈杂的回忆,有如幻象,真切逼人却又不可名状。

多年后,我的奶奶在一个冬夜,那也是数九了呢,最后抬眼看了一下座钟——那是她留给我上学用的,指针正指在6:30分,半点的钟声"当"的一下之后,奶奶静静地闭上了眼睛,好像一种凝固住了的睡相。许多亲戚都来守夜,他们一边喝酒一边商量丧事,也说起一些死去的人和活着的人。大家忙丧事的时候都很从容,一切细小的事奶奶都准备得很齐全,大家只是把一切东西派上用场而已,打开奶奶亲手捆扎好的金银纸,人人发现那其中每份都夹着一只叠好的"元宝",精巧细致美丽,于是所有的人就都按着那个样子叠啊叠啊。

爸走的时候也是数九了呢!这之前,爸总郑重宣布他死于今天,多少个今天过去,爸的死就渐渐地失去了真实感,我们渐渐麻木,没做出任何准备,就在爸的呼吸在那天夜里不可思议地弱下去的时候,我们才猝不及防地面对了这一事实。很多亲戚都来守夜,他们一边喝酒一边谈论爸生前的事,谈到他们在各自最后一次见到他时的情景,爸的生活随即碎裂,一块一块留驻在每一个与他相关的人的回忆中。我刚刚还给爸煮好了一碗奶茶,他喝完之后就这样毫无声息地衣冠楚楚地躺在这里,使我常常感到虚假。

妈却选择了春天，选择了一个亮丽的晴朗日子，选择了二十年前她生下我来的那天，轰然倒地，不省人事，全不理睬我是怎样地在摇撼着她请她醒来，妈的呼吸一直持续着，像是醉倒的人，打着鼾，一直等到她心爱的母牛下群，等到舅舅们捆好母牛的四蹄，就在舅舅的斧头砸向母牛的时刻，妈的呼吸才平平稳稳地消失了。很多亲戚前来守夜，他们一边喝酒一边谈论妈生前的每一件他们知道的事，这与我所了解的母亲不同，我因此感到我们无法把握住什么，现存的，过去的抑或将来的，我们生活在一种混乱的感觉中无法判定什么。

在第一个没有双亲的春节到来的时候，我感到我是一个留守人士，留在广袤的大地上，东张西望，重新听到童年时那夜夜困扰着我的耗子的奔跑声，只是我平心静气，细数耗子的脚印，倾听它的脚步，倾听它打了一个哈欠，停一会儿……重又奔跑起来。

写于1992年
原载《山西文学》1999年6期

后记

不受鼓励的小说

想不到我二十几年前的小说能够在今天得以出版，重见天日。我要由衷地感谢我的朋友格尔玛，她在读过我的散文集十年后才与我真正相遇成为知心的朋友，在短暂的时间里给了我方方面面很大的帮助，我是终于遇到了懂得自己的人，我知道这是文学的力量。其实，我的创作活动是从短篇小说开始的，1987年我带着自己的小说处女作《红鸟》随姐姐参加鄂伦春自治旗"达斡尔、鄂温克、鄂伦春"三少民族笔会，被《上海文学》选中，并于1988年发表。那一年我二十岁，从此开始文学创作。

这本集子里的小说全部完成于我三十岁之前，绝大部分是二十五岁前完成的，尽管也被个把老师赞为有天分的，在前辈们的提携下也获得过个把奖项，我深知自己的写作仍在习作阶段，不但稚嫩，还有很多冒险的尝试，而且我一直觉得我想写的小说和我笔下呈现的相差很远。

但是如今看来，那时候我已经无意当中在建构自己的文学世界了，那就是生我养我，给了我刻骨的痛苦和欢乐的故乡莫力达瓦。那是独属于我的"城南旧事"。我们旗文联前主席那顺得先生平时经常醉意阑珊，但是他曾这样评价我——苏莉是莫旗东南街最后一个女孩儿，我一直很感动于这句话，一说到东南街，我童年全部的记忆会扑面而来，我一直珍藏着这种感觉，希望有一天我能把这些珍贵的记忆淋漓尽致地表现出来。

  直到今天，我努力的方向都是一条孤寂之路，尽管我和所有人共同生活在这个世界，然而我内心一直想要表达出来的东西依然和大多数人远隔千山万水，所以我的这些不合潮流的文字最终不受鼓励，被逐渐地边缘化是必然的，我非常清楚。

  于是我转而开始散文的写作，没想到这些直抒胸臆的文字倒能更加便捷地抵达人心，我后来的文学声誉是我的散文给我赢得的，其实在散文里我仍然在坚持着自己写作的方向，描述我的童年我的故乡。但是散文的格局毕竟是有局限的，很多隐秘、深邃、幽暗的东西不适合在散文中表现，我一直留着，留给小说。所以我最好的小说还没有写出来，这些年所有生活的磨砺都在把我推向它，这是我年轻的时候无法把握也无法表达的力量。此时，像一棵林中默默生长的树，我默默地等待着自己不断壮大起来，默默地积聚着我的力量。我正在尝试着拥有它。

  我深知没有人在意我在努力什么，想写什么，写出了什么，但是我坚信我所坚持的具有无可比拟的价值，值得我用一生的光阴来努力守候，我坚信文学沟通人们之间心灵的力量，我希望我的故乡莫力达瓦活在我的文字中，不论人们什么时候开始阅读它，我的故乡在我的文字里总是能够呼之欲出，这是我生命的全部意义。

苏莉
2012年9月于通辽